U0583235

抗战历史电视连续剧文学剧本

天

堑

（四十八集）

李世斌　著

线装书局

图书在版编目（CIP）数据

天堑 / 李世斌著. -- 北京 : 线装书局, 2025. 6.
ISBN 978-7-5120-6514-7
Ⅰ. I235.2
中国国家版本馆CIP数据核字第20256HZ256号

天 堑

TIAN QIAN

作　　者：李世斌
责任编辑：崔　巍
出版发行：线 装 書 局
　　地　址：北京市东城区建国门内大街18号恒基中心办公楼二座12层
　　电　话：010-65186553（发行部）010-65186552（总编室）
　　网　址：www.zgxzsj.com
经销：新华书店
印制：三河市中晟雅豪印务有限公司
开本：787 mm × 1092 mm　1/16
印张：54
字数：998千字
版次：2025年6月第1版第1次印刷

线装书局官方微信

定价：268.00元

目　录

第一集 沉船封江

沉船封江军机泄，上游日舰疾逃离。
江阴要塞警笛鸣，淞沪大战硝烟起。

1—1 江阴要塞·日外·多云

蓝天白云下，长江如一条白绸带飘落在两岸绿色之间。

江水之中，白帆点点，缓缓漂移；机班船拖着黑色的浓烟，逆流而上。

长江南岸，黄山山顶、龙头山山顶、君山三顶、肖山山顶、长山山顶，数门榴弹炮及高射机炮蹲坐在炮台上，掩映在绿林丛中。

高高的混凝土结构瞭望塔矗立在山巅之上。

1—2 江阴要塞黄山炮台·日内

字幕：1937年8月10日上午。

主要人物：赵忠全，23岁，炮台台长，少校。

瞭望塔内，两名国民党士兵值勤。士兵（甲）正手持望远镜向江面瞭望。

他忽然左手挪开望远镜，右手急忙擦了擦两眼，再次仔细瞭望。

镜头内：六艘挂着太阳旗，烟筒冒着黑烟的军舰和商船正鸣笛顺流而下。

士兵（甲）：快，报告台长，又发现五艘日舰和一艘商船从上游过来了。

士兵（乙）立即摇起电话：报告赵台长，上游江面又发现五艘日本军舰和一艘商船，正向我炮台方向接近，请指示！

山腰炮台指挥所内，赵忠全拿着话筒满脸狐疑，沉思片刻，当机立断：立即拉响警报！炮手登位！作好炮击准备！

士兵：是！

1—3 黄山炮台·日外·内·上午

主要人物：赵忠全。

闵启昌，21 岁，少尉副官。

黄晟，22 岁，副台长上尉。

警报四起，士兵们急速从营房奔向各自炮位，揭开炮衣，熟练操作。

炮位长 1：一号炮准备完毕！

炮位长 2：二号炮准备完毕！

炮位长 3：三号炮准备完毕！

炮位长 4：四号炮准备完毕！

炮位长 5：五号炮准备完毕！

炮位长 6：六号炮准备完毕！

炮位长 7：七号炮准备完毕！

扩音器里赵忠全（OS）：瞄准日舰，等候命令！

士兵们齐声：是！

指挥室里，工作人员一片繁忙。

赵忠全面色凝重，转身对旁边少尉副官闵启昌：立即再次向江防司令部汇报，并与正在江面值勤的我海军“江宁”舰联系，请求通告日舰有关情况！

闵启昌：是！

闵启昌立即摇起电话。

另一部电话铃声再次响起，赵忠全迅速拿起电话接听。

瞭望哨士兵（OS）：报告，日舰舰炮衣未揭，士兵在舰桥上闲逛，旗语示意：奉令回沪。

赵忠全：知道了。

黄晟：台长，什么情况？

赵忠全：日舰旗语回复是奉令回沪。他们长江舰队不是正常都在武汉、九江、芜湖一带水域活动，这几天怎么突然三三两两陆续下来了？

黄晟：会不会日本人要对上海动手，进行大战前的军事部署？他们这样三三两两分批下驶，分明是在为了麻痹我们，如果我们总是这样轻易放行，岂不是放虎归山？

赵忠全：是啊，事出反常必有妖！如果日本的第十一、第十三的长江舰队与第三舰队在淞沪会合，那淞沪大战近日必起，上海危在旦夕！

黄晟：那我们怎么办？打，还是不打？

赵忠全：我当然想打，但没有接到命令，谁敢擅自开火？我们的蒋总统尽管口头上全面抗战，可心里对日本人一直存在幻想，仍指望与日本人和平相处，说什么和平未到根本绝望时期，绝不放弃和平；牺牲未到最后关头，绝不轻言牺牲。

黄晟：七七卢沟桥事变后，日本人已经侵占了我们的天津和北平，我们还指望和平？

赵忠全：可上峰一些人现在仍认为，那还只是局部战争，应该尽量避免全面战争。

黄晟：现在日本第三航空舰队就停泊游弋在吴淞口，早就对上海虎视眈眈，大战一触即发。

赵忠全：这个国防部可能早就进行了军事部署，据说已秘密调遣了数万人于闸北、虹口附近，以防不测，就等日军开第一枪。

黄晟：为什么我们总是被动防守，从不主动进攻呢？

赵忠全：敌强我弱，只能谨慎从事。

黄晟：自古以弱胜强……

黄晟言语未毕，闵启昌放下电话：台长，江防司令部刘兴司令回复“密切监视日舰动向，作好炮击准备，除收到日舰攻击外，没有命令不得轻举妄动！”。“江宁”舰也已回电，已注意到日舰近期动向，但并未发现异常举动，视为正常通行。同时已向正在湖口集结的第一舰队陈季良司令汇报，正在等候回复。

赵忠全：知道了。立即联系东山、西山、乌山、萧山炮台，请务必保持联系，及时通告有关异常情况！

闵启昌：是！

黄晟焦急：如果命令迟迟不到，会坐失战机，敌舰就全跑了！

赵忠全：我想，陈司令和刘司令如果得知现在的情况，可能比我们还着急。但再着急他也得请示海军部和国防部，国防部要请示蒋总统，若没有蒋总统的命令，谁也不敢擅自下令开炮。

黄晟：可这一通请示下来得多久？战机稍纵即逝！

赵忠全一脸无奈：对正常通过的日舰开火，这事非同小可，不是我们所能决定的。

黄晟右拳击左掌：唉！

1—4　江阴要塞江面·日外·上午

主要人物：藤英次郎，中年，日舰司令。

丰田富武，中年，“八重山”号舰长。

六艘日本军舰和商船正加速行驶，白浪滚滚。旗舰右舷壁大白显示“八重山”号。

日旗舰驾驶室。

藤英次郎司令官手执望远镜，向江面四周瞭望。身旁站立着舰长丰田富武和一名副官。驾驶员专心致志地驾驶着。

藤英次郎轻松放下望远镜（日语）：支那军舰目前没有任何调动集结迹象，看来现在尚未察觉他们的“封江计划”已经泄密，我们的保密工作做得很好！

丰田富武（日语）：这次多亏须磨弥吉郎外交官和南云造子及时提供了如此重要的绝密情报，让陈绍宽的“瓮中捉鳖”计划完全破灭！

丰田富武一脸得意：就是他们现在行动也来不及了。从7日起我们的二十多艘舰艇和商船已经陆陆续续撤得差不多了。

副官（日语）：还有“大贞丸”号商船没有到。

藤英次郎（日语）：立即催促“大贞丸”号，尽快撤离！

副官垂臂躬身并腿：嗨！

1—5 黄山炮台·日内·中午

主要人物：赵忠全、黄晟。

赵忠全在指挥室，着急地来回踱步。

黄晟无奈看着，摇了摇头，上前劝慰：日舰已经全跑了，着急也没用。他们早晚还会来的。

赵忠全一脸沮丧：下次来与这次可能结局会大不一样了。真不知道上面是怎么想的，就这样让日舰轻而易举地跑了。

黄晟：也许是被32年与日本签订的《淞沪停战协定》绑住了手脚，不想轻易招惹日本人。

赵忠全：《淞沪停战协定》尽管暂时避免了战争之祸，却几乎将半个上海拱手让给了日本人，尤其是吴淞口和浦东，几乎变成了日本的海陆空军事基地，给长江的防御埋下了重大安全隐患。

黄晟：是啊，吴淞炮台，是阻止日军溯江而上威胁首都南京的第一道江防线，现在已是名存实亡。我们江阴要塞，由第二道防线，变成了第一道防线，压力山大啊！

赵忠全突然激愤：可无论我们压力多大，绝不能像当年吴淞要塞司令邓振铨那样不战而屈，临阵脱逃，丢尽了中国军人的脸，我们要坚决与日军抗战到底。

1—6　江阴要塞江面·日外·上午

字幕：1937 年 8 月 11 日。

中国海军测量舰“甘露”号在江面是破浪行驶，在靠近航标灯船后停下，船上士兵操作机械吊臂缓缓伸向灯船，钩住灯船上锥形三角架后迅速起吊，灯船连同水中固定铁链被缓缓吊离水面，放置在舰上。测量舰迅速调头，继续逆水向上游驶去。

江中水面上，大量的民船、商船、军舰、船坞分别从下游和上游，向要塞江面集结。

一排排吃水很深的货船船舱装满了大小不一的大石块，缓缓行驶。

八艘悬挂民国国旗和海军军旗的各式舰艇，正顺流而下。各艘艇舷上大白舰号依次为：通济、大同、自强、德胜、威胜、武胜、辰、宿。

一艘中型舰艇在挥旗指挥。

大小不一的各艘舰船，在统一指挥下，由北向南，正依次驶入指定水域，分左中右三排，横向排列。

1—7　黄山炮台·日外·中午

主要人物：赵忠全、黄晟、闵启昌。

赵忠全、黄晟、闵启昌站在炮台上向江面眺望。

闵启昌右手指着江面疑惑：赵台长，您看，这江面怎么一下子来了这么多舰船？这是怎么回事？

黄晟：可能海军部有什么军事行动。

闵启昌：军事行动，集中了这么多民船商船干什么？

黄晟两手一摊，摇了摇头，撇了撇嘴，表示不知道。

赵忠全沉思不语，举起望远镜从左向右移动向江面细致瞭望，片刻后放下望远镜：闵副官你去联系一下“江宁”号，了解一下到底发生了什么情况。

闵启昌：是！

闵启昌转身离开。

黄晟：今天上午，海军派遣了“甘露”“瞰日”“青天”测量舰，溯江而上，拆除江中的灯船、灯塔、灯标。海军第一舰队的“平海”号、“宁海”号、“应瑞”号、“逸仙”号、“楚有”号、“健康”号主力舰，第二舰队的“海圻”号、“海容”号、“江鹏”号“湖鹏”号及炮艇已经停泊在江阴码头。看来，大战即将来临。

赵忠全：哦，先前一步清除航标，是给日舰制造麻烦，预防日舰突破江阴要塞防线，溯江而上，进逼南京。

黄晟忧虑：我们军舰的总吨位与日舰总吨位的比例是1:30，不仅力量悬殊，而且，我们的第二舰队大多是清朝遗留下来的老旧军舰，既吃水深，又无防空火炮，一旦海战开始，我们从军事装备上处于严重劣势。

赵忠全：是啊。如果单独从军事装备上来对比，我们是处于弱势，但我们有江阴要塞的天然屏障优势，不仅有几十艘军舰在狭窄的江面备战防御，还有黄山、东山、西山、乌山、萧山这五山炮台几十门大炮扼住要塞咽喉，日本人想从水路进犯成功，绝没那么容易。只要我们团结一心，机智勇敢，誓死抗击到底，日军一定会付出惨重的代价。1932年吴淞炮台就是最好的例子。开始那个狗屁司令邓振铨，由于贪生怕死，未战就逃之夭夭。后来接替他的谭启秀司令在炮台严重损毁的恶劣困境下，仅仅收集了一些零落的火炮就击毁了敌运输舰一艘，击伤敌巡洋舰三艘。这个事例充分说明，强大的武器不是战争胜利的唯一要素，顽强的战斗意志，机智灵活的战略战术才是战争胜利的决定因素。所以，我们一方面要充分重视防范敌人的优势，另一方面我们也要充分发挥我们的优势，作好充分的战斗准备，就一定能击退来犯之敌。

黄晟：是的。我们现在已经一切准备就绪，早想跟日军大干一场，以解多年心头之恨。这些都是最新式德国火炮，它可不是吃素的，就等日舰送货上门，让它有来无回。

闵启昌跑步至赵忠全面前：报告，江宁舰回电，此次行动由海军部司令部直接布置指挥，详情不知，无可奉告。

赵忠全：哦。看来目前仍属秘密军事行动。既然如此，我们也不便多问，守好我们的炮台就行。

1—8　江阴要塞江面·日外·上午·阴

主要人物：陈绍宽，49岁（1889—1969），国军海军部长。

陈季良，55岁（1883—1945），国军第一舰队司令。

天空上阴云密布，三排大小相间各式舰船由南岸一直排列延伸至北岸。

字幕：1937年8月12日

中国海军“中山”舰上，排列整齐的军乐队奏起军乐，海军司令旗随着音乐缓缓升至主桅端。

指挥室海军上将陈绍宽手握望远镜向江面瞭望。

陈季良跨步上前：报告陈部长，所有舰船全部停泊到位。共有民船、盐船158艘，还有通济练习舰，大同、自强巡洋舰，德胜、威胜水机母舰，武胜测量艇，辰、宿鱼雷艇等大小舰艇43艘。请指示。

陈绍宽：命令所有舰船，打开底舱进水阀，沉船封江开始！

舰旗手开始挥动旗语。

“中山”舰所有官兵向沉江的舰船敬礼。

一艘艘装满石头的盐船，江水哗哗快速流进船舱，船体缓缓下沉，最后江水漫过船面，渐渐被江浪吞没。

一艘接着一艘锈迹斑斑的舰艇，开始东倒西歪，渐渐下沉，沉没的水面形成一股巨大的漩涡，将一堆漂流在水面上的垃圾旋转吸入。

“中山”舰上，官兵一个个面色凝重，欲哭无泪。

连接南北两岸排列的舰船越来越稀疏，直至形影全无。

空旷的江面，江水依旧奔流不息。

偶有两三处，舰船的桅杆耸立出江水之上两三米，在急流中纹丝不动，给人以中流砥柱之感。

1—9 黄山炮台·日外·上午·阴

主要人物：赵忠全、黄晟、闵启昌。

赵忠全、黄晟、闵启昌三人及两名哨兵站在瞭望台上向江面眺望。

黄晟疑惑不解：这是怎么回事？调集了这么多舰船，却将它们全部沉入江底？

赵忠全：我已经明白了。将这么多舰船沉入江底，是为了封江，阻止日舰溯江而上，利用航空舰队的优势进攻南京。

闵启昌：可不仅仅是民船、商船，还有大小几十艘舰艇哪！代价也太大了吧？

赵忠全：你注意到了没有？那些都是清末海军遗留下的老旧舰艇，虽然还有一定的使用价值，但武器设备陈旧老化，保养维护费用太大，战斗力太弱了。有的甚至成了海军的累赘，现在将它们用来封江，也是物尽其用。只是那些民船、盐船、商船真是太可惜了。现在看来，这样不惜一切代价，破釜沉舟，势必准备与日寇决一死战了。

黄晟释然：我们的蒋总统这一次终于下定决心了。

赵忠全：一让再让，日本人就会更加得寸进尺，蚕食鲸吞。现在亡羊补牢，为时不晚。我们一定要坚守炮台，痛击日军，狠狠打击一下日军的嚣张气焰，坚决粉碎日军妄图三个月灭掉中国的狂妄之语，狼子野心。

1—10　日军司令部·日内

主要人物：松井石根，59岁（1878—1948），日军驻华中方面军司令官。

长谷川清，55岁（1883—1970），日军第三舰队司令。

盐泽兴一，55岁（1883—1943），日军第一舰队司令。

军事会议室内，日本高级军官正襟危坐在长方形会议室四周，大将松井石根司令官主持会议。

松井石根（日语）：根据可靠情报，中国军队已经秘密向上海市区及周边地区部署了约30万军队，并且进入了《淞沪停战协定》所规定的非军事区。8月9日，又发生了虹桥机场事件，机场保安队打死帝国海军陆战队中尉大山勇夫和斋藤要藏。经侦察，虹桥机场的保安队实为中国军队换装的正规军。为此，帝国驻上海领事馆向上海市政府提出了严正交涉，要求严惩肇事者，并撤出保安队，拆除所有防御工事，但遭到上海市长俞鸿钧的一口拒绝。由此可以判定，中国政府即将对帝国不宣而战。目前，帝国驻上海市区只有海军陆战队3000人，形势对我方十分不利，必须立即采取应对措施，长谷川清！

长谷川清起身肃立：嗨！

松井石根（日语）：你部主力舰队立即开进黄浦江及长江下游浏河各港口。所属分舰队也紧急开赴上海待战。

长谷川清：嗨！

松井石根：盐泽兴一！

盐泽兴一起身肃立：嗨！

松井石根（日语）：率海军第一特别陆战队立即增援驻上海海军司令部。

盐泽兴一：嗨！

松井石根（日语）：我亲率帝国第3师团、第11师团立即开赴上海增援虹口军事基地。

1—11　黄山炮台·日内·晨

主要人物：闵启昌、赵忠全。

炮台指挥室内，电话铃急促响起，闵启昌拿起电话接听。

闵启昌：是！赵台长，刘司令电话。

赵忠全立即快步过去接过士官手中电话：刘司令，我是赵忠全，请指示！

刘司令（OS）：今天淞沪会战已经打响，我命令你们，从现在开始，炮台进入一级战备状态，随时准备投入战斗。

赵忠全立正：是！

1—12　江阴要塞江面·日外·晨

防空警报突然响起。

军舰上，防空汽笛警报也随之拉响。

舰上中国海军士兵们急速奔向各自炮位，揭开炮衣，熟练操作起火炮。

1—13　黄山炮台·日外·内·晨

主要人物： 赵忠全、闵启昌。

防空警报在空中回响。

炮台上，士兵们迅速从宿营地奔向炮位，揭开炮衣，熟练操作起火炮。

指挥所内，赵忠全来回踱步，闵启昌进来，急速走向赵忠全。

闵启昌： 报告，观察所报告，发现西北方向大约10架战机正向要塞飞来，距离约10000米。

赵忠全： 通知防空火炮组，严密监视西北上空，随时准备炮击！

闵启昌： 是！

1—14　江阴要塞旗舰平海舰·日内

主要人物： 陈季良。

欧阳景，中年，第一舰队副司令。

高宪申，50岁（1888—1948），平海舰舰长。

孟汉霖，中年，平海舰副舰长。

警报汽笛，不断鸣叫。

平海舰驾驶室内陈季良正手执望远镜，向远方天空瞭望。欧阳景、高宪申、孟汉霖站在旁边。

海军少尉： 报告司令，瞭望塔报告，西北方向大约10架战机，正向我舰队飞来，距离约10000米。

陈季良疑惑： 日航空舰队，正在下游，日机怎么是从西边过来的呢？不对，通知瞭望塔，严密注视，分清敌我战机后，立即报告！通知各舰防空机炮，严密监视，没有命令，不得开炮！

1—15　黄山炮台·日外·内

主要人物： 赵忠全、闵启昌、黄晟。

炮台瞭望所，哨兵（甲）正举着望远镜向左侧远空瞭望，望远镜镜头里出现轰炸机群正在飞来，机身上民国国徽的标识，由模糊逐渐越来越清晰。哨兵（甲）大吃一惊，急忙放下望远镜，揉了揉双眼，又继续详细瞭望。

哨兵（甲）语气急促：不是敌机，不是敌机，是国军轰炸机！

哨兵（乙），急忙抢过望远镜瞭望：是，是，是我们的飞机，不是敌机，快！快！快！立即报告指挥所！

指挥所内，闵启昌：报告！瞭望哨紧急报告，西边飞来的不是敌机，是我国军的轰炸机。

赵忠全疑惑：啊？是国军轰炸机？确定吗？

闵启昌：确定无疑！

赵忠全断然：立即解除警报！

旗号手立即挥旗发出警报解除信号。

炮手们紧张的神情一下子放松下来，有的离开炮位，有的拍了拍火炮架子，仍不甘心地离开炮位。

黄晟释然：还好发现及时，否则，后果不堪设想！

赵忠全：这空军怎么回事？飞机从这里过境，怎么也不正式通知一下呢？万一误击，那可不得了！谁负得了这个责任！

黄晟：必须立即向江防司令部报告！

赵忠全：对，必须立即报告给刘司令，请求一个可行的方案，以免发生误击自家军机的事件。

1—16　舰队平海舰旗舰·日外·内

主要人物：陈季良、欧阳景、高宪申、孟汉霖。

旗舰驾驶室内，陈季良、欧阳景、高宪申、孟汉霖站在旗舰驾驶室内。

旗舰瞭望塔上，哨兵对着话筒：报告陈司令，经反复确认，飞来的十架军机不是日军飞机，而是国军的轰炸机。重复一遍，飞来的十架军机，不是日军飞机，是我们的轰炸机！

陈季良：立即解除防空警报，通知各舰，恢复正常状态。

汽笛发出警报解除笛鸣声。

旗号手同时发出警报解除旗语。

欧阳景：陈司令，空军这样可不行，连声招呼都不打，万一我们误判、误击了怎么办？

陈季良：是的，刚才幸亏我感觉不对劲，谨慎了些，否则弄不好，完全可能发生误击我们自己的军机，那责任非同小可，到时候真的百口莫辩了。

高宪申：不只是可能误判，他们这么一批又一批地来来回回，会将我们搞得神经紧张、精神疲惫，同时也会麻痹我们的，弄不好，真的敌机来了，我们反而没有及时发现，那可糟了。

陈季良：是啊。不过，淞沪会战已经开始，空军也要迅速配合好在淞沪作战的国军。

孟汉霖：可以让空军稍微绕过一下要塞上空。

陈季良：是的。我来请国防部与空军司令部协调一下。

1—17 上海市闸北区·日外·上午

中国军队的坦克在市区马路上向挂着日本太阳旗和海军军旗的司令部开炮。

炮弹不断在日本军营中爆炸，碎屑冲天，硝烟弥漫。

中国军队挥舞着国旗，向日本军营射击冲锋。

日军在钢筋混凝土的掩体内，拼命开枪还击。

日军炮兵向国军坦克反击。

国军坦克时不时被击中。

冲锋士兵时不时中弹倒下。

天空，中国轰炸机群冲向汇山码头投弹。

一枚枚炸弹落下，码头设施瞬间崩塌，碎屑飞溅。

空中，中国轰炸机群冲向停泊在海面上的日军舰队。

一枚枚炸弹落下，海面上冲天水柱腾空而起。

日舰防空火炮不停地向空中射击。

字幕：1937 年 8 月 13 日，淞沪会战打响。

1—18 黄山炮台·日内·外·中午

主要人物：闵启昌、赵忠全、黄晟。

字幕：1937 年 8 月 16 日 11 点。

指挥所里电话铃声骤起，闵启昌迅速拿起电话筒接听（OS）：报告，发现下游上空飞来 7 架军机，距离 10000 米。报告完毕，请指示！

闵启昌：我立即汇报，请稍等！

闵启昌急步走近赵忠全面前：报告！哨兵发现由上海方向飞来的军机 7 架，目前尚无法看清是敌机还是国军飞机。

赵忠全：继续密切观察，如是敌机，不必报告，立即拉响防空警报！

黄晟：会不会还是国军飞机？

赵忠全：估计这次不会是国军飞机。首先，这次是从上海方向飞来。其次，自从上次乌龙事情发生后，陈司令和刘司令联合几次向空军司令部交涉，希望国军飞机绕离江阴要塞上空，他们已经同意。

黄晟：不过，我们还是谨慎为好，以防万一有什么特殊情况。

赵忠全：这是当然。不过，这次我倒是希望是日机，中日交战这么久，都说日军十分骄横，我真想跟他们交交手！

语毕，防空警报响彻天空。

官兵们迅速奔向各自炮位。

赵忠全顿时神情激奋，一挥拳头：机会来了，这次一定要狠狠揍一揍这些不可一世的小日本鬼子！

黄晟：让他们尝尝我们的厉害，告诫他们，中国军队并不是那么好欺负的。

赵中全：命令高炮组，等敌机接近瞄准了再打，不要操之过急。

1—19　江阴要塞江面·日外·中午

主要人物：陈季良、欧阳景。

江面上空，刺耳的空袭警报声在空中循环往复。

军舰上笛鸣声声，警铃紧促。

舰上官兵，各自就位，严阵以待。

军舰瞭望塔上，哨兵双眼对着测距镜朝远空严密观察。

哨兵：东南方向，敌机七架，距离 8000 米。

驾驶室内，官兵们个个神情严肃，沉默无语。都手执望远镜，专心致志注视远空。

舰上喇叭哨兵（OS）：东南方向，敌机七架，距离 6000 米，高度 7000 米。

陈季良放下望远镜，对着话筒：各舰高射炮位注意，敌机距离 3000 米，高度 5000 米时，立即开炮！

欧阳景：我们高炮射程 3600 米，是不是太早了？

陈季良：等到敌机到达我们的射程内俯冲，那敌机投弹命中率就太高了，对我们不利。要尽量发挥我们高射炮的优势，在我们上空的 3000 米之外，形成火力封锁线。

舰上哨兵喇叭（OS）：东南方向，敌机七架，距离 2000 米、高度 5000 米。重复一遍，东南方向，敌机七架，距离 2000 米、高度 5000 米。

陈季良对着话筒命令：开炮！

江面舰队 6 艘舰上的前座、后座高射舰炮，纷纷向敌机群炮击，空中硝烟弥漫。

1—20 黄山炮台·江面国军舰队·日外·中午

主要人物：赵忠全、高宪申、陈季良、孟汉霖。

黄山炮台上，两门高射炮不断向敌机群开炮，弹头闪着光焰一枚接着一枚向机群飞去。

敌机群迅速散开，爬升。

指挥所里赵忠全手执望远镜密切注视着空中战况，口中自言自语：距离太远，射程不够，都打不着。

敌机群迅速分成前后两组在舰队上空盘旋几圈后向西飞行。

舰炮手紧跟敌机方向，机动转动炮击方向，不停地发射。

敌机群很快飞离了舰队上空。

高宪申：敌机很狡猾，飞行高度突然上升，起码6000米，远离我们的炮火射程。

陈季良：他们可不笨。可以说，不但不笨，并且训练有素。看来他们现在只是先“热热身”，马上就要返回来的。命令各舰，不可放松警惕，继续严阵以待！

舰上哨兵（OS）：西南方向，敌机七架，距离2000米，高度7000米。

孟汉霖：敌机真的很狡猾，飞这么高，远离我们射程。

陈季良：高也要开炮，防止敌机突然俯冲投弹。

各舰纷纷开炮。

敌机飞行员俯视远离机群下的空中弹雾，作出一个得意的手势，按下投弹按钮。

两枚炮弹从高空落下，坠入江中。

距离舰队千米的江面上，瞬间激起两股冲天水柱。

空中敌机群已经恢复完整的“人”字队形，扬长东去。

高宪申疑惑：日本人就这么走了？会不会突然来个回马枪？

陈季良：应该不会，要扔弹刚才就全扔了，不会只扔了两颗。看来这次敌机只是想先行侦察一下。会不会再来，就要看淞沪会战战况了。

孟汉霖：那我们怎么办？就在这儿守株待兔？

陈季良：我们在这里主要就是防守，扼守长江要塞，不让日舰西进，保护首都安全。蒋委员长发起淞沪会战，就是想在吴淞口建立起牢固的第一道防线。

欧阳景：现在日机只是先行侦察试探，来势并不凶猛，可如果大批日机过来，我们舰队上的防空火力十分有限，要不要请空军配合作战？

陈季良：现在淞沪那边激战正酣，哪里腾得出手来。那边现在是主战场，蒋委员长现在集中了优势兵力，就是想将日军赶下海！尽管我们舰队的防空火力有限，但我们江阴要塞两岸还有六座炮台，几十门防空火炮，他们会配合我们的。

1—21　黄山炮台·日外·中午

主要人物：赵忠全、黄晟、闵启昌。

赵忠全、黄晟、闵启昌站在炮台上瞭望远空渐渐远去消失的敌机群。

黄晟：看来日本人也不过如此，经不住我们水陆联合连番炮击，就夹着尾巴逃跑了。

赵忠全：我想不是你说的这么简单。你发现没有，这群日机都飞得很高，没有俯冲攻击的意图，高空投了两枚炸弹，其目的不是轰炸目标，而是来探路的，同时骚扰一下。估计他们还会再来，不断进行骚扰。故意制造紧张局势，让我们神情紧张，精神疲惫，疲于应付，削弱我们的战斗意志。

黄晟：那现在我们怎么对付他们呢？

赵忠全沉思片刻：我们现在首先要做的是三点：①必须马上安装调试好江防司令部新调拨过来的两座防空机炮。维护保养好我们现在的火炮，保证关键时刻不发生意外。②如果只有少量敌机前来侦探骚扰，我们不要全部上位，分三班轮流值岗。③敌机不在射程之内，绝不开炮，不要轻易暴露我们的火力位置。我们炮台不是敌机重点轰炸目标，敌机轰炸的重点目标是我们的舰队，所以我们的防空战术要与舰队有所区别，稍作一些调整。我们只有在大战之前，首先保护好自己，才能在大战之时保护好我们舰队。

黄晟：好，我现在就去部署落实！

1—22　江阴要塞江面·日外·上午

主要人物：弘太一郎，中年，日本间谍。

赵忠仁，26岁，怀仁诊所医生，日本间谍。

江面上，一条船头上摊着几缕丝网的划子船在离岸不远的水面上缓缓划行。船上载有两位斗笠蓑衣中青年男人，弘太一郎、赵忠仁。赵忠仁划桨，弘太一郎一会儿用望远镜向江面上远处停泊的舰队和两边的江岸观察；一会儿放下望远镜，从鱼篓里取出照相机不停地拍照；一会儿又放下照相机，拿起笔记本，用笔在纸页上画着图，标注符号。

1—23 要塞江面上空·日外·清晨

江面上空，防空警报响起。

一架日军水上飞机在高空盘旋侦察几圈后飞离。

1—24 黄山要塞·日外·内·中午

主要人物：赵忠全、黄晟。

黄山炮台上空，防空警报响起，刺耳的声音在山谷中回荡。

7架敌机进入黄山、乌山、东山、西山、萧山空域，在高空来回徘徊。

黄山炮台指挥所内，赵忠全对着话筒：各炮位注意，敌机这是空中侦察，投石问路，不临近，不俯冲投弹，不要轻易暴露我们的火力位置。重复一遍：敌机这是空中侦察，投石问路，不临近俯冲，不要炮击，不要轻易暴露我们的火力位置。

敌机群在高空飞几个来回后，两枚炸弹从天而落。

炸弹在山谷中爆炸，冒起两股浓烟。

黄晟：这小日本，还真被我们赵长官说中了，这些天，上午一次，下午一次不断地来侦察骚扰，搞疲劳战术。

赵忠全：他们是在为大战作准备。

空中敌机群渐渐远去，消失在茫茫云雾之中。

1—25 要塞江面上空·日外·下午

江面上空，防空警报响起。

12架日机成梯形战斗队形，俯冲直扑舰队。

舰队中六艘军舰上的防空机炮同时向敌机群猛烈射击。

江岸上五处炮台从不同方向向敌机群不断炮击。

敌机群队形大乱，一架敌机被击中，冒着浓烟，摇摇摆摆，坠入江中，激起数丈高水帘。

接着，又一架敌机被击中，坠入山林中爆炸，林中冒起了青烟。

敌机迅速爬高，远离舰队上空，投下三枚炸弹，落入江边芦苇荡中爆炸。

敌机群仓皇逃离。

要塞江面天空又恢复了平静。

1—26 日舰会议室·日·内

主要人物：长谷川清。

日舰海军会议内，日军官们端坐在方形会议桌四周。日本海军中将长谷川清主持会议。

长谷川清：中国军队这次主动挑起战事，出动两个师的兵力围攻我海军司令部及海军舰队，是妄图一举消灭我3000海军陆战队，将我们赶出上海。但他们太低估了我们大日本皇军的战斗力，虽然我们海军司令部几次失守，但我们又夺了回来，为我们援军的驰援争取了宝贵的时间。现在我们的第一、第三舰队，第二联合航空舰队，以及第3师团，第11师团，第一海军陆战队已经全部部署到位，形势已对我们十分有利，现在我们完全可以反守为攻。我命令！

所有军官起身肃立。

长谷川清：第一舰队留守吴淞口，第二、第三舰队开赴江阴要塞。以小部分舰载机牵制江阴要塞炮台火力，其余舰载机全力轰炸中国舰队，海空联合作战，务必将中国的全部舰队一举全歼！

军官们齐声：嗨！

1—27 江阴要塞江面·夜内

主要人物：陈季良、欧阳景、高宪申。

陈宏泰，50岁（1888—？），宁海舰舰长。

军舰会议室，陈季良、欧阳景、高宪申、孟汉霖、陈宏泰及各舰舰长端坐在方形会议室四周，舰队司令陈季良主持会议。

陈季良：根据最新战报：淞沪会战，张治中、冯玉祥将军的第9集团军打得很不顺手，日本人的援军已经陆续抵达吴淞口，现在开始反守为攻，并且已经开始在吴淞口、川沙镇登陆，形势十分严峻。蒋总统已经向上海市区连续调遣了30万军队给予守军增援，应该能挡住日军的攻势。但不管怎么样我们都务必作好日舰进攻的准备，日舰随时可能配合他们的陆军向我们发起攻击，我们绝不能让日军突破我们的江阴要塞防线，否则，南京危矣。

1—28 江阴黄山炮台附近树林·日·外·傍晚

主要人物：黄晟。

黄晟身穿军服肩背背包在山林中边走边不时地四下张望，四周一片安静。他慢慢靠近一棵松树停下再次观察了一下四周，然后脱掉外衣，十分敏捷地爬上树，沿着粗壮的树干奋力上攀，一直爬到快至树顶处，站在一根较粗的树枝上，系上安全带，从腰间抽出砍刀先将四周的纵横交错的细枝树叶砍光，随后，又连续猛砍头上树梢，树梢很快被砍断掉了下去。接着又将树梢断面削平，他从背包里取出一片圆形物体，撕掉包装，露出了一面四边橡胶包裹的圆镜子和连体支架，他将镜面朝天用包带将支架绑在了树梢上，绑好后，试了试牢固性。又回头眺望了一下不远处的夕阳下的炮台，脸上露出得意的一笑。

1—29 江阴要塞·日外·内·上午

字幕：1937年9月22日

远空，大批日机密密麻麻蜂拥而来。

黄山炮台瞭望哨里手执望远镜正在向远空瞭望的哨兵大吃一惊，立即拉响防空警报，对着话筒呼叫：发现东南方向敌机数十架，距离10000米，高度6000米。重复一遍：发现东南东南敌机数十架，距离10000米，高度6000米。

炮台上官兵迅速冲出营房，奔向炮位。

指挥所里，赵忠全拳击桌面：决战的时候到了。

1—30 江阴要塞·日内·外·上午·多云

主要人物：陈季良、高宪申、欧阳景。

旗舰平海号瞭望塔上，两哨兵，一位对着瞭望镜观察报数，一位对着话筒报告：发现两个日机编队，分别在东南方向和东北方向，敌机18架，距离7000米、高度5000米；东北方向，敌机18架，距离8000米、高度5000米。

旗舰驾驶室，陈季良面色严峻：日机编队这是用“V”形战术两面夹击我们，命令，平海、宁海舰的防空火炮对付东南方向的敌机；应瑞、逸仙舰的防空火炮对付东北方向的敌机。距离5000米，立即开炮！

军舰上防空机炮手们迅速调整炮口方向。

空中，日机编队队长（日语）：保持攻击队形，不得个别投弹！

四艘军舰上，防空机炮密切开炮。

长江两岸，五处炮台从不同方向向敌机编队开炮。

空中硝烟弥漫。

敌机编队队形整齐，降低高度，从东南方向向舰队逼近，投弹。

二十几枚炸弹，在舰队之间的江中一枚接着一枚地爆炸，激起冲天水柱。

旗舰上炮手被激起来的巨浪扑倒，从炮位掉落。

弹片击中驾驶室窗玻璃，玻璃碎片飞溅，击中陈季良腰部。

陈季良手按腰部倒地，鲜红的血液从手掌四周渗出，立即染红了腰部白军服。

高宪申立即上前搀扶：司令！司令！

陈季良：我不要紧，叫军医过来包扎一下就行。

欧阳景着急：这不行，得立即去医务室，这里有我！

陈季良强忍：我不能离开这里，叫医生过来！

高宪申扭头急呼：医生！快过来，陈司令受伤了！

医生挎着急救箱急匆而来，立即掀开陈季良的上衣，开始包扎伤口。

敌机编队飞过舰队上空后，从西北方向迂回，再次逼近、投弹。

江面上，二十几枚炸弹陆续从天而降，在江中不断爆炸。两艘炮艇被击中，瞬间烟火冲天，碎片飞溅。人体被抛向半空，翻滚坠江。艇体四分五裂，残片漂荡。

空中，东北方向敌机编队从云中破云而出，冲向舰队。

四艘军舰上，防空火炮不断密切发射。

江岸两边山上，五处炮台从不同方向不断向敌机炮击。

旗舰驾驶室，陈季良腰扎绷带，坐在司令位置上一手扶着把手，一手执着望远镜观察空中。

空中，东北方向敌机编队继续下降，开始投弹。

二十几枚炸弹从天而降，在江中不断爆炸。

第二集 睿智除奸

狡寇海空势凶焰，要塞守军遂应变。

上将借机除内患，同仇敌忾气云天。

2—1 江阴要塞江面·日外·上午

主要人物： 孟汉霖。

郑礼湘，20岁左右，军舰机炮手。

张玉成，20岁左右，机炮修理工。

严祖冠，20岁左右，中士。

高宪申。陈季良。陈宏泰。

一枚炸弹贴近舰首爆炸，水帘扑向舰上驾驶室玻璃窗，驾驶室内，江水横流。

舰首米舱哗哗进水。

米舱士官奔至发现朝士兵大喊： 快，快取堵漏伞！

士兵快速从舱壁上取下堵漏伞奔至，两人合力将堵漏伞插进漏水口，按下钮键。

堵漏伞在外壁迅速张开，吸附在漏水口。

漏水口立刻断流。

一枚炸弹在舰侧中部江中爆炸，数名士兵倒下，舰上前桅断损，舰舷壁被击穿十余弹孔。

一枚炸弹在舰尾爆炸，铁件碎片飞溅，舰上数名士兵被击中倒下。

敌机编队向宁海舰俯冲扫射，子弹连续击中舰体，发出“叮叮当当”的金属撞击声。

驾驶室，孟汉霖被击中头额，血喷如注，倒地不起，一旁官兵急忙冲上前去急救。

正在全神扣动扳机拼命发射的机炮手郑礼湘突然被一梭子弹击中，立即头歪臂垂。

巾缆中士严祖冠发现机炮熄火，无人操作，立即攀爬上去。刚握住机炮柄，一发子弹穿胸而过，胸血喷薄而出。

机炮修理上士张玉成见状，立即毫不犹豫地又爬上了机炮位，握住机炮柄，转动机炮口，扣动扳机，咬牙切齿向敌机不断发射。

敌机迅速升空迂回，再次俯冲扫射。

张玉成中弹，身体歪倒，从炮位落下，重重摔在舰甲板上，浑身鲜血四溢。

机炮位上只剩两具东倒西歪士兵尸体，已无人操作，炮口依旧冒着青烟。

敌机群从军舰上空掠过，升空，渐渐远去。

平海旗舰驾驶室，陈季良从望远镜中看到敌机渐渐远去，指令左右：立即抢救伤员，通知各舰舰长马上前来开会。

各舰上，余烟袅袅。士兵们走出舱外搀护伤员，抹着眼泪，拖拽遗体。

旗舰会议室，陈季良腰缠染血的纱布主持：现在请各位通报各舰的情况。

欧阳景：舰队有两艘炮艇被炸沉，艇上18名官兵无一幸免，全部牺牲。

高宪申：旗舰伤亡人数共15人。重伤2人，其中轻伤10人，牺牲3人。副舰长孟汉霖不幸以身殉职。舰体除驾驶室两处窗玻璃破损，前米舱被炸穿15公分左右的弹孔，超成米舱进水，但已及时封堵，现在正在抢修。另外，后桅上部断裂。目前全舰整体无大碍，机炮弹药已使用过半，急需补充。

陈宏泰：宁海舰伤亡人数共21人，其中重伤5人，轻伤10人，牺牲6人。舰体除舷壁有12处弹孔外，所有机炮均完好无损。机炮弹药已使用过半，急需补充。

应瑞舰长：应瑞舰伤亡人数共9人，其中重伤3人，轻伤2人，牺牲4人。舰上后座机炮受损，正在修复。弹药已使用过半，急需补充。其他都一切正常。

逸仙舰长：逸仙舰无人伤亡。舰体、火炮完好无损。但弹药已使用过半，急需补充。

陈季良：我们的补给舰现在就停泊在龙梢港，一小时左右就能到达补济。我现在首先要特别强调三点：①不得为了避开日机的重点轰炸而降下桅顶的司令旗。②各舰不得为了机动驶向上游。③立即将重伤员转移上岸，移送江防部队战地医院。

三点说完，陈季良话音停顿了一下，顺了顺嗓子，面色阴沉：下面各位舰长总结一下，今天的防空战，几十架敌机来袭，我们这么密集的炮火，怎么一架敌机都没能打下来？反而不如以前了？并且自身伤亡也不小。问题到底出在哪儿？

舰长们面面相觑，坐立不安。

陈季良见无人发言，开始点名：请宁海舰陈舰长分析一下？

陈宏泰润了润嗓子：首先我认为主要还是我们的防空能力有限。防空能力包括武器设备和人员的军事素质。尽管我们第一舰队和第二舰队有 49 艘军舰，但具有防空火炮的只有 4 艘。尽管有要塞五处炮台防空火炮的支援，但在仍然难以抵挡大批日机编队的反复密集的狂轰滥炸。其次，由于受到客观条件的限制，我们防空机炮手实场操练的次数较少，缺少实战经验。所以火炮命中率较低。我认为，经过这几次实战，我们防空机炮手的经验也会越来越丰富，防空能力也会越来越强。

高宪申：陈舰长分析得有道理。但我想补充一下。我个人认为，在面对大批日机编队气势汹汹来袭时，我们的战术是否也应该机动灵活一些？比如：这次日机编队从东南和东北两个不同方向呈“V”字夹击我们，那我们舰队的战斗队形也可以随之应变。

陈季良：怎么应变呢？

高宪申：舰队的战斗队形在敌机临空前应该尽量避开敌机编队飞行方向直线点和交叉节点，机动到敌机编队投弹的盲区。这次逸仙舰之所以安然无恙，就是因为它停泊在敌机编队攻击队形的盲区。敌机编队保持“V”字攻击队形，有其优势，也有其弱点。我们要充分抓住其弱点，才能化被动为主动，由逆势变优势。

陈宏泰：敌机编队攻击队形不会是一成不变，他们也会根据我舰队队形位置而变化的。

高宪申：敌变我变，我们可以随机应变。如果敌机也随我们而改变攻击队形，那他们可能就会队形紊乱，至少会短暂紊乱。这就给我们的防空火炮增加了命中的机率。

陈宏泰：理论上这是个好对策，但实际操作起来有难度。军舰的机动不是飞机，机动起来方便快捷。也许还没有机动到位，敌机就到了。

高宪申：这就需要我们的观察哨、测量员，预报测算及时准确，以及我们舰长的指挥得当。

陈季良：我看高舰长这个对付日机的战术可以试行。这样，各位立即回舰利用现在休整时机先演练演练。

舰长们齐声肃立：是！

2－2　江阴黄山炮台 · 日外 · 中午

主要人物：赵忠全、闵启昌。

黄山炮台上，士兵们正在清理机炮四周的弹壳，搬运弹药箱，擦洗炮膛。

士兵甲：刚才炮管已经烧红了，再打一会儿这机炮可能就吃不消了。

士兵乙：还好，敌机已经走了，再打这机炮说不定就可能炸膛了。

士兵甲：不过，敌机不走也不行，就只能携带那么几枚炮弹，扔完了不走，就是找死。

士兵乙：哎，你别说，这日本人打起仗来还真是凶悍，那么密切的炮火，还是一个劲儿地往下冲。

士兵甲：日本人被他们的天皇洗过脑，崇尚武士道精神。

士兵乙：我们的人也不赖，你看到有没有？没有一个怕死的。可惜的是，打了那么多炮弹，怎么一架敌机都没打下来？

士兵甲：敌机主要目标是我们的舰队，不是我们，离我们较远，所以很难击中。

士兵乙：我不是说我们，是说我们的海军舰队。

士兵甲：我们的舰队受外部条件限制，实际操练少。而日本人武器装备都是自己生产的，训练条件不一样，战术也机动灵活。你发现没有，他们前来轰炸的都是轻型的舰载轰炸机，不仅轻便灵活，而且，编队队形，整齐划一，训练有素。分层次，分波次，从不同方向，连续进攻。而我们的舰队，只有四艘军舰上有防空火炮，炮手们尽管很是英勇，但火力有限，面对敌人的狂轰滥炸，也是防不胜防。

赵忠全（OS）：说得头头是道，看来你可不一般啊！

赵忠全在两士兵不知不觉时，站在傍边认真地听着他俩的谈话。

两士兵闻声抬头一看，见是台长，赶紧立正敬礼：赵台长。

赵忠全面对士兵甲：你以前是做什么的？

士兵甲：报告长官，我以前在江阴电雷军事学校学习过。

赵忠全：电雷学校的应该分配到海军部队去呀，怎么到了这里啊？

士兵甲嗫嚅：犯了次错误。

赵忠全：犯了什么错误呢？

士兵甲犹豫：这，这……

赵忠全：不方便说可以不说。

士兵甲释然：谢谢长官理解！

赵忠全环顾了一下四周对身旁闵启昌：集合！

闵启昌立即吹响口哨：全体集合！

炮台上，所有官兵立刻聚结列队。

闵启昌：立正，向右看齐！报数！

列队官兵：1、2、3、4……35、36。

闵启昌转身向赵忠全敬礼：报告台长，炮台所有官兵除六名值勤人员外，已全部到位，请指示！

赵忠全： 稍息！刚才，我听到士官范长江谈论今天的防空战果，分析今天为什么一架敌机都没能打下来。我觉得他分析得有一定的道理，但还不全面。这个问题现在必须认真总结一下，只有找到问题的真正根源，才能弥补我们的不足，达到最好的效果，取得最好的战绩。不可否认，日本人占有绝对的海空优势，他们不但武器先进，数量众多，而且训练有素。但我们也有我们的优势。首先，我们占有江阴要塞天然屏障的地理优势，两岸炮台居高临下，扼守长江最狭地段，加上果断采取了沉船封江措施，阻断了日本军舰溯江而上的企图，使日军的海上优势丧失殆尽！而日本空军，9 月 19 日 33 架军机空袭南京时，我们空军斗士刘粹刚一人就击落 4 架，击伤一架。最后，丢下 13 架飞机遗骸，仓皇而逃。路过我们黄山上空时，已经溃不成队，为此，我们曾排炮欢送。由此可见，别看他妈的日本人气势汹汹，不可一世，其实也不过是一只纸老虎而已。古人说，狭路相逢，勇者胜！但我们现在不仅要有勇，更要有智。从今天敌机空袭的情况来看，日本人还是很狡猾的。他们用两个编队重点空袭我海军舰队，同时，从中抽出 6 架战机袭扰我们的防空炮台，牵制我们火力。高空投弹，吸引我们的注意力，却远离我们火炮的射程，吊我们的胃口，让我们食之无味，弃之可惜。我们当时没能及时发觉日本人的鬼蜮伎俩，从而上了他们的当。现在我们要立即改变我们的战术，我们的火炮要重点对付奔袭我们舰队的敌机编队，对前来袭扰炮台的敌机，除非敌机准备逼近俯冲，迫不得已，可以反击，其他情况尽可以置之不理。大家听明白没有？

列队官兵齐声： 明白！

2—3 江阴要塞·日外·内·晨

主要人物： 陈季良。

字幕： 1937 年 9 月 23 日。

天空阴雾沉沉，江面白浪涛涛。

10 艘日舰正披着晨雾，逆流而上。

要塞上空，警报大作。

旗舰寝室，陈季良闻声从床上一跃而起，迅速套上裤子，拿起上装，边穿边跑，奔至驾驶室，问值勤官： 什么情况？敌机又来了？

值勤官： 报告司令，不是敌机，是敌舰来了。

陈季良： 来了多少？

值勤官： 10 艘。

陈季良：还有多远？

值勤官：还有10海里。

陈季良：命令各舰，立即备战！

要塞江面，中国舰队各舰上备战笛声骤响；瞭望哨塔上，旗官不停地挥动着备战旗。

士官们在甲板上快速奔跑。

2—4 黄山炮台·日外·晨

主要人物：赵忠全、黄晟。

炮台上，官兵们在各自炮位上严阵以待。

指挥所内，赵忠全在查看墙上的江防图：敌舰还有多远？

黄晟：还有8海里。快到江阴长山水域。

黄晟上前在地图上画了个圈：这里。

赵忠全：这日本人还真是诡计多端，飞机、军舰轮流上。

黄晟：他们的目的就是让我们防不胜防。

赵忠全：尽管计划不如变化快，但我们要力求做到有备无患。不管日本人使什么鬼花招，兵来将挡，水来土掩。

黄晟：我们就希望日舰过来呢，大目标，我们这德国榴弹炮打起来才过瘾！才能发挥它的优势。

2—5 江阴长山江面水域·日外·内·晨

主要人物：长谷川清、日军大佐。

日军舰队正顶风破浪，徐徐航行。

驾驶室内，日本舰队司令长谷川清手握望远镜正向前方瞭望：现在距离江阴要塞还有多远？

身旁大佐：还有7海里。

长谷川清阴险一笑：命令舰队立即返航！

大佐一脸狐疑：阁下是命令返航？

长谷川清：是的。立即传达！

大佐躬身立正：嗨！

日旗舰瞭望塔上，旗语手不停地挥动着返航旗语。

日舰队开始一艘接着一艘地缓缓调头。

2—6 江阴要塞江面·日外·内·晨

主要人物：陈季良、高宪申、欧阳景。

中国舰队平海旗舰驾驶室内喇叭里哨兵（OS）：报告司令，敌舰已经调头返航！

舰长高宪申大惑不解：这日本人在耍什么鬼把戏？怎么又突然返航了？

陈季良沉思片刻：日本人还是耍的老一套“疲劳战术”，不断骚扰我们，让我们寝食不安。

驾驶室喇叭里哨兵（OS）：报告司令，东南方向，飞来敌机两架，距离8000米，高度5000米。

陈季良：只有一两架敌机，应该是日本人的侦察机。通知舰队，严密监视！

欧阳景：估计，中午前后，日军又一轮空袭就要开始！

陈季良：通知舰队，今天午饭提前1小时，抓紧时间休息，准备决战！

要塞上空，一架日军侦察机在高空盘旋几圈后离去。

2—7 江阴要塞·日外·内·中午

主要人物：高宪申、陈季良、陈宏泰、军舰巡视官等。

要塞上空，紧急防空警报响起。

旗舰驾驶室喇叭里，哨兵不断地急促报告（OS）：西南方向，敌机12架，距离6000米，高度4000米；西北方向，敌机14架，距离5000米，高度4000；东北方向，敌机20架，距离6000米，高度4000米；东南方向，敌机12架，距离5000米，高度4000米。

高宪申：日本人这是进行四面围攻，来势汹汹。

陈季良：命令舰队，立即调整队形，准备决战！

警铃大作，旗语兵不停地挥动着旗语。

敌机群黑压压一片，四面围攻上来。

江面舰队上，四艘军舰的是前后防空机炮齐射，空中火焰冲天，硝烟弥漫。

敌机俯冲投弹，一枚枚炸弹从空中落下。

江面上剧烈的爆炸声，冲天的水柱此起彼伏。

敌机不断被击中，坠入江中。

敌机长（日语）：立即分编12小队，四面轮流攻击！

敌机群即刻在空中重组，发起新一轮攻击。

敌机俯冲扫射，舰队上，连续击中舰上士兵。

一士官在各炮位来回巡视，发现炮手倒下：后炮位补员两名，前炮位补员两名。

四名机炮手立即从舱中奔出，迅速登位。

宁海舰驾驶室，陈宏泰面色沉着冷静，对着话筒：各炮位注意，对俯冲敌机集中平射！

机炮手迅速调整炮杆高度。

两架敌机俯冲，各舰机炮从不同方向向敌机炮击。

两架敌机被击中，一架坠江，一架冲向宁海舰，撞上瞭望塔爆炸。

宁海舰剧烈震荡，瞭望塔上，两士兵被炸飞坠江；舰上碎片横飞，一片狼藉；舰体遍体鳞伤。

宁海舰驾驶室内，灯具垂落，玻窗破损，碎屑一地。

陈宏泰对着话筒喊话，无回声，用手拍了拍：指挥系统失灵了！

四架敌机再次俯冲投弹。

炸弹在舰后右舷爆炸。桅杆、烟筒、舢舨船被炸毁，鱼雷炮被炸飞。

机炮位上，一士兵面部被弹片划伤，血流不止，两手一边拭血，一边换枪管。

锅炉舱哗哗大量进水。四名士兵奋力用封板封堵，水从封板四周喷射。

陈宏泰右腿被弹片击中，血流如注，脸色苍白。

四周军官大惊失色，急忙上前搀扶。

陈宏泰推开左右，双手抓住座位上把手，大声指挥：左舵十六度！

舰上机炮仍在不停地发射，一机炮手中弹。

巡视官声嘶力竭：前炮位补员一名。

候补员舱位已空无一人，无人应答。

巡视官见状，立即爬上炮位，继续发射。

驾驶室内，陈宏泰渐渐支撑不住，晕倒在地，左右军官立即上前背出驾驶室。

舰舱内，积水已深。

士官：已经封堵不住了，立即撤离。

一士兵从水中捞出一枚炮弹，迅速跑上舱面，爬上高射炮位，嵌入炮膛，对着正俯冲而来的敌机迎头炮击。

敌机被击中尾部，拖着浓烟，在空中翻滚着坠入江中。

空中，6架敌机再次临空投弹。

两艘炮艇分别被击中，瞬间解体，沉没。

宁海舰体弹痕累累，渐渐倾斜，十分艰难地缓缓驶向江滩，搁浅。

2—8 黄山炮台·平海舰·日外·中午

主要人物：赵忠全、黄晟。

炮台上，炮位指挥官挥着令旗，不断发出指令：高度1600米，密位5，放！

一枚枚炮弹喷着火焰直奔江面上空机群。

一发发炮弹，掠过机群上空，散发着一团又一团烟雾。

炮位指挥官：高度1200米，密位3，放！

又是一枚枚炮弹喷着火焰直奔江面上空机群。

一架敌机在空中爆炸，火焰四射。

一架敌机斜坠江面，在水面上翻滚，激起幕幕水帘。

一架敌机机尾拖着黑烟，摇摇摆摆向远空飞去。

炮位上，一炮手兴奋地挥举双臂跳跃了起来，高喊：击中三架！击中三架！

赵忠全站在炮台上，用望远镜密切观察着江面和舰队上空。

镜头中，敌机群以四个编队，每队9架，从四面围攻平海旗舰。

一枚又一枚炸弹从弹舱落下。

几十枚炸弹在江中连续爆炸，江面到处激起冲天水柱。

三艘吨位较小的军舰被巨浪掀翻，士官纷纷落水。

敌机对着正在水面挣扎的水兵俯冲低空扫射。

水面上不断有水兵中弹，血水横流。

平海舰被水柱激起腾空，又重重落下，水帘喷薄四起。

舰上士官数人被高高抛向空中，重重摔下，落在甲板上，七窍流血。

舰上高射机枪被蹦起落下，支架折断。

一机枪手口中流着鲜血，从甲板上奋力爬起，用胳膊抱着发红的枪身朝天空继续发射。

胳膊上皮肉在烧焦冒着白烟。

机枪手浑然不顾，一发发子弹从枪管中喷射而出。

一架敌机被击中，轰然坠江。

赵忠全从望远镜中目睹眼前惊心动魄的一幕，震撼不已，潸然泪下。

敌机群继续在平海舰上空来回投弹。

舰体中弹，开始倾斜。

旗手发出撤退信号。

平海舰开始向上游艰难行驶，冲滩搁浅。

敌机长在机座上得意扬扬向僚机摆了个“V”字手势：各编队，现在立即返航。

敌机群迅速升空，渐渐远去。

黄山炮台上，赵忠全对着身边黄晟：立即安排人、汽艇前往江中救人！

黄晟：是！

赵忠全：其他人员立即擦拭机炮。

2—9 要塞江面·日外·下午

主要人物：赵忠仁。

弘太一郎，中年，医生，日本间谍。

江水奔流，江浪拍岸。水面上各种杂物随着江水漂荡。

五条划子船，三艘小汽艇在江面上搜寻目标。

一具身着救生衣士兵尸体从水面拖上了划子船舱，舱内已躺着两具尸体。

一条划子船上，士兵们听到呼救声，于是两人奋力挥动划桨，加速向江中一漂浮物靠近。

一士兵被从漂浮物上拉拽到了船上。一士兵身上湿漉漉瘫躺在舱里，脸色苍白，口中不断地吐着江水。

小汽艇上的士兵（甲）瞭望江面：那边好像有人。

士兵（乙）：哪边？

士兵（甲）：沉船那里。

士兵（乙）：哪个沉船？

士兵（甲）着急：封江沉船的那里，好像有人在挥手。

士兵（乙）：是露出江面的船桅那里？

士兵（甲）：对，就是那里！快，快开过去！

远处，竖露在江面的舰桅处水面，有一物体紧贴着舰桅在左右闪动。

小汽艇快速开了过去。

一落水士兵一手臂挽住桅杆的横杠，一手里抓着一块银色的塑料片挥动着手臂，塑料片不时地闪着亮光。

小汽艇慢慢靠近，水中士兵丢掉塑料片，抓住了艇上士兵伸出钩杆被拖拽上来。

士兵（乙）：你真幸运！还是我们班长眼睛尖，老远就发现了你。

被救水兵，面色苍白，坐靠在舱壁边，声音微弱：谢谢！

班长：不用谢！我们都是为了打日本人。

士兵（乙）手指上扬：那边好像漂来一个人！

众人跟随他手指的方向望去。

水面上一具衣装鼓鼓的尸体正向汽艇漂来。

班长：快，开上去！

汽艇加速开了过去，靠近尸体。

士兵（乙）伸出钩杆，钩住尸体拽上了汽艇。

班长将俯伏尸体翻过身，看了看手臂上军服太阳旗标识：他妈的，是个日本人！

士兵（乙）：还是扔回江里喂鱼吧！说完便将尸体拖拽到艇边沿，一脚踢了下去。

尸体随着江流继续向下游荡去。

班长指令：继续向上游搜寻！

汽艇加大马力向上游驶去。

下游，赵忠仁划着一划子船慢慢靠近刚刚被士兵扔下去的尸体，弘太一郎一副渔夫打扮，用钩杆又将尸体拽上了船。

班长看到，立即对着划子船高声喊：那具是日本鬼子！

划子船上的弘太一郎似乎并没有听见，继续划着桨向下游而去。

士兵（乙）：算了，别喊了，等他们知道了是个日本人，也会扔掉的。

远处江面上，一艘小型军舰停泊在搁浅军舰的附近水域，海军官兵正陆续从平海旗舰上沿悬梯而下，登上汽艇撤离。

逸仙舰上，司令旗缓缓升起。

2—10 逸仙舰·日外·内，上午

主要人物：陈季良、高宪申。

逸仙舰驾驶室，一通讯员进入，走到陈季良面前敬礼：陈司令，陈绍宽部长电报。

陈季良接过电报，内容：你已受伤，望你接电后即刻回宁治疗。舰队司令一职，暂由副司令欧阳景接替。

陈季良沉思片刻：回电陈部长，谢谢关心！卑职伤无大碍，与日军决战在即，轻伤不下火线，誓与舰队共存亡！

通讯员：是！

陈季良转身：命令全体集合！

舰上集合铃声骤响。

逸仙舰甲板上，官兵们整齐列队，陈季良、欧阳景队前站立。

高宪申跑步上前，立正敬礼：报告陈司令，全舰官兵列队完毕，请训示！

陈季良回礼：海军勇士们，今天我必须首先向各位官兵表示最崇高的敬意！

陈季良向列队官兵行敬军礼。

列队官兵齐声：报效党国，职责所在；赴汤蹈火，义不容辞！

陈季良：尽管我们在这次与敌机空战中，损失较大，但我们的官兵个个英勇顽强，不怕牺牲，没有一个脱离岗位；尽管我们防空机炮十分有限，但击毁击伤敌机过半，狠狠打击了日军的嚣张气焰，使他们付出了沉重代价！现在全体听令！向后转！

列队官兵全体转身，面向长江。

陈季良：向这次防空战中所有壮烈牺牲的党国将士敬礼！

全体列队官兵面向长江行敬军礼。

仪仗队向空中鸣枪！

舰笛哀鸣。

舰旗降半。

仪式完毕。

陈季良：现在淞沪会战，敌我双方正打得难解难分，胜负难料。尽管现在日军武器装备暂时强过我们，但我们就是打到只剩最后一个炮弹，最后一颗子弹，也要跟敌人血拼到底，打出中国人血性！只要我们坚持抗战到底，最终日本人一定会失败，中国一定会胜利！

列队官兵齐声：中国必胜！中国必胜！

逸仙舰会议室，陈季良主持会议。

陈季良：现在请各位舰长汇报各舰目前情况。

高宪申：平海舰、宁海舰现在已经完全失去战斗力了，陈宏泰舰长以及重伤人员都已经转移上岸治疗。其余人员也已经全部补充到了逸仙、应瑞等舰上。

逸仙舰舰长：逸仙舰上的高射炮弹已经用完，只剩 99 颗空炸榴弹。不过，主炮的攻舰穿甲弹还一颗没有用。虽然损员严重，但现在都得到了补充。

应瑞舰舰长：我们应瑞舰后座高射机炮已经被敌机炸毁，其他情况与逸仙舰差不多。不过我们还有 12 挺机枪。

陈季良：补充弹药的事我已经向海军部陈部长作了汇报，他已经作出安排，并派遣了第二舰队的健康舰前来增援。

旁白：其实，补充弹药的事，海军部长陈绍宽是这么回复的：由于与时任军政部政务次长陈诚的长期矛盾，补充弹药的经费划拨一直受到他的推诿作梗，没有得到落实。现在根本无弹药可补充。陈季良听后既气愤又无奈，思虑再三后，为了关键时刻不影响士气，他，没有实话实说。

逸仙舰长：可健康舰也没有防空火炮，凭十几挺机枪防空，能起多大作用呢？

陈季良：我推测日军以后可能会以军舰攻击为主，空袭为辅了。因为，日军空袭的代价太大了。仅在我们江阴要塞的几次空袭就损失了三十多架飞机。所以我们现在要做好与敌舰决战的准备。

高宪申：就是敌机再来空袭，我们还有江阴要塞七处炮台的防空支援。仅黄山炮台昨天就打下了三架敌机，由此可见，炮台的防空支援非常得力，效果很好。

陈季良：现在我们必须组织人员立即将宁海舰和平海舰上火炮和弹药拆卸搬运下来，补充到逸仙舰和应瑞舰上，剩余的运回南京。这件事由高舰长去安排落实。

高宪申：是！

会议室铁门突然打开，进来一位身着陆军军服的少将和两位荷枪实弹的士兵。

与会军官一惊，本能起身。

少将走到陈季良面前行敬军礼：陈司令，奉蒋总统手谕，请您即刻前往南京召开军事会议！

舰队司令一职暂由副司令欧阳景代替。

少将递呈手谕，陈季良接过，看了看，面色阴沉转身对着副司令欧阳景：欧司令，那就辛苦你了！

欧阳景目睹眼前的突发情况，满腹狐疑，一脸不解，正在胡思乱想，揣测走神，忽然听到陈季良叫他，猛然一愣，慌忙立正敬礼：是！

陈季良跟随来人淡定走出了会议室。

会议室，众军官面面相觑，底声嘀咕：这是怎么回事？

2－11　南京海军部·日内

主要人物：陈绍宽。

海军部长办公室，陈绍宽部长在地毯上焦急地来回踱步（VO）：这犟驴，我已经暗示他，趁着受伤，以治疗之名，借机一走了之，他就是不听，非要跟日本人拼个高低，现在好了吧！没给日本人打死，倒要被蒋总统收拾了，真不知道这些共产党人是怎么想的！这可怎么办？

陈绍宽沉思着，两手下意识地摸着上衣的左右口袋，掏出一盒香烟，抽了一支，右手大拇指揿了好几下，才将火点着。刚抽了两口，又将香烟揿灭在烟

缸，随后走到办公桌前，拨起电话：联系一下，我要觐见蒋总统。

2—12　南京总统府·日内

主要人物：陈绍宽。

蒋介石，51 岁（1887—1975），国民政府总统

总统官邸，陈绍宽被官邸秘书领进总统办公室。

蒋介石身着大元帅军装，离开办公桌。

陈绍宽敬礼：委员长好！

蒋介石：陈部长啊，来来，这边坐。

陈绍宽：卑职站着就行，委员长请坐！

蒋介石坐上长真皮沙发：别太拘礼了，来，坐这边。

陈绍宽谦恭：那下官失敬了。

坐在了旁边的软单椅子上。

蒋介石：陈部长，你有什么事直说。

陈绍宽恭敬：委员长，听说，戴局长派人将陈季良司令带到南京来了，是吗？

蒋介石：是的。

陈绍宽：您可以告诉卑职是什么原因吗？

蒋介石：他是共产党！

陈绍宽惊讶：啊？！他是共产党？会不会搞错了？

蒋介石：戴局长说他得到了可靠情报。

陈绍宽：那委员长准备怎么处置他呢？

蒋介石：你是海军部长，我正想听听你的意见。

陈绍宽：承蒙委员长信任，那属下就直言了，若有不妥，还请委员原谅！

蒋介石：但说无妨。

陈绍宽：委员长，这会不会是敌人耍的离间之计？

蒋介石意外：哦？这怎么讲？你说说。

陈绍宽：我怀疑我们高层内部有内奸。

蒋介石惊疑：你有根据吗？

陈绍宽：委员长，您想，我们制订封江沉船计划时只有很少的几个人知道，而日本人却准确及时得到了情报，趁我们 12 日封江前，13 艘军舰全部撤出了封锁线之内。这说明，我们高层内部肯定有日本人的间谍，并且这间谍就潜伏在我们身边。而现在，当我们第一舰队正与日军在江阴要塞决战之关键时刻，又突然冒出了个舰队司令是共产党的情报，我高度怀疑这是敌人挖的陷阱。目

的，就是借刀杀人。陈季良司令我对他十分了解，他是我们海军中不可多得的悍将良才，在前天的防空战中，不仅打下了二十多架日机，并且身负重伤不下火线。我让他回宁治疗，他断然拒绝。

陈绍宽起身从衣袋里取出电报，躬身并足双手递了过去：委员长，这是他的回电。

蒋介石接过，看了一下：看来，这陈司令还真是名悍将良才啊！不过，他如果真是个共产党呢？

陈绍宽：委员长，敌人正是抓住了我们的心病，对症下药，妄图借我们的手，不费一枪一弹除掉他们最强悍的，最难对付的对手。退一步讲，就算陈司令是共产党，眼下，大敌当前，敌人的敌人就是朋友。前天，我们与共产党刚刚签订了国共合作协议，宣布建立民族统一战线。如果他真是共产党，那让共产党人身临抗战一线，保家卫国，名正言顺。就是战死沙场也是职责所在。更重要的是，现在江阴要塞正是用人之际，临阵换将自古以来为兵家大忌，还请委员长再作斟酌。

蒋介石：你讲得很有道理。不过，他现在知道我们怀疑他还会那么尽心尽责吗？

陈绍宽：应该会，起码现在会，因为他现在是跟日本人作战。

蒋介石：你的意见是让他官复原职，重回舰队？

陈绍宽：这只是卑职个人想法，一切均由委员长定夺！

蒋介石：那好吧。你马上就去戴局长那里领人。现在重中之重是挖出隐藏在政府内的卖国贼！

2 — 13　民国政府行政院办公楼 · 日内

主要人物：赵雪梅，22 岁，军统少校。

黄浚，47（1891—1937）岁，民国政府行政院机要秘书处主任，汉奸。

武装整齐的赵雪梅带领四名荷枪实弹的士兵行走在行政院办公楼走廊。

行走在走廊里的两名工作人员与赵雪梅们擦身而过之后不由自主地转身观望。

赵雪梅一行人在挂着“主任秘书办公室”牌子门口驻足，赵雪梅一个进入手势，两名士兵推门而入。

黄浚身着中山装正伏案看文件，闻声抬头，惊起，脸色苍白，手指微颤。

两名士兵迅速立于黄浚两侧。

赵雪梅面色冷峻：黄主任，我们戴局长请你去喝茶。

黄浚一言不发，走到衣架旁，穿戴好大衣棉帽随同而出。

两名工作人员迅速跑进办公室向周围同事竭力压低声调：黄主任被军统带走了。

2—14　黄山炮台·日外·内

人物：赵雪梅、赵忠全、闵启昌、黄晟。

赵雪梅带着四名荷枪实弹的士兵在向门卫出示证件之后，进入炮台指挥所。见到赵忠全立即行敬军礼：少校赵雪梅奉命前来执行公务！

赵忠全回敬军礼，一脸兴奋：今天什么风把我家小妹给吹来了？来，来，来，快坐下说。

赵雪梅落坐：哥，今天我真是来执行公务的。

赵忠全泡了一杯茶：妹，公务不公务，难得到了哥这儿，你先喝杯茶再说。

赵雪梅：你的部下，上尉黄晟现在在哪儿？

赵忠全：他现在在炮台四周巡查，什么事，可以先跟我说吗？

赵雪梅：你先叫来之后再说。

赵忠全：跟亲哥还这么讲原则，看来妹妹真是长大了，那好。

赵忠全转过身：闵副官！

闵启昌：到！

赵忠全：去叫黄晟过来一下。

闵启昌：是！

赵忠全：妹，最近你回家没有？

赵雪梅：回过一次家，就前几天到镇江执行任务时，顺路回家看望了一下爸妈。

赵忠全：那他们都还好吗？

赵雪梅神色黯伤：都不怎么好。爸爸腿疼，妈妈胃疼。

赵忠全：大哥不是大夫嘛，给爸妈看了没有？

赵雪梅：看了。吃了药就好一些，停了药又是老样子。

赵忠全：看来，这西医治病也不怎么样啊。那找舅舅去看看啊，他可是老中医了。

赵雪梅：去了一次，可舅舅正好不在家，说是去上海了。

赵忠全：那就再去呗。

赵雪梅：舅舅在江北高港，要过江呢，爸爸本来腿就疼，不方便。

赵忠全：那请舅舅来……

闵启昌进来：黄副台长来了。

黄晟立正敬礼：上尉副台长黄晟奉命报到！

赵雪梅站起，朝随从士兵作了个手势，四随从迅速上前一个连贯动作将黄晟摁揿在地控制住。

赵雪梅厉声命令：绑起来！

众人惊愕不已。

赵忠全目瞪口呆：妹……赵副台长，你这是干什么？

赵雪梅一脸愠色：他是内奸！

赵忠全一愣：你说什么？他，他是内奸？怎，怎么可能？你们搞错了吧？

黄晟拼命挣扎大喊：赵台长，我是被冤枉了。我对你、对党国忠心耿耿，尽心尽责，怎么可能是内奸呢？！

赵忠全：是啊，他放弃南京政府机关安逸的工作，主动来到抗战一线与我们一起杀敌，说是内奸，打死我也不信！

赵雪梅正色：赵长官，赵台长！他主动到江阴炮台来是为了给日本人搜集军事情报，不是为了抗战杀敌！我是奉军统戴局长的手谕前来抓捕，请你予与配合！这是手谕，请你过目！

赵雪梅从衣袋中掏出手谕，递了过去。

赵忠全不屑，一把推开：我可不管什么戴局长、李局长。现在正是江阴要塞跟日本人决战的关键时刻，你们抓人要有充分的证据，这么随便抓人，会严重影响官兵士气。

赵雪梅口气强硬：再说一遍，我们可是奉戴局长的手谕，前来抓捕日本汉奸，不是什么随便抓人！

赵雪梅朝着随从士兵一挥手：带走！

赵忠全大怒，拔出手枪：你再这么固执，别怪我不念兄妹之情！

四名随从士兵见状，立即举枪相对。

闵启昌见状，立即上前制止赵忠全：双方都冷静冷静，这样吧，我来请示一下江防指挥部刘司令。

闵启昌迅速转身走到电话机前，摇起电话，汇报情况。

闵启昌转身：赵台长，刘司令请您听电话。

赵忠全握着手枪走了过去。

刘司令（OS）：经军统调查，黄晟的父亲是行政院主任机要秘书黄浚，他将最高军事机密《沉船封江军事计划》泄露给化名为廖雅全的南京汤山温泉服务员南造云子，而南造云子就是日本间谍。致使日本军舰在我海军封江前全部逃脱。不仅如此，黄浚还伪造证据，污陷陈季良司令为共产党，企图借刀杀人，谋害忠良，毁我舰队，其手段卑劣无耻至极，军纪不恕，国法难容。

赵忠全惊呆，支吾：这，这是真的？

刘司令：你认为我会跟你开玩笑吗？你以为军统是吃干饭的吗？我现在命令你，立即配合军统将黄晟带回南京调查，不得有误！

赵忠全嗫嚅：是。

赵忠全神色颓废地搁下电话，突然疯了一般冲到黄晟跟前一阵拳打脚踢：我让你做内奸！我让你做内奸！

黄晟龟缩着任其爆打，口角瞬间渗出了鲜血。

赵雪梅、闵启昌见状上前将他拖开。

赵忠全仍旧义愤填膺，哀恨交加，两眶噙泪。

赵雪梅朝着随从士兵：带走！

第三集　江阴海战

江阴要塞成炼狱，倭军节节脆若芦。
镇江岌岌危旦夕，残兵穷途劫良妇。

3—1　镇江师范学校·日外

主要人物：赵忠明，20岁，镇江师范学生，学生会主席。
陈盛文，20岁，镇江师范学生。

赵忠明与几名同学正在操场上打篮球。

远处天空传来嗡嗡的轰鸣声，渐渐由远而近。

赵忠明和同学们立即停止了打球，向天空瞭望。

天空中，黑压压一片机群排成品字形向镇江市区飞来。

突然，一群飞机从云中钻出迎面俯冲而下。霎时空中机炮声大作，火舌喷射，互相交织。

一架架飞机在空中不停地往返追击，上下翻滚，俯冲穿插，混战绞杀。不时有飞机被击中，冒着滚滚的火球，拖着长长的浓烟，向远处坠去，地上腾起一股又一股蘑菇烟火。

一架飞机上端突然腾起一只硕大的气球，悬吊着飞机缓缓飘移。

学校操场上，学生们纷纷聚结而来，凝神屏气，驻足眺望。

陈盛文站在赵忠明身边：赵忠明，你能看得清哪个是国军飞机，哪个是日本人的飞机吗？

赵忠明：比较远，又比较高，看不清，分不出。要有只望远镜就好了。

陈盛文：那架飞机怎么升起了个那么大的氢气球？

赵忠明：估计是飞机被击中受伤失去动力，为防止一下子坠落，机毁人亡。

陈盛文：不知道这是国军飞机还是日本人的飞机？

赵忠明：估计是日本人的飞机。我还没见到国军飞机有这样的装置。

陈盛文：你快看，好像朝我们这个方向飘过来了。

那只悬吊着飞机的硕大气球，正缓缓飘移过来。飞机上印着的太阳旗渐渐清晰起来。

赵忠明：是日本人的飞机。

操场上开始躁动起来。

突然一架飞机俯冲过来，一串子弹朝气球飞去，气球立即在空中爆裂。飞机迅速坠落下去。

操场上一片欢呼雀跃。

赵忠明兴奋地一把拉着陈盛文的手：走，快去取自行车，我们骑车去看看。

赵忠明与陈盛文迅速骑上自行车朝飞机坠落点飞奔而去。

飞机一头栽进农田的泥地里，冒着青烟，机头扁凹，木支架机翼着地损毁，机翼上七零八落地蒙上了一层灰黑色的薄绸漆布。机身上清晰显示出了“中岛105号”标志。太阳旗标志已经变成了一轮残月。

赵忠明和陈盛文最先到达飞机坠落地，放好自行车就从机翼上爬了上去。

机内，三名飞行员已经毙命，有两挺机枪。赵忠明迅速从三名飞行员腰间掏出了三把手枪和子弹以及三把小手电筒，转给陈盛文收好。随即手又伸进一飞行员口袋里掏出了一张夫妻俩和两个孩子的合照。一张黄色的纸符上端正地书写着黑色的几个日文：身体坚固，安全御守。

陈盛文好奇：这机翼的支架怎么是木头的？

赵忠明看了看：这我哪知道。别管了，快下去吧，马上就会有人来了。

赵忠明和陈盛文刚从飞机上下来绕着飞机转了一圈，就有不少人陆陆续续奔走过来。几辆警车也开了过来。

赵忠明和陈盛文立即躲到了远处观看。

几名警察爬上飞机看了看，很快就下来了，转身对着同来的人：赶紧安排人用树枝先遮住，防止日本人的飞机和人来找。等几天我们用车来装走。

3－2　江阴要塞炮台，江面·日内·外

主要人物：赵忠全、陈季良、军舰士兵。

外面防空警报突然响起。

瞭望塔，两观察哨播报：东南方向敌机20架，距离8000米，高度5000米；敌舰12艘，距离8海里；西南方向敌机16架，距离10000米，高度，5000米；西北方向敌机18架，距离9000米；东北方向敌机12架，距离8000米，高度5000米。

赵忠全：日本人还是空中四面围攻，再加海空联合啊，看来最后的生死决战来了。来就来吧，是福不是祸，是祸躲不过！

空中警报声循环往复，舰上警铃声急促击荡。

逸仙舰驾驶室，陈季良凝视着江面，神色凝重。

逸仙舰舰长：司令，要不要降下司令旗，以免敌机重点围攻？

陈季良：不行！司令旗在，就标志着司令在；司令在，就标志着舰队在。

副官进来：报告陈司令，曾以鼎司令率第二舰队前来增援的健康舰、楚有舰已经到达。请求指示！

陈季良：他们没有防空火炮。回复，请他们重点对付日本舰队。

副官：是。

防空紧急警报响起。

逸仙舰，应瑞舰上高射炮开始对空炮击。

敌机群开始临空投弹，一枚枚炸弹下雨般落下。

健康舰、楚有舰上数组士兵，一人双手架抬着机枪支架，一人扣动扳机对空中射击。

炸弹不断在江中爆炸，机枪手们被激起的水浪扑倒，又重新爬起继续对空射击。

一枚炸弹落在健康舰上爆炸，机枪手们纷纷落水，数人漂浮在水中挣扎，数具尸体随波起伏。

鲜红的血水在江水中漂荡。

两枚炸弹接着坠入水中爆炸，激起的冲天水柱，连同水中挣扎的人一起抛向半空，人在空中手脚并舞，又落在舰甲板上。人躺仰在甲板上，腹部急促起伏。抬起头，左右甩了甩头上的水，右手摸了一把脸，想艰难地爬起，但随后又头一歪。

敌机对着逸仙舰俯冲扫射，子弹在舰体撞击乱飞。不时有士兵被击中倒下。

舰首主炮位，两名炮手将两枚穿甲弹填充上膛，对着低空俯冲而来的两架敌机迎面炮击。

两架敌机瞬间在空中爆炸。

敌机群迅速爬升，折返，在高空再次对逸仙舰投弹。

炸弹分别在逸仙舰中部、后部爆炸。

一士兵浑身着火，跳入江中。

逸仙舰舰舱开始大量进水，舰体开始倾斜。

敌机来回反复向逸仙舰俯冲扫射。

逸仙舰上一些士兵纷纷中弹，一些士兵本能地俯伏躲避。

陈季良愤怒地拔出手枪冲出驾驶室，对着敌机连开数枪。

舰上官兵见状，纷纷从炮位、甲板上爬起，继续向空中开炮。

陈季良：将所有炮弹打尽，冲滩。

敌机群开始围攻应瑞舰。

两枚炸弹投中应瑞舰，应瑞舰上前后炮位中弹，肌体横飞，鲜血喷溅。

舰体慢慢下沉。

3—3 黄山炮台·要塞江面·日外

主要人物：赵忠全。

传令官：1号、2号、3号、4号、5号炮位注意，赋予射向，表尺7，向左密位3，高低5，装弹！

各炮位手迅速调整火炮方向、角度。

炮位报告：1号装弹完毕，2号装弹完毕，3号装弹完毕，4号装弹完毕，5号装弹完毕。

传令官：预备——放！

一发发炮弹，冒着火焰向江面敌舰队飞去。

炮弹在江中敌舰附近爆炸。

传令官：调整密位，向左4密位，装弹！

炮位报告：1号装弹完毕，2号装的完毕，3号装弹完毕，4号装完毕，5号装弹完毕。

传令官：预备——放！

一发发炮弹再次向敌舰队飞去。

一艘敌舰连续中弹，火焰四起，敌人纷纷跳江。

赵忠全丢下望远镜，兴奋得跳了起来，捏起拳头，挥舞着手臂大叫：打得好！继续！继续！

一发发炮弹再次向敌舰飞去。

又一敌舰中弹，冒起浓烟。敌舰上，日本水兵手忙脚乱地捧起水枪灭火。

江面上，江南、江北处炮台炮火，从不同方向，向敌舰密切发射。

敌舰四周，冲天水柱此起彼伏。

又一艘敌舰中弹，炮弹在敌舰上爆炸，一尸体悬挂在舰桅之上。

应瑞舰向日本舰队开炮。

敌舰队不断有敌舰中弹，江面上，浓烟四起。

日舰开炮还击。

一发发喷着焰炮弹在江面上空，密切地、不断地来回穿梭。

两艘遍体鳞伤的日舰舰体开始倾斜，慢慢下沉。

敌舰队开始调头返航撤退。

赵忠全咆哮：敌舰要逃跑了，给我狠狠地打！

一发发炮弹再次向敌舰飞去。

黄山炮台，石块垒砌的台壁在火炮座一次又一次的震撼下开始裂缝。炮座震动一下，裂缝大一次。

炮台的炮兵们浑然不觉，依旧不停地开炮。

台体突然垮塌，1号炮位连人带炮一起滚落下去。

突然，“嘣”一声剧烈的爆炸，3号火炮炸膛。

三名炮手被掀翻在炮台下，血流满地。

众人急忙跳下炮位救人。

一架日军轰炸机飞行员看到了树丛中闪闪发光的反光镜：吆西！

轰炸机迅速飞至炮台上空。

几颗炮弹在炮台附近连续爆炸。

指挥所里，赵忠全对着传声器呼叫已无反应，立即冲出指挥所对着炮台官兵：快，快，快，跟我下去救人！

空中敌机，江面敌舰已经全部返航。要塞又恢复了平静。

炮台下面，赵忠全同官兵们一起，从垮塌的炮台废墟中，将阵亡士兵的尸体一具一具地扒了出来。用草席包裹好，整齐地摆放在平地上。

炮台官兵列队，脱下军帽。

赵忠全：兄弟们，你们先走一步。你们的血海深仇，我们一定会为你们报。中华民族历经几千年的腥风血雨，从来就没有垮掉。这一次也一样。一个小小的日本就想灭我中华，真是白日做梦、痴心妄想！因为，我们中华民族有着五千年的文化传承，造就了无数个民族英雄！就是这些民族英雄筑起了中华民族钢铁般的万里长城。日本侵略者一定会在我万里长城脚下土崩瓦解。你们安息吧！敬礼！

列队官兵敬礼鸣枪！

3—4 南京海军部·夜内

主要人物：陈季良、陈绍宽。

陈季良走进部长办公室，向陈绍宽部长行敬军礼：中国海军第一舰队中将司令陈季良前来负荆请罪！

陈部长回敬军礼，跨步上前，一把紧紧握住陈季良的双手：陈司令，千万别这么说。什么负荆请罪？你不但无罪，并且战功卓著！我已向委员长汇报，为你请功！

陈季良：一个舰队在卑职手上沉没的沉没，损毁的损毁，已经名存实亡，有何脸面言功？

陈部长：虽败犹荣！张秘书，你阐述一下江阴要塞战报。

张秘书：到目前为止，我舰队和江阴炮台共击落敌机33架，击伤敌机6架；击沉敌舰两艘，击伤敌舰10艘。敌舰队司令日本皇族伏见宫博被击成重伤。

陈部长：你看看，连日本皇族的舰队司令都被打成重伤了，这战绩还小吗？

陈季良：击毁击损这么多敌舰这主要是江阴要塞的六处炮台发挥了极大的威力。

陈部长：那击落击伤39架敌机的战绩也是开天辟地破天荒了。

陈季良：我们舰队的损失非常惨重。

张秘书：在这次决战中，江阴炮台狠狠打击了日本舰队，但由于火炮发射过于猛烈频繁，六处炮台上，有三门火炮炸膛，伤亡将士18人。我舰队共伤亡123人。平海、宁海、逸仙、应瑞四艘主力舰严重损毁，现在江阴冲滩搁浅。健康、楚有舰在龙梢港沉没。青天、湖鹏、湖雁、江宁四舰受损严重，分别在龙梢港、鳗鱼沙、鲥鱼港、炮子洲搁浅。

陈部长：我舰队在没有空军的空中支援下凭十分有限的防空火炮与敌机几百架次的对决，显然是严重处于劣势的。尽管我们损失很大，但日军损失更大。以弱对强，还能取得这样的战绩，我们此生无憾。更重要的是阻击了日军三个月，为首都向重庆的安全迁移赢得了宝贵的时间。现在我决定，放弃海圻、海容、海筹、海琛这四艘既无防空武器，又吃水太深的“四海”老旧军舰，将舰上的所有的重型火炮装备上岸，轻型枪炮装备到太湖炮队，保卫南京。

3—5　黄山炮台·日内·外

主要人物：闵启昌、赵忠全。

指挥所内，闵启昌：赵台长，江防司令部刘司令请您接电话。

赵忠全：刘司令好，我是赵忠全，请指示！

刘司令（OS）：目前前线战况非常糟糕。日军第10军114师11月28日攻占了宜兴，第18师30日攻占了广德，第114师12月2日又攻占了溧阳。现在江阴已成孤城。我命令你部，从现在起，作好撤退准备，将所有的武器弹药，能带走的带走，不能带走的就地销毁。一切就绪后立即撤往镇江象山、焦山炮台。

赵忠全：是！

赵忠全疾步走出指挥所，副官吹响口哨：全体集合！

炮台官兵迅速从各自岗位跑向炮台空旷场地，列队。

闵启昌：立正，向右看齐！稍息！立正！报数！

立队官兵：1、2、3、4、5、6……83。

闵启昌转身跑向赵忠全：报告赵台长，黄山炮台现有全体官兵共83人，已经全部到位，请指示！

赵忠全：稍息！刚接到上级命令，从现在起，立即作好撤退准备。现在听令：张济生出列！

张济生：到！

赵忠全：你带领通讯组将所有电讯设备器材整理包装好并安排两人前往附近寻找合适民船装运。船只越大越好。

张济生：是！

赵忠全：周明天出列！

周明天：到！

赵忠全：你带领2班、3班、4班负责拆卸整理所有轻重型武器。不能搬走的集中一起销毁。

周明天：是！

赵忠全：王新年出列！

王新年：到！

赵忠全：你带领5班、6班、7班、8班以及预备队负责将所有物质搬运上船。各组任务听清楚了没有？

全体官兵：听清楚了！

赵忠全：现在立即行动！

全体官兵：是！

赵忠全和闵启昌在指挥所里，查看墙上地图。

闵启昌指着地图上：象山炮台在这儿，焦山炮台在这儿。我们去哪个炮台好呢？

赵忠全沉思片刻：去焦山炮台吧。一是要塞司令部设在此处，军事设施齐全。二是焦山四面环江，地势险要，易守难攻。三是焦山寺庙、山洞众多易于驻防。

闵启昌：那好吧，我通知通讯组。

3－6　江阴要塞江边·日外

主要人物：赵忠全、闵启昌。

三艘装满物资的民用货船停泊在离岸数十米远的江边，赵忠全站在江边凝视着黄山炮台的朦胧的轮廓。

闵启昌上前：报告，一时无法带走的武器及设备，炸药已经安置完毕，请指示！

赵忠全：点火！

闵启昌：是！

远处黄山炮台上，传来“轰”的一声爆炸声，一股火焰浓烟腾空而起。

赵忠全随同闵启昌跳上划子船，依依不舍地回头望了望黄山炮台：我们还会回来的！

赵忠全和闵启昌不约而同地低头抹泪

划子船上，船夫不紧不慢地两臂挥动双桨，向货船划去。留在船后“哗——哗——”的一声又一声划水声，苍凉而凄切。

3－7　镇江市区·日内

主要人物：曹刍（1895—1984），43岁，镇江师范学校校长。
赵忠明。

镇江师范大礼堂，教师、学生济济一堂。曹刍身着中山装站立讲台。

曹刍：各位老师、同学们。今天我不得不把大家召集在一起宣布，从明天开始，学校不得不暂时停课解散。因为，日本人现在已经占领了上海、无锡、苏州，镇江也已危在旦夕。师者，传道授业解惑也，身为校长，除了为战乱中断了同学们的学业深感痛惜，为祖国山河破碎，生灵涂炭，痛心疾首外，更为在国家危难之时本人体质羸弱，不能身先士卒，驰骋沙场，杀敌报国而甚感惭愧。至此，我不禁想起了我们那位教育厅周佛海厅长讲的那句：“救国不忘读书，读书就是救国”论。“救国不忘读书”，是也，救国需要智者为谋。但“读书就是救国”，非也！读书之人如果没有“留取丹心照汗青”的爱国情怀，没有“去留肝胆两昆仑”壮士气概，没有“羽扇纶巾拥碧幢”的雄才大略。仅凭单打独斗的匹夫之勇，何能救国！仅凭高谈阔论的犬儒之才，岂能治国！仅凭奴颜婢膝的媚骨之能，焉能强国！国之家，家之国，国破家亡，山河沦陷，国土殖民，民族奴化，文化何存？所以，国家兴亡，匹夫有责！希望各位老师，各位同学，在离开学校后，身体力行，以民族英雄为时代楷模，以民族气节为精神支柱，精诚团结，共赴国难，坚决打败日本侵略者。让中华五千年的文化，代代相传，永不泯灭！

礼堂里，掌声雷动，经久不息。

曹刍用手势压了压掌声，继续：相信你们都看过法国作家都德描写普法战争时期的一篇著名短篇小说《最后一堂课》，今天我和同学们的这次讲话，也算是最后一堂课吧！等到抗战胜利的那一天，我们再来这里团聚欢庆，祝大家一路顺风！

学生会主席赵忠明登上讲台，阔步至曹刍跟前，深鞠一躬：曹校长，今天我代表全校师生，在这里向您郑重承诺：停课了，但我们的学业一刻也不会停，自然界有无数的奥秘需要我们前赴后继地去探索、去研究、去解密；社会更是一所无与伦比的大学堂，广袤无垠，风光无限。可现在华夏岌岌可危，而身为炎黄子孙，苟利国家生死以，岂因祸福趋避之。乱世识忠奸，时势造英雄！在新的挑战面前，我们将运用所学到的文化科学知识，克服一切艰难险阻，让硝烟弥漫的战火将我们淬炼锻造成钢筋铁骨，让峥嵘岁月的洗礼将我们变得更加成熟睿智；学校暂时解散了，但我们全体师生报效国家的赤胆忠心，誓死抗战的坚强决心，矢志不渝，我们将与全国各界抗日志士紧密团结，携手并肩，驱倭除寇，浴血奋战！我们坚信，抗战胜利的那一天一定会到来，我们一定会再次重逢。现在，我建议，我们一起唱响我们的校歌：

壮丽山川古润州，江左人才渊薮。

院本南泠，山依北固，一箧弦诵声悠。

课士分斋，联班同舍。吾侪于此藏修。

击楫祖生，读书萧统，尚友抗志千秋。

努力前程，探源学海，顺应江水潮流。

大礼堂里，全体师生，齐声同唱，热泪盈眶。

3—8 镇江市区·日外·中午

主要人物：赵忠明、陈盛文、陈秀文，师范学生，陈盛文的妹妹。

赵忠明、陈盛文、陈秀文和一群同学们背着背包，拎着生活用品一起走出了学校大门，走至十字路口的拐弯处，停住了脚步。

赵忠明：你们今后是什么打算？

同学A：我爸妈让我随他们去重庆。

同学B：我准备去延安。

陈盛文：我和秀文先回江北泰州高港老家看一下爹妈，然后再说。

同学D：我也是，先回南京，看一下爸妈，然后再说。

同学E：苏州现在已被日本人占领，我现在也回不去，我先到镇江的姐姐家，然后再说。

赵忠明：你们都到我家去过，不管你们到哪里，临走前都来告诉我一声，留个新的地址，以便日后联系。面临战乱，但我们的心不能乱。我们先各自回去慎重考虑好再作决定。

赵忠明转身回头，向学校十分留恋地凝视片刻，同学们随同转身，一起朝学校方向深深地鞠了一躬：我们一定还会回来的！

七名同学不约而同地伸出了手臂，手掌紧紧握在一起齐声：我们一定会一起回来的！

赵忠明与陈盛文、陈秀文及同学们一一挥手告别后向街市走去。

街市上，寒风飕飕，行人匆匆，不时有各式车辆，来往行驶。

一个男人后脖子上拽着背带，推着一辆两边都装满大小物件独轮推车，后面跟着一家老小七八口。男的挑着装满包裹的箩筐，女的背着幼儿，牵着孩子，老的一手拄拐杖，一手挎包裹。

三辆装满家什的马车很快超了过去。

两辆满截的三轮车在马路上缓慢行驶，骑车人奋力蹬着车踏板，车后面的人连扶带推。

两男两女，两老两少挑着箩筐负重而行。一只箩筐里混装着物品、婴儿。

一辆小轿车驶过，后面紧跟着一辆满载的军用卡车。

街面，横七竖八的大小招牌在风中晃荡，店铺大多关门歇业，墙上张贴着一张“安民告示”的布告。偶尔有一两家开着门的，店主正在向木板车上搬运货物。

警察局门口的长长的木板门牌依旧悬挂着，大门紧闭，挂扣着一把大锁，旁边墙上张贴着一张“军民携手抗战，誓死保卫镇江”标语。“中华民国江苏省省政府”木牌子，依旧悬挂在门柱子上，大门紧闭，挂扣着一把大锁。大门四周，垒起了半圈半人高的沙袋防御工事。几只沙袋已经开裂，露出了煤渣。几只猫东闻西嗅，爬上跳下寻找食物。工事内，空无一人。一侧的宣传栏里，张贴着几张报纸，标题：江苏省政府韩德勤主席，驻防司令长官顾祝同视察慰问前线将士。

3—9　市区民居院落阁楼·日外·内·下午

主要人物：赵忠明。

院落内，一对中年夫妇正在阁楼内整理打包搬运物品。

门外传来叩门声（OS）：妈，开门！

中年夫妇立即停住手里的活。

中年男人：明儿回来了，你快去开门。

中年妇女：哦。放下手里的物件快步走至门口抽开门栓。

赵忠明推门而进：妈，怎么大白天还栓上门了？

明儿妈接过赵忠明手上的物品：明儿啊，你一直在学校你不知道，现在日本人要来了，当官的都跑了，没有人管事，外面乱得不得了。

赵忠明环顾了满地的物品包裹：爸，我们也要搬家？

明儿爸：左右邻居都已经搬走了，我和你妈商量了一下，我们暂时也搬到磨盘乡下你爷爷奶奶那儿住一阵子，就等你回来一起走。你回来得正好，赶紧去诊所把你大哥叫回来，我们全家一起走。你大哥的那个诊所你认识吗？

赵忠明：以前去过，还是在伯先路上的“怀仁诊所”吗？

明儿爸：是的。

赵忠明：那我现在就去。

明儿妈：赶紧骑你爸的自行车去吧，快去快回，等你爷爷的马车一到，我们就走。

赵忠明：知道了。

赵忠明扯开背上的包裹放下，转身推上自行车骑出了大门。

3—10　市区街面·日外·内·下午

主要人物：赵忠明。

伯先路上，坐落着一幢豪华气派的大酒店，宽阔的门檐上竖立着五个大铜字“江南大酒店”，门口站立着两个身着制服的服务生，不断有人员进出。门前的街面上，两个擦皮鞋的分布在一左一右，有两个卖香烟的流动小贩来回徜徉。

赵忠明骑车匆匆路过酒店门口，睨视了一眼，放慢了速度，面显诧异之色（VO）：这儿怎么会这么平静如常呢？带着一脸疑惑，在斜对面的“怀仁诊所”门口停下车，走了进去。

3—11　怀仁诊所·日内·下午

主要人物：赵忠明。

女医生，20岁左右。

洪主任（弘太一郎）。

赵忠明进入诊所。

一位身着白大褂的女医生迎了上来：先生，您有什么事吗？

赵忠明一怔（VO）：唷，这姑娘好漂亮！

不由有点儿语结：嗯，嗯，我找赵忠仁。

女医生微笑：请问，您是？

赵忠明：噢，我是他三弟，他是我大哥。

女医生凝视片刻（VO）：咦，怎么与他大哥不太像，不过，比他大哥帅！

两人视线相撞，神色陆离。

女医生面带羞涩：噢，赵医生出诊了。

赵忠明：出，出诊了？那，那什么时候回来呢？

女医生：这可说不准。说不定一会儿就回来，也许到晚上才回来。

赵忠明着急：这可怎么好呢？我找他有急事！

女医生：什么急事？我能帮到你吗？

赵忠明：您知道他去哪儿出诊了吗？

女医生摇头：这个我可不知道。不过，我可以帮您问一下我们洪主任，他在库房。你别着急，先坐下来歇一会儿，我去一下库房就来，您稍等。

赵忠明：好的，那麻烦您了。

女医生转身离开。

赵忠明没有坐下，环顾了一下四周，好奇地在诊所里转悠起来。很快被墙上挂着一幅人体结构画吸引住，用手摸了摸，上下对照着自己身体部位研究起来。

女医生带着一名身穿白大褂的洪主任（弘太一郎）走了过来。

洪主任：是你找赵医生？

赵忠明闻声回头一看，见一位身着白大褂四十多岁的男人，面带微笑地站在他身后。

赵忠明仓促回应：是，是啊。

女医生：这是我们的主任，洪大夫。

赵忠明微微一鞠躬：您好，洪大夫！

洪大夫：你是赵医生的弟弟？

赵忠明点头：是啊，是的。

洪大夫：他出诊了，但去的地方并不远。

赵忠明：那您能告诉我，他去哪儿了吗？

洪大夫：可以。就在斜对面的“江南大酒店”。

赵忠明：那具体是哪个房间，或哪个部门呢？

洪大夫：啊，这个还真的不知道，是来人带过去的。如果你事急，可以到酒店去找找看；如果不是很急，可以在这儿再等等，说不定一会儿就回来了。

赵忠明：那我还是先到酒店去找找看吧，以免在这儿干等。

女医生：这个酒店不是什么人都可以进的，你能进得去吗？

赵忠明不屑地耸耸肩：酒店接待的都是四方来客，我这样还进不了？

洪大夫责备地看了女医生一眼。

女医生见状，立即改口：那好吧，您去找找看。

赵忠明：那我去了，谢谢！

赵忠明转身出门朝酒店走去。

3—12　江南大酒店·日内·下午

主要人物：赵忠明。

赵忠明走近酒店大门，两服务生立即开门鞠躬迎接：欢迎光临！

赵忠明豪迈地阔步而入，刚走进几步，迎面上来两位身着黑衣西服的男子伸手挡住了去路。

黑衣男（甲）：先生，请留步！

赵忠明一愣：怎么了？

黑衣男（乙）：请问，你有什么事？

赵忠明：我住宿呀！

黑衣男（甲）：对不起，这里现在不接待外来客人！

赵忠明不满：进门时，门口的那两服务生还满口“欢迎光临”，怎么眨眼间就不接待了？

黑衣男（乙）：已经讲了，不接待外来客人，你还是赶紧走吧！

赵忠明见状立即改口：对不起，其实，我不是住宿的，我是来找人的。

黑衣男（甲）厉声：你到底是住宿还是找人的？

赵忠明心虚陪笑：找人，找人。

黑衣男（乙）：那你找谁？

赵忠明：找我大哥。

黑衣男（甲）：你大哥是谁？

赵忠明：我大哥是对面怀仁诊所的医生，叫赵忠仁。被这里的人带过来给什么人看病的，到现在还没有回去，我找他有急事。

黑衣男（乙）：噢，是有这么一个人在这里。你在这儿等一下，不要乱走动，我联系一下。

黑衣男走至服务台，拨起了电话。片刻返回：你哥让你到诊所等他，他一会儿就要回去了。

赵忠明躬腰：那谢谢了！

悻悻而返。

3—13 怀仁诊所·日内·外·下午

主要人物：赵忠明。

周玉珍，18岁，诊所医生。

赵忠仁，26岁，诊所医生。

赵忠明回到诊所，女医生立即迎了上来：怎么样？找到你哥了吗？

赵忠明怏怏不快：找是找到了，就是没见到人！被酒店里的两个黑衣男拦在了大厅盘问了半天。后来，他们联系了大哥回话，说马上就要回来了，让我在诊所等。

女医生得意：怎么，我没说错吧？一般人现在进不了“江南大酒店”。

赵忠明疑惑：你怎么知道的？

女医生结巴：这个，这个，我也是听别人说的。

赵忠明：噢，都忘问了，请问您贵姓？

女医生面色微红：我姓周，名叫玉珍。玉石的玉，珍贵的珍。您呢？

赵忠明：我叫赵忠明。忠诚的忠，光明的明。

周玉珍：比赵医生小几岁？

赵忠明：比我大哥小6岁，比我二哥小3岁。今年正好20岁。您呢？

周玉珍含羞：我今年18

赵忠明：听口音，您好像不是本地人？

周玉珍：我爹是东北的，我妈是泰州的。我在泰州长大。

赵忠明：我妈也是泰州的，这么一说，我们还是半个老乡呢。

周玉珍掩面窃笑：您还真会拉亲近。那您现在做什么？还是学生？看您穿的学生装。

赵忠明神色黯然：唉，现在已经不是学生了。日本人要来了，学校今天刚解散。

周玉珍：那您今后准备做什么呢？

赵忠明低头：我刚失学，还没想好。不过，我爸一直希望我也学医。

周玉珍：也像您大哥一样？

赵忠明：一样，也不一样。

周玉珍疑惑：这怎么说？

赵忠明：我大哥学的西医，我爸让我学中医。因为，我舅舅家原来是中医世家，舅老爷做过清朝宫廷御医。我爸就是希望我们成为中西医结合之家，取长补短，将来合开一家医院，世世代代传承下去，既治病救人，又生活无忧。

周玉珍：那您怎么没有去跟舅舅学中医呢？

赵忠明：我的志向是，要么从事文教，要么从事军政，因为，我认为，一个国家，一个民族要想强盛，仅有强健的肌体是不够的，要用高瞻远瞩、深谋远虑的政治智慧治理国家，要用中华五千年的历史文化启发、教育、唤醒沉睡而愚昧的民众，要用当代先进的科学知识去修筑中华民族新的万里长城。

周玉珍：对，好男儿就是要大鹏展翅，志向高远。

赵忠明：我们国家自从鸦片战争以来，由于清朝政府的闭关自守，腐败无能，政治、经济、军事、文化一直裹足不前，甚至倒退，造成国弱民穷，与世界一些经济发达国家的差距越来越大，在面对各国列强欺侮、霸凌时，只得忍气吞声，委曲求全，割地赔款，丧权辱国，令无数仁人志士，爱国民众，捶胸顿足，寝食不安。清皇朝灭亡后，中国又一直处于党派林立，军阀割据，各自为王，内斗不断的政治乱局。正所谓：家不和，被人欺。虎视眈眈已久的日本人见时机成熟，于是迫不及待地发动了侵华战争，妄图借机吞我江山，灭我中华。身为炎黄子孙，莘莘学子，应该勇为天下先，敢替天下鸣，号召广大民众，团结一致，共同抗击侵略者，打败日本帝国主义。只有众志成城、万众一心、痛定思痛、发愤图强中华民族才有出路、才有未来、才有希望。

周玉珍深受感染，拍手鼓掌：说得太好了。如果中国人都像你这样，日本人怎么还敢欺负我们呢。

赵忠明：是啊。尽管我与许多仁人志士一样，一腔热血，报国酬志，可现在形单影只、孤掌难鸣，一时还找不到明确的前行方向，只能蓄势待发。

周玉珍：一定会有这样的机会的，到时，你别忘了也带上我，我愿与你携手同行，共赴国难。

周玉珍明眸闪亮，注视着赵忠明。

赵忠明与周玉珍的视线相交，怦然心动：你也愿意与我同甘共苦？

周玉珍一把拉住赵忠明的手：你刚才的满腔爱国热情让我深受感动，十分敬佩，尽管我们刚刚相识，但如果你愿意，我们可以成为志同道合的人。

赵忠明顺势紧紧握住周玉珍的手：当然愿意！

赵忠仁背着药箱走了进来：哟，在马路上都能听到我小弟在这儿慷慨陈词，高谈阔论了。

赵忠明转身一看是大哥回来了，立即收起了激奋的情绪，红着脸：大哥，回来啦！

赵忠仁：不好意思了，打断你们交流了。

赵忠明：嘿嘿，大哥，看你说的，这不等你回来正没什么事吗，反正闲着也是闲着。

赵忠仁：说吧，找我什么事？

赵忠明赶紧将赵忠仁拖到一边，低声：爸妈让我来叫你赶紧回去。日本人要来了，先到乡下爷爷那里避一避。

赵忠仁：我们是诊所，给人治病的地方，又不掺和政治。就是日本人来了，也缺不了医生，应该不会有什么事的。

赵忠明：可让你一个人留在城里爸爸妈妈不放心啊。日本人可是杀人不眨眼的，就算日本人看你们是医生不杀你，那打起仗来，子弹和炮弹可不长眼睛。

赵忠仁：你说得也有道理，这样吧，我让你嫂子和孩子跟你们一起到乡下去避一避，以防万一。我先不回去，因为，越是战争来了，越离不开医生。再说，洪主任没有走，我怎么好走呢？

赵忠明：市里大医院的人都走光了，仅你们还在这里坚持能起多大作用呢？

赵忠仁：能起多大作用就起多大作用吧，反正，洪主任不走，我就不能走的。

赵忠明：你决定了？

赵忠仁：就这么决定。

赵忠明：那好，反正我把爸爸妈妈的意思传到了，不走我也可没有办法你。那我回去了，你多保重！

赵忠仁：你等一下。

赵忠明：还有什么事？爸妈将家里的东西都准备好了，就等你们一到家立即下乡。

赵忠仁：老二来过我这里。

赵忠明：二哥来过你这里？那他人呢？

赵忠仁：他从江阴带人撤退到焦山炮台时特地弯路到过我这里。你到我房间里来一下。

赵忠明跟随大哥进了后屋的一间休息室。

赵忠仁从柜子里取出了一个墨绿布袋子：这是老二让我转交给你的一把手枪和50发子弹，另外，还有一把军用匕首。让你防身之用，同时保护好全家人。你会用吗？

赵忠明惊喜：我会用的，我们学校的所有学生都参加过政府三个月的军训呢，我还拿过枪械射击第一名呢。

赵忠明迫不及待从布袋里掏出了一把带套的手枪，熟练地扒开枪套，抽出手枪正反看了看，口中念到：这是一款德国的毛瑟C96手枪，比日本的九四式手枪好。

赵忠仁：你怎么知道的？

赵忠明愣了一下：哦，这个，我们几个要好同学都喜欢研究枪支。正好有个同学他爸是警察局长，于是他经常晚上趁他爸不注意将枪偷出来，跟我们一起玩。他爸佩戴就是的日本的九四式手枪。

赵忠明随即又撤开弹匣，装满子弹合上，拉了拉枪栓，左瞄右瞄，情不自禁地摆弄起来。

赵忠仁见状慌忙按住他的手腕：小心走火，你赶紧收好。全家人就靠你保护了。

赵忠明将枪系佩在腰间：大哥你放心，我现在已经是个大男人了，一定会保护好我们全家的。你在这里一定要小心。

赵忠仁：我马上就回家叫你嫂子和孩子去爸妈那儿，与你们一起下乡。

赵忠明：那我们在家等他们，我走了。

赵忠仁：好，赶紧回去，爸妈手脚不方便，帮收拾收拾。

3 — 14　镇江伯先路 · 日外 · 下午

主要人物：赵忠明。

妇女，中年，被抢市民。

国军士兵，30 岁左右。

赵忠明兴奋地离开了诊所，沿来路返回。边骑车边不时地摸摸腰间佩戴的手枪。

街市上，不时有三五一群，举家逃亡的市民从赵忠明身边走过。突然，一声凄厉的呼救声响起（OS）：救命啊，抢劫啦！救命啊，抢劫啦！

赵忠明停车寻声望去，见一名身着军服怀抱棉被的国军士兵被一名倒地妇女死死抱住小腿，另一名士兵正手拽脚踢企图让妇女松手。

赵忠明急忙放下车奔跑过去，厉声断喝：住手！你们这是在干什么啊？！大白天竟然抢劫！

士兵（甲）恶狠狠（川音）：滚一边去，别管闲事！

赵忠明：你们是国军，保护老百姓的，怎么能抢老百姓的东西？

士兵（乙）色厉内荏（川音）：你赶紧走开，这不关你什么事。否则，别怪我不客气！

赵忠明：把东西放下，否则，别怪我不客气！

士兵（乙）：哟呵，口气不小啊，竟敢跟我们来横的？

赵忠明：我再说一遍，立即把东西还给人家！

士兵（甲）：就不还，你能怎么样？

赵忠明迅速从腰间拔出手枪拉开枪栓，对准了他们。

一旁驻足观看的路人，见状急忙避到了远处。

两名士兵瞬间蒙了，将手里的东西慢慢放在了地上。

妇女从地上吃力地爬了起来，将一条被子和半袋粮食拿到了身边，怔怔地看着赵忠明，不知所措。

两士兵面向赵忠明突然朝地上一跪：你打死我们吧，反正横竖是个死。

第四集 逢险化夷

肄生擒凶溯缘由，铁骨柔肠伸援手。

将军陷危逢侠客，气运丹田一声吼。

4—1 镇江伯先路·日外·下午

主要人物：赵忠明、国军士兵、被抢妇女。

赵忠明：身为军人死在战场上才是光荣，死在这里是可耻！

士兵（甲）：我们在战场没有死，现在却要死在这里了。

赵忠明：你们把东西还给人家，以后保证不再抢老百姓的东西，这次我就放了你们。

士兵（乙）：放了我们，我们也还是死啊。

赵忠明不解：放了你们还是死？为什么？

士兵（甲）哭丧着脸：我们已经两天没有吃东西了。也没有地方住，又冷又饿。

赵忠明：你们故意卖惨是吧？骗小孩呢！要么你们是逃兵，才不敢回部队了！

士兵（乙）：不是我们不敢回部队，而是没有部队可回了。

赵忠明一脸狐疑：你们的部队呢？

士兵（甲）：部队都打散了。

赵忠明：你们是哪个部队的？

士兵（乙）：我们是江阴江防部队第103师的。11月28日，我们在江阴城遭日军包围，突围时又遭日军突袭，师长戴之奇阵亡。我们弄了条船沿江才逃到镇江。可到了这里却不知道往哪儿去了。

士兵（甲）：我们到市里去找政府求助，可政府人都跑光了，街上的店铺都关了门，又找不到吃的，我们七八个人待在船上又冷又饿，还有伤员，再找不到吃的就只有等死了。实在走投无路才这样的。请兄弟放我们一马，我们还有好几个伤员指望我们回去救呢。

赵忠明：你们说的都是真的？我怎么觉得像天方夜谭，不可思议的！

士兵（甲乙）同声：真的，绝对是真的。我们向您保证，若是骗你，天打五雷轰，不得好死！

赵忠明收起了佩枪：好了好了，如果你们说的是真的，那我一定会想办法帮你们。

两士兵一听，大出意外，立马磕头拜谢：啊呀，真是天无绝人之路，老天终于挣眼了，我们遇到救星了！

赵忠明：快别这么说，如果你们是为了打日本人才落到今天这个地步的。那作为同胞，尽力帮助你们，是义不容辞的责任。其他人现在在哪儿？

士兵（甲）：我们沿大运河上摇船过来的，现在停在新西门桥口。

赵忠明：那不远，你们起来吧，带我去看看。

两士兵站起身来，朝着被抢妇女低头鞠躬谢罪：对不起，大嫂，请原谅。我们真不是人！

妇女见状连忙摆手：真不知道原来是这样，怎么也想不到，你们当兵的竟然会比我们老百姓还要惨，活得连猪狗都不如，都是这日本人给害的。既然是这个样子，那棉被和粮食你们就拿去吧。

两士兵一听，满面愧色，泪水盈眶：不，不，不。我们已经很对不起你了。

赵忠明：嫂子，我知道，你一定也很困难。否则，不会这么不要命地与他们争夺。他们的困境我会想办法解决的，你还是拿回去吧。

妇女：你真是个少有的好人哪！既胆大又心善，菩萨一定会保佑你的。

赵忠明：嫂子，你快别这么说。现在是国难时期，大家都不容易，能活下来就很不错了，你快回去吧，一定要想办法保护好自己。

妇女作揖：今天你救了我，也救了他们。好人一定有好报的。

妇女千恩万谢地怀抱被褥，手拎米袋离开。走出数十米，又停下转过身朝这边低头鞠躬，双手作揖。

赵忠明朝妇女摆了摆手，转身过去推上自行车朝两士兵：我们走吧。

4—2 大运河边·日外·下午

主要人物：赵忠明，国军士兵。

大运河边，一座侧壁中央石刻着“新西门桥”名称的孔桥下，停泊着一条带着雨篷的木船。两士兵领着赵忠明拾级而下，小心翼翼地跨上了船，掀起篷帷。

船上一位手臂上打着绷带的士兵起身，对着士兵乙泣告：二娃子卵了。

士兵乙急促躬身进入蓬里抱起一具躺在隔板稻草上的士兵尸体痛哭：你还是没熬到哥来救你啊！哥已经遇到救星了，可你等不及了，都是哥太没本事，保护不了你啊！士兵乙泪流满面，凄声裂肺。

旁边还直挺挺地躺着另一具尸体，头上缠了一圈纱布，纱布上渗透的血已经发黑。身下身上铺盖着一层稻草。

三名士兵，一身单衣，衣冠不整，身缠纱布，裹着一条军被，半倚蜷缩在船篷一角，掩面而泣，瑟瑟发抖。

眼前情景惨不忍睹，赵忠明忍不住潸然泪下，转身拭泪，随后弯腰靠近士兵乙身旁，抚肩安慰：你节哀顺变。现在一定要振作起来，治好伤，向日本人报仇。只有打败了日本人，大家才有安宁日子过。请放心，我一定会鼎力相助。你们赶紧先将遗体安葬好，我这就回去想办法，你们在这里等着我。

士兵（甲）：我们现在就全靠义士帮忙了！救命之恩，我们来日再报！

赵忠明离船上岸，推车过了桥，跨上车没骑多远，又刹车驻足。一条大黄狗用嘴使劲拖拽一具动物模样的尸体。他走近一看，是具僵硬男性裸尸，粘满了泥土和枯叶。赵忠明立即从地上拾起一根较粗的枯枝，厉声呵斥，奋力驱赶。大黄狗跑开，但并不甘心，远远窥视。赵忠明见狗没有跑走，立即挥舞着粗枝赶了上去。大黄狗见势，扭头就跑。赵忠明追上数十米远，直到大黄狗无影无踪才罢休回头。

不远处路边，还躺着两具裸尸。一具失去小腿，大腿上裹着纱布，发黄的纱布上满是泥土；另一具失去了胳膊，肩上缠着血泥的纱布。两具尸体蜷曲僵硬，其状狰狞。

赵忠明正准备骑上自行车，一个哀弱的声音传来（OS）：救救我吧，我快死了。

赵忠明立即停下，寻声望去，路边的稻草堆里有一只胳膊伸了出来，无力地挥动了几下。

赵忠明支好自行车快步过去，撇开稻草，一士兵半卧着，灰头土脸，身着双重军服，仍在瑟瑟发抖，一腿裹着纱布，草屑满身。

士兵哀求：救救我吧，我快饿死冻死了。

赵忠明蹲身安慰：我看到你就会救你的，你别着急。你与船上的是一个部队的？

士兵：我不知道他们是哪个部队的。我是江阴江防部队第112师的，我们师长是霍守义，可他一点儿也不守义，把我们从江阴撤退到这里就放手不管了。死在路边的没人埋，活在路边的等着死。我旁边草堆里还有三个，没有声响了，估计都已经死了。

赵忠明一听，忙走过去扒开旁边的草堆。

草堆里，三具尸体抱团扭在了一起，赵忠明碰了碰，尸体已经僵硬。

赵忠明不忍目睹，扭头返回：你放心，他不管，我来管。你先在这里等一等，我这就回去叫人来帮忙。你如果能走，就到桥那边的船上等我。

士兵有气无力抱了一下拳：谢谢您了，今天我终于遇到好人，碰到菩萨了。

赵忠明迅速跨上自骑车飞奔。

4—3 街道小巷·日外·傍晚

主要人物：赵忠明、陈盛文、陈秀文。

赵忠明骑车拐进了一条小巷，停在一院墙大门口，急速敲门，同时高声：陈盛文，我是赵忠明，快开门！

院内（OS）：哎，来了。

大门刚打开，赵忠明便一步跨了进去：陈盛文，我有点急事想请你帮个忙！

陈盛文：什么事，你尽管说！

赵忠明：新西门桥那边有好几个从前线撤退下来的国军伤员，在那边饥寒交迫，求助无门，已经死了好几个了，我想请你一起去帮帮他们。

陈盛文：啊！怎么会这样？那怎么帮呢？需要我做什么？

赵忠明：我知道你家里有一辆三轮车，你帮忙将他们送到我大哥的诊所，家里若有吃的，也先带点过去，他们都饿了几天了。我现在就赶回去，给他们弄点棉衣和食物。

陈盛文：好的，我这就去。我来看看家里没有现成的食物，一起带过去。

陈秀文走了过来：需要我去吗？

赵忠明：你一个小女孩子去能帮什么忙？

陈秀文：你这怎么说话呢，我都十八了，还是小孩子吗？你不就是比我大两岁吗？

赵忠明：关键是你个女孩子，不太方便。

陈秀文：女孩子怎么啦？有你俩在，我还怕谁？哥，你说是吗？

陈盛文：秀文，你要去也行，但要听话，别抬杠！

陈秀文不服：我什么时候抬杠啦？那是在说理。讲理跟抬杠不是一回事。

陈盛文打断：行，行了！从小到大，我反正去哪儿你都像跟屁虫似的跟着，是个标准的跟路精。

赵忠明：那好吧。你看看家里有没有什么多余的棉衣棉裤什么的，那些当兵的到现在还穿着单军装，冻得要死。

陈秀文明眸转了转：多余的到没有，不过，我爷爷倒有一套寿衣！

赵忠明一听，禁不住窃笑：那不行不行！你爷爷晓得了不揍死你！

陈盛文朝妹妹一瞪眼：真亏你想得出！

陈秀文：你瞪我做什么！都做了快七八年了，到现在不还闲放在那儿浪费着。每年不都得我拿出来晒晒！

陈盛文：你就是给人家穿，人家也不会穿的。太不吉利了。

陈秀文：你这是封建迷信。

赵忠明：好了，好了。你们赶紧准备去吧，我还得先赶回去。你们到了那儿等我一起去我哥那儿。我走了。

陈秀文：好的，忠明哥，你慢点儿。

陈盛文嫉妒地斜瞥了妹妹一眼，坏笑了一下。

赵忠明跨出大门，调转自行车，飞奔而去。

4—4 赵忠明家日外·傍晚

主要人物：赵忠明。

赵忠明家的院墙外大门口，停着两辆已经装满重要物品的马车，有两名持长枪的家丁看守着。大门敞开着，家丁一见赵忠明立即向弓腰问候：小少爷好！

赵忠明回应：你们好！

停好自行车就直接跨了进去。

爷爷、父母、大嫂和侄子侄女一家人见到赵忠明进来都从屋子里迎了出来。

父亲：你怎么到现在才回来？全家就等你一起走了。

赵忠明：爷爷，爸妈，大嫂，对不起，让你们久等了。不过，我现在还走不了。

母亲：明儿，怎么回事？怎么又走不了了？

赵忠明：是这么回事。刚才我从大哥那里回来时，在路上遇到了好几个从前线撤退到镇江的国军士兵，他们多数人都受了重伤，被部队遗弃在路边、河边，没人过问。饿的饿死了，冻的冻死了，十分可怜，我想留下来帮帮他们。

父亲：那应该是政府的事，你能管得了吗？

赵忠明：可现在是处于无政府状态，到处混乱不堪，我们不能眼睁睁地看着他们就这样死去。因为，他们都是为了打日本人才落难到如今这种地步。

母亲：可，明儿啊，政府都不管的事，你能管得了吗？

赵忠明：我能救几个是几个。妈，他们与二哥是一个部队的，只是军种不同。您想想，如果二哥现在像他们这样，您还会忍心见死不救吗？

赵忠明父母面面相觑。

父亲：那你想怎么救他们呢？

赵忠明：爸爸，家里还有棉衣裤和粮食吗？

父亲：只有你二哥当兵前穿的棉衣裤，我没有舍得送给人家。粮食这里不多，已经装上马车了。你爷爷那里倒是多，就是远水救不了近火。

母亲：后院地窖里还藏了不少山芋，你先弄袋子装些过去救救急。

赵忠明：山芋是最好不过了，生的也能吃！

父亲：我这就帮你去弄。

父亲说完，就从屋里找了个布袋去了后院，很快就拎了一袋子山芋过来。

母亲也到屋里拿出了棉衣裤。

赵忠明将袋子和棉衣裤绑在自行车后座上，转身对着全家人：爷爷、爸妈、大嫂，你们先走，我把他们安置好了立即就去。

母亲：你尽快来，一家人都在一起，爸妈才放心。

赵忠明：爸、妈，你们尽管放心，我不仅有自行车，很方便，还有二哥让大哥捎给我的手枪护身！

大嫂：天快黑了，你快去快回，路上小心点儿，把枪放好，千万别弄丢了。

赵忠明：知道了，我挎在身上呢，丢不了，谢谢大嫂！我去了。说完，蹬上自行车飞奔而去。

4－5　新西门桥下·夜外

主要人物：赵忠明、陈盛文、陈秀文、国军士兵。

赵忠明赶到新西门桥下，陈盛文、陈秀文正在桥口等候。见到赵忠明来了，立即迎了上来。

赵忠明：怎么样了？

陈盛文：我家隔壁正好租住了一个开泰兴黄桥烧饼店的，家里正好还有十几个烧饼，全给我买来了。就是只找了三件棉衣裤，有两件还是跟那个店老板说好话买的，还有一套就是我妹妹说的寿衣，带来了，我们没有说，这些当兵的问也没问就套上了。还有几个人没有，太急，实在想不到办法了。

赵忠明：我也只找了一件，另外带了些山芋。你们先帮我拎到船上去。

三个人一起拎着布袋，拿着棉衣跨上小船。

士兵们正狼吞虎咽地啃着烧饼，见他们上来连忙道谢！

赵忠明：你们先充个饥，马上你们能走路的穿上棉衣，不能走的坐上三轮车裹上被子，我们送你们去诊所换药，留下一个人守船

士兵们应声道谢

4—6 怀仁诊所·夜外·内

主要人物：赵忠明、陈盛文、陈秀文、国军士兵。

赵忠明推着自行车，陈盛文骑着三轮车，领着一群人到达怀仁诊所门口。诊所大门紧闭。陈秀文过去叫门，没有人应声。

赵忠明放好自行车，走了过去，边敲边喊：大哥，我是忠明。

半晌，还是没有回应。

赵忠明又仔细看了看门自语：门没上锁，里面应该有人在。于是又提高了嗓门：大哥，我是赵忠明。周玉珍，周医生，我是赵忠明，赵医生的弟弟！

里面依旧没有人应声。

陈秀文：可能真的没有人在。

陈盛文：大门没有上锁，应该有人的。

陈秀文：这可不一定。如果有便门，大门不一定需要上锁的。

赵忠明：有道理，我去看看有没有便门。说完，便沿着墙走进了旁边的小巷。

一会儿，赵忠明返回：真的有个便门，上了锁。

陈盛文：那怎么办啊？

赵忠明：我去大哥家里找他去，你们等一会儿，离这里不远。

赵忠明立即骑车而去。

一会儿就返回来了。

陈盛文：怎么样？找到你大哥了吗？

赵忠明摇摇头：没有。奇怪，这晚上兵荒马乱的，他们都去哪儿了呢？

陈秀文：那怎么办？

赵忠明：现在只有一个办法了。

陈盛文：什么办法？

赵忠明：撬门！

陈秀文：你会撬吗？

赵忠明：我当然会！准确地讲是会开锁。

陈秀文：你会写文章，会打枪，会开锁，怎么什么都会啊？

赵忠明：十六岁就会了，跟我家门口的锁匠学的。他教我开锁，我给他写家信。只是我很少用过，就是拭开过几次父亲的小铁皮箱子。

陈盛文：就是开了门也没医生有什么用呢？

赵忠明：开了门，先给他们烧点开水，再给他们的伤口用消毒液洗洗，换一下纱布，其他以后再说。

陈秀文：你大哥知道了，会不会骂你哦！

赵忠明：我会向他解释的，特殊情况特殊对待。你们在这里等着，我去开锁。说完便去了小巷。

赵忠明走至便门，从身上的钥匙扣上摘下一个小铁丝伸进锁眼捣鼓了几下，锁便开了。随即开门进入，又随手关上。

随着诊所内电灯亮起，大门“吱”的一声打开了。

陈盛文、陈秀文立即将伤员一个一个搀扶了进去。

赵忠明从后门走了进来：刚才我四周转了一下，这是一个四合院，东厢是病房、库房；西厢是火房、病房；后屋是住房，门诊里消毒液、纱布等都很齐全。陈秀文，你帮伤兵清洗伤口，换一下药。陈盛文，你到伙房烧些开水，我回船上去取些山芋回来煮熟，以备不时之需。

陈秀文：我才学了两年的医学知识，还没怎么实习过，就怕弄不好。

赵忠明：这个不要紧，总比我们懂得多。这不是做手术，让这位军大哥在旁边帮帮忙。

士兵（乙）朝陈秀文：妹子你放心，基本的救助我都会，我在旁边协助你。

赵忠明：弄好了，今天我们就在这里休息，等明天我大哥回来再说。

4—7　伯先路大街·日外·内·晨

主要人物：赵忠明、陈盛文、陈秀文。

李明扬，47岁（1891—1978），苏北第二游击区指挥官。

李明扬夫人，43岁。

天渐渐亮了，伯先路大街上开始有了行人和车辆流动。

江南大酒店门口人流量渐渐多了起来，几名小商贩已经在酒店门口徜徉。

突然，空中由远而近传来飞机的轰鸣声，紧接着三枚炸弹从空中落下。

“轰、轰、轰”连续三声巨响，江南大酒店里瞬间爆起几股冲天火柱，火柱顶端腾起乌黑的蘑菇云；碎片乱飞，星火四溅。

怀仁诊所里，房屋一阵剧烈地震动摇摆，落屑满间，尘土飞扬。赵忠明大惊跃起，飞奔出门，门诊大门已经倾斜。他拉了几下没能拉开，于是用尽全力连踹带拉，门终于被打开。“怀仁诊所”店牌悬落在门口挡住了出路，赵忠明又是连扯带扒突破出来。眼前景象，使他目瞪口呆。

江南大酒店，烟火缭绕，人影攒动，呼号凄厉，哀号迭起；屋顶墙壁，前榻后陷，断壁残垣；门窗石柱，东倒西歪，支离破碎；大街上，浓烟弥漫，瓦砾遍地；附近沿街两边的店面房，店牌个个倾覆残损，零落摇荡。人们捂着头四处奔跑，跌倒的迅速爬起；路面上，一辆小汽车被炸得四分五裂，一匹白马倒在地上，血流满地，苟延残喘，四肢挣扎；半条街上，横七竖八躺着几十个人，有的一动不动，有的扭曲呻吟，有的拖着血淋淋的残肢挣扎爬行；一颗梧桐树的枝丫上，嵌着一条残肢，鲜血淋漓。

赵忠明惊愕不已，呆滞发愣。一股寒风袭来，一个激灵猛然回过神来，迅速转身，见陈盛文、陈秀文、军士已经站在身后：快回屋看看我们的人有没有事！

陈秀文：刚才看了，我们的人都没什么事，就是屋里到处碎屑灰尘。

赵忠明：那就好。你把屋里打扫整理一下，我去酒店里救人，陈盛文和军哥去马路上救人。

三人同声回应：好！

赵忠明立即朝马路对面跑去。

酒店门口，不断有身着军服的人奔进奔出。

赵忠明刚跑进一片狼藉的大厅，迎面一位身着睡衣的女人一把拽住他，急切而哀求：请你帮忙赶快去救救李司令！

赵忠明：他在哪里？

女人：我带你去。

赵忠明随即跟着她越过大厅，跑向酒店里面的另一幢三层小楼。

女人赤足跋行，不时摔倒爬起，浑然不顾。

赵忠明回身搀扶，来到三楼的一个房间，房顶已经破了个大洞。

一位身着睡衣的中年男人（李明扬）被挤压在倾覆的衣柜与断裂床梆狭窄的空隙之间，衣柜里嵌进一块水泥板块。男人呼吸急促，面色惨白，哀号不断。

女人：敏来，我带人救你来了。

李明扬：夫人，请他快点，我吃不消了。

赵忠明急忙上去搬了搬衣柜，衣柜纹丝不动。于是先去搬动水泥板块，水泥板块被柜板死死卡住，上下左右怎么也挪不动。赵忠明眼睛四处搜寻，发现一根木棍，立马用来左试右试，没有找到合适的着力点。

柜下的男人呼吸渐弱，岌岌可危。

夫人手足无措，心急如焚。

赵忠明最后下定决心，双手握板，深吸一口气，咬牙屏气，脖筋爆出，满脸通红，“啊——”的一声呐喊，水泥板从木板中挪了出来。

柜下李明扬遭到减压，呼吸渐平。

赵忠明放下水泥板，坐在地上喘着粗气，大汗淋淋。

夫人赶忙帮他擦汗、拍背。

赵忠明平了平气息，从地上爬起，与女人一道搬竖好衣柜，扶起男人。

夫人：伤了哪里没有？

李明扬：手臂不能动，其他没什么。

夫人立即从凌乱的衣柜里翻找出男人和自己的棉衣裤鞋袜穿上。

李明扬：好汉！辛苦你了，谢谢，谢谢！

赵忠明：我们就在对面的诊所，你们先到那里包扎休息一下再说吧。

夫人：好，好。今天多亏你的鼎力相助，真不知道怎么感谢你才好。

赵忠明：不用谢，现在国难当头，大家理应同舟共济！

李明扬：有你这句话，身为军人，更应当赴汤蹈火，在所不辞！唉，我们的人呢？

夫人：不知道，一个都没有看到，估计……

李明扬：唉，战乱时期，真是生死一瞬间，朝不保夕啊！收拾一下，我们先去诊所再说。

4—8　怀仁诊所·日内·上午

主要人物：赵忠明、陈盛文、陈秀文、李明扬、李明扬夫人。

怀仁诊所里，一片忙碌。床上、地上到处坐满了人，惨叫声声。陈盛文、陈秀文、军士进进出出，手忙脚乱，逐个包扎。

赵忠明领着李明扬夫妇进了后屋，安置在医生的宿舍里。

李明扬皱着眉头，一脸痛苦的表情。

赵忠明：刚才你在换衣服时，好像没有看到你手臂上流血，估计是筋骨受了伤。

夫人：那你能赶快帮他处理一下吗？

赵忠明：对不起，这个我们处理不了。现在我们只能简单地帮助处理一下皮肉外伤，包扎、消毒、止血。

夫人疑惑：你不是医生吗？

赵忠明：我不是，医生现在都不在，也不知道他们去哪里了。这诊所也不是我的。

夫人：你把我弄糊涂了。诊所不是你的，你又不是医生，那你怎么会在这里的？

赵忠明（FO）：叙述前因后果。

李明扬夫妇惊诧不已。

夫人：你真是我见过的最好的年轻人，侠胆义肠。

赵忠明：夫人过奖了。我就是一个很普通的学生，只是现在学校因日本人要来而解散了，读不成书了。现在还不知道怎么办呢？

李明扬：我叫李明扬，负责徐州防空部队和苏北第二游击区。我们部队就是希望你这样既有文化又有胆识的年轻人加入，如果你愿意，我可以带你走。

赵忠明：您是司令？

李明扬：是啊，怎么不像？

赵忠明：那你怎么没穿军装？

李明扬：既然现在已经这样了，我也就没必要瞒你了。我们这次是来这里召开秘密军事会议的。不知道是哪个环节出了问题，会议地点遭到敌机定点轰炸。

赵忠明：今天您好险哦。

李明扬：是啊，今天多亏了你和我夫人的及时相救，这份情我会记住的。

夫人：那你这次愿意跟我们走吗？

赵忠明：谢谢李司令的抬举，只是诊所现在满屋的这些伤员没有安排好，现在还走不了。再说，我答应父母先回乡下陪爷爷奶奶那儿住几天的，要走也要跟他们说一声，不能不辞而别，去无踪影。等我都安排好了，再前往拜见李司令，从戎麾下。

李明扬：那也好！见微思著，由此可见你不仅侠胆义肠，忠孝仁慈，并且，行思缜密，将来必堪大用，前途无量。

赵忠明：李司令这么说，晚生羞愧难当。日后若有机会定效犬马之劳。

李明扬：哪里，哪里。哦，还有一事能不能请你再辛苦你一趟？

赵忠明：李司令尽管吩咐。

李明扬：请你陪同夫人一道出去联系一下顾总指挥，请他安排人来接我一下好吗？

赵忠明：没问题。只是不知能否请尊夫人顺便向顾总指挥提一提这里伤兵的事？

夫人：好的。这本来就是政府和国军的职责。

4—9 怀仁诊所·日外·上午

主要人物：赵忠明、李夫人、李明扬、陈盛文、陈秀文。

一辆军用卡车从马路上驶来，停在怀仁诊所门口，赵忠明和李夫人从驾驶

天堑

室下了车，车厢里的士兵携枪纷纷跳下，赵忠明到车厢后面接下了自行车。下车士兵一部分提枪站在了诊所门口，一部分跟随李夫人进了诊所。

李明扬很快由士兵搀扶出来，走至驾驶室跟前转过身：小伙子，大恩不言谢！我们后会有期！

李夫人：联系我们的方式和地址都给你了，你有机会一定要过来，我们随时欢迎！

赵忠明抱拳：有机会一定前往拜见！祝李司令和夫人一路顺风！

李明扬夫妇迈进驾驶室，军车扬尘而去。

陈盛文、陈秀文、军士随即围了上来。

陈盛文：这些伤员的事怎么弄的？

赵忠明：李夫人已经在顾总指挥那里提了，他们说，马上想办法安排。

陈盛文：关键是什么时候安排，这些人在这里总不是个事儿。

赵忠明：我们等等再说吧。

陈秀文：我们不能光在这里等，万一他们不处理怎么办？

赵忠明：那你有什么更好的办法吗？

陈秀文：我知道有个战时青年救助团，是个民间自由组织，我先去联系联系看看。

赵忠明：那更好，可以以防万一。

陈秀文：那我和我哥先一起去找他们试试。

赵忠明：好吧。不过，如果没有找到，也要回来告诉我一声！

陈秀文：放心吧，我可不是虎头蛇尾的人。

4 — 10　怀仁诊所·日内·外·下午

主要人物：赵忠明、陈盛文、陈秀文。

张斌，25 岁左右，镇江青年救助团团长。

诊所里，不时有一些受了轻伤的市民陆陆续续地道谢离开。从东西病房里不时传出痛苦的呻吟声。

赵忠明手里拿着一个熟山芋慢慢啃着。他掏出怀表看了看，指针指在 12 点 36 分，又放进怀里。

赵忠明来回踱步（VO）：可能真的被陈秀文说中了，说是安排人来处理，其实只是口头上应付而已。这些当官的有几个是真正为老百姓着想的？也难怪老打败仗了。赵忠明跑到马路上左右看了看，马路上，残渣碎屑遍地，行人车马稀疏，一片萧条破败景象。掏出怀表看了看，指针指在 4 点 30 分，又放进怀里。

赵忠明（VO）：唉，怎么回事？我哥他们不回来，怎么陈盛文他们也不回来了呢？

赵忠明又回到诊所里，到病房走了走，看了看（VO）：如果他们都不回来，我怎么办？

外面传来车马和说话声。

陈秀文（OS）：忠明哥，我们来了。

赵忠明闻声立马从诊所跑了出来，兴奋：我以为你们都不来了呢！

陈秀文满面春风：忠明哥在这里，我就是找不到救助团也会来的。将你一个人放在这里我怎么能放心呢。

赵忠明嘿嘿一笑，不自然地摸了摸头。

陈盛文撇了撇嘴，眼睛不屑地瞄了妹妹一下。

陈秀文：哦，介绍一下，这位是青年救助团的张斌团长，还有三位是他的同事。

赵忠明连忙上前握住张斌的手：要辛苦你们了。我正在愁将这些伤员怎么办呢。

张斌：海会寺专设了个伤病员收容所，我们现在只能把他们先送到那里了。

赵忠明：那边有人给他们治伤吗？

张斌：一般的外伤可以处理。

赵忠明：那现在也只能这样了，天快黑了，那我们赶紧吧。

一帮人进进出出，搀的搀，扶的扶把伤员们安置在马车上。

赵忠明握住张斌的手：这事全拜托你了，诊所里现在一塌糊涂，我们还要整理一下。否则，我哥的老板回来看到后，会怪我哥的。

张斌：你放心吧，把他们就交给我吧。

赵忠明、陈盛文、陈秀文一起跟他们挥手告别。

一行人随马车而去。

赵忠明深舒一口气。转身对陈盛文：辛苦你们了，昨天一晚你们没回家，父母会担心的，现在也回去吧，谢谢你们了。

陈盛文：这说哪里话，我们是同学，也是最好的兄弟，你的事就是我的事，况且，你也不是为了自己。我最佩服你就是这个浩然正气，人慈心善的品行。

陈秀文：我跟我哥是亲兄妹，所以，你的事，也是我的事。

陈盛文鄙视：你真是老奶奶穿针——硬往上凑！

陈秀文轻轻揣了哥哥两拳：你这是什么话！今天要不是我，你们能这么顺利吗？开始还不带我来！

赵忠明： 这倒是！多一个人多一个主意，俗话说：三个臭皮匠，顶个诸葛亮。

陈秀文得意： 就是嘛！这样吧，我们帮你将诊所整理好再回去吧。

赵忠明： 不必了吧？已经很麻烦你们了。

陈盛文： 没事，反正我爸妈也不在家，他们先去泰州高港的老家整理一下老房子，我们明天就过去。

赵忠明： 那好吧。只是晚上没有什么好招待你们，只有山芋了。

陈秀文： 那你就跟我们一起回家过夜，反正你爸妈都下乡了。

陈盛文： 那倒也是。

赵忠明： 那不太好吧？

陈盛文： 这有什么好不好的？我不也在你家过个夜，还睡一张床上呢。

陈秀文： 就这么说好了。现在赶紧去整理一下诊所吧。

4—11 陈盛文家·夜内

主要人物： 赵忠明、陈秀文、陈盛文。

赵忠明随兄妹俩一起推着三轮车进了陈盛文家的院子。

陈秀文： 你们先歇会儿，我弄夜饭去。

赵忠明： 真不好意思，给你们添麻烦了。

陈盛文： 你千万别这么客气，否则就不像兄弟了。

赵忠明： 明天你们准备什么时候走？

陈盛文： 明天早上就走。

赵忠明： 怎么去呢？

陈盛文： 到码头乘客轮去。

赵忠明： 那明天我用车先送你们到码头，然后我直接到我爷爷家去。

陈盛文： 那最好不过了，省得我们步行。

赵忠明： 今后有什么打算？

陈盛文： 我还没想好，不知道怎么办。你呢？

赵忠明： 我跟你一样，也没想好。本来想找我二哥去的，可今天看到那些受伤的士兵，心彻底凉了。所以，今天那位李司令叫我跟他走，我婉言谢绝了。你说，政府和国军这么对待伤病员，谁还会为他们卖命？一个军队没有不怕死的精神，没有动力的源泉，怎么可能打胜仗？所谓保家卫国，政府不保老百姓的家，老百姓怎么可能去卫国？日本人还没来，那些当官的却先弃老百姓于生死而不顾，全跑了，没有一点儿担当，怎么会不令人寒心？

陈盛文： 共产党你了解吗？

赵忠明： 听说过，但不了解。

陈盛文： 听说，他们不仅纪律严明，官兵平等，而且专为老百姓打天下，保护老百姓的利益。

赵忠明： 那到哪里去找他们呢？

陈盛文： 听说，他们的根据地在陕西延安。

赵忠明： 那上万里路呢。

陈盛文： 我家邻居的儿子原来在上海读书，后来与同学们一起去延安了。他们就是觉得跟着国民政府中国没有希望，所以不远万里投奔共产党了。

赵忠明： 哦。那你邻居家的儿子现在怎么样了？

陈盛文： 这个就不知道了。他家里的人不肯说，怕政府报复他们。

赵忠明： 那你怎么知道的？

陈盛文： 有一天晚上邻居老太太突然得了个急病，她儿子来敲我家的门，请我帮忙用三轮车送去医院。老太太在医院想孙子，念叨孙子的名字。后来我在医院帮照看了两天，老太太告诉我的。

赵忠明： 哦。

陈秀文端着两只大碗进来放在桌上： 没有什么好招待的了，只有我妈前几天擀的面条了。

陈盛文： 哟！今天还有油煎荷包蛋。

陈秀文笑笑： 就只有两个了。

赵忠明： 那留给你自己吃。

陈秀文： 你是客人，应该你吃的。

陈盛文： 你就别客气了，今天我还是沾了你的光呢。平时，都是先尽着她。

陈秀文卟哧一笑： 我是你妹妹，你不照顾谁照顾？

陈盛文： 那还是给你吃呗，免得以后说我没照顾你。

陈秀文： 别，别。今天就免了吧，别挂我的相好不好？

陈盛文朝赵忠明诡异一笑： 我说的没错吧？今天还是沾了你的光。

三人相视一笑，其乐融融。

4—12 市区道路·日外·早晨

主要人物： 赵忠明、陈盛文、陈秀文。

赵忠明从大门口推出自行车。陈盛文、陈秀文背拎着包裹一起出了门。

陈盛文转身锁上大门，又回身将包裹系在车座右侧：怎么坐呢？

赵忠明：你坐在前面大杠上，秀文坐后面。

陈秀文：他又高又重，你怎么骑呢？我个小体轻，还是我坐大杠上吧。

陈盛文诡异一笑：那好吧。

三人同车，沿路而行。

陈秀文：我们这么一走，不知道什么时候才能回来呢。

赵忠明：这要看时局怎么样了。说不定，十天八天就能回来；说不定一年半载。

陈盛文：也许好几年。

陈秀文：那到了码头我们互相留个乡下的地址，将来也好联系。

赵忠明：好的。

陈秀文：你会来看我们吗？

赵忠明：有机会一定会的。

陈秀文含情脉脉凝视着赵忠明的脸，突然伸头亲了一下他的脸颊。车把立即左右晃了两下。

赵忠明慌忙稳住，脸色通红：别乱动，会摔下来的。

陈秀文低头含羞窃笑。

4—13　镇江码头·日外·上午

主要人物：赵忠明、陈盛文、陈秀文。

三人骑车到了码头，陈盛文先跳下车，赵忠明下车立足，双手用力稳住车把。陈秀文从赵忠明怀里慢慢吞吞，依依不舍地钻了出来，理了理头发。

陈盛文：你们在这里等一下，我去买票。说完便走向码头售票窗口。

售票里口封上了一块小木牌，外面张贴了一张布告：因所有客轮被政府征用，故全部轮班一律取消，所带不便，敬请见谅！

陈盛文愣愣地看了半晌，不甘心地四处来回寻查了一下，才怏怏返回。

赵忠明：怎么啦？

陈盛文沮丧：没有轮班。轮船都被政府征用了。这可怎么办？

陈秀文欣喜：那跟忠明哥去他爷爷家呗。

陈盛文：你胡说什么呢！爸妈还在高港等我们呢。我们今天不到，他们会着急的。弄不好还得回来找我们，那就麻烦了。

赵忠明：那你当时怎么不与爸妈一起走呢。

陈秀文：还不是找了个借口赖在家里要与女朋友告个别。

赵忠明：那你爸妈走之前也可去告别呀！

陈秀文：人家父母不同意，姑娘也是模棱两可，去了几次没见到人嘛！仍不死心，硬是冷脸往热屁股上贴。

陈盛文嗔怪：你怎么说话呢！你以为你比我好到哪里去了？只晓得张口说人！

陈秀文：你好与我比吗？忠明哥，你说是不是？

赵忠明尴尬一笑。

陈秀文：不说这个了，你说现在怎么办？！

赵忠明来回踱步，沉思片刻：这样吧，上次我们救助的那些当兵的，他们有一条木船，我去跟他们商量商量，看看他们愿意不愿意送送你们。只是那条船不算大，在江里走这么远，不知道会不会有危险。

陈盛文：我看到过那船，本来就是在江里打鱼的木船，应该没什么危险。况且上面还有救生衣。

赵忠明：那我们去跟他们说说看。

三人重新上车，离开了码头。

第五集　越堑难返

借舟护友登东岸，拜望老舅求指南。
归途日机封天堑，有家难回奔焦山。

5—1　新西门桥·日外·上午

主要人物：赵忠明、陈盛文、陈秀文。

马向东，30岁左右，国军士兵。

魏风林，30岁左右，国军士兵。

三人到了新西门桥下了车。

赵忠明：你们在上面等一下，我到船上去。说完，拾级而下，走上搭在船上的翘板。

船上士兵甲见到赵忠明过来，连忙起身迎接，伸手抓住赵忠明的手接上了船。

士兵乙也起身迎接：这次都亏兄弟及时相救，我们才度过危难，你的大恩大德我们一辈子也不会忘。

赵忠明：你们远离老家，来到这里与日本人血战，我们给予你们一些力所能及的帮助也是应该的。

士兵（甲）：可如果别人都像兄弟这么想，我们也不至于沦落到那样的地步了，真的非常感谢你。

赵忠明：不用再这样客气了，那些伤员都安排好了没有？

士兵（甲）：海会寺那边都收治了。现在他们衣食无忧。我们也放心了。

赵忠明：那就好。哦，我想起来了。还不知道怎么称呼你们呢。

士兵（甲）：我姓马，叫马向东。

士兵（乙）：我姓魏，叫魏风林。

赵忠明：我姓赵，叫赵忠明。

马向东：我们知道。兄弟的名字我们早就记在心里了。

赵忠明：那今后有什么打算没有？

马向东：我们人生地不熟，现在还真不知道以后怎么办，不知道往哪儿去，该做些什么？兄弟是读书人，能不能再请你指点一下？

赵忠明：是啊，你们在这里举目无亲，无依无靠，老待在船上不是长久之计。这两天，我时常想到你们的事，替你们想到一个办法，就是不知道你们想不想听？愿意不愿意？

马向东：又让兄弟费心了。我们只要有个地方待、能混口饭吃就行。

赵忠明：你们会游泳，会驾船吗？

马向东：当然会。我们原来就是在江阴江防部队，都经过专业训练的。

赵忠明：那就行。我二哥也跟你们一样是国军。他原来驻守在江阴要塞黄山炮台，现在他和他的部队已经转移到这里的焦山。你们如果愿意去，我写封推荐信，你们到他那里去。

魏风林：那太好了。我们只要有个安身的地方就行。

赵忠明：不过，我也有一件事想请你们帮个忙，就不知道行不行？

魏风林：兄弟，你对我们还有什么请不请的，有事兄弟尽管吩咐，我们正不知道怎么报答你的大恩大德呢！

赵忠明：岸上的两位是我的表弟表妹，我要送他们到江对岸的高港老家去，想请你们帮个忙，然后再送我回来，可以吗？

魏风林：没问题。只要你吩咐，让我们做什么都行！

赵忠明：那就这样定了，我上去叫他们上船。

赵忠明回到了岸上。

陈盛文：怎么样？

赵忠明：我跟他们说好了，马上就走。我送你们一起去。

陈盛文：你也去？那太麻烦你了。

赵忠明：什么麻烦不麻烦的，我不也麻烦过你们吗？秀文毕竟是个女孩子，我不放心。送到岸，我就回来。

陈秀文兴奋地拍手：那太好了。

赵忠明：哦，想起一件事。

陈盛文：什么事？

赵忠明：上次给你的那把手枪你带在身上没有？

陈盛文拍拍腰间：这可是现在最重要的东西了，随身带。

赵忠明：那就好，我们上船吧。

三人一起跳上了船。士兵一个在前面撑杆，一个在后面摇橹。木船缓缓离开桥口。

5－2　江面·日外·上午·阴

主要人物：赵忠明、陈盛文、马向东、魏风林。

木船从大运河缓缓驶入长江，沿岸顺流而下。

江面上，风微浪轻，白色茫茫。大小船只，星罗棋布；江岸蜿蜒连绵，落木萧萧；江滩芦花飘舞，枯苇丛丛。

赵忠明、陈盛文与马向东站在船头上，远目眺望，一声哀叹。

赵忠明：现在我们就像这江水，茫茫浊生，漂流不定。

陈盛文：城里看不到多少人，可这江面却这么多船只。

赵忠明：镇江城，危在旦夕，权贵能走的走，平民能逃的逃，四处避难哦。我们现在才真正体验到了什么叫"山河破碎风飘絮，身世浮沉雨打萍了"。

马向东：这天气阴沉沉，冷飕飕的，我们还是到船篷里去吧。等会儿，我换魏风林摇橹。

5－3　泰州高港龙窝码头·日外·傍晚

主要人物：赵忠明、魏风林、陈盛文、马向东。

高港龙窝码头附近，各种大小船只排满了码头江面。码头上，装卸货物的工人扛着大大小小的麻袋川流不息，船工的号子声此起彼伏，一片繁忙景象。

远处，距离江岸数十米的江面上矗立着无数大小不一的木棚。

赵忠明与魏风林站在船头。

赵忠明指着远处的木棚：那江面上怎么会有房子呢？

魏风林：那是木排。

赵忠明：什么叫木排？

魏风林：就是木材商从长江上游将从山上砍下来的木头收集好，在长江里用竹篾绳一根一根编成排，顺流而下，运到各地进行销售。

陈盛文：那上面还能搭棚子？

魏风林：那当然了。一组小木排吃水深五六米、宽四五十米、长也有一百米左右。大的长四五百米呢。排木工人全在上面吃住。

陈秀文：哇，这么神奇！

魏风林：你别看这么神奇，放排可危险呢。

陈秀文：有什么危险？

魏风林：这放排从上游下来，一路风高浪急、排山倒海，沿途不仅要避险滩，还要防撞击，要是控制不好，排毁人亡。所以排工有个顺口溜："排过拦江矶，心悬的石头落了地，老板得悉笑嘻嘻。"大排一到目的地，老板都要放鞭炮、设酒宴、请戏班庆贺。

陈盛文：啊，这个样子啊。

魏风林：这个钱也不是那么好赚的，运气不好的老板，排在江里散了，一次就破产了。

木船缓缓从江口驶进南济川河，靠上河边上的一个小码头。魏风林拖出船上的翘板，推向码头的石阶，搭好跨了上去，跨上翘板后，回身双手接住马向东抛上来的缆绳，系在码头上的铁桩上。

赵忠明对魏风林：我以前都是乘小客轮来舅舅家，一般中午就能到了，不知道这小木船比客轮慢多了，现在已经傍晚，天快黑了，夜里行船不安全，我看，你们跟我一起到我舅舅家住一夜，明天一早我们再回去，我舅舅是个老中医，就住在柴墟巷，也不太远，你们看可以吗？

魏风林：明天走没问题，反正我们也没什么急事。你舅舅那里我们就不去给他老人家添麻烦了，我们住船上也一样。

赵忠明：那麻烦你们在这里等一晚了。

魏风林：没事的，你们安心去吧，我们一定会等你的。

赵忠明：那我们先走了，我明天多带些好吃的给你们。

魏风林：兄弟，你太客气了。

赵忠明回头朝陈盛文兄妹一甩头：那我们走吧。

赵忠明先跳上石阶，然后转身小心翼翼地将陈秀文拉了上来，又接着去拉陈盛文，陈盛文一甩手：我不需要，我能自己上，你帮我拿一下包就行。

三人离开码头，向岸上走去。走出码头不远，赵忠明突然停住脚：你们在这儿等一下，我去去就来。说完就朝港边走去。

陈秀文：他去干什么？

陈盛文：我哪知道，他的名堂多着呢，你永远猜不到。

陈秀文：他不仅聪明，脑袋瓜儿转得快，而且心肠也好。

陈盛文：反正，你看他哪儿都好。不过，再好，人家要喜欢你才好。

陈秀文：他不喜欢我吗？

陈盛文：这可不一定。弄不好，你是剃头匠的挑子—— 一头热。

陈秀文：你就会搗冲气！

陈盛文：我是实话实说。

陈秀文：既然他今天回去不了，那就叫他一起到我们家去呗。

陈盛文：估计，他不会去的。

陈秀文：为什么？

陈盛文：不为什么，不信，你试试。

赵忠明手里拎着两条大鱼，跑了回来。

陈盛文：你去买鱼的呀！

赵忠明：难得去舅舅家，总不能两手空空地去呀。

陈秀文：你考虑得真周到！

陈盛文：这是什么鱼呀？

赵忠明：这是长江里的鲑鱼，比一般的鱼好吃。但，长江里最好吃的鱼是鲥鱼、刀鱼和河豚。只是这个季节没有，只能将就一下了。

陈盛文：你今天干脆到我们家去过夜算了。

赵忠明：今天就不去了，下次再去吧。

陈秀文：怎么啦，怕我们吃你的鱼啊？

赵忠明：不是这个意思。我难得到高港来，不去叫一下舅舅不好的。

陈秀文：你舅舅又不知道你今天来高港了。

赵忠明：我正好也有事情与舅舅商量。

陈盛文朝妹妹：我没说错吧，你就别勉为其难了。

陈秀文娇嗔：去你的！

赵忠明：什么？

陈秀文：没，没什么。

陈盛文：走吧，别磨蹭了。

三人继续前行。南官河东岸，一家连着一家木材经销铺。一排排木头小头架在水中的木架上，大头朝向路边，人来人往，络绎不绝。

三人走过了长长的龙窝街道，都停住了脚步。

陈盛文：我们要从这里向东了。今天真是辛苦你了，太谢谢了。不是你，我们今天还真不知道怎么办呢。

赵忠明：我们是最好的兄弟，互相帮忙都是应该的，别客气了。

陈盛文：这一别，不知道什么时候再会呢。我们还真不习惯不与你在一起的日子。

赵忠明：是啊，我们从小就在一起玩，两小无猜；又一直同读一所学校，志同道合。是发小又是同学，亲如亲兄弟。

陈秀文递过去一张纸：这是我们老家的地址，你收好，别丢了。你先看一下，记住。

赵忠明接过，低声逐字读了一下，然后右手连忙从上衣左口袋里取下钢笔，用拎鱼的左手掌作垫，在陈秀文的纸页上书写好，撕下半页递给陈秀文：这是我乡下爷爷家的地址，你也收好。

陈盛文回避走开。

陈秀文噙泪上前一把抱住赵忠明。

赵忠明拎鱼的左手立即伸展避开。

陈秀文：忠明哥，你一定要来看我，千万别将我忘了。

赵忠明一手抚背安慰：我一定会来看你的，更不会将你们忘了。我们从小一起长大，不是一家人，胜似一家人。但从现在起，你要逐渐学会独立，不要老依赖父母和哥哥，首先要学会自己保护好自己。

陈秀文含泪连连点头，轻轻放下双臂，移步拉开距离，抹了抹眼泪。

赵忠明朝兄妹俩摆了摆手，目送他们走远。

陈秀文边走边回头摆手。

5—4　高港镇柴墟街·日外·内·傍晚

主要人物：赵忠明。

汤承业，55岁左右，药店老板，老中医。

高港镇柴墟大街，车水马龙。一块宽长棕色门匾上雕刻着六字绿色店名：泰和中医药堂。门口不时有人拎着药包进出。

赵忠明临近，仰面仔细看了看门匾，跨步进了门。

堂厅里一位伙计模样的年轻人立即迎了上来：请问先生您需要什么帮助？

赵忠明：我找我舅舅汤承业。

伙计：你是老板的外甥？

赵忠明：镇江的外甥。

伙计：那你稍等，我去告诉老板。

片刻，汤承业从里面走了出来。

赵忠明连忙上前半鞠躬：舅舅好！

汤承业喜笑颜开：啊呀，是忠明啊，今天什么风把你给吹来了？

赵忠明：一直致力于学业，所以好久没有前来拜望舅舅，还请舅舅海涵。

汤承业上前一把抱了抱外甥，拍了拍背：到底是读书人哪，就是不一样，说话都文绉绉的。一晃都长这么高了，成大小伙子了。

赵忠明：舅舅，因为时间过于仓促，也没来得及给您带什么礼物，就临时在江边上随便买了两条鱼，给您补补身子，还望舅舅理解。

汤承业：这孩子，说什么呢，这鱼一般人家可吃不起哦。你能想到舅舅，还来看望舅舅，舅舅就已经很开心了，快到里屋来坐。

赵忠明跟随舅舅到了后面的正屋。正屋有三间，中间堂屋里供着一尊观音菩萨雕像，香阁上陈列着果饼。

汤承业领着赵忠明在西侧坐下，伙计端上茶退下。

汤承业：你爸爸妈妈现在身体还好吗？

赵忠明：爸妈还是老毛病，腰腿疼痛，吃了些大哥配的西药缓解了点，但经常复发。

汤承业：那我抽空给他们去看一下。

赵忠明：爸妈现在不在镇江了。由于国军在江南前线节节败退，镇江城现在岌岌可危，政府行政部门均弃数十万市民生死于不顾，纷纷关门走人，致使街市商铺家家关门歇业，百业凋零；百姓人人自危，惶惶不可终日。爸妈也只能到句容磨盘镇爷爷那里躲避战祸。

汤承业：那你现在是怎么打算的呢？

赵忠明：我本来是与爸妈一起暂去爷爷那里的，谁料，在去叫大哥后返回的路上，碰到了士兵抢劫的事件。

赵忠明如此这般地向舅舅叙述了事情的经过。

汤承业凝视赵忠明：那你对目前的时局是怎么看的呢？

赵忠明：国军兵败如山倒，民众人心涣散。要指望国军打败日本人，希望很小。舅舅，我听说共产党的八路军、新四军很厉害。他们不仅纪律严明，视民如子，并且个个足智多谋，骁勇善战。

汤承业：你对他们了解吗？

赵忠明：不了解。只是听同学传说的。舅舅，您对他们了解吗？

汤承业：我也不了解，也只是听说过。

赵忠明：舅舅，您接触的人多，您能不能帮打听？

汤承业：怎么？你打听这个干什么？

赵忠明：我想参加八路军或新四军。

汤承业：舅舅只是个中医，只管治病救人，政治上的事从不过问。况且，年事已高，也过问不了。

赵忠明：可现在的中国人，精神上的病比躯体上的病更严重。个体利益大于集体利益，集团利益大于国家利益。造成政治上拉帮结派，团团伙伙；军事上军阀割据，拥兵自重。整个国家表面上，地大物博，人口稠密；实际上，国衰民弱，一盘散沙。由此可见，国民政府是多么腐败无能。

汤承业听外甥说得这么头头是道，不由一脸惊讶：啊呀，真的看不出，你这小小年纪，怎么懂得这么多？真是后生可畏啊！

赵忠明：学校的同学都这么说，我们校长也这么说，我也是这么认为的。不过，我可不小了，都二十了。

汤承业：不过，看到你这么有主见，舅舅真是很开心哪！看来你这书没有白读哦。赵家真是出人才了。

赵忠明嘿嘿一笑：舅舅快别这么说，我只是班门弄斧而已。舅舅要比我见多识广多了。

汤承业：舅舅年老迂腐，跟不上这时代潮流了。还是你们年轻人博闻强识，思想开放，我们国家如果多一些像你这样的年轻人，中华民族还是有希望的，总有一天会强盛的。这样吧，八路军、新四军的事我帮你打听打听，有消息了，我告诉你。

赵忠明起身一拜：那拜托舅舅了。

汤承业：我不仅希望外甥有一个好的未来，更希望我们国家前程似锦，国强民富。这样吧，你难得来，吃过晚饭我带你出去到雕花楼走走。

赵忠明：谢谢舅舅！

5—5 高港镇古庆元大街·夜外

主要人物：赵忠明、汤承业。

古庆元大街上灯火辉煌，人来人往，车水马龙，热闹非凡。汤承业领着赵忠明在庆元桥上停住。

汤承业手指着桥西一片建筑群：这就是高港最著名，也是最繁华最热闹的地方之一“雕花楼”。

赵忠明：哦。

赵忠明临栏驻足观看，眼前是一片两层高的青瓦雕楼群。四合院式，四进八厢，飞檐翘角，古色古香。庭院内拱桥流水，轩廊凉亭，古树假山，曲径通幽。楼内灯火通明，人影幢幢，轻歌曼舞，欢声飘逸。

赵忠明：这是谁家的房子？这么豪华气派？

汤承业：这雕花楼，可有历史了，说来话长。

汤承业清了清嗓子：雕花楼始建于清朝乾隆四年，后扩建于民国初年，历经两代主人。第一代为江南富商姚氏。他看准了高港港口既可以出江入海，又为里下河地区门户的地理优势，从南京组织木材到高港经销，生意十分红火，赚了不少钱。于是他用重金购买了当时在高港很有影响的明代园林旧宅，聘请四方大师，八方名匠，花四年建成了现在的东楼。后来由于湖北金寿木商的涉足竞争，姚氏木业日渐衰落，不得已，易主给在高港经营中外商轮航运业务的本地商人李如松。此人聪明过人，善于经营。将高港的航运业务搞得风生水起，欣欣向荣。他不只自己赚得盆满钵满，同时也带动了高港经济的发展，后来，他又扩建了西楼。新落成的西楼与东楼珠联璧合，呈四方形，民间又称之为“四方楼”。整个建筑所有的砖、石、梁、柱、窗、栅无所不雕，无处不雕。以材质论，有木雕、砖雕、石雕；以技法论，有浮雕、圆雕、镂空雕、阴阳雕；以题材论，有山水、人物、花卉、虫鱼、禽兽、云头、博古、八宝，以及中华文化里的福禄寿、文人隐士、民间故事、田园生活等。其工艺精湛，生动活泼，集天下雕刻工艺于一体，具有极高的艺术价值。

汤承业的一番介绍，赵忠明听得心醉神迷，忙问：现在可以进去看看吗？

汤承业：现在不行，夜里也看不到什么。要看明天白天我带你来。我跟李老板是朋友。

赵忠明：明天一早我就得回去了，码头上还有人等我呢。

汤承业：那你下次来，我带你进去看看。

赵忠明哀叹：就一江之隔，却冰火两重天哪！镇江那边，风声鹤唳，万人空巷；狼奔豕突，百业萧敝；这边却推杯换盏，灯红酒绿，歌舞升平，醉生梦死。真是“商女不知亡国恨，隔江犹唱后庭花”。

汤承业听到外甥的感慨，拍了拍他的肩：中华民族的生死存亡，现在就靠你们这些有志青年了。

赵忠明：可我们现在前途茫茫，找不到方向。

汤承业：会有的，你等我消息。另外，你爸妈不是一个腿疼，一个胃疼吗？你爸可能是腰椎病，回去后先让你爸每天尽力向前挺腰 300 次，连续做一个半月；你妈呢，可能是胃炎，只要每天饱腹和饭一起吃两瓣生大蒜，连续吃一个月就行。如果还不好，等我有时间前去看看，他们方便时来我这里也行。

赵忠明：好的。

5—6　江面·日外·晨

主要人物：赵忠明、马向东、魏风林。

赵忠明拎着一只烧鸡走上码头船坞，跳上了木船。船上马、魏两人听到动静，立即起身掀开篷帷，见是赵忠明立即笑脸相迎。

赵忠明：让你们久等了。

马向东：唉，没事。

赵忠明递过去手上拎的烧鸡：没带什么好东西，就带了一只烧鸡给你们。

马向东一见两眼发亮，喜笑颜开，舌头不由自主地舔了舔上下嘴巴，垂涎欲滴。

魏风林：那太好了，我们好久都没尝过荤了，太谢谢了。唉，真是不知道上辈子积了什么德，让我们碰上你这么好的人。

赵忠明：唉，可别这么说。你们用船把我送了上百里水路，我带只烧鸡给你们尝尝是应该的嘛。

马向东：你对我们可有救命之恩呢。

赵忠明：不提这些了，你俩赶紧吃了吧，回去可是逆水航行，要多用不少力气呢。

两人听完，就狼吞虎咽起来。

外面天色云谲波诡。

马向东在船头划动双桨，魏风林在船尾摇橹，木船逆水而上。

远处的山影日渐显现。江面上，大小船只越来越多，远处停泊着两艘军舰。

天空中传来飞机的轰鸣声，三架飞机飞临江面上空。随即，几声尖啸，数枚炸弹从空中落下。

江中瞬间激浪排空，掀翻数条小划子船。几个落水的人，在水中挣扎，很快沉湮。不远处，几艘超载的小客轮上，惊叫四起，乱成一团。

炸弹不断从空中落下。

小船随浪互相撞击，挤成一团。

船上的人惊慌失措，呼号不断。

两艘小客轮倾覆，船上的人纷纷落水。

飞机俯冲低空向江面扫射，水面上挣扎的人不断中弹，血水横流。

一枚炸弹击中正在江中漂流的木排队，随之剧烈的爆炸，一根根长长原木，腾空飞射，击中江面上的轮船和水面上仍在挣扎的落水者。

连体的原木排瞬间松散解体，四处飘荡。

江面上，棉衣棉裤，手套手包，断裂的船板，横七竖八的木头，半截带着棉袖的手臂，随波漂流。

赵忠明站在木船上，紧张地眺望远处江面惨烈的景象，立即朝马向东大声：快，快，远离聚结的船舶，绕行宽阔水域，靠近军舰，越近越好。

马向东：靠近军舰，敌机若轰炸军舰我们不更危险吗？

赵忠明：你看到军舰上面的旗子了吗？那是两艘英国的军舰，日本人不敢轰炸的。

马向东：你能确定吗？

赵忠明语气急促：能。快，快划过去。

木船避开船只密集的水域，迅速向英舰驶去。

两艘英舰四周，已经停泊了大大小小十几条躲避的船只，赵忠明的篷船靠了上去。

赵忠明：白天我们不能走了，只能晚上走。晚上日本的飞机看不见江面，不会来。

马向东：那我们还是到新西门桥那边吗？

赵忠明：看这局势暂时不能去了。现在整个镇江城区都很危险，日本人可能还要来轰炸，城区没有多少防空洞。

马向东：那我们去哪儿呢？

赵忠明沉思了一会儿：我看还是先去离这里不远的焦山吧。一是本来我介绍你们要去的就是那里。二是我二哥的队伍之所以从江阴撤退那边，主要是那里四面环江，地形复杂。不仅有防空洞，还有许多寺庙和房子。三是我也好几年都没见过我二哥了，挺想他的，现在正好顺势就势。

马向东：那好吧，反正我们现在除了去那里，也没其他地方可去。

5－7　长江边·夜外

主要人物：赵忠明、马向东、魏风林。

木船趁着夜色，沿着江岸缓缓划行。

江中心黑色朦胧的山影渐渐显现。

赵忠明手指：那江中心就是焦山，我们现在划过去。

马向东：好！

木船调整了一下航向继续划行。

木船慢慢靠上了江滩。

赵忠明：我们今晚就停泊在这里，等天亮了再上山。

魏风林：好。

5－8　镇江焦山江滩·日外·晨

主要人物：赵忠明、马向东、魏风林。

天色渐渐明亮，江水轻轻地拍打着江滩，木船随着江浪摇晃。江面上，笼罩着一层白色的薄雾。江滩上显现出一片枯萎的芦苇荡，白色的芦苇花随着江风摇荡。几只江鸟从芦苇荡中飞起，啼鸣着冲破了薄雾。

赵忠明突然从梦中惊醒，一骨碌爬了起来，掀开蓬帘一看，天已大亮，急忙推了推旁边的马向东：快，快起来，天已经大亮了。

马向东、魏风林连忙起身，一个打着哈欠，一个伸着懒腰。

魏风林：昨天太累了，没怎么着，一觉就到天亮了。

赵忠明：赶紧烧点开水，啃几个山芋，我们上山。我先出去看看，找个地方将船藏好，万一被别人看到，来个顺手牵羊，那我们来回就麻烦了。

马向东：还是兄弟想得周全，有你在，我们什么都不用愁了。

赵忠明跳上江滩，沿着芦苇丛中的小径向岸边走去，边走边四周寻找木船最佳的隐藏地点，一直走到了上山的路边才回头。回到船上，魏风林递给他一个军用水壶，一个山芋。

赵忠明边吃边喝：刚才我出去查看了一下，芦苇荡里有一个小水塘，与江相通，我们就将木船藏在那里，从外面看不见。

魏风林：我们听你的，你叫我们怎么弄我们就怎么弄。

赵忠明、马向东、魏风林三人将木船划进水塘抛下铁锚上岸，拴在一颗柳树上后沿着小径走到了爬上岸。

5—9 镇江焦山·日外·内·上午

主要人物：赵忠明、马向东、魏风林、洪大夫、赵忠全。

三人沿着山脚下的石径没走多远，突然从路边灌木丛中跳出六名军人，举枪相对，厉声喝道：不许动！举起手来！干什么的？！

三人一惊，立马站住不动，举起了双手。

魏风林：兄弟，自己人！

马向东：我们是江阴江防部队第103师的。

国军上士：你们师长是谁？

魏风林：我们师长是戴之奇。

上士摆手让队员收起了武器：那真是自己人，听口音你们好像是四川人？

马向东：是的。四川宜宾的。

上士：那你们怎么到这里了？

马向东：说来话长了。我们现在是陪同兄弟来找人的？

上士：找谁？

赵忠明：找我二哥赵忠全，从江阴黄山炮台撤防过来的。

上士：哦，赵长官啊！你是他弟弟？

赵忠明：是的。

上士：那刚才太不好意思了。

赵忠明：没事。战乱期间，你们也是在守岗尽责。

上士：谢谢你的理解。那我送你们上山。

赵忠明：那太谢谢你了。

赵忠明他们跟随着上士沿着山路盘旋而上。

山路上的上上下下的人渐渐多了起来。

一队一队上山的人肩扛着弹药箱，有士兵、老百姓、和尚。

赵忠明：怎么还有老百姓和和尚扛弹药的?

上士：唉，开始，接到上级命令将武器弹药藏好撤退到江北。好不容易将山上武器弹药拆卸下来刚藏到了山洞，忽然又接到命令要死守焦山。没办法，只有雇用老百姓和庙里的和尚帮忙了。

一个男人从他们身旁擦肩而过，赵忠明无意识地睥睨了一眼（OS）：这个人好面熟，好像在哪里见过。哦，想起来了，是怀仁诊所的洪大夫！

赵忠明：洪大夫！

那人似乎没听见，毫无反应，继续向前远去。

赵忠明（疑惑 OS）：我认错人了?

上士：怎么了?

赵忠明：没什么。

上士带着赵忠明他们在山路上左拐右拐，时上时下，来到了一座营房院门外，跟门岗打了一声招呼，便进入院内来到一间房屋内。

上士：请你们在这里稍等。

上士转身出了门。

赵忠全从门外大步进入：忠明啊，还真是你，你怎么突然来这儿了?真是太意外了！

赵忠全高兴拍着赵忠明的肩膀：快快，坐下来说说是什么情况

赵忠明嘿嘿一笑：二哥，说来话长，一言难尽。

赵忠明（FO）：叙述。

赵忠全面朝马向东、魏风林：那你们现在有什么打算呢?

马向东：不知道赵长官愿意不愿意收留我们，若愿意，我们俩就跟随长官混口饭吃！

赵忠全：那好吧，我们部队现在正是用人之际，你们下午就入队。

马向东、魏风林立马起立敬礼：谢谢赵长官！

赵忠全：忠明，你现在暂时也别回去了，镇江市区敌机现在频繁轰炸，不安全。这边就是敌机轰炸，也有防空洞。山上还有个大寺庙叫定慧寺，你可以去看看。

5 — 10　镇江城区 · 日外

主要人物：柳衍斋，40 岁左右，汉奸。

南部襄吉，40 岁左右，日军大佐。

天空数架日机飞来，一枚枚炸弹从飞机上落向城区。

城区剧烈的爆炸声，此起彼伏，到处火光冲天，硝烟弥漫，血肉横飞，残渣遍地。

连续数枚炸弹落在运河及岸上，数十条小船炸飞，倾覆沉没；数十具尸体，浮荡在水面。

一名从水边跌跌跄跄爬坡上岸的妇女浑然不顾一身湿衣，来回奔走，高声呼救：救命啊，救命啊！

四周无人回应，人们都在仓皇奔逃，无暇顾及。绝望的妇女朝着随船而沉的孩子捶胸顿足，声嘶力竭，不停用头撞击树干，悲恸欲绝，湿发凌乱贴面，瘫痪在地。

敌机继续沿着运河俯冲扫射，河面水花飞溅，岸上树干折断，残枝飞舞。躲避在岸边林中的数十人被击中。

一枚炸弹坠落在天都庙前，数人被击中，倒地不起；数人躺在地上，鲜血淋漓，痛苦呻吟；石牌坊高大的石柱断裂倾倒，数人被压，一人在石柱下挣扎了几下便无声息，一人在另石柱下手舞脚蹬，凄厉惨叫。

一家老小惊慌失措躲进地下室，妇女怀抱着婴儿，电灯突然熄灭，婴儿啼哭，老人划了几根火柴将煤油灯点亮；外面轰声隆隆，里面震荡摇摆，碎屑掉落，灰尘弥漫，一家人咳嗽不止。“轰隆”一声巨响，地下室倾覆，一片黑暗。

一枚炸弹落入美孚煤油公司的油库，大火腾起弥漫，员工四处奔跑。三个人从火海中奔出，浑身着火，就地打滚。

一枚炸弹击中正在行驶的火车，火车呼啸脱轨，四分五裂。

两枚炸弹落入要塞司令部。司令部的木牌被炸得凌空飞舞。

剧烈的爆炸声渐渐停止。镇江城到处残垣断壁，满目疮痍。

枪炮声又由远而近。大街上一辆辆日军坦克“轰隆隆”地开了过来，后面跟着一队日军骑兵，其后是大批日军步兵。

南部襄吉骑着白色军马走耀武扬威地在步兵队伍前面。

临街店铺大门缝里、楼上窗口，几双眼睛向街面窥视。

尖嘴猴腮的柳衍斋（绰号：柳二乱子）戴着日本军帽，领着十几个人站在路边，点头哈腰，摇着太阳旗欢迎。

两名记者跑前跑后不停地“咔嚓咔嚓”按着快门。

5 — 11 镇江市区 · 日外

主要人物：日军、市民。

一队日兵砸开了一家食品店铺，将柜里柜外的油盐酱醋横扫一空，装上板车，再继续砸下一家。很快又从这家店铺里推出一辆自行车，捧着一口大铁锅，锅里装着一部电话机，一台收音机。

一辆装满桌椅棉被等各种物品的日本军车从大街上摇摇晃晃地驶过。

一民宅起火燃烧，烟火缭绕，一男子站在屋顶脱下大衣放在屋脊上奋力救火。

日本兵举枪示意男子将大衣仍下。

男子无奈，只得顺从。

日本兵枪挑大衣，扬长而去。

一男子从家中夺门而出，日本兵在后面追逐，男子刚跑上大街，迎面撞上了一群日本兵举手一枪，男子溘然倒毙。

两妇女沿运河大路拼命奔跑，后面几名日本兵边追边开枪。

两妇女边跑边惊恐地回头看。

日本兵越来越近。

两妇女跑向河边，纵身跳入河中。

日本兵追至河边，朝水中连开数枪。

一群冻得脸色发青，浑身打颤，赤身裸体的男女，站成一队。

日本兵挥舞刀枪，大声呵斥往河里驱赶。

一队男女被迫缓缓进入河中，河水渐渐齐脖。

日本兵举枪对露出水面的头颅逐个点射。

血喷如注，水赤如染。

一男子被吊在树上，日本兵刀割凌迟，喂之狼狗。

男子惨叫悲绝，撕心裂肺。

五名妇女被绑在树干上

两名手脸受伤的日本兵在两头警戒。

五名日本兵同时拉开手榴弹引信分别放进妇女们裤裆跑开。“轰”一声爆炸，血肉横飞。

四具无头尸体端坐在路边，头颅放在各自的裤裆里。

新西门桥上，五花大绑的六具男女尸体，头下脚上悬吊于石栏外侧两边。

一名少妇衣裤褴褛，手里拿了根枯树枝，脖子套了条内裤，满脸污垢，披头散发在大街上喜怒无常，疯疯癫癫。

5—12 镇江市区民宅（一）·日外·内

主要人物：日军、市民。

一民院墙外，一队日本兵在大门前叫嚣，见无人应，便持枪砸门，门破而入。

一壮男愤怒挣脱少妇拉扯阻拦从屋内持斧奔出。

日本兵手抬枪响，男人应声扑地，斧头摔出数米。

日本兵蜂拥而上，刀刺枪砸。

男人手舞脚蹬，气绝身亡。

日本兵冲进屋，一少妇躲在墙角瑟瑟发抖。

头领：钱，你的拿出来，不杀你！

少妇颤抖着摇头。

日本兵随即翻箱倒柜，搜出一袋大米，一只手电筒，别无所获。

头领气急败坏，一声“八格牙路”，仍下枪支，上前剥去少妇衣服，百般蹂躏。

少妇凄厉惨叫，拼命挣扎，无济于事，只得忍气吞声，任其摆布。

事毕，日军拎着米袋，抱着棉被离开。

少妇衣不裹体，踉踉跄跄走出屋外，见院内地上躺着的男人尸体，奋力奔了过去，扶尸痛哭流涕。遂移步水井前，一跃而下。

5—13 镇江市区民宅（二）日外·内

主要人物：日军。

一高大院墙外，一队日兵猛砸大门，大门纹丝不动。头领挥了挥手，众士兵避开伏地，头领掏出一枚手榴弹扔至门前。

手榴弹“轰”一声爆炸，大门倾斜。

日本兵蜂拥而上，脚踹手推，大门倾倒，日军踏门而进。

院内为五间两层阁楼，两侧各有三间厢楼。屋门紧闭，日军一脚踹开。

堂屋内，供奉着一尊佛像，香台、香炉、贡品、八仙桌、蒲团一应俱全。

日本兵楼上楼下四处搜寻，空无一人；翻箱倒柜，空无一物。

头领大怒，抽刀劈向香台，香炉、贡品倾翻，贡品、香灰散落一地。随从士兵随即挥动枪托对着佛像一阵猛砸，乒乒乓乓，瓷佛像支离破碎。

头领一挥手，日兵即出，两士兵点燃火把仍进屋内，离开。

火把点燃香台，门扇，大火迅速蔓延，阁楼很快被笼罩在熊熊烈火之中。

5—14 镇江市区民宅（三）日外内

主要人物：日军、市民。

一队日本兵至一民宅院墙外砸门。

院内屋里一家老小九口人除了老夫妇外均为女眷。大的二十多岁，小的十一二岁。

院外传来一阵剧烈的砸门声，一家人惊恐万状，不知所措。

老夫急促：快，你们快到最顶上的阁楼藏起来。我和你奶奶在下面应付日本人。

听到孩子们已经藏好了的回复，转身对老妇：你待在这儿，别乱动，我去开门。

老夫刚抽出门栓，日本兵一头就闯了进来。头领恶狠狠地：八格牙路！抬手就是一枪，老夫应声而倒。

老妇见状，呼号着从屋内奔出。

头领迎面就是一脚踹去，老妇仰面摔倒。

头领用手枪对着老妇：财宝的拿出来，你的不杀！

老妇咬牙切齿，怒目圆睁。一声枪响，老妇头爆血迸。

日本兵随即到处搜掠。

两士兵砸开柜锁，搜到了一台收音机，一台留声机，一个大皮包。

两士兵撬开木箱，搜到了一个挂钟，一个台钟，一个行李箱。

两士兵掀开棉被床垫，看到床下一大包裹，立即掀起床楞，拖出包裹撕开，里面是几套大衣、皮衣，围巾。

一群士兵手挎肩扛物品正在下楼，突然楼顶传出了“咯吱”一声异响。日兵门立即放下物品，奔向楼顶。来回搜寻，没有人影。

一士兵仰面仔细查看顶板，发现了一正方形的板缝，立即用刺刀顶开了木板，露出了一个洞口。

士兵“砰”朝里面放了一枪。

里面传出了一声女孩的惊哭声，随即传出一年轻女子颤抖的声音：别开枪，我们下来。

一个小木梯子从洞口伸了出来，里面的女孩一个个颤颤巍巍地扶梯而下。

日本兵们大喜。

头领做着手势比画示意：把你们的金银首饰拿出来，我们不杀你。

年轻女子摇头，摆手。

头领用手枪对准了小女孩。

女子惊恐摇手点头，手指楼下。

头领动了动下巴，示意带路。

女子带着日本兵下了楼，走至墙角掀起不起眼一块旧布，拿起了下面一个破手包，交给了头领。

头领打开一看，里面都是金银首饰，顿时开怀大笑，对士兵们挥手：小孩留下，其他的带走。

女子连忙下跪哀求：东西你们都拿走了，就放过我们吧。

头领不理，继续挥了挥手。

日本兵连推带踹，将六名女子赶出了门带走。

字幕：三天后。

六名女子衣装褴褛，面色憔悴，神情恍惚，步履蹒跚地回到一片狼藉的家中。

庭院内的地砖上，几摊棕红色血迹依旧在，不见了两位老人的遗体和小女孩。

庭院内，又闯进了六七名日本兵，凶神恶煞的眼睛贪婪地扫描着六名女子，脸上露出了狰狞的淫笑。

女子们面目呆滞，冷冷地望着面前的一群日本兵。

日本兵扛着女子们上了楼。

百般蹂躏。

日本兵每人背着捆扎好的彩花棉被，大摇大摆地跨出了院门。

主楼和两边厢楼的二楼走廊立柱上系着六根绳套，六名女子将绳套套上了脖子，一一从二楼跳下。

六具直挺挺的尸体悬吊于主厢楼的空中，在寒风中摇摆。

第六集　镇江屠城

穷凶极恶屠万民，导演戮匪装绥靖。

焦山抗倭再败北，兄弟分道东西行。

6—1　镇江市区民宅（四）日内

主要人物：日军、市民。

一批日本兵闯进民宅，屋内两老年夫妇，一年轻妇女，一孕妇，一少女，三名幼童，瑟瑟发抖。

三名幼童惊恐大哭，跑向老年夫妇身边，夫妇用颤抖的手抚头安慰。

日本兵翻箱倒柜，找到了一些金银首饰，装入囊中。

将妇女、少女和孕妇往房中拖拽。

老年夫妇奋力上前阻止，被日军几脚踹开，倒地不起。

三名幼童趴在夫妇身上大哭。

屋内传出女人的挣扎、哀求、惨叫声。

日本兵从屋里走出整理衣裤，持着枪扬长而去。

房内，妇女头发散乱，低头啜泣。

孕妇从床上几次挣扎着起身，又倒下。

少女浑身赤裸躺在地不时地痉挛。

又一批日军闯入，四处搜寻。

房间里的妇女、孕妇、少女面无表情，冷冷地看着。

日军放下武器，如狼扑羊，肆意蹂躏。

老年夫妇闻见此情此景，心如刀绞，痛苦不堪，一同以头撞墙，倒地不起，墙壁鲜血淋漓。

日军扛着一个大木桶，扬长而去。

妇女和少女仰天呼号，痛不欲生，从楼上一跃而下，血溅满地。

孕妇跌跌撞撞走向井边，投入井中。

三名幼童在寒风中撕心裂肺地痛哭流涕。

第三批日军闯入，满院一片狼藉，陈尸纵横，喋血内外。三名幼童满脸污垢，神色惊恐，啜泣起顿，爬行躲避。

日军上下搜寻一番，扛着几张竹椅，怏怏而去。

6—2 镇江市区民宅（五）日外/内

主要人物：南部襄吉，市民。

一群日本兵在一户民宅门前砸门。

屋内一女子迅速打开后门逃向后院满场的酱缸中隐藏了起来。

日本兵手推脚蹬门不开，举枪向门缝开枪，门栓断裂，日本兵闯入。

堂屋无人。

兵入东屋，屋内床上躺着一位老年妇女，一少女偎依在老人的床头，睁着大眼睛惊恐地望着这群如狼似虎的日本兵。

老人极力翘起身后支持不住又躺下解释：我下身瘫痪了。

日本兵凶狠地一把揪住少女：你的，钱的交出来，不杀你！

少女挣扎，双手比画着，口中发出嗯嗯哇哇的语音。

老人解释：她是个哑巴。

三名士兵随即进入其他房间翻箱倒柜，搜到一袋粮食，一包香烟，一支钢笔。

三名士兵进入后院，见满场排列整齐的大缸，满脸惊讶。用枪托猛击了几下，大缸纹丝不动。一士兵用刺刀挑开封口凑近去看，呛得大咳不止，其余两士兵赶紧捂鼻避开，继续满场搜索。

少女藏于大缸的缝隙中不敢动一丝声息。

屋内三名士兵蹬上骨凳，卸掉了房间的电灯泡，放进布袋，回到老人房间。

一士兵见面容姣好的哑巴，一手托捏着哑女的下巴，发出淫虐之声；一手伸进少女前胸猥亵。

哑女一边双手极力阻挡，一边身体左避右躲，口中哇哇大叫。

老妇躺在床上双手作揖，不断苦苦哀求：求求你们，放了她吧，她还是个孩子啊！

日本兵置若罔闻，见哑女反抗，遂一起将其拖向西屋。

老妇人在床上捶胸顿床，呼喊哀号：救命啊！救命啊！抢人啦，抢人啦！

院外，南部襄吉大佐带着一队日本官兵从门前路过，听到了院内的声嘶力竭呼救声，立即驻足朝随行士兵一挥手，带队转身进入，疾步至老妇房间。

老妇一见南部襄吉立即双手作揖，恸哭流涕，手指西屋：求求你，救救我孙女，救救我孙女啊！

南部襄吉跨进西屋。

三名日本兵正在强行撕扯哑女衣裤。

哑女手舞脚蹬拼命挣扎，哀号不止。

南部襄吉前大声呵斥（日语）：雅美罗！（住手）

三名日本兵闻声一怔，停手回头。

南部襄吉面色冷峻，目光似箭。

三名士兵立即肃立敬礼，躬身垂头。

"啪、啪、啪"南部襄吉手起声落，一人一巴掌（日语）：八格牙路，违反军纪，伤害良民！

三名士兵立正垂头：哈依！

哑女从床上下来，慌忙整好衣裤，躲至大佐身后，瑟瑟发抖。

南部襄吉抚头安慰，朝着士兵（日语）：快滚！

士兵：哈依！

一士兵跑至后门高声（日语）：小郎君，快走！

六名日本兵怏怏而去。

哑女号啕大哭，吱吱呀呀地诉说。

南部襄吉牵着哑女的手，走至老妇人床前，肃立并手鞠躬：对不起，请原谅！

老妇人合掌作揖：谢谢，谢谢你救了我孙女！

南部襄吉从地上找了一张掉落的对联纸片，裁好大小，在反面写上日文：中国良民，不得骚扰！落款：日本帝国第13军114师团大佐南部襄吉。

随行士兵立即从灶台大锅里用稀饭刷涂后，张贴在院门扇上关门离开。

院门外，一队日本兵经过，一士兵欲砸门，另一士兵拍其肩指着门上日文纸条，立即离开。

又一队日本兵经过驻足，看到门扇上的日文纸条，随即离开。

一队日本兵经过，一士兵看到门扇上日文纸条，冷笑一声，伸手揭去，领兵闯入。

屋内随即惨叫声声，呼号连天。

6—3　镇江怀仁诊所·日外·内

主要人物：周玉珍、赵忠仁、洪大夫。

一队日本兵进入诊所。

周玉珍刚欲上前，赵忠仁用手挡住，自己迎上前：几位皇军，请问有什么事吗？

士兵头领：钱的，拿出来！

赵忠仁：对不起，钱的，没有。

头领大怒，一把抓住赵忠仁的衣领：你的不老实，良心大大的坏！死拉死拉的。

周玉珍刚欲开口，洪大夫从后门进来（日语）：有话好好说，请不要动手动脚的好吗？

日本兵一愣，放开赵忠仁回过身，眼盯着洪大夫（日语）：你是什么人？

洪大夫（日语）：我是这里的主任大夫，也是金井德重司令的朋友。

日本兵一听，立即肃立躬身（日语）：对不起，刚才冒犯了，请多多原谅！

洪大夫（日语）：你们这样很不好，不利于时局稳定。给宪兵队知道了可要军法惩戒的。

日本兵（日语）：对不起，我们马上就走。

一队日本兵立即转身匆匆离开。

赵忠全：洪主任，他们这样可不行，到处烧杀抢掠有损帝国军人的形象，也不利于社会稳定。

洪大夫：也就是刚开始三五天会这样，等宪兵正式入驻了，他们就不敢乱来了。

6—4　镇江市政府大礼堂·日内

主要人物：尹本山，中年，镇江人，伪维持会长。

金井德重，中年，日军驻镇江司令官。

镇江市政府大礼堂，台下站了数十名挎着相机的记者，台上军政要员坐了一排。尹本山油头粉面，西装笔挺站在杆式话筒前，先清了清嗓子，试了试音响：各位记者先生，你们好！现在我先自我介绍一下：鄙人，尹本山，镇江市丹徒人。承蒙大日本皇军驻防司令长官金井德重的抬举厚爱，现临时就任镇江市维持会会长。今天受金井德重司令长官的委托，邀请诸位记者先生在这里举行记者招待会，就当前局势，中日友好，大东亚共存共荣话题，回答记者的提问。现在有请金井德重司令长官，大家欢迎！

金井德重在稀稀拉拉的掌声中，耀武扬威地走到话筒前（日语）：请各位记者提问。

翻译官翻译。

男记者：我是《华北新报》崔德铭。请问司令长官，现在皇军已经攻克了上海、苏州、无锡、镇江，下一步的战略目标是中国国民党统治中心南京吗？

翻译官翻译。

金井德重：是的。我们大日本皇军将乘胜追击，很快就会攻克南京，力争三个月内统一中国，实现大日本帝国大东亚共存共荣最终战略总目标。

翻译官翻译。

女记者：我是美国《前进报》驻华记者路易斯·斯特朗。现在镇江地区治安形势十分混乱，到处烧杀抢掠，请问司令长官对此有什么看法？有没有什么相应的措施？

翻译官翻译。

金井德重：我们大日本皇军，军纪严明，绝不会骚扰平民百姓。一旦发现有个别军人违反军纪军规的行为，宪兵队将严加惩戒！现在镇江部分地方发生你所说的这些情况，完全是当地的一些土匪、恶霸以及抗日分子趁时局未稳之际对普通平民的趁火打劫，为此大日本皇军现在及时成立了维持会、宣抚班、绥靖队，以维护社会治安，安抚战乱难民，相信，镇江地区的社会秩序将很快恢复正常，这一点请诸位放心！

6—5　日本镇江驻防司令部·日内

主要人物：金井德重、尹本山。

日军驻防司令部金井德重坐在办公室内，尹本山垂立一旁。

金井德重（日语）：现在外面治安秩序较乱，为了尽快安定民心，维护大日本帝国皇军的形象，现在交给你一个重要任务。

尹本山躬身（日语）：为皇军效劳是鄙人的荣幸！请吩咐！

金井德重（日语）：你要尽快让外界特别是新闻媒体知道，大日本皇军正在极力打击扰乱治安的犯罪分子，维护社会秩序。知道怎么做吗？

尹本山（日语）：明白了，我这就去安排。

6—6　镇江维持会办公室·日内

主要人物：尹本山、柳二乱子。

尹本山在维持会办公室内来回踱步，柳二乱子躬身一边。

尹本山突然停止，向柳二乱子招了招手。柳二乱子立即俯耳贴近，尹本山如此这般耳语一番，他连连点头。

6—7　镇江市区·日外

主要人物：歹徒、日军宪兵队、记者。

市区街道上，一群歹徒正在一家店铺门口敲门砸锁，闯入店里搬运货物。突然，日本宪兵队赶到，对着歹徒连连开枪射击。歹徒们纷纷倒地，货物散落一地。记者在一边“咔嚓，咔嚓”不停地拍照。

市区巷道内，一群歹徒手持棍棒闯入一家民宅内，见人就打，见东西就砸，老人被打倒在地，哀号不止。一歹徒将一妇女拖至屋内，摁在床上，强行剥衣解裤，欲行奸淫，妇女拼命挣扎。突然，日本宪兵队赶到，将歹徒控制，就地枪决！老人，妇女连忙磕头谢恩！随行记者在一边：“咔嚓咔嚓”不停地拍照。

6—8　镇江日军驻防司令部·日内

主要人物：金井德重、尹本山。

镇江日军司令部内，金井德重手一份《华北新报》喜笑颜开，口中连声：吆西，吆西。

尹本山在一旁低头哈腰，百般讨好（日语）：司令官，怎么样？还满意吗？

金井德重：很好！你的功劳大大的。

报纸版页上，一排大黑字标题：宪兵队雷霆出击，击毙凶悍歹徒，维护社会秩序，护佑平民百姓。下面附上了几张宪兵击毙歹徒，良民磕头谢恩的照片。

6—9　镇江象山·日外

主要人物：南部襄吉。

字幕：镇江市象山炮台。

一群日军飞机飞临象山上空密集投弹。

一枚枚炸弹落下，象山炮台，山坡掩体坑道不时被击中，碎石飞溅，士兵纷纷倒毙。

日军汽艇靠岸，南部襄吉挥舞着军刀，士兵们蜂拥而下，不断向山上投弹射击。

国军士兵不停还击，一个又一个国军士兵倒下，日军踏尸而上。

日军占领象山炮台，插上太阳旗。

6—10 焦山要塞·日外

主要人物：南部襄吉、赵忠全、马向东、魏风林、赵忠明。

字幕：镇江市焦山炮台。

日机群飞临焦山上空投弹，一枚枚炸弹落下。

焦山防御工事爆炸连连，火光冲天。

士兵纷纷倒地，有一士兵身上着火，在工事里翻滚。

远处象山炮台不停地向焦山炮击。

焦山炮台同时向象山炮击。

两炮台互相炮击，密集的火舌在半空中来回穿梭。

炮火时不时在两座山上爆炸，碎石泥土腾空飞溅，烟雾弥漫。

焦山上，民房被炸，砖墙倒塌，屋顶掀翻。

寺庙被炸弹击中，神像被炸飞，断肢残腿。香台崩塌，贡品四处散落，祷告的和尚倒地不起。

日军数十艘汽艇向焦山江岸靠近，日军士兵的机枪向岸上疯狂射击。

岸上战壕里，国军士兵向日军汽艇密集射击。

汽艇上时不时有士兵倒下，一站立举枪士兵被击中，坠入江中。

焦山炮台上，火炮瞄准江中汽艇炮击，炮弹不时在汽艇四周爆炸，激起冲天水柱。

一艘汽艇被炮弹击中，瞬间倾覆。

日军士兵在水中手脚乱划，时沉时现，呛水呼号不出，拼命挣扎。

一汽艇被炮弹击中，瞬间解体，士兵随冲击波腾飞半空，手蹬脚舞地落入江中。

一汽艇被击中，失去方向，在江中横冲直撞，撞翻另一艘汽艇，两汽艇同时倾覆。

汽艇上南部襄吉气急败坏，不停地挥舞着军刀，高声（日语）：加速，冲啊！加速，冲啊！

汽艇队与岸边越来越近。

岸上火力越来越猛。

汽艇上不时有士兵倒毙。

岸上，战壕里，士兵不时倒毙。

空中两枚炮弹落在工事中爆炸，数名士兵被飞至空中，重重落在山坡上。一士兵被炸断朝天的树枝穿膛而过，挂在树枝上，血肉淋漓。

汽艇靠上了岸，日军蜂拥而上，南部襄吉舞着军刀（日语）：冲啊，冲啊！

国军战壕里尸体遍地，士兵开始边打边向山上撤退，不时有士兵被击中倒下。

日军追击。

焦山炮台与象山炮台继续互相炮击。

焦山炮台一火炮突然炸膛！三炮兵被炸倒地不起，血流满地，两人受伤，手捂伤口。

赵忠全冲出炮台指挥所奔向炮台，赵忠明紧随其后，一起抢救伤员。

马向东、魏风林从山下冲了上来。马向东气喘吁吁：赵长官，敌人打上山来了，炮台守不住了，赶紧撤吧。

赵忠明：敌人到哪里了？

马向东：一路敌人进了定慧寺，一路敌人摸上山来了。

赵忠全转身：全体人员注意了，现在听我命令，不用慌，将轻型武器弹药带上，一组负责前面警开路，二组负责转移伤员，三组负责炸掉剩余火炮，全体人员撤退到3号防空洞，立即行动！

一组人员立即冲下山坡，严密监视山下。

二组人员立即扛来了担架，将伤员搀了上去，抬下炮台。

三组迅速在火炮上安上炸药，点上导火索跑开隐蔽。

“轰”一声巨响，火炮瞬间东倒西歪，冒着青烟。

一行人，迅速向山下撤离。

赵忠全边走边用望远镜向山下观察。赵忠明手执冲锋枪紧随其后。

镜头中一队日本兵正从山路上爬了上来。

赵忠全挥动手枪：寻找有利地形，一组埋伏路左边，三组埋伏路右边，二组隐蔽好伤员，等敌人靠近，将他们一举歼灭！注意隐蔽！

三组队员迅速散开，在路两边隐藏了起来。

山下一队日军正缓缓上来，一日军中尉边走边用望远镜四处观察。

日军渐渐走进埋伏圈。

赵忠全举枪一声令下：打！

噼啪叭叭，一阵剧烈密集的枪响和手榴弹的爆炸，树枝树叶四处纷飞，日军应声倒毙。

赵忠全一挥手，队员们立即上去逐个检查倒地日军，时不时地补上几枪。

赵忠全：收拾一下，将枪支弹药衣服全部收缴，尸体拖下去藏好，从岔路上下山。

赵忠明走上前从日军上尉的手里取下了手枪和子弹，从脖子上摘下了望远镜，从其他尸体上摘下数枚手榴弹。

6—11　焦山定慧寺·日外·内

主要人物：真然大师，中年、定慧寺主持。

南部襄吉。

定慧寺华严阁防空洞，真然大师带领众僧列队合掌祷告一阵，转身安抚众僧：众徒不必害怕，我们都是佛门子弟，与世无争，日本人不会把我们怎么样。因为自我大唐鉴真大师六次东渡日本传道授经，弘扬佛法至今，日本一直也是信仰佛教。日本军人也是人，众徒尽管安心。

一队日本兵闯进，分散四处，里外搜索。至方丈室，翻箱倒箧，从箱里捡出几张照片。一张为蒋介石与一名国军将军的合影，一张为该将军与家人的合影。

南部襄吉走到真然大师面前：中国军人的有没有？有，就叫出来，你们的不杀！

真然大师双手合掌：阿弥陀佛！此处乃佛门圣地，仅留诵经拜佛之人，不匿歹恶之徒，请客官善待佛门子弟。

南部襄吉目光凶狠地将照片递到真然大师面前：这是什么？

真然大师合掌：此为焦山原守军司令林显扬撤走前所遗落的物品，与本寺无任何关系。

南部襄吉绕着众僧来回踱步，走到俗僧面前：你的出来！

俗僧一个个被挑了出来，站成另一队。

南部襄吉朝着俗僧队：衣服通通脱了。

众僧一脸茫然，不知所措。

一个日军士兵上前剥光一俗僧的衣服。

俗僧们见状，被迫缓缓脱去棉衣，一个个冻得直打颤。

南部襄吉打着手势，令俗僧逐个上前，检查俗僧的手和肩：嗯，这个！

南部襄吉一招手，两个日本兵立即上前将一俗僧架了出去，俗僧跪地，士兵举枪。“砰”一声枪响，俗僧血喷如注，应声倒地。

众僧跪地，合掌祷告。

俗僧磕头乞求，哀声一片。

南部襄吉熟视无睹、置之不理继续筛选，架出，枪杀！

门外，俗僧尸体七倒八歪，地面血流成河。

一个日本兵突然慌张闯进（日语）：大佐阁下，山上我军遭伏击，请立即支援。

南部襄吉转身揪出一僧人：你的上山带路！

僧人领着日军向上爬去。走至一拐弯处，僧人突然跑向岔路，疾速逃跑。日军紧追不放，举枪射击，僧人倒地，滚下山坡，血肉模糊。

一队日军搜至一山洞口，洞里国军向日军投弹射击，日军纷纷被击中倒毙。

日军还击，向洞里投进数枚手榴弹，国军士兵不时被击中倒毙，受伤。

日军冲进山洞，对受伤士兵逐个枪杀。

一队日军将七名国军士兵捆绑带至天王殿前，泼上煤油点着火，七名国军士兵在地上挣扎滚爬，凄厉惨叫。

天王殿大火熊熊，浓烟滚滚。

日军点燃松寥阁。

日军点燃水晶庵。

日军点燃方丈楼，石肯堂。

焦山定慧寺陷入一片火海之中。

日军闯入民房中，见男人就射杀，见妇女就奸淫。

数名平民，逃至江边，划船驶离不远，日军追至，开枪射击，平民纷纷落水，空船在江中漂荡。

三名年轻妇女沿山路奔跑，三名日本兵在后面紧追不舍，边追边开枪。一妇女忽然跌倒后又迅速爬起，一瘸一拐继续奔走。日本兵追上，一士兵将妇女摁住，连击两拳，妇女昏厥。另两士兵继续追击。

日本兵举枪射中一妇女，妇女应声倒地。

另一妇女回头见状，惊恐万分，继续奔跑，奔至悬崖边，妇女仓促止步，回头看，日本兵仍继续奔来。

妇女看了看波涛起伏的江水，犹豫片刻，纵身一跃，坠入江中。

6—12　镇江焦山山路·日外

主要人物：赵忠全、赵忠明、闵启昌、马向东。

赵忠全带着赵忠明、闵启昌等一队人马走在下山路上。开道士兵边走边警觉地观察四周。

赵忠明：二哥，你看，定慧寺那边起火了。

队员们驻足向定慧寺眺望。

赵忠全：肯定是日本人放火烧的，这帮禽兽不如的东西连寺庙也不放过，他们绝不会有好下场，一定会被天诛地灭。

队伍行至一峭壁拐弯处，开路士兵刚拐过岩石，猛然发现前面一队日军正迎面而来，急忙后退：日本兵！

日军已经发现，举枪射击，直奔上来。

赵忠全：隐蔽好伤员，分散就位，就在这里等日军上来！

一日本兵刚拐过岩壁数枪齐发，日本兵即被击中滚下山坡。

赵忠全：等日本人过来几个再开枪！

岩壁路下，日军蛰伏在山路两侧。

日军少佐见久无动静，挥手示意前进。

五名日本兵弓腰刚绕过岩壁，即遭一阵弹雨，随即倒毙。

日军蛰伏两侧，不敢动弹。

双方僵持。

赵忠全思忖（OS）：我们过不去，日本人又不敢过来，这样下去不是个办法。怎么办？

赵忠明：二哥，可以不可以派人从上面绕过去？

赵忠全一拍赵忠明的肩膀，竖了个大拇指。

赵忠全：马向东，你带一组从上面绕过去，将日本人打掉！

马向东：是。

马向东一挥手，七八名士兵随即跟着爬了上去。

坡陡土松，马向东们抓着树干艰难地向上攀爬，刚过了岩壁，几块被踩裂的松土从脚下滚落下去，落在蛰伏在山路一侧日军少佐的身边。

少佐抬头一看，立马大叫，日军纷纷举枪向上射击。

两名国军士兵被击中，滚下山坡。

马向东们立即依靠着树干还击。

赵忠全见状，立即挥手：快，赶快冲过岩壁！

日军正全神贯注地向山上射击，赵忠全带队冲了过来，一阵密集剧烈的扫射，日军纷纷毙命。

赵忠全：清点人数，赶紧清理。

马向东：我们牺牲了两名队员。

赵忠全：立即找到他们的遗体，就地安葬！

赵忠明立即卸下少佐身上的手枪、子弹和手榴。

6—13　镇江焦山江边·日外·傍晚

主要人物：赵忠全、赵忠明、马向东、魏风林、闵启昌。

赵忠全一行人接近江边。

赵忠全：马向东、魏风林，你们两人立即先到前面侦察一下，再看看我们船在不在？注意隐蔽！

马向东：是！

赵忠明：二哥，现在天色还亮，行船容易被日本人发现，我觉得应该等天黑了再走。

赵忠全：你这脑袋真聪明！

赵忠明：还有一事要告诉二哥。

赵忠全：什么事？

赵忠明：我不想跟你们一起走。

赵忠全一愣：你说什么呢，你不跟我们一起走还能去哪儿？

赵忠明：我回句容老家。

赵忠全：你胡说什么呢！你一个人怎么回去？

赵忠明：我们来的时候有船，藏在芦苇滩里呢，就是为了以防万一，离这儿也不远。离开爸妈时我说将伤员安置好了就到爷爷奶奶那里和他们在一起，可到现在还没去，他们肯定担心死了。再说，现在镇江地区都被日本人占领了，家里全是老人，我怎么放心呢！

赵忠全：你说得还真有道理，想得也很周到，既聪明又孝顺，比我强！

赵忠明害羞一笑：二哥，你可别这么说，你上次还专门留了把手枪给我，比我还细心呢。你只是精力主要集中在打仗上而已，因为你是军人，职责所在。

赵忠全噙泪：你能这么理解，我很感动，自古忠孝难两全，有你这么个弟弟我真是很幸运，有你回去照顾四位老人我也就放心了。这样吧，我安排一个老乡陪你一起回去。

赵忠明兴奋：那太好了。

赵忠全转身：闵启昌！

闵启昌：到！

赵忠全：从现在开始，你陪同我三弟一起回句容，顺便也可以回家看望一下父母！我们部队现在要撤往江北泰州，你回家看望父母后争取早日归队！

闵启昌：是！

6 — 14　镇江焦山江面 · 夜外

主要人物：赵忠全、赵忠明、马向东、魏风林、闵启昌。

江面上，马向东和魏风林将木棚船划了过来，靠上了岸系好跳下了船，走到了赵忠全兄弟俩跟前。

赵忠全：你先走吧，照顾好爸妈爷爷奶奶，路上一定要小心。

赵忠明：二哥，你放心。我这里武器弹药，军事装备齐全，都是缴获的日本人的战利品。你们准备去泰州？

赵忠全：是的，现在只有去泰州了。

赵忠明：那你是往东，我是往西。我们真的要各奔东西了。

赵忠全：我们兄弟俩就像两只手臂，尽管各在一边，但血脉相连，不管朝哪个方向，都会为了共同的目标，协调一致，健步向前。

赵忠明：本来就是打虎亲兄弟，上阵父子兵嘛！

赵忠全：是啊。

赵忠明：那我先走了。祝二哥一路顺风！

赵忠全：也祝弟弟一路平安！

兄弟相拥，挥手而别。

赵忠明与已换成平民服的闵启昌在黑暗的江面上逆流奋力划船航行。

赵忠全率众队员乘船在黑暗的江面上顺流而下。

6—15　句容县山路上·日外

主要人物：赵忠明、闵启昌。

闵启昌骑着自行车，赵忠明坐在后座在山路上行驶。

赵忠明：大哥，您是句容哪里的？

闵启昌：我是磨盘乡朱巷村的呀，我们家就是租的你爷爷的地。

赵忠明：啊？难怪我二哥让你陪我一起回老家。

闵启昌：我也是因为你二哥才去当兵的呀。

赵忠明：哈哈，原来是一家人哦！

闵启昌：本来就是一家人，就是不同姓而已。你一直在镇江读书，所以不认识我。但我见过你，你爷爷奶奶也经常提到你，说你小时候是最调皮、最聪明的一个孙子。

赵忠明：那我去爷爷那里怎么一直没见过你呢？

闵启昌：那是你去得少，我也是只见过你一两次。每年我爸妈到你家交租的时候都带我去，因为，你奶奶每次都给我赏钱，还有好吃的。你爷爷奶奶都是好人，心肠好。

赵忠明：你这么一说，我好像还有点儿印象。你下车，我们换着骑一会儿。

闵启昌：没事，我是当兵的，锻炼过。

赵忠明：到家还上百里路呢，老是你骑，会吃不消的。

闵启昌：你是少爷，怎么能让你驮我呢。

赵忠明：什么少爷不少爷的。日本人来了，家都快没了，我不能当什么少爷，我们要一起打日本人，只有将日本人赶走了我们才能太太平平过日子。所以，我也要锻炼锻炼好身体，增强体质。你下车吧！

说完就跳下了自行车。

闵启昌见他跳下了车，只得也下了车：这样吧，还有好几十里路呢，你先骑一会儿，我再换你骑。

赵忠明骑着自行车驮着闵启昌在不平的山路上奋力向前。

6—16 句容磨盘乡·日外·傍晚

主要人物：赵忠明。

爷爷，奶奶。70 多岁。

赵忠明他俩骑车到了一处大宅院外停下。

院外两名持枪的家丁一见立即惊喜地快步迎上前：小少爷您终于回来了！老爷天天念叨您呢！

一家丁接过自行车。

一家丁跑回院子大声：老爷，老爷！小少爷回来啦！

院子里的人一下子全都出现在院子里。

赵忠明和闵启昌一起跨进了院子。

赵忠明：爷爷，奶奶，爸，妈，大嫂！

闵启昌：东家老太爷，太奶，大伯，大妈，大嫂们好！

妈妈一下子冲了过来，抱着赵忠明大哭：明儿啊，你怎么到现在才回来啊，可把我们担心死了。

赵忠明：我安排好伤员之后，又送同学去了江北，顺便去看望了一下舅舅。回来时又去了二哥那里，所以回来晚了，让你们担心了，对不起。

爸爸：你舅舅和你二哥都还好吗？

赵忠明：他们都很好。只是二哥现在撤退到泰州去了。

奶奶：孙子哎，快过来，让奶奶看看。

赵忠明走到奶奶面前：奶奶，您身体还好吧？

奶奶抚摸赵忠明的脸：好，好。唉，比上次来瘦多了。

爷爷：唉，一个儿子，三个孙子，一个孙女，两个重孙，看上去，我是子孙兴旺，四代同堂，可平常离多聚少哦。

赵忠明：爷爷，您身体还好吧？

爷爷：好，好好着呢。天天打太极拳呢。

赵忠明： 这次回来我就陪您个够，天天陪您打太极拳，您可别到时候嫌烦啊。

众人欢笑。

嫂子： 你现在肯定饿了吧，快进屋，我去安排晚饭。

赵忠明： 我和这位兄弟路上就吃了点山芋，还真的饿了。今天多亏这位兄弟爷一路照顾。

爷爷： 这是闵老五的儿子吧？

闵启昌： 正是的。谢谢老太爷还记得我！

爷爷： 那快，赶紧进屋吧，光顾了高兴，都忘了外面这么冷了。

赵忠明： 爷爷，您先进屋。

爷爷： 叫伙房将那火腿和火腿肠今天红烧了。

6 — 17 句容盘磨乡赵家大宅院内 · 日内

主要人物： 赵忠明、爷爷奶奶、爸爸妈妈。

屋内大堂，赵忠明的爷爷，奶奶，父亲，母亲，大嫂齐聚一堂。

两个孩子在院子里玩耍。

爷爷： 明儿，你从镇江过来，现在那边的到底情况怎么样了？

赵忠明： 爷爷，我从镇江出来时，日本人才开始轰炸，炸死了很多人，炸毁了很多房屋，包括一些大酒店、店铺、工厂以及大小船只。现在镇江市区，以及象山、焦山已经被日本人全部占领，并且烧毁了定慧寺。

爸爸： 昨天在街上听到从镇江逃回的人说，日本人在镇江到处烧杀抢掠，强奸民女，无恶不作。

奶奶： 幸好，你们回来得早。

大嫂： 忠仁现在不知道怎么样了？

赵忠明： 我送伤员到他们诊所时，他们的人都不在，是我硬是把门打开的。

大嫂（紧张）： 那你大哥会不会出什么事了？

赵忠明： 应该不会。因为，诊所看上去一切都很正常，可能是他们一起出去有什么事情了。

妈妈（焦急）： 这个死老筋，叫他回来一起走，他就是不听！

爸爸： 他师傅对他有救命之恩，那年得的那急病凶险得很，若不是他师傅，他可能人早就没了。况且，以后又教他医术，所以他师傅不走，他怎么好走呢？

妈妈： 那报恩也得看时候！

爸爸：就是在危难的时候才能显示出一个人的真情、真心和良心！

赵忠明：妈，爸爸说的没错，这个时候大哥轻易离开师傅是不妥当。

妈妈对着爸爸（不满）：不是你身上掉下来的肉，你当然不在乎！

爸爸（无奈）之色：这，这。

赵忠明：妈，你别着急，我大哥不会有事的。他是医生，是治病救人的，日本人也需要医生看病的，所以他们不会对哥哥怎么样。

妈妈：那炸弹，子弹可不长眼睛哦。

爸爸：现在是战乱时期，到哪儿都不安全。

赵忠明：所以，我想起一事。想跟爷爷奶奶、爸爸妈妈商量商量。

爷爷：孙子啊，你快说！

赵忠明：现在日本人已经占领了镇江，很快就会到句容。磨盘镇虽然不比镇江、句容，但地处常州与溧阳的交通要道，日本人也可能要来。加上现在土匪强盗趁乱打劫一定会比以前更厉害，所以我们要有所准备，预防不测。

爸爸：那你想怎么办呢？

赵忠明：我是这样想的，根据目前的形势，仅靠我们家的几个家丁肯定不行。最好能号召大家团结起来，有力出力，有钱出钱，组建一个自卫队。

爷爷：我孙子到底喝的墨水多，就是见识广，想得也多。

大嫂：爷爷，这叫未雨绸缪，防患于未然。

爸爸：你继续说，具体怎么组建？

赵忠明：现在我们这里处于无政府状态，人心涣散，危机四伏，老百姓毫无安全感，既然政府我们已经指望不上了，只有老百姓自己保护自己。动员镇上和附近村上有家有口的人，联合起来，制定规章制度，统一训练，共同防御，保护大家。

爷爷：这个主意是不错。爷爷在当地还有点儿声望，要爷爷做什么你尽管说，爷爷百分之百支持你。

赵忠明：我就是想借爷爷在当地的声望和财力呢。首先，先借爷爷的名义在镇上发些宣传单，再借些爷爷的钱和枪支弹药。

爷爷：我孙子为这个家里办大事，对爷爷还有什么借不借的？

赵忠明鞠躬：那谢谢爷爷了。

爸爸：明儿，什么事说起来简单，但做起来就不容易了。组建自卫队，仅有人和枪还不行，得有人会训练他们。你又没当过兵，谁来训练呢？

赵忠明：爸，这个我已经想好了，就让和我一起回来的闵启昌，就是爷爷所说的那个闵老五的儿子做教官。他在二哥部队里已经当兵好几年了，训练自卫队应该没问题，我看他人也挺好！

爷爷：就依孙子说的办！从现在起，我们都围着他转，他要什么我们给什么。

赵忠明跑到爷爷身边（撒娇）：爷爷，您真好！谢谢您的大力支持！

爷爷：你现在是我们赵家的顶梁柱，我不支持你谁支持你？

众乐。

6—18 句容磨盘乡赵家茶场·日外

主要人物：闵启昌、赵忠明。

闵启昌站在自卫队队前训练队员，列队、点名、报数、跑步。赵忠明也在队伍中。

闵启昌训练队员举枪射击，远处，一块木板上用白石灰画成了一个日本人头像，赵忠明枪枪命中头像中的脑袋。

队员们不断喝彩、鼓掌。

闵启昌教赵忠明练习骑马。

赵忠明骑马在丘陵道上飞奔。

赵忠明练习骑马射击。

6—19 句容磨盘乡赵家大院·日内

主要人物：赵老太爷。

赵老太爷正坐在龙椅上喝茶。

管家急冲冲跑进来：老太爷，老太爷，不好了。

赵老太爷放下茶杯：别急，你慢慢说。

管家：老太爷，日本人到镇上了。

赵老太爷：有没有杀人放火抢东西？

管家：目前好像还没有。那西街的朱家还领着一帮人在大街上举着太阳旗欢迎呢！

赵老太爷（愤怒）：这帮没骨头的东西！

管家：那朱家一向与老太爷不合，他们这么巴结日本人是不是想仗着日本人势力来对付我们赵家？

赵老太爷：他不敢！

管家：老太爷，您还是防着他一点为好。那朱家一直跟我们作对，就是认为我们是外姓，欺负我们，千方百计想将我们赵家赶走。

赵老太爷：晓得。

赵老爷跨进堂屋：爸，日本人来了，我们该怎么应付他们呢？

赵老太爷：我们首先不要慌，静观其变。管家，你赶紧去叫我孙子回来。

管家：好。我这就去！

6—20 句容磨盘乡赵家谷场·日外

主要人物：赵忠明。

赵家谷场上，赵忠明正看着自卫队员训练格斗和拼刺刀。

赵管家急冲冲跑了过来：小少爷，不好了，日本人已经进镇了，老太爷让我来叫你回去商量商量怎么办？

自卫队员们立即停止了训练，纷纷围到了赵忠明四周。

赵忠明：日本人有没有什么烧杀抢掠行为？

赵管家：目前还没有。

赵忠明：那你们现在不要慌，这说明他们的主要目的是来要长期占领控制这里，不是图一时之快之利。我这就回去跟爷爷爸爸商量应对的办法。你们全部待在这里，别轻举妄动。有什么情况，我鸣枪三声为信号，一切听从闵队长指挥！听到没有？

队员们：听到了。

6—21 句容磨盘乡赵家大宅院·日外·内

主要人物：赵忠明、赵老太爷。

赵忠明疾步跨进大宅院，进入屋内堂厅内。爷爷奶奶，爸爸妈妈，大嫂一下子都围了过来。

赵忠明：爷爷，爸爸，日本人进镇的事家丁刚才都跟我说了，我现在想听听爷爷和爸爸的看法。

爷爷：你读的书多，我们就是想听听你的看法。

赵忠明：爷爷爸爸都是历经几十年风雨的长辈，过的桥比我走的路还多，我出学校门还没几天，不谙世事，这种情况还是第一次遇到，所以还是想先听听爷爷爸爸的意见。

爷爷：根据管家刚才所说的情况来看，日本人并不像人们所传言的那样烧杀抢掠、无恶不作。如果他们不对我们赵家有什么危害，我们就暂时不支持也不对抗，看看以后的时局再说。

爸爸：你爷爷说得也是。依我们现在的实力，跟日本人对着干，就是鸡蛋碰石头。老话说得好“识时务者为俊杰”。

赵忠明：日本人这次之所以没有对老百姓进行残暴伤害是因为一是镇江地区国军已经全部溃退到了江北，这次他们没有遭到中国人的任何抵抗，一路大摇大摆而来。二是镇江、南京已被他们占领，要尽量维持社会秩序的稳定，便于他们长期的统治，奴役中国人。三是想给中国人一个好印象，心甘情愿地臣服于他们。其实这些都是日本人一开始的表面现象，时间久了，等日本人站稳脚跟，他们那青面獠牙的豺狼本性就会显露无疑。老百姓被欺压、被残害的日子还在后头。中国人在日本人眼里就是“东亚病夫”，没有任何地位的。在上海的租界里就公然挂有“华人与狗不得入内”的牌子，将中国人与狗相提并论。

爷爷：啊，竟然会是这个样子啊！那明儿，你说我们该怎么办呢？

第七集　马场惨案

村姑遭凌赵嫂救，除恶未尽魔复仇。

马场冤魂三百余，赵家避难方山沟。

7—1　句容磨盘乡赵家大宅院·日外·内

主要人物：赵忠明。

赵忠明：爷爷、爸爸有的说的也没错。现在我们还不是与他们硬碰硬的时候，暂时尽量不要与日本人产生正面冲突，也不要趋炎附势去巴结讨好他们，既要卧薪尝胆，又要韬光养晦，待机而发。

爷爷：家丁回来说，那西街的朱家召集了不少人到大街上去欢迎日本人呢。

赵忠明：那就是国贼、汉奸，将来不会有好下场的。我们赵家绝不能这么做，要与日本人始终保持一定的距离。

爸爸（感慨）：看来，我们家明儿这书真是没有白读哦。这么一说，让我和爷爷真是长了不少见识呢，我真是太开心了。

赵忠明：爸，别这么说。你和妈生养了我这么多年，还没机会报答你们的养育之恩呢。

爸爸：可怜天下父母心啊。天下做父母的有多少是为了图子女报答的。只要子女幸福就是父母的幸福哦！

7—2　句容磨盘乡赵家大宅院·日外

主要人物：南部襄吉、赵老太爷。

赵家大宅院外的马路上，一辆日军军用卡车驶来，扬起漫天尘土，卡车在大宅院门口停下。日军士兵从车厢陆续跳下，南部襄吉大佐和翻译官从驾驶室下车。

院门外，两名家丁见状立即拉开枪栓，举枪相对。

日军举枪相对。

南部襄吉朝士兵们摆了一下手，士兵们立即收起了枪械。

天堑

两名家丁随后也收起了枪械。

南部襄吉走至家丁目前，鞠躬行礼（日语）：请通报一下，日本皇军大佐南部襄吉前来拜见赵老太爷。

翻译官翻译。

家丁：请稍等，我这就进去禀告老爷。

翻译官翻译。

家丁开门进入院内。日军在门外等待。

院门双开，家丁从里面出来，单手向内摊开：老太爷在客厅恭候，请！

南部襄吉和翻译官及四名士兵随其而入，其余守卫在门外。

赵老太爷从堂厅缓缓而出，抱拳行礼：大佐先生不期而访有失远迎，失敬失敬！

翻译官翻译。

南部襄吉鞠躬行礼（日语）：冒昧前来打扰，请多包涵！

翻译官翻译。

南部襄吉接过士兵递过来的礼品盒（日语）：这是德国产的“格兰特”咖啡，初次见面，不成敬意，请收下。

翻译官翻译。

赵老太爷抱拳：大佐先生光临寒舍已是荣幸之至竟然还带了礼物，这令老朽万不敢当！

翻译官翻译。

南部襄吉（日语）：赵府在当地为名门望族，赵老先生也是德高望重，大日本帝国也叫大和民族，也是个礼仪之邦，皇军初到这里，环境不熟，日后还望赵老先生多多关照。烦请务必收下。

翻译官翻译。

赵老太爷：既然如此，却之不恭，那我就谢谢大佐先生了，请上坐！

翻译官翻译。

赵老太爷：梅嫂，快上茶！

梅嫂端上茶。

赵老太爷：大佐先生这次屈尊亲临寒舍，有何指教敬请吩咐。

翻译官翻译。

南部襄吉（日语）：这次皇军在天王镇驻军，主要是维护社会治安，保护良民的利益。但由于皇军的军力有限，为此将在磨盘镇成立地方维持会，以确保皇军后方的长治久安。赵府在当地名声显赫，有人力、有物力，有武装，所以皇军想请赵老太爷担任维持会长一职，为中日友好，大东亚共存共荣尽力。

翻译官翻译。

赵老太爷： 承蒙大佐抬举，老朽不胜荣幸，很想竭力为皇军效犬马之劳。不过，就寒舍的那几个人，那几杆破枪，用来吓唬那些蟊贼狗盗还行，要是用来承当一方社会治安之责，实难胜任，加至老朽年已古稀，更是心有余而力不足。老朽个人得失是小，一方治安是大，所以还请大佐先生多多体谅！不过，寒舍的那几个家丁，大佐若是需要可随时调遣！

翻译官翻译。

南部襄吉（日语）： 既然是这样，皇军也不勉强了。赵老太爷您多加保重，告辞了。

南部襄吉起身鞠躬，准备离开。

翻译官翻译。

赵老太爷： 大佐先生稍等！梅嫂，将那顶级的碧螺春茶叶拿来。

梅嫂应声随即快步从堂厅的茶柜里取来两罐茶礼盒递来。

赵老太爷接过： 大佐先生！两罐茶叶，聊表心意，不成敬意，请笑纳！

南部襄吉接过礼品鞠躬： 万分感谢！

赵老太爷： 大佐先生公务繁忙，老朽就不久留了。请！

7—3 句容磨盘乡朱家大院·夜内

主要人物： 朱老爷，50多岁，地主。
朱管家，40多岁。

管家风风火火从外面疾步进屋： 老爷，老爷！

朱老爷闻声从里屋出来： 怎么样？别急，慢慢说。

朱管家： 渴死了。我先喝点水。

朱管家拎起水瓶倒了一杯水，一咕噜喝下，抹了一下口水： 我在翻译官住所一直等到晚他才回来，送给了一盒茶叶后问他去了赵家的情况，他说，那赵老头以年老体弱为由，没有答应大佐就任维持会长的事。大佐正在考虑重新物色其他人选。看来，这维持会长的一职，非老爷您莫许了。除了赵家，还有谁能跟我们朱家比呢？

朱老爷： 你说，这赵老头怎么会不答应呢？他不怕得罪日本人吗？我还在愁呢，那赵老头一旦答应了，我们朱家就更没有好日子过了。这一来，我心中的这块石头总算落地了。

朱管家： 就是。这赵家与我们对着干了一辈子，不谈其他，就收佃户租子事，我们六四分，他就要四六分，抢了多少我们的佃户！老爷这次如果当上维持会长，得好好地出口怨气！

朱老爷：翻译官那里你还得再去一下，防止节外生枝。

7—4　句容天王镇翻译官住所·夜内

主要人物：张翻译官，40岁左右。

朱管家。

张翻译官住所内，朱管家满脸堆笑，递给翻译官一支烟替他点上：张长官，不知道那维持会长一职的事，大佐是怎么考虑的？

张翻译悠然喷了一口烟雾：这个事，大佐正在陈府和你们朱府之间选择呢，还没有定下来呢。

朱管家：那陈家怎么能与我们朱家比呢，无论从财力还是人力都比不上我们朱家哦。

张翻译官：财力可能是比不上你们朱家，但人力可不一定。你们朱家的人和武器可能是多了一点，但都是些杠门嫌短，撑门嫌长的人，人不在于多而在于精。再看陈府，老爷能文，少爷能武。所以，大佐还是偏重于陈府。

张翻译官说完又喷出一口烟雾，眼睛睥睨了一下家丁，像煞有介事。

朱管家眼珠一转：皇军初来乍到，对当地这么了解？

张翻译官：你以为皇军是来玩的啊？

朱管家：再了解也不如您呀，您在皇军面前替我们朱家多美言几句，这事不就定了嘛。

张翻译官：你可别这么高抬我，我只不过是个翻译而已，哪做得了皇军的主。

朱管家：您太谦虚了，皇军不相信您还能相信谁呢？

朱管家从上衣口袋里掏出一卷大洋放在桌子上：这是一点儿小意思，您多费点心。

张翻译官用眼睛的余光瞥了一下桌上的大洋：这不太好吧，我这个人无功不受禄，事情还没办成，这可不能收。

朱管家：不成也没事，只要您尽心尽力了就行，就当先付的辛苦费。况且，日后有劳你帮忙的事还多着呢，先当孝敬一下也是应该的，您千万别客气！

张翻译官：那太不好意思了，谢谢，谢谢！

7—5　句容磨盘乡朱家大宅院·日内

主要人物：朱老爷、朱管家。

朱管家兴冲冲地从院外大步跨进院子：老爷，老爷！大喜事，大喜事！

朱老爷闻声急忙从屋内走了出来：这么啦，是不是那事办好啦?

朱管家得意扬扬，拿出一张卷纸在朱老爷面前展开：是的。老爷，您看，这是皇军的任命书!

朱老爷接过任命书，仔细看了又看，喜笑颜开：好，好。这下我们朱家可不要买那赵家的账了。

朱管家：我让人到街上去宣扬宣扬，扬眉吐气一下。

朱老爷忽然收起笑脸，阴森森地咬牙切齿：看我怎么报当年的一箭之仇。

7—6　句容瓦屋山方山湖·日外

主要人物：赵大嫂。

山峰绵延，茂林修竹。

一辆马篷车行驶在山路上。

马车在一湖水边停下。两名自卫队员下车将赵大嫂和两个孩子搀扶下车。赵大嫂站在湖岸边放眼远望，青山绿水、蓝天白云。

赵大嫂轻舒一口气：太美哦。好久没看到这样的景色了。走，我们玩玩去。

赵大嫂带着孩子沿着湖边走去。两名自卫队员跨着枪跟随在后。

7—7　句容磨盘乡大冲村·日外

主要人物：朱管家。

赵大嫂。

两名自卫队员，20岁左右。

村姑，20多岁。

字幕：1938年4月23日

朱管家领着四名日军士兵走在乡村土路上。路边，几只土鸡在草丛中觅食。

一士兵看见，立马放下三八步枪俏俏靠近捕捉，一扑失空，鸡跳腾飞，惊啼着飞向麦田落下。日军跟踪而追。

麦田中一村姑正在麦田中除草，见日军而至，立即大惊失色，扔下杂草，拔腿而逃。

日军一见村姑，大喜过望，立即放弃捉鸡，满脸淫笑：花姑娘，花姑娘。开始围追村姑。

村姑在麦田中左冲右突，扔被两名日军一把抓住拖向路边树丛。

朱管家和另两名日军守在树丛外。

村姑一边拼命挣扎，一边疾呼：救命啊，救命!

两名日军正当对村姑扒衣撕裤，突然，两支枪口对准了他们：放下！你们这帮畜生，光天化日之下，竟敢强奸民女！

两名日军一怔，回头一看，见赵家大嫂和两名自卫队员持枪怒视在跟前立即放下村姑起身，突然挥拳反击。

"砰、砰"两声枪响，两名士兵应声而倒。

另外两名日军闻声立即朝树丛跑来。

两名自卫队员刚调转枪口，外面的两名士兵就冲了过来，

"砰、砰"两声枪响，扑上来的两名士兵应声倒地。

朱管家见势不妙，连忙夺路而逃。

自卫队员（甲）立即一步上前用枪拖连续猛击还想挣扎起身的一名士兵脑袋，顷刻间士兵脑袋血肉模糊，气绝身亡。

村姑倒在地上瑟瑟发抖，惊恐万状。

赵大嫂扶起村姑：别害怕，没事了。

村姑双膝跪地，连连磕头：谢谢大哥大嫂们的救命之恩！

赵大嫂再次扶起村姑：快别这样，都是乡里乡亲的，谁遇到这种事都不会不闻不问任由日本人这帮畜生欺负！你快回去吧，这边我们会处理好！

村姑含泪点头离开。

自卫队员（甲）：刚才跑掉的一个人我好面熟。

赵大嫂：是谁？

自卫队员（甲）：我想一下。哦，想起来了，是镇上朱府的管家！

自卫队员（乙）：对，就是朱府管家。

自卫队员（甲）：这下可麻烦了。

赵大嫂：怎么啦？

自卫队员（乙）：这朱府与我们赵府一向不和，这次一定会到日本人那里告状的。

自卫队员（甲）连连跺脚懊悔：刚才只顾对付日本人，让他给跑了。这下没能斩草除根，留下祸根了。

自卫队员（乙）着急：这看怎么办？

赵大嫂：既然事情已经这样了着急也没用。这样吧，你们赶紧先将日本人的尸体给埋了，我们赶紧回去告诉老太爷。

7—8 句容磨盘乡赵府大院·傍晚·内。

主要人物：赵老太爷、赵太奶奶、赵大嫂、赵忠明。

赵府堂厅内，赵老太爷着急得来回踱步。赵太奶奶，赵老爷，赵大妈，赵大嫂站在一边不知所措。

赵大嫂： 爷爷，都是我不好，没事想去方山湖去散散心，怎么也没想到会遇到这事。

赵老太爷： 这不是你的错。日本人干这伤天害理的事，谁碰见了都会气愤，都应该去管。早就听说日本人到处欺男霸女，杀人放火，到我们就能好了？别相信那大佐说什么中日友好，什么大东亚共存共荣，什么维持会，都是狗屁！发生这些事也是迟早的事。只是没想到来得这么快。

赵大嫂： 那我们现在该怎么办？

赵老太爷： 这样，让管家立即去叫明儿将自卫队的人全都带过来，你们赶紧在家将家里所有的贵重物品和生活用品整理打包好，今晚就去天王镇的天王寺，我写封信你们带去找方丈，他会安排好。

赵大嫂： 好，我这就去安排。

赵家大院里，上上下下一下子忙碌开来。

赵忠明从外面急匆匆跑了进来： 爷爷，人都全部带过来了。

赵老太爷： 回来就好，你今晚将人全部带到天王寺，隐藏好人和物品，近一段时期不要轻易露面，不到迫不得已，不要与日本人轻易交火，我们毕竟人和武器与日本人不可比。实在不行，只要能保护好家人，东西可以不要。

赵忠明： 我知道了，爷爷放心，我会尽力的。怎么，您不和我们一起走？

赵老太爷： 我年老体弱，跟你们走不仅帮不了你们的忙，反而会是个累赘，弄不好反而会害了你们。

赵忠明： 爷爷，我们这么多人呢，抬也能把您和奶奶抬走的，不会成为累赘。况且，您这身体挺好的。

赵老太爷： 明儿，你还不懂，日本人一旦来了，如果一个人都找不到，他们就会到处找你们，那样你们就很容易被他们找到。我在家跟他们周旋周旋，答应他们一些条件，也许这次就能过了。

赵忠明： 可万一日本人揪住这件事不放您不就危险了吗？

赵老太爷： 我都这么大年纪了，子孙满堂，有什么可怕的。记住，这次不仅是日本人作的恶，那朱家也是帮凶，万一有什么，别忘了报仇雪恨！

赵忠明： 爷爷，您放心，这次您若有什么三长两短，我绝不会放过朱家的。

赵老太爷： 这样吧，你们把你奶奶一起带走，我一个人在家就行。

赵老太： 我不走，你一个人在家，连烧饭的人都没有，我怎么放心得下？我就和你在一起，死也死一块儿。

赵老太爷： 你还是跟他们一起走吧，我又不是没有一个人过活过。以前在外面做生意，跑单帮不都是一个人吗。现在就在家看看家而已，不会饿死的，你放心去吧。

赵老太：那是年轻时，跟现在能比吗？反正我不会走的。

赵忠明：奶奶，你就跟我们一起走吧，爷爷不会有事的。

赵老太：我跟你爷爷一辈子了，怎么可能把他一个人扔在家里呢，肯定不会离开你爷爷的。车子已经装好了，天也已经黑了，趁着黑你们赶紧走吧。

一家人含泪给两位老人磕头：老太爷、老太太，千万多保重！

赵老太爷、老太太挥挥手：去吧，去吧，我们会照顾好自己的。

夜色中，朱管家躲在远处窥视，看到赵家人马离开便远远一路尾随。

7—9　句容磨盘乡马路上·夜外

主要人物：赵忠明、闵启昌。

赵忠明、闵启昌带领着自卫队、家人坐在四辆马车上借着夜色中行驶在马路上。

赵忠明：闵队长，我想起一件事。

闵启昌：少爷，什么事？

赵忠明：我在想，如果日本人找到天王寺来我们该怎么办？

闵启昌：是啊，我们现在要想好退路，有备无患。

赵忠明：你从小在这里长大，对这里的地理环境比较熟悉，你想想有没有比较合适的备用地方？

闵启昌：我想想。哦，想起来了，我们回家时不是路过方山吗？山里我有一个亲戚的家就在那里，靠打猎、卖山货为生。

赵忠明：那就好，这样我就放心了。那我们先去天王寺再说。

7—10　天王寺·夜外·内

主要人物：赵忠明。

印光大师，50岁左右。天王寺主持。

朱管家。

赵家人马在天王寺门口停下。寺门紧闭，闵启昌，赵忠明跨上台阶敲门。

敲了半晌，没有任何反应。

赵忠明：这是正殿大门，夜里里面应该没人，我们到西边侧面看看。

赵忠明、闵启昌随即走下台阶，来到西侧门再次敲门。门终于“吱呀”一声开了，一位年轻僧人探出半个身来：施主，这么晚了，有什么事吗？

闵启昌：师父，不好意思，打扰了，我们是磨盘乡赵府的，找印光大师。我们赵老太爷有封亲笔信麻烦您转交一下。

赵忠明连忙从衣袋里掏出书信双手呈上。

僧人双手接过书信：施主稍等，我这就过去。

赵忠明抱拳：麻烦了。

僧人关上门，赵忠明、闵启昌在门口等候。

赵忠明环顾了一下四周：这寺庙看上去挺大。

闵启昌：听我父亲说，已有一千多年历史了。原来不在这里，在浮山脚下，由于洪水多次冲毁才迁址到这里，原来也没这么大，后经过历朝历代多次修建才形成今天的规模。

侧门吱呀一声又开了，年轻僧人从门里出来：师父来了。

一位身着黄色袈裟的长老走出门来。

赵忠明合拳施礼：印光法师，您好！给您老添麻烦了。

印光法师合掌回礼：阿弥陀佛！慈悲为怀乃佛家之本，大慈与一切众生乐，大悲拔一切众生苦。赵府平常对本寺关照布施甚多，如今略有所求，贫僧更应义不容辞。施主里面请！

赵忠明领着一队人马跟随年轻僧人一起进了寺内，直至后院停下。他环顾四周，院内场地宽阔，殿阁辅房甚多，不由轻松地舒了一口气。

印光法师对年轻僧人：你叫几个师弟将厢房腾出五间来，打扫干净，给施主们安寝。

年轻僧人应声而去。

印光法师面对赵忠明：施主来得突然，今晚暂且将就，明天再作安排，如有不到之处，还请原谅！

赵忠明抱拳：大师太客气了，仓促打扰已经很是冒昧了，谢谢大师的收留。

印光法师：阿弥陀佛，善哉，善哉！

天王寺外，朱管家在远处的黑暗中露出了阴险的一笑。

7—11　句容天王镇天王寺·日外·内·晨

主要人物：南部襄吉、赵忠明。

天王寺晨钟响起，众僧集大殿内念诵佛经。

朱家管家、张翻译领着一大队日军突然出现在寺门外。

南部襄吉一挥手（日语）：将寺庙统统包围起来！

日军立即分兵左右。

殿内正在念经的年轻僧人回头见状，脸色大变，立即悄悄从北大门退出，出门直奔后院。

后院寝房内，赵忠明与自卫队正在统铺上睡觉。

年轻僧人急匆匆破门闯入：不好了，鬼子来了！

赵忠明从铺上一跃而起：到哪儿了？

年轻僧人：已经到大殿门口了！

赵忠明：快，去叫醒其他人，立即集合！

自卫队员们飞快穿好了衣服，拿起了枪。

闵启昌（紧张）：我们怎么办？

赵忠明对年轻僧人：有没有后门？

年轻僧人：有。但后门马车过不了。

赵忠明：鬼子就是冲着我们来的，我们不能坐以待毙，那只有从大门冲出去。我带队将外面的鬼子引进来，闵队长用马车带上爸妈，赵大嫂和孩子从前面冲出去，先向方山转移，赵管家带队在后面断后！最后一辆马车驶出院外等我们。快！立即行动！

寺庙后院，自卫队员和家人已经从屋里全都跑了出来。

闵启昌抱上两个孩子，赵忠明扶着父母、赵大嫂上了马车，自卫队分队前后。

赵忠明低声：都听好了，看紧大殿后大门，一旦日本人进来，立即开枪。

赵忠明对年轻僧人：有没有梯子？

年轻僧人：有。

赵忠明：那赶紧给我找来。

年轻僧人：好！

年轻僧人很快扛来了梯子。

赵忠明扛着梯子轻轻跑至侧门院墙下，竖靠好梯子悄悄爬了上去，观察院外情况。

院墙外，数十名日军士兵持枪把守

大殿门口，日军冲进殿内，朱管家跟着南部襄吉随后进入。

殿内列队诵经僧人一阵骚动。

印光法师从容走到南部襄吉面前双掌合一：阿弥陀佛，善哉！善哉！请问施主，可是前来敬香拜佛的？

张翻译翻译。

南部襄吉（日语）：不。大日本也是信仰佛教，但拜佛我们改日再来，今天我们是来抓捕杀害大日本皇军的歹徒，请大师给予配合。

张翻译翻译。

印光法师：此乃佛门净地，众生只奔求神拜佛而来，心怀赤诚，念持感恩，哪会有什么歹人？

张翻译翻译。

南部襄吉（日语）：不，不。具可靠情报，有一部分杀害皇军的歹徒就逃到了这里，希望大师能主动将他们交给皇军，以保大师及子弟不受牵连。

张翻译翻译。

印光法师：刚才已向施主阐明了，这里没有坏人。

张翻译翻译。

南部襄吉：既然你这么执迷不悟，那就对不起了。

张翻译翻译。

南部襄吉一挥手：搜！

日军随即撇开众僧，从后大门冲进院内。

赵忠明见状，手持双枪对着冲进院内的日军立即连续开枪，两名士兵倒毙。

自卫队员同时开枪，五六名日军士兵被击中

墙外数十名日军立即蜂拥而入。

赵忠明又连续扔出两枚手榴弹，“轰，轰”连续两声爆炸，数名日军倒下。

在侧门严密注视动静的自卫队员立即打开了侧门，闵启昌驾闵着马车冲出出去，赵管家驾着马车紧跟其后。另一辆马车驶到不远处角落停下等候。

站在大殿门内的南部襄吉见状，立即跑出门外向奔跑的马车开枪射击。

数名日军立即转身跑出门外向奔跑的马车上射击。

子弹从马车上穿过，赵老爷、赵妈接连被击中，赵大嫂立即按着两孩子伏于车内。

院内，赵忠明与自卫队员边跑边射击，从后门跑了出去。

日军从院内追出，不时有自卫队员中弹倒地。

赵忠明飞快从寺院围墙外跑到大殿外的场地上，对着日军连续射击。

四名日军应声倒地不起。

南部襄吉和几名日军立即退到大殿内躲避。

赵忠明趁机疾步跳上等候的马车，马车立即起步疾驶。

南部襄吉冲出殿外，抽出军刀挥舞咆哮（日语）：追！射击！

子弹闪着火星低空来回穿梭。

赵忠明趴在马车上双枪左右开弓，击中南部襄吉的手臂，军刀掉下。

日军见大佐受伤，立即边向马车射击，边围了上来护卫。

自卫队员驾着马车继续奔跑。

南部襄吉捂着手臂跑进大殿内，朱管家、张翻译惊恐地迎了上来。士兵迅速为其包扎。

南部襄吉咬牙切齿（日语）：捉拿法师！

日军士兵很快将印光法师抓了过来。

南部襄吉左握军刀恶狠狠：你的死拉死拉的。

军刀刺向法师腹部，鲜血喷射，飞溅在上南部襄吉狰狞的脸上。

南部襄吉咆哮：统统的杀了。

朱管家慌忙上前：太君，不，不能啊！

南部襄吉挥手将其一巴掌扇倒在地：都是你的惹的事，良心大大的坏了！

众僧见势不妙，四处奔逃。

日军不断射击，僧人一个个倒毙。

日军向院内奔逃的僧人追击，一名又一名僧人倒在血泊之中。

南部襄吉：统统的烧了。

日军士兵用香火点燃帷幔，火势迅速蔓延，天王寺陷入熊熊烈火之中。

7—12 句容方山山路上·日外

主要人物：赵忠明、闵启昌、赵大嫂。

三辆马车在山路上奔驰。

赵忠明回头向后面观察，山路上已无日军的踪影：敌人已经被甩远了，快赶到前面去，停一下看看前面他们怎么样了。

赵忠明的马车很快超到了最前面。

闵启昌见前面的马车停下立即受勒缰绳：吁，吁……马车缓缓停下。

赵忠明急忙跑过去钻进车篷

赵大嫂急切：爸妈中枪了。

赵老爷正在痛苦呻吟，满身是血。

赵大妈一身是血，赵忠明用手探了探母亲的鼻息，已经没有了气息。又伏在母亲的胸口听了听。

赵忠明：妈妈已经没了，赶快先给爸爸包扎止血。

赵大嫂：我这儿有两条毛巾行不行?

赵忠明：爸，你伤哪儿了?

赵老爷指了指左腿：大腿。

赵忠明立即撕开裤腿，接过大嫂递过来的毛巾扎好伤口：我们先赶到闵队长的亲戚家再说。

马车重又奔驰在山路上。

闵启昌：翻过这个坡，就快到我亲戚家了。

马车爬过山坡停了下来。

山坳处零星地坐落着几户人家。

闵启昌指着山坳处：那第一个前三间，后三间，有个篱笆院子的竹木屋就是我姨妈家。

赵忠明：在山里能有这样的房子已经很好了。

赵忠明钻进车篷，看到父亲脸色气息正常，轻舒一口气。跳下马车，抱下两孩子，扶着大嫂下了马车：我们先到闵队长的姨妈家看看，你照顾好孩子。

赵大嫂点点头：我看爸爸暂时不要紧，只是妈妈怎么办？

赵忠明：我知道。所以才先下去看看，与人家商量一下。

闵启昌领着赵忠明进入竹木屋：姨妈，姨妈。

年妇女从后屋快步走了出来，愣愣地打量着来人。

闵启昌：姨妈，我是二狗子！

姨妈定睛，惊喜：真是二狗子呗，好几年没见，都认不出来了。啊呀，长这么高了。

赵忠明：姨妈好！

姨妈：这是？

闵启昌：这是我们东家小少爷！

姨妈：啊呀，是贵客。快，快到里屋坐。

闵启昌：里面我们暂时就不进去了。姨父呢？

姨妈：他进山采山货去了，马上要回来吃中饭的。

闵启昌：我们这次来，有件事想麻烦姨父姨妈。

姨妈：什么事，你尽管说，你能来，我就开心得不得了了，哪有什么麻烦不麻烦的。

闵启昌：今天日本人进镇扫荡，我们老爷老太一个被日本人打伤，一个被日本人打死了，我们现在想借姨妈家暂时住几天，您看方便不方便？

姨妈吃惊：日本人这么狠？

闵启昌：不仅仅是狠，他们根本不是人！

姨妈：没事，这里天高皇帝远，日本人不会到这里来。那你们就住这里，成年住也没关系。

赵忠明立即从衣袋里掏出几块大洋，放在姨妈手里：那给您一家添麻烦了。这是一点儿心意，请姨妈务必收下。

姨妈退让：不用，不用。既然是我侄子的少东家，那就不是外人了，怎么能收钱呢？

赵忠明：姨妈千万别客气了，我父亲还需要治伤，我母亲的遗体还需要安葬，这还得请您和姨父操劳。您若不收，我们也说不过去。

闵启昌：少爷既然这么说，那您就收下吧。

姨妈：既然少爷这么讲究，那我就暂时收下了。你东家老爷现在哪里？

7—13 句容磨盘乡朱府·日外·内·下午

主要人物：朱老爷、朱管家。

朱管家急匆匆冲进院子：老爷，老爷！

朱老爷从屋里快步走了出来：怎么样了？赵家人抓住没有？

朱管家：这回事情搞大了。

朱老爷：怎么啦？你先告诉我，赵家人抓住没有？

朱管家：打的打死了，逃的逃走了。

朱老爷：谁被打死了，又是谁逃走了？

朱管家：赵家自卫队的人都被打死了，可那赵家的人都跑了。

朱老爷一拍腿：唉！死的都是不重要的，重要的人却全跑了。没能斩草除根，这下后患无穷了。

朱管家：这赵家自卫队真的很扎实！也打死了不少日本人，连大佐也受了伤。

朱老爷：这赵家自卫队这么凶？

朱管家：真的。他们平常天天在家训练。这次把日本人打火了，将天王寺的和尚都杀了，庙也烧了。

朱老爷大惊：啊？！日本人怎么连和尚也杀？还烧了庙？

朱管家：是的。我也没想到日本人会这么干！

朱老爷：这下我们可闯下大祸了，这样会激怒神灵的。你怎么没劝一下大佐呢？

朱管家：我劝了，可那大佐看到死了那么多日本人，自己又被打伤，像疯狗似的，不但不听我劝，反而打了我一巴掌。

朱老爷：现在关键是赵家人全跑了，尤其是赵家那最小的读的书多，鬼点子多，是个祸害。

朱管家：他读的书再多，现在他们的自卫队已经没了，孤掌难鸣，凶不起来了，还能怎么样？

朱老爷：本来他一个人是凶不起来了，但这次日本人将寺庙烧了，将和尚也杀了，这下可惹了众怒了，他可能会挑拨其他村的几个自卫队联合起来对付我们朱家。

朱管家：那是不是再让日本人趁机将其他几个村的自卫队也一起灭了，以绝后患？

朱老爷恶狠狠：自古无毒不丈夫！蛤蟆要命蛇要宝。为了我们朱家的利益也只能如此了。

7—14　句容磨盘乡赵府·张巷村·朱巷村·刘家棚·大冲村·日内·外

主要人物：朱管家、赵老太爷、赵老太奶。

朱管家领着一队日军闯入赵家大院，对赵老太爷拳打脚踢，赵老太爷摔倒在地，脸上血肉模糊。两日本士兵上来将赵老爷、赵老太用铁丝绑缚带走。

点燃房屋。

字幕：张巷村。

一队日军进入村中，几名自卫队员向日军射击，日军还击。自卫队员边打边退。

日军追击，自卫队员不时被击倒。

日军闯进老百姓家中，对着反抗的男人射击！

一群老百姓被日军用铁丝绑缚赶向马路。

点燃村中所有房屋。

字幕：朱巷村。

一队日军在茶树坡上追击奔逃的妇女，妇女跌倒，日军一拥而上，撕衣扒裤，妇女拼命挣扎，呼号大叫。

一队日军在屋内翻箱倒柜，将手镯、茶叶装入囊中。

男女在一边瑟瑟发抖。

搜出一把猎枪，立即将屋内男女用铁丝绑缚，押出门外。

点燃房屋。

字幕：刘家蓬。

一队日军追击一名男人，男人跑向树林。日军不时举枪射击，子弹在林中穿梭。

男人依着树干向日军射出弓箭，一个日本兵被射中，哇哇大叫。

男人退至水塘边，日军逼近。

男人纵身跳入塘中。

日军奔至水塘边，向水塘射击。

水面上浮出血水。

人家挨家点燃房屋。

字幕：大冲村。

一队日军刚进入村口，埋伏在四周的自卫队员立即数枪齐发，日军士兵纷纷倒地。

日军伏地还击，枪声大作。

自卫队向日军投弹，手榴弹在日军阵地爆炸，尘土飞扬。

日军依着一土堆架起机枪扫射。

自卫队员不时中弹倒下。

日军发起冲锋。

自卫队开始招架不住，边打边撤退。

日军紧追不放，翻过丘陵，追至坡下，一群村民隐匿在茶树丛中。

日军对着茶树丛扫射，村民四处奔逃，但不断被击倒。

日军挨家点燃房屋。

7—15　句容天王镇马场村·日外·下午

主要人物：赵老太爷、赵老太奶。

字幕：农历 1938 年 3 月 24 日

马场村丘陵上下四周，一排排日军荷枪实弹。

赵老太爷、赵老太步履蹒跚与数百名手被绑铁丝的村民一起被日军脚踢枪砸驱赶，缓缓向前走去。

村民陆续被集中赶至丘陵下的一块空旷的马场上，

赵老太爷紧紧牵着老太的手低声：下辈子我做你，你做我，还在一起。

赵老太点点头，弯下腰吻着赵老爷的手背，老泪如雨下。

南部襄吉抽出军刀：射击！

瞬间枪声大作，日军机枪“突，突，突……”吐着火舌从四面连续不断向人群扫射。

人群惊呼迭起，哀号撼天，鲜血飞溅，人倒如汐，赵老太爷就势用血肉之躯挡住赵老太身体倒下，将老太护在身下。

赵老太爷背上连中几弹，鲜血喷涌。

枪声渐止，万籁俱寂。马场上尸体密布，横七竖八，层层叠叠。上空盘旋着一道霭雾，经久不散。哀雁从上空飞过，发出凄厉的啼鸣。

字幕（OS）：1938 年农历 3 月 24 日，日军为了报复被磨盘乡大冲村自卫队打死的 4 名强奸妇女的日军士兵，对周边的几个乡村进行了疯狂的烧杀抢掠，烧毁民房1000多间，在马场村集中屠杀了村民300多人，制造了惨绝人寰的马场惨案。

7—16 句容方山·日内

主要人物：赵忠明。

姨父，50岁左右。

闵启昌。

姨父走进竹木屋内：少东家，鬼子昨天杀了几百个老百姓。

赵忠明从竹椅愤然惊起：什么？日本人又屠杀了几百名村民？

姨父：我刚从进山收山货的人那里听说的。昨天下午，日本人为了清剿磨盘乡没有加入维持会的自卫队，对附近的几个村进行了大扫荡，抓了自卫队员及家人300多人，集中在马场，全部杀害了。尤其是大冲村，除了逃掉的，要么就被当场打死，要么就被一起抓到马场杀了，房屋也全被烧了，整个村几乎被灭了。

闵启昌愤慨：这日本人真是太残暴了，会遭上天报应的。

赵忠明忧虑：不知道我爷爷奶奶怎么样了？

姨父：听说抓的都是附近几个村的人，没听说抓了街上的人。

赵忠明：闵队长，我们晚上回去看看。

姨父：我和你们一起去，万一有个什么情况，我还可以帮个忙。

赵忠明：你方便吗？

姨父：方便。你爸爸的子弹已经取出来了，又敷上了中草药，应该没什么事了。半个月就能恢复正常。再说，我们这里无论白天还是晚上除了可能会有野兽来骚扰，其他都不会有意外情况。就是有野兽，我家里的那几条狗就能对付了，何况还有我儿子在家呢。我那儿子，可是个好猎手，那枪法比我还准！

赵忠明：这次全亏你的帮忙，否则我爸那伤我还真不知道怎么弄。

姨父：这些外伤对我们山里的人来讲，都是小意思。山里经常有野兽出没，被它们咬伤抓伤是常事。我们也就经常采晒一些中草药放家里，以防意外。

赵忠明：是啊，这叫有备无患。那好吧，我们晚上三个人就一起去。

7—17 句容磨盘乡方山·夜外

主要人物：闵启昌、姨父、姨妈。

大喜，20岁左右，捕猎为生。

闵启昌和姨父各牵着一匹马走出马棚，赵忠明跟在其后。

姨妈和儿子大喜站在路边。

姨父：大喜，看好家，我们去去就回。

大喜：爸，你就放心吧，那些野兽闻见我身上沾的它们的气味就吓得要死了，哪敢来？

闵启昌含笑：你真会吹。

姨妈：你们小心点，早去早回。

赵忠明与闵启昌同骑一马，三人骑上马在夜色中奔驰而去。

赵忠明：前面马上要镇上了，我们先将马放在一个僻静处让你姨父看着，我们走过去就行，以免动静太大。

闵启昌：好的。

三人在离镇不远处受住缰绳，两马慢慢停住。三人跳下马。

闵启昌：姨父，您在这里等着，我与少爷走过去。

姨父：好。

闵启昌和赵忠明向街里走去。

赵忠明与闵启昌站立在赵家大院的废墟前。

闵启昌：真是想不到，这么好的房子就这么没了。这些狗日的，真是禽兽不如，什么都干得出啊。

赵忠明潸然泪下：你知道马场在哪儿吗？

闵启昌：知道。

赵忠明：你带我去找一下我爷爷奶奶，不管是死是活。

闵启昌：好。

7—18　句容天王镇马场村·夜外

主要人物：赵忠明、闵启昌、姨父、奶奶。

三人牵着马，穿过一片树林。

闵启昌：前面就是。

马场黑漆漆一片，死气沉沉，阴森恐怖，半空中笼罩着一层白雾。

闵启昌嗅了嗅鼻子：这里全是很浓的血腥气味，应该就是这里了。

赵忠明咬牙切齿：这帮杀人不眨眼的刽子手，我一定让你们用血来偿还！

闵启昌：我们过去看看。

姨父：不要动。

闵启昌：怎么，你害怕啦？

姨父：不是。我好像听到有什么声音。

闵启昌：你别吓我，我怎么没听见？

姨父：别说话！

三人屏气凝神。

马场中（OS）微弱：救命啊，救命。

赵忠明：真的有声音，还有活的。

闵启昌：有活人。少爷，你从日本人那里缴获的手电筒呢？

赵忠明：带了。一直没舍得用，怕电用光了，买不到电池。

闵启昌：现在不用什么时候用呢。快，打开呀。

赵忠明打开手电筒，三人跑到马场边。

赵忠明：你在哪儿？

尸体堆中（OS）：我在这儿，在中间。

姨父：在中间。

三人踩着尸体堆深一脚，浅一脚借着手电筒的亮光向中间寻去。

一束亮光在尸体堆中来回搜索，终于定格在一具微微蠕动的尸体。

三人连忙过去翻开尸体。

赵忠明惊呼：奶奶，是奶奶！奶奶还活着。

奶奶微弱：是的，孙儿。

赵忠明热泪盈眶。

第八集 报仇雪恨

国仇家恨瘀满胸，养精蓄锐气势宏。

伏起如飙锄贼寇，车马扬尘别江东。

8—1 句容方山·日外

主要人物：赵大嫂、赵忠明。

山坳坟场，两冢新土边。

赵大嫂跪着点燃纸帛，两个孩子跪在旁边。

奶奶伏在坟上恸哭流涕。

姨父站在一边，一手抓着竖立着的铁锹柄尾，一手拭泪。

赵忠明泪流满面：爷爷，妈妈！你们安息吧，我一定会为你们报仇雪恨，让敌人和仇人血债血还！

8—2 句容方山竹木屋·日内

主要人物：赵忠明、赵管家。

姨父家，赵管家站在赵忠明面前。

赵忠明将一个小布袋交给赵管家：叔，谢谢您在我们家怎么多年，现在我们老家没了，镇江又被鬼子占领，暂时回不去，居无定所。我们不想让您这么大年纪还跟着我们到处流浪，所以，麻烦您还是回磨盘吧，将这里面的一部分大洋送给那些被鬼子打死的自卫队员家人。每家给 50 块，就算我们赵家对他们的一点补偿，代赵家说一声对不起。余下的你自己留着做点小生意。并告诉他们，这血海深仇我们一定会替他们报的，等着我们的好消息。

赵管家：谢谢少爷，我理解。这钱我一定送到，请老爷少爷多保重，祝你们全家健康平安！

8—3　句容磨盘镇赌场·夜内

主要人物：姨夫、朱管家。

赌场内，灯火通明，人头攒动，吆喝声时起时伏。

朱管家围在四仙桌前与赌徒们一起押钱、掷骰子。

姨父在场子里东走走，西看看，视线却不时扫描着朱管家，注视着朱管家的一举一动。

朱管家连续几把都输了，灰头土脸，唉声叹气退了出来，向随从招了一下手，走出赌场大门。

姨父见朱管家怏怏离开赌场出了门便立即跟了出去。

8—4　句容磨盘乡·夜外

主要人物：姨夫、朱管家、赵忠明。

马路上，姨父脚下时快时慢，跌跌撞撞，东倒西歪地跟着两人。

朱管家回头看了看鄙夷地哼出一句：少喝点尿会死吗？

随从：穷鬼滥喝！

两人刚走到一僻静处，突然上来两个戴着鸭舌帽的蒙面人极速从后面死死捂住两人嘴，两把匕首抵住了它们脖子。

蒙面男（甲）：别叫，叫就杀了你！

蒙面男（乙）：想活，就别动！

姨父一个健步冲了上来，缴了他们的枪。

朱管家：好汉，有话好商量，别动手。

蒙面男（甲）：我们找朱老爷有事商量，带我们到朱府去，保你没事。

朱管家：好说，好说。只要你们留下小人的命，什么都好说。

蒙面男（乙）：你们要老老实实，否则，子弹无情！

朱管家：保证，绝对保证，你们让做什么就做什么。

姨父上前将两人的手和眼睛分别绑上了铁丝，蒙上黑布：跟我们走吧！

接近朱府，姨父上前揭开两人眼睛上的黑布，警告：老实点！

两蒙面人在他们身后交换了一下眼色，揭下蒙面布，露出了真面容，赵忠明和闵启昌。两人押了押帽檐，用枪口顶住了他的后腰。

朱管家战战兢兢：好汉，千万别走火。

姨父低声命令：叫门！

8—5 句容磨盘镇朱府·夜外·内

主要人物：姨夫、赵忠明、朱管家。

朱管家上前敲门：三羊子，我回来了，快开门！

院子里三羊子：是朱管家吗？

朱管家：是的，快点。

三羊子：好嘞，来了。

院门打开。

三羊子一见门口多了几个陌生人：在场子里借钱了？

姨父点点头，默不作声走了进去，突然一转身，左手捂住羊子的口，右手匕首往其脖子上使劲一拉，血喷如泉。

赵忠明、闵启昌同时捂住朱管家和随从的口，两人脖子上霎时刀游血喷。

一家丁在东厢房门口见状惊恐万分，慌忙缩进屋内。

赵忠明飞速冲至门口，对着正准备举枪的两名家丁“砰砰”就是两枪，两名家丁倒毙。

西厢房两名家丁冲出门向闵启昌和姨父开枪，击中姨父手臂。

闵启昌与赵忠明同时还击，未击中。

两家丁迅速退回房内。

闵启昌继续开枪压制。

赵忠明趁机向房内投去一枚手榴弹，高喊：快卧倒！

姨父和闵启昌迅速伏地。

“轰”的一声爆炸，厢房土崩瓦解。

赵忠明：姨父，您受伤了？

姨父：不要紧，手臂擦伤。

赵忠明：那您到门外看着点。

赵忠明朝闵启昌一挥手：走，我们进去。

两人一前一后，进入后楼逐间搜寻。

进入一楼东间，朱老爷夫妇躲在门角瑟瑟发抖。

朱老爷：好汉，要钱你尽管说，饶了我们一家老小吧。

赵忠明：我们不要钱，要的就是你的命。国仇家恨跟你一起要！

一声枪响，朱老爷脑袋血崩倒地，老妪瘫痪在地。

两人进入西间，两个孩子吓得大哭。

一妇女“扑通”一声，跪地连连磕头，声泪俱下：饶了我们吧，我和孩子都是无辜的。

赵忠明：知道你们是无辜的，所以我们不会杀你们的，快拿出你们的东西立即离开吧。不过，请你和孩子时刻牢记，不要做对不起国家和老百姓的事。否则，绝不会有好下场！

妇女连连磕头：知道了，知道了。

妇女连忙收拾些东西，领着老妪和孩子慌慌张张离开了朱府。

赵忠明、闵启昌和姨父迅速离开朱府，消失在夜色之中。

身后，朱府大火弥漫。

8－6 句容方山竹木屋·日内·下午

主要人物：姨夫、赵忠明、闵启昌。

姨父匆匆走进赵忠明的房间：少东家，我家大喜子早上去天王镇给老客户送山货，到现在也没回来，会不会出什么事？

赵忠明：山货不是有商贩子上门收吗？怎么还要送过去的呢？

姨父：来收山货的都是外地的，本地不远的都是我们送货上门。

闵启昌：那会不会还有其他什么事给耽误了？

姨父：我就让他顺便买些大米回来，家里大米快没了。其他应该没什么事啊，就是在镇上逛逛，吃个中午饭也应该回来了，现在都下午三四点了。

赵忠明：您别着急，也许很快就会回来了。

姨父：不行，这兵荒马乱的，我还真的不放心，得去天王镇看看。

闵启昌：那您先到天王镇找找，万一有什么大事处理不了赶紧先回来，与我们少爷商量商量，我们少爷主意多。

姨父：好的。我这就去了。

赵忠明：您等等。

姨父：少东家还有事？

赵忠明从衣兜里拿出几块大洋放在他手上：带着，以防急用！

姨父：这，这不好吧。上次你已经给了那么多了。

赵忠明：相对您所给我们帮的忙而言，真的不多。

姨父：话可不能这么说。说心里话，我不是帮你的忙，而是看不惯，气不过。我也同样痛恨日本人，更痛恨哪些帮日本人欺负杀害我们老百姓的人。我也是个穷老百姓，虽然不识字，但晓得好与坏，对和错。

赵忠明：是啊，中国现在许多平常高谈阔论的权贵，在国家危难之时，逃得比兔子还快！反而是哪些目不识丁的老百姓在以命相搏。好，不多说了，您收好，快去快回。

姨父：那太不好意思了。

赵忠明挥挥手。

姨父策马而去。

8—7 句容天王镇·日外·下午

主要人物：葛大哥（姨夫）。

郭掌柜，50岁左右八方山货老板。

姨父在一家名为“八方山货”的店铺门口下马。

店铺掌柜一见姨父赶紧从里面跑了出来：葛大哥，我正想派人去找你呢，你来得正好。

葛大哥紧张：怎么，郭掌柜，我家大喜子没来？

郭掌柜：来是来了，山货也送到了，可从我这里结了账刚出门，就被几个保安队的人带着日本人抓走了。

葛大哥：保安队为什么抓他？

郭掌柜：不仅仅是抓了他，还抓了其他好几个人。

葛大哥：还抓了其他人？那到底怎么回事？

郭掌柜：听说，是日本人要成立什么治安军，缺人，就到处抓壮丁。

葛大哥：啊？怎么会这样！这可怎么办？

郭掌柜：你先别着急，等我明天托人去看看能不能花钱给赎出来，你先回去准备准备。

葛大哥：不要准……

葛大哥猛然想起闵启昌的话（FB）：万一有什么大事处理不了赶紧先回来，与我们少爷商量商量，我们少爷主意多。

郭掌柜：怎么？

葛大哥立即改口：那要准备多少钱呢？

郭掌柜：现在我也不知道，明天我先去探探底。

葛大哥抱拳鞠躬：那全拜托您了！我就这么一个儿子。

郭掌柜：别，别这样。我们多少年的交情了，帮个忙也是应该的，但成不成我可不能保证。

8—8 句容方山·夜内

主要人物：葛大哥、姨妈、赵忠明、闵启昌。

葛大哥急匆匆进入屋内，姨妈，闵启昌，赵大嫂，赵忠明立即围了过来。

姨妈急切：怎么样？儿子找到没有？

葛大哥：别急，先倒点水给我，渴死了。

大嫂连忙倒了一碗开水递了过来。

姨妈：你慢点，烫呢。

葛大哥边吹边小心的抿嘴喝了几口：没找到！

姨妈一听，眼睛一闭，左手扶额就要后倾，身旁赵大嫂一把扶住。

葛大哥：你别急嘛，我还没有说完呢。

闵启昌：姨父，你快说呗，你这有句没句的连我都急！

葛大哥抹了抹嘴角的水：找是没找到，但有消息了。

大嫂：什么消息？

葛大哥：被日本人抓走了。

姨妈一听，立马倒在地上。

大嫂立马蹲下拍胸安慰：姨妈，你别急，等姨父把话说完。

葛大哥：也真是！你别急，等我把话说完好不好？

赵忠明：怎么被日本人抓走的？为什么要抓他？他可什么事也没做。

葛大哥：日本人要成立一个叫什么治安军的，缺人，就到处抓壮丁，大喜子刚从山货店铺出来正好被日本人看见，就抓走了。

众人一听，立马舒了一口气。

闵启昌：原来是这样啊。姨父，别怪我说你，听你说话真费劲，把大家吓得不轻！

葛大哥：是你们太心急了，等不及我把话说完。

闵启昌：你说话说得太重点了，别说姨妈，就是我也急煞了。

葛大哥：店铺的掌柜说，他明天去保安队找找人，看看能不能用钱赎回来。

赵忠明：哦。那你怎么说的呢？

葛大哥：我说得回来筹钱。还不知道要多少钱才能赎回来。

赵忠明陷入沉思。

姨妈：估计钱没得少，家里哪有这么多钱哦。

闵启昌：日本人主要是要人，不是要钱。就是找了人赎回来，估计钱一定不会少的。

姨妈：就是哦。

赵忠明：姨父，姨妈。你们别着急，我是这样想的，暂时先不要花钱去赎，让大喜子在治安队先混一段时间再说。在那里有吃有喝，又能拿到军饷，有什么不好呢。

葛大哥着急：帮日本人做事？不行，不行，这绝对不行。这要是传出去，将来我们一家都不会有好果子吃。

赵忠明：我的意见，大喜子不仅要待在保安队，而且还要好好表现，取得日本人的信任。

姨妈：少东家，你把我们都说糊涂了。

赵忠明：你们听我慢慢解释……

葛大哥，姨妈听着赵忠明解释，不停地点头……

闵启昌在一旁，聚精会神，直感慨：跟着少爷真是长见识了。

8—9　句容天王镇八方山货店铺·日内·下午

主要人物：葛大哥（姨夫）。

伙计，20岁左右。

郭掌柜。

葛大哥走进八方山货店铺，伙计迎了上来：葛大哥，您找我们郭掌柜吗？

葛大哥：郭掌柜人呢？

伙计：他出去收账了，估计也快回来了，您先到里屋坐一会儿，我去给您沏杯茶，请稍等！

葛大哥：那谢谢了。

伙计端来茶杯，放在茶几上，葛大哥凝视着他：看到你，感觉好像一个人，只是那个人我一下子想不起来在哪里见过了。

伙计：您看到的那个人可能是我哥吧？

葛大哥：你还有个哥哥？

伙计：是啊，比我大两岁。

葛大哥：那他做什么的？

伙计：在镇上的天池浴室帮人搓澡。

葛大哥：哦，想起来了，就是他，你俩长得几乎一模一样。

郭掌柜走了来。

葛大哥连忙起身抱拳：郭掌柜好！

伙计：你们谈，我出去照看店铺。

葛大哥：你去忙。

郭掌柜：上午我去找过张翻译官了，他说，这事就是花钱也比较难办，得等一段时间找到机会再说。

葛大哥从衣袋里掏出两块大洋放到郭掌柜手上：那全靠您帮忙了。这一点小钱，还请您先帮忙打点打点。您把这事挂在心上，一旦有机会，立即告诉我。

郭掌柜：那是必需的。这钱，你还是你先拿回去，急需时，我先垫一下也没事。

葛大哥：唉，这怎么行，为我办事哪能让您先垫钱，您还是先收着吧。

郭掌柜：你是怕我不尽力吧？既然这样我就先收下了。一旦有机会，一定立即通知你。

葛大哥：还得麻烦您给我大喜子带个话，就说，我让他先在那里好好干，不要惹是生非。

郭掌柜：没问题。

8—10　句容天王镇日军据点·日外·内

主要人物：南部襄吉、葛大喜、张翻译官。

日军据点训练场上，一群新兵正在训练列队，跑步。

日军教官对着一动作不规范的新兵扇了两巴掌，然后继续。

一群新兵在练习射击。

葛大喜举枪对准靶心连发三枪，枪枪击中靶心。

日军教官大喜，翘着大拇指：你的，大大的好！

阁楼里，南部襄吉与张翻译官站在窗口看着新兵训练。

南部襄吉（日语）：那个枪打得很好的叫什么名字？

张翻译官（日语）：那个人叫葛大喜。

南部襄吉（日语）：他原来是做什么的？

张翻译官：他原来是个猎夫，他家专门卖山货。

南部襄吉（日语）：是招来的还是抓来的？

张翻译官（日语）：他去镇上八方山货店铺送山货正好被小郎少佐发现，看他很年轻就带来了。没想到，还真是块好料子。

南部襄吉（日语）：会不会是自卫队的？

张翻译官（日语）：不会的。前天，他老子还托人想用钱把他赎回家，说他是独子，被我回绝了。

南部襄吉（日语）：那就要好好调教调教他，让他心甘情愿为皇军效力！

张翻译官（日语）：是，是，是。

8—11　句容天王镇醉仙阁酒馆·夜内

主要人物：葛大喜、张翻译官。

四仙桌上摆放了几道鱼肉荤菜。

葛大喜给张翻译官连连敬酒。

张翻译官：你好好干，大佐现在很看中你，只要你对皇军忠心耿耿，你升官发财的机会就来了。

葛大喜：我既然已经干上这个了，那就想干好。我们家几代人都是靠打猎为生，虽然温饱不愁，但也发不了什么财，更不成有一个当过官的呢，连做甲长、保长的都不曾有过。现在皇军来了，我还真想抓住这个机会，还请您在大佐面前为小的多说些好话呢。

张翻译官：你呢，就是缺点文化。否则，前途无量。

葛大喜：那就请您多教教呗。

张翻译官：这学文化可不是一天两天的。

葛大喜：只要您看得起我，您多教教我，我一定好好学。

葛大喜从衣袋里掏出三块大洋：这先交点拜师费，您不要嫌弃。

张翻译官：你还真想学啊？

葛大喜：那当然，我可是认真的。

张翻译官：那这样吧，从明天起，我每天教你十个字的汉语和日语。

葛大喜连忙起身，鞠躬施礼：那先受学生一拜。

张翻译官连忙起身拍了拍葛大喜的肩膀：那就这么定了。

8—12　句容天王镇醉仙阁酒馆·日内·上午

主要人物：葛大哥。

韩掌柜，40岁左右。

葛大哥出外面跨进酒馆堂厅，伙计连忙迎了上来：山货送来了？

葛大哥：是的。韩掌柜呢？

伙计：他在厨房呢，我去帮你叫一下，您稍等。

葛大哥：那麻烦您了。

伙计：大哥，您可别说麻烦，您家少爷现在混得可好了，经常带着张翻译官来照顾我们的生意呢。

葛大哥：他也是身不由己，日本人我们可得罪不起。

伙计：那倒也是。那我去去就来。

伙计离开堂厅。

韩掌柜快步来到堂厅，满脸堆笑，把手施礼：啊呀，让葛大哥久等了。

葛大哥：韩掌客气了，我也刚到。

韩掌柜转身：银生，快去将葛大哥的山货卸下来。

葛大哥：不用，不用，我自己来，他点一下货就行。

韩掌柜：没你的事，您坐下来歇歇，等着收钱就行。

银生搬完货，韩掌柜打着算盘算账。

韩掌柜从抽屉里取出钱来到大哥面前：这是三块大洋，您收好！

葛大哥：没这么多吧？

韩掌柜：也没多多少，我就凑了个整数。您家大喜子现在在日本人那里混得不错，还望他多照顾照顾我的生意呢。

葛大哥：就他那样再混也好不到哪里去哦。

韩掌柜：唉，您可别这么说，我看到他向张翻译官拜师学文化呢，将来能成大事。

葛大哥：您高看他了，他那点能耐我能不知道？噢，我想起一件事，不知道韩掌柜能不能帮个忙？

韩掌柜：大哥有事您尽管说。

葛大哥：我家有个女邻居，五十多岁了，丈夫和子女都不在家，想到镇上打点工挣点小钱，不知道你们店里缺不缺打杂的？

韩掌柜：巧了。昨天我们店里原来打杂的因为家里婆婆生病了要回去照顾，刚离开，我正要找个人呢。您叫她明天就来，我们包吃保住。

葛大哥：那就这么说定了，我叫她明天早上就来。

韩掌柜：一定，一定。

8 — 13　句容天王镇醉仙阁酒馆·夜内

主要人物：葛大喜、葛大喜母亲（姨妈）。

葛大喜与张翻译官、南部襄吉在包间喝酒，葛大喜频频敬酒。

葛大喜与在酒馆走廊打扫卫生的母亲撞见，母亲使眼色摇头，葛大喜点头示意明白。

葛大喜与张翻译官、少佐、大佐在包厢喝酒，葛大喜频频敬酒。

8 — 14　句容天王镇日军据点·夜内

主要人物：葛大喜、张翻译官。

治安队宿舍，葛大喜正在伏案边练边读汉字和日文，张翻译官走了进来：哟，还真认真呗。

葛大喜憨厚一笑：不练、不读根本就记不住。

张翻译官：今晚就别练了，换个便装，跟我走。

葛大喜：去喝酒？

张翻译官：都几点了？还喝酒？

葛大喜：那去哪儿？

张翻译官：等会儿再告诉你，我在外面等你。

葛大喜换好便装，走出宿舍。

张翻译官：大佐马上要去天池浴室泡澡，你和小郎少佐在浴池外面看着点，别让外人靠近。这是你的手枪，你拿好。

葛大喜：气温已经较暖了，去浴室洗澡的人已经很少了，浴室还开张吗？

张翻译官：就是要人少才好。再说，这日本人的习性就是天天要泡澡，大佐天天要去，那浴池老板敢不开张吗？

葛大喜：现在这天气又不冷，据点里不也好泡澡吗？怎么非要去浴室呢？

张翻译官：那里面有人敲背、捏腿、按摩。大佐没其他爱好，就好这个。好了，别再问了，快走吧。

少佐在前，大佐与翻译官在中间，葛大喜在后，一行四人穿着便装走出据点。

8—15　句容天王镇天池浴室·夜内

主要人物：南部襄吉、张翻译官、葛大喜。

四人走进天池浴室堂厅，掌柜的连忙满面堆笑迎了上来：太君，里面请！

少佐先进入内室四处看了看，里面一服务生躬身打招呼，少佐便走了出来朝南部襄吉一点头，和翻译官一起进入内室，葛大喜和少佐守在室外。

室内，服务生将热气腾腾的几桶清水倒满两只大桶内后便离开。

南部襄吉和翻译官脱衣解裤蹲了进去，立即显示出无比惬意的神情。

服务生进来：太君，今天需要搓背吗？

张翻译官（日语）：司令官，您今天需要搓背吗？

南部襄吉摇摇头。

张翻译官：不需要。等会儿还是叫那两个人过来。

服务生：好的。

两人泡好后，躺在床上。

两个年轻女人进来，开始为他们按摩。

室内传出男女一阵阵淫荡的笑声。

四人走出天池浴室。

南部襄吉舒展了几下手臂（日语）：吆西，真舒服！

8—16 句容天王镇醉仙阁酒馆。夜内

主要人物：葛大喜、葛大喜的母亲。

葛大喜与在酒馆走廊与打扫卫生的母亲相遇，擦肩而过时葛大喜手碰手传送了一个小纸条。

8—17 句容天王镇日军据点·夜内

主要人物：张翻译官。

日军据点治安队宿舍，几名治安队员正在掷骰子赌钱。

张翻译官进来，队员连忙起身。

张翻译官：葛大喜呢?

队员：他今天拉肚子，去茅房了。

张翻译官离开宿舍，边走边嘀咕：才吃了几天荤的就拉起了肚子，看来这小子的肚子只能吃草。

8—18 句容天王镇街道上·夜外

主要人物：赵忠明、闵启昌、南部襄吉。

赵忠明、闵启昌、葛大哥躲在巷子的墙角远远密切注视天池浴室门口的动静。

少佐、张翻译官、南部襄吉、教官一行四人从远过来，进入了浴室。

闵启昌：好机会，大喜子这次没跟来。

赵忠明：那我们就在这里耐心地等他们出来。

闵启昌：我就不明白，这天气并不冷，日本人为什么不在据点洗澡却要跑到浴室里来，还这么神神秘秘的，与平时耀武扬威的大不相同。

葛大哥：那你进去问问日本人呗。

闵启昌：等哪一天我有机会抓住一个活的，我一定要弄个明白。

葛大哥：今天就有机会。

闵启昌：今天可不行，要速战速决，这街上有日军巡逻队。

赵忠明忽然“嘘”了一声：巡逻队!

三人立即蹲了下来，不敢吱声。

一队日军巡逻队从街上走过。

闵启昌：说曹操曹操到。

赵忠明压低声调：不要说话了，注意观察。

街上偶然有行人和马车打着灯笼经过。

天池浴室传出掌柜的送别声。

闵启昌低声：他们要出来了。

三人同时拉开了枪栓。

南部襄吉四人走出了浴室大门，掌柜双手抱拳，送出门外。

赵忠明低声：等他们走过去后，从后面袭击。

四人刚走过。赵忠明一挥手，三人立即从黑暗处冲了出来，动作敏捷对着四人“砰、砰、砰”射击。

后面的教官应声倒毙。

南部襄吉腿部中枪，伏地还击。

张翻译官伏地，举着手枪哆哆嗦嗦胡乱还击。

少佐立即一腿跪地掩护着南部襄茂还击。

一时间街上枪声大作，火舌飞窜。

浴室掌柜和伙计吓得赶紧龟宿到柜台下面。

街上的流浪狗吓得惊叫一声，夹着尾巴窜进草木中。

少佐胸部被飞弹击中，喷血倒地。

张翻译官双手抱着脑袋肉面贴地不敢动弹。

日军巡逻队听到枪声立即折返奔来。

赵忠明：不能恋战，撤退！

三人立即便打便退，飞速离开，消失在夜幕之中。

8—19 句容方山·夜外·内

主要人物：赵忠明、闵启昌、葛大哥。

山路上，赵忠明三人在夜色中策马奔驰，在竹木屋前勒缰下马，将马牵入马棚内进入屋内。

赵老爷和赵大嫂迎了出来。

赵老爷：快坐下歇一会儿。

赵大嫂一人倒了一杯水递了过来：怎么样？还顺利吗？

赵忠明：总体上还算顺利，就是不知道那大佐有没有死。

葛大哥：不死也伤得不轻。

闵启昌：反正那最后一个日本兵肯定是死了，被击倒后就没看到他还击过。

葛大哥：那少佐也是死定了，我击倒的，正中胸部，倒下后就没有反应。

闵启昌：那翻译官也一定是死了，开始还了几枪，以后就不动了。

赵忠明：姨父，你明天去山货铺去探听一下消息。

葛大哥： 好。

8－20　句容天王镇八方山货店铺·日内

主要人物： 葛大哥、伙计、郭掌柜。

葛大哥匆匆走进八方山货店铺，伙计立即迎了上来： 葛大哥，您来啦。

葛大哥： 郭掌柜在吗?

伙计： 他现在不在铺子里，出去了。

葛大哥： 去哪儿了？什么时候回来?

伙计： 不知道，他没说。您先坐一会儿，等等看。我去给您泡杯茶。

葛大哥： 那好吧，谢谢了。现在生意还好吧?

伙计： 没以前好做哦。

葛大哥： 怎么，我看我每次送来的山货不是卖得挺快的吗?

伙计： 卖的是挺快，就是有的都是亏本的生意，本钱都不够。

葛大哥： 怎么会亏本呢，亏本就不卖呗。

伙计： 不卖不行。

葛大哥： 不卖还不行？那是怎么回事呢?

伙计： 一些地方痞子，尤其是日本人，强买强卖，价钱不是我们说了算，而是他们愿意给多少就给多少。

葛大哥： 还会这样啊。

伙计： 掌柜也没办法，也就是图个太平，只有忍气吞声了。

葛大哥： 这是什么世道哦。

伙计： 不过，现在还好点，沾了你儿子的光呢。

葛大哥： 沾了我儿子的光？这与我儿子有什么关系?

伙计： 你儿子现在在日本人那里混得好，掌柜的有时故意将你儿子的名子抬出来，那些痞子和日本人不怎么敢太胡来。

葛大哥： 啊，竟会这样啊？我可做梦也想不到哦。

郭掌柜兴冲冲地走了进来。

葛大哥连忙起身： 郭掌柜好!

郭掌柜满面笑容： 啊呀，是葛大哥啊，我正想找您呢，您快请坐!

葛大哥： 有什么喜事，看您挺开心的。

郭掌柜有意压低声调： 啊呀，您不知道，大喜事，真是大喜事哦。

葛大哥： 怎么啦?

郭掌柜： 今天我听说，昨晚日本人在大街上被什么人袭击了，开始我挺高兴，可后来一想，大喜会不会有事？所以担心起来，于是赶忙去据点打听。我找到张翻译官问大喜有没有事，他说，大喜昨天拉肚子，没跟着日本人去，躲过了一劫。不过，死了两个日本人，那大佐也受了重伤，张翻译官是死里逃生。

葛大哥：哦，是这样啊。

郭掌柜：您是不是也去看看你儿子？

葛大哥：我就不去了。我这土了土气的样子去了儿子会没面子的。

郭掌柜：唉，话可不能这么说，他再能耐也是您生养的。儿还不嫌母丑呢，何况您是他老子呢？

葛大哥：我还是不去了，我又不会说话，有事还是拜托您去，您是见过大场面的人，说话做事会把握分寸。

郭掌柜：您以后千万别再说什么麻烦、拜托了，有事尽管吩咐。您儿子现在在日本人那里吃得开，我还望他多照应照应呢。

葛大哥：现在是乱世，大家都不容易，今天不知明天的事，只能靠天老爷保佑了。

8 — 21　句容方山竹木屋 · 日内

主要人物：葛大哥、闵启昌、赵忠明。

葛大哥步履轻松地走进屋子，一家人全都围了上来。

闵启昌：姨父，怎么样，打听到了没有？

葛大哥：打听是打听到了。

闵启昌：什么情况？

葛大哥：死了两个日本人。

闵启昌：还有两个呢？

葛大哥：翻译官没有死。

闵启昌：那大佐没有死？

葛大哥：没有，只是受了重伤。

闵启昌：那大喜子昨晚怎么没跟着去？

葛大哥：张翻译官说，大喜昨天正好拉肚子。

赵忠明陷入沉思。

葛大哥看了一眼赵忠明：少东家，怎么啦？怎么看你不开心？

闵启昌：我们主要目标是大佐，但大佐却没有死。

赵忠明：大佐没死，大喜就可能有危险。

葛大哥紧张：不会吧，他既没有在现场，又没有跟我们在一起。

闵启昌：是啊。

赵忠明：正因为他不在现场，所以才可能引起大佐的怀疑。平常大佐出于信任，所以每次才叫他跟着护卫，昨晚他没跟着就遭到袭击，大佐肯定会对他起疑心。

葛大哥着急：那怎么办？

赵忠明：不过，大喜子现在还不要紧。因为，大佐刚受到重伤，现在还顾不过来。

等他伤情稳定之后，他可能就会反应过来。

闵启昌：那叫他赶紧逃离据点。

赵忠明：这不行。人一走，那就坐实了大佐的怀疑，会连累葛大哥一家。

葛大哥：那怎么办？

赵忠明：现在唯一的办法，我们离开你家，以防止大佐派人来搜查。日本人看不到我们就是怀疑也没有证据。

葛大哥：那你们离开这里到哪里去呢？

赵忠明：镇江家里我们不能回去，因为，尽管现在局势比较稳定了，但我哥他在国军里当过兵，许多人都知道，我们一旦回去，日本人和维持会的人就会找上门来的。现在唯一的办法就是去泰州高港我舅舅那里。

闵启昌：少爷想得真周全。

赵忠明：姨父，还得麻烦您一下，您明天亲自去找一下大喜子，让他赶紧想方设法到维持会办六张良民证。这样，我们在路上才方便。除了葛大哥的，其他良民证上不要写我们真实的名字和地址。

葛大哥：好的。我明天一大早就去。

8 — 22 句容马路上 · 日外

主要人物：葛大哥、赵忠明。

葛大哥驾着马篷车载着赵忠明、赵老爷、闵启昌、赵大嫂和两个孩子在马路上奔驰。

前面出现一所日军哨卡，几名日军和治安军背着枪徘徊。

赵忠明：大家不要慌，我们有良民证。

马车靠近哨卡停下。

两名治安兵上来：统统下车检查！

车上人全部下了车。

治安兵（甲）：有良民证吗？

闵启昌：有，我们都有。

治安兵逐个查看着良民证：去哪里？

赵忠明：我们去镇江亲戚家去。

两治安兵又围着马车四周上下检查了一遍，朝着哨卡：放行！

马车缓缓驶离哨卡，渐渐远去。

闵启昌：不知道我们上次藏在江滩里的那条木船还在不在那里了？

赵忠明：应该在，我不但下了锚，还栓了几条绳索呢。

闵启昌：知道，我是怕被割芦苇的人发现给偷走了。

赵忠明：这也有可能，到了那儿再说吧。放心吧，过江肯定有办法的。

8—23　镇江江边·日外。

主要人物：葛大哥、闵启昌、赵忠明。

马车在江边缓缓停了下来。

闵启昌：姨父，您在这里等一会儿，我和少爷去江滩里看看船还在不在。

葛大哥：没事，你们去吧。

闵启昌和赵忠明一前一后向江滩走去。

江滩上，枯芦苇已经荡然无存，绿色的芦苇已经长出一人多高。

两人深一脚浅一脚踩着枯叶，小心翼翼拨开芦苇艰难向前。

闵启昌：少爷，您小心一点，这割掉的芦苇桩好戳脚，这布鞋就是没有军鞋好。

赵忠明：是啊。可军鞋不能随便穿啊，如果被敌人发现，那可糟了。

两人到了一条通江芦苇塘边，向塘中四周张望。

塘中混浊的江水波涌起伏，轻轻来回冲击着坡沿，坡上口裸露出一排一层白色的芦苇根。

赵忠明：糟了，船没了。

闵启昌：会不会我们记错位置了？

赵忠明：不会，这颗系船绳的柳树还在这儿呢。滩上的柳树很少的，容易记住。

闵启昌：那怎么弄？

赵忠明：还能怎么弄？我们再到其他塘里找找看呗。

闵启昌：估计希望不大。偷船的人还不把船早划跑了，还会在这附近等我们来找？

赵忠明：死马当活马医，找找看。

两人穿过茂密的芦苇荡来到另一个塘边。

塘里依然是浑水一片。

赵忠明：你看，这塘中央好像有具龙套网。

闵启昌：什么龙套网？哪儿呢？我怎么看不见的？

赵忠明：你看在那塘中间嵌着一根木棍的地方。

塘中间竖着一根手腕粗的木棍，木棍上系着一个露出水面的圆锥形网头。

闵启昌：还真是！你怎么什么都懂啊？

赵忠明：这有什么啊，镇江城的大运河里，就有人用这种网套鱼虾。

闵启昌：哦，我懂了。你的意思是说，有网就有弄鱼的人，有弄鱼的人就必须要有船。

赵忠明：对呀。我们再到附近找找看。

两人走出芦苇滩，沿着江边巡查。果然，有一条船系在岸边，两人连忙跑了过去跳上了船。

闵启昌：还真是我们的那条船，这橹我再熟悉不过了。

赵忠明：看来，这人是看这条船好久没人管，先用上了。

闵启昌：还好，没有将它卖了。

赵忠明：赶紧去叫姨父将马车赶过来。

8—24 长江上·日外

主要人物：赵忠明、闵启昌、赵老爷。

木篷船上，闵启昌摇着橹，赵忠明站在船头上眺望波澜壮阔的江面，不禁心潮澎湃，思绪万千，吟诵：长江千里，烟澹水云阔。歌沉玉树，古寺空有疏钟发。六代兴亡如梦，苒苒惊时月。兵戈凌灭，豪华销尽，几见银蟾自圆缺。潮落潮生波渺，江树森如发。谁念迁客归来，老大伤名节。纵使岁寒途远，此志应难夺。高楼谁设，倚阑凝望，独立渔翁满江雪。

闵启昌：少爷，别站在船头上了，风浪有点儿大了，危险呢。

赵老爷：明儿，快回篷里来，别受凉了。

赵忠明：这点风浪算什么，大的风浪还在后头呢。

闵启昌：少爷，您看，前面有一大块漂浮在江面上的东西好像是木排？

赵忠明放眼望去，远处宽阔的江面上，一片长达一里多远的大木排正浩浩荡荡地向下漂流，排上间隔矗立着数十间木屋，排列着数十名排工。

赵忠明：是的，就是木排，是个庞然大物，不太好控制，要远远地避开。

闵启昌：知道了，我还第一次这么近距离看到这么大的阵势呢。

木船从上水远远绕过大木排，继续顺流而下。

闵启昌：少爷，您看，前面江中间好像有什么东西在水面上出没！

赵忠明：哪儿啊？

闵启昌：您盯着前面的江面上看，不要眨眼睛，黑色的，一闪一闪的！

赵忠明睁大眼睛，巡视着江面。江面上果然有数十个黑色的物体在水面上时隐时现！

赵忠明：哟，还真是的。这是什么东西，我也没见过。

赵老爷闻声从船篷里爬了出来，蹲着向江面寻看：那是江猪子。

赵忠明：猪子能在江里游？

赵老爷：样子像家里养的猪子，胖墩墩的，其实是江里的一种大鱼。

赵忠明：江里有这么大的鱼？

赵老爷：这江里啊，什么大鱼都有。好多我都没见过呢。我只知道这江猪子，浑身都是宝。从它身上熬出来的油治疗烫伤没的说。

船篷里两孩子凝神听着大人们的对话，挣扎着往外爬，被赵大嫂一把拖住。

8 — 25　高港江岸码头 · 日外

主要人物：赵忠明、闵启昌、赵老爷。

高港临岸江面，大大小小的船只来来往往，进进出出，十分繁忙。

数只小划子船正从大货船上驳卸货物。

一条大客轮停泊在离岸约 300 米处，一条转运的小客轮紧靠着大客轮最底层的侧面舱门上下客。

闵启昌摇着橹，望着江面上各式各样的船只有些迷茫：少爷，我们现在往哪里去？

赵忠明：你看到前面有船只进出的航道了吗？就从那里进入内港济川河，再右拐弯进入南官河，找个小码头靠岸就行。

闵启昌：看到了。

闵启昌摇着篷船缓缓驶进南官河，赵忠明手执竹篙在船头上时不时地往水里撑划一下，以防船头偏向。河两边停泊着几排大小不一的木船，用一块或两块木板搭在岸上，供人上下。

篷船找好了一处上下空地方靠岸，闵启昌扔下铁锚，赵忠明从船舷拖出一块长木板，推向岸坡搭好，走上去来回试了试，木板平稳，这才回到船上欲搀扶父亲上岸。

赵老爷一甩手：我不需要你搀，自己行，去帮一下你奶奶、大嫂和孩子。

赵忠明：那您小心点儿，木板窄，也有些晃动。

赵老爷：我走的多了，没事的。

闵启昌：老爷过的桥比我们走的路还多呢。

赵老爷：还真是这样呢，我都奔六了，什么事没经历过呢。

闵启昌：老爷身体还这么结实，一点也看不出已经奔六的人，看上去顶多五十岁。

赵老爷：这也不至于，身体现在是挺好，就是记性比以前差多了。

赵忠明先走上过翘板，站在坡边等候。

闵启昌：那老爷您先上。

赵老爷迈上翘板，闵启昌紧跟其后，双手在其背后轻扶着。

赵老爷、赵太奶、赵大嫂和孩子们依次上了岸。

赵忠明、闵启昌从船上搬下随船物品，一起沿着马路向镇上走去。

第九集 久别重逢

四代同堂诉流离，举家柴墟遇故知。

左情右爱难取舍，顺其自然随天意。

9—1 高港镇柴墟大街泰和中医药堂·日内·傍晚

主要人物：赵忠明、汤承业、赵太奶奶、赵老爷。

赵忠明一行人背着、拎着大包小包跨进了泰和中医药堂内。

柜台内，两伙计正在抓药。

伙计（甲）抬头一见，立即从柜台内跑了出来：啊呀，是赵少爷！我们老板早上还提到您呢，真是提到曹操曹操到。快，请到里面先歇歇，我来泡茶！

赵忠明：我舅舅在家吗？

伙计（甲）：老板现在不在家，刚才去了街对面的西药诊所，马上就回来。要么，我泡好茶就去告诉他？

赵忠明：也好，你告诉他，我们一大家子都来了。

伙计（甲）：好的。

伙计（甲）泡好茶：你们慢饮，我去去就来。

转过身朝着柜台内伙计（乙）：银生，别忘了添茶！

银生：好的。

伙计（甲）捞起长衫跨出了大门。

众人捧起茶杯一饮而尽。

银生连忙上来添上茶。

闵启昌：赶了整整一天的路，真是渴死了。

赵老爷：是啊，今天真是辛苦你了。

闵启昌：老爷，您可千万不能这么说。我能跟着老爷和少爷是我天大的福分，不谈吃用不愁，就谈光跟少爷就学了不少知识，长了不少见识呢。

赵老爷：他刚出学堂门，能有多少见识？你在部队锻炼了好几年呢，他应该跟你学了不少还差不多。

闵启昌：老爷，少爷读的书多，脑子转得快得很，我跟了少爷这几个月，真是彻底服了。少爷将来一定能成为大人物！

赵忠明笑了笑：你别在我爸面前帮吹了，哄我爸开心还差不多，哄我，我又不吃这一套！

闵启昌：我说的可是真心话，没有一点虚的。

汤承业和赵忠仁一前一后匆匆进来。

汤承业：哟，老哥，挺热闹啊。

赵忠明、赵大嫂连忙起身：舅舅好！

赵大嫂朝着两孩子：快叫舅姥姥！

两孩子：舅姥姥好！

众人看到旁边的赵忠仁，一下子愣住了。

赵忠仁：爸爸好！

赵老爷看到赵忠仁，激动得一下子说不出话来，拍了拍大儿子的肩膀，两眼噙泪。

赵太奶颤颤巍巍走到大孙子面前，摸着他的脸，老泪纵横。

两孩子立即跑了过来，一下子抱住了赵忠仁的腿：爸爸，爸爸，我们可想你了。

赵大嫂在一旁掩面而泣。

赵忠明诧异：大哥，你怎么会在这里？

赵忠仁：洪老板让我在高港开了个西医诊疗分所，我在这里负责。

赵老爷：刚才说的对面的西医诊所是你开的？

赵忠仁：是的。

赵老爷：你怎么可以开在你舅舅医药铺子的对面呢？

汤承业：这不怪他，是我建议他开在我对面的。

赵老爷：你怎么会叫他开在你对面的呢，这不是和你唱对台戏吗？

汤承业：这个不会的。中医和西医各有所长，也各有所短，这样我们就可以互相取长补短，不但不会互相影响，反而会互惠互利。

赵老爷恍然大悟，连连点头：有道理。也只有你能这么想得开、想得远。

赵忠仁：怎么没看到爷爷和妈妈？他们呢？

赵老爷一听，立即泣不成声。

大家泪水盈眶。

赵大嫂一抹眼泪：爷爷和妈妈被日本人打死了。

赵忠仁：啊？这是什么时候的事？

赵大嫂：两个多月了。

赵忠仁：到底是怎么回事？

赵忠明红着眼睛：说来话长了，一言难尽，这件事等大嫂回去慢慢再告诉你。好了，现在不谈这个了，今天我们一家大团聚，应该高兴才是。

汤承业：明儿说的是。我今天怎么也想不到你们会来，你们也不会想到忠仁会在这里。现在中国陷于兵燹之祸，无数家庭流离失所，妻离子散，你们一大家子还能一下子聚在一起实为苍天保佑，来之不易，应该高兴才是。今天我应为你们洗尘，一起到“雕花楼”好好喝几杯，庆贺庆贺！

赵老爷悲戚：还是不去了吧，什么酒我也喝不下去。

汤承业：妹婿啊，与我从小一起长大的妹妹不在了，从内心来讲，我也伤心啊。但人去不能复生，况且，我们每个人终会都有这么一天，正所谓：生死有命，富贵在天。你们听说过古代著名道家庄子的妻子去世后，庄子鼓盆而歌的故事吧，他说：“察其始而本无生，非徒无生也而本无形，非徒无形也而本无气。杂乎芒芴之间，变而有气，气变而有形，形变而有生，今又变而之死，是相与为春秋冬夏四时行也。人且偃然寝于巨室，而我嗷嗷然随而哭之，自以为不通乎命，故止也。”意思是说，她开始原本就不曾出生，不仅不曾出生而且本来就不曾具有形体，不仅不曾具有形体而且原本就不曾形成气息。夹杂在恍恍惚惚的境域之中，变化而有了气息，气息变化而有了形体，形体变化而有了生命，如今变化又回到死亡，这就跟春夏秋冬四季运行一样。

“死去的那个人将她静静地寝卧在天地之间，而我却呜呜地随之而啼哭，自认为这是不能通达天命，于是就停止了哭泣。”

而我妹子现在不仅儿孙满堂，并且个个生龙活虎。小的健健康康，平平安安；大的出类拔萃，独当一面。她在九泉之下也可以安息。同时，只有我们活得更好、活得开心幸福就是对仇人最好的报复！

赵忠明：舅舅说得真的很有道理，并且那些害我们的人已经遭到了报应，我们就更应该开心。活得开心、幸福就是对仇人最好的报复！

汤承业：另外，我还要告诉你一个更让你开心的事：你的二儿子忠全就在离这里不远的靴子圩驻防，我这就派人用船划过夹江就能把他接来。

赵忠明：真的啊？哈哈哈，这太好了！

赵老爷一听，化悲为喜，众人均喜笑颜开。

赵忠明：爸，今天您一定要陪舅舅好好地喝几杯。

9－2 泰和中医药堂·日内·上午

主要人物：周玉珍。

伙计甲、乙，20岁左右。

泰和中医药堂内，两伙计一位正在铡切中草药，一位正在给客人抓药。

周玉珍兴冲冲地跨进门来。

铡草药的伙计（甲）立即停下手里活，迎了上来：小姐，请问你找谁？

周玉珍：我找赵忠明。

伙计（甲）：哪个赵忠明？我们这儿没有叫赵忠明的人。

周玉珍：就是昨天刚来的那个，你们老板的外甥。

伙计（乙）：你找的是那个赵少爷吧？

周玉珍：哦，对对，就是他。

伙计（甲）：他和老板一大早就出门了。

周玉珍：去哪儿了？

伙计（甲）：这可不清楚，他们没说，只听说是出去找房子了。

周玉珍：那等他一回来麻烦你告诉他，我来找过他。我是街对面“怀仁诊所”的，我姓周。

伙计（甲）：好的。

周玉珍：谢谢啦！

伙计（甲）：没事，放心吧，我们会转告的。

9—3 怀仁诊所·日内

主要人物：周玉珍。

王玉兰，20岁，高港怀仁诊所医生。

怀仁诊所内，周玉珍身穿大白褂心神不定，不时地走到诊所大门口向泰和药堂门口张望，然后又失望地回到屋内。

医生王玉兰瞅着她哑然一笑：怎么啦，今天看你心神不定，坐立不安的样子有点不正常啊，是不是魂魄被小鹿撞了？

周玉珍笑嗔：去你的。

王玉兰：有机会我一定要看看到底是个什么样的人，竟然能让我们这位平常心高气傲的美女天使这么神魂颠倒。

周玉珍：你见过，你也会的。在我眼里，他就是人们传说中的白马王子，人见人爱。哎，我可警告你，你可不能跟我抢哦，否则我饶不了你！

王玉兰：真是你的，别人想抢也抢不走。就怕你是一厢情愿，单相思。

周玉珍：我心中有数，从他看我的第一个眼神里我就能感觉到他也喜欢我的。

王玉兰：哟，还真是一见钟情啊！

周玉珍：我们可不仅仅是一见钟情，也是有缘分的。自从第一次在镇江诊所见面后，他就消失得无影无踪，我遗憾、失落了很久，尤其是我们诊所又到了高港，本以为这下可彻底没戏了。没想到，半年后，他也来到了高港。你说，这是不是天赐良缘？

王玉兰：照你这么一说，还真有点缘分。

周玉珍：什么叫一点缘分？这叫“不解之缘，天假其便！”

王玉兰：那这次你可要牢牢抓住哦，别再让这小鸟飞了，小鹿跑了。

周玉珍目视前方，满怀憧憬：那当然。我要让我的视线变成他的思念！

不过要纠正，他是白马，一匹骏马，不是小鹿，更不是小鸟。

王玉兰：好，好，是白马、是骏马。

赵忠仁从诊室走了过来，递过来一个单处方：什么小鸟、白马的，赶紧给这个病人拿药挂水去。镇江的客轮马上就要到了，我去一下高港码头取药。你们要看护好病人，防止药物反应。

周玉珍、王玉兰连忙起身忙碌起来。

9—4 高港镇民宅·大街·理发店·日外·内

主要人物：汤承业、赵忠明、陈秀文、陈盛文。

贾师傅，45岁，理发店理发师。

汤承业、赵忠明一前一后从民宅出来，房东送到门外。

汤承业：陈老板，这房子的事就这么说定了。

陈老板：好好。那你们大概什么时候搬过来？

赵忠明从裤子里掏出几块大洋放在陈老板手里：我们就这两天搬过来，这是一年的房租，您收好！

陈老板：那我就不客气了。

汤承业：应该的。还请陈老板日后多多关照！

陈老板：那我就不远送了，你们走好。

汤承业、赵忠明并行走在大街上。

赵忠明：舅舅，这高港镇还真挺繁华啊，上次来因时间仓促，没细看。这次船一进入高港水域，就感觉此地非同一般。那江面上各式货船往来如梭，帆樯交织；那码头上也是各种商船货物云屯雾集，上装下卸人声鼎沸，喧嚣繁忙；这街市上也是商铺鳞次栉比、车水马龙。

汤承业：高港原名柴墟镇，原为三水交汇之地。这柴墟之名缘之于明代官至吏部左侍郎的储巏，自号为“柴墟”。他少时长期在本地的寿胜寺潜心苦读，终于博得功名，获得解元、会元二元及第，后殿试又获二甲第二，可谓空前绝后。因其为官公正严明，诗文、道德堪为世代楷模，在嘉靖二年被明世宗朱厚熜赐谥号为“文懿”。这柴墟镇就因他而命名。

赵忠明：可怎么说这里是三水交汇的地方呢，明明这里只有长江这一水呀？

汤承业：现在我们看到的是一水，但两千多年前，这里却是南衔长江，东傍黄海，背靠淮河。后来，经过几千年的江沙淤积才和几朝几代人工治理形成现在的口岸，塘圩，乡镇。而这里的长江岸线地处长江的黄金地段，与济川河相连，为苏中、苏北里下河地区，以及长江上中下游的客货中转的集散中心。上中游的木材、竹材、石材，下游的锡箔、纸张、日用百货，苏中、苏北里下河地区的粮食，生猪、棉花、淮盐等都得从这里进出，地理位置得天独厚，加上，民风淳朴，人文荟萃，所以，这里商贾云集，人烟繁盛。

赵忠明：难怪江面、码头、河岸到处是木排、竹排、木行。

汤承业：是啊，这些行业同时又衍生了许多服务行业。比如，划子船队，过载商行，钩业工，钱庄洋行，等等，每天一线的工人就有数千人呢。

赵忠明：我看到不仅有大货轮，还有大客轮呢。

汤承业：是啊。这里有“宁绍”货轮公司，怡和货轮公司，有英商的祥茂货轮公司，还有中国的“大达”客轮公司，日本“佐腾商会”第二厚田丸号客轮等，航线到达武汉、南京、扬州、南通、上海。

赵忠明：这里还有开上海的客轮？

汤承业：是啊。

赵忠明：长这么大，我上海才去过三回呢，感觉好繁华哦。

汤承业：怎么，还想去吗？

赵忠明：那当然。就是现在被日本人占领了。

汤承业：虽然暂时被日本人占领了，但还是中国的土地，终有一天还会回到中国人的手中。作为中国人不仅要去，还要争取早日将它从日本人手里夺回来。开上海的航线客轮有日本人和中国人的。两家公司竞争激烈，经常发生摩擦。我经常去，你想去，我下次有机会就带你去。

赵忠明：那太好了，谢谢舅舅！

汤承业：不过，你现在得先打理一下自己，头发太长了，看上去没有精神劲儿。

赵忠明：您这么一说，我才想起来，已经两个多月没有理发了。

汤承业：走，我带你去理发店。

赵忠明：嗯。

汤承业领着赵忠明来到一家叫“容光”理发店里，店里坐着两人。

汤承业：贾师傅。

贾师傅正在忙着给客人刮脸，见他俩进来，连忙停下手里的活：哟，汤老先生！快，里面请。

汤承业：个忙啊？

贾师傅：不忙，不忙。您理发？

汤承业：我不理发，请您给我外甥理个发。

贾师傅定睛看了一下赵忠明：好。不过，要稍等，还有两位。

汤承业：那我先回去有点事，我外甥在这里等一下。

贾师傅：好的，那先去忙。

汤承业：小明，你在这等一下，理好发就回来。个记得路啦？

赵忠明：没事，记得呢，您慢走。

汤承业跨出理发店大门，朝街四周看了看，带上礼帽快步而去。

赵忠明理好发，轻松离开理发店，沿着街道往回走。

十字口街边，竖着一块幡旗，上写“管半仙”。

赵忠明睥睨了一眼，鄙夷一笑：就会哄鬼。

正准备转身而去，忽然有人轻轻拍了拍他的背，不由回头一看，惊诧不已。陈秀文正朝着他面含微笑。

赵忠明惊喜：怎么是你？

陈秀文：怎么，不应该是我？我不应该在这里？

赵忠明：不不，不是这个意思。

陈秀文：那是什么意思呢？

赵忠明：我，我是说……

赵忠明忽然看到陈盛文站在旁边大喜：啊，盛文，你也在这里？你们一起来的啊。

赵忠明立即上前热情拥抱了一下陈盛文：想不到，真的想不到，今天我们在这里不期而遇。

陈盛文：我说过，她是跟屁虫子，跟路精，我到哪儿，她跟到哪儿。

陈秀文：哎，哎，说话要实事求是，今天是你要跟着我来的。

赵忠明：怎么啦？

陈盛文：她早就听说，街上有个算命先生算命特别灵，今天学校星期天休息，就吵着闹着要来算命。爸妈不让她来，她自己一个人就要来。一个女孩子，一个人来我们怎么放心呢，没办法，我就跟着她来了。

赵忠明：你们现在做教师了？

陈秀文：我和哥暂时都在永安洲镇的上桥小学任教。

赵忠明朝着陈秀文：呀，亏你还读过不少书，现在又做教师了，难道都不知道这算命的都是骗人的？

陈秀文一本正经：哎，你别说，这算命的还真有本事呢。

赵忠明不屑：什么本事，都是套路。先是套出你们的话，然后装腔作势地闭着眼睛，掰着小指头装模作样念念有词地胡言乱语一番，再根据从你们嘴里套出的信息，整理组合判断一下告诉你们。

陈秀文：你别不信，别人我不知道，反正给我算的还真灵验了。

赵忠明：那他给你算什么了？

陈盛文：他给她算的是什么时候能见到你。

赵忠明：那算命先生怎么说的？

陈盛文：算命先生说“远在天边，近在眼前”。

陈秀文：那算命先生这么一说，我开始也不信，于是就回头在街上到处看了看，诶，这一看，还真的看见了你！

赵忠明大笑：哈哈哈哈，真的假的呀？

陈秀文：还假吗？叫你不信总不行！要么，你也去试试？

赵忠明含笑：我不算，我信，我信，还不行吗？

陈秀文：那你到高港了怎么不来找我们的？

赵忠明：我昨天傍晚刚到，今天舅舅帮我去租房子。

陈盛文：怎么，想长期居住高港不回镇江了？

赵忠明：暂时不回镇江了。

陈秀文：租房子干什么，就住我家呗。

赵忠明：那不方便，还有我奶奶，爸爸，以及我大哥一家，还有我二哥也在这里的靴子圩驻防，租个房子有个家，他们回来才方便。

陈盛文：那倒也是。

赵忠明：现在既然遇到一起了，那现在就跟我先到我舅舅家去，下午，帮我一起去买些生活用品，先安顿下来再说。

9－5　高港镇泰和中医药堂·日内·外

主要人物：赵忠明、陈盛文、陈秀文、周玉珍。

赵忠明领着陈盛文和陈秀文跨进泰和药堂。

伙计（甲）连忙迎了上来：赵少爷好！

赵忠明：这是我的同学和他妹妹，老家也是高港的。

伙计（甲）：二位好！里面请！

伙计（甲）领着赵忠明一行人走过堂厅，来到里屋。

伙计（甲）用手巾拂了拂木椅子：请坐！我去沏茶。

陈盛文、陈秀文连忙躬身：谢谢，谢谢！

伙计（甲）退去。

陈秀文环视了一下四周，视线落在赵忠明身上：哟，忠明哥，你脖子上、衣服上怎么会有不少头发呢？

赵忠明连忙低头左右查看，用手掸了掸，拍了拍衣肩，嘿嘿一笑：刚才理了个发，师傅没弄干净。

陈秀文：脖子上还有呢。

言毕便掏出手帕，起身过去擦拭赵忠明的脖子。

陈盛文看在眼里，捂面低头窃笑不语。

周玉珍（OS）：赵哥理了个发，看上去还真的精神多了。

众人闻声抬头一看，见身穿大白褂的周玉珍站在了门口，不由一愣。陈秀文连忙收起手绢回到座位。

赵忠明尴尬地急忙起身：你怎么会在这里？

周玉珍：哟，你大哥的怀仁诊所就开在对面，你不知道？

赵忠明：知道是知道，只是昨天刚到高港，还没来得及去看看。

周玉珍一脸醋意：忙着去欣赏街边的风景和路边的野花了吧？

赵忠明红着脸，口语有点结巴：不不不，没有。今天舅舅带我去看看我们租的房子，顺便去理了个发。这不，我们也是刚回来。

伙计（甲）端着茶盘进来：周医生已经来找过少爷好几次了。

陈秀文一脸惊讶。

周玉珍：这两位是谁啊，能不能介绍介绍？

赵忠明连忙介绍：这两位一位是我的同学，一位是他的妹妹。

陈盛文起身：你好！陈盛文。

陈秀文起身：你好，周医生，我叫陈秀文，我们都是忠明哥的发小儿。

周玉珍：你们也是镇江的？

陈秀文：是呀，忠明哥与我哥不仅是同学、发小儿，还是最好最好的朋友。我们三个从小到大都在一起玩。

赵忠明：他们老家也是高港的，去年镇江沦陷前过来的。今天刚巧在街上遇到。

周玉珍：那好吧，不打扰了，你们聊，我先走了。

赵忠明：怎么刚来就要走？

周玉珍：你有好久没见的发小儿要陪，我就不来添乱了，扫了你们的兴致。

赵忠明：哪里话，不存在添乱不添乱，来都来了，正好一起喝喝茶聊聊天呗。

周玉珍：不了，诊所还有事，有空都过来一起坐坐，毕竟我们都是从镇江那边过来的。

赵忠明起身：那好吧，等我这边安定好了，一定过去看看。我送送你。

陈盛文起身：那你慢走。

陈秀文转过脸去，一言不发。

赵忠明起身送周玉珍而去。

陈秀文见他俩出了屋门，顿现一脸愤懑对着陈盛文：你说，这周医生什么意思？她这话里有话啊，什么路边的野花？

陈盛文：半路上杀出个程咬金了。

陈秀文：她分明是指桑骂槐，说我是"路边的野花"。你说，到底谁是野花？我跟忠明哥从小一起长大的，要说"野花"，哼！她才是野花呢！

陈盛文：你别朝我吼，又不是我说的。

赵忠明送周玉珍跨出了店堂大门。

周玉珍止步转身，满含醋意：好了，你留步吧，快回去陪陪你的发小儿吧。

赵忠明：等我安顿好了，一定会去找你的。

周玉珍眼眶噙泪，转身边走边回应：随你吧。

赵忠明一脸愧疚，怜爱地目送她的身影渐渐远去，摸了摸脸颊。

屋内，陈秀文一见赵忠明回来立即一脸愠色上前责问：你与她什么关系？怎么认识的？

赵忠明委屈：我和她没什么关系。还是去年镇江沦陷前，我爸妈让我去诊所叫大哥一起跟我们到乡下避战祸，在诊所认识她的。

陈秀文：你们仅仅是认识这么简单吗？

赵忠明：事实就是这么简单嘛，是你多心了。

陈秀文：我多心了？你当我是傻子啊？她看到我们在一起，醋坛子都打翻了，你以为我看不出来？

赵忠明：那是她的事，我又不能左右她。

陈秀文：以前的事，我可以既往不咎，但从现在开始，我希望你离她远点，我一看她就是个狐狸精！

赵忠明：你言重了，人家可是个正正经经的好姑娘，并没有你说的那么坏。

陈秀文：你还在为她这么辩护，看来你心里还真的有她哦！那你把我看成是什么人了？你说，你说，你快说，今天一定要说清楚。

陈秀文边哭边推搡着赵忠明。

赵忠明低头无语，不知所措。

陈盛文见状，赶紧将妹妹拖至屋外，尽量压低声调：你别这么逼他，要懂得方式方法。你这么逼他，逼急了，物极必反。婚姻讲究缘分，既要看天意，也要你情我愿，顺其自然。

陈秀文：那狐狸精就在街对面，低头不见抬头见，我看赵忠明早晚会被她勾引走，哥，你说我这么办？

陈盛文：妹妹，你别急，没你想得这么严重。一是，他现在已经租房子了，并不居他舅舅这里。二是，现在是战乱时期，不确定因素太多了。三是，有你亲哥在，你还担心什么呢？你放心，哥有的是办法。

陈秀文抬头注视陈盛文：真的吗？

陈盛文：当然真的咯，你亲哥还会骗你？你要相信你亲哥是有这能力的。

陈秀文破涕为笑。

9—6　高港怀仁诊所·日内·多云

主要人物：周玉珍、王玉兰。

周玉珍怅然若失地回到诊所。

王玉兰注视着她：怎么啦，是不是你那赵哥还没有回来又白跑一趟了？别急，好事多磨，他会回来的。

周玉珍：不是，回是回来了，可是……

周玉珍（FB）：陈秀文柔情蜜意地用手绢擦拭赵忠明脖子上的头发。

周玉珍不由伏案而泣。

王玉兰急忙近身：怎么啦？怎么回事？怎么开开心心的去，回来突然这么伤心起来了？什么情况快告诉姐，姐帮你想办法。

周玉珍依旧抽泣不语。

王玉兰连忙抚背安慰：你别激动，告诉姐是怎么回事，相信姐一定有办法帮你解决的。

周玉珍抬起头，泪流满面：他有人了。姐，他有人了。

王玉兰：你是说，他有老婆了？

周玉珍：好像是。我怎么也没想到，我日思夜想，盼望已久的人，才几个月，就有人了。

王玉兰：什么好像是？这个事怎么能好像吗？

周玉珍：我看到他们俩十分亲密的样子，应该是了。

王玉兰：又怎么变成应该是了？你到底看到什么了？

周玉珍：我看到那个自称是他发小儿的女的用手绢给他擦脖子上的头发。

王玉兰：啊，就这些？女的帮他擦一下头发就能说是他的人了？这个你未免也太敏感了吧。那赵忠明是怎么说的？

周玉珍：他介绍说是他的发小儿。但我看得出，他们绝对不仅仅是发小儿那么简单。

王玉兰：那他也没有说是老婆呀。这说明，你还是有希望的。

周玉珍：我可不愿意去跟人家争，跟人家抢。我也有我的尊严。

王玉兰：那你还这么伤心干什么呢？

周玉珍：我只是一时接受不了，白白盼望思恋了这么久。

王玉兰：你也别灰心。爱情婚姻这个事，谁也说不准。你自己不是说过“不解之缘，天假其便”吗？老天爷要成全你，谁也抗拒不了。不过，你也不能守株待兔，在充满自信的同时，也要主动积极。你只要信任姐，那姐一定帮你出谋划策，让你心想事成。

周玉珍：真的吗？

王玉兰：那当然是真的咯！只要你听姐的，姐愿为你两肋插刀，包你马到成功。

周玉珍破涕而笑：那先谢谢姐了。

9—7　高港泰和中医药堂·街市·日内·外·多云

主要人物：汤承业、赵忠明、周玉珍。

汤承业与赵忠明在堂屋内分宾主落座。

赵忠明：舅舅，我们那边现在都已经安顿好了，我现在想找些事做做，您看做什么好呢？

汤承业：这个呢，我也替你想过了。高港这边呢，虽然无论从政治还是经济上都比不上省会镇江，但这边却是长江上下游地区向苏中、苏北里下河地区水运枢纽，地理位置十分重要，由此繁衍了许多行业，经济也随之有了很大的发展，这些你都看到了。所以，你若想在这里找个什么事做，很容易。不过，你是个书生，一些粗活，一些行业肯定不适应你。你上次来时说，想参加共产党的新四军，就是想从军从政，这个我也不反对，对此事，我也为你打听过，只是现在还不是时候。我看这样，你先在我药堂帮做些事，也可先学习一些中医药基础知识，将来不管干哪一行，都一定能用得上。

赵忠明： 那好吧，一切听舅舅安排。

汤承业： 这几天你可以先到高港的市巷四处转转，先熟悉一下本地的地理环境，便于以后做事。

赵忠明： 好的。那我现在就去转转。

汤承业： 行。

汤承业起身到书柜里取出几本书放在赵忠明面前： 这是《本草纲目》《药性赋》《黄帝内经》《伤寒杂病论》，你先拿回去看看，不懂的可以随时来问我。

赵忠明： 好的。谢谢舅舅，日后还请舅舅多多赐教！

汤承业： 中医学是个非常复杂深奥的学问，凝聚了中国古代医学界无数人的智慧，是中华民族的瑰宝，我们不但要一代接一代地继承，更要进一步研究发展。这些书你先拿回去初步了解掌握一些基础知识，不要图一蹴而就，慢慢学习领会。另外，这些书都非常珍贵稀少，你一定要妥善保管好。

赵忠明： 请舅舅放心，我一定会认真学习，并妥善保管好的。

汤承业： 那你去吧，我马上出去还有点事要办。

赵忠明： 好的。那我先走了。

赵忠明将四本书一并装入布袋，拎着书袋跨出房门，看到院子里停了一辆自行车，不由自主走近看了看，自行车有锁却并未锁上，犹豫停顿了一下，依旧走着离开了药堂。路过怀仁诊所门口，禁不住停下了脚步，转头向诊所里瞄了瞄。

赵忠明（FB）： 周玉珍转身离开他那噙泪哀婉的眼神。

陈秀文推搡愤怒的责问。

赵忠明犹豫片刻，摇了摇头，继续往前走。刚走过几十米，身后传来叫喊声。

周玉珍： 赵忠明！

赵忠明回头一看，见周玉珍身穿白大褂站在不远处，两眼注视着他，只得返回。

周玉珍： 怎么啦，到了门口也不进来？

赵忠明尴尬： 在门口看了看，没见到你人，以为你不在。

周玉珍： 你没看到我，可我看见你了。怎么，不进去坐坐？放心，我不会吃了你。

赵忠明： 不了。我还要回去有点事。

周玉珍： 你现在居住哪儿，可以带我去看看吗？

赵忠明犹豫： 这，这……

周玉珍： 怎么啦？怕我去偷你家的东西？

赵忠明： 不，不，不是这个意思，我是怕诊所离不开你。

周玉珍： 没事，诊所里还有王姐呢，再说，诊所现在也不忙，比不了镇江那边。这样吧，你等一下，我跟你大哥和王姐去打个招呼，马上就来。

周玉珍迅速跑回到诊所，脱去了白大褂，很快返回：走吧。

周玉珍伸出手。

赵忠明望了一眼她那期盼的眼神，迟疑片刻，伸手牵住。

两人手牵手走在街市上。

9—8 高港民宅·日内·中午

主要人物：赵忠明、周玉珍、赵老爷。

赵忠明拎着书袋，周玉珍拎着礼品盒一前一后走进了民宅。

赵老爷正在整理屋子。

赵忠明：爸，我回来了。

赵老爷抬头，见来了一位陌生姑娘：这是?

赵忠明：这是大哥诊所里的周医生，原来也在镇江的，现在跟大哥一起也在高港诊所。

周玉珍微笑施礼：赵伯伯，您好！第一次来，也不知道大伯喜欢什么，就随便带了点泰兴的特色点心"黄桥烧饼"，聊表心意，还请大伯不要见怪。

赵老爷一听，喜笑颜开：哟，来就来呗，还带礼物做什么，太客气了。那快，快进屋坐坐。明儿，你快给这姑娘泡杯茶，我去帮你奶奶多烧几个菜，就在这儿吃午饭。

周玉珍：那不好意思，给您老人家添麻烦了。

赵老爷：不麻烦，不麻烦。高兴还来不及呢。

赵忠明、周玉珍相视一笑。

赵忠明领着周玉珍进了堂屋坐下：你请坐，我给你沏茶去。

周玉珍：不用这么客气了吧？陪我说说话就行。

赵忠明：诶，这不好，人熟礼不熟。何况，你是第一次来。

赵忠明说完，转身离开。

周玉珍环视了一下周围，随手从茶几上的书袋里掏出书来翻看着。

赵忠明拎来水瓶，沏好茶端放在茶几上：请品尝一下我们镇江的名茶"金山翠芽"。

周玉珍：谢谢！不过，我虽然喜欢喝茶，却不会"品"，只觉得好喝就行。你们男人对茶叶茶道挺有讲究，什么"万丈红尘三杯酒，千秋大业一壶茶"的。

赵忠明：我刚离开学校不久，对茶叶茶道也不太懂。这"金山翠芽"，产于镇江城西北的中冷泉，这里的泉水清澈甘甜，被唐朝的茶圣陆羽誉为"天下第一泉”，从而使镇江的茶叶闻名于世，其中“金山翠芽”最为出名，为高级绿茶。茶叶选用的茶树芽叶为原料，经精细加工而成，外形扁圆挺直，色泽翠绿，白亮显露，汤色明亮，清香醇厚。我们镇江的茶叶除了“金山翠芽”外，还有“茅山长青”“宝华玉笋”等，都是全国闻名的上等茶叶。

周玉珍莞尔一笑：说得头头是道，还说自己不懂。

赵忠明：我爸喜欢喝茶，对茶叶茶道挺有研究，我也是听他说的。他还说，这茶道被视为一种烹茶饮茶的生活艺术，是一种以茶为媒的生活礼仪。人们通过茶沏茶、赏茶、闻茶，饮茶增进友谊，美心修德学习礼法，领略传统美德，是很有一种和美仪式。喝茶同时也能修心养性，陶冶情操，去除杂念，忘掉烦恼。所以才有刚才你所说的“万丈红尘三杯酒，千秋大业一壶茶”之说。

周玉珍：那你的“千秋大业”是什么呢？

赵忠明：我现在“百无一用”，哪有什么千秋大业哦，只能天天看看书，练练字，消磨时光。我弄了个小书房，现在还早，走，跟我一起去练会儿字。

周玉珍：你还有个小书房？那好，我也去学习学习。

赵忠明拎着布袋领着周玉珍走进一间厢房。

书房桌子上纸、墨、笔、砚齐全。赵忠明拿起毛笔，蘸上墨在宣纸上写了一首诗：

茫途

一脸山河悴，

满腹伤情水。

问道云深处，

孤雁寂寞回。

周玉珍：哟，你还会写诗？

赵忠明：我不会写，就是随感而发，不讲究什么平仄。

周玉珍：我也不会写诗，但我能读懂这首诗，感觉你在茫茫大千世界里苦苦求索前进的道路。

赵忠明：知我者莫若卿也！我喜欢读唐诗宋词，像王维《少年行》中的那两句“孰知不向边庭苦，纵死犹闻侠骨香”，文天祥《过零丁洋》中的那两句“人生自古谁无死，留取丹心照汗青”，苏轼的那首《定风波》“竹杖芒鞋轻胜马，谁怕？一烟蓑雨任平生”，李白《侠客行》中的那四句“十步杀一人，千里不留痕，事了拂衣去，深藏身与名”，还有谭嗣同的“我自横刀向天笑，去留肝胆两昆仑”。

周玉珍：我也喜欢古诗词，但我不喜欢你们男人喜欢的那些死啊、杀啊的这些诗词，我喜欢幽婉的。像崔护的《题都城南庄》：“去年今日此门中，人面桃花相映红。人面不知何处去，桃花依旧笑东风。”鱼玄机的《江陵愁望望子安》：“枫叶千枝复万枝，江桥掩映暮帆迟。忆君心似西江水，日夜东流无歇时。”尤其喜欢陆游与唐婉两人合写的那两首词《钗头凤》。

赵忠明：我也喜欢这两首词。

周玉珍：那你吟诵陆游的，我吟诵唐婉的。

赵忠明清了清嗓子：

红酥手，黄縢酒，满城春色宫墙柳。东风恶，欢情薄，一怀愁绪，几年离索，错、错、错！

春如旧，人空瘦，泪痕红浥鲛绡透。桃花落，闲池阁。山盟虽在，锦书难托，莫、莫、莫！

周玉珍：

世情薄，人情恶，雨送黄昏花易落。晓风干，泪痕残，欲笺心事，独语斜阑。难，难，难。

人成各，今非昨，病魂常似秋千索。角声寒，夜阑珊，怕人寻问，咽泪装欢，瞒，瞒，瞒！

周玉珍声情并茂地吟诵完，已眼眶噙泪。

赵忠明睨了她一眼，笑道：你是看戏掉泪，融入其中了。

周玉珍羞涩一笑，抹了一下眼泪：这两首词写得太好了。将两人眷恋相思之情和追悔悲寂之心抒发得淋漓尽致，催人泪下。

赵忠明感叹一声：是啊，世事无常，许多事我们自己都无法掌控，只能随其流而扬其波。所以，我十分喜欢《寒窑赋》里那几句话：“蛟龙未遇，潜于鱼鳖之间；君子失时，拱手于小人之下。”“天不得时，日月无光；地不得时，草木不生；水不得时，风浪不平；人不得时，利运不通。”

周玉珍嫣然一笑：我看你满腹经纶，学富五车，不是怀才不遇，而是时机未到。此鸟不飞则已，一飞冲天；此鸟不鸣则已，一鸣惊人呢！李白不是有首诗中写道：大鹏一日同风起，扶摇直上九万里。

赵忠明：你高看我了。我哪有你说的那么有才有能。我是“蜈蚣百足，行不及蛇”哦！

周玉珍：刚才看了看你那布袋里的书，怎么，准备学习中医啦？

赵忠明：我舅舅给我的，让我带回来先看看，了解了解一些中医基础知识，他说，将来不管做什么行业，懂一些医学知识有百益无一害。

周玉珍：这倒也是。只是好几本这么厚的书，你有这么大的耐性去读吗？我感觉你不是能静得下心的人。上次在镇江时，听你慷慨陈词，雄心勃勃，分明就是要做个盖世英雄，拯救中华民族于水火之中的人哦。

第十集 好事多谋

兄妹共谋鸳鸯计，庭园插柳开桃李。

才俊无猜入布局，情窦始为痴心移。

10－1 高港民宅·日内·中午

主要人物：赵忠明、周玉珍。

赵忠明：开始是初出茅庐，涉世未深。不知天高地厚，世道凶险。正所谓：不经一事，不长一智。离开镇江后，这几个月来所经历的许多事情让我感觉自己不过是沧海一粟，志大才疏。什么英雄不英雄的，还是先做好一颗小草吧。

周玉珍：怎么啦？才短短几个月，经历了什么事，怎么忽然判若两人了？你虽然现在不是什么顶天立地的国家栋梁，但也绝对不是像一颗小草这么渺小啊，起码也是一颗正在茁壮成长的希望之树！

赵忠明感慨：不提了。我现在还是先听我舅舅的安排，静下心来，先学习学习一些中医知识再说吧。

周玉珍：我倒希望你一直潜心攻读下去，我们共同努力，将来，一个成为中医大师，一个成为西医名师，中西互补，珠联璧合。

赵忠明听到“珠联璧合”一词，顿觉意味深长，不由抬头看了一眼周玉珍。

周玉珍正含情脉脉地凝视着他。

赵忠明闪避着她的视线（FB）：陈秀文坐在自行车大杠上闪吻他的面颊。

陈秀文抱住他的腰，依依不舍，洒泪而别。

赵老爷（SO）：明儿，午饭好了，请周医生一起过来吃饭啊！

赵忠明：噢，来了。

10－2 高港郊区民宅·夜内

主要人物：陈秀文。

陈盛文。

父亲，50岁左右。

母亲，50岁左右。

陈秀文与父母和哥哥同桌吃饭。

陈秀文： 哥，我想请你帮个忙可以吗？

陈盛文： 什么帮忙不帮忙的，你直说就行了。

陈秀文： 你可不可以去跟那个周医生聊聊？

陈盛文： 聊什么，我跟她又不熟。

陈秀文： 聊聊不就熟了嘛。人不都是这样的，从陌生到熟悉，再从熟悉变成好朋友。

陈盛文： 我是个教书匠，她是个医生，我们没有共同的话题哦，怎么聊？

陈秀文： 那忠明哥与我们还不是一样吗，那周医生还不是一天好几趟地去找忠明哥？

陈盛文： 女的跟男的不一样。

陈秀文： 有什么不一样的？除了性别不一样，其他方面本质上都是一样的。

陈盛文： 那你也可以去找赵忠明啊。

陈秀文： 我当然会去找他，不过，我想的是双管齐下。你得先将那“狐狸精”引开，免得忠明哥被她缠住，再好的男人也怕死缠烂打。

陈盛文： 你想“调虎离山”啊。用你亲哥当诱饵？亏你想得出！我才不干呢。

陈秀文： 你不干谁干？你不是说，你有的是办法帮我的吗？你的办法呢？你的计谋呢？到现在一个办法没有，你有办法了，又不帮我，你还是我的亲哥吗？

陈盛文： 我当然有我的办法了，只是这个办法不能操之过急。

陈秀文： 我能不急吗？那个“狐狸精”天天对忠明哥虎视眈眈，等你办法出台时，恐怕黄花菜都凉了。

陈盛文： 你这又是狐狸又是老虎的，“狐狸精”怎么能虎视眈眈？

陈秀文： 你别在这里挑字眼了，我晓得，你是放不下镇江那边的女友吧？那我告诉你，现在是战乱时期，不确定因素太多了，国家都被弄得四分五裂，不知道有多少家庭妻离子散，不知道多少有情人天南海北，咫尺天涯。这战事十年八年都说不准呢，还是“近水楼台先得月”吧。再说了，人家父母又不同意，你那所谓“女友”立场也不坚定，模棱两可。

父亲： 你们俩说了半天，我才晓得了大体的意思。要我说啊，这姻缘要靠缘分，老话说得好：强扭的瓜不甜。再说了，自古只有男追女，哪有女追男的？

母亲： 都什么年代了，你还这么封建？过去，女人还不读书呢，可现在都有女子学校了。你们别听你爸的，该怎么做就怎么做。

陈盛文： 那等到星期天我先去试试？不过，我得先说清楚，首先我个人对那周医生没有任何那方面的感觉，至少目前没有，这全是为了秀儿。其次，秀儿你不要老骂人家是什么“狐狸精”，难听死了，搞得我都快有心理障碍了，如果人家真的是什么狐狸精，那我去算什么？再其次，能不能成功，我可不打包票。如果不成，妹妹你也别怨我。

陈秀文：这就对了，这才像我的亲哥。放心吧，从现在开始我不再这么称呼她了，说不定，将来还真的成为我嫂子呢。另外，只要你尽力了，就是不成，也是天意，我也不会怪你的。

10 — 3 高港赵忠明居宅·日/外内·上午

主要人物：陈盛文、赵老爷。

陈盛文敲了敲居宅大门。

大门打开，赵老爷出现在门口：哟，是盛文啊，快进来！

赵老爷敞开了一扇大门。

陈盛文立而未进：大伯好！明儿在家吗？

赵老爷：明儿不在，他现在在他舅舅那儿学习中医呢。

陈盛文：那我去那边找他。

赵老爷：不进来歇一下再去？

陈盛文：不了。谢谢大伯。

10 — 4 高港怀仁诊所·日内/日外·上午·多云。

主要人物：陈盛文、王玉兰。

陈盛文走在柴墟路上，远远就看到了怀仁诊所的醒目招牌，走过了门口之后，慢慢停住了脚步，犹豫半晌又返了回来，跨了进去。

身穿白大褂的王玉兰胸前挂着听诊器，正在给病人就诊拿药：你除了发热，体温较高外，心率正常，血压正常，浑身无力是由于发热引起的，应该是重感冒。我开给你了六天药，每天早晚各服两粒。这是药，你拿好。一共三个铜板。

陪同病人看病的人付了费，躬身道谢，搀着病人离开。

一直站在旁边等待的陈盛文见病人已走，别无其他人，连忙上前。

王玉兰收好钱后，却起身站了起来：你等一下。说完便离开了座位，进了后院。

陈盛文只得在门诊里无聊地转悠起来，看到墙上挂着一幅人体结构图，便凑近仔细看了起来。

王玉兰从后院门返回：你来吧，坐这儿。

陈盛文似乎还没有从人体结构图中回过神来，机械地在王玉兰面前坐下。

王玉兰：怎么啦，哪儿不舒服？

陈盛文：我没有哪里不舒服啊，噢，噢，我不是来看病的，是来找人的。

王玉兰：啊，找人的啊，那你找哪个呀？

陈盛文：我找狐狸……不对，我找周，周医生。

王玉兰哑然失笑：是不是找周玉珍医生啊。

陈盛文：对，对。

王玉兰：你认识周医生吗？

陈盛文：认识，不过就一面之交。

王玉兰：那周医生认识你吗？

陈盛文：不知道，应该认识。就是上次在赵忠明舅舅的药堂里看见过她一次。不晓得她是不是还记得我了。

王玉兰：你认识赵忠明？

陈盛文：是的。我们是同学，好朋友，发小。

王玉兰：那你也是镇江的？

陈盛文：是的。

王玉兰欣喜：那我们是老乡哦，我也是镇江的。难怪，听你说话带镇江口音。

陈盛文欣喜：真的啊？我也听出了你说话带着镇江的口音。其实，镇江口音与这边的尽管有差别，但差不多少。不像苏州、无锡、上海话，让人听不懂。那你贵姓？

王玉兰：免贵，我姓王，叫王玉兰。你呢？

陈盛文：免贵，我姓陈，叫陈盛文。

王玉兰捂口哑然失笑：哈哈哈哈……

陈盛文诧异：你笑什的啊？

王玉兰憋住笑：没什么。哦，我想起来了，你是不是有个妹妹啊。

陈盛文：是的。

王玉兰：噢，我晓得了。周医生今天与我们赵主任回镇江有事去了。今天回来不了。明天下午才能回来，那你明天来吧。

陈盛文：哦。明天星期一，学校要上课，没有空。

王玉兰：你教书？

陈盛文：是的。

王玉兰：在哪里教书？

陈盛文：在南面的永安洲镇的上桥小学。

王玉兰：你妹妹呢？

陈盛文：也在这个学校教书。她教三年级，我教五年级。

王玉兰：都是好职业。

陈盛文：好职业这倒谈不上，但我们除了读了点书，能教人识字算数外，其他都不行。再说，现在战乱时期，能有个事情做就不错了，哪能挑三拣四的。

王玉兰：你可别这么说，教书育人可是上等职业哦。韩愈说："古之学者必有师。师者，所以传道授业解惑也。"等到战乱结束，教师这个职业将更会受到国家的重视，受到社会的尊重。

陈盛文：可战乱何事才能结束呢？

王玉兰：可能会时间较长，但一定会结束的，并且日本人一定会失败的。前天我看到报纸，现在已经国共合作，团结一致，不计前嫌，共同抗战。

陈盛文：我真的希望这战争早点结束，大家都可以安居乐业，享受美好的生活。

王玉兰：这是我们共同的愿望，也是全国人的愿望。

陈盛文：到那时，我还是想回到镇江，做自己想做的事。

王玉兰：我也是。镇江毕竟是我们的故乡，对那里的一草一木都很想念。前天晚上我还梦见家里的房子的。唉，你现在住哪里啊？

陈盛文：我现在平常就住学校，星期天就回东郊的双新村。我老家就在那儿，父母现在也在那儿。

王玉兰伤感：我在高港一个亲友都没有哦，有空带我去玩玩好不好？

陈盛文：好啊。只是穷乡僻壤，你不嫌弃就行。

王玉兰：哪里话，我独在异乡为异客，举目无亲，能有个老乡走走就不错了。

陈盛文忽然起身：唷，只顾说话，都忘掉今天的正经事了。

王玉兰：什么事啊，这么一惊一乍的。

陈盛文：我本来还要去找赵忠明的。

王玉兰：哦，找他呀，你还是别去了。

陈盛文：这么啦？

王玉兰：你来之前，他到过这里，也是来找周玉珍的。没遇到，后来他说马上要用自行车驮着他舅舅去什么镇长家出诊。

陈盛文：那现在应该快回来了。

王玉兰：应该不会的。你想，他舅舅是远近闻名的老中医，不轻易出诊的。马上就到午饭时辰了，镇长家会不留他吃饭？

陈盛文：哦。那我也该回家了。

王玉兰：回去了，下午再来？何必这么来回折腾呢，干脆，就在我这里吃了午饭，休息一会儿再去。反正诊所今天只有我一个人。

陈盛文：这不太好吧，我们才刚刚相识就这么麻烦你，真的不好意思。

王玉兰：你就别客气了，我们不仅是老乡，而且一见如故呢。我好久没跟老乡聊个天了。这样吧，我现在就去烧菜，我没见外，你也别见外，你帮忙打个下手好吗？

陈盛文：那好吧，恭敬不如从命。

王玉兰嫣然一笑。

10—5　高港泰和中医药堂·日内·下午

主要人物：陈盛文、赵忠明。

陈盛文跨进店堂内。

伙计（甲）迎了上来，一眼就认出了他：先生，你是赵少爷的同学吧？

陈盛文：是的。他在不在？

伙计（甲）：在，跟大掌柜都在西屋门诊房。

陈盛文跨进门诊房。

汤承业正闭目凝神把脉，给病人看病。赵忠明身穿长衫站在一旁，静静地观察。

陈盛文见状朝赵忠明做了个出门的手势。

赵忠明蹑手蹑脚，跟着陈盛文来到店堂：有事找我？

陈盛文：是，有个事，想请你帮个忙，不知道愿意不愿意？

赵忠明：我们之间没有请不请的，也没有愿意不愿意，只要我能做的，一定会两肋插刀。

陈盛文不自然地耸了一下肩，顺了顺嗓门：这个事，不需要你两肋插刀，只要你一手执笔，一手执棒就行。嗯，是这样的，你知道的，我外婆家是泰兴的黄桥。而我们一家一直都生活在镇江，因为与外婆家不仅隔着一条大江，而且路途较远，来回非常不便，所以我母亲这么多年来，很少回娘家。就是回高港老家快半年了，也还不曾有时间去。母亲非常想念我的外婆外公。最近想去过几天。黄桥离这里有百十里路呢，母亲的那小裹脚走远路不方便，所以父亲想让我帮他推着独轮车载着她一起去。可我去了，我那班上就没有人上课，我想请你帮我去代四五天课行不行？

赵忠明：是这个事啊，应该没问题。不过，我现在没有以前自由了，我还得问一下我舅舅，你先到上次的里屋坐一下，等我舅舅忙好了，我问好就过来。你什么时候去你外婆家？

陈盛文：我准备明天去。你如果可以，今天你就跟我的学校去先熟悉一下。

赵忠明：那你等一下。

赵忠明转身回到了门诊屋。

陈盛文没有去里屋等待，而是在店堂里转悠起来。

伙计（甲）走近：先生，您请坐，我去为您沏茶。

陈盛文：谢谢，谢谢！

伙计（甲）沏好茶，连忙又去招呼进门的客人。

陈盛文坐下后，端起茶盅，细细品尝起来（FB）：与王玉兰相谈甚欢。

王玉兰嫣然一笑。

赵忠明走了过来。

陈盛文浑然不觉，依旧沉浸在美好的回忆之中，脸上荡漾着笑容。

赵忠明诧异地盯着他：唉，唉，在想什么呐，看你美滋滋的。

陈盛文一惊，手一抖，茶水荡出来了一些：没，没想什么。怎么样了？

赵忠明：跟我舅舅说好了。不过，我得先回家跟我父亲说一声。走吧！

陈盛文连忙放下茶盅：好嘞！

10 — 6　高港东郊马路上 · 日外 · 下午

主要人物：赵忠明、陈盛文。

赵忠明挎着包跟在陈盛文身后走在马路上。

陈盛文：永安洲镇你去过吗？

赵忠明：没有。

陈盛文：我以前也没有。去年从镇江回到现在的老家后，一时也不知道做什么事情好，永安洲的一个亲戚说他们镇上的上桥小学缺两名教师，于是我和妹妹就一起去了。

赵忠明：离高港有多远？在哪个方向？

陈盛文：在高港的南面。远倒不是太远，大概二十里路。就是要摆渡过一个小夹江。我们平时就住学校，星期六晚上回来，星期天下午去。

赵忠明：那我们现在就是去学校吗？

陈盛文：现在还早，先到我家歇一会儿，我将这几天要上的课程内容先跟你说说，然后，吃过晚饭早点过去。

赵忠明：虽然我们都是师范生，但我还没有真正实习过，反正听你安排就是了。

10—7　高港镇双新村民宅·日外·内·下午

主要人物：陈盛文、赵忠明、陈秀文。

陈盛文领着赵忠明走进了一个农家院。

一条小黄狗朝着赵忠明狂吠不止。

陈盛文大声呵斥了几声，小黄狗便耷着尾巴，极不情愿地慢慢走到了院角半蹲着，眼睛斜视着赵忠明。

陈秀文从屋里跑了出来，一见赵忠明，两眼放光，喜笑颜开：忠明哥，你来啦！

赵忠明：秀文，你好！

陈秀文：快进屋歇歇。

赵忠明进屋，便环视着四周：你们这农家院环境真是不错哦。

陈盛文：父母说，刚回来时，到处乱七八糟，院子里长满了草，屋顶也塌了一块。后来父母请了手艺人修缮整理了一下。

陈秀文：忠明哥，你坐，我去给你泡杯茶。

赵忠明：别客气了，我不渴。

陈盛文：爸妈呢？

陈秀文：妈妈到菜田摘菜去了，爸爸弄网到鱼塘捉鱼去了。

陈盛文：每个星期天，爸妈都要弄些鱼虾蔬菜之类的让我们带到学校去，自己烧。

赵忠明：你爸妈也学会弄这些了？

陈盛文：也是被逼的，环境造就人嘛。开始我们也不会煮饭烧菜，现在不都学会了吗？

赵忠明：这倒也是。

陈秀文：忠明哥，我们去看我爸捉鱼去吧？

赵忠明：你哥马上给我交代上课的事呢。

陈秀文：什么上课的事？

陈盛文赶忙接过话题：爸妈不是让我明天陪他们去外婆家吗？我请忠明来代几天课的。

陈秀文心领神会：噢。对，我还在愁，你一去好几天，这课谁来代呢。

陈盛文：我肯定得安排好才能去啊。不过，这小学的课程并不复杂，很快就能交代清楚的，我们还是先一起去看会儿爸爸捉鱼吧，我就喜欢看捉鱼。顺便帮爸妈拿些东西。

陈秀文拉起赵忠明的手：走吧，去玩一会儿，不会耽误正事的。

赵忠明：那好吧。

10 — 8　双薪村鱼塘 · 日外 · 下午

主要人物：陈秀文、赵忠明、陈盛文。

陈大伯，陈盛文父亲。

陈秀文、赵忠明、陈盛文沿着田间小道，走在广阔的田野之中。

赵忠明驻足瞭望，眼前麦浪滚滚，一望无际。燕雀啼鸣，大雁排空。

一只黄鼠狼在田埂间时出时没，一只野兔奔跳而过。一只长尾锦羽的野鸡从麦田中惊飞腾起，很快消失在远处的薄霭之中。

赵忠明不由心旷神怡，舒肩展背，深吸长吁。

三人来到一条宽长河塘边。河塘中央，清波荡漾、波光粼粼。陈大伯站在一只椭圆形的大盆中，将手中拎着的细丝渔网缓缓移动，依次放入水中，然后一手扶着长长竹篙，一手不时用细竹竿挑动调理着丝网。放完几排网后，陈大伯撑行到河塘的尽头掉头返回，一边挥篙左右击水，一边撑篙搅水向前。水击声起，轻浪翻涌，鱼儿东突西窜，惊厥跳跃，白条闪闪，此起彼伏。

赵忠明们在岸上顿时兴致盎然，乐不自禁。

陈秀文兴奋：忠明哥，你看你看，那边有鱼上网了。

赵忠明：哪儿呢？

陈秀文：最北边的那个网，鱼在扯网呢。

赵忠明：哦，看到了。好像不止一两条呢，其他几排的渔网都在扯动，渔网都被搅乱了。

陈大伯开始收网，将粘在网上的鱼刚解开，突然，一只鱼雁从天而降，疾速叼上雪花花的白鲢凌空飞去。

陈大伯猝不及防，站在大木盆上左右晃了几晃，极力保持平衡，好不容易才稳住，摇了摇头，长叹了一口气。

众人惊诧不已，无奈地目送鱼雁悠然消失在远空。

陈秀文：这鱼雁真是太胆大了，这么多人在这儿呢，它竟敢这么嚣张，瞅准机会，叼着就跑。

陈盛文瞅了赵忠明一眼：估计是个渔场猎捕老手。

赵忠明嘿嘿一笑。

陈盛文：估计今天爸爸能捉到十几条呢。

陈秀文：明天带的给外婆，我们再带的走估计也差不多了。叫爸爸好收网了。

陈盛文高声：爸爸，赶紧收网吧，文儿他们还要去学校呢。

陈大伯：好的。我这就起网。

赵忠明高声：大伯，您小心点。

陈秀文：没事，我爸他弄惯了。

赵忠明：我看他站在那大木盆里，在水面中央左右摇摆，都提心吊胆的。

陈盛文：当初我也是担心，后来看他淡定得很呢，也就放心了。

陈秀文：没事，我爸会水呢。我小时候强迫我学游泳，我不学还要揍我呢。说，出生在镇江，不会水的人，怎么能镇住江呢。

赵忠明：那你学会了没有?

陈秀文得意地：当然会啰！反正会水，有利无害。

10—9 高港双新村民宅·日外·傍晚

主要人物：陈秀文、陈盛文、赵忠明。

陈秀文背着行李，赵忠明手里拎着一个小布袋，背着行李走出农家院。

陈盛文手拎着小木桶和父母一起走了出来。

陈盛文：忠明，本来我想领你一起先到学校熟悉一下环境的，后来一想，去了，今晚就回不来了，那夹江晚上不摆渡。明天一早我还要陪爸妈一起去黄桥，反正秀文领你去也一样。这次就辛苦你几天了。

赵忠明：没事，你就安心陪大伯大妈去吧，秀文这里有我呢。

陈大伯：那鲢鱼出了水就养不活，明天，你们就将它红烧好，现在气温还不高，这桶里的鲫鱼养几天没问题，每天换一下水就行。

赵忠明：大伯，大妈放心吧，我会烧菜呢。

陈盛文递给陈秀文小木桶：摆渡时注意点，别让这鱼又跳到江里去跑了。

陈秀文：哥，你放心吧，到了手的美味，怎么可能让它们逃了。那我们走了。

双方挥手辞别。

陈盛文望着他俩渐行渐远的背影，感叹一声：妹子啊，这次我已经尽力了，成不成这就看你们的缘分和天意了。

10—10 高港乡村马路上·渡口·日外·傍晚

主要人物：陈秀文、赵忠明。

祝船主，50岁左右，渡船业主。

陈秀文和赵忠明走在乡村马路上。晚霞染红了半边天。

赵忠明：秀文，你还是把木桶给我拎吧，我看你拎着挺费劲的。

陈秀文：好吧，那你把布袋给我，我们换换。

两人换拎了一下手里的布袋和木桶。

陈秀文含情脉脉地看了赵忠明一眼：忠明哥，我想问一下，你们不是到镇江的老家去了，怎么忽然一下子全到高港来了？

赵忠明：啊呀，这个事说来话长了。但总结一下就一句话，跟日本人干了一仗，杀了不少日本人，那边暂时待不了了。

陈秀文：你跟日本人打过仗，还杀过日本人？

赵忠明：是的。日本人杀害了我爷爷和我母亲。我跟日本人有不共戴天之仇！

陈秀文：那你跟你舅舅学中医还怎么给你爷爷和母亲报仇呢？

赵忠明：那只是暂时的，我的心愿就是参加八路军或新四军。

陈秀文：那你准备什么时候参加呢？

赵忠明：我给我舅舅讲了，他说，现在不行，要等机会。

陈秀文：如果有机会了，你一定要带上我和我哥，我们也想跟你去。

赵忠明：带上你哥还行，你一个女孩子，要行军打仗，带你太不方便了，既要打仗，又要照顾你。

陈秀文：我是女人，但不是小孩，能够自食其力，不需要你照顾，你只要关心关心就行了。虽然打仗我不行，但我可以做许多你们男人做不了，或者你们男人不擅长不方便做的事，比如，医生、护士、文字工作什么的。

赵忠明：那等有机会再说吧。

陈秀文领着赵忠明爬过堤岸，来到了夹江的摆渡口。

摆渡口轻浪拍岸，空空荡荡。

赵忠明：摆渡的船呢？

陈秀文：可能在对岸还没有过来。

赵忠明放下小木桶，抬手遮住刺眼的余晖向对岸眺望：对岸也没有啊！

陈秀文也向对岸眺望：还真的没有哦，那船去哪儿了呢？

赵忠明：会不会我们来晚了，船回去了？

陈秀文：不会的。我们以前都是这个时候来的。那船主与我们都很熟了，知道我们星期天傍晚会来的，有时候即使来晚了点，他也会等我们。

赵忠明瞄了她一眼揶揄：那怎么办？我们游水过去吧。

陈秀文：瞎说，这么宽的水面，怎么游得过去？

赵忠明：你不是会水吗？

陈秀文：就是会水，水面这么宽，我也游不动啊。如果还没有游到对岸，就没力气了，那可没命了。再说，现在还没到夏天，气温也不高，受了凉，就是不被淹死，也可能害病害得半死。

赵忠明：受了凉，也不一定就得病，就是得了病，不一定就会死的。我舅舅可是远近闻名的老中医。不救别人，也要救你呀！

陈秀文面露愠色盯着赵忠明：怎么啦？我发现你好像希望我有个三长两短似的。是不是我有个三长两短你才好去找那个"狐狸精"啊？！我才半年没见你，感觉你似乎变了，心变狠了，人也变坏了。

陈秀文伸出手臂，对着赵忠明肩背边捶边问：说，是不是那狐狸精教的？

赵忠明缩头收肩任其捶打，掩面窃笑。斜睨她的脸色，似乎当了真，连忙安抚：别这样，我开玩笑的。你怎么还当真了？你就是想游过去，我也不肯啊。

陈秀文立即收手娇嗔：这还差不多。

一条篷船从岔河里冒了出来，慢慢向渡口划来。

赵忠明手一指：那边来了一条船。

陈秀文顺着他手指的方向看去：就是那条船！

赵忠明高兴：这下不用愁了。

篷船缓缓靠近渡口。

陈秀文向渡船挥了挥手。

篷船靠上了岸坡，船主放出翘板搭在岸坡石阶上。

赵忠明牵着陈秀文的手，小心翼翼地踏上翘板，走上了船。

陈秀文：祝大叔，今天船怎么离开渡口了？

祝船主：船篷坏了，漏雨，趁这个时辰不忙赶紧去请人修补了一下。还没有完全修好，知道你们要来，就先来了，马上回去再弄一下。

陈秀文：那谢谢您了，我们到了这里没看到船，正着急不知道怎么办呢。幸好您还是来了。

祝船主：今天你哥呢？

陈秀文：我哥今天有事，没能来。

祝船主：那这位是？

陈秀文：这位是我哥同学，也是老乡。

祝船主：哦。那快到船篷里去。

祝船主收好翘板，撑船离开渡口后，收起竹篙，离开船头至船尾摇桨而行：我那外孙在你班上现在个调皮啊？

陈秀文：就是调皮哦。活泼好动，话也多，是学校的调皮大王。但人也聪明。

祝船主：我都好长时间没见到他了，还请陈老师多多费心严加管教啊，不能让他太任性，否则，将来难成人。

陈秀文：没事，有我呢，请放心。

10 — 11　永安洲镇上桥小学 · 夜外 · 内

主要人物：陈秀文、赵忠明。

季大叔，50 岁左右，学校门卫。

陈秀文领着赵忠明来到学校大门前，大门紧闭。

陈秀文拍门：季大叔，请开门，我是陈秀文。

季大叔从校舍走了出来，打开大门：是陈老师啊，今天怎么晚了？

陈秀文：今天渡船耽误了一些时间，所以晚了点。

季大叔看着赵忠明：你哥呢？这位是？

陈秀文：我哥这些天家里有点事，离不开。他是我哥的同学，请他帮我哥代几天课。

赵忠明：大叔好！

季大叔：那快进来吧。

陈秀文领着赵忠明进了宿舍：我哥的宿舍在隔壁，你坐这里歇一会儿，等会儿我领你去认一下五年级的教室。我先去打两瓶开水过来，洗漱好了，我带你去小镇上转转。

赵忠明：好的。走了这么远，还真的有点累呢。

10 — 12　永安洲镇 · 夜外

主要人物：陈秀文、赵忠明。

胖子，30 岁左右，厨师。

瘦子，40 多岁，赌徒。

陈秀文和赵忠明缓步并行在石板街上。

街市上闲逛的人不多，大多店铺已经上了闼子门。门前灯火明亮的都是些小吃店、旅店、理发店和赌场，时不时从里面传出喧嚣声。几个流动小摊贩在这些店之间来回转悠。

赵忠明：这里与高港那边相比夜市好像清静多了。

陈秀文：是的。这里的夜生活并不丰富，但白天也很热闹。这永安洲啊，几百年前还是一片汪洋呢。后来，江沙慢慢聚积成滩，滩又变成了洲。就是到现在还是四面环江，都需要通过水路或从陆路摆渡而入，交通略有不便，但有弊也有利。由于洲内河流纵横交错，四通八达，水运便随之兴起，蓬勃发展，加上地处长江下游，扬子江畔，四季分明，气候宜人，土地肥沃，草木丰盛，除了天然丰富的渔业资源，还盛产水稻、小麦等粮食，家禽家兽等畜牧，竹席麻布，桃李杏梨，香瓜甜藕等农副产品，尤其是这里的银杏果，俗称“白果”，更是名扬天下，出口东南亚。因为这白果，性平，味甘、苦、涩，具有敛肺气、定喘嗽的功效，有助于缓解咳嗽、咳痰、哮喘，果子和叶子都具有防治中风的功能。所以，这里不仅素有“鱼米之乡”之称，更有“银杏之乡”之誉。另外，这里还盛产小猪，就是北方人所说的“小猪仔”。

赵忠明：盛产小猪？肥猪不都是小猪长大的吗？怎么养肥猪的人家不养小猪？

陈秀文：看来你没在乡下待过，还真是不懂。在江北，因为刚生下小猪很容易得病死掉，有的一窝十几头小猪可能全部死光，所以是没有养小猪的经验人家是不敢养的，划不来。都是直接去买二三拾斤重的小猪。而这里几乎家家养小猪，形成了一个产业，远近闻名。江北以及里下河地区的都到这里来贩卖。

赵忠明：你说得头头是道，好像你是土生土长似的。

陈秀文：我姨娘家就居住这里，她可是个大户人家。家里不仅有大型养猪场，百亩良田，还有竹园、果园、渔船。尤其是她家的银杏树林，最大的银杏树已有上百年了，那树干，四个成年人都抱不过来呢。

赵忠明：真的呀？会有这么大这么老的银杏树？

陈秀文：当然是真的哦，我骗你干嘛？

赵忠明：那你什么时候带我去看看。

陈秀文：行。等到星期天我们到她家去玩一天。

陈秀文、赵忠明边走边聊，不知不觉踏上了一座拱桥。赵忠明立即被桥下的景象所吸引。只见供桥两侧，宽阔的河道里依附河岸停泊着无数条中小型渔船商船，排列整齐化一，灯火一条龙，绵延数华里，蔚为壮观。更有袅袅炊烟，人影幢幢，烟水之间，流光潋滟，鹦语犬吠，宛若人间仙境。

赵忠明：哇，真是水乡奇特夜景，这街上可没有这里好看哦。

陈秀文得意：怎么样，不虚此行吧。

两人正兴致盎然地观赏这水乡夜景，突然，桥西端传来激烈的争吵声。两人寻声望去，桥西端一家沿街店面房门口簇拥着一堆人，两个男人正怒气冲冲，互相推搡、指责、谩骂。

赵忠明、陈秀文连忙赶了过去。

一胖子中年人男人与一瘦子中年男人已经扯扭打在一起，众人正奋力劝拉。

赵忠明忙问缘由。

看客：那胖子打麻将输了钱，说那瘦子与同伙做联子，心里不服。

赵忠明：那瘦子真做联子了吗？

看客：这个谁说得清，只有瘦子自己知道。不过，那瘦子天天在几个赌场轮流转悠，几乎没见他输过什么钱。赌场的常客都认识他，只有那些难得来玩的人不晓得。那胖子难得看见他来，今天倒是输了不少钱，连输了三局，有点急了。这赌场的水深呢，名堂多。

赵忠明：那胖子是做什么的？

看客：是个厨子。

赵忠明：厨子现在正是饭时怎么有空打麻将的？

看客：他是给人家专烧河豚的。谁请到谁家去，不固定哪家。估计今天不成有人家请。

赵忠明：河豚怎么还要专人烧的？

看客：这河豚可不是一般的鱼，有毒呢，烧不好要吃死人的。所以，一般的人不会烧，也不敢烧，都是请非常专业的人烧。

赵忠明：噢。原来是这样。

赵忠明听完，这才上去奋力拉架：好了，好了，大家都是打着玩的，没有不要打成这个样子，会伤感情的，都是乡里乡亲，早不见晚见。

瘦子脸血迹斑斑：吐了一口血痰。

胖子衣裳被扯掉一块：下次有你再也不打牌了。

两人怒目而视，喘着粗气。

10 — 13 永安洲镇上桥小学宿舍·夜内

主要人物：赵忠明、陈盛文。

赵忠明和陈秀文回到宿舍，赵忠明撩起长衫坐在床上。

陈秀文倒了杯水：你先喝点水，疏解一下情绪。

赵忠明查看了一下长衫和手背，手背上被划了一条血印，衣衫上沾了点泥土，于是抬手掸了掸长衫。

陈秀文看到赵忠明脸上破了点皮，关心地用手轻轻摸了一下。

赵忠明疼得“哟”地后退了一步。

陈秀文疼爱地望着赵忠明，忽然“扑哧”一下笑出声来：你是去拉架的，怎么现在搞得像打架似的？

赵忠明：城门失火殃及池鱼啊！

陈秀文：人家都说“旁观者清”，看热闹的不嫌事儿小。你倒好，就要去横插一杠。

赵忠明：“旁观者清，”不是轻松的“轻”，而是清醒的“清”，人家打架越打越厉害，我们总是袖手旁观不太好吧？万一弄出个人命出来，那良心上可过不去。要尽快平息事态，化解矛盾。

陈秀文：我不反对你见义勇为，但要看什么人，什么事。两个赌徒，哪是什么好人。好人哪会到哪个地方去哦。

赵忠明：你可别这么绝对，有些人只是偶尔去娱乐消遣一下，打发时间而已，并不以赌为业，也不嗜赌如命。我看那胖子就不是什么坏人，别看那样子像个莽夫，连输三局，急了，似乎是在找茬，但从另一个角度来讲，说明他在赌钱时，不会要奸做手脚，否则不会连输三局，再说，他有职业，有手艺。倒是那个瘦子，样子文质彬彬，最有可能是一肚子坏水。赌钱偷奸耍滑，不择手段。从赌品可以看出人品。

陈秀文：啊哟，你真厉害，看得透透彻彻，说得头头是道。

赵忠明：我看事情喜欢看本质，不看表象。

陈秀文：透过现象看本质，这个啊，你拿手，我服你好吧！

赵忠明：不说这个了，帮看看我衣衫其他地方有没有被扯坏。

陈秀文：你站起来，让我看看。

赵忠明站起身来。

陈秀文视线从上到下看了一遍：转过去。

赵忠明转过身。

陈秀文视线从上下移至中，忽然停住，张开双臂从身后一把抱住了赵忠明。

赵忠明怔了一下，起手抓住了陈秀文的手腕犹豫了一会儿轻轻掰开：有人来了。

陈秀文一惊，连忙松开，跑了出去后又赶紧返回，羞态楚楚：这是我的宿舍，我哥的宿舍在隔壁。

赵忠明哑然失笑：那我去隔壁，你也早点休息吧。

10—14　永安洲镇·上桥小学·日内·早晨

主要人物：赵忠明。

赵忠明走进五年级教室。

全班学生全体起立：老师，早上好！

赵忠明略显紧张：同，同学们早上好！坐，都坐下。嗯——陈老师因为家里有事，这段时间就由我暂时给同学们上语文课。我，姓赵，以后叫我赵老师好了。今天我们学习唐朝大诗人王维写的四首诗《少年行》

（FB）：赵忠明在黑板上书写诗《少年行》：新丰美酒斗十千，咸阳游侠多少年……

赵忠明用教棒指着“孰知不向边庭苦，纵死犹闻侠骨香”进行细说详解……

赵忠明声情并茂不时地挥动手臂，长衫右侧顶端的几个布扣渐渐松离，衫领掀开，露出了肌肤，却浑然不觉。

同学们低头窃笑。

赵忠明感觉不对劲，低头查看，急忙伸手扣上。但很快又掉了下来。连忙用手捂住。

赵忠明（尴尬）：现在同学们开始自习，朗读背诵，待一会儿老师来检查。

赵忠明急忙离开教室，匆匆奔向宿舍，从背包里翻出另一件长衫，刚脱去身上的准备换上，陈秀文闯了进来。

赵忠明赤膊袒胸，一脸尴尬，略显不自在。

陈秀文：怎么啦？

赵忠明：衣扣坏了，重换一件。

陈秀文：我以为你出了什么事呢，看你急匆匆的，吓了我一跳。

赵忠明：可能昨天拉架时把布扣扯坏了，没发现。

陈秀文：布扣在腰侧面，没注意到。

赵忠明：你怎么没去上课？

陈秀文：三年级第一节课是数学课，我上第二节语文课。

赵忠明：那还得麻烦你把这长衫拿到街上的缝纫铺里弄一下布扣，否则没得换洗了。

陈秀文：第一节课马上要下课了。等我上完第二节课就去。

赵忠明：那我先回教室了。

陈秀文点头，目送赵忠明的背影，抿唇耸肩一笑。

第十一集　志向茅山

志同道合聚永安，秘约择时奔茅山。
机警父母设叠嶂，策划亲事以阻拦。

11—1　永安洲镇上桥小学宿舍 · 日内 · 上午

主要人物：陈秀文、赵忠明。

陈秀文走进赵忠明的宿舍：怎么样？适应这工作了没有？

赵忠明：开始有点紧张，现在好了。

陈秀文：我们开始也是这样，慢慢就习惯了。

赵忠明：人都是这样，新的工作，新的职业都有个历练的过程。

陈秀文：你下午有没有课？

赵忠明：我下午上第一节课后就没有课了。

陈秀文：我也是。不过，校长交给我们一个任务。

赵忠明：什么任务？

陈秀文：利用课余时间，上街去张贴抗日宣传标语。

赵忠明：行，我们一起去。

陈秀文：我想，贴完标语后，我们一起到我姨娘家去玩一下，领你去看看她家的那颗大银杏树。

赵忠明：好的。你姨娘家离这里有多远？

陈秀文：不远，就一里路左右。

赵忠明：你姨娘或你姨父喜欢什么东西？

陈秀文：怎么啦？

赵忠明：我第一次去，总不能两手空空吧？

陈秀文：你想得真周到，我真服了你了。

赵忠明：这是起码的礼节。记住，我们可是读过书的人，又是教师。如果这点礼节都不懂，还怎么为人师表？

陈秀文莞尔一笑：你说得对，你什么说得都对，就依你呗。

赵忠明：那买些什么好呢？

陈秀文仰面眨眼转睛：就买只火腿吧。

赵忠明：行。那就这样吧。

11－2　永安洲镇街市·日外·下午

主要人物：赵忠明、陈秀文、徐胖子。

赵忠明，陈秀文在街上张贴标语。

陈秀文刷糨糊，赵忠明张贴。路人驻足观看。

路人（甲）：这日本人是不是要来啦？

路人（乙）：可能是。

路人（甲）：听说，日本人无恶不作，杀人不眨眼。

路人（乙）：那我们回去要准备准备。

赵忠明：就是日本人来了，大家也不要怕。日本人也是人，因为个子矮小，所以才叫小日本，只要我们大家团结一心，共同对付日本人，来一个，我们杀一个，让他们有来无回，他们就不敢再来欺负我们了。

陈秀文低声朝赵忠明：称日本为小日本，主要不是日本人个子小，而是日本是个岛国，国土面积小。

赵忠明：知道。不过，日本人的个子确实矮小啊。

胖厨子走近，拍了一下赵忠明的肩：兄弟！

赵忠明回头一看，惊讶：哟，是你啊？

胖厨子：上次的事谢谢你了。

赵忠明：没事，小事一桩。

胖厨子：我姓徐，人家都叫我徐胖子。就住在街东头第一家，这东街的人都认识我。以后有什么事你尽管招呼一声就行。

赵忠明：好的。我姓赵，就在上桥小学当教师。

徐胖子：我就喜欢与有文化的人交朋友。有空我请兄弟喝酒，也尝尝我烧河豚的手艺。

赵忠明：行，有空一定到府上拜访！

徐胖子：那不耽误你们了，我晚上要帮人家烧河豚，还得去准备准备。

赵忠明：好的。你去忙。

徐胖子阔步而去。

陈秀文看着徐胖子的背影：哟，又交了个朋友。

赵忠明：刚认识而已，还算不上朋友。

陈秀文： 这人有点儿像鲁智深。

赵忠明： 你见过鲁智深啊？

陈秀文： 我虽然没见过，但我读过《水浒传》，可以想象的。像这个样子人不是厨夫就是鲁夫

赵忠明： 这你就不懂了，朋友不怕多，多个朋友多条路。三教九流，广交慎处，择能为师，择良为友。明白上次为什么要去拉架了吧？别看这些人好像是个莽汉鲁夫，但他们大多都很讲江湖义气，说不定我们以后也可能会求助于人家呢。

陈秀文： 他一个厨子，我们会求他什么呢？

赵忠明： 你可不能这么想。这人生茫茫，世事难料。相识是缘分，也是天意。《道德经》说：助人者自助，渡人者自渡。

陈秀文： 真是“与君一席谈，胜读十年书”哦！

赵忠明得意： 那你慢慢学吧。

陈秀文伸出右食指揿了一下赵忠明的额头： 看把你美的！

赵忠明： 你手上的糨糊弄我脸上了。

陈秀文忙伸出左手去擦。

赵忠明避让： 你别越描越黑了，等标语贴好再说。

11—3 永安洲镇李大院·日·外内·下午

主要人物： 陈秀文、赵忠明。

蔡叔，50岁左右，家佣。

陈秀文领着赵忠明来到李家大院门前。

院内传出狗吠之声。

陈秀文敲门： 姨娘，请开门，我是秀儿。

大门打开一条缝，一只眼睛显现在门缝之中。随即门打开了半扇，一家丁迎出。

家丁堆笑： 是陈小姐啊，噢，陈老师。快，快请进！

陈秀文： 蔡叔好！我姨妈在家吗？

蔡叔： 你姨妈到黄镇长家打麻将去了，要等会儿才回来，你先进屋歇歇。

赵忠明： 蔡叔好！

蔡叔： 这位是？

陈秀文： 他是我哥的同学。

蔡叔： 噢，那快一起进来吧，别站在外面了。

赵忠明拎着火腿跟着陈秀文和蔡家丁一起走过花木景秀的大庭院。

一条大黄狗被栓在院内的角落注视着他们。

蔡叔摊开右手：这边请！

赵忠明跟着他们迈进装饰古典，陈设精致的客厅。

蔡叔：你们请坐，我去沏茶。二位喜欢什么茶？

陈秀文：谢谢！我们随便。

蔡叔：那请稍等！

蔡叔退出。

赵忠明坐下后又起身环视四周：哇，比我舅舅家还气派。

陈秀文：我姨娘家可是这远近闻名的大户，这房屋前后三进呢。

赵忠明：真是所言不虚啊！

陈秀文：我什么时候吹嘘过？待一会儿，我带你去她家的果园和银杏林去看看，再让你开开眼界。

蔡叔端着茶碟过来，放下茶盅：请慢用。

赵忠明，陈秀文连忙起身：谢谢，给您添麻烦了。

蔡叔：没有没有，你们可是贵客，稀客。

陈秀文：我姨父呢？

蔡叔：你姨父去上海看儿子去了。

赵忠明：我舅舅的儿子也在上海。

陈秀文：难怪我去你舅舅家没见到过。他在上海做什么？

赵忠明：听说也做医生。你姨老表呢？

陈秀文：他在上海读书。蔡叔，今天怎么没看见谢管家他们呢？

蔡叔：老爷不在家，谢管家带人去白果树林子里打花粉去了。还有的陪老爷去了上海。

陈秀文：给白果树打花粉？白果树怎么要打什么花粉呀？

蔡叔：现在正是白果树开花的时候，打些公花粉，结果子才多。

陈秀文：哦。我还第一次听说呢，白果花还有公的、母的。

蔡叔：这白果树是有公的和母的。只有母的才结果，公的只开花。

赵忠明：这白果树好奇怪哦，植物怎么会像动物似的。

陈秀文：这就是大自然的奇异之处，孕育万物，千姿百态，禀性各异。

赵忠明：那我们马上去银杏林去看看？

陈秀文：好的，歇会儿就去呗。

11—4　永安洲镇李家果园·日外·下午

主要人物：陈秀文、赵忠明。

谢管家，40岁左右，李府管家。

背篓人，30岁左右，农民。

陈秀文领着赵忠明来到果园边。

一排排果树横竖成行，修剪精致。桃树青果点点，枝繁叶茂，郁郁葱葱，梨树白花盛开，似雪若云，玉骨冰肌。

赵忠明：哇，太美了。不但美不胜收，而且幽香飘逸，缭鼻潜心。

陈秀文走近梨花嗅了嗅：咦，怎么到了跟前反而闻不到香气了？

赵忠明：不会吧？

陈秀文：不信你来闻闻。

赵忠明也走近梨花嗅了嗅：唉，还真是的。这是怎么回事？

陈秀文：这香气会不会是其他地方飘过来的？

赵忠明抬头眺望，远处一片果林高出这边半截：那边是什么果树？

陈秀文：哦，想起来了。那边是橘树林，现在也正是盛花期。对，这花香肯定是从那边飘过来的。走，去那边看看。

陈秀文领着赵忠明穿插过去：你小心点，别被树枝扎了眼睛。

赵忠明：你也注意点脚下，别被野藤绊了脚。

两人时而低头弯腰，时而越渠跨埂，很快来到了橘树林。眼前一排排橘树姿态舒曼，繁花丛簇，玉珠华缀，浩如星海。

赵忠明：还真是这边的橘花香飘过去的，到了这里更加郁香四溢、沁人心脾。

陈秀文：可惜，现在桃树过了开花期，已经花落蒂结，否则，还要好看呢。明年我们提前来看桃花。走，我们到那边的银杏树林去。

陈秀文、赵忠明来到银杏树边。

一颗颗银杏树高大挺拔，气势磅礴，根深干粗，遮天蔽日。

陈秀文：怎么样？没见过这么大的银杏树吧？

赵忠明仰视眼前的银杏树：以前只听说过银杏树大的很大，寿命很长，但真的一直没亲眼见过，今天真是长见识了。

陈秀文拉着赵忠明的手兴奋走至一颗最大的银杏树下，牵手张开手臂绕着树丈量了一圈，然后嬉笑地坐在突出地面的树根上。

陈秀文：坐在这树下，都感觉我们好渺小哦。

赵忠明：如果坐在大山下，漂流在海洋中，我们显得更渺小了，但我们人类优势就是有智慧呀，我们可以靠智慧来改造这大自然，让她更好地为人类服务。

陈秀文：有时大自然的力量真的不可抗拒哦。

赵忠明：那我们就要在顺其自然的同时，利用科学知识和技术来改变自然。

陈秀文瞄了赵忠明一眼：就是不知道我能不能利用我的智慧和力量去改变一个人哦。

赵忠明下意识地仰面看天：如果改变不了那就顺其自然呗。

赵忠明忽然抬手揉眼睛：不好，好像有个什么屑子掉眼睛里了。

陈秀文连忙起身：你别揉！屑子掉眼睛里来千万不能揉，越揉会越疼，弄不好会伤了眼膜

赵忠明：那怎么办？啊哟，难受死了。

陈秀文：听我的，你千万不能乱动，我来给你翻开眼皮，找找屑子，把它拈掉。

赵忠明：你会弄吗？

陈秀文：不会弄也要弄呀，这里还有别人吗？你别紧张，我妈帮我也弄过，我知道怎么弄。

赵忠明：那你快点，难受死了。

陈秀文：你别急，把眼睛先闭好，别太用劲。你把头躺在我腿上，脸朝上我才好弄。

陈秀文坐下。

赵忠明犹豫了一下，还是顺从地闭着眼睛躺在了陈秀文的腿上。但又忍不住睁开另一只眼看了一下。

陈秀文：全闭好，否则，我拈屑子时弄不好又掉到另一只眼睛里去了。

赵忠明乖乖地闭好眼睛。

陈秀文：我翻眼皮了，你忍住点，千万别动。

赵忠明：知道了，你快的啊。

陈秀文轻轻地翻开了赵忠明的眼皮，看到了一粒小屑子，小心翼翼地拈了出来甩掉：好了，拈出来了一个，你转转眼睛试试好了没有？

赵忠明转了转眼睛，用手揉了揉：好像没杲戾了，感觉好多了。

赵忠明扬起头想起身。

陈秀文按住：等一下，再转一会儿眼睛试试，别没弄干净。

赵忠明只好又躺下。

陈秀文顺势连续亲了几下赵忠明的脸颊。

赵忠明挣扎着又要起身：别这样，被别人看见了不好。

陈秀文再次按住：怕什么？我们这就是“顺其自然”。

说完捧住赵忠明的头对着嘴唇贴了上去。

赵忠明：唉，唉，我好像听到有人来了。

陈秀文置之不理继续亲吻。

赵忠明避开：这回真的，不信，你听听。

陈秀文停住，听了听，立即松开，托着赵忠明后背起身，两人慌忙站了起来，拍了拍泥土整了整衣衫。

一群家丁，有的拎着水桶，有的拿着喷雾器朝这边走来。

谢管家走近：是陈老师啊，什么时候来的？

陈秀文：谢叔，您好！刚来不久。花粉打好啦。

谢管家：打好了，你们玩，我们先回去了。

陈秀文：好的。我们马上也回去了。

赵忠明：幸好我听觉灵敏，否则，今天要难为情死了。

陈秀文羞涩一笑，忽然定睛前方：你看那边有个人背了个竹篓在河边做什么？

赵忠明顺着陈秀文手指方向看去，一个人背着竹篓在果园的河塘边寻寻觅觅。

陈秀文：走。我们去看看。

赵忠明跟着陈秀文走近背篓人。

陈秀文：叔，你在这儿做什么啊？

背篓人：钓黄鳝啊。

赵忠明：钓黄鳝？怎么钓啊？

背篓人：用钢针钩钓呗。

背篓人摆了摆手上的吊钩。钓钩上系着一个细麻绳，串着一个大蚯蚓，蚯蚓上连着一细竹签。

赵忠明：这怎么钓啊？

背篓人：你看我呗。

背篓人在河边浅水树根下搜寻到一个小洞穴，将连着竹签的钓钩慢慢伸了进去。不一会儿，洞穴里就有了动静，麻绳被向里拖动。

背篓人：有黄鳝咬钩了。得等会儿，让它咬实了。

赵忠明、陈秀文被深深吸引，密切注视着。

背篓人很快拽着麻绳往外拉扯。

背篓人：估计是条大的，劲很大。我得与它僵持一会儿，消耗它的体力，不能硬拉，否则，钩子会被扯直，就钓不上来了。

背篓人拽着麻绳与黄鳝僵持了一会儿才慢慢向外拉拽，很快，黄鳝头露出了洞口。

赵忠明惊喜：这头好大哦。

黄鳝很快被拽了出来，一条大黄鳝被拎在空中挣扎。

陈秀文兴奋：哟，这么大的一条。

赵忠明：估计起码七八两重。

背篓人放下竹篓，用手掌卡住黄鳝的头，脱下钓钩，将黄鳝放进竹篓。

陈秀文探视了一下篓中：哟，已经钓了不少了。

赵忠明与连忙凑近：哇，真的不少。叔，你还有黄鳝钩子吗？

背篓人：有啊。我还有预备的。

赵忠明：能不能卖给我一个？

背篓人：可以。但没有竹签，只有你自己回去削一根。

赵忠明：这没问题。

背篓人：现在还不是钓黄鳝的最好季节，等到水稻秧苗插好后，到水田、水溪里能钓得更多，就是可能小了点。

赵忠明：噢，今天又长见识了。

11 — 5　永安洲镇李家大院 · 夜内

主要人物：陈秀文，赵忠明。

陆伯英，38 岁（1900—1950），李家大院女主人。

李淑芹，18 岁，李家闺女，泰州医校图书馆工作。

李家大院餐厅，陆伯英、李淑芹、陈秀文、赵忠明围着圆桌坐下，桌上已经摆上了菜肴。

陆伯英：秀儿，今天是芹儿的 18 岁生日，我特地让人把他从泰州接了回来，你们正好也来了，我真开心，这样芹儿的生日热闹了许多。因为是小生日嘛，也没有邀请其他的亲友，所以准备的菜也不多，葡萄酒也是自家酿的，你们千万别客气，来，请开始吧！

陈秀文起身举杯：姨娘太客气了，谢谢姨娘，那先祝表妹生日快乐！

赵忠明起身举杯：谢谢姨娘，祝表妹生日快乐！

李淑芹起身举杯：谢谢妈妈，谢谢你们！更要谢谢妈妈多年来的养育之恩，今天是我最快乐的一天，同时也是 18 年前妈妈最痛苦的一天，所以，祝妈妈身体健康长寿，永远幸福快乐！

陆伯英激动，起身抱了抱女儿，噙泪：丫头，妈妈生养了你这么懂事孝顺的女儿真是前世修来的福分哦！天下所有的父母都是这样，子女的幸福，才是父母最大的幸福！祝我的宝贝，事业一帆风顺，身体健健康康！早日像你姐一样找个称心如意的好对象，那妈妈更开心了。

陈秀文：姨娘放心，我表妹这么漂亮贤惠，一定会找到一位如意郎君的。

众人碰杯，一饮而尽。

陈秀文给表妹夹菜：表妹，你现在在泰州做什么工作？

李淑芹：姐，你别跟我客气了，我在自己家，你是客人。你照顾好你的那个他就行了。我从泰州医校毕业后留校，目前在校图书馆。

陈秀文：今天你过生日，不一样。

李淑芹：你呢？

陈秀文：我读的是镇江师范，可惜刚读了两年，日本人就来了，镇江沦陷，学校就解散了。现在只好暂时和我哥一起在这里的上桥小学教书。这工作还是你爸介绍的呢。

陆伯英：你爹正好与校长熟。

李淑芹：根据目前的形势，日本人早晚也会过江的，你们有什么打算？

陈秀文：我也不知道，反正我跟我哥和明儿哥走，他们到哪里，我去哪里。

李淑芹：明儿哥，你现在在从事什么工作？

赵忠明：我也是暂时在我高港的舅舅那里学中医，走一步看一步。

李淑芹：你们听说过共产党吗？

赵忠明：听说过。只是没有接触过。

李淑芹：共产党有两支抗日队伍八路军和新四军，这……

陆伯英：丫头，今天是你的生日，我们不谈这个了，来，快吃菜，菜都快凉了。

11—6 永安洲镇上桥小学·日外·内·上午

主要人物：李淑芹、陈秀文、赵忠明。

一辆带篷三轮车在学校门口停下，李淑芹从车上下来，走进了学校大门。门房大叔走出与李淑芹交流询问，指了指学校的办公室方向。李淑芹朝办公室走去。

陈秀文正在办公室批改学生作业，看到门口的李淑芹立即走了出来：表妹，找我有事？

李淑芹：想到你宿舍坐一会儿，好吗？

陈秀文：行。

陈秀文领着李淑芹来到宿舍坐下。

李淑芹：我现在回学校去，有件事昨天在我家里不方便说。

陈秀文：什么事？

李淑芹：实话告诉你，我在学校里接触了不少共产党创办的书刊，以及听说过许多有关八路军、新四军的故事，我感觉，中国现在指望腐败无能的国民党军队打败日本侵略者是没有希望的，唯一能够依靠的只有共产党的八路军和新四军，所以，我一直有个心愿，一旦有机会我一定去投奔八路军或新四军，如果你们也有这样的想法，有这样的机会一定要带上我。

陈秀文：我忠明哥也是这样认为的，他也想去找共产党的队伍，为此他曾跟他舅舅提过，但他舅舅说要等机会，现在还不是时候，一旦机会来了，我再联系你。

李淑芹：好的，那我们一定要保持经常联系，互通信息，一旦有这样的机会及时告诉对方，好有个准备。

陈秀文：行！

李淑芹：那我们说定了。我走了。

陈秀文：放心！你路上小心点。

李淑芹：没事，有家里的人送我到学校的。

陈秀文送李淑芹离开宿舍，走出校门上车，摆手告别。

下课铃声响起，学生们纷纷从教室里奔了出来。

赵忠明走出教室向办公室走去，碰到正回办公室的陈秀文：你哥今天能回学校吗？

陈秀文：说是今天回学校的，但不知道会不会有什么变化。怎么，不耐烦了？

赵忠明：不，不是这个意思。我跟舅舅和我爸说的是代课五天，如果五天到了还没有回去，他们会不放心的。

陈秀文：后天就是星期天，明天下午我们都要回高港休息了，我哥今天刚来，明天又得陪我回去？

赵忠明：你的意思是他今天不来了？

陈秀文：如果他今天不来，你在乎相差这一天吗？

赵忠明：当然不在乎。

陈秀文娇嗔：那不就行了嘛！你就老老实实再待一天吧，就是我哥今天来了，你也要等到明天与我们一起回去。

赵忠明：这，这。那好吧。

11 — 7　高港镇怀仁诊所 · 日内

主要人物：赵忠明、王玉兰。

诊所里，坐着几个待诊的人，王玉兰正在给病人看病。

赵忠明走了进来，环视了一下诊所：你好，王医生，周医生在不在？

王玉兰：周医生与你大哥一起去镇江了。

赵忠明：什么时候回来呢？

王玉兰：具体时间不知道，估计要好几个月呢。

赵忠明：怎么会这么久？

王玉兰：我也不知道，他们没跟我说。你大哥只是交代让我不要轻易离开诊所。

赵忠明：那周医生有没有留什么话或信什么的给我？

王玉兰：没有。

赵忠明怏怏离开诊所。

11 — 8　高港镇泰和中医药堂 · 日内

主要人物：赵忠明、汤承业。

赵忠明怏怏回到泰和药堂。

汤承业从药堂的后大门走了进来：明儿，你跟我来一下。

赵忠明：噢。

赵忠明跟着汤承业来到后面正屋的上房。

汤承业：把门关好。

赵忠明关好门，忐忑不安地站着。

汤承业：告诉你，据可靠消息，新四军已经到了茅山了。

赵忠明喜出望外：真的啊？

汤承业：你跟我说的事我一直挂在心上，让朋友留意这方面的消息，你如果现在还坚持要投奔新四军，那我再托人联系联系。

赵忠明：我现在肯定还是想去的，一直在等待机会。不仅我想去，还有至少三个人也想去。

汤承业：那你将所有想去的人名单整理一下给我，包括他们的详细情况都要写清楚。

赵忠明：好的。

汤承业：这件事一定要注意保密，绝对不要让任何一个无关的人知道。

赵忠明：晓得。

汤承业：其他想去的人暂时也不要将这个消息透露给他们，等人家那边调查决定好了再通知他们。

赵忠明：知道了。那我去整理一下他们的资料。

11 — 9　永安洲镇李家大院 · 夜内

主要人物：李才荣，42 岁（1897—1949），李家男主人。

陆伯英。

李才荣坐在堂厅的太师椅上吸着铜壶水烟，吞云吐雾。

陆伯英走了过来：有件事我一直在心里放心不下，思来想去得告诉你，你拿拿主意，看看怎么办？

李才荣：什么事？

陆伯英：上次丫头回家过生日，正好我侄女秀儿带着她的对象也来了。我听丫头跟他们谈什么新四军、八路军什么的，被我打断了话题。我想丫头在学校肯定会受一些人影响，弄不好，说不准什么时候会跟共产党跑了。

李才荣怔住：真的吗？

陆伯英：她才十八岁，太年轻，一头的水，不知道世道凶险，经不住别人的鼓动，万一跟着别人一起跑到共产党那边，我们家怎么办？

李才荣一听急忙从椅子上站了起来，着急地来回踱步：是的，现在的学校激进分子多，丫头完全可能会受到他们的影响。

陆伯英：那我们怎么办？

李才荣：幸好你今天把这事告诉了我，现在还不晚，我来想办法。

11 — 10　高港镇怀仁诊所 · 日内 · 阴雨 · 上午

主要人物：陈盛文、王玉兰。

外面天气灰蒙蒙地下着小雨，诊所里冷冷清清，王玉兰托腮望着门外。陈盛文打着雨伞走进了诊所。

王玉兰连忙高兴地迎了上来：今天下雨，我以为你不会来了。

陈盛文收放好雨伞：下这点小雨算什么，再大的雨我也会来的。

王玉兰：真的吗？

陈盛文：当然真的哦。说心里话，我现在一天见不到你就好像少了什么是的。

王玉兰羞涩一笑：你真会骗人！那你在学校怎么办呢？

陈盛文：在学校，除了上课的时候没空想，其他时间都在想你。

王玉兰：你真会哄女孩子，老实说，你已经骗了几个女孩子了？

陈盛文：没有，没有，真的没有，你还是我处的第一个呢。

王玉兰：这谁知道呢？

陈盛文：你不信，可以去问赵忠明，我们是同学，又是发小儿，我的情况他最了解。

王玉兰：你们是好朋友，他怎么会告诉我真话？其实，我并不在乎你以前有没有谈过女朋友，只要你现在对我是真心实意的就行。

陈盛文：我对你当然是真情实意的。

王玉兰：提到赵忠明，我看他对我们的周医生才是真心实意的呢。

陈盛文：是吗？你怎么晓得的？

王玉兰：他已经来找了周医生好几趟了。我告诉过他周医生去了镇江要好几个月才能回来，他似乎还不相信。

陈盛文若有所思：噢。

王玉兰注视着陈盛文：怎么啦？

陈盛文回过神来：噢、噢，没什么。你听说过共产党的新四军吗？

王玉兰：听说过。但不关心这些。我们从医的还是不要关心政治为好。怎么了？怎么突然问起这个了？

陈盛文：没什么，我就随便问问。你今天想吃什么菜？我去买。

王玉兰：下雨呢，你就不用去了呗。我们随便吃点什么吧。

陈盛文：没事。反正闲着也是闲着，再说，下次还要等到一个星期呢。

王玉兰：那随你吧，你喜欢吃什么就买什么，我无所谓。

陈盛文：那我去了。

王玉兰：你等一下，跟我到这边来一下。

陈盛文跟着王玉兰进了里屋。

王玉兰突然转过身，紧紧搂着陈盛文的脖子对着陈盛文的脸颊，嘴唇狂亲起来。

幸福来得太突然，陈盛文既兴奋又紧张，双手微微颤抖本能地抱住了王玉兰的柳腰，渐渐适应，进入状态，双臂越搂越紧……。

11—11　高港泰和中医药堂·日内

主要人物：汤承业、赵忠明。

汤承业与赵忠明在屋内。

汤承业：你提交的人员名单人家已经通过了，你现在可以叫他们做好随时出发的准备，一旦接到通知，立即就走。

赵忠明： 好的。

汤承业： 去的人一共有十二个。因为要经过沦陷区，目标太大，不能一起走，只能分批，你们四个为一组。现在必须特别强调的是，你必须告诉他们对任何无关的人进行严格保密，哪怕是自己最亲的人暂时也不能说。

赵忠明： 知道了。

11 — 12　永安洲李家大院 · 日内

主要人物： 李才荣、陆伯英、谢管家。

李才荣背着手在客厅不安地来回踱步。

陆伯英在一旁着急地注视着： 你别老是这么走来走去的，得赶紧想办法啊，我心口都急得疼了。

李才荣： 我不正在想嘛，你急也没有用，去叫谢管家过来。

陆伯英： 喔。

陆伯英转身匆匆离开。

谢管家进来： 老爷，有什么吩咐？

李才荣招手让谢管家靠近耳语一番。

谢管家连连点头： 知道了，好。老爷请放心，我这就去。

11 — 13　泰州医科学校 · 日 · 外内

主要人物： 谢管家、李淑芹。

谢管家坐着人力来到泰州医科校大门前挽起长褂下车，向校内疾步走去。

遇到一位经过身边的学生停下询问。

学生用手指着前面的一排房屋比画示意。

谢管家沿着学生手指的方向，匆匆走了过去。

李淑芹正在图书馆里整理书籍，忽然看到谢管家急匆匆闯了进来十分惊讶： 谢叔，您怎么来了？

谢管家喘着粗气，一脸着急： 小姐，不好啦，你妈生病了。

李淑芹吃惊： 我妈生病了？什么时候的事？生的什么病？

谢管家： 前两天你妈胸口有点儿隐隐的疼，以为没什么事，就没在意，昨天突然疼得很厉害，今天早上已经说话都很费劲了。

李淑芹紧张： 那找大夫看过没有？

谢管家： 找过了，大夫也开了药方。可服了药之后，效果不是很好。

李淑芹：大夫说是什么病？

谢管家：大夫说可能是心脏上面的问题，很危险，随时都有可能……

李淑芹着急：你们找的哪里大夫？

谢管家：就我们永安洲的那个姚老中医。

李淑芹：既然服药了，效果还不怎么好，那再到高港找一下赵忠明的舅舅汤老先生看一下啊，他可是远近闻名的老中医。

谢管家：老爷今天已经派人去请了。老爷怕太太万一有个什么意外，所以让我来叫小姐赶紧回去。

李淑芹心急火燎：那行，我现在就去跟学校请个假，马上就与你一起回去。

谢管家：那我在学校门口等你。

11—14　永安洲镇李家大院·日内·傍晚

主要人物：李才荣、李淑芹、陆伯英。

梅姨，40岁左右。

李才荣坐在堂厅八仙桌右边的太师椅上吸吮着黄铜水烟壶嘴，喷云吐雾。

蔡家丁急匆匆跑进堂厅：老爷，谢管家与小姐就快到家门口了。

李才荣连忙起身对旁边的梅姨：快，快叫太太躺床上去。

梅姨急忙跑进后屋上房内：太太，小姐快到家了，老爷叫您赶紧躺床上去。

陆伯英连忙脱去外衣，解开发髻躺到了床上。

李淑芹心急火燎地跑了进来。

李才荣连忙迎上：丫头，你终于回来啦，你妈刚才还念叨你呢。

李淑芹：爹，妈妈呢？

李才荣：在后屋，刚喝过药躺在床上休息呢。

李淑芹直奔后屋，来到陆伯英床边：妈，我回来了。

陆伯英勉强半睁眼睛，有气无力地呻吟：宝贝，你回来啦。妈妈差一点儿就见不到你了。

李淑芹眼泪夺眶而出，抓住陆伯英的手：妈，您别这样说，有女儿在，您不会有事的。

陆伯英轻轻抚摸着李淑芹的手：见到我的宝贝女儿，感觉我这病好了一大半了。

李淑芹：高港的汤老先生有没有来？

梅姨：来看过了，重开了药方，刚服过汤药。

李淑芹：妈，这下你就放心吧，您的病很快就会好的。汤老先生可是远近闻名的老中医，祖上可是皇宫里的御医呢。

陆伯英：好了才好呢，我还没抱到外孙呢。

李淑芹破涕为笑：妈，您就放心吧，早晚会让您抱外孙的。您现在好好养病就行，先别操那心了。

陆伯英：你今年已经十八了，到了成家的年龄了。你不成家，我和你爸就是一个大心事，你如果有合适的就带回来让我和你爸帮你长长眼，若还没有，我就托媒人介绍介绍。镇长家有个儿子，我看很不错，约个好日子去看看。

李淑芹：妈，您先好好养病，等病好了再说，我听你们的，你们说好就好。

梅姨：小姐，晚饭好了，您还是先去吃饭吧，这里有我来。

李淑芹：好。妈，我先去吃饭，晚上我陪您睡。

11 — 15　高港泰和中医药堂 · 日内

主要人物：*汤承业、赵忠明。*

汤承业匆匆跨进药堂大门。

赵忠明连忙迎了上来：舅舅。

汤承业：你跟我来。

赵忠明跟着汤承业进了里屋。

汤承业：你们的事现在都已经安排好了，十天后，也就是 7 月 18 日上午 8 点到这里集中，你们四个人由专人带你们去茅山新四军根据地。

赵忠明：谢谢舅舅！那我马上就通知他们作好准备。

汤承业从衣袖里掏出证件：这是你们四个人的证件，通过镇江敌占区必备的。出于安全考虑，你们的名字都改了，到了新四军那里，你们一律使用新名字。你一定要叫他们尽快习惯称呼新名字，包括你。

赵忠明接过证件：好的。那我现在就去永安洲通知他们。

11 — 16　永安洲镇李家大院 · 日内

主要人物：*李淑芹、李才荣。*

张勇，30 岁左右，李家护卫队队长。

李淑芹从后屋走进了主屋会客厅。

李才荣正吸着水烟。

李淑芹：爹，我看妈妈今天的气色精神都好多了，应该没什么事了，我想去镇上买些东西。

李才荣：叫梅姨去买呗。

李淑芹：我买的东西她们不懂的。

李才荣：那我叫人陪你一起去。

李淑芹：不用了吧，离镇上又不远。

李才荣：那不行，现在世道不太平，一个女孩子家，一个人去镇上我不放心。

李淑芹：那好吧。

李才荣对梅姨：叫张勇过来一下。

梅姨：是，老爷。

梅姨出去。

张勇身挎盒子枪，快步进来：老爷，有事请吩咐！

李才荣：小姐要到镇上去买些东西，你和梅姨带几个人陪她一起去。

李才荣使了个眼色。

张勇心领神会：好的。

11 — 17　永安洲镇上桥小学 · 日 · 外内

主要人物：李淑芹、陈秀文。

李淑芹坐着轿子来到上桥小学门口停下。

李淑芹下轿：你们在外面等一会儿，我到学校里面去看望一下我表姐。

梅姨、张勇：好的。

李淑芹跟门房的大叔打了一声招呼，径直走了进去。

李淑芹走到教师办公室门口咳嗽了一声。

里面正在办公的陈秀文抬头见到门外的李淑芹，连忙走了出来：走，我们去宿舍。

陈秀文领着李淑芹进入宿舍，关好门：我正要去泰州找你呢，你正好来了。

李淑芹：我回家好几天了，我妈生病了，我回来照顾我妈的。

陈秀文：你妈的病要紧吗？

李淑芹：我回来时好像病得很重，自从吃了赵忠明舅舅开的药之后，现在已经吃得饱，睡得香了，应该不要紧了。

陈秀文：那就好。我正要通知你的，去新四军那边的事已经安排好了，7 月 18 日上午 8 点到赵忠明舅舅的药堂集中。你还有什么问题没有？

李淑芹：开始我还担心我妈的身体，现在应该没问题了。

陈秀文：这件事要绝对保密，不可以让任何无关的人知道，包括你的父母。

李淑芹：这我知道。说心里话，我还真的舍不得他们，把我们养这么大还没有报答过他们。

陈秀文：我们也一样。但没有国，哪有家。我们不是从镇江的家逃到这里来了吗？若不打败日本人，这里早晚也是会被日本人占领的。

李淑芹：那这事就这样决定了，到时，我一定到。

11—18　永安洲镇李家大院·夜内

主要人物：李才荣、梅姨、张勇。

李才荣坐在会客堂厅吸着水烟。

梅姨和张勇站左右各立一边。

李才荣：今天小姐都去了些什么地方？

张勇：小姐先是在街上逛了会，买了些香皂、香粉之类的化妆品，后来去了一趟上桥小学。

李才荣：没有去其他什么地方？

张勇：没有。我们跟得紧紧的。

李才荣：你记住，从现在起，只要小姐出门，你们几个人必须跟着，形影不离，不得让她离开永安洲。

张勇：晓得了。

11—19　永安洲镇李家大院·日外

主要人物：李淑芹、张勇。

李淑芹从前屋走向院门。

张勇带着三个人立即跟了上来：小姐，去哪里？

李淑芹：不去哪里，我就到外面随便走走。你们去忙你们的吧。

张勇：现在外面水大，老爷让我们几个专门照顾小姐的。

李淑芹：我又不是小孩，就在院子外面四周转转不会有什么事的。

张勇：老爷吩咐的，我们只能照着办。

李淑芹：那随便你们吧。

11—20　永安洲镇李家大院·日内

主要人物：李才荣、李淑芹。

李才荣坐在太师椅上吸着水烟。

李淑芹走了过来：爹，跟您说个事儿。

李才荣：什么事，你说吧。

李淑芹：我看妈的病已经没问题了，明天我想回学校去，时间太长了，回去不好说。

李才荣：你妈的心脏病是好了，但心事还没有了。

李淑芹：我妈还有什么心事？

李才荣：你的婚事呗。

李淑芹：爸，我还小，不用急的。

李才荣：都十八岁了还小？看人家像你这么大的姑娘小孩都有了。

李淑芹：爸啊，人家是人家，我是我，各人的情况不同。

李才荣：有什么不同？不就是你比一般的人家多读了点书呗。

李淑芹：就是因为多读了点书，所以要先干点事业后再成家不迟，否则跟没读书有什么两样呢？

李才荣：成家跟立业有什么冲突呢？成了家，也同样可以立业嘛。老话所说的成家立业，成家立业就是先成家再立业。何况，一个女孩子，将来的主要责任就是相夫教子，立业的事主要还是靠男人。

李淑芹：爸，你这可是老思想了。现代女性要争取自立自强，不能全依靠男人，全依靠男人有时真的靠不住。古代的穆桂英如果男人靠得住还需要她挂帅吗？

李才荣：这、这，你这是歪理邪说。

陆伯英走了过来：乖乖隆的咚，我这丫头现在可了不得了，读了点书，跟她老子对起嘴来一套一套的。丫头，不依靠男人但总归要有个男人啊。

李淑芹：我又没有说不要男人，更没说不成家，只是说婚姻的事，要靠缘分，缘分来了自然就水到渠成。

陆伯英：现在就有现成的缘分，那黄镇长家的少爷，要模样有模样，要文化有文化，要家产有家产，与我们家丫头可真是郎才女貌，门当户对。

李淑芹：我可没见过。

陆伯英：我见过呀，如果不好，我怎么可能把我宝贝女儿许配给他？

李淑芹：什么许配给他？我连他的面都还见过呢你就满口答应了？妈，跟您讲，我可反对父母包办婚姻。

陆伯英：我说错了，也不叫许配，我只是答应先相个亲，见个面，双方你情我愿后再订。

李淑芹：这还差不多。那以后再说吧。

陆伯英：不要以后啦，挑个好日子，先相个亲再说。你相中相不中，全由你做主，我和你爸绝不勉强，好不好？

第十二集 横越天堑

机智列女巧应变，时至逾垣越天堑。

父母发觉飞舟截，宁死不从志撼天。

12—1 永安洲镇李家大院·日内

主要人物：李淑芹、陆伯英、李才荣。

李淑芹：妈，不是我不同意相亲，是学校那边我请的假都过了好几天了，再不去学校，可不好交代。况且，您的身体也恢复得很好了，学校那边还有好多事要做呢。

陆伯英：这个你就别担心了。你爹跟你们学校的林主任是好朋友，上次还在一起喝过酒，抽空你爹他打个招呼就行了。

李淑芹：我爹什么时候跟我们林主任喝酒了，我怎么一点儿都不知道？

陆伯英愣了一下：这个，这个你就别管了，反正啊，晚几天去学校没事的。

李淑芹：那随你们吧，反正我不去他家相什么亲。

陆伯英：你不去也行，那就叫他到我们家来。

陆伯英与李才荣相视会意一笑。

12—2 永安洲镇李家大院·夜内

主要人物：李淑芹。

李淑芹躺在床上，辗转反侧，起身靠在床栏上，看了一眼身旁的母亲。

陆伯英正酣然梦香。

李淑芹（VO）：看样子爸妈暂时是不想让我回学校，难道去茅山的事他们有所察觉了？爹爹与我们林主任喝酒的事按理第一个要告诉我的，怎么他们以前提都没提的？难道妈妈的病是装的，目的是骗我回来？难怪谢管家他们天天盯着我形影不离的哦。还有五天就到约定的时间了，我怎么脱身呢？

12—3　永安洲镇李家大院·日内

主要人物：李才荣、李淑芹。

李才荣在账房里翻看账本，打着算盘。

李淑芹走了进来：爸，我去表妹的学校去一下，去取回她借的我们图书馆的书。

李才荣：让梅姨，谢管家他们陪你一起去，早去早回。

李淑芹：好的。

12—4　永安洲镇上桥小学·日·外内

主要人物：李淑芹、陈秀文。

一顶轿子在学校门口停下，李淑芹从轿子里面下来，走进了学校大门。

梅姨、谢管家们在校门口等候。

李淑芹跟门房季大叔打了个招呼，径走至宿舍门口敲门。

木门打开，陈秀文一看是李淑芹立马侧身让进，随即关上了门。

李淑芹：去茅山的事，我感觉我爸妈可能有所察觉了。现在把我从学校骗回来盯得死死的。还要给我介绍对象呢。

陈秀文：那你现在怎么想的呢？

李淑芹：我肯定还是要与你们一起去的，关键是那天我怎么脱得了身。

陈秀文沉思着，转动着手里的钢笔，来回踱步。

李淑芹着急地注视着她：要么我也装病，要求去赵忠明舅舅家去看病，然后从那里直接走？

陈秀文：这不行。你爸妈同样会派人跟着，再说，你突然不见了，他们会跟他舅舅要人的，弄不好，闹得满城风雨，众人皆知，那更不好了。这件事，是绝对不可以让外人知道的。

李淑芹：那怎么办？

陈秀文：既然你决心已定，我看这样……

陈秀文（FO）详细交代着……

李淑芹（FO）认真听着，不时地点着头。

12—5　永安洲镇李家大院·日内

主要人物：李才荣、李淑芹。

李才荣在书房看着书。

李淑芹走了进来：爹，在看什么书啊？

李才荣：看的是《易经》。

李淑芹：瓦爹爹什么时候对卜筮也感兴趣啦？

李才荣：人啊，不一定追求什么知识都那么精通、专业，但最好多少都了解一些有好处。

李淑芹：我觉得您最精通的就是人情世故。

李才荣得意：丫头，我告诉你，为人处世可是一门大学问哦，也是所有的学问当中最难学，最难学好的。你看自古许多英雄豪杰，忠臣才子最后的结局为什么都不怎么好？比如岳飞、文天祥、苏东坡、杜甫等，就是因为他们为人处世的哲学没有学好，不会随机应变，不懂得识时务者为俊杰的道理。或者懂得，却在关键的时候不知道如何去做。懂得跟会不会做是两回事。你做忠臣可以，但你所忠诚的必须是位明君贤主，那些建业无略，治国无能，昏庸无道，奸佞狡诈的君主，你若还是那么忠诚，那就是愚忠，最后都不会有什么好下场的。所以，有这么一句名言：世事洞明皆学问，人情练达即文章。

李淑芹：啊呀，真是与爹一言谈，胜读十年书哦。

李才荣：丫头啊，你还很年轻，涉世未深，尚不知道这世道凶险，人心险恶。以后你经历的事多了，也就慢慢懂得其中的道理了。

李淑芹：还望爹爹以后多多教诲。

李才荣：别人的教导自然很重要，但最主要的还是要靠自己的悟性。

李淑芹：是的。那爹，你觉得您女儿的悟性怎么样？

李才荣：你啊，比你哥聪明灵活。不过，有时候就是悟过了头。

李淑芹嘿嘿一笑：爹，您这是夸我呢，还是损我呢？

李才荣：我是一分为二评价你。不过这也很正常。我们每个人都有优缺点，不可能完美无缺的。正因为有缺点，所以我们才会做错事。做错事也不怕，怕的是不接受教训，犯重复性错误。

李淑芹：爹，我现在就悟出一个事儿来了。

李才荣：悟出什么事来了啊？

李淑芹：这几天，我一直跟我妈一起睡的，有点抢班夺权了，从今晚起，您还是回妈妈房间里睡吧。

李才荣：就这个事啊，这不叫抢班夺权，你是心疼你妈，怕我对你妈照顾不周。爸爸看到你这一片孝心，心里真是很欣慰，看来，我和你妈没有白养你。白疼你哦。

李淑芹：女儿可不孝顺哦，让您回妈妈的房间是因为妈妈睡觉老打呼噜，我夜里一直睡不好。

李才荣哈哈一笑：我知道。这些天我也没睡好，这么多年来，我对她已经很习惯了，突然听不到你妈打呼噜的声音，反而睡不踏实，一夜醒好几回呢。

李淑芹“扑哧”一笑。

李才荣：这些天让我宝贝丫头挨搞了，也好让你好好休息休息了。好吧，今天你还是回你的房间吧。少年夫妻老来伴，陪你妈的本来就应该是我。噢，想起来了，你妈已经挑好了一个相亲的日子了，选的是这个月的十六。

李淑芹：好吧，就听你们的。

12—6 永安洲镇李家大院·日内·上午

主要人物：梅姨、陆伯英。

梅姨正在后屋打扫卫生。

陆伯英从前院走了进来：芹儿起床没有？

梅姨：太太，没有呢。

陆伯英走近西房门口敲门：芹儿啊，快开门！

李淑芹在床上翻了一下身。

陆伯英继续敲门：芹儿啊，起来没有？快开门！

李淑芹睡眼惺忪地起身下床开了门。

陆伯英一步跨了进去：都什么时候了，怎么还不起床呢？快起来梳洗打扮一下，那黄公子马上就要来了。

李淑芹：噢。

陆伯英：快点，别再磨磨蹭蹭的了。

陆伯英走出房门对着梅姨：把桌子椅子多抹几遍，弄干净点。

梅姨：晓得了，太太。

陆伯英走到前院。

谢管家一见赶忙跑了过来：太太，您看看还有没有哪里需要再整理的？

陆伯英，环视一周：那院墙下的几颗杂草清理一下。这灯笼好像有点儿不正。

谢管家：好的，马上就叫人弄。

陆伯英：还有，这屋檐下的燕子要不要把它弄掉？弄得这墙上、地上都是鸟粪，脏死了。

谢管家：鸟粪可以清理，但这燕子窝可不能动。

陆伯英：为什么？

谢管家：太太，这燕子古人称之为“紫燕”，包含着“紫气东来”的意思，可是个吉祥鸟。老话说，燕子不入寒门，它们在谁家筑窝，就说明谁家人丁兴旺，财源广进。

陆伯英诧异：噢，还有这样的说法？那好吧，就把鸟粪清理干净吧。

谢管家：好的，这就叫人弄。

陆伯英回到主屋会客厅。

李才荣悠哉游哉地吸着铜壶水烟。

陆伯英看了看墙上的挂钟：快九点了，黄公子就快来了。

李才荣眯着眼睛：相个亲而已，搞得像皇上要大驾光临似的。丫头看得上看不上还不一定呢。

陆伯英：你别这么说，人家哪里比我们差？依我看，人家能看上我家丫头就不错了。

李才荣：我们自己养的丫头，性格脾气我不知道？志向远大，心高气傲，不是一般人能够驾驭的。

陆伯英：这可不一定，那黄公子也是一表人才，知书达理。说不定丫头就会一眼相中呢？

李才荣：但愿如此哦。

蔡家丁快步进来：老爷、太太，黄少爷来了。

谢管家领着一位腰圆体胖，衣着鲜亮的媒婆走了进来，身后跟着一位身材高瘦，西装革履，油头乌发的年轻人（黄广为），手里拎着一扎礼品盒。

李才荣起身移步。

陆伯英快步到门外，笑脸相迎：啊呀，大嫂子，辛苦你了！快，快进屋！

媒婆笑容满面，跨进门来：李老爷、李太太，我只是动动嘴，跑跑腿，谈不上辛苦。

黄广为躬身：大伯、大妈好！初次登门，带了点小礼物，聊表心意。

媒婆：这黄公子，你们应该都认识的，我就不多介绍了。

陆伯英接过礼物：啊呀，太客气了，又不是不熟悉，还带什么礼物。快，快坐下聊聊。

黄广为：大伯、大妈、大婶，你们请先坐。

媒婆：都请坐。

众人落座。

梅姨端上茶碟，献上盅茶。

陆伯英：大嫂子、黄公子，请喝茶。

黄广为起身还礼：谢谢！

媒婆：谢谢，谢谢！啊呀，太客气了。

陆伯英：梅姨，去看看小姐忙好了没有。

梅姨：好的，太太。

梅姨转身离开。

李才荣：黄公子在哪里高就啊？

黄广为起身：大伯，侄儿在高港的金寿木商行。

李才荣：噢，那可是高港生意最红火规模最大的木行。

黄广为：父亲在那里入了点股，叫我在那里打理打理。

李才荣：那湖北人每年在那里赚得可是盆满钵满哦。

黄广为：是的。不过，风险也很大。

陆伯英：那木行有什么风险？

黄广为：卖木材没有什么风险，但那些木材都是从长江上游放排过来的，沿途要经过许多风浪险滩，一旦搁浅在江滩，那就很麻烦了。特别是遇到大漩涡或撞上暗礁，就可能会散了架，排散人亡，老板也会随之倾家荡产。所以，每次大排一旦平安进坞，整个木帮就会当一次特大喜事来办，举行十分隆重的庆贺仪式，不仅敲锣打鼓，放鞭炮，宴请放排师傅，还请戏班子唱三天戏。

陆伯英：啊，还会这个样子啊。

李才荣：你以为这个钱那么好赚啊，赚大钱风险也大，听说以前好几个老板都经营失败，亏得很惨，到最后为了躲债跑了。

黄广为：现在湖北的这个老板经营有方，他不仅召集了多家商户参股，并且用比一般放排师傅高出几倍的工钱找了好几名放排高手，这样就大大降低了风险。我们家参的股少，所以，纵赚有限，纵亏也有限。

李才荣：是啊。只要找对了放排高手，将木排安全放到家，哪还在乎多出来的那点儿工钱？所以，想干成大事，得要有大的胸怀才行。

黄公子：大伯说得极是。

李淑芹走了进来：爸、妈、大婶子好！

媒婆立即起身拉着李淑芹的手：黄公子，这就是李小姐。

黄广为立即起身低头施礼：李小姐好！黄广为。初次见面，请多关照！

李淑芹低头回礼：你好！李淑芹。不好意思，怠慢了。

媒婆喜笑颜开：啊呀，到底都是读过书的年轻人，跟我们就是不一样。说话都很时髦。

黄广为：让大婶子见笑了。我可不太会说话。还是到了商行后，跟前辈们，同事们学了些。

李才荣：还是环境造就人啊。

黄广为：还请大伯以后多多教诲！

李才荣：这可不敢当。你们年轻人现在都是新文化、新思想，我们这些老朽跟不上形势了。

黄广为：大伯过谦了。中华有五千年的历史文化，现在的新文化、新思想也都是悠久历史文化的传承。正如没有老前辈，就没有新一代一样。

李淑芹：新思想，新文化是对传统文化的优胜劣汰，去其糟粕，取其精华。人类社会的不断向前发展首先是靠文化的发展为基础，从而推动整个社会的进步。

黄广为：说得即是。请问李小姐何处高就？

李淑芹：高就可不敢当，就职于泰州医科学校。

黄广为：难怪这么见识不凡。

李淑芹：过奖了，只不过是图书馆的一个小职员而已。

黄广为：有个人曾经也是北京大学图书馆的管理员，也是个小职员，而今却已是中国叱咤风云的人物了。

李淑芹：我知道。不过，我只不过是个弱小女子而已，万不可与他们同日而语、相提并论。

黄广为：名山藏贤圣，乱世出英雄。李小姐才貌出众，未来必定前途无量。

李淑芹：黄公子过奖了。

黄广为：我有几个从镇江商学院毕业的泰州同学跟你一样，对中国的思想文化都有着独特的见解，如果你有兴趣，我们约个时间一起交流交流如何？

李淑芹：当然可以。

众人被他俩的对话深深吸引，一个个全神贯注。

李才荣：哎哟，看来，我们这些老朽已经落后了，跟不上这时代潮流了。听他们说话，就像大法师唱经书，一套一套的，就是没听懂。

媒婆：就是，这一套一套的我们听得云里雾里的，根本听不懂哦。还是你们两个年轻人以后多走走，多谈谈。我看你们两个可真是天上的一对，地上的一双哦。

李才荣：年轻人在一起，他们都有共同的话题，我们老一辈都插不上话，也不知道说什么好。

黄广为：老一辈当然也有老一辈的优势，你们阅历丰富，洞察敏锐，观察事物能够明察秋毫，高瞻远瞩，不像我们年轻人，好高骛远，做事浮躁，不能脚踏实地。

李才荣：也不能这么说，年轻人，思想开放，视野宽广，思维敏捷，敢闯敢干。

李淑芹：所以啊，创业要靠年轻人，守业要靠老前辈。互相取长补短，事业才能欣欣向荣，稳步发展。

黄广为：是的。所以什么时候还请大伯百忙之中，抽空到我们商行多多指教。

媒婆：啊呀，这黄公子还说不会说话，依我看，真是太会说了。比我这做媒的能说会道多了。好了，不多说了，我们就不再待了。

陆伯英：怎么，这就要走了？不再坐坐喝些茶了？

媒婆：不了。黄公子木行还有事。

李才荣：一起吃个便饭再走吧。

黄广为起身：不了。今天在前辈面前班门弄斧了，失敬之处，还请多多包涵见谅！

李才荣：不存在，与你们年轻人在一起，我们也长新知识了。

黄广为：那我们就不打扰了。大伯、大妈、李小姐，欢迎你们随时光临寒舍！

李淑芹：那你们走好，欢迎你们常来坐坐。

12—7　永安洲镇李家大院·夜内

主要人物：李才荣、陆伯英。

李才荣、陆伯英躺在床上，背靠床栏。

陆伯英：你看他们俩怎么样？

李才荣：我看他们还挺般配的，这小伙子还不错。

陆伯英：看他们今天挺谈得来的，估计有戏。

李才荣：丫头怎么说的？

陆伯英：丫头说等媒婆回信了再说。

李才荣：那就是同意了。如果那边也没问题，我们就趁热打铁，赶紧把这亲事订了。

陆伯英：那边应该没问题。你想，如果黄公子没看上我家丫头还会那么热情地邀请？

李才荣：是的。唉，总算快了一桩大事情了，压在我心头的这块大石头终于快落地了。

陆伯英：都亏你老谋深算，姜还是老的辣。

李才荣、陆伯英相视开心一笑。

陆伯英：今天终于可以睡个踏实觉了。

李才荣：是的，睡觉！

12—8 永安洲镇李家大院·日外·阴

主要人物：李淑芹、陆伯英、梅姨。

李淑芹十分悠闲地在院子里四处转悠，那只大黄狗跟在身后摇头摆尾。李淑芹时不时地蹲下来摸摸它的头，黄狗亲昵偎依，亲舔李淑芹的手背。

陆伯英走了过来：丫头啊，一大早媒婆就过来回信了，说那黄公子对你是非常满意，等他爸妈去挑个好日子过一下水礼，就把亲事定了。

李淑芹：订就订呗，你们做主。

陆伯英开心：那就这么定了？

李淑芹：好的。我马上想到外面我门家果园竹园去转转，散散心，让梅姨和张叔一起陪我去呗。

陆伯英：好的。你出去小心点，这外面的蛇和百脚虫多，别被它们咬了。

李淑芹：放心吧，我带着狗狗去，就在路上随便走走看看，不到林子里面去。

李淑芹牵着大黄狗走出了院子的大门，梅姨、张勇跟随其后。

李淑芹沿着桃园、梨园边走边看，最后驻足在一片青翠高耸的竹园边。

竹园里长出了许多清新的翠竹，青嫩的竹节上敷粘着一层薄薄的白色霜粉，犹如闺阁抹粉施脂的少女。

李淑芹信口沉吟：破土凌云节节高，寒驱三九领风骚。不流斑竹多情泪，甘为青山化雪涛。

李淑芹又吟：万物中潇洒，修篁独逸群。贞姿曾冒雪，高洁欲凌云。细韵风初发，浓烟日正曛。因题偏惜别，不可暂无君。

李淑芹吟到此处，面露伤感，眼眶噙泪。

梅姨见状，十分诧异移步上前：小姐，怎么啦？

李淑芹抹了一下眼泪：我爸妈马上要给我订亲了，陪伴他们身边的日子不多了，以后还请梅姨多多细心照顾。

梅姨释然：哟，是这个事啊。男大当婚，女大当嫁，世世代代都是这样。女人要出嫁，舍不得亲生父母是人之常情，我也是过来的人，当初也跟你一样伤心了很久呢。不过，有了新家之后，时间久了，就慢慢适应了。

你还好，黄公子家离娘家不远，随时都可以回来的。服侍老爷、太太的事，我们会尽心尽力的，请小姐尽管放心，老爷、太太平常对我们都很好。

李淑芹：有你这句话，我就放心了。

李淑芹转身往回走，走到半途，又依依不舍地回头十分留念地望了望满目遍野的园林。然后，快步离开。

12—9　永安洲镇李家大院·夜外·内外·大雨

主要人物：李淑芹。

夜色沉沉，天空远处不时忽闪着无声的光电，乌云密布。

李家大院一片寂静。

李淑芹从床上起来，将洋油灯火捻大，看了看手表，立即穿好衣服，收拾了一下行李。

大黄狗走了过来，依着李淑芹的腿蹭来蹭去。

李淑芹蹲下身，抚摸它的脑袋，搂了搂。然后示意它坐到一边去。

大黄狗顺从地摇着尾巴乖乖走到一边伏下。

室外电闪雷鸣，大雨倾盆。

李淑芹穿着雨衣，戴上雨帽蹑手蹑脚跨出门槛，大黄狗见状，连忙起身欲想跟随。

李淑芹用手指指着它，低声命令它退回。

大黄狗又乖乖地回到原处躺下，抬头眼睁睁看着李淑芹关上了房门。

李淑芹轻手轻脚冒雨走至院墙边，将横放在墙脚下的梯子竖靠在墙上，小心翼翼地爬了上了墙顶。

围墙外，赵忠明、陈盛文将梯子立即靠了上来。

李淑芹顺梯而下，赵忠明、陈盛文扶着她爬上马车。

马车慢慢起动，行出一段，加速离去。

12—10　永安洲镇李家大院·日内·早晨

主要人物：李才荣、陆伯英、谢管家，梅姨。

李才荣坐在会客厅的太师椅上悠闲地吸着铜壶水烟。

陆伯英走了过来：丫头个成起床呢?

李才荣：没看到。估计还在睡呢。

陆伯英：都什么时辰了怎么还不起床呢，将来嫁到人家去，公婆怎么看得惯哦。

李才荣：你管她呢，她反正在家又没什么事，你放心，船到桥头自然直。

陆伯英：都是你一天到晚惯成这个样子的。

后屋传来狗吠声。

陆伯英：这狗子怎么好像在丫头屋里叫的？她把狗子带房间里干什么？

李才荣：丫头难得在家这么久，这狗子特通人性，整天跟在丫头身后屁颠屁颠的，讨好，拍马屁。

天堑

陆伯英：按道理，丫头在房间没什么情况，狗子不会叫的。不行，我得去看看。

陆伯英连忙快步走到后屋李淑芹的房间门口敲门：丫头，丫头，你起来没有？

房间里又传出两声狗叫声。

陆伯英轻轻推了一下门，门就开了，大黄狗摇头摆尾地迎了上来。

陆伯英跨了进去，掀开蚊帐，床上空无人影。

陆伯英紧张：丫头呢？丫头人哪儿去了？

梅姨闻声跑了过来。

陆伯英：看到小姐没有？

梅姨：没有啊，我一直以为她在睡觉呢。

陆伯英：赶紧去问一下谢管家，小姐出去没有？

梅姨：好，我这就去问。

梅姨快步走向前院。

谢管家匆匆赶了过来：太太，我们没看到小姐出门啊。

陆伯英：那赶紧四处找找。

谢管家：好的。

谢管家跑出屋外。

陆伯英立即跑到会客厅：大当家的，丫头不在房间，也不知道跑哪儿去了。

李才荣惊起：啊？不会吧。昨晚不还好好的吗？

陆伯英：啊呀，昨晚是昨晚，今天就不见了。

李才荣着急：那还不赶紧找啊。

李才荣、陆伯英、梅姨分别在各个房间，院子里寻找起来。

谢管家跑了过来：老爷，太太，屋里屋外，院里院外，我们都找遍了，没找到小姐。

李才荣站在走廊上，环视院内，视线停留在竖靠在院墙上的梯子，走了过去。

谢管家跟在身后：老爷，这梯子原来不在这里的，小姐会不会……

陆伯英一拍手：难怪狗子被关在房间里，肯定是昨晚被别人从外面接应走了。

李才荣一跺脚：快备车！

12 — 11　永安洲镇上桥小学门口 · 日外

主要人物：李才荣、陆伯英、张勇、谢管家。

一辆装饰讲究的马车驶近校门口停下。

从车上跳下来的张勇，谢管家转身搀扶着李才荣、陆伯英跳下。

陆伯英跟着李才快步走近门房。

门房季大叔走出门房。

李才荣询问。

季大叔摇头摆手。

李才荣、陆伯英重新回到马车上，

马车急驶而去。

12 — 12　高港镇泰和中医药堂 · 日外 · 内

主要人物：李才荣、陆伯英、张勇、谢管家。

一辆带篷马车驶近泰和中医药堂门口停下。

从车上跳下来的张勇，谢管家转身搀扶着李才荣，陆伯英跳下。

李才荣、陆伯英跨进药堂。

药堂伙计立即迎接。

李才荣询问。

伙计时而点头，时而摇头，时而用手指向门外的路人提示。

李才荣、陆伯英看到河边的一条小船，踏着翘板，向船主打听，然后重新回到车上。

马车急驶而去。

12 — 13　高港码头 · 日外

主要人物：李才荣、陆伯英、张勇、谢管家。

一辆马车驶到码头停下。

跳下马车的张勇、谢管家转身搀扶着李才荣、陆伯英跳下。

四人匆匆跨上一条篷船。

篷船迅速离开码头向江面驶去。

12 — 14　扬子江江面 · 日外

主要人物：李才荣、陆伯英、张勇、谢管家、贾师傅。

李才荣站在船板上指示着船向前面另一条船驶近、靠上。

李才荣向船主抱拳施礼。

张勇跳上船，掀开船帷查看，转身向李才荣摆了摆手，然后重新回到船上。

李才荣再次向船主施礼，然后继续行驶。

篷船继续向江面上的另一条篷船驶近、靠上。

李才荣站在船板上向船主抱拳施礼。

张勇跳上船掀开船帷查看，转身向李万山摆了摆手，然后重新回到船上。

李才荣再次向船主抱拳施礼，然后继续行驶。

篷船继续向另一条船驶近。

正在摇橹的理发店贾师傅猛然发觉，立即加快了速度。

张勇：这条船肯定有情况，速度加快了。

李才荣：快，快，追上去。

贾师傅也加快了摇橹速度。

两条船在江中追逐。

张勇：老爷，追不上哦，怎么办？

李才荣：开枪警告！

张勇：老爷，现在已经离日占区不远了，会不会把日本人招过来？

李才荣：管不了这么多了。

陆伯英惴惴不安：可不能打到船啊！

张勇：太太放心，我对空不对船。

“砰、砰”两声枪响，划破长空。

前面的篷船慢慢停了下来。

这边篷船慢慢靠上，张勇和谢管家先后跳上，摔开船头的贾师傅，掀开舱帷，钻了进去。

张勇出来：老爷，太太，他们都在这条船上呢。

陆伯英连忙跨出船舱与李才荣跃跃欲试想跳过去。

张勇：老爷，太太别着急，危险呢，等船头船尾系连好。

李才荣、陆伯英只好耐着性子等待。

船工系连好船后，张勇、谢管家接着李才荣、陆伯英的手跨上了船。

船舱内，赵忠明、陈盛文已是小商贩的打扮。陈秀文、李淑芹是家眷打扮。

李才荣、陆伯英一前一后躬腰进了舱。

李淑芹起身：爸妈，你们怎么来了？

赵忠明起身：大伯，大妈。

陈秀文、陈盛文起身，一脸尴尬：姨父，姨娘。

陆伯英怒对李淑芹：不应该你问我，应该是我问你，你怎么偷偷摸摸地跑了？

李才荣冷笑一声：丫头啊，送你去读书，你没学好《四书五经》，却学会了《孙子兵法》了，跟你老子玩起“明修栈道暗度陈仓”的把戏了。

赵忠明、陈盛文、陈秀文掩面窃笑。

李淑芹：爹，你听我解释。

李才荣一挥手：我不听你什么解释！你以为我不知道你们去干吗？你现在立即跟我回去，我就当你年轻幼稚，不跟你计较。

李淑芹：既然您知道了，那我就实话告诉您，女儿去茅山投奔新四军的决心已定，不可能回头的。

陆伯英：丫头，我们家不愁吃，不愁穿，不愁用，几乎什么都不缺，我说，你一个女孩子人家去当什么兵，参加什么新四军干嘛？凑什么热闹。

李淑芹：妈，你不懂。我不是去凑什么热闹，也不是什么一时头脑发热。

日本鬼子现在已经侵占了我们大半个中国了，他们烧杀抢掠，欺男霸女，无恶不作。现在我们江对岸的镇江都已经被占领，我表哥表姐他们不就是从那边逃难过来的吗？日本鬼子很快就会到我们这里，那到时候我们怎么办？我们与其在家等死，还不如现在就寻找新的出路。

李才荣：就是日本人来了，我们安分守己，不得罪他们，他们也应该不会把我怎么样。再说，现在这里不还有国军把守吗？

李淑芹：爹，您也是饱读诗书、见多识广的人，女儿从小就很敬仰您。我不知道，您有没有读到过近期报纸杂志，您知道日本鬼子占领镇江、南京后杀死多少中国人吗？他们杀死了几十万中国人呢，其中绝大多数都是无辜的老百姓。日本鬼子一旦占领泰州，我们家毫无疑问将是他们关注的重点，到时只有两条选择，一条是甘做日本鬼子的汉奸、走狗，为他们卖命。另一条就是成为他们压榨奴役的对象，灾祸旦夕。您说，您能选择哪一条？您现在对国军还存在幻想？你知道吗，淞沪会战，八十万国军都打不过三十万日本鬼子，这种腐败无能的政府和军队怎么可能保卫得了国家和百姓？现在唯一能够拯救国家和百姓命运的只有中国共产党领导的八路军和新四军。

李才荣：你一个一向在家娇生惯养的女孩子，也能经受得了军旅之苦，沙场杀敌？

李淑芹：爸，您上次不是说过环境造就人吗？我不能依靠您一辈子，女儿也成年了，您就放手一搏，让女儿自己去锻炼成长吧，古有花木兰替父从军，穆桂英挂帅的故事，女儿虽然比不了穆桂英，但一定不会比花木兰差。

陆伯英激动：丫头，妈妈听不懂你这些大道理，也不想听！妈妈只知道从小一把屎一把尿把你养这么大是多么不容易，我不能就随你这么任性说走就走，你如果今天不跟妈妈回去，今天妈妈就投江死给你看。

李淑芹绝然：妈，谢谢您辛辛苦苦把我养这么大，但国家国家，没有国，哪有家，现在国难当头，只有先报国，才能保家。女儿去意已绝，如果妈妈今天一定要强逼，那女儿只有一死了之！

李淑芹言毕就跨上船头。

众人大惊，陈秀文立即拉住李淑芹：别，别这样，姨娘也是心疼你，舍不得你，有话好好说，千万别激动。

李才荣一把抱住陆伯英：你冷静点，你死了，我怎么办？我们的女儿现在已经长大了，她刚才说的话也很有道理。既然她将话已经说到这个份儿上了，我看就随她去吧。老话说得好：女大不由娘啊，我们就放手顺其自然吧。

陆伯英瘫下大哭：啊呀，我怎么养了个这么不懂事的女儿啊！

李淑芹双腿一跪：爹，妈。自古忠孝不能两全，请原谅女儿的不孝。你们的养育之恩，来日再报！

李才荣含泪搂着女儿：丫头啊，从小到大，爸爸都把你当心肝宝贝，生怕你有个三长两短。你去吃这个苦，爸爸实在舍不得啊。离开爸妈后，要首先学会保护好、照顾好自己。

赵忠明、陈盛文、陈秀文立即全都含泪跪地：

赵忠明：请二老放心，我们一定会照顾好你们女儿的。也请二老照顾好自己，谢谢你们对我们的理解！请受晚辈一拜！

四人向李才荣、陆伯英拜了三拜。

李才荣：都起来吧！以后前面的路全靠你们自己走了，你们一定要互相关心照顾，亲如兄弟姐妹。

四人齐声：请二老放心，我们不求同年同月同日生，但求同年同月同日死。

李才荣：好！我等待你们早日一起平安凯旋归来。

两船渐渐分开，远离。

双方都站在船头上挥手洒泪告别。

12 — 15　镇江市区 · 日 · 外内 · 傍晚

主要人物：赵忠明、贾师傅。

伙计，30 岁左右，杂货店伙计，地下党。

赵忠明一行人跟着贾师傅跨进了一家名为“谷阳”杂货店。

杂货店伙计笑迎：客官要想买些什么？

贾师傅：我们想进些渔网。

伙计：要哪种渔网？

贾师傅：龙套网。

伙计：要多少？

贾师傅：五十具

伙计：那好，里面请。

伙计领着贾师傅进了里屋。

贾师傅与伙计握手：你好！我是风城 012。

伙计：我是润州 026。

贾师傅：外面的四位年轻人就交给你了。

伙计：放心吧，保证将他们平安送到。

贾师傅：那我走了。

伙计：好。

贾师傅随伙计出来：那网具就交他们。我还有其他事，先走一步了。

伙计送至门外：请走好！

伙计回到店里：请你们几位到库房里面看货好吗？

赵忠明跟着伙计来到里屋。

伙计：你们先在这里歇一会儿，不要乱走动，我来安排一下。

陈秀文：这里离我们家不远，我们可以回家看看吗？

伙计：不行。你们一切都要听从安排。

陈秀文：那好吧。

12 — 16　泰州高港永安洲李家大院 · 日内

主要人物：李才荣、陆伯英。

李才荣坐在堂厅太师椅子上抽着水烟。

陆伯英在旁边来回踱步：唉，这事弄的，怎么也没想到，丫头脾气会变得这个样子，像着了魔似的，三头牛都拉不回来。都是你，整天左一个“宝贝”，右一个“宝贝”的，她这任性脾气都是你惯成的。

李才荣：哟，说来说去你怎么把责任都怪到我头上来了？你好！每次烧到什么好吃的，你都先紧她，不让我动筷子。不说别的，就说每次烧个红烧肉，你都是先将子排挑出来给她，让我全吃肥的。

陆伯英：哟，你还在乎这个？你去问问人家，哪有老的跟小的争吃的？

李才荣：你看到过我与她争过吗？只是你现在把她不听话的责任全推到我

身上，我才说的。依我说，你也别怪丫头，她说得也不是没有道理。事实摆在那儿呢，看看这国民政府腐败无能到了什么程度了？东北三省对日本人拱手相让不谈，淞沪会战八十万军队竟然打不过日本人的三十万军队，指望他们将日本人赶跑，几乎是没什么希望了。对于共产党能不能打败日本人，将来能不能主政，也很难说。反正，蒋某人剿了多年的“共匪”，不仅没有剿得掉，反而却越剿越多，越剿越强了。当初，孙中山创建了国民党，建立了民国政府，我总以为，中国有希望了，可谁晓得弄了个歪嘴和尚来念，经越念越离谱，造成国共两党彻底撕破了脸，相互残杀，彼此内耗，造成国力日衰，民不聊生、怨声载道。日本人见有机可乘，于是便举兵侵犯，长驱直入。还是验证那句老话，家不和被邻欺。

陆伯英：你别跟我长篇大论这些，我现在不想听这个，我现在就想知道本来定亲的日子双方都约定好了，丫头突然这么一走，那我们对黄家怎么交代？

李才荣抽了几口烟，沉思片刻：你就对媒人说，上海他哥那儿突然有急事需要丫头去帮忙，订亲的日子等她回来后再重新选。

陆伯英：唉，也只能这样了。

12 — 17　镇江茅山新四军根据地 · 日外 · 内

主要人物：赵忠明、陈盛文、陈秀文、李淑芹。

新四军教员（甲、乙），30岁左右。

赵忠明、陈盛文、陈秀文、李淑芹在操场接受新四军列队、跑步、格斗射击，投弹军训。

赵忠明、陈盛文、陈秀文、李淑芹在屋内听课。

教员（甲）：在战场上部队与部队，部队与指挥部之间除了利用电话，通讯员进行联络之外还有一种在特定情况下快捷联络信号：举这样的白星、红星、蓝星三种颜色星牌。

请大家一定要记住：一、发现敌人：白星、红星各举两个。二、敌人突围，举白星两个，红星一个。三、占领阵地，举红星两个，蓝星两个。四、占领城池，举红星两个，蓝星两个。五、请求增援，举蓝星三个，红星一个。六、撤退，举蓝星两个。

教员（乙）：我们做隐蔽战线的，必须做到三化，即职业化、社会化、合法化。所谓职业化，就是必须有固定的职业为掩护，并对所从事职业具有专业的知识。所谓社会化，必须从事社会上为最常见的职业或生意，衣着打扮必须与职业相协调与社会群体无醒目差别。所谓合法化，从事的职业或生意，必须是法律没有禁止的。

隐蔽战线的组织和同志还必须坚持两个基本原则：一、不得参与公开露面的武装斗争。二、不得直接使用金钱或美色收买情报。

陈秀文、李淑芹在进行无线电收发报学习训练。

陈秀文、李淑芹在进行医疗护理知识的学习训练。

12—18　高港镇泰和中医药堂·日内

主要人物：汤承业。

汤承业从里屋走进药堂：涛儿，马上跟我一起到高港码头去取从云南发过来的中草药。

涛儿：好的。

12—19　高港镇怀仁诊所·日外

主要人物：赵忠仁、周玉珍。

赵忠仁从外面走进诊所：周医生，马上跟我去高港码头去取从上海发来的药。

周玉珍：好的。

12—20　高港码头·日内·外

主要人物：汤承业、赵忠仁、周玉珍。

高港码头取货口

汤承业递给港务人员一张取货单：取货。

港务人员接过货单转身走向里面，从里面拎出了五大袋货物放在取货口。涛儿一袋一袋拎了下来。

汤承业一袋一袋拆开封口，拎出里面的小袋拆开看了看。然后重新扎好。

涛儿拎出屋外装上了人力车。

赵忠仁与周玉珍坐着人力车来到。

汤承业正从里面出来，与刚下车赵忠仁和周玉珍撞了个正面。

赵忠仁：舅舅，您也来取药啊？

周玉珍：舅舅好。

汤承业：是啊。刚取好。你也来取药？

赵忠仁：是的。

天堑

汤承业：那我们先走了。

赵忠仁：好的。舅舅，您慢走。

周玉珍：舅舅，您等一下。

第十三集　东进序曲

茅山锻造成精英，投魔两李负使命。

攻克扬中疏通道，剿灭顽敌三江营。

13—1　高港码头·日内·外

主要人物：汤承业、周玉珍。

汤承业：周医生有事？

周玉珍：我想问一下舅舅，您外甥赵忠明不在您店里了？

汤承业：是啊。

周玉珍：他去哪儿了？

汤承业：他去南京的同学那里了。

周玉珍：那什么时候回来呢？

汤承业：这可不知道了，他没说。估计他是嫌高港这个地方小，想到南京去发展哦。

周玉珍：如果他写信回来，麻烦您告诉我一下他的地址好吗？

汤承业：好的。

13—2　高港镇靴子圩国军驻地·日·外内

主要人物：赵忠全、赵忠仁、魏风林。

靴子圩四面环江，四周防御工事修筑规整，身着国军军服，全副武装的军人在沿江岸警戒巡逻。

赵忠全在碉堡内手执望远镜向江面瞭望。

魏风林进入：报告，永安洲同兴严家码头报告说，最近过往的货船比较多，他们忙不过来，请求增加人手，我想和马向东再带几个人去。

赵忠全：行。不过，不要收费太高，按规矩来，现在做生意也不容易。

魏风林：是！

魏风林转身离开。

士兵进入（SO）：报告！

赵忠全：进来！

士兵进门：报告连长，赵医生送药来了。

赵忠全：请他进来。

士兵：是。赵医生请！

赵忠仁走进门来。

赵忠全迎了上去：大哥，辛苦你了，还要你亲自送来，你叫其他医生送过来就行了，或者，我派人去取也行了。

赵忠仁：现在是非常时期，你们江防责任重大，多一个人好一个人。我反正也能抽得了空，另外，好长时间没看到弟弟了，我也想来看看。

赵忠全：谢谢大哥了。爸爸身体还好吗？

赵忠仁：爸爸身体现在很好，原来的胃病被舅舅用中医治好了。现在吃得好，睡得着。

赵忠全：那就好。爸爸那里，我照顾不了他，全靠大哥和大嫂多多辛苦了。

赵忠仁：没事，你放心吧。

赵忠全：明儿在舅舅那儿的中医学得怎么样？

赵忠仁：他啊，已经不在舅舅那儿了。

赵忠全：他去哪儿了？

赵忠仁：舅舅说，他去南京的同学那里了。

赵忠全：他去那儿做什么？

赵忠仁：我也不知道。他的性格活泼好动，让他潜修学医本来也不适宜他。估计，他是不甘待在高港这个弹丸之地，去谋求更大的发展空间了。

赵忠全：我们兄妹四个当中就数他最聪明了，脑袋活，心气也最高。将来可能也是他最有发达了。

赵忠仁：但愿如此啊。哎，你现在个方便啊？

赵忠全：怎么啦？

赵忠仁：方便的话，陪我到江边走走。看看江面的风景，好久不到江边玩了。

赵忠全：好啊。

赵忠全领着赵忠仁走出碉堡、营房。

岗哨立正敬礼！

两人沿着江岸缓步前行。

赵忠仁：你对当前的形势有什么看法？

赵忠全：现在尽管广州、南京、武汉已相继沦陷，总体上还处于相持阶段，去年的长沙之战，日军就以失败告终。随着日军的战线越拉越长，兵力会愈显捉襟见肘，军需供应也愈加困难，正逐渐陷入蒋委员长的“诱敌深入”之计。只要我们能坚持住，相信到最后我们一定能够取胜。

赵忠仁：哦，你是这么认为的，看来你还挺有信心。

赵忠全：目前主要还是中国的国力太弱，否则，怎么会处于目前这种局面？但，中国毕竟地大物博，小日本想一口吞掉中国，是狂妄自大，不自量力。贪心不足蛇吞象，岂有不死之理？

赵忠仁：你分析得很有道理。不过，你说，日本人会越过这扬子江吗？

赵忠全：我估计日本人会渡江的，现在只是时间问题了。

赵忠仁：那你们怎么办？

赵忠全：我们当然会坚决抵抗。现在国民政府成立了鲁苏皖边区总指挥部，泰州市为第二战区，李明扬为总司令，在江都仙女庙布防，与日军的对峙，所以日军在攻占扬州后才没能继续东进，占领泰州。

赵忠仁：那你们就要作好充分的准备哦，日军随时都有可能从这里进攻。

赵忠全：是的。

13 — 3　镇江茅山新四军根据地·日内

字幕：1939 年 1 月。

主要人物：陈同生，33 岁（1906—1968）新四军第 1 支队政治部委员。

赵忠明。

新四军政治部办公室，陈同生正在向下属布置工作。

赵忠明（SO）：报告！

陈同生：进来！

赵忠明跨步进屋，立正行军礼：报告陈主任，军训班学员赵兴洲奉命前来报到，请首长指示！

陈同生对下属：就这样，你去通知吧。

下属立正行礼：是！转身离开。

陈同生：来，来，你过来。

赵忠明靠近。

陈同生：我们对你的情况作了详细的了解，根据这半年来你在军训班的表现，组织上考虑，准备派你前往泰州的国民党鲁苏皖边区抗日游击第二战区，打入李明扬指挥部内部，你有什么看法吗？

赵忠明：一切听从组织上的安排！

陈同生：既然这样，从现在起，你就离开军训班，搬进新的宿舍。你的秘密任务不得对任何人提起，包括你的亲属以及最亲密的朋友。

赵忠明：是。

陈同生从保密柜中取出一本小册子：这里面是李明扬以及其所属部队的详细资料。你到泰州之后的工作重点，你的联系人、联系方法和接头暗号，回去熟记在脑子里，然后还给我。注意，除了十分紧急情报，不到迫不得已不可前往接头地点启用接头暗号见你的下线。一般情况下取送情报只需到规定的时间地点就行。

赵忠明：是！

陈同生：另外，在前往泰州的途中，不得携带任何武器！恢复你原来赵忠明的名字。

赵忠明：是！

13—4　泰州西山寺鲁苏皖边区抗日游击指挥部·日外·内

主要人物：赵忠明、徐胖子。

赵忠明身着西装，坐着黄包车在鲁苏皖边区指挥部下来，付了车费，手拎着礼品盒向门岗走去。

两位持枪哨兵见来人靠近，忙喝声：站住！干什么的？

赵忠明：二位老总好！我找李司令。

哨兵（甲）：你是干什么的？

赵忠明：我是李司令的朋友，麻烦您通告一下李司令，就说，镇江有位叫赵忠明的人前来拜见！

哨兵（甲）：李司令现在不在。

赵忠明：那他什么时候回来呢？

哨兵（甲）：不知道！

赵忠明掏出几张钞票握住哨兵手：那我留个地址在这里，改日再来拜访！麻烦您转告一下。

哨兵（甲）随即和颜悦色：好吧。

赵忠明从公文包里掏出笔和纸，迅速写好，裁成一个规整的长方形纸条递了过去：麻烦您收好，拜托了。

哨兵（甲）：放心吧，一定转达。

赵忠明拱拳告辞，走出不远，听到身后有人叫他。

徐胖子：赵先生，是赵先生吗？

赵忠明转身一看徐胖子骑着一辆三轮车：哟，是徐师傅啊！你怎么在这里了？

徐胖子：啊呀，老远看背影就有点儿像，没想到还真是！我啊，现在一家子都在泰州呢。

赵忠明：一家子都来了？

徐胖子：是啊。我感觉一大家子仅靠我给人家烧河豚可养不活他们。泰州这边毕竟人多地大，于是就来这里弄了个水产摊位，专卖各种江鲜，同时给人家烧烧河豚。

赵忠明：看不出，你还真有眼光，脑子也灵活，都做起老板来了。不过，我听说这河豚有毒的，弄不好会出人命。

徐胖子嘿嘿一笑：知道，不仅听说过，我开始也看到过中毒的，还喝大粪解毒。不过，现在河豚烧好了都是烧河豚的人先吃，没有问题客人才动筷子。

赵忠明：我想起来了，我舅舅是高港很出名的老中医，以前他告诉过我他配制了一个专门解河豚毒的药丸，效果很好。你如果想要就去找他，预备些身边，以防万一。

徐胖子：好的。下次回去我一定去买些，烧河豚时带在身边，万一有发生什么意外，可以及时处理。这样，安全性高，找我烧河豚的人就更多了。说心里话，我也不想干这冒险的活儿，都是生活逼的，我又不识字，做不了什么大事。你还在上桥小学当老师吗？

赵忠明：不了。在上桥教书只是临时帮朋友代课的。我现在也是到泰州来谋生的。

徐胖子：那你现在做什么？

赵忠明：还没有确定好。

徐胖子：那你现在住哪里？

赵忠明：我现在临时住在扬泰宾馆。

徐胖子：我们的鱼摊子就在坡子街，你有空就来玩玩看看。

赵忠明：好的。

徐胖子指着三轮车上用木盆养着的活鱼：那我就不耽误你了，我还得将这鱼送到摊位上去，得先走了，回头我请你喝酒。

赵忠明：好的，等有机会再说，你去忙吧。

13—5　泰州扬泰宾馆·日内

主要人物：赵忠明。

宾馆总服务台电话响起。

服务台里服务生拿起电话接听：请问您找哪位？找313房间的赵忠明先生？请问您是哪位？喔，李夫人您好！请稍等，我这就去请赵先生。

服务生转身离开服务台。

赵忠明快步下楼，走到服务台边拿起听筒：我是赵忠明。喔，是李夫人，您好！久违了。是啊，是的。不，不，不用派车来接，我自己过去就行。我这就来，好的，一会儿见！

13—6 泰州西山寺鲁苏皖边区抗日游击指挥部·日·外内

主要人物：赵忠明。

姚向东，30岁左右，副官。

李明扬，鲁苏皖抗日游击二战区副总指挥。

李明扬夫人，45岁左右。

赵忠明坐着黄包车来到鲁苏皖抗日游击指挥部门前，手拎着礼品盒下了车。

指挥部院内，一名副官连忙从里面跑了过来：是赵忠明先生吗？

赵忠明：是的。

副官立正敬礼：李司令副官姚向东奉命前来迎接赵先生！

赵忠明拱手：谢谢，谢谢！

姚向东与赵忠明握手：里面请！司令和夫人都在办公室恭候！

赵忠明健步走了进去。

李明扬和夫人坐在办公室。

姚向东（SO）：报告！

李明扬：进来。

姚向东推门而入，行军礼：报告司令，赵先生到！

李明扬、李夫人立即起身相迎：请进，快请进！

赵忠明进来躬身行礼：李司令好，夫人好！

李明扬，李夫人笑脸相迎，齐声：好、好、好！来、来、来快请坐！

赵忠明：司令、夫人先请！

李明扬：来人，看茶！

姚向东退出。

李明扬夫妇入座。

赵忠明搁下礼品盒随后落座。

勤务兵奉上茶。

李明扬：请！

赵忠明端起茶，呡了一口：谢谢！初次前来拜见，也不知道捎点什么好，只带了些镇江的名茶“金山翠芽”，聊表心意，还望司令不要见怪。

李明扬连连摆手：唉，哪里话，只要你能到泰州来看我，我就已经很开心了。那次镇江遇险，若不是你奋不顾身，极力相救，今天有没有我李某人坐在这里，还真的很难说啊。

赵忠明：不，不，晚辈也只是举手之劳，主要还是司令威高望重，神灵护佑，方化险为夷。

李夫人：啊呀，事情尽管过去一年多了，可现在想起来，我还心惊肉跳呢。你不知道，当时看到司令被压在柜子下面动弹不得，喘不过气来，叫天天不应，叫地地不灵，我都快急疯了，幸亏跑下楼遇到了你。

赵忠明：夫人，这事早就过去了，千万别放在心上。我当时也是路过，看到酒店被炸得面目全非，估计里面伤亡的人不少，也没多想就闯了进去，不管是谁，能救一个是一个，刚进去就撞见了夫人，也算是天意吧。

李夫人：对对，是天意。司令带过去的那些随行警卫，被炸得死的死，伤的伤，自命不保；外人呢，能跑的，逃得比兔子还快，自顾不暇，哪还管别人哦。当时，我呼救了半天，根本就没有人理我，都快绝望了，可就在这最危急的时候，吉人天降，你来了，不由分说就跟我来救司令，你说是不是上辈子积了大德，才能碰上这么个好人？

李明扬：弹焚之地，险象环生，常人避之唯恐不及，而你却逆向而上，见义勇为，彰显英雄本色。从镇江回来后，夫人多次提起你，只是镇江被日本人占领了，去找你非常不方便，她说如果再遇到你，一定要好好谢谢你。

赵忠明：司令这么说令晚辈实在愧不敢当。国难当头，唇亡齿寒，国人唯有同病相怜，同舟共济，方能渡过难关。自从镇江沦陷后，尽管我们全家已经躲避到了乡下小镇，但还是未能逃过家破人亡的劫难，我爷爷和母亲都先后被日本人杀害，乡下的庄园被日本人掠夺了，房子也全被烧毁了，镇江更是有家难回，只得迁徙到泰州高港了。在泰州，我们除了高港的舅舅，就再没有其他亲友可投了，于是想起了司令和夫人，故而，特来拜见问安！

李夫人从柜里捧出一个红匣盒子放在赵忠明面前：现在中国到处兵荒马乱，你们全家遭此劫难之后还特地来看望我们，真的非常感谢。现在你们举家迁到泰州之后，初来乍到，人生地不熟，估计困难也不少，我和司令商量了一下，先资助500块大洋，让你们安顿下来，日后若还有什么困难再说。

赵忠明慌忙起身：不不，谢谢司令和夫人的好意，心意领了，但晚辈这次前来拜见，绝无此意。尽管我们家遭此劫难，但由于我们家以前还有些积蓄，目前维持生计尚足足有余。

李夫人：那就作为感谢你对司令的救命之情，也作为长辈初见晚辈的一点见面礼吧。

赵忠明：夫人，万万不可。我当时见危施救也只是道义良心使然，我也落过难，对处于危难中的人，我感同身受。俗话说：天有不测风云，人有旦夕祸福。在这战乱时期，谁也难料日后灾难会不会不期而降到自己身上。我们唯一的应对之策，就是兵来将挡，水来土掩，同心协力，勇敢面对。而不能趁人之危，见利忘义。

李明扬：你说得一点儿也不错。唉，只是现在像你这样的年轻人，真是凤毛麟角啊。如今这世道，世风日下，人心不古，奸贼当道，盗匪横行，尤其这战争，更是风云变幻，朝夕难测。一个人，若没有点真本事，还真的难以在这冰火夹缝中生存。

赵忠明：所以，只有众志成城，方可保一方平安。晚辈及家人，在泰州势单力薄，日后若遭人欺负，还仰仗于司令之恩威，故而，这钱，还请司令收好，用于更需要的地方。

李夫人：你还是收下吧，年轻人，日后用钱的地方多着呢。

赵忠明：不、不、不。司令和夫人不要再客气了，心意领了，以后请司令关照的事还多呢。

李明扬：既然你这么仗义重情，我也不勉强了。放心，有我在，包你们全家平安无事。

李夫人：远的地方，我不好说，但在泰州周边，我家司令还是做得了主的。你现在做什么？

赵忠明：我现在暂时跟在舅舅身边学中医。

李夫人：你舅舅是中医？

赵忠明：是的。在高港。

李明扬：叫什么名字？

赵忠明：他叫汤承业。

李夫人：哦，听说过，曾经做过御医，在高港那块很有名气。

李明扬：学医虽然不错，但依我看，对你还是大材小用。

赵忠明：司令过奖了。晚辈尽管读了几年的诗书，但仍是初出茅庐，才疏学浅，万不敢玷污了大材之名。

李明扬：唉，你别这么妄自菲薄嘛。我虽然认识你不久，但从你的言谈举止上来看，你不仅体质强健，胸藏文墨，并且，心地善良，侠胆义肠，绝对是个可造之材。年轻人嘛，就是要胸怀鸿鹄之志，勇担党国大业，怎么样，愿意不愿意到我的部队里来？

赵忠明：承蒙司令抬爱，晚辈自然愿意投靠麾下，效劳于司令鞍前马后，只怕晚辈不才，有失厚望。

李明扬：唉，我们部队就是缺少像你这样德才兼备的年轻人。来吧，我李某人绝不会亏待你！

赵忠明：那谢谢司令了，不过，得容晚辈回去禀告一下父母和舅舅，待几日再来。

李明扬：那好，你回去告诉父母后，就直接先到政训处报到，我马上就跟军政训处讲一下。

赵忠明：那行，晚辈回去料理好手上的事就来报到，谢谢司令。

13—7 江南茅山新四军根据地·日内

字幕：1939 年 1 月。

主要人物：陈毅，39 岁（1901—1972），新四军第 1 支队司令。

粟裕，33 岁（1907—1984），新四军第 1 支队副司令。

罗忠毅，33 岁（1907—1941），新四军第 1 支队参谋长。

钟期光，31 岁（1909—1991），新四军第 1 支队政治部主任。

刘炎，36 岁（1904—1946），新四军第 1 支队政治部副主任。

江南新四军指挥所内，陈毅、粟裕、罗忠毅、钟期光、刘炎正在开会。

陈毅：自去年 6 月我们新四军第 1 支队东进江南以来，经过与日寇和汪伪数十次的浴血奋战，特别是“韦岗伏击战”的首战告捷，打出了军威，扩大了影响，得到了老百姓的信任和支持，在这地势多为丘陵并不十分有利于游击战的地方，站稳了脚跟，现在我们的兵力和武器都得到了大幅度补充和增强，建立了抗日根据地。夜袭虹桥机场，摧毁四架敌机，更是震惊中外，将游击区扩大到了上海虹桥附近。但由于蒋介石在国民党五届五中全会上依然顽固坚持“防共、限共、溶共、反共”的顽固思想，于是便要求我们江南新四军全部开拔至黄河以北，企图以抗日为借口，限制新四军的活动空间，防止新四军的发展壮大。为此，我党六届六中全会制定了在统一战线中既统一又独立，“向南巩固，向东作战，向北发展”的总方针，同时考虑到江南地区虽然经济基础较好，交通较为发达，但铁路、公路为日军的迅速集结攻击提供了便利；有限的活动空间也严重限制了我们发挥机动游击战的特长，于是延安也作出了让步，同意部分江南新四军北撤，但只限于撤至长江以北的华中地区。指示我们江南新四军由北上改为继续东进，进入日军控制较为薄弱的苏中、苏北地区，将来能与南下黄河的八路军遥相呼应，形成一片。现在问题是我们皖南军部项英副军长多次拒绝党中央要求皖南新四军军部尽早转移至茅山根据地或渡江东进的指示。其理由是：一切服从统一战线。苏中地区国民党成立了鲁苏皖边区游击总指挥部，由顾祝同任总指挥，韩德勤、李明扬任副总指挥，我们新四军继续东进容易与他们产生摩擦，不利于国共合作，共同抗日。现在我想听听你们的意见。

粟裕：项副军长是对蒋介石还存在着幻想，没有彻底看清蒋介石始终未变的“防共，限共”的真实面目，“溶共，反共”的险恶用心。今年年初我们的新6团将句容的四十多人冬装队收编后，他竟然听从了国民党第三战区提出的要求，对我们来了三个不准：不准发枪，不准发饷，不批准。特别是，当我们的新6团进攻白兔镇的日寇时，国民党镇江县县长竟然命令他的特务队伏击了新6团，致使新6团伤亡了十几名指战员。即使这样，还他指责我们不懂一切服从统一战线。由于他的“江南特殊论”，新6团在当地不敢发动群众，不敢独立自主地发展武装力量，不敢提减租减息，不敢公开建立抗日民主政权。

钟期光：蒋介石自从发动“四一二”反革命政变后，限共、反共、灭共的图谋一直没有丝毫改变。现在又企图借统一战线之名，让我们对他唯命是从，要求我们八路军和新四军由五十万，裁减成十万。这与抗战需求背道而驰，其目的就是千方百计地削弱我党的抗日力量。我们决不能自缚手脚，佴之蚕室，再犯陈独秀右倾机会主义错误，也不能犯王明“左”倾教条主义和右倾投降主义错误。我们要坚决执行党中央制定的江南新四军“向南巩固，向东作战，向北发展”的战略方针。

罗忠毅：我建议，将管文尉的先遣队与叶飞的老6团合编为挺进纵队，先行开赴苏中的如皋、海门，南通等沿海地区，建立苏中抗日根据地。目前，叶飞的老6团尽管摘掉了新四军的徽章，以地方武装“江南义勇军”名义活动在苏州、无锡一带，但由于纪律严明，作战勇敢，战斗力非常强，遭到了国民党地方武装“江南忠义救国军”头目邓本殷的怀疑，多次向国民党江南行署总指挥冷欣和国民党第三战区总司令冯玉祥告发。蒋介石几次致电我军部质询，项副军长也几次来电询问，不过都被我敷衍过去了。

刘炎：我赞成罗参谋长的建议。尽管老6团团长叶飞的名字改成了叶琛，新6团名义团长还是叶飞，但由于“江南抗日义勇军”一年多来的表现过于出色，引起了冷钦的特别关注，开出各种各样的优越条件多次拉拢都没成功，他们不可能不怀疑是我们新四军的编外队伍。我觉得现在很难再隐瞒下去了，不如现在借机正好整编一下，开赴苏中。

陈毅：粟副司令的意见呢？

粟裕：我也同意罗参谋长的建议。

陈毅：我也认为罗参谋长的建议很好，既然大家都看法一致，那就召他回来吧。

粟裕：他现在可能回来不了。由于冷钦对“江南抗日义勇军”垂涎已久，在多次拉拢不成后，软的不行就来硬的，利用邓本殷多次向“江南抗日义勇军”挑衅，搞摩擦，虽然次次失败，但死不甘心。这让叶团长十分恼火，决定彻底解决了他。叶团长现在正在江阴围歼“江南忠义救国军”呢。

陈毅：那电令他立即回来执行整编渡江任务。

粟裕：到嘴的一块肥肉，他肯丢了？

陈毅：到哪里都有肉吃，不差这一块。再说，那邓本殷已经投靠了第三战区，叶团长如果做过了火，反而会适得其反。严令他立即撤回！

13—8 江阴江南抗日义勇军指挥部·日内

主要人物：叶飞，25岁（1914—1999），江南抗日义勇军队长。

吴克刚，30岁（1910—1939），江南抗日义勇军副队长。

江南抗日义勇军指挥部。

叶飞手握电话，声色俱厉：这次你们给我放开手脚狠狠地打，务必将这帮乌合之众斩草除根，以绝后患！

电译科人员快步进来：报告队长！陈司令来电。

叶飞放下电话，接过电报，看过之后愣住了，垂头丧气地将电报递给副队长吴克刚。

吴克刚看过电报陷入沉思。

叶飞猛然抬起头：现在我们已经将“忠义救国军”团团围住，已经是瓮中之鳖，这时候命令我们撤回整编，岂不是功亏一篑？机不可失，时不再来，我的想法是整编渡江也不在乎这一时半响，干脆一不做，二不休，将这邓本殷的“忠义救国军”先灭了再说。

吴克刚：现在的关键不是灭不灭他的问题，而是我们这么明火执仗的干掉他，陈司令那边怎么向国民党第三战区指挥部交代？这邓本殷现在已经投靠他们了，也就是他们的一条狗，我们打狗还要看主人面，与第三战区指挥部关系搞僵了不好。

叶飞：那我们就这样撤了？

吴克刚：军令不可违啊，陈司令也是从大局出发，从长计议。毕竟现在还是在讲统一战线，先忍一忍，以后再说。

叶飞：唉，那就服从命令吧。

吴克刚：君子报仇，十年不晚。

13 — 9　江南茅山新四军指挥部 · 日内

主要人物：陈毅、粟裕、罗忠毅、钟期光、刘炎。

管文蔚，36 岁（1904—1993），新四军挺进纵队司令。

叶飞，新四军挺进纵队副司令，兼政治委员。

张藩，31 岁（1909—2002），新四军挺进纵队参谋长。

姬鹏飞，39 岁（1910—2000）新四军挺进纵队政治部主任。

新四军指挥部内，陈毅、粟裕、罗忠毅、钟期光、刘炎、管文蔚、叶飞、张藩、姬鹏，围坐在长方形会议桌开会。

陈毅：现在首先传达由中原局书记刘少奇转发中央军委主席毛泽东，副主席王稼祥致我部的来电，电文如下：望你部尽快组建挺进纵队开赴苏中，苏北地区，放手发展，在今年内至少扩大至两万人枪。订出分期实现计划，立即动手在高邮、姜堰、泰兴、靖江等县建立抗日民主政权。放手发动群众，发展党的组织。韩德勤如妨碍我发展，须坚决消灭之。根据党中央指示精神，我们1支队指挥部经研究决定新组建一支新四军挺进纵队，先行渡江进入嘶马、大桥、吴家桥一带。以吴家桥为中心，建立抗日游击区，然后向东发展，进入南通敌占区扩大根据地。这样，西可以与淮南、淮北连成一片，威胁南京；北可以与华北八路军遥相呼应，控制苏中、苏北重要的粮油棉盐生产供应基地。

粟裕：现宣布指挥部任命书：管文蔚同志！

管文蔚起立：到！

粟裕：现任命你为新四军挺进纵队司令，负责挺进纵队的全面工作。

管文蔚：是！

粟裕：叶飞同志！

叶飞起立：到！

粟裕：现任命你为挺进纵队副司令，协助管文蔚同志的军事指挥工作。

叶飞：是！

粟裕：张藩同志！

张藩起立：到！

粟裕：现任命你挺进纵队参谋长，协助管文蔚同志和叶飞同志的军事指挥工作。

张藩：是！

粟裕：姬鹏飞同志！

姬鹏飞起立： 到

粟裕： 现任命你为挺进纵队政治部主任，负责发动群众，加强组织建设，组建地方抗日民主政权，对外统战工作。

姬鹏飞： 是！

陈毅： 挺进纵队下辖四个团。1团乔信明同志任团长，刘先胜任政委，2团徐绪奎同志任团长，何克希任政委，3团梅嘉生为团长，李一平同志任政委，4团韦永义同志为团长，刘学文同志为政委。1团和4团，以及纵队特务营由挺进纵队直接指挥。

粟裕： 宣布完毕，请坐下。现在请陈司令作重要指示。

陈毅： 挺进纵队的直属团可以先行渡江控制嘶马、大桥，进入吴家桥。渡江前必须先行打通丹阳与江北的通道。扬中是通往江北的跳板。日军占领镇江后，由于兵力的严重不足，在扬中没有驻军。但却盘踞了国民党顽固派韩德勤保安第9旅3团的贾长富。贾长富这个人是帮会土匪出生，部队也都收留的是当地地痞流氓。他一方面对老百姓苛捐杂税，绑票勒索，奸淫抢掠，无恶不作；另一方面他暗地勾结讨好日本人，多次派特务暗杀我军干部和进步人士，以便在长江上独霸一方，为所欲为。这次你们首先要与丹阳施光前的独立团联手将贾长富彻底铲除，以保证江南到江北这条线路的畅通。到达吴家桥后，不仅要开展好群众工作，打好群众基础，建立地方党支部，建立地方抗日政权，修筑好防御工事，并且要尽可能地与相邻的驻扎在通扬运河北岸李明扬的第2纵队司令颜秀五处好关系。

粟裕： 颜秀五是赣榆县人，读过书，习过武。曾投奔在扬州都统陈允瑞手下做过连长。陈丢官后，随陈在海州一带贩私盐，因打死盐警逃到上海码头扛大包。在一次与青帮发生冲突时得到杜月笙的赏识，将姨妹许配给了他，成为青帮大头目。后与我党的上海地下组织发生联系，并亲自掩护周恩来同志离开上海。抗战爆发后，他投靠了李明扬。这个人很讲江湖义气，你们要通过适当的方式与他取得联系，发展关系。

姬鹏飞： 明白了。

粟裕： 另外，你们在吴家桥稳定下来后，配合战地服务团团长朱克靖同志与李明扬联系，为陈司令进泰州城与两李会面做好前期铺垫工作。

姬鹏飞： 是！

陈毅： 李明扬，是老同盟会会员，参加过辛亥革命和北伐战争以及台儿庄战役，蒋介石发动四一二反革命政变时，他曾帮助掩护过一些共产党人脱险。由此可见，他不但坚持抗日，也愿意与我党合作。他与朱克靖同志在北伐时期同在第3军第1师共事。当时李明扬是师长，朱克靖是政治部主任。两人关系相处融洽，感情基础牢靠。后来国共合作破裂，政治观念的不同而分道扬镳。你们如何把握利用好这层关系，要与朱克靖同志多加商量。我们的策略是“击敌、联李、孤韩”。

管文蔚，叶飞，张藩，姬鹏飞起身、立正、敬礼：是！

13—10　丹阳访仙镇挺进纵队司令部·日内

主要人物：管文蔚、叶飞、姬鹏飞、张藩。

施光前，23岁（1917—2002），扬中独立团团长

乔信明，31岁（1909—1963），新四军挺进纵队1团团长。

刘先胜，39岁（1901—1977），新四军挺进纵队1团政委。

刘绪奎，25岁（1915—1940），新四军挺进纵队2团团长。

何克希，34岁（1906—1982），新四军挺进纵队2团政委。

梅嘉生，27岁（1913—1993），新四军挺进纵队3团团长。

李一平，30岁左右，新四军挺进纵队3团政委。

韦永义，31岁（1909—1999），新四军挺进纵队4团团长。

刘学文，31岁（1909—1994）新四军挺进纵队4团政委。

管文蔚、叶飞、姬鹏飞、张藩、光前、乔信明、刘先胜，刘绪奎、何克希、梅嘉生、李一平、韦永义、刘学文，在挺进纵队司令部召开会议。

叶飞：根据前期我们掌握的情报，贾长富这个团的三个主力营分别驻扎在：三茅镇、老郎街、八字桥。县政府和团部设在三茅镇。平常他们分别游走在各个乡镇，敲诈勒索，搜刮钱财，经常夜不归营，只有重大节日才回营集中。所以，我们要想一举全歼他们，只有充分利用这个时间段。

管文蔚：去年十月份，我曾经带队伍去攻打过贾长富，但不仅没有消灭了他，反而差一点被他包了饺子。为此我总结了两点经验教训，应引以为戒：

一、保密工作没有做好。由于当初我们的队伍是由地方自卫团整编组建而成，在部队军纪及人员素质方面还没有训练到位，致使作战计划事先泄露。贾长富得到情报后，除了留下十几个人值守外，其余都撤离隐蔽到乡下，同时向韩德勤求援。韩德勤立即派了三个团过江增援。

二、华而不实，麻痹轻敌。我们的队伍从开始进攻到占领扬中县政府后，前前后后仅仅抓到了保安团的二十多人，并没有消灭掉贾长富的主力，但我们却被轻而易举的胜利高兴得冲昏了头脑，还举行了声势浩大的庆祝大会，丝毫没有感觉到危机正一步步逼近。幸好，陈毅司令听完战报后敏锐察觉到了反常，命令我们立即撤退。我们刚刚撤退，韩德勤的四个团就尾随而至。由于陈司令

关键时刻，当机立断，力挽狂澜，这才避免了我们被敌人三个团团团包围，四个团里外夹击，面临全军覆没的危险。所以，这次必须做到以下两点：一、在部队渡过夹江之前，一律不得向下级透露此次行动目标和计划，只称是拉练演习。二、必须先行侦察获取到准确的情报后再行动，务必做到一网打尽，全歼顽敌。

张藩起身领着大家来到作战地图前，拿起教棒：具体行动计划是：1 团 1 营从姚桥过江，包围老郎街之敌；2 营从界碑过江，包围八字桥之敌；4 团 1 营、2 营和 1 团的 3 营从大路过江，包围三茅镇的扬中县政府和贾长富的团部；2 团进入江北的嘶马、高港水域警戒；3 团进入江东的永安洲域警戒，独立团进入过船、天星水域警戒。2 团、3 团、独立团的主要任务是：一、防止江北韩德勤的援军。二、随时支援围剿扬中守敌的作战部队。三、拦截扬中的逃窜之敌。

叶飞：作战任务完成后纵队的直属部队立即开赴嘶马、大桥和吴家桥驻扎。2 团、3 团返回丹北驻地，独立团驻守扬中。

管文蔚：各团现在就回去将部队部署到位，随时听候行动命令！

施光前、乔信明、刘先胜、徐绪奎、何克希、梅嘉生、李一平、韦永义、刘学文立正敬礼：是！

13 — 11　扬中县全境 · 夜外

字幕：1939 年春。

主要人物：贾长富，35 岁左右、国民党江苏保安 9 旅 3 团团长。

江面上，满载新四军官兵的船队趁着夜色悄悄靠上江岸。

官兵们迅速踏上翘板向岸上奔去。

新四军向扬中县政府射击投弹。

哨岗警察立即倒毙。

县政府内火光冲天。

守卫的警察慌乱中刚从床上跳起来就在手榴弹的爆炸声中倒地不起。

新四军很快冲击县政府内，逐屋搜查。

府内人员纷纷举手投降。

新四军向敌团部射击投弹。

两名哨兵立即被击中倒毙，其余向里奔逃。

屋内敌兵慌忙从床上跳起，奔向枪架拿起枪向外盲目开枪。

几名向营区冲锋的新四军士兵先后被流弹击中倒地。后续的队伍仍旧频频射击，奋勇向前。

新四军战士冲进营房区向屋内猛烈射击投弹。

敌营房不断爆炸起火。

敌兵大乱，纷纷四处奔逃，不断在枪声和爆炸声中倒毙。

敌卫兵队保护着贾长富边打边撤，很快从暗门逃出营房区向野外奔逃。

新四军官兵紧追不放。

敌卫兵不断被击毙。

贾长富拼命奔逃，气喘吁吁跑到一草堆旁，拉出几捆稻草盖住了身子。

追击的新四军士兵从草堆旁匆匆跑过。

远处依旧枪声，爆炸声不断传来。

贾长富躲在草堆里抹了抹脸上的汗水，瑟瑟发抖。

13—12　扬子江江面·晨外

主要人物：施光前。

保安团的士兵仓皇登上木船向江上逃窜。

施光前指挥着船队拦截，不断向敌船开枪射击。

船上士兵慌乱中还了几枪后，有人跳江，有人举手投降。

13—13　扬中三茅镇乡野·晨外

主要人物：贾长富。

老妇人，50岁左右，村妇。

老汉，50岁左右，农夫。

东方燃起了红霞，乡村野外炊烟袅袅。

草堆中的贾长富打了一个寒战，睁开了眼睛，凝神听了听。

四周一片宁静。

他慢慢挪开身上的稻草，小心翼翼地观察了一下四周的动静，然后站了起来，收起手枪，拍了拍身上的草屑。

一只黄鼠狼突然“嗖”的一声从他身边蹿出。

“啊——！”贾长富吓得惊叫了一声，本能地去拔手枪，忽见是一只黄鼠狼，一下放松下来，愣愣地望着黄鼠狼逃遁远去，深深舒了一口气，再次环视了一下四周。

这是一座村庄，草堆旁边就是一户人家。三间半砖半草的房子，大门敞开，堂屋没人。

贾长富蹑手蹑脚地走到屋前的一扇窗户边悄悄向里察看。

一间屋内一张床铺，床上空无一人。他又走向另一扇窗户。

屋内一老年妇女在灶台上手执葫芦瓢向锅里扬大麦面粉煮稀饭。

贾长富放心大胆地走进堂屋：老人家，煮早饭啊。

老妇人闻声回头看了一眼，愣了一下，放下葫芦瓢走了过来：你是?

贾长富：噢，我是三茅镇上的，天没亮赶路回老家，走错了路，肚子饿了，走不动，想讨点早饭吃，填个肚子个好啊。

老妇人：行。不过，要等一会儿，早饭还没好。

贾长富：没事，那我等一会儿。

灶台后面走出一位老汉，拍了拍身上的灰土

贾长富连忙起身：大伯，早上好!

老汉看了看贾长富的一身军装：你在县城当兵吧?

贾长富：是，是的。

老汉：昨天夜上三更时分我好像听到了好儿声枪声，你个晓得是怎么回事?

贾长富：具体我也不清楚，可能有土匪吧?

老汉：唉，现在世道真乱哦，一点儿也不太平。不是日本鬼子轰炸，就是土匪抢劫，时常还遭到当官的敲诈勒索。老百姓的日子过得一天不如一天。

贾长富低下了头。

老妇人端着一碗粥和咸菜放在桌子上：来，你吃吧，刚煮好，有点儿烫，你慢点喝，没有其他好的了，你将就些。

第十四集　陈毅进泰

亲临泰州为联李，两李测试陈诚意。

江南军火请护运，陈毅应援行仗义。

14—1　扬中三茅镇乡野·晨外

主要人物：贾长富、老农夫妇。

贾长富连忙起身道谢。

贾长富喝完粥，掏出三块大洋放在桌子上：一点儿小意思，请您收下。

老妇人一见连忙摇头摆手：不，不，不，这不好，就一碗粥，怎么能收钱呢，我们又不是做生意的。

老汉：就是做生意的，一碗粥也不值这么多钱。

老妇人：这钱我们绝不能要，你收起来吧，谁挣钱都不容易。

贾长富：二老，你们听我解释一下，我还有件事想麻烦你们一下。

老汉：有事你尽管说，能帮忙的我们一定会帮忙。

贾长富：是这样的。昨晚家里让人带信给我，说我老妈突然得了急病，非常危险，叫我赶紧回去。我心里很着急，今天一大早就往家赶，忘了换衣服。我这一身衣服回家看老人感觉有点儿不合适，我想向你们买套棉衣裳换上，不知道行不行？

老妇人：我家老头子就身上这一套棉衣裤，没有多余的哦。

贾长富：您看这样行不行？我与老伯换一下，衣服钱我照给。

老汉犹豫：这……

老妇人：就怕我家老头子的衣服你穿不合身。

贾长富：我看了，我们俩身材差不多，应该合身的。实在不行，等我返回时还换回来。

老汉：你的棉衣裳比我的好，钱就不要给了，我已经沾了光了。

贾长富：钱你们一定要收下，万一我一时半会儿来不了，你们还可以做套新的过年。

老妇人：那你太吃亏了。这样吧，我们只收一块大洋，等你回来还还给你。

贾长富：都收下吧。虽然我们以前不认识，但你们面慈心善，一看就是好人，现在世道这么乱，像你们这样老实本分、不贪钱财的人还真的很少，权当我孝敬二老的。

老汉：我们都不识字，没有文化，也挣不到什么大钱。但我们知道做人还是本分些好，有多大的本事做多大事，多做好事少结怨。钱财，生不带来，死不带去。该挣的钱挣，不该挣的钱一分也不能要。人啊，就这么短短几十年，平平安安才最好。

贾长富感慨：今天听老伯这么一说，感受真的很深。是啊，人啊，今天不知明天的事，平平安安才最好。

老汉：我们老了，什么都看穿了，什么都想通了。

老妇人：那你们就换下衣裳吧。予人方便就是予自己方便。

贾长富：那好吧，不好意思，给你们添麻烦了。

贾长富换好衣服将三块大洋硬塞到老妇人手里后迅速离去。

14—2 村庄·日外·中午。

主要人物：老农夫妇。

数十名荷枪实弹的新四军奔进村庄，挨家逐户地搜查。

几名新四军战士进入老汉屋里。

很快身穿国军军服的老汉被押了出来带走。

老妇人跟在后面不停地解释。

14—3 三茅镇·日外

主要人物：贾长富。

张翠莲，25岁左右，军属。

三茅镇广场上搭建了一个大舞台，舞台上的高架横栏上张贴了四个大字的标语“公审大会”。

舞台下人头攒动。

身穿百姓棉服的贾长富被五花大绑地跪在台中央。

记者举起照相机，闪光、冒烟拍照。

张翠莲背着幼子站在人群中。

台下不断有老百姓向台上扔东西砸向贾长富。

贾长富随后被数名新四军战士押下台带走。

新四军战士将贾长富押到江堤岸上摁跪下后举枪射击。

贾长富倒毙。

14 — 4　扬中新坝江面 · 夜外

主要人物：管文蔚、叶飞、张藩、姬鹏飞、施光前。

扬中新坝江边停泊着数十条帆船。

江岸上，管文蔚、叶飞、张藩、姬鹏飞一一与施光前握手，然后登上帆船。

双方挥手告辞。

数十条帆船浩浩荡荡向江对岸驶去。

14 — 5　扬州市江都县三江营江岸 · 夜外

主要人物：张少华，32 岁（1908—1950），江苏省保安旅 9 旅旅长。

方均，30 岁左右。江苏省保安旅 9 旅 1 团团长。

管文蔚、叶飞。

三江营江堤内侧张少华，方均手举望远镜向江面观察。

江面上数十盏星星点点的船灯萤火一般正向岸边靠近。

张少华：方团长，新四军有好几十条船呢，这样吧，我们分头指挥。你负责东头，我负责西头，争取将他们一网打尽。

方均：是！

江面上，数条新四军船只慢慢靠上江滩。战士们放下翘板，数十名战士扛着木板走下翘板，将木板铺在泥泞的江滩上。后面的战士踏着木板，跑上岸坡。

突然，堤岸上枪声四起，火弹飞射。

新四军战士立即伏地还击。

船上新四军立即举枪向堤岸射击。

船上管文蔚：不好。敌人早就有埋伏。

叶飞：命令 1 团 1 营向江岸继续攻击，以吸引敌人的注意力，其他船只立即熄掉船灯从东西两头迂回上岸，潜入敌人背后袭击。

船上亮起手电光传达命令。

1 团团长乔信明、政治部主任刘先胜在船上向左挥动手臂。

数条船立即转向，向左航行登滩。

4 团团长韦永义、政治部主任刘学文在船上向右挥动着手臂。

数条船立即转向，向右航行登滩。

乔信明的船慢慢靠上江滩，新四军战士们迅速跳上江滩，深一脚、浅一脚地踩着泥泞的污泥摸黑奋力跑上堤岸。

乔信明、刘先胜和数百名战士在岸上集合后，立即向堤岸上正在射击的敌人阵地冲了过去。

韦永义的船慢慢靠上江滩，新四军战士们迅速跳上江滩，深一脚，浅一脚地踩着泥泞的污泥摸黑奋力跑上堤岸。

韦永义、刘学文和数百名战士在岸上集合后，立即向堤岸上正在射击的敌人阵地冲了过去。

张少华正全神贯注地指挥着士兵向江滩上的新四军射击。

乔信明、刘先胜率领新四军战士们突然出现在他们身后，百枪齐射。

数百名国军士兵纷纷倒毙。

张少华大吃一惊，见势不妙，立即借着夜色悄悄跑到江滩上的一条小船，划桨而逃。

方均正全神贯注地指挥着士兵向江滩上的新四军射击。

韦永义、刘学文领新四军战士们突然出现在他们身后，百枪齐射。

数百名国军士兵纷纷倒毙。

方均大吃一惊，见势不妙，立即高喊：别打了，我们投降！

14—6 茅山新四军根据地·日内

主要人物：陈毅。

新四军指挥部内，秘书走进陈毅办公室：报告！挺进纵队管司令电报。

陈毅：念。

秘书：我部已全歼国民党顽固派贾长富驻守扬中的3团顽敌。贾长富经召开公审大会后被就地正法。扬中已交由施光前独立团驻守，我挺进纵队在渡江后，在1支队和4支队的配合下，经过一天的激战，歼灭了盘踞在三江营的张少华9旅1团方均部，打通了三江营到嘶马、大桥、吴家桥地区的通道。方均被管司令镇压，张少华溃逃泰兴。

陈毅笑逐颜开：回电表示祝贺！望他们再接再厉，尽快在当地打开局面。

秘书：是！

陈毅：啊呀，这下可好了。扬中这块宽阔的江心跳板一铺好，我们从丹北渡江到嘶马、大桥、吴家桥，一路就可以畅通无阻了。并且，我部驻扎吴家桥后，韩德勤想再涉足这块跳板就很不容易了。拿纸来，我要赋诗留念！

秘书立即拿来纸在桌板上铺开，众人纷纷凑了过来。

陈毅立即挥毫泼墨，一蹴而就，然后高亢朗诵：

一、长江跳板
滔滔江水向东流，
北渡如何得自由？
立足扬中无限好，
贾团狡猾不须忧。
二、政治跳板
地利天时好，
人和更不同。
古今皆有训，
中外亦相通。
北斗能高照，
孤军定落空。
太平民主化，
意义具双重。
三、知己知彼
长江跳板稳如山，
悬众寡殊不等闲。
自古能兵怀远略，
迄今善战更高瞻。
遵循马列无穷力，
依靠人民哪畏艰。
灭敌反顽联二李，
老三老二有何难。
众人鼓掌。

14—7 泰州西山寺鲁苏皖边区抗日游击指挥部·日内

主要人物：李明扬。
李长江，50岁（1890—1956）国民党鲁苏皖边区抗日游击指挥部泰州副司令。

李长江走进李明扬办公室：司令，您找我？

李明扬：找你来是有件事想跟你商量商量。

李长江：什么事？

李明扬：我北伐时期的老同事朱克靖来找过我了，说他们的陈毅司令想来泰州拜访我，你对这件事怎么看?

李长江：这要弄清他来的目的是什么。

李明扬：朱克靖说，现在江南新四军的挺进纵队驻守在吴家桥了，为我们在前沿对抗扬州的日本人，陈毅想过来与我沟通协商一下如何共同合作。

李长江：我感觉他们的目的没这么简单，有可能是借对付日军之名与我们争地盘来了。韩德勤驻扎在扬中的保安9旅第3团和江都三江营的1团都已经被他们吃掉了。蒋委员长去电新四军皖南军部要责令严查惩办，可新四军军部回复：保安9旅贾长富因为长期勾结日寇，欺压百姓，引起当地民众的极度愤恨，于是当地数个抗日武装自卫队便联手剿杀了他，与新四军无关。

李明扬：那贾长富本来就是个土匪流氓出生，无恶不作，一面投靠了韩德勤，一面又勾结日本人残杀新四军，不仅当地老百姓对他恨之入骨，新四军也视之为眼中钉、肉中刺，所以那贾长富现在的下场其实早已注定。韩愈的《亡征》一文中说：简侮大臣，无理父兄，劳苦百姓，杀戮不辜者，可亡也；恃交援而简近邻，怙强大之救而侮所迫之国者，可亡也，前者之鉴，后者之师，对待新四军我们要慎之又慎。

李长江：那新四军万一来抢我们的地盘怎么办?

李明扬：他们区区两千多人，来与我们三万多人争地盘，不是不自量力吗?

李长江：现在是两千多人，将来可不一定。共产党的招兵买马的能力强得很呢。再说，他们江南还有一万多人呢。

李明扬：那依你之见呢?

李长江：这事先交给我来办。论党派，您是国民党，他是共产党；论职位，您是鲁苏皖抗日游击副总指挥，陈毅不过是新四军支队司令；论年龄，他比你小十几岁，哪能想见就见的。

14—8　泰州西山寺·日·内外

字幕：1939年7月下旬。

主要人物：陈毅。

惠浴宇，31岁（1909—1989），新四军苏北工委书记。

朱克靖，45岁（1895—1947），新四军联络部主任。

陈毅、惠浴宇、朱克靖、李长江及警卫一行六人在姚向东的带领下进入西山寺鲁苏皖抗日游击指挥部。

姚向东至办公室门口：报告！新四军陈毅司令到!

李长江：进来！

姚向东推开门，陈毅、惠浴宇、朱克靖进入，随行警卫站至门口。

李长江缓步迎接与陈毅、惠浴宇握手：啊呀，不好意思，我们李司令因为突然接到兴化那边的电报，须参加紧急军事会议，所以只好临时让我先代为接待二位，失敬之处还望见谅。来，请坐。

陈毅、惠浴宇、朱克靖、李长江分主宾落座。

勤务兵奉上茶。

陈毅：身为鲁苏皖边区抗日游击副总指挥，军务繁忙当然可以理解。但我们新四军初到贵地若不前来拜访李副总指挥那就太失敬了。毕竟我们曾经协同作战，并肩北伐过，现在又在民主统一战线上共同抗日。

李长江：是、是。不过，我们对贵军的一些军事行动还是有点不太理解。想当面请教一下。

惠浴宇：我们这次一是来拜访学习，二是来交流沟通的，有什么疑问但说无妨。

李长江：那就恕我直言了。根据国民政府军事委员会的军事部署，贵军的游击防区应该又江南撤往黄河以北，现在突然进驻江北来，不知是何原因？

陈毅：原因很简单，就是哪里有日本侵略军我们就到哪里。将日本人赶出中国，就是我们国共两党共同的目标。现在扬州、南通许多地区都被日军占领，我们不能坐视日军在这些地方逍遥自在，鱼肉百姓。我们要不断地骚扰，打击、消耗、消灭他们有生力量，直到日军所有的占领区全部回到中国人自己的手里。

李长江：理是这个理，但我们还是要共同遵守国民政府军事委员会的统一军事部署较好，以免日后产生不必要的误会。

惠浴宇：只要贵军不产生误会，我们就不会误会。我们十分希望与贵军友好相处，密切合作，共同抗击日军。俗语说得好：人心齐，泰山移。只要我们国共两党精诚团结，一致对外，我们坚信一定会打败日本帝国主义。

李长江似笑非笑，似应非应。

陈毅睨了他一眼：有一点我们想给李副司令解释一下，我们现在驻军江都的吴家桥一带，主要是为了打通江南往江北的沿江通道，以便我们新四军将来开辟南通沿海日占区，打击日军，没有其他意图，还望两位司令不要误会。

李长江：噢，原来是这样，等李司令回来我一定转告。

陈毅：还有一件事还得麻烦李副司令。

李长江：请讲。

陈毅起身：我们带来了我们毛泽东主席和朱德总司令给李副总指挥的亲笔信，还请李副司令转呈。

李长江坐着单手接过陈毅双手奉呈的两封信：一定转呈！

朱克靖起身：那我们不再打扰了。

李长江：唉，别着急走，为尽地主之谊，我已经在扬泰大酒店安排好一桌酒宴，为陈司令接风洗尘，聊表心意。

陈毅：不必这么客气了，等到下次有机会与李副总指挥一起吧。欢迎李副总指挥和李副司令到吴家桥及江南新四军根据地莅临指导。

李长江：贵军一向以纪律严明，作战勇敢而闻名天下，尤其对游击战术更是运用自如，我们自愧不如。有机会一定前往学习请教。

陈毅：竭诚欢迎，互相切磋。那我们告辞了。

李长江起身拱手：既然这样，那恭敬不如从命，恕不远送。

陈毅、惠浴宇、朱克靖和随从走出指挥部。

陈毅：都说这李长江不识多少字，怎么溢美之词还一套一套的呢？什么自愧不如，闻名天下。

朱克靖：应该是秘书早拟好了的台词，估计他在家背了好几天呢。第一次见我们陈司令，不能相形见绌，怎么也要装模作样，显示自己并不是像外面传说的那样是个“土包子”。

众人会心一笑。

惠浴宇：他那贼眉鼠眼的样子，感觉这个人不仅心机重，而且挺阴险。

陈毅：你们想想，他若真是个百无一用的“土包子”，李明扬会让他做副司令？

惠浴宇：看得出，他对我们存有戒心，态度怠慢。李明扬可能是故意避而不见。

朱克靖：这是我的工作还没有做到家。

陈毅感叹：可以理解，他们对谁都不放心。防日军攻占，防韩德勤吞并，防我们抢他的地盘。这两李，就有点像三国演义的孙权和周瑜，既要防曹操，又要防刘备。不过，我这个人那，不到黄河心不死。泰州我还是要来的，多来几次，我想他们会有所改变的，功夫不负有心人，务必志在必得，因为，稳住他们对我们很重要。

14—9　鲁苏皖边区抗日游击指挥部·日内

主要人物：李明扬、李长江。

李明扬站在办公室查看墙上的作战地图。

李长江走了进来：司令，您找我？

李明扬：新四军代表朱克靖又来找过我了，说他们的陈毅司令想再来商谈联合抗日事宜，我想听听你的意见。

李长江：上次陈毅来，您没见他，看来他还不甘心。如果再来，您见不见他呢？

李明扬：这次来若再不见恐怕不太好了，毕竟1924年第一次国共合作时，我们就打过交道，与我称兄道弟；现在第二次国共合作，他是江南新四军第1支队司令，扬州江都的日军与我们近在咫尺，随时可能来犯，到时说不准还靠他们支援呢。

李长江：我们北边不有韩德勤吗？

李明扬：你以为韩德勤就靠得住吗？表面上我们是兄弟部队，实际上他们内心巴不得我们被日军打垮，正好收编了我们，渔翁得利。

李长江：那新四军更靠不住了。虽然现在统属国民革命军，但毕竟是共产党直接领导指挥，一直是摩擦不断。国共斗了这么多年，合合分分，分分合合，打打和和，和和打打，积下了多少怨仇，哪是一朝能化解得了的？

李明扬：那蒋某人也不是什么好鸟。本来，当初如果遵循了孙中山先生“联俄，联共，扶助工农”的方针，就没有以后的这么多事儿，他倒好，执意要搞一党执政，个人独裁。先来个“四一二”反革命大屠杀，将共产党逼上梁山，不得不发动了“八一南昌起义”，成立了自己的独立武装，后来，天天杀共产党，共产党却愈杀愈多，愈杀愈强，引得一直对华虎视眈眈的日本人趁虚而入，这正应验了那句老话：家不和被邻欺。

李长江：司令这话说的是。不过，蒋某人之所以这么多年来灭不掉共产党，并不是共产党有多大的本事，问题主要还是出在我们内部。我们内部，素来派系林立，党争不断，各自为王，钩心斗角。党内不仅有以宋庆龄为代表的左派，还有以蒋某人为代表的右派；军政上有李宗仁的桂系、张学良的奉系、阎锡山的晋系、冯玉祥的西北系。就这中央军内还有胡宗南系、汤恩伯系、陈诚的土木系。

李明扬：还有嫡系、旁系。而我们什么系也不是，说句不好听的，我们就像晚娘养的，姥姥不亲，舅舅不爱。平常我们享受的待遇最差，打仗却令我们冲在最前沿；军饷他们是高兴给就给些，不高兴给几年都不见一块大洋，全靠我们自筹；军火也是，那些先进美式武器全给了他们的嫡系部队，从来就没有我们的份儿，再说这韩德勤，不仅当年围剿红军时被活捉，去年的阜宁之战，三万兵力却败于日军的三千人，就这么个饭桶将军，对付我们却一套一套的，机关算尽。不仅以前跟我们在大运河西边动枪动刀抢地盘，上次军部拨给我们的军饷和军火真他妈的全被他截留了，所以，韩德勤根本就靠不住的。现在我们西边是日军，北部是韩德勤、李守维的89军，南面是新四军。这李守维更不是个东西。当年，在溧阳剿匪，他与盗匪串通一气，害得我保安团损失惨重，要不是2团的曹滂团长出面求情，早被我军法从事了。放了他一马，这家伙现在不但不领情，反而以怨报德，处处与我作对。依我看，我们现在还是要与新四军保持联系，否则我们独木难支、孤掌难鸣。

李长江：司令，这韩德勤尽管领军无方，打仗无能，但他是顾祝同总指挥的亲信。这次他截留我们的军饷和军火，一是因为日军发动了“卜号作战”大扫荡，他们急需军饷军火；二是若没有顾祝同的默许，他也没这个胆。古人说，“打仗亲兄弟，上阵父子兵”，我们与韩德勤尽管时有纷争，可毕竟是自家兄弟，不管怎么样，上面还有老头子压着，最终还是老头子说了算。而新四军就大不一样了。他们是异党异军，对老蒋想听就听，不想听睬都不睬。他们一边高喊共同抗日，一致对外，一边明里暗里跟我们抢地盘。我觉得我们与他们打交道，一定要特别小心，要多长几个心眼儿。一方面，弄不好会被韩抓住把柄，向老头子告状；另一方面，感觉陈毅这个人，要比韩德勤难对付多了，关键时刻能不能靠得住，还真的很难说。

李明扬：可靠不可靠，试探一下不就知道了？

李长江：怎么试探呢？

李明扬：你这样给朱克靖回复……

14—10　鲁苏皖边区抗日游击指挥部·日内

主要人物：李明扬、李长江。

李长江走进李明扬办公室：司令，好消息，朱克靖已经回复了，说陈毅已经答应了愿意全力配合我们，让我们与朱克靖商量具体行动方案。

李明扬一拍桌子：好！只要他陈毅帮我们把这事搞定，那就说明，他是真心实意与我们合作。

李长江：陈毅会不会先是假意答应，到时候却也像韩德勤那样，将弹药给截了？或者雁过拔毛？

李明扬：如果他真的这么做，那我们只有跟韩德勤联手了，他们无义就别怪我们无情了。现在关键的问题是，这么多弹药想从几百里外的第三战区运到泰州，一路不仅要翻山越岭，摆渡长江，还要经过五道日军封锁线，其难度可想而知。就是新四军竭尽全力配合，能不能安全运回来，是我最担心的。

李长江：那还有其他办法吗？

李明扬：没有其他办法，我们唯一能做的就是派一位得力的干将带队前往。你看派谁去好呢？

李长江沉思片刻：有个人，比较适合。

李明扬：谁？

李长江：第 3 纵队第 8 支队队长陈玉生。

李明扬：哦，就是那位整天喜欢穿草鞋的？

李长江：对！这个人虽然是穷苦出生，但品行端正，打仗也灵活勇猛，让他负责押运，对付日军是最合适不过了。只是他跟我差不多，读书不多，不太会说话，让他与新四军接洽在交流沟通方面可能不怎么样。

李明扬：这个不成问题，我这里有一位在这方面最擅长的年轻人。

李长江：谁？

李明扬：就是刚刚分配到军需处的赵忠明。这年轻人可是个大学生，能说会道，德才兼备，我在镇江遇险时就是他出手相救的。

李长江：就是他救的司令啊，那司令看中的人是绝对错不了。这样他俩就可以取长补短了。

李明扬：对。就这么决定了，你这就通知他们和朱克靖明天上午到我这里来。

李长江：好的，司令。

14 — 11　鲁苏皖边区抗日游击队指挥部 · 日内

主要人物：李明扬、朱克靖。

赵忠明，22 岁，鲁苏皖边区抗日游击第二战区军需处上尉连长。

陈玉生，39 岁（1900—1994），鲁苏皖边区抗日游击第二战区第 8 纵队 8 支队队长

赵忠明身着上尉军衔，佩戴鲁苏皖徽章，走至办公室门前：报告！

坐在办公室沙发上的李明扬：进来！

赵忠明推开门，昂首挺胸，迈步而入，至李明扬面前行军礼：报告司令，军需处赵忠明奉命报到。

李明扬起身移位：来来来，我向你介绍一下这两位。这位是第 3 纵队 8 支队队长陈玉生中校。

赵忠明敬礼：陈队长好！

戴着眼镜的陈玉生回军礼，与赵忠明握手：赵连长好！

李明扬：这位是新四军挺进纵队朱克靖代表。

赵忠明敬礼：朱代表好！

朱克靖回军礼，与赵忠明握手：赵连长好！

李明扬对赵忠明、陈玉生：今天通知你们两位来是有一项十分重要的任务交给你们俩共同去完成。因为我们部队长期缺乏弹药，为此我向老乡第 32 集团军王敬久副总司令求援，他答应了我们的请求。不过，需要我们自己去押运。现在我们要从江南宜兴丁蜀山第三战区仓库运回步枪子弹 15 万发，迫击炮炮弹 5000 发，盒子枪子弹 3 万发。考虑到此次任务十分艰难，故而请江南新四军帮助完成。现在请朱代表介绍相关情况。

朱克靖：司令，可以借用一下地图吗？

李明扬：行。

朱克靖面向墙上的地图：请诸位来看地图。

众人走近地图。

朱克靖取下挂在墙上的指示杆指向地图：诸位请看，从泰州到丁蜀山有 500 多里路，要从扬州东南的嘶马、大桥渡江到扬中，然后渡夹江到龟山，越过沪宁铁路再过大运河走丹北公路到茅山，最后到达丁蜀山。大桥、嘶马、扬中这这三个地方已由我新四军控制，最危险的路段就是从龟山以南到茅山这一段，沿途要经过日军控制严密的沪宁铁路、大运河、丹北公路、麦溪、延陵这五个封锁线，任务相当艰巨。不过，沿途都有我们地方上游击队的密切配合，相信一定能完成这次任务。

李明扬：陈队长！

陈玉生立正：到！

李明扬：现在命令你第 8 支队除一部分人员留守驻地外，其余全部负责此次押运任务。你们要负责好先前侦察和断后警戒任务，听从友军的安排。

陈玉生：是。

李明扬：赵连长！

赵忠明：到！

李明扬：现任命你为此任务的先遣队队长，先行侦察敌情，与友军取得联系，主动积极与友军商议沟通，制定详细的预案，密切配合好陈队长的这次行动，确保此次任务圆满完成！

赵忠明：是！

李明扬：你们还有什么要求的吗？

陈玉生：有。现在已经是秋末，这次来回估计要两个月，到时天气冷了，我们 1000 多人的冬装这么办？

朱克靖：这个问题我们已经考虑到了，到时候由我们提供。

陈玉生：这就好了。

李明扬：还有其他什么问题吗？

陈玉生：没有了。

赵忠明：没有了。

李明扬：那从现在起，你们立即回去准备，三天后出发！

陈玉生、赵忠明立正敬礼：是！

14 — 12　扬州嘶马江边渡口 · 日外

主要人物：陈玉生，国军护卫队总指挥

赵忠明，国军护卫队先遣队队长。

嘶马江边渡口，停泊着三十几条帆船。

陈玉生带着一大队人马来到嘶马江边渡口。

一条木船靠上渡口。

赵忠明便装从船上搭在岸上的翘板上走下，直奔到陈玉生面前敬礼：报告！渡船全部到位，请陈队长率部上船渡江！

陈玉生回礼：扬中那边联系的情况怎么样？

赵忠明：我们与江对面负责接应的新四军扬中独立团施光前团长取得了联系，经他们侦察，江面方圆十里范围内未发现敌情，部队可以过江了。

陈玉生：好，那我们就过江吧。

大队人马，开始陆续登船。

数十几条满载官兵的帆船，离开码头向江对岸驶去。

14 — 13　扬中县新坝镇江面 · 日外

主要人物：赵忠明、陈玉生。

几十条木船在江中航行，陈玉生、赵忠明站在船头上。

赵忠明：马上就要靠岸了，施团长在新坝镇江岸等我们。

陈玉生：我一直担心这么多人过这长江天堑目标太大，会不会遇到日军舰艇的骚扰，没想到还挺顺利的。

赵忠明：开始我也有这种担心。不过现在看来，日军的主要兵力已经集中到长沙大决战上去了，这边的防守明显力不从心。

陈玉生：不过，我们还是不能大意。

赵忠明：是的。过分的平静不一定就是好事，事出反常必有妖。

空中突然传来飞机的轰鸣声。

船上官兵向天空瞭望。

远处天空，一架日军侦察机正低空飞了过来。

赵忠明：是日本人的侦察机。

陈玉生：命令所有人员注意运隐蔽。

船上官兵立即匍伏在船上。

日机在空中盘旋几圈后向南飞去。

陈玉生、赵忠明从船上站起，目送天空渐渐远去的飞机。

赵忠明：估计这鬼子的侦察机是在寻找新四军的驻地，好派轰炸机来轰炸！

陈玉生：他们兵力不够，只有利用空中优势来骚扰打击了。

14—14 扬中县老狼街大竹园·日外

主要人物：陈秋生，23 岁（？—1940），新四军 2 团 2 营 2 连 1 排副排长。

李道南，21 岁（？—1959），新四军 2 团 2 营 2 连 1 排 3 班班长。

彭寿生，28 岁（1912—2003），新四军 2 团 2 营 2 连长。

新四军 2 团 1 营驻地哨所。

天空传来飞机的轰鸣声。

陈秋生与李道南站在竹园边的竹楼哨卡里向远处空中瞭望。

一架日军侦察机从远处低空飞来。

陈秋生：是敌人的侦察机！

李道南：飞得好低哦。

日军侦察机不断地低空来回盘旋。

陈秋生：敌机好像发现了我们。

李道南：那我们这么办？

陈秋生：它之所以敢低空这么飞来飞起明摆着是向我们挑衅示威，欺负我们武器差，不能把它怎么样。

李道南：那我们今天就给它点颜色看看。

陈秋生：我们等它靠近，瞄准好，听我数到三，我们一起开枪，打他个狗日的。

李道南：好。

日机又飞了过来。

两人举起步枪瞄准。

陈秋生：一、二、三、打！

“叭，叭”，双枪齐发。

日机螺旋桨上迸出了火花。

李道南兴奋地跳了起来：打中了，打中了！

日机摇摇摆摆向北飞去。

连长彭寿生手握盒子枪带着战士飞奔而来，朝着哨卡上高声：什么情况？

陈秋生、李道南连忙从竹楼上沿着竹梯爬了下来。

陈秋生：刚才打了敌人的侦察机。

彭寿声：谁叫你们乱开枪的？你们这样会暴露我们驻地的目标！

李道南：连长，你不知道，那日本人的飞机太欺负人了，老在我们头顶上飞来飞去，实在忍受不了。

彭寿生：有时候忍不了也要忍，除了紧急情况外，没有命令禁止乱开枪，这是纪律，不能违反。这是敌人的侦察机，他们就是来搜寻我们的驻地的，你们这样不请示乱开枪，不但打不下敌机，反而暴露了我们的目标。

陈秋生：连长，我们打中了敌机了！

彭寿生：什么？你们打中敌机了？你们不是为了怕追究你们的责任瞎吹的吧？

李道南：没有，没有。连长，那我们哪敢呢。我们看到那敌机上那个转得飞快的东西上飞出火花之后，就歪歪扭扭地飞向北面去了，估计飞不多远就会掉下来的。

彭寿生：就你们那两支步枪能打中飞机？我这么越听越像你们在编故事蒙我的？

陈秋生：不敢，绝对不敢。那敌机飞得太低太近，所以我们才觉得机不可失，时不再来，就立即开了枪。

彭寿生：既然这样，我马上带人向北边搜索前进，若真的找到坠落的敌机，我就不处分你们。

李道南：我们看到敌机沿江岸朝北飞的，估计要掉就掉在江滩上。

彭寿生一挥手：走，我们就沿江岸向北搜索。

14 — 15　扬中县新坝镇 · 日 · 外内

主要人物：赵忠明、陈玉生、施光前。

三十几条帆船陆续靠岸，官兵纷纷下船。

赵忠明，陈玉生，随从牵着几匹军马先后下船登岸。

施光前率领随行人员大步走来。

赵忠明率先迎了上去，行军礼：施团长，您好！

施光前回礼上前握手：您好！

赵忠明：介绍一下：这是我们鲁苏皖边区抗日游击第 3 纵队第 8 支队陈玉生队长，全权负责这次的弹药押运任务。

施光前行军礼：陈队长您好！新四军扬中独立团团长施光前奉命前来接应陈队长。

陈玉生回礼：辛苦你们了！

施光前上前与陈玉生握手：我们新四军第 1 支队挺进纵队管文尉司令在我们队部等您，请随我来。

众人跃身上马，跟随施光前飞奔而去。

14 — 16　扬中县新坝镇独立团团部 · 日外 · 内

主要人物：施光前、管文蔚、赵忠明、陈玉生。

施光前一行人马在一农家大院门口收住缰绳下马进院。

门卫敬军礼。

众人回敬。

施光前率先走进屋内。

管文尉迎了上来，互行军礼。

施光前：管司令，他们来了。

管文尉：请他们进来。

施光前走出屋外：陈队长，赵队长请进。

陈玉生，赵忠明走进屋内。

管文尉与陈玉生，赵忠明互相行军礼，握手问候。

管文尉介绍旁边的一位新四军军官：这是我们支队的张藩参谋长，他对前往丁蜀山的线路非常熟悉，上级派他全程带领。

陈玉生与张藩互行军礼握手：您好！您好！

管文尉：诸位请坐。

众人落座。

管文尉：我们有件事想与贵军商量一下。

陈玉生：请讲。

管文尉：我们觉得，贵军带的人马太多，目标太大，行动不便，容易被日军发现。

陈玉生：那依管司令的意见带多少才合适呢?

张藩：我们建议贵军带一个精干营及一个排的先遣队就行，我们这里再派一个连协助。

陈玉生：那好。我们一切听从贵军的安排。

管文尉：另外，为贵军准备的冬装两天内就可以送到，你们可以在这里休整两天再前往茅山。

陈玉生：行。这次真让你们操心了，万分感谢！

张藩：我们都是共同抗日的友军，互相支持也是应该的。

陈玉生：是啊。只要我们团结一致共同抗日，就不愁赶不走日本鬼子。如果我们国军都像你们新四军就好了。

一名新四军文秘匆匆进来行礼：报告司令，刚才第一哨卡报告发现新敌情！

众人收住话题，神情严肃。

管文尉：什么情况？

文秘：一架敌机坠落在离这里五六里的南面江滩上。

管文尉：有这事？那你回复他们，我马上派侦察连去。

文秘：是。

赵忠明：管司令，陈队长，那我也带人去看看可以吗？我以前也遇到过这些事，我有经验。

管文尉：行。

陈玉生：好。配合新四军行动，看看能不能抓到两个鬼子的飞行员回来。

14 — 17　扬中县三茅镇北江滩 · 日外

主要人物：彭寿生、赵忠明。

一架日军侦察机坠落在扬中三茅镇东北江滩上。

一名飞行员推开驾驶舱窗玻璃，翻下座舱边门作脚蹬，爬出驾驶舱，下到机翼上。

另一名飞行员从驾驶舱内搬出一挺双管机枪递下。

两人先后跳下机翼，扛着机枪向江堤内跑去。

彭寿生带领一队人马向坠机地点奔来。

彭寿生：已经跑了十几里了，还有多远？

领队：刚才老百姓说就在北边不远，应该快到了。

赵忠明带领一队人马向坠机地点奔来。

赵忠明：还有多远？

领队：马上快到了，就在南边。

两名日军飞行员，架着机枪埋伏在堤岸上，密切注视着渐渐走近的彭寿生的队伍，扣动了扳机。

"嗒嗒嗒……"一排子弹飞了过去。

一名新四军战士腿部中弹倒下，伤口鲜血直流。

队伍迅速散开，卧倒还击。

彭寿生：一排正面进攻，二排从左，三排从右包围。

赵忠明带领的队伍听到枪声立即停下，辨别方向后挥手直奔而来。

两名日军飞行员仍伏在堤岸上，架着机枪，全神贯注地拼命向对面射击军。

赵忠明寻声发现，指着前面的江堤上：鬼子就在那里，给我打！

赵忠明立即举枪射击，其他队员纷纷跟随射击前进。

两飞行员回头张望了一下，发现被前后夹击，立即弃枪滚下坡，潜入篙草丛中。

彭寿生的队伍未及时发现，依然射击前进。

赵忠明的队伍一时没看清，依然还击。

两支队伍互射。

赵忠明忽然凝神一听，立即挥手：枪声不对，停止射击！

彭寿生见对方停止射击，连忙举起望远镜。

镜头里，对方部分人身着国军军服，佩戴鲁苏皖徽章，部分人新四军军服。

彭寿生立即命令：停止射击，是友军和兄弟部队！

彭寿生队伍领队喊话：你们是哪部分的？

独立团领队回话：我们是新四军独立团和江北友军。

赵忠明的队伍喊话：你们是哪部分的？

彭寿生队伍领队回话：我们是新四军老2团2营的。

双方立即收起武器，会集到一起。

彭寿生：对不起，大水冲进了龙王庙，一家人不认一家人了。

赵忠明：都是误会，我们接到情报，说鬼子的飞机掉这边了，所以带人来看看。

彭寿生：我们也是。那两个鬼子跑哪里去了？

赵忠明：我们可能逃到草丛里去了。

彭寿生：那你们去搜索鬼子，我们去找飞机好吗？

赵忠明：行，分别行动，不能让鬼子逃了。

两支队伍各奔而去。

彭寿生停下，举着望远镜四周搜寻。

镜头里一架敌机斜倾在不远出江滩的水沟之中。

彭寿生一挥手：跟我走，飞机就在前面。

第十五集 护运军火

跋山涉水克艰险，穿越重重封锁线。

长途押运两余月，大功告成增互信。

15—1 扬中县三茅镇北江滩·日外

主要人物：赵忠明、彭寿生、两名日军飞行员。

赵忠明带领队伍寻着脚印搜索前进，来到一洼水塘边。

彭寿生的队伍来到坠落的日机边，几名队员立即爬上了机翼，蹬了上去，去拉动驾驶舱玻璃窗，拉了几下纹丝不动。

一名队员：大家闪开！

其他队员赶紧闪开。

队员举起枪，对着玻璃窗"砰"的一枪。

玻璃窗打开。

两名队员立即爬了进去，搬出里面的照相机等物品。

赵忠明的队伍沿着河塘边反复搜寻，向水面仔细查看。

河里水草丛中，两双眼睛紧张地注视着岸上的动静。

赵忠明发现水面上有一丛水草时不时地颤抖几下，有点怪异，立即朝里面"砰、砰"开了两枪。

水面上立即冒出了两颗人头。

两名飞行员立即在水中举起了双手。

队员们立即举枪相对。

赵忠明命令：上来！

一名飞行员拼命在水中扭动身体（日语）：陷住了，陷住了，上不来，上不来！

赵忠明：你们说什么，听不懂。

江面上一艘日舰突然向岸上开炮。

"嗖、嗖"两发炮弹划着弧线飞了过来，在水塘附近爆炸。

两飞行员乘机从水中举起手枪。

队员们立即向水中飞行员射击。

两名飞行员瞬间中弹，鲜血染红了水面。

天空中传来飞机的轰鸣声，八架敌机低空飞驰而来。

彭寿生的队员立即向日机舱内扔进了几颗手榴弹。

飞机在爆炸之后起火。

天空日机飞临，俯冲扫射。

队员们纷纷卧倒，很快又爬起架起机枪向日机扫射

几个来回，一架敌机被击中，向江面坠去。

赵忠明的队伍也架起机枪向敌机扫射。

又一架敌机被击中，冒着黑烟向江面坠去。

数艘日军汽艇向岸边射击驶来。

赵忠明：撤退！让他们来收尸吧！

彭寿生：撤退！不跟他们玩了。

15 — 2　扬中县新坝镇新四军独立团驻地・日内

主要人物：赵忠明、管文蔚、施光前、张藩。

管文尉、施光前、张藩、陈玉生听完赵忠明的汇报哄然大笑。

管文尉：想不到这老2团的队伍还真有两下子，竟然用步枪打下了鬼子的飞机，创造了我新四军有史以来的奇迹啊！

施光前：你们的赵队长也不简单啊，不仅击毙了鬼子的飞行员，还打掉了一架日军的战斗机，真是后生可畏啊。

赵忠明：施团长过奖了，可不是我的功劳，而是贵军军人平常训练有素。

张藩：这次鬼子吃了大亏了，施团长要密切注意鬼子的动向，以防他们报复。

施光前：张参谋提醒得对，鬼子就这德行，吃了亏，十有八九会报复的。我这就去安排一下，做到有备无患。

15 — 3　扬中县新坝镇独立团驻地・日外・内

主要人物：李淑芹、张藩、陈玉生、赵忠明。

一队马车装着军服在团部停下。

李淑芹从车上跳下，进入大院至门前：报告！

张藩正在与陈玉生、赵忠明在地图前比画着讨论押运线路。

张藩闻声立即停止交流：进来！

李淑芹健步而入，猛见赵忠明不由愣了一下，但依然立正敬礼：报告首长，服务团军需处李淑芹前来报告，友军的冬装已经全部准备就绪，就在外面马车上，请指示！

张藩：陈队长，冬装已经到了，请你们接收一下。

陈玉生：赵队长，请你去交接一下，立即分发下去。

赵忠明：好。

李淑芹跟随赵忠明走出院外，迫不及待：明哥，你怎么在这儿？怎么穿国民党的军装？

赵忠明：我在执行任务，别对任何人说我们认识，知道吗？

李淑芹：知道了。那你知道陈盛文、陈秀文分配哪儿去了，自从离开军训队后就没有见过，我好想他们哦！

赵忠明：我不知道。你是在独立团军需处？

李淑芹：我在挺进纵队的战地服务团医疗队，是随管司令临时过来帮助组织军服的。一个月前刚接到通知，一下子弄这么多军服并且都是棉衣棉裤，哪这么容易，任务紧，时间急。幸好，这里群众基础好，才完成了任务。

赵忠明：那辛苦你们了，谢谢！不过，还得辛苦你们一下，帮我们直接送到我们团部驻地好吗？

李淑芹：没问题。

知道我们的团部驻地在哪儿吗？

李淑芹：知道。只是怎么也没想到你在这儿。

赵忠明：以后你想不到的事还多呢。

李淑芹转身爬上马车：走，先去三跃。

赵忠明向她挥了挥手。

李淑芹挥挥手满脸狐疑。

15 — 4　扬中县新坝镇独立团驻地 · 日外

主要人物：陈玉生、管文蔚、张藩。

独立团的连队与陈玉生的队伍分别列队，整装待发。

管文尉、施光前与张参谋，陈玉生分别站在列队前。

管文尉：刚才通讯员送来你们的先遣队赵队长回信，说三十五圩那边过夹江的船只已经为你们都准备好了，他们与游击队的同志在夹江对面接应。

陈玉生：这次真的辛苦你们了，谢谢！

管文尉： 真的不用谢。一是这是上级交给我们的任务，我们必须不折不扣地完成。二是，日后我们如果过江了也需要你们的大力支持啊！

陈玉生： 请您放心，日后若有用到兄弟的地方尽管说，我一定会尽力支持。

管文尉朝张藩： 张参谋，现在要辛苦你了，这次能否过五关斩六将就看你的了。

张藩： 司令放心，这条线路我了如指掌，轻车熟路，保证完成任务。

施光前： 那我们就不送了，祝你们一路顺风！

张藩与管文尉、施光前分别敬礼握手： 谢谢，再见！

陈玉生与管文尉、施光前分别敬礼握手： 谢谢，再见！

张藩转身面向新四军连队挥手： 出发！

陈玉生转身面向队伍挥手： 出发！

15 — 5　扬中县新坝镇夹江渡口 · 夜外

主要人物： 张藩、陈玉生。

张藩、陈玉生带领队伍举着火把来到江边渡口，陆续登上帆船向对岸驶去。

15 — 6　龟山头山山路 · 日外

主要人物： 张藩、赵忠明、陈玉生。

张藩、赵忠明骑着马领着新四军队伍和先遣队行走在龟头山山路前面，陈玉生骑着马领着队伍紧跟其后。

张藩： 赵队长，马上就要过龟山头了，下站就要沪宁铁路丹阳段，这铁路线有鬼子的据点和巡逻队，白天过不去，只能晚上过，我看现在就在这休息一下，吃过夜饭再走。

赵忠明： 好。

张藩转身命令： 全体队员，原地休息，饭后再出发！

赵忠明： 注意警戒！

队伍立即在路边停了下来。

队伍前后各两名士兵立即爬上了山岗，警戒放哨。

张藩、赵忠明下马与官兵们一起就地在路边草地躺下。

炊事班随即生起烟火。

突然，远处传来数声枪响。

赵忠明一跃而起，奔向岗哨。

张藩随即赶到，站在哨岗上拿起望远镜向山下远处眺望。

镜头里，山脚下一个小山村的上空冒起了浓烟，几个村民从山脚下跑了过来。

张藩：可能是鬼子进村扫荡，几个村民跑过来了，等他们到了问问发生什么情况再说。

赵忠明：好。

十几个男女村民慌慌张张跑了过来。

赵忠明上前挥手拦住，刚想开口，村民们一见，立即吓得瘫倒在地上。

张藩：老乡，别害怕，快起来，我们是新四军，保护老百姓的。

村民们战战兢兢爬了起来。

赵忠明：告诉我们村子里发生什么事了，是不是日本鬼子进村了？

一村民：是土匪进村抢人抢东西。

张藩：啊？！有多少人？

村民：大概几十个吧。这日子实在没法过了，不是鬼子来扫荡，就是土匪来抢劫。这是什么世道哦！

几个村民咽咽哭了起来。

赵忠明气愤：一帮王八蛋，鬼子欺负中国人，他们也欺负自己人！

张藩：你们别着急，我们这就带人去收拾他们。

赵忠明：我带人去。

张藩：王连长！

王连长：到！

张藩：立即带人与赵队长一起下山，去灭了这帮土匪，除恶务尽！

赵忠明朝村民：你们带一下路好吗？

村民：好，好。

村民立即跪下连连磕头：谢谢！谢谢！

王连长与赵忠明立即带着队伍和村民冲下山去。

15 — 7　龟山头山村口 · 日外

主要人物：王连长，25岁左右，新四军护卫队军官。

赵忠明。

王连长、赵忠明带着队伍和村民到达山脚下村口。

王连长朝村民：你们村有几个进出口？

村民：就这一个。

王连长：赵队长，你的人就守住这里，不让土匪们从这里跑掉。我带人进村。

赵忠明：好。

王连长带着他的人马立即冲进村子。

赵忠明挥了挥手：分散两边，注意隐蔽！

村子里传来激烈的枪声，以及手榴弹的爆炸声。

十几个土匪跌跌撞撞向这里奔来，很快进入了赵忠明的伏击圈。

赵忠明朝天鸣枪。

队员立即冲出，将土匪团团围住。

赵忠明厉声：缴枪不杀！

两名土匪交换了一下眼神，刚想举枪，立遭数枪齐发，倒地毙命。其余土匪纷纷丢枪举手投降。

队员们立即上前收缴了他们的武器弹药，顺势踢了他们几脚。

王连长领着人马跑了过来：下面的土匪全都解决了。

15—8 龟山头宿营地·日外

主要人物：陈玉生、张藩。

龟山头宿营地，被抓土匪站成一排。

陈玉生挥起马鞭一个个轮流鞭打：让你们抢！让你们盗！让你们抢！让你们盗！

土匪们双手捂住脑袋，强忍着疼痛，噤若寒蝉。

张藩走了过来，拉住了陈玉生的手臂。

陈玉生：这帮王八蛋，不让他们吃点苦头，他们改不了。

张藩：我知道，你们虽然是土匪，干过不少坏事，但我也知道，你们当中绝大数人都是穷苦出生。既然都是穷苦出生，那为什么还要去抢劫同样是穷苦人的财物呢？为什么还要去欺负同样是老百姓的穷苦人呢？古人说：同病相怜。按道理穷苦人应该帮助穷苦人才对。现在我们国家被日本鬼子侵略，他们到处烧杀抢掠，老百姓时时刻刻都在受到鬼子的欺凌和杀害，你们还要雪上加霜，趁火打劫，这是人做的事吗？你们有本事就去抢日本鬼子的，去抢汉奸卖国贼的。

土匪们连忙跪地，自扇巴掌：我们不是人，我们知错了，我们悔改，我们再也不敢了，请军爷放我们一马吧。

陈玉生：放你们一马？哪这么容易！

土匪：我们也是被逼的，我们家里还有妻儿老小。

陈玉生：谁家里没有妻儿老小？现在国难当头，谁的日子好过？要想日子好过，只有赶走了日本鬼子，只有打掉那些欺负老百姓的人，大家才有好日子过。现在要我们放你们一马也不是不可以，但得看你们的表现，表现好，我们当然会放你们回家，表现不好立即就地正法。但你们表现好坏不是只听你们嘴上说，我们要看你们的行动。

土匪：军爷现在让我们做什么我们就做什么。

陈玉生：这样吧，从现在起，你们就跟着我们队伍走，给我们去扛东西。表现好，回头时，就放你们回家。

土匪：全听军爷吩咐。

陈玉生：赵队长，你安排一下，将他们分散到各个班组打杂！

赵忠明：是！

15—9　沪宁铁路线丹阳段·夜外

主要人物：赵忠明、张藩。

月色明朗，路灯昏黄。

押运队伍一字排开，悄悄埋伏在铁路线一侧不远处。

赵忠明四下观察了一下，周围毫无动静，一挥手带着部分队员率先越过铁路线，埋伏在铁路另一侧，静静观察。

铁路线附近没有任何异常。

赵忠明发出鸟叫信号。

张藩一挥手，部分人员迅速越过了铁路线。

陈玉生四下观察了一下，四周静悄悄，一挥手，部分人员再次越过铁路。

铁道远处，一队鬼子巡逻队打着手电慢慢走了过来。

两侧队员立即蛰伏不动。

巡逻队从铁道上走过，渐渐远去，消失在茫茫夜色之中。

余下的队伍、马匹，再次分数批全部越过了铁路。

15—10　大运河边·夜外

主要人物：赵忠明、张藩。

大运河边停泊着十几只木船。

赵忠明的先遣队在大运河边等待着押运队伍。

陈玉生带队到达。

部队迅速上船。

木船向对岸驶去。

15 — 11　丹北公路·夜外

主要人物：张藩。

丹北公路上，张藩带领队伍举着火把夜行。

15 — 12　茅山山涧边·日外

主要人物：赵忠明、张藩。

大衣兄，25岁左右，新四军战士。

押运队伍在山涧边宿营。

赵忠明飞马来到：张参谋，前面有鬼子朝这边来了。

张藩：传令，立即站领前面那个高山头，准备战斗！

队伍立即向前面的山头奔去。

官兵奋力向山上爬去，很快爬上了山头，队员各就各位，严阵以待。

张藩站在山上举着望远镜向山路上观察。

山路上偶然有几辆马车驶过。

赵忠明站在山上举着望远镜向山路上观察。

陈玉生在山上举着望远镜向山路上观察。

山脚下出现了几个卖熟山芋的摊子。

张藩：赵队长，怎么回事？都一个多时辰了怎么还不见鬼子的动静？

赵忠明：我也不知道怎么回事，明明看到穿着黄大衣的鬼子过来了，就七八里路怎么还不到呢？

张藩又举起了望远镜。

镜头里，一支队伍开了过来。

张藩：来了。

赵忠明立即举起了望远镜。

镜头里，一支队伍开了过来，几个身穿日军黄大衣的人却停留在几个熟山芋摊前与摊主交流起来。

赵忠明自言自语：不对啊，鬼子会是这个样子对待老百姓？

张藩：不是日本鬼子，是自己人。队伍里仅有几个穿日军黄大衣，其余的都穿的是新四军军服。

赵忠明：我先下去确认一下再说。

赵忠明带着先遣队立即下了山。在远处从行军包里取出便服换上，带着两人走了过去。

赵忠明走近摊子：老乡，这山芋怎么卖的？

摊主：一块钱三个。

赵忠明看了看摊位旁的穿黄大衣人：兄弟，你怎么穿的是日本人的大衣？

大衣兄（自豪）：我们新四军刚缴的日本鬼子的。

赵忠明：兄弟，你们这样穿差点儿被我们误会。

大衣兄立即警觉起来，拉动枪栓，举枪而对：你们是什么人？

赵忠明连忙摆手：别误会，自己人，兄弟部队的。我们是新四军扬中独立团的，来这里执行任务。

大衣兄：那你们的人呢？

赵忠明：都在后面的山头上埋伏着呢，开始以为你们是日本鬼子。

大衣兄收起了枪：哦。原来是这么回事，不好意思，误会了。

赵忠明朝着随从：去通知张参谋，下山买山芋，我们正好肚子也饿了。

随从：是！

赵忠明：老乡，今天你们运气好，你们的熟山芋我们全包了。

15—13　茅山新四军抗日根据地指挥部·日内

主要人物：陈毅、张藩、陈玉生、赵忠明。

茅山新四军指挥部内。

秘书走到陈毅身边行礼：陈司令，张藩带着李明扬的押运队队长陈玉生、先遣队队长赵忠明求见。

陈毅：请他们进来吧。

秘书：是。

秘书转身离开。

张参谋领着陈玉生、赵忠明走了进来，后面跟着两名士兵提着一只大木箱。

张藩行军礼：报告陈司令。

陈玉生行军礼：押运队队长陈玉生。

赵忠明行军礼：押运先遣队队长赵忠明。

陈毅回军礼：一路辛苦了，来来来，你们请坐。

陈玉生从公文包里掏出一封信双手给陈毅：这是我们李司令给您的亲笔信。

陈毅接过信封：来、来、来，你们先坐。

陈玉生、赵忠明、张参谋依次落座。

陈毅看过信收起。

赵忠明：这次弹药押运任务李司令交给陈队长和我来完成，首先感谢贵军所给予我们的大力支持和真诚帮助。如果没有贵军的密切合作和鼎力相助，此次押运任务，其困难程度难以想象，几乎无法完成。为此我们李司令让我带来了 5000 大洋，一是向贵军官兵不辞辛苦，长途跋涉，风雨同舟，同仇敌忾，聊表心意。二是向贵军在对日寇作战中英勇负伤之官兵表示最诚挚的慰问！敬请笑纳。

两士兵提着箱子过来放在地上打开，里面满满一箱大洋。

陈毅：十分感谢李司令的一片心意。现在国共两党第二次合作，并建立了抗日民族统一战线，所以为贵军提供力所能及的帮助也是义不容辞、理所应当。因为我们毕竟都是中国人，同是炎黄子孙。在面对日寇大举入侵，中华民族面临生死存亡之际，国共两党唯有摒弃前嫌，携手合作，共同抗战，才能彻底打败日本侵略者。为此经过我们反复研究，决定先派一条大船从竹篑河进入太湖再到第三战区仓库，将弹药先运到这里，再雇用几百名挑夫运送。二位觉得怎么样？

陈玉生：贵军对当地的地理环境非常熟悉，一切听从陈司令安排。

陈毅：那好，你们在这里休整几天后，就可以带人前往丁蜀山。

陈玉生：好，谢谢贵军的周密安排。

陈毅忽然看到陈玉生穿着一双草鞋，十分诧异：陈队长，天都这么冷了，你怎么还光脚穿着草鞋呢？

陈玉生：哦，陈司令，从小家里穷，穿习惯了。

陈毅：你可是押运队的队长，这在国军里可谓绝无仅有啊。你现在肩负重任，这脚如果冻伤了，这么远的山路，随时都可能碰到鬼子，那可太不方便了。警卫员！

警卫员立即跑了过来：到！

陈毅：你立即到镇上去给陈队长买几双鞋和袜子。

警卫员：是！

陈玉生：那太谢谢陈司令了。

陈毅：欢迎你们利用这几天给我们新四军指战员多多指导。

陈玉生：早就听说过，贵军不但英勇善战，而且纪律严明，从不欺负老百姓，正好利用这次机会，向贵军多多学习。

陈毅：互相学习，互相交流，互相提高，互增感情嘛。

15—14　宜兴丁蜀山国民党第三战区军火仓库·日外

主要人物：陈玉生、赵忠明。

宜兴丁蜀山国民党第三战区仓库外面岗哨林立，戒备森严。

陈玉生、赵忠明一前一后带着押运队员和数辆马车经过层层岗哨的检查，到达军火仓库。

赵忠明向守备军官出示了证件和手续后，挥手令队员开始向马车上搬装弹药。

15—15　太湖边码头·日外

数辆装满弹药箱的马车在太湖边上的码头停下，队员们从马车上跳下，向停泊在码头上的大帆船上搬运弹药箱。

15—16　太湖上·日外

太湖水面上，满载货船扬帆破浪。

15—17　竹箦河边码头·日外

竹箦河边码头，队员们从帆船上搬运弹药箱装上数辆马车。

15—18　茅山北麓·夜外

主要人物：张藩、赵忠明。

独立团和先遣队举着火把在里面开路，张参谋、赵忠明牵着马紧跟其后，马上驮着弹药箱。

几百名挑夫挑着弹药箱走在崎岖的山路上，后面紧跟着陈玉生的押运队伍。

张参谋：前面有片开阔地，我们到那里休息一下再走，挑夫们已经很累了。

赵忠明：好。

突然，前面传来马蹄声。

押运队立即停下。

武装队员立即举枪戒备。

马蹄声渐近，一人在马上高声：我们是东山游击队的，别开枪。

赵忠明、张参谋立即迎了上去。

两名游击队员跳下马：哪位是领导？

张参谋上前：我是。什么情况？

游击队员（甲）：我们是东山游击队的，接到通知，负责在附近为你们侦察敌情。

赵忠明：那你们辛苦了，谢谢。

游击队员（乙）：根据我们刚获得的情报，离这里二十多里地天王寺据点里的鬼子夜里要来附近的村子抓壮丁，你们不能在这里停留，赶紧离开这里，越快越好。

张藩：好。谢谢你们了。

赵忠明立即转身对着押运队：大家辛苦一下，加快步伐赶紧离开这里，鬼子马上就要来了。

押运队立即加快了速度，向前奔去。

15—19　常州金坛直溪镇·清晨·外

主要人物：张藩、赵忠明、陈玉生。

押运队伍在路边停下。

张藩：前面是直溪镇，我们一口气又跑了大概二三十里了，前面好像是个大村子，我们在这里休息一下，挑夫们实在走不动了。

赵忠明：那我带人先到村里侦察一下，你们先歇息一会儿。

张藩：好。

赵忠明挥手带人而去。

东方天色已露白，村子里静悄悄的，没有人烟。

赵忠明的队伍潜入村内。

赵忠明依着土墙四下观察。

队员：队长，这村子大是大，但好像是个空村子，没有鸡鸣，也没有狗叫。

赵忠明：估计是闻到什么风声，人都跑了，我们撤。

赵忠明领着队员回到原地。

张藩：情况怎么样？

赵忠明：前面的村子空无一人。我们就在这里休息吃饭吧。

押运队伍开始休息炊饮。

陈玉生的数名队员纷纷走向不远处的小树林，放下长枪，解开裤子蹲下。

一条大蛇在草丛中缓缓游动。时不时停下高高地翘起头，吐着蛇芯子向四周观察，然后继续游了过来。

一名年少队员蹲着，一阵龇牙咧嘴，面红耳赤，奋力排泄之后，正在享受清空后的愉悦，似乎听到了一种“嘶嘶”之声，本能地向前扫了一眼，猛见一条大蛇高高地昂着头朝着他吐着信子，吓得“啊”地大叫一声，提着裤子飞奔。

刹那间，草丛里冒出数名队员，一手提着长枪，一手提着裤子朝营地飞奔。

宿营地正在休息的队员见状立即拿起身边的枪，翻身而起。

赵忠明、张藩、陈玉生立即掏出手枪，向四周查看。

赵忠明朝着跑来的那年少队员：什么情况？

年少队员惊慌失措，结结巴巴：蛇、蛇，一条大、大蛇！

赵忠明一下子放松下来，收起枪：唉，一条蛇，至于吓成这个样子吗？

年少队员一只手提着裤子，一只手比画着：队长，你可不知道，那条蛇可不是一般的蛇，这么粗，这么长，头傲得这么高，我长这么大还没见过这么大的蛇呢。

陈玉生气冲冲地走了过来，对着年少队员踢了队员一脚：看看你这个德行，一条蛇就被吓得屁滚尿流，还怎么打仗！你的枪呢？

年少队员顿悟，“噢”了一声，赶紧提着裤子又转身跑了回去。

营地的队员们望着他那狼狈相，再放眼一看，那边还有好几个一样的德性，禁不住哄然大笑。

15 — 20　山路宿营地 · 日外 · 上午

主要人物：陈玉生、张藩、赵忠明。

炊事员：开饭喽！

押运队员们立即排队打饭。

队员们正席地吃饭，忽然不远处几名游击队员朝这边边跑边喊：鬼子来了、鬼子来了。

霎时集合哨响起，哨声队员们立即收起饭盒列队集合。

陈玉生：张参谋、赵队长立即狙击敌人。其他人立即帮助挑夫向村里转移，先将弹药藏好，准备战斗！

张藩、赵忠明立即带领各自队伍爬上两边山林。

陈玉生带领着队员帮着挑夫挑起弹药箱，牵着马向村子里奔去。几名游击队员紧跟其后。

张藩、赵忠明的队员在山林中埋伏好，密切注视着山路上的动静。

陈玉生的队员跑进村子，将弹药箱藏进路边的草堆中盖好，立即埋伏在村口两边的干渠中。

一队日本兵从山路上开了过来，边走边不时向两边的山林里随意放枪。

日军队伍走到一半忽然停住了。

一日军中佐骑在马上，手举望远镜向两边山林里观察，忽然挥了挥手，掉转马头，领着队伍退了回去。

埋伏在山林中的队员松了一口气。

赵忠明向山林对面吹了一声口哨。

张藩、赵忠明同时走出山林，会合到一起。

赵忠明：这鬼子怎么突然又回头了？

张藩：这应该是鬼子的侦察小分队，刚才怕遭到我们的埋伏，所以不敢冒然前进。他们回去后，有可能召集大量的鬼子来围剿我们。

赵忠明：那我们现在该怎么办？

张藩：先交代好我们各自的队伍埋伏在林子里不动，做好随时战斗的准备。我们去村子里与陈队长商量后再做决定。

15 — 21　无名山村 · 日外

主要人物：张藩、赵忠明、陈玉生。

张藩，赵忠明一前一后向村子里走去。

陈玉生、赵忠明、张参谋会集在一起。

陈玉生：我看这样，请游击队的兄弟回去密切注意鬼子各个据点的动静，一旦鬼子全部出动，立即通知我们。如果鬼子今天下午没有动静，我们今天晚上一定要离开这里。晚上我们离开较安全，鬼子一般都龟缩在据点不出来。

赵忠明：如果鬼子下午出来怎么办？

张藩：这就要请刚才来的游击队的同志立即回去联系好当地的县委县政府，请他们密切配合，预先联系好附近的所有游击队和新四军新2团，密切监视鬼子们的动静，一旦鬼子离开据点，就对空虚的据点发起进攻，端掉他们的老窝。这样鬼子们即使出来了，还是不得不很快返回。另外，视情况也可派出队伍前来增援，以防万一。

赵忠明：这一招真是妙计。跟贵军一起行军打仗真是活学活用，受益匪浅。

张藩：这就是《孙子兵法》中的调虎离山，避实就虚。当然，仅会用《孙子兵法》还不行，必须要有良好的群众基础，能够充分发动群众、依靠群众。

忽然，空中转来敌机的轰鸣声。

所有人立即分散隐蔽起来。

敌机在空中盘旋，向地面扫射，经过几个来回扫射之后飞离。

15—22 常州丹阳县延陵镇路段·夜外

主要人物：陈玉生、赵忠明、张藩。

押运队伍举着火把在夜色中行走。

几名挑夫忽然搁下担子，脱下棉衣，躺在地上，喘着粗气，一动不动。

挑夫们纷纷搁下担子，汗流满面、筋疲力尽地躺下。

陈玉生走过去：怎么啦?

挑夫有气无力：实在是走不动了。

赵忠明跑了过来：陈队长，挑夫们都不愿意走了，都喊实在走不动了。怎么办?

陈玉生：让他们休息一会儿之后把他们都集中起来，我来说。

押运队员和挑夫们集中一起，席地而坐。

陈玉生：兄弟们，我们已经连续走了十几天了，理当让大家好好休息一阵子。可现在不行啊，现在我们还没有走出敌占区，假使今夜不离开这里，我们每一个人就有被敌人消灭的危险，这样我们就完不成这次到江南运送子弹的任务。所以，不论怎么样，不管吃多大的苦，今夜必须离开这个危险的地方，只有到了龟山脚下，我们的安全才有保障。否则，兄弟们，我们的遭遇将不可想象。

挑夫流着泪：不是我们不想走，是实在挑不动、走不动了。长官，您看，我们肩上的皮都磨出血了，脚板上都是血疱。

挑夫白衬衫左右肩部血迹斑斑。

张参谋：老乡们，我知道这些天你们真是太辛苦了，但你们知道我们为什么会吃这个苦吗？不就是因为日本鬼子想要灭掉我们这个民族，想叫我们做亡国奴吗！自从日本鬼子来了之后，他们到处欺男霸女，烧杀抢掠，把我们中国老百姓不当人对待。现在我们吃点苦总比将来做亡国奴好得多，总比做日本鬼子的刀下鬼强得多。我们运弹药就是为了打日本鬼子，希望大家咬紧牙关，不怕疲劳，忍住痛苦，尽快离开这里。我是新四军的参谋，现在愿意同大家一起走路，一起挑弹药，你们看怎么样?

赵忠明：我也愿意与大家一起走路，一起挑弹药。

陈玉生：我决定，从现在起押运队所有人员，无论是官还是兵，大家都与挑夫们轮流挑弹药。

挑夫站起身：既然长官们把话都说到这个样子了，我们还有什么可说的呢。兄弟们，起来，我们走吧。

15 — 23 丹北公路·夜外

主要人物：张藩、赵忠明。

张藩、赵忠明带领着各自的队伍在前面开路，押运队员们挑着弹药箱，马匹上驮着弹药箱，挑夫们跟随队伍行走在丹北公路上。

15 — 24 大运河边·夜外

主要人物：张藩、陈玉生、赵忠明。

张藩、陈玉生、赵忠明挑着弹药箱跨上帆船。

15 — 25 沪宁铁路边·夜外

主要人物：张藩、赵忠明、陈玉生。

张藩、赵忠明领着队伍，一字排开，俏俏来到跌路边伏下，观察四周的动静，然后一挥手，越过了铁路。

赵忠明在铁路对面观察半晌，见铁路线上毫无动静，发出了一声鸟叫声。

挑夫们立即挑着弹药箱越过了铁路线。

赵忠明发出了第二次鸟叫声。

陈玉生领着队员牵着马，越过了铁路线。

15 — 26 龟山脚下·日外

主要人物：陈玉生、张藩、赵忠明。

押运队伍来到了龟山脚下停了下来。

陈玉生走到挑夫们面前：兄弟们，我们已经走过了最危险的地段，现在基本上安全了，大家好好休息休息，我马上请当地的乡长买两头猪杀了慰劳大家。

挑夫们喜笑颜开，连连躬身：谢谢长官，谢谢长官！

张藩：考虑到你们离家已经很远了，这次实在是太劳累了，回去也不容易，所以，我们决定你们就到此为止吧，在这里好好休息一下就可以返回了，我们另外再雇用挑夫送到江北。我代表押运队所有人员向你们道一声“谢谢”！辛苦你们了。

赵忠明：吃过饭后，我们就将你们这次的辛苦费付给你们，祝你们一路平安。

15 — 27　扬中新四军独立团团部 · 日内

主要人物：张藩、施光前、陈玉生、赵忠明。

扬中新四军独立团团部。

张藩、施光前、陈玉生、赵忠明会集在一起开会。

陈玉生：我们休息两天就准备渡江了，还要再请施团长多多帮忙啊。

施光前：我们是友军，都是为了抗日，这个没问题。现在我们已经作了充分的准备，渡江的船只已经安排好了。并且你们渡江时，我们在东西十里的江面上部署了警戒线，一旦发现鬼子的汽艇或军舰，立即会予以狙击，不让他们靠近弹药船。除了我们独立团的人，还有你们的一千多人，几十条船。别看我们都是小船，但小船自有小船的优势，目标小，方便快捷，可灵活着呢，狙击鬼子的几艘汽艇和一两艘军舰应该不在话下，实在不行，我们还可以将他们引开。贵军留下的千把人，在这两个多月里，天天与我们一同在江面上训练，就是为了对付鬼子的汽艇和军舰。

陈玉生：我们十步已经走完了九步，就差一步就完美完成了此次押运弹药的任务。决不能最后一步出问题哦。

施光前：请陈队长放心，只要贵军配合默契，万无一失。

15 — 28　扬中新坝江面 · 日外

主要人物：陈玉生、赵忠明、张藩。

二十多条帆船乘风破浪向江对岸航行。

远处江面上，传来激烈密集的枪炮声，数十条船上的新四军和押运队员正在围攻日军舰艇。

日军舰艇上火光冲天，舰艇上的鬼子纷纷倒毙。

运载弹药的帆船安全靠岸，挑夫们纷纷挑着弹药箱上了岸。

岸上的新四军警戒的警戒，帮扶的帮扶。

押运队很快全部上岸，向堤内运行。

远处江面上，围剿日军军舰的船队，举起两个蓝星的牌子开始撤退。

陈玉生、张藩、赵忠明各牵着驮着弹药箱的军马站在江岸上眺望滔滔江水。

陈玉生感叹一声：终于渡过了这最艰难、最危险的最后一关。

赵忠明：天堑长江万里遥，千军横渡踏汹涛。乱云惊鹭雨弹落，临岸逸情领楚骚。

张藩：俱往矣，数风流人物，还看今朝！

15 — 29　泰州城扬泰大酒店 · 日内

主要人物：陈玉生、赵忠明、周克靖、李长江、李明扬。

酒店包房内，灯火辉煌，大圆餐桌上摆满了各色菜肴。

陈玉生、赵忠明、周克靖、李长江、李明扬及夫人在座。

李明扬笑声琅琅：这次押运弹药任务能够这么完美地完成，全靠陈队长、赵队长不辞辛苦，尽心尽责，以及新四军的密切配合。今天我首先敬三位一杯！

陈玉生、赵忠明、朱克靖连忙起身，端起酒杯。

李明扬一饮而尽。

陈玉生、赵忠明、陈同生随后同饮。

陈玉生：司令，我呢，不太会说话。不过，我觉得应该先感谢司令对卑职的信任和多年的关照，让我和弟兄们有饭吃，有酒喝，有饷拿。来，我回敬司令一杯。

陈玉生起身端起酒杯一饮而尽。

李明扬端杯而饮：还说自己不会说话，这话说得我真是心中有愧啊！由于政府财政对我们拨款十分有限，有时甚至一年一块大洋都没有，全靠我们自筹，军费开支经常捉襟见肘，所以啊，对你们的待遇较低，还望你们多加理解和体谅。

赵忠明端杯起身：司令，承蒙抬爱，收卑职于麾下。此次押运可谓一次长途拉练，给卑职创造了一次良好的锻炼机会，不仅历经了实战野练，并且向友军学到了不少游击战的丰富经验，一个百无一用的书生由此得到了锻造淬炼，真的受益匪浅。所以，十分感谢司令的良苦用心和精心栽培，请允许我敬司令一杯，聊表心意！卑职先干为敬。

赵忠明一饮而尽。

李明扬端起酒杯：哎，你可别说书生是百无一用。读书可以修身齐家治国平天下。有道是：腹有经纶气自华，挥毫指点千军马。这次押运弹药，你身先士卒，一马当先，机警果敢，处置得当，陈队长对你是赞赏有加，称你智勇双全，年轻有为。为此本司令甚感欣慰，引以为豪，如此良才应予褒奖，委以大任。决定提拔你为军需处处长，望你再接再厉，不负重托。

赵忠明敬礼：感谢司令垂青！卑职一定恪尽职守，再立新功。

李明扬一饮而尽。

李长江端杯起身：来，我们一起举杯向赵处长表示祝贺。

众人向赵忠明举杯，一饮而尽。

天堑

15—30　永安洲镇同兴严家码头·日外·上午

主要人物：魏风林、马向东。

货老板，50岁左右。

字幕：1939年11月21日，上午。

永安镇扬子江同兴严家码头，一艘拖驳船队拖着数艘商船缓缓靠上码头。

魏风林、马向东背着枪跳上拖驳船。

货老板连忙满脸堆笑迎了上来，掏出香烟递上：老总，请抽烟。

两人接过烟。

货老板连忙帮点上。

魏风林：这船从哪儿来的？到哪儿去？

货老板：这船是从镇江来的，在这里先卸掉部分，其余的到泰兴去。

马向东：装的什么货？

货老板：香醋、茶叶、肴肉、黄酒、竹器。

魏风林：我们要例行检查。

货老板：行，行。

魏风林一挥手，几个士兵立即跳上拖驳船。马向东领着他们沿着船舷向后面的木船小心翼翼移步过去。

货老板凑近魏风林，左手拉着他的手掌，右手迅速从口袋掏一块大洋塞上。

魏风林不屑地将一块大洋在手掌上掂翻了几下：先把过境税缴了吧。

货老板：老总，你看要缴多少？

魏风林装模作样：我刚才数了一下，一共六条船，少说装了也有三十万斤，价值两万大洋左右，按规矩你至少要缴两千块，这样吧，你就缴一千八百吧。

货老板一脸苦笑：这，这也太多了吧，我们除去成本根本就赚不到这么多钱，现在挣钱真的不容易，老总，帮帮忙再少点好不好？

魏风林：好吧，至少一千五，不能再少了。

货老板又掏出一块大洋塞在魏风林手中：缴两块大洋这么样？

魏风林一脸愠色：一千五，你还成两块？你也太离谱了吧？我警告你，别把我们当小孩耍啊。这样吧，最低一千块，不能再少了，赶紧给钱吧。

货老板凑近耳语：老总，实话跟你说吧，这货可是日本人的，给个面子。

第十六集　高港沦陷

日寇屠村永安洲，陈李相会建契友。

诊所全力拯师弟，药堂无奈救敌酋。

16—1　永安洲镇同兴严家码头·日外·上午

主要人物：魏风林、马向东。

货主，40岁左右。

船主，40岁左右。

魏风林一听，立即将两块大洋摔在地上：怎么，想用日本人来吓我？你脑子清醒点，这里可是国统区，不是镇江，是日本人的天下！今天你不说是日本人的货我还放你一马，既然你说是日本人的货，那对不起了，按规定予以全部没收。

货主立即拉下脸：本来我一块也不想给，既然给脸不要脸，那就别怪我了。来人，给我把他的枪卸了！

拖驳船上的几个人立即想上前夺枪。

魏风林迅速退避，掏出盒子枪朝天“砰”放了一枪：我看谁敢！

码头上的士兵立即拉上枪栓，对准拖船上的人。

马向东和队员迅速回到拖驳船上举枪相对。

船主见势不妙，连忙在船上摆手高喊：别冲动，都别冲动，大家好说好商量，好说好商量，好不好？我是船老大，大家听我一句好不好？我们把货还是拖走好吧？我们不卸了。

魏风林：既然货是日本人的，今天必须扣留，人和船可以走！

货主一脸愤慨：你，你别太过分了，你会后悔的。

魏风林：我今天就将货扣了，你能怎么样？

船主朝货主低声：人在屋檐下，不得不低头。我们先忍一忍好吧？

货主：这么多货就这么被他们没收了？这不是明抢吗？

船主：货先给他们保管，以后再说，我们人和船先走，如果今天人都没了，岂不是人财两空？

货主沉默不语。

船主：长官，就按您说的办，货你们扣下，船我们开走。

魏风林：这还差不多。来人，将货全部给卸了。哼，还跟我来横的。

16—2　永安洲镇同兴村江面·傍晚。外

主要人物：魏风林、马向东、张勇。

三艘日军汽艇悄悄靠上江滩，数十名日本鬼子跳下汽艇爬上江岸向堤内同兴村扑来。

村内炊烟袅袅，忽然家犬狂吠不止。

几个村民出门查看，见到数十名鬼子闯进村子连忙奔逃疾呼：鬼子来了、鬼子来了。

鬼子举枪射击，村民倒地不起。

村民们闻声纷纷跑出门四处奔逃。

鬼子紧追不放，不停地射击。

村民奔逃之中，不停地被击倒。

鬼子点燃火把，将民房逐个点燃。

整个村子陷入一片黑烟火焰之中。

魏风林带着数十名国军赶到，向正在点火烧屋的日本兵开枪射击。

一名日本兵倒毙，其余日本兵立即丢掉火把还击。

一时枪声四起，国军与日军不停互射。

不时有士兵被击中倒下。

日本兵乘势反击，对国军疯狂射击。

国军渐渐招架不住，节节后退。

日本兵趁势追击。

张勇带领李家十几名自卫队员赶到，长短枪对日本兵一阵猛射。

数名日本兵倒毙。

日本兵招架不住，边打边退，很快退至江滩。

魏风林、马向东与李家自卫队合力乘势追击，不断向日本兵射击。

几名日本兵倒在江滩上。

其余日本兵纷纷爬上汽艇，汽艇开足马力向江心逃去。

魏风林、马向东与李家自卫队追至江滩，向汽艇射击。

字幕：1939 年 11 月 21 日傍晚，日军为了报复被永安洲同兴码头驻军扣押

货物，数十名日本兵驾驶汽艇从镇江越过扬中县，进入扬子江，偷袭血洗了江东同兴码头附近的同兴村，共烧毁民房118间，枪杀无辜村民10余人。

16—3 泰州西山寺·日内。

主要人物：李明扬、赵忠明。

赵忠明肃立在李明扬面前。

李明扬：我听说，19师驻军高港的赵忠全营长是你哥哥？

赵忠明：是的。我二哥。

李明扬：这次在永安洲发生的日本屠村事件与他有关你知道吗？

赵忠明：我知道。不过这不能怪他。

李明扬：说说你的看法。

赵忠明：恕卑职直言，日本人的豺狼本性天下皆知，他们平常就烧杀抢掠无所不为，何况这次触动了他们的利益。

李明扬：19师蔡师长这次要处罚他，说这次事件是由于他的手下私自扣押了日商的货物才引起日军的报复，祸及了许多无辜百姓。

赵忠明：依蔡师长这种的逻辑，我们抗日杀敌的军人岂不也要个个遭受处罚？

李明扬：你说得也有一定的道理。但对待日本商人与对待日本军人还是应该有所区别的。不能做得太绝。还是要讲究方式方法的。否则弄不好会事与愿违，得不偿失。

赵忠明：司令说得对。这件事我会找个合适的机会跟我二哥交流，许多事有勇无谋还不行。

李明扬：这件事，看在你的面子上我就不予追究了。毕竟他的目的没有错。

赵忠明立正敬礼：谢谢司令！

16—4 泰州西山寺·日内

主要人物：李明扬、陈毅。

字幕：1939年12月初。

泰州城内主要街道上空挂起了红纸黑字的横幅标语，上写“欢迎四将军莅临指导”。

西山寺门前，彩旗飘飘，仪仗队整齐列队。

李明扬、李长江、周克靖、陈玉生、赵忠明，颜秀五等站在西山寺门口。

陈毅、管文蔚等一行人骑马而来，至仪仗队前下马徒步。

声乐队奏起《迎宾曲》。

仪仗队立正敬礼。

李明扬快步上前与陈毅握手：欢迎陈司令屈驾光临！

陈毅：谢谢李总指挥亲自迎接。

李明扬拱手：今日有幸见面，还望多加指教。

陈毅回礼：这次特来拜访前辈，请求教益。

陈毅与李长江、周克靖、陈玉生、赵忠明一一握手。

李明扬：其他人陈司令都认识，我就不介绍了。这位是第9纵队司令颜秀五将军。

陈毅与颜秀五握手：久仰大名，幸会，幸会！

李明扬：里面请！

李明扬陪同陈毅一行人走向西山寺内。

门卫立正敬礼。

陈毅、管文蔚、李明扬、李长江、周克靖、陈玉生、赵忠明依次步入会客大厅，分主宾落座。

勤务兵奉上茶，退出，关上门。

李明扬：这次到宜兴押运弹药之事多亏贵军鼎力相助啊，否则，数百里之遥，要逾越日军的五道封锁线绝无可能。

陈毅：只要有利于共同抗战，有利于团结友好，我们都愿意极尽所能给予支持和帮助。

李明扬：更令我想不到的是，这么多弹药竟然不伤一兵一卒，不少一颗一枚，安安全全、顺顺利利全运了回来，真是令人难以想象，也难以置信。通过这件事，我对贵军的行事能力真是心悦诚服，十分敬佩。

陈毅：这次之所以能这么顺利完成了弹药押运任务与贵军委派的得力干将也息息相关，他们也是不辞劳苦，恪尽职守。

李明扬：为了感谢贵军这次的真诚帮助，我们与贵军周克靖代表共同拟定了五点合作协议：一、贵军如果东进南通沿海一带抗日，我部将全力配合，让出道路。二、我部将在经费上给予贵军一定的支持，这次先拨付一万大洋。三、韩德勤若意图吞并整编我部，请贵军给予军事援助。四、如果韩德勤与贵军发生军事摩擦，我部将保持中立。五、及时互通日伪和韩部的有关军事信息。

陈毅：这个协议好啊！表达了我们两军坦诚相待，密切合作，共同抗日，齐心对付蒋韩顽固派的真诚愿望。正所谓：兄弟同心，其利断金。

李明扬起身递给陈毅一沓文件：这是韩德勤反共的秘密计划，请收好。

陈毅起身接过文件，转身交给朱克靖，顺手接过朱克靖递过来的军刀：谢谢！为了衷心感谢李司令的信任和诚意。我这次特地给李司令带来了瑞士军刀一把，汗血军马一匹，以表寸心。

李明扬接过军刀交给李长江：谢谢陈司令。中午在凌家花园略备薄酒，聊表心意，还请陈司令赏光。

陈毅：谢谢李司令的热心款待。

16—5　泰州市高港镇龙窝村靴子圩·日外·上午·大雾

主要人物：赵忠全，26岁，国军营长。

魏风林，30岁左右。国军连长。

马向东，30岁左右。国军连长。

南部襄吉，40岁左右，日本大佐。

字幕：1940年1月15日上午。

扬子江面上大雾弥漫。

赵忠全手持望远镜站在靴子圩碉堡内向江面观察。

镜头里，江面上一片白雾茫茫。

雾霭之中，突然西南方向出现了一艘炮艇，接着，一艘，两艘，三艘，四艘，五艘，六艘汽艇同时并排出现。

赵忠全大惊：日本鬼子来了，立即拉响战斗警报！

瞬间，刺耳的警报声响起，官兵迅速进入阵地。

日军炮艇向江岸国军阵地连续开炮。

炮弹在国军阵地上不断爆炸，防御工事几名士兵被掀翻。

国军阵地上数门迫击炮连续发射回击。

炮弹在炮艇和汽艇附近爆炸，掀起巨浪。

日军汽艇上，日本士兵架着机枪同时向岸上阵地扫射。

国军阵地上不时有士兵中弹。

汽艇冒着炮弹快速向江岸冲击，很快冲上江滩。

数名日伪军从汽艇上将一块块竹篱扔在江滩上浑然不顾向前铺设。

子弹在空中飞窜，铺篱的日伪军不时被子弹击中，倒在泥淖之中。

日本大佐南部襄吉挥舞着军刀（日语）：拖粗给科依，贼诶新嗯。（前进，冲啊！）

日伪军跳下汽艇，踩着竹篱边开枪，边向岸上冲击。

突然，正西方向又出现了一艘日军炮艇和六艘汽艇。

魏风林：营长，不好，西边也来鬼子的汽艇！

西北方向再次出现了一艘日军炮艇和六艘汽艇。

马向东：不好！西北方向又上来几艘鬼子的汽艇！

日伪军三面夹击。

赵忠全见状领着马向东、魏风林十几名士兵冲出碉堡。

赵忠全命令跟在身边魏风林、马向东：魏连长你带人去西南方向支援，马连长你守在这里，其余的人跟我来。

魏带着人向西南方向奔去。

赵忠全带着人向西北方向奔去。

国军迫击炮阵地上立即分成了三组，向日军汽艇炮击。

不时有汽艇被击中，汽艇爆炸燃烧。

赵忠全举着手枪瞄准汽艇甲板上的南部襄吉连射击。

南部襄吉肩部、颈部连中两弹倒下。

两名佩戴红十字袖章的士兵连忙上前施救。

赵忠全又是连发两枪，两名医务兵倒毙。

日军炮艇不断向国军阵地炮击。

国军阵地碉堡被炮弹击中，瞬间土崩瓦解。

国军工事内，士兵不断被击倒。

两发炮弹先后落入迫击炮阵地，连续两声剧烈爆炸，阵地瞬间灰飞烟灭。

江滩上，数名倒在泥淖里的受伤日伪军，一身泥水拼命挣扎。

魏风林、马向东冒着枪林弹雨先后跑到赵忠全身边：营长，我们顶不住了，撤退吧。

魏风林：趁敌人还在江滩上，现在撤退还来得及。

赵忠全：好吧，我们撤往刁铺。

赵忠全边开枪边命令：向北撤退！到刁铺会合！

国军前排撤退，后排开枪掩护，依次向后边打边退。

忽然，一发炮弹飞来，轰隆一声爆炸，赵忠全及士兵被掀翻在地。

马向东、魏风林抖了抖身上的泥土，四处一看，几名士兵也倒地阵亡。

赵忠全倒在地上，脚上鲜血直流，想挣扎着爬起来又倒下。

马向东、魏风林立即爬起来跑了过去，迅速帮他包扎好伤口，一人一边拉着他的手臂奔去。

三人迅速来到夹江边，跳上小汽艇，发动后飞驶而去。

16 — 6　高港怀仁诊所·日·外内·外

主要人物：马向东、魏风林、周玉珍、赵忠仁。

小汽艇驶入济川河道，然后拐进护城河里，渐渐放慢了速度，停靠在一小码头。

马向东、魏风林奋力将赵忠全背扶上岸，快步来到怀仁诊所门口闯了进去。

周玉珍、王玉兰见状立即起身查看。

周玉珍一惊：啊，是赵长官！

王玉兰仔细一看：还真是赵长官！快去叫赵主任。

周玉珍连忙转身跑向后院。

赵忠仁从后院匆匆跑了过来，查看了赵忠全的伤情：快去手术室！将外面的门关好！

周玉珍立即领着马向东、魏风林背扶着赵忠全来到手术室，将赵忠全搭上了手术台。

王玉兰立即关好门对马向东，魏风林：你们俩在里面看住门，注意外面情况，任何人敲门都不要理睬。

马向东、魏风林：好。

周玉珍为赵忠仁穿上手术衣。

王玉兰立即准备着手术器材。

赵忠仁拿起手术剪，剪开赵忠全的裤管。

周玉珍为伤口消毒。

王玉兰为赵忠全注射麻药。

无影灯亮起。

赵忠仁操起了手术刀。

诊所外面街到上，不断有日伪军经过。

16 — 7　高港中医大药堂·日内

主要人物：汤承业。

　　　　日军少佐，25 岁左右。

四五名日伪军用担架抬着南部襄吉闯进大药堂内。

药堂的伙计们惊得目瞪口呆。

伪军：快找医生救人！

伙计们呆若木鸡。

伪军大怒，举起枪对准了伙计（甲）：听到没有？快叫医生！

日军少佐见状立即上前对着伪军（甲）扇了一巴掌（日语）：八格牙路！

伪军捂着脸收起枪退到一旁。

日军少佐并腿躬腰（日语）：对不起，请原谅！我们大佐因为流血过多，现在已经昏迷，伤情十分严重，危在旦夕，请多多帮忙，给予紧急抢救！

伪军（乙）立即满脸陪笑：皇军说，对不起！大佐现在因为出血过多，十分危险，所以请医生赶紧帮忙救治。

汤承业从后院走进大堂：我就是医生！

伪军立即转身低头哈腰：啊呀，老先生，请您帮帮忙，立即抢救一下，大佐现在很危险！

少佐连忙上前并足躬身：对不起，打扰了。情况紧急，请多多帮忙！

汤承业走至南部襄吉担架前伸手把了把他的脉搏：气血微弱，是很危险。我只能尽力试试，不能保证。

少佐躬身：请尽力抢救，辛苦一下。

汤承业：请跟我来。

日伪军立即抬着大佐进了后院，放置在诊疗床上。

汤承业：请给他脱去衣服。

两名伪军立即上前脱去南部襄吉的衣服。

汤承业在他右肩枪伤处敷上白色药粉，贴上药膏，又将一纱布包裹的药粉袋放置在鼻腔下口。然后从针灸袋里一根一根地抽出粗细不等的银针扎在其各个穴位。很快，南部襄吉身体的各个部位布满了粗细不等、长短不一的银针。

日伪士兵在一旁看得一脸迷茫，满面疑惑却不敢吱声。

南部襄吉声息逐渐恢复，睁开了眼睛。

日伪士兵们喜出望外。

少佐连忙向汤承业连连鞠躬（日语）：万分感谢，万分感谢，辛苦了，辛苦了。

汤承业微微躬身回礼：不用谢。身为医生，拯救每一个生命是应有职业道德，生命对每一个人而言，都只有一次，希望我们每一个人都彼此尊重。

少佐及日本士兵立正，向汤承业敬军礼。

16—8　泰州高港民宅·日内·上午

主要人物：赵忠全、周玉珍。

室内，赵忠全躺在床上闭目养神。马向东、魏风林穿着便服坐在旁边。

赵老爷推门走了进来：周医生来了。

马向东、魏风林连忙起身。

周玉珍身穿民妇棉衣，手挎一个小竹篮走了进来，随手关上门。

马向东、魏风林：周医生早！

赵忠全睁开眼：周医生早！

周玉珍朝赵忠全弯下腰：今天你感觉这么样？

赵忠全：今天比前几天又好多了，如果不动已经感觉不到伤口疼了。

周玉珍：那就好。你的伤口恢复比我预料得还要好。看来，你舅舅的中药起了很大的作用。

赵忠全：您估计什么时候能够恢复正常呢？

周玉珍：起码还得一个月。这事急不得，你必须要有耐心。来，我给你换药吧。

赵老爷、马向东、魏风林起身离开屋子，顺手带上了门。

赵忠全：这段时间真是辛苦您了。

周玉珍：谈不上辛苦，这是我应该的。来，还是先从胸腹来。

周玉珍将一陶瓷木炭盆搬至床头的木椅子上，掀开棉被，赵忠全胸腹，大腿上缠满了白色纱布。

赵忠全寒战了一下，忍不住打了个喷嚏。

周玉珍慢慢揭起他胸腹包裹的一层又一层的纱布，然后小心翼翼往伤口涂上药。

赵忠全时不时地看周玉珍一眼，眼里透露出感激和爱慕之情。

两人偶尔视线相交，周玉珍莞尔一笑，脸上泛起红晕。

周玉珍：你别老这么看我，弄得我都没法给你敷药了。

赵忠全“嘿嘿”一笑，低下了头。

16—9　泰州高港泰和中医药堂·日·外内

主要人物：汤承业、南部襄吉。

一辆日军军用吉普，在一队日军的前呼后拥下停在了泰和中医药堂门口。

街上行走的老百姓纷纷躲避一旁。

几名日军士兵先行冲了进去。

柳翻译官先行下车给南部襄吉打开车门。

南部襄吉下车与柳翻译官一同走进了药堂。

大堂伙计一见连忙迎上：太君，有什么事请吩咐。

南部襄吉：我来拜谢汤老先生。

柳翻译官翻译。

伙计：好的。我这就去回禀。

伙计跑去堂后。

汤承业从后屋出来。

南部襄吉立马上前敬礼鞠躬（日语）：汤老先生，十分感谢您在我生命垂危之时出手相救，您的医术和医德令我十分敬佩，今天为此特来拜谢！

柳翻译官翻译。

汤承业抱拳回礼：大佐阁下，救死扶伤是每个从医者的职业素养和职业道德，从医者是不应分贫富贵贱，敌我恩仇的，这不仅是中华民族优秀文化的历史传承，还应该是日本民族的文化传统，更是国际人道主义所倡导的。所以，阁下不必这么客气，我只是尽了一个从医者应有的责任。

柳翻译官翻译。

南部襄吉：汤老先生真是谦虚了。

柳翻译官翻译。

汤承业：大佐阁下，请里面坐！

柳翻译官翻译。

南部襄吉：谢谢！不进去坐了。

柳翻译官翻译。

南部襄吉一挥手，随从捧着一个礼品盒递给他。

南部襄吉：这是一点小小的礼物，不诚敬意，请汤老先生务必收下。

柳翻译官翻译。

汤承业抱拳：大佐阁下太客气了。承谢！

柳翻译官翻译。

汤承业接过礼品，转交伙计。

南部襄吉：公务在身，不再打扰了，以后汤老先生有什么难事尽管来找我，我一定尽力！

柳翻译官翻译。

汤承业：谢谢！

南部襄吉鞠躬敬礼：告辞了！

汤承业抱拳：恕不远送！

南部襄吉转身出门，坐车而去。

伙计：这鬼子看上去还挺讲礼貌。

汤承业：你懂什么？这就叫人面兽心！

16—10 泰州鲁苏皖抗日游击指挥部·日内

主要人物：李长江、李明扬、陈毅。

李长江匆匆走进李明扬办公室：司令，报告两件非常重要的事情。

李明扬：什么事？

李长江：我们淮南盛子瑾的第9纵队两千多人全被罗炳辉的新四军包围缴械了。

李明扬从椅子倏然而起：什么？盛子瑾被新四军缴械了？你有没有搞错哦，怎么可能呢，我与陈毅刚刚达成互助合作协议不久，他们会这么做吗？

李长江：千真万确。我已经从顾祝同总指挥证实过了。

李明扬：那盛子瑾现在怎么样了？

李长江：他被罗炳辉的人马缴械后，被多次劝说加入新四军，但他始终不从，现仍被羁押。

李明扬愤慨：新四军怎么能这么背信弃义呢？说好的我们共同对付日本人和韩德勤，却突然背后打黑枪对付起我来了。

李长江：既然他们不仁，就别怪我们不义。现在吴家桥的新四军纵队只有一个营驻守，其他的人马都已调往皖东来安半塔集，支援正遭韩德勤围剿的新四军第4支队去了。我们不如趁机端了他们的老窝，来个釜底抽薪。

李明扬起身来回踱步，沉思不语。

李长江：司令，这可是天赐良机啊。机不可失时不再来，您可要下决心以牙还牙。

李明扬停下脚步，满脸疑惑：不对啊，这里面疑点重重。首先，盛子瑾有两千多人马，怎么说被缴械就被缴械了？这盛子瑾的人马是泥捏的？其次，按常理围攻半塔集的韩德勤现在才是新四军最需要消灭的敌人，在这关键时刻应该最希望得到我们的支持才对呀，况且到目前为止我们不仅没有对他们有过半点失信之举，并且去年我受邀访问吴家桥时还赠予了他们一万大洋经费，他们会这么快翻脸不认人，无情无义，恩将仇报？再说，得罪我们无异于引火自焚，有百害无一利，这种鼠目寸光的蠢事是陈毅这种雄才大略之人之所为吗？还有戴笠让盛子瑾率部投奔我们这里面会不会有什么名堂？

姚向东进入：报告司令，新四军陈毅司令求见！

李明扬：唷，说曹操曹操就到，来得正好，请他进来！

姚向东：是！

姚向东离开。

李长江：呵呵，他来得可真是时候啊。

惠浴宇陪同陈毅阔步而进。

陈毅抱拳：李司令，不好意思，因为情况特殊，只好不请自来，冒昧打搅，还请多多包涵。

李明扬相迎握手：有什么事派人送个信就行了，何须陈司令大老远不辞辛苦，跋山涉水亲自登门呢。

陈毅：这件事较为复杂，我不亲自登门解释可不行啊。

李明扬：既然来了，那我正好也有件事想当面和陈司令弄清楚。来，请坐！

陈毅与惠浴宇落座。

勤务兵奉上茶。

陈毅：我这次来是专程向李司令解释一下盛子瑾的事情，这完全是个误会。

李长江：误会？把我们的人和枪都缴了这怎么会是个误会呢？

陈毅：请听我解释。事情是这样的。韩德勤3月21日趁我第5支队主力西援后方空虚之机，调集了万余兵力对5支队机关所在地半塔集地区进行了大规模的进攻。我江南第1支队副司令罗炳辉率队增援，半路上正好遇上了盛子瑾的人马，以为是韩德勤的队伍，于是就缴了他们的械。盛子瑾呢，他因为刚在皖东与我张爱萍的第4支队联手灭掉了前来取代他第五战区第五游击司令职务的马馨亭，正遭安徽省府主席李品仙的悬赏通缉，半途之中，也许他一时搞不清我江南第1支队与贵军的关系，也就没讲他的队伍已被受编为贵军的第9纵队，所以才产生了这么大的误会。

李明扬：哦，原来是这样啊。那他现在人在哪里呢？

陈毅：后来他慎重考虑之后，对我们讲，尽管他的后台老板是军统头子戴笠，但由于桂系的李品仙与戴笠本来就是水火不相容的死对头，现在因为灭了李品仙的人，已经受到他的公开通缉，若再从军，实有不便，只好带十几个人去上海，弃戎从商。个人意愿，我们劝说无果后，也不好过分阻拦，只能以礼相待，准予放行。

李明扬：皖东并不归属我的辖区，对盛子瑾这个人以及他的人马我也并不了解，戴笠向我引荐时也只是在电文中略说一二，也就将他的人马编为了第9纵队。队伍嘛，多多益善。但为了避免引起不必要的麻烦，也没有对外公布。贵军不知其内情纯属正常，不知者不为过。

陈毅：不过，后来，我越想越觉得蹊跷。

李明扬：哦？怎么蹊跷了？

陈毅：盛子瑾与我皖东的第5支队长期有往来，戴笠不可能不知道，凭他对我共产党的态度，能容忍盛子瑾与我新四军长期保持联系，实属罕见。另外，盛子瑾在率队投奔贵军途中与我第4支队相遇时，不作任何抵抗就乖乖缴械，真令人不可思议；缴械之后始终不说已被贵军收编，是来投奔贵军的，这更加反常；当我们了解到他的队伍已经被贵军收编而要释放全部人马时，他忽然又说不想从军了，说想改行经商。

李明扬：我明白了，陈司令的意思，盛子瑾并不是真心来投奔我部的，而是戴笠精心设的一个局，目的是故意制造你我之间的矛盾，让我们反目成仇。

陈毅：李司令真不愧是沙场老将，机敏过人，一点就通。

李明扬：唉，本来我就有点儿怀疑。这戴笠怎么会将这么好的便宜给我沾？陈司令这么一说，才令我茅塞顿开，他是黄鼠狼给鸡拜年没安好心哪，真不愧是个特务头子，好阴险歹毒。不过，多行不义必自毙，总有一天他会机关算尽，太聪明，反误了卿卿性命。

陈毅：既然李司令已经明白了，那我就放心了。

李明扬：现在双方都解释清楚了，那这事就算过去了，既然戴笠精心设计的圈套被我们识破了，那希望我们还是和好如初，绝不互相拆台，让那韩某人看笑话。

陈毅：为了表示诚意，尽管那盛子瑾走了，我们决定还将他剩余的两千多的人和枪全部归还贵军，不能辜负了戴某人和韩某人的一片良苦用心。

李明扬：哈哈哈，那谢谢陈司令了。

姚向东进入：报告司令，韩司令的李正道参谋求见！

李明扬：哟呵，今天真是什么日子，怎么提到谁谁到？

李长江：那现在怎么办？您见还是不见？

李明扬：不见不太好。李副司令，你陪一下陈司令，我去应付一下。

李长江：好，我们走便门去扬泰大酒店，请陈司令跟我来。

李长江领着陈毅、惠浴宇离去。

16—11　高港怀仁诊所·日·内外

主要人物：赵忠全、周玉珍。

赵忠全身穿民服走进怀仁诊所。

周玉珍正在给病人看病。

赵忠全：周医生，您好！

周玉珍连忙起身：赵哥好！你恢复好了？

赵忠全：嗯。我哥呢？

周玉珍：他与王医生一起出诊了。

赵忠全：我是来取我落在这里的东西的。

周玉珍：那你到你哥屋里面先坐一会儿，等我把这个病人看好了，我来拿给你。

赵忠全：好的。

赵忠全在院子里闲转了几圈便走进一间房门半开的屋子。

屋内一张办公桌上摆放了好几本书。

赵忠全随手拿起来几本来翻了翻。突然，一张折叠的白纸掉在了地上。

赵忠全弯腰拾起，展开。

纸页上画了一张草图，图上标写了三个字：靴子圩。

赵忠全赶紧又仔细看了看，脸色大变，连忙收好放进口袋，走出屋子。

赵忠全（FB）：赵忠仁与他一起在靴子圩江岸上散步。

赵忠全（VO）：那分明是一张我军在靴子圩军事防御火力分布草图。大哥那次去给我们送药难道是为了侦察我军的军力部署？那他到底是为了日本人还是为了新四军？不行，我得去跟舅舅商量商量。

赵忠全走进门诊屋：周医生，我先去看看我舅舅，等会再来！

周玉珍：也好。

赵忠全快步走出了诊。

16 — 12　高港泰和中医大药堂・日内

主要人物：赵忠全、汤承业。

赵忠全走进大药堂，伙计迎了上来。

赵忠全：我舅舅在不在？

伙计：在。在里面给人看病。

赵忠全快步走进诊室。

汤承业正在给病人把脉。

赵忠全：舅舅，我找你有点儿事。

汤承业：你到里面等一会儿，我给这个病人看好病就过来。

赵忠全：喔。那我去里屋等您。

汤承业给病人开好药，便走进了里屋。

赵忠全递给汤承业那张图纸：舅舅，这是我无意之中刚刚在大哥房间里的书里发现的，是我以前驻守靴子圩的军事部署草图。估计正式图纸早已经送走了。

汤承业接过地图认真看了看，脸色凝重，沉默不语。

赵忠全：您分析一下，大哥到底是为哪一方搜集情报？是新四军，还是日本人？

汤承业在屋里来回踱步：现在不管他为谁收集情报，你赶紧回去将这地图放回原处，这事等以后再说，你当什么也不知道，对谁也别说，拿回你的东西后赶紧离开那里吧。

赵忠全：好。现在我的伤也已经恢复得差不多了，也该走了。

汤承业：你准备到哪里？

赵忠全：高港已被鬼子占领了，只好回泰州去。

汤承业：我建议你去投奔税警总团的陈泰运。

赵忠全：为什么要投奔他呢？

汤承业：李明扬仅是个地方杂牌军。而税金总团是国民党的嫡系部队，表面上也归韩德勤管辖，实际上直属宋子文指挥，是宋子文的钱袋子，去那儿更有发展空间。

赵忠全：那怎么才能去呢？

汤承业：这事由我来安排，这样吧，你先回泰州李明扬那里，等我的消息，一旦时机成熟，我立即通知你。

16—13 泰州鲁苏皖抗日游击指挥部·日内

主要人物：李明扬、李长江、赵忠明。

李明扬办公室。

赵忠明站在李明扬办公桌对面。

李明扬坐在椅子上翻看着账本。

赵忠明：从账面上看，各个纵队所领取的武器弹药是没有什么问题，但这些武器弹药是不是还在他们手里，这个就很难说了。

李明扬：我得到消息，说下面纵队里有人谎报部队人数，私自偷卖武器弹药，这可是很严重的事。你最近就带人到下面的各个纵队去检查检查。重点检查第 2 纵队的第 1 支队的王澄部和第 3 纵队第 8 支队的陈玉生部。

赵忠明：是！

李明扬：另外……

李长江匆匆推门而进：司令，有事报告。

李明扬：什么事？

李长江有所顾忌地看了一下赵忠明。

李明扬：没事，你说。

李长江：好。明天日本人要扫荡吴家桥。

李明扬从座椅上惊起身：啊，你这情报是从哪里来的？

李长江：这情报是仙女庙日伪据点伪军队长的情妇透露的。

李明扬：这女人嘴里的话你也信？

李长江：这女人的婆家就是吴家桥的。男人因为是当地的一恶霸，所以被新四军镇压了。她现在逃到了泰州城的娘家，对新四军恨之入骨。这伪军队长是那死鬼生前结拜的把兄弟，发誓一定会为她男人报仇，所以她也就顺理成章地成了他的情人。前天，两人私会，把这消息透露了给了她。而她无意间又将这消息透露给了她的闺蜜，也就是我们的线人。

李明扬：那赶紧将这情报传给新四军啊。

李长江：司令，我觉得我们还是晓得当作不晓得比较好。

李明扬：这不好吧？我们与他们达成过协议，不能失信。

李长江：谈失信，应该是他们先失信的。先是他们挖我们的墙脚，宣传赤化我们的人。

李明扬：你说的是陈玉生的事？

李长江：陈玉生的身份我晓得您早就晓得，您睁一只眼，闭一只眼，为了利用他。但那王澄也可能被赤化了，还有那颜秀五也在动摇之中。一个两个，他们泛不起泡泡。人多了，我们可要防范点。

李明扬望了赵忠明一眼：赵处长，我想听听你的看法。

赵忠明清了清嗓子：司令，卑职不才，不敢妄议。

李明扬：哎，你别顾忌，看你说话做事一向思维活跃，逻辑清晰，所以我很想听听你的意见。

赵忠明：司令既然这么抬举我，那我就直言不讳了。卑职先说说吴家桥的新四军。根据我们现在与新四军的良好关系，他们驻扎在吴家桥，与扬州的日军对峙，对我们是有百利无一害的。这相当于我们不需消耗任何人力物力部署的前沿阵地，是我泰州的挡箭牌、桥头堡。吴家桥的得失与我们利益共存。吴家桥一旦失守，对我们而言就是“唇亡齿寒”。所以，从这个意义上讲，我们是应该及时地将有关情报传递给他们。再说陈玉生的事。根据卑职与陈玉生的接触和了解，此人品行端正，生活简朴，为官清廉，一心抗日，夫妻同仇，骁勇善战。绰号“草鞋司令”，以前他可能与共产党是有过联系，那是因为受到韩德勤的部下何克谦的打压和迫害，想借水行舟，不得已而为之。为此他还失去了一只眼睛，他与韩德勤有刻骨之仇。只是当时共产党力量薄弱，不足以与韩对抗，所以，当司令一到泰州，他就投靠了是司令。也正鉴于此，司令才收编了他的人马。至于司令收编了后，他与新四军是否还藕断丝连，卑职不得而知。就是有，只要不突破底线，您佯装不知，隐而不发，有别于蒋韩，充分调动其能量，利用其价值，是大智若愚，扬长避短，是从国共关系的大局出发，是将主动权始终掌控在自己手中，游刃有余，以不变应万变。最重要的是，说不准，在关键时刻他能起到桥梁作用。

李明扬：啊呀，还是赵处长分析得透彻，想得长远。其实有一点我看得很清楚，这新四军现在根本不可能跟我们过不去。他们现在就是千方百计要与我们搞好关系，我们也要权衡利弊，不到万不得已，不可以翻脸。不过，李副司令说的也有道理，我们也不能不防，防其做大做强，喧宾夺主。这次不妨先看看新四军的战斗力，不到他们危在旦夕，我们不要出手。

李长江奸佞一笑：你的意思是先坐山观虎斗？

16 — 14 泰州城小上海百货商行·日外·内

主要人物：赵忠明，23 岁，国军军需处处长，地下党。

陈秀文，21 岁，小上海百货商行老板，地下党。

赵忠明身着军装走进小上海百货商行。

柜台里陈秀文迎了过来：长官，您想买什么？

赵忠明：有没有“老炮台”牌子的香烟？

陈秀文：有，您要几包？

赵忠明：买一包。

陈秀文从货架上拿出一包香烟放在柜台上。

赵忠明警觉地环视了一下四周递上钱低声：明天日伪要扫荡吴家桥。

陈秀文：知道了。

赵忠明拿起香烟拆开，点上火深吸了一口离开。

陈秀文：长官请慢走。

16 — 15 江都吴家桥、三官殿·日外·晨

主要人物：乔信明、刘先胜。

藤井，40 岁左右，日军大佐。

字幕：1940 年 5 月 14 日。

日本大佐藤井率大批日军借着树木、草丛的掩护悄悄向前。

路边树上草丛里的新四军哨兵密切注视着周围的一切动静。

战壕里，彭寿生、陈秋生、李道南和战士们严阵以待。

树上的哨兵忽然发现不远处的大批日军立即“砰”的一声开了一枪，然后迅速滑下树与地面的哨兵一起边开枪边撤退。日军迅速从草木丛中奔出，向哨

兵射击。

一名哨兵倒地。

战壕里的新四军官兵立即拉动枪栓作好了狙击准备。

藤井挥起指挥刀（日语）：冲锋！

黑压压的大批日军向新四军阵地冲了过来。

彭寿生举起手枪：打！

陈秋生、李道南和战士们立即开始射击。

阵地上枪声大作。

子弹不断在空中乱飞。

日军士兵不断倒地，后面的士兵毫无退缩，继续奔袭。

新四军战壕里不断有士兵被击中，李淑芹带领着救生员立即上来施救。

日军仍蜂拥而上。

陈秋生、李道南不停地跃身而起，将手榴弹投了出去。

一枚枚手榴弹在日军队伍中不断爆炸，日军士兵纷纷倒毙。

紧接着新四军的机枪、步枪、手枪又是一阵密集射击。

日军士兵接连大批倒毙，招架不住，开始后撤。

战场上枪声渐止。

民兵们迅速扛着弹药箱奔了过来。

李淑芹带领着救护队也迅速奔了过来，给伤员紧急包扎。陈秋生、李道南帮助她将伤员抬上担架。

李淑芹带着救护队离开。

日军阵地上几十座迫击炮一字排开。

日军发令兵挥旗而下。

士兵们迅速装弹。

一发发炮弹喷射而出。

炮弹不断落在新四军战壕附近爆炸。

彭寿生、陈秋生、李道南和新四军战士卧倒捂头。

几枚炮弹在战壕中爆炸，数名士兵被炸腾空。

日军又一次开始进攻。

日军阵势更大，攻击更加凶猛，密集的子弹不停地低空飞梭。

战壕里，新四军士兵不断被击中。但士兵们依旧毫不畏惧，猛烈还击。

日军士兵在奔袭中成批倒下。

藤井下令撤退。

战场上枪声再次有渐渐停止。

新四军前沿指挥所里 1 团团长乔信明对传令官命令：传达命令。立即撤退到第二道防守阵地。

彭寿生：撤退到第二道防守阵地！

陈秋生、李道南和战士们立即爬上战壕，向后撤退，跳入第二道阵地战壕。

第二阵地前沿指挥所，乔信明与刘先胜会合。

乔信明与刘先胜一起走出指挥所，登上战壕。

战壕里的官兵立即持枪站起。

刘先胜向战壕里的新四军官兵高声：同志们，别看敌人这么来势汹汹，不可一世，其实他们已经是强弩之末，我们不要被他们的外强中干、虚张声势所吓倒。中国有句古话说得好：狭路相逢勇者胜！我们要不怕流血牺牲，以英勇顽强的战斗意志，坚决彻底地将敌人的嚣张气焰打下去，让他们尝尝我们新四军的厉害，用刺刀和子弹告诉他们，中国人绝不是孬种，绝不是那么好欺负的，共产党的新四军是一支坚不可摧、牢不可破的中国铁军！

第十七集 吴郭激战

骄寇溃败吴家桥，救生寺前祈祷告。

雄师机智避郭村，两李翻脸爆酣鏖。

17—1 江都吴家桥·三官殿·日外

主要人物：乔信明、彭寿生、陈秋生、李道南。

战壕里彭寿生、陈秋生、李道南和战士们一起振臂高呼：坚决将敌人打下去！

乔信明：我们不仅要将敌人打下去，还要打到他们的扬州老巢！如果敌人第三次进攻，我们就毫不犹豫地发起反冲锋。

战壕里顿时士气高涨，激昂高呼：打到扬州去！打倒日本帝国主义！

藤井指挥着日军发起第三次攻击。

彭寿生、陈秋生、李道南和战士们埋伏在战壕坡上一动不动。

日军渐渐靠近。

彭寿生举枪射击：打！

战士们千枪齐发，日军如风吹草木般倒了下去。

冲锋号响起。

彭寿生、陈秋生、李道南和战士们套上刺刀跃出战壕向日军冲去。

日军一下子被这冲天豪气吓愣，立即后撤。

新四军乘胜追击，杀声冲天。

藤井大惊，连忙转身后退。日军开始狼狈溃逃，士兵不断倒毙，阵地上尸横遍野。

三官殿。

一队满载弹药箱的日军马车运输队奔驰在马路上，扬起滚滚黄尘。

马路两边的树丛里埋伏的民兵密切注视着路上的动静。

日军马车运输队越来越近，很快进入伏击圈。

团长谢有才手起枪响：打！

霎时，枪声四起，日伪士兵不断中枪从马车上滚落下来。

民兵拉响了地雷，马车被炸得四分五裂，弹药乱滚，接连爆炸，惊马嘶鸣腾起，脱缰乱奔。

一枚枚手榴弹扔向马车队，日伪士兵被炸得腾空翻滚，重摔在地。

数百名民兵冲上马路向日伪军射击。

日伪军胡乱还击，仓皇溃逃。

马路上的军需品散落一地，绵延数百米。

天空，日落西山。

17—2　吴家桥新四军挺进纵队司令部·夜内·外

主要人物：管文、叶飞、张藩、惠浴宇。

姬鹏飞，31岁（1910—2000），新四军挺进纵队政治部主任。

纵队司令部内，远处激烈的枪炮声不断传入。

管文蔚、叶飞、姬鹏飞、惠浴宇面色凝重。

管文蔚：乔信明，刘先胜已经打退了敌人的两次进攻，但敌人的攻势仍旧未减，看来，敌人这次不达目的不罢休。

姬鹏飞：我们要作好转移的准备。

叶飞走到地图前：如果敌人冲破了第三道防线，我们就向七里、长庄方向转移。

惠浴宇：已经打了一天了，敌人没有得手，会不会改变战术？

管文蔚：有可能，但他们会改用什么战术呢？

一队日军借着夜色悄悄摸进吴家桥镇内，偷偷靠近新四军哨兵。

两名日军士兵手执匕首从背后一对一一跃而上，捂住两哨兵的嘴，手起刀落，哨兵挣扎了几下便被放倒。

隐藏在附近草丛里的新四军暗哨发现情况立即开枪射击。

双方不停地对射！

不远处的枪声传进司令部，众人立即紧张起来。

一名警卫战士闯进：不好了，敌人打过来了。

众人立即拔枪冲了出去。

一队日军冲了过来与警卫排的战士交上了火。

营房外，张藩与连队的战士持枪从地上闻声而起。

警卫排的战士用冲锋枪向日军猛烈扫射。

枪声大作，弹焰飞闪。

双方不断有士兵被击中倒地。

张藩向枪声方向看了看：不好，司令部遭敌人偷袭，新兵连的战士们，都跟我来！

张藩带领战士们飞奔而来。

日军正跟警卫排交火。

张潘和新兵连的战士们立即举枪射击！

日军很快腹背夹击，纷纷倒毙，全部被歼。

管文蔚吹了吹冒着轻烟的手枪：多亏张参谋长来得迅速、来得及时，否则司令部就危险了。

叶飞：这鬼子真是诡计多端，竟然想到偷袭司令部这一招。可他们没料到魔高一尺道高一丈，被一网打尽。

通讯员跑了过来敬礼：报告，进攻的日伪军已经被乔团长他们一阵奋起的反冲锋打垮，现已向扬州方向溃逃，乔团长他们正率队乘胜追击！在三官殿伏击日军运输队的江都民众抗日自卫团也大获全胜，缴获了大量的军需品。

管文蔚兴奋：好，好，太好了！真是出奇制胜，现在是捷报频传啊。敌人已经是兵败如山倒了。

叶飞：立即传令他们追至仙女庙鬼子据点即可停止，并迅速撤退，不可恋战。扬州日军有一个旅团的兵力，加上伪军达一万多人，不能被他们反包围。

通讯员：是！

通讯员立即骑马而去。

张藩：敌人这次扫荡吃了大亏，我想，他们绝不可能善罢甘休，肯定会来报复，我们要提前做好准备。

管文蔚：是啊，敌人肯定要来报复的。可这吴家桥地区狭小，东西不过三十里，南北不过二十多里，如果大批敌军来犯，很不利于我们迂回穿插作战。

叶飞：是啊。走，我们回司令部再详细讨论。

司令部，大家走到地图前。

叶飞拿起指示棒：你们来看，在吴家桥北边有个大村庄叫郭村。南北东西纵横是吴家桥的一倍到两倍。并且早已经建立了地方党组织，群众基础较好。我们部队可以暂时到那里休整一段时间。

管文蔚：郭村是个很理想的休整地方，不过，郭村在通扬运河北面，要进入郭村就必须通过宜陵大桥。而宜陵大桥有李明扬的第2纵队把守会不会遭到阻拦呢？

张藩：应该不会阻拦，上次陈司令与李明扬达成过合作协议，他们不会口是心非吧。

叶飞：不管怎样还是先派人联系一下，打个招呼较好。

管文蔚：那就请姬鹏飞主任去一下吧。

17—3 江都仙女镇救生寺·日外

主要人物：藤井。

藤井站在江都仙女镇救生寺门前。

日军士兵将一具具阵亡士兵的尸体从卡车上搭了下来。

一名士兵用匕首割下每一位尸体的头发，交给另一位士兵装入一个小布袋，写上编号，姓名，然后交给登记注册的士兵放入一木箱中。

木箱中很快装满了布袋。

一具具尸体被整齐搁置在柴草堆上。

藤井和日军军官在柴草堆前立正敬礼之后，手执火把的士兵点燃了柴草堆。

大火熊熊燃起。

藤井和军官们双手合拢口中念念有词地祈祷。

17—4 江都仙女镇·夜外。

江都仙女镇救生寺门前，焚烧尸体仍在继续，空中烟火弥漫。

天空中，乌云渐渐遮住了西沉的月亮。

空中渐渐下起了小雨。

雨愈下愈大。

17—5 江都镇李家庄·夜外·大雨

主要人物：乔信明、刘先胜。

乔信明和刘先胜率领着队伍在泥泞的道路上冒着大雨行军。

乔信明停下脚步：这雨太大了，我们到前面的村庄宿营吧。这天，我们追击日军的时候还好好的，怎么我们受命撤退却下起雨来了，这会不会是对我们没有将鬼子斩尽杀绝表达不满吧？

刘先胜：你真是想多了。司令部命令我们撤退是正确的，许多事，要把握好分寸，见好就收。否则，物极必反。

乔信明：你看我们的战士，追击鬼子的时候一个个如猛虎下山。现在撤退了却一个个没精打采。传令兵！

传令兵：到！

乔信明：传令部队到前面的李家庄宿营。但不经老百姓允许不得进入老百姓的家打扰。

传令兵：是!

新四军所有官兵蹲在屋檐下、草堆旁，驴棚、猪屋里躲着雨。

大雨滂沱，战士们冷得瑟瑟发抖。

茅草屋里一对老年夫妇点亮油灯，打开大门向外探视，见到屋檐下的战士，吃了一惊。

大爷：你们是什么人啊?

战士：我们是新四军。

老妇人：啊，是新四军啊，那快进来，快进来，都进来。

战士们立即纷纷跑进屋内。

大爷：你们怎么不敲门叫一声呢，外面下这么大的雨会淋坏身体的。

战士：已经三更半夜了，领导不允许随便打扰老百姓。

大爷：你们这领导也真是的，打扰不打扰，也不看看是什么天气。

老妇人：反正，我活了一辈子还没见过像这么上规矩的队伍。你们先歇息一下，我去烧锅开水，让你们暖暖身体。

战士们连声：谢谢，谢谢，谢谢大爷大妈!

整个李家庄很快无数家房屋里亮起了灯，人影幢幢，大雨在欢声笑语中渐止。

17—6　江都宜陵镇鲁皖抗日游击第二战区第2纵队·日内

主要人物：姬鹏飞。

颜秀五，49岁（1892—？）。国民党鲁皖抗日游击第二战区第2纵队司令。

姬鹏飞一行人身着新四军军服来到宜陵大桥南端哨卡下马。

一哨兵拦住：哪部分的?

姬鹏飞上前：请向通报颜司令一下，新四军挺进纵队政治部姬鹏飞前来拜访。

哨兵：请稍等。

哨兵走进岗亭，摇起电话通话片刻后走出岗亭：请吧！颜司令在司令部等您。

姬鹏飞一行人走过大桥，上马疾奔而去。

姬鹏飞在司令部副官的带领下走进司令办公室。

颜秀五迎上来与姬鹏飞互敬军礼后握手。

颜秀五：您好！欢迎姬主任，里面请！

姬鹏飞：不期而访，多有打搅，还望海涵！

颜秀五：哪里，哪里。早就期待贵军莅临指导了。

勤务兵奉上茶离开。

姬鹏飞：这次匆匆而来有件事想请颜司令高抬贵手行个方便。

颜秀五：什么事请讲，只要鄙人能够办到的一定照办。

姬鹏飞：是这样的。我想您已经知道了我军刚刚粉碎了日军对吴家桥的大扫荡。现在我军计划移部至郭村休整一段时间，而到郭村必须经过贵军驻守的宜陵大桥，所以届时想请贵军予与放行。

颜秀五：啊，是这个事哦，没问题。我们都是抗日的友军，上次我们李司令与贵军陈司令已经谈好了合作互助协议，并且，郭村属于三不管地区，与我们防区也没有冲突，我想李司令也不会介意。

姬鹏飞：那就这样说定了。

颜秀五：没问题，随时放行。

姬鹏飞抱拳：承谢了！

17—7 宜陵大桥·日外·下午

主要人物：管文蔚、乔信明、刘先胜、姬鹏飞。

字幕：1940 年 5 月 18 日

延绵数华里的新四军挺进纵队随带辎重行走在马路上。

彭寿生、陈秋生、李道南领着先头部队到达宜陵大桥南端停下。

乔信明、刘先胜策马来到。

彭寿生跑步过来：报告！

乔信明：彭连长，怎么不过桥了？

彭寿生：报告团长、政委，颜秀五的守桥卫队不让过桥。

乔信明、刘先胜连忙下马：不是说好了的吗？怎么又不让过了？走，我们去看看怎么回事。

彭寿生领着乔信明、刘先胜来到桥头。

颜秀五的几名守桥卫兵持枪守在桥口的栏杆内侧。

乔信明：我是挺进纵队 1 团团长乔信明，请你们的长官出来说话。

从岗亭里走出一少尉：我就是。

乔信明：怎么回事？我们姬主任不是与你们颜司令都说好了随时可以放

行吗？

少尉：我也不知道是怎么回事。不错，开始我们是接到命令，如果贵军通过无障碍放行。可我们刚接到李副司令的命令：不许放行！我们也没有办法，遵命行事，也不便多问。

乔信明朝刘先胜：那怎么办？怎么会出现这种情况的？

刘先胜：我看别僵着了，还是赶紧向管司令报告吧，请求指示。

管文蔚、叶飞、姬鹏飞策马来到，立即下马。

乔信明、刘先胜立即迎了上去敬礼。

管文蔚：怎么啦？

乔信明：报告司令，他们不让过桥，说是刚接到了李长江的命令：不许我们通过。

叶飞：他们怎么突然出尔反尔了？

管文蔚：姬主任，你去交涉一下，如果还不行，强行通过！

姬鹏飞：好。

姬鹏飞来到桥口：国军兄弟们，我们都是抗日的队伍，前天我们刚刚与数千日本鬼子激战了一场，打得鬼子鬼哭狼嚎，丢下几千尸体仓皇逃回了江都。现在我们的部队需要转移休整，养精蓄锐，准备来日再战，希望体谅和配合一下，让开大桥，让我们过境。请你们放心，我可以保证，只要我们顺利过了桥，绝不会为难兄弟们。

桥上卫队没有回应。

管文蔚：不能再耽搁了，强行通过！

彭寿生、陈秋生、李道南和数十名战士立即越过栏杆，武装包围了守桥卫队。其余战士迅速提起了栏杆。守桥士兵被这突发的阵势，吓得目瞪口呆，不敢妄动。只能眼睁睁地看着挺进纵队浩浩荡荡坦然过桥。

17—8　泰州鲁苏皖抗日游击指挥部·日内

主要人物：李明扬、李长江。

李长江匆匆走进李明扬办公室：司令，颜秀五报告说，新四军不但打退了日本人的扫荡，并且还一直追击到了仙女庙。日军死伤无数，现在正在新生寺架柴焚尸呢。

李明扬：看来，这新四军战斗力真够强的，我们不可小觑啊。

李长江：他们战斗力再强，也只不过区区两千多人。这不，跟日本人干了一仗之后，怕日本人报复，想通过我们的防区进入郭村休整，避其锋芒，请求颜秀五放他们通宜陵大桥，颜秀五向我请示，被我严词拒绝了。

办公桌上电话铃响起。

李明扬拿起电话接听，片刻惊愕：什么？新四军已经强行通过宜陵大桥了？

李明扬面色凝重地放下电话。

李长江：这新四军的动作真他妈的快，胆子也真大。不让通过，竟敢强行通过，似乎根本没把我们放在眼里哦。区区两千多人，刚打了一个小胜仗就这么张狂，如果将来在这里成了大气候还把我们放在眼里吗？司令。我们不能被他们就这么欺负玩弄，得给他们一点颜色看看，让他们晓得我们的三万人马绝不是吃素的，灭了他们，就像打死一只麻雀。

李明扬：为了新四军的事，我这里压力真是不小啊。国民党第六中全会上又确定了以军事反共为主，政治反共为辅的方针。现在全国到处掀起了反共高潮。先是胡宗南进攻陕甘宁地区，阎锡山进攻山西太行山地区，后是韩德勤联合李品仙围剿新四军在安徽来安半塔集的江北指挥部。只是，这两个饭桶将军，调集近两万人马，经过20天的激战，硬是被新四军六千多人马打败了。现在韩德勤的人又发誓要将新四军挺进纵队赶到长江里喝水。前天蒋某人也发来电报，要求“以党国利益为重，共翦苏北异党异军。”

李长江：这挺进纵队现在野心也越来越大。先是在吴家桥建立了根据地，现在又借口到郭村休整扩大地盘，司令，如果任由他们这么无限扩张下去了，将来他们就可能窥视泰州了，现在必须对他们有所防范和抑制，我建议立即向他们发出通牒，要求他们三天之内离开郭村，否则，后果自负！

李明扬：这样吧，先告示他们，郭村是我防区，不得涉足，限期离开。

姚向东进入敬礼递上电报：顾总指挥的电报。

李明扬接过电报看了一下：顾祝同通知我明天上午到第一战区司令部参加军事会议。

李长江：那你去吗？

李明扬：对他们军事会议的其他议题我不感兴趣。我只对军费感兴趣。我正好要问问总指挥，韩德勤凭什么将上面拨给我们的军费和武器弹药截留了，什么时候补上，没有军费，没有武器弹药我们怎么共翦异党异军。

李长江：对。太欺负人了，必须要个交代。

李明扬：我去开会期间，泰州的防务就交给你了，如遇紧急情况要立即汇报。

李长江：是！司令，您就放心去开会吧。

17—9　郭村·日内

主要人物：管文蔚、叶飞、张藩、姬鹏飞、惠浴宇。

新四军纵队司令部。

管文蔚、叶飞、张藩、姬鹏飞、惠浴宇聚在一起开会，个个面色凝重。

管文蔚：李长江昨天派人送来公函，指责我们未经第二战区指挥部批准擅自移部郭村是侵占了他们的防区，责令我们尽快撤离，否则，由我军承担一切后果。

姬鹏飞：郭村本来就是地处日军、韩德勤的第一战区，两李第二战区的交界之地，属于三不管地带，也叫缓冲区，怎么一夜之间就成了他两李的防区了？这分明就是在存心找茬儿。

管文蔚：是的。他们就是在故意挑衅。由于事关重大，我及时分别向军部、中原局、茅山作了汇报。

叶飞：上级是什么意见呢？

管文蔚：项英副军长的意见是撤离至皖南，以免发生军事冲突，破坏抗日统一战线；茅山根据地陈毅司令的意见是撤离至皖北与皖北陶勇支队会合，实在不行撤回江南，尽可能不要与两李发生冲突，避免损害“击敌、联李、孤韩”总的战略方针；中原局刘少奇书记的意见是不撤离，如遇攻击，只要坚持一个星期，那皖北支队和江南支队就赶到支援。

惠浴宇：如果撤离了，那我们原来北渡东进建立扩展抗日根据地的计划就付诸东流了。

管文蔚：陈司令来电说，两李之所以这么做，原因比较复杂。一是因为自国民党六中全会以蒋介石为代表的顽固派确定了“以军事反共为主，政治反共为辅的”方针，全国掀起了新一轮的反共高潮，政治形势非常严峻。二是蒋介石不断地给李明扬施加压力，加上韩德勤借机不断地调拨离间，李明扬原先的立场正在动摇。三是我们现在的兵力还不及李明扬的十分之一，悬殊过大，难以匹敌，所以，陈司令的意见是我们暂时撤离郭村，暂避风头，伺机重头再来。你们的意见呢？

张藩：这时候我军脱离郭村既设阵地，仓促转移，并非上策。南有长江和两李阵地，西有运河、邵伯湖，再加日寇封锁，我军向江边转移时，如出现了前有堵截，后面有追兵的情况，那就很被动了。所以，我的意见是应死守郭村。

叶飞：郭村地形复杂，三个庄子呈三角形，北面、东面、西边都是水网地带，易守难攻。防守重点只要放在东南和西南即可。我的意见是，就在这里打。古人说：将在外，君命有所不受。陈司令只到过吴家桥，并不知道郭村的地形、敌情以及群众基础，而我们了解情况。我们要敢于实事求是，独立负责，这才是真正的向陈司令负责、向党负责。

姬鹏飞：当初半塔集的兵力也只有李品仙和韩德勤的十分之一，后来加上我们三个支队的支援也不过是他们的三分之一，不照样打败他们了吗？我的意见是坚守郭村。

惠浴宇：坚守郭村也是我们落实中原局关于“引顽围攻，孤军坚守，待援歼敌”的指示，所以，我的意见也是坚守。

管文蔚：既然大家意见都十分一致，那我们就作好一切准备，构筑抢修好防御工事，随时防止两李来犯。另外，根据陈司令的指示，我们派政治部陈同生副主任和调查科周山科长前往泰州向李长江请求允许再休整一段时间，待我军将士体力基本恢复后重回吴家桥根据地。尽量避免两军发生冲突。

17—10　泰州鲁苏皖抗日游击指挥部·日内·外·上午

主要人物：李长江。

1940年6月27日。

指挥部会议室，长方形的会议桌两侧坐立着十几位军官。颜秀五，陈中柱，赵忠明也在之列。

李长江主持会议：现在下达各纵队具体作战任务。丁聚堂司令！颜秀五司令听令！

丁聚堂、颜秀五起立：到！

李长江：你们的第1纵队和第5纵队据守在郭村西南的宜陵、丁沟一带，以阻击江南新四军从吴家桥过来的增援部队。

颜秀五、丁聚堂：是！

李长江：陈中柱司令，陈才福司令听令！

陈中柱、陈才福起立：到！

李长江：你们率第4纵队和第6纵队明天拂晓前进入郭村东南方向的白塔一带对郭村发起攻击。

陈中柱、陈才福：是！

李长江：另外，韩德勤副司令派遣张星炳率保安第3旅从北面小纪一带进攻，配合我们共同围剿郭村。

李长江：军需处赵忠明处长！听令！

赵忠明起身立正：到！

李长江：从现在起，你不得擅自离开岗位，充分组织准备好人马和车辆，随时保障前线武器弹药的供应。

赵忠明： 是！

李长江： 警备处鞠春生处长！

鞠春生起身立正： 到！

李长江： 立即前往泰扬大酒店扣留新四军谈判代表陈同生和周山。

鞠春生： 是！

李长江： 现在新四军已成瓮中之鳖，各个纵队及军需处务必同心协力，密切配合，全歼共军！

众军官齐声： 是！

李长江： 军事部署就到这里，另外，你们回去后，立即提前发放军饷，提高伙食标准，以提高士气。做好一切战前准备，明天拂晓前包围郭村，发起进攻！

众军官起身立正： 是！

17 — 11　泰州小上海百货商行 · 日外 · 内 · 中午

主要人物： 赵忠明、陈秀文。

赵忠明身穿便衣，头戴礼帽缓步走进“小上海”百货商行门口，眼睛向商行内瞥了一下继续向前。过了商行突然停步，缓缓转身环视了一下四周，回头重新来到商行门口，跨了进去。

陈秀文迎了上来。

赵忠明： 有“老炮台”香烟吗？

陈秀文： 有，您要几包？

赵忠明： 整条的有吗？

陈秀文： 有。

赵忠明： 整条可以便宜一点吗？

陈秀文： 可以。一百六一条。

赵忠明： 那好，拿一条带三包。

陈秀文取了一条烟放在柜台上。

赵忠明递钱过去： 敌人拂晓进攻郭村，里面有兵力部署。

陈秀文： 知道了。

赵忠明拿着香烟出了门。

陈秀文进入里屋，关好门，打开夹在纸币里的纸条，默念默记了几遍，然后折叠好塞进一根精制竹簪内，插在发髻上系牢，照着镜子略施粉黛，换上旗袍鞋袜，跟伙计说了一声，匆匆上了一辆黄包车离开。

17—12 泰州城区郊区·日外·下午

主要人物：陈秀文。

城门口，几名士兵正在盘查过往车辆和行人，黄包车走近城门。

哨兵拦下，围着黄包车上下四周检查了一遍，看了看陈秀文：去哪里?

陈秀文：去九里沟舅舅家。

哨兵：去做什么?

陈秀文：给舅舅祝寿。

哨兵：祝寿怎么两手空空?

陈秀文：昨天早上就去暖过寿了，今天只是去捧个场。

哨兵：听你这口音不是本地人吧?

陈秀文：我是镇江人，舅舅是泰州的。

哨兵：那你在泰州做什么?

陈秀文：镇江被日本鬼子占领了，忍受不了鬼子和汉奸的欺负，只得投奔到舅舅这里，在市里开了一家百货小商行，做点小生意，维持生活。

哨兵：还小生意，看你这样子，生意做得不小哦。

陈秀文：军爷过奖了。战乱时期，生意真的很难做的。军爷行个方便，晚饭前，我还要赶到舅舅家，不然他们会着急的。

哨兵挥了挥手：走吧，走吧。

黄包车过了城门，向郊区跑去。

黄包车到了村口。

陈秀文：师傅，就到这里吧，我走过去。

车夫：好啊。

陈秀文付了车费：辛苦你了。

车夫“嗯”了一声转身离去。

陈秀文看着车夫渐渐走远，便转身向小路跑去。

路边绿油油的秧苗田一望无际，数只白鹭从田间腾起，向远空飞去。

陈秀文看了一眼，无暇滞留，急步如飞，看到远处迎面而来的行人，立即放慢脚步。跑一段，走一段，汗流浃背，气喘吁吁，在一片竹林边停下，抹了抹脸上汗水，背靠竹子，脱掉布鞋，倒出里面的渣土穿好，抬头向远处的村子瞭望观察。

村头马路边，有几个挎长枪的士兵在来回走动。

陈秀文（VO）：怎么办？我现在这个样子如果过去，肯定会受到他们的怀疑，只能等天暗了，绕过去。

陈秀文沉思片刻后在一层枯竹叶上席地而坐，刚坐下，蚊虫就围剿上来。陈秀文不停地拍打驱赶，但脸上、手臂上还是留下了几块红疹子。

突然，不远处传来急促的鸟叫声。

陈秀文连忙寻声望去。

数只喜鹊正围绕着一颗大杨树飞来飞去，不停地叫唤。

陈秀文走近一看，树顶有一座喜鹊窠，数只喜鹊不落巢，却不停地向树干冲击掠过。

陈秀文疑惑地靠近树边细看，不由大吃一惊。

树干上正爬着一条大蛇，数只喜鹊围着它轮番向大蛇攻击。

大蛇身体吸附在毛糙粗壮的树干上高高地昂着头，吐着芯子对着俯冲而来的喜鹊进行前扑反击。但喜鹊动作迅速敏捷，啄一口就闪开。蛇尽管张开大嘴迎击，但次次扑空。几个回合下来，终于坚持不住调头下游。喜鹊们依旧不依不饶继续不停地俯冲攻击。大蛇只得加快速度拼命下游，很快就游至树下逃之夭夭。

陈秀文全神贯注，目不转睛注视着树干的战斗，见大蛇落荒而逃，才长长舒了一口气。

17 — 13　乡村马路 · 傍晚 · 夜外

主要人物：陈秀文。

天色渐暗，陈秀文走出竹林，辨了辨方向，然后向田野走去。

她快速穿过桑树林，头发上、脸上、身上粘上了白色蜘蛛网丝，她用手不时地扯抹。旗袍被划得七零八落；脸上、手背上、小腿上伤痕累累、血迹斑斑；她跨过小溪，提着布鞋，蹚过河塘，浑身湿漉。

天色全黑。

陈秀文打开手电，深一脚浅一脚继续向前奔跑。

突然，不远处传来枪声。

陈秀文回头一看，见数束手电光摇晃闪烁着朝她奔来。

陈秀文连忙关掉手电，跳入河中，潜至芦苇丛中，头露出水面。

几名士兵打着手电，围着河堤来回向河面芦苇丛反复照射，随后朝河面，芦苇丛中胡乱开枪。

几颗子弹在水中激起几族水花，几颗子弹从陈秀文头上飞过，她本能地缩起头，几根芦苇干折断。

堤上士兵没发现动静，便骂骂咧咧悻悻而去。

陈秀文见手电光渐渐走远，便从芦苇中蹚水上岸，检查了一下发髻上的竹簪，摸了摸光着的双脚，四下寻鞋无果，便赤足继续向前。

前面一条宽阔的长河挡住了陈秀文的去路，河里不断响起涛浪拍岸的声音。

字幕：通扬运河。

陈秀文再次检查了一下发髻上的竹簪，将手电筒插入裙带上系紧，然后跳入水里向河中游去。

陈秀文在水中奋力划水向前，动作渐渐由快转慢。她将竹簪从发髻抽出插入前额发际，转过身，吐出一口水，深吸一口气，仰面浮在水面上休息一会儿后继续仰泳向前。到达河边后，奋力爬上河滩，筋疲力尽地仰面躺下，大口大口地喘着粗气，抹了抹脸上的水珠，闭上双眼，聆听着黑暗中的虫鸣之声。胸口气息渐渐平缓，她翻身爬起，继续向前。

赤足行走在土路上，陈秀文不时被扎得龇牙咧嘴。走了一段，突然停步坐下，抽出手电筒，翻看脚底板，一根荆刺扎在脚板上。她小心翼翼地将刺拔掉，一瘸一拐继续向前。

陈秀文看到不远处已出现朦胧的灯光，立即精神倍增，加快了步伐。突然，脚下一拌，重重摔倒，正想奋力爬起，猛然看见几支黑洞洞的枪口对准了她。

17 — 14　江都县郭村·夜内

主要人物：管文蔚、叶飞、张藩、姬鹏飞、惠浴宇。

郭村新四军指挥部。一阵急促的敲门声将叶飞叫醒，叶飞连忙下床开门。

秘书：叶副司令，发生紧急情况！管司令请您立即到会议室。

叶飞便穿衣服匆匆疾步走向会议室。

管文蔚已经在会议室，张藩、姬鹏飞、惠浴宇也陆续跑了进来。

管文蔚：刚刚我们泰州特工科的一位女同志穿过敌人的封锁线，冒着生命危险送来了紧急情报。泰州的李长江集结四个纵队、一个旅共一万三千兵力今天拂晓将围攻郭村，这是敌人的兵力布置图。

叶飞、张藩接过图，迅速在地图上标注好。

叶飞：我立即先安排1团和4团分别进入南北工事作好迎敌准备。

张藩：我们只有两千多人，敌我兵力悬殊太大，必须立即致电陈毅司令，请求支援！

姬鹏飞：我立即通知民兵协同作战，动员老百姓做好后勤保障。

17 — 15　茅山 · 夜内

主要人物：陈毅、粟裕、罗忠毅。

江南新四军指挥部，粟裕、罗忠毅在查看地图。

陈毅手执电报，心急如焚，来回踱步：这个管文蔚，这个叶飞，让他们尽快撤离郭村，避免与两李发生冲突，他们就是不听，这下倒好，正中了韩德勤的离间计。

粟裕：现在撤离已经来不及了，我们唯一的办法，就是立即派兵增援。

罗忠毅：我看，立即电令皖北的陶勇支队，江南的2团、3团、施光前的扬中独立团火速增援。

陈毅：现在只能这么办了，我必须马上就渡江。

17 — 16　泰州民宅 · 夜 · 内外

主要人物：赵忠明、闵启昌。

赵忠明面色凝重，在屋内来回踱步（VO）：两千多人对付一万多人，就算我军战斗力很强，就算陈秀文将情报已经送到，我军已作好一切迎战准备，但敌众我寡，兵力过于悬殊也难以取胜，况且武器还不如人家，弄不好可能全军覆没。我现在该怎么办？是不是该实施"猎鹰计划"和"凤巢计划"了？对，现在正是危急关头，不能再犹豫了，必须立即实施。

赵忠明：闵启昌、闵启昌！

闵启昌从厢房里跑进：处长，有事？

赵忠明递过去两封信：你立即将这两封信分别送到第2纵队第1支队的王澄支队长和第3纵队第3支队的陈玉生支队长。

闵启昌：是！

17 — 17　江都县郭村 · 日外

主要人物：陈才福，36岁，鲁苏皖抗日游击指挥部第6纵队司令。

字幕：1940年6月28日拂晓。

李才福率领大批身着国民党军服的士兵全副武装向前移动。

战壕里，彭寿生、陈秋生、李道南和新四军官兵严阵以待。

国军渐渐逼近。

新四军团长乔信明手握盒子枪首先举枪射击，其余战士立即跟随。

阵地上枪声大作，国军纷纷倒毙。

李才福举枪高喊：兄弟们，给我冲！

国军士兵蜂拥而上。

战壕里，彭秋生、陈秋生、李道南和新四军官兵密集射击，奋力投弹。

树林空地上，新四军装填迫击炮发射。

一枚枚炮弹落到国军阵地。

国军士兵被炸得腾空飞起。

阵地上激烈的枪声，爆炸声响成一片。

国军在竹园边装填迫击炮发射。

炮弹在战壕附近爆炸，尘土飞溅，落在战壕的陈秋生、李道南身上。他们吐了吐口中的泥土，继续射击。不时有战士肩臂中弹受伤鲜血直流，有的倒地口吐鲜血，闭目不动。

李淑芹带着急救队赶至，动作麻利地为伤员包扎伤口，有的伸手触摸倒地战士的鼻息和脉搏。

国军在密集的枪炮声中节节后退。李才福见状，急忙对空鸣枪示警，举臂声嘶力竭：兄弟们，新四军已被我军重重包围，现在是癞宝垫床脚——硬撑，我们再冲锋几次，他们就垮了。兄弟们，给我使劲冲！

国军士兵再次转身回头，向前冲锋。

新四军战壕里，乔信明从身边战士里拿过一支长枪，瞄准正在挥舞手臂的陈才福“砰”的一枪。

陈才福应声倒地。国军士兵们低头一见，阵脚大乱，纷纷溃退。

陈才福捂着伤口在卫兵的护佑下狼狈而逃。

阵地上硝烟渐渐散去，留下数百具横七竖八的尸体。

一大队国军人马不慌不忙地走在马路上。

17 — 18 江都纪北马路 · 日外

主要人物：张星炳，40 岁左右，江苏国民党保安 3 旅旅长。

张星炳骑着马走在队伍中间。

他收了一下缰绳，马停下。拿起望远镜向远处眺望片刻，然后下马。

副官上前：旅长，我们怎么还不向新四军发动进攻呢？

张星炳：这里河道密布，易守不易攻。我们就在这里张网以待，以逸待劳不好吗？

副官：您的意思是让互斗，我们在这里守株待兔就行了。

张星炳笑着挥着“枪把式”手势：还是你聪明，一点就通。

17 — 19　江都郭村 · 日外

主要人物：陈秀文。

新四军郭村驻地，士兵、民兵、百姓来来去去一片忙碌。

士兵们押着俘虏缓缓走来。

民兵们推着装得满满的独轮车，扛着弹药箱快步经过。

百姓挑着大饼筐、木桶匆匆而去。

陈秀文指挥着救护队抬着伤员过来。

17 — 20　郭村 · 日内 · 上午

主要人物：管文蔚、叶飞、乔信明。

新四军纵队指挥部，管文蔚、叶飞、张藩、姬鹏飞、惠浴宇聚集开会。

管文蔚：经过两天的激烈战斗，我们打退了敌人多次的进攻，今天已经是第三天，现在已经 8 点了敌人怎么还没有动静？

姬鹏飞：我估计敌人是因为这两天伤亡惨重，所以需要休息整编一下重新进攻。

惠浴宇：正好，我们也需要休整一下，来日再战。

叶飞：我看没这么简单。我们千万不能小看了李长江，他可也是经过北伐的人。他今天不进攻，不一定只只是为了休整，也有可能是为了麻痹我们，夜里来个偷袭。所以，我们今天夜里要特别警惕。

张藩：我们的弹药已经不多了，顶多还能坚持两天。如果两天后我们的援军还没到，那后果很严重，弹尽粮绝，那我们就会面临全军覆没的危险。

秘书进来：报告，紧急情况！

叶飞：快说！

秘书：调查科送来紧急情报，两李部驻泰兴宣堡蛤蟆庄的第 3 纵队第 8 支队我秘密党员陈玉生正准备率部起义时，被李长江察觉，现在正率部前往围剿。

管文蔚：啊？我说今天上午怎么这么安静的，原来是这么回事！

张藩：那我们应该立即前往接应支援！否则，陈玉生的起义部队就很危险。

叶飞来回踱步，沉思不语。

管文蔚：对！起义部队和皖北、江南增援的部队对这里的地形都不熟悉，我们应该派人到吴家桥接应，同时派一个团前往宣堡支援。皖北的陶勇支队距离我们两百多里路程，今天就应该能到。江南的 2 团、3 团和独立团已经在过江，明天应该也能到，只要我们坚持住这两天，胜利就一定属于我们的。

惠浴宇：我马上带几个人去吴家桥吧。

叶飞：我也带一个团立即去宣堡蛤蟆庄。

叶飞骑着马带着队伍从郭村村中经过，开往村外。

叶飞率领着队伍突然在中途停了下来。

乔信明立即骑马而至：叶副司令，怎么不走了？

叶飞：你立即派侦察连的同志到前面的村子里找一辆驴车前往泰州到宣堡的沿途侦察一下，是否有李长江部的动向。

乔信明：您的意思是？

叶飞：我是怕中了李长江的声东击西的诡计。

乔信明恍然大悟：是啊，我怎么没想到呢？万一是李长江的调虎离山之计，那郭村今晚就危急了。

叶飞：如果是真，那我们今天就来个将计就计。

17—21　郭村·夜外

主要人物：叶飞。

叶飞率领队伍趁着夜色匆匆回到郭村，战士们快速进入阵地战壕中。

田野中，蛙鸣声响成一片。

大批国军借着夜色悄悄向前移动。

乔信明、彭寿生、陈秋生、李道南与战士潜伏在战壕里密切注视着阵地上的动静一动不动。

国军越来越近。

战壕里的乔信明率先朝国军开枪，瞬间，千枪齐发，数十枚手榴弹一齐向敌军扔去。

敌军阵地上，飞星闪闪，火光冲天。枪声，爆炸声响彻天空。

国军阵营大乱，仓皇撤退。

新四军指挥部里众将领释然开怀。

第十八集 挥师东进

八天鏖战李军溃，险中大捷挺进队。
深谋远略陈将军，挥师东进震顽魁。

18—1 泰州城·夜·外内

主要人物：赵忠明、陈秀文。

赵忠明身着便衣，走过“小上海”百货商行门口数百米后回头观察了一下四周，然后转身往回走，在商行门口停下，跨步进去。

陈秀文立即迎了上来。

赵忠明：有“老炮台”香烟吗？

陈秀文：有。

赵忠明：买两包。

陈秀文从柜台里取出香烟放在柜面上。

赵忠明递钱过去低声：按上面的计划，明天就行动。

陈秀文：嗯。老板，请慢走！

赵忠明拿着香烟撕开封，取出一支点燃离开。

18—2 泰州城区、郊外·日外

主要人物：陈盛文。

五辆满载弹药箱的军用卡车驶出军火仓库。

车队在城门口停下向守门士兵出示了证件之后开出了城门。

车队在郊区土路上颠簸行驶。

突然，枪声四起，第一辆军车司机中弹，车辆停下。后面的车也被挡住去路不得不陆续刹车，驾驶室的士兵们立即下车依附车身还击。

陈盛文率领数十名游击队员从马路边的桃园里冲出向车队射击。

几名士兵被击毙倒下。

陈盛文厉声：你们已经被包围了，缴枪不杀！

剩下士兵见状不得不举手投降。

游击队员立即上前搜遍他们全身，收缴了他们携带的武器、弹药、匕首。

陈盛文：会开车的站出来！

投降的士兵队伍中慢慢走出六名士兵。

陈盛文：你们老实点儿，听我们指挥就不会难为你们，争取戴罪立功！现在上去继续开车跟我们走。

士兵们连连点头：好好好。我们听你们的。

陈盛文指挥着游击队员们押着司机和士兵分别登上各自车辆。

五辆军用卡车绝尘而去。

18—3 江都县郭村·日内

主要人物：陈毅、管文蔚、叶飞、张藩、姬鹏飞。

管文蔚、叶飞、张藩、姬鹏飞聚集在新四军指挥部。

秘书匆匆进来：中原局刘少奇书记来电，原增援的八路军第5纵队因日军扫荡现无法到达。新四军第5支队也因当地大刀会的阻拦一时增援不了。

众人面色凝重。

叶飞：我们要灵活改变一下战法，由固守阵地突然改为主动进攻，打敌人一个措手不及。

张藩：对！命令乔信明率两个营突然进攻颜秀五部，攻下宜陵，打通前往吴家桥的通道，以便援军快速进入。

秘书匆匆进来：好消息，皖北的陶勇支队率领两千多人已到吴家桥，现在已跨过宜陵大桥，正向李长江的颜秀五部发起进攻。

众人舒了一口气。

管文蔚：增援部队终于到了，这下轻松多了。

秘书：还有，王澄率李明扬的第1支队一千多人起义成功，正从北面罡扬攻击李部的右腹。

叶飞：好！这下李长江受到两面夹击了。

秘书：还有，陈玉生率李明扬的第3纵队的第3支队一千多人起义成功，正从南面的董家庄攻击李部的左腹。

张藩一拍桌子：好，好。这下李长江三面受敌，够他喝一壶的了。

管文蔚：你能不能一下子说完？搞得我高兴都来不及了。

众人大笑。

秘书：我这不怕你们太高兴了，所以得慢慢说。

姬鹏飞：还有什么好消息吗？

秘书：有。

叶飞：还真有啊，这好事怎么像山洪暴发似的，说来就全来了。

管文蔚：还有什么啊，你快说。

姬鹏飞：你别听他的，慢慢说。

秘书：还有泰州的地方游击队伏击了李部的运输队，缴获了五卡车武器弹药。

现在正运往前线。

叶飞：啊，还有这种好事？这真是好事年年有，没有今天多哦。

张藩：现在是好事连连，想什么来什么，缺什么有什么。

姬鹏飞感叹：这与我们在这里长期密切联系团结群众，建立了抗日民主政权，组建地方抗日武装，打下了坚实的基础是密不可分的，在关键时刻就能发挥极其重要的作用。这是国民党望尘莫及的。

管文蔚：是啊，这是腐败的国民党政府永远也无法做到的。他们只知道搜刮民财，欺压百姓。一个丧失民心的政府，一旦遭到外寇入侵，得不到百姓的真心全力支持，就像空心花瓶，一碰就碎。

叶飞：所以常言说，房子再大，基础不牢，地动山摇。

副官进来：报告，陈毅司令到！

陈毅、朱克靖阔步进来。

众人立即立正敬礼：陈司令好！朱主任好！

朱克靖回礼：你们好！辛苦了。

陈毅虎着脸回了个军礼坐下：现在战局怎么样了？

管文蔚：报告陈司令，由于皖北陶勇的增援部队已到，加上李明扬的两个支队起义成功，现在敌方已被我部三面夹击，估计战场形势很快就会发生逆转。

陈毅：估计……很快……呵呵，看来你还挺得意啊，你可知道你们这仗打得真可谓险象环生，危机四伏？你们胆子可真是不小啊，不但是不小，简直是太大了。一是违抗命令，拒绝撤离；二是你们用区区两千多人去对付李长江、韩德勤的两万多人，兵力还不到人家的零头，况且武器也不如他们，还与他们硬打硬拼，这不是以卵击石吗？

叶飞：陈司令，您有所不知。我们的部队不仅战斗力很强，而且在这里的群众基础很好，加上郭村地理环境开阔，道路四通八达，便于机动，所以，我们就想依靠这几点优势跟李长江赌一把，给他一点儿颜色看看。

陈毅厉声：打仗能靠赌吗？赌输了怎么办？赌输了我们可能会全军覆没，你们想过这个严重后果吗？

叶飞：陈司令，您还不了解，那李长江一向仗着他们人多势众，一直不把我们纵队放在眼里，经常对外戏称我们是“老鼠取嬷嬷”。

陈毅：什么意思？

叶飞：“嬷嬷”泰州方言“老婆”的意思。意思是说我们像老鼠娶老婆——小打小闹。

众人忍不住扭头“扑哧”一笑。但很快收起，立正。

叶飞：他还说，我们是南郭先生吹竽。

陈毅：滥竽充数？

叶飞：不是。是有出息也不大。

众人又强忍住笑。

叶飞：他还说……

陈毅摆手：别说了。看来，你们不仅是在赌博，还是在赌气啊。你们知道吗？这完全是李长江使出的激将法，这李长江与韩德勤是一丘之貉，一个台前，一个幕后；一个台前怂恿、鼓噪，一个幕后操纵、指挥。加上蒋某人的不断责难、施压，这李明扬左右不是，只得避而远之，静观其变。韩德勤就希望你们鹬蚌相争，他渔翁得利。而你们不明就里，凭一时之气，逞匹夫之勇，孤军迎敌，正中下怀。你现在这巧舌诡辩的雕虫小技，你以为我不知道？告诉你，我一目了然，无非在为你们不听统一指挥，千方百计寻找借口罢了？

叶飞：没有，绝对没有。在您面前我哪敢呢，岂不是关公面前耍大刀？

陈毅：你的言外之意是说我比你还巧舌如簧？

众人暗笑。

叶飞慌张：不，不，不是这个意思，是我用词不当。陈司令，您听我解释，这个，这个事也不是一己之见，也是我们纵队党委集体多次开会，反复斟酌，仔细分析，慎重研究过……

陈毅：好了，好了。你别解释了。总而言之，这次打赢了，我既往不咎；要是打输了，我告诉你，等着挨板子吧。

叶飞立正：是！要是打输了，任由陈司令处置！

陈毅：江南的三个团已经到了，现在敌我双方势均力敌，开始反击吧。

众人大喜，豁然开朗。

叶飞：是。我立即部署！

张藩：既然已经兵戈相见了，干脆，一鼓作气，乘胜追击打进泰州城里去。

姬鹏飞：对！除恶务尽，以绝后患。

陈毅沉思不语。

18—4　郭村、泰州西郊战场·日外·内

主要人物： 刘先胜、乔信明、颜秀五、陈玉生。

杨桂芳，26岁（1915—1998），陈玉生夫人。

陈中柱，35岁（1906—1941），鲁苏皖抗日游击指挥部4纵队司令。

陶勇，28岁（1913—1967），苏皖支队司令。

赵忠全，26岁，鲁苏皖抗日游击指挥部4纵队3支队司令。

惠浴宇。

王澄，27岁，鲁苏皖抗日游击指挥部3纵队3支队司令。

陈才福。

丁聚堂，40岁左右，鲁苏皖抗日游击指挥部1纵队司令。

字幕： 1940年7月6日。

第一场面，枪声，爆炸声直冲云霄。

新四军吹响冲锋号，战士们跃上战壕，铺天盖地冲向敌军，喊杀声响成一片。敌军丢盔弃甲，仓皇溃逃，横尸遍野。

颜秀五的一班人马在旷野之中拼命逃窜，乔信明和刘先胜率领队伍从四面八方追击逼近，很快将他们团团包围，在激烈的枪声中，敌军士兵纷纷倒毙。

刘先胜高喊： 缴枪不杀！新四军优待俘虏！

敌军士兵们蜷缩在一起，乞求着望了望颜秀五。

颜秀五无奈地走出队伍，往地上扔下手枪，束手待擒。其余士兵纷纷扔下枪支，举手投降。

乔信明上前拾起手枪： 不好意思了，颜司令。

刘先胜： 颜司令，你怎么也不会想到今天这个场面吧。

颜秀五羞愧地低下头。

第二场面，陈玉生、杨桂芳（陈玉生夫人，1915—1998）武装整齐骑着马带着队伍一路小跑急行军。

前面出现一个村庄，陈玉生收住马缰停下，举起望远镜。

望远镜里，出现一片大大小小，高高低低的民房。

一间民房屋顶上，直竖着一个天线。

副官跑了过来。

陈玉生： 那里一定是4纵指挥部，我们正好顺手牵羊去把他端了，命令部队，减速前进，作好战斗准备！

副官： 是！

陈玉生、杨桂芳领着队伍不紧不慢走近村庄。

庄头路边，六名荷枪实弹的哨兵一见一大队人马走来立即举枪相对。

一军官走近，看了看队伍军装佩戴着“鲁苏皖”臂徽，立即挥手让哨兵放下枪，上前向陈玉生立正敬礼：请问长官是那部分的?

陈玉生：我们是3纵3支队的陈玉生，奉张公任司令的命令，前来配合进攻郭村的。你们是4纵陈中柱司令的部队吗?

军官：正是。

陈玉生：那领我们去见你们陈司令。

军官：是!

陈玉生、杨桂芳下马，带着队伍跟住军官走至竖着天线的民房停下。

军官：请陈司令稍等。

军官走进民房。

民房内，陈中柱正低头看着桌面上的地图。

军官进入：报告！ 3纵8支队陈玉生司令的部队奉命已到!

陈中柱抬起头，一脸疑惑。

陈玉生、杨桂芳率人突然冲了进来。

杨桂芳握着手枪一个健步冲到陈中柱身边，用手枪顶住了陈中柱的腰杆：对不起了，陈司令。

室内的韩军官兵全部被缴了械。

陈玉生：不好意思了，本家司令。

第三场面，陶勇率领新四军队伍，追击溃逃敌军。

赵忠全随同溃军逃进一片桃园。

陶勇指挥队伍从四面将桃园团团包围。

战士手执扩音喇叭高喊：你们已经被团团包围了，不要作无谓的抵抗。我们新四军优待俘虏，缴枪不杀!

桃园里没有动静。

陶勇：扔几个手榴弹。

数枚手榴弹在空中旋转飞舞落进了桃园。

桃园中连连爆炸，枝叶满天飞。

爆炸声刚停，林子里就传出高喊声：别扔了，我们投降。别扔了，我们投降。

赵忠全从树丛里走出：别开枪，我是第4纵队3支队司令的赵忠全，我们不打了。

新四军数十支长短枪一下子对准了他。

陶勇厉声：将枪扔地上，举手出来，我们就不开枪。

赵忠全扔下手枪，朝林子里高声：兄弟们，抵抗已经没有意义了，放下枪，都出来吧。

赵忠全与其他官兵闻声纷纷举手而出。

第四场面，施光前率领队伍跨越沟溪追击敌军。

敌军溃逃至一条长长的沟壑之处，沟壑中河水盈盈，水草丛生。逃兵们犹豫不定，转身欲想回头，但见追兵已渐逼近，只得纷纷跳入，奋力蹚水过河。部分刚刚上岸，追兵赶到，向岸上、沟中一阵狂扫密射。逃兵死伤无数。已爬上岸的纷纷扔掉武器，举手投降。

第五场面，惠浴宇率领新四军，王澄率领手臂上绑着白布条的起义军沿着马路追击敌军。

丁聚堂领着敌军逃进了一片高粱地，纷纷被高粱地的竹签刺中，惨叫声声。

第六场面：乔信明、刘先胜部、陶勇、陈玉生部、施光前部、惠浴宇、王澄部，分别从不同方向排山倒海般向敌军压来。敌军处于北、西、南三面夹击之中。

第七场面：远处高高的城墙已显现在视野之中。

陈才福一行人仓皇逃进城内。

中途的一批敌军正拼命奔向城门。

城楼上的敌军军官惊慌高声命令：快！快！快关上城门！快关上城门！

几名守门士兵开始用力推动城门。

城门进口越关越小，陈才福带着几名士兵正好赶到，迫不及待从门的狭缝中挤了进去。

城门刚刚关上，几名正好赶到的敌军被挡在门外，他们愤怒地脚踢枪砸。再抬头看追兵越来越近，最后只得作鸟兽散。

第八场面：惠浴宇振臂高呼：同志们，打进泰州城，活捉李长江！杀啊！

施光前振臂高呼：同志们，打进泰州城，活捉李长江！杀啊！

陶勇振臂高呼：同志们，打进泰州城，活捉李长江！杀啊！

乔信明振臂高呼：同志们，打进泰州城，活捉李长江！杀啊！

战场上呼声雷动：打进泰州城，活捉李长江！杀啊！

数千人马如浪潮奔涌，杀声冲天，尘土飞扬，势不可挡！

第九场面：张星炳骑在马上手执望远镜向远出眺望。

镜头里，国军正被新四军追击绞杀。

张星炳大吃一惊，连忙放下望远镜：撤、撤，赶紧撤！

张星炳的队伍立即回头撤离。

第十场面：突然，一匹军马在旷野中飞奔疾驶。

军马在惠浴宇面前停下，通讯员跳下马敬礼：惠主任，陈毅司令命令：扫清泰州城外围敌人后，立即停止进攻！

惠浴宇一脸惊讶：啊？敌人现在兵败如山倒，我们现在势如破竹，应该乘胜追击，捣掉李长江的老巢才是，怎么突然命令停止进攻了？这是怎么回事？

通讯员递上命令书，惠浴宇接过，仔细看了几遍之后才签了字。

通讯员接过回执，飞身上马，绝尘而去。

惠浴宇失意挥了挥手：服从命令，停止进攻，打扫战场。

18—5 泰州城鲁苏皖边区抗日游击第二战区副总指挥部·日内

主要人物：李长江、李明扬。

李长江在作战室急得团团转。

几名军官不知所措地望着他。

军官：副司令，我们已经做好了撤出泰州城转移兴化的准备。现在趁新四军还没有来得及将全城围住赶紧撤吧，否则，晚了想撤也撤不了了。

李长江一脸沮丧，连连拍着掌背：这仗怎么会打成这个样子？我怎么也想不通，仅我们就一万三千兵力，加上韩司令的第3旅共两万多人，围攻只有两千多兵力的郭村，打了八天，不仅没攻进去，反而一败涂地，

军官：主要还是新四军增援来得太快，另外，我们内部也出了叛军倒戈，造成我们三面受敌，还有，讲好了韩德勤的保安3旅从北面小纪进攻，可他们人马是到了，却没开一枪，作壁上观，明摆着是打着支援配合的幌子，坐山观虎斗，看戏来了。

李长江：是的。我们是上了他的当了。没料到这韩德勤竟是这种奸诈小人。唉，现在的问题不仅是我们要转移出去，还有我怎么向司令交代？

副官进来：报告，李司令回来了。

李明扬急匆匆走了进来。

众官既惊又喜，慌忙立正敬礼：司令！

李长江：司令，您现在怎么回来了？我们正准备撤呢。

李明扬板着脸：再不回来，我们的老窝就被新四军端了。

李长江：那我们现在该怎么办？

李明扬：我已经写了封亲笔信派人送给陈毅了，请他停止进攻，有误会，我们坐下来谈，好说好商量。

李长江：仗打成这个样子，他会善罢甘休？

李明扬：我也没有十分的把握，现在主动权不掌握在我们手里，只能看陈毅是否宽宏大量、高瞻远瞩了。这是目前最好的办法了。你们以为，我们撤往兴化或者海安就有好日子过了？寄人篱下，那韩德勤更看不起我们了。

副官进来：报告！西门守军传来消息，新四军已经停止进攻了。

众官大喜，立即轻松下来。

李长江长舒一口气：看来司令的亲笔信起作用了。

李明扬：陈毅这个人，我以前也不太了解他。但通过三次见面和这次的军事摩擦，给我的感觉是，他可不是共产党队伍中的一般人物，很具有雄才大略，大将风范。现在新四军在战场上占有绝对优势的情况下，突然停止进攻，看来他已经给足鄙人面子了。我们是应该好好反省反省了。

李长江：是、是、是。这次主要还是我犯了战略性错误，轻信了韩德勤的谗言，主动挑起了军事冲突，我应该首先向司令检讨。

李明扬：嗯，不过，这也不是你一个人的错，我也有错。在对待新四军的策略上，不该心存芥蒂，举棋不定。新四军与日军有本质上的区别，我们不能轻信了韩德勤的挑唆之言，任由将某人的唆使与新四军交战。如果我们的人马都被内耗光了，那蒋韩不但不会有丝毫痛惜，还会心中窃喜呢。到时候，我们在他们面前就会变得一文不值。

李长江：是、是、是。司令说得极是。我应该接受这次的沉痛教训，深刻反思。

李明扬：你还是赶紧将新四军代表陈同生和周山放了吧，给人家赔礼道歉，热情款待一下，为与新四军谈判作出一个友好姿态，以示诚意。

李长江：是，我这就去放了，并亲自上门赔礼道歉，好好招待。

18 — 6　泰扬大酒店 · 日内

主要人物：李长江。

（FB）：泰扬大酒店会客厅内，李长江满脸羞愧不时地给陈同生、周山、朱克靖鞠躬道歉。

双方坐在沙发上交谈。

双方起身握手。

18 — 7　鲁苏皖边区抗日游击第二战区副总指挥部 · 日内

主要人物：李明扬、李长江。

李明扬办公室，李长江手执文件夹向李明扬汇报。

李长江：经过与新四军代表陈同生和周克靖连续两天的会谈双方初步达成如下六条协议：

自即日时双方停止一切对立的军事行动，暂时保持现状。

新四军释放和归还被俘的所有人员和武器。但不包括起义的陈玉生和王澄的两个支队。

近期新四军挺进纵队将吴家桥根据地和郭村、塘头、九里沟占领区全部移交个鲁苏皖边区抗日游击第二战区指挥部。

新四军挺进纵队将东进姜堰、黄桥、如皋、南通一带，届时经过第二战区防区时，请予无障碍通行。

新四军挺进纵队撤离防区后，鲁苏皖边区抗日游击第二战区所有部队不得解散和打击原地方抗日武装组织。

新四军挺进纵队如果与韩德勤部发生摩擦，鲁苏皖边区抗日游击第二战区指挥部将秉持中立。

目前这六条司令是否还有需要斟酌补充的？

李明扬：其实这六条中最重要的是第三条，他们同意撤离、移交吴家桥和郭村，这不正是我们兵戎相见而求之不得的事吗？

李长江：是的。还有第二条，他们全部释放我们被俘官兵和归还收缴的武器。

李明扬：这仗本来是我们打输了，而谈判下来的结果反而是我们赢了。这太出乎意外了，没想到新四军如此不计前嫌，宽宏大量，你我真是望尘莫及啊！

李长江：那这个协议就这么定了？

李明扬：定，就这么定了。赶紧签，赶紧签！

18 — 8 泰州西山寺鲁苏皖边区抗日游击指挥部·日内

主要人物：李长江、李明扬。

李长江走进李明扬办公室：总司令，报告一个不好的消息。驻泰兴的 19 师蔡鑫元投降日本人了。

李明扬从座位上惊起：什么？这个软骨头，怎么不打一枪一炮就投降了？什么东西！

李长江：不过，蔡鑫元说，他只是表面投靠日本人，暗地里还是听从总司令的调遣。

李明扬：他只是托词，怕我讨伐他！

李长江：总司令，您别着急，是不是托词，我们以后看他的表现不就知道了？所以，我建议暂时先别动他，等一段时间再说。如果真像他所说那样身在曹营心在汉，那我们何乐不为？这不等于在日本人被窝里放了一枚定时炸弹？

李明扬沉思不语。

18 — 9　江都塘头新四军指挥部 · 日内

主要人物：陈毅，40 岁（1901—1972）新四军苏北指挥部司令。

粟裕，34 岁（1907—1984），新四军苏北指挥部为第 1 纵队副司令兼参谋长。

刘炎，37 岁（1904—1946），新四军苏北指挥部政治部主任。

钟期光，31 岁（1909—1991），新四军苏北指挥部为政治部副主任。

叶飞，27 岁（1914—1999），新四军苏北指挥部为第 1 纵队司令。

陶勇，28 岁（1913—1967），新四军苏北指挥部为第 2 纵队司令。

王必成，29 岁（1912—1989）新四军苏北指挥部为第 3 纵队司令。

管文蔚、张藩。

字幕：1940 年 7 月 12 日。

新四军指挥部会议室内，陈毅、粟裕、刘炎、钟期光、叶飞、陶勇、王必成、管文蔚、张藩围坐在长方形会议桌旁开会。

陈毅：这次郭村保卫战在我们全体将士精诚团结、密切配合、沉着机智、浴血奋战下终于取得了最终的胜利。哎呀，这个胜利真可谓来之不易。用破釜沉舟，决一死战来形容一点也不过分。又一次为我军创造了以少胜多，以弱胜强的光辉典范，沉重打击了国民党顽固派的嚣张气焰，进一步增强了二李保持中立的意识，为我军继续东进，建立苏北抗日民主根据地打下了良好的基础。不过，与此同时我们还必须清醒地认识到，我们现在在苏中苏北的生存环境还并不宽松，国民党顽固派的势力还很猖獗，我们目前还是在夹缝中求生存。为了改变这种状况，我们不仅要在军事上不断增强实力，壮大我们队伍，还要在政治上团结一切可以团结的力量。为此，经中央和中原局研究作出如下部署和任命：

成立新四军苏北指挥部，建立苏北抗日根据地。原来的江南抗日指挥部由罗忠毅任司令，继续留守茅山根据地。

任命我为新四军苏北指挥部司令兼政治委员，粟裕为副司令兼参谋长，周炎为政治部主任，钟期光为副主任。

我新四军的老2团、新6团、苏皖支队、挺进纵队共九个团，7000余人统一整编为三个纵队。现由粟裕副司令宣读纵队司令任命书。

粟裕起身：叶飞同志！

叶飞起立：到！

粟裕：经新四军苏北指挥部党委研究决定，现任命你为第1纵队司令！

叶飞：是！

粟裕：王必成同志！

王必成起立：到！

粟裕：经新四军苏北指挥部党委研究决定，现任命你为第2纵队司令！

王必成：是！

粟裕：陶勇同志！

陶勇起立：到！

粟裕：经新四军苏北指挥部党委研究决定，现任命你为第3纵队司令！

陶勇：是！

陈毅：你们回去后，立即着手进行部队的整编工作，半个月内必须完成。

叶飞、王必成、陶勇齐声：是！保证完成任务！

陈毅：你们坐下。现在我们讨论一下下一步向何处发展，在哪里建立根据地。

张藩：我们参谋部拿出了三个方案请大家讨论。一、扼守扬泰地区，继续坚守吴家桥和扬泰一带；二、北进兴化；三、进取黄桥。

粟裕：我先谈谈我的看法，我的建议是东进黄桥。其理由是：一、黄桥原来就是陈玉生和杨桂芳夫妇抗日自卫队的根据地，只是后来韩德勤的4旅何克谦部勾结日本人，偷袭围攻他们，想致他们于死地，陈玉生夫妇才被迫投身于李明扬，后又加入我们的地下党。现在，陈玉生已光明正大地回归到我们新四军的队伍，我们收复黄桥根据地，名正言顺，政治上站得住脚，不留韩德勤于口舌。二、目前我部控制的吴家桥和郭村一带，两李一直认为是他们的地盘，这次发生军事冲突尽管我们打赢了，但若长期驻扎继续发展下去，两李会如鲠在喉，势必还会与其发生矛盾，影响双方关系。这次我们释放了两李部队的俘虏，归还了他们的武器，就是为了我们尽可能团结国民党内的中间派，进一步执行“击敌、联李、孤韩”的方针。三、兴化一带是韩德勤的江苏省政府所在地水网密布，交通不便，对日寇威胁也不大。四、这黄桥处于靖江、如皋、姜堰、泰兴的中心，东可以向如皋、南通、启东、海门地区发展，与江南我部遥相呼应，南可以控制长江通道，威胁日寇，切断韩顽与江南国民党冷欣部的联系。黄桥地区受到第一次国内革命战争和土地革命战争的影响，我党的群众基础较好。而盘踞在黄桥地区的国民党顽固派保安第4旅何克谦部，勾结日伪，积极反共，苛捐杂税，敲诈勒索、无恶不作，久失人心。如果我们选择这样的地方建立根据地，政治上有理，军事上有利。

周炎：如果我们占领了黄桥，那可动了韩德勤的烙饼了，他绝不会善罢甘休的。

钟期光：兵来将挡水来土掩。这韩德勤是国民党中不折不扣的反共顽固派，多次在我八路军和新四军背后捅刀子，残杀我军将士。这次他若胆敢来犯，正好新账老账一起算。

陈毅：粟副司令分析得很有道理。我的意见也是进驻黄桥，同时提出“团结、抗战、反顽”的口号，全体指战员要充分作好打运动战、歼灭战的准备，严格执行军队纪律，大力宣传党的政策，积极开展群众工作，团结一切可以团结的力量，为随时抗击韩顽作好充分的准备。

18 — 10　泰州市寺巷口、缪湾一线 · 日外

主要人物：赵忠明、陈毅、粟裕。

字幕：1940年7月25日。

新四军队伍列装整齐，精神抖擞地行走在马路上，长龙一般的队伍，不见首尾。

赵忠明身着国军军服与士兵在不远处的防区阵地上，整齐排列朝空中不断地鸣枪，遮人耳目。

新四军队伍边走边不慌不忙地向空中不时地鸣枪，佯装回击。

陈毅、粟裕等骑着马行走在队伍之中。

陈毅转头望了望不远处的国军阵地：这李明扬现在终于真正明白了我们的良苦用心。

粟裕：真是不交不相识，不打不相知啊！

18 — 11　东台鲁苏皖边区抗日游击第一战区总指挥部 · 日内

主要人物：韩德勤，49岁（1892—1988），鲁苏皖边区抗日游击第一战区总指挥部副总司令，江苏省主席。

郭心东，40岁左右，鲁苏皖边区抗日游击第一战区副总指挥部

参谋长。

韩德勤、郭心东在办公室。

副官匆匆走进：报告司令，泰州李明扬来电：我部7月26日和27日与新四军主力在缪湾一带发生激战，新四军伤亡惨重，其余部已向刁铺、宣家堡方向运动。

韩德勤：他妈的，这两李真会往脸上涂脂抹粉啊。刚刚被新四军打得落花流水，溃不成军，现在居然还有脸说“新四军伤亡惨重”。呵呵，见过不要脸的，但没见过这么不要脸的。

郭心东：不过，吴家桥和郭村确实被他们收复了。

韩德勤：这陈毅到底玩的哪一出？

郭心东：不管陈毅玩什么花招，我们现在可以趁新四军正运动之中一举歼灭他们！

韩德勤走近墙上的地图：你说，新四军的目的地是哪里呢？

郭心东：他们向南，难道是进攻高港或泰兴的日军？意图建立根据地与扬中连成一片？

韩德勤：这新四军一向神出鬼没，对日军是游而不击，他们会与日军抢地盘？

郭心东：这个完全有可能。他们不是在吴家桥与日军打过一次吗？后来又与两李抢地盘打得头破血流，他们现在应该觉得夹在我们和日军中间日子不好过，所以想攻下高港与扬中连成一片，可以互相支援。当初他们打下扬中不也就是为了与江都的嘶马、大桥、吴家桥连成一片？

韩德勤：吴家桥那一仗是日军主动前往扫荡的，新四军是被迫还击。至于他们是不是想在高港或泰兴立足，还是看看他们的动向再说。你派个侦察小组密切跟踪注视他们的动向，随时报告！

郭心东：好。我这就去安排。

18—12　泰兴新街乡间马路上·日外

主要人物：陈秋生、李道南。

陈秋生，李道南佩戴着手枪随着新四军队伍行走在马路上。

陈秋生：李副连长，战士们已经走了好久了，你嗓子好，来领唱一下我们的《新四军军歌》，给大家鼓鼓劲！

李道南：好！

李道南走出队伍：同志们，大家现在一起跟我来唱一首《新四军军歌》。

战士们齐声：好！

李道南挥起手臂领唱：“光荣北伐武昌城下”，预备齐！

战士们同声：

光荣北伐武昌城下，
血染着我们的姓名，
孤军奋斗罗霄山上，
继承了先烈的殊勋，
千百次抗争，风雪饥寒，
千百里转战，穷山野营，
获得丰富的战争经验，
锻炼艰苦的牺牲精神，
为了社会幸福，为了民族生存，
一贯坚持我们的斗争！
八省健儿汇成一道抗日的铁流，
东进，东进
……

FB：新四军夜袭日军虹桥机场的画面。

新四军渡过长江的画面

新四军吴家桥伏击日军的画面。

新四军郭村保卫战的画面。

两李上兵在城楼上向天鸣枪为新四军送行的画面。

浩浩荡荡队伍路过村庄，沿路民房墙上用白石灰写着标语：

打倒日本帝国主义！

坚持对外抗战，反对内部摩擦！

抗战是生路，妥协是死路！

拥护蒋委员长抗战到底！

落款都是：挺进纵队政治部宣。

李道南看着墙上的标语：陈连长，这是先头部队写的标语我就不明白了，怎么还写上“拥护蒋委员长了？”

陈秋生：你看清楚了没有？我们是拥护他抗战到底，不是拥护他搞摩擦。

李道南：噢，原来是这个意思。反话正说，让人去意会联想。

陈秋生：说白了，就是反对他搞摩擦。

李道南：那我们现在是要去哪儿啊？

陈秋生：你也是副连长，你不知道我怎么会知道呢。反正跟着前面的队伍走呗。

空中响起军号声。

陈秋生对身边通讯员：传口令，原地休息，准备吃饭

队伍在路边一片高粱地停了下来。

陈秋生、李道南随同战士们一起席地而坐。

李道南：这离扬中越来越远了。说心里话，我还真的舍不得离开老家。

陈秋生：是啊，我也是。老话说，甜不甜家乡水，亲不亲故乡人。我经常做梦，梦到小时候的事，就是现在这个时候，天天偷偷约上几个小伙伴到河里游澡，快活着呢。

李道南：我也是。就是我妈看得紧，脾气也暴，好几次都被她捉住了，用树条子一阵猛抽，打得我不要不要的。

陈秋生（VO）：陈秋生小时候光着脚，拼命奔跑，他母亲手执树枝在后面追赶画面。

陈秋生：你妈肯定没我妈狠。偷偷下河游澡如果被她发现了，现场先是树条子纹身，回家还要鞋底子盖章。有次，泳得正高兴，忽然发现我妈奔了过来，就急忙爬上岸跑了，边跑边回头看妈妈有没有追上来，远远看见她因为没捉住我，急得直跺脚。吓得我晚上不敢回家。夜里我躲在白果树上，看到我妈一遍又一遍来回呼喊寻找“狗子哎，你快回来，妈妈不打你了”。我还是不敢下来。后来，听到我妈真的急得哭了，我才下了树。我妈见到我，把我搂在怀里哭了很久。

李道南：那回家打你没有？

陈秋生：那次还真的没有。我妈尽管脾气臭，但说话还是算数的。

李道南：哈哈哈，你用苦肉计逃过一劫啊。我怎么没想到呢。

陈秋生：这不算苦肉计，应该是三十六计走为上计，先避其锋芒再说。

李道南：你不是走，是逃！

众人哄然大笑。

18—13　东台鲁苏皖边区抗日游击第一战区总指挥部·日内

主要人物：韩德勤、郭心东。

韩德勤、郭心冬在指挥部办公室。

李正道（参谋）匆匆走进：司令，侦察组刚刚发来电报，说新四军并没有向高港的日军进攻，也没有往泰兴方向，而是经过刁铺向新街方向运动。

韩德勤连忙走近墙上的地图查看。

李正道连忙也走到地图边指着图上：就是这里。

韩德勤敲着手里的笔边踱步边自言自语：新四军到底是准备进攻靖江还是如皋？

郭心冬：我看是准备进攻如皋。因为，他们一直声称要东进，进入南通地区抗日。

韩德勤：现在不管他们东进也好，南下也罢，不经批准就擅自闯进我防区我们就要给他们一点颜色看看。栾副官！

栾副官：到！

韩德勤：立即传达我的命令：一、令如皋保安4旅何克谦部立即由黄桥南部地区向北攻击。二、令税警团陈泰运立即由姜堰曲塘地区南下至北新街一带向南攻击。我们来个南北夹击，将陈粟歼灭于运动之中。

18—14　新街农家大院·日

主要人物：陈毅、粟裕、张藩、周炎、钟期光。

陈毅、粟裕、张藩、周炎、钟期光聚集在农家大院堂屋内。

秘书进来：报告！先前部队侦察连报告，韩德勤驻姜堰曲塘地区的税警团陈泰运部正由曲塘向北新街运动，同时韩德勤驻如皋地区的保安4旅何克谦正从黄桥南下。

张藩立即将地图放在八仙桌上摊开，众人连忙凑近详看。

陈毅看罢：韩德勤这是想南北夹击我们哦，想得好美。

张藩：陈泰运的税警团共有兵力5000人左右，是宋子文的钱袋子，武器装备较为先进，战斗力也比较强。但仗着有宋子文撑腰，不买韩德勤的仗，因而常受到韩德勤的打压排挤，采用扣押其本人，收买其部下等手段拉走了一个团，因此两人矛盾很深，关系素来不和。姜堰本属陈泰运的防区，但因为姜堰紧邻泰州，韩德勤为了防范陈与两李联手，于是便派驻反共顽固派张少华的保安9旅扼守姜堰。陈泰运现有三个团的兵力向北新街运动。目前距离北新街东边的顾高还有20里地。何克谦的保安4旅共有2000人左右。其中驻两个营驻守黄桥，现有一个团的兵力正从黄桥南部南下，距离北新街南南边的刘陈还有15里地。何克谦属国民党反共顽固派之一，并常与泰兴日伪狼狈为奸。

粟裕来回踱步沉思片刻：我看这样，先集中优势兵力干掉陈泰运的税警团。调第1、第2纵队将他们围歼于北新街东北边顾高地区，与此同时，第3纵队设伏于刘陈一带，阻击何克谦部。在处理好陈泰运后，第1纵队先占领黄桥东边的搬经截断何克谦的退路；第2纵队占领黄桥以北及东北的蒋垛、古溪、营溪向南压迫前进，与第 3 纵队合围攻黄桥，扫清黄桥以南地区的韩部。

周炎：我看，对勾结日伪的反共顽固派何克谦部应予毫不留情，力争全歼，但对陈泰运部那我们就可以充分利用他与韩德勤积怨较深这一点，在重创其部之后，派人多做做他的工作，让他像两李那样保持中立。

钟期光：是的。到时可请国民党左派的一些当地名流前往劝说。

陈毅沉思片刻：好，就这么办！下命令吧。

18 — 15 黄桥周边战场 · 日外

主要人物：叶飞。

字幕：1940 年 7 月 29 日。

北新街、薛家垛线战场上杀声冲天，新四军铺天盖地的向敌军冲去。敌军很快被团团包围，举枪投降。

投降的上千名俘虏很快被集中在一起。

叶飞拿着喇叭：友军兄弟们，我是新四军苏北抗日第 1 纵队司令叶飞，今天这一仗，本来我们可以不打的，因为，我们都是中国人，都是炎黄子孙，我们应该是兄弟而不是敌人，我们的敌人是侵我中华、杀我同胞的日寇。但国民党的一些反共顽固分子一直视我共产党新四军为眼中钉肉中刺，不顾国家和民族的根本利益，必欲除之而后快，背叛了孙中山先生最初“联俄、联共，扶助工农”的三大政策，背叛了孙中山先生建立“民族、民权、民生”三民主义治国的基本纲领，同室操戈、兄弟相残，使亲者痛而仇者快！我新四军，为了中华民族的根本利益，尽一切可能团结一切可以团结的力量，共同抗击日本侵略者，所以决定抛弃前嫌，化干戈为玉帛，全部释放你们回去，归还你们所有的武器，希望你们回去后，将我们的善意转达给你们的陈司令。

俘虏：那我们现在可以走了吗?

第十九集 收复黄桥

破韩夹击占黄桥，街头巷尾旌旗飘。

陈毅拜访中将府，相谈甚欢建知交。

19—1 黄桥周边战场·日外

主要人物：叶飞、陶勇、陈玉生夫妇、乔信明、王必成。

叶飞：去取回你们的枪支，现在就可以走了。

俘虏们惊喜，连忙躬身：谢谢长官！谢谢叶司令！

俘虏们立即排队依次领回了枪支离开。

黄桥战场上，陶勇的第3纵队向黄桥镇发起猛攻。

机枪向土城墙上敌军猛烈扫射，守军纷纷倒毙。

手榴弹不断在敌军阵地上爆炸，敌军被掀翻倒在土城墙上。

陈玉生、杨桂芳率领战士爬梯登上土城墙，向溃退的敌军射击，敌军士兵不断倒毙。

一名战士包着炸药包奔到城门口点燃。

城门“轰隆”一声被炸开。

陈玉生和杨桂芳率领战士们冲进城内，城内街道上，尸横遍野。

何克谦慌慌张张从屋内跑了出来，跨上马挥着手枪：快、快，从东门出城！

一队人马跟随着何克谦仓皇而逃。

古溪战场上，何克谦骑着马率领着队伍沿着马路逃了过来。

乔信明带领新四军埋伏在一片土坟乱岗之中。

何克谦的人马渐渐进入伏击圈。

瞬间千枪齐发，何克谦的队伍立刻大乱，纷纷伏地胡乱还击。

手榴弹不断扔向马路，爆炸连连，血肉横飞。

何克谦的军马中弹，慌张之中钻进高粱玉米地里。

营溪战场上。王必成指挥部队越过壕沟向敌军阵地猛烈冲击前进。

敌人边回击，边撤退。

新四军穷追不舍。

溃逃的敌军中不停地有士兵倒毙。

突然，从敌人碉堡内射出密集的子弹，冲在前面的新四军战士纷纷倒地。

其余士兵或敏捷闪避，或匍伏在地。

碉堡内，守军忽然停止了射击，新四军战士立即一跃而起向碉堡冲击。

碉堡内机枪再次疯狂扫射，新四军战士纷纷倒地。

战壕里王必成手举望远镜向阵地观察，见状立即放下望远镜对身旁的参谋长杜屏：命令部队立即停止冲击，等待命令。

战场上的战士立即匍伏退回战壕内。

王必成：这碉堡四周为一片开阔地，没有任何掩体物，硬打硬拼，伤亡太大，必须另想办法。

杜屏：我们刚缴获了一门八二迫击炮，就是我们这里没有人会瞄准。

王必成：我们的人不会瞄准，那从被俘的敌人当中找啊！

杜屏一拍脑袋：是啊，我怎么没想到呢？我立即去找！

杜屏立即转身离开。

王必成：快将八二炮扛过来。

几名战士立即将八二炮扛了过来。

王必成绕着八二炮转圈：这炮看上去也不怎么复杂，怎么我们的人就不会用呢？

杜屏领着一名韩军军官走了过来：这位是韩军的炮兵连长。

王必成对着韩军连长：现在我给你三发炮弹，你必须将前面的碉堡给我炸掉，否则，我要了你的脑袋！

韩军连长浑身一哆嗦：是，是。

韩军连长慌忙转身架起迫击炮，双手颤颤巍巍地瞄准、装弹。

一炮发出。炮弹飞射而出，在碉堡较远处爆炸。

韩军连长慌张地看了王必成一眼。

王必成手举望远镜：打偏了，还差二十米！

韩军连长神情紧张地再次重新瞄准装弹。

炮弹呼啸而出，在碉堡不远出爆炸。

王必成举着望远镜：又打偏了，还差5米。

韩军连长吓得脸色蜡黄，手脚不停地颤抖。

王必成放下望远镜：你别紧张，先稳定一下情绪，打中了，立即放你回家。

韩军连长整了整衣装，深吸了一口气，再次瞄准装弹。

炮弹呼啸而出，碉堡被击中，烟火腾空而起，碎石飞溅。

这边阵地上一片欢呼雀跃。

韩军连长如释重负，长呼一口气。

冲锋号响起，新四军官兵蜂拥而出，向敌人冲去。

19—2 黄桥镇西郊溪桥乡·夜外

主要人物：陈玉生、杨桂芳。

陈玉生、杨桂芳带着队伍悄悄靠近铁丝网。铁丝网内昏黄的灯光下几名日伪军跨着枪正在来回巡逻。

一座碉堡隐现在夜色之中。

杨桂芳站起身手持双枪向巡逻士兵左右开弓“叭、叭”两声枪响。

两名巡逻士兵应声倒下，其余士兵立即举枪还击。

新四军士兵立即数枪齐发，抛出几颗手榴弹。

数名日伪士兵被炸上了天，刚冲出碉堡们的日伪士兵也被击毙。

一时间枪声四起，爆炸声声，火光冲天。

铁丝网被炸出了一个大缺口，新四军战士蜂拥而入，杨桂芳率领战士迅速冲进碉堡内。

碉堡内传出一阵激烈的枪响后，很快平静下来。

杨桂芳手握双枪豪迈地走出碉堡：全给我放火烧了！

陈玉生和杨桂芳率领战士们走上马路，回头看了看大火熊熊的碉堡，一脸豪情。

陈玉生：走，去下一个目标！

杨桂芳：这次我们干脆来个一不做二不休，将黄桥周围的日伪碉堡全给端了！

19—3 北新街农家大院·日内

主要人物：陈毅、粟裕、周炎、钟期光。

陈毅、粟裕、周炎、钟期光在农家大院的堂屋内。

秘书从东屋走进堂屋：陈司令，前线来电。

陈毅：念。

秘书：叶司令来电，经过昨天一天的战斗，击溃陈泰运两个团，歼灭其两个营，俘虏800多人，已按指示全部释放。

王司令来电，经过昨天一天的战斗，歼灭何克谦2000多人，其特务团副团长陈宗宝率部起义。

陶司令来电，我军今日凌晨已攻克黄桥，黄桥守军全部被歼。现正向南部扫清其余部。

粟裕：好好好！真可谓战果辉煌啊！全部达到了我们预期的目标。

周炎：这韩德勤，你不给他一点颜色瞧瞧，他会将你当软柿子捏。

钟期光：接下来的工作就是要进一步开展好宣传、动员、统战工作了。

陈毅：是的。只有做好宣传、动员、统战工作，我们才能够保证战场上战无不胜，这是我们共产党人在全世界开天辟地的创举，也是我们共产党人以少胜多，以弱胜强的法宝。走，收拾一下，我们进驻黄桥吧！

19—4　黄桥镇·日外

主要人物：陈玉生、杨桂芳。

朱履先，57岁（1884—1959），国民党退役中将。

陈玉生、杨桂芳武装整齐，精神抖擞带着队伍走上黄桥大街。

陈玉生手执扩音器：乡亲们，我陈玉生又回来了！

街上的行人立即驻足观看：啊，真的是陈司令回来了。

男市民：那就是双枪女汉子吗？

女市民：肯定是，你看她那腰间不是别着两把盒子枪吗？

男市民：还真是。

商户们纷纷拥上大街。

商户上前握住陈玉生的手：陈司令，您终于又回来了，这几年，我们可挨了何克谦这狗日的搞了。

陈玉生转身站到了高处：现在我可以告诉黄桥全体老百姓，从现在起，你们不需要再怕何克谦了，他已经被我们打跑了。这次不仅是我们回来了，我还带来了共产党的队伍，带来了新四军。我们共产党的新四军是专为老百姓打天下的队伍，有了我们新四军的撑腰，谁也不敢欺负你们了。今天我带着队伍先来，帮助维护秩序，准备迎接大部队，如果有打扰大家的地方，请大家多多体谅，并请大家多加配合一下，好不好？

众人大声：好！我们欢迎还来不及呢，根本就谈不上打扰了，我们一定配合。

陈玉生：那谢谢大家了！

众人鼓掌。

陈玉生转身：同志们，现在大家开始按计划行动。1营负责街道巡逻，维护治安。2 营负责打扫街道。

队伍立即散开，各行其事。

战士们有的进入商户家扫地挑水，有的挥起扫帚扫着大街。

到处一片欢声笑语。

朱履先站在沿街楼上，看着巡逻、扫街的新四军陷入沉思。

19 — 5　黄桥镇 · 日外

主要人物：陈毅、粟裕、周炎、钟期光、朱履先。

黄桥街道两边，锣鼓喧天，鞭炮齐鸣，市民挥动着各色小旗夹道欢迎走过来的，气宇轩昂的新四军队伍。

陈毅、粟裕、周炎、钟期光牵着马向市民挥手致意。

彭寿生带着队伍走在大街上。

陈秋生，李道南笑容满面地走在队伍的前面。

李淑芹领着臂套红十袖章的医疗队含笑向市民挥手致意。

朱履先身着蓝色长袍站在门楼上，打开窗户俯视街道上步伐整齐的新四军入镇队伍和欢迎的人群，以及沿街墙上到处张贴着：“团结则生，分裂则死”“坚持对外抗战，反对内部摩擦”“拥护国共合作”……陷入沉思。

一幢二层小楼门口，鞭炮齐鸣，陈同生、朱克靖搀扶着一块上扣大红布花，白底黑字的长木牌挂上门口左侧，木牌上写着“军民联合办事处”。

众人热烈鼓掌。

19 — 6　黄桥中学操场，街头巷尾 · 夜外

主要人物：陈毅、粟裕、周炎、钟期光、朱履先。

史保东，14 岁（1926—2023），胡庄少年。

黄桥中学操场上，灯火通明。大舞台上挂上了一块上写“军民联欢会”大横幅。

台下整齐坐着一排排官兵和市民。

台上正上演京剧《定军山》，时而锣鼓喧天，时而声乐齐鸣，抑扬顿挫。

演员唱道：

一封来信来的巧，
天助黄忠成功劳。
站在营门高声叫，
大小郎儿听根苗：

头通鼓、战饭造；

二通鼓、紧战袍；

三通鼓、刀出鞘；

四通鼓、把兵交；

进退都要听令号，

违令项上吃一刀。

就此与我归营号，

到明天五时三刻成功劳。

陈毅，粟裕，周炎，钟期光坐在在台下前排，不时的热烈鼓掌！

彭寿生坐在第二排不时地鼓掌。

陈秋生、李道南、李淑芹就座第三排不时地鼓掌。

史保东与几位兄长站在人群中不时地跟着喝彩鼓掌。

史保东望了一眼身边的兄长史宝宽：哥，我想参加新四军！

史保宽：你才 14 岁，人家不一定要。我去还差不多。

史保东：别看我比你小 3 岁，但我个子与你差不多。你能去，我就能去！报名时就说我们一样大。

史保宽：再说吧，先看戏！

朱履先站在门楼上临窗眺望灯光昏暗的街头巷尾。沿街两侧，整齐排列着打着补丁的绿色帐篷，几名新四军士兵持枪放哨，一队士兵沿街巡逻。

朱履先一声感叹。

19—7　东台鲁苏皖边区抗日游击第一战区副总指挥部。日外·内

主要人物：张翼，40 岁左右，韩军保 2 旅旅长，共产党叛徒。

李守维，40 岁，韩军 89 军军长，中将。

张翼脖子上系吊着绑着白色的绷带的左手臂，带着四位随从走进副总指挥部大门。

五人进入大厅，警卫上来拦下随从：对不起张旅长，按规定必须上缴随身携带的武器，随行人员不得进入会议室。张翼主动卸下佩戴的手枪，交给了警卫，回头朝随从摆了摆手，由侍从官带领步入二楼进入会议室。

会议室内，十几名军官已经散座沙发上。

张翼与众官行礼握手打过招呼后，找了个空位坐下。

李守维走近：张旅长，怎么受伤了？

张翼连忙起身：回禀李军长，前天在阜宁郊区围剿共产党游击队时被流弹

击中受伤。

李守维：这共匪也真是心狠手辣啊，一点儿也不念旧情，毕竟你曾是他们红3军团4师的参谋长啊！

张翼尴尬：唉，卑职可不敢与您相比啊。您可是天子门生，黄埔二期的高才生，资老牌正，党国栋梁，而卑职半途改帜，弃暗投明，如今却落得个姥姥不疼，舅舅不爱。猪八戒照镜子——里外不是人哦。

李守维：中国人的传统观念讲究的就是忠诚，都不喜欢中途变节的人。即使是弃暗投明，改邪归正，也还是存在着某些偏见或成见，难以得到重用。不过，你也别灰心，路遥知马力，日久见人心，只要你在今后剿匪过程中屡立新功，党国一定会信任你重用你的。

张翼露出不易察觉的苦笑。

传令官（SO）：韩副总司令到！

众官立即起身立正。

韩德勤阔步而入。

众官敬礼：副总司令好！

韩德勤回礼：大家好！保安2旅张翼旅长！

张翼立即迈出几步近前立正敬礼：到！

韩德勤不言语，朝门口挥了挥手。

门口四名军警进入，上前将张翼系吊在脖子上的绷带解开，然后将其手臂上的绷带又一层一层地慢慢剥开，很快，一只完好无伤的手臂展现在众人面前。

众官惊讶不已。

韩德勤：张旅长，请解释一下这是怎么回事？

张翼一脸尴尬，吞吞吐吐：无外伤，是里面的筋骨受伤了。

韩德勤：你刚才不是对李军长说是在围剿共匪时被流弹击伤的吗？怎么不见伤口呢？

张翼支支吾吾，无言以对。

韩德勤：每次通知你来参加军事会议，你总是推脱，借故缺席；对会议决策，也是装聋作哑，阳奉阴违；对军事部署你是敷衍塞责，蒙混过关。今天若不是以撤销2旅番号相胁迫，你又是置之不理。就是来了，还乔装受伤，自欺欺人。被揭露后仍不知悔改，巧言诡辩。你如此欺上罔下，视军令如戏言，视军纪如儿戏，视长官为草芥，真是狗胆冒天，是可忍孰不可忍！

韩德勤一挥手：立即给我拿下！

四名军警立即将张翼摁在地，五花大绑起来。

众官惊愕不已。

张翼在地上挣扎着仰起头，惊恐：司令，请听我解释一下！

韩德勤：还听你解释什么？根据军法处对你为期三个月的调查取证，你已犯下如下三大罪状：

拥兵自重，违反军纪。自你投诚以来，居功自傲，占地为王，嚣张跋扈，唯我独尊，不服军令，欺上罔下，心无党国，目无官长。

消极抗战，军匪勾结。自你回阜宁后，拉大旗作虎皮，假抗日，真敛财，克扣军饷，军纪涣散。至今未向日寇放一枪，未解民众一日之苦。却与日伪上下眉来眼去，同流合污；与地痞流氓沆瀣一气、助纣为虐。

欺压百姓，无恶不作。为了捞取钱财，你横征暴敛，巧取豪夺，雁过拔毛，为所欲为，其手段可谓无所不用其极。当地民众，轻者被你逼得流落他乡，亡命天涯；重者被你害得妻离子散，家破人亡。

以上罪行军法处均以查实，证据确凿。可谓血债累累，罪恶滔天；怨声载道，罄竹难书。不杀，不足以平民愤，不杀不足以维护党纪国法。为整肃军纪，以儆效尤！安抚人心，告慰怨魂，现决定将罪魁祸首张翼立即押赴刑场，就地正法！

张翼挣扎着仰头叫嚣：你这完全是无中生有，栽赃陷害！

韩德勤挥了挥手：押走！

四名军警将张翼强行拖走。

张翼开始狂嚣：卑鄙韩贼，你不得好死！不得好死啊！

众官惊恐万状，惶惶不安。

19—8　宝应曹甸鲁苏皖边区抗日游击第一战区 89 军军部 · 日外 · 内

主要人物：李守维、韩德勤。

89 军军长李守维率领众将领站立在码头。

三艘汽艇破浪驶来，第一艘慢慢靠上码头，立即从汽艇上跳下十几名荷枪实弹士兵排列在码头两侧。

李守维立即率领众将领拾级而下。

第二艘汽艇靠上码头，士兵铺放好翘板，韩德勤从汽艇上缓步而下。

众将领立正敬礼。

韩德勤回礼与众将领一一握手，在众将领的簇拥下进入军部。

韩德勤进入会客厅落座，李守维恭候一旁。

勤务官奉上茶退出。

李守维：韩总司令，请！

韩德勤端起茶杯饮了一口，顺了顺嗓子：这个，今天我来这里是奉蒋总统的旨意来的。最近不少人已经上书到重庆了，告你拥兵自重，对我党的五届五中全会制定的“溶共、防共、限共、反共”的方针虚与委蛇，阳奉阴违，令我来查清回禀。

李守维：这些人完全是无中生有，造谣污蔑，请司令明察。

韩德勤：我知道，我们党内素来派系林立，钩心斗角，为一派之利，排除异己。不过，说人家夸大其词倒有可能，要说人家完全是无中生有也不见得。如果完全是捕风捉影，没有一点证据，那状子岂不是显得苍白无力？那告状人岂不落得个故意栽赃陷害，污蔑好人之罪名？总统那边哪有这么好糊弄的？现在起码有两点可以得到证实。一是你不经上级批准，擅自将军部由兴化的沙沟移至曹甸，就是违反军纪。二是你移部这里的目的无非利用这里特殊的地理位置和地理环境，利用自己的权力，假借抗日之名，欺压民众，强征暴敛，大肆敛财，中饱私囊。你看看，这里面全是地方民众乡绅告你的状子。

韩德勤将一大沓文件扔在茶几上。

李守维诚惶诚恐，汗渍涔涔，不由掏出手绢擦拭。

韩德勤睨了李守维一眼，放缓语气：本来这些状子我要依照党纪国法，严厉查处，不过，念你为黄埔二期生，你我同为泗阳老乡，又同在顾主席麾下为党国效力多年，故而此事也就被我压了下来，但今天我必须告诫你，凡事得适可而止，切不可贪得无厌。尤其是反共大业，绝不可敷衍塞责，掉以轻心。若违反军纪，反共不力，上峰怪罪下来，谁也保不了你。

李守维：司令教训的是！卑职一定深刻反省，痛改前非，遵纪守法，服从命令，随时听从上峰调遣！

韩德勤：我知道，你与第三战区第一副总指挥冷欣是好友，希望你也要顾及他的脸面，坚定反共立场，为他争光。不要授人以柄，堵了冷副总指挥的嘴。

李守维：是，是，一定为党国利益赴汤蹈火，在所不辞！

19—9　黄桥镇·日外·内

主要人物：陈毅、粟裕、叶飞、管文蔚、陈同生、朱克靖。

一块上书“泰兴县抗日民主政府”白底黑字的木牌挂在院门外左侧。

会议室，陈毅、粟裕、叶飞、管文蔚、陈同生、朱克靖端坐在长方形会议桌边开会。

陈毅：为了进一步开展和加强对黄桥周边及泰兴地区的行政管理，经各界人士的联合倡议，现在将原来的军民联合办事处改名为“泰兴县抗日民主政府”，经研究决定，任命陈同生同志为县长，现在请陈同生同志发言。

众人鼓掌。

陈同生：首先感谢陈司令、粟副司令以及各位领导的信任。本人一定竭尽全力，做好本职工作，不辜负各位领导的期望。为了反击韩德勤可能发动的进攻，身为新任一县之长，准备首先开展如下事项：一、设立税务所，张榜公布各行各业的征收税率，做到依法依规征收，绝不允许横征暴敛。二、制定二五减息政策，减轻佃户负担，实现“耕者有其田”。三、兴办干部学校，为部队和地方培养各类人才。四、出版《抗敌报》，向广大人民群众宣传我党的抗日主张，方针政策。五、成立农抗会、妇抗会、青抗会，建立好基层组织，夯实群众基础，为部队做好后勤保障，维护百姓的合法利益。

陈毅：嗯，你刚刚上任，计划就制订得这么周详，看来我们挑对人了。我们下一步就是尽快成立通如靖泰临时委员会，建立苏中抗日根据地。尽快开展工作，充分发挥抗日民主政权的作用，充分发动群众，团结一切可以团结的对象，为抗日民主政权奠定坚实的基础，为进一步扩大苏中苏北抗日根据地，积蓄人力、物力、财力，巩固、发展、壮大我们的有生力量。

粟裕：这次尽管韩德勤打了败仗，但我想他并不会就此善罢甘休。黄桥北边的姜堰驻扎着张少华的第9旅，他们会趁我们立足未稳，随时可能再次举兵来犯。我们一方面要作好随时迎战的准备，另一方面也要想方设法化解矛盾，尽量避免双方再次发生军事冲突。因为泰兴城及西南的七圩、西边的过船、西北的永安洲、高港，驻扎着日军独立混成第12旅团及汪伪蔡鑫元的第19师，他们对我们新生的抗日民主政权一定是如鲠在喉，虎视眈眈。我们是在夹缝中求生存、求发展。如果我们与韩再次发生军事冲突，他们肯定是求之不得，正所谓：鹬蚌相争，渔翁得利。所以，当务之急，我们要主动联系当地的一些知名爱国人士，向他们宣传我们东进抗日的方针政策，争取得到他们的理解和支持，避免摩擦内耗，将枪口一致对外。对当地一些名人绅士的情况，陈县长和战地服务团朱克靖团长较为了解，下面请两位介绍一下。

朱克靖：好。

朱克靖拿起笔记本：我先介绍一下在泰州地区很有影响力的知名爱国人士韩老先生。韩老，名叫韩国钧，字紫石，海安人。现年83岁，人称“紫老”。出身商人家庭，清朝光绪年间中举人，曾就任过知县、省矿务局总办、新军参谋处会办等职。辛亥革命后，先后任吉林民政司司长、江苏省民政厅厅长，江苏省省长。为官期间，他锐意吏治，善治民生，治事勤恪，清正廉明。尤其在对外交涉方面，他坚持原则，维护国家和民族利益。晚清时期，英国和意大利合资的福公司在豫北建造一条道清铁路。在初议地价时，主持铁路事宜的英国工程师轲锐密许诺韩老：每购一亩地私给5角，合计亩数共给4万元。韩老迎头痛斥："韩某非鄙贿者，汝以贿行，浅之乎视余矣。"结果福公司在道清铁路的地价上没占到丝毫便利。因韩老为国家利益大公无私，后得到慈禧太后的召见和嘉奖。1925年辞官乡居，退隐林泉，致力于水利、实业和公益事业。七七事变后，韩老极力主张抗日救国。在运送淞沪抗战中牺牲的空军陈锡纯烈士的灵柩途径海安时，他商请地方各界人士特设公祭，表示哀枕，并以此动员各界民众奋起抗战，率先垂范向前线捐款捐物。可以说，韩老在当地德高望重，深为民众敬仰。

陈毅、粟裕边听边记录在笔记本上。

陈同生：下面我介绍一下泰兴名流朱履先。他原名朱先志，现龄57岁。中国第一批留日学生，辛亥革命元老。1911年在南京发动九镇秣陵关起义，为攻占南京两次与清军将领张勋对决奋战，最终打败张勋，光复南京，并担任中华民国开国大典阅兵总指挥，后被孙中山总统任命为南京第一任城防司令兼任陆军2师中将师长。抗战初期，曾受蒋介石之聘在南京军政部供职，因不满蒋介石沦丧东北三省的不抵抗政策而退隐故里黄桥。今年3月，汪精卫在南京成立伪政府，委派秘书褚民谊多次来黄桥以"苏北招讨使""苏北委员长""和平军总司令"等高官厚禄邀请他出山，均被严辞拒绝。他对褚民谊说："国破山河在，岂可认贼作父，偷生屈节，腆颜天壤！道不同不相为谋，志不同，不相为友！"

陈毅：朱老现在还居住在黄桥吗？

陈同生：还居在黄桥。

陈毅：居黄桥哪里？

陈同生：居黄桥镇王家巷东头的"中将府"。

陈毅：你们继续介绍。

朱克靖：好。最后介绍一下泰州商会会长陆小波。陆小波，别名陆锡庚。出生于泰州，籍贯江苏镇江。江苏商界著名人士，实业家。先后创办了近百家企业。原为镇江商会会长，抗战爆发后积极参加救亡运动，动员工商界购买救国公债，创办《救亡文辑》，镇江沦陷前夕，他组织航运业，转运、疏散数十万难民过江。镇江沦陷后，他移居泰州。在泰州期间，日伪曾派人诱胁他回镇江出面组织地方政权，被他严词拒绝。好，我先介绍到这里，这三位是目前在泰州地区除两李外，最具影响力爱国人士，可以说是振臂一呼而应者云集。但是，他们对我们共产党知之甚少，尤其是对我们新四军东进抗日的方针政策更是一无所知。

陈毅：这就要我们将宣传工作做到位，争取得到他们的全力支持。这样吧，陈县长和周团长先联系联系他们，我尽快前往登门拜访。

陈同生、朱克靖：是！

粟裕：另外，两李那边我们还不能放松，必须不断保持联系，随时掌握他们的动态。

陈同生、朱克靖：是！

19 — 10 黄桥镇中将府 · 日外 · 内

主要人物：陈毅、管文蔚、陈丕显（1916—1995）、朱履先。

陈毅、管文蔚、陈丕显等一行人骑马行至黄桥镇一座高大的青砖黛瓦门楼旁收缰下马。半圆形的巷口墙头门楣上书绿色篆体“王家巷”。

管文蔚：陈司令，中将府就在巷子里面。

陈毅：到底是中将府所在之地，这门楼的气势就非同寻常哦。

管文蔚：这王家巷，住户不多，但大多是当地的大户人家。

陈毅：走，我们进去看看。

一行人牵着马走进巷内。

不远处一簇人围着身着黑色马褂的朱履先站立的巷道中央。

管文蔚、陈丕显快步至前向朱履先敬军礼，握手。

陈毅阔步至前。

管文蔚：这是朱将军，这是我们的陈司令。

陈毅抱拳行礼：朱将军，您好！久仰前辈大名，故今日晚辈特来拜见，敬请赐教！

朱履先抱拳回礼：陈将军威震八方，闻名遐迩，今日光临寒舍，真是蓬荜生辉！

两人握手。

朱履先：陈将军请！

陈毅：前辈请！

陈毅、管文蔚一行人跟随朱履先走进前屋堂厅，堂厅南边四扇大门敞开，门楣正中挂着孙文竖写的“中将府”题名匾额。

陈毅驻足瞻赏：能获取当年孙大总统的亲笔题匾，可见朱将军在孙大总统心目中的位子可谓举足轻重。

朱履先：哪里哪里，陈将军过奖了。孙文先生是念老夫为老“同盟会”会员，加上老夫光复南京时小有建勋，故而赏赐墨宝。

陈毅：前辈过谦了，前辈在秣陵起义和光复南京的战役中骁勇善战，威赫清军，雄震联军，尤其是在光复南京那场生死决战中，身先士卒，冲锋陷阵，浴血奋战，锐不可当，出色完成了战略任务，为辛亥革命定都南京奠定了基础，可谓功勋卓著、名垂青史。

管文蔚：是啊，朱将军那可是一战定乾坤啊！

朱履勋：那可不敢当，不敢当啊。陈将军，这边请！

众人跟随朱履先出门右拐进入正屋大厅，分宾主落座。

家佣奉上茶退去。

朱履先：请用茶！

陈毅抱拳：谢前辈！

陈毅端起茶盏小啜一口搁下：当前苏中局势前辈一定有所耳闻，身为辛亥名将，民国元勋一定也十分关心，晚辈很想聆听前辈的相关见解和教诲，还望不吝赐教！

朱履先：赐教万不敢当。想当年吾辈为中华之复兴，跟随孙文先生远涉重洋，投师拜学，求经问道，聚有识之士，谋兴邦之策，结兴中之盟，举毕生之力，洒一腔之血，金戈铁马，驰骋沙场，赴汤蹈火，驱除鞑虏所建之中华民国，如今却山河破碎，国将不国，不禁寝食难安，肝肠寸断。

陈毅：是啊。想想我们辛亥革命的老前辈，为了推翻腐朽没落的清王朝，一洗中华百年屈辱史，实现民族之复兴，可谓前赴后继、肝脑涂地。而今日寇举兵入侵，恣意掠夺，生灵涂炭、民不聊生。在中华民族大敌当前，面临生死存亡之际，国共两党却依旧纷争不断，摩擦四起，令亲者痛，仇者快，全国所有爱国志士无不痛心疾首，奔走呼号：精诚团结，一致抗日。

朱履先：陈将军所言极是，一致抗日，众望所归。

陈毅：前辈虽退居故里，但仍心系党国，忧国忧民，尤其面临汪伪政府多次许与高官厚禄，促请出山，却不为所动，严词拒绝，彰显民族气节，军人傲骨，爱国风范，令人崇敬之至！

朱履先：陈将军谬赞了。身为炎黄子孙，岂能苟且偷生，认贼作父，有辱先祖，愧对后人！

陈毅：前辈可谓德高望重，所以还得借助前辈的才智和声望，以解当前两军之矛盾，除摩擦之内耗，化干戈为玉帛，携手共御倭寇。

朱履先：以前两党两军革命信仰不同，政治主张不同，所以水火难容，不过，自西安事变之后，国共已达成协议，共军已编入国军序列，新编成八路军和新四军，理应抛弃前嫌，精诚合作，可两军依旧摩擦冲突不断，问题到底出在哪儿？

陈毅：问题主要还是出在国民政府中以蒋某人为首的顽固派那里。这些顽固派反共思维已经根深蒂固。就是在建立了抗日民族统一战线后，仍然使尽各种手段不断排挤、打压、逮捕、杀害我党我军干部和将士。例如，1938 年 4 月 7 日国民党江西都昌县自卫大队借统一战线之名，骗得我方人员对他们的信任，秘密围剿杀害了我军都昌留守处主任田英。1939 年 4 月 11 日，国民党特务买通我新四军挺进纵队 2 支队参谋长倪健杀害了副司令王子清。1939 年 5 月，我新四军驻南昌办事处主任黄道被国民党特务利用给他看病的机会注射了毒针，将其杀害。1939 年 6 月 12 日，国民党驻平江的第 27 集团军总司令杨森执行蒋介石的密令，突然袭击了湖南省平江县我新四军平江通讯处，将我党江西省委副书记兼湘鄂赣特委书记涂正坤，组织部长罗梓铭等一百多人，以“莫须有”的名义杀害，制造了震惊全国的“平江惨案”，事后为了隐瞒真相，还集合士兵训话：严禁走漏消息，否则军法从事！我部在江南也是处处受到冷欣的步步进逼和欺侮。号房号都号到我们司令部来了。将我的卧室号成了他们的号兵室，伤兵医院号成了他们的茅房。随便辱骂我部官兵，调戏女同志，逼得我军只得上了茅山。今年 3 月 22 日我皖南新四军第 3 支队官兵 20 多人在赴皖东途中路过安徽无为县遭国民党保安旅第 8 团的无理扣押，后我江北游击纵队政治部宣传科科长田丰前往交涉却被他们连同那二十多人一起被残忍活埋。同月，韩德勤会同国民党安徽省主席兼 21 集团军总司令李品仙共一万多人向我新四军驻定远江北抗日指挥部半塔山发起进攻，但我军经过二十多天的奋起反击，取得了最终的胜利。

由此可见，国民党是消极抗战，积极反共。其各种手段可说是无所不用其极。

朱履先：省韩可不是这么说的。他说，国共两党尽管建立了抗日民族统一战线，共军也已编入了国军序列，但在政治上却不服从国民政府的统一领导，军事上不听从军事委员会的统一指挥。

陈毅：韩德勤的言论完全是颠倒黑白，无稽之谈。在建立抗日民族统一战线时，两党都相继发表各自的宣言。我党宣布：取消一切推翻国民党政权的暴动政策及赤化运动；取消现在的苏维埃政府，实现民权政治，以期全国政权之统一；取消红军名义及番号，改编为国民革命军，担任抗日前线之职责。蒋介石也随之公开发表了谈话，承认了中国共产党的合法地位。指出：“集中整个民族力量，自卫自助，以抵暴敌，挽救危亡。”从我党宣言中可以看出，为了国家和民族利益，已经作出了重大让步。不过，鉴于第一次国共合作之后，众所周知的惨痛教训，以及国军在对日战略战术上的素来表现不佳，我党也同时强调，在全国政权统一之前，我党必须保持相对的独立性。这也是目前许多民主国家的特征。但只要国民政府所制定的政策，发布的政令、军令有益于团结抗战的胜利，我们都会认真贯彻执行，绝对遵守服从。抗日民族统一战线建立三年以来，我党已经践行了当初的诺言，从未在政治、军事上对国民政府及国军有过违反我党宣言的过激言行。而国民政府恰恰相反，再次蛊惑人心，掀起反共高潮。在政治上国民党五届五中全会制定了“溶共、防共、限共、反共”的反动方针。军事上寻找各种借口，主动挑衅，蓄意制造摩擦，压缩新四军、八路军的生存空间。

朱履先：根据老夫了解，省韩认为，国民政府给八路军和新四军划定的防区是黄河以北，长江以南。而新四军却违抗命令，擅自渡江东进，是借抗日之名，与国军抢地盘。

陈毅：以前，东北三省，以及上海、南京等地区不都是国军的防区，国军的地盘吗，现在呢？蒋介石现所给八路军、新四军所划定的防区不是为了抗日，而是为了限共、反共。他想借抗日民族统一战线之名，让我党对其俯首帖耳，唯命是从；借防区之名，束缚我军的手脚，任其宰割。他不是高喊“地不分南北，人不分老幼，皆有守土抗战之责”吗？江北苏中大部分地区已被日伪占领，我军进入沦陷区发动群众，增强抗日力量，扩大游击战争，牵制日伪的兵力，是在敌强我弱的形势下，部署落实毛泽东同志有关《论持久战》对日战争的战略战术举措，打一场旷日持久的人民战争，何错之有？何罪之有？况且以前我军即使在其划定的防区内还不照样遭到他们不择手段地剿杀吗？由此可见，国民党顽固派宁可将半壁江山拱手让给日本人，也不让坚决抗日，坚持抗日的八路军、新四军发展壮大。韩德勤是在不折不扣地贯彻执行这一方针。所以江南新四军北渡长江，东进抗日，韩德勤则百般刁难，极力阻止，故意挑衅，制造摩擦。

朱履先：省韩向上峰呈报说，新四军擅自举兵攻击韩部驻扬中张少华的保安第9旅3团，并处决了团长贾长富。是目无党国，对抗中央。

陈毅：韩德勤是在罔顾事实，混淆视听。那所谓的保安9旅9团，实际上就是一伙以贾长富为首的，由当地痞流氓纠结在一起的土匪。他们被韩德勤、张少华收编后，挂上国军的番号，为虎作伥，独霸一方，鱼肉乡亲，无恶不作。老百姓无不恨之入骨，只是敢怒不敢言。不仅如此，他还暗地里勾结串通日伪，抓捕杀害地方抗日自卫队成员，助纣为虐。为此，我部应以私塾先生王龙为代表的扬中县数百名老百姓联名请求，多次致函韩德勤，请予整肃军纪，严加管束，但韩部出于一党私利，置数十万百姓陷于水深火热之生死而不顾，包庇怂恿，置若罔闻。后在扬中民众的强烈请求下，我军两次清剿，才消灭了这帮恶贯满盈，人神共愤的恶霸。扬中百姓无不欢呼雀跃，扬眉吐气。

朱履先：也就是说，这保安3团实质上就是一群披着羊皮的狼？贵军是在为民除害？

陈毅：确实如此。我们共产党领导的军队，是一支人民的军队，人民的军队，只有保护人民的利益，才能得到人民的拥护和支持。绝不允许土匪恶霸欺压良民百姓，这是我们最终取得抗战胜利最重要的法宝之一，也是与国军最根本的区别之一。

第二十集　紫石调和

败军不甘再蓄势，朱陈拜请韩紫石。
身负重托亲调和，顽魁委蛇暗举戟。

20－1　黄桥镇中将府·日·内

主要人物：陈毅、朱履先。

朱履先：是的。当年，孙文先生所倡导的民族、民生、民权的三民主义，是国民党建党建国的基本纲领。可蒋某人领导的国民政府，组建的国民军，以后日渐偏离了这一方向，甚至走向了歧途。对此，老夫是洞若观火，感触良多。第二次淞沪会战，国军尽管以4倍于日军的兵力展开决战，结果还是节节败退，最终连首都南京都落入敌手。这其中原因绝不仅是战略战术问题，与部队整体战斗力密不可分。国军的许多部队与扬中的贾长富的性质大同小异。收编的要么是横行乡野的“草头王”“地头蛇”，要么是割据一方的军阀武装，正规的、嫡系的部队屈指可数。这些鱼龙混杂的军队，貌似数量庞大，其实从上到下不仅信仰缺失，貌合神离，并且军纪涣散，斗志萎靡。试想，一群东拼西凑的乌合之众，岂是效忠天皇，训练有素，信仰武士道精神的日军对手？所以两军对垒，国军败多胜少，甚至不堪一击。如此军事素质低劣的军队，若不经壮士断腕式地洗心革面，彻底改造整编，指望他们赶走日寇，绝无可能！

陈毅：前辈真是一语中的。一支强大的军队，仅有先进完备的现代化武器是远远不够的，还必须有崇高的信仰，严明的军纪，顽强的斗志，民众的支持，加上深谋远虑、灵活机智的战略战术方可战无不胜。

朱履先：陈将军所言极是。在中国，老夫发现目前就有两支这样的军队，他们才是实现中华民族复兴的希望所在，那就是你们八路军和新四军。

陈毅：前辈过奖了。我们八路军、新四军现在还很弱小，根本谈不上强大。一是人数不多，二是武器落后。

朱履先：但贵军士气昂扬，斗志顽强，军纪严明，民众敬仰啊。以前只是时有耳闻，这次可是亲眼所见。当老夫看到贵军进入黄桥后，尽管筚路蓝缕，露宿街头，寝苫枕块，箪食瓢饮，却对老百姓秋毫无犯，敬若父兄，爱如子亲，不由感慨万千。如此铁骨柔肠之军，亘古未见，难怪那些凶神恶煞的日寇一旦与贵军交戈便兵败将亡。至于那两李的杂牌军就更不在话下了。

陈毅：我们本来就是一支老百姓的部队，为老百姓打天下，爱民如子理所应当。刚才前辈提及两李，正好也同时向前辈解释一下。与两李发生的郭村之战，也是韩德勤挑拨离间而引起的一场本来完全可以避免的摩擦。当时，我军刚刚在江都的吴家桥与日伪军进行了一场反扫荡战斗，击溃日伪军的疯狂进攻，消灭了日伪军5000多人。由于吴家桥地区，地域狭窄，不利于我军迂回运动，游击作战，为了防止日军驻扬州一个旅团的报复性围剿，我军暂时转移至地形、地势更为有利的郭村进行休整。郭村本来就是日伪与两李防区的交界，属于两不管区域。可韩德勤故意挑拨两李与我军的矛盾，调动两万多兵力对我军发起攻击。我军只得被迫反击，击溃了两李的挑衅，但我军在攻至泰州城下之后，考虑到全局利益，立即鸣锣收兵，与两李进行的谈判。我军归还了所缴获的全部武器弹药，释放所有俘虏，两军抛弃前嫌，握手言和。我军也在休整近一个月后，让出吴家桥和郭村，挥师东进，可沿途依旧遭到韩军税警总团陈泰运的三个团，以及4旅何克谦两个团的南北夹击，我军不得不奋起自卫。在击败两军的进攻之后，为了避免双方矛盾的进一步扩大和加深，缓和双方关系，我们再次归还和释放了所有缴获的武器和俘虏。

朱履先：陈将军如此高瞻远瞩，顾全大局，令老夫十分敬佩。省韩若依然执迷不悟，我行我素，则不得民心了。

陈毅：可韩德勤禀性难移，未必领我诚意。他以黄桥为其防区为由，企图再次制造摩擦。朱老先生是黄桥人，应该十分清楚，黄桥本是陈玉生抗日自卫队的根据地，韩德勤暗地怂恿何克谦私通日本人联手打击陈玉生的抗日武装，欲置其死地而后快，陈玉生不得已才投靠了李明扬的第3纵队张公任手下，以求生存，蓄势待发。现在，陈玉生已为我新四军第3纵队副司令，他带领我部从何克谦手中收复黄桥是名正言顺。

朱履先：这个，我一清二楚，陈玉生带领队伍收复黄桥，无可非议，老夫一定为此及尽全力予以调停，以避同室操戈、手足相残。

陈毅起身抱拳：那就有劳前辈了。

朱履先起身离开座位：为了民族大业，老夫效犬马之劳，义不容辞。老夫可先致信在泰州地区最为德高望重的海安的韩国钧老先生，及爱国名贾陆小波会长，鲁苏战区党政分会委员黄逸峰中将等当地名流，联手一起参与。另外，听说，国民政府至今未发新四军一个铜板军饷，新四军也从来不发军饷给官兵。一支不发军饷的部队，战斗力竟然还如此之强悍，实在令人不可思议，难以置信。但凡军队就必须需要给养的。因此我建议，尽快组建一个通、如、靖、泰四县县临时委员会，广泛邀请地方乡绅参加，以解决军需品供应问题。还有，目前贵军将士均露天宿营，晴天倒也无妨，可一旦遭遇狂风暴雨恶劣天气那则甚为不便。寒舍虽然简陋，但供数十人食宿问题不大，贵军若不嫌弃，即可安顿。总之，尽管黄桥乃弹丸之地，亦不如江南富饶繁华，但黄桥百姓绝不能让我们的抗日将士忍饥挨冻去跟日寇作战。

陈毅兴奋地再次抱拳施礼：我代表全军将士，衷心感谢前辈的一片挚诚之心、激励之情和恤军之策，相信，有前辈的鼎力相助，我军一定会渡过一切难关。我们回去后，立即让新任泰兴县抗日民主政府陈同生县长和新四军服务团朱克靖团长前来与前辈共商四县临时委员会成立事宜。

朱履先：承蒙贵党看得起老夫，只要贵军有用得着老夫之处，敬请吩咐。老夫一定马首是瞻。

陈毅：一切拜托前辈了。因为我军一路行军作战刚至黄桥，匆匆来访，无什么贵重礼物馈赠前辈，仅携带了几本书籍，其中有毛泽东同志的《论持久战》《新民主主义论》和美国记者埃德加·斯诺的手记《西行漫记》，不成敬意，诚望见谅！

朱履先：陈将军这么客气就见外了。还有什么礼物比贵党领袖的著作和美国记者的手记更为珍贵的呢？许多人还求之不得呢。老夫一定视为瑰宝，认真拜读。

20 — 2 东台鲁苏皖边区抗日游击司令部·日内

主要人物：韩德勤。

会议室内。

韩德勤、李明扬、李长江、李守维、郭心冬、刘漫天（117 师师长）、陈泰运、翁达（独立 6 旅旅长）、张少华（保 9 旅旅长）、薛承宗（保 1 旅旅长）何克谦端坐在长方形会议桌四周。

韩德勤目光犀利：北新街之战我军虽然损失不大，但何克谦部如此不堪一击，真是令我万万想不到。

何克谦立即起身低头：属下无能，请主席按军法处置！

韩德勤：你如此轻易丢失防区，按军法枪毙了你也不为过。但念你对党国还算忠诚，尤其反共有功，因此，对你停职检讨一个月，望你闭门思过，总结教训，争取戴罪立功。

何克谦：是！卑职一定深刻反省，接受教训，重整旗鼓，以战绩报效党国，回报主席的宽恕和栽培！

韩德勤：你务必牢记，下次再败，绝不轻饶！

何克谦：是！

韩德勤：同时对违抗军事委员会命令的异军也绝不心慈手软，必须给予坚决铲除！为此，奉蒋委员长电谕，顾祝同总司令决定对逆匪陈毅部进行第二次围剿，并成立进剿总指挥部。李明扬司令听令！

李明扬起立：到！

韩德勤：根据顾总司令的命令，现任命你为进剿军总指挥。

李明扬：是！

韩德勤：李长江副司令，李守维军长听令！

李长江、李守维起立：到！

韩德勤：根据顾总司令的命令，现任命你们为进剿军副总指挥。

李长江、李守维：是！

韩德勤：具体部署分为两路，实行东西夹击。西路军由李长江副司令、陈泰运旅长为正副总指挥，率领各自部队于 8 月 30 号前在姜堰集结完毕，不得有误！

李长江、陈泰运：是！

韩德勤：东路军由郭心东参谋长、刘漫天师长为正副总指挥。率 117 师、独立 6 旅、保安 1 旅，于 8 月 30 号前在曲塘、胡家集、海安集结完毕，不得有误。

郭心东、刘漫天起立：是！

韩德勤：各部必须于 9 月 2 日分别由蒋垛及其以东地区和古溪及其以东地区同时向黄桥附近地区攻击前进。逆匪若放弃黄桥，我军应立即尾随跟进，聚而歼之。张少华旅长的 9 旅必须协同 6 旅及鲁苏皖边区部队加强泰兴刁家铺以南，泰州至姜堰，姜堰至白米，白米至曲塘，曲塘至海安各线的搜索警戒，肃清流散之匪。黄桥逆匪兵力不多，充其量不过三五千人，因此，这次进攻定可将其一举歼灭，你们尽管大胆前进。各位听清了没有？

众将起立：听清了！

20 — 3　海安城东门北大街韩公馆 · 日外

主要人物：陈毅、朱履先、管文蔚。

朱子安，45 岁左右，园林艺人。

字幕：1940 年 8 月 14 日，上午。

陈毅、朱履先、管文蔚及六名随行人员身穿便服，在一座高大气派的青砖黛瓦的门楼前下马。

门口站立着两名门役。

陈毅、朱履先等驻足观赏一阵。

陈毅：真不愧是两朝重臣，省府大员之府，果然名不虚传，气势不凡。

朱履先：难怪韩德勤他们都送过拜帖。

朱履先上前拱手：二位好！我们前来拜访紫老先生，能不能烦请二位传递一下拜帖？

朱履先双手向门卫递上拜帖

门役（甲）接过拜帖看了一下：请您等一下。

门役（甲）转身进去。

片刻，门役（甲）回来：对不起，今天主人不在家，去南通还没有回来呢。

朱履先：那紫老大概什么时候回来呢？

门役（乙）：这不知道。

朱履先：如果紫老回来了，烦请禀告一下，就说黄桥有位叫朱履先的人前来拜访过。

门役（乙）：好的。先生请回，慢走！

朱履先回到陈毅身边：门役说，紫老不在。怎么办？

陈毅：也可能在，只是不想见我们。

朱履先：应该不会吧，陈将军闻名遐迩，威震四方，他怎么会不见呢？

陈毅：不，不。这可不一定。在紫老眼里新四军也许还不算什么。刚才如果不是送我的拜帖而是送您老的拜帖，可能不一样了。

朱履先：那要不要再试试？

陈毅：刚才门役已经说了不在家，估计门役不会改口的，也不太好改口。

朱履先：那只有暂时先回黄桥了？

陈毅：回吧。

两人正准备上马，忽然门口走出一位眉清目秀，举止雍雅的中年人。

朱履先一见连忙转身上前拱手：请问先生尊姓大名？

中年人回礼：在下免尊去大，姓朱，名子安。不知先生有何指教？

朱履先大笑道：先生和我原来五百年前是一家。我也姓朱，名履先。

朱子安：先生大名，如雷贯耳，乃黄桥赫赫有名的三大人，三老爹。能与本家先生在此相见，乃三生有幸。不知本家先生到此有何贵干？

朱履先：既是本家，又是兄弟，那我就实话实说。我是专门陪同新四军陈将军和管将军前来拜访紫老的。前几天我们来过一次，门官说紫老去南通访友未归。今天是第二次登门拜访，门官又说紫老访友未回，我们正准备回去。既是本家兄弟，那我也就冒昧问一下，本家是否与紫老相熟，能否帮助通融通融？我们都非常渴求紫老的教诲。

朱子安：不瞒本家三老爹，紫老先生年岁已高，近年来深居简出，不问世事，轻易不会客。我虽然与老先生相熟，并非深交。

陈毅：请问朱先生，紫老先生有什么所好？

朱子安：紫老尽管龄愈八十，但喜欢晨练和散步。现在仍然耳聪目明，思维敏捷，身轻体健。喜欢看书、下棋、弹琴，玩鸟养花，我就是经常来帮他整修花草的。他还撰写了一本《张士诚文选批注》。实话实说，他起初对新四军并不看重，认为新四军的游击战与抗日大局作用不大，只能充当配角，搞搞宣传、喊喊口号、演演小戏而已。后来，老先生看到报上说新四军夜袭虹桥机场，摧毁了好几架敌机，兴奋得拍案而起："新四军能打鬼子，中国亡不了啦！我们亲手缔造的民国还有希望！"紫老认为，民国政府的施政纲领名义上还是三民主义，但中山先生所倡导的中华民族自立自强的精神早已名存实亡。蒋先生优柔寡断，畏外寇如虎，致西夷横行、东倭猖獗。九一八百万大军闻风而逃，东北拱手相让。半国沦陷，万民涂炭。汪先生弃祖忘宗，卖国求荣，充当倭寇帮凶走狗。国人沉寝难醒，醉生梦死，泱泱中华唯一一丝希望就是靠五千年文明底蕴，等待国人觉醒之日，中华复兴之时。尽管新四军战斗力很强，但人数太少了，如能壮大的话，不失为一中流砥柱。

朱履先：看来紫老先生对新四军已不陌生，至少不厌恶和反对。不如请本家兄弟帮个忙，引荐我们去拜会他老人家。陈将军、管将军是登门求老先生赐教的，绝不为难老先生，我估计紫老还是可以接受的。万一紫老先生不愿意的话，我们会见机告辞，他老人家是高寿父辈之人，我们理当敬重有加。若拜见一面，得教一二，惠及终生，足矣！本家兄以为如何？

朱子安：与本家三老爹第一次相见，与新四军几位将军更是难得。我就放肆一下陪你们去见老先生。不管如何，回头全部请到舍下，我当尽地主之谊。

陈毅：那再好不过了，我们正好到府上去拜见，交个朋友嘛！

朱子安先生到门口打了招呼，直接引陈毅一行到后堂。

20—4 海安城东门北大街韩公馆·日内

主要人物：韩国钧，84岁（1857—1942），清民时期元老。

陈毅。

后堂一白发皓须，面色红润的老先生闻声而起

陈毅、朱履先、管文蔚同时上前拱手躬身：紫老先生好！

朱子安：这位是新四军陈将军，这位朱将军，这位是管将军。

韩国钧含笑：我们是老同事，老朋友了。来，快请坐！来人，奉茶！

众人按礼仪落座。

侍佣端来茶盅。

韩国钧：请！

众人：谢谢紫老！

陈毅抿一口茶，放下茶盅：紫老先生是前清要员，民国元老，为吾德高望重之前辈。故而今日特地登门拜访，聆听教诲。老先生不会因为我们是新四军而不收我们这几个学生吧！

韩国钧：老朽何德何能让几位将军错爱？为师不敢当，教诲更不宜，就交友谈心吧！

朱履先：老先生，夜袭日寇上海虹桥机场，炸毁四架敌机的新四军，就是陈将军、管将军麾下部队。

韩国钧：好啊，好啊！中国有了你们这样的抗日军队就亡不了啦。你们就是中国民众的希望，驱逐外寇、振兴中华的支柱。贵军了不起呀！我老朽能见到你们，也是余生有幸了。

朱履先：前两天，新四军在薄家湾歼灭了一百二十五个日本鬼子，夺回江边十个鬼子据点的就是他们队伍当中的一名女将。

韩国钧：好、好、好！太好了，真是巾帼不让须眉，大快人心，可喜可贺。要是中国的军队都像你们新四军就好了，复兴中华指日可待。

朱履先：陈将军他们为了抗日，百忙之中特地抽空专程拜访，就是想聆听紫老先生的指教。

韩国钧：老朽是行将就木之人，非行伍出身，不谙军事，杀贼无力，御敌无方，爱莫能助也。

陈毅：老先生为当今文坛巨匠，德高望重，吾辈之楷模也。今能屈尊待见，礼贤下士，实已不易。倘若再不怜赐教一二，令晚辈终生受用，三生有幸。

韩国钧：不敢，不敢，将军过奖了，老朽只不过为遗留泰州乡郊一古董而已，何德何能妄言造次？

陈毅：紫老先生过谦了。泰州可是古之名城，人杰地灵，英雄辈出。南宋抗金民族名将岳飞曾驻柴墟抗金立功；民族英雄文天祥，离开元军大营后，经过海陵城，留下可歌哥泣之典故。抗元民族英雄张士诚乃泰州乡贤，战乱之中富民一方，不失一代枭雄。有人说，张士诚乃败兵之将，不可言勇。但历史不能以成败论英雄，功过是非后人自会评说，陈胜、吴广为推翻暴秦，为天下苍生求一条生路，率先举义，揭竿而号令天下，虽殉生而荣。项羽抗暴秦以少胜多，屡建奇功，最后自刎于乌江，司马迁在《史记》中重彩歌功，与帝王并列，得到当时及后世公众之认可和赞扬。这是公正的历史观，也是史学界之底线。陈胜、吴广、项羽都是失败者，史学界不因为其失败而将功绩湮没于历史尘埃。张士诚拒逐鞑子，为推翻元朝的腐朽政权，历史贡献甚巨，把江东之地在乱世之中治理得富甲天下，成为乱云飞渡之下的一块乐土。国富不等于兵强，会治国未见得善于用兵。虽然兵败于朱元璋，但治理民政无与伦比。倘若太平盛世，治一方能富甲天下，治一国可彪炳千秋，足以扬名于后世。所以，若简单地以成败论英雄，视成者为王、败者为寇是不公正的。

韩国钧：啊，久闻陈将军驰骋疆场，用兵如神，叱咤风云，八面威风。想不到还是才高八斗、学富五车，博古通今的文坛之星。如此评价乡贤，高深透切，合情合理，辩证公道，真是老朽痴长几十年难得遇见之知音也，令老朽十分佩服。新四军中能有如此文武双全之儒将，何愁大事不成，倭寇不灭，中华不兴。不瞒将军，老朽闲来无事，为张士诚文选添了评批，送一本给将军，望予以斧正。

韩国钧说完，捧出一本《张士诚文选评注》交给陈毅。

陈毅双手接过：晚辈回去一定认真拜读。

转身交给管文蔚。

陈毅坐下：目前外寇猖獗，万民涂炭，山河破碎，国将不国。中华民族到了生死存亡的紧要关头。我们共产党为民族大义弃十年内战之血海深仇之不究，提出停止内战，一致对外，抗战救国十大纲领，成立抗日民族统一战线。蒋介石在全国人民的呼声压力下全部答应。我们共产党领导下的工农红军全面接收改编。北方红军改编成八路军，南方红军改编成新四军，全部开赴敌后抗日。日本国小心贪，狂妄自大，志大才疏，刚愎自用。战线纵横几千里，外强中干，形同虚设。我八路军、新四军到敌后抗战是避实击虚，大有作为的。八路军在北方为配合二战区友军阎锡山部发动了平型关伏击战，首战告捷；组织了百团大战，捷报频传；新四军在敌后毁路断桥，破船炸车，袭据点、反扫荡，令日寇惶惶不安。我们宣传、发动、组织全民抗战，就是要把日本侵略者淹死于人民战争的汪洋大海中。但我们的原则是中国人不打中国人。不管什么党派、什么阶层的人，只要不是汉奸，都是我们的朋友。我们一直把国军当作同一条战壕的战友，在他们遇到困难时，我们及时地给予支援或配合。我们到苏中、苏北来抗日，多次善意地找韩德勤商谈共同抗战之大计，可韩德勤根本不予理睬，并且调集国军不断进行反共摩擦，挑起内战，总想消灭新四军。韩德勤把共产党积极宣传的抗日主张污蔑成搞赤化。而他们的苏北十几万大军，不与日寇交战，却用来专门欺负老百姓，对付新四军。其实苏中、苏北日军势单力薄，几十人守个县城，十几人守个据点，总计不过几千人。国军兵力是其几十倍，如果真心抗日，那日军绝对是不堪一击。陈玉生在季家市的桑木桥组织了抗日游击队，不过个把月就杀掉了八个鬼子。日寇随即派出一百零五个鬼子来扫荡，又被游击队一举全歼。可韩德勤是怎么对待陈玉生的呢？他先叫何克谦以抗日的名义来收编，然后将他们调到如皋东海边集训，骗他们把枪放在营房，用木棍练练刺杀，暗地里却将二百来个鬼子藏在国军的营房中，对游击队发起突然袭击。游击队由于无枪抵抗，伤亡一百多人，陈玉生也因此失去了一只眼睛。这些抗日的英雄就这样遭到了韩军无耻的暗算。虎口脱险，大难不死的陈玉生只得逃回黄桥重整旗鼓。他们又诱骗陈玉生部下周慕俊和卜少卿投降，抢占分界和黄桥，夺取桑木桥，追杀到大王庄，公开宣布陈玉生是共产党，借反共之名，滥杀无辜。在他们眼里，只要是共产党，就是抗日也有罪。我新四军挺进苏北抗日，在三江营登陆，韩德勤又伙同八百里长江江防司令张松山派方均与张少华踞江堤阻击，企图将我新四军全歼于江滩上。新四军退则无路，乘大雾迂回到其阵后，将方均部全部擒获，张少华侥幸逃脱。方均部原来是管司令丹北游击队的旧部，在接受新四军收编后叛变投靠张松山的。理应这批人枪应该归还管司令。但我们管司令在镇压了首犯方均之后，为执行抗日统一战线政策，团结国军抗日，主动将所有战俘及武器归还给了张松山。我新四军驻扎吴家桥不久，日本鬼子结集五千余人马前来扫荡。新四军在全歼了来犯之敌后，为了防止日军驻守扬州的一个旅团的报复，从地形不利于迂回游击的吴家桥，暂时移师至纵横较宽的郭村。韩德勤则借机挑拨离间，大肆宣扬我新四军抢了李明扬的地盘，于是三申五令李明扬、李长江进攻郭村。我新四军得知后，为避免内战派出代表到泰州和谈。李明扬被召到了兴化开会，李长江不仅不谈判还扣押我和谈判代表，同时调动十三个团的兵力围攻郭村。我新四军以三个团的兵力奋力抵抗，血战六昼夜。后来，在皖北支队陶勇一个团的增援下，加上陈玉生、王澄为反内战火线起义，全部打垮围攻之敌，一直追击到泰州南门油坊头。为了团结抗日，一致对外，我们放弃了攻取泰州城，并释放所有战俘。最近我们得到消息，韩德勤又准备进攻我黄桥抗日根据地，我们感到十分痛心。国难当头，他们为什么不考虑国家民族的存亡，却热衷于搞内头耗呢，如果国共两党两军团结起来共同抗日，那日本鬼子岂能在我神州大地上，横行霸道，为非作歹？老百姓也不会惨遭劫难。我们新四军团结抗战之决心，天地可鉴，我们无数官兵为此抛头颅洒热血，献出了宝贵的生命。可韩军却总是背后插刀，令亲者痛而仇者快。所以，在下十分希望召集一次苏中苏北军政要员、社会贤达、绅士名流和平促进会。把国共两党两军之间的分歧、矛盾和误会开诚布公，协商解决，不知紫老能否从中周全？

韩国钧： 陈将军一番详解细陈令老朽对新四军有了更全面更深刻的了解，贵军致力于团结抗战，挽救民族存亡之夙愿无可非议；韩德勤置民族大义之不顾，蓄意制造摩擦，挑起内战，有目共睹，不得人心；陈将军的一片爱国之情，一颗挚诚之心，一腔肺腑之言，感同身受。鉴于此，老朽愿尽绵薄之力。陈将军军务繁忙，而老朽与履先弟都是闲居之人，此事就有我们俩负责召集，应该是可以成功的。履先弟你看如何？

朱履先起身拱手： 愚弟全听老兄吩咐。

韩国钧： 老朽年岁已高，来回奔波，多有不便，具体操办老朽就委派门生王伯康与朱将军一同负责，还望陈将军多多体谅。

陈毅拱手躬身： 那让紫老操劳费心了，在下不胜感激！

20—5　海安城东门北大街韩公馆·日内

主要人物： 韩国钧。

王伯康，40岁左右，韩公馆门客。

韩国钧坐在八仙桌旁的太师椅子上端起茶盅呡了一口。

王伯康站在一旁： 其他八县的党政要员、名流绅士我都召集好了，就剩韩主席那边了。要想请他也参加这次民主促进会，尽管是以您的名义邀请，但我感觉凭我的身份可能还不行，您是否可以写一封亲笔信我送过去？

韩国钧： 我也这么想的，韩德勤这个人尽管才能很一般，但仗着与顾祝同的这层关系和掌控着号称八万多人的兵马，拥兵自重，狂妄自大，一般人可不放在眼里。就是我写一封亲笔信也不一定管用，你去准备一下，陪我去一趟兴化。

王伯康： 您老亲自去？是不是太抬举他了？

韩国钧： 不管怎么样，他韩德勤现在也算是个省主席，也不算抬举他，再说，为了民族大业，为了国共两党能一致抗日就算抬举他一次，也未尝不可。有的事是人怕当面哦。

20—6　兴化江苏省国民政府·日内

主要人物： 韩德勤、韩国钧。

韩德勤陪韩国军落座。

韩德勤： 紫老先生亲自来访，不知有何教诲？学生愿洗耳恭听。

韩国钧： 新四军陈毅将军曾到海安登门拜访，阐述了国共合作，团结抗日的事情。他说，国共两党、两军，都是中国人。是自家兄弟，有矛盾、有分歧、有误会，都可以坐下来谈，谈清楚了就可消除一切误会。老朽认为陈将军说得很有道理。正所谓：

家不和被邻欺，国不安遭外凌。你身为江苏省府主席，这个道理应该懂的。

韩德勤奸笑：老先生所言极是，国共之间应该加强团结，学生愿听先生吩咐。不过，只要新四军退还黄桥、分界，我们完全可以重归于好。

韩国钧：楚箴呀！黄桥、分界、古溪原来就是陈玉生的抗日根据地，是怎么到了何克谦手中的你应该比我还清楚。陈玉生如今投了新四军，又夺过去了，是物归原主。新四军从江南渡江到吴家桥，你派张少华在三江营拦截。新四军进驻吴家桥后日本人扫荡，打败了日本人移师郭村暂时休整，你明召李明扬去兴化开会，却暗令李长江去攻打。如今到了黄桥，你又要他们离开黄桥，这就是你搞的国共合作？蒋委员长收编了新四军，你韩主席却让新四军在江北无容身之地，这也叫团结抗日？苏中、苏北不是共产党的，也不是国民党的，更不应该是日伪政府的。而应该是广大中国民众的。恕老朽直言，身为中国人，不管什么党派，不管什么军队，只要谁真正抗日，我们就欢迎谁。从启东、海安、南通到六合，沿江所有驻防的鬼子也不足万人。而你韩德勤手下之国军号称十万之众，可打了几个鬼子？而陈玉生拉了个游击自卫队，个把月就杀了几十个，反扫荡时又一次歼灭一百零五个。重回黄桥后，那陈玉生的老婆杨桂芳。一个女流之辈仅黄桥西郊和东郊就消灭了几百名鬼子。还端掉了靖江的西来岸、石庄、张王港、孤山等十来个据点。令鬼子龟缩在县城内不敢轻易越雷池一步。这都是有目共睹的。你韩德勤要去打鬼子夺地盘，才是硬道理，如果放着鬼子不打而打内战，就是国家和人民的敌人，民族和历史的罪人，你懂吗？

韩德勤一脸尴尬：学生只是信口一说而已，令您老人家生气了，学生给您老赔礼道歉，对不起！学生尽管不才，但并不呆，什么都懂。您说得对，我一定听您老的。只要你老人家吩咐的事，学生一定遵照行事。

韩国钧：老朽来兴化是专程来跟你商量一件事。我们准备招集地方士绅名流和军政长官坐下来，开个和平促进会。协调各方的分歧误会，精诚团结，共同抗日，于国于民皆有益无害，你看如何？

韩德勤：行，这是个好事。我们也希望与新四军共同合作，一致抗日。到时，学生一定亲自前往。您老年事已高，下次就不要亲自来兴化水荡了，有什么事只要来封信，或者叫伯康兄代劳，免得折煞学生。

韩国钧：那就好，这样我就放心了。你若能参加这个和平促进会，这趟我也算没有白来。

20—7 泰州城小上海百货商行·日·外内

主要人物：赵忠明、陈秀文。

赵忠明身着短袖便装走进“小上海百货商行”。

柜台里陈秀文迎了过来：长官，您想买什么？

赵忠明：有没有“老炮台”牌子的香烟？

陈秀文：有，您要几包？

赵忠明：买一包。

陈秀文从货架上拿出一包香烟放在柜台上。

赵忠明警觉地环视了一下四周，背朝外从裤内侧兜里掏出一个信封迅速交给陈秀文低声：韩军又要进攻黄桥了，这是军事部署。

陈秀文迅速接过放进柜台抽屉：知道了。

赵忠明拿起香烟拆开，点上火深吸了一口：我现在已经调入警备团了，以后更方便了。

陈秀文明眸一闪：我们俩的事最好也尽快公开，这样反而更方便。

赵忠明：这要请示一下上级。

陈秀文：那我来请示，我比你方便。

20—8 黄桥镇新四军军指挥部·日内

主要人物：陈毅。

陈毅、粟裕、周炎、钟期光、叶飞、王必成、陶勇、朱克靖、季方（苏中行政公署主任）围坐在长方形会议桌四周。

陈毅：刚刚得到可靠情报，韩军准备9月2日再次向我黄桥发动进攻。我们的对策是：一是继续争取二李和陈泰运，请朱克靖团长和季方主任分头去做好工作。二是立即动员部队，作好战备，严守自卫立场，以退为进，后发制人。三是发电报给党中央并刘少奇、叶挺、项英，请求八路军和新四军第5支队迅速南下，配合我们自卫反击。

粟裕：我们思想上要作好主要靠现有的8000多兵力单独解决这次的自卫反击，不能把希望寄托在友军的增援上。具体作战方案为……

（VO）粟裕部署着详细的作战计划。

20—9 泰州城外·日外·上午

字幕：陈中柱。

字幕：1940年9月3日。

陈中柱骑着马，领着队伍大摇大摆地走出泰州城。

长长的队伍沿着马路进入两旁一望无际、绿色葱葱的玉米地中间。

陈中柱对身边副官姜宗棠：命令部队就地宿营。

姜宗棠：团长，刚刚才走了七八里路怎么就宿营了？

陈中柱：别问这么多，传达命令。

姜宗棠：是！

军号响起，士兵们立即就地休息起来。

20 — 10　姜堰城外 · 日外 · 上午

主要人物：陈泰运。

陈泰运骑着马，领着队伍大摇大摆地走在马路上。

长长的队伍沿着马路进入两旁一望无际，绿色葱葱的玉米地中间。

陈泰运对身边的副官：命令部队就地宿营。

副官：旅长，刚刚才走了六七里路怎么就宿营了？

陈泰运：别问这么多，传达命令。

副官：是！

军号响起，士兵们立即就地休息起来。

20 — 11　海安城 · 日内

主要人物：刘漫天，35 岁（1906—1951），韩军 117 师师长。
郭心冬。

117 师指挥部。

郭心冬坐在沙发上点燃一支烟，漫不经心地抽了起来。

刘漫天走了过来：参谋长，按着作战计划，昨天队伍就应该出发了，今天已经是 3 号了，您怎么还不下作战命令呢？

郭心冬：你还没了解韩副总司令这次的作战意图。

刘漫天：明白啊，副总司令不是讲得很清楚了吗，就是东西夹击，一举消灭黄桥新四军陈毅部吗？

郭心冬：不，不是，完全不是这么回事。韩副总司令的意图是试探一下黄桥新四军的兵力到底是多少。江南第三战区副总指挥冷欣说，到黄桥的只是江南新四军的一个纵队两千多人，加上原来管文蔚的两千多人，最多不过三五千人。他们的主力应该还在江南，而且武器装备都很差，大多是些老套筒之类的土枪。

刘漫天：估计不止三五千人，武器装备可能是不怎么样，但也不至于像冷欣说的那样大多是土枪土炮。否则上次的北新街之战何克谦、陈泰运他们会输得那么惨？据说新四军在吴家桥与日本人干了一仗不仅消灭了日军五千多人，还收缴了不少武器弹药。

郭心冬：那是新四军的虚假宣传，我才不信呢。你想想，管文蔚在吴家桥时就那么两千多人能消灭日军的五千多人，可能吗？日本人的战斗力我们还不清楚吗？那共产党就善于夸大其词地宣传，这是他们的强项，那一仗打是打胜了，但能消灭日军一两千人就很不错了，否则，他们就不会转移到郭村了。

刘漫天：那也是。可我有一点儿想不明白，郭村一战，新四军明明是赢了，那他们为何还要将吴家桥主动让给了两李呢？

郭心冬：那陈毅是什么人？是久经沙场的老将，比猴王还精明，比狐狸还狡猾。你想，吴家桥地处与扬州日军对抗的前沿，而扬州是苏中军事战略重地，南可掌控长江天堑，北可扼锁大运河。所以驻扎重兵把守。常驻一个旅团八千多人。管文蔚在吴家桥只有两千多人，对峙一时半时还可以，长期对峙那新四军早晚会吃大亏，弄不好还会全军被剿灭。加上吴家桥东西南北纵深较小，难以发挥他们迂回作战的特长，郭村地理位置是好，但属两李地盘，新四军撤至郭村后，两李如鲠在喉，已经发生过军事冲突，如果继续待下去，就会腹背受敌，与其这样，还不如撤离，将吴家桥一同让给两李，两李打了败仗，地盘不但没少，反而扩大了，自然感激不尽。这样，既拉拢了两李，又让两李直接对付扬州的日军。两李有两万多人，日军不敢轻易发起攻击。而黄桥地处四县交界之处，地域宽广，部队迂回作战，游刃有余，再加上日军兵力部署较少，大多是汪伪部队，战斗力很弱。所以最适合新四军在此地活动了。可这下我们韩副总司令却不能容忍了，卧榻之侧岂容他人酣睡？黄桥异军一日不除，我们一日不得安宁。

刘漫天：既然如此那我们现在总不能就这么按兵不动吧？

郭心冬：当然不能按兵不动，这样吧，我们也按照韩副总司令的意图，先派出一个营进行试探性进攻。同时催促薛承宗的部队快速向营溪发起进攻，就说两李和陈泰运的部队已经逼近黄桥了。

刘漫天：对！让他们先出头。

第二十一集　封锁粮道

两次进犯皆折翼，封锁姜堰运粮道。

中将振臂召乡绅，率先慷慨捐粮草。

21—1　海安营溪镇·日外

主要人物：薛承宗、陈秋生、李道南。

薛承宗率领部队向营溪阵地发起进攻，枪声密集，炮声隆隆。

阵地上，韩军士兵不时地踩响地雷，士兵被炸上了天。

陈秋生、李道南率领部队边打边撤，很快撤离到安全地带。

陈秋生：我们走吧，让他们高兴一阵子。

李道南挥手：走，注意搜索前进。

薛军团长骑着高头大马，手执望远镜向远处眺望，十分得意地对身边副官：都说共匪强悍，我看不过如此而已。电告薛旅长，就说我们两个团已经占领了营溪，逆匪伤亡惨重，我们休整一下，即向黄桥进发！

21—2　海安营溪镇外围·夜外

主要人物：王必成。

薛军团长，35岁左右。

陈秋生、李道南。

营溪镇内，薛军士兵正在酣睡。

王必成率领部队借着夜色悄悄向薛军宿营地靠近。

薛军宿营地忽明忽暗地闪着灯光，四周一片安静。

王必成一挥手：出击！

刹那间，枪声四起，爆炸连连。

薛军宿营帐里，士兵们惊愕而起，衣不蔽体，慌不择路，四处奔跑。

陈秋生、李道南率领战士向宿营地猛烈开枪射击。

薛军团长带领士兵冲出营房，边溃逃边还击。

陈秋生、李道南率部攻击前进。

马路上溃逃的薛军团长和士兵与前面溃逃而来的士兵不期而遇。

薛军团长：前面怎么啦?

溃军士兵狼狈不堪：长官，大事不好，新四军打过来了，我们被四面包围了！

陈秋生、李道南率领大批新四军战士蜂拥而来。

陈秋生高声：缴枪不杀！

新四军士兵们高喊：缴枪不杀！

薛军团长和士兵们一个个无奈地举手投降。

21—3 姜堰县蒋垛镇外围·日外

主要人物：彭寿生。

史保东，新四军战士。

一个营的韩军沿着马路进入一片银杏林。

银杏树上，新四军士兵隐蔽在绿叶丛中。

韩军渐渐全部走进银杏林中间。

忽然，枪声四起，韩军四处张望，手足无措，纷纷倒地。有的慌乱之中寻找着树干躲藏，胡乱还击。

埋伏在地面上，身着绿草伪装的彭寿生和战士史保东突然起身向韩军射击。

韩军士兵接连倒毙，枪声渐渐稀疏下来，部分韩军跪地举手投降。

史保东端着长枪押着俘虏走在马路上。

21—4 营溪镇广场·日外

主要人物：王必成。

千余名韩军俘虏整齐地坐在广场上。

四周间隔排列着新四军持枪士兵。

广场前面搭起了一个舞台。舞台上横挂着红色纱布，上贴着红纸黑字的标语：停止内战，一致对外。

王必成阔步走上舞台中央：国军官兵们！今天将你们集中到这里是要明确告诉你们，我们新四军对待俘虏的政策一向是：优待，宽恕，不侮辱，不责骂，给饭吃，来去自由。愿意参加我们新四军的，我们热烈欢迎，想回家的，我们发放路费，想返回原部队的，我们不阻拦，并返还枪支。因为我们都是中国人，中国人不打中国人。特别是你们当中绝大多数都出生在穷苦人家。而我们新四军打仗不仅要打败日本侵略者，争取国家统一，还要解放千千万万的劳苦大众，争取国家富强，人民富裕。可是，现在的国民政府却将我们新四军当成异军，不断制造摩擦，打内战，破坏民族抗日统一战线。令亲者痛而仇者快！那我们怎么办？只有奋起还击，进行自卫！希望通过这次营溪之战，韩德勤能够幡然醒悟，停止内战，将枪口一致对外，早日将日本侵略者赶出中国！希望你们从今以后，无论是继续从军，还是从商、从工、务农，都要时刻牢记，有国才有家，无论是什么年代，无论是现在的中国，还是将来的中国，只有各个民族，各个党派，各个阶层，以及全国人民精诚团结，奋发图强，坚决抗战，才能实现和保证国家统一，民族解放，人民幸福；才能打败一切企图欺侮、侵略、吞并我们中华民族的帝国主义。你们现在虽然是我军的俘虏，但我们同是炎黄子孙，我们血脉相承，我们命运共同。正因为这样，今天不仅给你们吃饱喝足了，现在还请你们看场京剧大戏。戏剧的名字叫《穆桂英挂帅》。下面演出正式开始！大家鼓掌欢迎！

台下掌声响起。

王必成退出舞台，锣鼓声响起，演员出场。

21—5　海安城·日内

主要人物：薛承宗、薛军团长。

保安1旅指挥部。

薛承宗从椅子上惊诧而起：什么？被抓的官兵全部被新四军放回来了？

薛军团长：也不是全部，是一部分回来了。

薛承宗：那你告诉我回来了多少人？还有一部分人去哪儿了？

薛军团长：两个团，一共伤亡了五百多人，回来了七百多人，还有一部分人参加了新四军，一部分人不想再打仗，被新四军释放后回家了，新四军还发放了路费。

薛承宗更是惊讶：什么？还发放了路费？

薛军团长：我亲眼所见，千真万确。不仅如此，他们还给我们的伤兵治伤，让我们的人吃饱喝足后看了一场大戏，说是优待俘虏。

薛承宗：真想不到新四军会这样。我从军十几年，还真的没遇到这样的军队，真是义军啊。难怪我们剿了这么多年的共匪，不但没能消灭他们，反而越来越壮大了。

薛军团长：我觉得我们是真的不应该自己人打自己人。我们当务之急应该去打日本人，日军才是我们真正的敌人。我们这样内耗，最高兴的是日本人和汪精卫，他们求之不得。更令人气愤的是，那两李和陈泰运几乎是按兵不动，光打雷，不下雨。那郭心冬更是阴险狡诈，不仅骗我们说两李和陈泰运的部队已经逼近黄桥了，催促我们快速出击，而他们自己却只出了一个营的兵力，进行了试探性进攻，全让我们打头阵，令我们孤立无援，损失惨重。

薛承宗：我还是太相信他们了，怎么也没想到他们会这么坏。血的教训啊。

21—6 兴化鲁苏皖边区游击总指挥部·日内

主要人物：韩德勤、李守维、郭心冬。

韩德勤、李守维、郭心冬在总副司令办公室。

韩德勤：这次我们对新四军试探性进攻，不仅试探出了他们的兵力肯定不止三五千人，起码六千人以上，并且还试探出了两李和陈泰运根本不可靠，他们出兵只是虚张声势，敷衍应付。对此，我要汇报给顾总司令和蒋委员长，对他们施加压力。

李守维：副总司令，卑职有个建议不知当讲不当讲？

韩德勤：你是我最信任，也是最得力的部下，但说无妨。

李守维：姜堰紧邻泰州，两李的部队我们很难调动，但卑职觉得可以将姜堰陈泰运的税警总团与海安张少华的9旅换防，以免他们沆瀣一气。

韩德勤：嗯，这个主意不错。我不但让他们换防，还要四处张贴悬赏公告，不管是谁，只要抓住或击毙陈毅和管文蔚，分别奖大洋十万和五万。

郭心冬：那陈毅很随便，到处在老百姓当中搞演讲宣传；那管文蔚像个伙夫，与陈毅形影不离，很容易得手的。

韩德勤：等陈泰运与张少华换防到位之后，我会命令张少华立即封锁姜堰与黄桥的所有水路和陆路物资运输通道，扼住他们的咽喉。

21—7 黄桥镇新四军指挥部·日内

主要人物：陈毅、朱克靖。

朱克靖急匆匆走进黄桥新四军指挥部：报告！

陈毅、粟裕抬起头。

朱克靖：报告陈司令、粟副司令，发生紧急情况！

陈毅：发生什么紧急情况？

朱克靖：我们从姜堰通过运盐河秘密运来的粮食被张少华部扣押了。

陈毅：是情报泄露了？

朱克靖：应该不是。因为凡是向黄桥运粮的船和岸上运粮的车都或被禁止通过，或被扣押了。

粟裕：姜堰是运盐河上重镇。素有“金姜堰，银曲塘”之说。有着四通八达的地理位置，是周边有名的粮、棉、盐、油主要进出地。这是韩德勤利用姜堰重要的交通枢纽想掐住我们的脖子。

朱克靖：部队不可一日无粮草，那我们现在该怎么办？

陈毅来回走动沉思。

陈毅：我看这样吧，你与陈县长立即前往中将府请朱老出面帮忙从中协调协调，如果不行，那我们再另行计议。

朱克靖敬礼：是！我这就去。

朱克靖转身离开。

粟裕：我估计十有八九协调不成。对张少华这个人，我早就派人对他进行了详细调查。他原是武进县公安局侦缉队的一个头目，常州沦陷时，以“维护地方治安”为幌子，搜罗社会上的地痞流氓，散兵游勇，组织自卫团敲诈勒索，奸淫掳掠，横行霸道于常州、武进、江阴一带。他为了向日军献媚，诱捕我抗日游击队长仇某，送交日军请功；血洗江阴、武进边境的抗日群众；杀害主张团结抗日的承寿根；捕杀我澄锡虞工委干部王国香，配合日军“扫荡”，搜捕我零星武装人员投诸大江，可谓罪恶累累。正因为他积极反共，所以被韩德勤先是委任为“武进县民众自卫队”总队长，后委任他为保安第 9 旅旅长。我军过江后，他又派其部下蔡鑫元到上海与汉奸丁默邨秘密接洽投敌，并公开通电表示“拥汪”。指令蔡鑫元引领日军进驻泰兴城，并亲自迎接，接受日伪“第七路军”总指挥的委任。从此反共气焰更加嚣张，先后又残杀了我武进县委书记周志贞，江无中心县组织部长钟克、青年部长程中、区委书记徐作宪等。就在我军进驻黄桥后，他还抓走杀害了我们的同志 10 多人，百姓 30 多人。对这样一个反共顽固派，我们要作最坏的打算，随时采取强硬手段，拿下姜堰。

陈毅：我没有指望张少华会网开一面，但协调这一步必须要走。我们对张少华的情况是很了解，但当地的许多知名人士和民众对他未必。他们到处进行虚假宣传，污蔑我军，欺骗民众，蛊惑人心。所以。我们要通过这类事情请他们亲自与韩德勤和张少华不断接触，只有接触了才能了解，接触越多，了解就越深。那韩德勤和张少华他们假抗日，真反共的真面目最后就会彻底暴露出来，这样我们也就能赢得民心，从而孤立了这些顽固派。这正是所谓的“得道多助失道寡助”。

粟裕：所以，塞翁失马焉知非福？如果韩张继续封锁粮道，那就不得民心，我们就可以名正言顺地进行讨伐。

陈毅：我们夺取姜堰的作战计划可以同步进行

21—8 黄桥中将府·日内

主要人物：朱履先、朱克靖。

中将府内，朱克靖、陈同生坐在椅子上各自端起茶盅抿了几口放下，朱履先忽然从坐椅子上起身，来回踱步。

朱克靖、陈同生默默注视着他。

朱履先忽然止步：省韩企图用经济封锁这一招让贵军知难而退，让出黄桥。可黄桥不仅仅是新四军要吃饭，老百姓也要吃饭啊。如此之举不仅难不倒新四军，反到更加深了老百姓对韩军的怨恨，损人不利己。

朱克靖起身：是啊，民以食为天，韩德勤封锁运粮通道，不顾黄桥老百姓的生死，是与人民为敌。所以还请朱老帮忙从中周旋协调。

朱履先：老夫身为黄桥人，不可能置之不理。这样吧，老夫先给省韩修书一封，声称被扣押的粮食为老夫所属，请予放行。同时请海安的紫石老先生出面协调。至于他们信不信，给不给面子，那很难说。如果不行，那老夫再另行办法，总之，不能让贵军及黄桥老百姓断了炊饮。

陈同生、朱克靖起身抱拳施礼：那就烦请朱老了。

21—9 兴化江苏省国民政府·日内

主要人物：韩德勤、李正道、郭心冬。

韩德勤站在办公桌内拆开信封阅完放下。

郭心冬、李正道站在办公桌外。

韩德勤：朱老将军来函声称我们所扣押的粮食是他的，让我们予以放行。韩紫石老先生也来函劝导。你们对这件事怎么看？

郭心冬：朱老将军可是辛亥名将、民国元老，在黄桥及泰州地区可谓德高望重，如果我们无故扣押他的粮食，于情于理都说不过去。再加上紫石老先生也出面了，这事我们可得谨慎从之。

李正道：朱老将军的粮食我们当然不好扣押。关键是这批粮食真的是他的吗？扣押的时候那船老板和押船的管家怎么没讲呢？

韩德勤：依我看，这粮食根本不是他的，否则，那船老板和管家早就嚷嚷开了，哪会这么老实？

李正道：司令说的是。

郭心冬：可他现在声称是他的，我们又没有证据证明不是他的，那我们现在该怎么应付他呢？

韩德勤：我马上给他们回信，就说，因为黄桥现在暂时被新四军占据，为了这批粮食的安全，我们暂时为他保管，等到新四军退出黄桥后，我们将一粒不少地如数奉还。

郭心冬：对，还是司令高见！

韩德勤：卧榻之侧岂容他人鼾睡！

21—10　黄桥将军府·日内

主要人物：朱履先。

朱宝权，20岁左右，朱履先二儿子。

将军府堂厅内，家佣手执信函跨门进来：老爷，省韩来信了。

朱履先接过家佣递过来的信函拆开，阅完掷于八仙桌上：看来这韩德勤用兵无方，应付老夫却到很有一套，竟然虚与委蛇，以为老夫就此束手无策，奈他若何了？你去西街老宅将大少爷和二少爷叫过来。

家佣：好，我这就去。

家佣退出。

朱履先立即走进书房铺笺蘸墨，奋笔疾书。

家佣领着朱宝武、朱宝权跨门进来：老爷，大少爷和二少爷来了。

朱宝武：爹。

朱宝权：爹。

朱履先将信笺装好起身：你们现在都已经老大不小了，书也读了不少，家虽好，但国最重，该为国家做些事了。今天你们马上就起程，前往南通、如皋、靖江、泰兴将爹的信送到这七位前辈手上，请他们来黄桥议事。路上务必将信藏好，如遇到日伪盘查，就出示爹的中日文名帖。

朱宝武接过信笺：爹，您放心，我一定送到。

朱宝权接过信笺：爹，我正想跟您商量一件事呢。

朱履先：什么事？

朱宝权：这件事，我在心里琢磨酝酿很久了，就是怕你不同意。

朱履先：你没说怎么知道我不同意的？

朱宝权：我想出处闯闯。

朱履先：这兵荒马乱的去哪里闯啊？

朱宝权：正因为兵荒马乱所以才更想出去闯啊，乱世出英雄嘛。

朱履先：乱世不仅出英雄，也出狗熊呢。你看看，现在的中国到处是狗熊、狗腿子。

朱宝权：我想去的地方就是英雄辈出的圣地。

朱履先：你说清楚些，到底是哪里？

朱宝权：我想参加新四军！

朱履先、朱宝武同时一下子愣住了。

朱宝武：你怎么会有这样的想法？

朱宝权：我是这样想的。中国现在想依靠国民政府打垮日本人，建立民族、民权、民生的三民主义，实现国富民强根本是不可能的。远外的情况我不敢妄言，就谈我们泰州地区，我们黄桥，那何克谦在新四军来之前到处欺压百姓，比日本人还坏，还可恨。所以被新四军赶走后，老百姓无不拍手称快。再看新四军，尽管衣装破旧，武器落后，但却军纪严明，对老百姓秋毫无犯。军风士气与韩军简直就是天壤之别。因此，我觉得，未来的中国必然是共产党的天下，也只有他们中华民族才有希望。

朱履先：你能想得这么远，看得这么透彻我很欣慰。这说明，这些年的书你没有白读，未来可期。

朱宝权：我们家有爹和哥、姐主持、辅助家业就好了，我可以出去闯一闯，放手一搏。

朱履先：好！好男儿就要志在四方，胸怀天下。不过，现在先将眼前的事情办好。

朱宝权：爹，您放心，一定完成！

21—11　黄桥镇新四军军部·日内

主要人物：陈毅、粟裕、周炎、钟期光。

陈毅、粟裕、周炎、钟期光围坐在长方形会议桌。

陈毅：为韩德勤封锁泰县粮道一事，朱老将军先后联系了韩老等泰州的各界名流联名上书给韩德勤，请求解除封锁，但韩德勤固执己见，置之不理。今天我们讨论一下，下一步我们怎么办？

粟裕：粮食供应关系到我军的生死存亡，常言道：兵马未动粮草先行。韩德勤这是妄图置我军于死地而后快，既然协商不通，那我们干脆来个快刀斩乱麻，一鼓作气拿下姜堰！

周炎：对！他不仁，休怪我无义。打通粮食运输通道，不仅关系到我军的后勤保障，同时也关系到整个黄桥地区老百姓的基本生活。必须尽快解决，越快越好。

陈毅：本来我想尽可能不与韩德勤再次发生军事摩擦，所以才特意登门拜访了朱履先老将军，请求他联系各界名流从中调停，以免双方矛盾越积越深，不利于统一抗战，现在看来，韩德勤仗着人多势众，根本没把我们放在眼里。我们先礼不成，只有后兵了。

钟期光：我们可以采取“文武”两手，文的一手以反对韩德勤搞粮食封锁制造舆论压力，向各县知名人士和当地群众说明韩德勤进攻与封锁的真相，从而形成各界奔走呼吁，口口相传：韩德勤搞粮食封锁是“饿了老百姓，肥了韩德勤，难了新四军，帮了日本人”。

粟裕：对，两手同时进行。我们作战计划已经拟定好了，就等时机成熟。

21—12 黄桥中学·日内

主要人物：朱履先。

黄桥中学“谦三堂”。

堂厅四周坐着七位乡绅，朱履先站在厅中央：今天将各位请来，主要是通告一下目前周边的形势和黄桥所面临的危机，共同商议一下解决的办法。在向诸位通告之前，我想先谈一下我所了解的共产党的新四军。新四军本来在国共两党建立全国抗日统一战线之后，归入国民革命军序列，番号为新编第四军，由原来的南方红军游击队组成，共有四个支队，军部现设在皖南，军长为叶挺。来到黄桥的是第 1 支队，司令为陈毅。以前我对新四军只是道听途说，略有所闻。自从新四军进驻黄桥之后，才对新四军有了真正的了解，尤其是与陈毅司令接触交流之后，更感觉到这是一支亘古未见的中国军队，不仅军纪严明，对老百姓秋毫无犯，并且一心抗日，除暴安良。但就是这样的一支军队却不断地受到蒋某人的排挤打压，制定了“溶共、防共、限共、反共”方针。致使陈毅的江南所部不得不北渡长江，挥师东进，以谋容身之地，坚持抗日。现在国民政府不仅不发新四军一分钱军饷，而且还命令韩德勤封锁运往黄桥的粮食通道，将新四军往绝路上逼。

乡绅（甲）：朱老所言及极是。以前，尽管我们离黄桥较近，但却两年没到街上了。因为，那何克谦的 4 旅在这里时，四面街口都有人把守，他们借搜查之名，将进出人身上的腰包搜光、抢光，稍有反抗要么被打得要死，要么被抓走拿更多的钱赎人，否则，性命难保。那丁文江的侄子丁希鹏，还有那以前的黄桥商会会长不就是这样的吗？

乡绅（乙）：就是。还有那以前的姚县长，姚胖子，借为国军筹办军饷之名，先捞回他买官的本钱，再变本加厉，中饱私囊。老百姓给他取了个绰号叫“摇钱树”。可现在的黄桥大不一样了，人人都说那共产党的陈县长从不私自向大户、商户和老百姓开口要一块铜板，大街上人气兴旺，生意兴隆，气象万千，一片祥和。新四军在街上巡逻，不但不为难老百姓，还帮老百姓抓坏人呢。人人都说：这样的军队，我们还没有见过呢。

朱履先：所以，今天我召集诸位来，就是想无论如何，我们一定要留住新四军，帮他们解决一切困难。帮他们就是帮我们自己。

乡绅（丙）：朱老，您说，要我们怎么做？我们一切听您吩咐，唯您马首是瞻！

朱履先：现在迫在眉睫的问题是首先解决军粮问题，为此老夫决定带头捐赠五百石粮食和五万大洋。

七乡绅齐声拍手叫好，互相商量。

乡绅（丁）：既然朱老已经起了头，那我们一定跟随。刚才我们商量了一下，决定各自先捐赠五百石粮食和一万大洋。

朱履先：好！承谢储位今天给足老夫的面子。不过，这只是解决了一时的燃眉之急，不是长久之计。要想让新四军长期驻守在这里，我们必须从长计议，况且，仅仅我们几个人的力量十分有限，必须发动更多的人参与。因此，我准备向陈司令建议，成立通、如、靖、泰临时委员会，制定一项征收救国公粮决议，并在黄桥中学举行一次盛大的军民联合动员大会上通过，发动各界人士参与进来，这样，就彻底解决了新四军的给养问题。

乡绅（甲）：这个主意好。我完全赞同！既然新四军一心抗日，保家卫国，身为中国人我们不支持谁支持呢。我们回去之后再发动一下，到时请更多当地的知名人士前来参加联合动员大会。

朱履先：届时请诸位将捐赠的粮食和大洋一起带来，相信，只要我们几位起了带头示范作用，联合动员大会一定会取得成功！

七位乡绅起身抱拳：请朱老放心，我们一定会信守诺言，竭尽全力。

21—13 黄桥中学·日外。

主要人物：陈毅、管文蔚、陈同生、朱履先。

黄桥中学操场。

大舞台上挂着红色黄字的横幅，上写“军民联合动员大会”。

台上，陈毅、周炎、钟期光、管文蔚、陈丕显、陈同生、朱克靖等军政人员坐右边，朱履先及七乡绅等坐左边。

台下整齐坐列着军民数千人，操场周围还站立着手拿各色三角旗的群众及维护秩序的武装士兵。

陈同生阔步走上讲台：各位父老乡亲们，新四军将士们，你们好！我是新任泰兴县抗日民主政府县长陈同生！首先我代表泰兴县抗日民主政府向参加今天军民联合动员大会的通、如、靖、泰各界人士表示热烈的欢迎和衷心的感谢！感谢你们不辞辛苦，风尘仆仆前来参加大会，感谢你们对新政府的信任和支持，预祝我们的这次大会取得圆满成功！

台下掌声齐鸣。

陈同生：今天大会的主题是：团结一致，坚持抗战，军爱民，民拥军。

大会的议题是：一、成立通如靖泰临时行政委员会。二、公布由朱履先将军及各界代表提交的开征《救国公粮方案》。三、欢迎有志爱国青年参加新四军。四，接受各界人士的捐款捐物。下面首先请新四军陈毅司令讲话！大家鼓掌欢迎！

陈同生移站一旁，陈毅阔步走上讲台：各位父老乡亲们，各位同胞们，新四军将士们，你们好！你们辛苦了！

台上台下热烈鼓掌。

陈毅：今天我首先要讲，我们新四军为什么要来黄桥。黄桥是一个千年文化名镇，东接如皋，南界靖江，西濒长江，北邻姜堰、海安，地势平坦，土地肥沃，风调雨顺，人杰地灵，素有“北分淮委，南接江潮”的水上枢纽之称，是五县通衢的交通要冲，自古为兵家必争之地。是如泰农民运动和工农红十四军的策源地。黄桥人民对我们共产党人有较深的了解和深厚的感情。可自从日寇入侵苏中地区，占领泰兴城之后，驻守黄桥的韩德勤的4旅何克谦部，不仅不主动抗日，反而与日寇暗地勾结，欺压百姓，搜刮民财，积极反共，肆意挑衅，主动围攻我东进抗日的新四军，破坏国共两党排除万难所共同建立的民族抗日统一战线，我新四军为了民族大业，多次忍辱负重，规避退让，并恭请各界名流从中调和。而韩德勤、何克谦部自恃兵多将广，得寸进尺，仍然坚持其顽固的反共立场，在忍无可忍的情况下我军被迫反击，赶走了何克谦，进驻了黄桥。但他们并不就此善罢甘休，现在又封锁了姜堰粮道，妄图置我军及黄桥人民于死地。我们新四军是一支人民的军队，人民的军队一切为的是人民的利益、国家的利益。与此同时，人民的军队也唯有依靠人民才能克服一切困难，取得最终的胜利！所以，希望黄桥及通、如、靖、泰广大老百姓及各界人士，积极行动起来，携手并进，同舟共济，坚决打破顽军的封锁。

台上台下齐声鼓掌。

台下坐在前排的陈秋生起身，振臂高呼：打破封锁！团结抗战！

台下同声举臂高呼：打破封锁！团结抗战！打破封锁！团结抗战！

陈毅：为了打破韩德勤的经济封锁，经通、如、靖、泰四县各界代表的联合倡议，现成立通、如、靖、泰临时行政委员会，负责四县的一切行政事务，并选举了管文蔚同志为主任，陈同生同志为副主任。现有请管文蔚主任和陈同生副主任与大家见面。

管文蔚、陈同生阔步至台前向台上台下敬礼鞠躬。

管文蔚走至讲台前： 各位代表，各位父老乡亲们，我军将士们！承蒙大家的信任，选举我为四县临时行政委员会主任，我深知，这项工作任重而道远，但我会竭尽全力为四县人民服务，不辜负大家的厚望！

众人鼓掌。管文蔚移步一旁。

陈同生至讲台： 作为临时委员会的副主任，本人将全力配合好管主任的工作，不折不扣地完成委员会交给我的各项任务，服务好我们的百姓，服务好我们的部队。

众人鼓掌。

陈同生： 谢谢大家的鼓励！现在进行第二项议题。请管主任公布《救国公粮方案》。

管文蔚：《救国公粮方案》的主要内容是：废除原先地方政府繁重的苛捐杂税，按照二五减租减息的原则进行公粮征收，既要保障公粮的征收到位，又要尽一切可能减轻农民的负担。做到租者有其权，有其利；耕者有其田，有其粮。禁止任何形式的横征暴敛，保护所有租耕者的合法权益。我们已将《救国公粮方案》编纂印刷成手册，分发给了与会的各界代表，请各位代表加以大力宣传和落实，欢迎广大民众监督、举报。

陈同生： 下面欢迎自愿应征入伍的爱国青年入场！

台前朱宝权带领史保东等数十名男青年列队步入会场，陈毅、周炎、管文蔚等新四军领导走下讲台，从随同的工作人员手上拿起大红花给每一位青年配挂在胸前，敬礼。

操场上锣鼓喧天，鞭炮齐鸣，掌声雷动，彩旗挥舞。

新四军领导重新回到台上，新兵们席地而坐。

周炎走至讲台前： 我代表新四军全体将士，热烈欢迎新征入伍的爱国青年。青年是国家的未来，国家的希望，国家的栋梁。广大热血爱国青年积极踊跃加入我们的队伍是对我们新四军极大的信任和鼓励。我们一定不辜负广大民众的殷切希望，建设打造好这支队伍，用它战胜一切艰难险阻，打倒一切侵略者，修筑起中华民族坚不可摧的钢铁长城。用实际行动回报我们的国家、我们的人民！

众人热烈鼓掌。

陈秋生站起，举臂高呼： 国家兴亡，匹夫有责！

众将士举臂同声高呼： 国家兴亡，匹夫有责！

周炎离开讲台，陈同生至讲台前。

陈同生：下面有请黄桥德高望重的革命老前辈朱履先将军讲话！

台上台下齐声鼓掌。

朱履先健步走上讲台：今天我十分荣幸参加这次的军民联合动员大会，也是平生第一次。作为中国革命的先行者尽管已经退居黄桥，但一天也没有忘记自己是一个中国人。自日寇侵入我东北三省的那天起，我寝食难安；当蒋某人放弃我东北三省，奉行不抵抗政策后，我愤然辞职；自日寇屠杀我同胞，妄图灭我中华民族那一刻起，我悲愤交加，咬牙切齿；当淞沪会战，国军不堪一击，狼奔豕突时，我哀其不幸，怒其不争。就在我扼腕长叹，悲观失望之时，我发现了能够挽救中华民族命运的唯一希望所在，那就是共产党领导的八路军和新四军。从新四军军进入黄桥那一刻起，我就感觉到赶走日寇，光复华厦者非其莫属！因为他们不仅军纪严明，意气风发，斗志顽强，所向披靡，而且爱民如子，秋毫无犯。我相信黄桥百姓以及各界人士一定已经耳闻目睹，感同身受。像这样一支亘古未见一心抗日的铁军，我们不支持还支持谁？所以，前些天我联络了数位同人志士，商贾乡绅共同商议，一致决定今天现场捐款捐粮。

我宣布，率先捐赠大洋五万，粮食五百石。

朱宝武领着六人搬着银箱走上讲台中央。

朱履先：请陈司令，陈县长笑纳！

陈毅、陈同生立即向朱履先敬军礼，握手。

陈毅：衷心感谢朱老将军的鼎力支持！

七位乡绅依次领着数人搬着银箱上来。

乡绅（甲）：我们七人每人各捐赠一万大洋，五百石粮食。粮食也运到了现场，在那边！

操场南边，数十辆驴车整齐排列，依次进入操场，气势盛大！

陈同生：将士们，全体起立！向后转！向黄桥人民敬礼！

台上台下所有将士起立，转身向送粮车队敬礼！

台上台下全体起立，掌声雷动。

陈秋生举臂高呼：感谢朱将军！感谢七乡绅！黄桥人民万岁！

新四军将士齐声高呼：感谢朱将军！感谢七乡绅！黄桥人民万岁！

21 — 14　黄桥粮库·日外

主要人物：陈盛文，23 岁，新四军战地服务团物资大队中队长。

几座高高的圆柱形粮仓下面，人、车、牛、驴熙熙攘攘，车水马龙。

老百姓有的赶着驴车，有的推着小推车，有的挑着箩筐送来了粮食。

新四军服务队一边过秤，报数，记录收着粮食。

陈盛文打着算盘，付着款：您一共331斤，235块钱，您收好！

农夫：谢谢长官！

陈盛文：来，下一位！

送完粮的老百姓满脸喜悦地数着铜钱。

21 — 15　黄桥新四军指挥部·日内

主要人物：陈毅、粟裕。

陈毅、粟裕、周炎、钟期光、叶飞、王必成、陶勇围坐在长方形会议桌旁。

陈毅：介于韩德勤顽固地坚持封锁姜堰到黄桥的粮道，断我粮草，指挥部决定夺取姜堰城，以绝后顾之忧。现请粟副司令宣布作战计划。

粟裕：姜堰城现在驻守着韩德勤的张少华9旅共六个团的兵力。四周共有三十六座碉堡，三条壕沟，六千多米的铁丝网。工事坚固，防守严密。对此各纵队要有充分的思想准备，制定好进攻前破防战术，以保证在两天内拿下姜堰城。我现在宣布具体的作战计划，大家跟我来。

粟裕离开会议桌，走至墙上的地图前，众将跟随。

粟裕拿起指挥棒指着地图：叶司令的第1纵队，于9月10日上午8点对海安城发起佯攻。一个营佯攻海安城，两个团两个营埋伏在姜堰的白米、胡集一线，伏击从姜堰出来的援军。王司令的第2纵队，陶司令的第3纵队主攻姜堰城，于9月11日凌晨秘密潜入敌人前沿阵地，等到援助海安的敌军出姜堰城后，立即对姜堰城实现四面包围，于12日晚发起总攻。第2纵队主攻外围的敌军，第3纵队直捣张少华的司令部，先打掉敌军的指挥系统，令敌军群龙无首，做到中心开花，内外合击。

陈毅：我补充一下，第2纵队要部署一个营以上的兵力于姜堰西边监视二李和陈泰运的动静，以防万一。各纵队听清了没有？

叶飞、王必成、陶勇齐声：听清楚了。

粟裕：你们还有什么补充没有？

叶飞、王必成、陶勇：没有了。

陈毅：我特别强调两点。第一点，佯攻打海安的1纵队火力要强，但不要出击。只要对空射击或者对不重要的目标进行轰炸就行，因为我们已经派人跟薛承宗说好了，只要我们佯攻开始，他就向韩德勤求援，请他调张少华的人马增援。主要是不要让张少华发觉佯攻破绽。第二点，第2纵队、第3纵队14日上午必须攻克姜堰，以防韩德勤调兴化人马增援。

叶飞：是！

粟裕：那就立即回去进行部署吧。

叶飞、王必成、陶勇立正敬礼：是！

21 — 16　海安城郊外 · 日外 · 上午

主要人物：叶飞。

叶飞带领部队进人海安城郊外。举起望远镜向城郭眺望。

叶飞：命令部队立即进入攻击位置，向空中射击！向空地扔手榴弹。火力要猛！

副官：是！

新四军千枪向空中射击，手榴弹在旷野上爆炸。

国军士兵在城墙上，不慌不忙对空还击，时不时随手扔出几枚手榴弹。

一时间四处枪声大作，爆炸声声。

叶飞：这次我们可是真正的佯攻哦，还是平生首次这么打游戏似的打仗呢。

21 — 17　姜堰县城 · 日内

主要人物：张少华。

姜堰县城内国民党江苏省保安 9 旅指挥部。

办公桌上电话铃急促响起。

张少华拿起电话。

男音急促慌张（OS）：张旅长，我是保安 1 旅薛承宗，紧急情况！

张少华：什么紧急情况，请讲。

薛承宗（OS）：今天上午 8 点，新四军对我海安城发起突然袭击！攻势猛力。我守城部队正奋起还击。但寡不敌众，形势危急，请求派兵火速增援。

张少华：啊？！新四军有多少人？

薛承宗（OS）：三四千人。快，请赶快增援，越快越好！我们快顶不住了。

张少华：知道了，我这就请示韩司令后，派兵立即增援！请务必坚持住。

薛承宗（OS）：我已经向韩司令求援了，他的命令马上就到。

另一部电话响起。

张少华左手立即搁下电话，右手忙拿起电话立正：是！立即派兵支援！

张少华搁下电话，立即走到地图前查看（VO）：新四军这是玩的哪一出？怎么会突然进攻海安？是想攻战海安后联手两李对我进行反包围？这两李一向对省韩是心存芥蒂，阳奉阴违，见风使舵，心怀不轨。倘若海安一旦被新四军攻占，那我姜堰就会腹背受敌，新四军的下一个目标必是我姜堰无疑，唇亡齿寒。

张少华立即摇起电话：接3团。嗯，陈团长吗？现在海安城突然受到新四军数千人的围攻，危在旦夕，我命令你团立即联同4团、5团、6团火速增援，不得有误！

张少华继续打着电话：接4团……

第二十二集 姜堰调停

出敌不意占姜堰，八县仁人促调停。

三战三败无悔意，坐镇曲塘声势狺。

22 — 1 姜堰胡集·日外·中午

主要人物： 史保东，15 岁（1926—2023），新四军战士。

一排长长的队伍行走在路上。一位策马军官不停地挥手：快！加快前进！

队伍中的士兵立即加快了步伐，队伍很快进入了一片高高的、绿色葱葱的玉米地。

史保东与战士们一起隐藏在马路两侧玉米丛中密切注视着马路上的车马队伍。

一声枪响，史保东立即举枪射击。随后枪声四起，此起彼伏。

马路上的国军猝不及防，纷纷倒毙。

策马军官立即跳下马，以马为掩护，拔出手枪，四处张望，举枪盲目还击。

马路上的国军伏地向玉米丛中胡乱开枪。

玉米秸秆不时被子弹打断。

史保东奋起向马路上投扔手榴弹。无数手榴弹在空中旋舞，不断在马路上爆炸，韩军乱作一团，作鸟兽散。

22 — 2 姜堰城外·夜外

主要人物： 陈秋生、李道南。

新四军战士，20 岁左右。

姜堰城外夜色茫茫，城楼上的灯火朦朦胧胧，忽明忽暗。

忽然，城南、城北、城东、城西四颗信号弹射向夜空，遥相呼应。

瞬间，枪炮声四处响起，夜空中火星飞流闪烁，纵横交错。

陈秋生、李道南率先跃出壕沟，向前冲锋。

数座地堡里射出一道道长长的火舌。

战士们背插大刀，手执着长枪，扛着木梯、木门板紧跟其后，跳入壕沟，靠上木梯，战士一个接一个敏捷地循梯而上。

陈秋生逾过壕沟，从身后抽出红袍大刀竭力高喊：勇敢队的勇士们，破开前面的铁丝网，冲啊！

李道南率领数十几名战士向铁丝网奔去。

突然，“轰隆”一声剧烈爆炸，几名战士被炸得腾空而飞。一只小腿飞落在李道南身边。

李道南高声疾呼：有地雷！卧倒！匍匐撤退！

战士们立即匍匐撤退到战壕里。

陈秋声：情报上注明这一片没有地雷，这是怎么回事？

李道南：可能情报有误。这个先别管它了，现在关键是怎么越过雷区。

陈秋声：这哪有什么好办法，只有绕过雷区了。

李道南：我有一个办法可以试一试。

陈秋声：你有什么办法？无非请工兵连一个一个去排雷，那还不如绕道呢，太费劲了，也等不及，不能等。

李道南：你别急，听我慢慢给你说。

陈秋声：你有什么好办法？快点说！

李道南：根据刚才的爆炸威力我判断，这些地雷可能是最大的西瓜雷。这种雷威力大，但灵敏度小。超过70斤压力才会爆炸。

陈秋声：我们每个人都超过70斤了，不还是过不去吗？

李道南：我们站着前进当然超过了70斤，但如果我们匍匐前进，人体重量分散了，那就没有70斤了。

陈秋声：真的吗？你怎么知道这些的？

李道南：我认真研究过。

陈秋声：你只是研究过，我怎么证明你的研究是对的呢？

李道南：我现在就可以试一试。

陈秋声：别胡说了，你这太冒险了，是拿生命开玩笑！不行！这绝对不行！

李道南：我们打仗哪一次不是冒着生命危险？如果没有不怕死的精神，我们怎么可能打败敌人？现在是在打仗，胜败有时就在瞬间。你别拦我了，我是有把握的。万一失败了，你帮我照顾好我的父母。

陈秋声：这，这……

未经陈秋声同意，李道南随即爬出战壕，向铁丝网匍匐而去。

陈秋声只得随即命令：快！火力掩护！

战壕里，数百支轻重枪杆向敌人碉堡猛力开火。

李道南匍匐奋力向前，很快到达了铁丝网附近，又转身匍匐爬行回来。

李道南：这么样？事实证明，我的研究是对的。

陈秋声喜出望外，锤了他一拳：嘿，没想到，你还真的爬过去了。看不出，你这家伙还真的有一手绝招儿，平时怎么一点儿不知道啊，真是真人不露相啊！

李道南嘿嘿一笑

陈秋声立即高声：勇敢队的勇士们！现在照着李副连长的方法，紧跟着他匍匐前进，越过雷区！其余人员，加强火力掩护！

李道南带领数十名勇敢队员重新爬出战壕，匍匐向铁丝网奋力前进。很快爬至铁丝网附近。

陈秋声挥手：继续上！

数百名战士爬出战壕，匍匐前进。

李道南：大家听我口令数到三，一起起身砍掉铁丝网！一、二、三！

数十人一跃而起，挥起大刀向铁丝网砍去。

霎时间，火星四溅，二十多名战士有的被铁丝网吸住，倒伏在铁丝网上，身躯痉挛，青烟四起；有的被电击甩出数米。李道南被电击甩出，摔地不起。

陈秋声见状大吃一惊，瞬间傻了眼，立即拍地大叫臂：不好！铁丝网有电！

敌军碉堡里射出一串子弹，已经爬出战壕的战士们立即伏地不动。

陈秋声：快！快救人，跟我来！火力掩护！

战壕里，机枪手架着机枪向敌人碉堡扫射！

战士们匍匐着跟随陈秋生爬至被甩出倒地的战士身躯前。

陈秋生：别碰网上的人，传电！

陈秋生十分艰难地拖着李道南的手臂往回爬行。

十几名战士各拖着一名触电战士艰难地往回爬行。

陈秋生回头朝四周的战士挥手：散开！散开！保持距离！保持距离！

战壕里的战士们见状立即爬上战壕接应。

触电战士相继被拖进战壕。

李淑芹带领的救护队立即上来急救。

陈秋生心急火燎不停地拍打李道南：李连长，快醒醒！快醒醒！

李淑芹不停地按胸，做人工呼吸！

陈秋声挥拳连连砸着壕土，跺着脚，心急如焚：怎么会这样？怎么会这样？这可怎么办？怎么办？！

李淑芹激动：李连长有心跳了！

陈秋生立即回个身来，蹲下推搡着李道南：兄弟，兄弟！李连长，李连长！

李淑芹继续边按胸边进行人工呼吸。

陈秋生在一旁手足无措。

李淑芹：有呼吸了。

陈秋生激动得热泪盈眶。

李道南慢慢睁开了眼睛。

陈秋生：兄弟，你没事了。

李淑芹：快，送医院去。

救护队立即将触电战士搬上担架离开。

王必成带着2团团长段焕章急匆匆赶到。

王必成：发生什么情况？

陈秋声立即起身立正敬礼：报告王司令，遭遇意外情况。一是攻击方向到铁丝网附近布满了地雷，我们通过匍匐前进的方法现在已经克服。二是敌人的铁丝网带电，勇敢队队员在破网时伤亡惨重，现在无法逾越！请指示！

王必成向阵地观察片刻：立即停止进攻，等待命令！

陈秋声：是！

王必成高声：这里有没有懂电的？

队伍中一战士应声：报告王司令，我懂！

王必成：快过来！

战士们让开道。

那战士走近敬礼：王司令，我在上海工厂里就是电工！

王必成：那你有办法吗？

战士：有！

王必成：什么办法？

战士：用长柄铁钳先剪断电源线，但必须在长柄钳的把柄上裹上绝缘材料，这样电流就与人体隔绝了，人就不会触电。

王必成：绝缘材料是什么东西？我还没听说过。

战士：绝缘材料是专门阻挡电流的。

王必成：现在关键是到哪里找这个绝缘材料？

战士：自行车内外胎都是绝缘的。但外胎太硬，不好裹铁钳柄，只有内胎可以。

王必成：你有把握吗？

战士：只要将铁钳柄绑扎好，我绝对有把握！

王必成：那就好。我这就去想办法找。

王必成与段焕章匆匆离开。

22—3 姜堰城郊外·日外·下午

主要人物：王必成、陈秋生、电工战士。

姜堰郊外，王必成带着人扛着几把长柄铁钳，捧着一扎自行车内胎来到战壕。

陈秋生立即迎了上去敬礼：司令！

王必成：好不容易弄了这些。那位电工战士呢？

电工战士赶忙上前：司令，我在这儿。

王必成：你赶紧给勇敢队队员讲解一下使用方法。

电工战士：是！我先来示范一下。

电工战士一手接过内胎，一手从后背抽出大刀将内胎斩成几段，套在铁钳把柄上，然后用细麻绳绑好。

电工战士：这里的关键是铁柄头上这里一定要套好，起码要套两层，绑结实，不能让手触碰到里面的钢铁。

电工战士：给我试试。

王必成伸手接过电工战士递过来的长柄铁钳试剪了几下：好！就这么弄！陈队长，立即把内胎和铁钳发给勇敢队战士，按他的要求套好、绑好。

陈秋生：是！

王必成：另外，我还要重点讲三点。一是敌人的电网是从南边延伸过来的，电源在南边。你们勇敢队应该先剪断南边电源线和铁丝网，这样，后面的铁丝网就没电了。二是勇敢队突破电网后，立即与突击队联合先攻入电厂，关掉所有的电闸。三是今晚7点，再次发起总攻！

陈秋生立正敬礼：是！

22—4 姜堰城郊外·夜外

主要人物：陈秋生

战壕里，数十名战士一排站立。

陈秋生站在战壕中央：勇敢队的同志们，今晚一定得拿下姜堰城，彻底消灭顽敌张少华部，为牺牲的战友们报仇！现在各分队检查一下携带的装备。一、枪支弹药。二、绝缘长柄铁钳。三、大刀。四、洋油火把。五、火柴。重点检查一下洋油火把和火柴，由于我们的炮弹十分有限，所以，攻克敌人的三十六个碉堡全靠它了，千万要系带好，别爬行奔跑时弄丢了。

队员们各自检查起来。

陈秋生：检查好了没有？

队员们齐声：检查好了。

陈秋生：有问题没有？

队员齐声：没有！

陈秋生：那好。现在出发！

几十名队员跟随着匍匐爬到电网前。

陈秋生与数名战士一跃而起举着长柄铁钳迅速剪起电网。

电网上立即迸出火花，发出“噼噼啪啪”电击声。

一队战士们随即一跃而起，挥刀将下段铁丝网砍断，铁丝网倒下一片。一队战士迅速铺上门板，后面的战士蜂拥而上。

远处，敌人碉堡里的机枪开始向这里扫射，火星飞闪。

陈秋生蹲伏着一挥手，两面战士迅速从左右两侧绕奔过去，靠近碉堡射击口两侧，划亮火柴，点着洋油火把，一起扔了进去。

碉堡里立即惊叫声起，烟火弥漫。

几名士兵刚冲出碉堡，就被两名战士击毙。

远处，几十座碉堡陆续全都冒起了青烟，碉堡里的敌人在逃出碉堡后，不断被击倒。

陈秋生猛地站起，挥起手枪：同志们，冲啊！

数百名战士从地上一跃而起，向前冲击。

陈秋生率领勇敢队击倒姜堰电厂门口的数名守卫，举着火把冲进厂内，进入控电室，命令工人：立即拉掉所有电闸！

几名工人立即跑到几个控电柜前拉掉了电闸。

22—5 姜堰城内·夜外·内

主要人物：陈秋生。

姜堰城内外，四处枪声密布，爆炸声隆，火光冲天，喊杀声响成一片。

韩军9旅旅部，张少华在火油灯中手忙脚乱地脱掉军服，换上便服，带上早已换上便服在门口着急等待的随从，打着手电，狼狈逃出旅部大门。

门卫们见状，立即四散而逃。

陈秋生率领勇敢队员，举着火把冲进旅部。

旅部一片狼藉。

陈秋生愤恨：唉，让这狗日的跑了！

从四面八方逃上大街的敌军被穷追不舍的新四军团团包围。

“缴枪不杀！”之声响彻街市。

敌军士兵中纷纷举手缴械。

2 纵队与 3 纵队胜利会师。

王必成与陶勇兴奋地互敬军礼握手。

将士们一片欢腾！

22 — 6　姜堰韩军武器库 · 日外

主要人物：陈秋生、李道南。

陈秋生、李道南率领战士们推开库房大门，库房里机枪、迫击炮、山炮等各种武器弹药堆放整齐，满满一库。

陈秋生、李道南和战士们兴奋不已。

陈秋生拿起一挺轻机枪爱不释手。

随军记者靠近，手举照相机，连连按下快门。

陈秋生手执轻机枪的照片定格。

22 — 7　姜堰运盐河 · 日 / 外

宽阔的运盐河上，数十条满载运粮船缓缓行驶。

22 — 8　兴化鲁苏皖边区抗日游击指挥部 · 日内

主要人物：韩德勤、郭心冬、李守维。

翁达，43 岁（1898—1940），韩军第六独立旅旅长。

军事会议室内，数十名军旅级国军军官正襟危坐在长方形会议桌四周。

韩德勤、李守维、郭心东、翁达就座。

韩德勤面色严峻：我们与新四军陈粟部从第一次的新街之战，到第二次的营溪之战，再到第三次的姜堰之战，已交手三次，可不但没有将他们从黄桥赶走，我们反而丢了姜堰。他们却由开始的防守，转入了现在的主动进攻。越来越猖狂了，照这样下去，他们早晚会占领我们的兴化、东台，与八路军南下支队黄克城部连成一片。是可忍，孰不可忍。根据蒋总统的电谕，我部必须趁新四军在黄桥立足未稳之际，集中优势兵力，尽快将其聚而歼之，然后再回师北上消灭黄克诚部。

李守维：对，先将新四军赶到长江里喝水去。否则，一旦让他们坐大成势，尾大不掉，必成后患。

韩德勤：不过，首先得分析一下前三次失利的原因，总结一下教训，以免再遭挫折，屡出意外。郭参谋长请你分析一下这三次失利的主要原因。

郭心东：司令，卑职事后也反思总结了一下，主要是对新四军在黄桥的兵力到底是多少，以及他们的部署、惯用的、善用的伎俩我们不仅没有摸透，并且到现在为止我们还一无所知。用兵打仗不能做到知己知彼，乃军中大忌。所以，与新四军再战，必须首先摸清其情况，周密部署才能做到战之能胜。

韩德勤：郭参谋长言之有理！对新四军的兵力一种说法是2000多人，一种说法是8000多人，到底是多少？至今没有一个准确的可靠的数字，这就造成我们盲目行动，三次重大失利。我们这次一定要接受教训，先摸清敌情再说。翁旅长，你是黄埔四期生，参加过北伐、台儿庄战役，我很想听听你的建议。

翁达起身低头施礼：谢司令！那卑职就直言不讳了，言辞不当之处，还请司令原谅。

韩德勤：兼听则明，偏听则暗嘛，但说无妨。

翁达：这三次交战，我部无论在武器装备上，还是在兵力部署上都远远优胜于新四军。可却偏偏连连失利。其主要原因卑职认为是我部一些旅团的战斗力存在严重问题。先谈谈张少华。他原本是个衙门小吏，靠纠集拉拢了一些地痞流氓组成了一个自卫队，一群乌合之众根本就不懂军事，既无才又无德，不仅欺压民众，还曾公开发表拥汪声明。被司令收编整训后，虽然貌似改弦更张，步入正途，但陋习难改，本性难移。由于治军无方，练兵无策，致使军心涣散，斗志萎靡。拥兵数千，却一盘散沙。所以，与新四军交战，一触即溃。再说何克谦，可以说与张少华是一丘之貉。驻军黄桥，独霸一方，横征暴敛，敲诈勒索，无所不为。连地方商贾名流都不放过，且与泰兴城的汪伪19师蔡鑫元狼狈为奸，民众对其无不恨之入骨，咬牙切齿，多次联名上告于重庆。所以，新四军进攻黄桥一击即破。鉴于此，卑职斗胆禀谏，在围剿新四军之前，必须整肃军纪，提高战斗力，否则，胜负难料。

韩德勤：是啊。本司令确有用人不当之处，应当首先检讨。正所谓兵熊熊一个，将熊熊一窝。张少华现在兵败潜逃，一时无法追责，但何克谦现在已被羁押，待与新四军的黄桥战事结束，一定军法处置！我们现在当务之急是在整顿军纪的同时，摸清敌情，重新制订周密的黄桥会战军事计划，时机一旦成熟，便立即实施。

李守维：陈毅和粟裕再次来信，提出议和。现在在陈毅的建议下，以韩国均、朱履先、黄逸峰为代表向我们发来邀请函，邀请我们9月27日前往姜堰曲江楼参加由东台、兴化、泰州、姜堰、海安、如皋、泰兴、南通八县各界代表联合召开的“停止内战，团结抗日”的和平协调会，我们该怎么应付？

韩德勤：陈毅真会挑地方，占了我们的姜堰，然后再让人邀请我去那里参加什么和平协调会议，这不是明摆着是想羞辱我们吗？我是不会去的，也不会派代表参加。但可以致电韩国均郑重申明：只要新四军主动退出姜堰，我们就捐弃前嫌，和平共处，一致抗日！

郭心东：姜堰是他们花了血本刚拿到手，这个要求，陈毅绝对不会答应的。

韩德勤：那我们就出师有名了。不是我们不想团结，不想和平，而是新四军抢占我们的地盘，我们是自卫反击，搞摩擦的应该是新四军，而不是我们。

李守维：司令这一招真是高明！

22－9 姜堰城曲江楼·日内

主要人物：陈毅、管文蔚。

黄逸峰，35岁（1906—1988），鲁苏战区党政分会中将委员。

姜堰城曲江楼堂厅，各界人士聚集一堂。

军方代表：陈毅、管文蔚、黄逸峰、李明扬、陈泰运、季方等落座在八仙桌左边。

各县代表：朱履先、王伯康、胡显伯、潘仲宾、黄辟尘、芦芷庵、潘伯融、蔡达人、陈受方等落座在八仙桌右边，

其余代表们落座在大厅堂四周

黄逸峰站起：各位代表，你们好！首先自我介绍一下。鄙人，黄逸峰，为鲁苏战区党政分会中将委员，受蒋委员长委派回苏中开展游击抗战工作。近期在苏中八县各界爱国人士多次呼吁下，今天我们终于会聚在这里举行“停止内战，一致抗日”和平协商民族促进会。今天除省韩主席因军务繁忙未出席，以及海安的韩国均老先生因84岁高龄不能亲自出席特委派王伯康为代表参加外，其余受邀代表均已到会。古人云：国家兴亡，匹夫有责。在这里我首先感谢各位代表的积极参与和大力支持。

众人鼓掌。

黄逸峰：现在我介绍这次会议的主要发起人：新四军第1纵队司令陈毅将军。

陈毅起身立正向代表们敬礼。

众人鼓掌。

黄逸峰： 中华民国开国元勋朱履先将军！

朱履先起身向代表们躬身施礼。

众人鼓掌。

黄逸峰： 现在首先请陈毅将军讲话。

众人鼓掌。

陈毅起身： 首先感谢今天这么有多各界代表出席这次和平协调会议，这说明大敌当前，苏中人民和全国人民一样是十分希望国共两党精诚团结，避免内战，一致抗日，早日赶走日本侵略者。作为一直坚持抗战的我新四军更是如此。其实早在两年前，自日本帝国主义发动侵华战争那一刻起，在全国人民强烈呼吁以及爱国之士们的不懈努力下，国共两党分别公开发表了各自宣言。国民政府承认了共产党的合法地位，共产党宣布放弃推翻国民政府的主张，并将红军和江南红军游击队正式编入国民革命军序列。也就是现在的八路军和新四军。建立了抗日民族统一战线。统一战线的建立，不仅得到全国人民的积极拥护，同时也得到了苏、美、英、法等反法西斯同盟国的大力支持。令日本军国主义在政治上和军事上遭受沉重打击。可抗日统一战线建立不久，以蒋委员长为首的国民党右派置中华民族利益于不顾，在 1939 年 1 月的国民党五届五中全会上制定了“溶共、防共、限共、反共”方针，掀起第二次反共高潮，处处刁难、压制、打击我们这支坚决抗日的队伍，从江南到江北不断制造摩擦。尤其是从我军渡江东进，进入敌后开展游击抗战后，韩军一直视我军为眼中钉、肉中刺，不断制造摩擦，相互内耗，令亲者痛，仇者快！所以今天将各位邀请来，就是希望大家共同努力，一致呼吁韩德勤，放弃反共方针，停止制造摩擦，将枪口一致对外，打倒日本帝国主义，推翻汪伪傀儡政权，建立由国共两党共同施政的民主联合政府，建设好我们的国家，让我们的人民安居乐业，不再受世界列强的欺侮。

黄逸峰起身首先鼓掌： 好！说得好！有道是：家不和，被人欺。兄弟阋于墙，外御其侮。国家就是由千千万万小家组成，是同样一个道理。中华民族上下五千年的历史告诫我们，只要国家内争不断，内战不断，这个国家就会四分五裂，就会遭受外敌的觊觎，就会被欺侮入侵，直至灭亡。所以，我们要尽一切努力，反对内战，化解两军矛盾，团结一致，共同抗日。下面请朱履先将军讲话！大家鼓掌欢迎！

众人鼓掌。

朱履先起身： 刚才陈将军和黄委员都讲了团结抗战的重大意义。现在我要向大家介绍一下新四军这支队伍。坦率讲，以前，我对新四军并不十分了解，但自从新四军进驻黄桥后，通过我的耳闻目睹和亲身体验，感觉是：这不仅是一支坚决抗日的队伍、爱国的队伍，并且是一支军纪严明，意气风发，斗志昂扬的队伍；不仅爱民如子，对百姓秋毫无犯，并且作战英勇顽强，所向披靡。进驻黄桥才几十天，就扫清了泰兴城以东的所有日伪军的据点，令日伪龟缩在泰兴城不敢越雷池一步；黄桥原来的那些地痞流氓也望风而逃，无影无踪。整个黄桥地区出现了从未有过的祥和盛景。这与何克谦的保安4旅驻扎黄桥时的情景简直就是天壤之别。可就是这样一支深受广大老百姓欢迎、崇敬的队伍，却不断受到韩军三番五次的挑衅，叫嚣要将这支队伍赶到长江里喝水。韩军的图谋一旦得逞，那中国的抗战胜利仅依靠他蒋某人还能有希望吗？所以，我建议，今天所有到会的代表，联名向省韩及重庆政府发出通电：停止内战，共同抗日！大家说好不好？

众人立即鼓掌：好！我们一致同意！

黄逸峰：著名的爱国人士，曾两次就任江苏省长的韩国均老先生因年事已高，不能亲自出席此次会议，但他委托王先生前来，以表示对会议的支持。现在请王先生讲话！

王伯康：今天我受紫老先生的委托首先向陈毅将军赠送紫老先生的礼物：他主编的一本书和亲自书写的一幅对联，请陈将军台鉴。

徐先生从包里取出一副对联。

陈毅立即离位走向王伯康面前敬礼、握手：十分感谢紫老先生的一片挚诚之情，改日一定登门拜谢。

陈毅接过书和卷轴向代表们展示。

对联：注述六家胸有甲，立功万里胆包身。

众人热烈鼓掌。

陈毅展示完毕，管文蔚上前将对联收好。

王伯康：今天我还带来了省韩主席致电紫老先生有关议和的电文：新四军退出姜堰，即可议和。

众人一片哗然。

胡显伯：这韩德勤分明是在故意刁难。

管文蔚：这姜堰要是归还了韩德勤，那他再封锁运粮通道怎么办？

蔡达人：是啊。陈将军绝不能答应啊，否则后患无穷。

朱履先：当初先是韩德勤多次向新四军故意挑衅，制造摩擦，封锁粮道，新四军才被迫夺取姜堰的，现在新四军主动提出了议和，他不但不领新四军顾全大局的真心诚意，反而认为新四军软弱可欺，所以才明知行不通，却故意为之，其目的就是根本不想和谈！为再次制造摩擦找借口。

众人纷纷道是。

陈毅： 朱将军分析得很有道理啊。但如何才能不让韩德勤找到借口呢？为此。我刚才认真考虑了一下，现向大家郑重宣布：为了民族利益，为了两军精诚团结，一致抗日，我决定新四军明日就退出姜堰！

众人惊愕不已。

黄逸峰： 陈将军此言当真？

朱履先： 陈将军是否要再斟酌一下再作决定？

陈毅： 君子一言，驷马难追，我陈毅历来言必信，行必果。不过，我有个条件，就是姜堰只能移交给真正抗日的友军李明扬司令和陈泰运将军的部队。不知李司令和陈将军是否愿意接受？

李明扬和陈泰运一下子愣住了，半天才反应过来，两人慌忙站起身连声回应： 愿意、愿意，当然愿意了。

陈毅： 那请二位明天拂晓后就派部队接防。

李明扬立即离位上前激动地紧紧握住陈毅的手，眼眶噙泪： 这太出乎我的意料了，谢谢仲弘兄弟，你真够朋友！

陈泰运随即也离位上前敬礼： 是！感谢陈司令的信任！

陈毅： 韩德勤一向到处造谣污蔑我们新四军渡江东进不是来抗日的，而是来与他们抢地盘的。今天，我们再次用事实告诉全国人民，我们新四军渡江东进就是为了联合友军共同抗日，是响应蒋委员长在庐山公开向全国人民号召：如果战端一开，地无分南北，人无分老幼，无论什么人都有守土抗战之责。我们绝不是来跟韩军抢地盘的，但我们必须要有立足之地，否则，敌后抗日就无从谈起。我们与顽固派相处的原则是：人不犯我，我不犯人，如果他们一定要再次向我们挑衅，那我们必定坚决加以反击！真理在我们这一边，人民也在我们这一边。我们必胜，顽固派必败。这是我们的诚恳忠告，也是严正警告。

黄逸峰： 陈将军已经作出了如此之大的让步，如果韩德勤还是得寸进尺，不依不饶，那就不得人心了，不仅我绝不答应，相信在座的各位代表也坚决反对。

潘仲宾： 是啊！新四军已经是仁至义尽了。如果韩德勤还不识好歹，那我们就坚决支持新四军！

黄逸峰： 我建议，现在大家就签名发表通电声明！

众人齐声： 好！

22 — 10 兴化苏鲁皖边区抗日游击指挥部 · 日内

主要人物： 韩德勤、李守维。

李守维走至司令办公室门口：报告！

韩德勤：进来！

李守维推门进入：司令，您找我？

韩德勤：新四军已经撤出蒋姜堰了。

李守维惊讶：啊，真的吗？这不像他们新四军的风格啊，那我立即安排6旅进驻。

韩德勤叹了一口气：晚了。李明扬和陈泰运的部队已经进驻了。

李守维：啊，李、陈这么快就进驻了，分明是预谋好了的。这陈毅真是太阴险狡诈了，专敲我们的软肋。

韩德勤：他们声称，我们没有参加和平协商会议，而李、陈亲自参加了，李、陈也是国军，同属苏鲁皖边区抗日游击指挥部，近水楼台先得月，所以就顺水推舟，名正言顺地将姜堰移交给了他们。陈毅这一招是一箭双雕，既满足了我们要求，又收买了李、陈。让我们哑巴吃黄连，有苦说不出。李、陈与我们素来同床异梦，陈毅洞若观火。他就充分利用这一点，屡次采取诸葛亮华容道捉曹放曹之术，恩威并施，拉拢人心，令李、陈与我们渐行渐远。

李守维：那我们现在该怎么办？

韩德勤：李、陈虽然与我们貌合神离，但目前迫于重庆的威慑尚不敢明目张胆地与贼为伍，我们只要手执尚方宝剑，不断施压，令他们不敢轻举妄动就行。为了稳妥起见，我决定将前线司令部暂时设至曲塘，以便随时监视他们的一举一动，鸭子不愿意上架，那我们就赶。

李守维：那对新四军我们下一步怎么走？

韩德勤：对他们继续施压，明确要求他们撤出黄桥。

李守维：对。他们若胆敢不从，就凭他们那点兵力，不用三天，我就能将他们赶入长江喝水去！

韩德勤：但为了封住众人的口舌，减轻委员长舆论压力，在政治上掌握主动权，我们还可以再做些表面文章，以其人之还治其人之身。

李守维：司令还有哪些举措？

韩德勤如此这般地向李守维交代。

22 — 11　黄桥中学新四军指挥部 · 日内

主要人物：陈毅、粟裕、管文蔚。

管文蔚手拎一只布袋走进司令部办公室：报告陈司令、粟参谋长。

陈毅、粟裕抬起头。

陈毅：管主任回来啦。

粟裕：快说说紫石老先生那边情况。

管文蔚：韩德勤给紫石老先生发来电报，对我们又提出了出新的要求，要求我们再让出黄桥！

粟裕：他这是得陇望蜀，贪得无厌啊！说到底，他就是狂妄自大，瞧不起我们新四军，认为我们的军力远不如他强大，所以才三番五次挑战我们的底线。

陈毅：他提出这样的要求我早有心理准备，所以并不吃惊，如果他就此罢休，那就不是顽固派了。

管文蔚：紫石老先生对韩德勤出尔反尔的言行感到十分失望和愤怒，为此他联系了245位各界知名人士向蒋介石发去通电，请求调离韩德勤。并托我捎给陈司令一副对联。

管文蔚从袋里取出两轴卷联交给陈毅。

陈毅接过展开，上联是：暴雨袭神州，哀鸿遍野。下联是：狂风卷巨浪，砥柱中流。

粟裕：紫石老先生是在表达对国民党顽固派消极抗战，大搞内战的不满，表明他支持我们的立场，另外也是提醒我们早作准备。看来这一仗是不可避免了。

管文蔚：据紫石老先生说，韩德勤已经在海安曲塘设立了临时前线指挥部，以督导陈泰运部，把他强行绑上战车。

陈毅：开始我们纵队的一些同志对让出姜堰很不理解，认为姜堰是我们官兵流血牺牲从顽固派手中夺下来的，就这么轻易地让给李、陈太便宜他们了。我给他们打了一个比喻“若要宝换宝，只有舍得珍珠才能换玛瑙”，我们不为暂时的一城一池得失计较。按韩德勤提出的要求，我们主动放弃姜堰，在政治上就赢得了各界人士的广泛赞赏和支持；让李、陈同时接管，既履行了我们承诺，又让韩、李、陈互相制约，不能随心所欲，同时，李、陈由于是喜从天降、不劳而获，更增加了对我们的信任度，也会心怀感激之情投桃报李，不会像韩德勤那样封锁运粮通道。尤其重要的是，我们可以集中兵力，保卫黄桥。

管文蔚：是啊，当时司令现场作出如此重大决定，我也很吃惊和不解。后来才明白了。

陈毅：你马上再回一下海安。一是将我的亲笔信请黄逸峰利用其公开的中将委员的身份与你一同送给陈泰运。二是我现在书写一副对联回赠给紫石老先生，你带过去。

语毕，陈毅随即蘸墨铺笺，一气呵成。上联：仗义执言，古之遗直；下联：居乡问政，华夏有人。

陈毅写好后，拿起来吹了吹字墨。

粟裕：这叫来而不往非礼也。管主任，你到街上的书画坊裱好再带过去。另外，你要提醒黄逸峰，由于他的秘密身份可能已经暴露，韩德勤既然已经坐镇曲塘，那他送信给陈泰运时要千万小心。

管文蔚：是！

管文蔚转身离去。

陈毅：韩德勤不放心陈泰运，坐镇曲塘，那我们现在也要安排朱克靖坐镇泰州，随时关注两李动态，做好统战工作，以防不测。统战工作有时比战场上舍命厮杀更为重要。

粟裕：是啊。两李现在仍然可能是墙头草，不得不防啊。还有，正在加固的城防工事得加快进度。

22—12　泰州苏鲁皖边区抗日游击指挥部·日内

主要人物：李明扬、朱克靖、黄逸峰、管文蔚。

泰州李明扬司令部。

姚向东进入：司令，新四军朱克靖求见。

李明扬：快，请进！

朱克靖、黄逸峰、管文蔚身着手臂佩戴苏鲁皖标识军服一起走了进来敬礼：李司令好！

李明扬快步迎接握手：啊呀，黄委员、管主任也来啦，快，快请坐。

众人落座。

侍从沏上茶退出。

朱克靖：今天拜见司令想请司令帮个忙。

李明扬：朱团长有什么事请尽管说。

朱克靖：黄委员和管主任想去海安拜见一下韩紫石老先生，为了这次行程的安全，想麻烦司令派些人和车帮忙护送一下，不知能否行个方便？

李明扬：哦，这个事啊。小事一桩，没问题！

朱克靖：那谢谢司令了。另外，为了贵军与我军联系的方便，陈司令特派我从现在起常驻泰州，随时听从李司令的吩咐。

李明扬：那太好了，早该这样了。在北伐时，我们就很谈得来，视同知己，亲如兄弟，无话不谈。可惜，后来因为两党纷争不断，只得分道扬镳。现在你来了，我又多了一个随时可以商议事情的人，求之不得啊。但可不是什么吩咐，是商议，商议。

朱克靖：司令客气了。

李明扬：黄委员和管主任准备什么时候去海安？

黄逸峰：我们马上就可以走。

李明扬：那我现在就安排一下。

李明扬走到办公桌前，摇起电话：接警备处。赵处长吗？你立即安排两辆车，带上几个人到司令部来，负责护送黄委员和管主任去一趟海安。

李明扬搁下电话：你们稍等，马上就到。

黄逸峰起身：给司令添麻烦了。

管文蔚：谢司令！

李明扬：哪里哪里，一家人，不说两家话。

22—13　曲塘镇·日外

主要人物：赵忠明、周玉珍。

赵忠明、黄逸峰、管文蔚同坐一辆军用吉普车行驶在马路上。另一辆三轮摩托车前行开路。

沿途兵马往来不绝。

车辆进入曲塘镇，街道上更是兵马密集，络绎不绝。

摩托车在一岗哨亭停下，士兵下车走近哨兵敬礼出示证件后交流几句重新回到摩托车上调转车头驶去。吉普车紧跟其后。

摩托车又驶近一岗哨亭停下，士兵下车走近哨兵敬礼出示证件后交流几句后重新回到摩托车上掉头驶去。

摩托车又在一处挂着苏鲁皖抗日游击前线司令部的门口停下，士兵下车走近岗哨亭向哨兵敬礼交流几句回头向吉普车走来。

士兵走到吉普车跟前敬礼：报告赵处长，现在税警总团团部已经搬离曲塘镇，不知去向，怎么办？

赵忠明：还能怎么办？只能四处再找找，今天一定要找到。

士兵：是！

士兵重新回到摩托车上，掉头驶去。吉普车跟随其后。

赵忠明注视着车窗外，忽然发现街道上一个熟悉的身影从眼前掠过，连忙招呼司机：停车，快停一下车。

吉普车立即刹车停下。

赵忠明连忙跳下车转身向熟悉的身影快步走了过去。

周玉珍正在街道边的一水果摊旁挑选着水果。

赵忠明走近仔细看清后（激动）：周医生。

周玉珍闻声转过头愣愣地看着赵忠明：赵，赵忠明？

赵忠明：是啊，怎么，连我都认不出了吗？

周玉珍霎时面颊飞红，眼泪夺眶而出，转过脸去泣不成声，但很快控制住情绪拭泪回头：你不声不响，一去两年多杳无音信，真绝情啊！

赵忠明一脸愧疚：对不起，因为特殊情况，走得非常仓促没能与你道别。

周玉珍：你现在一身军装打扮，我就是在大街上碰到面一下子也认不出来呀。

赵忠明：但我会认出你的。其实，我走之前去找过你，就是没找到。王医生说你去镇江了，一时半会儿回不来。

周玉珍：我从镇江回诊所后，王医生跟我说过。后来我就在高港等啊！盼啊。一直都没等到你人。却等来了你那身受重伤，生命垂危的二哥。

赵忠明惊讶：啊，我二哥？他现在怎么样了？他现在在哪儿？

第二十三集 你来我往

你来我往剑弩张，明修栈道暗陈仓。

一方竭力促统战，一方百般耍花枪。

23—1 曲塘镇·日外

主要人物：周玉珍、赵忠明、赵忠全、黄逸峰。

周玉珍：他在高港靴子圩阻击渡江日军受了重伤，被紧急送到诊所抢救，经过两个多月的治疗，身体恢复后，重新回到了李明扬的部队。后来在郭村又做了新四军俘虏，被释放后到了陈泰运的税警总团做了参谋。现在去前线司令部了，我在这里等他。

赵忠明疑惑：你等他？

周玉珍点头：嗯，我现在跟你哥结婚了。

赵忠明惊讶失落：啊？哦——。

周玉珍：他过来了。

赵忠全正阔步朝这边走来。

赵忠明抬头一见，立即迎了上去。

赵忠全一见赵忠明不由一愣：啊，三弟？

兄弟俩惊喜万分，紧紧拥抱了良久。

周玉珍站在一旁，静静地看着，表情复杂。

赵忠明、赵忠全几乎同时：你怎么会在这儿？

三人禁不住同时一笑。

赵忠全：还是我先说吧。日军进攻高港时，我身受重伤，命悬一线。幸好战友们将我及时送到了大哥的诊所极力抢救才死里逃生，后来大哥将我秘密送到家里疗养。在周医生精心护理了下身体才恢复好了。现在在税警总团任参谋。

赵忠明：啊，你在陈泰运的税警总团？

赵忠全：是啊。怎么啦？

赵忠明兴奋：哎呀，真是踏破铁鞋无觅处，得来全不费工夫啊！我们正在到处找陈团长呢。

吉普车里，黄逸峰探出头来向赵忠明这边察看：赵处长好像遇到什么熟人了，谈了这么久！我去看看。

黄逸峰刚跨下车，身后忽然转来一声：黄委员！

黄逸峰回头一看，一军官正朝他走来。

黄逸峰脸色一惊，但立马镇静地连迎了上去：啊呀！是张副官！

两人敬礼握手。

张副官：你是来找我们韩总司令吗？

黄逸峰：是啊，韩总司令在不在司令部？

张副官：在。我可以带你一同去。

黄逸峰：我们在等一个人一起去，请你先去通告一下韩总司令，我马上就到。

张副官：那好。我先去通告一下。

张副官环视了一下旁边的车子和护卫转身快步离去。

黄逸峰见张副官已经走远，立即疾步走到赵忠明面前：赵处长，快，快上车走。

赵忠明：怎么啦？我碰巧刚遇到在陈团长那里当参谋的二哥，现在就跟他的车去。

黄逸峰：那再好不过了。

赵忠明、黄逸峰连忙登上车跟着赵忠全的车驶去。

黄逸峰：刚才韩德勤的副官看到我了，被我应付过去了，我们得赶紧离开这里，以防被韩德勤察觉。

三辆车行驶到郊区一间民房门口停下，众人下车。

赵忠全：玉珍，你先回去。

周玉珍朝赵忠明挥了挥手：我离这儿不远，先回去了。

赵忠明挥了挥手：嫂子慢走，不送了。

赵忠明轻舒一口气，转身随同赵忠全、黄逸峰、管文蔚一起进了民房。

23—2　曲塘民房·日内

主要人物：陈泰运、管文蔚。

赵忠全走进陈泰运办公室：团长，黄委员和新四军管主任受陈毅司令委托来找您。

陈泰运：快，请他们进来！

赵忠全走出办公室：黄委员，管主任请进！

黄逸峰与管文蔚一同进入。

陈泰运迎上，互相敬礼握手。

管文蔚奉上一封信：陈团长，这是我们陈司令的亲笔信。现在韩总司令已经将前线总司令部设在曲塘，我们陈司令希望您立即将税警总团全部调离曲塘，由白米向北开往溱潼、时堰，尽快远离前线总指挥部，以免被直接控制。

陈泰运接过信阅毕：陈司令的意思我明白了，请回禀陈司令，我陈泰运绝不是背信弃义，恩将仇报之人，我今晚就部署到位，请陈司令放心。

23—3 海安城·夜内

主要人物：翁达、朱履先、陈毅、朱克靖。

韩军第六独立旅旅部。

副官走至旅长办公室门口：报告！

翁达：进来。

副官推门而进：报告翁旅长，朱履先将军一行三人已到！

翁达：哦，他们怎么来了？

副官：旅长，要不要回掉？

翁达沉思片刻：既然他们来了，那就请他们进来。注意，不要让其他任何人进来。

副官：是！

副官出门朝着正在门口等候的朱履先和身穿便服的陈毅、朱克靖：有请！

朱履先、陈毅、朱克靖进入。

副官立即关上了门。

翁达迎上前与朱履先敬礼握手：朱将军好！

朱履先：翁将军好！我介绍一下，这位是陈毅司令，这位是朱克靖团长。

翁达敬礼：陈司令好，久仰，久仰！

陈毅回礼握手：翁将军好！幸会，幸会！

翁达敬礼：朱团长好！

朱克靖回礼握手：翁将军好！

翁达：请坐！

三人落座，翁达亲自沏茶奉上。

朱履先：陈司令今天亲自前来拜访是久闻翁将军英勇善战的大名，内心十分敬仰，想认识交流一下，希望能交个朋友。

翁达：过奖，过奖。与陈司令的足智多谋、雄才大略相比，卑职真是羞愧难当。

陈毅：唉，翁将军过谦了。自从翁将军率军进入苏北、苏中，与日军血战一年就先后收复了被日伪占领的泗阳、阜宁、涟水、东台、盐城、姜堰、海安、如皋等大片国土，可谓一路势如破竹、攻无不克。令日军闻翁色变。尤其是台儿庄大战，翁将军以一个团的兵力扼守连云港南城一线，身先士卒，冒死抗敌，打破了日军从侧翼包围台儿庄的图谋，为台儿庄决战的最终胜利立下了汗马功劳。由此闻名遐迩，威震四方。被尊称为“翁虎将军”“政府御林军”。

翁达：保家卫国，驱除日寇是我们军人职责。否则就愧对党国、愧对民众。

陈毅：翁将军的爱国之情，抗战决心有目共睹，妇孺皆知。尤其在对待国共两党两军关系上，深晓民族大义，竭力主张和平共处，一致对外；在处理两军矛盾时更是积极主动，不辞辛苦。所以，今天我还要代表我新四军军部特别感谢翁将军去年冬季当我新四军罗炳毅部与89军部在皖东天长发生冲突时，对89军动以民族深情，晓以抗日大业，从中调解，平息了事端。像翁将军这样有着强烈民族使命感，重视两党两军关系的军人，在国军中还真是屈指可数。我们中国军人和民众如果都像翁将军这样，日本人哪还敢对中国这么肆意妄为！

翁达：当初抱着对孙中山先生的“三民主义”的崇高信仰才加入了国民党，进入了黄埔军校学习训练。志在推翻腐朽没落的清朝政府，复兴中华。可美好的理想与残酷的现实总是并驾齐驱。为此我失望过，萎靡过。想息隐林泉，闭门谢客。但十年饮水，难凉热血。当日寇犯我中华，杀我同胞，中华民族岌岌可危时，身为七尺男儿，炎黄子孙，岂能安之若素，无动于衷？只能再次披甲上阵，驰骋沙场。

陈毅：当年，我去法国留学时为了等候“麦浪”号轮船，我们一行人在上海滞留了一个多月。在这一个多月里，我们游览上海外滩时，看到了一个公园门口挂着一块牌子，上写“华人与狗不得入内”。如此羞辱中国人的文字出现在中国的所谓的繁华都市令人不可思议，更令我们义愤填膺，这就是被誉为“东方巴黎”、十里洋场的上海。在巴黎留学期间，我也同样看到了法国最底层民众的苦难。与上海一样，所谓的繁华只不过是一些权势贵族和资本家的乐园，是建立在劳苦大众的血汗和痛苦之上，他们被资本家残酷地压迫和剥削，过着毫无尊严，牛马不如的生活。所以在这里才出现了马克思和恩格斯，并发表了著名的《资本论》和《共产党宣言》，共产党由此而诞生。正因为共产党的宣言反映了全世界广大劳苦大众的心声，代表了全世界广大劳苦大众的根本利益，所以，才得到了他们的积极响应和支持，共产主义思想才风靡世界各地。中国共产党倡导的新民主主义思想，是“在中国建立一个以无产阶级为领导的，以工农联盟为基础的，由一切反帝反封建的人们联合专政的民主共和国”，其政治纲领包含了孙中山先生建立的“民族、民权、民生”的三民主义，并将“三民主义”进行了补充和升华。所以，孙中山先生才同时提出了“联俄、联共、扶助工农”的政治主张，建立了国共合作的统一战线。目的就是建立一个由国共两党组成的联合政府，像现在的美国一样，共和党与民主党联合执政，互相监督。只可惜孙先生的美好理想都被后来的国民党的继承人一次又一次破坏掉了，才造成今天国共两党两军纷争不止，摩擦不断的局面。

翁达：我虽然是黄埔军校的毕业生，但政治思想比较单纯，只知道奉行三民主义五权宪法之宗旨，追求国家富强统一之目标，打倒日本帝国主义。

朱克靖：但日本帝国主义现在很强势，而中国尽管地大物博，人口众多却国力羸弱，如何与之抗衡呢？唯一的途径就是国共两党两军精诚团结，共同抗击，才能打败他们，实现国家之统一，民族之复兴。

朱履先：现在新四军与韩军矛盾重重，随时都有再次发生冲突的可能，所以，陈司令的意思是希望翁将军像上次一样，能以民族大义和国家利益为重，在新四军与韩军之间尽力调和，求同存异，以免日寇渔翁得利。

翁达：我何尝不希望两军和睦相处，一致对外。但这次与上次有所不同。上次我所调和的对象是89军驻天长117师18团李正环团长，而现在面对的是鲁苏皖边区抗日游击韩副总司令，我的话语权有限，言语分量更是无足轻重。当然，我还会尽力而为。不过，身为军人，当以服从上级命令为天职，日后若有所得罪，还请陈司令海涵。

四人继续交流。

窗外渐渐发白。

23—4 姜堰县溱潼镇·夜外·内

主要人物：李明扬、管文蔚、朱克靖。

溱潼镇西郊夏家汪村湖边码头附近，夜色之中，数十名新四军战士埋伏在路边的草木之中。天上月色朦胧，繁星闪烁；湖面夜色沉沉，蛙声一片。忽然一艘汽艇劈风斩浪而来，临近码头时减速，慢慢靠近。

管文蔚、朱克靖身着短衫便服从停泊在码头的一艘客船出来，跨上栈桥。赵忠明身着便服从汽艇上跳上栈桥。

管文蔚、朱克靖与赵忠明敬礼握手。

赵忠明：总指挥在汽艇上等你们，请！

管文蔚和朱克靖跟着赵忠明上了汽艇进入艇舱。

李明扬起身迎接。

管文蔚、朱克靖向李明扬敬礼握手：总指挥好！辛苦了。

李明扬回礼与两人握手。

四人进入船舱落座。

管文蔚：我们陈司令让我们代为向李司令问好！

李明扬：谢谢！也请二位转达鄙人对他的感谢和问候！

朱克靖递上一封信：这是我们陈司令给您的亲笔信。

李明扬接过信阅读好放下：陈司令的意思我明白了。

管文蔚：上次郭村事件之所以能够和平合理地得到解决，全靠总指挥的深谋大略，处置有方啊。

李明扬：不、不，是仲弘将军一片诚心和高瞻远瞩、运筹帷幄。我们也是上了韩某人的当，唉，不提了，过去的事已经过去了，我们会吸取教训的。不过，不打不相识，不交不相知啊。通过那次事件，我们对新四军和陈司令有了更深刻的了解，新四军才是真正的想团结抗日。

周克靖：现在韩德勤又想进攻我们了，我们该怎么办？还请总指挥多加指教！

李明扬：那就打嘛，只好打了，他打你们，你们不打怎么办？

管文蔚：是的。我们新四军对外原则就是：人不犯我，我不犯人。我们从来不曾在敌人面前畏缩过。在吴家桥时，我们当时只有两千多人，面对日寇气势汹汹的进攻，我们不还是将他们打得落花流水？何况我们现在已经有两万多人了，就更不怕那韩德勤了。

李明扬一愣：你们有两万多人了？

朱克靖：是啊，我们江南主力基本上都过来了，就是为了对付韩德勤可能发起的进攻。

李明扬：那你们的武器弹药充足吗？

管文蔚：很充足。不仅缴获了日本人的，还缴获了何克谦、张少华的大批武器弹药。每个连都有好几挺机关枪，每个团都有一个机炮连。士气都很高，打败韩军的进攻还是有底气的。

李明扬：那就好，希望你们能打赢韩德勤。他的总兵力对外号称十万之众，其实真正能打仗的也只有 4 万多人。再除去防止八路军南下的一个旅，实际能够抽调出来进攻黄桥的兵力人只有 3 万多人。

管文蔚：不管他有多少人，打我们是毫无道理的。他养了那么多兵不去打日本鬼子，却来打我们，不仅老百姓不同意，就连他手下的许多官兵也不情愿。一个军队如果失去民心和军心，那还能打胜仗吗？总指挥，您说是不是？

李明扬：是，是啊。不过，他不仅兵力比你们多出不少，武器装备也比你们好得多，你们还得小心重视啊。

管文蔚：所以，还得请总指挥不吝赐教，提供良方对策啊。

李明扬：我没有良方，只有这次韩德勤进攻的军事部署，对策得靠你们自己运筹谋划。

管文蔚：总指挥若能提供韩德勤的军事部署，那我们更有必胜的把握了。

李明扬：仲弘兄弟将吴家桥和姜堰都无条件地让给了我，我绝不是薄情寡义之人，投桃报李，理所应当。这次，韩德勤的进攻分左、中、右三路。我和泰运为右路军，从西边进军；李守维、翁达为中路军，从海安，曲塘南下；薛承宗为左路军，从南面进军。我和泰运这一路，你们尽管放心，我们商量好了，我们从白米出发只推进到大伦镇一线就会停止前进。薛承宗上次营溪之战，受了郭心冬的蒙骗，孤军深入，结果被你们消灭了两个团，对韩德勤已心生怨恨。吃一堑，长一智，估计也不会轻举妄动。主要是中路军，这一路是韩德勤亲自指挥，一定会进攻你们的。估计翁达的独立旅从白米出发，进攻黄桥北门；李守维的 89 军 117 师殿后，相机支援左右两翼的攻击；33 师攻击黄桥的东北和东面。

管文蔚：韩德勤准备什么时候发起进攻呢?

李明扬：作战命令已下，十天之内一定会发起进攻。

朱克靖：一旦开战，还请总指挥多多帮助。我们胜利后我和陈司令一定前往泰州面谢!

李明扬：战事已急，你们赶紧回去请仲弘将军立即作好准备。

朱克靖：自古道，师直为壮，曲为老，哀兵必祥。我们不打则已，若打，则必胜。

李明扬：那预祝你们大战告捷!

管文蔚、朱克靖起身与李明扬握手：谢谢总指挥！那我们就告辞了。

管文蔚、朱克靖送到栈桥上。

李明扬站在汽艇船头上挥手与管文蔚、朱克靖告别，汽艇驶离。

23－5　黄桥新四军指挥部·日内

主要人物：陈毅、粟裕、周炎、管文蔚、朱克靖。

陈毅、粟裕、周炎、管文蔚、朱克靖在指挥部办公室。

陈毅：你们两人这次溱潼之行收获不小啊，任务完美完成。李明扬能将作战部署对我们开诚布公，是向我们表明了态度。根据我们从其他渠道获取的情报，他提供的作战部署全部是真实的。看来，李明扬还真是个性情中人，也很明智，投桃报李，不负我一片苦心。这次应该不会与我们开战了，薛承宗也为营溪之战，后悔莫及，应该也不会主动进攻我们了。

管文蔚：这都是司令高超的统战艺术发挥了重要作用，产生了奇特的效果。

陈毅：统战工作只是一个方面，但光靠做统战工作也不行啊，还得有军事行动密切配合。我们要一只手积极主动抓好统战工作，另一只手要握紧拳头随时准备出击，以沉重打击，促进和谈。这样统战工作才能做得下去，才能收到较好的效果。

粟裕：是啊。像韩德勤这样的顽固派，你不给予沉重打击，他永远不会醒悟的。这次我们必须重点要对付他的中路军了。

陈毅：从目前情况来看，李明扬是应该不会攻击我们，但我们也不能完全失去警惕，过于麻痹大意，也要防止他在我们危急关头，动摇不定，最后倒向韩德勤一边，为洗脱自己而趁火打劫，落井下石。所以我们现在就要在大伦庄到处放风，就说在那里我们部署了一万多人的兵力，让他瞻前顾后，不敢轻举妄动。

钟期光走了进来：陈司令，韩德勤来电说要派117师政训处主任仇霈生前来进行友好访问，洽谈和平协议。

众人一下子全愣住了。

朱克靖：韩德勤这是唱的哪一出呢？

陈毅沉思不语。

粟裕：韩德勤的作战命令都已下达，现在却派人来和谈，这分明是在给我们放烟幕弹，灌迷魂汤哦。

周炎：我看，苏中八县联席会议后，两百多名地方名流乡绅联名分别向蒋介石和韩德勤发出了和平倡议书，并通电了全国，他们可能是受到了全国各界人士的舆论压力，故而才来唱这么一出，装模作样，掩人耳目，混淆视听，蒙蔽民众，企图将两军冲突的责任推卸给我们。

陈毅：我看这样吧，马上回电，说我们真诚欢迎仇主任来访。

23—6 黄桥中学新四军指挥部·日内·上午

主要人物：陈毅、管文蔚。

仇霈生，40岁左右，韩军117师政训处主任。

仇霈生与陈毅、管文蔚互相寒暄之后先后落座。

随行记者拍照。

仇霈生：韩主席派我来访，主要是想向贵军表明，国军愿与友军通力合作抗战，并向二位致意。只要贵军在黄桥不就地征税、扩军，国军绝不无故向贵军挑起战争，请二位司令放心！目前我们两军之间多有误会，希望二位能了解韩主席的诚意。

陈毅：仇主任说得很对，团结抗战是我军一贯的宗旨，值此大敌当前之际，谁要把一党一己私利置于国家民族之上，挑起内战就要成为千古罪人。至于要求我们不要在黄桥征税扩军，我要说明的是，我们之所以要征税是因为政府不发给我们经费和武器弹药，为了抗日，我们也不得不自筹粮饷。另外，现在抗战已经到了最艰难，也是最关键的时期，广大民众受尽了日伪的欺侮，主动积极参加我们的抗日队伍，我们应该欢迎才是，怎么能反对和阻止呢？希望省韩请蒋委员长撤销限制异党异军的方针，彻底开放民众性的抗日救亡运动。

仇霈生：陈司令说的也是，我看这样吧，只要贵军的活动范围仅局限在黄桥、蒋垛、营溪、花园桥一带周边地区，不再北上；国军驻姜堰、曲塘一线也不再南下，互不相扰，陈司令以为如何？

陈毅：如果省韩不封锁我们的物资运输线，允许我军有个立足容身之地我们当然愿意。

仇霈生：那就这么说定了。这样我回去对韩主席有个交代。贵军若还有什么困难尽管说，我一定回禀韩主席，帮你们解决。

陈毅：由于顾长官停发了我军的军饷，给我军的给养带来了很大的困难，现在我军什么都缺，缺衣缺粮，缺武器弹药。今年连过冬的棉衣还至今还没有着落呢。

仇霈生：那贵军需要多少制作棉衣的布匹和棉花呢？我回去禀告韩主席，想办法帮你们解决。

陈毅：我军转战大江南北，减员不少，现在只有三千人不到了。就这两三千人，一天只能吃两顿饭，一个个很像叫化子，战斗力很差。

仇霈生：真的吗？

陈毅：仇主任若不信，我带你去部队看看？

仇霈生：那好，先看看你们的司令部和政训处吧。

陈毅：有请！

管文蔚、陈毅领着仇霈生踏上楼梯上了二楼。

二楼司令部作战科，几名工作人员立即起身敬礼。

仇霈生在挂在墙上的地图前停住：怎么，你们现在怎么还用这五十万比一的普通地图？国军现在起码是五万分之一的军用地图了。

陈毅：军用地图太少了，皖南军部自己还不够用呢。

仇霈生：我看你们司令部怎么没有多少人？

陈毅：我们就几十个人。

仇霈生：这么少啊？

陈毅：没有经费呵。

仇霈生：哦。那我们还是到街上转转吧。

23 — 7 黄桥镇街市 · 日外 · 中午

主要人物：陈毅、仇霈生、管文蔚。

街上，人来人往，不时地有马车、驴车不紧不慢驶过。

陈毅、管文蔚陪同仇霈生行走在街市上，随行人员牵着马跟在后面。

随行记者不时地对着他们拍照。有好奇的行人驻足朝这边人马看过来。

仇霈生走进一家粮店。

店掌柜连忙笑脸相迎：长官好！

仇霈生：老板，这面粉怎么卖的？

店掌柜：两块钱一斤。

仇霈生：生意怎么样啊？

店掌柜：生意还好。

仇霈生：有没有什么困难需要政府帮助解决的？

店掌柜：有啊，太多了。

仇霈生立即来了兴趣：都有些什么困难快快说说？

店掌柜：我有个小儿子被抓去当壮丁了，能不能放他回来？我这店里需要一个帮手。

仇霈生：噢，被什么人抓去的？

店掌柜：去年被那个叫何什么的长官的人抓走的，到现在也没回来过。

仇霈生（失意）：这个我可帮不了啊，那个何长官早就逃走了，我们还没找到他人呢。

店掌柜：唉，我老婆为这事急得生了一场大病，不久就离开人世了。

陈毅：哦，每个孩子都是娘身上掉下来的一块心头肉，就这样无缘无故地被狼叼走了，谁不伤心？可怜天下父母心哪。你儿子叫什么名字？有机会我们帮你找找。

店掌柜：他叫黄久生，长久的久，长生不老的生。

陈毅：你放心，就凭他叫的这个名字就不会有事的。

店掌柜抱拳躬身：那拜托长官了。

一行人离开粮店，继续向前走。

仇霈生环顾了一下四周：这街上怎么没见到多少你们的人呢？

陈毅：这街上都是我们的人啊。

仇霈生：我是说，你们的官兵。

陈毅：哦，我们的人都分布在乡下去了，仇主任要不要到乡下去走走？

仇霈生摆摆手：乡下我就不去了，黄桥我还有几个朋友，办点私事。没时间了。那我就不耽误你们了，告辞了。

陈毅：快到午饭时间了，我请仇主任吃个便饭再走吧。

仇霈生：谢谢陈司令！我与朋友已经约好了，他们会招待的。

陈毅：既然这样，那我就不耽误你们了，欢迎仇主任下次再来指导，恕不远送。

仇霈生、陈毅抱拳告辞。

随行记者跟随仇霈生等人骑马而去，消失在街市人流之中。

陈毅、管文蔚和随行人员刚往回走不远，忽然听到远处传来激烈的枪声，街上行人四处慌张奔跑。

管文蔚紧张地对随从警卫：你们立即护送陈司令回去，我去看看。

管文蔚拔出手枪带着几名战士飞奔而去。

23—8 黄桥中学新四军司令部·日内

主要人物：

管文蔚站在陈毅、粟裕办公桌边。

陈毅：管司令，说说中午街上的枪声是什么情况？

管文蔚：是有人刺杀那位仇主任！

陈毅、粟裕同时惊愕。

陈毅：啊？竟有这种事？凶手抓到了吗？

管文蔚：没有。事情发生得太突然，我们赶到现场时，凶手已经跑了。

陈毅：那仇主任怎么样了？

管文蔚：仇主任还好，就是从马上摔了下来，受了点轻伤。可两个警卫当场死亡。

陈毅：那仇主任现在在哪里，送医院没有？

管文蔚：仇主任已经回海安了，我们要将他送到我们的医院，他坚决不肯。

粟裕：他可能怀疑是我们干的。

陈毅：他是韩德勤派来和谈的。无论是真心还是假意，我们怎么可能干这种事？

管文蔚：会不会是汪伪的特务事先得到了仇主任要来和谈协商的消息，派人来刺杀，以刺激韩德勤，加深我们与他们的矛盾，挑起战事？

粟裕：完全有这可能。

陈毅：我总感觉没有这么简单，派人调查清楚了再说。不管怎么样，黄桥保卫战已箭在弦上了，我们各方面要加紧部署到位。

23 — 9　海安县韩军前线总司令部。日内

主要人物：韩德勤、仇霈生。

仇霈生脖子上缠着绷带走进韩德勤办公室敬礼：报告！

韩德勤见状立即从办公室椅子上起身走近：喔，仇主任，快、快坐，坐下来说。

仇霈生见韩德勤落座单人沙发上，方毕恭毕敬在旁边的沙发上坐下。

韩德勤：这次黄桥之行，让仇主任受惊了。我怎么也想不到新四军会对你下手哦。

仇霈生：我想，应该不会是新四军吧，我是奉总司令的派遣前去和谈的，他们没有理由这么对我吧？再说，自古就是两军交战，不斩来使。我觉得应该是日伪的特务干的，他们以为我们真去和谈的，不知道我们只是做做样子，所以，才下了狠手。

韩德勤：我已经派人调查清楚了，就是他们新四军的人干的。你以前不是杀过黄桥共产党的地方干部吗？这次他们就是抓住难得的机会想报仇。

仇霈生：那还不是好几年前的事了吗？再说，我又没有亲自动手。

韩德勤：他们才不管那么多，反正你参与了。人家一直记恨着呢，只是一直不曾有机会下手。这件事我已经向蒋委员长和顾总司令禀告过了，并向新四军皖南军部提出了严正抗议，指责他们肆意刺杀我军和谈使者，破坏抗日统一战线。你带过去的那位记者已将我们与新四军和谈，以及你被刺杀的照片全部公之于众了，证据确凿。引起政府上下及各界人士的强烈愤慨，纷纷声讨新四军的不法行径，一致要求对黄桥新四军严惩不贷。

仇霈生满脸疑云，若有所思：噢。

23 — 10　黄桥中学新四军司令部 · 日内

主要人物：陈毅、粟裕。

陈毅、粟裕、钟期光、周炎、管文蔚、朱克靖、叶飞、王必成、刘培善、

陶勇、陈玉生、陈同生等围坐在会议室办公桌四周。

陈毅：现在形势十分严峻，刚才皖南军部转来了蒋介石就仇霈生被刺杀事件的责罚令。由此可见，这次的刺杀事件完全是韩德勤一手策划的，自导自演的一场苦肉计，其目的就是要为他们进攻我黄桥制造借口，并嫁祸于我们，以便他们利用舆论工具在政治上占据主动。现在和平协商已绝无可能，唯有在军事上进行自卫反击这一条途径了。现在请粟副司令宣布作战部署。

粟裕：我们的作战部署是：由陶勇司令率第 3 纵队 3 团、8 团坚守黄桥东门，陈玉生副司令率 7 团和新 1 团坚守南门；由叶飞司令、王必成司令率第 1 纵队和第 2 纵队主力团作为突击力量隐蔽集结于黄桥西北之顾高庄、严徐庄、横港桥地区的，待机伏击由白米南下的翁达独 6 旅之左右两翼；第 2 纵队派两个主力营配置于古溪至分界一线，实行运动防御，诱敌深入。第 1 纵派两个营集结于在营溪、孙家庄一带，一个营密切监视韩左路军薛承宗的动向；一个营，化装成韩部，进入韩的后方，配合大量地方武装阻击袭扰韩军 117 师、33 师，阻滞其前进的时间，使翁达孤军深入，便于我先将其消灭，然后集中力量围歼李守维部。另外，县警卫大队部署在溪桥，河失附近一线，密切监视泰兴城日伪的动静，以防他们趁火打劫。朱克靖团长，坐镇泰州，想方设法稳住两李。

陈毅：敌人进攻的兵力，左右两翼两万多人不算在内，也有一万五千人左右，可我们三个纵队加起来也只有八千多人，而实际战斗人员只有七千多人，力量对比是五比一。我们虽然在兵力上与韩军相差较大，但我们有我们的优势：一是我们部队有广大老百姓的全力支持，自愿组织了支前队，帮助我们挖战壕，修城墙，运粮食，运弹药，做军鞋，做担架，现在我们的军需品供应充足，毫无后顾之忧。二是我们战斗力是韩军不可匹敌的。我军战斗史上有过无数次以少胜多、以弱胜强的先例，加上我们还有大量的地方武装配合，所以我们完全不必怕他们。而韩军，不仅素来内部钩心斗角，尔虞我诈，军纪涣散，士气萎靡，并且远道而来，人生地疏。所以，我们要积极动员起来，团结一心，同仇敌忾，鼓足必胜的勇气，充满必胜的信心，坚决打好这一仗。这一仗打好了，就可以决定苏中苏北的大局。

粟裕：从现在开始，陈司令的指挥部移至严徐庄严仲英家，指挥全局；我的指挥部设在东门严复兴小楼内。第 1 纵指挥部从丁家花园移至樊家集；第 2 纵指挥部从古溪东庙移至小周庄西头的空砖窑中；第 3 纵指挥部设在蒋家湾，陈玉生副司令的指挥部就设在这里。另外，我们还电告中央军委，请求八路军黄克诚部迅速南下，以牵制韩军。同时，请求军部调遣江南部队渡江增援。总之，这一仗，只许胜，不许败，就是打到最后一个人也要拼杀下去。各位能不能做到？

众将起立齐声：请陈司令、粟副司令放心，坚决完成任务！

23－11　黄桥镇街市·日外

主要人物：李淑芹、陈盛文。

街道上人来人往，车水马龙。

李淑芹带领着新四军服务队人员在街市张贴标语，向行人散发传单。

街道两边的墙上，沿路张贴着"誓死保卫黄桥，坚决打败韩德勤！""反对内战，坚决抗日！""团结才有出路，摩擦没有前途！""新四军必胜，顽固派必败！"。

两排身穿胸前绣着"黄桥中学"校服的学生，手执三角旗边走边举旗高喊：打倒顽固派！打倒日本帝国主义！

一排臂套"纠察队"红袖章，肩背长枪的青壮队沿街巡逻。

陈盛文腰配手枪，带着装满砖块、石头的驴车队经过。

正在散发传单的李淑芹一见立即高声：陈盛文！

陈盛文循声看到了李淑芹，立即拉住驴车：是李淑芹啊。

李淑芹：好久不见了，你现在还在服务团军需处吗？

陈盛文：是。

李淑芹：你现在去哪里？

陈盛文：我现在要将这些砖石料送到东门加固城墙。

李淑芹：你有赵忠明和你妹妹的消息吗？

陈盛文略思：嗯——，没有。我也好久没见到他们了。

李淑芹：我好想他们。我们四个一起去茅山的，现在却和他们失去联系了。也不知道他们现在怎么样了。

陈盛文：应该还好吧。

李淑芹：如果你有他们的消息了就立即告诉我。

陈盛文：好的。

李淑芹：哦，我想起来了，你舅舅家不就是在黄桥吗？

陈盛文：是的。

李淑芹：部队到黄桥后你去过吗？

陈盛文低头：还没有。自从部队进驻黄桥后，战斗几乎就没怎么停止过，形势也越来越紧张，部队根本走不开。

李淑芹：也是。等局势稳定了，可不可以带我去走走？我在黄桥举目无亲哦，永安洲的家尽管离这里不算太远，但就是回不去，有种咫尺天涯的感觉。我好想我的爹爹和妈妈，那边是日占区，我好多次梦到他们因为女儿参加了新四军被日本人抓去严刑拷打。

李淑芹眼眶瞬间红润了，泪水不由自主从眼眶里掉了下来，她连忙抹去。

陈盛文：行，行，当然可以。我跟你一样，也很想我的爸爸妈妈，也不知道他们过得怎么样，好不好？

李淑芹感同身受，意味深长地看了陈盛文一眼。

陈盛文下意识地回避着她的目光。

李淑芹忽然掏出手帕为陈盛文擦汗：看你，淌了这么多汗。

陈盛文下意识躲闪了一下，连忙用手抹了两下自己的脸：我自己来！

李淑芹"扑哧"一笑。

陈盛文：我得走了，那边还等着砖石料。

李淑芹：好吧，你去吧，我已经耽误你了。

两人挥手而别。

23 — 12　黄桥镇东门 · 日外

主要人物：陈盛文。

城墙上下，数千民工分布在沿墙一线，搬卸吊装，堆垒修砌，人头攒动，一望无际。

陈盛文领着驴车队到达城墙下，卸下砖石。

一老年妇女盛着一碗水递了过来：来，小伙子，喝碗开水，小心，别烫着。

陈盛文接过：谢谢，谢谢大妈。

老年妇女：不用谢，应该的。你们保卫黄桥，就是保护我们老百姓。自从你们到了黄桥，我们老百姓刚刚才直了几天的头，现在那韩德勤又要来了，这次你们一定要把这些狗日的往死里打。

陈盛文饮了几口水：大妈，您放心，我们新四军可不是吃素的，这次一定叫他们有来无回。

陈盛文挥着手势，捏起拳头。

23 — 13　黄桥外围 · 日外

主要人物：朱宝权、陶勇、朱履先。

沈和生，朱履先夫人。

一片旷野地上，数千名战士和民工正在挖着战壕。

长长的战壕已近一人深。

朱宝权光着膀子挥着铁锹拍打着战壕上面的泥土，汗流浃背。

陶勇陪着朱履先和夫人沈和生、管家站在远处看着朱宝权的挥动铁锹的身影。

陶勇：朱老，要不要将您儿子叫过来？

朱履先：好的，老夫正要送给他三样东西，那麻烦司令将他叫过来。

陶勇转身：通讯员！

通讯员：到！

陶勇：去将朱宝权同志叫过来！

通讯员：是！

通讯员迅速走到战壕里，朱宝权放下铁锹，转身朝这边挥了挥手，爬出战壕走了过来。

朱宝权走到陶司令面前立正敬礼：3 团 2 营 1 连 5 排排长朱宝权奉命报到！

陶勇回礼：你爹妈今天来看你了。

朱宝权向朱履先和沈和生立正敬礼：爹、妈！

沈和生激动地上前一把抱住朱宝权：儿子，你好几个月没回家了。妈妈不习惯，好想你哦。

朱宝权拍了拍母亲的背：妈，您身体还好吧？

沈和生抚摸着儿子的脸颊，双眼噙泪：好，好。

朱履先打断：好了，我说不带你来吧，你就要跟着来，你这样会影响儿子的情绪的，他现在是名军人，要有刚强的意志。你看他现在不是挺好的嘛。

沈和生拭去眼泪：儿子又不是你身上掉下来的肉，你当然不心疼。

朱履先：我和你只是爱子女的方式不一样。好男儿就应该志在四方，勇挑国家重任。我将儿子放在新四军队伍里，比放在哪儿都成才、都放心。

陶勇：十分感谢朱老对我新四军高度信任和竭力支持。

朱履先摇摇手：唉，根本不用谢！老夫只是做了一些力所能及的事情，身为华夏子孙，为国尽责尽忠，理所应当。国家国家，有国才有家。如果国没了，那家就是无源之水，无本之木。正所谓，皮之不存，毛将附焉？一个人，无论你是才高八斗、学富五车，还是腰缠万贯、富可敌国，如果没有家国情怀，那充其量也就是只能飞会叫的假蝼（蝉）。

陶勇：我们的朱宝权同志能有您这样一位深明大义的父亲真是人生之大幸啊。我们新四军能与您这样的爱国绅士相识、相交也是莫大的荣幸。

第二十四集　屡战告捷

三路进逼气汹汹，陈粟运筹心从容。

朴刀痛斩长蛇阵，虎将自戕成皮熊。

24—1　黄桥外围·日外

主要人物：朱履先、朱宝权。

朱履先：唉，应该是犬子能遇到并加入新四军这样的军队才是一生之大幸。老夫参加辛亥革命、国民政府几十年，之所以后来辞职不干，告老还乡，就是对腐败无能的国民政府彻底失望了。可以肯定地讲，未来中国一定是共产党的天下，也只有共产党才能挽救中国，才能复兴中华。犬子也唯有加入共产党，在新四军这样的熔炉里锻造才能久炼成钢，才可能成为国家未来的栋梁之材。所以啊，应该是老夫感谢你们哪！

朱履先抹了一下白须，十分欣慰地看着矫健的朱宝权：儿子，今天爹特地来就是要送给三样东西。管家，拿过来。

管家递过来一把指挥刀、一把手枪、一顶头盔。

朱履先：这三样东西是你老爹辛亥革命时期，打败张勋，攻克南京，并在举行民国开国大典上随身佩戴的武装，是老爹一生最珍贵的记念品，也是一生的荣耀。希望你能很好地继承，时刻铭记身上的历史重任和神圣使命，奋勇杀敌！

朱宝权接过敬礼：请爹爹放心，儿子绝不辜负您的厚望。

24—2　黄桥镇磨面坊·夜内

主要人物：朱履先。

宽大明亮的磨坊里，几十台石磨排成两排在几十头驴子的牵引下不停地转动着，发出隆隆的声音。

雪白的面粉、大米从两排石磨的槽中缓缓落入布袋。

朱履先、朱宝武走了进来。

管事一见立即跑了过来：朱老先生这么晚了还来？

朱履先：不放心哪。现在一天能出多少面粉和大米？

管事：一天能磨一千多斤。

朱履先：要加紧啊，新四军那么多人吃饭。

管事：现在日夜都不停的。

朱履先：要多雇些驴，否则这些驴会吃不消的。

管事：晓得。现在已经雇了二十几头了，不会误事。

朱履先：磨好的面，天一亮就赶紧送到那几十家烧饼店里。要记好账，将来才好算工钱和柴火钱，这些都是人家的辛苦费，不能少给。

管事：都记着呢，一共六十六家。您老放心！

朱履先对朱宝武：上午我到东门郊外去看你弟弟了，那体质健壮得像头牛，新四军的队伍真是培养人的好地方啊。我也跟陶司令讲了，你明天也到街对面珠巷何氏祠堂的新四军支前委员会去帮做些事，黄桥大战在即，缺少人手，特别缺少读过书的人，你在家待着也是待着。

朱宝武：好的。

24—3　黄桥镇珠巷街124号何氏宗祠·日外·内

主要人物：陈盛文。

杨桂芳，40岁左右，战地服务团副团长。

顾金贵，40岁左右，农抗会会员。

挂着新四军战地服务团木牌的何氏宗祠门口，熙熙攘攘，人头攒动，长长的珠巷，一头依次排列停放载着船形篾筐的小驴车、独轮车和肩挑过来的箩担，篾筐和箩担中装满布鞋、军服、军帽、担架及各种大小不同的烧饼等军需品，长长的队伍一直延续到大街上。门口另一头，卸完物资的人和车，依次离开，车水马龙，欢声笑语。

陈盛文和几名队员在门口忙碌着，一会儿帮着将满载的箩筐卸下抬进，一会儿招呼着送完物资的人和车从另一侧离开。

一位年轻的男子推着一辆装满担架独轮车在门口停下。

陈盛文一看，有三副红色担架十分显眼（好奇）：你真讲究，担架还上红漆了。

年轻男子：这上了红漆的不是我的，是我家邻居孙秀兰的，她是妇抗会会员，将家里的花轿拆了，叫我帮做的。我是个木匠，是农抗会会员，这里的十六副担架，我的只有六副，其余的都是会员们的。

陈盛文：你一个人就做了六副？

年轻男子：我是农抗会会员，应该带个头，多做几副。

陈盛文：怎么称呼您？

年轻男子：我叫顾金贵，西郊殷坍乡的，

陈盛文：那太谢谢你们了。来，我们一起搬到里面去。

陈盛文与顾金贵和工作人员一起将担架搬了进去。

屋内，朱宝武忙着记账。

顾金贵递给陈盛文一张单子。

陈盛文照着单子：顾金贵担架六副，孙秀兰担架三副，李宏寿担架两副，徐长贵两副，王子来两副，张奶奶一副。顾金贵同志，来，请到这边结账！

顾金贵疑惑：结账？结什么账？

陈盛文：结担架的账啊！

顾金贵：啊，我们没想要钱啊，就是想免费支援抗日政府的。自从黄桥建立了抗日民主政府，进行了减租减息，废除许多苛捐杂税，已经为我们老百姓减了不少负担，这还要给钱？

杨桂芳走了过来：桥归桥，路归路。老百姓对我们抗日政府的支持已经够大的了，应该付钱的。

陈盛文连忙介绍：这是我们的首长，战地服务团杨桂芳副团长。

众人惊讶，抬头注目。

顾金贵：啊，是不是那位带领女兵打死一百二十五个鬼子的杨队长？

陈盛文：是，就是的。

顾金贵躬了一下身（激动）：啊呀，您好！杨团长，您真是大名鼎鼎啊，我们黄桥几乎无人不知、无人不晓的抗日女英雄啊。今天真是太幸运了，终于见到大英雄本人了。

杨桂芳：您过奖了，我并不是你们所说的什么大英雄，只因为我是个女人，只因为我的胆子比一般的女人大了些，所以才显得有些特别。其实，我并没有什么特别的，也是穷苦人家出生，曾经也是个弱女子，是这个乱世改变了我，让我学会了勇敢和坚强。另外，从我身上可以说明，鬼子并不可怕，他们都是些泥老虎，只要我们不被他们的外表所吓倒，大胆面对，勇敢地跟他们打、跟他们拼，那他们就会一打就倒，再一打就会散成泥渣。韩德勤就更是这样了，所以，别看他们来势汹汹，不可一世，只要我们黄桥人民与新四军紧密团结起来，万众一心，拿起武器，那韩德勤就跟鬼子一样，用不了几下子，就会散架！

陈盛文：对，我们首长说得好，只要我们黄桥老百姓与新四军同心协力，

共同抗敌，韩德勤一定是有来无回！

众人齐声鼓掌。

24—4 黄桥镇东门严复兴小楼粟裕指挥部·日内

主要人物： 粟裕、陈玉生。

粟裕、陈玉生在办公室内。

粟裕来回踱步： 陈副司令，今天把你叫来主要我还有三个问题放不下心。

一是驻扎黄桥西边泰兴城汪伪的19师蔡鑫元部，二是驻扎黄桥南边靖江季家市王效礼的汪伪保安团，三是驻扎黄桥西北宣家堡的李明扬的第3纵队张公任。这三股势力离黄桥都很近，我担心他们会趁火打劫。

陈玉生： 王效礼那边我已经请我的师兄陈朗找过他，陈朗是王效礼的恩师，希望他不要受韩德勤利用而出兵，他一口答应了。蔡鑫元那边我和陈朗请朱子先到泰兴找过他们。蔡鑫元是朱子先帮会的门生，朱子先又是我们的地下党，蔡鑫元也答应了不会出兵的。即使日本人命令他出兵，他也只会敷衍一下，日军在泰兴城也就几十个人，他能应付。为了万无一失，朱子先会坐镇泰兴城监视他们的一举一动。张公任那边，我们是拜把兄弟，他答应了，即使李明扬叫他出兵，他也会敷衍过去，为了万无一失，我将派我爱人带着警卫前往坐镇。

粟裕： 那就好，这样我就放心了。

24—5 海安韩军前线指挥部·日内

主要人物： 韩德勤。

会议室内，韩德勤，李明扬、李长江、李守维、郭心冬、刘漫天（117师师长）、孙启人（33师师长）陈泰运、翁达（独立6旅旅长）、薛承宗（保1旅旅长）围坐在长方形会议桌四周。

韩德勤站起： 现在下达顾总指挥的作战命令！

众军官起立。

韩德勤： 从10月1日起，各部队根据作战部署，向黄桥发起攻击，务必在七天内，全歼黄桥异军逆匪。占领黄桥后，所有官兵放假自由三天；必须活捉陈毅，活捉陈毅后，立即押送前线总指挥部，不得私自处置。听清楚了没有？

众官齐声： 听清楚了。

24—6 黄桥严徐庄陈毅指挥部·日内

主要人物：陈毅、粟裕。

陈毅、叶飞、王必成、张藩(1纵参谋长)、杜屏(2纵参谋长)站在地图前。

叶飞手执指示棒指向地图：我们准备将原先的作战计划稍作调整，原先作战计划是我们1纵的主力位置预先埋伏西雁岭大桥（高桥）向南五里至十五里地段的姜八河两侧。经反复考虑，觉得我们就三个团两千多人，若分两侧埋伏，兵力过于分散。姜八河的西侧是一条从曲塘通往黄桥的必经之路，我们现在准备将全部兵力集中于河西，便于集中兵力将敌军斩成四段，然后围歼敌军，陈司令您看行不行?

陈毅：这要看翁达的独立旅分几路而来。如果他只一路而来，那就这么办，但如果分东西两路而来就按原计划。这就要我们的侦察兵将情报及时传送到。翁达的部队大多数是山里人，不通水性，一旦他们进入伏击圈，我们就将他们往河里赶。

叶飞：敌情侦察这方面我们没有问题，安排了好几路呢。

陈毅：还有一点必须特别强调，一定要等到敌军全部进入伏击圈再发起攻击，将他们拦腰斩断，分割包围，一举全歼。不能让他们有任何逃脱的机会，否则就会暴露我们的作战意图。翁达的独立旅是国军中的王牌旅，号称“梅兰芳式”的部队，全是清一色的美式武器装备，战斗力也很强，翁达也被誉为“虎将军”。打仗本来按常规是先弱后强，但我们这次就要反其道而行之，先强后弱。因为，我们吃掉翁达这股强敌之后就很容易动摇李守维的军心，同时震慑了等待观望的李明扬、陈泰运、薛承宗的右路军和左路军，令他们不敢轻举妄动。所以，全歼翁达部是整个黄桥决战的重中之重，务必首战告捷!

叶飞：明白，陈司令请放心，我们一定会将翁达部一举全歼!

陈毅：王司令，说说你们2纵队具体作战部署。

王必成拿起指示棒对着地图：李守维的89军从海安出发必定经过距离黄桥东北十六里路远的古溪镇横垛村八字桥，由于敌军有两师外加五个保安旅一万多的兵力，而我们的兵力十分有限，一下子很难吃掉，只能将他们调离一部分，然后一口一口地吃。我们2纵准备先放一个营这里进行阻击，边打边退，目的是将敌一部分兵力引诱至距离黄桥七里路的野屋基。敌军一旦分兵，我们立即东侧封锁八字桥，西侧封锁距离八字桥七里多路远的小周庄大桥，然后集中其余兵力，关门打狗。将敌军吃掉后，我们再向黄桥进击，袭击进攻黄桥敌军的背后，与3纵队一起前后夹击敌军。

陈毅：李守维的117师和33师虽然各少一个旅，但兵力仍然是你们的四倍之多，你们的压力较大。你们先不必太急于一举将他们全歼，尽可能先拖住他们，等1纵解决了翁达后，回师支援你们。

王必成：明白。

24—7　黄桥东门严复兴宅楼·日内

主要人物：粟裕、陶勇。

粟裕指挥部。

粟裕、陶勇、陈玉生、张震东（3纵参谋长）管文蔚站在地图前。

粟裕：陶司令，说说你们的具体作战部署。

陶勇拿起指示棒指向地图：我们准备将3团部署在东门的第一道防线，8团部署在东门的第二道防线，新1团由于全是新兵，所以让他们与7团防配合守南门。南门是韩军保1旅薛承宗的主攻方向，尽管薛承宗和汪伪驻靖江季家市的保安团王效礼都曾承诺不会攻击，但我们还是要预防万一。

陈玉生：我们打乱建制，让7团的老兵带新1团的新兵，这样才能提高战斗力。

管文蔚：我们县警卫大队派一部分人带领老百姓到西门造势，防止韩军右路军李明扬和陈泰运以及泰兴的蔡鑫元部轻举妄动，一部分人在市内留作预备队，以应对紧急情况。另外，我们已经组织好了抗青会和农抗会的所有人员，随时向前线供应战需品。

粟裕：好！我们已经一切准备就绪，就等来犯之敌自投罗网了。

24—8　黄桥北姜八河西侧·日外·晴

主要人物：史保东。

1940年10月3日，上午。

天空乌云渐渐散尽，烈阳高照。

小溪里的水“哗哗”地了流向姜八河里，河水混浊，水波荡漾。

河堤上绿树成荫，鸟声清脆婉转。

河堤西侧，大片的玉米地，绿色葱葱。

新四军战士们蹲藏在玉米地里，汗流浃背。

史保东低声嘀咕：这天气才下过雨怎么还这么热呢？

战士低声：我们这里还好，还算透气，1营他们还藏在草堆里，那更热了。

史保东：这敌人怎么还不来呢？一大早就蹲这儿了，都快一上午了，比打仗还难受。

战士：这就是打仗。

史保东：我是说比面对面拼杀还难受。面对面拼杀反而畅快！

战士：估计快了，有你畅快的时候。

24—9　黄桥北姜八河西侧马路·日外

主要人物：翁达。

一队身穿国军军服，头戴钢盔，背包上横着长枪的队伍大摇大摆地行走在马路上。

长长的队伍一字排列，见首不见尾。

马车拖着套上炮衣的火炮，四个士兵扛着套着枪衣的重机枪不慌不忙地走着。

翁达骑着高头大马晃晃悠悠地一只手握着军壶喝着水，一只手握着望远镜向前面观察。

他忽然收住马缰停住：命令部队就地休息，生火做饭，吃过饭，休息会儿再走。

骑着马的副官（疑惑）：怎么不走了？李军长他们还在等我们呢。

翁达：不着急，让李将军他们先立战功吧，我们只要帮他们打扫战场就行。

副官：是的。新四军那几千人，哪里经得住李军长上万人的攻击，三下五除二就把他们解决了。

24—10　黄桥北严徐庄新四军总指挥部·黄桥东门严复兴宅楼·日内

主要人物：陈毅、粟裕。

严徐庄指挥部电话响起

副官拿起电话接听：嗯，请稍等。

副官：陈司令，粟副司令电话。

陈毅过来接过电话：粟副司令，什么情况？

粟裕：叶司令刚才报告，翁达的部队从白米出动后，不知什么原因行至大伦就停止不前了，是不是察觉到什么了？

陈毅：他们分的几路？

粟裕：从姜八河西侧一字长蛇阵。

陈毅：那让1纵队按第二计划实施，沉住气，耐心等候。

粟裕：好。

陈毅：李守维那边怎么样了？

粟裕：89军那边也是走到孙庄就停止不前了。

陈毅：那让2纵队也静观其变。

粟裕：好。李明扬那边也是走到白马就宿营了，蔡鑫元和王效礼那边没有任何动静。李、蔡那边是我们意料之中的，那翁、李那边我总感觉不正常，不像他们两人的作战风格。

陈毅：作战风格都会变的，我们以前不都是先打弱，后打强吗，而现在我们不也反其道而行之了吗？这是风暴前的安静，我们就按原计划实施。

粟裕：好吧。

24—11 黄桥东北范家庄·日外·上午

主要人物：李守维。

李守维骑着马带着队伍，到了一个村庄路口。

李守维：这里是什么地方？

随行副官：这里叫范家庄，前面是孙庄。

李守维：命令部队在这两个村庄休息，吃过饭再走。

副官（疑惑）：才走了二十多里地怎么不走了？

李守维：他翁达都是清一色美式武器装备，国军中的王牌旅，他又被誉为“虎将军”，那就让他再“虎”一次，抢个头功吧，我们只要赶过去帮他们打扫打扫战场就行了。

副官（奸笑）：对！

副官对着传令兵：传令下去，进庄休息，吃过饭再走。

几千人马浩浩荡荡地开进了两村庄。

24—12 黄桥东北孙庄·日内外·中午

主要人物：韩军官，30岁左右。

老年夫妇，50岁左右。

两女子，20岁左右。

韩军军官带着士兵闯进一家前后两进的砖瓦房大院子。

院子内，两个老年夫妇慌张地迎了上来。

两名年轻女子急忙跑进了屋内。

老夫：老总，什么事？

军官：老乡，不要怕，我们是新四军。

老夫（疑惑）：你们是新四军？

军官：对！

老妇：我怎么看不像……

老夫连忙手势打断：那老总有什么事吗？

军官：我们是前往海安消灭国民党韩德勤的，路过这里。因为打仗是需要钱的，所以我们向请老乡帮点忙，好不好？

老妇：我们哪有……

老夫又急忙手势打断：按理既然老总都开了口，那无论如何总要给老总一个面子的，可我们家暂时真的拿不出啊。

军官环视了一下四周"哼"了一声：看你这个房子怎么也不像拿不出的人家啊。不过，拿不出也不要紧，那就请刚才跑进屋的那两个女的到我们部队帮帮忙怎么样？

老夫妇慌张起来。

老夫连忙拱手躬身：老总，他们一个是我儿媳，一个是我女儿。儿子又不在家，一个要照顾我们，一个要照顾家里农田，请老总高抬贵手，饶了我们吧。

军官：谁家没有事？我们这些当兵的不也有家吗？我们没有军饷怎么养家？所以，还要请老乡体谅一下，帮个忙，行不行？

老妇双膝"扑通"一下跪地，双手连连作揖：老总，你就饶了我们吧，我们更不容易，每个月保长都要来收各种各样的税，这个家已经成了空架子了。

军官：既然话已经说到这份上……

军官停顿了一下。

老夫妇抬头满怀期待地望着军官。

军官话锋一转，一脸狰狞：那就对不起了，来人，给我搜！

士兵们闻声，立即冲进屋内，翻箱倒柜起来。

两士兵端着枪冲进房内，两年轻女子吓得躲在墙角瑟瑟发抖。

士兵（甲）掀起床被，向床下查看。

士兵(乙)挥起枪托砸开橱柜门锁，寻找起来。从柜抽屉里取出一个小木匣，放在地上砸开，里面的金银首饰显现在眼前。士兵两眼放光，兴奋地拎在手上，看了看，放入口袋，继续搜查。

搜寻的士兵陆续从前后房屋里走到堂屋。

士兵（甲乙）推搡着两女子来到堂屋。

军官：怎么样，搜到什么没有？

士兵（丙）：我们没有搜到什么值钱的东西。

士兵（丁）：我们也没有搜到钱。

士兵（乙）：我们搜到了几条金银首饰。

士兵（乙）将首饰从上衣口袋里慢慢吞吞拿了出来，极其不舍地交到军官手里。

军官：就这么多？

士兵（乙）：是的，长官，就这么多。

军官靠近，突然双手在士兵身上上下摸了起来。

士兵（乙）紧张地企图躲闪。

军官抬腿一脚：站好了！

军官摸到裤裆多捏了几下：将裤子脱下来！

士兵（乙）犹豫：这……

军官抬腿又是一脚。

士兵（乙）被迫无奈，慢慢吞吞将手伸进裤裆，哆哆嗦嗦抽出一条金项链来。

军官一把抢过，抬手对着士兵（乙）就是"啪啪"两耳光：你他妈的，还想私吞！

士兵（乙）一手捂着脸，一手提着裤子，狼狈不堪：我……

军官一挥手：将这两女的一起带走！

两士兵立即架着两女子就要带走。

老夫妇俩急忙"扑通"一下一齐跪下，声泪俱下：老总，请行行好吧，值钱的东西你们已经拿走了，我女儿和我儿媳就饶了他们吧！

军官恶狠狠：谁让你们敬酒不吃吃罚酒的？现在晚了。

军官一挥手：带走。

士兵们架着两女子就向外拖。

两女子拼命挣扎，声嘶力竭：爹——，妈——，救命啊，救命啊！

两女子很快被拖出门外，渐渐远去。

老夫妇俩追到门外，捶胸顿足：这是什么世道啊，你们这些挨千刀的，不得好死，不得好死啊！

一家茅屋里，几名韩军士兵正在强暴一名女子，凄惨的哀号声不时地传出屋外。

村道上陆陆续续出现了士兵们推搡羁押着二百多名妇女。

24—13　黄桥东北范家庄·日外·中午

主要人物：李守维。

韩军副官走到李守维面前：军座，据士兵们报告，前面孙庄，33军的人进村后，许多士兵违反军纪，肆意抢劫老百姓的财物，强奸民女！您看，要不要严肃处理，约束一下他们的行为？

李守维：我看就算了。韩司令不是说了吗，只要攻下黄桥，全体官兵可以放假自由三天。你知道什么叫“自由”吗？

副官：可黄桥还没有攻下啊？他们就这么干不好吧，再说，黄桥那是新四军的根据地，那些老百姓与新四军合穿一条裤子，惩罚他们是应该的，可这里还是我们的防区，这样干，下官觉得不太好。

李守维：攻下黄桥后，这些士兵能不能活着那就很难说了，就让他们乐呵一下子再说吧。否则，也白活了二十来年，枉来人间一趟。

24 — 14 黄桥西北严徐庄 · 黄桥东门严复兴小楼 · 日内 · 下午

主要人物：陈毅、粟裕。

严徐庄新四军总指挥部内。

陈毅正接着电话。

黄桥镇严复兴小楼内。

粟裕：根据侦察兵报告，翁达的人马沿着姜八河西侧前进，前锋部队已经到达了距离黄桥仅六里路。翁达的人马总共三千人左右，以一个人一点五的距离计算，三千人马也就是九里多路长，其尾部应该进入了我们从雁岭大桥（高桥）的伏击圈内，可以发起进攻了。

陈毅：为了将翁达的人马一个不留地全部装进口袋，最好再确认一下情报的准确性，一定到确定好了他们的位置再发起攻击，做到万无一失。

粟裕：好。

24 — 15 黄桥北樊家集 1 纵指挥部。日内 · 下午

主要人物：叶飞、张藩。

叶飞、张藩站在指挥部挂在墙上的地图前。

叶飞：根据情报，敌人现在已经距离黄桥仅五六里远了，我们的伏击马上就要开始，张参谋长，你立即带领参谋部的全体成员和警卫连，痛打敌人的先头部队，将敌人往北压制，把我们的口袋死死扎紧！

张藩：是！

24 — 16 黄桥东严复兴小楼 · 黄桥北严徐庄 · 日内 · 下午

主要人物：粟裕、陈毅。

桥东严复兴小楼内

粟裕手拿电话：陈司令，经再次确认，情报准确无误，我们不能再等了，否则就会错失良机。

黄桥北严徐庄民房内。

陈毅：好！立即下达命令，发起进攻！叫战士们将所有的手榴弹全部一次性扔出去，以最快的速度，最狠手段将敌人全部歼灭！

粟裕：好！

粟裕放下电话，拿起另一部电话：我命令，开始攻击！

24 — 17　姜八河西侧 · 日外 · 下午

主要人物：翁达、史保东。

字幕：1940 年 10 月 3 日下午 2 点。

一声枪响，划破长空。

史保东手执长枪不停射击。

姜八河西沿岸的玉米地里，高粱秸秆垛里，树丛里，白果树上，数千枚手榴弹在空中飞舞，纷纷落到马路上，爆炸声响成一片，此起彼伏。

毫无防备的韩军被这突如其来的猛烈袭击打了个措手不及。有的还明白怎么回事，就被炸上了天。其余的昏头转向，狼奔豕突。

白果树上，新四军战士架着机枪向马路上扫射，韩军成批倒下。

翁达带着一部分士兵连滚带爬爬到河坎上，架起机枪向玉米丛中回击。

玉米地里秸秆不时被打断，正在不停举枪射击新四军战士时而被击中，倒地。

24 — 18　黄桥北生七庄大路口。日外

主要人物：张藩。

张藩带着新四军战士沿着大路口向前奔跑。

远处大道上，上百名韩军士兵朝对面奔来。

张藩拉按向手枪栓：敌人逃过来了，作好战斗准备！

战士们立即拉开枪栓，成“V”字形分成两翼，向韩军迎了上去。

韩军奔走在前面的军官，见前面来了一队穿着相似的军服人马，站住凝了凝神：你们是来接我们的保安旅吗？

张藩：是。苗瑞林旅长令我们来支援的。

韩军官顿时放松下来，刚收起手枪，张藩举枪连扣扳机，韩军官应声倒下。

后面的新四军战士数百条枪连声齐发。

后面的韩军见势不妙，急忙回头奔跑。

张藩带队追击。

24—19 黄桥东北八字河小周庄大桥·日外。下午

主要人物：张少华、李守维。

张少华骑着马带着韩军沿着八字河边的马路，由东向西行军。一座大桥横跨大河南北。

张少华做了个停止前进的手势，队伍立即停下：这到哪里了？

参谋：这里叫小周庄。这就是小周庄大桥。

张少华手执望远镜向桥那头观察。

镜头里，一颗大树上蹲着一名手持长枪，头戴草帽的新四军士兵。

张少华立即下马：对面有埋伏，快，隐蔽！

韩军一听立即散开，躲进路边的树丛中。

张少华：向桥对面的树上射击，树上有新四军。

“啪，啪，啪……”数十发子弹飞向大树。

树叶被打得四处飘散，可并不见树上的人还击。

张少华再次举起望远镜观察。

镜头里，刚才蹲在树上的新四军还在，只是草帽被打飞了，露出了个稻草人头。

张少华（愤愤）：他妈的，是个假人！这新四军真是诡计多端。

张少华立即站起身来，挥了挥手：是个假人，走，过桥！

韩军士兵随即从树丛里走了出来，列队跨上了大桥。

一队人马刚行至桥中央，突然，枪声四起，走在前面的几名士兵纷纷倒下。其余士兵慌忙后撤到岸边。

张少华对着通讯兵：你立即向军座报告敌情。请军座前来定夺。

通讯兵：是。

通讯兵转身骑马飞奔而去。

张少华再次举起望远镜向桥对面仔细观察。

李守维骑马而来。

张少华迎了上去。

李守维下了马：什么情况？

张少华立正敬礼：报告军座，对面有新四军埋伏，请军座定夺。

李守维来到河边树丛中，举起望远镜向河对面观察。

李守维放下望远镜：估计是新四军的小股部队，目的是骚扰我们。

张少华：刚才我仔细观察了一下，感觉西边杀气较重。可能有埋伏，想奇袭我们，我们一旦进入黄桥阵地，他们可能对我们进行反包围。我们应该用重兵对付他们，让他们奇袭不成。卑职建议，从现在起分两路。一路沿河北进入黄桥东北的野屋基，一路过桥，从河南杀向黄桥东门。

李守维：好吧。命令保 6 旅、保 10 旅，117 师进兵野屋基；保 5 旅、保 9 旅在前面开路，强行过桥，33 师跟进。

张少华：是。我马上命令队伍强行过桥。

李守维带着随行骑马而去。

张少华：命令炮兵营对河对岸的高粱地进行炮击！

副官：是！

十几门迫击炮一字排开，战士装弹、发射。

一枚枚炮弹向河对岸飞去，在高粱地里不断爆炸，秸秆被炸上了天。

陈秋生、李道南和队员们隐藏在长满杂树草丛的坟地里。

李道南：还是你高明，如果按我的方案现在要挨搞了。

陈秋生：这就叫出其不意。

李道南：敌人又开始过桥了。

一队韩军士兵飞奔过桥。刚到桥中央，一阵激烈的枪响，数十名士兵全部倒毙。

张少华拔出手枪，气急败坏：冲，继续给我冲！

几十名士兵又继续向桥上冲去。

刚过桥头，又是一阵激烈的枪响，数十名士兵全部倒毙。

副官：旅座，我看不能再硬闯了，马上就要天黑了，我们不如暂时假装撤离，找个地方先安营扎寨，午夜过后，偷偷过桥。

张少华：嗯，有道理。

韩军人马掉头离开桥头。

24 — 20　姜八河西侧 · 日外 · 下午

主要人物：史保东、翁达。

史保东与大批新四军战士从玉米地、草垛里冲出，向马路上的韩军逼近射击、肉搏拼杀。

长达十几里的马路上，韩军被分割成四段围剿。喊杀声响成一片，枪炮声震耳发聩。

韩军士兵被逼向河坎，纷纷跳入河中。

宽阔的河面上，布满了拼命挣扎的士兵。

翁达趴在河坎上不停地向冲过来的新四军士兵射击。

史保东和几名士兵应声而倒。

翁达挥着手枪：给我冲！

身边无人响应。

翁达一看四周，随身军官士兵都血流一身倒毙在旁边。

翁达一声长叹，绝望地举起手枪对着自己的脑袋扣动扳机。

“砰”一声枪响，翁达头上鲜血喷射，仰毙在河坡上。

24—21　黄桥北严徐庄新四军总指挥部、樊家集1纵指挥部·日内·下午

主要人物：叶飞、陈毅。

总指挥部电话响起，陈毅等不及秘书接听，就拿起电话。

叶飞：报告陈司令，经过三个小时的激战，翁达所部已全部被歼，翁达本人自杀身亡。

陈毅：好。干得漂亮！你们立即集合队伍向2纵阵地靠拢。战场打扫就交给战地服务团。

叶飞：是！

陈毅兴奋地放下电话：叶飞他们干得好啊，干净利落。可惜那翁达，本是一名虎将，只因为他站错了队，又执迷不悟，苦劝无效，所以才落得今天如此下场。唉……

24—22　小周庄大桥·夜外

主要人物：陈秋生、李道南。

陈秋生、李道南率领大批战士趁着夜色从桥上快速经过。

24—23　无名村庄·夜外

主要人物：陈秋生。

村口，几名韩军士兵端着枪放着哨

韩军炊事兵正在生火做饭。

数十名士兵正在宿营地百无聊赖地席地而坐，闲聊的闲聊，打瞌睡的打

瞌睡。

士兵（甲）：晚饭还没有做好，不如我们几个先玩一会儿？

士兵（乙）：好。反正闲着也是闲着。

士兵立即拿出色子盒子。

十几名士兵闻声而起，立即围了上来，吆喝声起。

村口，陈秋生、李道南带领战士悄悄靠近韩军哨兵。

陈秋生一挥手，数名战士一跃而上，捂口按头，手起刀落，几名韩军哨兵瞬间被灭口，拖入草丛之中。

大批新四军队伍随之跟上，进入村庄。

正围在灯下一起掷色子的韩军士兵玩得正高兴，一枚手榴弹突然落在中间，士兵们不禁一愣，顿时吓得魂飞魄散，作鸟兽散。

“轰”一声爆炸，一名士兵被炸得腾飞而起，落在枝繁叶茂的白果树上。另几名士兵倒地不起。

密集的子弹随之而来，韩军士兵成片倒毙。

其余士兵，四处奔跑躲藏，慌不择路。

油灯倒地，煤油流出，迅速点燃。

满满一锅白米饭，倾泻了一地，冒着热气。

整个村庄，到处枪声四起，爆炸连连，火光冲天。

张少华手执手枪冲出屋子，声嘶力竭：不要慌！只是小股敌军偷袭，四面散开，保持距离，进行反击！

24 — 24　黄桥东门 · 日外 · 上午

主要人物：李守维。

韩军阵地上，十几门山炮与几十门迫击炮一字排开。

李守维骑在马上挥起指挥刀：给我集中火力，狠狠地打！

韩军士兵立即装弹发射。

霎时，数十枚炮弹向空中飞去。

新四军阵地上爆炸连连，尘土飞扬。

朱宝全和战士们躲在战壕掩体里，不时有尘土飞溅在身上。

高高的土城墙部分被炸得塌了一半

24 — 25　黄桥市内 · 日外

主要人物：管文蔚、陈盛文。

管文蔚、惠浴宇、陈丕显、陈同生带着数十名战士走在大街上。

爆炸声不断传来，行人开始慌张奔跑。

管文蔚停住脚步，手执扩音器：大家不要怕，不要慌，炮弹打不到这里，你们该做什么就做什么，黄桥周围我们有几万新四军防守呢，会保证你们的安全！

市民一听，立即情绪稳定下来，走路的走路，购物的购物，吆喝的吆喝。

街道、小巷里每间隔几十米，就有一个烤饼炉、油炸锅，人们不停地擀着面粉，将烧饼从炉里取出，从油锅里拣出。

李增援（词作者）、章枚（谱曲者）领着数名文工团队员在大街上挥手演奏高歌：

黄桥烧饼黄又黄哎，
黄黄的烧饼慰劳忙哎，
烧饼要用热火烤哎，
军队要靠老百姓帮。
同志们呀吃个饱，
多打胜仗多缴枪！
嗨呀咦哟嗨嗬嘿，
多打胜仗多缴枪！
咦呀嘿！

画面（FB）：顾金贵推着装满烧饼的独轮车带着支线民工的车队行走在颠簸的土路上。

新四军战士在战壕里边喝水边大口吃着烧饼，一脸惬意满足之情。

黄桥烧饼圆又圆哎，
香香的烧饼传四方哎，
烧饼有名人人买哎，
新四军威名天下扬，
开辟抗日根据地，
军民团结打东洋！
嗨呀咦哟嗨嗬嘿，
军民团结打东洋！
咦呀嘿！

画面（FB）：陈盛文带着装满弹药箱的独轮车队在土路上奔走。

李淑芹带着救护队冒着枪林弹雨抢救伤员。

黄桥烧饼千万千哎，

千万个烧饼送前线哎，
保卫黄桥总动员哎，
苏北换了新局面，
同志们呀加油干，
一打打到东海边！
嗨呀咦哟嗨喃嘿，
一打打到东海边！
咦呀嘿！

24—26 黄桥南门·日外

主要人物：薛承宗。

薛承宗骑着马，手执望远镜向前观察了一番：命令部队就地宿营。

副官：旅座，离黄桥南门还有三四里地呢怎么不走了？

薛承宗：就到此止。叫士兵们时而朝天放放枪意思意思就行。

副官：怎么，不进攻？

薛承宗：进攻个屁！上次就已经上了韩德勤的当了，这次再上当，除非我脑子进水了。我告诉你，错误人人都会犯，但聪明的人不犯重复性错误，明白吗？

副官：明白，明白。可要是韩司令知道了怪罪下来怎么办？

薛承宗：我们的人不说，他怎么知道？我是不让我们的人去送死谁又会说？关照下面的人，嘴巴把紧点！

副官：是！

24—27 黄桥中学新四军3纵第二指挥部·日内

主要人物：陈玉生。

陈玉生站在司令部办公桌前。

电话响起，陈玉生拿起电话。

邱玉权（OS）：陈副司令，我是7团邱玉权，根据情报，韩军保1旅在距离黄桥四里路的地方宿营了，时不时朝天放放枪，没有任何进攻迹象。

陈玉生：东门敌人进攻已经开始了，那你们随时准备好支援东门，南门留一个连就行。

邱玉权：是！

24 — 28　泰兴县宣家堡 · 夜内

主要人物：杨桂芳。

张公任。

杨桂芳与张公任等四人围坐在桌上打麻将。

杨桂芳将红中捏在手上犹豫了一会儿。

张公任注视着：陈夫人，快出牌啊。

杨桂芳打出：红中。

张公任喜上眉梢，将牌齐刷刷倒下：唉，单调红中，成了，哈哈哈。

张公任拿起杨桂芳出冲的红中放到自己的牌中：你看好了，有没有没成诈牌？

杨桂芳推散麻将：看什么看什么啊，我还不放心张司令吗？我就觉得这红中是张生牌，有危险。

牌友（女）：张司令今天的手气真好，我们三输一。起码赢了一百快大洋。

杨桂芳：肯定不止哦，起码赢了两百块，我一个人都输了一百块了。下局要换个男的，两男两女打最好。这三女一男坐一桌最不好，男的要么死赢，要么死输！

张公任：好好好！随你们。

24 — 29　黄桥东北马路上 · 夜外

主要人物：陈盛文。

陈盛文身背着枪提着罩子灯领着长长的独轮车队行走在马路上。

顾金贵和民工们推着的独轮车上装满烧饼、弹药箱。

陈盛文停下转身：大家别着急，小心点，注意脚下。

顾金贵：没事，我们经常走夜路，习惯了。

第二十五集　黄桥决战

几度释俘反间计，千钧一发创传奇。

左右两军作壁观，孤勇难敌盔甲弃。

25－1　黄桥西、西北·夜外

主要人物：朱宝武，25岁左右，朱履先长子。

朱宝武身穿新四军军服，背着枪带领着数千名民工提着罩子灯，行走这马路上。

长长的队伍火龙一般延绵数十里。

路过村庄，有一队中年夫妇开门站在门口好奇观看。

朱保武立即带着身穿军服的持枪队员走近：老乡，打扰了。

中年妇女：老总，发生什么情况了？

朱保武：我们是新四军，打韩德勤的。

中年妇女：不得了，这么多人啊。

朱宝武：是啊。上万人呢。

25－2　黄桥东门·日外

主要人物：黄才胜，24岁(1917—1941)，新四军苏北指挥部3纵3团团长。

朱宝权、李淑芹。

大批韩军铺天盖地向新四军阵地压了过来，纵横八余里。

黄才胜趴在战壕上手执望远镜观察。

韩军渐渐靠近开始散开。

黄才胜拔出手枪：全体队员注意，准备射击！

韩军冲锋。

黄才胜：打！

一声枪响，千枪齐发，火星横飞，漫天遍野。

手榴弹在空中旋转飞舞着砸向韩军，在阵地上爆炸连连。

韩军如风卷落叶一般成片倒下，尘土飞扬，血肉横飞。

韩军军官挥动手臂呐喊着稳住阵势，架起数十挺机枪向战壕疯狂扫射。

子弹在战壕上飞溅。

不时有战士被击中。

李淑芹带着救生员在战壕里立即将受伤战士拖下包扎。

战壕上，新四军的机枪向韩军猛烈射击！

朱宝权头戴钢盔，腰佩手枪和军刀，手执长枪，趴在战壕上沉住冷静瞄准正在疯狂射击的敌人机枪手扣动扳机点射。

数名敌机枪手不断被击中，机枪熄火。

朱宝权身旁的机枪手突然中弹趴下不动。

朱宝权一见放下长枪，立即过去，将其拖下，拿起机枪继续向敌人狂扫。

韩军进攻势头被压制，停止不前。

黄才胜高声：同志们，上刺刀，准备反冲锋。

战士们立即将长枪上插上刺刀。

朱宝权抽出指挥刀。

黄才胜高举手枪：同志们冲啊！

朱宝权和战士们一起跃出战壕，排山倒海，杀声冲天向韩军冲杀过去。

韩军一见这阵势，吓得立即转身望风而逃。

黄才胜率领战士冲出战壕数百米，突然停住举手：停止追击，警戒撤退！

传令兵高高举起两个蓝色信号牌挥舞。

战士们刚撤回战壕，陈同生率领民工将各种烧饼和弹药送到，逐一分发。

朱宝权拿着烧饼大口大口地咬了起来：嗯，真香！不送来，肚子还真不知道饿了呢。

25—3 泰兴县城汪伪19师司令部·日内

主要人物：蔡鑫元，38岁（1903—1946），汪伪第19师师长。

朱子先，40岁左右，地下党。

蔡鑫元与朱子先下象棋。

朱子先：我手下的人说，昨天晚上，看到黄桥西边溪桥那一片，到处是灯火，新四军在那里布防了，防止李明扬他们趁火打劫，从西面进攻。

蔡鑫元：以前我听说新四军只有几千人，昨晚那阵势仅西面就有上万人了。我感到很奇怪，陈毅那边怎么一夜之间突然冒出这么多人马呢？

朱子先：别看新四军平常只有几千人，可一旦打仗，他们从来都不是孤军作战，都是一呼百应。江南的，皖北的新四军都赶来支援。新四军在郭村时也只有两千人左右，那两李根本没放在眼里，经不住韩德勤挑唆，轻举妄动，出动了一万多兵力前去进攻，结果怎么样？被打得落花流水。那新四军不仅平常训练有素，战斗力强，而且配合默契。

蔡鑫元：那韩德勤三番五次派人劝说我配合他攻打黄桥。呵，他当我傻啊，那李长江上了他的当，我还会上当？被我已受日本人统辖，身不由己为由，婉言拒绝了。

朱子先：那日本人叫你打，你个打呢？

蔡鑫元：日本人才不会这么傻呢，他们巴不得韩军和新四军打得你死我活，伤亡惨重呢，对他们而言有百利无一害，根本没必要参与其中。就是他们想趁火打劫一下，那我也是应付应付，出兵放几枪就回来。日本人在泰兴只不过几十人而已。新四军是跟日本人作对，又不是跟我作对，我们只是用日本人的牌子作幌子，以求平安，说难听点就是挂羊头卖狗肉。何必去招惹新四军找自己的麻烦呢？我们也是石缝里求生存，处处谨慎为妙！

朱子先：有道理！你这中庸之道学得不错。

蔡鑫元嘿嘿一笑：师傅过奖了，这叫识时务者为俊杰。

25 — 4　黄桥北泰州大伦镇 · 日内

主要人物：地主，50 岁左右。

陈中柱、颜秀五、陈才福。

大伦镇地主家，一桌丰盛佳肴。

陈中柱、颜秀五、陈才福、马参谋、地主等一桌人开始推杯换盏。

地主起身：今天各位老总突然光临寒舍，令鄙人真是受宠若惊，蓬荜生辉。因为，事先毫不知情，也没有什么准备，匆忙之中只能略备粗茶淡饭、薄酒小菜，聊表心意，请老总们多多见谅！

陈中柱起身：今天不期而访，给您老人家添麻烦了，多有打扰。

地主抱拳：哪里，哪里哦，平常请也请不到你们哪，今天真是荣幸之至，来，老朽先喝为敬！

地主端起酒杯一饮而尽。

众人连忙起身一饮而尽。

地主：来，各位请不要客气，请吃菜，吃菜！

众人互相敬酒，酒过三巡。

地主：各位老总，老朽想寻问一事，不知可否？

陈中柱： 您老请讲！

地主： 贵军如此兴师动众，欲往何处？

陈才福： 不满您讲，我们这是要去围剿黄桥的新四军陈毅部。

地主： 为何要围剿他们？新四军不是被国军收编了吗？

马参谋： 他们虽然被国军收编了，但他们从来不听国军的指挥调度。让他们待在江南，他们偏要跑到江北来跟国军抢地盘。所以我们韩司令要出兵讨伐，将他们赶回去。

陈中柱： 平心而论，那黄桥本来也不是韩德勤的，而是陈玉生抗日自卫队从日本人手上夺过来的。后来国军中的一些人串通日本人使奸计诱杀陈玉生。我们国军中的一些人就是这样，军事才能不行，但却能将敌人的敌人就是朋友的哲学应用到了极致。陈玉生被打瞎一只眼睛后侥幸逃过一劫，后来这才投靠了新四军。陈玉生现在带着新四军又夺回了黄桥，应该是物归原主。

地主： 有句话，老朽不知当讲不当讲？

陈中柱： 您老但说无妨。

地主： 恕老朽直言，老朽觉得新四军其实还挺好的。以前一直听说，共产党的部队，就是共产共妻，可上次他们到了姜堰城，老朽遇见过他们，其实根本就不是这么回事。他们不仅纪律严明，对老百姓秋毫无犯，还帮助老百姓挑水扫地呢。

陈才福： 那是他们故意演给老百姓看的，目的是拉拢人心，进行赤化运动。他们这一套确实很厉害，别说老百姓，就连我们队伍中的许多官兵都被他们赤化了。

陈才福睥了陈中柱一眼。

陈中柱（不满）： 陈副司令，你这是话中有话啊。

陈才福： 陈将军别多心，我可不敢说你。不过，我说的是事实。

马参谋： 陈副司令说的确实是事实。我们的人当中确实有许多人被共产党新四军赤化了。

陈中柱： 你俩这么一唱一和，含沙射影以为我不懂？我以前也跟你们一样，对新四军不太了解，一直认为他们就是一帮难成气候的乌合之众。后来我才真正了解了，人家虽然武器是差了些，但人家经常打胜仗啊，平型关大捷、奇袭虹桥机场、百团大战等，人家是主动积极，真心实意地抗日啊！可我们呢，就知道打内战，搞摩擦。

陈才福： 我们怎么没有抗日？台儿庄之战、淞沪会战不都是国军抗战的吗？

陈中柱： 那是在什么情况下国军才开打的？那是在东北、北平的国军对日本人拱手相让之后，日本人仍然叫嚣要三个月内吞并全中国，引起全国各界人士的强烈愤慨，在全国民众和共产党的强烈呼吁下，我们的蒋先生才被迫无奈与共产党共同建立了抗日统一战线后才开打的。

陈才福：没想到，一些人，吃了新四军几顿饭，就帮助新四军说话了。真是有奶就是娘啊。

陈中柱拍案而起，面红耳赤，双眼圆瞪：你，你这是什么意思？羞辱我吗？

颜秀五“噌”一下站起：放肆！陈副司令，你这说什么话！你是说我，还是说陈将军？别忘了，你现在只是我的副司令！信不信我立即就可以毙了你？

陈才福立即像息了气的气球，垂下头，一脸尴尬。

地主目瞪口呆。

马参谋赶紧起身：好了，好了。各位司令都别吵了。要我说，军人嘛，以服从上峰命令为职责，我们的上峰是李总司令，他叫我们打谁，我们就打谁。不谈了，来，来，来，喝酒，喝酒。

25—5 黄桥东北小周庄窑洞2纵指挥部·日内

主要人物：王必成。

窑洞里，王必成站着。

刘培善（政委）、杜屏（参谋长）、陈时夫（政治部主任）坐在弹药箱上。

王必成：告诉大家一个好消息，1纵已经全歼了翁达的独立旅，翁达自杀身亡。现在1纵正在向我们靠拢，很快就可以由东西夹击，变成四面包围。我们这里昨天晚上的偷袭已经大大杀伤了敌人锐气，现在敌人滞留在八字河以北四五里地区，不敢轻举妄动。只要时机一到，我们立即缩小包围圈。根据我的现场侦察，河北两个村庄现在仍驻有两个旅，两村庄之间相距四百米左右，村庄之间的田野里有一条干沟。我们一方面要继续封锁小周庄大桥，另一方面可以派一个营的兵力悄悄潜入干沟之中，分别向两边开枪，引诱敌人互相攻击。一旦引诱成功，立即撤出。

杜屏：这个计策好。我们的军装与敌保旅军装差不多，敌人一下子很难辨别出来，一旦引诱成功，哈哈，我们只要坐山观虎斗。不过，我觉得一个营的火力还不够，最好派两个营，这样才能以假乱真，打起来像模像样。

刘培善：再用扩音喇叭喊一喊，那更真了。

众人大笑。

25—6　黄桥东北八字河北田野·日外

主要人物：陈秋生、李道南。

陈秋生、李道南带着数百名战士，头戴草帽伪装，拎着铁皮桶悄悄潜入长长的干沟之中。趴在干沟两侧。

李道南举起扩音喇叭：国军弟兄们，你们已经被包围了，赶快投降吧，我们新四军优待俘虏。

陈秋生：继续喊。

李道南：国军弟兄们，你们已经被包围了，赶快投降吧，我们新四军优待俘虏。国军弟兄们，你们已经被包围了，赶快投降吧，我们新四军优待俘虏。

刚喊三遍，敌人的子弹就打了过来。

陈秋生：开火！点鞭炮！

战士们立即向两边开枪。

几名战士点燃了铁皮箱里的鞭炮。

一时间四处枪声大作，密集的子弹来回穿梭。

陈秋生一挥手：好了。撤！

战士们猫着腰撤出了干沟。

韩军南边阵地上。

张少华挥动着手枪，气急败坏：他奶奶，想不让老子松神，老子今天就干脆来个一不做，二不休，彻底干了你们。弟兄们，给我冲，使劲地打！

大批韩军冒着枪林弹雨向对面冲杀上去。

北边韩军阵地。

苗瑞林（保5旅旅长）挥动着手枪：他妈的，想给我来硬的。谁怕谁！弟兄们，给我上，往死里打！

大批韩军冒着枪林弹雨向对面冲杀上去。

一时间田野里，炮火连天，弹如雨下。数千韩军漫地遍野，潮涌一般向前冲杀，双方阵地上，人倒若铺席。

陈秋生、李道南躲在秸秆垛边，看着远处波澜壮阔的厮杀场景乐不自禁。

陈秋生：王司令的这办法真是太妙了，不知道他怎么想得出来的。

李道南：王司令可是身经百战的老将。

陈秋生：这在三十六计中，应该叫什么计？

李道南翻着白眼苦思冥想：这应该叫“浑水摸鱼”“挑拨离间”“借刀杀人”？好像不对，应该是……

陈秋生：我看应该叫“反间计”。

25—7　黄桥东北小周庄窑洞·日内

主要人物：王必成。

王必成、刘培善、杜屏、陈时夫在窑洞里围着弹药箱上地图。

王必成：敌人的两个旅现在互相打得正热闹呢。看来我们“借刀杀人”的这一招效果还不错。不过，我们现在还不能“隔岸观火”，还要趁势来个“关门打狗”。刚才1纵传来消息，他们的1团乔信明部正在从距离八字河北面六里处方向向东南推进；4团、5团的廖政国、王澄部已经到达小周庄西南的分界，正向东北方向压制，一是切断正在攻击黄桥东门李守维部的退路，二是与我们一起包围八字河以北的敌军。

杜屏：那现在可以命令我们的部队全线出击了。

王必成：对。命令部队全线出击！

25—8　八字河北田野·日外·内

主要人物：陈秀生、李道南。

田野里，南北两阵韩军刚刚交会，双方立即停住了冲击。一个个目瞪口呆，哭笑不得。

军官（甲）气急败坏：他妈的，打的是自己人！

军官（乙）垂头丧气：他奶奶的，大水冲进了龙王庙！

军官（甲）回头看了看身后横尸遍野，战烟未消的阵地，不由捶胸顿足，仰面痛呼：天哪！苍天无眼啊！

军官（乙）转身望着四肢不全，血透衣襟的死伤官兵不由泪水纵横，蹲地哀号：真是自作孽不可活啊！

两军官情绪未稳，突然，枪声再起。

两军官左右张望，只见，大批新四军从四面铺天盖地，排山倒海冲杀过来。

军官（甲）两手一挥：他妈的，这回是来了真格的了。

军官（乙）抹泪起身：快！立即突围！

韩军迅速四面散开，向外突击。

一时间阵地上再次硝烟四起，杀声震天。

陈秋生、李道南追击中突然放现前面一个身挎皮包的韩军士兵在飞速奔跑。

陈秋生立即止步对李道南：前面那个士兵肯定是敌人指挥部的人，赶紧跟上。

李道南转身大喊：同志们，盯住前面那背包的，跟我来。

陈秋生、李道南率领战士们向背包士兵追去。

背包士兵一路疾步如飞。

陈秋生们紧追不放。

背包士兵跑进了村庄。

陈秋生们尾随而至。

士兵跑进了一户民房大院。

陈秋生举枪向民房四周的守卫士兵射击！

守卫士兵依附围墙奋力回击！

陈秋生闪避在一棵大树后，举枪还击。

李道南隐藏在高粱秸秆垛边掏出手榴弹，拉着引线，投了过去。

“轰隆”一声爆炸，围墙坍塌。

守卫士兵纷纷倒毙。

陈秋生们越过围墙冲进屋内。

屋内张少华、苗瑞林几名韩军官兵立即举手投降。

25—9　黄桥东野屋基农家民房·日内。

主要人物：李守维、郭心冬、刘漫天。

李守维、郭心冬、刘漫天聚集在作战室。

副官急匆匆走进：军座，不好了。刚刚传来消息，翁达的独立旅在姜八河一线遭到新四军的伏击，全军覆没，翁达自杀身亡。

李守维惊愕：消息可靠吗，别又是新四军的虚假宣传，以动摇我军心。

副官：消息千真万确，是跳河侥幸逃来的翁达副官亲眼所见。

李守维来回踱步，沉默不语。

郭心东：军座，虽然独立旅已无指望，但我们还有右路军李明扬的一万多兵力。刚才我致电韩主席，他回电说，李部正在往黄桥靠近，很快就能在西门发起进攻！与此同时，可以确认，黄桥市内新四军没有多少兵力，他们总共就五六千人马，能将翁达这支强悍的部队全部吃掉最起码也得三四千人以上，黄桥市内顶多一两千人。只要我们再次集中优势兵力猛攻几次，黄桥应该马到成功。

李守维：郭参谋长分析得有道理。我们不要等右路军了，马上再次发起攻击，不能让黄桥市内的新四军有任何喘息的机会，一旦姜八河那边的新四军回师支援，那就增加麻烦了。刘师长，现在就看你的了，请立即集中所有火炮先给我猛轰，集中优势兵力连续发起攻击！

刘漫天：是！

25 — 10 黄桥东门战场 · 日外 · 内

韩军阵地上，十几门山炮，数十门迫击炮一字排开。

炮兵不停地装弹发射。

密集的炮弹在空中飞驰，落入新四军阵地。

新四军战壕边爆炸连连，泥土被炸得腾空而起，四处飞溅。

猫在战壕里的几名战士被密集的泥土覆盖。

战壕上一些地段垒土被炸塌，壕沟被填平。

朱宝权从土堆里挣扎着爬出，使劲摇了摇头，甩掉满头泥土，又吐了吐口中的泥屑。

韩军阵地上，炮兵们继续装弹炮击。

几枚炮弹落入战壕中，数名战士被炸上了天，重重摔在土堆上，血如泉涌。

一枚跑弹击中用厚土和木料搭建的掩体，泥土飞扬，断木横飞。

八里长阵到处炮火连天，硝烟弥漫。

25 — 11 黄桥市内蒋家湾 3 纵指挥部 · 日内

主要人物：叶飞、陈玉生。

叶飞摇起电话，拿起话筒：接陈副司令。陈副司令吗？敌人现在已经开始第二轮进攻，这次与上次大不相同，炮火很猛，估计他们想孤注一掷了，现在你命令驻守南门的 7 团和新 1 团除留守一个连外，其余全部赶至东门加强防守，并且将市内所有的战地服务团全部调至东门。

陈玉生（OS）：是！

25 — 12 黄桥市内 · 日外

主要人物：陈盛文、李淑芹。

大街上管文蔚挥动着手臂指挥着战士们跑步前进。

陈盛文跑在队伍最前面。

李淑芹带着医疗担架队快步行走在大街上。

邱玉权（3 纵 7 团团长）、惠浴宇（3 纵 7 团政委）率领战士们跑部前进。

陈宗宝（3 纵新 1 团团长）、李一平（3 纵新 1 团政委）率领战士们跑步前进。

陈同生陪同朱履先夫妇和管家不慌不忙地走在打街上，时不时进入商铺与店主交谈。

街市上车水马龙，市民不慌不忙地闲逛购物。

流动商贩不断吆喝着：大上海的香水、香粉、香皂，便利实惠啊。大上海的香水、香粉、香皂，便利实惠啊。

一群人围着一个耍猴的，那猴子跟主人抢夺鞭子，向主人挥舞示威。

围观人群哄然大笑。

25 — 13　黄桥东门阵地·日外

主要人物：黄才胜、朱宝权、李淑芹。

大批韩军向前压来。

战壕里，朱宝权和战士们一部分趴在战壕上严阵以待，一部分蹲在战壕里待时而起。

韩军越靠越近。

韩军军官拔出指挥刀，韩军全部散开。

韩军军官挥起指挥刀：冲啊！

韩军士兵铺天盖地奔涌而来。

朱宝权手执长枪向敌人射击。

战壕里新四军战士奋力还击。

机枪不停地喷吐着火舌。

阵地上枪声密集，大批韩军中弹倒下。

韩军军官不停地挥动着指挥刀：兄弟们，冲，给我冲！

冲进黄桥，自由三天！

战壕上不断有新四军士兵被击中滑入战壕里，血流不止。

李淑芹迅速带人赶到，进行包扎急救搀上担架抬走。

蹲在战壕里等待的士兵立即补上空位。

韩军军官举着指挥刀声嘶力竭：新四军没多少人了，兄弟们，给我冲！

朱宝权手执长枪瞄准韩军军官扣动扳机

“叭”一声枪响，韩军军官应声倒下。

周围韩军士兵一见立即惊慌失措，抱头鼠窜。

黄才胜从战壕里一跃而出：同志们，将敌人坚决打回去！冲啊。

新四军战士们立即跃上战壕向韩军冲杀过去。

朱宝权拔出手枪，跃上战壕，向敌人左右开弓。

韩军士兵接连被击倒。

朱宝权再扣手枪，已无子弹，迅速抽出指挥刀挥舞着向敌人砍去。

几名韩军士兵被接连砍倒，惨叫声声。

阵地搏击厮杀声响成一片。

韩军渐渐招架不住，开始溃逃。

黄才胜率领战士追击几百米后立即止步：停止追击，警戒撤退！

信号兵举起两颗蓝牌子挥舞。

李淑芹带领救护队跑上阵地，寻找救护新四军伤员。

朱宝权和战士们一部分警戒撤退，一部分收拾起阵地上的韩军丢落的武器，搀扶着轻伤员，陆陆续续回到战壕。

阵地上，横尸遍野，硝烟袅袅。

黄才胜从阵地指挥所走了出来：同志们，由于我们的在第一道防线已经打退了敌人的两次猛烈进攻，现在减员较多，陶司令命令我们立即撤退到第二道防线，与8团、7团、新1团一起坚守黄桥市区，准备集中兵力打退敌人的第三次进攻。

现在开始撤退。

25 — 14　泰州城鲁苏皖边区抗日游击副总指挥部 · 黄桥中将 · 日内

主要人物：李明扬、朱克靖、朱履先、赵忠明。

李明扬陪同朱克靖坐在沙发上饮着茶。

赵忠明走进办公室立正敬礼：司令，您找我？

李明扬：关照下面，从现在起不接待任何外来客人！

赵忠明：是！

赵忠明转身离开。

办公桌上电话铃响起，李明扬走过去拿起电话。

陈才福：司令，我是陈才福，根据我的人侦察报告，李守维已经向黄桥发起了两次猛烈攻击，已经突破了新四军的第一道防线，正向第二道防线攻击！我们现在该怎么办？

李明扬停顿了一下：命令你的部队向南移动十里路，等候命令。

陈才福：是！

李明扬搁下电话来回踱步。

朱克靖淡定地喝了一口茶：师广兄，不要单听一面之词，再向其他了解了解。

李明扬摇起电话：接黄桥朱履先家的电话。

黄桥中将府电话铃响起，朱履先拿起电话：请问哪位？

李明扬：朱将军，我是泰州李明扬啊。

朱履先：哦，李司令啊，我是朱履先，有何指教？

李明扬：朱将军，客气了，指教可万万不敢当啊。我想知道现在黄桥怎么样了？

朱履先：黄桥现在很好啊，我和夫人刚从街上回来。怎么，你听到什么风声了？

李明扬：我听说，李守维已经攻破了黄桥第一道防线了，真的吗？

朱履先：是啊，是有这么回事。不过，那是陈毅诱敌深入，以便集中兵力将其一举歼灭。

李明扬（狐疑）：真的吗？

朱履先：当然是真的。你应该知道的，陈毅用兵从不按常规出牌，花样百出，让人防不胜防。也许你还不知道吧，翁达的独立旅在姜八河一线已经被陈毅部一举全歼了。

李明扬（惊愕）：啊，有这么回事？真有这么回事吗？那翁达可是一位赫赫有名的虎将啊，就这么说没就没了？

朱履先：虎将也没用啊，这回他碰到武松了。

李明扬：那他被新四军抓住了吗？

朱履先：抓到是没抓着。

李明扬：怎么，他逃脱了？

朱履先：也没逃脱。

李明扬：那怎么了？

朱履先：他可能觉得此次惨败，有负一世英名，羞愧难当，开枪自杀了。

李明扬：啊，怎么会这样？自古胜败乃兵家常事，这是何苦呢？老古话说得好，好死不如赖活着啊，他怎么会这么想不开呢？唉。

朱履先：人各有志，随他去吧。

李明扬：那好吧，若有新情况，还请朱将军及时通告在下，以便及时处置。

朱履先：那当然，我刚刚得到消息，孙启人的33师两个旅在八字河以北又被陈毅全歼了。现在新四军的两个纵队正在夹击33师的师部，估计不用多久，33师就不存在了。现在李守维基本上是孤军作战，只有孤注一掷了。

李明扬：啊——哦——。

李明扬既高兴又失落地搁下电话。

朱克靖依旧淡定地喝着茶。

另一间办公室里，赵忠明坐立不安，来回踱步。

他忽然停住，拿起电话：接税警团。嗯，请赵参谋长接电话。

赵忠全（OS）：我是赵忠全。

赵忠明：二哥，我是忠明。你那边情况怎么样？

赵忠全（OS）：我这边一切正常，陈团长钓鱼去了，只有崔副团长宿营在大伦。你那边呢？

赵忠明：我这边也一切正常。黄桥那边怎么样了？

赵忠全（OS）：刚传来消息，翁达全军覆没，他本人也开枪自杀了。不过，李守维还在猛攻黄桥。

赵忠明：喔。你那边你还要尽可能地稳住陈团长，决不能让他轻举妄动。

赵忠全（OS）：放心吧，有我在呢，陈团长不会有情况。是我安排他去钓鱼的。

赵忠明：那就好。有什么情况及时联系。

赵忠全（OS）：好的。

赵忠明搁下电话兴奋地来回走了几步，又停住，两手在身上四处摸了几下，掏出香烟，抽出一支，坐在沙发上点燃，心不在焉地吸了几口又掐了，走到地图前看了起来。

25 — 15　黄桥东门・日外

主要人物：朱宝权、李淑芹、陶勇。

张震东，34 岁（1907—1984）新四军苏北指挥部 3 纵参谋长。

字幕：1940 年 10 月 5 日上午。

十几门山炮，数十门迫击炮再次开始向黄桥东门猛烈炮击。

数发炮弹落在土城墙上，土城墙被炸开了几个大缺口。

临近的街巷，碎屑乱坠，泥土满地；空中尘土飞扬，遮天蔽日。

炮击停止，灰尘未散，新四军战士们蜂拥一般爬上土城墙。

大批韩军再次向城墙方向涌来。

临近城墙三百多米远，韩军军官挥起指挥刀：弟兄们，活捉陈毅，赏大洋十万，以营为单位，冲啊！

韩军铺天盖地发起冲锋。

土城墙上，千枪齐发，韩军士兵不断倒毙。

韩军士兵边冲锋，边射击，城墙上，新四军士兵不时被击中。

朱宝权手臂被击中，血如泉涌。

李淑芹一见立即爬至身边，动作敏捷地扎上绷带，救护队立刻爬上城土墙欲将其带下，朱宝权挥手拒绝，继续握着长枪向韩军射击。

韩军与城墙日益逼近，双方火力也越来越猛烈。

韩军军官举着指挥刀疯狂叫嚣：敢死队的弟兄们，杀啊！

几百名韩军突入城墙缺口向里冲击。

街道两边屋顶上的两挺机枪突然向越过缺口的韩军猛烈扫射。

韩军士兵们不断被击毙。后面的韩军浑然不顾，疾步跳过尸体继续向街里冲击，边跑边举着冲锋枪向八面扫射。

屋顶上新四军的两名机枪手中弹，机枪熄火。

大批韩军趁机涌入，局势岌岌可危。

粟裕率领官兵冲上街道振臂高呼：同志们，江南的援军来了！

陶勇脱掉上衣，拔出日本战刀高高举起：同志们，坚决将敌人赶出去，迎接江南援军！

声毕，陶勇挥刀率先向韩军疾步冲杀过去。

张震东挥起马刀，率领全体官兵冲至陶勇前面。

东门街道上，两军狭路相逢，绞杀在一起，杀声震天，刀枪相击，乒乒乓乓，火星迸溅。

陶勇挥刀如劈柴，逢敌就砍，所向披靡。

韩军士兵惨叫凄厉，倒地翻滚。

韩军士兵很快就难以招架，节节败退。

陶勇率领官兵们越过土墙缺口，继续追击。

韩军连滚带爬，翻过战壕，狼狈而逃。

大街十字路口，数百名新四军战士奔跑过来。

市民拎着竹篮子向奔跑的每一名战士分发烧饼。

战士们边跑边啃。

李增援（1913—1941）、章枚（1912—1995）带着文工团的战士在旁边打着快板：

天上有个扫帚星，苏北有个韩德勤。

不打鬼子打内战，欺压百姓没人性。

新四军，为百姓，反对内战得民心。

黄桥民众紧团结，坚决打败韩德勤。

25 — 16　泰州鲁苏皖边区抗日游击副总指挥部 · 日内

主要人物：李明扬、朱克靖、朱履先、赵忠明。

李明扬、朱克靖坐在沙发上饮着茶。

电话铃响起。

李明扬起身过去接听。

陈才福（OS）：总司令，我是陈才福。刚刚得到消息，韩军已经攻进黄桥市内了。

李明扬（惊愕）：哦，真的吗？千真万确，打得十分激烈。

李明扬停顿片刻：将队伍再向前推进十里路，等候命令。

陈才福：是！

李明扬回头看了一下朱克靖。

朱克靖淡定地喝着茶：师广兄可再问问朱老先生，他在黄桥，他应该最清楚了。

李明扬摇起电话：接黄桥中将府。嗯，朱将军吗？在下李明扬啊，现在黄桥局势怎么样了？听说，韩军已经攻入黄桥市内了，是吗？

朱履先（OS）：是啊，不过又被赶出去了。新四军江南几千人的援军到了。

李明扬（惊讶）：啊，又被赶出去了？这么快！

朱履先（OS）：是啊。新四军的战斗力太强了。现在，李守维已经快招架不住了。三十师师部已经被从八字河围剿上来的新四军端了窝，孙启人被活捉。韩德勤的北面，八路军正在南下攻击，他现在是自顾不暇。这边李守维也会很快遭到东西夹击，命悬一线。好戏快结束了。

李明扬：哦……

赵忠明办公室。

赵忠明正接听着电话：喔，快结束了？嗯，那好，好。

赵忠明搁下电话，兴奋地来回转圈，握拳击掌：好，好，太好了。

25—17　黄桥东野屋基·夜外

主要人物：陈秋生、李道南。

叶飞率领新四军战士们向韩军攻击。枪声密集，爆炸声声，火光冲天。

王必成率领新四军战士们向前冲锋，弹火在夜空中闪烁穿梭。

陈秋生、李道南一前一后向前冲锋。

一颗子弹突然射向陈秋生，陈秋生应声捂着左胸倒下。

李道南立即上前蹲下查看。

陈秋生胸口的鲜血从他紧捂的手指间流淌出来。

陈秋生：我不行了。请你帮忙照顾一下我老妈和我爱……

陈秋生言语未毕，就慢慢闭上了眼睛，松开了捂住胸口的手，满手鲜血淋漓。

李道南泪水夺眶而出：陈营长，你放心，我一定会照顾好她们，把她们当着自己的亲人。

黄才胜率领新四军战士们冲出土围墙，向韩军喊杀过去。

25 — 18　黄桥东野屋基韩军军部。夜内

主要人物：李守维、郭心冬、刘漫天。

韩 89 军军部，李守维、郭心冬、刘漫天围在煤油灯下查看地图。

郭心东：由于翁达部首战败北，加上黄桥西边和南边到现在为止没有任何动静，这说明李明扬、薛承宗的右路军根本没有按着作战部署发动任何行动，造成我们的右翼完全暴露，新四军已经集中兵力正从我们东面和北面围攻过来了，由于我们对黄桥发起的三次攻击没有得手，给了黄桥守军喘息的机会，加上新四军的江南援军已经到达，反守为攻，现在我们不仅是孤军作战，还正处于三面应敌的危险境地。

李守维：那我们还是赶紧撤吧，再打下去，有可能全军覆没。

刘漫天指着地图：军座您看，东面和北面通往海安方向的路是走不出去了。西边的泰兴又是日控区，只有通过西北方向的“八尺沟”，走到运盐河边的姜黄大道，一直向北，才可直达我们的泰州、姜堰防区。

郭心冬：我们只有向西北方向撤离，才最安全。

李守维：那就从这里开始吧。命令部队，立即向西北方向撤离。

25 — 19　野屋基西北挖尺沟附近 · 夜外

主要人物：父亲，50 岁左右，农民。
儿子，20 岁左右，农民。
李守维。

村庄笼罩在一片浓浓夜色之中。

远处不时传来枪炮声，天际时而闪耀着火光。

从村庄一座民房里走出一老一少父子俩，向远方观看。

父亲：看来，那边打得很扎实，那些狗日的可能真的又要从这儿回头了。你去把门关好，我们上白果树上去。

儿子转身回去将屋门关好，与父亲一起爬上了高大的白果树。

父亲：儿子，白天你把桥桩锯得怎么样了?

儿子：每个桥桩只锯了一大半，正常走人应该没事的。

父亲：那就好。我就算到他们还会回头，这些狗日的太缺德了，上次把我家的大门板抢走也就算了，居然还抢走了我的棺材板，那么求他们也没用。

儿子咬牙切齿：他们会得到报应的。

李守维、郭心冬、刘漫天骑着马带着随从在夜色中疾驶。

远处密集的枪声尾随而来。

大批人马在一条大河边停住，手电光柱四处照射。

白果树上的父子俩瞪眼密切注视着。

河面雾气漫漫，夜色茫茫，流水哗哗。

李守维：不是叫“八尺沟”吗？八十尺也差不多少。

郭心冬：军座，您看，那边好像有座桥。

李守维：走，去看看。

三人打马而至。

夜色中，一座宽3米左右的木桥架接了大河两岸。

桥上，溃逃士兵鱼贯而过。

李守维：就从这里过吧，也只有从这里过了。

说完便挥鞭策马踏上木桥，刚上桥头，突然木桥“吱吱”作响，左右摇晃起来，李守维大惊，急忙挥鞭策马企图加速，军马嘶鸣一声，腾空而起。

白果树上父子瞪着双眼低声齐念：倒，倒，倒！

只见木桥摇晃加剧，马失前蹄，连人带马一起坠向河面，木桥随之倾覆。

白果树上的父子兴奋得连连拍树：好，好！

岸上，众人大惊。

水下，正有一处坞丛（鱼冲）。污泥堆积，四面木桩围栏，树枝纵横交错。

李守维连人带马正坠入其中，人马在水下污泥中拼命挣扎，却愈陷愈深，很快就没有了动静。

岸上众人目瞪口呆，手电光柱在坞丛上水面上交错，许久才回过神来，惊呼：不好了，军座掉河里淹死了，军座掉河里淹死了。

岸上官兵不知所措，来回奔走。

密集的枪声愈来愈近，大批韩军潮涌而来，慌不择路，跳入河中。

宽阔的河面，人如惊鱼，东窜西跃，拼命挣扎。

无数士兵体力不支，渐渐沉入水底。

岸上，郭心东、刘漫天望洋兴叹：听天由命吧。

25 — 20　海安韩军前线总指挥部 · 日内

主要人物：韩德勤。

办公室内，韩德勤惊慌搁下电话：来人，快，立即撤回兴化，新四军打过来了。

25 — 21　姜堰县顾高镇 · 日外

主要人物：颜秀五、陈才福、陈中柱。

颜秀五、陈才福、陈中柱一行人跨上军马。

陈才福：李将军，对不起了，不是我要袖手旁观，见死不救，实在是军令难违啊。走，回姜堰！

队伍纷纷转身回撤。

颜秀五、陈才福、陈中柱和随从骑着军马很快消失在夜色之中。

25 — 22　黄桥南门 · 日外

主要人物：薛承宗。

薛承宗手执马鞭走出民房大院：李将军，不是我不帮你，我是以其人之道还治其人之身，让你尝尝孤立无援的滋味。走，回去！

薛承宗跨上马带着随从消失在夜色之中。

25 — 23　泰州城 · 日内

主要人物：赵忠明。

赵忠明端起茶杯连喝了几口，向沙发上一靠，大舒一口气，点燃了一支烟，美美享受起来。

赵忠明突然起身走进里屋，从柜子里取出宣纸铺在书桌上，拿起毛笔书写起来：

　　黄桥会战

羽扇纶巾秋点兵，

纵横捭阖凝群英。

挥毫坤舆缚顽逆，

旌帜东升势焰盈。

25 — 24　黄桥福慧禅寺 · 日内

主要人物：李淑芹、史保东、朱宝权。

福慧禅寺内，住满了伤员。

李淑芹来走至史保东的病床边：同志，起来换药了。

史保东睁开眼睛点点头：嗯。

女卫生员与李淑芹合力将史保东扶起，脱掉史保东的上衣，缠在前后胸的白色纱布全露了出来。

卫生员边揭边道：你真的太幸运了，子弹贯胸部穿前后，竟然没事。

史保东：我的仇还没有报，老天保佑我呢。

李淑芹：你也有仇？

史保东：当然，我 9 岁就没有了爹，家穷被人欺。那洲上的黄家就是我的仇人。

李淑芹：你说的洲上是江边上的永安洲吗？

史保东：就是。

李淑芹：那黄家是那个黄镇长家吗？

史保东：就是。

李淑芹：他家把你怎么了？

史保东：我 13 岁时给他家放牛、养猪，做长工。有一次割猪草时不小心伤到了大腿，皮肉都被割掉了一大块，流了好多血。回到家，那姓黄的不但不给我治还毒打了我一顿，骂我木头，比猪还笨。后来因为伤口化脓一直不好，没办法干活，他就把我赶走，并且还扣了我三个月的工钱。

李淑芹：这黄家这么狠毒？

史保东：真的。后来我的伤口还是我妈妈用一块木板烧成灰敷在上面才好了。

李淑芹：木板灰也能治伤口？是什么木板？

史保东：这个我就不晓得了。

李淑芹给史保东换好药后，与女卫生员一起离开，来到了另间病房，走到躺在病床上的朱宝权身边：朱宝权同志，来，换药了。

朱宝权起身，注视着李淑芹，伸出了扎着绷带的右手。

李淑芹小心翼翼地揭开层层包裹的纱布，轻轻在伤口上涂药。

朱宝权目不转睛地盯着李淑芹。

朱履先和沈和生走了过来，朱履先向身后的夫人做了个手势，悄无声息地走近，观而不语。

李淑芹包扎好伤口：尽量不要乱动，也不要用力，防止伤口开裂。

朱宝权闻声才回过神来，赶忙敷衍应付：嗯，晓得，晓得。

又留恋地看了李淑芹一眼。

朱履先、沈和生看在眼里，相视会意一笑。

朱宝权抬眼一见朱履先夫妇：爹，妈。你们怎么来了？

第二十六集　阴阳两隔

击机英雄陨沙场，团圆相片阖阴阳。
挖尺沟中湮尸魂，霜妇再穿嫁衣裳。

26 — 1　黄桥福慧禅寺 · 日内

主要人物：李淑芹、朱履先、沈和生。

李淑芹收拾好医疗器具推着医疗架正准备离开，闻声抬头，看见朱履先夫妇，连忙微笑招呼：朱将军好！夫人好！

朱履先：倷做事真是十分周到细致，瓦儿子由倷护理我们就放心了。

李淑芹腼腆一笑：这是我的职责，应该的。朱宝权同志是您儿子？

朱履先点点头：是啊，让你们操心了。

沈和生：姑娘，辛苦倷了，谢谢倷对瓦儿子的精心照顾。

李淑芹连忙摇头：不、不、不，根本谈不上辛苦。他们在战场上奋勇杀敌才辛苦。说心里话，您儿子真勇敢，手臂上都中弹了，我们拖他下来都不下来。

沈和生：跟他爹一个样，有句话怎么说来着？虎父、虎父……

李淑芹笑着接过话：虎父无犬子。

沈和生笑道：对、对、对，是虎父无犬子，虎父无犬子。

众人笑声琅琅，其乐融融。

沈和生：姑娘，怎么称呼倷？

李淑芹：我叫李淑芹。木子李，淑女的淑，芹菜的芹。

沈和生用手指在空中书写比画着：木子李，淑女的淑，三点水带一个叔叔的叔，对吧？

李淑芹点点头。

沈和生继续：谈情说爱的情。

李淑芹捂口一笑：不是感情的情，是芹菜的芹。

李淑芹用手做着吃的手势。

沈和生：噢，噢，不是感情的情，是芹菜的芹。嗯，嗯，晓得了，晓得了，这下记住了。

李淑芹：朱将军，那边还有伤员要换药，我去那边了，你们聊。

沈和生：姑娘，恁去忙，你去忙吧。

李淑芹挥挥手离开。

朱履先目送李淑芹的背影，抹了抹白须，满意地点着头。

26—2 泰州城·日内

主要人物：赵忠明、陈盛文。

泰州城“小上海百货商铺”。

一位头戴礼帽，眼戴着一副老光镜，两腮两领长髯羊须，身穿灰色马褂的老叟，躬着腰走进店铺。

陈秀文正在接待一对年轻人挑选商品。

老叟连咳了几声。

陈秀文不经意地睥了他一眼：请等一下。

年轻人付了款，手捧商品走出店铺外。

陈秀文将一对年轻人送出门外摆手：二位走好，欢迎下次再来。

两个年轻人手挽手：好的。谢谢了。

陈秀文回过身走进柜台：老先生，您买什么？

老叟：有没有“老炮台”牌子的香烟？

陈秀文：有。您要几包？

老叟：两包。多少钱一包？

陈秀文：五文钱一包。

老叟：四文卖不卖？

陈秀文立即一愣，凝神注视着老叟：不好意思，小本经营，不还价的。

老叟：那两包九文行不行？

陈秀文一愣：你是？

老叟笑道：老朽是你的老乡，老朋友，老赵。

陈秀文一听伸手摘去老叟的眼镜，捂着嘴笑弯了腰：你，你，赵忠明，哈哈……你真是……哈，哈……你这是干吗？干吗打扮得这个样子？还老赵，我一点都没认出来。

赵忠明一脸得意：怎么样？我化装得还可以吧？

陈秀文依然乐不自禁，连连点头：可以，可以。不注意还真以为是个老头。怎么啦？今天怎么想出这一招的？这不像你的风格。

赵忠明：今天心情特别高兴。

陈秀文：什么高兴的事？快，快到里面说。

赵忠明跟着陈秀文进了里屋，迫不及待：告诉你一件特大喜讯，黄桥会战，我们大获全胜！韩德勤一万多人全军覆没。89 军军长李守维淹死在黄桥的挖尺沟，独 6 旅旅长开枪自杀！韩德勤逃回到了兴化。

陈秀文欣喜得跳起拍手：真的？那太好了。真想不到，这韩德勤三万多人这么不堪一击。我们的人真厉害！

赵忠明：陈毅司令和粟裕副司令，不仅打仗厉害，统战手段更厉害。韩德勤表面上有三万多人，实际上真正愿意出战的只有一万多人。李明扬、陈泰运和薛承宗只出兵，不出战。只有韩德勤的嫡系部队孤军深入，所以被打得落花流水，狼狈而逃。

陈秀文：他本来就是个"饭桶将军"，加上顽固地坚持反共，搞摩擦，打内战，不得民心，所以惨败是迟早的事。我也有一个好消息告诉你。

赵忠明：什么好消息？

陈秀文：我们的结婚申请上级已经批准了。这样我们以后见面就可以名正言顺了，方便了工作。

赵忠明：那太好了。真是双喜临门！

陈秀文感叹：一晃，又快三年了过去了，我们再不结婚，真的都快老了。

赵忠明：我们哪算老，陈司令都快四十了，粟司令也过了三十，也刚刚才结婚，与他们相比，我们已经算早的了。

陈秀文感慨：是啊，我们队伍里，有多少人为了革命事业离开了父母，远离家乡，无怨无悔地将最好的青春年华献给了中华民族的解放事业。

赵忠明：是啊。都是为了我们民族的复兴，子孙的幸福，抛头颅，洒热血，在所不辞。但愿我们的子孙能世世代代铭记这段历史。

陈秀文：将来，我们如果有了孩子了，我一定要好好教育他们、培养他们。

赵忠明：不是如果，是我们一定会有孩子的。

陈秀文：不过，上级要求我们的婚礼要尽量简单点，不要过分张扬。

赵忠明：那起码应该宴请一下两李司令和我哥。

陈秀文：那是当然，上级也是这个意思，这样便于以后的工作。

赵忠明：那我现在就开始筹备一下，得先在城里买个带院子的房子，有个安身之处，这才像个家。

陈秀文含情脉脉地望着赵忠明：有没有房子我无所谓，只要能跟你在一起，我就满足了。

赵忠明：房子肯定要买的，这样我们才有个安定的家。我明天就托人去找。

陈秀文：那随你吧，我只有一个要求。

赵忠明：什么要求？

陈秀文：我听说，姜堰有个地方叫“溱湖”，那里不仅风景好，还有麋鹿呢，我就想看看那麋鹿长什么样？我还是只在图书里见过，没见过真的呢。

赵忠明：这个小事一桩，我哥就在姜堰，他现在是税警团的参谋长呢，到时让他带我们一起去。

陈秀文一把抱住赵忠明：那太好了。

赵忠明顺势将她搂在怀里。

两人含情脉脉，激情相吻。

26—3 黄桥镇·日外

主要人物：陈盛文。

张翠莲，28岁左右，陈秋生爱人。

陈母，50岁左右，陈秋生的母亲。

陈盛文带着新四军战士和民工赶着驴车、推着独轮车装着从战场上缴获的各种军用物资走在大街上。

一老一少两名妇女带着一位小男孩从马路对面向陈盛文快步跑了过来。

陈盛文见状立即止步：老人家，你们有什么事需要帮忙的吗？

老年妇女：我们想找陈县长。

陈盛文：可以告诉我找我们陈县长有什么事吗？

少妇：是我们扬中施县长让我们来找他的。

老年妇女：我是来找我儿子的，施县长说，我儿子的部队现在在黄桥，所以我们就来了。

陈盛文：个晓得你儿子在新四军的哪个部队呢？

两人摇头。

陈盛文：那你儿子叫什么名字？

老年妇女：他叫陈秋生。这是我儿媳妇和孙子。

少妇：我叫张翠莲，我儿子叫陈春富。麻烦你帮找一找，他爸在那个部队，儿子都五岁半了，他还不认识他爸爸呢。

陈盛文仰面回想：陈秋生，陈秋生，这个名字好熟悉，喔，想起来了，是不是在扬中用步枪打下鬼子飞机的那个？

张翠莲（自豪）：是的，他信中说过。你们也知道？

陈盛文：哪只我们知道，我们新四军都知道，全国人民都知道，还上了报

纸呢

陈母：我听我儿媳说过。

陈盛文：不过，我也不知道他现在在哪个部队，只是听说他现在已经是营长了。

张翠莲满脸喜悦：真的吗？我好久没接到他的信了。一点儿也不知道。

陈母喜笑颜开：我儿子有出息了，我们家总算有个当官的了。

陈盛文：这样吧，我这就带你们去找我们陈县长。

陈母、张翠莲连忙躬身：那麻烦你了。

陈盛文转身：顾队长，你负责将这些战利品送到支前委，我带他们去找陈县长。

顾金贵：好。你放心去吧，这里就交给我了。

陈盛文转身：老人家，走，我带你们去。

26 — 4　黄桥泰兴县抗日民主政权委员会 · 日外 · 内

主要人物：陈盛文、陈母、张翠莲、王必成。

陈春富，5 岁，陈秋生之子。

陈同生，35 岁（1906—1968），泰兴县抗日民主政府县长。

两名持枪新四军战士站立在泰兴县抗日民主政权委员会门口，工作人员进出十分频繁。

陈盛文、陈母、张翠莲和小男孩来到门口。

陈盛文走至岗哨打了个招呼，便带他们走了进去。

陈盛文在挂着县长门牌的办公室门口停下：老人家，你们在这里等一下。

陈母：嗯。

陈盛文立正：报告！

陈同生（OS）：进来！

陈盛文推门进去。

陈母三人站在门外好奇地四下张望。

一位脖子上挂着照相机的年轻人与几个人一起从身边走了过去。

张翠莲视线立即跟过去很远。

张翠莲：妈，那个人脖子上挂的好像是照相机，扬中新四军审判那个贾长富的大会上我看到过，还闪光、冒烟呢。

陈母：这次见到我儿子，让他也给我们照几张相，他现在已经是营长了。

张翠莲：对。我们每人都照一张，然后再照个全家照。

陈盛文开门出来：老人家，陈县长请你们进来。

三人随着陈盛文进人办公室。

陈同生立即热情地迎了上来握住陈母的手：老人家您好，一路辛苦了。

陈母：好，好，好，陈县长好！

张翠莲：陈县长好！

陈同生：你好，你好。来来来，快请坐。

张翠莲牵着儿子的手：叫大伯。

陈春福嗲声嗲气：大伯好！

陈同生：小朋友好！啊呦，真乖！

众人落座。

陈同生立即泡上茶水坐下：刚才陈队长已经跟我说了，我已经给三个纵队的领导打过电话。他们正在查找一下，陈营长可是我们新四军的名人，也我们新四军的骄傲，估计很快就会找到。一旦找到，立即通知他来接你们。你们先在这里息一会儿。

陈母：给领导们添麻烦了。

陈同生：诶，老人家，你儿子可是我们新四军的英雄，我们能为英雄的家人服务不是麻烦而是荣幸！

陈母：领导真会说话。我儿子就是笨嘴拙舌的，不太会说话。

陈同生：是吗？可他会干实事啊。你看他一枪就能将鬼子的飞机打下来，震惊全国全军啊。别说在中国，就是在全世界都很少有哦。真的很了不起！

陈春福突然插话：将来我也能将鬼子的飞机打下来，因为，我是男子汉！

众人一愣，继而哄堂大笑。

陈同生：对对对，你将来一定也会跟你爸一样，将鬼子的飞机打下来。因为你是男子汉。我们新四军可真是人才辈出，后继有人哦。

电话铃响起，陈同生走过去接听。

王必成（OS）：陈县长吗？我是 2 纵王必成啊。

陈同生：哦，是王司令啊。

王必成（OS）：已经找到陈秋生了。不过，他昨天晚上在围歼李守维的战斗中已经壮烈牺牲。

陈同生（惊愕）：啊？

王必成（OS）：本来我们正准备举行一个隆重庄严的仪式将所有牺牲的烈士一起安葬，现在我马上与副营长李道南一起过来接他的家属，你先安抚好他们。

陈同生心不在焉：哦，好，好。

陈同生神色凝重地搁下电话，转过身平定了一下情绪，走到陈母跟前：啊，这个，这个，已经找到您儿子了，不过……我们的王司令马上就过来。

陈母、张翠莲起身注视着陈同生。

陈母（疑惑）：怎么，司令要过来？是不是秋生出什么事了？

陈同生支吾着：这个，这个……

陈母（坦然）：你直接说吧，没事，我们什么苦都吃过，什么难都经过，挺得住。

陈同生：那我就直接说了，请老人家和嫂子一定要节哀！刚才王司令来电话说，陈营长在昨天晚上的战斗中已经壮烈牺牲。

陈母霎时泪如泉涌，踉跄了几步。

陈盛文一个箭步上前扶住，将其移步坐在椅子上。

张翠莲两眼一闭，一下子瘫倒在地上。

陈同生立即将她扶到木沙发上躺下，按着人中急救。

陈春福神情紧张地看着眼前的一切，慌忙跑到奶奶身边抓住了奶奶的手，似乎明白了什么。

张翠莲渐渐缓过气来，慢慢睁开眼睛。

陈同生忍不住泪水盈眶，连忙转过脸抹掉：请嫂子一定要节哀顺变。

张翠莲泪流满面：秋生啊，你三四年都没见到儿子了，现在又长高不少了，天天在家吵着要见爸爸，今天我们终于来了，可还是来晚了一步。

陈春福流着泪水走到母亲身边，伸出稚嫩的小手擦着母亲脸上的泪水：妈妈，别哭，爸爸不在了，有我呢，儿子是男子汉。

众人闻言，无不泪水纵横，哽咽难禁。

门口响起敲门声，陈盛文连忙拭去泪水，打开门。

王必成、李道南站在门口。

陈盛文引入屋内：他们就是陈营长的母亲、爱人和儿子。

陈同生：老人家，这是我们的王司令，李营长！

张翠莲立即挣扎着爬了起来。

王必成、李道南一起上前一步，立正敬礼：我们代表新四军全体指战员向战斗英雄陈秋生营长的家属表示最崇高的敬意！

陈母刚要站起，王必成立即上前：老人家，您请坐。

李道南上前单膝跪地握住陈母的手：老人家，我是您儿子最亲密的战友，他就牺牲在我怀里，他牺牲前的最后一句话就是让我照顾好你们。从现在起，您就把我当您的亲生的儿子，有什么要求，尽管跟我说。

陈母抹去眼泪：我只有这么一个儿子，他也只有这么一个儿子，可惜，他儿子现在已经三四年没见到他爸爸了，我就只有一个要求，能不能让我们再看他一眼？能不能帮忙照几张他的照片，再照一张我们全家在一起的照片那就更好了，以后我想儿子了，孙子想他爸爸了就可以拿出来看看。

王必成：老人家，您放心，我们一定满足您的愿望，我这就去安排。

26 — 5　黄桥穆园·日外

主要人物：张翠莲、陈母、陈春富、王必成、李道南、陈盛文。

黄桥穆园内的空地上，整齐排列着数十具裹着白布的遗体。

两排新四军战士持枪肃立在旁边。

王必成、李道南、陈盛文及随军记者挎着照相机陪着陈母三人站在队伍旁边。

四名战士扛着覆盖着白布的遗体缓步走了过来。

陈母松开孙子的手和张翠莲一起奔了过来。

四名战士止步，从肩上放下担架，拎在手上。

陈母、张翠莲一左一右跪在担架前，掀开盖在遗体脸上的白布，一张熟悉而又陌生的脸庞展现在婆媳俩的眼前。

两人毫无顾忌地将自己的脸紧紧贴在陈秋生的脸上，泪如雨下，泣不成声。

陈母摸着陈秋生的脸：儿啊，你长大了，也长结实了，妈妈再也打不动你了。

陈春福流着泪缓缓走近陈母身边，伸出细小的手臂，轻轻按抚拍打着奶奶颤抖起伏的肩背。

张翠莲亲着陈秋生的嘴唇：秋生啊，你个晓得，我真的好想你，你儿子天天在家吵着要见你，今天也来了，他又长高了，你起来看看啊。

婆媳俩的泪珠一滴一滴滴在陈秋生脸上。

四名战士感同身受，默默流泪，腾出一只手来不时地抹去眼泪。

王必成、李道南、陈盛文、随军记者走了过来，搀扶起婆媳俩。

王必成：老人家，请节哀！请起来，我们给陈营长拍几张照。

李道南：嫂子，请节哀！王司令特地安排了记者，来帮你们一家完成夙愿。

婆媳俩牵着陈春福的手，一步一回头，依依不舍离开。

记者上前对着担架的遗体连按几下快门。灯光熠熠闪耀，白烟袅袅升天。

李道南抱起陈秋生僵硬的遗体，半倾斜按坐在一张太师椅子上，与陈母一家前后站立。

记者架起相机，反复调整后，举起左手：来，请看这里！

（FB）：随着“卜”的一声声响，一张穿越时空的全家照定格在1940年10月8日这一天，必将载入史册，成为后人永恒的记忆。

王必成掏出手枪：为全体革命烈士送行！

列队战士同时举枪向空中鸣射。

李道南：敬礼！

所有官兵向烈士遗体立正行军礼！

26—6　黄桥东北挖尺沟·日外

主要人物：管文蔚、陈同生、陈盛文、顾金贵。

马邦贞，28岁，李守维夫人。

挖尺沟宽阔淡红的水面上，四处漂满了韩军尸体。数十名民工撑着数条木船将河里尸体用竹钩一具具拖拽到船上。

挖尺沟东西两岸站满了观望的老百姓。

倒塌的木桥歪歪扭扭，七零八落地漂浮在河面上，水面上露出了几根木桥桩。

桥桩左右两面已经分别垒起了两道堤坝，堤坝上，数名民工正甩着用长绳系着水戽奋力向坝外打水。

坝内的水位慢慢降低，盛满污泥的坞丛渐渐露出了水面。

管文蔚、陈同生、陈盛文、顾金贵等一行人站在岸边观看。

管文蔚：当听到李守维骑马淹死在挖尺沟时，我不太相信。河的名字叫挖尺沟，既然取名叫“沟”，那能有多宽？他骑着高头大马，怎么可能被淹死呢？军马又不是不会涉水，河又不是湖，更不是江。

陈同生：我当时也不太相信。说他携带的大洋过多，马负重过大，吃不消，过河时溺水而亡。他们的老窝离战场并不太远，打仗，他带那么多钱干什么？又不是经商。今天来现场一看，原来是坠入污泥之中，人马无法自拔，窒息而亡。

管文蔚疑惑：那河里老百姓垒这么个坞丛做什么呢？

陈同生：这个我还真的不清楚，要问当地人。

顾金贵：管司令，陈县长，这个我知道。这坞丛又叫鱼冲。老百姓在河里选一块地方四周打上木桩，将树枝放在木桩周围，夏天将河里的污泥罱到里面水下，上面再放些树枝，鱼都喜欢游进去藏在里面过冬，那老百姓过年捕鱼时就可以一网打尽，开春后污泥可用作田里的肥料。

管文蔚恍然大悟：噢，是这么回事。

陈同生： 这还真的头一回听说呢。

顾金贵： 这挖尺沟也是有故事的。

陈同生： 哦？你说说看。

顾金贵： 这里原来有条老龙河，河的北边住着两个大户人家，一家姓何，一家姓吕。由于地势较低，经常遭受洪涝。于是两家商量后决定一同出钱，再开一条南北通河，用于抗旱排涝。在挖河时，突然挖到了一把金尺子，两家为了提高家族声望就把金尺子献给了朝廷，皇上当然十分高兴，就赏赐两族户部堂号为"挖尺沟"。

陈同生： 噢，挖尺沟的名字原来是这么来的，又长见识了。

管文蔚： 所以呢，我们要经常到老百姓当中走走，真的能学到不少东西呢。

陈同生： 我们跟在陈司令后面也真的学了不少东西。那韩德勤派副官处处长杨国侯为打捞李守维尸体的事来找陈司令。陈司令不仅满口答应，而且还热情招待，讲了许多团结抗战的道理。韩军又被我们陈司令统战了一次。

管文蔚： 我们陈司令的统战艺术不得不令人佩服。

河对岸，搭建了几个塑料大凉篷。

凉篷里摆放着棺材、寿衣、寿帽、寿鞋、寿枕等治丧物品。

螓首蛾眉的马邦贞（李守维夫人）身着一身黑色丧衣，面无表情地亭亭玉立在凉篷外望着坞丛处。

坞丛已经大部分露出了水面，两只套着马靴的腿脚露出坞泥之上；四只马蹄也高高跷起。

两名民工用竹钩将绳套套住露出泥面两条人腿然后用力将尸体从污泥中拖拽上了岸。

马邦贞一行人立即快步走了过来。

民工立即用水将浑身污秽不堪，挺直僵硬的尸体冲洗干净，李守维双目圆瞪，面色青紫。

众人扭头，不敢直视。

马邦贞来到尸体边捂着脸呜呜咽咽地干号着。

几名民工将尸体换衣整装后装入棺材，抬上了一艘大船，撑篙摇橹而去。

陈同生望着渐渐远去的木船感慨： 这坞丛真是像极了现在的国民政府，而李守维分明就是一条想依附其中过冬的鱼。

26 — 7 兴化城外码头 · 日外

主要人物： 军官甲、乙，30 岁左右。

李明扬。

城外，四通八达，宽窄不一的河道上，上百条大小各式船只来来往往。数条装满败阵而归士兵的船只靠上码头。

衣冠不整的士兵们陆陆续续登岸。

岸上站着一位带着十几名士兵的韩军军官。

军官（甲）手持扩音喇叭：所有从黄桥撤回的官兵注意了，接到上级命令，你们上岸后就地宿营，不得进城。

败兵：为什么？那我们吃什么、喝什么。

军官：吃什么、喝什么，这个不是我管，反正不许进城，谁违抗命令，军法处置！

从码头上走上来一位衣冠不整，一身污秽的军官（乙）。

军官(甲)鄙夷地看了他一眼，见他走近，连忙用手在鼻子前面扇了几扇风。

军官（乙）：为什么不让我们进城？有这么对待从前线打仗回来的兄弟吗？

军官（甲）一脸不屑：还好意思说从前线打仗回来的，你们这打的什么仗？

军官（乙）：打的什么仗也是韩总司令指挥的，他不也是从海安前线总指挥部撤回来的吗？

军官（甲）：这个我可不管，反正你们是不能进城，这是上级的命令。

军官（乙）：不让我们进城，那我们的那些伤员怎么办？谁给他们治伤？

军官（甲）：这个不归我管。

军官（乙）：你这个不管，那个不管，我们这些官兵就在这里饿死病死吗？哼，我就还就不信了，今天老子就要进城，我看你能把我怎么样？弟兄们，跟我走！

军官乙一挥手，数十名败兵就要往城区路上走。

军官（甲）拔出手枪一挥手：谁敢违抗军令，立即军法处置！

身边的士兵立即举枪对着军官（乙）。

军官（乙）也拔出手枪一挥手：老子是从死人堆里爬出来的，还跟我来这一套！

身边的士兵也立即举枪相对。

双方剑拔弩张，一触即发。

李明扬、李长江、赵忠明一行人正从汽艇上跨上码头，一见这局势，立即跑了过来。

李明扬：住手！你们这是干什么？怎么自己人跟自己人干起来了？

军官（甲）、军官（乙）一见李明扬立即挥手示意手下放下了枪。

军官（乙）立正敬礼：报告李总司令，我们刚从前线撤回来，没有饭吃，没人治伤，他们就是不让我们进城。

军官（甲）立正敬礼：报告李总司令，我是在执行上级的命令，其他的事情不归卑职所管，卑职也管不了。

李明扬：哦，就这个事啊，好好协商协商不就行了吗？你们这个样子哪还像个自家人呢。不过，你们双方都没有错。他们不让你们进城是执行上级命令，上级是怕你们这个样子进城影响政府形象，影响部队士气；但你们刚从前线撤回，没吃没喝，缺医少药，急需进城休整，也在情理之中。关键还是有些部门对一些问题考虑不周，没有处理好。我看这样吧，我来想办法先安排你们在这里吃顿饱饭，然后你们到泰州去找秦庆霖和陈中柱司令，我马上给他说一下，你们看好不好？

军管（乙）：谢谢李总司令！如果能那这样最好不过了，我们现在只要有个落脚的地方就行。

李明扬转身对李长江：李副司令，你去安排一下。我和赵团长先去给李守维吊香。

李长江：好的。

26—8　兴化城李春芳祠堂·日内·外

主要人物：马邦贞、李明扬、赵忠明。

冷欣，41 岁（1900—1987），国民党第三战区副总指挥。

祠堂大厅正中摆放了一具黑色的大灵柩，灵柩当头陈设着供品和点燃的白蜡烛。

厅堂大门门头上拉着一副黑布白字的横联：天人同悲。

左右挂着黑布白字的挽联：一代国粹垂青史，千秋英名化金星。

大门外两侧肃立着两排持枪士兵。

士兵身后摆满了各色各样的花圈，落款分别为：中华民国政府敬挽，中国国民党军事委员会敬挽，江苏省政府敬挽，鲁苏皖抗日游击总指挥部敬挽……

高大气派的祠堂门庭上拉着一副黑布白字的横幅：李守维将军名垂千古。

两侧四名士兵持枪肃立。

李明扬、赵忠明先后向灵柩敬礼、鞠躬，与马邦贞握手慰问，然后离开。

门里门外前来吊唁的人进进出出，络绎不绝。

身着中将军服的冷欣带着一行人策马而至。

冷欣下马至门口向门卫送上名帖。

门卫高声：第三战区冷欣副总指挥到！

灵堂内，身穿丧服的马邦贞起身拜接。

冷欣缓步至马邦贞面前敬礼握手：请夫人节哀顺变，多加保重！

马邦贞愁眉苦脸低声回应：谢谢！

冷欣移步至灵柩前立正、敬礼、鞠躬。

殡仪官：冷总指挥，这边请。

冷欣跟随殡仪官、马邦贞进入会客厅落座。

殡仪官退出掩上门。

冷欣：夫人，我与李将军不仅同是江苏老乡，同是黄埔军校二期校友，还是最好的朋友和兄弟。他在队伍开拔黄桥前特别嘱咐我：他如遭遇不测，让我对你多加关照。夫人若有什么要求或困难尽管跟我说。

马邦贞愁云满面：新甫以前跟我经常提起你。他说，你是他最好的朋友，现在他突然为国殉职，抛下了我一个柔弱女子，南京的娘家现在又回不去，我孤苦伶仃，流落他乡，以后真不知道怎么过。连这殡事也是这李家看在同宗同姓和新甫生前的情份上借用的。

马邦贞语毕便掩面啜泣，娇体微颤。

冷欣满眼怜爱地望着梨花带雨的马邦贞，情不自禁一把拉过她那雪白娇嫩的手放在手心抚慰：你放心，有我在，我一定会照顾好你的。等殡仪之后，我接你去宜兴。

26—9　黄桥抗日民主政权委员会·日外·内

主要人物：陈母、张翠莲、陈春福、陈同生。

陈母、张翠莲带着陈春福来到委员会门口。

门口两名新四军卫兵站岗。

卫兵（甲）一见他们立即立正敬礼：老人家，你们是找陈县长吗？

陈母：是，是啊。陈县长在不在？

卫兵（甲）：在，我这就带你们去。

卫兵带着三人来到陈同生办公室门口。

卫兵（甲）：报告！

陈同生（OS）：进来！

卫兵进入：陈县长，陈秋生营长的家人来了。

陈同生立即迎出：老人家，快，快请进！

陈同生热情地将他们迎进办公室，落座，沏茶。

陈母：陈县长，不好意思，又来麻烦你了。

陈同生：啊呀，什么麻烦不麻烦的，这都是我们应该做的。您有什么事尽管说，我们一定尽力。你们这些天休息得还好吧？

陈母：好，好，真是太好了！他们对我们照顾得很周到了。今天来呢，是被我孙子吵得没办法了才来找你的。

陈同生（诧异）：哦？是不是想爷爷了要回扬中？

张翠莲：才不是呢，他说也要参加新四军，为他爸爸报仇。我说，你还小呢，等你长大了才能为你爸报仇，他就是不听，非要缠着我们来找你。

陈同生：啊，是这么回事啊？

陈母：没有办法，我们只好带他来了。请你跟他说说。

陈同生摸了摸张春福的头：小朋友，是不是你也想参加新四军？

陈春福点点头：是的。我看到街上有许多小朋友扛着枪呢。我是男子汉，所以，我也想当新四军，为我爸爸报仇。

陈同生笑道：他们是儿童团的，比你大多了。你是男子汉，但你还小，等你再长大些，我再让你参加，好不好？

陈春福：不好。我现在就要参加。

陈同生：那这样吧，参加儿童团、参加新四军首先要会使枪，伯伯先送你两把枪，你先练练，练好了再来参加新四军好不好？

陈春福（兴奋）：只要有枪就行，有枪才是男子汉。

陈同生：对，有枪就是男子汉了。

陈同生说完，转身立即从柜里取出一长一短两把木枪送到张春福跟前：这是我们新四军叔叔平常训练时用的枪，你拿回去好好练练，练好了再来找我好不好？

陈春福一见两把木枪，立即两眼发光，迫不及待地抓到手中舞动起来。

众人忍不住笑了起来。

张翠莲：陈县长，虽然我儿子参军还小，但我也想参加新四军，为我丈夫报仇，你们收不收？

陈同生沉思片刻：你年龄当然没问题，不过，两位老人怎么办？

陈母：我年龄还不算太大，才五十刚出头，能够自己照顾自己和老伴。如果你们收了我儿媳当新四军，我这边没问题，不用担心，再说扬中那边施县长对我们也挺关心的，经常来看我们，关照我们。

陈同生：那好吧，欢迎张翠莲同志加入我们新四军。这样吧，我写个条子，你到战地服务团先去报到学习，孩子可送到保育院，那里全是我们部队的孩子。

张翠莲：谢谢陈县长！

26—10 江苏宜兴丁蜀山太湖边·日外

主要人物：冷欣、马邦贞。

风景优美的太湖滨，身着绿色军装的冷欣与身穿艳丽旗袍的马邦贞并肩散步。

冷欣：看你今天气色和精神好多了。

马邦贞：怎么说呢，我现在已经想通了。记得唐朝诗圣杜甫写过这样一段话：逝者已矣，生者如斯。我才28岁，还很年轻，人生还有很长的路要走，不能因为已经驾鹤西去的他而永远沉浸在痛苦之中失去人生的意义和继续生活下去的勇气。这不是我父母的希望，也不应该是我的人生目标。

冷欣：那你以后有什么打算呢？

马邦贞：我现在还没有想好，不过一旦时机成熟，我还是想回南京。那是我从小长大的地方，我在那里生活读书，也是在那里认识了新甫。说真的，当时我在金陵女子大学读书的时候，并没有看中新甫，但经不住他不分昼夜的死缠烂打，加上当时他是保安团团长，为我家的商铺摆平了地痞流氓的敲诈勒索，出于感激才与他成婚。

冷欣：我听新甫说过。他说，你当时可是整个学校里校花，追求你的人少说也有一个排，他若不下点功夫根本轮不到他。

马邦贞：他这也跟你说啊？

冷欣：男人嘛，心仪的女人追到手了，都想炫耀一番。况且，我们几乎是无话不谈的好兄弟。

马邦贞（娇嗔）：我感觉，你们男人几乎个个都是好色之徒。

冷欣嘿嘿一笑：人之初，性本色。《诗经》上不是有这么一句：窈窕女子，君子好逑吗？男人只要好色不贪色，好财不贪财，都是好男人。

马邦贞：这是你新编的《三字经》吧？什么“人之初，性本色”，是“人之初，性本善”，是“善”，不是“色”，你以为我没读过《三字经》吗？不过，下句我爱听，君子爱财不贪财，不光是男人应该是这样，女人也应该是这样。人人都爱财，但应该取之有道。自古以来，多少人为了贪财而不择手段，最终落得个人财两空。

冷欣：你跟我的看法十分一致，有道是：粮田万顷，日食三餐；大厦千间，夜眠八尺。人生一世有挣不完的钱，只要能够丰衣足食就行了，太多了，有时不但无益，弄不好，反而成了祸端。这样的事自古以来举不胜举。

马邦贞：《红楼梦》中的《好了歌》有这么几句：世人都晓神仙好，唯有金银忘不了，终朝只恨聚无多，及到多时眼闭了。这《好了歌》告诉人们这样一个道理，什么事，都要把握好分寸，做到适可而止，否则，物极必反。

冷欣（欣喜）：啊呀，你能将人生哲理剖析得怎么透彻，真令我心悦诚服。你真不愧是位品貌双全、德才兼备的绝代佳人，难怪新甫当初那么对你死缠烂打。

马邦贞：我读过辩证法，什么事都要正反看待和对待。

冷欣（欣慰）：我这次可真的遇到真正的知音了。我有个想法想告诉你，不知道你想不想听？

马邦贞：你说的话我都想听，你说。

冷欣试了试嗓门：嗯，这个。既然新甫生前就将你托付给我，那我就应该不负重托。我慎重考虑了许久，想娶你为妻，不知道你愿意不愿意？

马邦贞：这个，这个，我也想过，上次我就已经感觉到了，这次你一个多月对我的精心照顾，我更感觉到你有这个心。不过，你是有妻室的人，那她怎么办？

冷欣：这个你不必有什么顾虑。我现在的妻子本来就是父母之命，媒妁之言，跟她一直就没有什么感情。仅有夫妻之名，无夫妻之实。我现在解除婚姻关系，对双方都是个解脱，她应该感谢我才是。

马邦贞：理是这个理，可旁人不一定这么认为，再说，你是个军人，受到军纪的约束，你的上级能同意吗？

冷欣：国民革命不是一直倡导打破陈旧的封建观念，争取恋爱自由，婚姻自主吗？我们的孙中山先生和现在的蒋总统都已经做了表率，休掉了毫无感情可言的原配，再次明媒正娶，建立了新的婚姻。退一步讲，就是上级有人想借此刁难我，我宁可脱了这身戎装，也绝不后悔。不过，就不知道你愿意不愿意？

马邦贞（感动）：没想到，你这么真情实意，毅然决然，此生能遇到你，也真是天赐良缘，命中注定。天意不可违，应该人随天意，我当然愿意了。

冷欣（激动）：那太好了。我一定不会辜负你的。

冷欣一把将马邦贞搂在怀里，两人热烈亲吻。

26—11　重庆总统府·日内

主要人物：蒋介石。

秘书手执文件夹匆匆走进总统办公室立正敬礼：委座，军事委员会送来几份由下面几十名将士签名的上奏书，状告第三战区副总指挥冷欣。

蒋介石：哦？说一下什么情况。

秘书打开文件夹：卑职将他们的上奏书概括了一下，他们说：冷欣副总指挥，不顾众人的多次劝谏，毅然决然休掉了原配夫人王氏，与好友遗孀，也就是不久前在黄桥会战中以身殉职的李守维将军的夫人马邦贞，大张旗鼓地举行了盛大隆重的婚礼。此消息传出后，全军上下一片哗然，义愤填膺。纷纷指责：前线将士浴血奋战，以身殉国，尸骨未寒，夙愿未了，而这对薄情寡义之男女，却大逆不道，见色忘义，肆意纵情，寻欢作乐，不仅丧失良知，有失风化，更有损国军形象，动摇军心，令全军将士心灰意冷，喟然长叹。为此，纷纷要求对其革职严办，以儆效尤，安抚军心，告慰先烈。请委座镜鉴！

蒋介石拍案而起：哦？竟有这种事？无耻！可恨！传我口谕，立即撤职查办，永不重用。

第二十七集 悲喜交加

青梅竹马喜联姻，一片痴心枉多情。

剿共不力遭责难，被逼辞去总司令。

27—1 泰州城泰扬大酒店·日/内·中午

主要人物：赵忠明、陈秀文、李明扬、李长江。

泰扬大酒店包厢内，酒桌上摆满了美味佳肴。

赵忠明、陈秀文、李明扬夫妇、李长江、汤承业、赵老太、赵老爷、赵忠全、周玉珍围坐在宴席四周。

赵忠明站起：今天略备薄酒请我舅舅、我奶奶、我爸爸、李总指挥和夫人以及李副总司令、二哥二嫂到这里来是要公布一下，我已经结婚了，这位就是我的爱人陈秀文。

陈秀文站起躬身施礼：奶奶、爸爸你们好！李总指挥、李夫人你们好！李副总司令好！舅舅、二哥二嫂好！

李明扬：赵团长啊，你真是此鸟不飞，一飞冲天；此鸟不鸣，一鸣惊人啊。此前，一丁点儿也没听到你这方面的信息，夫人还几次在我面前提到你成家的事，准备黄桥战事之后托人帮你物色，牵线搭桥呢，没想到，你早已经有了心仪之人，却不动声色，说说什么情况？

赵忠明：有关我和秀文的婚事本来早就想汇报总指挥的，可黄桥战事，非同小可，我深知总指挥心系前线，日理万机，所以不便打扰。还请总指挥谅解！秀文是我的发小儿，我们一同从镇江逃难过来的，为了生计就在泰州开了个小店。

李明扬：哦，原来是这么回事。这可是真正的青梅竹马啊，可喜可贺！不过，不是我要说你，这么大的事，事先也不与我和夫人商量商量，结婚可是人生大事，如果我们事先知道了，怎么也要帮你办得风风光光、热热闹闹。

赵忠明：谢谢李总指挥的好意。这个事我也与秀文商量过，她的意思是，现在国内局势处于非常时期，我们的婚礼能简单就尽量简单，所有亲友能不打扰的，尽量不打扰，有朝一日，全国抗战胜利了，我们再补办一下，一起庆贺也不迟。

李明扬：没想到，新娘子竟有如此家国情怀，难怪能让我们相貌堂堂，德才兼备的赵团长这么情有独钟，矢志不渝。

赵忠明、陈秀文端起酒杯：总指挥过奖了。为了表示歉意和感谢，我们俩一起向奶奶、爸爸、李总指挥和夫人及李副总司令，舅舅、二哥二嫂先敬一杯，尤其感谢夫人的真诚关心。

众人起身：祝贺你们喜结良缘，白头偕老！

双方先后一饮而尽。

赵忠明拿起筷子指着一桌丰盛的佳肴：来、来、来，请、请、请。

众人开始动箸夹菜。

李明扬：这泰扬究竟是大酒店，这菜的口味就是与众不同。赵团长真是用心了。

赵忠明：聊表心意，若有不周，还请总指挥多多包涵。

周玉珍露出一脸隐藏不住的醋意，端起酒杯旁若无人地自斟自饮起来。

服务员端上菜：请品尝本酒店最著名的特色江鲜——清蒸河豚！在诸位品尝之前，我先介绍一下这道菜的特色之处：河豚为长江三鲜之首，有扬子江中第一鲜，水族三奇味，江东四美之称。其肉质细腻，白皙如乳；味道奇鲜，润滑可口；其汤质浓郁敦厚，回味无穷。

李明扬：啊呦，这可更是一道享誉古今，名扬四海的名菜。民间早有“一朝食得河豚肉，终生不念天下鱼”之说。元朝贡奎的《云林集》诗集里有诗这样写到：狄芽清软茎姜萩，腴腹披香玉乳同。直死端为知味者，平生珍重雪堂翁。为此，自古形成一条食用河豚的铁律，那就是烹饪必须专人专制，并且必须由烹饪的厨师先食用一刻钟后无恙，他人方可品尝享用。

服务员：总指挥说的是。本酒店毫无疑问也是遵循这个约定俗成的规矩。现在就请徐师傅先食为宜。

徐胖子大腹便便走进，向众人微微一鞠躬，然后走至餐桌前用自带的筷子夹起一块鱼肉放入口中大嚼，转身坐到了一边。

李长江起身端起酒杯：我呢，读的书少，不懂古人是怎么说的。但我早就听过民间有句“拼死吃河豚”的说法。这说明，这河豚味道的吸引力真是太大了。现在呢，我先不管这个了，来，我先祝两位新人新婚快乐！早生贵子！

赵忠明、陈秀文连忙端起酒杯起身：谢谢李副总司令。

27—2　泰州城民宅·日·外内

主要人物：赵忠明、汤承业。

一辆军用吉普在一处门扇张贴着两张大红双喜院宅大门口停下，司机扶着汤承业，赵忠明扶着奶奶、父亲下了车。

大门随即大开，闵启昌从大门口快步迎出：奶奶、老爷、舅老爷，少爷，少奶奶回来啦。

陈秀文：你先扶奶奶回屋里去，爸爸、舅舅我们来。

闵启昌：好的。

闵启昌扶着奶奶进了屋。

陈秀文扶着老爷进了房间。

赵忠明与舅舅在客厅坐下。

闵启昌从房间出来：少爷，今天快到中午时，你们刚离开，李总指挥和李副总司令就派人送来了礼金。

赵忠明、汤承业同时一脸惊诧。

赵忠明：啊？我事先又没有向他们透露我们的婚事，他们怎么知道的？

闵启昌：少爷没透露，他们猜也应该猜得着。他们是些什么人？少爷到处托人买房子，他们怎么可能一点不知道？再加上少奶奶天天在这里进进出出，置办家具，新婚嫁妆，那就更明显了。

赵忠明：那倒也是。

闵启昌指着桌上的两个系着红绸缎的红漆木盒：小盒子是李总指挥的，大盒子是李副总司令的。

赵忠明：哦。知道了，你先去将舅舅的房间安排整理好。

闵启昌：好的。

闵启昌转身离开。

赵忠明上前解开绸缎，打开了两只木盒。两只盒子里整齐摆放着好几叠大洋。

陈秀文从房间出来，走近数了数：哇，这么多！小盒子里整整200大洋，大盒子里整整300大洋。他们出手怎么这么大方？

赵忠明一脸疑惑：李总指挥送200大洋我还能理解。因为，我刚来泰州时，他为了答谢我在镇江救过他，就要送我500大洋，当时，我没有肯收，他现在借我们婚事，了却一个人情。可这李副司令，我与他平常没有任何私下交往，他还是我的长官，一出手，竟比李总指挥还多出这么多，这就匪夷所思了。

汤承业：嗯，是有点儿反常。不过，先收好，过几天你去道谢时，再了解了解，了解清楚后，再酌情而定。但即使退还，也不可以太直接，要找一个合适的机会、合适的理由。他毕竟是你的长官，要注意方式方法。

赵忠明：嗯，舅舅提醒得是。

汤承业：问你一个事？

赵忠明：舅舅，您说。

汤承业：你到泰州后，你大哥来找过你没有？

赵忠明：没有。我到泰州后，家里人除了您知道，在这之前连奶奶、爸爸都不知道，二哥、二嫂前不久在海安正好碰上次才知道。怎么啦？

汤承业：你二哥在高港靴子圩阻击日军登岸时受了重伤，被他的手下送到他的诊所抢救。后来，你二哥无意中发现了他绘制了一张靴子圩的江防图。

赵忠明：他怎么会绘制这个东西？

汤承业：他曾经以送药的名义，去过靴子圩。

赵忠明：哦——，我明白了。

汤承业：这件事我们经过两年的调查，现在已经确认，你大哥的师傅，就是那个诊所里的洪老板就是日本间谍，真名弘太一朗，早年毕业于东京医科大学。他以开诊所为掩护，到处为日军搜集军事情报。忠仁早就被他收买了。

赵忠明（FB）：焦山山路上，遇到洪主任的画面。

赵忠明：舅舅这么一说，我想起了镇江的事。也突然明白了三年前镇江“江南大酒店”被日军飞机定点轰炸是怎么回事了。那高港诊所里的周玉珍是不是也是他的人？

汤承业：她是不是也被日本人收买了，现在还不清楚，按正常应该也是。

赵忠明：如果她也是，那我二哥不就很危险了吗？

汤承业：关键是忠全是不是也被收买了？你大哥偷绘江防图的事是他发现的，那周玉珍起码也是嫌疑人之一，但他却与她结婚了，这不合常理。

赵忠明：我二哥不可能被收买，这个我心中有数。他与日本鬼子血战过三次了，并且还差一点儿丢了性命。

汤承业：这个现在还很难说。人都会变化的，此一时，彼一时。你以后还是小心为妙。

陈秀文在一旁听得目瞪口呆。

27—3　黄桥福慧禅寺·日内

主要人物：李淑芹、朱宝权、朱履先、沈和生。

福慧禅寺内，李淑芹为躺在病床上的朱宝权解开了纱布，看了看手臂上已

经愈合长出新鲜皮肉的伤口：现在你的伤口已经完全恢复好了。明天就可以离开这里了。

朱宝权：这就好啦？

李淑芹：已经脱痂了，并且伤口愈合得很好，应该没有什么问题了。怎么，你还希望不快点好啊？

朱宝权：不，不，我，我不是这个意思，我的意思是……

朱宝权挥了挥手臂突然“哎呦”一声叫了起来。

李淑芹紧张：怎么啦？还疼？

朱宝权：嗯。不过，不是疼得很扎实。

李淑芹连忙收拾好纱布，一手抓住朱宝权的手臂，一手在他愈合的伤口四周轻轻按捏：这里疼不疼？

朱宝权：不疼。

李淑芹：这里疼不疼？

朱宝权：不疼。

李淑芹：这里疼不疼？

朱宝权：疼，就这里疼。

李淑芹：这里不应该疼的呀，手术时没看到这里的骨头受伤啊。

朱宝权突然一把抓住李淑芹的手，脸上涨得通红，终于憋出一句：我其实是不想离开恁。

李淑芹脸上霎时红云密布，但慢慢抽出手：我感觉到了，只是……

朱履先、沈和生轻手轻脚地走了过来。

朱宝权连忙起身：爹，妈。你们来啦。

李淑芹回头一见，连忙起身：朱将军好，夫人好！

朱履先：李医生，辛苦恁了。

李淑芹：不辛苦。伤员都好得差不多了，许多都陆续回部队了，现在这里就剩几十名重伤员了。

沈和生：权儿，今天伤口好些没有？

朱宝权：基本上都好了，就是胳膊一捏还有一点儿疼。

朱履先：也可能是筋脉受了伤还没有恢复好。

沈和生：我看宝权这伤口也好得差不多了，如果是筋脉还有点儿疼，我们可以回家休养一段时间，慢慢恢复。

朱履先：回家我可以请个老中医再看看。

朱宝权着急：不、不、不。我就在这里，这里挺好的，很方便，不需要回家再请什么中医了。

朱履先：真的不需要？

朱宝权：真的不需要，在这里就行。

朱履先会意地一笑：那好吧。

沈和生：那明天就叫厨房烧些滋补筋骨的汤送过来吧。

朱宝权：那还行。

27—4 黄桥福慧禅寺·日内

主要人物：李淑芹、朱宝权。

李淑芹身穿白大褂推着医疗架走进病房。

朱宝权正半躺病床上背靠墙看书，一见李淑琴立即下床，满脸欣喜：李医生，早上好！

李淑芹嫣然一笑：你还是快上床躺着吧，天气冷，别受凉了。

朱宝权回到床上，李淑芹立即给他重新盖上被子。

李淑芹：今天手臂还疼吗？

朱宝权：还是一用力就疼。

李淑芹：可能还是筋脉不畅通，今天我给你针灸针灸。

朱宝权笑脸顿收，神色紧张：啊，针灸？那，那还是算了吧。

李淑芹：怎么啦？

朱宝权：针灸手臂上要扎好多针呢，我小时候腿扭伤扎过，怪吓人的。

李淑芹嗔怪一笑：你一个大男人，子弹都不怕，还怕这个小小的银针？

朱宝权：这不是一回事，你不懂。被子弹击中，开始并不晓得到疼，以后才感觉到。恁这银针，一扎就疼。扎一下疼一下，一扎七八根，甚至十几根呢，不一样。

李淑芹：你别这么夸张好不好？哪有你说的这么疼，只是有一点点感觉，我们自己又不是没扎过。

朱宝权：还是别扎了，用些药膏贴贴好不好？

李淑芹：药膏没有针灸来得快，效果好，针灸好了再贴上药膏，同时治疗效果更好。

朱宝权：就用药膏贴贴吧，慢就慢些，我本来就没想快。

李淑芹：怎么，你还想赖在这里不走是吧？

朱宝权：不，不，不，不是这个意思。

李淑芹：不是这个意思那就听话，别娇声娇气的，让女人看不起。来，快将衣袖脱掉。

朱宝权一脸无奈，只得慢慢腾腾脱掉衣袖。

李淑芹：把手臂伸给我。

朱宝权半伸半缩，半推半就地将手臂伸了过去。

李淑芹：这还差不多。转过脸去，别看手臂。

朱宝权顺从地转过脸去，又熬不住偷看了几眼李淑芹。

李淑芹取出银针，一手捏着手臂：这儿疼不疼？

朱宝权：不疼。

李淑芹：这儿疼不疼？

朱宝权：不疼。

李淑芹：这儿疼不疼？

朱宝权：不疼。

李淑芹：你这儿也不疼，那儿也不疼，我怀疑你说手臂疼都是装来的吧？

朱宝权：没，没有。绝对没有。哎哟，这儿疼。

李淑芹：是这儿吗？

朱宝权：对，对。就这儿，就这儿。

李淑芹细致地沿着手臂筋脉拿捏着，精准定位，排兵布阵，扎上一针又一针。

每扎一下，朱宝权都要忍不住皱一下眉头。很快，手臂上粗粗细细，长长短短扎了十几根银针。

李淑芹：扎好了，你别乱动，等 1 个小时再拔掉。现在不疼了吧？

朱宝权长舒一口气：嗯。现在不疼，就是扎的时候疼。

李淑芹将一把木椅搬到床边，从医药架上取出一个已经点燃的小木碳炉搁上：现在天气冷，不能让露出的手臂着凉，要保温保暖。

朱宝权感激地望了她一眼：谢谢，恁想得真周到。哎，李医生，我听您恁的口音您好像是洲上人？

李淑芹：是啊。你怎么听得出的？

朱宝权：我有个同学就是你们永安洲的，他的口音与你一样。

李淑芹：我们之间的口音哪里不一样啊，我怎么没听出来呢？

朱宝权：基本上是差不多，但细听就有区别了。比如："你"这个字，你们说"你"，而我们都说"恁"。还有，嫌这个杲戾不好，我们说"这弄甚的骨殖杲戾"，而你们说"这弄的甚的骨色杲戾"，我那同学就跟恁的叫法一个样。

李淑芹：你那同学叫甚的名字啊？

朱宝权：他叫黄广为。

李淑芹转动着明眸努力回忆：黄广为，黄广为。这个名字好熟悉。

朱宝权：听说他父亲是你们那里的镇长。

李淑芹：哦，我想起来了。

朱宝权：怎么，认识吗？

李淑芹：认识。不过，就一面之交。

朱宝权：我可去过他家好多次，因为，我每次去镇江的学校上学都得从高港乘船，先到他家，然后我们一起去。他都叫我“江北人”，我都叫他“洲上人”。

李淑芹：看来你们是好朋友了。

朱宝权：那当然了。就是好几年不见了，也不知道他们现在怎么样了。高港现在是日控区。

李淑芹：我也好几年没回家了，也不知道瓦父母现在怎么样了。我好想他们，真想回去看看。

朱宝权：有机会我陪恁一起回去看恁父母怎么样？顺便去看一下好朋友。

李淑芹凝神：你，你陪我去？

朱宝权：怎么样？可以吗？

李淑芹低声：那不太好吧？

朱宝权：有什么不好的？

李淑芹：先不说其他的，就你我现在的身份就不太可能。

朱宝权：你是指我们都是新四军这个身份吧？那边是日占区，有危险。这个我知道，不过不要紧，我们可以化装一下嘛。

李淑芹：你想得太简单了。我们女的还查不出什么，你们男人就不一样了。当兵的男人，跟普通的男人身体特征不一样。尤其是受过伤的人，日伪军一眼就能甄别出来。

朱宝权：那倒是，我怎么没想到的？还是恁聪明。

李淑芹：你没想到的事还多呢。

朱宝权：我还有什么没想到的，恁提醒提醒呗。

李淑芹诡异一笑：这个，暂时不告诉恁。

李淑芹故意加重“恁”的语气。

27—5　黄桥镇福慧禅寺·日内

主要人物：朱宝权、李淑芹。

朱宝权在病房来回踱步，不时地头探出门外左右察看。

远处李淑芹推着医疗架走了过来。

朱宝权连忙回到病床上拿起了书。

李淑芹推着医疗架走了进来。

朱宝权：恁终于来了。

朱宝权刚要起身，李淑芹立即制止：你别起来，躺下就行。怎么，等不及啦？

朱宝权：这病房里现在只剩下我一个人，连说话的人都没有。

李淑芹：这不正好让你安安静静地看书吗？

朱宝权：老看书也很累的，眼睛都看模糊了。

李淑芹：那就出去走走，活动活动筋骨，透透新鲜空气。今天手臂情况怎么样，好些了吗？

朱宝权：好多了，还是恁说得对，双管齐下，效果较好。

李淑芹：所以呢，治病要听医生的，别怕这怕那，像个小女人。

朱宝权嘿嘿一笑，主动脱掉了衣袖，伸出了手臂。

李淑芹：嗯，今天还像个大男人。

李淑琴开始针灸。

朱宝权仰面：其实再大的男人也会有弱点。

李淑芹：是人都有弱点。知道你的弱点在哪儿吗？

朱宝权：这个，我还真的没想过，我只想过恁送来的这木炭炉子真好，这屋里暖和多了，我的心都被恁融化了。这个我还要谢谢向我开枪的那个人，如果不是他，我哪有机会认识恁呢，正如老子所说的：祸兮福之所倚。

李淑芹：这说明你对我还不了解，我也有好多弱点和缺点呢。

朱宝权：可认识恁两个多月了，我没发现恁有什么弱点和缺点啊。在我眼里，恁就是个天仙女，不仅美丽善良，温柔大方，而且聪明伶俐，成熟稳重。做事有条不紊，细致入微。如果我能娶到恁，一生再别无他求了。

李淑芹：你快别这么说了，影响我扎针了，扎疼了，可别怪我。

朱宝权：再疼，我也愿意。刚才我读到一首诗，写得太好了，很是感慨。诗是这样写的：忽有故人心上过，回首山河已是秋。他朝若是同淋雪，此生也算共白头。

李淑芹感动得两眼噙泪，扭过头去，抹去。

27—6　黄桥镇泰兴县抗日民主政府·日内

主要人物：朱履先、陈同生。

陈同生办公室。

陈同生招呼朱履先一同坐下。

朱履先：为了不耽误恁时间，我就直接开门见山了。

陈同生：朱老先生有事请尽管说。

朱履先：我想向陈县长了解一个人。

陈同生：您想了解谁呢？

朱履先：我想了解了解一下你们战地服务团有位叫李淑芹医生的有关情况可以吗？

陈同生：噢，她啊，行。其他人我不一定太清楚，对她我还真的很了解。想了解她的什么情况呢？

朱履先：李医生今年多大年龄，哪里人？结婚了没有？

陈同生：李医生到部队时 18 岁，今年应该是 21 岁了，高港永安洲人。结婚倒是还没有结婚，但有没有谈对象，我还真的不清楚。怎么，谁看上我们的李医生啦？

朱履先：是这么回事。瓦儿子朱宝权受伤后，在福慧寺治伤近两个月了，一直都受到了李医生无微不至的关心和照顾。我看得出，他对李医生很有那个意思，就是一直不好意思开口，我和他妈也十分喜欢李医生，所以，今天我特地来向陈县长了解了解李医生的一些情况，如果可以，还请陈县长从中成全成全，做一次“月老”。

陈同生：如果李医生还没有谈对象，她本人对朱宝权也有那个意思，我当然愿意成人之美。等我了解好了，一定转告。

朱履先起身拱手：那就拜托了，我等你的消息。

陈同生：朱老放心，我一定尽力！

27 — 7　黄桥镇泰兴县抗日民主政府 · 日内

主要人物：陈同生、李淑芹。

李淑芹身着一身整齐的军服来到陈同生办公室门口：报告！

陈同生：进来！

李淑芹推门进入：新四军战地服务团医疗队李淑芹奉命来到，请陈县长指示！

陈同生从办公桌座位上离开，走到李淑芹面前：来，来，李医生，请这边坐，这边坐。

李淑芹：陈县长，您请坐，我站着就行。

陈同生：诶，我找你来不是布置什么任务，只是想随便了解一些情况，所以，你随便些。

李淑芹：那好吧，您随便问，我一定如实回答。

陈同生：福慧禅寺那边现在情况怎么样？有什么困难没有？

李淑芹：那边除了还有几十名重伤员外，其他伤员基本上都痊愈归队了。

要说困难，当然有了。主要是药品不够用，尤其是急救药。像云南白药、阿西匹林、酒精等都缺。我们现在都是用中草药代替，一班人专门熬制中药汤、中药膏。

陈同生：哦。这个我会想办法通过各种途径帮助解决。你那边有位叫“朱宝权”的伤员你认识吗？

李淑芹：他呀，当然认识，不就是那朱履先将军的儿子吗？

陈同生：对，就是他。他伤情现在怎么样了？

李淑芹：他开始伤情很严重，流血过多。后来经过两个月的治疗，现在基本痊愈了，就是胳膊还有点儿疼，应该没有什么大碍。

陈同生：他有什么爱好和特长没有？

李淑芹：他爱好读书和下棋，看他那样，读的书还真不少，天南地北、天文地理，似乎什么都知道。特长嘛，倒没发现什么，不过，打仗可谓智勇双全。这次在城墙上胳膊都中枪了，鲜血直流，却浑然不顾，我们将他硬拖下来包扎好，他又继续战斗。真有一股牛劲，一点不像大家少爷出身。

陈同生：你也不像大家小姐出身，你们都是放弃了优越舒适的生活条件，一腔热血，义无反顾地投身于腥风血雨的中国抗战和民族复兴的革命事业，都不简单哪，看来你们挺门当户对，志同道合的。

陈淑芹：我可不能与他相比，他爹可是开国元老，老将军；我爹只是一个小乡绅。我呢，虽然也读过几年书，但与他根本不在一个档次。

陈同生：唉，你可别这么妄自菲薄嘛。在朱宝权同志眼里，你可是位天使，在他父母的眼里，你们可是天上的一对，地上的一双，郎才女貌，珠联璧合。实话实说吧，朱老将军来找过我了，想让你成为他家的儿媳，就是不知道你愿意不愿意？

陈淑芹：陈县长，那是他们抬举我了，我根本配不上人家。其实，我早就看出来了，朱宝权同志有这个意思，我也知道，朱家在当地是名门望族，朱将军也是德高望重，尤其是这次在黄桥决战中对我们新四军的支持和帮助可谓倾心尽力，劳苦功高。他们一家都能看上我，应该是我的荣幸，只是我早就已经有了对象了，只是还没有向部队申请结婚。所以，还请陈县长原谅，并代为向朱老将军和朱宝权同志转达我的歉意。

陈同生：唉，那你需要不需要再考虑考虑？

李淑芹：对不起，陈县长，我不是朝三暮四的人。

陈同生赞赏地看了李淑芹一眼：哦。那可以告诉我你的对象是谁吗？

李淑芹站起躬身：对不起，陈县长，我现在只能告诉你，他也是我们新四军的一位革命同志，我们一直风雨同舟，肝胆相照。具体是哪一位，等时机成熟时再向您禀告，可以吗？

陈同生：那好吧。这个我不勉强。我们新四军是中国共产党的队伍，提倡恋爱自由、婚姻自主。那只能为此向朱宝权同志和朱老将军表示抱歉和遗憾了。

李淑芹走出门外，抚了抚胸部，长舒了一口气，快步离开。

27—8　黄桥福慧禅寺·日内

主要人物：朱宝权、朱履先、沈和生。

病房里，一位身穿白大褂的女医生推着医药架进来。

医生：你叫朱宝权吗？

朱宝权疑惑地望着陌生的她：是。

医生：今天你的手臂还疼吗？

朱宝权：还好。不用力不疼。

医生：那请你将手臂伸过来，我给你敷上中药膏。

朱宝权伸出手臂。

医生挽起他的衣袖，贴上药膏。

朱宝权：请问，原来的李医生呢？

医生：她昨天已经被调走了。

朱宝权（惊诧）：啊？她被调哪儿去了？

医生：这个不知道。我也是刚调过来。那你好好休息，适当做一些肢体运动。

朱宝权心不在焉：好，好的。

医生推着医疗架离开。

朱宝权茫然失落地躺下（VO）：她走了？怎么一声不吭地突然就走了呢？是不是故意躲我？难道她不喜欢我？还是其他什么原因？

朱履先、沈和生走了进来。

沈和生：权儿，今天手臂好些没有？

朱宝权：好多了。这不，刚刚又敷了药膏。

朱履先：我看既然身体其他没有什么问题，那就带上几幅药膏回家休养吧，还是在家方便些。

沈和生：权儿啊，听你爹的，我们回家休养。你爹已经与医生和部队打过招呼了。

朱宝权：既然你们都说好了，那好吧，听你们的。

27—9　黄桥中将府 · 日内 · 上午

主要人物：朱履先、沈和生。

朱履先坐在厅堂太师椅上抽着水烟。

沈和生慌慌张张跑了过来，一脸紧张：不好啦，权儿发高烧正在说胡话呢。

朱履先大惊而起，连忙放下水烟壶，跟着沈和生来到朱宝权的房间。

床上，朱宝权双眼半睁，脸色发白，两唇起皮，口中念叨：李医生，李医生，你去哪儿啦？怎么一声不响就走了？你，你，你可晓得我真的很喜欢你，没有你，我活得一点儿意思都没有，没有意思，没有意思。

朱履先连忙上前摸了摸朱宝权的额头：烧得很厉害，得赶紧去请医生。管家，管家！

管家：老爷，我在。

朱履先：你立即带上我的名帖，到高港泰和中医药堂去请汤老先生，越快越好。

管家：好，我这就去。

沈和生心疼地摸着朱宝权的脸：儿啊，我和你爹都晓得你喜欢那个李医生，我们也很喜欢那个李医生，你爹还为这件事专门去找了陈县长，可已经晚了，人家说早就已经有了对象了。不是我们不帮你，是你们没有缘分啊。好姑娘有的是，你别为这事伤心了，伤了身体不划算。

朱履先：还是别提这个了。他哪会为这个，好男人何患无妻！他肯定是昨天晚上睡觉受凉了。

朱宝权双目无神，眼角流出了两行泪水。

沈和生心疼地轻轻为其抹去泪水，转头掩面啜泣。

27—10　黄桥中将府 · 日内

主要人物：汤承业、朱履先、沈和生。

汤承业闭着眼睛给躺在床上的朱宝权把着脉。

朱履先、沈和生、朱宝贵、管家站在一旁注视着。

汤承业伸手翻看了一下朱宝权的双眼，又捏着他的两腮看了看舌头。

沈和生急不可耐：汤老先生，瓦儿没事吧？

汤承业默不作声，走出房间，来到厅堂。

朱履先、沈和生紧跟其后。

汤承业：根据我刚才的诊断，他血脉不旺，气息不盛是精神受到了什么打击；口舌眼膜发红是感染了风寒。其他没有什么大碍，请放心。先吃了我带来的药丸退烧，然后我再开些中药，每天早晚服用一次，十天内就会好的。退烧后，他会好几天身体虚弱，浑身无力，烧点黑鱼汤补补就行。

朱履先：没有什么大毛病我就放心了。辛苦汤老先生了，谢谢，谢谢。

沈和生长舒一口气：没甚大毛病我这心就一块秤砣落了地，放心了。瓦这个儿子原来在部队时身体健壮得很呢，就是这次黄桥大战胳膊被中了一枪，流了不少血，伤了元气，所以才造成他现在这个样，都是那个韩德勤害的，这狗日的，不得好死！

汤承业：这俗语说得好啊，善有善报，恶有恶报，不是不报，时候未到。

27 — 11　黄桥镇中将府 · 夜内

主要人物：朱履先、沈和生。

朱履先和沈和生躺在床上依靠着床栏。

沈和生：权儿早上吃了药，现在已经退烧了，这汤老先生真有本事，真是药到病除。

朱履先：他可是已经远近闻名的中医世家，祖上几代人都是宫廷御医。

沈和生：权儿年龄不小了，该给他找个媳妇了。

朱履先：是的。男大当婚，女大当嫁，等他身体恢复好了，我们就给他成了家再回部队去。

沈和生：其实，那个李医生不仅权儿喜欢，我们也很喜欢。可惜，我家权儿没有这个福分。

朱履先：人的姻缘啊，说白了，就是天注定。你这生这世老天爷让你与谁配婚，你就会与谁配婚，抗拒不了的。想当初，我不知道相了多少次亲呢，左一个看不中，右一个看不中，到最后，一眼就看上了恁。其实，论相貌，恁并不是最好看的，可一见到恁，就心动了，不愿再相亲了。

沈和生轻轻拍了一下朱履先：去恁的。其实，我当初并没有看上恁，如果不是恁死搅蛮缠，加上父母之命，我可不一定就是恁的人。恁看，自从我嫁到恁家，为恁生了两个儿子，一个女儿，个个生龙活虎，龙凤呈祥。不仅家业兴旺，而且子孙满堂。

朱履先：这不还是说明我有眼光嘛。好了，现在不说这个了，明天恁就去找媒婆物色物色，让权儿成了家，我们就又了了一桩大心事了。

27—12　黄桥镇中将府·日外·晨

主要人物：朱履先、沈和生、朱宝权。

将军府庭院中。

朱宝权正在练打着咏春拳。

朱履先、沈和生站在不远处静静看着，两人相视一笑，脸上露出了欣喜之色。

墙外小巷里几对少男少女追逐嬉笑。

墙内朱宝权闻声忽然收住手脚，面向墙外感慨：笑渐不闻声渐悄，多情却被无情恼。

朱履先：天涯何处无芳草，何必单恋一枝花。

朱宝权回头看见了父母：爹，妈，天气冷，你们起来怎么早干什么。

沈和生：我们年纪大了，觉不多，看伲床上空了，知道伲可能在园子里就过来看看。

朱履先：权儿啊，强扭的瓜不甜，过去的事就让他过去吧，现在重点是伲要尽快将伲的身体恢复好。伲现在身体刚刚有所好转，最好不要练咏春拳，还是先练练太极拳吧。

朱宝权：爹，我现在身体已经恢复得差不多了，再过两天，我准备回部队了。

沈和生：儿啊，这么着急干什么啊。我和伲爹都商量好了，伲爹也与陶司令打电话了，这次等伲成了亲再回部队。

朱宝权：什么，成了亲？跟哪个成亲？

朱履先：先相亲，你如果满意了，再成亲。

沈和生：今天是个好日子，我和媒人都约好了，10点钟到镇上的黄府去相亲。他家有过女儿，今年18岁，长得如花似玉，生辰八字我都请人算过了，匹配得很呢。

朱宝权：我才不去呢，我还小呢。

沈和生：伲今年都二十一了，过了年就二十二了，还小？人家像伲这么大，孩子都跟在脚后跟后面喊爹了。

朱宝权：我们陈总司令今年都三十九了，不是才成婚不久的吗？

沈和生气促顿语：伲，伲……

朱履先：那陈总司令是因为多年背井离乡，南征北战，居无定所，所以才耽误了。伲的部队现在正在黄桥，近在咫尺，又打了个大胜仗，解决了心腹之患，局势相对稳定，伲现在成婚是天时地利人和。再说了，人家可是位将军，指挥着千军万马，指点江山，恁怎么可以与人家比？

朱宝权：我才二十一，现在已经是排长了，用不了几年，说不定我也会成为将军呢。

朱履先：恁先成了婚，成了家并不影响恁将来能成为将军啊。

朱宝权：反正我现在不想结婚，你们别逼我，我准备明天就回部队了。

沈和生与朱履先面面相觑。

沈和生：恁，您怎么这么犟呢。恁要当新四军，我们都依了恁，恁能不能也依我们一次呢。

朱宝权：妈，婚姻可是人生大事，找对了人，一辈子才幸福；找错了人，那就是一辈子的烦恼，甚至是祸害，所以，不能操之过急，否则，可能一步错，步步错。

沈和生摇了摇头：唉，恁从小就没有宝武听话，喜欢自作主张，太自以为是了。

朱履先：恁说得也有些道理，从另一个角度看，恁现在只能算半个我们朱家的人了，还有半个已经属新四军的人了，那就随恁吧。我刚说过，强扭的瓜不甜，既然恁这么坚持，那我们也只能顺其自然了。

朱宝权：爹，妈，你们二老放心。我一定从部队带一个你们满意的儿媳妇回来的。

朱履先：唉，但愿如此吧。

27 — 13　泰州城鲁苏皖边区抗日游击指挥部 · 日内

主要人物：李明扬、李长江。

李明扬办公室。

李明扬将手中的电文递给李长江：你看，这是蒋委员长刚刚发来的电令，要求我们移师襄西抗日，将泰州交由韩德勤接防。

李长江：总指挥，这是蒋某人调虎离山之计，万万使不得。

李明扬：这肯定又是韩德勤借蒋某人之口使出的阴招，这“饭桶”将军，打日本人没本事，对付起友军来一套一套的，层出不穷。

李长江：这襄西与泰州相距几千里，一路千山万水，道路险阻，加上日军的重重封锁，凭我们现在的这些军事装备，如果真的去了，其结果可想而知，恐怕还未至襄西，部队就垮了。

李明扬：这个我知道。他蒋某人是怎么想的，我也心知肚明，扬州日军近在咫尺，在泰州抗日不是抗日？却偏要我们长途跋涉，移师襄西，其主要目的：

一是想彻底切断我们与新四军的联系。二是想以调防之名，借日本人之手，除掉我们，将黄桥会战失利心头之恨转嫁给我们，以报我配合韩军剿共不力之恨。

李长江：那我们现在该怎么办？

李明扬：经过我反复考虑，权衡利弊，如果我抗命不遵，将来可能就会被军法处置；如果我唯命是从，那我们苦心经营的泰州这块地盘就拱手让给了韩德勤，并且我们三万多人马也会丧失殆尽。所以，我决定向蒋某人提交辞呈，将副总指挥一职交由你指挥，我只需带一个纵队和教导队到溱潼落脚就行。

李长江：总指挥，这可能不太好吧，南京失陷后，我无处安身，是您收留了我，我怎么可以取代您的位置呢？

李明扬：当初我在危急关头你不也救助过我吗？我们有过命之交，所以，将人马交给你我最放心了。再说了，是我主动移交给你的，不是你强要的。

李长江：那就没有其他更好办法了？

李明扬：我已经反复斟酌过，这是最好的办法了，你也是我唯一最合适的人选，就不要推托了。同时，你也应该知道这三万多人的队伍并不是那么好带，责任重大，要有充分的思想准备，不要辜负我的重托。

李长江：谢谢总指挥的信任，既然总指挥已经下定了决心，那卑职恭敬不如从命了，不过，这也只是权宜之计，我先名义上临时代为履职，以避人耳目，一切依旧听从您指挥，等时机成熟了，还是移交给您。

第二十八集 举国激愤

皖南事变举国愤，盐城重建新四军。

叛国投敌李长江，岳王庙前褒忠魂。

28—1 泰州城赵忠明住宅·夜内

主要人物：赵忠明、陈秀文。

赵忠明在堂屋内来回踱步。

院门声响，闵启昌立即从厢房迎了出去：太太，回来啦！

陈秀文：嗯。忠明休息没有？

闵启昌：少爷在等您呢。

陈秀文进屋关上门，脱下棉手套，双手哈着热气：外面真冷。

赵忠明迎上：快，快到火盆上烘烘手。舅舅怎么说的？

陈秀文凝听了一下门外动静：舅舅已经请示了上级，上级的意思是你还是留在泰州城较好。

赵忠明：那好，我心中有数了。

28—2 泰州城鲁苏皖边区抗日游击指挥部·日内

主要人物：李明扬、赵忠明。

李明扬办公室。

赵忠明走进办公室敬礼：报告总指挥！

李明扬：叫你来是有件事要告诉你。由于蒋委员长命令我部开拔襄西抗日，襄西路途遥远，又是孤军深入，我不想让我们的人去作无谓的牺牲，但，又不可违抗军令，所以准备辞职离开泰州，将部队指挥权移交李副总司令，我想听听你的想法。

赵忠明：报告总指挥，当初我是奔着总指挥一心抗日而来的，所以总指挥到哪里，我就跟随到哪里。

李明扬：你能这么想，我感到很欣慰。不过，我尽管离开泰州城了，但还希望留一个靠底的人在泰州，你是我一手培养起来的，现在又是警备团团长，所以我想让你继续留在泰州城，以备不时之需。

赵忠明：我明白了。卑职一定听从总指挥的安排，请总指挥放心，日后若有用得着卑职的地方，请尽管吩咐，卑职一定在所不辞。

李明扬递给赵忠明一张纸：我只带陈中柱的第4纵队和一个教导队去溱潼，泰州若有什么情况，如果电话、电报不便，这上面是联系地址和联系人，告诉给他就行。

赵忠明接过纸张认真看过之后，放入口袋：记住了，有重要情况我一定及时联系，请总指挥放心

28—3 泰州城苏鲁皖边区抗日游击总指挥部·日内

主要人物：李长江、赵忠明。

李长江办公室。

赵忠明进来敬礼：报告总司令！

李长江：赵团长，叫你来是有件事想征求一下你的意见。由于蒋委员长命令我部前往襄西抗日，李总指挥由于身体欠佳，经不住这么远的行军劳苦，所以想向蒋委员长辞职，离开泰州，将泰州绝大部分队伍的指挥权移交给我，只带一部分人前往溱潼，我想听听你的想法，是愿意留在泰州，还是跟随李总指挥？

赵忠明（惊讶）：啊？李总指挥想辞职去溱潼？难怪他上午向我了解税警总团陈泰运的情况，他知道我二哥在税警总团任参谋。

李长江：不瞒你说，蒋委员长令他率部襄西抗日是假，逼他辞职是真。主要是总指挥在黄桥会战中，对新四军态度摇摆不定，延误战机，造成韩军损失惨重，蒋委员长十分恼怒，所以才责难一下总指挥。

赵忠明：这也不能怪蒋委员长，军人就应该以服从上级命令为天职，违抗军令就应该受到惩罚。依卑职之见，逼总指挥辞职还算是处罚较轻的。

李长江：你真是这么认为的？

赵忠明：当然。以前卑职对总指挥在对待新四军的态度上就有些看法，但由于他是我的最高长官，所以不可妄言，只可服从命令。现在他既然已经不是卑职长官了，那我就直言不讳了。

李长江：你既然这么说，那就是准备留在泰州了？

赵忠明：如果总司令希望我留在泰州，那卑职一定留下，以报总司令器重之情，知遇之恩！

李长江大喜：好，好，好！我就是希望像你这样有文化，识大体，聪明能干的年轻人留在我身边，当我的好帮手。从现在开始，你就留在我身边做参谋，我有肉吃，不会给你汤喝！

赵忠明敬礼：感谢总司令器重提携，卑职一定马首是瞻，赴汤蹈火，在所不辞！

28—4 泰州城鲁苏皖边区抗日游击总指挥部·日内

主要人物：李长江、赵忠明。

字幕：1941年1月12日。

李长江办公室。

副官进入：报告总司令，军部捷报。

李长江：念。

副官：从一月四日起，我国军在第三战区顾祝同总司令和第32集团军总司令上官云相的共同指挥下以七个师八万余人的优势兵力，将皖南新四军九千余人封锁包围于茂林地区，经过七天七夜的激战，共歼灭新四军六千余人，活捉军长叶挺，击毙副军长项英，我国军大获全胜，目前正追剿溃逃残敌。

李长江：哦，蒋某人这是在以牙还牙噢。黄桥会战之后，韩德勤损兵折将一万多人，我就算到蒋某人绝不会就这么善罢甘休轻易咽下这口气的，果然不出所料，现在终于报了黄桥惨败的一剑之仇了。这国共两党的怨是越积越深，仇是越积越大了，看来是真的很难和平相处了。这正是日本人和汪某人求之不得啊！

赵忠明进入：总司令，卑职已经将李总指挥和陈中柱司令送至溱潼了。

李长江：那就好。以后你就具体负责与他们联系，有什么事及时告诉我。

赵忠明：好的。

28—5 泰州鲁苏皖边区抗日游击总指挥部·日内

主要人物：李长江。

缪斌，40岁（1902—1946），汪伪政府立法院副院长，华北政务院委员。

李长江办公室。

副官进入：报告总指挥，一位叫缪斌的求见，他说是您的老朋友。

李长江惊诧：啊？他怎么到这里来了？快，请他进来。

副官：是！

缪斌身着便衣，戴着棉帽在副官的带领下走进李长江办公室。

李长江起身迎接：啊呀，弼丞老弟，好久不见了！你怎么到这里来了？

缪斌：李总指挥，久违了。您现在是总指挥了，我还顾忌什么呢。

副官沏上茶：请！

李长江：你在外面看着点，不得让任何人进来。

副官：是！

副官退出关上门。

缪斌：听说仁兄晋升了，现在已成总指挥了，故而特来祝贺。

李长江：哪里，哪里。我就是暂时代职，名义上的副总指挥，队伍的实际掌控人还是我大哥。

缪斌：总指挥可别谦虚了，我们汪主席和周部长让鄙人代为向总指挥问好！

李长江：谢谢！谢谢！也请老弟转告我对汪主席和周部长的问候。

缪斌：一定，一定转达。上次总指挥所提出的条件鄙人也如实转告给了汪主席和周部长，他们让我再来与总指挥商量商量，一万支枪，二百五十万发子弹就按您提的要求办，一百万大洋能否少一点？

李长江：那你们能给多少呢？

缪斌：周部长说，最多三十万。

李长江从沙发“嚯”地站起：什么？三十万？一下子少了七十万也说是一点儿？

缪斌：依我说呢，三十万可不少了。您想，你们跟在重庆政府后面这些年总共给了你们多少军费？好不容易给了点还被韩德勤七扣八扣，甚至有时一分也没有。

李长江：那可不一样。那是因为我大哥从徐州来到泰州后对重庆政府只出工不出力；在对待共产党新四军的问题上态度不坚决，立场不稳定。所以，重庆政府不愿意花这个冤枉钱。现在可不一样了，如果你们真的满足了我的要求，我绝对是拿人钱财替人卖命。

缪斌沉思片刻：那这样吧，我私自做个主，五十万怎么样？不能再多了。

李长江沉默不语。

缪斌：给五十万，再委任您为第1集团军总司令，怎么样？

李长江：这个我一个人暂时还决定不了，我还要与我大哥和各个纵队司令商议商议。

缪斌：那好吧。我们既然是老朋友了，那有件事我也不瞒您了。驻镇江的皇军总司令金井德重已经进行了军事部署，很快就会增派遣三个混成旅团渡江，对苏中苏北地区的抗日武装进行大清剿，我希望您还是慎重考虑考虑，掂量掂量，不要错过这次良好的机会。

李长江冷笑：谢谢老弟的提醒。不过，鄙人虽然不才，但也是经过大风大浪的人。

缪斌：那就不耽误总指挥的宝贵时间了，请您多保重！

李长江：谢谢！副官，送客！

副官进入：请！

缪斌拱手：告辞！

缪斌悻悻而去。

李长江转身一甩手：哼！什么东西，竟然威胁我来了。

28—6　泰州城小上海百货商铺·日内

主要人物：赵忠明、陈秀文。

赵忠明匆匆走进百货商铺。

陈秀文迎了上来：你怎么现在还到这里？有事回家再说不好吗？

赵忠明：你到里屋来。

陈秀文跟着赵忠明进入里屋，随手关上门。

赵忠明：紧急情况，你立即汇报上面，李长江可能要投靠日本人。

陈秀文惊愕：情报可靠吗？

赵忠明：今天上午我看到一个人进了李长江办公室，尽管棉帽檐子压得较低，但我对照了一下汪伪重要人员的照片，加上副官说那人姓缪，由此可以确认，这个姓缪的就是汪伪政府立法院委副院长缪斌，可以说来者不善。否则，李长江不可能接待的，只是可能什么条件没有谈拢，双方不欢而散。但最起码可以说明，李长江有投敌意向，这个事非同小可，必须立即报告给上面，让我们的人有所防备。

陈秀文：知道了。我这就联系。

28—7　泰州城鲁苏皖边区抗日游击总指挥部·日内·外

主要人物：李长江、赵忠明。

李长江办公室。

李长江坐在办公桌椅子上点燃了一支烟（OS）：他奶奶的，这个狗日的竟然还威胁我？把我当半调子，我是被吓大的？

天空，十几架日军轰炸机朝泰州上空飞来。

"嗡嗡"的飞机声传进了李长江办公室。

李长江凝神一听，立即走到窗口向天空仰望。

副官慌慌张张闯了进来：不好了总指挥，日军轰炸机又来了，请总指挥立即到地下室躲避一下。

李长江色厉内荏：他奶奶的，还来真的了，不去！还用这一套来吓唬我？他们不是来轰炸了四次吗？这不，还不是汗毛都没伤着我一根吗？

刺耳的防空警报骤然响起。

赵忠明立即跑了进来：总指挥，还是躲避一下吧！

办公楼的所有人员都慌慌张张向楼下跑去。

赵忠明和副官赶紧一起搀扶着李长江进入了地下室。

天空十几架轰炸机在天空转了一大圈，然后渐渐飞离远去。

防空警报解除。

李长江重新回到办公室，坐在沙发上脸色阴沉，一言不发。

赵忠明走了进来：总指挥，这敌机匆匆而来，又匆匆而去，来了却一弹未投，卑职觉得很蹊跷。

李长江这才回过神来：嗯，这个，这个你马上通知各纵队司令和李总指挥立即来到泰山庙开紧急军事会议。

赵忠明：好。

28—8　泰州岳武穆祠·夜内

主要人物：李明扬、李长江、朱郁任、赵忠明、陈中柱、颜秀五、陈才福、丁聚堂、张公任。

岳飞庙笼罩在一片夜色之中，四周戒备森严。

室内，李明扬、李长江，朱郁任、赵忠明、陈中柱、颜秀五，陈才福、丁聚堂、张公任等将领围坐在长方形会议桌四周。

李长江：今天将各纵队司令召集到这里，是有一件重大事情与你们商议，这就是我部三万多人今后的归宿问题。目前我部所面临的形势十分严峻，今天泰州的情况大家都已经知道了，日本人派了十几架轰炸机想要轰炸泰州城，幸好没有投弹，否则，我们和泰州的老百姓都会遭殃。日本人之所以没有投弹，是希望我部投靠他们，给我们最后一次机会，如果我们还是坚持原来的立场，那不仅仅是轰炸了，下一步就是屠城了。据可靠情报，驻守镇江的日军总司令部近期将向苏中、苏北增派三个混成旅，会同南京汪政府的和平救国军共十余万人对我抗日游击区进行大扫荡。到时候，我们能不能在泰州待得住这个真的很难说。不瞒大家，南京政府已经分别派周佛海和缪斌两次与我商谈我部归顺南京政府事宜，他们愿意出一万条枪支，二百五十万颗子弹和五十万大洋，由于事关重大我不能轻易一个人做主，得与大哥以及各位商量好了，才能做出决定，所以请大家谈谈自己的看法，以便尽快对南京有个答复。

众将将目光投向了李明扬。

李明扬端起茶杯喝了一口水，沉思不语。

陈才福：卑职觉得这么好的条件，我们还是归顺了南京政府好，反正也是国民政府，只要谁给军费，我们就跟谁。否则三万多人怎么养活？

丁聚堂：对。南京政府也是“曲线救国”。我们以前一直跟着重庆政府，可重庆政府一直把我们当着晚娘养的，该给的军费不给，该发的武器弹药不发，还要挨气受骂，何苦呢？

张公任：靠我们现在的武器装备和战斗力根本就不能与日本人硬打硬拼，只有先保住实力，蓄势待发，才算明智。如果我们将部队都拼光了，那岂不是空谈爱国救国？

陈中柱：各位司令都言之有理。不过，我们要事先声明，其一，我们不是投靠日本人，我们是归顺南京的国民政府，只听从南京政府调遣。这一点一定要明确。其二，上到司令部，下到营连部都独立驻守，日军不得参杂其中，如果日本人同意，那我们就这么定了。

众将：陈司令说得有道理，我们驻守的地方如果再驻进日本人，感觉很别扭，不自在。

李长江：大哥，您的意见呢？

李明扬：既然诸位司令都这么说，那我也没什么可说的了，就依大家的吧。

李长江：那好吧，既然诸位司令都一致同意，那就这么决定了，我现在就回复缪斌。

28—9　泰州泰东河、溱潼乡·夜·外内

主要人物：李明扬、陈中柱。

陈中柱与李明扬带着人马匆匆来到停泊在泰东河边木船上。

李明扬：走，我们到船舱说话。

陈中柱跟着李明扬进了船舱。

李明扬：陈司令，你是真的要跟随李长江投靠南京政府吗？

陈中柱：总司令，卑职怎么可能投靠汪精卫去卖国求荣呢？如果这样，那我们那些抗日志士的鲜血岂不是白流了？怎么对得起在台儿庄和徐州对日会

战中牺牲的那些将士？我之所以那么说只是迫于当时的特殊情况，敷衍应付一下，以防不测。

李明扬：你做得对，如果我们当时就反对，那我们可能今天就回不来了。既然我们不与他们同流合污，那我们现在的驻地不宜久留，应该尽快转离。

陈中柱：那转移到哪里才合适呢？

李明扬拿出的地图摊船板上：来，你看，李长江的第 1 纵队丁聚堂部现驻扎在姜堰的寺巷口、顾高一带；第 2 纵队颜秀五部驻扎在江都宜陵、吴家桥、郭村一带；第 3 纵队张公任部驻扎在泰兴的宣家堡一带；第 6 纵队陈才福驻扎在姜堰大泗庄、苏陈一带；新四军驻扎在海安、黄桥一带，陈泰运的税警总团驻扎在姜堰的曲塘、白米一带，第十纵队花杰部驻扎在泰兴、如皋、靖江一带；特务第 1 支队驻扎在泰兴的刁家铺一带。泰州的东、南、西要么是新四军的地盘，要么是韩德勤的地盘，要么是李长江的地盘，刚才在路上我想好了，我们想现在暂时向西转移至泰州北面的唐家甸一带，这里不仅与江都纪北新四军控制区较近，便于与他们随时取得联系，而且这里属于水荡地区，河泊纵横，易守难攻。

陈中柱：我们 4 纵队还有三个支队共三千多人马，如果都去一个地方，那区域太小了，刚才在路上我也反复想过了，我带一部分人马去西北方向，到兴化的茅山、边城一带。总部设在茅山的伍张庄，这样西可以控制泰州至兴化的鲁汀河航道，北可以控制兴化至东台的蚌蜒河航道。

李明扬：那好吧，我们分开。我带指挥部部的机关人员和一个教导队从溱潼镇转移至唐家甸。你带 10、11、12 支队从塘头镇转移到茅山。

陈中柱：我现在就回塘头，命令各个支队今夜就准备，因为三千多人马需要不少船只，可能需要好几天。为了行动的隐秘性，我会以长途拉练名义进行。明天一早总指挥率机关人员和教导队先行一步。

李明扬：好，那就这样吧，我们分头行动。

李明扬将陈中柱送上岸。

陈中柱立正敬礼：总司令，您多保重！

李明扬回礼。

陈中柱跨上马，带着随行人员策马而去。

陈中柱途中突然收住马缰：姜副官！

姜宗棠：到。

陈中柱：你立即带人去将我夫人和孩子接到塘头，叫他们什么东西也不要带。如果出城遇到阻拦，就去找一下秦庆霖司令，说夫人和孩子要回南京娘家一趟。

姜宗棠：是。

28 — 10　海安曲塘王家楼新四军司令部 · 日内

主要人物：陈毅、粟裕。

陈毅、粟裕、钟期光、周炎、管文蔚、朱克靖，叶飞、王必成、刘培善、陶勇、陈玉生、陈同生等围坐在会议室办公桌四周。

陈毅面色严峻：现在通告几件突发事件。首先是一月四日，我新四军皖南军部叶挺军长，项英副军长奉命率领军部和一个教导团、一个特务团以及三个支队的六个团共九千余人向江北转移，从云岭驻地出发绕道前进。一月六日，行至皖南泾县茂林地区时突遭国民党第三战区顾祝同、上官云相指挥的七个师八万多人拦击。八日，陷入重围。广大指战员在叶挺军长的指挥下进行了奋勇抗击，血战七天七夜，终因众寡悬殊，弹尽粮绝，除第 1 纵队傅秋涛司令带领约两千多人分散突围成功外，其余大部分都壮烈牺牲。叶挺军长在与顽军谈判时被扣押，政治部主任袁国平牺牲，项英副军长、周子昆参谋长等目前下落不明。

众人一片哗然。

管文蔚愤然而起：这国民党顽固派打日本人没本事，打内战却很专业，专做亲者痛仇者快的事，我们一定要血债血还！

钟期光：这皖南事件，可能是蒋介石报的黄桥会战惨败的一箭之仇啊。

周炎：黄桥会战也是顽固派蓄意挑起的，我们只是不得已作出有力的自卫反击。

朱克靖：黄桥会战，蒋介石溶共、限共的目的不但没有达到，反而兵败麦城，他怎么会善罢甘休？我个人认为，只要蒋介石一天不倒，他的反共图谋一天也不会停止。

陈毅：是啊。不仅不会停止，而且已经变本加厉了。国民党顽固派为了压缩我八路军、新四军的防区，限制我八路军、新四军的发展，对我八路军、新四军在抗战中所发挥的巨大作用，所作出的巨大贡献，所付出的巨大牺牲均视而不见，却对我军不断进行打压和扼杀，其手段可说是无所不用其极。他们一方面在政治上大肆污蔑渲染我党我军是借抗日之名坐大做强，与国民政府分庭抗礼；另一方面在军事上，何应钦、白崇禧去年 10 月 19 日以国民党军事委员会正副参谋总长的名义向朱德总司令、彭德怀副总司令、叶挺军长发出代电，强令黄河以南的八路军、新四军一个月内全部开赴至黄河以北地区，其目的，一是妄图拔掉或瘫痪我新四军在长江南北所建立的抗日根据地，二是趁我八路军、新四军长途北移之机进行围剿。党中央对蒋介石的险恶用心洞若观火，回电严厉驳斥了顽固派子虚乌有的谬论，指出，我八路军、新四军在敌后所占领的地区均为从日寇及汪伪手中夺取；建立抗日根据地是为了便于凝聚、团结广大民众，壮大抗日力量，从而彻底打败日本帝国主义，赶走日本侵略者；是为了整个中华民族的解放和复兴，并非为了一党一军之私利。为此，拒绝了我八路军、新四军全部开赴黄河以北的荒唐命令，同时，为了顾全抗日大局，表示可以将皖南新四军移至长江以北。叶挺军长，项英副军长奉命后，由于对国民党顽固派过于轻信，防范不足，因此发生了震惊全国的皖南事变。皖南事变发生后，蒋介石以我新四军不服从命令，擅自移师江北为由，诬蔑我新四军“叛变”，宣布我新四军为“叛军”，取消了我新四军的番号。对此，党中央公开发文，用了大量事实，对“皖南事变”的前因后果进行了详细的阐述，揭露了皖南事变的发生完全是国民党顽固派经过精心策划的军事阴谋，用加害我新四军的罪恶手段，以达到溶共、防共、限共、反共，一党专政的目的，严厉谴责了国民党顽固派，不顾国家和民族利益，破坏抗日统一战线的非法行径。为此，我《新华日报》冲破了国民党严苛的新闻检查，刊出了周恩来同志的悼词和挽联手迹，一条是“为江南死难者致哀”，一条是“千古奇冤，江南一叶，同室操戈，相煎何急！”并提出了惩办凶手、释放叶挺、废止国民党一党专政等十二条解决皖南事变的办法。

叶飞：既然国民党顽固派这么顽固不化，动辄同室操戈，兵戎相逼，那我们不如来个一不做二不休，借此机会干脆将韩德勤的老巢一鼓作气端了，另外请中央下令我八路军将国民党顽固派，山东保安司令沈鸿烈也一起抓了，以交换我新四军叶挺军长和被俘将士。

陈毅：叶司令的这个建议我会向中央提请，由中央决定。因为我们原先的原则是一般不主动攻击顽固派，至于皖南事变发生，中央是什么态度，我们听候中央的指示，服从中央的命令。现在中央决定委派我前往盐城重建新四军军部。我离开后，现在的苏北指挥部暂由粟裕同志统一指挥。

粟裕：等到新四军军部重建后，皖南这笔血债国民党顽固派迟早是要还的，可眼前还将可能反生一件更为紧急的突发事件。据可靠情报，泰州的李长江已经准备公开投敌了。

众人惊愕。

陈毅：根据情报，李长江从去年三月份就委派人在上海与汪伪政府财政部长周佛海，立法院副院长缪斌进行了投降谈判，去年十月份和最近又在泰州的岳飞庙进行了两次谈判，可能近期准备正式公开宣布投敌。对此，我们一方面依然要通过各种途径和方法继续做他的工作，加大说服和劝解力度，作最后的努力，希望他能悬崖勒马，幡然醒悟，放弃这种与贼为伍，与民为敌的行为；另一方面，我们现在就要作好一切充分的准备，先行制订好作战计划，一旦他公开宣布投敌，我们立即给予迎头痛击，用实际行动告诉全国人民，回应国民政府，到底谁在叛变投敌！

28—11 盐城泰山庙·日内

主要人物：陈毅。

字幕：1941年1月20日，中共中央军委发布命令，以华中总指挥部为基础，重建国民革命军新编第四军军部，任命陈毅为新四军代理军长，刘少奇为政治委员，张云逸为副军长，赖传珠为参谋长，邓子恢为政治部主任。

泰山庙大堂内，墙上悬挂着中华民国国旗和共产党党旗。

陈毅肃立在前。

张云逸（1892—1974）、刘少奇（1898—1969）、赖传珠（1910—1965）、邓子恢（1896—1972）肃立在国旗第一排。

粟裕、刘炎、郑位三（1902—1975）、黄克诚、彭雪枫（1907—1944）肃立在第二排。

李先念（1909—1992）、谭震林（1902—1983）、张鼎丞（1898—1981）、曾希圣（1902—1968）、梁兴初（1913—1985）、罗华生（1910—1991）肃立在第三排。

记者拍照。

陈毅：根据中共中央军委重建新四军军部的命令，我现在率领新四军全体将领宣誓："誓遵三民主义，服从总理遗嘱，坚决捍卫抗日民族统一战线，与万恶敌人日本帝国主义及其走狗中国亲日派奋斗到底！"

众将齐声：誓遵三民主义，服从总理遗嘱，坚决捍卫抗日民族统一战线，与万恶敌人日本帝国主义及其走狗中国亲日派奋斗到底！

陈毅：宣誓完毕，众将请归位。

陈毅、张云逸、刘少奇、赖传珠、邓子恢回坐长方形会议桌旁。

众将回坐在四周的板凳上。

陈毅：根据中央命令，将陇海路以南的八路军、新四军部队统一整编为7个师和1个独立旅。第1师由新四军苏北指挥部改编，下辖第1、第2、第3旅，共11万余人。主要防区为苏中、苏南、浙西地区；第2师由新四军第4支队及路西联防司令部、路东联防司令改编，下辖第4、第5、第6旅部，共18万余人。主要防区为淮南地区；第3师由八路军第5纵队主力改编，下辖第7、第

8、第 9 旅，共 2 万余人，主要防区为盐阜、淮海、皖东地区；第 4 师由新四军第 6 支队及八路军第 4 纵队改编，下辖第 10、第 11、第 12 旅，共 15 万余人。主要防区为淮北地区；第 5 师由新四军鄂豫挺进纵队及第 1、第 2 地方游击纵队改编，下辖第 13、第 14、15 旅，共 15 万余人。主要防区为豫鄂边区；第 6 师由新四军第 2、第 3 支队改编，下辖第 16、第 18 旅及江南路东保安司令部、江南路西保安司令部，共 8000 余人，主要防区为皖南地区；第 7 师由无为游击纵队、新四军第 3 支队挺进团，皖南事变突围出来的部队改编，共 3000 余人，主要防区为皖江地区。另外八路军教导第 5 旅改编为新四军独立旅，主要防区为淮海地区。现宣布军部任命：粟裕、刘炎听令！

粟裕、刘炎起立：到！

陈毅：现任命粟裕为第 1 师师长，刘炎为第 1 师政委！

粟裕、刘炎敬礼：是！

陈毅：张云逸、郑位三听令！

张云逸、郑位三起立：到！

陈毅：现任命张云逸兼任第 2 师师长，郑位三第 2 师政委！

张云逸、郑位三敬礼：是！

陈毅：黄克诚听令！

黄克诚起立：到！

陈毅：现任命你为第 3 师师长兼政委！

黄克诚敬礼：是！

陈毅：彭雪枫听令！

彭雪枫起立：到！

陈毅：现任命你为第 4 师师长兼政委！

彭雪枫敬礼：是！

陈毅：李先念听令！

李先念起立：到！

陈毅：现任命你为第 5 师师长兼政委！

李先念敬礼：是！

陈毅：谭震林听令！

谭震林起立：到！

陈毅：现任命你为第 6 师师长兼政委！

谭震林敬礼：是！

陈毅：张鼎丞、曾希圣听令！

张鼎丞、曾希圣起立：到！

陈毅：现任命张鼎丞为第 7 师师长，曾希圣为第 7 师政委！

张鼎丞、曾希圣敬礼：是！

陈毅：梁兴初、罗华生听令！

梁兴初、罗华生起立：到！

陈毅：现任命梁兴初为新四军独立旅旅长，罗华生为新四军独立旅政委！

梁兴初、罗华生敬礼：是！

张云逸：我们的战略任务是：第 1、第 3 师坚持苏中、苏北、浙西、皖东地区，建立以苏北为中心的华中抗日根据地。

第 4 师分布在淮河地区，巩固津浦路东，坚持津浦路西，防御国民党顽军的进攻。

第 5 师独立坚持鄂豫地区，并以一部沿江而下，打通与第 7 师的联系。

第 6 师坚持苏南地区。

第 7 师坚持皖中地区，并在皖南敌后开展游击战争。

独立旅坚持淮海地区，创建淮海根据地。

陈毅：中共中央、中央军委已经进一步明确了我新四军总体战略任务是：打破敌顽夹击，着重巩固陇海铁路以南，长江以北，津浦铁路以东的基本根据地，并大力经营苏南，发展皖中和鄂豫边区的游击战争。现在我新四军军部已经重建，明天务必将这件重大事件通电全国，让我党我军以及全国各界人士都知道，新四军是一支坚不可摧的铁军，是坚持、坚决抗战到底的人民军队，号召国民党军队“坚持抗战、反对投降，坚持团结、反对分裂，坚持进步，反对倒退”“勿为顽固派所蒙蔽，拒绝内战，一致对敌”。

刘少奇：中央重申，对国民党顽固派，我们军事上严守自卫，政治上坚决反击的原则，坚持“人不犯我我不犯人”的方针；对日本侵略者以及他们的走狗我们是坚决打击，直至将他们全部消灭。

28 — 12　泰州城下坝医疗诊所 · 日 · 外内

主要人物：陈秀文。

王少云，40 岁左右。泰州下坝诊所医生，地下党。

一辆人力车在一家挂牌为“下坝医疗诊所”的门口停下，陈秀文从车上下来，随意地环顾了一下四周，然后款款走了进去。

一位身穿白大褂的年轻女护士迎了上来：您好！请问您是就诊的吗？

陈秀文：这几天身体老是不舒服，想找王医生看看。

女护士：王医生正在里面给病人检查，您这边请！

陈秀文跟随女医生进入诊室落座。

女护士：您在这里稍等，王医生马上就会过来。

陈秀文起身点点头：好的。

女护士退出。

陈秀文环顾了一下四周，整了整衣衫，摸了摸头上发髻坐下。

王少云穿着白大褂从内室走了出来，后面跟着一位一脸病容中年妇女。

陈秀文连忙起身：您好！王医生。

王少云：您好。您稍等。

王少云落座对中年妇女：我检查下来，你的肝、脾、肾都没有问题，肚子疼是胃肠问题，我开些药，你到柜台上去拿。

中年妇女：好，先生，麻烦您了。

王少云开好药单递给了中年妇女：一副药早晚各煎一次，连服七天。

中年妇女：好的，谢谢王先生了。

中年妇女离开。

王少云：你哪里不舒服？

陈秀文：这些天我的腰腿老疼。

王少云：这个症状有多久了？

陈秀文：大概有半个多月了。

王少云：请到里面来，我给你检查一下。

两人进入里屋。

陈秀文低声：紧急情况，李长江这个月 18 日要公开宣布投敌，并在西山白云寺岳飞庙举行仪式。

王少云：哦。在这之前，为了尽量避免这件事的发生，我们已经做了大量的工作，想让他悬崖勒马，但他还是执迷不悟，看来他已经病入膏肓，不可救药了，现在只有最后一招了。那刘书记需要搜集的情报带来了没有？

陈秀文：带来了。

陈秀文立即从发髻里取出一个多重折叠的纸块递上。兵力部署、军事物资，武器配置和成立大会的现场布置图都在里面。

王少云：好。我马上转给刘书记。辛苦您了。

28 — 13　泰州岳武穆祠 · 日外

主要人物：李长江、赵忠明、李淑芹。

字幕：1941 年 2 月 18 日。

岳飞庙前的广场上空升起了三个拖着各色条幅的气球。条幅上分别书写着：欢迎中华民国政府立法院缪斌副院长莅临！欢迎日本帝国泽田茂将军莅临！

欢迎中华民国军事委员会周佛海副委员长莅临。

广场中央搭建着一座讲台，讲台上口拉着一条横幅，上书：热烈庆祝中华民国政府第1集团军成立！

广场四周戒备森严。

台上左侧站立着：李长江、泽田茂（1887—1980）南部襄吉、藤田章、周佛海（1897—1948）、缪斌、朱郁任、赵忠明、刘湘图，秦庆霖、陈才福、何春林、蔡鑫元、丁聚堂、孔瑞五、熊伟夫等数十名军官。

讲台下，前排站立着正在演奏的军乐队，后面坐着千名官兵。

广场西侧，肃立排列着千名武装整齐的受阅部队。

广场东侧站立着手挥民国小国旗和太阳旗的数百名老百姓。

李淑芹混在老百姓当中，一边挥着小国旗，一边时不时地瞟几眼远处受阅部队后面的桂花树林。

一颗高大枝繁叶茂的桂花树上一双眼睛正密切注视着整个广场。

赵忠明走向讲台。

音乐声止。

数十名记者拥向台前拍照。

赵忠明：尊敬的各位长官，各位来宾，各位代表，你们好！今天我十分荣幸地受李总司令的委托在这里主持中华民国政府国民党第1集团军成立大会。

今天参加这次大会的各界人士主要有：日本帝国第13军司令官泽田茂将军。

翻译官翻译日语。

泽田茂走至台前中央，立正向台上台下鞠躬敬礼后退回原位。

赵忠明：日本帝国驻泰州司令官南部襄吉将军。

南部襄吉走至台前中央，立正向台上台下鞠躬敬礼后退回原位。

赵忠明：中华民国政府中央军事委员会周佛海副委员长。

周佛海走至台前中央，立正向台上台下敬礼后退回原位。

赵忠明：中华民国政府立法院缪斌副院长，

缪斌走至台前中央，立正向台上台下鞠躬后退回原位。

赵忠明：中华民国政府第1集团军总司令李长江将军

李长江走至台前中央，立正向台上台下敬礼后退回原位。

赵忠明：中华民国政府第1集团军副总司令兼24师师长颜秀五将军。

颜秀五走至台前中央，立正向台上台下敬礼后退回原位。

赵忠明：中华民国政府第1集团军副总司令兼参谋长朱郁任将军。

朱郁任走至台前中央，立正向台上台下敬礼后退回原位。

赵忠明：中华民国政府第1集团军第19师师长蔡鑫元将军。

蔡鑫元走至台前中央，立正向台上台下敬礼后退回原位。

赵忠明：中华民国政府第1集团军第22师长刘湘图将军。

刘湘图走至台前中央，立正向台上台下鞠躬后退回原位。

赵忠明：中华民国政府第1集团军第25师师长秦庆霖将军。

秦庆霖走至台前中央，立正向台上台下敬礼后退回原位。

赵忠明：中华民国政府第1集团军第26师师长陈才福将军。

陈才福走至台前中央，立正向台上台下敬礼后退回原位。

赵忠明：中华民国政府第1集团军第27师师长何春林将军。

何春林走至台前中央，立正向台上台下敬礼后退回原位。

赵忠明：中华民国政府第1集团军第10独立旅旅长丁聚堂将军。

丁聚堂走至台前中央，立正向台上台下敬礼后退回原位。

赵忠明：中华民国政府第1集团军第11独立旅旅长孔瑞五将军。

孔瑞五走至台前中央，立正向台上台下敬礼后退回原位。

赵忠明：中华民国政府第1集团军特务团团长熊伟夫上校。

熊伟夫走至台前中央，立正向台上台下敬礼后退回原位。

现在我代表泰州的各界人士对中华民国政府国民党第1集团军的成立表示衷心的祝贺，并对参加这次大会的所有代表表示热烈的欢迎！

众人鼓掌。

赵忠明：下面请中华民国政府中央军事委员会周佛海副委员长代表中华民国政府主席，中央军事委员会委员长汪精卫先生向李长江总司令颁发委任状！大家鼓掌欢迎！

周佛海、李长江走至台前中央。

周佛海将委任状双手递给李长江。

李长江敬礼。

周佛海回礼。

李长江向公众展示委任状。

记者纷纷拍照。

赵忠明：下面请李总司令讲话！

第二十九集 针锋相对

万军讨逆占鸠巢，贞烈伤娠送谍报。

后方医院遭偷袭，文星陨落龙王庙。

29 — 1 泰州岳武穆祠 · 日外

主要人物：李长江、李淑芹。

李长江走至讲台上，掏出讲稿，上下颠倒了两次，又凑近稿纸看了看，最后干脆弃之台面上不看：嗯，这个，今天鄙人感到很荣幸，这个，很荣幸汪主席对我的信任和器重，很荣幸大日本帝国泽田茂将军、藤田章和南部襄吉将军的光临。这个，不过，在十分荣幸的同时，鄙人也感到身上的担子很重，责任很大。这个，在这里我希望我全军将士与我一起为中日和平友好，为中华民国的强大，为建立大东亚共荣圈而战斗到底！我就说这些了。

李长江说完，移步一旁。

众人鼓掌。

赵忠明走上讲台：下面请台上各位将军合影拍照，留下中国历史上最光辉的一刻。

台上众人很快以李长江为中心聚集排列在一起。

记者纷纷拍照。

赵忠明走上讲台：下面请李总司令与泽田茂将军一起检阅我集团军部队！

军乐响起

李长江与泽田茂一起走下讲台。

两人来到受阅部队前面。

桂花树上，一支长枪开始瞄准。

李淑芹密切注视着远处的桂花树上。

仪仗官面对受阅队伍：立正！向右看齐！向前看！

然后转身跑步至李长江、泽田茂面前立正敬礼：报告李总司令，泽田茂将军，受阅部队已列队完毕，请检阅！

李长江：好吧，开始！

仪仗官移步一旁作出请的姿势。

军乐队奏起军乐。

李长江在前，泽田茂在后，开始检阅。仪仗官跟随其后。

桂花树上茂密的树叶丛中，长枪在慢慢移动，手指扣动了扳机，“砰”的一声枪响。

仪仗官倒地，鲜血直流。

李长江与泽田茂敏捷地扑倒在地，四下寻找枪声方向。

广场上一阵骚动。

赵忠明隐藏至讲台后面，掏出手枪，探头注视着阅兵处的动向。

狙击手继续拉动枪栓，紧接着又是一声“砰”的枪响，又有一名士兵倒地不起。

李长江声嘶力竭：枪手在桂花树林里，快，快，快去给我抓起来！

树丛里一蒙面人拍马而至桂花树下，树上蒙面狙击手背挎长枪，一跃落地，飞跃上马，拔出短枪，转身射击，疾驰而去。

守卫士兵边开枪、边躲闪，边围追上去。

忽然场地东边甩起几颗手榴弹，手榴弹在空中旋转，落入广场队伍中，“轰隆，轰隆，轰隆”接连几声爆炸。广场士兵倒下一片，众人狼奔豖突，乱成一团，李淑芹跟随慌张的人群跑离。

29—2　海安王家楼新四军1师指挥部·日内

主要人物：粟裕、周炎。

钟期光（1师政治委员）。

叶飞（1旅旅长兼政委）。

张藩（1旅参谋长）。

王必成（2旅旅长）。

刘培善（2旅政委）。

杜屏（3旅参谋长）。

陶勇（3旅旅长）。

刘先胜（3旅政委）。

张震东（3旅参谋长）。

黄逸峰（联抗司令）。

周至望（联抗副司令）。

粟裕、周炎、钟期光、叶飞、张藩、王必成、刘培善、杜屏、陶勇、刘先胜、张震东、黄逸峰、周至望围坐在会议桌前。

粟裕：根据最新消息，李长江今天上午率其1、2、3、5、6、7六个纵队近三万人，在泰州岳王庙已公开宣布投敌！李明扬立场坚定，拒绝投敌，与陈中柱已率他的4纵队和一个教导队离开溱潼，继续以鲁苏皖边区抗日游击总指挥部的名义转移至泰州北叶店、边城一带。

周炎：李明扬真是好样的，有股中国军人的风骨。而反观李长江却是个贪生怕死之徒。日本人的几架飞机到泰州城上空转了几圈，就将他吓得胆战心惊，毅志丧失，举手投降了。真不明白，李明扬当初怎么会重用这种毫无血性的软骨之人的。

钟期光：他岂止只是个软骨头，更是厚颜无耻！竟然将投降仪式选址在我们的民族英雄、抗金名将的岳王庙前，真是玷污先祖，奇耻大辱！人神共愤，是可忍，孰不可忍！

叶飞：李长江部，貌似有三万兵力，人多势众，其实外强中干，不堪一击。因为大多将士领并不是心甘情愿跟随其投敌，怕留下“汉奸、卖国贼”的千古骂名后，不但自己不会有好下场，也连累子孙后代。所以，目前肯定军心涣散，意志薄弱，我军应抓住这有利时机，立即出击，打他个人仰马翻，以惩其罪，以儆效尤！

粟裕：此前，我们就获知了李长江可能近期投敌的情报，对此，我新四军军部早有准备。并要求我们制订了讨伐李长江的作战行动计划。现宣读新四军军部《讨伐李逆长江命令》，请全体起立！

众将应声肃立。

粟裕手执电文：查鲁苏皖前副总指挥李长江于18日率部投敌，叛国殃民，并通电就任伪第1集团军总司令，且联合敌寇向海安镇、兴化县进攻，为虎作伥，本军为坚持抗战，保卫苏北，决予讨伐逆贼。兹特令本军第1师师长粟裕为讨逆总指挥，叶飞为副总指挥，刘炎为政治委员，仰即遵照，迅率所部歼灭李逆为要！

根据我军获取的重要情报，李逆的主力主要布置在泰州东门外围，北门和南门相对较弱。我现在宣布讨伐李逆作战计划：

叶飞副总指挥率1旅1团、2团、3团，及保安特务团、苏北独立支队为左路军，自明天凌晨零点起向姜堰、苏陈庄发起攻击。夺取姜堰和苏陈庄后再扫清泰州城东外围的敌据点和阵地，为中路军2旅主攻泰州城打开通道，然后协同攻打泰州城东门。

王必成旅长率2旅为中路军，自淮扬一线南下，扫清北门外围的敌据点和

阵地后，4团警戒扬泰公路，以防扬州日寇增援，5团攻打泰州北门，6团与1旅一起攻打泰州东门

陶勇旅长率3旅为右路军，扫清南门外围的敌据点和阵地后，7团、攻打泰州南门，8团协同2旅、1旅攻打泰州东门，9团向南警戒，以防泰兴、高港伪军北援。

各位听清楚了没有？

众将齐声：听清楚了！

29—3　泰州城内外·日·外

主要人物：陈才福、李道南、赵忠明、陈秀文。

字幕：1941年2月20日。

泰州城外，十几座山炮和迫击炮一字排开。

号令员挥动旗子：放！

瞬间，泰州城墙内外炮火连天。外围，一个个据点被炸炸飞了天。

一枚枚炮弹落在城墙上爆炸，城墙大面积塌陷。

朱宝权率领新四军战士们排山倒海似的向泰州南门猛攻。

大批伪军或溃逃或投降

枪声密集，爆炸连连。

城墙上伪军举起白旗。

李道南率领新四军战士攻进东门，大批新四军鱼贯而入。

李淑芹身背药箱与医疗队一起跟随在部队后面。

大街上陈才福挥舞着手枪对着溃逃的伪军声嘶力竭：回去！回去！不许后退！给我顶住！

溃逃士兵充耳不闻，继续溃退。

陈才福对着溃逃士兵“砰砰”连开两枪。

两名士兵倒地不起。

李道南率队赶到，举起短枪对准陈才福连开数枪。

陈才福应声倒毙，血流一地。

李道南跑至陈才福尸体旁，用脚踢了踢，见他已声息全无，一挥手，率队继续追击。

粟裕站在一高高的土丘上手执望远镜向阵地上瞭望，子弹不时地从旁边穿梭。

警卫着急：总指挥，您快下来，很危险！

粟裕淡然：别紧张，子弹看到我会绕道的。

泰州城内，满大街上是慌张奔逃的伪军。

赵忠明开着军用吉普车在街上急驶，不时地急打方向避让逃兵。

车子在“小上海百货商行”急刹。

赵忠明迅速跳下车直奔商行。

陈秀文迎了上来：怎么啦？

赵忠明：快，赶紧简单收拾一下跟我走！

陈秀文：走？去哪儿？

赵忠明：出泰州城。

陈秀文：出泰州城干嘛？我们的人马上就要打进来了，我们还怕什么？

赵忠明：别问这么多了，快来不及了，以后跟你解释，现在听我的，马上跟我走。

陈秀文：那好吧，我拿些东西。

赵忠明：我到车上等你，快点！

赵忠明转身快步上车，仓忙调头。

陈秀文挎着包，锁好店门，急匆匆跨上车。

赵忠明加大油门，急驶而去。

吉普车在伪第1集团军司令部急刹。

赵忠明拉着陈秀文的手，疾步跑了进去。

29—4　泰州城内日伪第1集团军司令部·日内·外下午

主要人物：李长江、朱郁任、赵忠明、陈秀文。

司令部内，李长江急得团团转：他奶奶的，日本援军到现在怎么还没有到？看来等他们到时黄花菜都凉了。

朱郁任看李长江不知所措，唉声叹气。

赵忠明：司令，您别着急，日本人不可能见危不救，可能有其他原因耽误了，估计很快就会到的。

副官慌张闯了进来：司令，不好了，我军两个支队都投新四军了。现在新四军已经攻下了东、南、北门，正向市内纵深推进。我们得赶紧撤离，否则就来不及了。

朱郁任：司令，留得青山在，不怕没柴烧。现在得赶紧撤离，否则就真的来不及了。

李长江：赵副参谋长，你看往哪里撤好呢？

赵忠明：东、南、西、北现在都有新四军的部队，唯一比较安全的方向只有西南方向。

李长江：好，张副官，立即通知部队，分散撤离，到江都仙女庙集合。司令部的人跟我从司令部下面的“乌龙洞”密道撤离。

副官：是，我立即通知。

赵忠明、陈秀文等数百人跟随李长江匆匆离开办公室。

李长江捂着鼻子带着人马，打着手电在“乌龙洞”踉跄行走。

赵忠明一手打着手电，一手牵着陈秀文的手跟在队伍后面。

赵忠明：抓紧我，注意脚下。

陈秀文用手绢捂着鼻子不停地咳嗽，抱怨：这哪是“乌龙洞”，狗洞都不如。

赵忠明甩了一下她的手：少说话！

地面上，朱宝权率领队伍冲进司令部，上下四处搜寻。

伪司令部内人去楼空，一片狼藉。

朱宝权跑进司令部办公室愤怒地将墙上的国民党党旗一把扯下，甩在地上：一帮王八蛋，真是玷污了这党旗！

李道南率部来的伪司令部门口，将司令部牌子撤下摔在地上踩了几脚，然后点燃。

木牌冉冉燃烧，渐渐变成了一堆木灰。

29—5 扬泰公路·夜外

主要人物：李长江、陈秀文、赵忠明、朱郁任。

李长江衣衫不整，带着一队人马举着火把在路上仓皇奔走。

人马陆续通过宜陵大桥。

夜色中，前面一座村庄里闪烁着星星点点的灯光。

李长江停下：朱参谋长，你带人到村庄里借几匹骡马过来，有驴车更好。

朱郁任：是！

朱郁任一挥手：张副官，跟我来。

张副官带着一队人马跟随朱郁任扑向村庄。

很快村庄里就传出家犬的狂吠声和人的叫骂哭号声。

陈秀文一脸愤怒，咬着牙，捏紧了拳头。

赵忠明睨了她一眼，立即碰了碰她的手臂。

朱郁任、张副官与士兵牵着几批骡马和几辆驴车走了过来。

朱郁任：他妈的，村子不算大，也不富，就这些了。

李长江：有总比没有强，现在哪有多少富裕的人家哦。这样吧，我、朱参谋长，赵副参谋长和夫人各骑一匹。其余的由张副官安排。

陈秀文：我们不要，留给其他人吧。

赵忠明拉了拉她的手：你怀孕了，司令让你骑你就骑吧。

陈秀文：我不会骑马，还是坐驴车较好。

赵忠明：那也行，我和你一起坐驴车吧。

李长江、朱郁任、张副官骑着马，赵忠明、陈秀文坐上驴车随着队伍行进在夜色之中。

29—6 江都仙女庙·日外·上午

主要人物：李长江、陈秀文、赵忠明、朱郁任

李长江的人马行走在通扬河岸。

朱郁任：司令。前面就是仙女庙了。

众人抬头望去，眼前的仙女庙到处断壁残垣，荒草丛生，破烂不堪。

李长江收住缰绳惊诧：啊，才短短两年没来，现在怎么变成这个样子了？

赵忠明：听说，日本人扫荡吴家桥新四军时死了不少人，在这里焚尸，烧了几天几夜呢。估计从那时起，就再没有人来敬香许愿了。一个庙，没有了香火，自然也就败落了。

李长江：这日本人也真是，焚尸为什么就一定要到庙上来呢，其他地方不也一样吗？这不，好好的一座几百年的庙就这样全被毁了。

朱郁任：那我们还去吗？

李长江：先在这里歇歇脚，等从泰州撤回来的人吧。同时通知一下日本人，请他们先送些吃的过来，我们到现在还没有吃饭呢，肚子饿得咕咕叫了。

朱郁任：我们昨夜在村子里已经弄了些粮食，就是不多，先填填饥再说。

人马来到庙前广场。

士兵们一个个精神颓废，瘫坐在石板地上。

李长江下马沿着庙外四周走走看看，不时地摇头叹息。

突然，从破败的庙堂里传出几个喷嚏声。

李长江立即本能地掏出手枪：里面有人！

众人立即紧张地拿起武器拉起了枪栓，对准了庙堂。

朱郁任厉声：什么人？快出来！

里面没有回应。

张副官：再不出来就开枪啦！

里面依旧没有回应。

朱郁任：开枪！

瞬间，数枪齐发“乒乒乓乓”，砖墙上火星四溅。

里面传出孩子惊恐的哭叫声。

赵忠明：停止射击，是小孩！

赵忠明立即跑了进去。

一名八九岁的蓬头垢面、面黄肌瘦的男孩怀护着一名五六岁的男孩躲在墙角一个草窝旁，流着鼻涕，瑟瑟发抖。

赵忠明收起手枪，连忙躬身安慰：别怕，叔叔不会伤害你们的。

李长江、朱郁任、陈秀文也跑了进来。

陈秀文：啊，是两个小孩啊。来，别怕，告诉阿姨，你们怎么会在这里？

大男孩松开小男孩，用棉衣袖擦掉小男孩的鼻涕，嗫嚅：我们是要饭的。

陈秀文：哦。那你们是哪里的？

大男孩：我是天长的，他是扬寿的。

陈秀文：天长我知道，扬寿是哪里啊？

赵忠明摇了摇头：没听说过。

李长江：扬寿是扬州西边的一个小镇，靠近天长。

陈秀文：你们不是一个地方的啊？

大男孩摇摇头：我和妹妹一起要饭认识他的。

陈秀文：你还有个妹妹？

大男孩点点头：他还有个姐姐。

陈秀文：那她们人呢？

大男孩转过头，指了指另一个墙角：他们在那边草窝里。

赵忠明、陈秀文跟着大男孩走了过去。

草窝里两名小女孩钻在破旧的棉被里，两双大眼睛胆怯地看着陈秀文。

陈秀文：怎么都是这么一点点大的小孩子，你们家的大人呢？

大男孩摇了摇头：家里没有大人了，爸爸妈妈，爷爷奶奶都不在了。只剩我们了，所以只好出来要饭了。

陈秀文：那今天你们吃饭没有？

大男孩摇了摇头：没有，我们俩刚出门，就看到你们过来了，以为是日本鬼子，只好又回来了。

李长江一脸尴尬。

陈秀文：那这两个小妹妹快起来吧，我们马上给你们弄点吃的。

大男孩：他们不能起来。

陈秀文疑惑：怎么，生病了？

大男孩：不是，他俩没有棉衣棉裤穿，天这么冷，起来吃不消。

陈秀文惊愕：啊，那你们平时怎么办呢？

大男孩：我们平常棉衣棉裤都是轮流穿，轮流去要饭。

陈秀文再也控制不住，泪水盈眶，赶紧转过身，抹了抹。

赵忠明不忍目视，转身跑到门外：张副官！

张副官：在。

赵忠明：你立即到街上去买两套八九岁和五六岁小孩穿的棉衣棉裤。

张副官：这……

赵忠明从衣袋里掏出两块大洋递了过去：算我的个人开支。

张副官：是！

张副官转身离去。

赵忠明走到李长江面前：总司令，等张副官将衣服买来后，我想叫我爱人将这几个孩子送到江都市里先找个安身的地方，以后再说。

朱郁任：赵副参谋长这颗慈怀善心真是令人敬仰。不过，现在的中国像这样的孩子太多了，怕是救不过来呀。

赵忠明：能帮多少是多少吧。既然我们今天碰到了，我总不能视而不见吧。

李长江：说的也是。这都是战争惹的祸，不仅是我们跟着受了罪，更是连累了无数老百姓。所以我才与日本人和谈，就是想曲线救国啊，可偏偏许多人不理解，反而找我的麻烦。

29 — 7　扬州日本驻军司令部 · 日内

主要人物：泽田茂，55 岁（1887—1980），日第 13 军司令。
金井德重，40 岁左右，日镇江驻防司令。
滕田章，40 岁左右，日驻扬司令。
南部襄吉，44 岁（1898—？）日驻泰州司令。
徐鹏举，30 岁左右，翻译官。
李长江、朱郁任、颜秀五、赵忠明。

日军司令部作战室。

左侧站着：泽田茂、金井德重、滕田章、南部襄吉和徐鹏举翻译官。

右侧站着：李长江、朱郁任、颜秀五、赵忠明。

李长江向泽田茂鞠躬：对不起，司令官，由于卑职疏忽大意，我军这次被新四军突袭成功，损失惨重，给南京政府和皇军丢脸了。

徐鹏举翻译。

泽田茂（日语）：诶，李总司令可别自责了，这次新四军是超常反应，不仅进攻太突然，而且十分猛烈，皇军也是大大出乎意外，准备不足，措手不及，所以增援慢了。不过，没关系。战场上胜败是兵家常事。中国有句古话叫：塞翁失马，焉知非福？不用担心，他们神气不了几天。

徐鹏举翻译

李长江：谢谢司令官的理解。

徐鹏举翻译。

泽田茂（日语）：今天我将皇军驻镇江司令官和扬州司令官召集到这里，就是要部署一项重要作战行动，将苏中苏北新四军一举全部消灭！

徐鹏举翻译。

李长江：那太好了，我军一定配合好皇军的统一行动，将新四军全部消灭，先报了这次的仇再说。

徐鹏举翻译。

泽田茂：李司令现在撤回了多少人？

徐鹏举翻译。

李长江：现在撤到仙女庙的有四千多人。

徐鹏举翻译。

泽田茂：这样，我令南部襄吉率司令官率13旅团配合你部重新夺回泰州，另外令金井德重司令官、滕田章司令官派第11、12、17独立混成旅、从明天开始分别从南通、如皋、泰兴、高邮、扬州向黄桥、海安、东台进攻，东西夹击，南北合围，一鼓作气，拔掉新四军苏中的根据地。目的达到后，再集中优势兵力，横扫盐城新四军军部，将他们连根拔除，全部消灭，以绝后患。

徐鹏举翻译。

李长江兴奋：那太好了，司令官，卑职一定全力以赴，为早日实现“大东亚共荣圈”尽忠尽责！

29—8　江都县·日外·下午

主要人物：赵忠明、李长江。

李长江、朱郁任、颜秀五、赵忠明等一行人骑马进入江都城内。

赵忠明：总司令，不知道我爱人将那些流浪儿怎么安排的，我想去看看。

李长江：好的。如果没有安排好就全部带回泰州，我们部队先养着，将来也可以为部队效力。

赵忠明：好。那先谢谢司令。

赵忠明策马而去。

李长江欣慰：现在像他这样心地善良的人可不多哦。

朱郁任：能让总司令看上的人准错不了。

李长江：本来我夫人还想让他做女婿的，我说等等看看再说，谁知正准备请总司令做媒时，他却不声不响地结婚了。看来，这找女婿就跟打仗一样，不能错过战机哦，该出手时就得出手！

29 — 9　江都县淮扬大酒店 · 日内 · 下午

主要人物：赵忠明、陈秀文。

赵忠明走进淮扬大酒店内房间。

四个孩子面目干净，衣着一新正与陈秀文做游戏。

大男孩一见赵忠明进来，连忙鞠躬：赵叔叔好！

三个小孩连忙跟着鞠躬：赵叔叔好！

赵忠明摸了摸孩子们的头：你们吃饱了没有？

四个孩子连忙回道：吃饱了，谢谢叔叔。

大男孩：阿姨还带我们吃了肉呢，唉，真香！太好吃了，我们都好久好久没吃过肉了。

赵忠明：那从现在起，你们要听话，不要乱跑，到什么地方去玩要告诉阿姨一声，知道吗？

大男孩：知道了，我们一定会听话的。

赵忠明：那现在你们先到楼下去玩一会儿，不要走远，我和阿姨说些事。

大男孩：好的。走，我们出去玩一会儿。

大男孩带着小伙伴蹦蹦跳跳离开了房间。

赵忠明关好房门：紧急情况，日寇明天就要与南通、如皋和镇江、扬州的日军一起进攻我们黄桥、海安、东台的抗日根据地，李长江马上也要回师泰州，你马上就回泰州，将情报送到联络处。让我们的人做好准备。

陈秀文吃惊：啊？日本人这次下这么大的决心？

赵中明：由于日寇一直集中优势兵力进攻长沙，兵力有限，在苏北、苏中地区一直处于被动局面，那所谓的占领区形同虚设。抗日力量的不断壮大，日寇如坐针毡、如鲠在喉，但苦于心有余而力不足。现在，由于汪精卫投敌后，不断扩充兵力，减轻了日寇的压力，所以他们现在可以腾出手来对苏中、苏北进行大扫荡了。

陈秀文若有所思：哦。

赵忠明从手枪盒子和衣袋里掏出一张纸和一本通行证交给陈秀文。

陈秀文：那这些孩子怎么办？我怎么去？

赵忠明：我马上用证件和钱向酒店租一辆自行车，孩子们吃喝暂时先交给他们。这些孩子独立性强，只要有吃有住，不会走远，我再关照他们一下，就说我们给他们去找居住的地方，让他们在这里等我们回来接。

陈秀文：我终于明白你要将我带来的原因了。好，我化个装，马上就走。

赵忠明递上一把手枪和一只手电筒：这个你收好，路上注意安全。注意绕过通往仙女庙这条路。

陈秀文：你放心吧，我也是老同志了。

29—10 江都市区、通扬河南岸·日外·傍晚

主要人物：陈秀文。

陈秀文一身男装打扮，骑着自行车不紧不慢地行驶在市区街道上。

自行车渐渐行至郊区，四周一片绿油油的麦田。

陈秀文加快了速度。

夕阳西下，晚霞染红了半边天。

自行车不停地在土路上颠簸。

天色渐渐暗了下来。

陈秀文双腿蹬得飞快，突然自行车发出"咔扎"一下声响，陈秀文的双脚连蹬了几下，踏板轻松转圈，车轮却不动。陈秀文连忙下车查看：哟，链子掉了。

陈秀文支起自行车，弯腰拨弄链条。弄好后，用手反转了几下踏板，感觉正常，于是直起身推车准备骑车，推了几下却推不动，不由回头一看，吃了一惊。

眼前出现了两名身着黄色军装，臂挎长枪的伪军士兵，用手拖住了后座。

士兵（甲）恶狠狠：不许走，把车留下！

陈秀文支起车：凭什么？

士兵（乙）举了举手里的枪：就凭这个！

士兵（甲）：哟呵，听声音好像是个女的？

士兵（乙）：还真是，原来是个假小子啊。

陈秀文：既然知道是女人了，那女人的东西你们也想抢？

士兵（甲）：本来我们从泰州过来跑累了，就想要个车，既然还有个女人，

还长得这么好看，那就更好了，我们现在干脆连车带人一起都要了。

陈秀文：你们是从泰州过来的？

士兵（乙）：是啊？怎么啦？

陈秀文：我男人就是泰州第1集团军司令部的。

两士兵一楞：啊？

士兵（甲）：你真会吹，想吓唬我们？

陈秀文：赵忠明，赵副参谋长你们认识吗？

两士兵一听，顿时脸色大变，惊慌得六神无主。

陈秀文趁机迅速从腰后拔出手枪对准两士兵“砰、砰”连开两枪。

两士兵脑袋霎时血喷如注！溘然倒地。

陈秀文收起手枪，环顾了一下四周，将两具尸体上的两支长枪取下扔至路边麦田中，扒掉尸体的外衣，然后将两具尸体分别拖至通扬河边，抬起腿连踹几脚，将尸体踢入河中。起身整了整衣服，擦了擦脸上的汗水，轻舒一口气，走至麦田中，拾起两把枪，用外衣包扎好埋入土中，回到了马路上，骑上车继续行驶。

29 — 11 通扬河南岸公路·夜外

主要人物：陈秀文

陈秀文摸着黑继续骑车颠簸在土路上，车把上绑着手电筒，手电光随着车辆的颠簸不时地闪动，凿穿着这密封严实的黑暗。

陈秀文突然发出“哎哟”一声疼痛的叫声，一手连忙捂了一下肚子，然后两手稳住车把跨下车，忍痛支好车，站在路边安抚着肚子，感觉疼痛缓解后又重新跨上了车，继续行驶。

一路上，陈秀文脸色痛苦，不时地下车、停顿、上车，反复几次后来不再停车，咬着牙，强忍着疼痛，艰难坚持。汗珠不停地滚落下来，鲜血一滴一滴从车座掉落。

29 — 12 泰州城下·日外·晨

主要人物：陈秀文

天色渐亮。

陈秀文抬眼终于看到泰州城城墙，她咬着牙加快了速度。

手上、脸上、车把手上全都染红了鲜血，棉裤上也浸透了血迹。

陈秀文终于骑到了城门口跨下车。

新四军门岗哨兵一见立即上前：怎么回事？

陈秀文：我是女的，已经怀孕4个月了，可能孩子要流产。

两战士大惊失色：啊？

陈秀文：快，请你们帮忙立即把我送到海陵路上的下坝诊所。

战士：好，好。我来叫个车。

两战士立即在城门口拦下一辆装着几袋粮食的驴车：快，老乡，这里有个孕妇很危险，请你帮忙把这位孕妇送到诊所。

车夫：好的。

两名战士立即卸下车上的粮食，从屋里抱出一棉被铺在车上，将陈秀文搀扶上了车盖好。

战士（甲）对乙：你跟班长说一下，我帮送过去。

战士（乙）：好的。

战士（甲）跳上驴车：老乡，快，快，海陵路下坝诊所。

车夫：好，你坐好。

驴车飞奔而去。

29 — 13　泰州下坝诊所·日·外·内

主要人物：陈秀文

驴车在下坝诊所停下，战士和车夫迅速跳下车，一边搭着包裹着棉被的陈秀文往诊所跑，一边高声叫喊：医生，医生，快来，快来，快来救人哪！

诊所护士立即跑了出来：怎么啦？

战士：这个孕妇可能要流产！

护士：啊，快，快搭到里面手术室！王医生，王医生，快、快，有病人急救！

王少云闻声跑了过来，一见陈秀文大吃一惊，立即跑进了手术室，换上手术衣，套上手术套。

护士领着他们迅速进了手术室。

战士和车夫退出。

手术门关上。

陈秀文从发髻里掏出折纸：紧急情报！

王少云接过，转身藏好：先救人再说，人更重要！

29 — 14　盐城泰山庙城新四军指挥部 · 日内

主要人物：陈毅、刘少奇。

指挥部会议室。

陈毅、刘少奇、张云逸、赖传珠、邓子恢围坐在会议桌四周。

陈毅：根据最新消息，由于李长江公开投敌所产生的恶劣影响，短短几天，相继有国民党保安第 2 旅徐继泰，第 8 旅扬仲华，国民党第 89 军 117 师参谋长潘干臣，国民党鲁苏皖联军西北集团总指挥刘湘图等率部公开投敌，这对中国的抗日形势非常不利，后果也很严重。所以军部下令讨伐李长江十分及时也十分必要，尽可能地抑制住这“降将如毛，降官如潮”局面。

刘少奇：根据我方获取的最新情报，第 1 师占领泰州后，李长江已侥幸逃脱至江都，正准备再率余部四千多人与日军一千多人卷土重来。

陈毅：不仅如此，日军第 13 军司令泽田茂制订了新的作战计划，就是集中优势兵力，对我苏中、苏北抗日游击根据地进行一次大扫荡。同时令镇江驻防司令金井德重和扬州驻防司令滕田章分别率日军第 11、12、17、13 独立混成旅、从明天开始分别从南通、如皋、泰兴、高邮、扬州向黄桥、海安我根据地进攻，企图东西夹击，南北合围我们。

刘少奇：国民党顽固派也是蠢蠢欲动。汤恩伯准备率部对我豫皖苏边区进行进攻，韩德勤为策应汤恩伯部东进纠集盘踞在洪泽湖地区的顽匪，窃据了我皖东地区的抗日根据地，并准备在日伪对我发动进攻时，以苏北的残部从背后袭击我军。

陈毅：我军的对策是：第 4 师全部坚持豫苏皖边区，准备抵抗汤恩伯部的进攻。第 2 师主力坚决抗击李品仙部的进犯，坚持淮南津浦路西的根据地。第 1 师主力在苏中适当的地点隐蔽集结，随时抗击日伪的联合大扫荡。

29 — 15　泰州城市区 · 日外

主要人物：陈盛文、王玉兰。

陈盛文与十几名战士押着装得满满粮袋的数辆驴车走在街道上。

赵忠仁和王玉兰坐着驴车从他身边迎面驶来。

陈盛文无意间看见驴车上的王玉兰。

王玉兰的眼光从陈盛文脸上一掠而过，连忙侧过脸去。

陈盛文不由驻足又仔细辨认了一下，刚欲叫喊，驴车已匆匆而过。

陈盛文（VO）：是不是我认错人了？她瞅了我一眼，怎么好像一点都不认识的呢？

陈盛文边走边回头看已渐渐远去的驴车。

29 — 16　泰州城区新四军第1师临时指挥部 · 日内

主要人物：粟裕、周炎。

粟裕、周炎、钟期光、叶飞、张藩、王必成、刘培善、杜屏、陶勇、刘先胜、张震东、黄逸峰、周至望聚集坐在室内。

粟裕：根据我方获取的最新情报，第1师占领泰州后，李长江已逃脱至江都仙女庙一带，准备再率余部四千多人与日军一千多人再打回泰州城。

叶飞：那我们这次就正好趁机将日伪一举全歼。

周炎：事情可没有这么简单哦。日本人可不傻，他们不知道李长江几斤几两？这次日本人已经制订好了详细的作战计划，李长江可不是孤军深入，而是想利用李长江部吸引我们的主力，然后趁我们黄桥、海安根据地兵力空虚之机，趁虚而入，并将我们围困于泰州城。

粟裕：情报显示，日军独立第11旅团、第12旅团、第17旅团正从镇江出发，会同扬州的第13旅团，以及南通、如皋的日伪军联动即将对我苏中地区进行大扫荡。日军这次来势汹汹，我们必须沉着冷静地对付。要充分发挥我军灵活机动的游击战术，先避其锋芒，然后瞅准战机，击其不备。现在我宣布具体部署：

立即电令黄桥泰兴县抗日民主政府、海安县抗日民主政府所有人员即刻分别撤离至泰兴古溪一带和东台台南一带。

我军讨伐李长江的目的已经达到，今夜，我军全部撤出泰州城。1旅撤至兴化戴南一带，2旅撤至东台台南一带，3旅撤至东台安弶一带。这三地成一线，相距不远，可随时相互呼应。听清了没有?

众将齐声：听清了。

粟裕：立即执行!

众将：是!

29 — 17　盐城市大丰县西团镇龙王庙 · 日内 · 外

主要人物：李增援，29岁（1913—1941），新四军战地服务团戏剧团组长。
李淑芹。

字幕：1941年2月21日。新四军第1师后方医院。

李增援从病床上爬起，穿好棉衣，走向一张木板架起的桌子旁，坐上一张小木凳，从上衣袋里抽出钢笔，翻开笔记本，写了起来。刚写几下就猛地连咳了几声后，又继续伏案书写。

李淑芹拎着一只柳条医疗篮走了进来。

李增援聚精会神，毫无察觉。

李淑芹：李主任，又在创作什么呢？是歌词还是剧本？

李增援这才回过头来：没什么，就随便写写。自从患了这肺病后，经常夜里一两点钟咳嗽不止，睡不好觉，创作灵感都被咳得精光，已经好久没写什么了，今天感觉好多了，就练练脑子，以免脑袋生锈。

李淑芹：感觉好多了，就更要注意休息保养好，千万不能受凉。留得青山在不怕没柴烧，身体可是革命的本钱。况且，你已经作品丰硕，成果斐然了。那脍炙人口的《勇敢队》《黄桥烧饼之歌》的歌曲，唱遍了全国；话剧《繁昌之战》《一家人》《重逢》都受到了大家的广泛赞誉。尤其是《繁昌之战》大家都是百看不厌。你现在就是要尽快将病治好，以后才能写出更多更好的作品。

李增援：谢谢李医生的鼓励。更要谢谢您这么长时间对我的精心治疗和照料。我一定不会辜负大家的期望，养好身体，争取创作出更多更好的作品，不辜负大家的喜爱和厚望。

李淑芹：这就好。我请朋友从高港弄来了一些专治"肺结核"的中药丸，来，现在就把它服了。

李增援连忙起身：啊？太好了，这真是太谢谢您了。

李淑芹从柳条篮子里拿出药瓶递给了李增援。

李增援刚伸手去接，突然，外面枪声四起。

两人一惊，药瓶坠地。

李增援迅速取下挂在墙上的手枪，奔向门外。

庙外，大批日伪军正向庙里冲锋袭击，枪声密切。

新四军医护队奋力还击，不断有战士中弹倒地。

伤病员纷纷跑出门外。

李淑芹挥手高喊：快，快，大家快从后门撤离！快从后门撤离！

医务人员纷纷扶着伤员向后奔去。

医护队员边打边退至庙堂内。

李增援和医护队员从窗口不断向鬼子射击！

刚冲进院子的鬼子被纷纷击倒。

日军少佐拔出指挥刀，声嘶力竭（日语）：八嘎呀路，给我冲！

大批鬼子蜂拥而上，子弹纷飞。

门窗不时被击穿。

龙王塑像被击破几个洞。

李增援边射击边回头高喊：李医生，姚医生，快，你们赶快走，不走就来不及了！

李淑芹、姚焕如回头看了李增援他们，无奈扶着伤员匆匆离开。

李增援：同志们，再坚持一会儿，让伤员走远点。

医护队的战士们掏出手榴弹不断扔了出去。

手榴弹连连爆炸，鬼子被炸得血肉横飞，到处硝烟弥漫。

大批鬼子再次扑了上来，连连向庙堂内扔去手榴弹。

庙堂内连连爆炸，神像被炸得四分五裂，飞屑四溅。

一块弹片击中李增援额头，顿时血喷如注，怦然倒地。

鬼子趁势冲进庙堂，逐个向受伤护卫队员点射。

医护队员全部倒在血泊之中。

少佐一挥手，日伪士兵冲向各个病房，逐个检查。

一名伤病员刚从病床上挣扎而起，即被闯进的日军士兵射杀。

一名伤病员刚爬到病房门口，日军士兵赶至，举枪射杀。

两名日军士兵将一伤员从床底下拖出，挥起刺刀刺进其胸膛，血溅日军士兵一脸。

一名拄着双拐的伤病员躲在门口里侧，一名日军士兵刚跨进门内，即挥起拐杖猛击其面！日士兵应声倒地。紧随其后的日军士兵挥枪与伤病员搏击。双方对打几下，伤病员倒地，日军士兵趁势对其腹连插几刀，伤病员惨痛身亡。

两名伤病员互相搀扶着钻进墙脚的稻草堆里，刚隐藏好，几名日伪军即搜寻而来，对着草堆从前往后，连插数刀未中。

日军少佐赶至，一挥手（日语）：统统的烧了。

两名伪军点燃草堆。

草堆火势越烧越大，两名伤病员浑身燃着大火从草堆中挣扎着爬了出来，在地上惨叫滚爬挣扎。

少佐在不远处露出得意的狞笑。

29—18　盐城大丰西团乡树林中·日外

主要人物：李淑芹。

姚焕如，20 岁左右，新四军战地服务团医疗队医生。

李淑芹和姚焕如等医务人员领着数十名伤病员钻进竹林之中。

李淑芹：现在没事了，大家先休息一会儿。姚医生，你照看一下，我出去看看。

姚焕如点点头。

李淑芹悄悄走出林外向马路两头观察。

马路上，一大队人马急奔而来。

李淑芹连忙跑进林里：敌人追来了，都趴下别出声。

众人连忙伏地不动。

李淑芹趴在地上，拔出手枪，密切注视着马路上的动静。

第三十集 有仇必报

分散伤员藏农户，巡诊军医扮村姑。
身份暴露遭虐杀，引蛇出洞孽障除。

30—1 盐城大丰西团乡树林中·日外

主要人物：李淑芹、朱宝权。

头戴钢盔、腰佩军刀，握着手枪的朱宝权率领一大队人马疾步而过。

李淑芹惊诧（VO）：好像是朱宝权！他也到大丰来了？

李淑芹又仔细辨认了一下，欣喜一跃而起，大声疾呼：朱排长！朱排长！我们在这儿呢，我们在这儿呢！

朱宝权闻声倏地止步转身回头。

李淑芹连忙向他挥手。

朱宝权一见立即奔了过来：李医生，我们刚接到消息，说我们的后方医院遭到鬼子偷袭，就赶来营救。人都转移出来了吗？

李淑芹：没有。护卫队掩护我们先转移的，他们还在庙里阻击鬼子。

朱宝权：那我们得赶紧去增援。

朱宝权转身一挥手：走，跑步前进！

30—2 盐城大丰县西团乡龙王庙·日内·外

主要人物：朱宝权。

日伪军正在龙王庙里到处翻箱倒柜。

庙外，朱宝权率队赶到，对着庙外的日伪军就是连连射击。

日伪军猝不及防，纷纷中枪倒毙。

大批新四军战士鱼贯而入，向日伪军射击！

日伪军纷纷四处躲藏抵抗，不断被击毙。

少佐躲在一尊雕塑神像旁与朱宝权对射。

雕塑神像头颅突然断裂掉落，正砸中少佐脑袋，少佐应声而倒。

朱宝权一个箭步奔至，对着少佐连开数枪。

少佐气绝身亡。

枪声渐止，庙里庙外，一片狼藉，四处血迹斑斑，内外陈尸累累。

新四军战士将运伤病员和医护队员的遗体集中到了一起。

朱宝权缓缓走至李增援遗体旁，脱下军帽，立正敬礼后咬牙切齿：真没想到，这日本鬼子连我们的后方医院都来偷袭，真是丧心病狂，禽兽不如，李主任，战友们，你们安息吧，我们一定会彻底打败日本鬼子的，为你们，以及全中国的苦难同胞报仇雪恨！

30 — 3　盐城市大丰县西团乡小树林 · 日外 · 下午

主要人物：朱宝权、李淑芹。

朱宝权带着战士们回到小树林。

李淑芹与护士姚焕如迎了过来。

李淑芹急切：朱排长，龙王庙现在怎么样了？

朱宝权：鬼子已经被我们全部消灭了。但我们还是晚了一步，我们剩下的人也全部牺牲了。

李淑芹：那李主任也牺牲了？

朱宝权点点头。

李淑芹噙泪：他可是我们部队里不可多得的文化人，我刚刚特地为他从高港找来了治疗肺结核特效药，没想到他还没有来得及吃鬼子就来了。

朱宝权：但这次鬼子也没占到便利，几十个鬼子也都全部被我们消灭了。不过，鬼子可能还要报复，龙王庙暂时是不能回去了，等到天黑，我们向离这里远一点的村庄转移。另外，眼下日伪军正在进行“清乡运动”，部队营地随时都可能迅速转移，这么多伤病员如果跟随部队很不方便，所以，所以不能再像以前那样将伤病员都集中到一起治疗，最好的办法就是分散开来，由当地党组织将伤病员秘密安排农夫家里。

李淑芹：是的。暂时也只能这样了。

朱宝权：这样就给你们医生就诊带来了很大的不便。这么多伤病员因为只能放在最可靠，敢担当的农夫家里，所以会安排到好几个村，十分分散，你们每次就诊可能来回要走几十里路。

李淑芹：这些伤病员都是为打击日伪军而受伤的，我们吃再多的苦也是应该的，我们不怕辛苦。

朱宝权：另外，你们要还要特别注意要与接纳伤病员的农夫家里的人配合好，防止日伪军突然进村盘查。

30—4 大丰县马港村·日外

主要人物：李淑芹、姚焕如。

一身村姑打扮的李淑芹、姚焕如挎着柳篮随同匡大叔从茅草屋里出来。

匡大叔：你们去给伤员换药，我到四周看看。

李淑芹点点头。

匡大叔离开。

李淑芹、姚焕如来到一堆稻草堆旁。

李淑芹：刘坤同志，我是李医生，我们来了。

稻草堆里的刘坤：噢，李医生，你们终于来啦。

姚焕如连忙从草堆中间抽出两捆小半节稻草，露出了一个草洞。

刘坤脚朝外，头朝里躺在草洞里。

李淑芹：你能出来吗？

刘坤：能。

姚焕如连忙捧了一捆稻草放在地上。

刘坤两条腿伸缩着从洞里爬了出来坐在稻草上，脖子上缠着绷带，浑身打了个寒战。

李淑芹：今天伤口感觉怎么样？

刘坤：今天感觉好多了，不怎么疼了，就是感觉好痒。

李淑芹：痒你要忍住点，伤口正在恢复，很正常，千万别扒开。姚护士，你赶紧给他换药吧。

姚焕如立即噶开了纱布，换起了药。

李淑芹从柳篮里拿出用白纸包好的药，放进他的棉衣口袋：按以前的数量继续服药。另外，在匡大叔匡大娘帮助照看的情况下，可以出来活动活动。不过，千万别被外人看到。

刘坤：嗯。匡大叔一家对我照顾得很好。每次我出来活动透气，匡大娘都在四周帮助放哨。

李淑芹：那就好。

姚焕如：药换好了，你进去吧。

刘坤：好的。辛苦了你们了。

刘坤又缩进了草洞。

李淑芹、姚焕如重新堵好了草洞。

李淑芹轻舒一口气：今天的任务终于完成了。走，回众心村去。

30—5　大丰县天边湖边众心村·日内·傍晚

主要人物：李淑芹、姚焕如。

李大娘，50岁左右，农妇。

茅屋里，李淑芹、姚焕如和李大娘正坐在桌子喝粥。一口大碗里放着几块油烧饼。

李大娘：姑娘，别客气，快吃油饼，都到这里好长时间了，还第一次做，再不吃就要凉了。

李淑芹：谢谢大妈，您也吃块。焕如，来，一起吃。

姚焕如：谢谢大妈！

三人刚将烧饼夹上筷子，突然，大门被“乓”的一声猛的踢开，一伙伪军持枪闯了进来。

三人惊起。

伪军头：吆，吃得不丑呗，还有油烧饼吃！

李大娘：军爷，今天我两个侄女来看我，没什么好招待的，做了两个油烧饼招待一下，怎么啦？穷人连烧饼都不能吃吗？

伪军头：弄几个烧饼招待一下亲戚本来也没什么，可我们接到举报，你家里藏了新四军！

李大娘：这是谁在告黑状，我家里哪来的新四军！

伪军头：是不是告黑状我们一查不就清楚了？

李大娘：那你随便查吧。

伪军头走近李淑芹：你是哪里人？

李淑芹：高港的。

伪军头：高港的？跑这么远？

李淑芹：是啊。难得来姨娘家。

伪军头：你叫什么名字？

李淑芹：我叫陈春霞！

李大娘：我两个妹妹，一个嫁了在高港。一个嫁了在泰州，怎么不可以啊？

伪军头走近姚焕如：你是哪里的？

姚焕如：刚才我姨妈不是说了吗？我姐是高港的，我当然是泰州的了。

伪军头：那叫什么名字？

姚焕如：我叫张冬英。

伪军头来回四下看了看一挥手：兄弟们，给我搜！

一伙伪军冲进房间，开始翻箱倒柜。

一名伪军掀开了床铺，垫被下露出了一本《军医手册》。

伪军翻了翻：这是什么书？

另一名伪军摇了摇头，拿过书走出房间递给了伪军头。

伪军头接过书一看：军医手册，他们是新四军的医生！

话音刚落，李淑芹、姚焕如迅速掏出手枪对准两伪军"砰、砰"两枪。

两伪军立即倒毙。

其他伪军惊慌四处躲藏。

李淑芹趁机边跑边疾呼：快，快冲出去！

李大娘立即跑进厨房拿出菜刀扑向伪军头领。

伪军头领对着她连开两枪。

李大娘应声倒地：姑娘们，快走！

李淑芹、姚焕如边打边冲出了门外依附一大草堆两头还击。

伪军们蜂拥而出，向草堆逼近！

一时间枪声不断，双方来往对射！不时有伪军被击中倒毙。

伪军头：兄弟们，给我打，抓住他们有赏！

姚焕如疾呼：李医生，你快走，我掩护！

李淑芹：不行，我走了，你怎么办？

姚焕如：别管我了，那些伤员不能没有你。否则，我们今天都走不了。快，快，你快走，我快没子弹了。

李淑芹：我这里还有一匣子弹，你拿着，那我去搬救兵，你先保护好自己。

李淑芹扔给她一匣子弹，转身飞跑到天边湖边，脱掉棉衣跳了下去。

姚焕如换上子弹，继续向伪军射击，然后边打边朝另一个方向跑去。

伪军们紧跟了上去。

枪声渐渐远去。

李淑芹在湖里游了一阵子，浑身湿漉漉爬上芦苇滩，光着脚小心翼翼走在茂密的芦苇丛中，时不时被芦根戳得龇牙咧嘴，终于登上湖岸，冻得哆嗦不止，脸色发青，牙齿打战。她凝了凝神，定好方向沿着湖岸一瘸一拐跑了起来。

30—6　大丰县天边湖众心村·夜外

主要人物：李淑芹、朱宝权。

李淑芹领着朱宝权和几十名队员匆匆走进李大娘家。

屋里一片狼藉，凳子东倒西歪，桌子上，地面上，洒落些稀饭，碗盆破碎，几个油饼散落在桌子和地上。李大娘倒在桌子边上。

李淑芹连忙走过去蹲下摸了血脉，摇了摇头。

朱宝权：马排长，你安排留两人暂时先将这里处理一下，其余的人跟我去找姚医生。

马排长立正敬礼：是！

李淑芹、朱宝权提着灯笼在村子里挨家挨户四处询问。

村民们都摇头。

朱宝权：会不会被伪军抓走了？

李淑芹：有可能。我看这样吧，明天我们再到天边湖边找找看。

30—7 大丰县天边湖畔·日外

主要人物：李淑芹、朱宝权。

李淑芹、朱宝权领着几十名队员沿着湖岸搜寻。

一具身着棉衣裤的长发女尸起伏在湖水边。

李淑芹看见，手一指：朱连长，你看，那边水面上好像有个人！

朱宝权顺着她手指的方向望去：真好像有个人！

朱宝权一挥手：快跟我走！

众人奔向水边，七手八脚将僵硬的女尸拖上了岸。

姚焕如双手被反绑，口塞破布，脸色苍白，双目紧闭。

李淑芹一把将姚焕如抱在怀里泪水纵横，悲痛哽咽：你都是为了掩护我才遭杀害的！我太对不起你了啊！

朱宝权与战士们脱帽致哀！

30—8 大丰县天边湖众心村·日外·上午

主要人物：李淑芹。

秦雅茹，20岁左右。新四军战地服务团医疗队医生。

中年男人，40岁左右。汉奸保长。

李淑芹与秦雅茹身着村姑衣装，手挎柳篮一前一后走在村道上，边走边警惕地观察四周。

两人走过一家青砖黛瓦的大院门口。秦雅茹猛地连连咳嗽了几声。

院门里走出一位衣着光鲜、油头粉面的中年男人，他朝李淑芹看了两眼站在门外不动。

李淑芹两人不快不慢地走着。

那男人远远地跟了过来。

李淑芹两人走进了一茅屋里。

中年男人走过茅屋门口，向里瞧了一眼，继续向前走了数百米返回。

30—9　大丰县天边湖众心村·日外

主要人物：朱宝权。

村道上，一队伪军匆匆行走在大马路上。

伪军头挥手：兄弟们，加快点，别让新四军跑了！

马路两边的树林里，朱宝权与战士们静静蹲伏着。

伪军很快进入伏击圈。

朱宝权手起枪响：同志们，给我狠狠地打！

顷刻间，弹扫如风，马路上伪军纷纷倒毙！

伪军头也在弹雨中一命呜呼。

朱宝权率队冲上马路，看了一眼横七竖八的尸体，一挥手：走！好去找那个汉奸保长算账了！

朱宝权带着百名新四军战士闯进那青砖黛瓦的大院子。

一阵激烈的枪响之后，朱宝权持枪走出院大门，整了整头盔：姚医生、李大娘你可以安息了，你们的仇我们给你报了。看这里以后还有哪个汉奸狗腿子敢给鬼子伪军通风报信！

30—10　大丰县新四军营部·日内

主要人物：李淑芹、李道南、朱宝权。

李淑芹、朱宝权肃立在李道南面前。

李道南：为了增强地方武装的抗日力量，军部决定在每个县成立独立团。旅部研究决定，委派我为泰兴独立团团长。考虑到你们俩都是当地人，对当地的情况比较熟悉，所以，我就向旅部点名要了你们。你们有没有什么想法和意见？

李淑芹：营长，我有。

李道南：你说。

李淑芹：我建议，将服务队陈盛文队长也一起带走。

李道南：他是镇江人，又不是当地人。

李淑芹：他老家就是高港的，他父母现在就住在高港，并且他很有文化。

李道南：那好吧。还有其他要求吗？

朱宝权立正敬礼：没有了，一切服从组织安排！

30 — 11 海安北徐家庄 · 日内 · 早晨

主要人物：韩国钧。

韩国钧坐在八仙桌边的太师椅子上吸着水烟。

侍从小心翼翼地端着一只盛满鸡汤的碗走进堂厅放在桌子上：老爷，请喝鸡汤。

韩国钧吸完水烟，拿起汤匙慢慢呡了一口：这汤好像比以前的鲜。

侍从：这里的环境不一样，到处是河塘，小鱼、小虾、小虫子多的是，这些鸡吃的东西多，也不一样，所以鸡的味道也不同了。

韩国钧：我感觉这里比城里还好，乡里不惊，村居安谧。

侍从：这多亏了四周围都是新四军的游击区，坏人不敢在这里乱来。

管家跌跌撞撞地跑了进来：老爷，老爷，不好了，不好了，鬼子的飞机轰炸了海安城，炸掉了许多房子，随后鬼子与和平军攻进了海安城，烧掉了许多房子，杀了许多人！

韩国钧大惊：啊？

管家一脸悲怆：还有，老爷的几家工厂也没了。

韩国钧：怎么没了？

管家：全被他们炸成废墟了。

韩国钧：啊！

韩国钧脸色苍白，手脚颤抖，鸡汤碗一下子跌落在地"乒"的一声摔得粉碎。

管家急忙上前一把扶住：老爷，老爷，您不要着急，别急坏了身子。只要您身体好，比什么都好！

侍从连忙蹲下拾掉碎瓷片后进行清理。

韩国钧咬牙切齿：这几家工厂可是我一生的心血啊，就这么没了。这日本鬼子怎么这么狠毒，真是丧心病狂啊！

管家：这可能是鬼子对老爷的报复。幸好，老爷您听了陈将军的劝导暂时先搬到这里了。

韩国钧长舒一口气：陈毅将军和黄炎培先生本来已经安排好了我去香港的，但我考虑到，以今日日寇南侵之速，华东不保，华南也是危在旦夕。香港虽为英属，但 1922 年和 1930 年美、英、法、日、意签订了《五国海军条约》及《海军补充条约》。这两个条约在防控五国海军军备竞赛的同时，也对英国在香港的防御体系作了严格限制，规定英国不得在香港岛和东经110度以东的太平洋岛屿修建新的海军基地和港口，同时也明确了日本在太平洋所拥有主权的岛屿。英国想通过这个条约，与日本互相制约，互不侵犯，所以对香港缺乏全面而系统的防御计划。这日寇是本来就是个战争疯子，哪会遵守什么“君子协定”，只要时机成熟，他们一定会攻占香港的。与其如此，我还不如就待在这里静观其变。

管家：老爷，那重庆几次派人来请您老人家去那里担任要职，您怎么不去呢。

韩国钧：别提重庆了，提起重庆我这是一肚子气还没消呢。去年陈韩黄桥会战之后，为了化解双方的矛盾，在我和朱将军的极力呼吁下，10月31日12县代表及新四军代表在海安曲塘召开了和平协商会，会上确定了四项临时办法和八项基本办法，由我和李明扬联名签署发出《呈国府电文》和《呈韩主席电文》，再次倡议两党两军“摒弃前嫌，停止内战，精诚团结，一致抗日”，可结果呢？蒋某不仅丝毫没听，而且变本加厉地发动了震惊全国、骇人听闻的“皖南事变”。如此不顾国家民族生死存亡，不听广大民众的强烈呼声，顽固不化，骨肉相残，造成国民党内部分崩离析，投共的投共，投日的投日。这样的政党早晚会灭亡，这样的政府早晚会倒台的。我才不去做他们的殉葬品呢。

管家：老爷，您的名声太大，日本人会不会找到这里来？

韩国钧：不会吧，我秘密迁居到这里，除了陈毅将军和重庆国府的几个要人知道，其他没有人知道的。唉，现在既然工厂都被鬼子毁了，那我们从现在开始就要节衣缩食。一日三餐就不要再煨鸡汤了，改成山药蛋和粯子粥，再弄点咸菜搭搭。

管家：好的

30 — 12 泰兴黄桥镇中将府 · 日外 · 内

主要人物：朱履先。

黄桥大街上，一队日伪军耀武扬威地走过，市民纷纷避让。

中将府内，一张聘书放在八仙桌上。

朱履先双眉紧锁背着手在屋内踱步。

管家站在一旁。

朱履先：你去叫一下宝洁过来。

管家：好。

管家离开。

朱宝洁走了进来：爹，找我有事？

朱履先：你马上去一下西大街的家里，找到新四军三地委城工部盛华科长，就说，驻泰兴的伪军第19师师长蔡鑫元请我去做县参议，请叶旅长务必帮忙想个应对之策。

朱宝洁：好的。我这就去。

朱履先：小心点，不要被人察觉。以后，你专门帮我联系，不要对家里任何人说。

朱宝洁：知道了。

30 — 13 泰兴黄桥中将府 · 日 / 内

朱宝洁走进堂厅，朱履先立即放下茶盅从太师椅上站了起来：丫头，那边怎么说的？

朱宝洁：爹，叶旅长将这里的情况汇报了新四军军部，陈军长回复：您可以去就任他们的参议，这样便于了解敌情、掩护和开展敌占区工作，对抗日有益。同时吸收您为中共特殊党员，任命我为您的特别助理。

朱履先：既然新四军这么信任我，那我就答应了蔡鑫元。不过，我得同时推荐丁垒为警察局长，这样便于我做事

30 — 14 泰州城下坝诊所 · 日内

主要人物：陈秀文、王少云。

陈秀文安静地躺在病床上。

王少云推门而入。

陈秀文想要起身，王少云急忙制止：你别动，就这么躺着休息。我是来告诉你，由于你及时送来了极其重要的军事情报，我军及时调整了军事部署，部队和地方组织昨天已经进行了安全转移，避免了被日伪军重重包围全军覆没的危险，你以个人的巨大付出和牺牲，挽救了无数人的生命；你以坚韧不拔的顽强意志完成了常人所根本不可能完成的任务，为此。我受新四军军部和泰州区委的委托，向你表示最真诚的敬谢和最崇高的敬意！

王少云向陈秀文立正敬礼！

陈秀文热泪盈眶。

30—15　泰州高港永安洲镇李家大院。日内

主要人物：李才荣、张勇。

李才荣坐在八仙桌旁边的太师椅子上吸着水烟。

张勇急匆匆跑李进来：老爷，刚才我在街上听说李长江下面的一个师长叫什么蔡……鑫……

李才荣：蔡鑫元！

张勇：对，叫蔡鑫元，带着日本人去黄镇长家了。

李才荣：知道他们去干什么吗？

张勇：不知道。老爷，我担心的是：李明扬在泰州时这黄镇长拿我们没办法，而现在李长江投靠日本人了，会不会为小姐的事心怀不满借日本人的手来加害我们？

李才荣：不会吧？他又不知道小姐去投奔新四军了。

张勇：但小姐答应了的婚事至今还没有落实，他们不会怀疑被小姐耍了？

李才荣：太太现在还是天天去他家打麻将，早就跟他家打过招呼，赔过不是，说小姐因为特殊原因，已经陪他哥一起去美国了，暂时回不来，多次劝黄公子重找一个，不要耽误他的婚姻大事，可那黄公子就是不听，就要等到小姐回来再说，那我们有什么办法？

张勇：小姐已经出去三年多了，现在不知道她怎么样了，人不回来，也没有托人捎个信回来，我还真的放不下心。唉，我熬不住，又多嘴了。

李才荣：这不怪你。你在我家这么多年，不关心就不正常了。在军队可不是在其他地方，想来就来，想走就走。况且，这战乱时期，部队流动性很大，有的十年八年回不来也很正常。反正这是她自己选的路，吃多少苦也怨不了别人，我和她妈都已经尽力了，随她吧，就当出嫁到远旯头去了。今天等太太打麻将回来，就知道日本人和蔡鑫元去黄镇长家去干什么了。

30—16　泰州高港永安洲镇李家大院·夜·外内

主要人物：陆伯英、李才荣。

两名家丁陪着挎着手包的陆伯英回到李家大院门口。

一家丁敲门：开门，太太回来了。

院门打开，张勇迎出：太太，老爷还没睡，一直在等您呢。再不回来，就准备叫我带人去看看。

陆伯英边走边答：今天，黄镇长家有点事，留我们吃夜饭，所以，回来晚了。

张勇：哦。

陆伯英走进了堂厅。

李才荣放下水烟壶，连忙起身迎了过来：我正要叫张勇带人去看看，这么晚了，怎么还没有回来。

陆伯英放下手包：唉，今天打麻将打出麻烦来了。

李才荣：什么麻烦？

陆伯英：我们正打麻将呢，忽然，有个什么蔡师长带着日本人来了。

李才荣：那日本人把你怎么着了？

陆伯英：开始倒没有怎么着，就给黄镇长颁发了什么兼任高港警察局长委任状，后来，黄镇长留蔡师长和日本人吃饭请我们几个一起陪酒，我推不掉，只好先应付应付了。谁知酒席上谈着谈着那蔡师长竟然提了个要求。

李才荣：提什么要求了？

陆伯英：要求我做高港维持会的会长，协助黄局长的工作。

李才荣：啊？是这个事啊！我还以为是其他什么事！

陆伯英：其他会有什么事？

李才荣：我以为是那个、那个事。

陆伯英不满地睨了李才荣一眼：你想哪儿去了？那日本人还真不是我们想象的，别人所说的那样，对人还挺有礼貌的，又是敬礼又是鞠躬的。

李才荣：我提醒你，日本人绝不是什么好鸟。千年前，北宋朝那个写《资治通鉴》的司马光就说过："倭狄，禽兽也。知小礼而无大义，拘小节而无大德；重末节而轻廉耻，畏威而不怀德；强必盗寇，弱必卑伏。"

陆伯英：那时候的人就这么评价日本人啊？

李有才：从唐朝开始，中国人就与日本人打交道了。那日本人的许多风俗习惯都是从中国传过去的呢。所以，司马光对日本人的评价是不会错的。你还记得去年同兴严家码头的事吗？日本人为了报复，开汽艇过来对无辜老百姓撒气，一下子烧了一百多间房子，杀了十几个人呢！真是禽兽不如！所以，我劝你还是远离他们点好。那你后来怎么回复蔡师长的？

陆伯英：我当然推托了。我说，我一个女流之辈，怎么能胜任这么重要的工作呢？请他们另找别人吧！

李才荣：对。你若答应了，那不就成汉奸了？我们将来怎么向子女交代？况且，我女儿还是新四军。

陆伯英：我也是这么想的。可那蔡师长说什么，现在已经是民国了，就是要打破旧的封建思想，要解放妇女，提高妇女社会地位。让当代德才兼备的妇女走出家庭的小圈子，为国家、为社会发挥自己的才能。让我当个典型模范，以树立新政府的形象。

李才荣：叫妇女为国家、为社会做点事是没错。可为日本人就错了，那就成卖国贼了。

陆伯英：就是。那蔡师长见我推辞，又说，汪主席与皇军友好合作是曲线救国，目标是与日本共同建立什么大东亚共荣圈。现在许多国共两党的将士都弃暗投明了。现在南京政府的军力强大，仅泰州地区就有13个师，40000多人了，原来被新四军和韩军占领的地方都被他们收复了，现在新四军们到处躲藏，用不了多久就会被全部消灭。他劝我回家跟你商量商量、考虑考虑。你说我该怎么办呢？

李才荣：你千万别信，他是在吹牛逼。新四军这么好对付还能愈打人愈多？那李长江一投汪精卫不就被新四军打得落花流水？这新四军的游击战厉害着呢，他们很少跟日本人硬打硬拼，都是出其不意。他之所以这么说，目的是拉拢我们为他们做事。成立维持会，就是为他们征税收粮，不过，这事是挺麻烦的。拒绝吧，是没给他们面子，将来说不定会找我们的麻烦；答应吧，将来落得个汉奸卖国贼的名声，绝不会有好下场，尤其是女儿那边，她怎么向部队交代？你这天天去打麻将，这次可真的打出个大麻烦了。这可怎么办？

李才荣坐不住了，一边不时念叨，一边不停地转圈。

陆伯英：我千想万想怎么可能会想到，打个麻将会惹上这么个事呢？

李才荣：现在看来还是瓦丫头想得远、做得对！她说的话现在都应验了。否则，现在那更棘手了。

陆伯英：要么，我们去找高港的汤老先生商议商议？

李才荣：他只是个医生，不问政治的。有病找他医没话说，这事找他有什么用？他能有这个良方？

陆伯英：这可不一定。还记得吗？上次我们追瓦丫头追到船上时，他外甥与瓦丫头不是也一起在船上吗？

李才荣：那又怎么啦？

陆伯英：我们都已经感觉到了丫头要投奔新四军，他难道不知道他外甥要投奔新四军？况且有可能就是从他那里走的！我想，他的身份可能不会仅是医生这么简单。

李才荣：说的也是。你这么一分析，细想想还真是。我们主动去与他商量商量，将来万一有什么麻烦，他两头都可以帮我们说说话。明天我们就一起去找找他，听听他的意见。

陆伯英：对，就这么办。

30 — 17　泰州高港泰和中医药堂 · 日 · 外内

主要人物：汤承业、李才荣、陆伯英。

后院堂厅，汤承业皱着眉头踱着步。

李才荣、陆伯英急切地望着他。

汤承业：我的意见是先答应了他们，这样可以避免目前所面临的麻烦。至于以后你想怎么做，再见机行事。

陆伯英：我们担心的是以后会有麻烦的。

汤承业：你们有后顾之忧不是没有道理，但战乱时期，谁能保证后来万无一失呢。任何事情都有利和弊，这就要看是利大于弊，还是弊大于利。利大于弊，我们就去做；弊大于利，我们就坚决不去做。所以，这就要我们仔细慎重权衡，权衡好了之后，还要把握好分寸，这样才能将弊降低的最低。

李才荣：汤老先生这么一说令老朽如醍醐灌顶、茅塞顿开。好，我们这就回去答应了他们。

30 — 18　扬中县三茅镇江边 · 日外 · 初春 · 傍晚

主要人物：施光前，25 岁（1917—2002），新四军扬中县县长，独立团团长。
黄厚基，23 岁（1919—2015），新四军扬中独立团战士。
施少球，17 岁（1925—2018），新四军扬中独立团战士。
刘绍安，19 岁（1923—2013），新四军扬中独立团战士

江边，枪声四起，一大批日军正在追击一队新四军。

施光前率领战士边回击边向江边撤退。

新四军战士不时被击倒。

日军不时被击中。

施光前和数名战士钻入青青的芦苇荡中。

日军中佐挥手示意日军左右包围芦苇荡。

大批日军分左、中、右钻进芦苇荡。

新四军战士们在芦苇丛中披荆斩棘不停地穿行。

施光前不时对追踪而来的日军射击。

子弹在芦苇丛中穿梭，不时击断芦苇秆。

芦苇荡中突然出现一水塘，几名战士慌不择路涉入其中，艰难拔行。

日军赶至，向士兵射击。士兵们全部倒毙，一身泥浆。

日军包围圈越收越小。

施光前和十几名战士退到了江水边。

江水浩浩荡荡，江浪慢慢悠悠拍击着江滩。

施光前回望江水： 同志们，回不了头了，我们只有游到江对面才有希望。跳吧！

十几个人背好长枪，毫不犹豫地先后跳入江中，向对岸游去。

芦苇荡中依旧枪声不断。

又有几名战士冲出芦苇荡，跳入江中。

日军尾随而至，向江面射击。

一名战士被击中头部，一名战士被击中身体，瞬间红色江水变成两条红绸带在水面漂荡。

西天焰烧着一片红霞。

十几名战士在江水中搏击。

几名战士渐渐体力不支，被江浪湮没。

施光前时而俯泳，时而仰泳，不时地变换着泳姿；时而身体全部仰在水面，一动不动，随水漂流；时而努力傲起头观察四周的情况。他忽然发现，有一块长方形大木门正漂了过来，木门四周几个人头在随波起伏，他连忙举臂： 这里有人！这里有人！

木门四周的人似乎听到了他的叫喊向他挥手。

木门很快漂到他面前，他连忙一个翻身抓住了边沿： 是黄厚基、施少球。

黄厚基： 施团长，就剩我们两个了，其他人不知道漂到哪里去了。

施光前： 我这就剩我一个人了。走吧！

三人抓着木板继续向前划行。

施少球： 团长，前面好像还有个人。

施光前顺着施少球手指的方向看去，一个人正仰面朝上躺在水面上随浪漂流。

施光前： 我们赶紧划过去。

木板划至跟前，那人仍一动不动。

黄厚基拍了拍他，那人转头一看，连忙翻过身来，一把抓住了木板。

黄厚基： 是刘绍安！

刘绍安： 施团长，是你们哪！我实在是游不动了，只好躺在水面上歇歇再游。

施光前： 那就一起走吧。

四人抓住木板顺流而下。

江面上时隐时现数个黑色的物体向他们漂流过来。

黄厚基惊呼：不好！后面好像有什么东西向我们游过来了。

大家回头一看，立即惊恐起来。

施光前：好像是江猪子（江豚）！

施少球：听说江猪子会吃人呢！

刘绍安：哪怎么办呢？

施光前：你们还有枪吗？

黄厚基：枪早就扔了，背在身上特别重，根本游不动。

施光前：那有没有匕首？

黄厚基：我有一把。

施光前：我有一把手枪，幸好没有扔！

刘绍安：我听说江猪子只吃鱼，不伤人的。

施光前：不管怎么样，只要他张口咬我们，我就打。

施光前从腰间拔出手枪，依着木板拉起了枪栓。

黄厚基也一手掏出了匕首准备着。

数头江猪子不时上下翻跃，愈游愈近。

四人十分紧张。

但它们游至与木门相齐后，丝毫没有靠近攻击的迹象，而是在旁边相伴同行，倒像似保驾护航。

四人这才释然，轻松呼出一口江水。

施光前：我看这江猪子好像不是来害我们的，而是来保护我们的。

黄厚基：没想到，这江猪了也这么通人性。

天色渐渐黑了下来。

四人在黑暗中继续抓住木板划行。

木板终于划到了江滩，四人从江水中站立起来，回头看了看。

黑暗中，江猪子见众人上了岸，在江水中转悠翻腾了几下离去。

四人瘫倒在江滩上。

施少球：这么阔的江，真没想的我还能游过来。

施光前：多亏这块木板帮了我们的大忙，否则，我们几个能不能逃过这一劫还真难说。

黄厚基感慨：我更没想到，还有这群江猪子想帮我们，看来这江猪子比人还懂事！我们差点误会了它们。

刘绍安：唉，人有时候还真的不如畜生。

施光前：我总感觉这冥冥之中好像老天在保佑我们，先是漂来了木门，后来还不放心，又派来了江猪子。

施少球：施团长，我们现在去哪儿呢？

施光前：我有个连襟在洲上是个大户人家，我们现在趁着夜黑就去他那儿。大家不能在这里待的时间太长，不运动，马上会受凉，再坚持一下，马上就走！

四人起身摸着黑，踉踉跄跄向江岸走去。

30 — 19 泰州高港永安洲李家大院 · 夜 · 外内

主要人物：施光前、陆伯英、李才荣。

四人来到了李家大院门口。

院内传来狗叫声。

施光前上前敲门。

蔡家丁起床，走至门口：哪个啊？

施光前：蔡，蔡大哥，我是李老爷扬中的连襟。

蔡家丁：您贵姓？

施光前：我姓施。

蔡家丁：请等一下，我去叫老爷。

蔡家丁连忙跑到正屋堂厅内：老爷，有个姓施的来了，他说是您的连襟。

李才荣正抽着水烟，一听不由得一愣，放下水烟壶：他怎么来了？

陆伯英连忙起身：啊，小妹婿来了，快，快请他进来。

蔡家丁：哎。

蔡家丁转身连忙跑了出去。

施光前领着三人跑了进来：大姐，大哥！

李才荣、陆伯英一见他们浑身湿透，像个泥人，大吃一惊：你们这、这是怎么回事？

陆伯英转身对蔡家丁：你赶紧帮梅姨烧些开水弄夜饭，再烧点生姜茶。

蔡家丁：好。

蔡家丁转身退出，带上了门。

施光前：我们是刚从扬中游江过来的。

陆伯英惊愕：啊！游江过来的？没得命！

李才荣：这么阔的江你们怎么游得过来的？

施光前：日寇对扬中大扫荡，偷袭了我们独立团驻地，我们被逼到江边，只好跳江游过来了。

李才荣：啊！是这么回事，你们的命真大。

陆伯英：其他先不说了，我去找几件衣服给他们换，赶紧先让他们洗个澡吃饱饭再说。这两个看上去还是十五六岁的孩子，别冻坏了。

30 — 20　泰州高港永安洲李家大院·日内·凌晨

主要人物：陆伯英、李荣才。

陆伯英在床上辗转反侧，最后干脆坐起，推搡李才荣：哎，你起来，我跟你说件事。

李才荣"嗯嗯"两声没动。

陆伯英再次推搡：你起来煞，我跟你商量件事。

李才荣这才慢慢吞吞坐了起来，揉了揉睡意蒙眬的眼睛：睡得正香呢，有什么事不好天亮之后再说吗？

陆伯英：天亮了，人多说话不方便。

两人半依床栏。

李才荣：什么事，说吧。

陆伯英：妹婿的事你看怎么办呢？

李才荣：噢，这个事啊。这事我已经想过了，是有点儿辣手呢。他们可不是一般的人，管吧，弄不好会惹祸上身；不管吧，是我们的亲戚，而且不是一般的亲戚。再说，也得罪了新四军。女儿将来晓得了，会肯定怪我们的。思来想去你看是不是让他们暂时加入你们维持会刚刚成立的自卫队。自卫队不是正在招人吗？自卫队又不是什么正规军，反正乌龟王八蛋，鱼龙混杂，什么人都有。

陆伯英：他们可都是新四军，这能行吗？万一被黄局和蔡师长发现了，那就不得了了。不只他们活不成，也会连累我们的。再说，他们也不一定就愿意加入自卫队。

李才荣：那怎么办呢？总不能赶他们走哦。我们家也不能一下子增加怎么多人，会遭人怀疑的。那黄局长，表面上稀里糊涂，实际上内心精明得很呢。再说，你能保证我们的家丁个个都很可靠？

陆伯英：要么这样。让他们先到高港的金寿木帮找些活干起来，那边每天都几千人干活，人多，不容易被人发现，暂时弄个容身的地方，然后再想办法。

李才荣：这个办法不错。那是让他们自己去找，还是我们去找黄广为呢？

陆伯英：让他们自己去找，显得我们太怠慢他们了。我们去找黄广为，将来弄不好还会牵连到我们。我看这样，你去找一下汤先生，请他出面去找黄广为是最好不过了。

李才荣：那等他们起床后，我就来与他们说。

陆伯英：你找汤先生千万不能提他们是新四军，就说他们是扬中那边的朋友介绍过来的。

李才荣：这还要你交代，我又不傻。

第三十一集 祸不单行

泅江突围至江北，假身木行伺机来。

顽童嬉球引祸端，金寿会馆灭顶灾。

31－1 高港三圩港夹江面·日外·上午

主要人物：黄广为。

黄广为西装笔挺，领着施光前、黄厚基、刘绍安、施少球来到夹江边。

夹江堤岸内外，车水马龙，人声鼎沸。一队又一队劳工，分几条线路，用一辆辆木板车，拉着长长的原木从木排坞源源不断地向岸上拉去。夹江面上，布满一排排大大小小的木排，一直延伸到宽阔的长江面，一望无际。木排上，布满了如蚂蚁一般的卸排工人。有的举着砍刀砍断篾竹缆，用铁竹钩钩住大排上的原木，重新扎合成小排，浩浩荡荡转运入与长江贯通相连的夹江及济川河；有的将一根根原木套上绳索，堤坡上数人奋力拉拽上坡；有的将原木搬上板车；有的清点着数字，记着账；还有挑着货担的小商小贩叫卖着香烟、烧饼、芝麻糖果之类。

岸上的施光前几个人呆呆望着眼前扑朔迷离的情景无不显露出满脸惊讶之色。

黄广为转头看了他们一眼：怎么，有些眼花缭乱了吧？猛一看，是看不到一个头绪，其实，他们都是有分工的，各有各的组，各做各的事。你们四个人呢，因为还有点儿文化，又是汤先生介绍的，就不要去做苦力了，就到13组去，识数字的量尺寸，识字的记账。量尺寸要量木头的小头，长度不需要量，都是统一尺寸；记账的要开单子给经销商，经销商要凭单子到出口处结好账才能拉走木料。走吧，我带你们到13组去。

施光前四人跟着黄广为走下堤，淹没在人流中。

31－2 高港金寿木帮工棚·夜内

主要人物：施光南、黄厚基、刘绍安、施少球。

施光南、黄厚基、刘绍安、施少球聚集在工棚里。

黄厚基提着热水瓶往木板架上的碗里倒了一碗水喝完，抹了抹嘴：施团长，我们今后怎么办呢？总不能就这么下去吧？

施光前：我们的独立团现在都打散了，扬中暂时是回不去了，鬼子现在猖狂得很，得等过了这一阵子我们再回扬中去找王龙团长。就是不知道王团长他们现在怎么样了。

刘绍安：最好现在能与当地的党组织联系上，看看能不能先弄几支枪，我们手中没有枪，心里就觉得慌，一点儿不踏实。

施光前：当地的党组织我暂时没有渠道联系上，但枪可以去找我连襟试试看，我姨子毕竟是维持会的会长，下面刚组织了个自卫队，说不定能弄几支枪，就是不知道他们肯不肯帮这个忙，毕竟这可不是个容易的事，风险很大。

施少球：团长，凭我的感觉，我看他们能帮这个忙。您想，他们明知道我们都是新四军，还收留了我们。

施光前：这很难说，他们收留我们是看在亲戚的情分上，拉不下脸面。弄枪这个事可没怎么简单，他们现在可是在帮日本人做事，我心里没底，也只能去试试看，实在不行，我们还是老办法，到鬼子手里抢！反正哪里有鬼子，哪里就有枪。另外，我还要提醒你们，天气愈来愈暖和了，我们现在去夹江边最好要戴个草帽，木排场里天南海北的人都有，人多嘴杂，防止碰见熟人，暴露我们的身份。

众人：知道了。

31—3　高港三圩港夹江面排坞·日外·初春·晴·下午

主要人物：施光前。

藤井，30岁左右，日军驻高港司令。

三圩港夹江堤内外，原木的装卸、搬运、买卖生意依旧十分繁忙。

头戴草帽的刘绍山、施少球量着原木直径，头戴草帽的施光前、黄厚基在笔记本上记录着。

突然，“乒乒乓乓”传来激烈的枪声。

枪声愈来愈近，木排坞上的民工们立即停止了手中的活，驻足抬头四处张望究竟。

堤坝外，黄广为从一排木屋里跑了出来，仰头四下环顾，见堤坝外藤井带着一队日伪军正朝一名奔向堤坝上的男子猛烈开枪，吓得慌忙逃进了木屋。

堤坝内，施光前本能地伸手向裤腰掏枪，一手摸空，不禁轻“唉”一声，跺了一脚，抬头目光向堤岸上搜寻，只见一男子在江堤上举着手枪向堤坝外连续射击，然后转身奔下堤坡，闯进人群中，朝他这边奔来。

藤井率日伪军追踪而至，爬上堤坝，居高临下举枪射击，堤坡上泥土飞溅，板车上的原木连中数弹，三名民工中弹倒地。

堤坝内的上千名民工瞬时大乱，有的吓得纷纷奔逃，有的吓得伏地颤抖，有的闪避在木堆后面。

施光前躲避在装满原木的板车后面，当那男子奔至他跟前时一把拽住一起伏倒。

那男子企图挣扎，施光前死死摁住，低声：别动，自己人。

施光前立即脱下草帽，戴在他头上。

男子低声回应：我是新四军侦察员。

施光前点点头，密切注视着堤坝上日伪军的动向。

藤井率日伪军走下堤坝，沿坡而来，举枪围住一位已倒地不起，汩汩流血，正痛苦挣扎的民工张小兵跟前。

藤井上前一把揪住张小兵的头发扭看面目，满脸泥土，脸形扭曲。藤井仔细辨认后放下。

又走至另一名倒地不起的民工汤正明跟前，同样揪住头发摁住，仔细辨认面目后放下，汤正明哀号不止，痛苦不堪。

再次走至一名伏地不动的民工跟前，用脚踢翻躯体，躯体声息全无，地上一摊血迹。

藤井一挥手率队向施光前这边搜查过来。

众目睽睽，避之唯恐不及。

施光前与侦察员立即紧张起来。

突然，“砰、砰”两声枪响，两名伪军士兵应声倒下。

堤坝另一侧一人正举枪向日伪军连射，然后迅速跑开。

日伪军立马举枪还击，藤井率队迅速奔向堤坝，追踪而去。

侦察员：是我们朱连长！

施光前爬起：快，赶紧抢救民工！

众人立即奔向身受重伤的张小兵、汤正明面前。施光前、黄厚基迅速脱下衬衫撕开，为两人包扎止血。

施少球、刘绍安跑到前面，对着倒地不起，气若游丝的两名伪军脑袋狠狠踹了两脚。

两名伪军呻吟了几声便气绝身亡。

众人七手八脚将张小兵和汤正明搬上板车，向堤坝上推行而去。

31 — 4　高港大街上 · 日外

主要人物：施光前。

施光前、黄厚基、刘绍安、施少球、侦察员戴着草帽走出泰和中医药堂大门，走上大街。

刘绍安、施少球拉着板车走在前面。

施光前：还好，这两个人应该是没事了。

侦察员羞愧：今天都是我害了他们。

施光前：别这么说了，你又是为了谁呢？

侦察员：今天都亏了你帮忙，谢谢兄弟们！

施光前：我们是同病相怜。现在不谈这个了，今天白天你就别走了，很危险，晚上再走，我们找个合适的地方再谈。

侦察员：好！

31 — 5　三圩港夹江面 · 日外 · 傍晚

主要人物：施光前。

奚志林，19 岁（1923—1948），新四军泰兴独立团副排长。

一条小棚木船停靠在夹江对岸。

施广前一行五人坐在船舱内。

施光前：现在可以告诉你，我们是扬中独立团的，我叫施光前。

侦察员连忙起身敬礼握手：哦，是施团长啊，我听说过。我们团长也是扬中人，他提起过你！

施光前：你们团长叫什么？

侦察员：我们团长叫李道南。泰州独立团，我是独立团特务营 1 连 3 排排长奚志林！

施光前：今天是怎么回事？

奚志林：你知道的，现在我们新四军主力已经北移，每个县的抗日民主政府和地方武装都转移到乡村，并且根据情况不定期地流动游击。今天我和朱宝权连长奉命前来侦察探路，不料碰到了龙窝日伪据点巡逻队盘查，所以才打起来了。为了分散敌人的兵力，我和朱连长只好分头行动。但日伪狡猾得很，没上我们的调兵之计，死盯住我一个人不放，甩也甩不掉，没办法，只好闯进了人多木排坞。

施光前：我们扬中独立团就是因为机动灵活不够，在一个地方待的时间过长，被四处溜达的伪军侦察人员发现，前段时间才遭到日伪军的包围偷袭，损失惨重，我们几个不得已泅江至永安洲，落脚在亲戚家。现在在木行暂避一时，等待机会，一直想与地方党组织联系，就是苦于找不到联络渠道，怎么也想不到今天在木排坞遇上了你，真是天赐良机。

奚志林：我也十分幸运恰巧遇到了你们，正验证了那句古言：祸兮福之所依。你们的情况我马上回去向团里汇报，派人与你们联系。

施光前：那谢谢你了。

奚志林：不，不，应该是我谢谢你们了。那怎么联系你呢？

施光前：就到木排坞上13组找叫钱三宝的就行。

奚志林：好，就这样。天色已经暗了，我得回去了。

施光前：行，我们等你的消息。

小木棚船缓缓行至夹江对岸，奚志林登岸与施光前们挥手而别！

31—6　高港永安洲镇上桥街李家大院·夜内

主要人物：李才荣、施光前、陆伯英。

李才荣坐在堂厅八仙桌旁边的太师椅上抽着水烟，陆伯英坐在另一侧。

施光南喝了一口茶，从椅子上起身走近他俩：大姐，大哥，今天来有件事想请你们帮个忙。

陆伯英：都是一家人有事尽管说，有什么请不请的。

施光前：你们知道的，我们现在在木排坞做工只是权宜之计，不可能长久。尽管我们独立团现在已被打散，但我们的抗日使命并没有丧失，抗日的意志反而更加坚强，我们一定要以牙还牙，报仇雪恨。不将日本鬼子彻底打败，我们的抗战就一天不会停止。不瞒你们，现在我们已经跟新四军联系上了，他们很快就会派人来。我们的计划是，在这个地区建立一个秘密的敌后武工队。

李才荣：你想做什么我们不方便过问，也无权过问。你说现在需要我们帮你做什么？

施光前：建立武工队不仅需要人，更需要武器弹药。召集人我们自己想办法，就是武器弹药想请你们帮帮忙，不知道行不行？

李才荣吃了一惊，放下水烟，站起身来来回走了几步，连连摇头：不行，不行，这个事太难了，肯定不行。这武器弹药我们自己要用都搞不到哦。

陆伯英：妹婿，不瞒你说，我们维持会刚组建了自卫队，总共不过二十几个人，也就十来支枪，自己都不够用。我找了黄局长好几次了，至今都没有落实。

李荣才：不是我们不帮忙，是实在帮不了。

陆伯英：我看这样吧，现在帮不了，不代表以后不行。一旦有机会，我们告诉你。

施光前：那好吧。请大姐大哥把这个事放在心上，一旦有机会，就告诉我。

陆伯英：那一定。

卧室床上。李才荣、陆伯英半倚床栏。

李才荣：你妹婿胃口越来越大了，我们冒这么大的风险救了他们不谈，竟然得寸进尺，又狮子大开口要武器弹药。这武器弹药就是有钱都买不到，何况他们没钱。

陆伯英：他们是新四军，是真心抗日。打鬼子没有武器弹药怎么打？现在他们遇到困难，想请我们帮忙，我觉得没有什么不妥。只是这弄武器弹药确实很困难，我们现在还真的没有办法，帮不了他们。

李才荣：我劝你与他们打交道还是谨慎为好，不要引火烧身。

陆伯英：如果不是丫头参加了新四军，我还操这心？唉，都几年没见到丫头了，也不知道她现在怎么样了。

31—7 高港三圩港木排场工棚·夜内

主要人物：施光前、黄厚基、刘绍山、施少球。

施光前、黄厚基、刘绍山、施少球走进工棚内。

刘绍山划了一根火柴，点亮了洋油灯。

黄厚基：团长，武器弹药的事怎么样了？

施光前：我找过他们了，现在没希望。

施少球：那怎么办？我们四个人就只有一把枪可不行。

施光前：目前只有一个办法了。

刘绍山：什么办法？

施光前：老办法，抢鬼子和狗腿子的。

黄厚基：我们人生地不熟的，怎么抢？

刘绍山：这附近龙窝街口有个鬼子的据点。就是这鬼子巡逻队，只在白天出来，夜里都待在据点里不动，我们下手不方便，弄不好会暴露我们自己。

施光前：我们趁中午休息的时候，到龙窝和高港大街上转转，先侦察好情况再说。

31—8 高港大街·日外·中午

主要人物：施光前。

柳翻译官，40岁左右，日语翻译。

管半仙，40岁左右，地下党。

施光前、黄厚基、刘绍山、施少球戴着草帽走在高港街市上。

大街上，人来人往，流动小商小贩在街上来回吆喝着。

施光前走至小贩前买了一包香烟，拆开，发了黄厚基一根，两人点燃抽了起来，边抽边观察四周。

刘绍山、施少球蹲在路边佯装看赌棋。

两个八九岁的小男孩从巷子里嬉笑追逐出来。

十字口路边，管半仙坐在一张桌子里面，眯着双眼口中念念有词。一老一少母子两人毕恭毕敬地站在旁边唯唯诺诺。

从“容光”理发店里走出一位三十来岁的男子。

贾师傅满脸堆笑地送出门外：柳翻译官，您走好！

柳翻译官戴上日军军帽：每次都不肯收钱，真不好意思了。

贾师傅嘿嘿一笑：诶，您能来这里，就是我们的荣幸，哪还谈什么钱不钱的事，谈钱，就见外了。

施光前斜眼注视着这位柳翻译官。

柳翻译官：那好，我走了。

贾师傅：请慢走，欢迎有空就来坐坐。

柳翻译官挥了挥手，走上大街。

施光前对其他三人使了一个眼神。

四人悄悄跟踪。

柳翻译官哼着小曲儿在十字路口停了停，穿过马路来到管半仙面前，拱手施礼：管先生，你好，你好。

管半仙立即起身拱手回礼：柳翻译官好！

柳翻译官：管先生可真是神算啊。昨天晚上，我还真的赢钱了，一吃三。那牌真是怪了，想什么来什么。

管半仙：起码赢了十块大洋。

柳翻译官：还真是！乖乖隆的咚，你怎么算这么准的呢？能不能教教我怎么算的？

管半仙：请原谅，天机不可泄露哦。

柳翻译官：我开玩笑的。你就是教我，我也学不会。昨天你说我晚上打牌稳赢钱，我开始还不信呢。我都连续输了七八场了。况且，我正常都是十打九输。现在我信了，能不能请你再算算，今晚我的手气怎么样？

管半仙：没问题。你过来，让我看看。

柳翻译官靠了上去。

管半仙：把左手伸过来。

柳翻译官乖乖地伸过去左手。

管半仙抓住他的手，手掌手背看了看：再把脸给我看看。

柳翻译官凑上脸。

管半仙扒着他的脸左看看，右瞧瞧，轻轻拍了两下：眼睛看着我。

柳翻译官连忙眼睛正视着管半仙。

管半仙凝视片刻，闭目念诵，然后默不作声。

柳翻译官：怎么啦？你怎么不说话？

管半仙：不是我不说，而是不好说。

柳翻译官：有什么不好说的？

管半仙：我怕你听了不相信，更不高兴。

柳翻译官：你但说无妨，再不好听，我也不怪你！

管半仙：还是不说好，你走吧。

柳翻译官：你不说，我还真的不走。你说吧，我已经说过了，不怪你，我若说话不算数，我就是王八蛋！

管半仙：那好吧。既然你把话都说到这样了，那我可就说了。

柳翻译官：你请讲！

管半仙：今天你不但赢不了，并且还有麻烦。

柳翻译官：赢不了，我还信，但输了不赖账，还能有什么麻烦？在高港这里还有谁敢把我怎么样？

管半仙：多言无益，望你还是小心为妙。

柳翻译官：那好吧，这次你算得灵，我明天请你下馆子！

管半仙：下馆子就不必了。你自己多多保重！

柳翻译官：那不打扰了。

柳翻译官悻悻而去。

施光前他们继续悄悄尾随。

31—9 高港泰和中医大药房门前·日外

主要人物：柳翻译官、施光前。

顾凤山，35岁，伪军驻白马乡团长。

伪军团长顾凤山从泰和中医药堂走了出来，正与柳翻译官打了个照面。

顾凤山：哟，是柳翻译官！

柳翻译官：哟，是顾团长！怎么，身体不舒服？

顾凤山：腿有点疼，来找汤先生看看。

柳翻译官奸笑：哦，是小腿疼吧？生脓疮了吧？

顾凤山一怔，佯装不解：什么小腿生脓疮了？什么意思？

柳翻译官：你是真不懂还是装不懂？我劝你那些窑子还是少去为好，想玩，找些良家妇女。

顾凤山装作忽然领悟：哦——你是这个意思啊。不，不，我可不是得的这个病。

柳翻译官：最近，不少官兵兄弟都得了花柳病，化脓滴血，要不是汤先生这里有特效药，他妈的一个个都废了，还怎么打仗？并且弄不好还可能失去传宗接代的功能，那就真是“一失足成千古恨了”。

顾凤山嘿嘿一笑：是，是的。不过，我可真不是这个毛病。

柳翻译官：但愿如此啊。我是在好心提醒你。

顾凤山：谢谢。那我先走一步了，回见！

顾凤山边走边挥手匆匆离开。

柳翻译官看了看他的背影，鄙夷一笑：还装，小病小痛部队里又不是没有医生，不是这个病，大老远地从白马跑这里来？

柳翻译官哼着小曲继续往前。

一农夫装束的年轻人推着一辆驮着货的独轮车走在柳翻译官身后。

黄广为从对面的杂货店出来，走向大街。

那两个八九岁的小男孩互相追逐，突然撞向年轻人，独轮车因势撞向柳翻译官。

柳翻译官猝不及防，向前踉跄几步，差点儿趴下。愤然回头，怒不可遏：你他妈的，你眼瞎啦，干吗撞我？

年轻人委屈地指着两个小男孩：是这两个小孩撞了我的。

两个小男孩见势不妙，慌忙一溜烟跑了。

柳翻译官看了一下已经跑远的两个男孩：这个我不管，反正是你撞我的，我只找你！

年轻人：你这就不讲理了，我也是被人撞才撞到你的，又不是故意的。

柳翻译官：你他妈的，谁不讲理了？知道我是谁吗？

年轻人：你才他妈的，我不管你是谁，是人都得讲理！

柳翻译官：你他妈的还敢回嘴骂我？

年轻人：骂你又怎么啦？你先骂的我！

柳翻译官：你不撞我我骂你吗？你他妈的今天是不是想找死啊？

年轻人轻蔑冷笑一声：呵呵，怎么，还想来硬的？我今天倒要看看你能把我怎么样！

柳翻译官一听，勃然大怒，上前对着年轻人“叭叭”甩了两个巴掌。

壮汉大怒，一把抓住柳翻译官的胸襟使劲甩了出去。

柳翻译官被重重摔在地上，疼得龇牙咧嘴，挣扎着翻过身来两手哆哆嗦嗦摸向腰间掏枪。

施光前见状向黄厚基一使眼色，两人疾步奔到柳翻译官面前，一个佯装搀扶，突然猛击了他脑袋一拳，摁住了他的手腕，一个骑在他身上缴了他的手枪和枪套起身就跑。

刘绍山、施少球同时上前拽住年轻人就跑。

年轻人似乎很不情愿地看了看独轮车。

刘绍山连拖带拽：快跑，别管车子了，他是日本人的翻译官。

施少球：快走！鬼子马上就会来的。

柳翻译官躺在地上半天才慢慢爬了起来，踉跄了几步，鼻青眼肿，嘴角流着血，他摇了摇头，揉了揉眼睛，擦了一下嘴角的血，咬牙切齿：他奶奶的，老子一定要抓到你们，将你们满门抄斩，碎尸万段！

一队日伪军和警察急奔而来，将柳翻译官搀扶着送进了怀仁诊所。

街对面，黄广为目睹了眼前的一切。

31—10　高港三圩港夹江边·日外·中午

主要人物：施光前。

戴德智，18岁（1924—1943），农民。

黄厚基。

施光前等五人跑到夹江边的树丛中停下。

施光前对年轻人：你知道你今天这么做很危险吗？

年轻人仍愤愤不平：那狗日的太不讲理了，又不是我硬要撞他的。

黄厚基：道理是跟讲理的人讲的，他是什么人？他是鬼子的翻译官，是鬼子的狗腿子，现在这里是日占区，你跟他去讲理？你再有劲，他手里有枪，身后有鬼子撑腰，而你一个人能干得过他？

施光前：我知道你很委屈，但有委屈有时候要忍一忍，不能莽撞，记住，冲动是魔鬼！今天要不是我们上去帮你，等他掏出枪来，你今天可能就回不去了。

年轻人：那倒是。谢谢兄弟们，现在冷静下来想想，要不是你们及时帮忙，今天我可能真的就会惹上大祸了。都是那两个小逼养的乱跑乱闯，害了我。我还有小车和粮食在那儿呢。

刘绍山：我们该上工了。

施光前：对，我们该走了。

年轻人：能不能请兄弟们留个大名？将来有机会也好报答这次的救命之恩。

施光前：报恩就谈不上了。你留个姓名地址我们有机会去找你。

年轻人：我叫戴德智，是田河戴家集的。

施光前：我叫钱光仕。我们几个都是一起的。我们该走了，你也赶紧回去吧。

戴德智（1924—1943）躬身：谢谢兄弟们，如果你们去戴家集一定要到我家来坐坐。

施光前：行，有机会一定去。

施光前们走出树林。

黄厚基：团长，这枪要不要先藏起来？

施光前：当然要先藏起来，木排坞人多眼杂。

黄厚基：那还藏老地方了。

施光前：那当然。

31 — 11　高港济川河东岸金寿木帮会馆·日内

主要人物：殷金昌，40 岁左右，金寿木行老板。

殷达章，8 岁，殷金昌的儿子。

一排排，一幢幢上百余间琉璃碧瓦恢宏气派的建筑群矗立在济川河东岸。

高大的门楼下三大石库门八字排开，上嵌大理石浮雕。门顶上书有“金寿会馆”四个金色大字。门口两边蹲坐着一对石狮。雄狮戏弄着踩球，母狮呵护着子狮。

会馆内一座两层楼的一楼厅堂里，小男孩殷达章拘谨地站在金寿木帮主殷金昌面前。

殷金昌绷着脸：章儿，说说，昨天是怎么回事？

殷达章佯装：昨天？昨天没什么事啊。

殷金昌：给我站好了！不说老实话，今天老子揍死你！你以为老子不知道？这高港每天发生什么大事我有几件不知道？

殷达章吓得一哆嗦：昨天，昨天，我，我和青子在一起玩，他在前面跑，我在后面追，他没注意撞了一个人。

殷金昌：后来怎么样了？

殷达章： 后来，后来那个人又撞了前面的一个人，再后来，他们两个人吵起来了，我和青子一害怕，就跑了。

殷金昌： 你俩是跑了，你知道不知道，就因为你们俩，他们俩后来打起来了，你们俩差点儿给我惹上大祸知道吗？你俩撞的是日本人翻译官，是日本人的大红人，他的枪都被人抢跑了，这后果很严重，知道吗？就是现在日本人还整天到我们这里来没事找事，敲诈勒索，你老子总是忍气吞声，这些人我们现在根本惹不起，你懂吗？

殷达章： 我们也不是故意撞他们的，是没注意。

殷金昌： 不是故意的也不行。我看你现在站没站形，坐没坐形，整天跟那青子在一起像猴子似的上蹿下跳，打打闹闹，早晚会给我惹祸的。那青子可是日本人你知道吗？他爸爸可是日本人驻高港的司令官。

殷达章： 我知道他是日本人，可他对我挺好的呀，还经常带好吃的和玩具给我。

殷金昌： 他对你好，是因为他在这里没有小孩跟他玩。人家都不敢跟他在一起玩，要是惹上什么祸，别人拿他没办法，可有办法我们知道吗？你现在给我听好了，从现在开始，不许再跟他在一起玩了。这次也正因为青子是日本人，那翻译官才将气撒到了那个推车的人身上，否则，你就是跑了，也跑了和尚跑不了庙。下次我如果再看到你们在一起，我就揍死你！听清楚没有？

殷达章： 知道了。

31 — 12　高港金寿会馆门楼下 · 日外 · 内

主要人物： 青子，7 岁，藤井之子。

殷达章。

青子在金寿会馆门楼下来回转悠，时不时地拍打着一只篮球。

两名门卫在门口稀奇地看着。

殷达章在楼上看见，犹豫了一会儿，走到几个房间里来回查看了一下后，便飞快地跑下楼，奔到青子面前。

青子抱起篮球： 走，我们去打球！

殷达章拉住他的手飞快地跑离了会馆大门口。

31 — 13　高港济川河边 · 日外 · 下午

主要人物： 青子、殷达章。

青子抱着篮球和殷达章走在大街上。

殷达章：这街上人多，我们找个人少的地方玩吧。

青子点了点。

两人来到南官河岸的一块空地上，互相奔跑传递拍打起篮球来。突然，篮球蹦蹦跳跳溜向了河边滚落下去。

两人连忙奔了过去。

篮球已经漂在了水面上。

青子一见，扭头两眼四处搜寻，看到不远处有一根长长的枯树枝便跑了过去拾起，慢慢沿坡而下。

殷达章也跟着他下了坡：你小心点。

青子边点头边小心翼翼地站在近水边手伸树枝拨弄着水面的篮球。

树枝刚碰到篮球，球却向河心荡去。

青子倾斜着身子想再尽量伸长一点，突然脚下一滑，身体一下子全部滑入河中。

青子惊叫一声在水中拼命挣扎。

殷达章见状顿时惊慌失措，小心翼翼移步水边伸手去拉，够了几次没够着。

青子不停地在水中挣扎沉浮，离岸边愈来愈远。

殷达章慌乱之中，连忙拾起树枝伸了过去：快，快，快抓住树枝。

青子呛着水，双手不停地拍打着水面，猛然抓住了树枝。

殷达章见状，双手用力往上拖拽。

青子离岸边越来越近，突然，树枝“啪”的一声折断，青子一下子滑得更远。

殷达章一见，急忙跑上岸奔走大声疾呼：救人啊，快救人啊，有人掉河里啦。

岸上闻声跑来几个人，却只在岸上来回着急地奔走没有人敢下去。

殷达章继续边跑边喊：救人啊，快救人啊，有人掉河里啦。

有人大声：谁会水的，赶快救人啊，小孩子快不行了。

河对岸，黄广为正骑着自行车路过，似乎听见了呼救声，他跨下车，支好后跑到河岸边向对岸看去。见到殷达章，又看了看水里。

青子已经开始渐渐下沉。

黄广为似乎明白了什么，犹豫片刻，重新蹬上车飞快离去。

殷达章在岸上继续大声哭喊、哀求、呼救。

岸上的人越聚越多。

终于跑来了一男一女。

男的见状，急忙健步跳入河中奋力游向青子的溺水处，一个猛子扎了下去。

随后又有两名男子跳了下去。

岸上神情紧张的人们全神贯注。

不一会男子头颅浮上了水面，两手不停地划着水，大口大口地喘着气。

另一名男子随后潜入水下，很快青子被托上水面。

另两名男子连忙游过去，帮忙将青子拖至水边。

岸上的人连忙七手八脚将青子抬上了岸。

青子脸色苍白，双目紧闭，气息全无。

男子将青子倒挂在背上来回奔跑了一阵子后放在了地上，用手触摸。

青子依然气息全无。

众人摇头叹息。

殷达章见状，放声大哭，泪奔而去。

西山夕日昏黄摇坠。

31 — 14　高港金帮会馆·日内·外·傍晚

主要人物：殷金昌、殷达章。

会馆内，殷金昌正伏在办公室上打着算盘。

殷达章失魂落魄地跑了进来。

殷金昌一见连忙起身走了过来：怎么啦？

殷达章啜泣：青子掉河里了。

殷金昌大惊失色：啊？青子掉河里了？怎么回事，快说！

殷达章：我们一起玩球，球忽然掉到河里去了，青子用树枝去捞，就滑到河里去了。

殷金昌：那现在人呢？

殷达章：被人救上来了，可是，可是没能救活。

殷金昌急得直捶胸顿足：唉、唉、唉，这下完了，这下全完了。叫你别跟他一起玩，别跟他一起玩，你就是不听，这下好了，闯祸了，闯大祸了。那滕井司令一定会将怨气全撒在我们头上的。这可怎么办？怎么办！

殷金昌急得团团转。

殷达章浑身颤抖，不知所措，呆若木鸡地看着父亲。

殷金昌：现在只有一个办法了，三十六计，走为上计。走，叫你妈赶紧收拾东西，我们先到朋友那里躲一阵子再说。

31 — 15　高港泰和中医药堂·夜外·内

主要人物：殷金昌、汤承业。

高港街道上灯火昏暗，车疏人希。

两辆带棚三轮车在泰和中医药堂门前停下。

殷金昌从头一辆车上提着个大行李箱下了车。

殷夫人和殷达章车后面的三轮车上下来。

三人一起快步走近泰和中医药堂门前。

药堂已经打烊，安上了槅子门。

殷金昌“啪啪啪”用力拍打着门板，半晌没有反应。

殷金昌又继续拍打：汤先生，汤先生！

门扇终于打开，伙计现身：啊？是殷大老板啊！

殷金昌：汤先生在吗？

伙计：在。在后面吃夜饭。

不等伙计再问，殷金昌一家三口已经跨进堂内。

殷金昌：那麻烦你请他出来一下子，我有急事找他。

伙计：好的。您稍等。

伙计走了进去。

汤承业从里面走了出来，抱拳：啊呦，是殷大老板啊！

殷金昌抱拳：汤先生好！

汤承业看了一眼行李箱：殷老板今天这是？

殷金昌：我现在有一急事想请您帮个忙，我们换个地方说好吗？

汤承业：好。里面请。

汤承业领着殷金昌一家进了后屋堂厅。

汤承业：来，来，请坐，都请坐。什么急事，请尽管说。

殷金昌如此这般地说了一遍。

汤承业：您的意思是想在我这里暂避一下？

殷金昌：是的。不知道您这边是否方便？

汤承业沉思着来回踱步。

殷金昌眼巴巴地注视着。

汤承业：依我们多年的交情，你们一家在我这里住多久都行。可这回你儿子惹的事非同小可。按理也不一定就是你儿子的过错和责任，但日本人一向就横行霸道，并不会跟你们来讲什么道理，他儿子意外溺水一定会迁怒于你们全家，丧子之痛有可能丧心病狂，什么事情都做得出来，所以你们全家现在暂时规避一下十分明智。只是我这里人来人往，人多眼杂，加上日本驻高港司令部就离这里不远，所以，住我这里并不安全。

殷金昌：那怎么办？我虽然朋友也不少，但最可靠的，最有能力的也就是您了。我知道您与泰州日本司令官南部襄吉的关系，能不能请你帮忙想个办法？

汤承业：我虽然救过南部襄吉的命，南部襄吉也是滕井的长官，但住我这里万一被滕井知道了，他虽然不会把我怎么样，但会不会将你们一家怎么样就很难说了，如果滕井发起疯来，我也是远水救不了近火。

殷金昌：那怎么办呢，还请汤先生无论如何都要帮这个忙，如果帮我们渡过这大个劫难，我们全家一定感恩戴德，铭记在心，日后一定涌泉相报。

汤承业：殷老板这么说就见外了，我说在我这里不方便，不代表不可以将你们安排的其他地方啊。我们结交多年，您也是个性情中人，讲义气，重感情，你们的事就是我的事。我看这样吧，我有个外甥在泰州的第1集团军总司令李长江那里做参谋长，我写封信，你带去找他，到那里就万无一失了。

殷金昌热泪盈眶，连忙抱拳：啊呀，那就太好了，太谢谢了。

殷夫人携儿子连忙跪地给汤承业连磕三个响头：谢谢汤先生了。

汤承业连忙扶起：千万不要这样，人生在世，谁能保证自己不会遇到难处呢，我这就去写信，你们稍等。

汤承业转身跨出大门。

殷金昌轻松地舒了一口气：这次幸好找对了人。

殷夫人：那木帮的事以后怎么办呢？

殷金昌：因为事情来得太突然，走得太急，还没有考虑到这些事。我马上请汤先生到会馆代传我的话。唉，怎么也没想到，我堂堂一位金寿木帮会的一帮之主，今天会遇到这种棘手的事情，落得这般境地，真是“天有不测风云，人有旦夕祸福”啊。

殷夫人：你也别抱怨了。要怨只能怨这世道，弱肉强食，根本就没有一个说理的地方。儿子与那青子天天在一起玩，又相处得那么好，我开始还认为是件好事呢。

汤承业拿着信封进来：这是我的亲笔信，我外甥叫赵忠明。找到他后，他会给你们安排妥当的。

殷金昌：给您添麻烦了。我还有一件事，还要再麻烦您一下。

汤承业：您说。

殷金昌：因为我走得太仓促，木帮里有的事没有来得及交代，所以还得请您帮我带个话给木帮的刘副帮主和马副帮主，就说，我有急事去了湖北老家，木帮里的事务还请他们多操劳操劳。

汤承业：好的。你的话我一定传到。那我也不留不送你们了。现在赶紧去泰州吧，免得夜长梦多。

殷金昌抱拳：谢谢了，后会有期！

汤承业抱拳回礼。

殷金昌一家走出药堂大门，叫了两辆三轮车，坐车而去。

31 — 16　高港金寿会馆 · 日外

主要人物：藤井，35岁，日军驻高港司令。

柳翻译官。

刘副帮主，50岁左右。

马副帮主，50岁左右。

滕井大佐与柳翻译官带着一大队日伪军气势汹汹地来到了金寿会馆的大门口。

门口两名门卫一见这气势，一位连忙上前抱拳：太君！请问有什么事？

柳翻译官：快，叫你们殷帮主出来！

门卫：对不起，我们帮主昨天就出门了。

柳翻译官狐疑地盯住门卫：什么，出门了？那滚一边去！

滕井一挥手，日伪军鱼贯而入。

会馆里的人连忙都跑了出来，不知道发生了什么事，小声议论着。

刘副帮主和马副帮主连忙跑下楼。

刘副帮主至滕井面前一抱拳：对不起，不知滕井司令官突然大驾光临，有失远迎，失敬失敬！

滕井朝柳翻译官示意。

柳翻译官：我们找殷帮主，请他出来。

刘副帮主：对不起，我们殷帮主一家有急事回湖北老家了。

殷翻译官翻译。

滕井一挥手（日语）：搜！

刘副帮主连忙上前阻拦：哎，这，这是怎么回事？这里是木帮会馆，虽然不敢与皇家宫廷媲美，但也是当地达官贵人，商贾仁贤十分景慕的高档场所，可说是谈笑有鸿儒，往来无白丁，相互敬重，远近闻名。就连泰州的南部襄吉司令官也十分赞赏，多次光临。阁下若有什么事，请单独到楼上商谈，不能就这么举兵直入，想进就进，想闯就闯，想搜就搜啊。

柳翻译官上前猛的一巴掌，一脚将他踢翻在地。

滕井拔出手枪对其连开两枪，刘副帮主瞬间倒在血泊之中。

众人惊呼，大愕不已，敢怒不敢言。

日伪军四面散开，冲进会馆里，楼上楼下，里里外外搜查起来。

一日军少佐走了过来，向滕井敬礼（日语）：报告司令官，没有发现殷帮主一家。

柳翻译官：太君，他们一家应该是畏罪潜逃了。

滕井大怒（日语）：八嘎呀路，逃了和尚逃不了庙，给我统统的烧了。

柳翻译官犯疑：烧，统统烧了？

滕井：嗯，通通地烧了，一间不留！

柳翻译官：司令官命令，将会馆所有的房子统统地烧了。

马副帮主一听急忙奔到柳翻译官面前磕头求饶：柳长官，请跟司令官说说好话，不能烧啊，这里上百间画梁雕楼都是荟萃了我们全国各地数百名能工巧匠的工艺精品，是我们中华民族的艺术瑰宝，也是我们金寿木帮多年的心血啊。有什么事，我们该赔钱赔钱，该出力的出力，可万万不能把这里烧了啊，否则，我们都成了千古罪人了啊！

第三十二集　白皮红心

从戎三年今返乡，白皮红心布罗网。
筹措军饷狗咬狗，追名逐利苦自酿。

32—1　高港金寿会馆·日外

主要人物：藤井、马帮主。

藤井一脚将他踢翻。

马帮主赶忙爬起又转身向柳翻译官磕头：柳翻译官，看在我们以前的交情上，请您帮帮忙，帮劝一劝司令官。

柳翻译官冷笑一声：这个这次我可真的帮不了，司令官的儿子因为殷帮主的儿子淹死了。找你们帮主算账，他又跑了，怎么办？那只有烧房子了。

马副帮主惊愕：啊？滕田司令官的儿子淹、淹死了？

马副帮主瘫痪在地。

日伪军破门砸窗，将火把扔进一间间房屋。

火把点燃室内，火势迅速蔓延。

人们哭天抢地，四出奔逃。

整个金寿会馆很快就大火熊熊，浓烟冲天。

马副帮主与众人在远处捶胸顿足，呼天抢地。

32—2　江边木排坞·日外

主要人物：施光前、黄广为。

木排坞里有人惊叫一声：不好了，金寿会馆那边着火了。

千名民工一听，连忙搁下手里的活计，纷纷奔向堤岸上驻足观望。

远处，乌烟滚滚，弥漫半个天空。

黄广为站在人群中，先是目瞪口呆，片刻后，露出了一丝不易察觉的微笑。

施光前无意间看到了黄广为的神情，顿显诧异走近：黄老板，我们要不要带人去看看怎么回事？或许能帮忙救救火？

黄广为不以为然：晚了，等我们跑到哪里，估计烧得也差不多了，去了也是白去。你们还是该干嘛干嘛吧。

32—3 高港永安洲李家大院·夜内

主要人物：李才荣、陆伯英、张勇、李淑芹、朱宝权。

李才荣、陆伯英刚吃好夜饭放下碗筷。

张勇急匆匆地跑进堂厅：老爷、太太，不好了，今天高港出大事了。

李才荣边用手巾抹着嘴边问：出什么大事了？

张勇：高港的金寿会馆被日本人放火全烧了。

李才荣、陆伯英大惊：啊，金寿会馆被日本人烧了？你听谁说的？

张勇：我刚在上桥街上听好多人都这么说。

陆伯英：哪个晓得是怎么回事呢？

张勇：听说是金寿木帮殷帮主的儿子与滕井司令官的儿子在一起玩耍时掉河里淹死了。滕田司令去找殷帮主去算账，殷帮主知道大事不好，预先带着全家跑了。滕井大怒，就下令将整个会馆放火烧了。

李才荣：那么多房子一下子都全烧了？

张勇：听说是全烧了。

陆伯英：没得命，那么好的房子全烧了，这日本人真是太狠毒了。那金寿会馆又不是他殷帮主一个人的。几十个股东的，也有黄局长的呢。

李才荣：那日本人哪还会管这个。发起疯来什么事情做不出来？所以我说，日本人得罪不得。

陆伯英：我听黄局长说，殷帮主与日本人的关系好得很呢，怎么还会发生这种事呢？

李才荣：关系好又怎么样？日本人是有事有人，没事没人。需要你时，对你既敬礼又鞠躬，不需要你时翻脸比翻书还快，所以呀，与日本人打交道，既不能太亲近，又不能太疏远，把握好分寸，保持好距离很重要。

张勇：老爷说得极是！

李才荣沉思片刻转身对陆伯英：你们自卫队的队长现在是谁？

陆伯英：是张仁德。

李才荣：是他啊，他可是个标准的地痞流氓，怎么会用这个人呢？

陆伯英：那是黄局长指定的，别人做不了主。

李才荣：那你要想办法将我家的张勇也安排进去做个副队长，否则，你在维持会里就是个空架子。

陆伯英：这个事我已经想过了。不过，没这么容易。那黄局长是什么人？此猴子还要精，他就是想将警察局、自卫队一把抓，大权独揽、一言九鼎。

李才荣：既然这样，那我有个办法，让他不同意也不行。

陆伯英：什么办法？

李才荣：我们去找一下高港的汤先生，他不仅救过泰州那个南部什么司令官的命，他的外甥，就是还到我们家来玩过的那个年轻人，听说现在是泰州集团军李长江的参谋长呢，只要他给蔡师长打个招呼，这事准成！

陆伯英：是啊，我怎么没想到呢，那明天你就去找一下汤先生。

谢管家兴冲冲地突然推门闯了进来（激动）：老、老爷，太、太太，小姐、小姐回来了。

李才荣、陆伯英一愣：什么？瓦丫头回来了？

两人被这突如其来的消息一下子激动得手足无措：在哪儿，在哪儿呢？

李淑芹、朱宝权从外面先后跨进门来。

李淑芹：爹、妈，我回来了。

朱宝权鞠躬：大伯、大妈，你们好！

陆伯英惊异地看着眼前衣着素净的李淑芹，热泪盈眶：还真是瓦丫头，还真是瓦丫头。啊哟，头发短了，个子高了，连我都差点儿认不出来了。

陆伯英上前一把搂住李淑芹：我的乖乖肉哎，把妈妈想死了。

陆伯英喜极而泣，浑身颤抖。

李才荣也是老泪纵横：三年多都没见到你了，也没有你的消息。前天你妈妈还念叨你呢。

李淑芹移步一把抱着父亲：我也非常非常想你们。

众人无不动容抹泪。

李淑芹转身介绍：这是我的同事，朱宝权先生。

朱宝权再次鞠躬：大伯、大妈，你们好！

陆伯英、李才荣这才定睛打量起朱宝权。

朱宝权身着襟衣马褂，容貌俊朗。

李、陆两人顿时不由喜笑颜开。

李才荣：快，快，快请坐！快快沏茶！

陆伯英：还没有吃饭吧？

李淑芹摇了摇头：回家心切，只顾赶路，还不成有工夫吃呢。

陆伯英：谢管家，快去叫厨房弄夜饭，炒几个菜，我们喝点酒。再下些汤圆，今天吃个团圆饭。

谢管家：好，我这就去安排。

后屋堂厅。

李才荣、陆伯英、李淑芹、朱宝权进入。

陆伯英对着朱宝权：小伙子，来，来，这边坐。

朱宝权在陆伯英旁边的椅子上坐下。

陆伯英：小伙子是哪里人啊？

朱宝权：不远，就是泰兴的。

陆伯英：今年多大啦？

朱宝权：二十二。

陆伯英：只比我芹儿大一岁。家里还有什么人呢？

朱宝权：家里还有父母，一个哥哥，一个姐姐。

李淑芹娇嗔：妈，你这是干什么呀，查户口啊？我不是告诉你了嘛，他只是我的同事，我们这次只是接受上级领导指派，执行任务，您别误会了。

陆伯英：啊，只是执行任务？我还以为……那执行什么任务？

李淑芹：这个部队有纪律，必须保密。

陆伯英：什么任务，还对妈妈保密？

李才荣：这个你就别为难丫头了，部队有部队的规矩、部队的纪律。

陆伯英：好、好、好，我不问了。本来我也有个秘密想告诉丫头的，现在看来我也要保密了。

李淑芹：您的秘密可以告诉我的。

陆伯英：这是为什么？

李淑芹：因为我有组织有纪律，您没有啊。

陆伯英：谁说我没有？我可是维持会的会长呢？

李淑芹：妈，我说了，您可别生气，你们那个维持会就是个汉奸组织，是专替日本人和汪伪政府做事的。

陆伯英：我知道。这不也是没办法，为了保护我们这个家嘛。

李淑芹：我知道，我也能理解。不过，您可千万别真心实意地为他们做事，挂个名，应付应付就行了。但您可要真心实意地为我们做事，这叫"白皮红心"。

陆伯英："白皮红心"？这新词儿我还真的第一回听说呢。说说你要我帮你们做什么事？

李淑芹：嗯，这么说吧，什么事情对我们新四军有益，您就帮我们做什么。比如，您先将刚才想说的秘密告诉我们。

陆伯英：你这丫头到底在部队混了这几年，这说话一套一套的，说了半天又绕回来了。其实，丫头你不这么说，我和你爹早就是"白皮红心"了。谁叫瓦的宝贝丫头是新四军的呢！我不帮新四军还帮谁呢？上次帮了一次新四军的忙，不光是看在亲戚情面上，更是看在瓦丫头也是新四军的面子上。

李淑芹：你们也帮新四军了？我怎么有点儿不相信呢？你们当初是那么反对阻拦我。

李才荣：当初是当初，现在是现在。现在你妈比我还积极呢，环境造就人嘛。

李淑芹：那你们说说，上次你们怎么帮新四军了？

李才荣：上次你的小姨夫从扬中逃难过来了，都是我们帮的忙。

李淑芹：你们说的不就是扬中独立团团长施光前吗？

李才荣：就是。

李淑芹兴奋：啊？我们这次就是来找他的。怎么这么巧？

陆伯英：不是巧，而是只要是为了瓦丫头好，我和你爹什么都愿意做！

李淑芹：真的吗？

陆伯英：这还有假？我和你爹现在之所以还怎么委曲求全地活着，不就是因为你和你哥嘛，有你们，我们就有盼头，盼着早点过上平安的日子，盼着早点抱上孙子、外孙……

李淑芹娇嗔：妈，你又来了。你们还是赶紧派人联系一下小姨夫吧。

陆伯英：好、好、好。我这就派人去联系。不过，你们就待在家里别出门了，万一给黄家的人看到就麻烦了。

李淑芹：知道。

32 — 4 高港永安洲李家大院・夜内

主要人物：李淑芹、施光前、朱宝权。

施光前走进后屋堂厅。

李淑芹、朱宝权连忙从椅子上起身相迎。

李淑芹：小姨夫，您好！

施光前：淑芹你好！没想到我在这儿遇到你了。

李淑芹：记得还是在扬中为李明扬的部队征收冬装时见过面，这一晃马上都两年了。

施光前：是的，真是弹指一挥间啊！更没想到短短两年不到那李明扬的部队已是物是人非、今非昔比了。

李淑芹：我也没想到，我本来只是个医生，现在却要派来执行这样的一个任务。我介绍一下，这位是我们独立团特务连朱宝权连长。

朱宝权上与施光前握手：施团长好！来先请坐！

三人落座。

朱宝权：你的想法我们的奚副排长已经向上级汇报过了，领导表示大力支持，有什么困难尽管说。

施光前：目前最大的困难就是缺少武器弹药。人员我们暂时只有四个人，马上还有几个人加入，相信我们的人员很快就会越来越多。不过，这些队员还没有经过军事训练，目前在我这里也没法展开，希望能送到你们独立团里统一训练。

朱宝权：根据你的想法，我们特务营认真研究了一下，已经制订一个详细的行动计划，现在我们商量一下具体的一些细节。

施光前：好，您请说。

朱宝权向施光前陈述起来。

施光前站起身来与朱宝权握手：那好，我等你们的消息。

32 — 5　高港白马镇王家庄日伪据点 · 夜外

主要人物：李道南、顾凤山。

李道南率领新四军部队向日伪据点猛烈进攻。

据点内外，炮火连天，碉堡土崩瓦解。

顾凤山（伪军团长）趁着夜色，逃之夭夭。

日伪军在一排新四军的枪下举手缴械投降。

字幕：新四军泰州独立团于1941年4月3日夜在地方武装的支持下，摧毁了白马镇王家庄的日伪据点，毙俘500余人，缴获步枪300余支、机枪10挺。

32 — 6　高港泰和中医药堂 · 日内

主要人物：顾凤山、汤承业。

顾凤山穿着军服跨进药堂。

伙计连忙笑脸相迎：哟，顾团长来了！

顾凤山：汤先生在吗？

伙计：在，在诊室呢，里面请。

顾凤山走进诊室，一抱拳：汤老先生好！

汤承业抬头一见连忙起身：哟，顾团长啊，来，来快快请坐。

顾凤山落座：汤先生，今天又来麻烦您了。

汤承业：怎么，那毛病又犯了？

顾凤山：不是，那毛病服过您开的几副药早就好了。别说，您的开的那副药还真的很灵光，我去了其他地方治过，虽然有点儿作用，但老是不除根。自从服了您开的药后，没多久就全好了。

汤承业：那顾团长今天来……

顾凤山：今天来是有另一件事想请您帮忙的，不知道您是否愿意？

汤承业：只要我能帮得上的，那一定尽力！您尽管说。

顾凤山：唉，您可能也听说了，上次新四军攻击我们白马王家庄的据点，我们损失惨重，不仅死掉、跑掉了不少兄弟，据点也丢掉了，我幸运逃过了一劫，现在几乎成了个光杆子团长，可能会被颜师长军法处置，弄不好小命也难保。我知道，您的外甥是集团军的副参谋长，很受李总司令的器重，所以想请赵参谋长帮帮忙，跟颜师长打个招呼。

汤承业沉思不语。

顾凤山见状，连忙从口袋里掏出一个布袋搁在桌上：这是一点儿小意思，请收下。

汤承业：不，不。我不是这个意思。我在想，你怎么不直接去找他呢？你们毕竟以前是同事。

顾凤山：我是怕直接去，可能就出不来了。

汤承业：打仗，胜败是兵家常事，有这么严重吗？

顾凤山：先生有所不知，我脾气不太好，平时得罪了不少人，以前就不断有人向上告状，有的都告到日本人那儿去了。颜师长看在我手上还有近千人的兵马，就没有太追究。现在我的人马大多都被打没了，就可能会被落井下石。我现在和几十个兄弟还暂时躲在外面没敢回师部呢。

汤承业沉思片刻：你这个事，我只能先去找我外甥说说看，能不能有效果现在还很难说。这大洋你先拿回去，等说好了再说。

顾凤山连忙起身：不不不，这是一点儿小意思，您先收下，等事情说好了，我一定再来重谢！

汤承业：那我就不客气了。那你过几天再来吧。

顾凤山起身抱拳：那拜托了。

32—7 泰州泰扬大酒店·日内

主要人物：赵忠明、顾凤山。

大酒店高级客房内，赵忠明坐在沙发上，身边茶几上摆放着一只精致的礼品盒。顾凤山上前递上一根香烟点燃后躬立一旁。

赵忠明抽了一口烟：你的事我跟李总司令呈报过了，说你虽然贪些小财，但对司令还是忠心耿耿。打仗哪有常胜将军，打败了，可以东山再起，忠心才是最重要。《忠经》上说，“天下至德，莫大乎忠”“忠也者，一其心之谓也”，再说了，这新四军在暗处，我们在明处，他们惯用的战术就是搞突然袭击，让我们防不胜防，我们也已经不是第一次吃这个亏了，但我们有日本人撑腰，所以他们打不垮我们，这不我们现在不还是恢复得差不多了吗？这说明什么？这说明，不管什么队伍都得有忠实可靠、真心卖力的人。而你顾团长就是这样的人。

顾凤山连忙点头：是，是，是，赵参谋说得极是。

赵忠明：你现在手上还有多少人马？

顾凤山：我实话实说，据点丢了以后，手下的人死的死了，跑的跑了，现在还跟在我后面的满打满算不足二百人了。

赵忠明：那可不行哦，你现在最起码要有个六七百人，我才能帮你保持原来级别，你现在只有不足二百人，如果还能再招些人马顶多弄个营级。

顾凤山：只要给我地盘，我会马上招人。

赵忠明：能招到这么多人吗？

顾凤山：一下子可能有点儿困难，但只要有军费，有武器弹药，我想慢慢会满员的。

赵忠明：提到军费的事，我还要提醒你，以前你做的那些事现在可要有所收敛，要有底线，不可胡来。有人已经告发到总司令那里了，总司令本来正想派人去调查呢。

顾凤山：那还请赵参谋在总司令面前再美言几句。

赵忠明：我舅舅找过我之后，我就已经帮你说过了，不过，古人早就说过：君子爱财，取之有道。贪污军饷那可是大罪，任何队伍都不会允许，都不可容忍，你可要切记！

顾凤山：我一定铭记赵参谋长的教诲，从此不该拿的绝不多拿一分一毫。

赵忠明：但愿你说到做到。

顾凤山：请赵参谋放心，我绝对说到做到！

赵忠明：那好吧。现在白马的据点没了，我看你就别回 24 师颜秀 5 师长那里去了，回去一是自己没有面子，二是让颜师长为难，不太好处理你。这样吧，换个地方，你去 19 师蔡鑫元师长那里。我和总司令与蔡师长已经说好了，将你安排到刚建的泰高线徐桥据点，同时管辖龙窝、马甸、田河、孔桥、过船和永安洲据点，还是保持原来的上校团长级别。

顾凤山立马立正敬礼：谢谢赵参谋的鼎力相助！卑职现在只要有个安身之地，到哪里都行，一切听从赵参谋的安排！

赵忠明：泰高线可是连贯靖江、泰兴、高港、泰州十分重要的的运输线，现在由于部队近期减员不少，又新增加了三个兵营，缺员较多，你先说说，怎么办？

顾凤山：慢慢招呗。

赵忠明：这可不能慢，要想办法尽快招满。这样吧，我推荐一个人给你，可能对你有帮助。

顾凤山：那太好了。

赵忠明：这个人叫钱光仕，是原来扬中贾富贵手下的一个营长，后来贾富贵遇难后，他带着十几兄弟四处流浪，因为是我一个亲戚的亲戚，所以他这次找到了我。尽管以前我都不认识他，但既然也是个远亲，那能帮忙的就帮个忙吧。再说，现在你们那里正需要人，那就安排到你那里去吧。

顾凤山：是。听您的。

赵忠明：不过，我要事先跟你讲清楚，尽管是我引荐的，但我对他一点儿也不了解，你该怎么样管束就这么样管束，一切按规矩来，按军纪军法从事。

顾凤山：是！

赵忠明：那你明天就到蔡师长那里去报到吧。

顾凤山立正敬礼：是！赵参谋可有其他吩咐了？

赵忠明：就这样，你去吧。哦，把你的东西也一起带走。

顾凤山慌忙摇头：不不不，这是孝敬您的一点儿小意思，还请您一定要笑纳！对不起，卑职先告辞了。

顾凤山不等赵忠明起身就匆匆退向房门口。

赵忠明起身伸手试图叫住：哎，哎……

顾凤山不管不顾掩上了门。

赵忠明打开礼品盒，里面装着一枚精致的金手镯。

32 — 8　高港龙窝排坞工棚 · 夜内

主要人物：黄厚基、刘绍山、施少球、陈盛文。

工棚内。

黄厚基、刘绍山、施少球、陈盛文站在施光前面前。

施光前走到陈盛文面前：现在我介绍一下，这位是上级派来配合给我们工作的陈盛文同志。他不仅文化水平比较高，可以教我们学习更多的文化知识，提高我们的文化水平，并且参加过很多次大战，尤其是参加过黄桥决战，有丰富的实战经验，所以，我们在座的都要虚心地向他学习！

陈盛文：大家好！我的水平也有限，大家互相学习，互相学习。

施光前：三天之后，我们将离开这里，利用敌人急需招兵买马的机会，进入马甸日伪据点，打入敌人内部，打着日伪的旗号，建立并扩展我们新四军的抗日队伍。到那里以后，我们公开的身份是南京国民政府第 1 集团和平建国军第 19 师 6 团 3 营。师长蔡鑫元，团长顾凤山。营长我，名子叫钱光仕。进入日伪据点以前，你们的名字都得使用新名字注册登记。

黄厚基：那都改成什么名字呢？

施光前：经上级仔细研究，名字都已经给你们取好了，黄厚基改名为：吉厚煌，刘绍山改名为单绍留，施少球改名为仇少示，陈盛文改为闻盛成。

陈盛文：我的新名字叫闻盛成，闻盛成，哦，我晓得了，这好像是将我们的名字都反过来叫了？

施光前：是的，音同字不同。有文化的人反应就是不一样。

刘绍山：那我的姓哪有姓山的？

施光前：有，我们平常念 dān，多音字，姓就念 shàn 这样我们自己既容易记住，外人又不容易察觉。现在我书写下来，你们自己要记住。从现在开始你们就使用新名字。

施光前用水笔将每个人的名字写在了笔记本上后撕裁下来：吉厚煌！

黄厚基没反应。

施光前踢了黄厚基一脚：吉厚煌！叫你呢！

黄厚基这才反应过来：哦，哦。到！

施光前递上纸条：这是你的名字！

施光前：单绍留。

刘绍山也没反应。

陈盛文碰了碰刘绍山：叫你呢！

刘绍山：哦、哦，刘绍山反过来叫单绍留！对对是叫我。到！

施光前将纸条递上：这是你的名字！

刘绍山接过纸条：还真的一点儿不习惯。

施光前：必须习惯！仇少示！

施少球正与刘绍山一同看着纸条。

施光前：仇少示！

陈盛文拉了一下施少球：到你了。仇少示！

施少球：哦，到！

施光前递上纸条。

陈盛文主动上前：施团长，我自己来，我知道我应该叫闻盛成！

施光前：你的没叫错，但叫我叫错了，应该叫钱团长，也不对，钱营长！

陈盛文：对，对，对应该叫钱营长！

众人哄然大笑。

施光前：你们别笑了。我跟大家一样，刚开始名字反过来叫，很不习惯，总感觉有点儿怪怪的，但我们必须尽快习惯，从今晚起，大家一定要反复练习，决不能大意。练习多了，也就顺口了。我每十分钟点一次名，直到一次不错为止。

陈盛文：对，多点几次名我们就习惯了。

施光前：第二件事，我们进入伪据点后，需要招用大量的新兵，在这些新招的新兵中我们要注意观察他们的表现，将品行优良，思想进步的人逐步发展成我们的人。但有一点特别要强调：在发展成我们的同志之前，不得向他们透露我们的身份，严守我们的秘密。在座的我们每一个人以后会分配到每一个连，都可以单独发展，但必须单线联系，不得向新成员透露我们五个人之间的秘密身份和信息。

陈盛文：这是我来之前，上级领导特别强调的铁的纪律，希望大家一定要牢牢记住，并严格遵守！我还有一点要补充一下，不得向任何人透露我们的去向。

黄厚基、刘绍山、施少球立正敬礼：是！

32—9　徐桥日伪团部兵营·日内

主要人物：顾凤山、钱光仕。

据点内，顾凤山坐在沙发上，翘着二郎腿。

钱光仕（施光前）身着上尉军服站在顾凤山面前。

顾凤山端起茶盅喝了一口茶放下：赵参谋向我推荐了你之后，我将你安排到了马甸据点半个多月了，你现在手下已经有了多少人？

钱光仕：现在连据点原来的人一共已经有了二十多个人。

顾凤山：那太少了。一个据点起码也要百十来个人，一个营起码也得有三百多人，一个团起码要有千把人。马甸呢地处泰兴与高港的中间，在那里除了建了一个据点，还建了个粮食中转站，所以最起码也得两个连驻守。

钱光仕：现在人很难招，老百姓一听说我们又要招兵买马，连忙躲得远远的。青壮年里能溜的都溜了，只剩下老弱病残在家里。

顾凤山：那带人到街上和乡下去抓呗！

钱光仕：这个办法我也想过。但总觉得还是下下策。您想，我们的人马比新四军多，武器比新四军好，可为什么老是干不过新四军呢？其中一个重要原因就是我们部队里的人大多都是抓壮丁抓来的，他们并不是心甘情愿来当这个差。一旦打到仗，就是很敷衍地放几枪交交差事，见势不妙立马投降，根本没有战斗力。所以，我们要想办法让老百姓心甘情愿来当兵。

顾凤山：那怎么才能让老百姓心甘情愿来当兵呢？

钱光仕：用钱呗。古话说得好，有钱能使鬼推磨。只要我们肯花钱，就自然会有人闻到钱香来了。

顾凤山：那可不一定，有的人给钱他也不当兵，现在部队不也发军饷吗？不还是难招人？

钱光仕：您说的这些人是有，但是少数。绝大多数人还是愿意为钱当兵的。主要是这军饷先发与后发效果可大不一样。先发军饷，老百姓是为了钱自愿而来的；后发，那些被抓来的心里本来憋着一肚子怨气，打到仗怎么可能卖力？不乘机反咬一口就不错了。

顾凤山：你说得也很有道理。那好吧。我既然已经将你安排到马甸据点去当营长，那现在的最重要的事就是赶紧将人马招满。我们只有枪杆子还不行，还得有腰杆子，只有将人招满，我们的腰杆子才硬，说话才响亮，上面才把我们当回事。这样吧，每招到一个人，我立马给你们一块大洋。条件是要身强体壮的年轻人，要能扛枪打仗，不能弄一些年老体弱的人来滥竽充数。招到后，要加强军事训练，如果招满三百来人，我就让你再管辖永安洲的四个据点，当然招得愈多愈好。

钱光仕：团长，我的意思是看看能不能先弄些大洋给我们放在现场，一旦有人来加入我们和平军，就先发一块大洋安家费，那效果肯定不一样了。

顾凤山：我明白你的意思。

钱光仕：不过，上面的军费都是按人数才发，先垫的这么多军饷从哪里来呢？

顾凤山：这你就别担心了，我有我的办法。

32—10　高港龙窝木排坞堤内金寿原木商行·日·外内

主要人物：顾凤山、黄广为、藤井。

木排坞堤内平地上，建有一排十几间的木屋，木屋外围是用椽子和木料制作成了高高的花式围栏，围栏内栽植了许多花木。

顾凤山骑着马，带着十几个卫兵来到院子外。

院子里，身挎盒子枪的张仁德一见连忙带着几个自卫队员走了出来，来到

顾凤山马前：这位长官，请问你们是哪部分的？

随从副官：快去禀告你们黄老板，就说和平集团军第 19 师第 6 团顾团长拜访来了。

张仁德对着顾凤山一抱拳：顾团长好！我这就去禀告，请稍等！

顾凤山点了点头：嗯。

张仁德连忙快步走进木屋。

黄广为从木屋里匆忙走了过来。

顾凤山下马。

黄广为走近抱拳：顾团长好！久仰久仰，幸会幸会！

顾凤山抱拳：黄老板，今天来龙窝据点巡视，顺道前来拜访一下黄老板！

黄广为：顾团长能够亲临我这小小的商行真是荣幸之至，请！

顾凤山：黄老板真是谦虚了，在高港有几个商行能与你们比？

黄广为摇了摇头淡淡一笑：顾团长，里面请！

顾凤山带着人马进了大院。

黄广为和张仁德领着顾凤山和一名副官走进了木屋。几名自卫队员和伪军分别站在门外。

顾凤山进屋环视了一下四周：哎呀，黄老板这木头房子搞得很别致啊，令人耳目一新。到底就是有钱就是不一样啊！

黄广为：哪里哪里，公馆那边房子全烧没了，没有办法，只好就地取材，利用客商拣剩下来的一些木料加工了一下，增加了几间木棚子，供自己人住宿办公而已。顾团长请坐！

顾凤山在沙发上落座。

黄广为递上烟，为其点着后陪坐一旁。

侍佣奉上茶。

黄广为：啊呀，顾团长南征北战，久经沙场，闻名遐迩，不知道今天什么风竟将您给吹来了？

顾凤山喷云吐雾：是西北风给吹来的哦。

黄广为：这话怎么讲？

顾凤山：唉，不怕黄老板见笑，别看我是个什么团长，其实就是个空架子，徒有其名。现在蔡师长让我团驻防龙窝、田河、孔桥、徐桥、马甸、永安洲六个据点呢，可军费人马又不给我备足，需要我们自己招兵筹饷，如果没有钱，我这招来的人马岂不都要喝西北风了吗？所以，今天只得来效仿孔明借东风，想请黄老板帮帮忙，支持支持。

黄广为：哦，是这样啊。顾团长的苦衷我能理解。不过，大家都不容易。

我想您应该听说过前段时间滕井司令火烧金寿会馆的事了吧，唉，那么多房子和财产都被毁之一炬，损失不可估量，原来的几个老板死的死了，逃的逃了，我家也有股份在里面，别人都可以逃之夭夭，可我是本地的，怎么逃？逃哪儿去？后来，家父出面与藤井司令商量，由我接手这个烂摊子。这不，刚刚接手还没多久呢，元气还没有恢复，我们也很困难哪！

顾凤山：金寿会馆的事，我知道，发生这件事背后的真正原因我多少也知道些，我也理解你的困难。不过，这件事对你却有利大于弊啊！原来的那些股东害怕以后受到无辜牵连，生意一落千丈，纷纷将股权三文不值二文地都转给了你，你黄老板从中获取的利益可远远大于你的损失，再说，常言道：瘦死的骆驼比马大，比起我们的困难相对来讲还是很容易克服的，所以还望黄老板再克服克服支持一下哦！再说，我们六个据点的驻防也是为了保护你们哪！

黄广为面露不快，沉思不语。

顾凤山睨了黄广为一眼：怎么，黄老板能不能给个面子呢？

黄广为：按理，顾团长既然已经开了口怎么也得给个面子。可眼下真的实在是拿不出啊。表面上看，我们木排坞里是有那么多木材，可由于时局一直不稳，加上刚刚发生的金寿会馆事件，对我们的影响特别大，现在客商门可罗雀，生意很不好，木材卖不出去啊，现在我们不仅资金周转困难，就连下面人的薪水都拖了好几个月没发了。所以，还望顾团长多多体谅。

张仁德：是的。我都几个月都没拿到薪水了。

顾凤山：我们体谅你，可谁体谅我们呢？我看这样吧，既然你说生意很不好，那我们派人在这里待十天，这十天如果有营业款我们就收下作你们资助我们的军费；如果一分钱也没有，那我们就拍拍屁股走人，不再打扰。你看怎么样？

黄广为一愣，支吾：这，这，不太好吧。怎么可以这样呢？

顾凤山：怎么不好呢，我看这样挺好的，合情合理啊！

黄广为脸色铁青：顾团长，你如果真的这样，那就欺人太甚了。

顾凤山：什么欺人太甚了？是黄老板太不给面子了。我身为一团之长，低声下气地跟你黄老板说了半天好话，一个子儿也不给，到底是谁欺人太甚了呢？

黄广为愤然而起：我就不给你面子了，你能把我怎样？

顾凤山：既然话都说到这个份上了，那休怪我顾某人翻脸不认人了。来人，给我将黄老板带走！你是敬酒不吃吃罚酒！

副官掏出手枪对准了黄广为，十几名伪军持枪冲进屋里，举枪相对。

张仁德也同时拔枪对准了顾凤山。

黄广为厉声：我看谁敢在我这里怎么放肆！来人！

十几名自卫队员冲进来举枪相对。

一时间双方剑拔弩张，一触即发。

黄广为冷笑一声：顾团长，你别以为你当了个狗屁团长我黄某人就怕你，你就可以为所欲为。你以为我不知道，说穿了，你不过是个丧家之犬，败军之将，若不是蔡师长收留你，你现在还在外面到处乞讨流浪呢。今天竟然敢在我这里这么放肆。你也不打听打听，我是什么人，是你想欺负就欺负的吗？

顾凤山蔑视了黄广为一眼：黄老板，你别以为你老子是警察局长就目中无人，你要知道，我再怎么无能，可也是为蔡师长和皇军做事，今天来征收军费也是为党国服务，不是我为个人，你最好识相点，你现在拿些钱出来还来得及，我仍然可以既往不咎。如果你还是执迷不悟，决没有好果子吃，更没有后悔药吃！你要考虑清楚了。

黄广为：我考虑个屁，你有本事今天将我带走呗！

顾凤山气得涨红了脸：你，你……

突然，一队日军闯了进来，滕井和柳翻译官紧跟而至。

滕井怒视双方（日语）：八嘎呀路，你们这是干什么，还都不放下枪！

柳翻译官：滕井司令叫你们赶紧都把枪放下，都是一家人，有话好好说，有话好好说。

双方都乖乖放下枪。

顾凤山立即起身向藤井立正敬礼：报告藤井司令官，和平建国军第 19 师第 6 团上校团长顾凤山。

柳翻译官：他是和平军 19 师驻龙窝、田河等据点的顾凤山团长。

黄广为慌忙起身躬身：对不起，藤井司令官。

滕井指着双方的队员（日语）：你们统统出去！

柳翻译官：藤井司令命令你们各自的手下统统先出去。

顾凤山朝伪军挥了一下手，伪军们立即退了出去。

黄广为朝自卫队员挥了一下手，自卫队员们也立即退了出去。

藤井（日语）：你们解释一下发生什么事情了？

柳翻译官：说说，到底是什么情况？

顾凤山：司令官，因我们 19 师新增加了田河、徐桥、马甸三个据点，招兵买马需要大量的经费，卑职受蔡师长的指派前来向黄老板商讨资助点军费的事情，可与黄老板商量了半天，他一个子儿也不给。

柳翻译官翻译。

滕井面向黄广为（日语）：是这样吗？

柳翻译官翻译。

黄广为战战兢兢：司令官，司令官，是这样的，不、不是我们不给，是、是……

柳翻译官翻译。

藤井（日语）：是什么？

黄广为：是真的实在没有钱，现在基本上没什么生意，原木库存太大，本钱都压在上面了。

柳翻译官翻译。

滕井（日语）：你没钱？没生意？你既然没钱没生意还不如干脆将木商行关掉算了。

柳翻译官翻译。

黄广为惶恐：不，不，不。我意思是说暂时生意不怎么好。

柳翻译官翻译。

藤井（日语）：你难道不知道你这老板是怎么做上的？

柳翻译官翻译。

黄广为：知道，知道。都是司令官帮的忙。

柳翻译官翻译。

滕井（日语）：既然知道怎么不支持一下顾团长？你现在就去拿一千大洋给顾团长回去交差吧！

柳翻译官翻译。

顾凤山喜出望外。

黄广为大惊：什么？一千大洋？这，这……

柳翻译官：去吧。司令官发话了，还是赶紧吧。

黄广为神色黯然：好吧，好吧。我这就去，司令官，请稍等。

顾凤山喜形于色。

黄广为神情颓废慢慢走了出去。

顾凤山立即向藤田躬身：谢谢司令官！今天如果没有司令官在这里，我一个子儿也拿不到。

柳翻译官翻译。

藤井（日语）：这些钱你拿回去后都要全部用在军费开支上，不得私自挪用，否则，军法从事！

柳翻译官翻译。

顾凤山立正敬礼：请司令官放心，这些钱卑职一定全部用在刀刃上，绝不私自动用一分。若卑职贪赃枉法，任凭司令官处置！

黄广为带人拎着两袋大洋进来，放在茶几上：请司令官清点一下。

柳翻译官翻译。

藤井朝顾凤山（日语）：不用清点了，你直接拿走吧！

柳翻译官翻译。

顾凤山立即上前敬礼：谢谢司令官。

转身向外：来人。

副官闻声进入向众人敬礼。

顾凤山：将这两袋大洋拿好。

副官敬礼：是！

副官拎着钱袋走出门去。

顾凤山转身面向黄广为一抱拳：对不起黄老板，今天多有得罪，告辞了。

黄广为强作欢颜，笑比哭难看。

顾凤山走出院外，跨上马：这傻逼养的，本来我没想要这么多。哼，真是个属蜡烛的，不点不亮！走！

顾凤山带领人马扬长而去。

木屋内，藤田坐在沙发上，柳翻译官、黄广为躬立一旁。

藤井（日语）：今天我来找你，是泰兴的长谷川司令官为了分割新四军根据地之间的联系，长期控制城黄线，准备在姚家埭修建据点，所以还请黄老板在木材上给予支持。

柳翻译官翻译。

黄广为不由得又是一愣，顿显一脸无奈之色。

第三十三集 挂帆行舟

招摇伪旗募壮丁，建编成营训义兵。

黄张主奴胜狼犬，敛财害命恶满盈。

33—1 泰兴县马甸乡大街上·日外

主要人物：闻盛成、吉厚煌。

泰兴马甸街市上，人来人往。

闻盛成身穿伪军军服坐在一张办公桌里边，身后竖着一杆伪军旗，桌上摆放着一本登记簿和几十块白花花的大洋。办公桌前面斜靠着一块贴着粉红色纸张的木板，上书：报名参军者即领大洋一块。

几名身着伪军军服的士兵挎枪徜徉在四周，不时地反复吆喝着：快，快来报名啦，报名当兵的，即领大洋一块!

吉厚煌身穿破旧便服与一中年男人来到桌前：长官，加入你们队伍真的马上就能给一块大洋吗？你们可不能骗我，我家急等着钱用呢!

闻盛成：这怎么会骗你，你看白花花的大洋就放这儿呢？只要你真的加入我们的部队，你的家人立即就可以将一块大洋领走，每月军饷另算。

吉厚煌：那好吧，我现在就参加。

闻盛成：那请在这里登记一下。

吉厚煌：我不识字。只会写自己的名字。

闻盛成：那好，我写，你说。你叫什么名字?

吉厚煌：我吉，吉祥的吉，厚是脸皮厚的厚，煌是一个火，带一个皇帝的皇。

闻盛成：哪里人?

吉厚煌：是永安洲盘头街的。

闻盛成：今年多大了?

吉厚煌：23 岁。

闻盛成：家里还有什么人?

吉厚煌：爹妈、一个弟弟、两个妹妹。

闻盛成：好。你现在就跟我们的人到前面的据点去换衣服，接受军事训练。

吉厚煌：那钱呢？

闻盛成：你放心，我们说话算数，这就拿给你。

闻盛成随手就拿了一块大洋塞进吉厚煌手里：这，你拿好！

吉厚煌拿着一块大洋看了看，随后用嘴吹了一下放到耳边听了听，欣喜：是真的！

闻盛成：这还会有假？

吉厚煌转过身将大洋交给了中年人：爹，这钱您拿回去先给妈治病！等我领到军饷再给你们用！

中年人连连点头：那你在部队要好好干，现在全家就指望你了。

吉厚煌：爹，放心，我都这么大了，一定会好好干的。您多保重！

闻盛成：你现在就跟我们的人走吧。

吉厚煌转身跟着一名伪军而去。

市人纷纷驻足围观。

戴德智、仇少示、单绍留等七八个人身穿便服排列在办公桌前等候登记。

闻盛成：来，下一位。

几位伪军依旧在吆喝着：快，快来报名啦，报名当兵的，即领大洋一块！

排队的人越来越多。

33—2 高港永安洲上桥大街·日外

主要人物：闻盛成。

高港永安洲上桥街市上，人来人往。

闻盛成身穿伪军军官服坐在一张办公桌里边，身后竖着一杆伪军旗，桌子上摆放着几十块白花花的大洋和登记簿。办公桌前面斜靠着贴着一块粉红色纸张的木板，上书：报名参军者即领大洋一块。

几名身着伪军军服的士兵挎枪徜徉在四周，不时地反复吆喝着：快，快来报名啦，报名当兵的，即领大洋一块！

吉厚煌、戴德智、仇少示、单绍留等七八个人身穿便服排列在办公桌前等候登记。

吉厚煌、戴德智、仇少示分别领了一块大洋后，在手掌上时不时地抛几下，故意炫耀。

闻盛成：来，下一位。

几位伪军依旧在吆喝着：快，快来报名啦，报名当兵的，即领大洋一块！

排队的人越来越多。

33—3 泰兴马甸日伪营部兵营·日内

主要人物：钱光仕、奚志林、仇少示。

马甸据点办公室内。

钱光仕、奚志林、吉厚煌、仇少示、单绍留、闻盛成围坐在一起开会。

钱光仕：为了加强我们的骨干力量，上级又增派奚志林同志前来我部工作。奚志林同志除了闻盛成同志，我们这几个人都认识，我就不多介绍了。现在大家鼓掌欢迎！

众人鼓掌。

奚志林起身敬礼：谢谢大家。上次多亏你们的鼎力相助，我才脱离了险境。这次来我一定尽我的能力好好工作，用实际行动来回报大家！另外，按着惯例，我的姓名也倒过来念，叫林志溪，溪，小溪的溪，小河沟的意思。

众人鼓掌。

钱光仕：现在人员基本上招得差不多了。从现在开始，就要对他们进行严格的军事训练，并加强军纪的宣传教育，尽管身穿日伪军服，也要打造出一支人民的队伍。平时要注意观察所有的士兵，将品行优良具有爱国思想的人发展成我们的人，尽快增强我们的力量。但我们要特别注意一点，日常与日军交往中不得显露出对他们的厌恶和不满。现在我宣布一下你们具体的职务和分工。我、林志溪、仇少示、单绍留留在马甸。林志溪任副营长，仇少示任1连连长驻守马甸据点，单绍留任2连连长驻守马甸粮站；闻盛成、吉厚煌前往永安洲据点，闻盛成任3连连长，吉厚煌任副连长。所有人员的任命将交与团部备案。所有士兵在营部集训一个月后赴岗。大家还有什么要说的没有？

闻盛文：我想说几句。我们现在招收的新兵，大多数不识字，我觉得在军事训练的同时，要教他们认字，学文化，便于以后更好地开展工作。

钱光仕：闻连长提出的这个问题非常好。尤其是教士兵识字的同时，给他们讲讲中国历史，讲讲中国古代的爱国英雄，慢慢培养他们的爱国思想。

仇少示：这一块，闻连长那边是没问题，可我们的1连和2连就不行了。我和单连长本来也是在部队识了一些字，水平很有限，就别提文化了。如果上级再派一名有文化的人来就好了。

钱光仕：这个我还要向上级请示。不过，现在我们部队像闻盛成这样有文化的人也很稀缺啊。

闻盛成：我有一个人就不知道行不行？文化水平绝对没问题，不过就是个女的，可能到这边来不怎么方便。

钱光仕：女的？谁呀？

闻盛成：李淑芹。

钱光仕：哦，你说的是她啊，我认识，是我内侄女。这个，这个要请示上级。

33—4 泰兴徐桥日伪团部兵营·日内

主要人物：钱光仕、顾凤山。

钱光仕身穿上蔚军服健步走进徐桥日伪据点团部在团长办公室面前驻足：报告！

办公室内，身穿白大褂的王玉兰正在给坐在椅子上的顾凤山用听筒检查身体。

顾凤山：进来。

钱光仕推门而进，立正敬礼：3营营长钱光仕奉命报到！

顾凤山看了钱光仕一眼：你等一下。王医生，您检查下来怎么样？

王玉兰：我检查下来，血压和心脏都应该没有问题，你胸部疼痛可能是神经问题。少抽点烟，最好不抽。这样吧，我先开点药你先服用。

顾凤山：行。只要心脏没有问题我就放心了。

王玉兰从药箱里取出一瓶药交给顾凤山：这药每天早晚各服一次，每次两粒。

顾凤山：知道了，谢谢王医生。

王玉兰：不用谢，我走了，你忙吧。

顾凤山：好的。辛苦了，我还有事，就不送了。

王玉兰挎着药箱离开。

顾凤山：你坐。

钱光仕：团座请坐，我站着就行。

顾凤山：叫你来呢，只要有两件事。一是，我要奖赏你，因为这次征兵你做得相当不错，没几天就招了几百人。我手下的三个营，现在只有你们营是满员。开始我还有点不解，其他营也是招一个人就发一块大洋，怎么就不行呢？后来一了解才知道，你用的是唱戏的套路，制造声势，扩大影响力。哎呀，真是兵不厌诈啊！看来，你还真是个人才。

钱光仕：团座过奖了，一点雕虫小技而已。

顾凤山： 第二件事就是，既然人已经招满了，那就要赶紧加强训练。夏收马上就快到了，粮草可是部队里的命根子。新四军自然也会意识这一点，双方必然会发生粮草争夺战，所以我们要做好充分的准备。马甸据点可是重要的粮食运输通道卡口，你们必须严密防守，严格盘查过往车辆。防止新四军从你们那里偷运粮草。

钱光仕： 团座请放心，我们绝不让新四军的一粒粮食从我们那里偷运出去。不过，目前我们也碰到一些困难，想请团座帮助解决一下。

顾凤山： 你有什么困难尽管说，只要我能解决的一定帮你解决。

钱光仕： 这次尽管招的人马不少，可绝大多数除了认识大洋外，基本上都是大字不识一个。有的连自己的名字都不会写，至于通行证那就更识不出真假了。所以，想请团部派几个有文化的人到我们那里对士兵们进行一段时间的培训。

顾凤山： 哎呀，要武器弹药，要钱，我这里立马能帮你解决，部队里木匠、瓦匠、篾匠几乎什么手艺人都不缺，最缺的就是有文化的人啊，我们这个团也刚刚组建，文化最高的也就是我了。我也就是仅读了几年的私塾，你这个要求还真的一时帮不了，还是你们自己想办法解决吧。

钱光仕： 既然这样，那好吧，我只有自己想办法了。

顾凤山： 上次那个龙窝木商黄广为的事你应该听说了吧。

钱光仕： 听说了。

顾凤山： 他就是永安洲人。他仗着有滕井司令撑腰，老子又是警察局长，不买我们的账。从我对他的了解，这个人阴险狡诈，心狠手辣。你知道那金寿会馆是怎么会被藤井烧掉的吗？据说全是他搞的鬼，目的就是独吞霸占那个湖北老板和几个老板的资产。所以，对这个人要特别注意，但也别怕他，该征收的粮草、捐税只许多，不许少。别看他有日本人撑腰，那日本人还要依靠我们呢。日本人在整个泰州城的常驻部队也就是不过一个大队，一千多人而已，整个苏中地区也不过六千多人，而我们有三万多人呢，如果没有我们，早就被国共两党的军队吃掉了。

钱光仕： 明白。

顾凤山从柜子里拿出一个小布袋： 这里有二十块大洋，是对你们这次招兵买马有功人员的奖赏，分给这次出了大力的手下，让他们也高兴高兴。

钱光仕立正敬礼： 谢谢团座！

33 — 5　泰兴新街镇新四军独立团驻地 · 日内

主要人物：李道南。

新四军独立团驻地，房屋内，李道南（团长）、张鹏举（副团长），谢中光（1营营长）、杜千全（2营营长）、古雄飞（3营营长），朱宝权（特务连连长）坐在凳子上开会。

李道南：目前，泰兴的日伪军在城黄线上的姚家埭新建了一个据点，驻守了一个营的兵力，妄图长期控制城黄线，分割我根据地。最可恨的是，驻守据点的营长是从我部叛逃的原我县警卫营营长高永健，还有原我县警卫连连长于铭等。为了不让敌人的图谋得逞，严惩叛徒，上级要求我们尽快拔掉姚家埭的据点，将叛徒和日伪军一举歼灭！为此，团部制订了详细的作战计划……

33 — 6　泰兴城黄线姚家埭日伪据点 · 夜外内 · 小雨

主要人物：李道南、朱宝权。

1941年4月23日深夜

李道南和朱宝权率领数百名新四军战士头戴斗笠，身披蓑衣悄悄潜伏在姚家埭日伪据点篱笆墙的外围。

据点外，灯火昏暗，细雨绵绵，一片寂静。

李道南：攻击！

霎时数十枚手榴弹扔向篱笆墙，“轰隆、轰隆”数十声接二连三的爆炸声响彻天空，篱笆墙被炸得断竹横飞，东倒西歪。

哨楼被炸翻，几名哨兵坠落。

紧接着枪声四起，星火飞梭，射向碉堡、营房。

据点内，日伪军从床上惊慌而起，顾不得穿衣，胯下穿着白色短裤拿起枪向外还击。

伪军军官高永健（原新四军县警卫营叛变营长）光着身子，穿着白色短裤，挥着手枪声嘶力竭：快！机枪封锁前后大门！

营房内伪军连长于铭（原新四军县警卫连叛变连长）光着身子，穿着白色短裤指挥伪军士兵架着机枪向外疯狂射击。

碉堡内两名光着身子，穿着白色短裤的士兵架着机枪向外疯狂射击。

子弹冒着闪光相向、交叉穿梭，势均力敌。

屋内时不时有伪军士兵中弹。

攻击方火力渐渐衰弱，十几名新四军战士边撤边射击，枪声渐渐远去，最后彻底消失。

高永健一挥手：停止射击，新四军跑了。

于铭与数十名伪军光着身子持着枪跑到屋外，四处查看。

于铭：终于将这群“灰太狼”赶跑了。他妈的，害得老子裤子都没来得及穿。走，回去先将衣服穿上，再来清理。话音刚落，四面枪声再起，

屋外的于铭与数十名士兵瞬间中弹倒地。

两枚炮弹从两架小缸炮里呼啸而出，正中碉堡中心。碉堡内的日伪军被炸得血肉横飞。

李道南站起挥起手中枪：同志们，冲啊！

数百名新四军官兵一跃而起，高呼着向据点发起冲锋。

朱宝权率领战士冲进营房内，向日伪士兵举枪射击，季雨生（原新四军文化教员）、袁怀杰（原新四军叛变排长）与几名伪军被击毙。

藏在角落里的高永健瞄了朱宝权一眼，趁人不备，悄悄钻进地下通道，逃之夭夭。

33—7 黄桥中将府·日外·内

主要人物：高永健，23岁，伪营长，叛徒。

金松春，25岁，日本特务队队长。

朱履先。

金松春（日军特务队长）带着高永健和一群日伪军气势汹汹闯进中将府。

府内家佣吓得惊叫声声，纷纷避之不及。

朱履先一身长衫，掌中转着两个健身球从容来到堂厅：队长阁下有什么事需要这么兴师动众？

金松春不言语，一挥手，两伪军扑上前一把抓住朱履先的两只胳膊。

两只健身球落地。

朱履先：司令官有什么事好好说，需要这么动手动脚的吗？

翻译官翻译。

金松春（日语）：有人举报你儿子是新四军！

翻译官翻译。

朱履先冷笑一声：谁说的？

高永健：昨天我看见了。我认识你儿子朱宝权，在黄桥会战时我们经常碰到。

朱履先：你是谁？

高永健：你别问我是谁，你儿子难道不是新四军吗？

朱履先哈哈一笑：你原来不也是新四军吗？

高永健语塞，一脸尴尬：可我已主动弃暗投明了。

朱履先：我儿子原来是新四军不错，可他早就离开新四军去上海做生意了。

高永健：你胡说，昨天夜里我还在姚家埭据点看见他了。

朱履先：你看错人了吧？长得像的人多了，况且还是夜里！实话告诉你吧，当初我儿子去当新四军是被逼的。你知道为了我儿子离开新四军我花了多少钱吗？告诉你吧，我花了几万斤粮食呢！这个黄桥老百姓都知道，难道你不知道？

高永健：那是你主动捐献的。

朱履先：主动？不是为了赎回我儿子我有这么傻吗？换你，你会吗？

高永健语塞。

翻译官翻译。

金松春（日语）：不管怎么样，先带回去查清楚了再说！

翻译官翻译。

朱履先大怒，双臂用力一甩，两伪军被重重甩倒在地（日语）：我看谁敢！知道我的身份吗？告诉你吧，我真实的身份是天皇的学生！

金松春一听惊愕不已。

朱履先从衣袖里拿出一本印有《日本士官学校毕业证书》（日文）展示在金松春眼前。

金松春双手接过，详细翻看了一下，立即立正鞠躬：对不起，朱将军，误会了，请原谅！

金松春转身对着高永健“啪啪”两耳光（日语）：八嘎呀路！还不道歉？

高永健痛苦地捂着脸：对不起，朱将军，是小的有眼无珠！

金松春一挥手（日语）：走吧！

高永健带着日伪军灰溜溜地狼狈而去。

朱履先蔑视着高永健的背影愤愤：共产党的败类！

33—8　泰州赵忠明住宅·夜外内

主要人物：李淑芹、赵忠明、陈秀文。

李淑芹来到赵忠明住宅大院门前四周看了看敲了几下门。

闵启昌连忙从厢房出来至院门口：请问是哪位？

李淑芹：闵哥，是我，李淑芹。

院门打开，李淑芹走了进去。

闵启昌：少爷正在等你。

李淑芹走进屋内。

赵忠明、陈秀文迎了上来。

李淑芹上前一把握住赵忠明手：赵哥、嫂子，我们终于又见面了。

陈秀文一把抱住李淑芹热泪盈眶：一晃都三年多过去了，太想你们了。

我哥还好吗?

李淑芹：他现在很好。

赵忠明：来，快坐下来谈。

陈秀文：你坐，我去泡茶。

赵忠明：施光前的事你前期都参与过，情况你比较了解，我就不多说了。现在他那边缺少医生和文化教员，陈盛文向组织上请求派你前往。组织上再三研究后同意了他的请求。永安洲是你的老家，这对你既有利又有弊。利是你家在当地很有声望，母亲的身份又是当地维持会会长，对你以后的工作很有帮助。弊是你一直待在新四军部队里做的是医生，对隐蔽工作没有多少实际经验，另外，在泰兴新四军队伍里，目前有极少部分人投敌叛变，如泰兴县警卫团营长高永健、连长于铭，文化教员季于生，二区游击队排长张春荣，泰兴县抗日民主政府县长张颐等率部投靠了蔡鑫元的19师。这些人一下子还难以全部清除，也许他们当中有人就认识你。在这次捣毁伪19师姚家埭据点时，黄桥朱履先将军的二儿子朱宝权就被叛变投敌的原新四军泰兴县警卫营营长高永健认出，由于朱将军的沉着冷静，机智灵活的应对，加上他原是日本陆军士官学校的毕业生这一特殊身份，才避免了一场意外之祸。所以，为了安全起见，你以后的身份也是原新四军1师1旅白马乡后方医院投诚过来的医生。部队的正式名称为国民政府第1集团军，俗称建国和平军。档案我已经给你做好了，你仔细看过之后一定要牢记好。从明天起，就先到和平军军训处接受半个月的军训，熟悉一下和平军的环境。以便以新的身份进行工作。

李淑芹：好。我尽快适应新的工作环境。

赵忠明：隐蔽工作最重要的一点就是行事缜密，事无巨细。特别要注意细节，细节往往决定成败。这一点你一定要牢记。

李淑芹连连点头：忠明哥，你放心，我一定会小心注意的。

陈秀文：来，喝点茶再谈。

33—9 泰兴马甸日伪营部兵营·日外·内

主要人物：单绍留、仇少示。

马甸营部的操场上吉厚煌正在训练士兵列队，敬礼、持枪、跑步。

单绍留正在训练士兵匍匐前进、投弹打靶。

仇少示正在训练士兵对打摔跤、持枪格斗。

33 — 10　泰兴马甸日伪兵营 · 夜内

主要人物：钱光仕、李淑芹。

马甸日伪据点室内。

钱光仕正在给衣装整齐，端庄而坐的士兵们宣读军规军纪：古人说得好，无规矩不成方圆，有敬畏才知行止。家有家规，国有国法，军有军纪……

张小兵、汤正明端坐正听。

李淑芹正在小黑板上领读汉字：中国有百家姓，依序排列为赵、钱、孙、李，周、吴、郑、王……

33 — 11　高港永安洲李家大院 · 夜内

主要人物：李淑芹、陈盛文、陆伯英、李才荣。

李淑芹、闻盛成身穿伪军军服来到李家大院门口敲门。

蔡家丁连忙从厢房走出：谁呀？

李淑芹：蔡叔，请开门，我是淑芹。

蔡家丁打开院门看到李淑芹、闻盛成一身军装愣了一下，又定睛详细辨认：哟，还真是小姐啊，你这身打扮我差一点儿都认不出来了。快，快进来。

李淑芹、闻盛成跨进院门。

蔡家丁连忙关好门，边走边喊：老爷、太太，小姐回来了。

陆伯英、李才荣闻声从后屋快步来到堂厅。

李淑芹：爹，妈。

闻盛成：大伯、大妈，你们好！

陆伯英、李才荣一见他俩的穿着不由一愣。

陆伯英：丫头，你这又是唱的哪一出啊？怎么又穿起和平军的衣服了？

李淑芹：这个等会儿再告诉你。我先介绍一下，这位是我们连队的连长闻盛成。

李才荣疑惑：你们连队的连长，和平军的？

李淑芹点头：嗯。

陆伯英：哪里的和平军？

李淑芹：就我们永安洲的呀！

李才荣：你们到这里来了？

李淑芹点头：是啊。

陆伯英：丫头，你都把我们弄糊涂了。

李才荣：不管什么情况，有客人来了，还是先坐下来再说吧。

陆伯英：也是。蔡叔，快沏茶！

四人落座，蔡叔沏上茶。

陆伯英：丫头，快，快说到底是什么情况。

李淑芹：妈，部队上的有些事情属于军事秘密不好随便对你们说的，你们要理解。今天回来呢，一是看望你们，二是将我们部队的连长介绍给你们，以后还请你们多多支持。我以后会正常在马甸和永安洲两个地方轮流跑，也会经常回来的。

李才荣喝了口茶，面色凝重，沉默不语。

陆伯英看了丈夫一眼，干咳了两声：这个，这个既然是军事秘密，那我们就不多问了。不过，只要是瓦丫头想做的事，我们都支持，我相信瓦丫头是个有头脑、有眼光的人，不会走错路、做错事。

李淑芹上前一个拥抱：谢谢妈妈，还是您懂我。

33—12，高港永安洲黄家大院，夜内

主要人物：黄万山，50岁左右，高港伪警察局局长。

黄广为。

黄万山坐在太师椅子上看着一份《救国周刊》的小报，黄广为走进父亲的面前。

黄广为：爹，这次我们被和平军放的血太多了，本来投靠日本人就是想沾点光，没想到为他们做了那么多事，关键时刻，这日本人却丝毫不讲一点情面。上次那顾团长来敲诈，我本以为那藤井司令会帮我们说话，可结果却站在顾团长那边，开口就要求我们给他们一千大洋。一千大洋呢，我们要做多少生意才能赚回来？并且又要了百十个立方的木头，唉，像这么搞，这生意还怎么做呢？

黄万山：和平军是为日本人做事，他们本来就是一个洞中的妖，一条河里的鳄，一条道上的狼，利益是共同的，他会帮你说话？在他们眼里，所有的所有生意人和老百姓都是他们的盆中餐，只有份量之别，没有荤素之分。你还是打个倒算盘，就当那些木头还是原来那些股东的吧。日本人可不傻，怎么可能让我们白白地占便宜？他们只是利用我们而已。

黄广为：那我们也不能白白地被利用。他利用我们，我们也应该利用他们。爹，你应该发挥警察局局长的作用，配合维持会将我们的损失捞回来。

黄万山：你想怎么做呢？

黄广为：我想让维持会到各个商行、摊贩收税。特别是高港码头的那些粮油商贩，他们的生意做得大，搞他们的钱容易些。

黄万山：哪有这么简单，那些做大生意的，身后没有人，哪敢做这么大的生意？

黄广为：所以要爹的警察局帮忙。

黄万山：你是我儿子，当然会支持你。但什么事情都要把握好分寸，适可而止，不要竭泽而渔。另外，山外有山，天外有天，要尽量见好就收，不要得罪太多的老板，人家能做大生意，没有点本事做得下去吗？

黄广为：我知道。

33 — 13　高港码头 · 日外

主要人物：张仁德，30 岁左右，伪自卫队队长。

黄广为。

张仁德拎着收口布袋，挎着盒子枪带着几名挎着长枪的自卫队员及身穿制服的警察跟在黄广为身后，逐个向码头上每家老板收费。

老板们经过一番讨价还价，有的拿出了几块大洋，有的拿出了十几块大洋。

张仁德将收来的大洋装入白色布袋。

一艘小汽艇，在码头附近水域不停地来回穿梭，不时地靠上一艘又一艘行驶的货船。

黄广为坐在汽艇上。

张仁德带着人不时地从一艘又一艘货船上上下下。

有货主与张仁德争执，拒绝缴纳。

张仁德一挥手，几名警察上前将货主五花大绑，带上汽艇。

33 — 14　街市上 · 日外

主要人物：张仁德。

街市上。

张仁德拎着白布袋，带着一帮人不时地从沿街的商铺进进出出。

有商铺老板与之争执，拒绝缴纳。

张仁德一挥手，几名警察上前将老板五花大绑，连推带搡押走。

其他几家商铺的老板见状连忙推上搭子板，关门停业。

几个流动商贩远远看见他们立马收拾摊子纷纷逃离。

一个煎烤烧饼油条的小食摊摊主刚收拾好油锅烤炉准备推车逃离，被张仁德带着自卫队员冲了过来一把抓住。

摊主无奈只得放下推车与张仁德讨价还价，最后摊主掏出五个铜板才罢。

张仁德令人在关门的店铺门板上贴上限期缴纳税款的告示。

33 — 15　高港永安洲黄家大院 · 夜内

主要人物：黄广为、张仁德。

黄广为、张仁德吃力地拎着两袋钱走进堂厅。

黄广为：将钱倒在桌子上，我们清点一下。

张仁德用力拎起钱袋倒在了八仙桌上。“哗哗”一阵声响，一块块大洋、铜板、铜钱撒满了一桌子。

黄广为望着一桌子的一脸兴奋：终于将我的损失弄回来了。

张仁德：少爷，何止弄回来了，还赚了起码三四倍呢。

黄广为：诶，这些钱可不能全部占为己有，还要分给维持会一部分，毕竟我们是以维持会名义去征收的，这样维持会才好对上面交差。老爷子说了，做事要有分寸，见好就收。

张仁德：那少爷准备给维持会多少呢？

黄广为：你说给多少才合适？

张仁德：起码也得给七成才合适，维持会每月还要完成上交任务的。

黄广为：我看给六成差不多了。我们这边也要开支，那些警察和你们自卫的兄弟们跟着我们后面能让他们白干？

张仁德：说的也是。

黄广为：你这次也辛苦了。单独给你五块大洋，作为奖赏。

张仁德喜笑颜开：谢谢少爷！明天我们好去同兴码头了，那边是货船前往泰兴城的必由之路，油水也不小。

黄广为：就在我们的地盘上，那是必需的，你带人去就行。

33 — 16　高港永安洲同兴村严家码头 · 日外

主要人物：张仁德。

少妇。

张仁德带着几名自卫队员和警察登上了一艘停靠在码头上的货船。

一位怀孕少妇在船头收拾打扫，见有人登上了船，不由抬起了头，停止了手上的活。

张仁德一见肚子微凸，身材高挑，皮肤雪白，面容秀丽的少妇，两眼放光，顿露淫荡之色，毫无顾忌地走近伸手去摸他的脸：哟，这脸蛋儿太好看了，摸上去滑溜溜的。

少妇连忙避开：我男的在船上呢。

一年轻男子从船尾沿着船舷侧身敏捷移步过来：你们有什么事直说，请不要动手动脚的。

张仁德乜眼看了他一眼：我们是维持会的，来收税的。

男子：你们要多少？

张仁德：航道税、运输税、营销税、码头税、治安税、救国税一共500大洋！

男子惊愕地睁大眼睛：什么？500大洋。我这船上的货也值不了这么多钱。你们这不是讹人吗？

少妇：长官，少点呗，我们做生意也不容易。

张仁德：行，你们想给多少？

少妇：顶多一块大洋。

张仁德怒目圆睁：什么？一块大洋？我要500大洋，你还一块，玩我呢！

少妇：我们以前过境还没这么多呢。

张仁德：以前是以前，现在是现在。

少妇：以前和现在有什么不同？

张仁德：以前是蒋总统，现在是汪主席。以前的船夫哪有什么漂亮的老婆，今天船夫的老婆长得仙女似的，这么水灵，人见人想，人见人要。

张仁德伸手又捏了一把少妇的丰乳。

男人一见，一步上前愤怒用力一推：你这是干什么！

张仁德瞬间仰面倒地，连忙气急败坏地爬起，掏出手枪对准男子就是“啪啪”两枪。

男子应声倒下，胸前血流倾注。

少妇吓得大叫一声，面如土色，瘫坐在船板上。

张仁德：他妈的，敢跟我来硬的。把这女的给我带走！

两名自卫队员上前将少妇架起上了岸，登上驴车扬长而去。

码头上的人连忙登上货船，去看男子。

男子已气绝身亡。

一男子大骂：这帮狗日的怎么这么恶毒的哦，一个大活人就这么被他们随意一枪打死了，这是什么世道！

众人纷纷摇头哀叹。

33 — 17　泰兴马甸日伪据点·日外

主要人物：伪军班长，20岁左右。

钱光仕。

炊事班长与几名伪军骑着两辆满载青竹的三轮车，哼着小调驶进了据点。

一帮伪军围了上来。

伪军（甲）：班长，你们弄这些竹子回来干什么？

班长：兄弟们，眼看天气越来越热了，可我们床上还是草席。我们连里不是有好几个篾匠吗，正好让他们给我们编几张凉席。

钱光仕走了过来：你这竹子从哪里弄来的？

班长：我们去街上买菜，看到路边有个大竹园，想到营长和兄弟们一样，床上到现在还铺着草席，于是就砍了几十根竹子回来，想编几张，这样夏天睡觉凉快些。

钱光仕：你们买的多少钱一根？

班长得意：我们没花钱。

钱光仕：人家送的？

班长：也不是。是我们看那么大的竹园没有人看，就顺手砍了些回来。

钱光仕脸色声色俱厉：来人，给我绑了！

众士兵惊愕。

两名卫兵立即上前一把将班长摁住。

班长：长官，您这是干、干什么啊！

钱光仕：你知罪吗？

班长：长官，我，我有什么罪？

钱光仕：你违反军纪，擅自盗伐老百姓的竹子，是侵害老百姓的财物！

班长一脸委屈：长官，我们以前都是这么干的。再说，我也是看天气越来越热了，长官和兄弟们还没有凉席，为长官和兄弟们着想才砍了人家几十竹子。

钱光仕：你以前怎么干我不管，但现在在我部队里就不行！在我的队伍里不允许任何人，任何理由去侵害老百姓的利益，否则就严惩不贷！

伪军（甲）：长官，这次看在他也是为兄弟们一片好心，就原谅他了吧。

众士兵求情：长官，这次就原谅了他了吧。

班长：长官，小的知道错了，下次再也不敢了。

钱光仕：既然大家都在为你求情，你也不是出于私心，那这次就从轻处罚你。一是关禁三天，以儆效尤。二是在全营进行公开检讨！保证以后绝对不再犯类似错误！

班长哭丧着脸：是是是，小的下次保证再也不敢了。谢谢长官！

钱光仕：押下去！

33 — 18 高港永安洲李家大院·日内

主要人物：张勇、李才荣、陆伯英。

张勇匆匆跑进堂厅：老爷，太太，禀告一件刚刚发生在同兴码头惨无人道的事！

李才荣：什么事？快说！

张勇：今天张仁德去同兴严家码头去收税，看到船主老婆漂亮就对人家动手动脚，被她男人推倒后竟然开枪把那男的打死了，还把那女的抢了回来。

陆伯英惊愕：竟有这种事？这也太无法无天了。

张勇：是的。开始自卫队员跟我说，我都不敢相信，后来到码头去一看，还真的。据说那女的起码已经怀了四五个月的孩子了。

李才荣义愤填膺：怀了孩子的女的他也下得了手？真是禽兽不如的狗东西，禽兽不如啊！

陆伯英：那女的现在在哪儿？

张勇：被张仁德带到高港一个叫“红运阁”旁边的出租屋里去了。张仁德每弄到一个漂亮的女人就先带到那个出租屋里玩够了，再送到“红运阁”。那女的估计早就被他祸害了，他在人家船上当着人家男人的面就迫不及待地摸人家的脸，捏人家胸了。

陆伯英：以前就听说过这张仁德是个出了名的地痞流氓，无恶不作，但没想到坏到这种程度。真是玷污“仁德”这两个字。我真的想不通，这黄局长怎么会用这种人的？

张勇：黄局长之所以用他，就是因为这个“红运阁”。据说，这个“红运阁”是个高档娱乐的地方，一般人进不去，只供有钱有势的人吃喝嫖赌，想进去必须要有熟人介绍，先加入他们的会员，在里面赌输了钱的人，可以免费玩一次女人。那里面的女人个个姿色出众，都是从各地通过各种方法骗来的、抢来的。那张仁德就是里面的二掌柜，负责安保和到处物色漂亮的女人。

李才荣：那这“红运阁”的老板是谁？

张勇：据说就是黄局长的儿子黄广为。

李才荣：这黄家可真是什么钱都想赚啊，赚这么肮脏的钱就不怕断子绝孙啊，幸好瓦丫头当初没同意嫁到他家。

陆伯英：你能确定这“红运阁”就是黄公子弄的？

张勇：我能确定。张仁德为了向我显摆，带我进去看过。不过我可没玩，也没资格玩。他尽管没说老板就是黄公子，但我看见黄公子亲自接待过南京来的贵客。

李才荣：这种赚钱的主意，揽客的手段也只有这黄公子才想得出。别人读书学文化是增加智慧，提高修养，是去其糟粕，取其精华；这黄公子呢，是去其精华、取其糟粕，将学到的文化知识用在了歪门邪道上。这所谓的“红运阁”说的更难听点，好听名字的背后就是个大粪缸，专门用来藏污纳垢，将那些通过卑鄙肮脏手段发财得势的人聚拢在一起，让他们任性放纵，恣意挥霍；而他却从中牟取暴利，大发不义之财。

陆伯英沉默许久才开口：唉，真看不出，这仪表堂堂的黄公子竟是个人面兽心的伪君子。那怀孩子的女人也不知道现在怎么样了，真是作孽啊！

张勇：老爷，要不要请闻连长他们出面管一管？

李有才：这属地方治安事件，应属警察管，地方驻军插手不太适宜。

张勇：可那张仁德就是为黄家做事，警察不可能过问的。总不能就让他们黄家一直这么到处横行霸道，祸害老百姓。

陆伯英：是的。太嚣张了，如果老让他们这样下去绝对不行，是要给他们一点颜色看看。张勇，我有个主意，你现在就去给我办。

张勇：太太尽管吩咐。

陆伯英：你去找小姐画几张图……

陆伯英向张勇详细交代。

李才荣：又不关我们的事，有必要这么做吗？

陆伯英语气坚定：你们听我的没错，就这么办！张勇你去吧！

33 — 19　高港红运阁·夜外·内

主要人物：藤井、柳翻译官。

藤井和柳翻译官坐着汽车带着一大队驾驶三轮摩托的日伪军在“红运阁”门前停下。

滕井走下车一挥手（日语）：将“红运阁”通通包围，不许一个人进出。

日伪军立即散开，守在“红运阁”四周。

张仁德惊慌失措地跑了出来：太君，太君，这是怎么回事？

柳翻译官：根据情报，现在有新四军特工人员在里面秘密接头。

张仁德一脸蒙圈：什、什么？有新四军特、特工在这里接头？这、这、这怎么可能？

藤井一挥手（日语）：进去搜！

日伪军持枪冲了进去。

赌场里的一群人一见冲进来的一大队日伪军，喧闹之声戛然而止，一时个个愣在了那里，不知所措，随后吓得作鸟兽散，大洋散满一地。

日伪军蜂追而上，将赌徒们迅速抓回，全摁在了地上。

走廊上数名嫖客光着身子，提着裤子仓皇跑出房间，四处躲藏。

第三十四集 十恶不赦

红运阁里设陷阱，蝇营狗苟一窝清。

豺狼本性实难移，作恶多端终毙命。

34—1 高港红运阁·夜外内

主要人物：藤井、张仁德。

日伪军楼上楼下四处搜索抓捕，将人一个个从各个房间、角落抓了出来，赶至楼下院内空地。

一大群男男女女，男的有的光着上身只穿着裤头，有的一只手提着裤子；女的有的光着上身双手捂胸，有的头发散乱衣衫不整低着头。一个个丑态百出，惶恐不安。

房间里，日伪军到处翻箱倒柜。

一名伪军手里拿着几张图纸从楼上快步下来，走至藤井面前：太君，这上面画的全是我们高港、龙窝、田河等各个据点的火力分布图。

滕井接过一看勃然大怒：八嘎呀路，给我通通地带走，严加审讯！

张仁德哭丧着脸：这怎么可能？太君，真是冤枉啊！

藤井挥手两巴掌：一起带走！

两日军一拥而上，将张仁德五花大绑，连推带搡押了出去。

34—2 高港日军审讯室·夜内

主要人物：张仁德、柳翻译官。

审讯室，张仁德的双手和身体被捆绑在刑具上，两日军一个拿着皮鞭，一个拿着木棍在他面前晃悠。

柳翻译官走上前：张队长，你还是老老实实说了吧，免得皮肉受苦。

张仁德哀求：柳翻译官，求求你了，帮个忙，跟太君解释解释，我真的不是新四军的特工，我怎么可能是新四军的特工呢？像我这种人，高港的人都晓得，新四军不把我杀了就算老天保佑了。

柳翻译官：那图纸是怎么回事？

张仁德：我真的不知道是谁带进来的，跟谁接头。

柳翻译官：那你估计可能是谁带进来呢？

张仁德：那么多客人，都是远近有头有脸的人，哪个都不像新四军，你叫我怎么估计呢？

柳翻译官：那我真的就帮不了你了。

柳翻译官一挥手，一日军手执皮鞭对着张仁德一顿猛抽。

张仁德疼得龇牙咧嘴，不停地大声惨叫。

另几间审讯室，嫖客和赌徒被一个个轮流吊着抽打。凄厉的号叫声此起彼伏，不绝于耳。

34 — 3 高港永安洲李家大院 · 日内

主要人物：李才荣、陆伯英、张勇。

李才荣、陆伯英、张勇在堂厅开怀大笑。

李才荣：张勇，你这件事办得太好了。不仅替那些受祸害的妇女报了仇，也狠狠打击了那张仁德这个畜生的嚣张气焰。我想，张仁德这次不死，也会被抽掉三层皮。

张勇：估计黄公子那“红运阁”是开不下去了。你想，以后谁还敢再去？

陆伯英：我很想知道，你是怎么将那图纸送进去的？

张勇：不瞒老爷、太太。我认识里面一个负责护场子的一个好兄弟。他对张仁德平常的所作所为十分痛恨，里面的情况都是他告诉我的。但他只是一个小跟班，敢怒不敢言。他将图纸送进去后，就找了一个借口离开了。随后，我就找了个电话亭举报了。

李才荣：看来这自卫队里也有好人呢，这就叫“得道多助，失到寡助”，多行不义必自毙。

陆伯英：哪里都有好人和坏人，坏人的队伍里有好人，好人的队伍里也有坏人。这就要看是谁领头，好人领队，好人就多；坏人领队好人就少。那个怀孩子的女的你怎么办的？

张勇：我已经将她安排好了，马上再帮她处理船上的事。

陆伯英：对。好事要做到底。不过，一定要交代她，不要将你帮她的事透露出去。

张勇：好的。

34—4 泰州汪伪第1集团军司令部·日内

主要人物：李长江、赵忠明。

赵忠明走至总司令办公室门前：报告！

坐在总司令办公桌里的李长江合上文件：进来！

赵忠明推门而进：总司令找我？

李长江离开办公桌：来，来，坐下来谈。

赵忠明：总司令您坐，卑职站着就行。

李长江坐到了单人沙发上：我让你坐，你就坐。跟我还讲究什么。

赵忠明：谢总司令！

赵忠明在旁边的单人沙发上落座。

李长江：找你来呢，是有件重要的事情想交给你去办。

赵忠明：总司令请尽管吩咐，卑职一定在所不辞！

李长江：是这样的。我听说你的二哥在陈泰运税警总团做参谋长，所以呢，想请你通过你二哥去做做陈泰运的工作，让他加入我们的集团军。当然了，待遇肯定要比他现在在韩德勤那里要高得多，包括你二哥。

赵忠明：哦。以前卑职跟陈泰运打过交道，给我的感觉是这个人仗着他是宋子文的亲信，十分傲气，一般人他根本不放在眼里，就连韩德勤他都不买账，所以做他的说服工作难度相当大。

李长江：这个我知道。之前我已经派人去试过，效果不理想。所以，才想到你，看看你能不能把这件事给办妥。

赵忠明：这件事卑职也只能去试试，尽力而为，能不能成功，卑职可不敢保证。万一成功不了还请总司令原谅。

李长江：只要你尽力而为了就行。这件事谁也保证不了。

赵忠明：谢谢总司令的理解！

34—5 兴化戴南国民党两淮税警总团驻地·夜内

主要人物：赵忠全、赵忠明。

赵忠全住宅。

赵忠明身穿便服坐在木沙发上。

周玉珍捧来茶水放在茶几上：弟弟，来，请喝茶！

赵忠明微微起身：谢谢嫂子。

赵忠全：最近你到高港看过奶奶、爸爸没有？

赵忠明：前天刚去过。爸爸身体还行，奶奶身体不太好。

赵忠全：奶奶怎么啦？

赵忠明：奶奶年纪大了，老头晕，有时还呕吐。

赵忠全：舅舅是老中医，给她看过没有？

赵忠明：当然看了，开始服了药还有效果，以后渐渐效果就差了。

赵忠全：唉，年龄大了，也就这样了。但愿他能熬到抗战胜利的那一天。高港是你们的控制区，又离泰州较近，我呢，多有不便，奶奶、爸爸那边以后你就多操点心了。

赵忠明：那当然，应该的。

赵忠全：你现在在李长江那里工作还顺利吧？

赵忠明：还好吧。李总司令这个人其实挺好的。

赵忠全：我一直都想不通，你以前不是一直对日本人很反感吗？怎么以后不跟李明扬走，却跟了李长江了呢？

赵忠明：二哥以前不也在李明扬的队伍里待过吗，可后来不也是离开了吗？

赵忠全：看你说的。我可与你不一样。我之所以离开李明扬，一是因为他尽管号称有近三万人，可只是个国民政府的杂牌军，一直不受重庆政府的待见，部队的武器装备，人员素质，薪水待遇都与税警总团没法比。二是他可能因郭村之战被新四军打服了，与新四军愈走愈近，而我对新四军没有好感，他们与重庆合法政府军到处争地盘，与李明扬的部队相比，更是个杂牌军；韩德勤那边也不行，与日军和新四军交战，十战九败，人送外号“饭桶将军”。

赵忠明：那黄桥会战时，你怎么同意帮助新四军的呢？

赵忠全：这个原因较多也较复杂。首先，是你出面，我总得念我们兄弟之情，大的忙帮不了，但起码不起反作用；其次，那韩德勤与我们一向不和，一直找我们的茬子，企图完全控制我们，对他唯命是从；再就是，陈团长本来就不愿与新四军再交战，不仅仅是回报在北新街战败时新四军的宽宏大量，全部释放、退还了我们的人马武器的那份情，同时也不想上韩德勤借新四军之手削弱我们的当。另外，当初我投奔李明扬也只是权宜之计。不过，我就是离开了李明扬的队伍，到了税警总团也还同属重庆国民政府的军队序列，与汪伪政府的部队可性质不同哦。

赵忠明：以前，我初出茅庐，年轻气盛，不知天高地厚，世事无常，人心险恶。经过这几年的磨炼，一切都看透了。正如古人所言：识时务者为俊杰。那李明扬其实人也很不错的，但由于能力有限，现在气数已尽，跟在他后面，已没有什么前途可言。加上李总司令的极力挽留，我考虑再三，最后还是决定跟着李总司令。

赵忠全：人各有志，这个我不好勉强你。但如果是我，我就会跟李明扬走。尽管他的人马已经不多，但他还有重庆政府的支持和新四军的帮助。再退一步讲，就是他的人马都打完了，还会留下一个好名声。

赵忠明：这个我与二哥的看法有所不同了。你应该知道中国有个成语叫“卧薪尝胆”。如果当初越王勾践不审时度势，委曲求全，卧薪尝胆，奋发图强，以后怎么会打败吴王夫差，复兴越国呢。我们汪主席主张的和平救国，就是学习越王的政治智慧，与越王的救国兴国之策如出一辙，都是韬光养晦。

赵忠全：这春秋时期的吴越争霸，说到底就是兄弟之争。争来争去还是同属一个炎黄子孙。这与现在的中日之战性质可大不相同。

赵忠明：我认为只是时代不同，本质都一样。你以为跟在重庆政府后面中国就有希望了吗？据内部消息，前段时间，蒋某人想方设法举全国之力募集了大笔资金向美国买一千三百架军机，结果只到了三百架，剩下的钱都被其夫人宋美龄存进美国花旗银行的个人账户。由此可见，整个政府从上到下已经腐败透顶，从里到外已经病入膏肓，如果靠这样的政府救国兴国几乎是不可能的。希望二哥能看到这一点，尽早明智地作出选择。如果我们兄弟两人能同心协力，相信我们的未来一定前途无量。

周玉珍：兄弟说得也还是有一定的道理的。

赵忠全：我现在已经明白你的意思了。你这次来的目的是不是来劝我与你携手和平救国？

赵忠明端起茶杯喝了一口茶：既然二哥都这么说了，那我就直言不讳了。我这次来的目的，一是想了解了解二哥有没有与我军合作的意向。二是好久没见二哥了，家里的奶奶、爸爸都很想你们，让我想办法来看看你们。三是我们兄弟现在难得见一次面，更好久没在一起吃饭聊天了，我真的十分怀念我们小时候。那时几乎天天吃、睡、玩都在一起，形影不离。清晰记得那时我们同睡一张床，你经常尿床，老挨妈妈揍，我偶尔也尿一次，也就顺理成章成了你的错，结果挨打的还是你。现在回想起来，你真的好冤枉哦。

赵忠全眼眶噙泪：是啊，尽管我向妈妈说了，不是我尿的，但她就是不信，说你从来不尿床，没办法只好替你挨屁股了。兄弟之间，你最小，也是你最调皮，但爸爸妈妈总是护着你，你错了，说你小，怪我和大哥没让着你；你对的，那就更不用说了，总之，横竖都是我们两人的不是。所以，有时候，我和大哥都不想带你去玩，惹不起总该躲得起吧？诶，躲也躲不掉，你就像癞皮狗似的，我们躲到哪儿你都能找到，甩也甩不掉。

赵忠明含笑噙泪：我知道你们尽管都讨厌我，但当我与其他伙伴吵到架时，你们还是毫不犹豫地帮着我、护着我。记得有一年夏天，我们偷偷瞒着爸妈去河里游泳摸河蚌，我和狗蛋同时踩到了一个大河蚌，为此两人争执起来，狗蛋推搡了我一把，我呛了几口水，你立马游了过来，一把摁住狗蛋的头，使劲上下磕水，呛得他两手乱舞，哀声求饶才松手。这情景至今历历在目。

赵忠全：这当然。我们毕竟是亲兄弟，有着不可分割的血脉亲情。古人说得好“兄弟阋于墙，外御其侮”。

赵忠明：现在回想起来，这份兄弟之情十分弥足珍贵。如果可能的话，不仅希望我们兄弟携手，还希望通过你，让陈将军也能一起弃暗投明。当然，我们总司令也承诺过了，级别待遇肯定要比现在高得多。

赵忠全：兄弟的好意我领了。不过，我们现在都已经长大了，都经历了许多人生风雨，都有了各自独立思考，辨别是非的能力和为人处世的标准。坦率讲，人各有志，道不同不相为谋，我们谁也别劝谁，你不要为难我，我也不为难你，你走你的阳光道，我走我的独木桥。我们都各自好自为之吧。但不管怎么说，我们永远是亲兄弟，观点和道路可以不同，手足之情应该永远不会变的。

赵忠明：既然如此，我尊重二哥的选择！但愿二哥日后能有一天幡然醒悟，改弦更张。你我日后如果真能够并驾齐驱，一定会前程无量。有道是：兄弟同心，其利断金。

34—6 兴化戴南河边篷船上·日外内

主要人物：周玉珍、赵忠仁。

周玉珍一身普通妇女初夏着装打扮走在人流熙熙的河边大道上。

河道里停泊着许多大大小小的货船、渔船。

周玉珍在一条靠在小水桥旁带篷的渔船停下。

渔船上坐着一位渔民在整理渔网。

周玉珍：老板，有没有大灰鲢。

渔老板：有。

周玉珍：我要活的。

渔老板：有。要几条？

周玉珍：要三条。

渔老板：有，正好就剩三条了。你上来看看吧。

周玉珍：好。

周玉珍走上小水桥，小心翼翼地登上了渔船。

渔老板低声：赵先生在里面。

周玉珍点了一下头，小心翼翼走了过去，掀开篷帘弯腰进入。

赵忠仁盘坐在船板上：来啦，委屈一下，就坐这里吧。

周玉珍：三弟来找过忠全了，两人交流了很久。叙兄弟之情，娓娓道来，情真意切，令人动容；论当下时局，侃侃而谈，以古论今，引经据典；劝忠全投归，思路清晰，条理分明，言辞恳切；可以说是句句玑珠。我想，当年诸葛游说周瑜联手抗曹也不过如此，真的太有才了，可惜，就是没说通。

赵忠仁：看来，三弟对李总司令是真心实意、忠心耿耿。李总司令的疑虑是多余的。

周玉珍：那我们下一步该怎么办呢？

赵忠仁：这条路走不通，看来只有走迂回战术了。

周玉珍：怎么迂回法呢？

赵忠仁：陈泰运不是一直与新四军关系密切吗，其实这只是表面现象，也是暂时的，他们既利益共同，又利益冲突，说穿了，他们之间既相互利用，又互相防范。所以，我们要充分利用这一点，令他们反目成仇，然后我们坐享渔利。我们下一步这么办……

34 — 7 泰州汪伪第 1 集团军总司令部 · 日内

主要人物：赵忠明、李长江。

司令部总司令办公室。

赵忠明肃立在长江面前：总司令，卑职无能，没能完成您交代的任务。

李长江摇了摇头，面带笑容：这个不怪你，这个结果，也在我的预料之中。以前我已派人去劝说过多次，不也没有成功吗？我知道，不是你没有尽力，也不是你没有能力，而是你二哥这个人确实头脑太僵化了，性格太倔强，不撞南墙不回头。你不要自责，人生在世，无论是事业还是生活，许多愿望不可能都心想事成，许多事都会不尽如人意，甚至失败，不过，凡事只要我们尽了最大能力努力过、奋斗过，就是没成功也问心无愧。这就是老话所说的：时运，天命哦。

34 — 8 高港永安洲黄家大院 · 夜内

主要人物：黄万山、黄广为。

黄万山在堂厅急得来回踱步。

黄广为站在一旁不敢吱声。

黄万山一脸怒色：这就是你干的好事！以前我不是跟你说过的吗？做任何事情要把握好分寸，要见好就收，见好就收，否则，物极必反，你听进去了吗?

黄广为: 这“赌场”又不对生人开放，来的都是有头有脸有身份的人，谁会想到出这种事?

黄万山: 这仅仅是赌场的事吗? 我听说那个张仁德，为了船上的一个已经怀孕的女人将人家男的都打死了，简直就是太无法无天了。他敢这么大胆不都是你平常惯出来的吗? 用人要恩威并施，不能让他们为所欲为。弄几个漂亮的女人招揽生意，这本身没什么错，但要找那些心甘情愿的，绝不能强抢民女，逼良为娼。祸害人家，否则早晚要出事。你别以为老子是个警察局长，你就可以肆意妄为。我告诉你，别说老子仅是个小小的警察局长，就是日本人也独揽不了天下。且不说那重庆的国民党，就那新四军，整天神出鬼没，就让你够受的，连日本人都经常被动挨打，何谈我们? 日本人现在还在讲究怀柔政策，拉拢民心呢。

黄广为: 爹教训的极是，儿子一定牢记您的教诲，接受这次教训。不过，现在这些事该怎么处理呢?

黄万山: 这张仁德暂时不要理他，就让他在里面挨点搞，吃点苦头，接受一下教训，日后他那为非作歹的品行才会有所收敛。“红运阁”暂时也别开了，开了暂时也没人敢来。还是先做好你的木材生意吧。

黄广为: 好的。一切听您的。

34 — 9　泰兴马甸日伪据点 · 夜内

主要人物: 钱光仕、戴德智、仇少示、单绍留、闻盛成、吉厚煌、李淑芹。

据点营部会议室。

钱光仕、戴德智、仇少示、单绍留、闻盛成，吉厚煌、李淑芹坐在木椅子上开会。

钱光仕: 现在先请你们说说这段时间人员的发展情况。仇连长你先说说。

仇少示: 我们1连目前只发展了戴德智，这个人因为我们曾经救过他，所以他心怀感激，人也很义气，是个十分可靠的人。这段时间，他也处了两个谈得来的士兵，还在观察之中。

钱光仕: 2连呢?

单绍留: 我们1连目前发展的只有两个，就是在木排坞被日本人打伤我们送去急救的那两个人，他们叫张小兵和汤正明，都是龙窝人。两人身体恢复得很好，张小兵舞刀弄棒挺有一套，但奇怪的是枪法不好。人也不错，就是话不多，也不识多少字。汤正明枪法好，也很健谈，人也机灵，缺点就是，喜欢要小聪明。他们两个人正好互补。其他有几个人还有待观察。

钱光仕：这两个人再加强训练一段时间后可调到营部来，我亲自训练他们。3 连呢？

闻盛成：目前，我们连队发展了三个人。都是 28 年永安洲“反丈田风暴”的直系亲属。一个是女英雄“八把桨”的侄子李万芳，一个是当时的风暴发起人黄万友的弟弟黄万朋，还有一个就是当时的参与者蒋锡九。

他们对国民党和日本人都恨之入骨。开始不知道我们的情况，不愿意加入我们的队伍，后来吉副连长以老乡的身份跟他们做了很多工作才加入的。

钱光仕：我们的发展工作还要抓紧进行，所发展的这些人，经秘密政治培训和严格军事训练后立即安排到重要职位上，关键时候才能发挥重要作用。第二件事就是，夏收已经开始，你们各个连队要主动与地方上的维持会联系，催缴粮草和军费，联系好运输车辆和船只，并及时上报，以便上级制定详细的行动方案。第三件事就是要告诉大家，为了适应新的抗日斗争形势，抗日根据地实现小省制，自今年 3 月 19 日起，新四军华中分局已撤销苏北区党委和苏北临时行政委员会建制，将东台、兴化、宝应以南、黄海以西，运河以东，长江以北划定为苏中军区，由新四军 1 师粟裕部兼管。现在日伪军正准备集中优势兵力对我新四军盐城军部发动进攻，为了牵制敌人的兵力，减轻军部的军事压力，我苏中军区决定近期将采取一系列军事行动，袭扰、端掉敌人的据点，我们要作好充分的思想准备，利用我们这支特殊的队伍，给予密切配合。

众人：随时听从命令。

钱光仕：大家还有其他什么问题没有？

李淑芹：我有。那个永安洲自卫队队长张仁德无恶不作，我们应该灭了他，为民除害！

钱光仕：这个人我已经听说过了。是要惩罚他，但我们要制定一个详细的方案，不能盲目行事。

34 — 10　高港永安洲黄家大院 · 夜外内

主要人物：顾凤山、闻盛成、黄广为。

顾凤仙、闻盛成骑着马带着一队伪军来到黄家大院门前下马。

站在门口的两名挎枪门卫连忙迎上：长官，是找我们黄镇长的吗？

闻盛成：是的，我们来拜访黄镇长的，请通报一下。

门卫：那请长官稍等，我去通报一下。

黄广为带着脸上伤痕刚愈的张仁德走了过来。

黄广为笑容可掬抱拳：啊呀，不知团座驾到，有失远迎，失敬失敬！

顾凤山抱拳：不好意思，又来打扰了。介绍一下，这位是我们永安洲驻军闻连长。

黄广为抱拳：闻连长好！幸会幸会！

闻盛成：请黄老板多多关照！

黄广为：父亲在高港开会还没回来，只能我来迎接二位了，请，里面请！

黄广为、张仁德陪同顾凤山、闻盛成进入客厅落座。

黄广为与张仁德耳语了一下，张仁德退出。

侍佣奉上茶。

顾凤山：上次不好意思，多有得罪了。

黄广为：哪里哪里，都是鄙人年少轻狂，不谙世事。回来后被老父亲狠狠教育了一顿。

顾凤山：我们是不打不相识啊。以后黄老板如果遇到什么麻烦尽管开口，我们有一个连就驻扎在永安洲，保证随叫随到。

黄广为：那先行谢谢顾团长了。今天顾团长大驾光临，不知有何见教？

顾凤山：见教可不敢当哦。眼下夏收已经结束了，我想永安洲的粮草和税费任务应该完成得差不多了吧？

黄广为：不好意思，这个要问我父亲和维持会的陆会长，他们负责这方面的事，我呢，只做我的木材生意。

顾凤山：可陆会长说，这件事全是由你带着维持会的自卫队去具体操办的。

黄广为眼珠迅速转了几转：噢，这个，这个是这样的。顾团长也应该了解，现在征粮收税真的很难哪。大户吧，一般不买账；小户吧，征不到几个子儿。所以，只有当维持会征粮收税时遇到硬茬的，我才带几个人去，否则，这个事就没法做下去。这样吧，这件事等我父亲回来后我转告他一下，让他安排维持会尽快将粮草和税费送给你们。不过，还要请顾团长体谅一下，现在战乱时期，老百姓都活得不容易，如果有不到位的地方还望您高抬贵手，体恤一下老百姓的艰难，也体谅一下我们的难处。

顾凤山：大家都活得不容易。我们的人也是用性命在换生存。

黄广为：这倒是，大家能够互相理解就好了。那请问这粮草和钱送到哪里呢？

顾凤山：钱呢，暂时先由我们闻连长上门代收，粮草一小部分直接送到我们的永安洲驻地，由他们押送到马甸我们 3 营驻地粮草中转站，再由我们泰兴师部统一调配，这样可以减少你们的开支。

黄广为：那好，我们就这样办了。

张仁德捧着两只红色小木盒过来，黄广为接过递给顾凤山和闻盛成：今天呢，二位不期而访，我也没有来得及准备，就这一点小意思，聊表心意，还请二位笑纳！

顾凤山接过木盒掂了掂，喜笑颜开：啊呀，黄老板太客气了。谢谢！谢谢！既然黄老板这么客气，那闻连长，以后黄老板若有什么事，你们要保证随叫随到！

闻盛成：那必须的，互相支持嘛！

34 — 11　高港永安洲上桥东街白事店铺 · 日外 · 内，早晨

主要人物：张仁德。

季芝彦，40 岁（1902—1960），小商户。

季广德，6 岁（1935- 健在），季芝彦之子。

张仁德带着十几名自卫队员闯进一家三间砖瓦房店内。

中年男人季芝彦连忙从柜台里迎了出来。

季广德吓得连忙躲在父亲身后。

季芝彦：张队长，有什么事的？

张仁德：你不要装糊涂了，我们的人多来了好几次了，你家的税费怎么还一分不缴？

季芝彦：不是不想缴，是真的没钱交啊。

张仁德：你骗谁呢？你有钱砌房子开店，没钱缴税？

季芝彦：我跟你们收税的人都说过好多遍了，我砌这房子不是有钱才砌的，而是原来的宅地风水太不好了，我老婆、大儿子，女儿都先后得病死了，没有办法才向亲戚朋友东借西借买了这上桥街上的地皮砌了这三间房子，想做点小生意还债。

张仁德：这年头，有几家真正有钱？谁家没有困难？但地方政府和部队也都要吃饭哪，如果都像你这样一毛不拔那怎么行？

季芝彦：张队长，请你帮帮忙，我是真的没钱，等我度过今年这最难的一关后，明年多补交点行不行？

张仁德：你当我是傻子啊，想用这一套忽悠我呢。这样吧，跟你说实话，今天你如果还一分不缴，我只好将你带走了，别怪我不讲情面，我好话都说尽了。

季芝彦：你抓就抓吧，反正抓也没钱。

张仁德一挥手：你既然这种态度，那我就不客气了，来人，带走！

几名自卫队员上前连推带搡将季芝彦带出门。

季广德连忙跟在后面哭喊：爹，爹，爹。

一自卫队员用手一推，季广德倒地，坐在地上哇哇大哭：爹，爹，爹……

34 — 12 永安洲上桥东街 · 日外 · 早晨

主要人物：张仁德、季芝彦。

张大嫂，40岁左右，小商户。

自卫队员带着季芝彦穿过人来人往的街市来到上桥东街桑树林下。

一排碗口粗的桑树干上，已经绑了四男一女五个人，四周围观了一群人。

两名自卫队员将季芝彦五花大绑在那中年妇旁边的一颗桑树上。

张仁德一挥手：哪个再不老老实实交税，就跟他们一样！走，去下家。

一群自卫队员跟随张仁德而去。

季芝彦抬头看了一眼身边的妇女：张大嫂，你也是没缴税？

张大嫂点点头：是的哦。男人死了之后，就靠这染坊养一家老小，可这些现狗日的连我这寡妇都不放过。你看那边，第一个是开粮行的张春山老板，第二个是开豆腐店的葛银海老板，第三个是开药店的侯少兰老板，第四个是开鱼行的杜祥根老板。他们现在又下去抓人去了，估计，马上还有人被抓得来。

季芝彦：随他们吧，反正我是真没钱。要钱没有，要命一条。

34 — 13 永安洲上桥大东大街民宅 · 日内 · 中午 · 晴

主要人物：杨素珍，30岁左右，农妇。

季广德。

杨素珍端着一大碗稀饭走进季芝彦家店铺内。

季广德已经哭累，闭着眼睛躺在地上时不时地抽噎一下。

杨素珍连忙将大碗搁在桌子上弯腰将季广德一把搂在怀里：小乖乖肉，太可怜了。

季广德睁开眼睛一见连忙抱住杨素珍又大哭起来：大姨妈，我爹被他们抓走了。

杨素珍：小宝，快别哭，我刚回来就听说了。到中午了，你饿了吧？来，你先喝点粥，喝好了，再送点给你爹。你爹还被绑在东大街边上桑树上晒太阳呢。别人都不敢送去，只有你去。

季广德立即从杨素珍怀里站了起来：好。

杨素珍连忙找了一只小碗，倒满后递给了季广德。

季广德接过小碗大口大口地喝了起来。

杨素珍疼爱看望着季广德：你慢点，不着急。

季广德很快就喝完。

杨素珍将大碗里的粥倒入小碗端起：走，我带你去。

34—14 永安洲上桥东大街桑树下·日外·中午

主要人物：杨素珍、季广德、季芝彦。

杨素珍带着季广德在离桑树不远处的地方停下，指向桑树：你爹就被绑在那棵树上，你去吧。

季广德两只小手接过杨素珍递过来的小碗和一个竹汤匙，小心翼翼地捧在手里走了过去。

几颗桑树下只剩下季芝彦一个人，他有气无力地低着头，闭着眼睛。太阳光直射在他的全身，汗珠不时地从他脸上落下。

季广德走到季芝彦面前：爹，我给你送吃的来了。

季芝彦睁开眼睛一脸惊讶：啊？我的乖乖肉，你怎么还晓得送吃的来呢？

季广德：是街对面大姨妈叫我送来的。

季广德双手捧着小碗，踮起脚，伸长手臂，想努力送到季芝彦嘴边。但落差太大，根本够不着。

不远处的杨素珍见状，连忙跑了过去，一把抱住季广德架在了自己的脖子上。

季广德一手端着小碗，一手拨弄着竹汤匙一口一口地喂起父亲来。

季芝彦边吃边泪水直流。

喂完，季芝彦舔了舔唇四周：来，让爹亲一口。

季广德贴过脸去。

季芝彦连亲三下，泪如雨下：好了，我的好小宝。

杨素珍蹲下将季广德从脖子上抆了下来，拿走空碗转身准备离开，

张仁德忽然站在了面前，不由吓了一大跳。

张仁德：胆子不小啊，竟然敢给抗税顽固分子送饭。

杨素珍慌张：张队长，我可没有送饭，是他儿子送的。

张仁德：但是你帮的忙。

杨素珍：他儿子还这么小，看他够不着才帮了一把。他老子又不是犯人，就是犯人，也要给吃的呀，总不能把人家饿死。

张仁德：你这是好心办坏事，如果一个一个既不挨饿，又不挨搞，那谁还

老老实实地缴税？季芝彦，我劝你还是尽快将税钱交了吧，你看，现在就剩你一家没交了。

季芝彦：反正我没钱，随你怎么弄吧！

张仁德：你如果还这么强硬，那我马上连你儿子一起都绑在这里，你信不信？

季芝彦愤怒：张仁德，你如果真敢这么做，我绝不会放过你！

张仁德：呵呵，你竟敢威胁我？来人，给我将他爷儿俩绑在一起。

身后的自卫队员犹豫：队长，这，这不太好吧，这孩子才五六岁，也太小了。

杨素珍：张队长，你就高抬贵手，饶了这个孩子吧。

张仁德：你劝我没有用，你应该劝他赶快将税钱缴了。季芝彦，再问你一遍，你到底缴不缴？

季芝彦：我不是不缴，是家里真的没钱。

张仁德一挥手：来人，将他儿子绑了。我就不信真的没办法整你！

两名自卫队员将季广德用绳子绑在了他父亲两大腿前。

季广德不再哭喊，两只小眼睛愤怒地瞪着张仁德。

杨素珍匆忙离开。

围观百姓连连摇头，低声骂道：太缺德了。

34 — 15　永安洲上桥东大街桑树下 · 日外 · 傍晚 · 晴

主要人物：季芝彦、季广德。

太阳渐渐西下，桑树下被捆绑在一起的季芝彦和小儿子口干舌燥，时不时地舔着干燥的嘴唇。

路人不时驻足远望，窃窃私语，愤愤不平。

季芝彦低头看着小儿子：小宝，别怕，他们不能再把我们怎么样了，再熬一阵子太阳下去了，就凉快了。说不准，天一黑就有人来救我们了。

季广德：爹，我不怕了。我一个人在家才怕，有爹在，我什么都不怕了。

季芝彦：对，别看他们现在比狗还凶，总有一天，爹会跟他们算总账，报了这笔仇。小宝，爹一下午还没有小便，一直熬着，就是怕屙到你头上和身上，现在实在熬不住了，怎么办？

季广德：爹，没事，你屙吧，我都屙裤子里好几次了。

季芝彦：那委屈小宝了。

一泡大尿从季芝彦裤裆渗出，很快从季广德头上、脸上、脖子上潺湲而下。

季广德紧闭着眼睛和小嘴，一声不吭。

季芝彦神情舒松地仰着头，两行泪水潸然而下。

34 — 16　永安洲大马路上 · 日外 · 傍晚

主要人物： 杨素珍、张勇、陆伯英。

杨素珍站在大路边不时地左顾右盼。

一群人簇拥着一辆轿子从远处缓缓走了过来。

张勇跨着枪，走在前面。

杨素珍定神看清后快步迎了上去一下子跪在轿子跟前： 陆会长，求求您救救我那大哥和小侄子吧。

张勇连忙上前一把扶起： 快别这样，有什么事你慢慢说。

轿子落地，陆伯英从轿子上下来： 妹子啊，发生什么事了？你告诉我，都是乡里乡亲的，能帮忙的我一定帮忙。

杨素珍： 我老公的堂哥季芝彦因为实在是没有钱，交不起税，被张仁德绑在东街大桑树上示众都快一天了，还有他那仅仅五六岁的小儿子也被绑在一起。

陆伯英惊愕： 什么？连五六岁小孩也绑了？不会吧？

杨素珍： 到现在还绑在那里呢，不缴税，不放人。您如果不信，现在就可以去看。堂哥一家，老婆、大儿子、大女儿都得病死了，只剩这一个小儿子，如果再有个三长两短那这个家就完了。我老公又不在家，所以只有我来请您无论无何帮帮忙，救救他们。

杨素珍连连磕头。

陆伯英立即将他拉起： 走，我现在就去。

34 — 17　永安洲上桥东大街桑树下 · 日外 · 傍晚

主要人物： 陆伯英、张勇。

一群人簇拥着轿子来到上桥东大街桑树下。

陆伯英跨出轿子，看到被绑在桑树上的父子俩，眉头一皱： 还真是！这么小的孩子他也下得了手，这张仁德可还真是什么事都做得出来。张勇，快去将他们解开。

张勇连忙上前用匕首将绳子割断，父子俩一下子瘫倒在了地上。

杨素珍一步上前将季广德抱在怀里，心疼地抚慰： 乖乖肉，没事了。

34 — 18　永安洲上桥大街 · 夜外

主要人物：张仁德。

上桥西大街赌场门口，灯火摇曳，人进人出。

肥头大耳的张仁德身挎盒子枪从屋内走了出来。

那尖嘴猴腮的瘦高个跟在身后一脸媚笑送到门外：张队长，你走好！

张仁德“嗯”了一声，得意地抛了一下手掌上的几块大洋：明朝见！

瘦高个点头哈腰：明朝见！

张仁德哼着小调沿着灯火昏暗的街道经过十字路口左拐向北。

北大街的小巷黑暗处一匹黑马悄无声息地立在那里，马上骑着一个蒙面人。

张仁德摇头晃脑地走过巷子口后，黑马随即而动行至张仁德身后一副绳套突然甩出，一下子套住了他的脖子。蒙面人迅速收紧绳索策马飞奔。

张仁德被直挺挺地拖拽在大马路上摩擦，很快衣衫零落，血肉飞溅。

34 — 19　永安洲上桥南街苗猪市场 · 日外 · 早晨

主要人物：张仁德。

红色的太阳从东边冉冉升起，马路上行人车辆渐渐多了起来。

人们有的挑着装着猪苗的大竹箩，有的推着载着空大竹箩的独轮车走向苗猪市场。

市场道路两侧放置着一排排装着大小不等的猪苗竹箩。

推着空箩独轮车的买家时不时地停下来查看猪苗，与卖家讨价还价。

突然人流中有一妇女高声：没得命，有人上吊死了！

有人问：在哪儿？

妇女抬手指了指：在东边的桑树林里。

几个买家立即停止了交谈，沿着妇女手指的方向快步走了过去。

桑树林边已经人头攒动，议论纷纷。

张仁德赤裸裸的尸体被悬吊桑树林里的一颗桑树上，浑身血肉模糊。脖子上挂着一块牌子：汉奸走狗，杀无赦！

第三十五集　断头将军

情报失误中敌计，分路转移遭伏袭。

危急关头托妻女，将军鏖战身首离。

35—1　泰州坡子街·日·内·早晨

主要人物：闵启昌。

鱼行老板，40岁左右。

闵启昌身穿便服走进坡子街13号江鲜鱼行。

鱼行老板：先生，你买江鱼吗？

闵启昌：有刀鱼吗？

鱼行老板：先生，现在这个季节已经没有刀鱼了。只有鲥鱼和河豚。

闵启昌：那河豚怎么卖的？

鱼行老板：二十块一斤。

闵启昌：太贵了。十三块一斤卖不卖？

鱼行老板：你要几条？

闵启昌：你有几条？

鱼行老板：我有三条。

闵启昌：那好吧，我全买了。

鱼行老板：先生。我必须提醒一下，河豚要有专门的人烧，有毒呢。

闵启昌：我知道。我是请专门烧河豚的烧。

鱼行老板将三条河豚装进网里称了一下：二斤八两，十三块一斤，共三十六块四。你给三十块吧！

闵启昌掏出钱，将一张白纸夹在里面，使了个眼神，递了过去。老板，这是钱，你点一下。

鱼行老板接过钱清点，看见白纸条点了一下头：哦，不错！

鱼行老板将河豚倒进闵启昌的菜篮子里：欢迎下次再来！

闵启昌转身离去。

35－2 兴化鲁汀河·日外·晨

主要人物：陈中柱。

鲁汀河里，数条大小不等木船停泊在河中央，船上的人正挥动着铁锤，将一根根小木桩打入水底。

小木桩上头接近水面时，水中的人接着挥动着铁榔头将小木桩上头锤隐在水面下。

身材魁梧的陈中柱站在船头上指挥着河里正在打木桩的士兵：每二十米一排，打六排，每排打五个桩，在水面上看不见桩头就行。

船上的士兵将一颗颗水雷捧给水中的士兵。

水里士兵接过后潜入水下，将水雷系在了木桩上。

陈中柱：一定要将每排水雷的引索绳连起来，保证同时引爆。

水中士兵：放心吧，司令，保证让鬼子的汽艇有来无回！

35－3 兴化鲁汀河·日外

主要人物：陈中柱。

鲁汀河上，两艘插着太阳旗的汽艇冒着黑烟牵引着六艘满载军火货船“突突突”地开了过来。

陈中柱半蹲在堤岸上举起望远镜向远处河面瞭望。

前面汽艇甲板上，日军军官正举着望远镜四下观察。

后面汽艇甲板上的几名日军正开心地哼着日本小调。

船队渐渐航行至水雷区。

陈中柱趴下，一挥手：拉！

鲁汀河上瞬间连续响起数十声“轰隆、轰隆”的爆炸声。

白色水柱直冲半空，四周白浪汹涌。

两艘汽艇和军火船顷刻间东倒西歪，鬼子纷纷落水。

岸上，陈中柱率领士兵向鬼子猛烈射击。

鬼子不断中弹，沉入水底。

军火船上燃起大火，爆炸声声。

日军军官被流弹击中落入水中挣扎了几下便沉了下去。

汽艇和军火船渐渐被河水吞没。

隐蔽在汊港的数十条木船快速驶出，向鬼子船队开枪射击！

在水中挣扎的鬼子悉数被击溺亡。

35—4 兴化城·日外

兴化城门右侧城墙上张贴着两张悬赏通缉令，一张通缉令上印着一脸大胡子的李明扬，上书：兹通缉悬赏缉拿泰州匪首李明扬，若有军民捕获，无论死活，均赐赏奖金20万大洋。落款：泰州日军司令部。

另一张印着一身戎装的陈中柱，上书：兹通缉悬赏缉拿匪首陈中柱，若有军民捕获，无论死活，均赐赏奖金10万大洋。落款：泰州日军司令部。

通缉令四周，数名路人围观。

35—5 泰州城·日外

泰州城门右侧城墙上张贴着两张悬赏通缉令，一张通缉令上印着一脸大胡子的李明扬，上书：兹通缉悬赏捉拿泰州匪首李明扬，若有军民捕获，无论死活，均赐赏奖金20万大洋。落款：泰州日军司令部。

另一张印着一身戎装的陈中柱，上书：兹通缉悬赏捉拿匪首陈中柱，若有军民捕获，无论死活，均赐赏奖金10万大洋。落款：泰州日军司令部。

通缉令四周，数名路人围观。

35—6 兴化戴南民宅·夜内

主要人物：赵忠全、周玉珍。

赵忠全和周玉珍半坐依靠在床栏上。

周玉珍：跟你商量个事。

赵忠全：什么事？

周玉珍：你大哥在泰兴新街镇新开了家诊所，想要我去帮忙，你看我要不要答应他？

赵忠全：他既然开口了，不答应恐怕不太好吧？你就答应吧。不过，新街镇可是新四军活动十分频繁的地方，你可要注意，不要暴露我们夫妻关系。

周玉珍：我就是做个医生，哪边都不得罪，应该没什么问题。再说了你们与新四军的关系现在不是很好吗？

赵忠全：现在是现在，后来是后来，后来关系好不好谁都不知道。你还是小心为好。

周玉珍：知道了。

赵忠全：我也要告诉你个事，我明天要出差茅山的五张庄一趟，大概要三天。陈团长派我与陈中柱司令有公务要谈。

周玉珍：茅山在哪里？怎么没听说过？

赵忠全：就在我们的西北边，是个乡镇。

周玉珍：哦。我听说，李明扬在唐家甸，他跟李明扬不在一起？

赵忠全：他们自从李长江投靠日本人之后就分开了。李明扬带着原总指挥部机关人员和一个教导队去了泰州北面的唐家甸，而陈中柱带着4纵的三个支队转移到了茅山、沈杨庄、边城、东浒垛一带，

周玉珍：这些地方听都没听过。

赵忠全：都是些乡镇、村落。

周玉珍：他们为什么要分开的呢？

赵忠全：这个我就不清楚了，各人有各人的打算吧。

周玉珍：那你路上千万要小心，现在鬼子巡逻的汽艇多。

赵忠全：放心吧，我带了一个警卫排去呢，况且，都穿的便衣。

35 — 7　兴化戴南沿河马路上 · 日外 · 早晨

主要人物：周玉珍。

周玉珍一身普通妇女的装束沿着人来人往的河边马路缓缓而行，时不时弯腰向路边小摊贩询问价格。走至河里停泊着一条带篷小渔船停下，随意向四周看了看，便下坡小心翼翼地踩着小桥板走上了篷船。

35 — 8　泰州日军司令部 · 日内

主要人物：泽田茂、李长江。

唐川安夫，47岁（1895—1977），日军第13军参谋长。

朱郁任，50岁左右。伪第1集团军副总司令兼总参谋长。

杨南无，40岁左右，伪苏皖边区绥靖4师师长。

日军司令部会议室内，泽田茂、李长江主持会议，徐鹏举（翻译官）立于旁边。

会议桌一边为：朱郁任、赵忠明、何春林、颜秀五、秦庆霖、刘湘图（伪22师长）、杨南无。

一边为：唐川安夫、南部襄吉、琦登（日驻兴化司令官）、但马（日驻东台司令官）。柴田石井（日驻泰州一大队大佐）、野田（日驻泰州二大队大佐）。

泽田茂（日语）：最近国民党“顽固派”李明扬部不断在鲁汀河上袭击劫持我军运输军火和粮食的船只，并与新四军联手在梓辛河上袭击我军前往东台的参加军事会议的将士。为此，司令部决定，集中优势兵力首先对李部进行全力清剿，以保证泰州至兴化、兴化至东台航运通道的安全。现有唐川安夫参谋长

宣布这次军事行动的具体部署。

徐鹏举翻译。

唐川安夫（日语）：从6月5日上午7点起，和平建国军第22师刘湘图师长派两个团配合我皇军兴化琦登联队的一个大队从老阁沿鲁汀河南下，直逼李明扬的唐家甸司令部；和平建国军第27师何春林师长派两个团配合我皇军泰州旅团南部襄吉的一个大队沿鲁汀河北上，南北夹击唐家甸。和平建国军第25师秦庆霖师长派两个团进入溱潼西部地区巡防，防止李部东逃至税警总团陈泰运控制区域；和平建国军第24师颜秀5师长派两个团进入华港地区巡防，防止李部西窜进入江都纪北新四军控制区域；苏皖边区绥靖4师杨南无部配合我皇军东台但马联队重点巡逻东台河，防止李部人马逃向东台三仓新四军根据地。

徐鹏举翻译。

朱郁任：杨师长那边还要加强竹泓港我控制区域的巡防。防止陈部从那里进入新四军的控制区。

杨南无：参谋长放心。竹泓港河段的防御有“庄联会”沈致祥的人马把守。

朱郁任：沈致祥的人马不是被兴化新四军独立团收编成独立大队了吗？

杨南无：朱参谋长有所不知，那沈致祥表面是被新四军收编了，实际上还是为我所用，这叫“红皮白心”。

朱郁任：那就好。

李长江：各位还有什么问题没有？

和平军众将：没有了。

李长江：那刚才泽田茂司令官布置我集团军各师的任务听清了没有？

和平军众将挺胸：听清了！

泽田茂（日语）：我军众将听明白了没有？

日军众将低头：听明白了。

泽田茂起立（日语）：立即执行！

日、伪众将同时起立，低头、敬礼（中日语同时）：是！

35—9 泰州坡子街13号江鲜鱼行·日外·内

主要人物：闵启昌。

闵启昌身穿便服走至鱼行与老板讨价还价。

老板秤好鱼，倒进闵启昌篮子里。

闵启昌付钱离开。

35 — 10　泰州汪伪第 1 集团军司令部 · 日内

主要人物：李长江、赵忠明。

李长江面对赵忠明：赵副参谋长，李明扬他们现在总共就不过三千多人马，这次行动我们和皇军加起来少说也有五千多人，还不包括东西警戒的，一旦与日本人打起来，肯定打不过的，你说他会转移到哪里呢？

赵忠明：我认为，他可能向东转移，向陈泰运的税警总团靠拢。

李长江：这种可能性是有，但我认为，他最有可能是向江都纪北区的新四军靠拢，因为，他与新四军的关系比与陈泰运的关系还好。

赵忠明：这也可能。他毕竟帮了新四军不少的忙。

李长江：你马上跟颜师长和秦师长打个招呼，一旦他们与李明扬的人马相遇，放几枪意思意思就行，让他过去，就说是我的意思。我直接跟他们说不太好。

赵忠明惊讶：这能行吗？让日本人知道了可不太好啊。

李长江：李明扬的主力就剩陈中柱的一个纵队和丁作彬的一个教导队。李陈两人尽管还属上下级关系，但陈中柱已经相对独立了。到目前为止李明扬对我们也没有什么大动作，形成什么危害，似乎有归隐的意思。再说了，当初也是我先对不起他，我问心有愧，我们有过生死之交，不是兄弟胜似兄弟，我不可能，也不能对他怎么样。而茅山的陈中柱就不一样了，当初开会协商时他表面答应，背后却带着人跑了。他如果当时不同意，我也不会为难他的，人各有志嘛，但他玩我，我就很不高兴。后来当我派干儿子、原来 4 纵队 11 支队的支队长李明华再次登门拜访劝说时，他不但将他责骂一通，赶出大门，还将我送给他的茶叶扔出了门外，这已经让我非常生气了，最近又动作频繁，动不动就抢我们的军火和粮食，这更让我十分恼火，不除掉他，实难解我心头之恨！为此我已经向南部襄吉建议了，将作战方案作了部分改动，以攻击唐家甸为诱饵，将陈中柱周围的两个支队调离，从而便于集中优势兵力对 4 纵司令部围而歼之。只要我们将陈中柱这个心腹之患打掉了，群龙无首，那 4 纵就散了。也就可以说大功告成，日本人还有什么话可说的？

赵忠明愣了一下：对，用新四军的这套战术效果较好。还是总司令棋高一着。

李长江露出得意而奸狡的一笑。

35 — 11　泰州坡子街江鲜鱼行 · 日外

主要人物：闵启昌。

闵启昌身着便服来到江鲜鱼行门口，搭子门全部安上并上了锁。

闵启昌犹豫了一下，仍用手掌拍了几下高声：秦老板，秦老板！

里面毫无反应。

隔壁商行走出一位妇女：你别敲了，秦老板下午正常都不在。

闵启昌：那他这时候在哪儿呢？

妇女：他下午正常都到高港江边收江鲜去了，明天早上才来。

闵启昌：哦。谢谢！那我还是明天早上来吧。

闵启昌只好十分失望地匆匆离开。

35 — 12　兴化茅山五张庄 4 纵司令部 · 日内 · 上午

主要人物：陈中柱。

姜宗棠，40 岁左右，陈中柱 4 纵队副官。

字幕：1941 年 6 月 5 日上午。

4 纵司令部，姜宗棠走至陈中柱面前敬礼：报告司令，李总司令来电，唐家甸遭到日军的围攻，情况十分危急，请火速支援。

陈中柱接过电报看了看：立即通知沈杨庄的第 11 支队陈勋武队长，西边城的第 12 支队杨善夫队长紧急集合，开赴唐家甸！

副官立正敬礼：是！

35 — 13　兴化坂伦蚌蜒河边 · 日外

主要人物：陈勋武，30 岁左右，4 纵队第 11 支队队长。

数十条木船停泊在蚌蜒河边，一排排身穿国民党制服的官兵快步踏上桥板登上了木船。

陈勋武站在船头一挥手：出发！

数十条木船撑离河岸，长龙一般开始劈风波斩浪。

35 — 14　兴化蚌蜒河武家泽附近水域 · 日外

主要人物：陈勋武。

蚌蜒河上，数十艘插着太阳旗的日军汽艇、炮艇冒着黑烟急驶而来。

两支船队越驶越近。

陈勋武站在船头，举着望远镜向前瞭望。

镜头里，突然出现一大队日军汽艇。

陈勋武大惊：不好！遇到鬼子的汽艇大队了，立即撤网后撤，作好战斗准备。

船队立即散开，士兵们将船上的渔网全部撒入河中，调头后撤，蹲伏船舱架枪严阵以待。

野田大佐站在汽艇驾驶室举着望远镜向前瞭望。

镜头里出现满载身穿国军制服士兵的木船队。

野田抬手向前一指：敌人就在前面，快，加速前进，消灭他们！

日军汽艇立即散开，三艘并排向前急驶。

汽艇与船队越来越近。

突然冲在前面的三艘汽艇“突、突”几声熄了火。

陈勋武手一挥：打！

霎时间，枪声四起，子弹乱飞。

汽艇上日军趴下举枪还击。

木船上不断有士兵中弹。

汽艇上的窗玻璃不时被击碎，日军不时被击中。

日军在汽艇上架起机枪疯狂扫射。

日军炮艇向船队开炮。

一发发炮弹在木船附近爆炸，一条木船被炸，木板腾飞而起，四处飞溅，士兵被炸飞到空中，重重坠落水中。

其他船上士兵不时倒下。

日军后面的汽艇继续开足马力向前急驶，但很快再次熄火。

日军只得在汽艇上架起机枪向木船队扫射。

船上士兵不停地被击中。

陈勋武蹲在船舱：看来今天是闯不过去了，继续撒网撤退！

船队渐渐驶离，日军炮艇继续炮击。

一发炮弹在陈勋武船上爆炸，陈勋武被炸甩至空中翻滚落入水中。

木船四分五裂。

日军汽艇上的士兵立即跳进水里，潜入水下清理螺旋桨上的渔网。

35 — 15　兴化茅山伍张庄·日·外内

主要人物：陈中柱、姜宗棠。

唐砚，25岁左右，4纵队副官。

数架敌机在茅山伍张庄上空飞行，数枚炸弹从空中落下。

地面上，村庄、芦苇荡、麦田里连续不断响起剧烈的爆炸声，芦苇屋被炸飞，老百姓四出奔跑。

4纵司令部司令办公室。

姜宗棠推门疾步走至陈中柱面前：司令。不好了，鬼子和李长江的数千人马从南、北、西三个方向，水、陆、空向我们司令部围攻过来了，潘镇华队长率领十支队正与敌人激战，阻止敌人前进。

陈中柱惊愕，连忙走近墙上的地图，详细查看。

闻参谋指着地图：毫无疑问，他们是冲着我们司令部而来的。

陈中柱陷入沉思。

闻参谋：看来，敌人进攻唐家甸是虚，不仅想声东击西，围点打援，还想利用其兵力优势对我们来个釜底抽薪。

陈中柱：敌人来势汹汹，我们不宜硬打硬拼，立即命令各支队，边打边撤，从竹泓港进入唐子镇，我们在那里会合，然后暂时移部至新四军控制区。

姜宗棠：是！

陈中柱：唐副官！

唐砚：到！

陈中柱：你立即穿便装快马加鞭前往盐城新四军军部找到陈毅司令，请他出具一份进入新四军控制区的文书，快去快回！

唐砚：是！

35—16　兴化蚌蜒河坂伦水域·日外

主要人物：杨善夫，30岁左右，4纵第12支队队长。

数十条木船航行在蚌蜒河坂伦水域。

杨善夫站在船头上举着望远镜向前面水域瞭望。

突然镜头里数十条木船迎面驶来。

杨善夫：刚才传来枪炮声是11支队遇到鬼子了？

副官来到面前：报告队长，陈司令来电，根据侦察，上万的鬼子正从水陆两路向我们包围过来。11支队在武家泽附近水域遭到敌人数十艘汽艇、炮艇的阻击，命令我们和11支队经竹泓港到东北的唐子庄会合与司令部和10支队一同进入新四军控制区。

杨善夫：好，命令船队向竹泓港进发。

35 — 17　兴化冯唐乡六叉港·夜外·凌晨

主要人物： 陈中柱、姜宗棠。

王志芳，26岁（1916—2017），陈中柱夫人。

陈璞，6岁（1935- 健在），陈中柱二女儿。

字幕： 1941年6月6日。

二十几条装载国军官兵的木船航行在六叉港上。

一条较大的篷船舱里，陈中柱站立着，扶着坐在旁边的专座椅上挺着大肚子的妻子王志芳的肩膀，一起随着木船颠荡起伏。王志芳怀里搂着小女儿陈璞（时龄6岁）。

一条军犬安静地躺在旁边。

王志芳时不时显现出作呕之状。

军犬连忙起身舔着王志芳的手。

陈中柱连忙蹲下： 怎么啦？

王志芳： 可能是有点儿晕船。

陈中柱连忙站起： 那你靠在我身上眯一会儿，马上就快到了。

王志芳将头慢慢靠在了陈中柱身上，闭目养神。

陈璞躺在妈妈的怀里安静地睡着了。

河面上突然出现一条船拦在了船队的前面，船上站着几个挎枪的人，其中一人招手示意停船。

船队上的官兵连忙与之交涉。

姜宗棠掀开篷帘进来： 司令，前面船上的官兵报告，有条船拦住我们的航道！

陈中柱： 什么人？

姜宗棠： 他们说冯唐乡三庄六舍“联合会”的。

陈中柱： 为什么要阻拦？

姜宗棠： 他们说，要从此处通过，必须经过他们的会长同意。

陈中柱： 他们的会长是谁？

姜宗棠： 就是他们的乡长叫唐如淼。

陈中柱： 那你上岸去与这位唐乡长沟通一下，说话客气点，就说我们只是路过借路，请他们行个方便！后会有期。

姜宗棠： 是！

姜宗棠转身离开走至船头： 将船靠岸！

篷船慢慢靠岸，姜宗棠带着几名卫兵登上了岸。

陈中柱推了一下王志芳：现在暂时走不了，你们干脆先躺下睡会儿。

王志芳：也好。

王志芳抱着陈璞躺在了船板上。

灯光下，蚊子飞拥而来。

陈中柱挥手招几招后，连忙拿起扇子为母女俩驱蚊。

母女俩安舒如怡。

陈中柱十分怜爱地看着他们母女，一幅幅温馨的画面浮现在眼前：

FB1：陈中柱教王志芳读书、唱歌、表演戏曲。

FB2：陈中柱与王志芳携手行走在湖边柳岸、花木丛中留影。

FB3：陈中柱与王志芳举行婚礼，相亲相偎。

FB4：陈中柱一身戎装站在船上与站在码头上背上背孩子、怀抱婴儿、泪流满面的王志芳挥手告别。

FB5：王志芳背着女儿，手挎包裹在村头远远看见了骑着马的陈中柱，连忙挥手示意。陈中柱捷身下马，飞奔而来，将母女一把抱起旋转几圈。

FB6：陈中柱教王志芳骑马、打枪。

FB7：陈中柱躺在床上假装酣睡，陈璞过去扒他的眼皮、拔他的胡子、用草茎掏他的鼻子。陈中柱突然睁开眼睛一把抱住在床上翻滚、嬉笑。

FB8：陈中柱将陈璞提上马背坐在怀里，策马奔驰，父女俩开怀畅笑。

FB9：陈中柱站在学校小舞台下面观众座位的最后一排，看着陈璞表演“小白兔”文艺节目，陈璞看见了爸爸后向他伸了伸小舌头。

FB10：陈中柱拉起京胡，陈璞表演京剧《苏三起解》，家里客人纷纷鼓掌。

陈中柱正沉浸在美好的回忆之中。

姜宗棠掀帘进来：司令，与唐会长交涉好了，他只提出了一个条件：就是要求我们不要靠河西岸走，要靠河东岸走，因为河西人居集中，人多眼杂，弄不好会走漏风声，而河东全是粮田。

陈中柱：人家说得也有道理，靠河西走，这对我们也不是什么难事，就按人家说的去做。

35 — 18　兴化临城刘陆境内 · 日 · 内外 · 早晨

主要人物：姜宗棠、陈中柱、王志芳、陈璞。

船队航行在竹泓港东岸，突然一条木船横在了船队前面，船上几名头戴新四军军帽，衣衫色泽不均，背挎长枪的人打着手势示意停船。

船队上的官兵与之一番交涉之后双方都上了岸。

姜宗棠见状随即上岸了解了情况，随后又回到大船上进入船舱。

陈中柱：又是什么情况？

姜宗棠：他们自称是兴化新四军独立团于薛独立大队的，说不经过他们大队长的允许禁止通过。

陈中柱：那他们的大队长是谁？

姜宗棠：他们说“庄联合会”的会长沈致祥。

陈中柱：那还是你去跟这位沈大队长去说明一下吧。

姜宗棠：是。

姜宗棠离开。

王志芳：退之，我想带孩子上去走走。

陈中柱：好的。让你和女儿跟在我后面受委屈了。

王志芳：快别这么说，只要我们一家人能在一起，我就很满足了。

陈中柱深情地望了她一眼，拉住她的手：现在我们已经到了新四军控制区，应该脱离险境了，走，我陪你们一起上岸去。

陈中柱抱着女儿和王志芳一起上了岸，军犬同时摇着尾巴跟在后面。岸内，金色麦田，平坦如茵，浩渺如海，一望无垠；河渠纵横，鹤立雁飞，波光粼粼，凫鹭游荡；绿荷华盖，芦蒿葱葱，浓墨重彩，点缀其间。陈璞挣脱爸爸的怀抱，开心地在垂柳岸上奔跑。

王志芳：红秀，别乱跑。

陈中柱：这个地方风景不错，我到船上拿下照相机，我们一家合个影吧。

王志芳点点头。

王志芳眺望远处怡人的风景，深深地舒了一口气。

陈中柱带着卫兵杨凤高从船上上来，王志芳挑了一处花木茂盛之处，军犬不失时机地蹲在了一家人前面。

杨凤高举起照相机按下了快门。

35 — 19　兴化临城刘陆村 · 日 · 内外 · 上午

主要人物：姜宗棠。

沈致祥，40 岁左右，新四军兴化独立团独立大队大队长（实为汉奸）。

姜宗棠带着几名卫兵跟随独立大队的头领进入一处带大院的砖瓦房内。

身穿短襟衣衫的沈致祥坐在太师椅上抽着水烟。

头领：这就是我们的沈大队长。

姜宗棠立正敬礼：报告沈队长，卑职为鲁苏皖边区抗日游击总指挥部第4纵队的副官姜宗棠。

沈致祥坐在椅子上，吐了一口烟，微微抬眼：你们第4纵队不是在茅山吗？怎么进入我新四军独立团的防区了？

姜宗棠：因战略需要，我部需转移到唐子镇，还请沈队长行个方便，予以放行。

沈宗祥：唐子镇也是我新四军防区，没有军部批准，你们是不可以随便进入的。

姜宗棠：知道。我们已经派人前往新四军军部接洽了，手续很快就到，为了不耽搁时间，所以还请沈队长高抬贵手。

沈志祥：还是等手续到了再说吧，现在你们暂时还不能通过。

姜宗棠：这……

院外传来马蹄声，唐砚骑马而至院门口。

卫兵闻声跑出门外，惊喜：唐副官到了。

卫兵跑出院外，将唐砚迎进屋内。

唐砚从怀里掏出一个信封：姜副官，这是陈军长亲自签署的文书。

姜宗棠从信封里掏出文书仔细看了一下递给沈致祥：沈队长，请过目！

沈致祥接过，瞄了一眼：还是不行啊。

姜宗棠惊诧：怎么？陈军长亲自签署的文书还不行？

沈致祥：这是签给你们的文书，又不是签给我的文书。从我这里通过，军部应该签发放行文书给我才是，可我没有收到。再说，谁知道你们这文书是真是假？

唐砚：这是我昨天赶到盐城军部找到陈毅军长亲自签发的，这能有假？

沈致祥：这谁知道？

姜宗棠气得满脸通红：沈队长，你这是……

谈话一时陷入僵局。

唐砚见状连忙安慰：算了算了，我们还是先回去请示一下陈司令再说吧。

姜宗棠气呼呼一挥手：告辞！

沈致祥坐在椅子上阴冷一笑：不送！

姜宗棠、唐砚带着卫兵气冲冲而去。

头领：大队长，他们好几百号人呢，万一强行通过我们怎么办？

沈致祥：你来，你照我的办法去做……

头领凑近，沈致祥耳语交代，头领连连点头。

35—20 兴化临城刘陆境内河岸·日·内外·早晨

主要人物：姜宗棠、唐砚、陈中柱。

秦参谋，30岁左右，4纵队参谋。

姜宗棠、唐砚一行人回到河岸上。

陈忠柱和秦参谋迎上：怎么样了？

姜宗棠余怒未消：真他妈的，说了半天，那个姓沈的就是不同意我们通过。

陈中柱：有新四军军部的通行文书也不行？

姜宗棠：是。

陈中柱：为什么？

唐砚：那沈队长说，他们没有收到放行文书，还说，我们的通行文书可能是伪造的。

姜宗棠：看得出，他们分明是在故意刁难。

唐砚：我们看他们怎么不像新四军的，反而就像一群地方帮会的。

姜宗棠：他们不是也说了，他们是什么“庄联合会”的。只是刚刚被兴化新四军独立团收编成独立大队。

陈中柱：刚刚被收编，还没有来得及整编，还是一群乌合之众。

秦参谋：既然他们故意刁难，那我们就别客气了，强行通过就是了。先礼不行，只有后兵了。他们能有几个人？我们还怕他们不成？

姜宗棠：我看也只有这样了。

唐砚：我认为可以先试试看。如果他们真的武力阻拦我们怎么办？将他们一举消灭了？

陈中柱：我看这样吧，我们可以先继续前进，如果他们真的武力阻拦，那我们就是掉头，经武家泽去沈伦，那里是国统八区。尽管依我们的兵力可以将这个所谓的独立大队一口吃掉，但别忘了，他们已经被新四军收编了，如果我们真的将他们灭了，有可能会引起我们跟新四军的重大矛盾。

秦参谋：对。司令言之有理。我们就按司令的意思办。

陈中柱：就这么办，立即吩咐下去吧。

众人：是！

众人立即各自登上了船。

船队起锚继续航行。

突然，从河叉港里驶出十几条木船，拦在了船队前面，船上站着不少独立大队员举枪对空中射击，有的船上在铁皮桶里燃放着鞭炮制造声势。

陈中柱、秦参谋、姜宗棠站在船甲板上观察。

秦参谋：司令，怎么办？

陈中柱：还是回头吧。

姜宗棠举起两面蓝色星旗。

船队缓缓掉头返航。

35—21 兴化钓鱼乡刘陆村·日内·中午

主要人物：沈致祥。

庄联合会大院。

独立大队的头领兴冲冲地跑了进来：大队长，好消息，4纵队的船队掉头回去了。

沈致祥兴奋地从椅子是站了起来：好！我这就派人报告给兴化的琦登司令官，让皇军布好大网，将他们一网打尽！

头领连连点头：好！这回大队长要立大功了，您如果拿到了赏金别忘了小的。

沈致祥得意地一笑：放心吧，肉肥汤肥！

字幕：沈致祥此后投奔伪第22师刘湘图，1945年逃至上海，全国解放后被政府抓捕归案，押回兴化公开审判以汉奸罪判处死刑，立即执行！

35—22 兴化陈堡镇武家泽前湾口·日外·下午

主要人物：野田，30岁左右，日军驻泰二大队大佐。

何春林，40岁左右，伪第1集团军第27师师长。

武家泽前湾口的汊港里停满了插着太阳旗的汽艇、炮艇。

野田举着望远镜向四周瞭望（日语）：何师长，你们的人都部署好了没有？

一旁的翻译官翻译。

站立在旁边何春林：大佐请放心，皇军负责水上，我们负责岸上。现在不仅是武家泽这里，就连这附近四周的杨家荡、陆汉港、于家舍，薛家舍我们的人马都部署好了，就等陈部自投罗网。

翻译官翻译。

野田：这次一定要将他们一举全歼。

翻译官翻译。

何春林：这次他们插翅难逃了。

临岸的青龙庙里一群日伪军用榔头将墙上凿出一个个洞口，将枪管伸进洞里，对着宽阔的河面。

35 — 23　兴化蚌蜒河冯唐乡河段 · 日外 · 下午

主要人物： 柴田石井，40 左右，日驻泰一大队大佐。

刘湘图，40 岁左右，伪第 1 集团军驻兴化第 22 师师长

几十艘插着太阳旗的汽艇、炮艇在蚌蜒河上航行。

柴田石井和刘湘图站在汽艇上。

刘湘图： 大佐，到武家泽泰山河了。北岸有野田大佐和何春林的人马把守，我们负责把守南岸。

翻译官翻译。

柴田石井（日语）： 立即靠岸，把守高地！

艇队很快在泰山河段靠岸。

柴田石井、刘湘图率领日伪军上岸。

日军在圩岸高处架起了数挺几枪，严阵以待。

35 — 24　兴化蚌蜒河陈堡镇武家泽前湾口 · 日外 · 下午

主要人物： 陈中柱、姜宗棠、王志芳。

杨凤高，20 左右，警卫。

字幕： 1941 年 6 月 7 日下午。

二十几条木船组成的船队缓缓驶入水面宽阔的武泽前湾口。

突然枪声顿起，四面八方的子弹暴风骤雨般向船队扫来。

行驶在前面船上的撑船摇橹士兵措手不及，纷纷坠入河中。

陈中柱从船舱椅子上惊起。

副官冲进船舱： 司令，不好了，前面的船遭到敌人的袭击！火力很猛！陈中柱连忙跑到甲板上举起望远镜向四面察看。

镜头里，数十艘日军汽艇和炮艇正从汊港里驶出。

河两岸，火力密集，木船上的官兵正在奋力还击。

日军炮艇开始向船队炮击，激起冲天水柱，一发炮弹落在一木船上爆炸，士兵、船板、桅杆被炸得四处乱飞。

陈中柱： 看来敌人早有准备，设了埋伏，立即撒网掉头！

船队官兵一边撒下一排排渔网，一边掉头，船上官兵不断地向两岸和日军汽艇奋力还击。

岸上，几处芦苇泥巴民房起火，日伪军四处奔逃。

日军汽艇很快熄火，停止了追击，炮艇依然不断地炮击。

一条木船被炸起火，士兵纷纷跳入河中。

站在甲板上陈中柱不时被炮弹激起的水浪打湿全身。

姜宗棠：司令，您快回船舱吧，站在这里很危险。

陈中柱面无惧色，毅志坚定：我已经经历过无数的枪林弹雨，早已将生死置之度外了，还有什么好怕的？

船上官兵拼命摇橹撑篙，船队快速向前，很快距离炮弹爆炸声越来越远。

陈中柱站在甲板上又举起望远镜向前瞭望。

镜头里，数十艘插着太阳旗的汽艇和炮艇疾速迎面驶来。

陈中柱：不好，前面又来了鬼子的汽艇。

姜宗棠惊愕：啊？鬼子想前后夹击？

陈中柱：看来，今天非生死决战一场了。杨凤高！

杨凤高连忙从船舱站起：到！

陈中柱：你立即带我夫人和我女儿离船上岸，设法找个安全的地方先避一避。

杨凤高敬礼：是！

船快速靠岸，陈中柱抱着女儿，杨凤高搀扶着王志芳上了岸，军犬紧跟其后。

陈中柱亲了亲女儿：宝贝，你跟妈妈和叔叔先走，等爸爸把鬼子消灭了再来找你们！

陈璞点点头：爸爸，我和妈妈等您！

陈中柱深情地望了王志芳一眼：女儿就全交给你了，一定要照顾好她！

王志芳两眼噙泪连连点头，军犬不停地舔着王志芳的手，王志芳连忙蹲下抚慰它的头，它愈加将头靠在王志芳的手背上磨蹭，依依不舍。

陈中柱：小杨，夫人和孩子就拜托了，你一定要保护好他们。

杨凤高：请司令放心，我一定会全力保护他们的！

陈中柱抱拳。

杨凤高敬礼。

军犬“汪汪”两声，蹲立目送。

陈中柱目送他们远去后，连忙转身下坡，军犬跟随，又一回头看了看，跟着陈中柱跳上了船。

秦参谋：司令，现在我们怎么办？

陈中柱：现在水路前后都被鬼子封死，船上又太狭小，没有回旋余地，我们只有再回头，到武家泽大圩，船靠南岸，上岸与鬼子决一死战！

秦参谋：只有这样了。

船队再次调头行驶，很快靠上了南岸。

陈中柱率领船上官兵立即登上了岸，军犬紧随其后。

35 — 25　兴化陈堡镇武家泽泰山河风车口 · 日外 · 下午

主要人物：陈中柱、柴田石井。

陈中柱率队进入一处坟地，四周查看了一下，然后站在坟头上举起望远镜向远处观察。

突然，"突、突、突"一排子弹横扫过来。

陈中柱猝不及防，身上连中数弹，溘然倒地，鲜血喷涌。

旁边的秦参谋也随之一起中弹倒地。

一大队日军叫嚣着冲杀过来。

姜宗棠与战士们连忙举枪奋起还击。一时间，子弹乱飞，枪声密集，坟地上尘土飞扬。

汉港里日军汽艇靠上岸，大批日军蜂拥而上，从背后发起攻击。

坟地上的官兵瞬间腹背受敌，不由惊慌失措，不断有人中弹身亡，于是各个慌不择路，四处逃散。

姜宗棠边打边向麦田撤退，逃进茫茫麦田之中。

枪声渐渐平息，坟地上、灌木中、岸边上、芦苇丛中、河港里，陈尸遍野。

陈中柱的尸体躺在坟堆上，军犬不停地舔着他的脸腮。

柴田石井握着手枪，带着日军踏着遍地血尸走了过来。

军犬闻声立即蹲伏在陈中柱尸体旁边，两眼虎视，纹丝不动，伺机攻击。

柴田石井越走越近。

军犬猛然腾空飞跃扑向柴田石井，一口咬住了他的右臂。

柴田石井猝不及防，惊骇闪躲，被脚下尸体绊倒，连连猛甩手臂，但军犬死死咬住不放。

一日军少佐赶了过来举枪对准军犬脑袋"啪、啪、啪"连开三枪。

军犬脑袋血喷如注，瞬间不动，但依然没有松口。

柴田石井疼得哇哇大叫。

少佐见状，连忙一手抽出匕首，一手摁住犬头，使劲撬动军犬牙齿，几番折腾，才将手臂从军犬嘴里挪开。

军犬依旧怒目圆瞪，面目狰狞。

柴田石井的手臂被撕开一块皮肉，鲜血淋漓。

少佐赶忙帮其包扎。

柴田石井踉跄站起，气急败坏，对着军犬尸体连踢几脚：八嘎呀路！

少佐走至陈中柱尸体旁，前后左右仔细查看（日语）：大佐，这个人可能就是陈中柱。

柴田石井走近也仔细分辨，从尸体上取下望远镜和手枪（日语）：没错，就是他！

柴田石井挥起指挥刀砍了下去。

35—26 兴化陈堡镇武家泽附近·日外·傍晚

主要人物：冯筛兰，40岁左右，家庭主妇。

天色渐暗，武家泽附近枪声渐渐稀落下来，偶尔有几声显得格外清脆刺耳。

一家土坯房的民房里，冯筛兰与家人正在桌上喝着稀饭，突然，一名浑身是血的国军士兵捂着肚子跑了进来。

冯筛兰定睛一看，士兵的肚肠已经裸露在外。

一家人大吃一惊，连忙起身过来。

冯筛兰赶紧扶他躺在藤椅上。

士兵脸上苍白，喘着粗气：大姐，大姐，请您给点水喝，我渴死了。

冯筛兰：好，好、好，我得先给你包扎一下。翠儿，快去盛碗粥来。

翠儿立即跑进了灶房。

冯筛兰立即跑进房间找了一条单裤出来将肠子揿进肚里然后包扎好。

翠儿端着一碗稀饭过来。

冯筛兰扶坐起士兵。

士兵接过碗就大口大口地喝了起来。

一家人满脸怜悯地看着士兵将稀饭喝完。

冯筛兰接过空碗：再来点吧？

士兵摇了摇头：谢谢了。

然后惬意地躺下，慢慢闭上了眼睛。

冯筛兰再呼喊，推搡，士兵已没有了反应。

第三十六集 虎穴索颅

将军首级沦寇酋，烈女决意索夫头。
坚贞风骨敌敬奉，忠情厚义泣神州。

36－1 兴化陈宝镇武家泽六叉港杨家荡·日·外内·傍晚

主要人物：杨凤高、王志芳、陈璞。

冯德旺，40岁左右，农夫。

杨凤高身穿白色粗布短袖衬衫，背着陈璞跟在身穿淡蓝色连衣裙，挺着大肚子，挎着包裹的王志芳身后，时隐时现在金色茫茫的田野中。

他们时而躬身走在田埂上，时而走在干渠之中，时而穿过小树林，时而跋沟涉水。

王志芳边走边时不时地捋一下凌乱垂眉的秀发，脸上汗渍斑斑；修长白净的两腿被灌木杂草划出一条条鲜红的血丝。

王志芳气喘吁吁：歇一会儿吧，实在是走不动了。

杨凤高：好的，夫人。

杨凤高蹲下，松手放开陈璞，看到前面有一堆稻草垛，便跑过去拎了两捆，放在一处较为隐秘灌木下：夫人，就在这里休息一下吧。

王志芳一屁股坐下：也不知道司令他们怎么样了？

杨凤高：夫人放心吧，司令是久经沙场的人，应该会没事的。我们准备往哪里去呢？

王志芳：这里我认识一个人，我准备去找他。

杨凤高惊讶：夫人这里还有认识人？

王志芳：是的。他叫唐邦本，是这里的一个大丁头府，也算是个大户人家吧。

杨凤高：真想不到这么偏远的一个小乡村，夫人也有熟人。

王志芳：这也许就是天意，或者就是缘分吧。这个唐邦本有个姐姐叫唐有头嫁到了竹泓镇丁家舍的丁民宇，而丁民宇的妹夫就是秦参谋。

有次这唐邦本的一个伙计被地方武装抓去敲竹杠，索要十担粮食。唐邦本就通过秦参谋来找司令帮忙。司令就跟地方武装的头头打了个招呼。地方武装就无条件把人放了。

杨凤高：哦，原来是这么回事。那夫人知道唐邦本家住哪儿吗？

王志芳：不知道。要找个人问问。

杨凤高：那夫人您在这里休息一下，我去找人问问。

王志芳：好的。

杨凤高起身爬上河岸，向四周寻视。只见不远处的河荡里养了许多鸭子，河对岸有一男子坐在小船上。

杨凤高走到河坎边隔河高声：大哥，想问一下，唐邦本家住哪里呀？

冯德旺抬起头：你找唐邦本啊，他家在东荡呢。

杨凤高：那东荡在哪里？

冯德旺：我们这里是西荡，你过河上岸向东有个圩子叫陈家墩就到了。

杨凤高：谢谢大哥。

杨凤高回到王志芳身边：夫人，打听到了。河对岸有个养鸭子的人说，过河向东有个圩子叫陈家墩就是。

王志芳：那我们走吧。

杨凤高：就是我们怎么过这个河？

王志芳：养鸭子的人应该有船的。这里到处是河荡，几乎家家都有小船的，否则都没法出门。

杨凤高：他是有船，但不知道他个愿意渡我们过去呢？

王志芳：走，我去跟他说。

杨凤高抱起陈璞领着王志芳来到河荡边。

王志芳对着河对岸的冯德旺：大哥，请您帮个忙，帮我们渡一下河好吗？

冯德旺放下手里的活：你们是哪里的？是唐邦本的什么人？

王志芳：我们是泰州的，是唐邦本的亲戚。

冯德旺：那边这几天在打仗，不安全。好多人都跑了，你们不怕惹祸啊？

王志芳：我们找唐邦本有急事，没办法，不去不行，我怀孩子了，绕路不方便。请您帮帮忙好吗？

冯德旺在对岸看了看挺着大肚子的王志芳：那好吧。

36—2 兴化陈堡镇武家泽陈家墩·夜内

主要人物：唐邦本，49岁（1893—1963），大庄户。

王志芳。

唐邦本一家正在吃饭，伙计跑了过来：东家，有人找您来了。

唐邦本：叫他进来吧。

王志芳牵着陈璞和杨凤高一起走了进来。

唐邦本一见，惊讶不已，连忙放下碗筷：是陈司令的夫人！

王志芳低头施礼：唐大哥，不好意思，这么晚了还来打扰。

唐邦本赶紧离座：哎呀，是贵客，稀客，快、快请坐！

王志芳三人在竹沙发上落座。

唐邦本：狗子，快去泡茶！

狗子应声出去。

唐邦本：夫人怎么今天来这里了？

王志芳：司令今天正在这里跟鬼子打仗，他让我和女儿先到府上避一避。

唐邦本：这几天跟鬼子打仗的部队是陈司令的？

王志芳点点头。

唐邦本：我们只知道有个国军部队在跟鬼子打得很激烈，但怎么也没想到是陈司令他们。

王志芳：我家陈司令接到泰州李明扬总司令的求援电报，将大部队都调往泰州唐家甸了，只剩司令部的几百人，没想到却遭到日伪军的围攻，所以，情况比较危急。

唐邦本：是的，双方都伤亡惨重，我看到杨家荡那边河里、岸上全是尸体，血流成河。我们墩里的人大多都跑了，因为，我家不仅有这么多家当，还有那么多牛羊车船，没办法一下子带走，所以，我们一家就没跑，加上，我曾经被强头（强盗）抓去吊打火烤过，已经经历过生死，还怕什么？

王志芳：真没想到大哥这么有胆量和气魄，像梁山好汉似的。

唐邦本：我虽然算不上是梁山好汉，但做人最基本的良心还是有的。陈司令不仅当年帮过我们的忙，这次也是为了打鬼子才照顾不到夫人和孩子。所以，于情于理我都应该帮你们。请放心，既然你们已经找到了我，我一定会尽全力把你们保护好的。但为了你们的安全，防止日本人来搜查，你们母女俩不能藏在我家，得找个没人注意的地方待两天，等鬼子走了再回来。这个小伙子就说是我们家雇来的伙计。所以，这两天，你们母女俩先委屈一下。

王志芳：好的。一切听大哥的安排。

唐邦本：来，来，肚子一定都饿了吧，先吃好夜饭再说。

36 — 3　兴化陈堡镇武家泽陈家墩 · 日外 · 清晨

主要人物：唐邦本、王志芳、陈璞。

天色微亮，唐邦本拎着一个精制的短竹筒，不慌不忙地走在乡村小道上，边走边四处张望。

他来到牛棚旁边，看了看棚里的数头牛，从旁边一排排高高的牛草垛上捧了一些草料放进食槽里，然后又回到牛草堆旁边四周转悠了一下，见四下无人，立即转身弯腰捧掉一捆牛草，露出一个草洞，草洞口跳出几只蛤蟆和小青蛙。

唐邦本抬脚几脚将它们踢开。

唐邦本：陈夫人，我送早饭过来了。

草洞里，王志芳和女儿正躺在草席上，身上盖着一条薄床衾，闻声连忙起身爬至洞口：早，唐大哥，让你费心了！

唐邦本摇摇头，先递过去短竹筒，然后又从裤兜里掏出用芦叶包裹好的东西：这是水和米彩饼，快，拿着。现在也没办法送什么好吃的了，你们先将就一下。

王志芳接过水杯和米饼：已经很麻烦你们了，谢谢！

陈璞拿着米饼立即咬了一口：嗯，真香！

王志芳看着陈璞吃得津津有味，不由泪水涟涟，转头擦拭。

36 — 4　兴化陈堡镇武家泽青龙庙 · 日外 · 清晨

主要人物：唐邦本。

天色渐明，空中灰色蒙蒙，村里不时传出几声狗吠之声。

武家泽青龙庙，有早起的村民推着独轮车从庙前经过，忽然停住脚，放下车，快步跑了过去。

只见庙前的一颗桑树上悬挂着一颗血肉模糊的人头。

陈中柱的人头。

村民大惊失色：没得命哦，是个人头！

惊叫声很快引来数名村民，人越聚越多。

人们纷纷摇头叹息：太残忍了。

有人低声咬牙切齿：这一定是小鬼子干的！

有人小声诅咒：这些狗日的会遭报应的，一定不得好死！

有人附和：对，菩萨会惩罚他们的。

唐邦本带着几个伙计，推着板车路过青龙庙门前，驻足看了看桑树上悬挂的人头，默默快步离开。

36 — 5　兴化陈堡镇武家泽泰山河风车口 · 夜外 · 清晨

主要人物：唐邦本。

夜色茫茫，唐邦本点着灯笼，带着几名伙计来到风车口，仔细翻开查看一具具尸体，最后在坟地上找到了陈中柱的无头尸，立即搬上车迅速离开。

天色大亮，远处，几名日军士兵端着枪押着几十名村民，推着板车走了过来。

村民一边推着车，一边不时停下将一具具男女尸体搬上了车。

鲜红的血水不断地从板车上的木板缝里滴落下来，一路血迹斑斑。

村民们划着几条小木船将河中的一具具尸体用竹篙钩到船边捞上船。船上很快就装满了尸体。

村民们将一具具年轻男女尸体安对整齐地排列在大坑里，然后站在坑上合掌祈祷：对不起，我们也不知道你们在世的时候，哪个跟哪个好，哪个喜欢哪个，只能先这样将就一下了，如果配得不对，你们可以自己再选，希望你们到了那边都能成为好夫妻。

几名村民祷告好后，挥起铁锹填上了土。

36 — 6　兴化陈堡镇武家泽河西庄台河岸 · 夜外

主要人物：唐邦本。

唐邦本带着几名村民将无头尸装殓入棺抬运上船。

船在河中缓缓行驶，唐邦本神情庄重地扶着棺柩。

唐邦本带着几名村民将棺柩抬运上岸。

村民在大坑里搁置了两根粗原木，然后将棺柩抬置在上，唐邦本向坑中扔了些钱币，村民将土填上。

唐邦本在土坟前点燃起一堆纸箔，插上了一块长形木碑，上书：陈中柱将军。然后面对木碑拜了三拜。

36 — 7　兴化陈堡镇武家泽田家沟 · 日内 · 中午

主要人物：邵氏，50 岁左右，女户主。

姜宗棠。

田家沟田斌家厢屋灶房，女主人邵氏揭开大锅盖，将一大锅热气腾腾的白

米饭抄入木盆中，盛满后端起向堂屋走去，边走边喊：开饭喽！

堂屋内，两张大饭桌，分别摆放了几盆热菜，一家男男女女、老老少少十几个人闻声陆陆续续坐在了饭桌旁，正准备动筷，突然，从外面闯进了四个人，一身血衣，满脸污垢，神情疲惫，狼狈不堪。

一家人惊愕不已。

姜宗棠双手作揖：大哥、大嫂们，我们是跟鬼子打仗的国军，已经两天没吃饭了，都快饿死了。求求你们给点吃的吧。

邵氏释然：行，这饭菜刚烧好，你们随便吃吧。

四人一拥而上，用手抓起盆里米饭就往嘴里送，个个狼吞虎咽。

邵氏：你们慢点吃，别噎着，烫着，再吃点菜，吃完，锅里还有。

四人边吃边点头。

一家人站在一边，满眼怜恤地看着他们。

邵氏对家人：你们别愣着，快去盛点茶水过来。

几碗茶水放在了饭桌上。

四人端起碗喝好后，打了几个饱嗝。

姜宗棠率四人一起向全家鞠躬：对不起，打扰了，谢谢你们全家。

邵氏：快别这么说，你们也为了打鬼子。

姜宗棠一抱拳：我们这就告辞了，等抗战胜利了，如果我们还活着，一定会前来报答！

邵氏：等一下。

姜宗棠愣住。

邵氏：再给你们一些烧饼路上吃。小六子，快去把那涨烧饼切好了给他们带在路上吃！

小六子：嗯。

小六子连忙跑到厨房，从柜子里捧出一个又大又圆涨烧饼，迅速切成块状，用盆端了过来，分给了四个人。

姜宗棠眼眶噙泪：太谢谢了，太谢谢了。

四人将烧饼装入背袋，立正敬礼，转身匆匆而去。

36—8 兴化陈堡镇武家泽陈家墩·日内·早晨

主要人物：唐邦本、王志芳、陈璞、杨凤高。

唐邦本带着伙计和杨凤高来到草堆旁，捧掉几捆草。

唐邦本：陈夫人，鬼子都走了，你们出来吧。

王志芳：哦。

陈璞迫不及待地爬了出来，头发凌乱，沾了不少草屑，手臂、脸蛋到处是小红疹，她边挠边深吸一口气。

杨凤高替她拈掉头发的草屑，揉了揉她脸上、手臂上小红疹，一把将她搂住抚慰：小乖乖，蚊虫太多了，这身上到处被咬的疹子，挨搞挨煞了。

王志芳慢慢从草洞里爬了出来，脸上、手臂上也满是小红疹。她整了整裙子，理了理头发：凤高，知道司令现在在哪儿吗？

杨凤高嗫嚅：陈、陈司令，他、他已经牺牲了。

王志芳惊愕：司令牺牲了？不会吧，不可能，我不信。

杨凤高欲言又止。

唐邦本挪开杨凤高上前：夫人，陈司令是牺牲了，就是我雇人帮埋的。我们听说，当时在武家泽泰山河的风车口，打得很激烈，死了不少人，枪声平息之后，我实在是放心不下，就趁鬼子还没打扫战场，去那里看了看，结果发现了陈司令的遗体。

王志芳立即双眼一闭，手贴前额，身体踉跄，摇摇欲倾。

杨凤高、唐邦本一见连忙上前一起扶着，让她背靠草堆，坐在一捆牛草上。

王志芳低声剧烈啜泣。

陈璞哭喊着“妈妈，妈妈”跑了过来，依偎在王志芳的怀里。

杨凤高、唐邦本站在一旁禁不住泪水纵横。

王志芳突然止住啜泣：唐大哥，你们会不会搞错了？我还是不相信司令已经牺牲了！

杨凤高刚欲说话，唐邦本摆了一下手：夫人，我见过陈司令，认识他。不会错的。当时鬼子还没离开村子，也就没有告诉你。天气热，我怕时间长了不好，就请人帮他先简单地做了一口棺材用船运到庄台河岸，下土安葬了。

王志芳：那我也要亲眼看一下，认一认我才死心。

唐邦本、杨凤高面面相觑，沉默不语。

王志芳含泪哀求：求求唐大哥再帮帮忙，如果我看了之后真是他，那我就彻底死心了。

唐邦本：那好吧。不过，夫人，为了你的女儿和肚子里孩子，你一定要节哀，控制好自己的情绪。

王志芳一手搂着陈璞，一手放在大肚子上坚毅地点点头。

36—9　兴化陈堡镇武家泽河西庄台河岸·日外·上午

主要人物：王志芳、陈璞、唐邦本、杨凤高。

王志芳牵着陈璞，跟着唐邦本、杨凤高和几名村民来到庄台河岸。

唐邦本一挥手，几个村民立即掘开坟墓，撬开了棺材盖。

王志芳在杨凤高的搀扶下走下坟坑，靠近棺柩。

棺柩里一具白色粗布军装上血迹斑斑无头尸体直挺挺地躺在里面。

王志芳惊疑：怎么没有头的呢？司令的头上哪儿去了？

唐邦本：陈夫人，请上来，我告诉你。

杨凤高将王志芳搀扶了上来。

唐邦本：我告诉你，你千万别激动！为了两个孩子。

王志芳点点头：我有孩子，司令就后继有人，我有希望，我不激动。

唐邦本：陈司令的头被鬼子割了，并挂在青龙庙前的桑树上示众了一天，现在已被鬼子带往泰州司令部领赏去了。

王志芳一听，顿如五雷轰顶，浑身颤抖，面部抽搐，悲愤交加。

杨凤高连忙上前安抚：夫人，为了孩子您一定要挺住，挺住啊！

王志芳咬牙切齿，声嘶力竭：这帮畜生，这帮畜生！禽兽不如、禽兽不如啊！

王志芳捶胸顿足，号啕大哭。

众人不忍目视，转过身去，掩面而泣。

陈璞哭喊着抱着妈妈的腿。

王志芳突然停止了哭泣，擦了擦满脸的泪水：不行！我要去泰州。

众人惊愕不已。

唐邦本：夫人去泰州做什么？

王志芳：我要带着丈夫的遗体去泰州向鬼子要他的人头！给司令一个完整的尸首，以告慰他在天之灵，否则，我对不起他，终生寝食难安。

唐邦本：那太危险了。请夫人一定要慎重考虑，仔细思量好了再做决定。

王志芳毅然决然：我不是一时冲动，我要告诉所有的日本鬼子，中国人不怕他们！中华民族是一个伟大的民族，杀了一个陈中柱，还有无数个像陈中柱一样的民族英雄，他们为了民族的解放、独立和复兴，头可断，血可流，义无反顾，前仆后继，一往直前。中华民族是永远打不垮的，中华民族是永远不可战胜的，最终的胜利一定属于我们！

在场所有人都被她的慷慨激情所感染。

唐邦本：既然陈夫人已经下定了决心，那我也愿意一路随行。

杨凤高：既然连夫人都无所畏惧，那我们这些大男人还有什么可怕的。我一定全程护送！

村民：我们都愿意与陈夫人一起去！

36 — 10　泰州鲁汀河上 · 室外晨、午、 · 夜

主要人物：王志芳、陈璞。

鲁汀河上，晨雾缭绕，一支木船在河上缓缓行驶。

船舱装载着一副白色棺柩，血水不时地从里面流淌出来，一滴一滴落在穰草上，无声无息。

王志芳挺着大肚子和陈璞一身缟素，坐在船头的穰草上，杨凤高、唐邦本守护在两边。

船工们摇橹的摇橹，撑篙的撑篙。

太阳高悬，骄阳似火，强烈的光线照射在王志芳和陈璞脸上，两人双目紧闭，汗水不断从他们脸上流出。

唐邦本帮她们戴上草帽。

夜色下，木船停靠岸边的一棵大树下，王志芳和陈璞边喝水边吃着干粮。

夜幕笼罩着鲁汀河，王志芳搂着陈璞和衣躺在木船甲板上。

太阳再次升起。

木船在一片宽阔的水域航行，四周白色茫茫。

风高浪急，木船剧烈颠簸。波浪不时地搏击着船舷，激起高高的浪花落在船上，王志芳一手紧紧搂着陈璞，一手紧紧抓住甲板上的绳扣，两人浑身透湿。

杨凤高、唐邦本依然守护在两边。

船工们奋力摇橹、撑篙！

36 — 11　泰州民宅 · 夜内

主要人物：赵忠明、陈秀文。

赵忠明拎着公文包面色凝重匆匆走进堂厅，一屁股就坐在了木沙发上。

陈秀文走了过来：怎么啦，看你脸色不好，发生什么事了？

赵忠明：陈中柱的部队被日本人包了饺子，伤亡惨重。

陈秀文：怎么会这样？

赵忠明：这李长江看似是个大老粗，没什么文化，但却老奸巨猾，外粗内细，连我都上了他的当！本来订好的作战计划却突然作了更改，打了我一个措手不及，造成情报失误，后果严重。

陈秀文：这也不能全怪你，是李明扬的人不在联络点，才造成情报无法及时送达。你也别自责了，智者千虑必有一失，关羽还大意失荆州呢。

赵忠明：可这一失对 4 纵队可是致命的，全被打垮了。

陈秀文：那陈司令怎么样了?

赵忠明：陈司令牺牲了。

陈秀文：啊?

赵忠明：不仅牺牲了，还十分惨烈。头颅被日本人割了下来挂在武家泽庄庙的一颗桑树上示众了一天，然后带到了泰州司令部。

陈秀文惊愕：啊?还有这等事，这日本人真是太残忍了!

赵忠明：何止是残忍，已经是丧心病狂，禽兽不如!

陈秀文：他们这样做是想威吓反日抗日军民，打击他们的斗志。

赵忠明：哼!他们这样不仅吓唬不了，反而愈加激怒全国人民更加同仇敌忾!

陈秀文：是的。我听了都想恨不得立即一刀杀了他们，以解心头之恨!

赵忠明：还有件你更想不到的事。

陈秀文：还有什么事?

赵忠明：陈将军的夫人要来泰州向南部襄吉要陈将军的人头。

陈秀文惊愕：啊?她一个女人竟然敢到泰州向南部襄吉要人头?这也太不可思议了。

赵忠明：所以我说，日本人那么做，不仅吓不了真正的抗战英雄，就连一个女人都吓唬不了。

陈秀文：陈将军的夫人是个什么人?

赵忠明：陈将军的夫人叫王志芳，是南京的一个大家闺秀。

陈秀文：啊，一个大家小姐竟有这样大的胆量和气魄，真是太了不起了!

赵忠明：是啊，深入虎穴，公然向敌酋索取丈夫头颅，其胆量和气魄匪夷所思，匪夷可比。为此，李明扬和陈泰运都曾去劝慰她说，三国时的关云长也是无头尸下葬的。日本宪兵正在到处搜捕他们母女俩呢，你们何苦还要送上门呢?但王志芳依然态度坚决。这种雄胆壮举令我们很多浴血疆场的军人都望尘莫及，自愧不如，不得不由衷敬佩，为此，李明扬见劝说无果，便派人联系了我，让我无论如何都要想办法保证她的安全。

陈秀文：那是必需的，义不容辞。

赵忠明：王志芳为了要回丈夫的头也曾托人找过李长江，但李长江一口回绝了。她后来又联系了 25 师长秦庆霖的夫人谢树清，当年秦庆霖在李明扬的 7 纵队时她俩关系就比较好，秦庆霖答应想办法引见到南部襄吉，但能不能领走头颅，他可不敢保证，更不敢保证她的安全。

陈秀文：那你准备怎么办呢？

赵忠明：这件事我反复斟酌了一下，我虽然在李长江这里已经身居副参谋长之职，但我也不能保证王志芳能领走头颅以及她的人身安全，我准备找一下我舅舅，让他出面先跟南部襄吉谈好，他救过南部襄吉的命，那南部襄吉无论如何都会给面子的，更不会乱来。

陈秀文：对，这样就可以做到万无一失了。

36 — 12　泰州日军司令部 · 日 · 外内

主要人物：赵忠明、汤承业、杨凤高、王志芳、南部襄吉。

秦庆霖，40 岁左右，伪第 1 集团军第 25 师师长。

泰州日军司令部门口。

赵忠明、汤承业站在司令部门口。

一行三轮摩托车车队前后护卫着一辆小轿车缓缓驶来，停在了他们身边。

杨凤高从摩托车上下来；勤务兵下车，打开了左侧车门，秦庆霖跨下车；王志芳和陈璞一身缟素从右门下车后牵手跟着秦庆霖来到赵忠明和汤承业的面前，杨凤高跟随。

赵忠明与秦庆霖互相敬礼握手。

赵忠明介绍：这就是我舅舅汤承业。

秦庆霖抱拳：久仰，久仰！

汤承业抱拳：辛苦，辛苦！

秦庆霖介绍：这就是陈将军的夫人王志芳和他们的女儿及卫士。

赵忠明立正敬礼。

王志芳躬身施礼。

杨凤高回礼。

赵忠明：等会儿进去后，还请陈夫人务必控制一下情绪。

王志芳点点头。

一行人走进日军司令部大厅，大厅两侧肃立着两排持枪日军士兵。

南部襄吉从沙发上站起，徐鹏举跟随。

赵忠明、秦庆霖同时向他立正敬礼。

南部襄吉走到汤成业面前立正敬礼（日语）：汤先生好！

徐鹏举翻译。

汤承业与之握手：司令官好！介绍一下，这三位就是陈将军的夫人、女儿和随从。

徐鹏举翻译。

南部襄吉点点头，指着大厅里面香案上的一只大红木匣子（日语）：陈将军的头颅就在红匣子里面。

徐鹏举翻译。

杨凤高快步上前抱住红匣子就要走。

南部襄吉连忙上前阻止（日语）：放下！不能就这么拿走！

徐鹏举翻译。

众人惊愕，气氛凝固。

南部襄吉语气缓和（日语）：请放回原处，我们还要举行一个仪式。

徐鹏举翻译。

众人疑惑，面面相觑。

杨凤高将红匣子放回香案上，退回一边。

南部襄吉行至两侧士兵中间（日语）：向陈将军致敬！

两边士兵"唰"一声立正举枪致礼。

陈璞被吓得打了一个激灵。

赵忠明、秦庆霖、徐鹏举立正向红匣子敬礼。

南部襄吉走至香案前从香盒里取出三炷香点燃，双手执住举过头额，对着红匣子拜了三拜。

王志芳面无表情，冷眼蔑视。

南部襄吉问徐鹏举：陈将军有几位夫人？

徐鹏举：仅此一位原配夫人。

南部襄吉对杨凤高：那你可以拿走了红匣子了。不过，你要伸直双臂平托，并且不可带离泰州。

徐鹏举翻译。

杨凤高走至香案前，将红匣子平托胸前行至王志芳跟前。

南部襄吉对王志芳（中文）：陈夫人，我们是两个国家，陈将军是为自己的国家而牺牲，而我是为了我的国家而尽职。尽管我们之间是敌对的，但身为军人，我们十分崇敬他的英勇顽强为国尽忠的精神，应该向他学习，向他致敬，他才是中国的真正英雄！

王志芳：中国的真正英雄可远远不止他一个。

南部襄吉：是啊！不过，中国还有句古话叫"胜者为王，败者为寇"。这句话不仅适应你们中国，也同样适应我们大日本。

王志芳：中国还有句古话叫"三十年河东，三十年河西"，谁为王者，谁为寇者，时间会证明一切，历史也自有公论。

南部襄吉：那就让时间来证明，让历史来定论吧！

南部襄吉看了一眼王志芳凸起的肚子：请问陈夫人，有几个孩子？

王志芳：两个女儿。

南部襄吉：希望你这次生个男孩。

王志芳：女孩将来也能成为英雄！

南部襄吉竖起大母指：对，就像你一样，巾帼英雄。

36 — 13 泰州西城外西仓桥下 · 日外

主要人物：王志芳、唐邦本、杨凤高。

西仓桥下的电线杆旁，唐邦本带着村民将八只坛子搬下坑中，整齐排列。陈中柱的遗体和一口白色的棺柩摆放在不远处的空地上。

杨凤高打开大红匣子，里面有一只青花瓷瓶。

杨凤高看了一眼王志芳。

王志芳：取出来吧，让我见司令最后一面。

杨凤高小心翼翼地从瓷瓶里捧出了陈中柱湿漉漉的头颅：鬼子放药水了。

陈忠柱的头颅双目圆睁，面色酱黄。

王志芳伸手抹下他的眼睛：退之，你就瞑目吧。鬼子不许我们将你带离泰州，我们只能把你先安葬在这西仓桥下第十根电线杆下面，你暂时就先在这里安息。等到抗战胜利后，我一定行大仪将你迁回盐城老家。

陈中柱的头颅双目闭上。

王志芳将头颅捧至陈中柱遗体脖子上，拿出针线，蹲下身子，一针一线缝接起来，泪如泉涌，一点一滴地坠落在陈中柱遗体的脸上：退之，如果疼，你忍着点，我的心比你还疼。

陈璞默默走过去伸出小手，拭抹妈妈脸上的泪水：妈妈，缝好了爸爸还能活过来吗？

王志芳噙泪点点头：能。缝好了爸爸就能永远活在妈妈心里！

众人无不泪水纵横。

众人肃立在墓碑前，拜了三拜。

王志芳：退之，你安息吧，我一定会母兼父之责，把我们的三个孩抚养成人，不负你抛头洒血，为国捐躯，不负我们十年携手，恩爱深情。

字幕（OS）：1945 年抗战胜利后，国民政府在南京为陈中柱举行了隆重的追悼大会。中将何志浩作《断头将军歌》凭吊：

刘氏有图写中柱，血肉模糊不忍覩。

英灵赫赫在吾侧，阴风惨惨天欲雨。

血笔为写贞烈图，图出烈士硬头颅。

俨然四壁闻血腥，一掷头颅救万夫。

我闻将军骂贼酋，头虽落地骂不休。

黄埔毕竟有健儿，黄花碧血辉千秋。

千秋功业足惊人，此图血色应常新。

将军有妻贞且烈，敌酋敬畏如天人。

我敬烈士歌以哭，一见头颅惨心目。

痛惜英雄头不白，出师未捷死何速。

我敬烈士哭且歌，夫人壮烈尤足多。

手抱头颅出虎口，英姿飒爽惊妖魔。

将军矢志励忠贞，宁愿断头不偷生。

南八地下倘相逢，泰州恰比睢阳城。

将军有图永不朽，凌烟阁上传必久。

欲效将军杀败类，不使域中出群丑。

将军壮举起雄风，浩气磅礴摩苍穹。

愿断敌头夺敌魄，精忠贯日为长虹。

1987 年 2 月 14 日，中国政府追认陈中柱为“抗日革命烈士”。并迁墓至江苏省盐城市烈士陵园。

36 — 14　高港田河日伪据点 · 夜 · 外内

主要人物：李道南、顾凤山。

李道南带着百十名新四军官兵悄悄潜入至据点四周。

李道南举起手枪：打！

霎时，枪声四起，爆炸连连。

据点内，伪连长慌忙摇起电话：报告顾团长，我是田河据点，新四军现在正偷袭我们。

顾凤山（OS）：有多少人？

伪连长：火力很猛，大概有两个连左右。

顾凤山（OS）：你们坚持住，我立即派龙窝的 1 营增援你们。

伪连长：好。要快！

36—15　龙窝至田河公路·夜外

主要人物：朱宝权。

朱宝权与新四军战士们埋伏在公里两侧。

一大队伪军开着三轮摩托车，闪烁着灯光从远处开了过来。

朱宝权与战士们密切注视着。

灯光越来越近，很快进入了埋伏圈。

朱宝权举起手枪：打！

瞬间，枪声四起，爆炸声声，火光冲天。

伪军猝不及防，纷纷倒毙，仓皇奔逃。

伪军的三轮摩托车被炸得东倒西歪，一辆冲翻至路边的沟渠之中。

朱宝权率领战士们冲上公路，追击逃跑的日伪军。

几名奔逃的伪军边跑边回头举枪胡乱回击。

子弹的火光不时从朱宝权身边飞闪而过，他毫无顾忌，继续追击。

36—16　泰兴徐桥日伪团部·日内

主要人物：顾凤山。

顾凤山气急败坏地在办公室来回踱步。

两名伪军官神情沮丧站在旁边。

顾凤山：你们1营损失了多少人？

军官（甲）：我们1营损失较大，前往增援的一个连仅跑回来几个人。

军官（乙）：我们2营死守据点，损失不大，就伤亡十几人。

顾凤山：他妈的，这新四军真的很狡猾，打起仗来什么手段都用。真真假假，时真时假，谁也摸不透。一会儿围点打援，声东击西，让我们救也不是，不救也不是；一会儿，集中优势兵力，猛打猛攻，让我们无法招架。我们在白马就是，没有人敢增援，怕遭到埋伏，救人不成，反害了自己，造成我们孤立无援。

军官（甲）：这段时间，新四军活动十分频繁，我们泰兴的古溪、姚家埭、姜堰的蒋垛、苏陈、高港的大泗、靖江的孤山、老庄头的据点都遭到了他们的攻击。

顾凤山：是的。夏粮收获季节，他们在跟我们抢粮食，我们要加强防备。

军官（乙）：那我们马甸的粮食中转站要特别注意了。

顾凤山顿悟，连忙走到办公桌前摇起电话：钱营长，你们的粮食收得怎么样了？

钱光仕（OS）：报告团长，已经收得差不多了。

顾凤山：那你们要尽快送到泰兴城，以防不测。

钱光仕：是！我们准备这两天就送走。

36 — 17　泰兴马甸伪军粮食中转站 · 日外 · 傍晚

主要人物：钱光仕。

粮食中转站，车水马龙，一片繁忙。

上百名民工正将一袋袋粮食从粮仓里搬出，依次装上一辆辆独轮车、三轮车捆绑。

钱光仕、仇少示、单绍留从营房里走了出来。

钱光仕：各位老乡，今天你们辛苦一下，无论多晚一定要将所有的粮食装好后才能回去，明天一大早，你们就过来，将粮食一起送到泰兴城。

民工（甲）：老总，您就放心吧，只要你们不少工钱，今晚我们一定把粮食全部装上车。

钱光仕：放心吧，你们的辛苦钱，我们一分也不会少的。

36 — 18　泰兴马店伪军粮食中转站 · 夜外 · 内

主要人物：朱宝权。

张小兵、汤正明在马甸粮站门口站岗，

朱宝权率领身穿伪军军服的新四军战士来到门口。

张小兵：黄河，回令！

朱宝权：长江！

汤正明打开大门，朱宝权和战士们鱼贯而入。

单绍留迎了上来一挥手：跟我来！

朱宝权和战士们跟着单绍留来到宿舍门口。

单绍留主动举起了双手，后面的战士举枪押着进入宿舍

宿舍灯光突然亮起，几十支枪杆对着床上正在睡觉的伪军士兵。

伪军士兵大惊而起。

朱宝权厉声：都别动，穿好衣服，举起手来，乖乖跟我们走！

举着双手的单绍留：都听四爷的。

伪军们连忙穿好衣服，举起双手走出了宿舍跟着单绍留被押解至一黑漆漆的粮仓内。

粮仓关门落锁。

朱宝权来到门口一吹口哨，顾金贵带百名民工跑了过来，进入粮站，与新四军战士一起将一车车装好的粮食陆续推出了粮站，消失在夜幕之中。

36—19　泰兴马甸伪军据点 · 夜外 · 内

主要人物：李道南、钱光仕。

李道南率领数十名新四军战士悄悄潜至马甸据点四周。

李道南：命令战士枪杆子抬高点开枪，往空地上扔几颗手榴弹！

霎时间，据点上空枪声四起，空地上爆炸声声。

据点内，钱光仕不慌不忙摇起电话：喂，喂、喂，快，快接顾团长。喂，喂，是顾团长吗？

顾凤山（OS）：我是顾凤山，钱营长怎么啦？

钱光仕：新四军现在正偷袭我们营部！

顾凤山（OS）：有多少人？

钱光仕：大概二百人左右。

顾凤山（OS）：两百多人，你们可以调粮库的人支援一下。粮库的人与你们据点没多远。

钱光仕：万一他们是声东击西那粮库怎么办？

顾凤山（OS）：不是我不支援你，新四军有可能又是在玩"围点打援"的花招。你还是调粮库的那个连支援吧。坚持到天亮我就派部队支援你们。

钱光仕：那好吧，我们尽量将新四军击退！

顾凤山（OS）：我相信你们一定会将新四军击退！

钱光仕放下电话，跑到正在向外开枪的伪军们的后面，高举起手枪：兄弟们，给我坚持住，一定要将新四军击退！

钱光仕举着手枪向外空射击！

据点外，一新四军战士弯腰来到李道南跟前：团长，那边的粮食已经运走了。

李道南：好，我们撤退吧。

枪声渐渐平息，新四军战士们悄悄消失在夜幕之中。

36—20　泰兴马甸伪军据点 · 日 / 外

主要人物：顾凤山，钱光仕。

顾凤山骑着马，带着一队伪军来到马甸据点。

钱光仕连忙出门迎接，敬礼：团座！

顾凤山下马：情况怎么样？

钱光仕嗫嚅：据点是保住了，可粮库那边没保住。

顾凤山：粮库那边这么啦？

钱光仕：粮库里的粮食全被劫走了。

顾凤山：他妈的，这新四军又是使的"声东击西"这阴招。唉，不是我不帮你，是实在算不准这新四军玩的哪一招啊。那伤亡情况怎么样？

钱光仕：伤亡情况还好。就是武器弹药也被他们劫走了。这新四军真是诡计多端，他们竟然化装成我们的人，控制了我们的岗哨，然后偷袭营房，我们的人还没来得及反应就都被他们缴了械。

顾凤山：那人怎么样了？

钱光仕：人到一个没少。

顾凤山：只要人没事就好。留有青山在，不怕没柴烧。下次我们还得向泰兴求援，这样一旦出现问题，他们就不好多说什么了。

36 — 21 高港永安洲黄家大院·日·外内

主要人物：闻盛成、王玉兰、黄万山。

闻盛成身着伪军上蔚制服骑着一匹黑马带着几名士兵拎着一盒礼品来到黄家大院门口。

一名门卫连忙进去禀报。

门卫很出来将闻盛成引进堂厅。

堂厅里，王玉兰正在戴着听筒给黄万山检查身体。

闻盛成一见王玉兰瞬间惊住，进退两难。

王玉兰一见闻盛成顿时一脸惊讶：是你？

闻盛成主动：黄镇长、王医生好！

黄万山起身与闻盛成握手：闻连长好！不好意思，因为我的眩晕症又犯了，有失远迎，所以，请原谅，快请坐。

闻盛成：听说黄镇长身体欠佳，特来看望。顺便带了点小礼物，聊表心意。

随从将礼物放在八仙桌上。

黄万山：闻连长真是客气了，我这眩晕症每年都犯一次，一犯就是半个月左右，吃点药就好，让闻连长费心了。谢谢，谢谢！

家佣奉上茶。

两人落座。

闻盛文：我们应该谢谢您才是啊，每次征粮收税黄镇长都是尽心尽力，如数完成，如果没有您，我们部队可都要喝西北风了。

黄万山摆摆手：哪里哪里，这些都是我们应该做的！王医生，你认识我们闻连长？

王玉兰满脸狐疑地点点头：我们何止……刚才给您检查了，您这段时间脑血管供血不足，所以才头晕。没什么大碍，那你们先聊，我来开点药。

第三十七集　爱恨情仇

出诊偶遇前男友，续缘不成耍阴谋。

奸佞借机除情敌，冲突顿起风雨骤。

37—1　高港永安洲伪军据点·日外·早晨

主要人物：王玉兰、闻盛成、李淑芹。

伪军据点，两名士兵持枪站在岗楼门前。

一辆人力车在据点门前停下。

王玉兰身着一袭白色连衣裙从车上跨下走至门哨：老总，你们好！我找闻长官。

哨兵（甲）：你是什么人？

王玉兰：你就说我是王医生，他就知道了。

哨兵（甲）：那你等一下！

哨兵（甲）走进岗亭摇起电话通话。

闻盛成从营房匆匆走了过来：玉兰，你怎么到这儿来了？

王玉兰：怎么，不欢迎吗？

闻盛成：不，不是这个意思，只是有点儿意外。

王玉兰：不仅你意外，我更意外了。我怎么也不会想到你远在天边，却近在眼前，真是咫尺天涯啊！

闻盛成一脸尴尬，心虚地环顾左右：快别这么说，走，我们到外面去聊聊。

闻盛成领着王玉兰刚走出门岗，李淑芹身穿白大褂快步追了上来。

李淑芹大声：闻连长，闻连长，这是要去那儿啊？

闻盛成只得止步介绍：这是我们的李医生，这是高港怀仁诊所的王医生。

王玉兰、李淑芹互相看了一眼，彼此勉强点头以示问候。

李淑芹：高港怀仁诊所？赵主任、周医生我都认识，怎么没见过你？

王玉兰：我是以后来的。

闻盛成：李医生有事？

李淑芹：闻连长，我今天应该去马甸营部轮值了。

闻盛成：好，你去吧。

李淑芹：你有没有什么事需要我捎个口信给钱长官？

闻盛成：暂时没有。

李淑芹：那好吧。

李淑芹又瞥了王玉兰一眼悻悻离开。

闻盛成慌忙拉着王玉兰匆匆离开。

王玉兰回头望了望李淑芹渐行渐远的背影，冷冷一笑：我说我们的闻老总，哦，不对，应该是陈老总，怎么高港一别就如石沉大海，杳无音信了，原来一直花柳临岸，芳艳伴行。

闻盛成边走边解释：你，你别这么说，你误会了。我一直没有去找你，是因为自从军后，一直走南闯北，东奔西走，居无定所，食不果腹，根本没有机会去你那儿。

王玉兰：都到永安洲了，与高港近在咫尺还没机会？

闻盛成：这不刚到永安洲不久，部队的事多如牛毛，还没抽出空呢。

王玉兰：我看不是没时间，而是金屋藏娇，移情别恋吧？

闻盛成连连摇头：没有，没有，绝对没有。你别多想了，我对你依然情有独钟、一如既往。

王玉兰：我怎么总感觉你有点儿言不由衷的？

闻盛成：没有。绝对是真心话，我对你绝对会矢志不渝，请你相信我。

王玉兰：那你说说那李医生是怎么回事？还有，你怎么还隐姓埋名了？你要说实话，从李医生的眼神里，我一眼就能看得出，你们的关系没那么简单，你要知道，女人的第六感对这些事情特别灵验。

闻盛成：这李医生是上面派来的，她负责给营里所有的人看病，其他我就不清楚了。我之所以改名换姓还不是因为这部队的性质，我老家又离这儿不远，父母都健在，你懂的，我就不多说了。

两人边走边说，来到了河边的柳树下。

王玉兰：我知道你说的不都是实话，但我还是愿意相信。因为，我一直十分留恋和珍惜我们曾经度过的美好时光。这几年，尽管你不声不响一去杳无音信，但我无时无刻不在想念你，一直在盼望有一天能够再次重逢。也许就是天意吧，苍天不负有心人，我们终于这次不期而遇。我真的很希望你还珍惜我们这次的久别重逢。

闻盛成：玉兰，你放心，我绝不会辜负你的一片真情的。

王玉兰：既然你这么说了，那你放心，以后无论你到哪里，是天南还是海北；无论你是做教师、商人、工人、农民，还是当和平军、新四军我都会坚定不移地跟着你，只要我们能在一起，我为你做什么都愿意！

闻盛成深为感动，一把将王玉兰搂在怀里：谢谢你的这份真情！

两人热烈拥吻在一起。

远处的树丛隐秘处，李淑芹将他俩的一切看在眼里，一脸愤懑。

37—2 泰兴马甸伪军营部·日内

主要人物：钱光仕、闻盛成。

闻盛成走进营长办公室，立正敬礼：报告营长，闻盛成奉命报到！

钱光仕：哦，你来啦，去将门关好，我找你有事谈。

闻盛成转身关好门。

钱光仕：听说你最近谈了个对象？

闻盛成：还是参军前谈的，几年不见了，上次在黄镇长家恰好碰上了。

钱光仕：为什么不向组织汇报？你知道这是严重违反组织纪律吗？

闻盛成：知道。因为开始只是巧遇，后来她不期而访，所以还没来得及向组织汇报。

钱光仕：由于我们工作的特殊性，所以，这些事情必须及时汇报，否则有可能给组织带来严重的后果！

闻盛成：营长，她在高港怀仁诊所做医生，我对她还是比较了解的，应不会有什么问题。

钱光仕冷笑一声：你对她了解多少就这么自信？

闻盛成：我们都是镇江老乡，她也是真心真意的。

钱光仕：就这些？

闻盛成：嗯。

钱光仕：你就凭这对她的一知半解就这么自信，看来已经被感情冲昏头脑了。

闻盛成：营长，没这么严重吧，我头脑清醒得很呢。

钱光仕怒斥：你清醒个屁！我实话告诉你，经调查，她就是一个日本特务！

闻盛成不以为然：日本特务？怎么可能呢？这是危言耸听吧？营长，我知道是谁在背后告黑状了，她是想用这种方法拆散我们。

钱光仕：是别人告黑状还是你被假象所迷惑，深陷其中难以自拔？

闻盛成：我也是革命老同志了，会轻而易举被别人的假象所迷惑？可能吗？你说她是特务有证据吗？

钱光仕手指着闻盛成的脑袋：你啊，你啊，我怎么说你呢！你这盲目自信的性格，早晚会害了你自己，也害了组织。没证据我会跟你说这些？经组织调查，那个高港的怀仁诊所就是日本间谍的一个窝点，头头就是主持医生赵忠仁，而他的上级就是在镇江的怀仁诊所，头头是弘太一郎，也就是洪主任。这位洪主任在中国行医多年，以医生的身份为掩护，长期为日本人搜集军事情报。他曾经救过赵忠仁的命，他就利用这层关系，将赵忠仁及诊所里的人都发展成了特务。

闻盛成惊得目瞪口呆。

钱光仕：幸好，你们的事发现得及时，否则后果不堪设想！你现在明白了没有？别人不是告你的黑状，而是对你负责，对组织负责，是在拯救你！你明白了没有？

闻盛成嗫嚅：啊，这，这，真，真没想到会是这样！跟她相处那么久，怎么也不可能想到她是个日本特务！怎么看怎么也不像啊。唉，真是人不可貌相啊！

钱光仕：若都能让人一眼看出来，那还能叫特务吗？所以，你要从这次事件中接受教训，深刻反省，绝不容许再发生类似错误。

闻盛成：是！我一定接受教训。那我现在该怎么办呢？

钱光仕：你现在一定要与他保持距离，不到万不得已，不要与她见面！

闻盛成：是！

37—3 高港永安洲伪军据点·日外·内·晴

主要人物：王玉兰、陈盛文、李淑芹。

王玉兰坐着带篷骡车在据点门口下来走近岗哨：老总，你们好！我找闻长官。

门哨（甲）：我们闻连长不在。

王玉兰惊讶：啊，不在？那他去哪儿了？

门哨（乙）：对不起，不知道。

王玉兰：那他什么时候回来呢？

门哨（乙）：对不起，不知道。

王玉兰：那我可以进去等他吗？

门哨（甲）：对不起，这里是军营，不可以，请原谅！

王玉兰失望地在门口徘徊几圈后又走近门哨：我从高港大老远地过来，实话告诉你们吧，我是你们长官的对象，上次我来过了，你们应该认识我的。

门哨（甲）：对不起，我们都是轮流站岗，我们不认识你。

王玉兰失望：那好吧。我就在外面等他回来吧。

说完，又回到了骡车上。

据点连长办公室内，坐在椅子上的闻盛成（FB）：在泰州城他押着运粮车看见王玉兰与赵忠仁坐着三轮车从身边匆匆驶过。

闻盛成（VO）：她是真的没看见我还是佯装没看见我？我的身份她会不会知道了？应该是没看到我，否则，怎么可能一点反应都没有？

据点外，骄阳似火，王玉兰从骡车上下来，坐在了树荫下，脸上汗水不时地渗流出来，她时不时地用手绢擦拭、扇风，汗水渗透了白色裙衫。

据点内连长办公室，手执芭蕉扇慢慢扇风的陈盛文：

（FB1）：在诊所里，他与王玉兰相谈甚欢。

（FB2）：他将热起腾腾的饭菜端上桌，王玉兰夹菜送进他嘴里。

（FB3）：两人相拥相吻。

闻盛成眼里不知不觉流下了眼泪（VO）：玉兰，我知道你真的很爱我，我也真的很爱你，可我们的真爱就像两条平行线，永远不可能结合在一起，因为我们的信仰不同，我们的阵营不同。我真的想不通，你是一个中国人，一个医生，为什么要为鬼子做事？

李淑芹轻轻走了进来：闻连长，在想什么呢？

闻盛成一惊，连忙起身转过脸掏出手绢拭去泪水：哦，没，没想什么啊。啊，这个，这个，今天天气真热，你有事？

李淑芹：现在不怎么忙，所以，想过来坐坐，没打扰吧？

闻盛成：看你说的，我们是谁跟谁还用这么客气？你坐。

李淑芹在椅子上坐下：是啊，想当初我们四个人怀着一颗火热的心，执着的信念，跋山涉水，奔向茅山，这一眨眼几年都过去了，也不知道他们两人现在哪里，现在怎么样了？

闻盛成感慨：是啊。说好的风雨同舟，哪知道，现在却各奔东西，下落不明，杳无音信。

李淑芹：幸好，这几年我还有你经常在身边，否则，真的连一个说心里话的人都没有。

闻盛成：这几年，我们一直是走南闯北，居无定所，我们虽然能经常见面，但都是来去匆匆。现在在这里好了，这里相对安定了，以后我们可以经常一起聊聊。

李淑芹：我好久都没有回家了，你想近几天回去看看父母，你愿意陪我一起去吗?

闻盛成：当然可以，又不是没有去过。

夕阳西下，天边红霞如血。

据点外的树荫下，王玉兰坐立不安，时不时向马路上眺望，最后跨上骡车离开。

37—4 高港永安洲伪军据点·日外

主要人物：王玉兰、陈盛文、李淑芹。

王玉兰坐着骡车来到据点门岗下车与门哨交流，门哨摇头摆手。王玉兰回头跨上骡车离开。

闻盛成与李淑芹同骑一匹黑马走出据点，闻盛成策马扬鞭在马路上疾驶。

李淑芹在后面紧紧抱住闻盛成，脸贴他的后背，闭着双眼，露出满足幸福的微笑。

一辆骡车紧紧跟在后面。

37—5 高港永安洲李家大院·日外

主要人物：王玉兰、陈盛文、李淑芹。

闻盛成和李淑芹在李家大院院门口下马进院。

骡车在李家大院不远处停下，王玉兰坐在骡车篷里，盯着李家大院看了一眼，脸色阴沉，咬牙切齿。随后对着车夫一挥手：走吧!

37—6 高港怀仁诊所·夜内

主要人物：王玉兰。

王玉兰半靠在纱帐床栏上泪流满面。

37—7 高港龙窝木排坞金寿木行·日·外内

主要人物：黄广为、王玉兰。

王玉兰坐着人力三轮车在金寿木行大院门口下车走了进去。

黄广为热情接待，为其打水，递上毛巾擦脸，沏茶。

王玉兰向其款款叙说。

黄广为一脸惊讶。

37－8　高港永安洲伪军据点·日·外内

主要人物：黄广为、陈盛文。

黄广为骑着自行车来到据点岗哨，支好车走近门哨：两位老总好，我想找一下闻长官。

门哨（甲）：你是什么人？

黄广为：我是龙窝金寿木行的，我姓黄，叫黄广为。与你们闻长官是朋友，麻烦你们去通报一下。

黄广为递上两根香烟。

两哨兵摇头谢绝。

门哨（乙）：你等一下。

门哨（乙）走进岗亭内摇起电话通话。

门哨（乙）出来：你进去吧。

黄广为满脸堆笑：好的，谢谢两位老总！

黄广为推着自行车进入，吉厚煌与几名士兵从他身边走过。

黄广为看了吉厚煌一眼（VO）：这个人好面熟！好像在哪里见过。

办公室内，闻盛成为黄广为沏茶：今天是什么风将黄老板吹来了？

黄广为不自然地一笑：哪有什么风哦，今天来呢，一是自贵军驻扎到洲上后一次还没有来拜访过呢，想来看看军营是个什么样子，二是想向闻长官打听一个人。

闻盛成：黄老板想打听什么人哪？

黄广为：我听说我们陆会长的女儿李淑芹在贵军连部做医生？

闻盛成一愣，随即坦然：哦，你说的是李医生啊。对，她是在这里做军医。怎么啦？

黄广为：我想见见她可以吗？

闻盛成：你想见她？什么情况？可以说说吗？

黄广为：是这样的。三年前，我们跟李家有过媒妁之言，可就在即将订婚前几天她突然离家去了上海，说她哥那里有急事。这一去就是三年了，我一直在等她回来。前天，我听说她回来了，并且就在你们这里做医生，所以我就来了，想问问她，我和她的婚事到底还能不能继续。能继续呢，我求之不得，若不能继续呢我也不勉强，从此死了这份心。

闻盛成：噢，是这么回事。她这几天不在这里，去其他部队值班了，等她回来我告诉她，就说你来找过她了。至于其他的事，我就帮不了，请原谅。

黄广为起身抱拳：那好，那就麻烦您了！

37—9 高港永安洲李家大院·夜内

主要人物：李淑芹、闻盛成、李才荣、陆伯英、黄广为。

李淑芹、闻盛成坐在木沙发上望着坐立不安的李才荣和陆伯英。

李淑芹：既然黄家已经知道我在永安洲了那就干脆直接将订亲的事回掉算了，反正当初又没有定成亲，再说，就是定了亲又不是不可以退掉。

李才荣：你说得这么轻巧，那李黄两家还这么相处？

李淑芹：那黄家父子是不折不扣的汉奸，与我们根本不是一条路上的，反正与他们早晚也是势不两立，还不如现在就一刀两断。

陆伯英：早晚是得一刀两断，但不是现在。现在还是日本人得势，这姓黄的既是镇长又是警察局局长，弄不好，会找我们麻烦的。

李淑芹：我们这里有几百号人，还怕他们？

陆伯英：丫头啊，你还年轻，现在是多事之秋，世事凶险，人心险恶，时局变幻莫测，万事难料，我们还是处处谨慎为好。

闻盛成：大伯、大妈，那现在这事该怎么办呢？

李才荣：我看这亲事暂时既不定，也不回，找个冠冕堂皇的理由先拖一段时间再说。

陆伯英：我看，赶紧将情况告诉你们的上级，请上级将你俩尽快调离这里。

闻盛成：对，这是个好办法。

张勇走了进来：老爷，黄公子来了。

众人惊愕。

陆伯英：你们俩到后屋去，这里由我们来应付。

李淑芹立即拉着闻盛成跑进了后屋。

张勇领着黄广为进来。

黄广为拎着礼品盒微微鞠躬致礼：叔叔，婶婶好！

陆伯英热情地迎上：啊呀，好好好，侄子好！

李才荣：快，快，快坐。

陆伯英：张妈，快泡茶！

黄广为：好久没来看望你们了，随便带了点小礼物，聊表心意。

陆伯英：来就来呗，还带礼物干什么，我们两家又不是一天两天的交情了，这么客气干什么。

黄广为：哎，理所应当，人熟礼不熟嘛。

张妈奉上茶。

黄广为呡了一口茶：今天呢，一是来看望二老，二是我听说淑芹回来了，特地来看看，这一晃都两三年了，我一直在盼望她回来，也一直在等她。

陆伯英：侄儿的这一片真情我们俩都看在眼里，记在心里。是我家芹儿对不住你，让你等了这么久，都是这乱世害的。淑芹本来到上海帮她哥哥处理好一些事情几天就回来，谁知道日本人进攻上海，所有的船都停航了。日本人占领上海后又占领了苏州、无锡、镇江、南京，局势更加动荡不安，她在外面四处漂泊，居无定所，吃了不少苦，连我们都不知道她在哪儿，做什么。不过还好，现在总算还平平安安地回来了，只是她在部队里做军医，不像以前那么自由。既然你今天诚心诚意登门表明了态度，那你放心，我们绝不会食言的，等她回来，我们就跟她说，尽快将你俩的婚事办了，已经都不小了，早点成了家，我们老两口也了了一桩心事。

黄广为：我也不好，这几年与叔叔婶婶沟通得少，谢谢你们现在还能接受我，那我这就回去告诉我爸妈，让他们早作准备。

李才荣：行，你回去后，让你爸妈挑个好日子，按乡风习俗来。

黄广为：好。那我就不打扰二老休息了。

陆伯英：没事，难得一来，坐坐再回去吧。

黄广为起身：不了。我早点回去赶紧把这喜事告诉我爸妈，让他们明天就去请人挑日子。你们也早点休息。

陆伯英：那好吧。天黑，你路上小心点。

黄广为边走边答：没事，我骑车来的，一会儿就到家了。

陆伯英和张勇将黄广为送到院门外，目送黄广为骑着车消失在夜幕之中。

陆伯英回到院内，张勇连忙关上院门。

李才荣：张妈，去叫芹儿出来。

张妈应声而去。

李淑芹、闻盛成回到堂厅。

李淑芹：走啦？

陆伯英轻舒一口气：唉，总算应付过去了，刚把他打发走。

闻盛成：那我们也好回营房了，明天我立即去找钱营长。

陆伯英：好吧，这件事越快越好。

李才荣：宜早不宜迟。

李淑芹、闻盛成走出堂厅。

张勇将黑马牵了过来。

闻盛成接过马缰，牵马至院外与李淑芹策马而去。

不远处黑暗的树荫下，黄广为目睹他俩共马而去，愤恨地扇了自己一巴掌。

37 — 10　永安洲镇黄家大院 · 夜内

主要人物：黄广为、黄万山。

堂厅里，黄广为向父亲叙说着。

黄万山来回踱步，忽然止步，向儿子交代事项。

黄广为不断点头，两眼里透露出凶光，阴冷一笑。

37 — 11　高港永安洲伪军据点 · 日内

主要人物：黄广为。

连长办公室。

黄广为站在闻盛成面前将一份请柬双手递上：明天是家父五十岁大寿，请闻长官明晚六点屈驾光临！

闻盛成双手接过：谢谢，谢谢。届时一定前往祝贺！

37 — 12　泰兴马甸伪军营部 · 日内 · 傍晚

主要人物：钱光仕。

营长办公室。

电话铃响起，钱光仕拿起话筒。

顾凤山（SO）：钱营长吗？

钱光仕立正：是，顾团长！

顾凤山（SO）：晚上 8 点钟到团部开军事会议。

钱光仕：是！

钱光仕掏出怀表看了看：已经 7 点半了。

钱光仕走出办公室，跨上马，张小兵、汤正明骑马紧跟其后。

37 — 13　泰兴徐桥伪军团部 · 夜外 · 内

主要人物：钱光仕。

张小斌，20 岁左右，警卫。

汤正明，20 岁左右，警卫。

柳翻译官。

钱光仕与张小兵、汤正明一起在团部营地下马。

办公室内煤油气灯，明亮耀眼，宛如白昼。

钱光仕进入团长办公室。

张小兵站在室外。

汤正明将三匹马系在院内的一根马桩，环视了一下四周，在阴暗处点起一根烟。

钱光仕走进团长办公室向顾凤山立正敬礼：团长，我来了。

顾凤山：哦。你来，我先让你见个人，你可能认识。

钱光仕：谁？

顾凤山：柳翻译，请出来辨认一下。

柳翻译带着四名卫兵从侧门走了出来，瞄了一眼钱光仕腰间反射灯光的手枪套：钱营长，还认识我吗？

两名卫兵迅速移步至钱光仕两侧。

另两名卫兵迅速站在门两侧。

钱光仕一愣，佯装：请问你是？

柳翻译冷笑：钱营长真是贵人多忘事啊，怎么连我都不认识了？

钱光仕乜了一下两侧卫兵：对不起，只是有点面熟，真的一时想不起来您是哪位了。

顾凤山注视着钱光仕的表情。

柳翻译：看来钱营长真的只认识枪，不认识人了。不过，看来我的记性比你好多了，我既能一眼认出我的枪，又能一眼认出抢我枪的人。

两名卫兵突然出手，一把反扣住钱光仕双臂，钱光仕动弹不得。

柳翻译上前掏出钱光仕腰间的手枪：看，我的枪，我一眼就能认出。

钱光仕：有这型号手枪的军人多了，凭什么你说你的就是你的？

柳翻译：有这手枪的人是多，不过，我这勃朗宁枪套上缝线泡过血水，比其他枪套上红，这别人根本不会注意到的细微差别只有我知道。

钱光仕高声：你放屁，我这枪是缴获新四军的。

室外张小兵闻声察觉到里面发生异常，迅速拔出手枪按下保险，推门冲了进去，门侧一卫兵一伸腿，枪响人倒。另一卫兵上前刚想用枪抵住张小兵的脑袋，张小兵一个极速鲤鱼翻身将他打翻在地，一个箭步飞至柳翻译身边一把勒住他的脖子，用枪顶住了他脑袋。

院外，汤正明一听枪声，立即拿下背上的冲锋枪，冲了过去向门外士兵一阵扫射，士兵纷纷倒毙。

顾凤山迅速用枪顶住钱光仕的脑袋：立即放下枪，否则我开枪了。

钱光仕：别管我了，你们赶快走！这里面有误会，我会跟团长解释清楚的。

张小兵拽住柳翻译往后退。

几十名伪军举枪紧逼。

柳翻译惊恐万分：千万别开枪，有话好好说，有话好好说。

汤正明与张小兵背靠背挟持着柳翻译退到营房外。

伪军们紧跟不放。

汤正明：你们退下，放了我们营长，我就放了他。

柳翻译：你们快退下，快退下，这里面可能有误会。

顾凤山押着钱光仕走了出来：现在放了你们营长根本不可能，如果有误会，我会弄清楚的，还有机会，但如果你们现在杀了柳翻译，那你们一个也活不了。也正因为我还没有完全弄清楚，所以，我开始没有一下子缴了你们的枪。

钱光仕：你们先回去吧，我这里没问题，让顾团长随便查吧。

汤正明：那好吧，将我们的马牵过来，等我们安全离开就放了柳翻译。

柳翻译急切：快，快，快去将他们的马牵过来。

顾凤山：行。

两士兵将两匹马牵了过来。

汤正明：我们先带上柳翻译，等我们安全了，会放了他的。

顾凤山：那行。不过，你们一定要放了柳翻译，我给你们一刻钟时间，如果你们走了一刻钟柳翻译没有回来，那你们营长的命就保不住了。

汤正明：那好吧。

张小兵牵着马，汤正明押着柳翻译离开。

走出几百米后，汤正明放开柳翻译，两人飞身上马，疾驰而去。

37—14　泰兴马甸伪军营部·日外·内·傍晚·夜

主要人物：张小兵、汤正明、林志溪。

张小兵、汤正明飞马直奔至马甸伪军营部，跳下马心急火燎大声：林副营长，林副营长，不好了，紧急情况！紧急情况！

林志溪闻声跑到室外：什么紧急情况？

张小兵奔至林志溪面前：钱营长被顾团长扣押了！

林志溪：别慌，来，快到屋里说。

张小兵、汤正明急步走进办公室。

林志溪：别着急，将情况说清楚了。

汤正明：是这样的。钱营长的真实身份可能被顾团长发现了。

林志溪：怎么被发现的？

张小兵：具体情况我不是十分清楚，是高港的叫什么柳翻译官当顾团长的面指认的，说是钱营长曾经抢了他的枪，但钱营长不承认。我们为了救钱营长还与他们干了一仗，扣押了柳翻译官才逃了回来。

林志溪：那柳翻译官呢？

汤正明：顾团长说，放我们走，钱团长那边他要查清楚了再说。如果不放柳翻译官，他就当场杀了钱营长。我们没办法，只好先放了他，回来报信。

林志溪：你们做得没错，他们人多，不能硬拼。否则不但救不回钱营长，反而会坏了大事。

张小兵：那我们现在该怎么办？

林志溪：立即集合队伍，开往徐桥团部，逼他们放人。同时通知永安洲连队和新街镇的新四军独立团予以增援。

37 — 15　高港永安洲黄家大院·夜外·内

主要人物：黄广为、陈盛文、黄万山、王玉兰。

黄家大院内外灯火辉煌、车水马龙，宾客络绎不绝、熙熙攘攘。

黄广为在门口满面笑容，抱拳作揖迎接客人。

闻盛成带着四名卫兵骑马而至。

黄广为立即迎送至室内安排就座。

李才荣、陆伯英坐轿而至。

黄广为立即迎送至室内安排就座。

大院内，里外整齐地摆放着数十桌宴席，宾朋满座，人头攒动。

酒宴开始，黄万山、黄广为站在大堂中间向宾客敬酒。

宾客全体起立，举杯祝贺。

客人们推杯换盏，大快朵颐。

院墙外，鞭炮齐鸣，烟花腾空而起，悬空绽放，绚丽多彩。

黄家父子逐桌敬酒。

客人渐渐离席向黄家父子告辞。

李才荣、陆伯英走过闻盛成身边向他微微一点头。

闻盛成点头微笑回应。

黄广为走近闻盛成耳语，闻盛成点头回应。

客人渐渐散尽，黄广为领着闻盛成走向后屋。

两名卫兵视线跟随。

闻盛成刚一进门，几名壮汉一拥而上，捂住嘴巴将他按摁在地。闻盛成拼命挣扎，一脚踢到门扇，发出“哐当”响声。

黄家父子连忙躲进房间。

两名卫兵闻声拔枪疾步闯入，双方同时枪响。

两名壮汉和卫兵同时倒在血泊之中。

一名卫兵用最后一点力气又连开几枪，气绝身亡。

闻盛成趁机声嘶力竭：快，回去叫人！

院外两名卫兵闻声连忙向院内连开数枪，飞身上马，疾驰而去。

黄万山、黄广为、王玉兰走出房间。

黄广为走近被五花大绑的闻盛成甩手一巴掌：你他妈的一个共党分子竟敢抢我的女人！

闻盛成双眼圆瞪：你们想干什么？

王玉兰满眼噙泪：盛文，听我一句劝，离开李淑芹，现在还来得及！

闻盛成愤怒之极，喷了王玉兰一口吐沫：呸！真没想到你竟然会出卖我！当初我真是瞎了眼！你们等着，我们的人马上就会赶到，现在放了我还来得及！

黄广为阴沉着脸：我们正等着呢。

黄万山冷笑一声：反正你是等不到了。

黄万山一会手：立即押往高港！

几名壮汉立即推搡着将闻盛成押上马篷车。

黄广为低声对壮汉耳语几句。

王玉兰见状立即走近：请你们千万别伤害他，他现在一下子还接受不了，等他冷静一下，我再劝劝他。

挑着马灯的马篷车奔驰而去。

37 — 16　高港永安洲·夜外

主要人物：陈盛文。

大马路上，奔驰的马篷车慢慢停了下来。

四名壮汉下车将五花大绑的闻盛成从车上拽了下来，从背后踹了一脚。

闻盛成踉跄几步，磕趴在地，极力仰起头，满脸泥血，然后奋力站起，憋足一口气，一股血水喷薄而出，直射面前壮汉脸部。

壮汉被喷了一脸泥血，勃然大怒，抬腿对准闻盛成胸部就是一脚。

闻盛成被重重踹仰在数米远的地上。

壮汉又上前一阵拳打脚踢，闻盛成气息微弱，再无还击之力。

两名壮汉上前将闻盛成拖至马路边，举枪对准他的脑袋扣动扳机“砰、砰”两声，闻盛成应声到地。

四名壮汉驾车回头，消失在茫茫夜色之中。

37 — 17　高港永安洲伪军据点·夜·外

主要人物：吉厚煌、李淑芹

两名卫兵骑马奔回据点内。

紧急集合的哨声骤然响起。

吉厚煌、李万芳从屋内奔出。

士兵们手执武器纷纷从营房跑出列队。

吉厚煌站在队伍前面：刚刚发生紧急情况，我们的闻连长在赴黄镇长寿宴时被黄家父子诱捕，现在我们命令除留 3 排 1 班驻守外，其余立即全部前往营救，包围黄家大院，出发！

队伍立即跑出据点外。

李淑芹跑了过来：吉副连长，我也去！

吉厚煌：你留在据点，哪里都不要去。

李淑芹心急火燎：不，我也要去。

吉厚煌：我理解你的心情，但你不能去，请放心，我们一定会救回闻连长的。

李淑芹：吉副连长，我不放心，就带我去吧！

吉厚煌：不行，请服从命令！

吉厚煌奔跑而去。

李淑芹在后面直跺脚。

37 — 18　泰兴徐桥伪军团部·夜内

主要人物：顾凤山、钱光仕、林志溪。

团长办公室，钱光仕被五花大绑坐在地上。

顾凤山一挥手：你们通通出去，不许任何人进来！

柳翻译带着人全部退出，关好门。

顾凤山环视了一下四周，然后走近钱光仕，将他拉起：来，坐沙发上。

钱光仕一脸疑惑地看了他一眼：你想干什么？

顾凤山：对不起，钱营长，让你受委屈了。我现在这么做也是迫不得已，因为黄广为、柳翻译、王医生三个人都一致指认你是新四军。明人不说暗话，坦率告诉你，其实我也怀疑你是新四军。

钱光仕：为什么？

顾凤山：因为，你对部队严苛的训练以及严格的纪律约束本来是件好事，但这恰恰显示了你的另类。像我们这种杂牌军里不可能有你这种高素质的军官，韩德勤的部队也没有，只有新四军才有。

钱光仕：那你知道我原来在哪个部队吗？

顾凤山：知道啊，赵副参谋长告诉我你原来在韩德勤的保安9旅3团扬中的贾长富手下，那我就更怀疑了。那贾长富是个什么人我不知道？出了名的地痞流氓出身，更不可能有像你这样高素质的军官了。

钱光仕：团长是只知其一不知其二啊。我是在贾长富保安团里待过一段时间，可我原来是在俞济时的74军58师，参加过淞沪会战，后来在南京保卫战中我与部队打散才回到了老家扬中，加入贾长富的部队。后来发现贾长富的部队完全是一群地痞流氓组成的乌合之众，令我十分失望，便带着十几个人离开了，四处流动了一段时间，后来听汤老先生说我的一个表哥的表哥在建国和平军里当大官，这才到了这里。到这里之后，我已经经过两次大战，两次大战最终都是以失败而告终。为此我暗下决心，如果有机会，一定要打造一支"铁军"，因为，一支部队能否打胜仗，不仅仅靠战略战术，还要靠部队的战斗力，而部队的战斗力，靠的是平常的刻苦训练和铁的纪律。

顾凤山半信半疑：哦，原来是这样啊。跟你说实话吧，即使你真的是新四军我现在也不会为难你。

钱光仕：为什么？

顾凤山：因为我们利益共存，打个不太恰当的比方，我们就是一根绳子上的蚂蚱，生死相关。你想，你是赵副参谋长的亲戚，我是赵副参谋长引荐过来的，你如果出了问题，我怎么脱得了干系？再说了，我好不容易拉起来的队伍，你那边的一个营如果没有了，我这团长还怎么当？我当这个团长可不是为了什么国家民族利益，信仰这个主义，那个主义，我可没有那么高尚的情操，宽广的胸怀，更不会为日本人卖命，我只想为自己。当了官就可以发财，当军官发财更容易些。所以，只要你不影响我当官发财，其他都是小事。俗话说得好：人不为己天诛地灭。可天有不测风云，本来平安无事，却半路上杀出了一个程咬金。不，不止一个，准确地说是三个，三个程咬金。他们突然共同指认你是新四军，那我怎么办？我也实在没办法，不得不先将你羁押起来，先应付一下再说。还好，今天你们没把柳翻译怎么样，这样就留下了周旋余地，否则，一旦杀了他，麻烦就大了，即使你不是新四军，那跳进黄河也洗不清了，可以说那就无法挽回了，你我都得遭殃，弄不好还要牵连到汤老先生和赵副参谋长。所以开始我只好拼命保住柳翻译，这样，不仅柳翻译不会怀疑我，日本人也不会怀疑我，我就好办了。与此同时也洗净了赵副参谋长，保住了赵副参谋长，古人说：朝中无人莫做官。赵副参谋长可是我的靠山，他如果倒了，那我在部队还怎么混？你觉得我说得怎么样？是不是这回事？

钱光仕十分诧异：那现在准备怎么处理？

顾凤山：为了遮人耳目，我暂时先将你羁押在这里，但绝不会交给日本人，他柳翻译就是告诉了日本人，只要你不承认是新四军，我就有办法。我们这泰州的建国和平军尽管是个杂牌军，但与其他地方的和平军有区别，独立性较强，当初投靠南京汪政府时与日本人就有协议，一是单独驻军，不与日军交织混杂，二是日本人不得干涉我军内部事务。具体怎么操作才能化险为夷，等我和汤老先生及赵副参谋长商量之后再定。

外面突然响起了几声枪响。

柳翻译慌慌张张闯了进来：顾团长，不好了。钱营长的人包围了团部。

顾凤山：不要慌，你先出去，我与钱营长再说几句话。

柳翻译退了出去。

顾凤山拔出匕首割断了钱光仕身上的绳子：你让你的人马先回马甸营部，除了受到攻击，千万别轻举妄动，乱了方寸，乱了队伍。只要我们内部不乱，别人就拿我们没办法。我们内部一乱，最高兴的是那黄家父子，他们求之不得，正好少了个对手，同时也报了当初的一箭之仇。

钱光仕点点头。

顾凤山和钱光仕一起来到营部大门口。

里外双方官兵举枪相对，严阵以待。

顾凤山：我们把枪先放下，让钱营长好说话。

营内官兵先后都放下枪。

钱光仕：3 营的所有官兵都听好了，把枪放下！

林志溪大惑不解：钱营长，这，这……

钱光仕：服从命令！

林志溪极不情愿地挥了挥手：服从命令，先放下枪。

营外官兵先后放下枪。

钱光仕：3 营全体官兵，你们都听好了。我这里因为一把手枪的事与柳翻译官产生了点误会，有人便想借机污蔑诬告我们是新四军，企图乱我军心，瓦解我们的队伍，从而渔翁得利，报一己之仇，我们千万别上他们的当，中了他们的奸计。有句话说得好，叫清者自清浊者自浊，我相信顾团长一定会查个水落石出，还我一个清白。现在我命令你们立即返回马甸营部，若未收到攻击，绝不可轻举妄动。

林志溪犹豫：这……

钱光仕：服从命令！

林志溪立正敬礼：是！

林志溪转身：兄弟们，服从命令，立即返回营地！

营外队伍立即收拢，列队返回。

37 — 19　高港永安洲大马路上·夜外

主要人物：吉厚煌、李淑芹。

两名卫兵带领队伍在马路上疾步飞奔。

吉厚煌走出队挥动手臂：快，加快速度！

一股伪警埋伏在马路一侧。

吉厚煌的队伍渐渐进入伏击圈。

伪警头头举枪射击！

顷刻间，枪声四起。

吉厚煌的队伍数人中枪倒地。

吉厚煌、李万芳慌忙伏地还击。

吉厚煌：不好，他们有埋伏了。

双方激烈对射，星火飞闪。

李万芳：吉连长，不行，他们有准备，这样下去我们会吃亏。

突然，伪警队的背后一阵枪响，数名伪警被击中，滚落路边的沟渠中。

第三十八集　乱云飞渡

百密一疏情反转，玩火自焚赴黄泉。

华厦脊梁有紫石，宁可伏枥不为犬。

38—1　高港永安洲大马路上·夜外

主要人物：李淑芹、吉厚煌。

李淑芹和张勇带着数十名自卫队队员从背后向伪警队发起偷袭！

吉厚煌立即兴奋起来：兄弟们，援兵来了，给我狠狠地打！

伏击的伪警队顿时腹背受敌，阵形大乱。

伪警队头头惊慌高声：快，快，撤退，撤退！

数十名伪警连忙边打边退，很快消失在夜色之中。

李淑芹和张勇带着自卫队与吉厚煌、李万芳的队伍会合。

吉厚煌：李医生，真没想到你会带人来增援。

李淑芹：闻连长被抓你让我待在据点我怎么可能待得住，只好回家把这突发情况告诉我爹妈。我爹妈让张队长带人去黄家大院，以防万一，半路上正好发现你们正在开打。

李万芳：幸好你们来得及时，否则，今天我们要吃亏了。

李淑芹：那现在我们怎么办？还继续去黄家大院吗？

吉厚煌：现在他们早有准备了，人马一定不会不比我们少，去了不但救不出人，可能还会造成更大的伤亡，料他们一时半会儿也不敢把我们闻连长怎么样，我们还是先打扫战场，将伤员救回据点后，立即把情况向营部回报，听候命令。

李淑芹：哦，想起来了，我来之前，营部来电说钱营长被顾团长扣押了要求我们派兵去徐桥增援，后来，又来电说事情解决了，钱营长亲自命令林副营长将部队撤回营部，除了受到攻击外，不可轻举妄动。

吉厚煌：真是福无双降，祸不单行啊。怎么那边也出事了？

李淑芹：具体原因目前我们还不清楚，需向奚副营长了解。

吉厚煌：那我们现在还是赶紧先回去吧，等情况了解清楚了再说。

38 — 2 泰兴徐桥伪军团部 · 马甸伪军营部 · 日内

主要人物：林志溪、顾凤山。

徐桥伪军团部办公室。

电话铃骤然响起，顾凤山拿起话筒（SO）：报告顾团长，我是 3 营副营长林志溪。我营驻永安洲的闻连长被黄家父子抓了。

顾凤山惊愕：什么！黄家父子抓了你们的闻连长？

林志溪：是的。

顾凤山：什么理由？

林志溪：他们说闻连长是新四军！

顾凤山：他们有证据吗？

林志溪：什么证据也没有，黄家父子是利用寿宴的机会将赴宴的闻连长诱捕的。

顾凤山：啊？什么证据都没有，竟敢设鸿门宴随便抓我们的人，这也太无法无天了。

林志溪：我估计是他们为了李淑芹医生的事故意陷害闻连长。

顾凤山：这与李医生又有什么关系？

林志溪：团长，这件事说起来就复杂了。

顾凤山：再复杂也得说清楚，你慢慢说。

林志溪在电话中慢慢叙述。

顾凤山：唉，还真够复杂的，真是红颜祸水呀。但不管怎么样，你们一定要命令永安洲连队绝不可以轻举妄动，一切由团部处理！

林志溪：是！

38 — 3 高港日军司令部 · 日内

主要人物：蔡鑫元、滕井、柳翻译、顾凤山、黄万山、黄广为、王玉兰。

高港日军司令部司令办公室。

蔡鑫元、滕井坐在沙发上，柳翻译、顾凤山、黄万山、黄广为、王玉兰站在两边。

蔡鑫元：顾团长，你说说昨天晚上怎么回事？

顾凤山走上前一躬身：蔡师长、藤井司令。昨天晚上，这黄家父子以寿宴为名，擅自抓捕了我们永安洲据点的闻连长，打死两名警卫，并动用警队伏击了前往救援部队，致使我部又死亡三人，伤八人的严重后果。请师长和司令官严肃处理，还我官兵一个公道！

柳翻译官翻译。

滕井（日语）：黄局长，你说说是怎么回事？

黄万山：前天，我们接到举报，说顾团长手下的3营营长钱光仕和他下面的3连连长闻盛成都是新四军潜伏在和平军的特工人员，于是我就利用举办寿宴的机会先诱捕了驻扎在永安洲的闻盛成。钱光仕那边就由柳翻译官通知了顾团长。

柳翻译官翻译。

顾凤山：我们接到柳翻译官的情报后，立即对钱光仕采取了羁押措施，现正关押在团部进一步审查。但他们没有说闻盛成也是新四军，否则我们会一道采取措施，用不着他们插手，结果造成我们人员的重大伤亡！我有理由怀疑他们黄家父子是公报私仇！

柳翻译官翻译。

蔡鑫元：闻盛成是不是新四军我们带过来一审不就清楚了。黄局长，那个闻盛成羁押在哪儿？

翻译官翻译。

黄广为：那闻盛成在我们派人押往高港的途中企图逃跑，被我们就地正法了。

翻译官翻译。

众人惊愕。

王玉兰激愤：不是叫你们先不要伤害他吗？为什么还没征求我的意见说杀就杀了？！你们怎么能怎么做呢？

翻译官翻译。

黄万山：你不是说他是新四军吗？

王玉兰：我只是说他可能是新四军，仅是怀疑，没说他就是新四军。我的目的是想逼他离开那个李军医。也是给黄公子和李军医一个重新相处的机会。因为三年前我与他就你情我愿，私订终身；而黄公子也是三年前与李军医有过媒妁之言。可时过境迁，没想到这李军医后来竟和他好上了。为了拆散他们，极力挽回我们曾经的那段感情，所以我才说他可能是新四军，目的是想让黄公子转告李军医，吓唬一下李军医，让李军医自动放弃。没想到，黄公子却借题发挥，不仅私自抓捕了他，还立马杀了他。退一步讲，即使他就是新四军也应该先说服劝降，为我所用，现在不少新四军经过我们细致的工作不都投诚过来了吗？闻盛成更是不可多得的人才，我相信我能说服他，怎么能说杀就杀呢！

你们真、真是太狠毒了！

柳翻译官翻译。

蔡鑫元、滕井频频点头。

顾凤山：师长，司令官。恕卑职直言，黄家父子这么做完全是借抓共党之名，公报私仇，企图乱我军心，瓦解我部。其理由：一是上次我部组建之时因为军费之事与我部产生矛盾，发生冲突，已经兵戈相见，一触即发，幸而藤井司令官及时赶到，才化解危机。但他们一直耿耿于怀，伺机报复。这次一是黄公子在柳翻译官面前说他亲眼看到我部钱光仕营长抢劫柳翻译官的手枪，可据我初步调查，钱营长所佩戴的手枪的确是柳翻译官的，但他是从进攻我马甸据点时新四军阵亡人员身上获取的，作为战利品佩戴的。黄公子完全是污蔑陷害。二是在未通知我团部的情况下越俎代庖，私自抓捕我部军官，并在还没有查实，没有任何证据的情况下就予与枪杀，如此迫不及待、先斩后奏其实就是为了掩盖他们的真实目的。他们的真实目的其实是为一个女人。这个女人叫李淑芹，是现在我部 3 营的一位军医，也是永安洲的一个大家闺秀，因为相貌出众三年前就被黄公子垂涎三尺，多次提亲未果，这次眼见李军医与闻盛成朝夕相处，心生情愫，便怀恨在心，于是便借王医生之口将其诱捕并立马杀害，既解了心头之恨，又报了昔日之仇。我说得没错吧，黄局长、黄公子？

柳翻译官翻译。

黄万山满脸通红：你，你血口喷人！

黄广为慌张：不，不，绝不是像你说的这样。我们绝无私心，一心为公！

柳翻译官翻译。

蔡鑫元：真是够复杂的啊，但我终于听明白了。这王医生早就喜欢上了闻连长，而这闻连长开始也喜欢王医生，可后来移情别恋又喜欢上了李军医；这李军医也喜欢闻连长。这黄公子也喜欢李军医，可却难以得手，于是王医生和黄公子就联手对付这闻连长，于是，这闻连长就成了所谓的“新四军”，便顺理成章遭到黄家父子的抓捕，成了他们的枪下鬼！归纳起来，状告钱营长是新四军的是黄家父子，杀掉钱营长手下的闻连长也是黄家父子，而这钱营长和闻连长都是顾团长的手下，我说得没错吧！

顾凤山：欲加之罪何患无辞！为了报复我和闻连长，你们黄家父子真是绞尽脑汁、费尽心机了。

柳翻译官翻译。

藤井点点头。

蔡鑫元：黄局长，我们平常相处得还不错。但今天我必须主持公道，且不说王医生为了个人恩怨只是说怀疑这闻盛成是新四军，就是即使他真的是新四军，你们也不可以直接抓捕，他是我们部队的人，部队有军法军规，你们告诉我们，我们自然会依法依规调查处置。柳翻译官曾经也怀疑钱营长是新四军，他就是先汇报给了顾团长，顾团长便立即作了十分认真的调查处置，并且调查处理得很好，现在真实情况基本也调查清楚了，柳翻译官也无异议。从而避免了一场由于误会而可能导致的冤假错案。而你们父子未经我们部队允许仅凭个人之疑，女流之言，就滥用职权，大动干戈，越规执法，草菅人命，乱我军法、动我军心，这很明显就是在公报私仇，对你们这种胆大妄为的行为如不加以严惩，那以后什么人都敢这么干还得了？

蔡鑫元拍案而起。

黄家父子瑟瑟发抖。

柳翻译官翻译。

藤井点点头（日语）：黄局长，你们知罪吗？

柳翻译官翻译。

黄家父子连连躬身点头：我们知错，我们知错！

藤井（日语）：那你们还不赶紧向蔡师长致歉认罪？

柳翻译官翻译。

黄家父子连忙向蔡鑫元、顾凤山鞠躬：对不起，蔡师长、顾团长，我们知错了。我们听凭二位处置！

柳翻译官翻译。

顾凤山冷笑一声：哼！你们何止是错？是罪不可赦！

王玉兰愤恨地看了他俩一眼。

蔡鑫元：滕井司令官，您看怎么处罚他们？

柳翻译官翻译。

藤井（日语）：蔡师长，尽管他们有公报私仇之嫌，但本意还是为了抓捕共产党的新四军，我看这样吧，免去黄万山永安洲镇镇长、高港警察局长职务，将黄公子关押三个月，另外罚他们两千大洋，作为对伤亡官兵的补偿。

柳翻译官翻译。

蔡鑫元：顾团长，你说呢？

顾凤山：一切由师长做主。

蔡鑫元：那好吧。你俩父子听着，今天若不是看在藤井司令官的面子上，我绝不会就这么高高举起轻轻落下。起码也得让你们坐上几年牢再说，希望你们从此引以为戒，不要以为高港就是你们父子的天下，肆无忌惮、为所欲为。这次就按滕井司令官的意见办，下次若敢再犯，绝不轻饶！你们明天就将补偿金送到顾团长团部。

黄家父子连连点头鞠躬：好的，好的。一切照办！谢谢蔡师长，谢谢藤井司令官！

38 — 4　泰兴徐桥伪军团部 · 日内

主要人物：柳翻译官、顾凤山、钱光仕。

柳翻译走进团长办公室：顾团长，找我有事？

顾凤山：这次我们都上了这黄家父子的当，差一点出了大事，你也受到了不小的惊吓，差一点儿性命不保，幸好我处置得当，才化解了危机。

柳翻译：这次多亏顾团长机智果断，及时挟持了钱光仕，以枪相逼，才救了我一命。否则，现在我现在就没机会坐在这里了。谢谢顾团长！

顾凤山：唉，谢就不必了，你也是为我们好，怕新四军混进我们的队伍。我首先应该谢谢你才是。这次你受了不小的委屈，为此我从黄家父子赔偿的伤亡官兵抚恤金中拿出 100 大洋予与补偿，就算慰问慰问。

柳翻译喜笑颜开：那谢谢顾团长了。有句老话说得好：患难之中见真情！顾团长如此行侠仗义，以后我们就当患难兄弟相处，有什么事情只要你言语一声，我一定两肋插刀，义不容辞！

顾凤山：那钱营长的事就这么了了？

柳翻译：一切您说了算！如果没有其他事，那我就告辞了。司令官那边离不开我。

顾凤山：好吧。您慢走，有空我们一起喝一杯！

柳翻译：行，行，行。

柳翻译兴高采烈地走了出去。

顾凤山：来人！

副官进入：到！

顾凤山：去将钱营长带过来！

副官：是！

副官转身离开。

顾凤山点燃了一支烟，十分惬意地吞云吐雾。

钱光仕走进团长办公室，立正敬礼：团长！

顾凤山：你们的事我都摆平了，现在没事了，你可以回营部了。

钱光仕：谢谢团长！

顾凤山：回去将伤亡的官兵处理好，安慰安慰他们。以后做什么事都要有个度，把握好分寸，同时，该干净的要处理干净，别留下什么后遗症，否则，会很麻烦的。

钱光仕：是！

38—5 高港永安洲扬子江堤岸·日外

主要人物：李淑芹、王玉兰。

扬子江面上烟波浩渺，浪花轻轻抚慰着水滨。

江对岸远处的山巅之上一座高高的佛塔矗立掩映在渺茫的天空。

近处江滩上，芦苇清高亮节，纤身挺拔，青葱茂密，浩荡无垠。

一座新土坟冢突兀在扬子江堤岸外侧，东侧插一块木牌，上书：陈盛文之墓。

李淑芹一身缟素肃立在坟边，泪流满面。一盆纸箔在静静燃烧，缕缕青烟随风飘向江波之上，凌空漫舞。

李淑芹：盛文，你还记得三年前那个风雨之夜，我们就是从这里一起手牵手乘船渡江的吗？到了镇江路过你家门口却不敢进去，现在好了，你再也不要怕什么了，可以先回家看看，记下鬼子和汉奸的一笔笔血债，也可以在这里每天看着江对岸圌山上的报恩塔，静静等着我们胜利的到来。等到抗战胜利后，我一定带你一起逾越这曾经腥风血雨的天堑回到镇江。你放心，仇人欠下的血债我一定会让他们血债血还！

王玉兰悄悄走近：我们可以一起帮他讨还血债！

李淑芹闻声惊起回头，一见王玉兰，怒火顿起：你来这里做什么？

王玉兰：我为什么不能来呢。

李淑芹：你还有脸来？都是你害了他！

王玉兰：是的，是我害了他，所以我要来道歉、来忏悔。但我要告诉他，我根本就没想恶意伤害他。我本来只是想让他回心转意，重新回到我身边，因为爱情都是绝对自私的。可万万没想到这黄家父子这么狡诈阴险、心狠手辣，竟然私自毁约，背信弃义，借口防止驻军闻讯来营救，节外生枝，将他先暂时押送到高港，可却在半路上就杀了他。你还不知道，当我听到他被害了之后，最痛恨的就是我。我痛是因为他是我心中最深爱的人，其实，我早就知道他是新四军，但我依然很爱他，我曾经暗示他，不管他做什么我都愿意为他付出一切。你也许还不知道，三年前我们就在诊所从相识到相知，从相知到相爱。我知道，他真正深爱的人应该是我；我也知道，他是由于发觉到我的真实身份之后才疏远我。但他不知道，为了他，我可以随时彻底改变我的身份，为他做任何事情，他没有给我这个机会。我恨，一是恨我开始就跟错人，选错了方向，不应该跟了赵医生做卖国求荣的事。二是恨这狼狈为奸、蛇鼠一窝的黄家父子。三恨我轻信、低估了这两个禽兽不如的畜生，此仇不报，我誓不为人！

李淑芹惊讶地看着她，默默无语，陷入沉思。

王玉兰： 我知道，你也很想为他报仇雪恨；我也知道，你暂时还不会信任我。这不要紧，只要我们替他把仇报了，是联手还是单干都行。

话已至此，你看着办吧。

38 — 6　泰州民宅大院 · 夜内

主要人物： 陈盛文、李淑芹、汤承业、赵忠明。

堂屋内，李淑芹、汤承业、赵忠明，落座。

陈秀文热情地奉上茶。

李淑芹开始向赵忠明泣诉。

赵忠明惊起。

陈秀文双手颤抖，眼泪夺眶而出，继而痛哭流涕。

汤承业扭过头，不忍目视。

赵忠明来回踱步，突然止步。捏紧拳头，脸色愤懑而坚毅。

38 — 7　高港永安洲黄家大院 · 夜 · 外内

主要人物： 王玉兰。

天空星光灿烂，夜色深沉。夜幕笼罩着黄家大院，院外四周蛙声时起时伏。

突然，一块黑乎乎的东西从院墙外飞进院内，落在草坪上，发出轻微的坠地声。院内蹲伏的一条大黄狗猛然抬起头，向四周嗅了嗅，确定方向后起身走了过去，找到坠落物，低头嗅了几嗅，用爪子拨了几拨，没有张口吞食，而是拖着尾巴慢悠悠又回到原处蹲伏下来。

一个矫健黑影从院墙外飞奔一跃，身轻如燕，蹬上高高的围墙。

蹲伏的大黄狗警觉抬起头向四处寻视目标。

黑影蹲在围墙上察看一番，见院内寂静无声便飞身而下。

大黄狗一跃而起，直奔黑影，一下子扑咬住了黑影，发出“呜呜”的低吼声。

黑影顿时与大黄狗纠缠在一起，发出撕咬搏斗之声。

院内厢房内的两名值班守卫“嚯”地从床上惊起，拿起枪冲了出来。

突然“砰砰”两声枪响，大黄狗应声倒地。

黄家大院屋内灯光纷纷亮起，呐喊之声随之响起。

黑影转身一跃，再次登上围墙。

两名守卫向黑影举枪射击，“乒乒乓乓”的枪声响彻整个夜空。

黑影手臂中枪，飞身而下，落地翻滚几圈后，捂住手臂疾步飞奔，消失在茫茫夜色之中。

黄家大院内外，一阵骚动，人影幢幢。

38—8 高港永安洲伪军据点·夜·外内

主要人物：王玉兰、李淑芹。

一片漆黑的大马路上，一个黑影疾步奔至据点岗亭。

两名岗哨立即举枪相对。

岗哨（甲）厉声：什么人？

黑影：别开枪，我是李医生的朋友高港怀仁诊所的王医生。

岗哨（乙）：深更半夜的你怎么跑这里来了？

王玉兰：我受伤了，请李医生帮忙先包扎一下。

岗哨（甲）：发生什么事了？

王玉兰：一句话说不清，麻烦你赶紧找一下李医生。

岗哨（甲）对岗哨（乙）：你赶快进去找一下李医生。

岗哨（乙）立即跑进据点内。

李淑芹跟着岗哨（乙）疾步跑到门口：怎么啦，王医生？

王玉兰：李医生，我手臂中了一枪，请帮忙处理一下好吗？

李淑芹：到底发生什么事了？

王玉兰：进去再说好吗？

李淑芹：那你跟我来！

李淑芹领着王玉兰直奔医务室，点燃煤油汽灯。

王玉兰躺上手术台。

李淑芹用手术剪剪掉受伤手臂上的衣袖，清洗消毒，注射麻药，进行手术，夹出了子弹头，然后止血包扎好。

王玉兰感激地望着李淑芹：谢谢！你动作真娴熟。

李淑芹：经历得太多了。说说什么情况。

王玉兰：刚才我去黄家大院去杀黄万山。可惜，没有成功。没想到他家的大黄狗太厉害了，不但经受住了美味的诱惑，没有吃我扔给它夹了药的红烧肉，并且沉得住气，蛰伏不动，等我翻墙进入院子后它突然猛扑上来撕咬，甩都甩不掉，没办法只好击毙了它，一下子惊动了黄家所有的人。

李淑芹：哦。你没有摸清他家的情况，就单枪匹马，擅自行动，这很危险的。

王玉兰：我以前去过他家，观察过他家的环境，也知道他家有条大黄狗，但没想到这狗比人还要精明。

李淑芹：这狗可能经过特殊训练。以后别再这么莽撞行事了。

王玉兰：没办法，不杀了他，我愤恨难平，寝食难安。

李淑芹：再恨，也不能盲目行动，否则不但解决不了他，弄不好反而害了自己。再说，那黄广为还在牢里没回来，光杀了黄万山一个人，那黄广为还会想方设法报复。

王玉兰：他还有三个月才回来，我等不及了。

李淑芹：等不及也得等，要么不做，要做就要斩草除根，以绝后患！

38—9　泰州民宅·夜内

主要人物：赵忠明。

赵忠明、汤承业、李淑芹、陈秀文坐在客厅内。

赵忠明：明天那黄广为要出狱了，为此那黄家父子要在高港扬子江大酒店设宴答谢藤井，酒店请了徐胖子烧河豚……

38—10　高港扬子江大酒店·夜·内外

主要人物：黄万山、黄广为、藤井、柳翻译。

高港扬子江大酒店，灯火辉煌。

酒店包厢外，日军宪兵队戒备森严。

包厢内，满满一桌子美味佳肴，一瓶茅台。

黄万山、黄广为、藤井、柳翻译围坐在圆桌四周。

黄万山端起酒杯站起：藤田司令官，今天是我犬子重获自由的日子，故而特备些薄酒真诚感谢司令官对我黄家父子的法外开恩，按中国人的礼仪，鄙人先喝为敬！

黄万山一饮而尽。

柳翻译官翻译。

藤井站起（日语）：我知道你们父子是真心实意为中日友好，大东亚共存共荣而竭尽全力，所以我才尽我所能给予帮助和支持。希望你们不要受这次事情的影响，一如既往。

藤井一饮而尽。

柳翻译官翻译。

黄广为连忙过去斟满酒回位。

黄万山：请，司令官请吃菜。今天的菜主要是以江鲜为主，这是刀鱼、这是鲥鱼，希望司令官能够喜欢。

柳翻译官翻译。

藤井举箸夹了一块刀鱼肉送进嘴里，连连点头：吆西，大大的好！十分鲜美。

黄广为举杯站起：司令官，感谢司令官对我们父子的信任，有阁下的这份信任，我和家父愿为皇军肝脑涂地，在所不辞！

柳翻译官翻译。

藤井举杯站起：吆西！来，我们再为中日友谊干一杯，你们放心，等段时间，我叫蔡师长让你父亲官复原职！

柳翻译官翻译。

黄广为：谢谢！

黄广为一饮而尽。

滕井一饮而尽。

黄万山：来，来，司令官请吃菜，柳翻译官请。

黄广为再次走过去为藤井斟酒。

四人大快朵颐，身心愉悦。

服务生上菜：清蒸河豚！

黄万山：司令官，这河豚可为江鲜之最，现在正是味道最鲜美的季节，其中最值得品尝的是精巢，有“西施乳”之称，其次是这软糯的鱼皮，看上去雪白柔软，吃起来鲜美腴滑。古人说，一朝食得河豚肉，终身不念天下鱼。

柳翻译官翻译。

藤井听完，边口中“吆西”，边举箸伸向河豚砂锅。

黄万山连忙制止：司令官且慢。

柳翻译官翻译。

藤井愣住，一脸疑惑望着黄万山。

黄万山赶紧解释：司令官，是这样的，我们这里有个规矩，这河豚鱼在客人品尝之前，厨师必须先尝。

柳翻译官翻译。

滕井（日语）：为什么？

柳翻译官翻译。

黄万山：因为，这河豚鱼虽然为江鲜之冠，但其部分器官含有毒素，所以在宰杀和烹饪时都必须是专业厨师，他们有专业的除毒的技艺。为了保证万无一失，烧好的河豚都得先由烧河豚的厨师当客人面先尝，厨师食后无事，客人就可以放心品尝了。

柳翻译官翻译。

藤井（日语）：还有这种说法？

柳翻译官（日语）：确实是这样，司令官。

滕井（日语）：那好吧，就请厨师先尝尝。

黄广为：厨师请进来。

徐胖子应声而进，向客人鞠躬打过招呼后，用自带的筷子夹了一大块河豚肉放入口中吃了进去后，坐在了旁边。

黄万山：司令官、柳翻译，来、来、来，我们先吃其他菜。

四人继续推杯换盏。

藤井（日语）：我们大日本帝国现在推行"怀柔"政策，因为，要想天下太平，实现大东亚共存共荣，必须先笼络人心。只有瓦解、抚慰民众不满和反抗情绪，对我们才更有利，我们才能更好地治理好这个国家。如果完全靠武力手段和高压政策是很难让一个国家的民众心悦诚服的，所以，希望你们以后对民众要好一点，恩威并施，不要动不动就欺压他们。

翻译官翻译。

黄万山：司令官所言得极是。我们一定牢记司令官的教导，以理服人，以情感人。用佛主之心、怜恤之情对待每一个老百姓。

藤井（日语）：你们在处理那个闻连长的事情上，确实过于草率了。这样的人即使他是新四军，也应该先劝说拉拢，实在不行再处理了他。新四军队伍也并不是铁板一块，他们当中也有不少动摇分子，只要我们工作做到位还是可以拉拢一些人过来的。以前在泰州、泰兴及不少地方都有这样的先例。

翻译官翻译。

黄万山：是，是。司令官批评得有道理。我们诚恳接受。

翻译官翻译。

藤井（日语）：其实，我心里十分清楚，你们就是在公报私仇。顾团长说得没错，他即使真的是新四军，你们也只能汇报给蔡师长或顾团长，由他们去处置，你们不可以直接插手驻军里的事务，这是有规矩的。所以，面对这种情况，一点不处理你们是不可能的，还望你们理解。

翻译官翻译。

黄万山：我们知道司令官在这件事情是已经鼎力相助了。开始，蔡师长叫我们去他那里解释处理，我就知道如果我们父子真的去了，那肯定凶多吉少，弄不好有去无回，所以，才请司令官出面的。

翻译官翻译。

徐胖子站起躬身：各位客官，我现在很好，可以走了吗？

黄万山看了看徐胖子：既然没问题，那你可以走了。

徐胖子转身离开包厢。

黄广为：司令官、柳翻译官，我们现在可以品尝河豚鱼了。请！

四人将河豚鱼肉一块一块送进嘴里。

滕井赞不绝口，满脸惬意。

扬子江大酒店外，徐胖子快步走出大门，骑上自行车快速消失在街市之中。

酒店包厢内，黄万山举杯刚站起，突然手指一松，酒杯坠地摔碎，双手捂住肚子：不好，肚子疼。

说完瘫倒在地。

三人目瞪口呆，惊慌失措。

藤井突然也捂住肚子，痛苦大叫（日语）：八嘎呀路，这鱼有毒！快，快来人。

紧急着柳翻译官、黄广为也捂着肚子，躺倒在地上，面部扭曲，痛苦呻吟。

包厢外，宪兵队立即破门而入，搀起藤井、柳翻译就跑了出去。

酒店服务生连忙闯了进来，见状惊恐万分，扭头就跑。

父子两人在地上痛苦挣扎，扭成一团。

一群酒店人员和黄家家丁慌慌张张跑了进来，将父子搀出酒店外，搁上板车向街上拉去。

38 — 11　高港怀仁诊所 · 夜外

主要人物：王玉兰。

一群人快步推着两辆分别躺着黄万山、黄广为的板车来到了“怀仁诊所”使劲敲门。

王玉兰开门，从诊所走了出来，向来人询问情况，走近两辆车挨个看了看仍在痛苦呻吟的父子，脸上露出了不易察觉的冷笑。

38 — 12　泰州和平建国第 1 集团军司令部 · 日内

主要人物：李长江、赵忠明。

总司令办公室。

赵忠明走进立正敬礼：总司令找我？

李长江从办公桌座椅上站起：赵副参谋长，你先坐下。

赵忠明在办公桌对面的椅子上坐下。

李长江：高港的藤井司令官和翻译官，以及高港警察局黄局长和他儿子都中毒了。

赵忠明惊愕：啊？什么时候发生的事？

李长江：昨天晚上。

赵忠明：怎么回事？怎么会一下子这么多人中毒？

李长江：据说，是黄局长和他儿子宴请藤井司令官，有人在酒菜里面下毒了。

赵忠明：那下毒的人抓住没有？

李长江：目前还没有，还不知道是谁呢。

赵忠明：那藤井他们要紧吗？

李长江：藤井、柳翻译官因为抢救及时，勉强保住了一条命。可那黄家父子就没有这么幸运了。

赵忠明：那是谁干的呢？

李长江：还能有谁？不是重庆的人就是延安的人。所以，我们以后要特别小心，能不去的宴请就尽量不去，能不出头的事，就尽量不要出头。多出头，就多树敌。多树了敌，就多了一分危险。现在三方的特工都互相渗透，错综复杂，防不胜防啊。

赵忠明：总司令说得极是。

李长江：今天找你来是有件事想让你与南部襄吉司令官配合南京政府的人去办一下。

赵忠明：总司令请吩咐。

李长江：韩国钧这个人你听说过吧？

赵忠明：知道。这个人是经历清、民两朝，人敬称“紫老”，曾两次就任过江苏省省长，为官清廉，勤政爱民，德高望重，后因辞官隐居乡里。

李长江：南京的汪主席就是看重了他这一点，让我们与南部襄吉配合国府秘书长李士群去海安请他出山就任江苏省省长。

赵忠明：请他出山？这个难度很大。我听说，重庆方面多次派人请他去重庆就任经济部部长都被他以年事已高，难以胜任，婉言拒绝了，南京这边可能就更不行了。

李长江：这我知道，但既然南京叫我们配合那就配合呗。反正成与不成，又无须我们承担什么责任。我思来想去，你去最合适。

赵忠明：那行。不过，我听说韩国钧早就不在海安城，已经隐藏起来了，我们到哪里找到他呢？

李长江： 重庆方面因为对韩国钧拒绝了他们的任命十分恼火，所以将韩国钧隐藏的地点透露给南京政府，据说他并没有走太远，就在海安曲塘镇的徐庄，到时候你只要带人跟着他们去就行了，我们的任务就是保证李士群的安全，其他就不多问。

赵忠明： 是！

38 — 13 海安曲塘徐庄 · 日外 · 内 · 晨

主要人物： 山崎，40 左右，日军东台司令官、

南部襄吉。

李士群，37 岁（1905—1943），汪伪清乡委员会秘书长。

韩国钧，85 岁（1857—1942），退隐官员。

字幕： 1941 年 9 月 13 日。

曲塘民宅大院。

一队日伪军突然急奔而来，四面包围了大院。

山崎、南部襄吉、徐鹏举、赵忠明、李士群踏马而至，在院大门前下马。

赵忠明一挥手，两名伪军上前敲门，但半晌没有回应。

山崎一挥手，四名日军士兵立即翻墙而过，从里面打开了院大门。

李士群在便装侍卫的护卫下大摇大摆地进入大院内。

赵忠明、南部襄吉、山崎、徐鹏举等跟进。

赵忠明大声： 紫石老先生在家吗？南京政府李士群秘书长受汪主席的委托前来拜见。

四人在院内四下张望等待。

堂屋大门缓缓打开，从里面走出一名家丁，至近拱手施礼： 对不起，我家老爷还没有起床，请诸位先到客厅稍坐，我这就去禀告。

家丁将李士群、赵忠明、山崎、南部襄吉、徐鹏举引进客厅落座沏茶。

少顷，堂厅双扇后门打开，两家丁进入： 我们老爷来了。

家丁言毕，便垂手两侧。

众人连忙起身。

韩国钧鹤发襟衣，精神矍铄，拄杖跨槛昂然而入。

赵忠明立正敬礼： 紫老先生早上好！在下和平建国第 1 集团军副总参谋赵忠明！请恕我们不请自来，冒昧打扰！

韩国钧看了赵忠明一眼，微微一点头： 嗯。

赵忠明： 紫老先生，请允许我介绍一下这三位。

韩国钧微微一点头。

赵忠明：这位是南京政府秘书长李士群先生。

韩国钧锐利地看了李士群一眼，嘲讽语气：七十六号的首魁，久闻大名！

李士群伸出手，韩国钧视而不见。

李士群尴尬缩回。

赵忠明：这位是皇军驻东台司令官山崎将军。

山崎立正敬礼：紫老先生好！

徐鹏举翻译。

韩国钧睨视了一眼。

赵忠明：这位是皇军驻泰州司令官南部襄吉将军。

南部襄吉立正敬礼（华语）：紫老先生好！今受家父南部正雅委托专程前来拜望，并转达他对您的问候！

韩国钧一怔，脸色顿时缓和：你说的是1909年日本驻奉天领事馆参赞南部正雅？

南部襄吉（华语）：正是！

韩国钧：那请坐，都坐下吧。

众人回到座位。

南部襄吉（华语）：家父对您当年在奉天的救命之恩一直念念不忘，多次提起，他说，如果不是您当时不顾个人安危，冒着随时被感染的危险，带着名医及时救治，他肯定逃不过那场严重的鼠疫劫难。

韩国钧：唉，一晃三十多年过去了，往事不堪回首啊！那场鼠疫十分严重，可谓：道殣相望，横尸遍野，尸骸枕藉，惨不忍睹。你父亲当时感染非常严重，生命岌岌可危，幸亏老朽带着当地最有名的中医及时赶到，熬汤煎药，竭力诊治方转危为安。

南部襄吉：所以，家父多次嘱咐我，一旦有机会，一定要当面拜谢！

韩国钧：承蒙令尊至今还记得。可现在早已时过境迁，物是人非，今非昔比了。

南部襄吉：家父说，当时您不仅救治了他，还不听同僚劝阻，义无反顾，多次深入疫区探望病人，了解疫情，与医务人员商量制订救治方案，迅速控制了疫情的进一步扩散，解除了病者的痛苦，挽救了无数的生命，令家父十分敬仰。

韩国钧：当时老夫身为大清的巡按御使，拯救百姓于危难之中，乃职责使然，义不容辞。

李士群：紫老先生为官勤政爱民，清正廉洁，克己奉公，德高望重，实在难能可贵，是为我民国政府上下之楷模，为此，我们汪主席十分敬重和珍惜，视为国之栋梁，万民之父，故而亲笔手书委任状，敬请紫老再度出山，就任江苏省省长一职，造福一方，惠泽黎庶，还请紫老先生如天下民众所期，了之所愿；为民国政府所虑，受之重托。

李士群言毕，从随从手中拿过委任状，躬身双手呈上。

韩国钧单手接过委任状便随手掷之于地，踩在脚下：老夫与这位汪某道不同不相为谋。

众人惊愕。

李士群十分难堪：紫老先生何至如此?

韩国钧：有道是一山难容二虎，一朝岂可两君！一国双府，一党两政，亘古未见，荒缪至极！重庆民国政府，乃继清朝之后成立的我中华民族合法政府，路人皆晓，妇孺皆知，世界公认，你们那所谓的“南京民国政府”，众所周知，是为日本之傀儡政权，名不正，言不顺，何以代表中国亿万民众?

南部襄吉：紫老先生言重了，汪兆铭先生另立民国政府也是为了继承和发扬中日友谊，共同发展。

韩国钧：当年与令尊相处甚好，是因为彼此互相尊重，友好往来。我华夏自古以来就是礼仪之邦，以忠孝、仁爱、信义、和平、睦邻为本。而如今，你们却视我仁爱为懦弱，视我信义为迂腐，视我睦邻为屈从，穷兵黩武，肆意进犯，杀我同胞，毁我河山，令我华夏到处生灵涂炭，哀鸿遍野，民不聊生，惨不忍睹。海安之城内，老朽之工厂亦同样惨遭尔等狂轰滥炸，满目疮痍，面目全非。穷苦百姓流离失所，妻离子散。老夫耳闻目睹，感同身受，痛心疾首，寝食难安。只可惜，老朽已是耄耋之年，心有余而力不足。否则，定将秣马厉兵，驰骋沙场，怒吼西风，挥戈回日。

李士群：请紫老息怒！我们汪主席就是为了国家的命运，为了中华民族的生存和发展，为了民众免遭战火洗劫才和平建国，成立南京民国政府，力倡中日友善，共存共荣，建立大东亚共荣圈。

韩国钧：你们汪主席的那套理论老夫实难苟同。他那所谓的和平建国，其本质就是和平卖国。有识之士几人不知，日本是以日、满、支建设东亚新秩序为烟幕，置中国于其奴役之下；以善邻修好为甘饵，实行政治侵略之野心；以经济提携为手段，实现搜刮资源之企图；以共同防御为幌子，达到华北驻兵之目的；以占领沿海岛屿为支点，图谋鲸吞东南亚。日本之狼子野心，乃司马昭之心，路人皆知。老朽身为华夏子孙，岂可与狼共舞，卖国求荣?

第三十九集 财施色诱

挂牌诊所实谍窟，男盗女娼玩心术。

财施色诱为策反，痴汉岂知蜜掺毒。

39—1 海安曲塘徐庄·日·外内·晨

主要人物：山崎、南部襄吉、韩国钧。

徐鹏举翻译。

山崎怒形于色。

南部襄吉：既然紫老不愿就任，那可否由我部护送重回海安城，协助我们宣抚民众？

韩国钧：老朽乃垂死之人，不愿再见海安惨状。

山崎勃然大怒，拔刀相向（日语）：你的，太不识抬举了。

徐鹏举翻译。

韩国钧乜斜他一眼，浩气凛然：老朽已年逾八十，历经两朝，刀光剑影，枪林弹雨，司空见惯，何惧之有？孟子曰：天下有道，以道殉身；天下无道，以身殉道。而今天下无道，老朽以身殉道，何以足惜？

韩国钧随即转身移步至中堂一侧从悬挂于墙上的剑鞘里抽出一把长剑掷于地：此剑乃天皇所赐，动手吧，老朽且将砍头当抛帽，宁死不当亡国奴！

徐鹏举翻译。

山崎愣住。

南部襄吉怒斥（日语）：山崎，怎么可以这么对待紫老先生？退下！

山崎惶恐退至一边。

南部襄吉面向韩国钧鞠躬：对不起，紫老先生，请恕属下无礼！紫老先生如果实在不愿就任，我们也不再勉强。不过，不知是否能念当年与家父之情意，题墨宝一幅，以供家父留念？

韩国钧：这个可以。

家丁随即拿来纸墨，韩国钧沾墨书下：日月尽随天地转，古今谁见水西流。

韩国钧书写完毕，两手拎起，展示于众。

李士群拾起委任状，尴尬退之一边。

赵忠明肃然起敬。

南部襄吉接过条幅轻轻收起鞠躬：谢谢紫老先生。

韩国钧：既然已经送了一幅字，那不妨再奉送司令官一句中国战国思想家韩非子《亡征》一文中的一句箴言：国小而不处卑，力少而不畏强，无礼而悔大邻，贪愎而拙交者，可亡也。

徐鹏举翻译。

南部襄吉鞠躬：谢谢！告辞了。

韩国钧：不送了。

赵忠明立正敬礼。

南部襄吉率众人退出门外对山崎（日语）：从现在起，驻兵把守，不得轻易打扰他，也不可轻易让他离开。

山崎立正敬礼（日语）：是！

39—2 海安曲塘镇徐庄·日外·内

主要人物：韩国钧、汤承业。

徐庄韩国钧住宅围墙外日军几步一岗，两名日军士兵持枪站在门口。

汤承业拎着一只小木箱走近向士兵出示证件。一士兵仔细查看后放行。

韩国钧躺在堂厅的藤椅上时不时地咳嗽几声。

家丁走近：老爷，黄桥中将府朱履先将军为您请的大夫来了。

汤承业走近：紫老先生，您好！我是高港的汤承业。

韩国钧连忙起身：汤先生，劳驾您走这么远，真是辛苦您了，快请坐！

汤承业：紫老先生快别这么说，您的事我都听说了，能为您来看病真是我的荣幸！

韩国钧：现在朱将军还好吗?

汤承业：他现在很好。只是他现在全家已经离开黄桥了。

韩国钧：他们离开黄桥了？为什么?

汤承业：日本人已经怀疑他跟新四军有联系，所以为了以防万一全家都秘密转移到新四军盐城根据地去了。

韩国钧：哦，是这样啊。

汤承业：陈毅将军得知您现在的处境后，立即请朱将军联系了我，让我转告您，他们准备不惜一切代价全力营救您，已经命令陶勇所部日夜兼程，强攻徐庄，将您救出去。

韩国钧边咳嗽边摇头：此事万万不可行。日本人十分凶残，一是我一旦被新四军强行救走，日本人肯定会将怒气撒在这徐庄老百姓身上，那徐庄就难逃他们的“三光”之灾。二是他们把我软禁在这里，也可能是以我为“诱饵”，吸引新四军进入他们的圈套。陈将军的一片好意我心领了，请代我向他表达我最真诚的感谢！我会相机行事，请陈将军不必再为我个人操心了，据可靠消息，日本人正在四处抽调兵力准备对盐城新四军军部大举进攻，开展所谓的“清乡”运动，企图彻底根除他们的心头之患，望陈将军尽快谋划好应对之策。同时还要防范国民党顽固派趁火打劫，落井下石。

汤承业：谢谢紫老先生的提醒，我一定转告。另外，我还带来了陈将军特地为您书写的一首诗，以表对您的敬仰之情。

韩国钧：哦？

汤承业从药箱里拿出诗稿双手奉上。

韩国钧双手接过展开，吟诵：

赤县神州坐沉沦，几人沉醉几人醒。

彪炳大义持晚节，浩然正气励后生。

不向党籍攘外寇，相期国是息内争。

海陵胜地多风物，文信南归又见君。

啊呀，陈将军真是谬赞了，老朽岂可与宋朝的文天祥文信国公相比，他可是抗元民族大英雄。

汤承业：诶，你们抗击外寇的方式尽管不尽相同，但您的民族气节与文信国公相比可毫不逊色，当之无愧啊！

韩国钧摇摇头：过奖了，过奖了。不管怎样，老朽先行收下，谢谢陈将军了。

家丁上前接过韩国钧递过来的书稿。

汤承业：来，紫老先生，我现在给您把把脉。

韩国钧伸出右手。

汤承业开始把脉。

39 — 3　泰州汪伪和平建国第 1 集团军司令部 · 日内

主要人物：赵忠明、李长江。

赵忠明匆匆走进司令部办公室：总司令，报告一件重大突发事件！

李长江一怔：什么事？

赵忠明：日本人昨天清晨偷袭了美国的位于夏威夷的珍珠港！

李长江：夏威夷在哪儿？与我们有什么关系？

赵忠明：夏威夷位于北太平洋。珍珠港是美国海军和造船基地，位于西海岸，是美国控制东南亚矿产资源十分重要的海上运输通道。

李长江：那日本人为什么要偷袭珍珠港呢？

赵忠明：总司令，是这样的。由于日本是个岛国，石油、橡胶等军事资源十分贫瘠，一直受到美英等一些国家的制约，所以想通过侵略占领别国领土的战争手段来掠夺，以摆脱他们的束缚。为此日本内阁经反复研究，拟定了南下和北上的两个应对之策。所谓北上，就是进入并占领石油资源十分丰富的苏联西伯利亚；所谓南下就是向东南亚扩张。东南亚有菲律宾、越南、老挝、新加坡等 11 个弱小国家，它们的石油、橡胶等资源十分丰富，但由于这些小国一直是英、美等国的殖民地，珍珠港是太平洋上主要交通枢纽，驻有美国海军太平洋舰队基地，日本若对东南亚的这些小国轻举妄动，无疑会触及英美等国的切身利益，可能会引起军事冲突，于是它们首选了北上。1939 年 5 月 27 日在中蒙边境海拉尔以南 200 公里的诺门罕与苏联发动了长达 4 个月的交锋，结果遭到惨败。今年，美国为了抑制日本侵略战争的进一步扩大，终止了对日本的石油供应。而日本的石油储备只能维持半年。所以，现在又开始转而南下，与英美孤注一掷，企图争夺东南亚的石油、橡胶等战争资源。

李长江：那日本人偷袭珍珠港的效果怎么样？

赵忠明：根据最新情报，这次偷袭十分成功。日本的航空母舰共出动了飞机 350 余架次对珍珠港实施了两波 9 个小时的轰炸。美国毫无防备，军港里所有军舰几乎全部被炸毁，伤亡四千多人。

李长江：那不很好嘛，日本人胜了对我们也很有利呀。

赵忠明：现在表面上是对我们是很有利，但卑职十分担心。古人说：福兮祸之所伏。

李长江：那我们有什么可担心的？

赵忠明：总司令，众所周知，美国的军事实力一直是世界最为强大的。这次遭袭尽管损毁了太平洋舰队的不少军舰，但他们的三艘航空母舰，22 艘舰艇并不在港；另外，他们除了太平洋舰队还有大西洋舰队，还有大小舰艇共 152 艘，其海军实力并没有受到致命的打击。在此之前，由于美国国内绝大多数民众担心一旦搅入战火后会被拖入战争泥潭，所以，他们一直都保持中立态度，只想卖军火大发战争横财。这样日本人的胜算率就很高了，而现在，他们偷袭珍珠港后，美国立即就公开宣布了对日宣战。以后的局势可能对日本愈来愈不利了。您想，日本都没有干得过苏联，还能干得过美国？

李长江：分析得很有道理。真没想到，你对美国的军事实力和日苏的军事动态了解得这么清楚详细，真用心了。

赵忠明：总司令过奖了，这是卑职的职责。

李长江：那你的意思是？

赵忠明：请恕卑职直言，为了以防不测，卑职觉得以后我们与日本人的联系最好能把握好尺度，预留好退路。当然，这只是卑职个人的看法，您是总司令，一切还是由您决定。

李长江：哦，我明白了，你这么一说我是要好好考虑考虑。

39 — 4　海安曲塘镇徐庄 · 夜内

主要人物：韩国钧。

韩同，50 岁左右，韩国钧侄子。

家丁，50 岁左右。

韩国钧躺在床上，脸色苍白。

侄子韩同坐在床边。

家丁端着小碗至床前：老爷，您就喝几口鱼汤吧，您都五六天不吃饭不喝药了，再这样下去怎么行呢？

韩国钧：现在鬼子将我软禁在这里，目的就是想威逼我向他们屈服，他们低估了我的意志，今年我已经八十五了，四个儿子也前后先我而去，生无可恋，决心以身殉国，以明心志！

韩同立即双膝跪下，痛哭哀求：叔叔，请听侄儿一劝好吗？只要您好好吃饭，好好服药，保养好身体，就还有机会脱离鬼子的魔掌。俗话说：留得青山在，不怕没柴烧！

家丁也双膝跪下双手举着汤碗，苦苦哀求：老爷，您就听小的一句劝吧！

韩国钧：同儿，你们都起来。去取笔墨来，记下我的话。

家丁立即起身出去，拿来笔墨。

韩同伏案记录。

韩国钧：国民参议会：国钧不幸被日军包围，誓死殉国，命垂旦夕，年逾八旬，死何足惜。唯愿两党团结，共御外侮，恢复大业。黄河不塞，下游其鱼，苏皖天灾人祸，杼轴其空，大军砥定之日，应解苏民困厄，区区之诚，尚祈采纳。

这是留给重庆国民参议会的最后遗言，待我身后发出。

韩同记好：叔叔，还有什么要嘱咐吗？

韩国钧：共产党是真正的革命党，人才济济，你们应该与他合作。抗日胜利之日，移家海安始为开吊，违此者不孝。

韩同下跪：叔叔放心，侄儿一定牢记在心，遵照不逾。

字幕：1942 年 1 月 23 日，韩国钧溘然长逝，享年 85 岁。

2 月 4 日，重庆《新华日报》发表了蒋介石致韩国钧亲属的唁电，赞誉“紫石先生矍铄，盖世耆贤，斥寇氛于海隅，伸大节于暮齿，腾霄正气，举国钦崇”。何应钦、叶楚伧也发来唁电。

2 月 6 日，中共中央华中局和新四军重建军部联名发出韩国钧讣告。赞誉韩国钧“信任我党我军，赞助民主，毁家纾难”，是“质诸天地鬼神而无愧”的新型士绅。陈毅赋悼诗一首，诗中云：“数通函电存遗爱，百代人群沐德施。”反“清乡”胜利结束后，苏北各界于 1942 年 5 月 5 日举行了近千人参加的韩国钧追悼会，陈毅致悼词长达一小时之久。刘少奇和新四军主要领导人均致送挽联。追悼会持续 4 个多小时，有力地鼓舞了苏北人民的抗日斗志。为纪念韩国钧，海安一度改名紫石县。韩国钧的陵墓于 1948 年由中共苏北党组织和民主政府修建，墓门上镌刻“江淮柱石”。1982 年以后又多次修缮。新中国成立后，韩国钧的亲属家人一直受到周恩来和刘少奇的关怀。张爱萍为韩国钧故居题写了门匾，陈毅和粟裕的后人也拜谒过韩国钧故居。韩国钧的通信集《朋僚函札》于 2006 年被列入中国档案文献遗产。

39 — 5　泰兴县新街镇 · 日内

主要人物：周玉珍。

古雄飞，25 岁，新四军泰兴独立团 3 营营长。

苏挺，20 岁，新四军泰兴独立团 3 营班长。

新街镇仁康诊所内，周玉珍脖子上挂着听诊器正给就诊者检查，忽然两名农夫穿着的青壮男人，皱眉苦脸，捂着肚子闯了进来。

长脸男人：医生，快给看看，我们两个昨晚拉肚子拉了一夜。

周玉珍：你们先坐下，等我把这个病人看好了就给你们看。

两男人躬着腰，强忍着痛苦找了个凳子坐下。

周玉珍神色淡定的继续问诊。

长脸男人突然起身：医生，茅房在哪儿？我又要拉了。

周玉珍：出了后门左拐就是。

长脸男人捂着肚子匆匆走了出去。

圆脸男人渴求地望着周玉珍。

周玉珍望了他一眼：马上就好，你忍着点。

圆脸男人点了点头。

就诊者拿好药，付了钱离开。

周玉珍：好，你过来。

圆脸男人赶紧起身坐到周玉珍面前。

周玉珍：说说什么情况。

圆脸男人：昨天吃了中午饭没多久我们就开始拉肚子，吃了药，一点儿也没有作用，今天反而拉得更厉害了。

周玉珍：吃的是什么药？

圆脸男人：我们也不知道是什么药，就是药粉子。

周玉珍：是谁给看的？

圆脸男人：是我们营的医生。

周玉珍：你们营？

圆脸男人：是……

周玉珍：你们是当兵的？

圆脸男人：是，哦，不是……

周玉珍略顿：你别担心什么，我们是医生，不管你们是什么人我都会尽力的。一起吃饭的人也拉肚子吗？

圆脸男人：也拉，不过，没我们俩这么厉害。

周玉珍：根据我的初步判断，你们可能是食物中毒，如果不及时治疗都会有生命危险。

圆脸男人一脸惊恐：啊，这么厉害？

周玉珍：一般医生根本没有办法，再拉一天，你们走都走不动，今天幸好你们来我这儿了，我这里有种特效药。

圆脸男人：那医生，请您赶紧给我用药呗。

周玉珍：我先给你打一针，然后你们再服些药。

圆脸男人：好的，我全听您的。

周玉珍转身从药柜里取出针筒和药水，娴熟操作起来。

长脸男人回屋，情绪稍安：唉，舒服些了。

圆脸男人：医生说我们是食物中毒，准备给我们打针。

长脸男人：那我们除了听医生的，还能怎么办？

周玉珍拿着针筒：你们谁先来？

长脸男人：他先来。

圆脸南人嗫嚅：营长，我，我……

长脸男人威严地看了他一眼。

圆脸男人无奈地扯下裤子。

尖细的银色针头一下扎进了他的屁股。

他蹙眉咧嘴。

长脸男人系好裤子：医生，能不能多给我们备点药？我们还有三十几个人也拉肚子，只是没我们这么严重。

周玉珍：吆，还有这么多人哪，我这里暂时还没有这么多药。这样吧，你们先带点回去每个人先服用一次控制住，明天下午你们再来取。

长脸男人：那好吧，麻烦您了。请问您贵姓？

周玉珍：不用谢，免贵姓李，怎么称呼你们？

长脸男人：我姓古，他姓苏。

圆脸男人：他是我们营长古雄飞。我是班长苏挺。

周玉珍：哦。那你们是新四军还是国军？

苏挺：这里是新四军的地盘，我们当然是新四军！

周玉珍若有所思地点点头。

39 — 6　泰兴县南街镇仁康诊所·日外·内·下午

主要人物：古雄飞、苏挺、周玉珍。

古雄飞、苏挺依旧一身农夫穿着一前一后进入诊所。

身穿大白褂的周玉珍一见连忙起身相迎。

古雄飞：李医生，您好！

周玉珍：古营长好！

苏挺：李医生，您好！

周玉珍：苏班长好！

古雄飞：李医生，您给我们用的那些药还真顶用，今天我们好多了。真的太谢谢您了。

周玉珍：那是特效药，一般的医院诊所都没有。幸好你们这次遇上了我。

古雄飞：那你给我们准备的药弄到了没有？

周玉珍：药片和药水都好了，就等你们来了带我去，正好今天诊所不怎么忙。

古雄飞：就不麻烦您亲自去了，我们部队有医生，只要您给我们药就行。

周玉珍略愣了一下：那，那也行。我把用法和用量写下来，让你们的医生照上面使用就行。

古雄飞：那谢谢您。

周玉珍回到座位上伏案书写了起来。

古雄飞脉脉注视着周玉珍那秀丽的脸庞。

周玉珍书写好抬起头，与古雄飞视线相连，意味深长莞尔一笑：写好了，你交给你们的医生就行。

古雄飞接过，放进衣袋：行，谢谢李医生！

周玉珍转身到柜子里拎出两袋药，一袋交给苏挺，一袋交给古雄飞时轻柔地抚摸了一下他的手背。

39—7　泰兴县新街镇杨村庙·夜内

主要人物：古雄飞。

古雄飞躺在床上辗转反侧。

（FB1）：周玉珍那辗转间娇俏妙曼的身影，一汪秋水的明眸。

（FB2）：周玉珍那秀丽的面庞，迷人的笑容。

（FB3）：周玉珍那纤细白嫩的双手，温柔滑润的抚摸。

古雄飞回想到这里，不由得向四周嗅了几嗅，

（VO）：她身上散发的味道真香，怎么这么好闻的呢？这辈子还第一次闻到过，真想再闻闻。如果她真的也有那个意思，我该怎么办？不管怎么样，只要能得到她，我什么都愿为她去做！我如果这一生能拥有这样的女人，死也值得。

39—8　泰兴县新街镇·日·外内

主要人物：古雄飞、赵忠仁、周玉珍。

新街镇上，人来人往，车水马龙。

突然，街市南段响起一阵激烈的枪声，人们纷纷驻足观望。

古雄飞率领十几名新四军战士正在追击两名飞奔的男子。

两男子边疾步飞奔，边回头射击。

古雄飞倚住一根电线杆向奔跑在后面的一男子瞄准，“砰”一声枪响，男子应声倒地，背后血喷如泉。

另一名男子回头见状略微犹豫了一下，立即转身快步混入街市的人群之中。

古雄飞与几名战士飞奔而至，用脚踢了踢倒伏地上的尸体。一名战士翻开了尸体看了看：死了。

古雄飞一挥手：还有一个，继续追！

仁康诊所内，周玉珍正在给病人问诊，一男子突然急匆匆闯了进来。

周玉珍惊起：你是谁？发生什么事了？

男子：周医生，是我。

未等周玉珍反应过来，男子就跑进了后院。

周玉珍尾随而进。

男子跑进后院房间，立即揭掉假发，撕掉假须，脱掉外衣。

周玉珍惊愕：是赵主任！

赵忠仁：你快到门诊去，防止新四军的人进来搜查。

周玉珍连忙点头转身：我出去应付他们。

周玉珍刚回到门诊坐下，古雄飞带人闯了进来：李医生，刚才有人跑进来没有？

周玉珍站起：没有啊，古营长，发生什么事了？

古雄飞：早上两个男的悄悄潜入我们的驻地，鬼鬼祟祟四处打探我们的情况，被我们的人发觉，正想抓他们，谁知他们十分警觉，跑得比兔子还快。一个已经被我们打死，另一个朝这个方向跑了。

周玉珍：我正在给人看病，没注意外面的情况。

赵忠仁穿着白大褂走了过来：也没有看到有人进来。

古雄飞抬头望了赵忠仁一眼：你是？

周玉珍：他是我们诊所的赵主任！

古雄飞：赵主任？怎么没见过你？

周玉珍：这诊所就是他开的，我们主任开了好几个诊所，平常几个诊所轮流跑，所以不经常在这里。

古雄飞狐疑地盯住赵忠仁：几个诊所轮流跑？刚才那个逃跑的人与他的个子好像差不多。

周玉珍：像我们主任这么高个子的人多着呢，我们主任怎么可能是你们要抓的人呢？

古雄飞：也可能就是啊。

周玉珍走过去略带娇嗔：古营长，怎么，我帮了你们那么大的忙，怎么连我都不信了？

古雄飞望了一眼周玉珍瞟过来的勾魂眼神，不由得心中一怔：不，不是不信，是我们怕坏人混进来伤害到你。

周玉珍：古营长，请放心，我们是救死扶伤的医生，不管好人坏人一般都不会伤害我们的。你们还是赶紧到其他地方去查查，别耽误了时间让真的坏人跑了。

古雄飞：李医生说得也有道理，那好吧，我们再到其他地方搜搜看。

古雄飞一挥手：走，我们到其他地方去搜，不能耽搁时间了。

古雄飞带着战士匆匆而去。

39—9 泰兴县新街镇仁康诊所·夜内

主要人物：赵忠仁、周玉珍。

赵忠仁与周玉珍在床上一阵激情翻云覆雨之后，赵忠仁跨下周玉珍的身体躺在旁边喘着粗气。

周玉珍面现不快：这就完事了？

赵忠仁：实在搞不动了。

周玉珍鄙夷：我这刚刚才有点儿感觉，你却完事了。你们这些男人都是一个德行，只图自己一阵畅快淋漓，丝毫不顾我们女人的感受。

赵忠仁：这不能怪男人，是生理因素决定的。你是医生，你应该懂的，这方面，男女有别。

周玉珍：你别找借口了，我们在镇江特训时，我看你不是挺行的嘛，而现在越来越不行，是玩的女人太多了吧？

赵忠仁：你别瞎想了，特训期间尽管较累，但体质好。现在好几年不体能训练了，体质渐渐下降了。

周玉珍：我看你不是体能训练不足，而是体能训练过度了。那王玉兰现在被你训练得怎么样了？

赵忠仁：你又瞎说了，她对那个姓陈的连长一直念念不忘，守身如玉，至今还是黄花闺女呢。

周玉珍：我当初不也是黄花闺女吗？可惜，一不小心就上了你们的贼船。说什么，生逢乱世一个女人仅会给人看病拿药还不行，最好还要学一点擒拿格斗的本领，以便在关键时刻护体防身；把我骗进了日本特务训练营，又说，陪男人上床是特训班的必修课；陪你上了床，又要我跟你二弟结婚，让我利用夫妻关系，劝说你二弟归顺日本人。可结果，陪他上了床，他却没有上我的钩，枉费了一番心机。

赵忠仁抚摸着周玉珍的手背：你这手如柔荑，肤如凝脂，明眸皓齿，国色天香的美色，哪个男人不垂涎三尺？石榴裙下无君子，我只是近水楼台先得月罢了。像我二弟这样的男人太少了，他脑子太死板，不识时务，不晓得变通，将来不会有好结果。

周玉珍：我就不明白了，你是个西医，却能将中医的“迷魂汤”调制得这么灵验，真不愧是个“神医”哦。什么时候给我再调制一副“孟婆汤”吧，我想将过去的事通通忘掉，重新开始。

赵忠仁：这可不会。如果会，我早就自己喝了。想当初我也是为了报泓太一郎的救命之恩才上了这贼船，现在不也下不来了嘛。这人逢乱世，命运根本不掌控在自己手里。那南部襄吉不断给我下这个任务、那个任务。清乡运动马上就要开始了，让我们到处搜集新四军的军事情报，我本来是个医生，以救死扶伤，治病救人为天职责。现在倒好，医生变成了掩人耳目的虚职，特务工作竟成了本职，今天化装成走街串巷的小商小贩，明天化装成出城入乡的郎中，后天化装成温文儒雅的教书先生，还要到处见缝插针，想方设法，拉拢策反国共两党两军人员，唉，整天行走在利剑刀刃上，生死旦夕，心力交瘁，若不是为了老婆孩子的安全，早就不想干了。今天若不是我跑得快，小命就掉这儿了。幸好，当初计划得比较周全，在这里设了个诊所，方便了许多。

周玉珍：那能怨谁呢，方向错了，我们越努力离目标越远。哎，你说，你二弟会不会怀疑我们的关系？

赵忠仁：应该不会。你本来就是个医生，在诊所很正常。况且，你一直就在我的诊所，后来才认识他的，我还救过他的命。

周玉珍：我总感觉对不起他，他毕竟是我丈夫。

赵忠仁：有什么对得起对不起的，你本来就不喜欢他，你们也不是一路人。我知道，你真正喜欢的是我三弟，可我三弟也结婚成家了，他现在可是李总司令的红人，你们已经不是一个档次上的人了。

周玉珍深叹一口气：唉，这就是命，命中注定，有情人难结良缘，你怎么努力、挣扎都没用，只能顺其自然。

赵忠仁：哎，想起来了，这边的事有进展吗？

周玉珍：有希望。但得慢慢来，这件事着急不得。

赵忠仁：我提醒你，千万要小心，别偷鸡不成蚀把米。

周玉珍：你放心吧，我心中有数。

赵忠仁：那就好。我心中也有数，你刚才没过瘾，我们再来一次，这次保证让你心满意足！

周玉珍娇嗔：算了吧，你行吗？别又是电闪雷鸣，白驹过隙似的就柳败叶残，垂头丧气哦。

赵忠仁谲笑：不会的，第二次准行！这次我循序渐进，闲庭信步，你细啜慢饮，品味享受。

赵忠仁一把搂住周玉珍，两人胶粘在一起。

窗外，一个黑影悄悄离开，敏捷地跃上围墙后跳下，消失在茫茫夜色之中。

39—10 泰兴县新街镇仁康诊所·日内

主要人物：古雄飞、苏挺、周玉珍。

古雄飞、苏挺一身农夫穿着走进诊所。

诊所空无一人。

古雄飞在门诊边转悠边喊：李医生，李医生！

周玉珍（OS）：我在里面给孕妇检查呢，请等一下。

古雄飞：好的。

古雄飞坐在凳子上从衣袋里掏出一包香烟。

苏挺连忙掏出火柴给他点上。

古雄飞一阵吞云吐雾。

周玉珍领着一名孕妇从隔断里走了出来：胎位不太正，你回去后每天蹲坐，身体向前上下做胸卧动作，每次做一刻钟。七天后再来检查。

孕妇连连点头：好的。谢谢李医生。

孕妇离开。

周玉珍：不好意思，古营长，让你们久等了，请来这边坐。

古雄飞连忙移位至她面前：李医生客气了，是我打扰您了。上次不好意思，有点儿小误会。

周玉珍：没事，您也是执行公务，我能理解。

古雄飞：李医生能这么大度，我就放心了。嗯，今天来有件重要的事想请您帮帮忙，不知道行不行？

周玉珍：有事您尽管说，只要我能做到的一定尽力。

古雄飞：我们部队现在最紧缺的是常用药品，像阿司匹林、云南白药等，尤其是手术用的麻醉药。上次你说你们主任开了好几个诊所，我想，你们药品的来源渠道一定很广，不知道能不能帮我们弄点？至于价钱嘛好说好商量。

周玉珍：古营长想要的这些药不仅是市场十分稀缺紧俏，而且也是日本人严格管控的。所以，难度非常大。

古雄飞：这我知道，上次我们部队那么多人腹泻不止，你们能一天之内搞到那么多药，由此可见，你们主任一定是个神通广大的人。

周玉珍：那种药要比您要的这些要好弄些。不过，既然古营长开了口，那我一定转告我们主任，看您能不能有办法弄到。这样吧，我们主任一个星期来巡诊一次，您一个星期后再来，我给您一个准确的答复。

古雄飞：那拜托了。

周玉珍温情脉脉看了古雄飞一眼：放心我一定会尽力。

屋内又进来几名就诊的人。

古雄飞连忙站起移位抱拳拱手：那就不打扰了，您忙吧。

周玉珍起身看了一眼古雄飞那已经破了几个洞，毛了边的衣袖：那你们慢走！

古雄飞、苏挺转身离开，衣背上赫然打了几个补丁，鞋后帮也露出了脚后跟。

周玉珍目送他们的背影，若有所思。

39 — 11 泰兴县新街镇仁康诊所 · 日内

主要人物：古雄飞、苏挺、周玉珍。

古雄飞、苏挺刚跨进诊所，一位衣衫褴褛，但梳妆整洁的老妪拎着一只小竹篮跟随而进，径直走到周玉珍跟前将竹篮放在桌上：李医生，今天我来还我家老头子欠的医药费。

周玉珍连忙站起：老人家，不用着急的，您别放在心上。

老妪掀开篮子里的一块布：都欠了快半年了，老欠着，我这夜里睡觉都不踏实。不过，我家实在是拿不出现钱来，这里余了半年的草鸡蛋，你看能不能抵掉些医药费？差多少，我这里还有一个我出嫁时我妈给我的银手镯。

周玉珍：老人家，这鸡蛋您还是带回去给老爹补补身体吧。

老妪：我知道这点鸡蛋肯定是不够的，还差多少你直说。

周玉珍：不，不，我不是这个意思。我的意思是说，如果家里实在拿不出，那药费就真的不用给了。

老妪：不给钱可不行。穷人又不是一家两家，多呢，如果穷人看病都不给钱，那你们这店还怎么开得下去？

老妪说完就要挪下手腕上的银手镯。

周玉珍连忙上前制止：别，别，千万别这样。老人家，有您的这句话就足够了，这样吧，这鸡蛋我收下，但这手镯已经跟随您几十年了，您还是留着吧。

老妪：李医生，您千万别不好意思。欠债还钱可是天经地义，何况还救了我家老头子的命。

周玉珍：您送的这么多鸡蛋就够医药费了，您别再客气了。

老妪：那好吧，那我就不客气了。唉，终于了了一桩心事。谢谢李医生，你忙吧，我就不影响你了。

周玉珍：老人家，请慢走。

古雄飞怜恤地目送走老妪转身：李医生真是仁慈心肠啊。

周玉珍感慨：长太息以掩涕兮，哀民生之多艰！

古雄飞满脸云雾望着周玉珍愣了一会儿：这个，这个，李医生，上次说的那件事你们主任怎么说的？

周玉珍：我们主任答应帮弄，只是这些药都属军控物资，一时半会儿弄不到，即使弄到了数量也有限，只能慢慢凑。

古雄飞：答应了就行，能弄多少就多少。我们也是多个渠道想办法。

周玉珍：不过，我先帮你解决了一点小事情。古营长，你跟我来！

古雄飞疑惑：什么小事情？

周玉珍转身向后屋走去：你跟我来呗。

古雄飞转身对苏挺：你在外面等一下。

古雄飞跟着她进了后屋。

周玉珍从木橱子里取出了两双新布鞋，一套新衣服，一条香烟放在桌子上。

古雄飞一脸不解：李医生，您这是？

周玉珍：上次你来，我就看到你衣服是破的，鞋子也是坏的，还喜欢抽烟，于是就给你买了这些，现在你将衣服和鞋子穿下试试，看看合适不合适。

古雄飞惊诧：啊，你给我买的？

周玉珍含情脉脉望着他点了点头：嗯。

古雄飞激动万分，一下子紧紧握住周玉珍的那雪白嫩滑的纤手：认识你真是我上辈子积了大德了。

周玉珍：认识你，也是我们的缘分。第一次见到你，你就让我心动不已，彻夜难眠，天天盼望着你来。

古雄飞激动得连连亲几下周玉珍的手背并贴在了脸上：我也是，第一次见到你后，回去夜里就睡不着觉，一直寻找机会到你这边来。

周玉珍：你来了几次，我看你都是衣服上打了好几个补丁，鞋子也破了，脚指头脚后跟都露出来了，就想着要给你买些新的。

古雄飞苦笑：我们部队训练较多，鞋子很容易坏，条件跟不上。

周玉珍：你可是堂堂的部队营长，怎么连双好鞋都穿不上？

古雄飞：我们部队与国民党和其他的部队不一样，讲究的是官兵平等，军官不能搞特殊化。

周玉珍：我还真是第一次听说，部队的军官连穿一双好鞋子的特权都没有，那这军官做得还有什么意义？

古雄飞：那没办法，我们部队就定的这个规矩，谁也不能违反。

周玉珍：以前，我看到其他部队大小军官这个时候不是穿皮鞋，就是穿军靴了。

古雄飞：我们部队可不能跟他们比。今天到你这里来，我还特意穿了一双布鞋，平常我们都是穿草鞋！

周玉珍：啊，到现在还穿草鞋？怎么会这样？太不可思议了。

古雄飞：那总比在家里饿死冻死强。我们新四军队伍中的人，大多数都是穷得没办法，被逼上梁山。

周玉珍：那你现在可以不要当兵了，跟着我学医吧。

古雄飞：学医？学医我可不行，我没有多少文化，现在的这点文化还是在部队学了好几年呢。再说，尽管我很尊重医生这个行当，但我感觉自己根本不是做医生的那块料，我喜欢行军打仗，刺激、过瘾！

周玉珍：那我尊重你，你想干什么就干什么吧。不过，既然你们部队条件这么差，那你有没有考虑考虑换一个条件好一点的部队，便于自己更好地发展？

古雄飞：人望高处走，水往低处流。只要有这样的机会，谁不想出人头地，光宗耀祖？但这可不是全由自己做得主的，况且我们新四军的条件都差不多。

周玉珍：我是说，你是否考虑到其他部队去？我们主任人脉广，如果你想换个环境得到更好的发展，那我可以请我们主任帮助想办法，你身份尊贵，前呼后拥，那我脸上更有光，正所谓“夫贵妻荣”，我跟在你后面当牛做马也心甘情愿。

古雄飞：到其他部队？真正抗日的部队只有新四军和八路军。八路军离这里可远了，条件也跟我们一样。

周玉珍：据我所知，真正抗日的部队可不只是你们八路军和新四军，那陈泰运的两淮税警总团也是抗日的。我们主任的一个弟弟就在国军税警总团任参谋长呢，他原来在江阴要塞跟日本人的海军真枪真炮地干过，在高港的长江边上为了阻击日本人登岸还差点儿丢了性命。

古雄飞：哦，这个部队我知道，黄桥会战时他们保持了中立。不过，他们却是国民党的军队，与我们不属一个政党领导。

周玉珍：但你们都属一个国民政府领导啊？只要都是抗日的，你们还分这个党派、那个党派？

古雄飞：我们不分，可国民党要分啊！所以才经常产生摩擦，一度关系搞得很僵。

周玉珍：那如果陈泰运那边不分，你愿意去吗？

古雄飞支吾：这，这个以前根本没考虑过。

周玉珍：那你现在是不是可以考虑考虑呢？我呢，既然喜欢你，就想为你好，就希望我们都过得好。陈泰运那边，不仅待遇高，武器装备还都是从美国进口的最先进的，那打起仗来，那才真的过瘾。再说，我们主任的弟弟就在那里当参谋长，有人帮照应着，许多事方便多了。

古雄飞望着周玉珍： 这个，这个，容我再考虑考虑吧。现在我还是先将药品的事办好再说吧。

周玉珍： 药品的事，你放心，我一定会帮你办好的。以后，只要你不辜负我的这一片真情真意，你的事就是我的事。

古雄飞一把将她紧紧搂住： 你放心，我绝不会辜负你的。

两人狂吻起来。

室外，苏挺看到了室内的情景便悄悄离开。

39 — 12　姜堰县溱潼镇溱湖客栈 · 夜内

主要人物： 赵忠仁、陈泰运。

赵忠仁坐在房间沙发上饮茶看报。

“笃、笃、笃”，门口响起叩门声。

赵忠仁连忙起身打开了房门。

身着便衣的陈泰运站在门口。

赵忠仁： 陈主任，我正等您呢，请进！

陈泰运： 缓步而入。

赵忠仁： 您请坐，我来泡茶。

陈泰运： 茶就免了，我们赶紧谈正事。

赵忠仁： 那好吧，我就不客气了。

陈泰运： 新四军那边的事现在进行得怎么样了？

赵忠仁： 目前进行得很顺利。那古雄飞已经基本答应。但要想将他的一个营全部拉过来，还要有个过程，他要做好其他手下主要人员的工作。

陈泰运： 估计什么时候才行呢？

赵忠仁： 估计要到三月底才行。

陈泰运： 要抓紧时间。这一年多的时间，我们跟日本人大大小小打了几十次，损员较多，现在部队急需补员。

赵忠仁： 我知道。现在还急需要解决两个问题。一是经费，我们不可能空手说白话。二是药品，那古雄飞要求我们帮弄些军需药品，我答应了帮助想些办法。

第四十集　玩火自焚

一石三鸟连环计，酒醉泄密枉得意。

侠女三更疾传报，奸夫淫妇遂伏尸。

40—1　姜堰县溱潼镇溱湖客栈·夜内

主要人物：陈泰运、赵忠仁。

陈泰运：这两件事对我们来说都不是问题，问题是别被他耍了，钱给了，药也给了，到最后人却一个没带来。

赵忠仁：这你放心，我可向您保证，只要这两件事做到位了，出了问题，我负责。

陈泰运：那好吧。你将需要的东西写下来，我明天就派人送来。还要注意，这些东西千万别落到了日本人手里。我们虽然不缺，但现在来得也很不容易。共产党的地方政权不断推行二五减租政策，收买人心，已经波及我们这里，这里的佃户纷纷要求地主减租百分之二十五，这就严重影响了我们的税收，为此两军时不时地产生矛盾甚至冲突。

赵忠仁：这您尽管放心，我们有专门的渠道，保证安全送达。只要你们那里做好保密措施就行。我这边，对我弟弟都守口如瓶。

陈泰运：我这里也是，不到时候，不会对任何人透露的。

赵忠仁：那我就放心了。

40—2　泰州日军司令部·日内

主要人物：赵忠仁、南部襄吉。

徐鹏举领着赵忠仁走进司令办公室：司令官，赵医生来了。

南部襄吉起身离位。

赵忠仁走近鞠躬：司令官好！

南部襄吉：赵医生，请坐。

赵忠仁：司令官请坐，卑职站着就行。

南部襄吉：那件事现在进展得怎么样了？

赵忠仁：报告司令官，目前进展得很顺利，一切正在按部就班。

南部襄吉：什么时候才有结果？

赵忠仁：应该这个月底就会有结果了。

南部襄吉：清乡行动马上就要开始了，我希望你这边能够旗开得胜，给新四军予以沉重打击，并由此产生“骨牌效应”，让我们的清乡行动势如破竹！

赵忠仁：一定会成功的。不过，新四军那边的军官还提了些小小的要求。

南部襄吉：都提了些什么要求？

赵忠仁：一是经费，二是药品。

南部襄吉：他们要多少经费，什么药品？

赵忠仁：他们要大洋最低1000块，药品主要是消炎药、急救药、麻醉药，多多益善。

南部襄吉：他们能带多少人过来？

赵忠仁：起码一个营。

南部襄吉：嗯，这个要求也不算高，还有其他要求没有？

赵忠仁：暂时没有。不过，到时候肯定需要这边接应。

南部襄吉：这个是必需的，到时候我会作出具体安排。

赵忠仁：另外，请司令官暂时不要跟李总司令那边谈及这件事，以防泄密。

南部襄吉：怎么，你连李总司令也不放心？

赵忠仁：卑职对李总司令绝对放心，是担心他下面的人。

南部襄吉：嗯，你说得没错，此事现在还是知道的人越少越好，以防万一。

40—3 泰兴县新街镇仁康诊所·日内

主要人物：周玉珍、古雄飞。

古雄飞、苏挺身着便装走进诊所。

周玉珍连忙从座位上起身：古营长、苏班长你们来啦！

苏挺：李医生好！

周玉珍：古营长，你们要的东西我准备了一部分，你跟我到后屋来拿。苏班长，麻烦您帮照应一下这里。

苏挺：好的。

周玉珍领着古雄飞走向后屋。

两人一进屋内，古雄飞便迫不及待一把搂着周玉珍连亲几口：啊呀，宝贝，想死我了。

周玉珍连忙挣脱，娇嗔：别这样，外面还有人呢！

古雄飞低声：再让我亲一下，真的太想你了。

古雄飞刚要再亲，被周玉珍用手挡住：我们来日方长，先办正经事。

周玉珍转身掏出钥匙，打开柜子，拿出一个小布袋和一只布包：这里面是你们要的一部分药品，另外有10块大洋是给你的。

古雄飞：药品我拿走，大洋我不能要。药品的钱，你说多少，我下次带来。

周玉珍：这10块大洋你先拿着留着自己用，这些药品如果到黑市能够买到最起码也要100块大洋。这钱你必须让你们的上级付掉，否则他们会怀疑我俩的关系。不过，你收到钱后就留着，用在关键的人身上，与他们处好关系。

古雄飞犹豫：这，这，这不太好吧？

周玉珍：你听我的没错，我是真心真意为你好。如果你不愿意听，那下次就别再来找我了。

古雄飞：听，我听，听你的还不行吗。

周玉珍亲了一下他的额头，拍了拍他的肩膀：乖，宝贝，这就好！我们好出去了。

40—4　泰兴县新街镇仁康诊所·夜·外内

主要人物：古雄飞、周玉珍。

古雄飞身着军装走在黑暗的大街上，走至仁康诊所门口，他停下脚步，向四周观察了一下，然后走近诊所门口轻轻“笃、笃、笃”地敲门。稍后又继续敲击几次。

卧室内，躺在床上酣梦正浓的周玉珍被敲门声惊醒，犹豫了片刻后起身点亮灯火，披起衣服下床，拿着手电筒走近门口。

周玉珍：是谁啊？

古雄飞：是我，古雄飞！

周玉珍连忙打开了门扇。

古雄飞迅速进入，随手掩上门扇。

周玉珍：这半夜三更的，你怎么来了？

古雄飞：我是利用查岗的机会，偷偷来的，来告诉你一个好消息，但不能待久。

周玉珍栓好门：那快到里屋来吧。

古雄飞跟着她来到了卧室，迫不及待地抱着周玉珍就一阵狂吻。

周玉珍轻轻推开：什么好消息，你快说呀。

古雄飞：你先答应了我一个条件，我就告诉你。

周玉珍：什么条件？

古雄飞色迷迷地盯着周玉珍：今天，你让我尽兴地一下就告诉你。

周玉珍：那要看是什么好消息。

古雄飞：肯定是最好的消息。

周玉珍搂住他的脖子：如果真是最好的消息，那今天我一定满足你，让你心满意足。

古雄飞：我们这个营，连级以上的干部我都商量好了，都愿意跟我去陈泰运的部队。

周玉珍：真的吗？

古雄飞：那还能假？

周玉珍：你们新四军可不是一般的队伍，平时训练很严格，纪律很严明，立场很坚定，说服一两个还行，这么多人的说服工作你是怎么做到的？

古雄飞：这我知道。所以如果明说那肯定不行，弄不好还会将事情办糟了。

周玉珍：那你怎么做的呢？

古雄飞：我将连级以上的干部召集起来开了个秘密会议，说陈泰运的部队想让我们投诚。我将此事向团部作了汇报，团部经反复研究，决定将计就计，要求我们假投诚，趁机打入陈的内部。并要求参会人员严守军事机密，不得向下面及其他营的任何人透露半点消息。等到部队过去了，他们就做不了主了。你让陈泰运尽快拿出一个方案，作好接应准备。

周玉珍：那太好了，我明天就通知他们。这次，你真的没有辜负我的一片真心，今天我要好好奖励你。

古雄飞凝视着周玉珍那雪白玉润，汹涌澎湃，半露半隐，呼之欲出的酥胸，立即扳转过去她的身子，从背后两手一把紧紧抱住两只丰乳揉捏起来。

周玉珍闭起双眼，任其摆布。

古雄飞一阵揉捏之后又从领口处伸进手去，边揉捏边吻着脖子喃喃自语：啊呀，你这肉馒头，真是太好了，让人百揉不厌，爱不释手。这种感觉就是死也值得。

周玉珍陶醉轻吟，沉浸其中，突然转过身来一把抱住古雄飞倒在了床上。

两人在床上翻滚起来。

窗外，一个黑影悄悄离开窗口。

40 — 5　姜堰县溱潼镇溱湖宾馆 · 日内

主要人物：赵忠仁、陈泰运。

溱湖宾馆。

陈泰运与赵忠仁坐在沙发上。

赵忠仁：古营长那边计划是 3 月 24 日晚 8 点整，他们以转移为借口，将队伍开拔到胡庄乡孔家庄桥东，你们在桥西接应，闪三下手电光，亮三次为准，他们作出同样回应。

陈泰运：能不能再向北一点到张甸呢？这样我派大伦的一个营去接应近一点。

赵忠仁：再向北，就离开新四军独立团的防区，会遭到他们团部的怀疑。

陈泰运：那好吧，就这样决定了。

40 — 6　泰州日军司令部 · 日内

主要人物：赵忠仁、南部襄吉。

赵忠仁站在南部襄吉办公桌对面：司令官，新四军那边的计划是 3 月 24 日晚上 8 点整，他们以移防为名，将队伍拉到孔桥乡蔡家庄粮油加工厂东头。

这边派队伍接应，闪三下手电光，亮三次。他们作出同样的回应就行，到时我会带他们过来。

南部襄吉：吆西，太好了。这次你的功劳大大的。

赵忠仁：司令官，还有一个好消息。

南部襄吉：还有什么好消息？你快说。

赵忠仁：我利用这次机会，将陈泰运的一个营也诱骗到胡庄的孔家庄，到时，我们这边可派出人马化装成新四军预先埋伏在那里，将前来接应的陈泰运的人马一举歼灭，包他个肉饺子。

南部襄吉高兴得从椅子上站起：吆西，吆西，你的真是太聪明了，这样可以一举两得！

赵忠仁谄媚：嗨，嗨，司令官，是一举三得！

南部襄吉：对，对，还离间了他们的关系，让他们的兄弟关系产生裂变，从此反目成仇。哈哈哈……

40 — 7　姜堰县溱潼镇 · 夜内

主要人物：魏风林、赵忠全。

税警总团参谋长办公室。

魏风林站在赵忠全办公桌对面。

赵忠全：魏队长，说说，这段时间你去调查了解的情况。

魏风林犹豫不决：这，这个……

赵忠全：有事情你就直说，实话实说，我不会怪你的。

魏风林支吾着：我，我，我说了您千万别生气，情况比我们猜想得还要糟。

赵忠全：你说吧，我什么大风大浪没见过？都从鬼门关走了一回的人还有什么想不开的？

魏风林：那我可就直说了。

赵忠全：你说吧。

魏风林：我在你大哥的诊所，就是那个新街镇的仁康诊所的隔壁租了间房子，观察监视了半个月，发现周医生和你大哥以及新四军的一个干部关系极不正常。

赵忠全：怎么不正常了？

魏风林：就是有那个男女关系。

赵忠全：有什么证据没有？

魏风林：证据倒是没有，但都是我亲眼所见。周医生将他们两个都留过宿。并且似乎在策划什么事，或者做什么交易。具体是什么我没有办法知道。

赵忠全：这个我知道，他们是在策划新四军一个营倒戈。这边明晚派一个营前往胡庄去接应。

魏风林：哦，原来是这样。

赵忠全：这件事你不要向任何人透露，我会处理的。你先去吧，明天你和马向东营长哪里都别去，在部队待令。

魏风林：好的。

魏风林退出。

赵忠全愤然而起，抓住桌上的一只陶瓷茶杯使足劲“啪”的一声摔在地上。

杯子支离破碎，飞屑一地。

40—8　高港怀仁诊所·傍晚·外内·雨

主要人物：赵忠仁、王玉兰。

街道上细雨绵绵，寒风阵阵。

一辆人力三轮车在怀仁诊所门口停下。

赵忠仁迅速给付了车费便急忙一手拎着一个紫红色的木匣，一手挎着一只背包从车篷里跳下，奔进了诊所。立足未稳便打了个寒战。

王玉兰一见连忙起身迎上欲接木匣：主任，您来啦？

赵忠仁：小心，重呢！

王玉兰小心接过木匣：哟，还真重。主任，里面都装的什么？好像不是药品。

赵忠仁哈着手：嗯。这天气太不正常了，都已经阳春三月了，怎么还这么冷？

王玉兰连忙拎起暖壶递给他：现在正是暖寒交替的季节，忽暖忽寒很正常。老话不是说：江湖走得老，六月带棉袄。我这里有暖壶，您先暖暖手。

赵忠仁放下背包伸手去接暖壶，顺势一把握住王玉兰白嫩的手：哎哟，还是你的手暖和。

王玉兰犹豫片刻，缓缓抽出手：主任，您先坐下，我给您泡杯茶暖暖身子。

赵忠仁失意：好吧。

王玉兰泡了杯茶搁在赵忠仁面前：主任，今天您从哪里过来的？

赵忠仁：从泰州司令部过来的。

王玉兰：是日军司令部？

赵忠仁：嗯。

王玉兰：又有新任务了？

赵忠仁：嗯。

王玉兰：什么新任务？

赵忠仁：帮你找对象。

王玉兰苦笑：这个啊，我现在还不想找。

赵忠仁：好找了，你年龄不小了，都二十三了，再不找就成老姑娘了。现在像你这么大的姑娘没成家的很少了。我知道你还留恋那个陈连长，可他已经不在了，你不能因为已经不在了的人耽误了自己的一生。

王玉兰两眼噙泪：我忘不了他。

赵忠仁：你的心情我理解，但生活还得继续，总不能为了一个早已不在的人而孤老终生。再说，就是他还在，也不一定属于你的，还有那个李医生跟你在争，你说，你这样何必呢？

王玉兰：嗯，我也这样想过。但还是过不去这个坎儿。

赵忠仁长叹一声：唉，你还是太年轻了，不知道人生苦短，只争朝夕啊！

李白在《将进酒》这首诗中写道："黄河之水天上来，奔流到海不复回。"我加几句：人生弹指一挥间，不堪凡尘误韶华。万事只求半称心，轻煮时光慢煮茶。哎，今天心情较好，你去多烧几个菜，我们晚上喝一杯。

王玉兰：好的。正好我今天早上多买了些菜，我这就去弄。

40—9 高港怀仁诊所·夜内

主要人物：王玉兰、赵忠仁。

几碟炒菜和两只玻璃大酒杯，一瓶酒摆放在桌子上。

王玉兰给赵忠仁斟满酒。

赵忠仁：来，你也喝两杯。

王玉兰：主任，我不会喝酒。

赵忠仁：今天难得清闲，也难得高兴，你就陪我喝几杯。

王玉兰：主任今天什么事让您这么高兴啊？

赵忠仁：你陪我喝两杯，我就告诉你。

王玉兰：那好吧，我就陪你喝两杯，让你高兴高兴，与您同乐！

王玉兰自己斟满酒举起杯子：来，主任先我敬您一杯，祝您万事如意，心想事成！

赵忠仁端起杯子一饮而尽。

王玉兰赶紧给他斟满：主任，请吃菜，尝尝味道怎么样？

赵忠仁夹了一块肉片送入口中，连连点头：嗯，不错。你炒的这肉片滑爽粉嫩，咸淡适中，香甜可口，比我老婆烧得还好吃。

王玉兰：那我以后就经常炒给您吃。

王玉兰端起酒杯：这第二杯祝您身体健康，财源茂盛！

赵忠仁再次端起杯子一饮而尽：来，你也喝一杯，别光叫我喝。

王玉兰端起酒杯轻轻呡了口，夹了一筷子菜：主任，今天到底是什么事让你这么开心啊？

赵忠仁夹着菜：唉，不瞒你说，还真的像你说的那样，财源茂盛。这几天我发了，整整赚了2000大洋。

王玉兰再次给他斟满酒。

王玉兰惊讶：啊，一下子赚了这么多啊！难怪这么开心。来，我祝贺您！

王玉兰再次举起杯子呡了一口。

赵忠仁端起杯子，一饮而尽，满脸通红：王医生啊，说心里话。我不仅一直喜欢你，并且内心十分佩服你。你是个好女孩，从你跟那个陈连长的事情中，我就觉得你是个有情有义的人，是个忠贞不渝，始终如一的好女人。

王玉兰：谢谢主任夸奖。我再敬您一杯。

赵忠仁一饮而尽。

王玉兰轻轻呡了一口。

赵忠仁大快朵颐，王玉兰细食慢饮，两人频频举杯，觥筹交错。

赵忠仁渐渐意识朦胧：说心、心里话。你、越这样，我越喜欢你。你看，这木、木匣子里有，有几百大洋，就、就是准备送给你的。只要你今、今天从了我，这大洋都是你、你的。真的，我说话算数。有首诗怎么说来着？哦，是这样说的“人生得意须、须尽欢”，莫、莫使金樽空对月。天、天生我、我才必有用，千金散尽还、还复来。

王玉兰：主任，您怎么一下子赚了这么多钱的呢？

赵忠仁：我告诉你，你、你千万别告诉任、任何人！

王玉兰：主任，您放心，我绝不会告诉任何人的。

赵忠仁：这些匣子里的钱、钱，那包、包里的药，都是日本人和陈、陈泰运给、给的。

王玉兰：他们怎么会给您怎么多钱的呢？

赵忠仁：我、我将新四军独、独立团的一个、一个营策反了。他们明天就、就过来了。

王玉兰一怔，但立即又淡然：啊？是这样啊，主任这次功劳不小啊！那今天是要好好干几杯。来，我再敬您一杯。

赵忠仁：不，不行了，今天喝、喝得有点多了。

王玉兰：不多，还没喝几杯呢。来，这杯我陪你！

赵忠仁：那、那好，不过，我喝了，今晚你、你可要陪、陪我，只要你今晚陪了我，那、那匣子里、里的钱就是你的了。

王玉兰：好，好，好。今晚我陪你。

赵忠仁：那就好，我喝掉！

赵忠仁端起酒踉跄而起，一饮而尽：来，来让我亲一下。

王玉兰媚笑：好，你过来呀！

赵忠仁连忙起身，踉踉跄跄刚迈几步就倒在了王玉兰怀里。

王玉兰连忙使劲将他拖拽到床上，脱掉他的鞋，盖好被子，从抽屉里拿出手枪插进裤腰间，整了整衣服，理了理头发，推着自行车离开诊所，消失在茫茫夜色之中。

40—10　高港夹江、永安洲·夜外

主要人物：王玉兰。

王玉兰骑着自行车打着手电，在黑暗的街道上飞奔。

路过伪军检查站，她掏出证件向伪军出示。伪军仔细看过之后，立即放行。

王玉兰继续骑着车，颠簸来到夹江边。

夹江上黑漆一片，王玉兰放下自行车，用手电向水面、对岸上扫了几扫，犹豫片刻后，迅速脱掉身上的外衣，将手电和手枪插在裤腰带上，慢慢探进江水中，在水里禁不住打了个寒战，然后张开双臂奋力向对岸游去。

王玉兰时而蛙泳，时而仰泳，时而浮在水面休息片刻后继续。终于爬上夹江沙滩，摇头甩了甩头上的水珠，躺在沙滩上喘着粗气。气息平息后，踩着沙滩走上岸，打开手电，赤足疾步飞奔起来。

王玉兰跑步速度时快时慢，边喘着粗气，边抹去脸上的汗水。手电的光束前冲后突，跳跃飞舞，将四面覆盖而来的夜幕劈得支离破碎。

永安洲伪军据点终于出现在眼前。

王玉兰蓬头垢面，轻松地深舒了一口气，定了定神，用手电照了照伤痕累累，血泥斑斑的两腿，然后一瘸一拐地走进了岗亭。

王玉兰换洗一新，跟着李淑芹、吉厚煌走出据点，来到河港边，登上小汽艇。

吉厚煌发动小汽艇在水面上疾驶而去。

汽艇缓缓在夹江岸边停靠。

王玉兰跳上岸挥手告别后重新骑上自行车消失在黑暗之中。

汽艇在夹江上飞速疾驶一阵子后，右拐进入内河继续飞速行驶。

40 — 11　泰州市民宅 · 夜外

主要人物：李淑芹、陈秀文、闵启昌。

李淑芹敲着民宅的院门。

闵启昌开门，李淑芹进入。

陈秀文匆匆走出屋子，坐上院子里的带篷人力三轮车。闵启昌骑上车驶上夜深人静的街道。

40 — 12　泰州下坝诊所 · 夜外

主要人物：陈秀文、王少云。

三轮车在下坝诊所门口停下，陈秀文敲门。

王少云打开门，陈秀文迅速闪了进去。

王少云背着药箱，推着自行车走出诊所大门，跨上车急奔而去，消失在茫茫夜色之中。

40 — 13 泰兴县新街镇扬村庙新四军独立团团部 · 外内 · 清晨

主要人物：古雄飞、朱宝权。

东方天色渐白。

杨村庙显现在晨曦之中。

大门两侧，两名持枪哨兵肃立。

古雄飞带着三名军官迈着整齐的步伐走向门岗，双方敬礼。

古雄飞：接到团部通知，前来参加军事会议。

哨兵打开大门：请到会议室等候，团领导稍后就到。

古雄飞他们进入，走向会议室。

哨兵关上大门。

古雄飞走进会议室刚坐下，朱宝权率领十几名荷枪实弹的士兵闯进，迅速将三人死死控制住，缴了他们的械，五花大绑起来摁跪在地上。

李道南、苏挺、王少云走了进来。

李道南义愤填膺，冲上去对着古雄飞一阵拳打脚踢：我怎么也想不到，你身为革命军队的营长，竟然被女色所迷惑，利令智昏，企图率部谋反，背叛党组织，背叛人民军队，真是卑鄙无耻，胆大妄为，罪不容赦！

古雄飞满脸鲜血：既然你们已经发现了，那我也没什么可说的了，要杀要剐随你们吧，我都认了，我就这命！

40 — 14 泰兴县新街镇叶李庄 · 新四军 3 营营部 · 日外内 · 清晨

主要人物：李道南、朱宝权。

李道南、朱宝权率领数百名战士控制了岗哨，分路冲进各个营房，举枪对着躺在床上的士兵们。

营房的战士惊恐而起。

李道南：我现在以团长的名义，命令你们立即穿好衣服到操场集合！

3 营的所有士兵被陆陆续续押解到操场排列。

李道南：我是独立团长李道南，现在听从口令，立正！

3 营全体官兵立正。

李道南：稍息！

3 营全体官兵稍息。

李道南：3 营全体官兵注意了，由于你们的营长古雄飞经不住敌人的利益诱惑，企图投敌叛变，现已被抓捕羁押。现在我代表团党委解除古雄飞的一切职务，3 营营长暂时由 1 营营长朱宝权兼任。现在请朱营长训话。

朱宝权跑步至队前立正敬礼：我是 3 营代理营长朱宝权，3 营全体官兵听令！立正！

3 营全体官兵立正。

朱宝权：稍息！

3 营全体官兵稍息。

朱宝权：现在我命令，解除 3 营全体官兵的武装，每位官兵都必须接受团部的严格审查！审查通过后进行重新整编，有违令者立即军法处置！听清楚了没有！

3 营全体官兵：听清楚了！

40 — 15 高港怀仁诊所 · 日内 · 上午

主要人物：赵忠仁、王玉兰。

房间床上，正在酣睡的赵忠仁突然惊醒，一骨碌爬起，连忙穿好衣服跑出房门。

门诊室王玉兰正在给病人看病。

赵忠仁跑到门诊所室：王医生现在几点了？

王玉兰：快九点了。

赵忠仁：你怎么不叫我一下呢？我今天还有要紧的事呢。

王玉兰：我看你睡得挺香的，就没有叫你。你还有什么事啊？

赵忠仁：不跟你说了，我得赶紧走了。

王玉兰：吃过早饭再走吧，我都准备好了。

赵忠仁：不了。我得赶紧走了。我的东西暂时先放你这里，你帮保管好，等我回来再处理。

王玉兰：你放心，我已经给你收好了。

赵忠仁：那我走了。

王玉兰起身送出门口：那主任，您走好！

赵忠仁挥手叫了辆三轮车匆匆蹬上，快速驶去。

王玉兰目送渐渐远去的三轮车，脸上露出阴冷的微笑。

40 — 16 泰兴县新街镇仁康诊所 · 日内 · 上午

主要人物：赵忠仁、周玉珍、赵忠全、魏风林、马向东。

一辆三轮车在仁康诊所停下。

赵忠仁跳下车，快步走进诊所。

周玉珍迎了上来： 主任，您来啦！

赵忠仁： 你赶紧收拾好东西，我们准备撤离这里。

周玉珍： 撤离这里？干吗要撤离呢？

赵忠仁： 你是不是有点儿傻啊？那古营长一旦投靠我们了，那新四军不要追查吗？很有可能就会查到这里的。我们如果还待在这里，不是等死吗？

周玉珍： 主任说得有道理。那我现在就去整理物品，晚上就走。

赵忠全、魏风林、马向东身着便服走了进来。

赵忠全阴沉着脸： 准备撤到哪儿去啊？

赵忠仁、周玉珍惊愕。

赵忠仁： 二弟，你怎么来了？

周玉珍： 我正准备回去呢，你怎么来了？

魏风林、马向东一步奔到赵忠仁面前迅速将他摁倒在地。

赵忠仁惊恐： 二弟，你这是干什么啊？

赵忠全走到惶恐不已的周玉珍面前甩手左右开弓两巴掌： 你这烂货，当初我真是瞎了眼，娶了你这么个狗东西。

赵忠全走至赵忠仁面前： 亏你还是个兄长，竟然做出如此禽兽不如，有辱赵家门风，有辱先祖的事，是可忍，孰不可忍！

赵忠仁： 二弟，我们做什么了？你可能误会了。

周玉珍： 对，忠全，你可能有什么误会，我们可没有做什么对不起你的事。不仅没有，我和大哥还曾救过你的命啊？

赵忠全： 早知道你们这两个奸夫淫妇是这样的人，我还不如当初死掉到好，免得遭受如此羞辱，而成终生之恨！

周玉珍还想争辩，赵忠全手起刀落，鲜血喷涌。

赵忠全淋了一脸鲜血，周玉珍饮血倒下。

赵忠仁挣扎欲起，魏风林一刀扎入其背，血如喷泉，磕地倒毙。

三人洗清，关上门，扬长而去。

40—17 泰兴县胡庄乡·夜外

主要人物： 魏风林、马向东。

魏风林、马向东带着数百人来到孔家庄桥头。

魏风林用手电照看了一下手表： 马营长，已经8点了，发信号。

马向东打开手电闪了三下，反复了三次。

桥头没有反应。

魏风林：怎么回事？怎么没动静呢？你再发次信号。

马向东刚打开手电，突然枪声四起，桥头附近的国军士兵纷纷倒下。

魏风林：不好，中计了，敌人有埋伏。

马向东高声：快！快撤！快撤！

埋伏在路边身穿新四军军服的滕井挥动指挥刀：出击！

身着新四军军服的日军蜂拥而上，与国军短兵相接。

魏风林、马向东奋力拼杀，连砍数人后，冲出重围，落荒而逃。

40—18　泰兴县孔桥乡蔡庄粮油加工厂附近·夜外

主要人物：顾凤山、朱宝权。

顾凤山带着人马来到蔡庄粮油加工厂附近。

顾凤山用手电看了一下手表：耿营长，已经8点了，发信号。

耿营长打开手电，闪了三下，反复了三次。

埋伏在四周的朱宝权举枪袭击。

霎时，枪声四起。

埋伏在路边的新四军战士举枪射击、投弹。

顾凤山的人马在飞弹、爆炸声中人仰马翻，纷纷倒毙。

顾凤山：他妈的，假的。中计了，赶快撤离！

顾凤山带着人马边打边撤。

朱宝权从马路边走出，望着逃遁的伪军冷笑地举起手：不要追击了，放他们一马！

40—19　姜堰县溱潼镇税警总团·夜内

主要人物：赵忠全、魏风林、马向东、陈泰运。

税警总团主任室。

赵忠全、魏风林、马向东走进陈泰运立正敬礼：报告主任，我们回来了。

陈泰运：怎么样，事情办得还顺利吗？

魏风林垂头丧气：报告主任，很不顺利。

马向东：我们不但没有接到投诚的新四军，反而遭到了他们的埋击，伤亡惨重。

陈泰运惊愕：啊？怎么会这样！难道是赵医生骗我们的？

赵忠全：我大哥没有骗我们。我刚刚得到情报，是古营长他们投诚的计划被新四军发现，我大哥和嫂子已经被他们杀害，那个古营长以及他下面的主要军官已经被抓了。

陈泰运：啊？是这样啊。这事情怎么搞成这个样子。真是偷鸡不成蚀把米！本来双方就矛盾不断，只是都隐而不发，这回倒好，兵戈相见，彻底翻脸了。

赵忠全：翻就翻吧，反正早晚的事，以后我们也不必再瞻前顾后，束手束脚的了，该怎么干就怎么干吧。

40—20 泰兴县徐桥伪军团部·夜内

主要人物：顾凤山。

耿营长，25岁，伪军营长。

顾凤山、耿营长狼狈不堪地回到办公室。

顾凤山气急败坏地将手枪往桌上一摔：他妈的，这藤井怎么搞的，竟然中了新四军的诡计，我们差点儿就回不来了。本来我从柳翻译官那儿得到新四军有一个营要投诚的消息，还喜出望外，我这里正编员不足，这回天上突然掉了个大馅饼，甚怕被其他团抢了去，于是主动请缨，亲自去接应，没想到掉的全是手榴弹，看来这日本人办事也不靠谱儿啊。

耿营长：幸好新四军还没有追击，否则，我们今天就可能真的回不来了。

顾凤山：我知道他们为什么不追击，他们不想赶尽杀绝，只是想警告我一下，让我适可而止。其实，我从来就没有想过策反他们的人马，可藤井他们都弄好了，这到嘴的一块肥肉，谁不想吃？

耿营长：团座，这里面可能发生了其他什么意外事情，你想，这日本人这么精明了，怎么会轻易上了新四军的当？

顾凤山：也是，我明天一定要向藤井问清楚。

40—21 泰兴县新街镇杨村庙·日外

主要人物：李道南、朱宝权。

杨村庙门前广场，数百名新四军官兵整齐列队。

李道南、朱宝权站在队前。

朱宝权：全体官兵听令！立正！

全体官兵立正。

朱宝权：稍息！

全体官兵稍息！

朱宝权：现在请李道南团长作指示。

李道南：同志们，自1939年春我江南新四军渡江东进至今，与日本鬼子、国民党顽固派、汪伪军队进行了大小数十次战斗，可谓战果辉煌。尤其是与鬼子的吴家桥反扫荡之战，与国民党顽固派的郭村保卫战、黄桥会战，与投敌叛国伪第1集团军李长江的泰州之战，将一切与党和人民为敌的敌对势力打得落花流水，扩大了敌后抗日根据地，巩固了民族抗日统一战线，沉重打击了敌人的嚣张气焰。三个月前，世界军事第一强国美国及其同盟国英法等国也先后对日宣战，世界抗战形势对我们愈来愈有利。可我们新四军内部的一些极个别人却认不清形势，倒行逆施，将个人利益置于党和国家利益之上，抗战意志动摇，革命信仰丧失，企图叛党叛军投敌，卖国求荣。来人！现将我军叛国投敌的古雄飞押上来！

四名荷枪实弹的战士将被五花大绑的古雄飞押至队前跪下。

李道南： 经认真调查，严厉审讯，古雄飞经不住汪伪敌特分子的财色诱惑，丧失了一个共产党员的崇高信仰，丧失了一个革命军人的坚定立场，利令智昏，腐化堕落，欺下瞒上，内外勾结，精心策划以打入敌人内部的名义，诱骗我3营全体官兵叛国投敌。幸而被我团部及时发现并果断采取了有力的措施，才使他们妄图弄假成真的阴谋破产。为严肃党纪军纪，经团党委研究决定，现开除古雄飞的党籍和党内外一切职务，没收他们的非法所得，并判处死刑，立即执行！

朱宝权： 现将古雄飞押出庙外，就地枪决！

四名战士将古雄飞押至庙外的一处草地上跪下。

朱宝权： 举枪！

一名战士举枪对准古雄飞的后脑。

朱宝权： 射击！

“砰！”一声枪响，古雄飞前磕倒毙。

40 — 22　高港怀仁诊所 · 日内

主要人物： 李淑芹、王玉兰。

房间内，李淑芹紧紧握着王玉兰的手： 新四军那边委托我向你表示衷心的感谢，这次若不是你不畏艰险及时送来古雄飞欲率部投敌的情报，那后果不堪设想。

王玉兰： 我也就是想将功补过，以弥补对陈盛文的亏欠，希望他在九泉之下能够原谅我，也希望你们能够原谅我。

李淑芹： 我也犯过错，夺了你的最爱，同时害了他。真的对不起，也希望你能原谅。

王玉兰：都是我一时冲动，不计后果，被人利用。

李淑芹：那我们就互相原谅吧，一切重新开始。

两人拥抱。

李淑芹：以后，有什么情况，你直接跟我联系。

王玉兰点点头：嗯。

40 — 23　泰州高港日军司令部 · 日内

主要人物：藤井、柳翻译官。

办公室，柳翻译站在办公桌对面，藤井坐在椅子上摸着下巴（日语）：我总觉得那和平军19师的永安洲据点，人马依然不可靠，疑点重重。你想，其他据点都经常被新四军袭扰，只有这个据点至今太平无事，太不正常了。

柳翻译（日语）：有可能是永安洲四面环江，新四军进出不方便，所以他们至今才没有什么动作。

藤井（日语）：我看没那么简单，那黄家父子尽管是公报私仇，以捉拿新四军潜伏人员的名义枪杀了那个陈连长，但那陈连长到底是不是新四军的人还很难彻底否定，怀仁诊所的王医生怀疑陈连长现在看来也绝不是空穴来风。上次我们食物中毒那专烧河豚的厨师不仅没有中毒，还突然失踪了，至今没有抓到，如果他背后没有一个神秘组织的精心策划，可能吗？说不定，那据点里仍然有其他新四军潜伏人员。

柳翻译（日语）：有可能。现在这局势什么可能性都有。

藤井（日语）：我想派人去测试验证一下。

柳翻译（日语）：怎么测试验证？

藤井（日语）：我准备这样……

40 — 24　高港永安洲上桥街市，伪军据点 · 日外

主要人物：吉厚煌、高永健。

初夏的永安洲上桥街市上车水马龙，人头攒动，熙熙攘攘。

占卜算卦的，买狗皮膏药的，小商小贩不停地吆喝着。

突然“乒乒乓乓”街北头响起一阵激烈的枪声，人们立马紧张驻足四处张望。

只见身着白色粗布衬衫的高永健和一名男子飞奔而来，边跑边不时转身向后射击。

不远处一队日本兵尾随追击过来，边追边射击。

街市上的人群被吓得纷纷避让。

高永健两人穿过十字街右转向西跑去。

日本兵紧追不放，但距离越拉越远，枪声依旧不断。

高永健两人向据点岗哨飞快跑来。

岗哨门口，两名值勤的哨兵立即端起枪对准了他俩。

吉厚煌、李万芳带着士兵持枪疾步跑到据点门口。

两人持枪奔至哨口。

两哨兵断喝：站住！干什么的？

高永健：我们找吉连长！

哨兵（甲）：你们是什么人？什么情况？

高永健：兄弟，别误会，自己人！

哨兵（乙）：什么自己人？你们哪部分的？

哨兵（甲）：不管你们是什么人，先放下枪！

高永健：先让我们进去，敌人追过来了。

哨兵一愣。

吉厚煌举枪相对：先放下枪，我们可以让你进来！

两男子犹豫了一下，放下了枪。

李万芳上前缴了他们的枪，从身上又搜出了两把匕首，然后带进了门内，关好大门。

吉厚煌：注意警戒！禁止任何人进入，将他们两个带到办公室！

李万芳与士兵们将两人带进了办公室。

吉厚煌：说说什么情况？

高永健：我们想找你们的长官吉连长说。

吉厚煌：我就是，说吧！

高永健环顾左右，犹豫：这，这……

吉厚煌对士兵挥了挥手：你们先出去。

李万芳带着几名士兵离开，带上了门，站在门外。

吉厚煌：你们说吧，到底发生什么事了？

高永健：吉连长，我们是新四军！

吉厚煌一怔：你们是新四军？

高永健：对！我们是新四军泰兴独立团的侦察员。

吉厚煌：外面是谁在追杀你们？

高永健：是太，不，是日本鬼子！

吉厚煌微蹙眉头：这里是我们的防区，日本人在高港，怎么会追到这边来了？

高永健：我们也不知道是怎么回事，我们俩是从马甸渡夹江过来的，走到半路上，突然遇到鬼子的巡逻队盘查，我们身上带着枪，怕被查到只好跑了。我们跑，鬼子就追，我们没办法，只好往这边跑了。

吉厚煌：那你们知道这里是什么地方吗？

高永健：知道。是和平军 19 师的地盘。

吉厚煌：那你们这不是自投罗网吗？

高永健：我们团长关照过我们，如果遇到特殊情况，我们可以找高港永安洲和平军队吉连长。

吉厚煌：你们团长是谁？

高永健：我们团长是李道南。

吉厚煌：政委呢？

高永健：政委是谢克西。

吉厚煌：参谋长呢？

高永健：参谋长是莫珊。

男子（甲）额头上渗出细汗。

吉厚煌淡淡一笑：那好吧，你们就暂时待在里，不过要换上我们的军服。

男子（甲）轻松地舒松地叹了一口气：谢谢吉营长。

吉厚煌：朱宝权你认识吗？

高永健：你说的是黄桥朱履先将军的二儿子吗？

吉厚煌：对。

高永健：认识认识，他是我们排长。

第四十一集　狐假虎威

叛徒命丧苦肉计，前毙后继周祥之。

狐借虎威虐军属，桑树干上缚荣耻。

41—1　高港永安洲伪军据点·日内·外

主要人物：吉厚煌、高永健、李万芳。

据点连长办公室内。

吉厚煌：哦。来人！

门外的李万芳带着士兵应声而入。

吉厚煌：将他们抓起来！

李万芳与士兵们立即将两男子摁在地。

两人惊恐：吉连长，这、这是怎么回事？

吉厚煌：还问我怎么回事，我正想问你们怎么回事呢！你们老实说，是谁让你们冒充新四军跑到这里来的？什么目的？

高永健：我们没有冒充新四军，我们真的是新四军啊！

吉厚煌：你们若真是新四军那就要立即拖出去毙了！

两人连忙磕头哀求：吉长官，请饶了我们吧，我们老实交代。

吉厚煌严厉：说！

高永健：是藤井司令官安排我们来的。

吉厚煌：为什么要这么做？

高永健：藤井怀疑你们这里有新四军潜伏人员，让我们来试探的。

吉厚煌：现在你们不需要试探了，我实话告诉你们，我就是新四军。正因为我是真正的新四军，所以才知道你们是冒充的新四军。拖下去，立即毙了！

李万芳与士兵们立即将拼命挣扎求饶的两男子押了出去。

外面转来“砰、砰”两声枪响。

士兵慌慌张张冲了进来：报告连长，日本人来了，已经到门口了。

吉厚煌：不要慌，听我指挥！

吉厚煌、李万芳带着士兵来到门口。

藤井、柳翻译带着一队日本兵站在门口。

吉厚煌向藤井立正敬礼：不知司令官驾到，有失远迎，请原谅！请进！

藤井摆了摆手（日语）：今天本司令官列行巡防检查，正好发现了两名新四军可疑分子，于是一路追击而来，你们发现没有？

柳翻译官翻译。

吉厚煌：司令官，巧了，刚才正好有两个男子跑进了我们据点，声称是泰兴侦缉队的，被抗日游击队追击，请求保护。

柳翻译官翻译。

藤井（日语）：什么泰兴侦缉队的，他们肯定是我们要抓的新四军的探子。

柳翻译官翻译。

吉厚煌：司令官说得没错，后来我们发现他们行为诡异，就将他们抓了起来审讯，结果他们承认了真是新四军的探子。

柳翻译官翻译。

藤井（日语）：他们人呢？请把他们交给我。

柳翻译官翻译。

吉厚煌：是！来人，将那两个新四军探子抬出来！

四名士兵拖住两具尸体的头和脚搬了出来，摆放在藤井面前。

藤井惊愕（日语）：八格牙路，你们怎么把他们俩给杀了？

柳翻译官翻译。

吉厚煌：他们是新四军探子，冒充我们的人跑进我们据点，被我们识破后竟然夺门而逃，被我们当场击毙！

柳翻译官翻译。

藤井一下子愣住，脸色铁青，无言以对。

柳翻译官（日语）：司令官，怎么办？

藤井（日语）：走，将尸体带走！

吉厚煌：司令官，不到里面坐坐了？

柳翻译官摆了摆手。

几名日本兵走过去拖着两具尸体狼狈而去。

李万芳跟着吉厚煌走进办公室：连长，我想不明白，你怎么一下子就能断定那两个人不是我们的人呢？

吉厚煌笑了笑：只要他们是冒充的，再狡猾也会露出马脚的。

李万芳：那他们哪个地方露出破绽了？

吉厚煌：实话告诉你们吧，泰兴独立团团长、政委的名字他们都没说错，但独立团根本就没设参谋长一职，我们新四军师下面是旅，旅下面才是团。旅、团都设有参谋长一职，只有独立团没有设，他们连我们新四军独立团的编制都没有完全搞清楚，只是一知半解就敢来冒充，真是可笑！我还真搞不懂，藤井竟然派这两个笨蛋来送死，另外，朱宝权现在已经是营长了，而不是排长。这就更证明了这两个人是假的。

41 — 2 高港永安洲上桥街西 · 日外

主要人物：藤井。

周祥之，50 岁左右，永安洲镇伪镇长。

藤井带着一队日军在一条大河边停下，河面宽阔，水波荡漾，水岸边系着一条小木船。

几名日军士兵将两具尸体搬上小木船，撑篙驶向河中心，将两具尸体连同系吊着的石块先后推入河中。

尸体在清澈的河水中慢慢下沉，渐渐消失得无影无踪。

几名日军士兵回到岸上，藤井一挥手，日军继续行走进入街市，路人纷纷避让。

街道中央，一位身着白色衣襟，油头光面的中年男人领着两随从迎面走来。至藤井面前抱拳施礼：太君请留步，请问，阁下可是藤井司令官？

藤井驻足（日语）：你是？

柳翻译官翻译。

中年男人：鄙人为永安洲新上任的镇长周祥之。

柳翻译官翻译。

藤井（日语）：吆西，周镇长，你有事吗？

柳翻译官翻译。

周祥之：刚刚听说藤井司令官亲自到洲上来抓新四军，故而特来迎接，想请司令官到镇政府小息片刻，有重要事情向阁下禀告。

柳翻译官翻译。

藤井（日语）：吆西。请带路。

柳翻译官：好的，请周镇长前面带路。

41 — 3 高港永安洲镇镇政府 · 日内

主要人物：周祥之、藤井。

周祥之将藤井、柳翻译官引至办公室门前：司令官请进。

藤井、柳翻译官进入。

周祥之随入：来人，快奉茶！

三人入座。

随从端来茶盅搁在茶几上：请慢用！

藤井（日语）：周镇长有什么事请尽快说。

柳翻译官翻译。

周祥之：不知道司令官抓到新四军没有？

柳翻译官翻译。

藤井脸显尴尬。

柳翻译官：当然抓住了，并且已经就地处理了。

周祥之：现在我们这里地下抗日分子活动十分猖獗，绝对不止一两个，搞得我们寝食不安，所以要给予坚决的打击。但这些地下抗日分子十分狡猾，神出鬼没，想抓住他们还真是不容易。加上卑职刚刚就任不久，力量有限，今天皇军正好来到这里，我想借皇军的一臂之力，打击一下抗日分子的嚣张气焰。

柳翻译官翻译。

藤井（日语）：和平建国军在这里不是有一个连吗，怎么不找他们呢？

周祥之：太君，您有所不知，卑职刚上任，他们还没把我放在眼里，不一定配合我哦。

柳翻译官翻译。

藤井（日语）：那周镇长想要我们怎么帮助？

柳翻译官翻译。

周祥之：既然我们很难抓到抗日分子，那我们可以从抗日分子的家属下手，我这里有一份抗日分子家属的名单……

41—4 高港永安洲上桥街西·日·外内·中午

主要人物：奚成方，37 岁（1906—1958）农夫

王燕珍，29 岁（1914—2003）农妇

张树根，35 岁左右，农夫。

杨素珍。

农夫家。

奚成方、怀抱婴儿的王燕珍、张树根、杨素珍围着桌子吃饭。

桌上摆放一碗竹笋红烧肉，一碗红烧鲢鱼，两个素菜。

奚成方：来、来树根，吃菜，吃菜。今天辛苦你们了，没你们今天这秧苗

我一个人还不知道怎么弄呢。

张树根：嫂子还在坐月子，下不了田，我们是好哥儿们，来帮忙是应该的。

王燕珍：来、来素珍，你也吃菜，别光吃饭，下午扯秧全靠你了。

杨素珍：嫂子，你放心，他们栽保证来得及。

王燕珍：这农忙啊，家家都忙，请个人来帮忙可真不容易哦，没点儿真交情还真的请不到，就是花钱也请不到。今天真是谢谢你们了。

杨素珍：嫂子快别这么说，谁让我们是一条街上的呢？就凭我们俩平常的关系，我不帮忙谁帮忙？

王燕珍叹了口气：如果他兄弟志林在家就好了，他现在正身强力壮。

奚成方：他现在做的事要比我们重要多了。

王燕珍：也不知道他现在在哪儿，都几年没他的消息了。

突然，周祥之带着一帮日本兵闯了进来。

四人惊愕起身。

张树根嘴里含着的一块肉惊掉在桌子上，他慌张而又快捷地拾起扔进嘴里囫囵咽下。

周祥之环顾了一下四周冷笑一声：吆，今天几个人吃得蛮好的嘛！

奚成方：周，周镇长，您这是……？

王燕珍怀抱婴儿强颜苦笑：周镇长，今天请他俩来帮忙栽秧的，所以才弄了几个菜，要不，您也坐下一起吃点？

周祥之：我可真没有你们这么安心哪，这抗日分子天天搅得我不得安宁哪。那黄镇长父子和维持会的队长都被抗日分子害了。

奚成方：周镇长，我们可是安分守己的穷老百姓，没做对不起您镇长的事啊。

周祥之：你是没有，可你那亲兄弟就是抗日分子，是新四军！

王燕珍：我小叔子可不是什么抗日分子，他可老实了。

周祥之：那他人呢？

王燕珍：他跟河对岸的李万书到苏州做篾匠去了，好几年都没回来了。具体我们也不知道他在哪里。

周祥之：你们还真会说谎诡辩！实话告诉你，根据我们的调查，他根本就不是像你说的那样去什么苏州做篾匠去了，而是早就参加了新四军，并且就在泰兴、泰州、姜堰这一带活动。所以今天你们要跟我走一趟，把知道的情况说清楚。

奚成方：周镇长，您听谁说的我兄弟参加新四军了？这完全是造谣瞎说！当时是我央求河对岸的李万书带他学徒，去了苏州。不信，你们可以去问问。

我们将他养了十几年，现在长大了，也要让他出去做做事，以后才能成家立业。这几年他又没回来，现在具体什么情况我们根本不清楚，我们只是他的兄嫂，管得了一时，可管不了他一世。

周祥之：你们奚家老的死得早，这我知道，这里的人也都知道是你们俩将他养大，既然这样，能说一点儿关系没有？他这几年不在家，就能代表你们一点儿联系都没有？我劝你们还是跟我回去老老实实将情况说清楚，我不会为难你们。

奚成方：既然这样，那我们也想说清楚了，也好撇清关系，就是您看能不能等几天，等我们把秧栽好了再去。

王燕珍：是的。周镇长，今年的收成全靠这几天了，您看能不能高抬贵手，等我们将秧苗栽好了，一定把我们晓得的情况都告诉您。您放心，我们家就在这儿，不会跑的。

周祥之：你当我是来买菜的可以讨价还价？不行，今天必须跟我走！

奚成方：周镇长，实在不行，那我跟你们去就好了，我老婆刚生了孩子，还在月子里。

周祥之：不行！现在必须全部跟我们走！

张树根：这跟我们可没关系啊，我们今天只是来帮干农忙的。

杨素珍：对啊，这跟我们没有一点儿关系啊，我们只是街坊邻居来帮忙的。

周祥之走近杨素珍，盯住她秀丽脸蛋阴险一笑：你更要跟我们走了。来人，给我全部带走！

数名日本兵上前将四人连婴儿连拖带搡押出门外。

马路上，四人被日本兵押解着往前走，行人见状，纷纷避开，远远地看着，小声议论。

张树根佯装顺从老实的样子，眼睛却不时地四下观察，前面到了一座长长的石孔桥，桥两头有两条岔路，他瞅准机会突然转身撒腿向右边跑去。

两名日本兵连忙端着枪追了上去。

张树根沿着河岸的石板路飞奔，越跑越快。

两日本兵眼看追不上，停步举枪射击"砰、砰"两声枪响，子弹从张树根头上飞了过去。

王燕珍怀里的婴儿惊动了一下，放声啼哭起来，王燕珍立马颠拍抚慰。

张树根一惊，脚下一打滑重重摔倒在地，疼得龇牙咧嘴，动弹不得。

两日本兵迅速赶至，一日本兵一脚死死踩住张树根的胸口，用枪顶住他的脑袋。另一名日本兵迅速解开河岸边系在木桩上的扳罾麻绳，拔出匕首割成两根，分别套住张树根两只脚跟，两日军倒拖而回。

张树根的背脊在石板路上不断摩擦，疼得哇哇大叫。

石板桥上日本兵哈哈大笑。

奚成方、王燕珍、杨素珍见状吓得瑟瑟发抖，不敢直视。

41—5　高港永安洲上桥街东桑树林·日外·下午

主要人物：奚成方、王燕珍、张树根。

奚成方、王燕珍等十几名中老年男女的双手分别被悬吊在一棵棵桑树上痛苦呻吟。胸前都各挂着一块牌子，上写：抗日分子家属。

张树根双脚被倒挂悬吊在一棵桑树上哀号不断，身上衣服破烂，伤痕累累，血迹斑斑。

烈日直射他们身上，一个个大汗淋漓。

四周老百姓远远地看着，有人摇头叹息，有人敢怒不敢言。

围观百姓（甲）低声：听说那个女的刚生下孩子还没有满月，遭这个罪肯定会落下病根的。

围观百姓（乙）低声：这个时候如果落下病根肯定是治不好了。唉，真是造孽哦。

围观百姓（丙）：那倒吊着，估计吊到夜里命就没得了。

41—6　高港永安洲镇伪政府宿舍·日内·傍晚

主要人物：周祥之、藤井、杨素珍。

周祥之和随从押着杨素珍进入室内。

藤井起身走近，两眼色眯眯地盯着肤色白净，相貌端正秀丽的杨素珍。

杨素珍惶恐不安。

周祥之：杨素珍，这位是高港司令部的藤井司令官，今天你把他服侍好了保你和奚家的孩子太平无事。

藤井朝杨素珍立正躬身：请多关照！

杨素珍连忙跪下哀求：周镇长，您就饶了我吧。这事一旦传出去，我还怎么有脸见人啊，还怎么活啊？

周祥之：只要你服侍好太君，我们也不会说出去的。

杨素珍一把抱住周祥之的腿泣求：周镇长，您就高抬贵手，放我一马吧！

周祥之：放开，你别敬酒不吃吃罚酒，把司令官的好心情给弄没了。快识相点，起来！服侍好司令官后，将你那好朋友的孩子也可以一起带走！

杨素珍一听立即瘫坐在地。

周祥之转脸对藤田拱手：司令官，您好好享受享受！卑职告辞！

滕井眉开眼笑：吆西！

周祥之一挥手，与随从离开了房间，关上了门。

藤井抱起杨素珍就摁在了床上。

41—7　高港永安洲李家大院·日内·下午

主要人物：张勇、李有才、陆伯英。

张勇急急匆匆跑进院内：老爷，老爷，太太，太太！

李有才、陆伯英闻声从内屋走了出来。

张勇：老爷，太太，大事不好了！

李有才：怎么了？

张勇：中午，周祥之，就是那个新上任的周镇长带着日本人抓了十几个新四军的家属，现在正吊在东街桑树林的桑树上挂牌示众呢！

李有才：啊？竟有这事？

张勇：特别是那个张树根，他被吊住两脚倒挂在桑树上呢！

陆伯英：那张树根家又没有人参加新四军，抓他干吗？

张勇：听说是他和杨素珍在桥西的奚成方家帮农忙，正好周祥之带着日本人去抓奚成方夫妻，两个人就一同被抓来了，那张树根半路逃跑没逃得掉，被日本人抓住后倒拖到东街吊起来了。

陆伯英惊愕：没得命，这街上都是石板路，从西街拖到东街还有命唉。

张勇：就是，那张树根背上都红肉鲜鲜的，皮都被拖得有块没块的。

李有才愤懑：这些日本鬼子真是太狠毒了，什么事都干得出来。

陆伯英：这周祥之更不是个东西，刚一上任就这么心狠手辣。

李有才：他这是新官上任三把火，想给新四军一个下马威，向日本人讨好卖功。

张勇：那我们现在该怎么办？总不能就这么眼睁睁地看着这些新四军家属被吊在哪里挨搞！

陆伯英：我们肯定不能就这么坐视不管，但我们肯定明的不好出面。这样，赶紧去告诉据点的吉连长他们，看看他们有什么好主意好办法没有？

张勇：好的。我这就去。

41—8　高港永安洲伪军据点·日内·下午

主要人物：吉厚煌、张勇。

办公室内，张勇看着吉厚煌来回踱步。

吉厚煌：这样吧，张队长，你先回去，密切注意日本人的动向，我这就向营部报告！有什么情况请你立即告诉我们。你们自卫队千万不要轻举妄动。

张勇：好的。

41—9　泰兴县马甸据点·日内·下午

主要人物：林志溪、钱光仕。

办公室内，林志溪在钱光仕面前来回走动，焦急不安。

钱光仕：你别着急，让我好好想想该怎么办。

林志溪：我父母过世得早。我就是我大哥大嫂一手带大的，到现在还没有报答他们，却让他们受到牵连，挨这么大的搞！你说我怎么能不着急呢？

钱光仕：你的心情我能理解，但越是这个时候越需要冷静，不能乱了方寸。你想，那藤井一直怀疑我们，对我们不放心，所以今天才派人来试探，我们稍不注意就可能中了他的诡计，如果我们一暴露，那后果将不堪设想。

林志奚：有什么不堪设想的，大不了我们明火执仗地跟他们干！

钱光仕：林副营长，你这个想法是严重错误的。现在敌强我弱，如果我们都这么明火执仗地跟鬼子干，那我们还打什么游击战？中央的战略方针就是在运动中消灭敌人，跟敌人打消耗战、隐蔽战。该偷袭的时候偷袭，该明火执仗的时候明火执仗。我们要听从上级的统一安排和指挥。我们现在的主要任务就是隐藏在敌人内部，伺机待发。这样吧，我现在就联系团部，听候上级的命令。

41—10　高港永安洲镇伪镇政府·夜外

主要人物：杨素珍。

杨素珍衣衫不整，头发凌乱，满面泪痕怀抱着婴儿踉踉跄跄走出了伪镇政府大院。

怀里的婴儿不停地咧着小嘴巴，发出有气无力的嘤嘤之声。

杨素珍心疼地看了婴儿一眼，泪水夺眶而出，一滴一滴落在了婴儿嘴唇上，婴儿立即伸出舌头“吧唧、吧唧”舔了起来。

一阵大风刮来，天上电闪雷鸣。

杨素珍连忙用身上的衣服将婴儿包好搂紧，定了定神，理了理头发，快步跑了起来。

41—11　高港永安洲上桥东大街·夜外·雨

主要人物：奚成方、王燕珍。

上桥东大街桑树林，奚成方、王燕珍等十几人依然被吊在桑树上。

夜空中伴随着一阵阵闪电，雷声滚滚。

瓢泼大雨接踵而来，疾风呼啸。

十几名被吊在树上的人被一阵又一阵的暴雨抽打，浑身湿透，战栗不止。

王燕珍的长发粘贴在脸上，紧闭着眼睛，牙齿不停地上下打颤，浑身发抖。

41—12　泰兴县新街镇杨家庙·日内·上午

主要人物：李道南。

新四军独立团团部会议室，李道南、谢克西（政委）、张鹏举（副团长）谢中光（1营营长）、杜干全（2营营长）、朱宝权（3营营长）等干部聚集在一起开会。

李道南：根据昨天下午得到的情报，现在永安洲那边，那个新上任的镇长周祥之伙同几十名日本鬼子将十几名新四军家属绑吊在树上惩罚示众，目的就是恐吓老百姓不要加入我们新四军，不要支持我们新四军，离间老百姓与新四军的关系，打击广大人民群众抗日的意志，我们决不能让他们的图谋得逞，一定要采取行之有效的果断措施，给予强有力的回击，否则，民众就会对我们失去信心。为此，我立即与1师取得了联系，并制定了详细的作战方案，具体部署是：今天晚上我们独立团，与3旅陶勇部1团……

41—13　高港永安洲上桥东街·夜外

主要人物：奚成方、王燕珍、李道南。

上桥东街桑树林边，奚成方、王燕珍等十几名新四军家属依然被吊绑在树上，他们一个个面容憔悴、气息微弱。

桑树林中隐藏数十名日军。

王燕珍半睁半闭的眼睛，不停地扭动着身体：成方，我这两只眼睛又疼又痒，难过没得命，比死还难受。

奚成方也扭动着身体：老婆，我现在也没办法帮你，我浑身也是既疼又痒，生不如死，我们不熬也得熬，我们不可能一直被这么吊着。

李道南带领新四军战士趁着夜悄悄包围了桑树林。

李道南举枪“砰”向林中开了一枪。随即，数十枚手榴弹扔向树林中。

“轰隆、轰隆……”树林中响起一声接一声的剧烈爆炸，火光冲天。

隐藏在林中的日军老鼠一般窜出林外，随即又遭到一阵弹雨扫射，纷纷倒毙。

藤井和柳翻译官带着几名日军士兵，躬着腰逃出树林，借着夜色，仓皇而逃。

41 — 14　高港永安洲伪镇镇政府大院 · 夜内

主要人物：周祥之。

办公室内，周祥之正喝着茶，剧烈的爆炸声枪击声传了过来。

周祥之兴奋地站了起来：他妈的，等了这么久，抗日分子终于上钩了。

话音刚落，院外响起激烈的枪声。周祥之惊慌地跑到门外，几名守卫已经倒毙在地，戴着头盔的朱宝权率领数十名战士冲了过来举枪对着他。

周祥之惊恐不已，急忙举手哀求：别，别，千万别开枪，有话好好说，好好说。

朱宝权一挥手，几名战士立即上前将周祥之摁倒在地，五花大绑起来，押了出去。

41 — 15　高港永安洲伪军据点 · 夜外

主要人物：谢中光，23 岁，新四军泰兴独立团 1 营营长。

　　　　　吉厚煌。

谢中光带着几十名新四军战士在据点的外围对空射击，时不时扔出几颗手榴弹，枪声密集，爆炸声声。

据点里吉厚煌与士兵向据点外的空中射击。

41 — 16　高港永安洲上桥东街 · 夜外

主要人物：杜干全，25 岁，新四军泰兴独立团 2 营营长。

　　　　　奚成方、王燕珍、朱宝权。

杜干全率领新四军战士跑到桑树下，挨个儿割断了绳索，将十几名新四军家属平放地上扶着头喂水。

奚成方喝完水：我的手现在已经麻木了，动不了了。你们再不来，我们今天命就没了。

王燕珍喝完水：我眼睛疼得要命，已经什么都看不见了。

张树根喝完水：我的腿已经不能动了。

杜干全：你们放心，这笔仇我们一定会帮你们报的，我们先送你们去治伤。

杜干全与战士们一起将新四军家属抬上了担架，匆匆离去。

头戴钢盔的朱宝权与战士们押着周祥之来到桑树下，将他双手绑吊在了树上，脖子挂上“汉奸周祥之”的牌子。

41 — 17　高港永安洲扬子江边内港 · 日外

主要人物：藤井、朱宝权。

扬子江上，三艘插着太阳旗汽艇和十几条木船装载着数百名日伪军驶进内港。

藤井站在汽艇上举着望远镜四处观察。

突然，枪声四起，汽艇和木船上的日伪军纷纷中枪跌入水中。

戴着头盔的朱宝权与数百名新四军战士埋伏在岸上树草丛中向艇上、船上发起猛烈射击。

日伪军惊慌失措胡乱回击。

一枚枚手榴弹飞向汽艇、木船。艇上、船上爆炸连连，飞屑乱溅。水中激起冲天水柱。

数条木船被炸翻，一艘汽艇被炸倾斜，日伪军在水中挣扎。

藤井、柳翻译官躲避在汽艇驾驶室角落。

藤井（日语）：八嘎呀路，中新四军埋伏了。

柳翻译官（日语）：他们早就部署好了，就等我们来，司令官，赶紧撤退吧！

藤井（日语）：快，快，撤退，立即撤退！

两艘汽艇迅速掉头，冒着浓烟，加足马力边向岸上还击边仓皇而去。

其他剩余木船也急忙调头，士兵们一边拼命摇橹撑槁，一边向岸上还击而逃。

41 — 18　高港永安洲东夹江江滩上 · 日外

主要人物：张鹏举，28 岁，新四军泰兴独立团副团长。

十几条小木船装载着数百名日伪军靠上夹江码头。

日伪军们陆续登上码头，向岸上跑来。

一排日伪军刚刚靠近岸边，突然枪声大作，日伪军纷纷被击倒，有的落入水中。

埋伏在岸上的张鹏举与新四军向码头、船只上猛烈射击投弹。

数条木船被炸飞，木板飞向空中，漂落在水面上。

日伪军边还击边撤退。

张鹏举率领数百名新四军战士冲出江岸奔向码头向船上射击。

船上不断有日伪军士兵被击中落水。

船队立即调头逃离。

41 — 19 高港永安洲李家大院·日外·内·外

主要人物：朱宝权、张勇、李有才、陆伯英。

头戴钢盔的朱宝权率领几十名新四军战士来到李家大院门口。

张勇立马开门笑脸相迎。

朱宝权：你们老爷、太太在家吗?

张勇：在、在。朱营长请进!

朱宝权带着士兵跟着张勇走进了堂厅。

张勇：老爷、老爷，太太、太太，朱营长来了。

李有才、陆伯英从后屋快步走了进来。

李有才：啊呀，是朱营长啊，真是稀客啊，来、来、来快请坐。

朱宝权：不坐了。对不起，请跟我们走一趟。

陆伯英疑惑：什么，跟你们走一趟?什么意思?去哪里?

朱宝权一脸严肃：到那里你们就知道了。

张勇一脸懵圈：朱营长，这、这是唱的哪一出啊!

朱宝权一挥手，几名战士立即上前卸了张勇的枪。用绳子绑住了三人的手。

院内战士立即控制了其他几名自卫队员。

朱宝权：请你们不要说话。

朱宝权带着战士们押着他们走出了李家大院。

41 — 20 高港永安洲上桥街东·日外

主要人物：周祥之、杨素珍、朱宝权、陆伯英、张勇。

桑树林边，周祥之神情颓废，两眼紧闭，两脚着地，双手被吊在了桑树上，头发上、脸上、身上及胸前挂的牌子上沾满了泥巴。

杨素珍朝周祥之扔了几块泥巴后，冷笑着拍了拍手上的泥土：这畜生也有这一天!

四周围观的人们脸上一个个露出了鄙夷的神情。

人群中仍然时不时地有人向他吐口水，扔泥块。

群众（甲）：看他平时那耀武扬威的样子，想不到他也有这个下场。

群众（乙）：所以说，天狂必有雨，人狂必有祸。

数名战士持枪维持着秩序。

朱宝权带着战士们押着李有才、陆伯英、张勇一行人来到树林下，让他们站成一排，然后给他们每人脖子挂上了一块牌子，上书：亲日分子。

群众（甲）诧异：啊，他们李家怎么也被抓来了？他们对人不是挺好的吗？

群众（乙）：可他们对日本人和和平军也好啊，帮他们收粮草钱税。那女的还是维持会的会长呢，不抓他们抓谁？

群众（甲）：说的也是啊，反正帮日本人和和平军做事肯定没好结果！

41—21　高港永安洲李家大院·夜内

主要人物：李淑芹、吉厚煌、陆伯英、李有才。

李淑芹带着吉厚煌来到李家大院敲门。

院内蔡管家从厢房出来走到门口：是谁啊？

李淑芹：蔡叔，是我，淑芹。

院门打开。

李淑芹和吉厚煌进入院内。

蔡管家：小姐回来啦！

李淑芹：我爹我妈休息没有？

蔡管家：早就睡觉了，今天在树下站了一天，累坏了。

李淑芹：我们就是为这事儿来的。

李淑芹和吉厚煌走进后屋。

李淑芹敲了敲房门：爹爹，妈妈，我是芹儿，我回来看你们了。

床上陆伯英醒来，推了推身边的李有才：老爷，老爷，丫头回来了，快起来。

陆伯英、李有才打着哈欠从房间走了出来。

吉厚煌：老爷，太太好！

陆伯英乜了吉厚煌一眼，愤懑：好，好什么啊，今天被丢人现眼了一天，能好吗？

李有才：丫头，你怎么回来了？

李淑芹：新四军撤走了，我们就回来了。

陆伯英：我正要问你呢，到底是怎么回事啊，新四军怎么连我们也抓去示众的啊？我们为新四军做的事还少啊！

李淑芹：我们就是为这事特地回来向你们解释清楚的。

吉厚煌：正因为二老为新四军做了许多事，所以今天才这么做了。为的是打消日本人和和平军对你们的怀疑。

李淑芹：那个藤井对我们永安洲据点一直怀疑，并且派人冒充新四军特工队的人试探过我们，幸好被我们吉连长识破了，及时处理了他们。所以，朱营长才利用这次机会，唱了一出苦肉计，目的就是更好地保护我们，而不是为难我们，你们明白了吗？

李有才恍然大悟：噢，原来是这么回事啊。学的是《三国演义》里面周瑜打黄盖的苦肉计。

陆伯英：啊呀，这朱营长还真会演，演得太逼真了，连我们自己都深信不疑。

吉厚煌：对不起了，今天让你们受苦了，还请二老原谅。

陆伯英：唉，不谈了，既然这样，我们会理解那朱营长的苦衷。只是事先没告诉我们一下，害得我们都快气死了。

李淑芹：如果事先告诉你们，你们可能就演得不好哦！

大家开心地笑了起来。

字幕：正因为这出“苦肉计”演得过于逼真，以致于陆伯英在解放后受到了冤屈，直到 1976 年才平反昭雪。

41 — 22　泰州日军司令部 · 日内

主要人物：南部襄吉。

日军司令部会议室内，南部襄吉、李长江主持会议，徐鹏举（翻译官）立于旁边。

会议桌一边为：朱郁任、赵忠明、何春林、颜秀五、秦庆霖、蔡鑫元。

一边为：藤井、琦登，柴田石井、野田。

南部襄吉（日语）：为了彻底消灭苏中地区的新四军，南京总司令部决定集中优势兵力对苏中地区开展大规模的“清乡运动”，端掉新四军盐城军部。具体军事部署是：从后天起，也就是从中国的端午节开始，泰州第 1 集团军配合我军对泰州周边地区新四军根据地进行分割包围，全面清剿……

41 — 23　泰州市下坝诊所 · 日外

主要人物：闵启昌、陈秀文。

闵启昌蹬着人力三轮车在下坝诊所停下。

陈秀文从车上下来，警觉地环顾了一下四周，走进了诊所。

41 — 24　泰兴县新街镇杨家庙 · 日内

主要人物：李道南。

办公室内，李道南、谢克西、张鹏举、谢中光、杜干权、朱宝权等数名干部正在开会。

李道南：根据刚刚获得的最新情报，日军与李长江的和平军将于端午节这一天将对我新四军新街根据地实行全面围剿。为了避其锋芒，根据我独立团的具体情况，经团部研究决定，从现在起驻胡庄的 1 营，汪群的 2 营，这里的 3 营、团部及各地方抗日民族政府的所有人员立即做好一切撤离准备，明天晚上分三路向马甸、永安洲、过船方向转移。到了指定的地址后，会有我们地方上的同志安排好我们……

41 — 25　泰兴县新街镇杨家庙 · 夜外

主要人物：顾金贵、张翠莲、陈春福、李道南、朱宝权。

库房外，灯火明亮，停着数辆已经装满武器弹药、粮食等军需物资的驴车、马车、板车。

顾金贵、张翠莲正在用绳子绑扎。

陈春福背着木枪走了过来：妈妈，我们这是要去哪儿啊？

张翠莲：我们要到西边打鬼子！

陈春福：那我们什么时候回来呢？

张翠莲：很快就会回来的，怎么啦，舍不得走啊？

陈春福：兰兰她还叫我明天去她家吃涨烧饼的。他今天还先带了两块给我的，我吃了一块，可好吃了，还有一块我没舍得吃，留给你的。

顾金贵：啊呀，你真懂事，吃烧饼还想到妈妈。

张翠莲：妈妈不吃，你留着自己吃吧，你有这孝心妈妈很开心了。

陈春福：妈妈。你吃吧，我已经吃过了，真的很好吃。

张翠莲：妈妈现在不饿，你先放好，等妈妈肚子饿了再给妈妈吃。

陈春福：那好吧。

李道南与头戴钢盔、腰佩手枪和军刀的朱宝权走了过来。

朱宝权：顾队长，张大嫂你们都弄好了没有？

顾金贵：都弄好了。

朱宝权：弄好了现在就出发！

李道南：顾队长，张嫂子和春福就交给你了，你要照顾好他们母子俩。

顾金贵：团长，您放心吧，我会照顾好他们的。

张翠莲：春福，来我们上车！

陈春福跟着妈妈一起跳上了车。

车队挑着马灯，缓缓启动。

41—26 泰兴县老叶乡路段·夜外

主要人物：藤井、朱宝权、李道南、顾金贵、张翠莲。

新四军大队人马在黑暗中沿着古马干河的岸边马路不紧不慢地行驶。

藤井与日军潜伏在马路边的玉米地里。

朱宝权骑着马率领着队伍走在前面。

顾金贵、张翠莲的物资车队在队伍的中间

李道南骑马率领队伍行走在后面。

马灯在颠簸中摇摆闪着昏黄的亮光。

古马干河里发出哗哗的流水声，时不时有打着灯光的木船摇橹航行。

前面的队伍从玉米地里的藤井视线走过。

中间的队伍刚刚经过，藤井便拔出指挥刀（日语）：射击！

霎时枪声四起，正行走的新四军战士一下子全趴在了地上，有的连滚带爬伏在岸坡上举枪还击。

车队里，顾金贵迅速依附着马车，边还击边将陈春福拖至马车下躲藏。

张翠莲趴在地上举起长枪向玉米地里射击。

朱宝权军马惊起向前飞奔，他立即收束缰绳策马回头：快，敌人有埋伏，向玉米地扔手榴弹！

军马腾起，李道南立即控制好惊马，飞快跨下高喊：玉米地有埋伏，快趴下就地还击！

玉米地里，藤井连连向马路上射击，日军士兵不断向马路扔手榴弹。

马路上驴马纷纷惊骇腾起嘶鸣，新四军战士不断中弹倒下，马车掀翻、弹药爆炸，粮食起火。

趴在路上、河坡上的新四军战士不时地跃起身向玉米地里投弹。

玉米地里火光闪爆，日军士兵被炸飞。

藤井挥舞着指挥刀带着士兵冲上了马路。

趴在地上的新四军战士有的刚刚爬起就被日军士兵刺中，有的滚下岸坡落入水中，有的奋力抵抗厮杀！

朱宝权挥舞着军刀率领战士一路向前砍杀，刀枪并用，奋力高喊：服务队的先走！快！快！

李道南挥舞着大刀率领着战士一路向前搏杀，奋力高喊：服务队的快走，快走！

顾金贵一边挥着大刀与日军搏杀，一边疾呼：妹子快带孩子离开！

张翠莲立即从马车下拖出陈春福钻进玉米地。

朱宝权与李道南相遇。

朱宝权：团长，你带人赶紧撤离，我来掩护！

李道南：不行，我怎么能扔下部队不管！

朱宝权：团里不能没有你！赶紧撤！再不撤我们今晚全撂在这里了。

李道南：张翠莲和孩子还在这里！

朱宝权：交给我，你赶快走！快走，快走啊！

李道南：那你怎么办？

朱宝权：别管我了，我有这把军刀护佑，会没事的！

几名日军士兵又奔了过来。

李道南、朱宝权立即挥刀迎上，双方一阵搏杀，李道南后背被刺中倒地。

朱宝权与身边的卫兵奋不顾身将他身边的几名日军士兵砍倒。

朱宝权对卫兵声嘶力竭：快，你们将团长带走，快，快，我掩护！

朱宝权不断向周围拥上来的日军士兵挥刀砍杀！

卫兵们立即将李道南抬上马车，扬鞭驶去。

顾金贵被几名日军士兵围攻！

朱宝权挥刀而至，砍掉顾金贵身边的日军士兵：张翠莲呢？

顾金贵：已经转移到玉米地里了。

几名日军士兵端着刺刀奔了过来，两人一起挥刀迎上。

一阵搏杀，顾金贵被身后一名日军士兵一刺刀插进他的后背。

顾金贵口喷鲜血溘然倒下。

朱宝权怒吼如雷，刀如霹雳，一路向前厮杀，势不可当，日军胆寒心惊，纷纷避让。

朱宝权奔至军马边一跃上马。

滕井举枪瞄准射击。

“砰”的一声枪响，朱宝权右肩中弹，但不管不顾，立即鞭马飞驰而去。

41 — 27 泰兴县马甸古马干河大桥 · 夜 · 内外

主要人物：李淑芹、钱光仕。

一辆马车在古马干河桥头停下。

身穿便装的李淑芹、钱光仕、汤正明、张小兵走了过去。

马车上跳下来一个新四军士兵快步迎了过来。

李淑芹：请问你们是独立团的人吗？

士兵：是。请问你们是……

李淑芹：我们是马甸据点前来迎接你们的。你们朱营长呢？

士兵语气急促：我们团部在来的半路上遭到敌人的伏击，朱营长为了掩护我们还没有到，我们李团长受了重伤，快，快，请快救救我们团长。

众人惊愕。

李淑芹：李团长人呢？

士兵：在车上！

众人连忙跑了过去。

李道南在车上痛苦呻吟。

钱光仕：李医生，你赶紧带他们到营部急救，我们在这里再等等其他人。

李淑芹：好！

钱光仕：特别强调一点，所有进入我们的据点的同志，必须立即换上我们的军服，不得随便外出。

李淑芹：是。

李淑芹跳上马车：快，我们走！

第四十二集　将计就计

避敌扫荡遭重创，母子溅血扬子江。

六十将士陷囹圄，特工将计假劝降。

42－1　泰兴县马甸伪军据点·夜·外内

主要人物：李淑芹、林志溪。

马车驶入据点内。

新四军士兵立即背着李道南进入了医务室。

医务室煤气灯亮起。

李淑芹和助手身穿手术服熟练操作起来。

林志溪和已经换上伪军军服新四军士兵坐在手术室外面等候。

李淑芹和助手走了出来。

李淑芹摘下口罩：好了，你们帮忙推到病房去。

林志溪与几名士兵连忙进去将躺在活动床上的李道南推了出来，送进了隔壁病房。

李淑芹坐在椅子上掏出手绢擦了擦脸上的汗水，舒了一口气。

突然，外面一阵嘈杂，两名士兵架着满身是血的朱宝权走了进来。

李淑芹惊起，连忙又戴上口罩又进入了手术室。

42－2　泰兴县老叶田野·日外·清晨

主要人物：张翠莲、陈春福。

张翠莲背着长枪，牵着陈春福的手从玉米地里探出身子向马路两边查看。

马路上空无一人。

张翠莲脱掉身上的军装，将长枪用衣服包裹好放在了田槽中，用土埋好，然后折了一根树枝插上。四处张望寻觅了一下，眼前不远处有条小溪，便牵着陈春福的小手，走到一条小溪边，两人脸上、手上洗净后，整了整衣服，理了理头发。又帮陈春福整理了一下衣服，拍了拍身上的灰尘，走上了大马路。

大马路上，行人车辆渐渐多了起来，不时从母子俩身边过往。

张翠莲边走边不时地四下谨慎张望。

她忽然发现数名身穿军服的人在马路边的玉米地里时隐时现。

张翠莲连忙拉住陈春福的手钻进玉米地里仔细观察。

十几名身着新四军军服跨着枪，衣冠不整，神情疲惫的人渐渐靠近。

张翠莲顿时眼睛一亮，连忙快步迎了上去：同志，同志，你们这是要去哪儿啊？

士兵们一惊，本能地举枪相对。

头领：你是什么人？怎么在这里的？

张翠莲：我是独立团服务队的，我们母子俩也是昨晚跟部队走散的，正想找队伍呢。

士兵头领一甩头：那就一起走吧。

张翠莲：那你们准备去哪儿？

士兵们放下枪。

头领：你跟我们走就行！

张翠莲：那好吧。

张翠莲跟着他们后面从田埂上走到一岔路口拐弯隐秘处停下。

士兵头领：周镇长，又来了两个。

张翠莲正疑惑，转头一看，身着便服的周祥之朝她奸佞一笑，不远处，几名身着新四军军服的士兵，正端着枪对着蹲在玉米地渠道里十几名口塞毛巾、手脚捆绑着的新四军战士。

张翠莲一惊连忙牵着儿子的手就要跑，几名士兵一拥而上，迅速将母子俩控制捆绑起来，封上口，带到了渠道里蹲下。

母子俩不停地挣扎，但无济于事。

周祥之看着十几名被抓的新四军战士，得意一笑，走到同样身着新四军军服的藤井、柳翻译官面前：藤井司令官，卑职这主意还不错吧？

柳翻译官翻译。

藤井：吆西，大大的好！四处撒小网、抛鱼饵，让他们自投罗网。请继续！

42—3　高港日军司令部·日内

主要人物：藤井、柳翻译官。

藤井坐在办公室椅子上开怀大笑。

柳翻译官连忙献媚（日语）：司令官这次我们收获不小哦！

藤井洋洋自得（日语）：我也是学的新四军的那一套，不按常规出牌，出其不意，打他们一个措手不及。这叫以毒攻毒。

柳翻译官（日语）：也叫以其人之道还治其人之身，这“清乡运动”可谓旗开得胜！

藤井（日语）：这次那周镇长的主意还真不错，一下子诱捕六十多个。

柳翻译官（日语）：看来这周镇长还真是个人才，也真心实意为皇军做事。

藤井（日语）：你马上关照顾团长，所抓的新四军，愿意归顺为我们效力的，好好对待他们，不愿意归顺的顽固分子通通杀掉，一个不留！

柳翻译官（日语）：是！

42—4　泰州市民宅大院·夜内

主要人物：汤承业、赵忠明。

汤承业坐在沙发上，望着来回踱步的赵忠明。

汤承业：这次新四军泰兴独立团损失惨重，许多官兵被抓，已经关押在龙窝监狱，由顾凤仙逐个审讯过堂，我们该怎么办？

赵忠明：这李长江和藤井越来越狡诈了。他们动不动就改变作战计划，令我情报两次失误，造成了无法挽回的后果，我十分后悔和痛心！

汤承业：你也别太自责，许多事你也无法控制。敌我斗争都是十分残酷和复杂的，谁不能保证万无一失。现在关键的是我们如何亡羊补牢？

赵忠明：经我反复考虑，我觉得这次应该充分利用顾凤山这个人，舅舅您看这样行不行？

42—5　高港龙窝监狱·日内

主要人物：顾凤山、藤井、张翠莲。

监狱内，戒备森严。

顾凤山领着藤井和柳翻译官、周祥之进来。

藤井（日语）：听说这次还抓了个女新四军，我想看看。

柳翻译官翻译。

顾凤山：好的。来人，将那刚抓来的母子俩带过来。

狱警：是！

藤井（日语）：这次共抓多少新四军？

柳翻译官翻译。

顾凤山：连这母子俩一共抓了 62 个。

藤井转头朝周祥之：你的，这次功劳大大的。

周祥之点头哈腰：为皇军效力，是卑职的职责，应该的。

藤井（日语）：有多少愿意归顺的？

柳翻译官翻译。

顾凤山：还没有来得及审讯过堂，目前还不知道。

柳翻译官翻译。

藤井（日语）：凡是愿意归顺的人，不要为难他们，安排到部队，充实我们的力量。对顽固分子，一律通通杀掉。

柳翻译官翻译。

顾凤山：是！

两名狱警将张翠莲和儿子带了过来。

张翠莲鄙夷地看着面前的一帮人。

藤井注视着张翠莲（日语）：你叫什么名字？哪里人？

柳翻译官翻译。

张翠莲：张翠莲，镇江扬中人。

柳翻译官。

藤井：张翠莲，哦哟，这个名字很好听，张开的、青翠的莲叶，盛开的莲花。这名字就是一幅美丽的风景！

柳翻译官翻译。

张翠莲：可惜，命不好，生在一个战乱的年代、龌龊的世界。

藤井摇了摇头：唉，命运只有一半掌握在上帝的手里，还有一半由我们自己掌控。在我们大日本，女人结婚之后都在家相夫教子，赚钱养家都是男人们的事，尤其是打仗。可你作为一个普通女人，为什么要掺和进来呢？

柳翻译翻译。

张翠莲：我们也想在家过安稳的日子，可那些地痞流氓，官府恶霸能让我们安稳过日子吗？他们到处敲诈勒索、欺男霸女、无恶不作，老百姓实在过不下去了才站起来与他们斗。

柳翻译官翻译。

藤井：你说得一点儿也没错，你们中国目前的社会状况确实是这样。可也正因为是这样，所以，我们大日本才过来帮助你们改变现状，实行大东亚共存共荣。用你们的话说，就是解放你们，不再受那些人的欺负，可你们为什么还要恩将仇报，与我们大日本皇军作对呢？

柳翻译官翻译。

张翠莲：我没有多少文化，现在所认识的一些字，学到的一些知识还是我们部队里上的夜校。我不懂什么大东亚共存共荣，我只看到了你们日本的飞机多次轰炸我们镇江、扬中，许多房屋都被你们炸毁了，许多老百姓都被你们炸死了，这也是在帮助我们？

柳翻译官翻译。

藤井：这是战争，误炸老百姓很难免。

张翠莲：可你们进入镇江后，到处烧杀抢掠、强奸妇女也是难免的吗？

柳翻译官翻译。

藤井：那是共产党的污蔑宣传，我们大日本皇军军纪严明，绝不会做伤害良民的事。

张翠莲冷笑一声：你们在镇江烧杀抢掠，强奸妇女时，我和我男人正在镇江，所有这一切都是我亲眼所见。如果不是我男人奋力保护我，我也被你们这些畜生祸害了。

顾凤山连忙插话：柳翻译，这个就别翻译了。张翠莲，你现在要识相，藤井司令官今天来，就是想给你们母子俩一个活下来的机会，你别哪壶不开提哪壶，不能只顾了自己发泄情绪，口不择言。你老是这样对着干，不但自己活不了，还害了你儿子。你看你儿子还这么小，难道一点儿也不心疼他？跟你说实话，藤田看你是个女人，并且还带着一个孩子，心生怜恤之情，才亲自过来看看，只要你今天态度好，愿意归顺我们，我来向司令官求个情，放你们母子俩一马。

张翠莲冷冷一笑：谢谢你的好意。你是想让我投降你们啊？可能吗？明确告诉你，我这一生也只有参加了新四军之后才活得像个人，才活得有人的尊严。再说了，如果我投降了，我怎么对得起我那为革命而牺牲的男人和那些战友？人，反正早晚都会死的，如果活得像条狗，那还不如早点死掉算了。

顾凤山：你既然这么说，我也无话可说了。唉，你被新四军洗脑洗得太扎实了。

顾凤山朝藤田摇了摇头。

藤井一挥手（日语）：将他们俩押出去枪毙了吧。将其他人也一同押到现场观看，以警示、震慑！

顾凤山：是！

42—6 高港扬子江畔·日外。傍晚

主要人物：张翠莲、陈春福、周祥之。

藤井、柳翻译官、顾凤山、周祥之领着一大队日伪军押着数十名双手被绑

的新四军官兵来到扬子江畔。

五花大绑的张翠莲和儿子被四名日军从俘虏队伍前面拖出。

江风吹拂着张翠莲的一头黑发，她面无惧色，深吸了一口气，轻舒了一口气。

江涛拍岸，浪花飞溅。

顾凤山、周祥之走到母子面前。

周祥之：张翠莲，俗话说，人到屋檐下，不得不低头，你别太固执了，现在反悔还有机会，顾团长会马上跟藤井司令官求情。

张翠莲充耳不闻，凝视着江对岸的江岸线和远处连绵起伏山巅之上那一轮如血的夕阳。

陈春福望了母亲一眼：妈妈，那江对岸就是我们的老家扬中吗？

张翠莲点点头：是的。我和你爸都是在那里长大的。小时候我和你爸经常到江边捞鱼摸虾，在江边烤玉米、烤山芋吃。

陈春福：哦，想起来了，那块涨烧饼还在我衣袋里，您吃吗？

张翠莲点点头：我们一人吃一半，吃好了，我们一起到那个世界去见你爸爸，那我们一家就团圆了，就可以一起回扬中老家了。

陈春福从上衣袋里掏出一块涨烧饼从中间掰开，一手递到母亲嘴里，一手送到自己嘴里吃了起来。

陈春福：嗯，妈妈，真香！

张翠莲连连点头，泪水纵横。

顾凤山怜恤地看着母子俩吃着烧饼，连忙转身走到藤井面前：司令官，我看这孩子就放了吧，才七八岁，什么都不懂。

藤井摇头（日语）：给过他们机会了，但他们不以为然。对这么顽固的共党分子必须斩草除根，以绝后患，杀一儆百！

柳翻译官翻译。

顾凤山失意离开。

张翠莲望着儿子：儿子，你怕吗？

陈春福摇摇头：只要跟妈妈在一起，我什么都不怕。我说过，我是男子汉，我是新四军，我要像我爸爸那样勇敢！

张翠莲欣慰地笑了。

陈春福紧紧抓着妈妈的手。

行刑的日伪举起了枪。

张翠莲面对涛涛江水奋力高喊：秋生，我们来了！

背后“砰、砰”两声枪响。

母子双双一起倒下，血喷如注。

堤岸上，数十名手被缚的新四军官兵悲愤交加！

几条江豚跃出水面。

两只白鹭从绿色葱葱的芦苇荡里腾空而起，向远空飞去！

42—7 泰兴马甸伪军据点·日内

主要人物：钱光仕、仇少示、单绍留。

营部办公室，钱光仕趴在桌上看地图。

仇少示、单绍留进来：报告！营长我们回来了。

钱光仕抬头站起身：都安排好了吗？

仇少示：根据吉连长的部署，我们将独立团的1营安排到了永正乡。

单绍留：根据吉连长的部署，我们将独立团的2营安排在广安乡。

钱光仕疑惑：什么永正乡、广安乡，没有安排在永安洲镇？

仇少示：营长，永正乡、广安乡都在永安洲镇境内。

单绍留：永安洲镇由永安乡、永正乡、广安乡三个乡组成。

钱光仕：啊，我还是第一回听说。

仇少示：我们也是第一次听说。

钱光仕：那永正乡和广安乡分别在永安洲的什么方向？

单绍留：永正乡和广安乡分别在永安洲的西北和东北方向。

单绍留和仇少示走近地图仔细查找着。

仇少示：营长，您看，在这里和这里。

钱光仕看了之后沉思不语。

单绍留：营长，有问题吗？

钱光仕：现在两个营一下子全部到了永安洲，动静太大，会不会走漏风声？

仇少示：永安洲的群众基础还可以，只要他们将工作做细点，应该问题不大。

钱光仕：再细也可能防不胜防。现在永安洲最大的隐患就是那个新上任不久的镇长周祥之，他是不折不扣的汉奸走狗。据顾团长透露，这次独立团的3营和团部遭藤田一个大队的伏击后，他主动积极地帮助日本人诱捕我新四军失散人员，共抓了六十多人，现在还关押在高港。幸好，三个营没有走同一条路线，否则后果更严重。

单绍留：上次独立团过来的时候就应该将他公开枪毙了，留下来现在反倒成祸害！

钱光仕： 当初，他没有犯下血债，所以警示教育后，希望他能悬崖勒马！谁知他不仅不知悔改，反而变本加厉了。

仇少示： 那得赶紧想办法除掉他，以绝后患！

钱光仕： 是的，此人不除，我们的新四军在哪里都不得安宁！

42 — 8　泰兴县马甸伪军据点 · 日内

主要人物： 李道南、朱宝权、林志溪。

李道南背缠着纱布、朱宝权臂缠着纱布躺在相邻的两张病床上。

李淑芹和秦雅茹收拾着换下来的血迹斑斑的纱布。

林志溪坐在旁边。

李道南眼眶噙泪： 我答应陈营长保护好他的老婆和孩子，可现在我食言了，怎么对得起九泉之下的陈营长呢？

朱宝权： 团长，你别自责了，您已经尽力了。

李道南： 我经常夜里梦到和陈营长在一起的日子，特别是击中鬼子飞机的那个场景，陈营长那惊喜的神情总在我梦里浮现。

朱宝权： 那是你们一生的荣光、一生的记忆，永远忘不了的。

李道南： 还有陈营长牺牲时躺在我怀里那几乎乞求我照顾他老婆和儿子的眼神。我一辈子也忘不了。

林志溪： 李团长，您先安心治伤，那鬼子和汉奸犯下的罪行，我们一定会报的。

42 — 9　高港街市 · 日外

主要人物： 管半仙、顾凤山。

街道十字口转弯处，管半仙背依幡旗坐在桌子里面给人算命占卜。

顾凤山身着便服走了过去： 管老先生，朋友介绍我来的，他说，你算命占卜很灵，这两天，我两只眼皮老是跳个不停，听说左眼跳是祸，右眼跳是福，可我一会儿是左眼跳，一会儿是右眼跳，这就搞不清是祸是福了，所以，想请你帮我算一卦。

管半仙： 请问客官，是谁介绍你来的？

顾凤山凑近他的耳边： 是柳翻译官。

管半仙点点头： 哦，我知道了。您请坐。

顾凤山坐在桌对面的凳子上。

管半仙：那请客官报一下你的生辰八字。

顾凤山：光绪二十八年五月初五子时。

管半仙伸出手指，闭眼掐算，心算半晌，睁开眼睛：请客官伸出左手。

顾凤山伸出左手。

管半仙抓住他的手掌仔细看了看，又盯着他的脸凝视了半天，再次闭眼掐指，口中念念有词起来。

顾凤山一脸好奇地看着他，默不作声。

管半仙忽然睁开半眼：客官是从戎的？

顾凤山连忙点头：啊，是，是。

管半仙：还当了个不小的官！

顾凤山一怔，讪笑：也不算太大，就管千把人。

管半仙：根据你的面相手相和你的生辰八字相结合，我现在算下来，你最近是财运当道，福祸相承。

顾凤山眼睛一亮，立即来了精神：那请先说说怎么个财运当道？

管半仙：所谓财运当道，就是你最近要发笔横财。

顾凤山：发什么样的横财？

管半仙：靠山吃山，靠水吃水。你做什么就靠什么发财！

顾凤山：那怎么个福祸相承？

管半仙：所谓的福祸相承，就是财神爷悄悄来到你面前了，你盲目愚钝缺乏悟性，视而不见，既不虔诚祷告，又不磕拜谢恩！致使财神愠怒，拂袖而去，灾祸必降！

顾凤山：只要有财发，让我天天烧香拜佛敬财神爷都行。

管半仙：财神爷是公平的，他会给每个凡人发财的机会，就看你能不能看得见、抓得住，如果机会到了你跟前，你没有发现没有抓住，那可能就会背时一辈子，甚至倒霉一辈子了。

顾凤山连连点头：先生说得是！我心中有数了。

管半仙：希望客官不要错过！一旦错过，得罪了财神，万劫不复。

顾凤山：谢谢先生点拨。

顾凤山掏出一块大洋放在桌子上：一点儿小意思，还请先生收下。

42—10　泰兴县徐桥伪军团部·日·外内

主要人物：张勇、陆伯英、顾凤山。

张勇带着十几名自卫队员与坐着轿子的陆伯英来到伪军团部驻地。

轿子放下，张勇立即扶着陆伯英下了轿。

张勇随即走至岗哨：长官，请禀告一下顾团长，就说洲上维持会的陆会长求见！

两哨兵看了看他们：好的，请稍等。

一哨兵走进岗亭，摇起电话通话。

哨兵走出：你们进去两人就行，其他人在外面吧。

陆伯英：好的。

张勇转身对着队员：你们就在外面候着，别乱跑！

队员：知道了。

陆伯英在张勇的带领下，走了进去。

两人走进团长办公室。

张勇：您好！顾团长，我们会长来了。

顾凤山连忙起身笑脸相迎：啊呀，今天什么风将我们的陆会长给吹来了，难怪今天一大早就听见喜鹊叫个不停，原来是有贵人光临。

陆伯英：顾团长真是见笑了，我哪里是什么贵人哦，现在我可是风箱里的老鼠——两头受气哦

顾凤山：怎么，还有谁敢给您气受？快，快请坐！

两人落座，侍从奉上茶。

顾凤山：感谢您一直对我们部队的支持，每月提供给我们那么多粮草军饷。没有你的大力支持，我们部队可全都要去喝西北风了。

陆伯英：唉，顾团长过奖了。我们洲上经济条件很一般，只能尽一点微薄之力，如果有不到位的地方，还请顾团长多多体谅！再说，如果没有你们在背后给我们撑腰壮胆，就那流窜在长江上的强盗土匪就够我们受的了。这不，这次我们又被新四军盯上了。

顾凤山：怎么啦？

陆伯英从手包里掏出一封信递给了顾凤山：您看看！

顾凤山接过信认真看了起来。

顾凤山看完收好疑惑：新四军也送信给你了？

陆伯英：怎么啦？

顾凤山：他们也送信给我了。

陆伯英：啊？

顾凤山：他们要求我放人，否则，就找我算账！他奶奶的，人是日本人和那周祥之抓的，又不是我抓的，找我要什么人？就算我抓的又怎么样？难道我还怕他们不成？我可不是吓大的，手上的千把人可不是吃素的。所以，我没理

他们。可能是没吓倒我，于是转而吓唬你了。

陆伯英：是啊，冤有头，债有主，要找也是要找藤井他们，找我们，这完全没道理呀！还让我五天之内放人，否则，要灭了我全家，团长，这不明显是柿子专挑软的捏，借我出气吗？您说我到哪里去说理去？再说，我也没有权利放人啊。

顾凤山：噢，我晓得了。他们知道我们都是帮日本人做事的，所以，想要挟我们。

陆伯英：你手上那么多人，你又不怕他们，可我只有这一二十个人，对付土匪还能凑合，对付新四军可就难了，况且，我们在明处，他们在暗处，防不胜防啊！顾团长，你说我该怎么办？

顾凤山：我手上是有不少人，不怕他们，但也不能不防，他们的人也不少哦，这次清乡运动，表面上，我们声势不小，占据主动和优势，但他们对付我们可是轻车熟路，经验丰富。他们为了避我锋芒，到处流窜，神出鬼没，伺机偷袭，确实让我们防不胜防。这次尽管他们被伏击了，伤亡惨重，但并没有丧失主力，随时都可以卷土重来。所以我们最好不要跟他们硬碰硬。

陆伯英：那我该怎么办？顾团长，看在我们平常的交情上，这次您可无论如何要帮忙啊！

顾凤山：陆会长，您别着急，待我想想该怎么办。

顾凤山站起身来回踱步。

陆伯英一脸心急火燎、坐力不安地望着他。

顾凤山忽然止步：我想来想去，最好的办法是劝他们投降。你能不能去说服他们？

陆伯英：劝他们投降？啊呦，如果真这么搞那新四军就更不放我过生哦。不行，不行，这绝对不行！

顾凤山：你别着急，听我把话说完。我是这样想的，只要他们投降，被我收编了，那就好办了，你明白了吗？

陆伯英凝思：哦，哦，我懂您的意思了。不过劝他们投降，我哪有这本事哦。新四军个个都被洗过脑，骨头比铁还硬呢。

顾凤山：你没这本事，可以找个有本事的人来劝啊。

陆伯英：我认识的人当中没有这么有本事的人哦，您手下人多，应该有这样的人。

顾凤山：你怎么一说，我到忽然想起一个人来。这个人说不定还行。

陆伯英：谁？

顾凤山：我们3营的钱营长。

陆伯英：他是您的手下，您吩咐他一下不就行了吗？

顾凤山：这……我吩咐他去，他自然会去，但尽不尽心，这可难说了。

陆伯英：那怎么办？哦，您说，该出多少钱我来出。

顾凤山：那你愿意出多少呢？

陆伯英：您估计他要多少才行呢？

顾凤山：估计起码一千大洋。

陆伯英惊呼：啊呀，我的妈呀，这么多啊！本来我想，如果不是很多，我可以先垫一下，花钱消灾，可一下子这么多我可垫不起哦。

顾凤山：那你能先垫得起多少？

陆伯英：我最多能先垫个一两百个大洋。

顾凤山睁大了眼睛：什么？一两百大洋？还有六十个人呢，一个人十块大洋买条命不多吧，那还要六百大洋呢。

陆伯英：最多三百大洋。不是我不愿意垫，是实在垫不起！

顾凤山：三百大洋？那也太少了，就算他们被劝降了，那还有很多工作要做，还有很多地方要打点呢。

陆伯英：那还是算了吧。我还是回去听天由命吧，随新四军他们把我怎么样就这么样吧，反正上次我们全家都被他们绑过去挂过牌子，游过街，示过众了。

顾凤山：别，别，你别这样想嘛！我看这样吧，一共最低六百大洋，你先垫三百大洋，还有三百大洋我们一手交人，一手交钱。您看怎么样？

陆伯英犹豫：这个，这个……

顾凤山：如果这个条件还不行，那我可真的没有办法帮您了。那六十个新四军我还要想办法让他们配合我，如果他们不配合，就是花多少钱也救不了他们。

陆伯英：唉，我们真是在夹缝里求生，太难了。那好吧，您派人明天到我家来取三百大洋，其余的我再想办法去借。

顾凤山：谁不是呢？那就这么说定了。

陆伯英：一言为定！

42 — 11　泰兴县徐桥伪军团部・日内

主要人物：钱光仕、顾凤山。

钱光仕走至团长办公室门口：报告！

顾凤山：进来！

钱光仕推门而进，立正敬礼：报告，3营营长钱光仕奉命报到！

顾凤山从办公桌里移步至沙发旁：来，你坐，有件事想跟你商量商量。

钱光仕：团座您请，卑职站着就行。

顾凤山：这次藤井司令官伏击了新四军的一个独立团，收获不小，击毙两百多人，活捉了六十多人，我想你应该听说了。

钱光仕：听说了。

顾凤山：藤井司令官要求我尽量劝说这些被活捉的人归顺，以充实我们的力量。我呢，第一炮就没有打响，连个女新四军都没有说服，只好按司令官的命令将她枪毙了。我想看看你有没有什么好办法？

钱光仕定了定神：新四军武器装备不行，但他们的那一套宣传却十分独特到位，一套一套的，对内对外都将他们说得像神话中的救世主似的，可谓前无古人，后无来者，凡是加入了他们当中，绝大多数都被洗脑洗得像信教徒一样，铁了心地为他们卖命，想说服他们真的不容易。

顾凤山：司令官又说，凡是不听劝降者，一律格杀勿论。这么多人，都是青壮年，如果真的都劝降不了，一下子全杀了怪可惜的，部队现在最缺的就是人啊。我想问问你有没有什么破解的好办法？

钱光仕：这个，这个，最好方法就是也用新四军的那一套，对付他们。这叫以其人之道还治其人之身。

顾凤山注视着钱光仕：具体这么做呢？

钱光仕：具体我也没有试过，也没有什么经验。

顾凤仙：我看你能说会道，这件事就交给你去办，怎么样？

钱光仕（VO）：他是在试探我？

钱光仕连连摇头：不、不、不，这件事我可完成不了。请恕属下无能！

顾凤仙：完成不了不怪你，只要你尽了力就行。如果完成了，我给你奖励！

钱光仕：这个，这个……团长，并不是我推脱，我有多大能耐我自己知道，我肯定不是这块料，不过，我可以向您推荐一个人去试试！

顾凤山：推荐谁？

钱光仕：泰州司令部的赵副参谋长！

42—12 高港龙窝监狱·日内

主要人物：南部襄吉、赵忠明、藤井、徐鹏举、顾凤山。

张鹏举，33岁（1911—1947），新四军泰兴独立团副团长。

南部襄吉、赵忠明、藤井、徐鹏举、顾凤山跟着钱光仕带着汤正明、张小兵、和身着伪军服的谢中光（新四军独立团1营营长）、杜千全（新四军独立团2营营长）走进监狱。

赵忠明：顾团长，先提审级别最高的那个张副团长。

顾凤山：对，先从最高的军官着手。如果成了，其他人就迎刃而解了。来人，先将那个新四军副团长张鹏举带到审讯室。

狱警：是！

钱光仕朝谢中光、杜千全一甩头：你们两个去协助一下！

谢中光：是！

谢中光与杜千全跟着狱警走了过去。

南部襄吉、赵忠明、藤井、柳翻译官、顾凤山与钱光仕和随从一起进入了审讯室。

汤正明、张小兵持枪站立在他们身后。

一名狱警领着谢中光、杜千全来到牢房门口。

狱警：91号，张鹏举，提审！

同牢房的战友目光一起投向了席地而坐的张鹏举。

张鹏举淡定站起与狱友握手：早晚有这一天的，同志们，我先走一步了，再见！

狱警打开铁门，张鹏举走出。

张鹏举一见谢中光、杜千全不由一惊。

谢中光、杜千全向他使了个眼神。两人同时上前一把拽住张鹏举左右胳膊向前拉了几步趁机塞了一张纸条放他手中。

张鹏举连忙蹲下装着提鞋塞进鞋里。

谢中光厉声：老实点！

狱警锁门。

杜千全趁机低声：按计划，假投降！

张鹏举示意领悟。

三人押着张鹏举进入审讯室。

南部襄吉、赵忠明、藤井坐在办公桌边。顾凤山、钱光仕站在旁边。

赵忠明：你是新四军独立团副团长张鹏举吗？

张鹏举：是！

赵忠明：张团长，今天把你请来不是提审你，是想你我好好地平等地交流交流。对当下的一些事情，你可以说说你的观点，我可以谈谈我的看法。前天你也看到了，那个女新四军因为不听劝告，顽固不化和她儿子都一起被就地正法了，我想知道你从现场回来之后，有什么想法没有？

张鹏举：当然有了。我觉得你们这样做太残忍了，太没有人性了。那几岁的孩子有什么错？为什么连他也一起杀了？

赵忠明：徐翻译官，这个就不要翻译了。

徐鹏举点头。

顾凤山：是，你说得没错，是残忍了些，可藤井司令官心怀一颗仁慈之心，已经给了这母子俩多次机会，最后只是不得已而为之，我们也是按惯例行事。不过，你所说这种的残忍并不是我们所独有，在中国历朝历代都有“满门抄斩，株连九族”的先例。对敌对方，向来都不心慈手软。你们新四军对我们的人不也是这样吗？

徐鹏举翻译。

张鹏举：我们新四军就不是这样，对待俘虏都是宽大处理，来去自由。像郭村保卫战、黄桥会战，我们抓了那么多俘虏，对待他们的政策就是这样。

徐鹏举翻译。

赵忠明：这个，我知道，你说的是事实。不过，那是因为你们一府两党的内部摩擦，与我们的性质可不一样。正因为我们也不想滥杀无辜，所以，这才请你过来，彼此交流一下，尽可能避免这些事情的再次发生。古人说：水火有气而无生，草木有生而无知，禽兽有知而无义，人有气、有生、有知亦有义，故最为天下之贵也。而人最宝贵的就是生命。

徐鹏举翻译。

张鹏举：你的说法我不敢苟同。我认为，比生命更可贵的应该是自由、尊严、平等。那关在笼子里的鸟，栓住绳子的狗，就是活着，有意思吗？再说，这个世界并不是是人就有义！有的人、有的国家根本就是无情无义，所以才会发生战争。

徐鹏举翻译。

赵忠明：什么叫有义，什么叫无义？有义不一定就是正义，无义也不一定就是非正义。而鉴定正义和非正义，根本就没有统一的衡量标准，现在没有，将来也不会有，只能用我们个人的认知和立场去评判。比如，现在所发生的世界大战、中日之战，都各自认为自己才是正义的一方。大日本帝国认为是为了建立大东亚共荣圈，各国携手共同发展，共同繁荣，就是为了人人拥有像你所说的自由、尊严、平等，应该是正义的。可有些人根本不理解，不理解就产生了对抗、产生了战争，产生了战争，就有死亡，如果人最宝贵的生命都没有了，还谈什么自由、尊严、平等有意义吗？俗话说得好：好死不如赖活着。生命可是一切之源，只有先保住了生命，才可能看到未来的一切，才有机会去评判。

天堑

徐鹏举翻译。

张鹏举：历史会做出公正的评判的。

徐鹏举翻译。

赵忠明：历史是由胜利者撰写的。正所谓“胜者为王，败者为寇。”

徐鹏举翻译。

南部襄吉、藤井连连点头。

顾凤山与钱光仕连连点头。

张鹏举：日本人借中日亲善，建立大东亚共荣圈之名肆意发动侵略战争，进犯我们的国家，掠夺我们的领土，侵吞我们财富，屠杀我们的同胞，身为中华民族的子孙怎么可能不奋起反抗？抗战就是为了保卫我们祖国的江山，为了我们中华民族的复兴，为了我们中华民族的子孙后代。

徐鹏举翻译。

赵忠明：啊呀，看来你们还是中了那蒋某人的毒太深了。当然也不怪你们，因为，你们共产党的八路军、新四军也被那蒋某人毒害得不浅，玩弄于股掌之间。只有我们汪主席独具慧眼，高瞻远瞩，一眼就看穿了那蒋某人的险恶用心和丑恶嘴脸。

徐鹏举翻译。

藤井连连点头。

张鹏举：蒋某人是不怎么样，但他起码现在还坚持抗日。你们的汪主席却投靠了日本人，当了汉奸走狗。怎么还独具慧眼、高瞻远瞩了？

徐鹏举翻译。

赵忠明：中国现在许多民众因为受到蒋某人对汪主席恶意丑化的影响，所以才对我们汪主席产生了这样的印象。其实我们汪主席的雄才大略不是那些蝇头鼠辈能够评头论足的，汪主席的救国方略是针对国内、国外政治军事形势作出的最正确的选择。其实，你们共产党最应该与我们汪主席及大日本皇军合作来一起对付这蒋某人。

徐鹏举翻译。

张鹏举嗤之以鼻，轻蔑一笑。

赵忠明站起，离开座位：你先别不以为是。听我把话说完，如果我说完了，你觉得有道理，就听我一劝。我先谈谈我们汪主席为什么要与大日本帝国合作。其实我们中国的许多民众对大日本帝国的历史并不了解。日本曾经也是个闭关自守的国家，热爱和平的国家，被誉称为“大和民族”。可一段时期，时常被荷兰、美国、俄国、英国欺负，日本幕府曾被迫签订了许多丧权辱国的条约。后来明治天皇发起了明治维新运动，实行了政治、经济重大改革，政治、经济、军事、科技水平由此开始了飞速发展，很快就在全世界遥遥领先。我们中国的许多仁人志士像国民党的孙中山、蒋介石、汪主席等；共产党的李大钊、陈独秀、周恩来等；著名学者鲁迅、胡适、周作人等都前往留过学，目的就是想学习日本的治国理政经验、先进的科技文化。他们回国后，也效仿日本组织发动了辛亥革命，可辛亥革命后，我们国家不但没有像大日本帝国那样迅速崛起，反而到处盗匪猖獗，军阀割据，狼烟四起，内战不断。正如鲁迅先生诗中描写的那样：梦里依稀慈母泪，城头变幻大王旗。仅民国总统就像走马灯似的，从1912年到现在就换了19次总统，造成政局动荡不安，经济停滞不前，军事严重落后，民不聊生，苦不堪言。而这时候，大日本帝国主动伸出援手，前来帮助我们平叛内乱、治理国家，整顿秩序，摆脱目前的困境，解民众于水火。我们汪主席审时度势，及时抓住了机遇，借道伐虢，与日本通力合作，拯国家于危难，我们汪主席的理想和目标与共产党是一致的，只不过是形式不同，何过之有？何罪之有？共产党与我们南京政府应该携手共进，密切合作才对呀，为什么要对抗呢？再谈谈我们的汪主席。你们许多人对我们的汪主席其实并不了解，他并不是人们想象中的懦弱书生，而是一名胸怀鸿鹄远志，智勇双全的国之栋梁。我们汪主席曾与孙中山、蒋介石一起加入了同盟会，主持发动了辛亥革命。他们一起为推翻腐朽没落清朝政府，建立中华民国作出过巨大贡献，立下了不朽功勋。尤其是我们汪主席，曾经因刺杀摄政王载沣失败被清军抓捕关进了牢房判了死刑，后来经多方营救才得以脱身。他在牢中作了一首非常著名的诗《被逮口占》，诗中写道：

孤飞终不倦，羞逐海鸥浮。
姹紫嫣红色，从知渲染难。
他时好花发，认取血痕斑。
慷慨歌燕市，从容作楚囚。
引刀成一快，不负少年头。
留得心魂在，残躯付劫灰。
青磷光不灭，夜夜照燕台。

这首诗后来被广泛传诵，成为许多有志青年人的座右铭。后来孙中山先生以建立“三民主义”为政治纲领，创建了中国国民党，建立了中华民国政府后就提出了“联俄、联共、扶助工农”的三大政策。本来国共合作，中华民族还是有复兴的希望，可后来的蒋某人为了独裁专政，发动了四一二反革命政变，大肆抓捕屠杀共产党人，迫使共产党创建了自己的军队，使中国陷入十几年的内战之中，直到现在仍内斗不断。中国由一个君主王朝，变成了一个独裁政府，换汤不换药。你们共产党的政治纲领和宗旨是不错，为了天下劳苦大众得解放，

天堑

为了无产阶级革命，为了广大民众的共同富裕和幸福，但这触动了以蒋某人为首的利益集团的命脉，侵害了蒋氏集团蒋、宋、孔、陈四大家族的根本利益，所以他们与你们共产党永远水火不容。

第四十三集　奇谈怪论

奇谈怪论迷敌魁，诈降将士悉返归。

孽障根除拜兄嫂，铭记高堂三春晖。

43—1　高港龙窝监狱·日内

主要人物：赵忠明、南部襄吉藤井、顾凤山、钱光仕。

赵忠明：如果不是大日本帝国及时介入，你们共产党说不定已被蒋某人消灭了。我们汪主席正是对蒋某人的彻底失望，所以才与他分道扬镳，在南京重新建立了中华民国政府，与大日本帝国密切合作，积极倡导中日亲善，共存共荣！你们共产党主要领导人总有一天会幡然醒悟，并充分意识到唯有与南京政府密切合作，一起打败蒋家王朝，你们共产党才能生存发展下去，否则，一旦让蒋家王朝能够腾出手来，那你们共党的八路军和新四军将会成为他们的打击的目标！有句话说得好：敌人的敌人就是朋友。我们应该成为朋友，而不是敌人；从这一点上我们更应该紧密合作，齐心协力对付我们共同的敌人才是最明智最正确的选择！再告诉你一个最新战报，大日本帝国的皇军前天突袭了美国珍珠港海军基地，美国的太平洋舰队全军覆没。皇军很快就会取得战争的全部胜利！

柳翻译官翻译。

南部襄吉、藤井听完连连鼓掌。

顾凤山、钱光仕也跟着鼓掌。

南部相吉伸出大拇指（日语）：吆西，吆西，说得太好了！太精彩了。

顾凤山也连忙站起鼓掌：我们赵副参谋长剖析得入骨三分，真是太深刻了！

赵忠明连忙起身施礼：谢谢！谢谢！

张鹏举似有所动，沉默不语。

赵忠明：张团长现在不必急于回答我们，你回去再好好想想，与你们的同志一起商量商量，我今天所说的话是不是有道理。如果觉得很有道理，那我们真心欢迎你们一起加入我们的队伍，为中日和平友好，为中华民族的复兴，为大东亚共荣圈而尽自己的一份力量。

顾凤山：今天先请张团长回去好好想想，我们等你的答复。

狱警和杜干全、谢中光将张鹏举带离。

43—2　高港日军司令部·日内

主要人物：顾凤山、藤井。

顾凤山兴致冲冲走进藤井办公室：司令官，真没想到，那赵副参谋长真是太有才了，句句说到了点子上，从内到外，从上到下，从古到今，引经据典，有理有据，让人心服口服，加上阁下上次将新四军俘虏全都押到刑场，杀一儆百，恩威并施，效果真是立竿见影，那些剩下的今天一个个都乖乖地签了投诚书了。

柳翻译官翻译。

藤井（日语）：哦？这么快！吆西！

顾凤山掏出一张投诚书递了过去：司令官，您看，他们全都签字了。

柳翻译官翻译。

藤井接过投诚书看了看（日语）：看来，这语言可真是门高超艺术，说得好，能将坏的说成好的，好的说得更好。在这方面我们还很不足，要向共产党学习，加强舆论宣传，让中国民众理解我们，并支持我们。那钱营长推举了口才这么好的赵副参谋长也功不可没，应该提拔他当个副团长。

柳翻译官翻译。

顾凤山：对，从昨天他俩的表现来看，我们可以彻底排除他们可能是新四军潜伏人员了，我回去就请求蔡师长将钱营长提拔成副团长。

柳翻译官翻译。

藤井（日语）：从这次的测试效果来看，他们如果是新四军的人，再会装，也装不到这种程度。南部司令官和你们朱司令现在大可放心了。另外，既然这些新四军已经归顺了，那就要好好对待他们。我们要学习新四军的那一套，优待俘虏，让他们真心实意地为我们做事。

柳翻译官翻译。

顾凤山：司令官，请放心，我这就安排好他们！先集体进行整训。

43—3　高港龙窝监狱·日外

主要人物：藤井、张鹏举、顾凤山。

监狱操场上，四周间隔站列着数名日伪军。

藤井、柳翻译官站在操场上。

张鹏举领着一群新四军被俘人员列队走出监狱，排列在门口操场。

张鹏举站在队前：立正！向右看齐！

队员立正向右看齐。

张鹏举：报数！

队伍：一、二、三、四、伍、六……六十！

队员：报数完毕！

张鹏举：稍息！

队员稍息。

张鹏举跑步至藤井、顾凤山面前立正、敬礼：报告司令官，团长，新四军投诚官兵共60名，现已列队完毕，请训示！

藤井、顾凤山回礼。

藤井转头对顾凤山作出请的手势。

顾凤山阔步走至队伍前立正敬礼：新四军兄弟们，现在你们既然已经全部投诚了，自愿加入了我们和平建国军，那你们放心，我们就会既往不咎，像对待兄弟一样对待你们，一同为国家的和平，民众的幸福而共同努力。现在有请藤井司令官训话！

藤井、柳翻译官走到队前。

藤井立正、敬礼、鞠躬（日语）：新四军官兵们，这次你们几乎全部投诚归顺，我十分高兴。你们并不是第一批投诚的新四军，在你们之前已经有好几批向你们一样的新四军官兵认清了形势，主动积极地加入了和平建国军，这说明，我们大日本帝国制订的大东亚共荣圈的战略计划正逐步得到越来越多中国民众的理解和认可。相信以后还会有越来越多像你们一样的中国有识之士、有志之士与我们大日本皇军密切合作，并肩战斗，早日实现中日两国共同的宏伟目标！让我们一起努力吧！

柳翻译官翻译。

顾凤山：大家热烈鼓掌！

队伍中响起了掌声。

顾凤山：现在，根据蔡师长的命令，我将你们带离这里，安排到部队进行整编。全体注意，听口令！立正！

全体队员立正。

顾凤山：向右转！

全体队员向右转。

顾凤山：起步走！

全体队员跟随着顾凤山的人马离开了操场。

43 — 4　高港三圩港夹江边 · 日外

主要人物：顾凤山、张勇。

八条木船停泊在夹江边，张勇身着伪军中蔚军服带着几名伪军士兵在岸上等候。

顾凤山骑着马带着被俘的新四军官兵走了过来。

顾凤山下马。

张勇连忙上前立正、敬礼、握手：顾团长好！

顾凤山：张队长好！人都在这儿了，现在就交给你们了！

张勇：请放心，我将他们整训好后完璧归赵！

顾凤山：辛苦你们了！

张勇：应该的！

张勇一挥手：兄弟们，请上船吧！

顾凤山靠近张勇低声耳语：还有那三百块呢？

张勇：你说话算数，我们也不会食言的，带来了。

张勇立即从随从手里拎过一布袋交给了顾凤山。

顾凤山接过：那我就不客气了。再会！

张勇抱拳：再会！

顾凤山跨上马带着随从离开。

八条木船驶离江岸，向对岸驶去。

木船全部靠岸，众人陆续上岸。

几名身着便服的男子走了过来。

张勇上前与谢中光握手：谢营长，一共六十人全都在这里，现在就交给你了。

谢中光十分激动，立正、敬礼：谢谢，谢谢！一下子能从虎口里救出我们的这么多人，还真是第一次，不可想象，太不容易了，太感谢你们了！

张鹏举和被俘新四军队员与谢中光他们相拥而泣！

43 — 5　高港市区 · 夜 · 外内

主要人物：顾凤山、周祥之、林志溪。

谢中光，30 岁（1914—1997），新四军独立团 1 营营长。

杜千全，33岁（1911—1982），新四军独立团2营营长。

顾凤山、周祥之身穿便衣走进“怡红院”大门。

浓妆艳抹、花枝招展的老鸨连忙迎了上来：啊呀，贵客来了。顾团长，怎么好久不来了？

顾凤山：这段时间公务繁忙，今天刚忙好就陪我们周镇长来放松放松。

老鸨喜笑颜开：啊呀，您来得正巧，今天刚来了两个新的。

顾凤山：哦，漂亮不漂亮？

老鸨得意：不仅漂亮，还没开封呢！

顾凤山连连点头：好，那好，那快带我们去看看！

老鸨：好嘞！请跟我来！包二位满意！

两人跟着老鸨上了楼。

房间内的床上，顾凤山搂着一名妖艳裸露的年轻女子：你们老板娘说来了两个新的，我看你轻车熟路，肯定不是“新的”。

女子：我是新来的，昨天刚到。

顾凤山：还说你没开封呢，这婆娘的嘴真是哄人的鬼！

女子娇嗔：是还没开市，不是没开封，你一定听错了。那没开封的羞羞答答，笨手笨脚，什么也不懂！会有我这么服侍得到位、服侍得舒服吗？

顾凤山：这倒是！

周祥之穿着短裤蹑手蹑脚走了进来：团座，不早了，我得先走一步了。回去太晚了，我那婆娘会不放过我的。

顾凤山：那好吧。我再歇一会儿，你先走吧！免得你那母老虎闹得鸡犬不宁。

周祥之：那团座，您好好休息，我先走了。

周祥之退出，回到房间穿好衣服，走出怡红院大门，几名随从打着灯笼，立即跟了上去。

周祥之沿着南官河岸哼着小调走了一段，登上停泊在小码头的篷船。

周祥之：小二子，小二子！

无人应答。

随从：可能又去那个相好的家了。

周祥之：他妈的，狗改不了吃屎，让他看个船都这么吊儿郎当的，这次回去后一定要好好惩罚他一下。不管他了，我们先走吧。

远处河面上，林志溪、谢中光、杜千全蹲在船篷里密切注视着这边的动静。

两随从立即一人从船头上拿起竹篙撑篙离岸，一人到船尾准备摇橹。

船尾的橹与舵之间捆绑着一扎手榴弹。

船后的随从刚刚摇了几下橹，立即扯动拉线，导火索“嘶嘶”作响，火星闪烁，“轰隆”一声剧烈爆炸，周祥之及随从连同船篷被炸飞上天，在空中旋舞几圈后重重坠入水中，水面波涌浪起。

远处的篷船上，林志溪、谢中光、杜干全朝着被炸得支离破碎，燃烧着火焰的篷船，不约而同地挥动手臂连声：好！好！成了！成了！

林志溪：大嫂，自从你的眼睛被这狗日的害瞎了之后，我心里一直憋着这口气，今天终于出了，也给你报仇了。

谢中光：唉，终于替张大嫂母子俩报了仇，解了我们独立团的心头之恨！张大嫂、陈营长，你们一家都可以安息了。

杜干全：呵呵，想想这狗汉奸真是个大半调子，不折不扣的二百五，别人收钱，他卖命！何苦呢！

43－6　泰兴县马甸伪军据点·日内

据点病房内，李道南光着上身坐在椅子上，李淑芹正在给他的背上换药。

林志溪走了进来。

旁边病床上的朱宝权连忙起身：林营长好！

林志溪：朱营长，今天感觉怎么样？

朱宝权：我已经好得差不多了，现在胳膊都能动了。

林志溪：这要感谢我们的李医生了，这段时间他们真是辛苦了。

朱宝权感激地望了李淑芹一眼：是的。我已经是第二次落在她手上了。

林志溪：看来你们还挺有缘分的哦！

李淑芹和助手将换好药的李道南扶上床：我可不希望你们落在我手上，害得我去跟死神拼命！

林志溪：估计现在死神看到你都发抖了，老打不过你，手下败将。

李淑芹嫣然一笑。

林志溪：李团长，今天我带来一个好消息，那周祥之狗汉奸已经被我们报销掉了！终于可以睡个安稳觉了。

李道南：这真是个最好的消息。听到这好消息，我这伤又好了一大半。不过，我们还不能大意，除掉了那个黄万山父子后，又冒出了个周祥之，以后还会冒出哪个，现在还不知道。中国的历朝历代从来不缺奸臣贼子，他们就像那苍蝇蚊子，只要有腥臭的地方，就会层出不穷。

林志溪：是的哦，所以我们一点儿也不能大意。另外，我们钱营长因为“劝降”有功被提升为团副了。现在这里由我主持工作。

李道南：这次解救之所以能够比较完美成功，与我们李医生的父母从中所作出的巨大贡献是分不开的，他们既出钱又出力，我们独立团要尽快派代表登门拜谢。

林志溪：李团长，您受的伤较重，恢复还有一段时间，朱营长的伤好得差不多了。我看这件事就交给朱营长去办吧。

李道南：行，就这么办！

朱宝权欣喜地看李淑芹一眼：我去过李医生的家，保证完成任务。

李淑芹睨了朱宝权一眼，脸上泛起了一片红云。

43 — 7　高港永安洲上桥街西 · 夜 · 外内

主要人物：奚志林（林志溪）、溪成方、王燕珍。

夜深人静，两个黑影悄悄走至三间茅草土屋的西屋窗口，轻叩窗棂。

房间，奚成方、王燕珍夫妇正在蚊帐床上熟睡。

两个黑影继续敲窗。

王燕珍惊醒，揉了揉眼睛：谁啊？

黑影：大嫂，我是志林，快开门！

王燕珍一听迅速起身推搡身边的奚成方：快，快起来，志林回来了。

奚成方从睡梦中被推醒：你说什么啊？

王燕珍：你五弟志林回来了，快去开门！

奚成方一蹶而起：什么，志林回来了？

王燕珍：是，你声音小点儿，快去开门！来啦。

奚成方一骨碌爬下床，光着脚走到小桌边摸了几摸才摸到了火柴，哆哆嗦嗦连划了几下才划着了火柴，点亮了煤油灯，匆匆走出房间。

王燕珍：你慢点儿，别摔着了。

王燕珍也连忙穿好衣服，哆哆嗦嗦向堂屋摸去。

奚成方打开大门。

奚志林一步跨进门：大哥！

随从守候在门外。

奚成方举着煤油灯对着奚志林仔细照了照，激动不已：还真是五弟！

奚成方连忙将煤油灯放在桌子上，一把抱住奚志林，热泪盈眶：都四五年没回来了，都长这么高了，我差点都认不出来了。

奚志林：大哥，真的对不起，让你们受罪了。

奚成方：没事，都过去了。只是我的手臂因为被吊的时间太长，关节受了伤，现在还没有完全恢复好。

王燕珍闭着两眼摸索过来：志林！

奚志林连忙放下大哥，一把抱着她，泪水纵横：大嫂，真对不起，让你挨大搞了。

王燕珍：嫂子的眼睛已经什么也看不见了，来，你让我摸摸。

王燕珍双手哆哆嗦嗦地从奚志林的肩上慢慢向上摸索。

王燕珍：啊呀，真的长高不少了，也壮实不少了。

奚志林满面泪水。

王燕珍摸到他脸上：怎么你还哭了？就这个还像小时候那样，动不动就哭！

奚志林摸了抹眼泪：大嫂，您先坐下来。

王燕珍：好！好，坐下来，跟我说说话。

奚志林扶着大嫂坐在了凳子上。

奚志林：一晃我离家都四五年了，因为一直随部队东奔西走，所以，也一直没有回家看望你们。爹妈去世早，是你们从小把我养大，到现在不但不成有机会报答你们，反而让你们受到连累，害得你们一个被吊伤了手臂，一个被弄瞎了眼睛，我真的对不起你们，你们的养育之恩和为我所遭受的苦难我铭记在心，永远不会忘的。

王燕珍：只要你在外面好好的，有出息了，我们吃什么苦都不在乎，挨什么搞都值得。你不要放在心上，没有什么对得起对不起的。我们是你的大哥、大嫂，老话说：长兄为父，长嫂为母。我们为你做什么都是应该的。我们就希望你将来在部队能够变成一个大人物，那我们脸上也有光。

奚志林：大哥、大嫂，告诉你们，我现在在部队虽然还不是什么大人物，但现在也已经是营长了。

奚成方惊喜：真的？那管多少人？

奚志林：管三百多人。

王燕珍欣喜：才二十岁就管几百号人，真了不起。看来，我们的苦真的没有白吃！

奚志林：另外我还要告诉你们，那些抓你们、绑你们、吊打你们的人已经被我们送上西天了！

奚成方：真的啊？

王燕珍：志林既然这么说，那肯定是真的咯。

奚志林：我们新四军就是要警告所有汉奸走狗：以后，谁敢欺负我们新四军家属的人都不会有好下场。

奚成方：那太好了，以后有新四军志林他们为我们撑腰，我们再不需要怕他们了。

奚志林：大哥、大嫂，以后如果我不能来，也会经常派人来看望你们，有什么事，可以告诉我派来的人。

奚成方：好的。

奚志林：另外，我回来的事，千万不要告诉其他任何人。

王燕珍：知道。

奚志林从衣袋里掏出几块大洋放在王燕珍手中：大嫂，这里有十块大洋，你们先拿去用，再去找一个好的先生看看眼睛，看看还能不能治好，再给大哥看看手臂。

王燕珍：不用，不用，还是你自己留着娶媳妇吧。我的眼睛想治好估计是不行了，先生说，炎症已经烧坏了眼睛膜，没办法补救了。

奚志林：大嫂，那您还是先将钱收下吧，娶媳妇的钱我有。

奚成方：那好吧，我们先给你攒着，等攒够了就在这里砌个房子，等你娶媳妇有个窝。

奚志林：这你们千万不用再这么节省了，你们尽管用，以后我还会赚的。另外，大哥代表我去看看那两个无缘无故也跟着你们挨了大搞的人，我们对不起他们。

奚成方：是的。本来我就想去的。

奚志林：那好，我该走了，你们要多多保重。

王燕珍：这就要走啊？

奚志林：对不起，大哥、大嫂，部队重任在肩，不能久留。

奚成方：那好吧，如果在部队遇到合适的姑娘你就尽快找一个，你也老大不小了。我想办法将房子砌好，等你们一起回来。

奚志林：好的，那我走了。

王燕珍：等，等，志林，来，来，让我再摸摸。

奚志林走至嫂子面前。

王燕珍抚摸着奚志林的手臂、头发、面额，踮起脚，连连亲了几下额头，泪水夺眶而出。

奚志林双膝跪下，连磕三头：你们多保重。

奚志林掩面含泪转身而去。

43—8 高港永安洲李家大院·日·外内

主要人物：李淑芹、朱宝权。

李淑芹拎着礼品盒，身穿一身雪白的连衣裙与手里拎着一个公文包，身穿白衬衫黑裤子的朱宝权来到李家大院门口敲门。

蔡叔打开大门：吆，是小姐回来啦！

李淑芹：蔡叔好！

朱宝权：蔡叔好！

蔡叔：好、好、好，快进来。

两人随蔡叔进入堂厅。

朱宝权将公文包搁在茶几上。

李淑芹放下礼品盒环顾了一下四周：我爹妈呢？

蔡叔：老爷、太太他们都去桃园了，桃园里的桃子熟了，连梅姨也去帮忙了，家里就剩我一个人看大门。你们先歇一下，我沏好茶就去请老爷、太太回来。

李淑芹：不用了，蔡叔，我们去桃园，正好也去看看。

蔡叔：那好吧。

43—9　高港永安洲镇野·日外

主要人物：李淑芹、朱宝权。

李淑芹领着朱宝权沿着乡村小道边走边哼起黄梅戏《天仙配》的小调。

小道两边树木枝繁叶茂，鸟儿在树丛中婉转啁啾，时隐时现；水田里秧苗郁郁葱葱，数只白鹭在田里悠闲觅食。

朱宝权边走边瞭望四周的景色：哎，好美的田园风光！

李淑芹：是的噢，我好久没回来看了，记得还是五年前，我准备瞒着爹妈偷偷离家去茅山投奔新四军的那天早上来过这里，这一晃都五年过去了。

朱宝权：是啊，弹指一挥间，黄桥会战马上都快三年了。我们相识也快三年了。

李淑芹回头会意地看了朱宝权一眼，继续往前走。突然，她停住脚步，大惊失色，手指路边不远处草丛中，口齿结巴：蛇，蛇，一条大、大蛇！

朱宝权停步顺着她手指的方向望去，只见路边不远处草丛里一条手腕粗的大青蛇昂着头，吐着舌芯子，“嗖嗖”地游了过来。

李淑芹吓得连连后退，“啊呀”大叫一声蹦跳了起来，两手一下吊住了朱宝权的脖子。

朱宝权急忙抱住她的身子和双腿。

李淑芹的一声惊叫，大青蛇立即停止向前，昂着头，吐着舌芯子向他们观察。

朱宝权惊恐地看着大蛇，硬撑住抱着李淑芹的两只手臂颤颤发抖。

大青蛇观察了片刻，便转向逃遁而去。

朱宝权目送渐渐远去的大青蛇：走了，游走了。

李淑芹从朱宝权脖子上微微抬起头：真走了吗？

朱宝权大舒一口气，轻轻放下李淑芹，擦了擦额头上的汗：走了，真游走了。这蛇，也怕人的，不到迫不得已，它不会先攻击人的。

李淑芹望了一眼朱宝权，羞涩地转过身去：啊呀，我还第一次看到这么大的蛇，吓死我了。

朱宝权：我也吓得不轻。也是第一次见到这么大的蛇，好粗，好长，像条游龙似的，游起来飞快的。都是你，唱什么《白蛇转》，结果把大青蛇都唱过来了。

李淑芹娇嗔：我哪唱的是什么《白蛇转》，我唱的是《天仙配》。

朱宝权：啊？我对戏曲不太懂，以为你唱的《白蛇传》，都是一个腔调。

李淑芹：虽然调子都差不多，但意思可差远了。

朱宝权：我听起来都差不多，你唱的应该是黄梅戏吧？

李淑芹点头：嗯。其实，我也不太会唱，只会唱头两句，后面只会哼哼调子。

朱宝权：这黄梅戏的调子挺好听的。与京剧、越剧相比，我还是比较喜欢听黄梅戏。

李淑芹：我也是。不过都是神话故事。其实，这世上哪有什么天仙女，白蛇精。

朱宝权：有，我就见过。

李淑芹诧异地望着他：不会吧？那你见到的是天仙女还是白蛇精？什么时候见的？

朱宝权：我见到的当然是天仙女，在黄桥老家的时候就见过。

李淑芹一脸狐疑：黄桥老家的时候？我怎么没听你说过？

朱宝权：后来，我还向这位仙女求过爱，只是她被我这凡夫俗子吓跑了。

李淑芹恍然大悟，娇嗔拍了朱宝权一下：去你的，真会胡编！

朱宝权一把抓住李淑芹的手：其实，你在我心中一直就是天仙女！

李淑芹害羞：你别胡说了。

朱宝权激动：答应我吧，我是真心喜欢你，我一定会对你好的。

李淑芹挣脱朱宝权的手：这大白天的，拉拉扯扯被人看见了不好。见了我爹妈再说吧。走，先到桃园去。

43 — 10　高港永安洲李家桃园 · 日外

主要人物：李有才、陆伯英、李淑芹、朱宝权。

李家桃园里，鲜红的水蜜桃挂满了枝头。谢管家正指挥着十几名雇工在树上树下摘装，几个箩筐已经装满。

李有才、陆伯英坐在一颗高大银杏树下的藤椅子上。

张勇与几名自卫队员守护在四周。

李有才：今年的桃子长得不错，估计有三四千斤。

陆伯英：应该不止，第一批就可能有三四千斤。第二批估计还有千把斤。

李有才：明天就叫谢管家和张勇送到泰兴、高港、黄桥几个大镇的水果商那儿，桃子是鲜货，时间不能放长，否则会烂掉的。

李淑芹、朱宝权走了过来。

张勇立即迎了上去：小姐回来啦！

李有才、陆伯英闻声转头一看，立即从藤椅上站了起来。

李淑芹：爹，妈！

朱宝权：大伯、大妈好！

陆伯英立即兴奋地上前搂住李淑芹：瓦宝贝丫头回来啦！

李有才：走累了吧，快，快坐椅子上歇一会儿。

朱宝权：我们是年轻人，走这点路，不累，不累。大伯，您请坐。

陆伯英欣喜地望着朱宝权：如果我没有记错的话，这小伙子是第三次来了。

李淑芹：妈，您如果欢迎，他以后会经常来的。

陆伯英喜笑颜开：欢迎，欢迎，当然欢迎了，天天来我都欢迎！

李淑芹：爹、妈，我们回来找你们有点儿事，我们回家说好吗？

陆伯英：当然好了，走，这就回家去。

李有才：张勇，先带点桃子回来。

张勇：好的，老爷。

陆伯英：谢管家，这里就交给你了。

谢管家：老爷，您放心，保证弄得好好的。

43 — 11　高港永安洲李家大院 · 日内

主要人物：李有才、陆伯英、李淑芹、朱宝权。

李家堂厅，李有才、陆伯英、李淑芹、朱宝权分别落座。

梅姨端着一个装着削好桃子的水果盆放在茶几上。

陆伯英：今天你们来得真巧，桃子正好熟了。刚摘下来很新鲜，来，小伙子你尝尝。

朱宝权：大伯、大妈，你们先来。

李有才：我们今天早就尝过不少了，你别客气。

李淑芹：你就别客气了，快吃好了还要说正经事呢。

朱宝权拿了一个桃子咬了一口，连连点头：嗯，既甜又鲜。太好吃了。

陆伯英：好吃那就多吃几个，反正有的是。

李淑芹随手也拿了一个咬了一口：嗯，比我家原来的桃子还好吃。

李有才：这是三年前刚嫁接的新品种，今天正好到了盛产期。

李淑芹：当年那孙猴子偷吃的仙桃也不晓得是什么味道。

陆伯英笑道：那只有孙猴子和神仙们知道了，我想，我家的桃子不是仙桃胜似仙桃！

陆伯英含笑看了朱宝权一眼。

朱宝权低头憨厚一笑。

李淑芹：想想那玉皇大帝也真是糊涂，当年竟然让那孙猴子去看蟠桃园，这不是让黄鼠狼去看鸡窝，明显是用人不当！

陆伯英：不是玉皇大帝糊涂，而是那猴子太张狂了，被玉帝封了个“齐天大圣”的官，就忘乎所以，胆大包天，不仅偷吃蟠桃，还偷喝御酒，想长生不老。你说一个猴子，也不撒泡尿照照，那个死形样子还想长生不老，有什么意思？

李有才：你可别这么说，那孙猴子可是猴子当中长得最漂亮的一个，否则，怎么会被称为“美猴王”？

正吃着桃子的朱宝权禁不住捂着嘴“扑哧”一下笑了起来。

李淑芹、朱宝权吃完桃子，梅姨递来手巾擦了擦手。

朱宝权从沙发上站起：大伯、大妈，今天我来拜访一是陪李医生回家看望二老，为上次的事给二老道个歉。二是代表我们新四军独立团对二老在营救我方被捕人员中所付出的巨大努力，所作出的巨大贡献表示最真诚的感谢！

朱宝权先鞠了一躬，后立正敬礼！

李有才、陆伯英立即起身。

李有才：啊呀，太客气了，

陆伯英：都是一家人，就不必这么客气了，快，快坐下，坐下聊，坐下聊。

李淑芹拉朱宝权坐下。

李有才：上次的事，你们的人已经上门道过歉了，也是为了我们好。这次的事，说实话，当时瓦丫头回来找我们俩的时候，我们一时也是束手无策，以前能救一两个人就很不简单了，现在想一下子救这么多人，那简直就不可想象。我们俩连续几夜都没睡着。后来，经高人指点才使了这一招。

陆伯英：其实，这件事之所以能够办得比较圆满，也不是靠我们一个人的力量，是靠大家缜密策划、密切配合，一个环节都不可少，每个环节都不能出纰漏，否则，就不仅前功尽弃，并且，后果不堪设想。

朱宝权：总之，二老在其中也冒着巨大的风险，功不可没。

李有才：我没有作什么贡献，全是芹儿她妈跑前跑后。

陆伯英：我这不也是为了瓦丫头，谁让她是新四军的人呢，我不出力谁出力?

众人开心一笑。

朱宝权从公文包里取出一布袋：大伯、大妈，还有一件事必须给二老道个歉，由于这次独立团遭到了鬼子的埋伏袭击，团里财产遭受了重大损失，经费十分紧张，所以，你们先垫的六百块大洋我们暂时一下子归还不了全部，只能先还一百块，余下的我们以后一定还清。为此我们团长特地打了个借条，请一起收下。

朱宝权从口袋里掏出一张欠条递给了陆伯英。

陆伯英接过欠条：啊呀，我们根本就没想要你们还，这大洋和借条你还是收回去吧。就当我们家对新四军的支持吧。

朱宝权：大伯、大妈，这大洋和欠条还请你们收下吧。我们新四军不能让你们既出了力，又出了钱。

陆伯英：这是我们自愿的，像新四军这么好的队伍真是太少见了。

朱宝权：我们靠的就是信仰、信誉和信心来赢得全国人民的信赖。

李有才：既然这样，那我们就不客气了。

陆伯英：那也好，我就先存着，就当瓦丫头将来的陪嫁吧。

李有才：明天我让人送些桃子给部队。

陆伯英：那也好!

陆伯英：你们这次来可以多住几天吗?

李淑芹：在家待一两天没问题。

陆伯英：那我让厨房多烧几个好菜犒劳犒劳你们。芹儿，这两天你也可以带小朱到四周转转，熟悉熟悉这里的环境。

李淑芹看了朱宝权一眼：那是必需的。

朱宝权：谢谢大伯、大妈，给你们添麻烦了。

43 — 12　高港永安洲镇扬子江畔 · 日外

主要人物：李淑芹、朱宝权。

渔翁，50 岁左右。

扬子江畔堤岸上，李淑芹、朱宝权并肩缓行。

江滩上芦塘密布，青葱浩荡，远处一扳罾在江水中时起时落。

江风吹动着李淑芹的秀发，她眺望远处，深吸了一口气。

朱宝权：尽管我乘过好几次江轮，但到江边上来玩还是第一次。

李淑芹：尽管我家离江边只有三四里的路，但很少到江边上来玩。尤其是上学工作后，国家动乱不安，更没有这心情了。

朱宝权：就是啊。所谓国泰民安，国家不太平，老百姓怎么会安宁。我一开始从来没想过要从军。我父亲之所以解甲归田，就是对国军从希望到失望。后来，在黄桥，我父亲认识了陈毅将军，对新四军有了真正的了解、新的认识，他认为，中国只有共产党的新四军和八路军才能挽救这个国家，所以，他支持我加入了新四军。

李淑芹：我也这样认为，所以当初才不顾父母的强烈反对，毅然决然地投奔了新四军。现在他们受我的影响，对新四军的看法和态度都发生了根本的改变。我们这个国家要想变得强大，非共产党领导才行。

朱宝权：苏联就是这样，十月革命的成功彻底改变了沙俄时代的政治制度，所以这次才经受住了纳粹德国对斯大林格勒的疯狂进攻，现在和中国一样，战争进入了相持胶着状态，相信，用不了多久，将会全面发起反攻。

李淑芹：苏联一旦反攻胜利，一定会腾出手来帮助中国，到时候我们就胜利在望了。

朱宝权：对，现在我们是黎明前的黑暗。

一阵叽叽喳喳鸟鸣声传来。

李淑芹循声望去，不远处一群江鸥围绕江边上正在缓缓起网的扳罾边盘旋。

李淑芹好奇：走，我们去看看那网有没有捕到鱼！

朱宝权：好！

朱宝权牵着李淑芹的手走了过去。

一座竹木栈桥延伸至江中，江水中鹤立着一座用草木搭建的雨亭，一渔翁正用力扳动着辘轳。辘轴缓缓旋转着，收缩着系吊在由一根长毛竹支撑的“X”字竹架支点上的绳索。

朱宝权拉着李淑芹的手，小心翼翼地走过狭窄的竹木栈桥，进入雨亭里。

一张四方形的大渔网缓缓从江水中吊起，网中之鱼开始四处游窜蹦跳。

朱宝权：哇，这一网可有不少鱼哦！

渔翁转头看了他俩一眼，没有言语，集中精力继续扳转着辘轳。

渔翁越来越显得吃力起来。

朱宝权立即上去帮忙。

网底终于到达水面，大小鱼在网中拼命蹦跳挣扎。

江鸥蜂拥而上，叼起小鱼就疾飞而去。

李淑芹惊诧：哇，这些江鸥这么胆大，简直肆意妄为了。

朱宝权：一定是惯匪了，知道老人没办法它们。

渔翁固定好绳索，娴熟地操起抄兜，一边不停地驱赶江鸥，一边快捷地抄起网里大小鱼倒进旁边半吊在水里的网兜。

渔翁抄好鱼，重新将大网放回至江中，这才回头：你们买鱼吗？

朱宝权：哦，大伯，我们不是来买鱼的，就是到这里来玩的。

渔翁：那我就抽会儿烟了。

渔翁从小木箱里拿起一个黄铜水烟壶装烟点火抽了起来。那手背粗糙皴裂，掌心布满了黄色的老茧，皱褶纵横，黧黑苍老的脸上胡须花白。

李淑芹：大伯，你这一天能打多少鱼啊？

渔翁：这可不一定，要看运气。运气好呢，一天能打个几十斤，运气差的时候，一条都没有。现在已经开始退潮了，再打几网，鱼就不多了。

李淑芹：那您一年也赚不少钱了。

渔翁：那里赚到多少钱哦。也只有现在这个水大的时候才弄到点，到了枯水期就不好打了。这水大的时候主要还是在涨潮和落潮的时候。另外，还要向政府缴税，向地痞交保护费。

李淑芹：啊，这还要缴税交费啊？

渔翁：不交不缴，他们马上就会来找麻烦的，我们又斗不过他们。

朱宝权：唉，这世道真是太黑暗了。

渔翁：这世道一直就这样，我们穷苦老百姓能怎么样呢？我都打了一辈子的鱼了，混到现在不就这个样子吗？

渔翁吐了一口烟，茫然望着烟波浩渺的长江，不再言语。

两人怏怏离开。

李淑芹：这老人一生靠捕鱼为生，其实他也是一条别人的网中鱼。

朱宝权：这就是西汉军事家樊哙所说的：人为刀俎，我为鱼肉。

李淑芹：弱肉强食！真希望我们共产党有一天能够彻底改变这个世道，让天下的劳苦大众不再任人宰割。

朱宝权：我坚信，这一天不会太久。

朱宝权牵着李淑芹的手回到堤岸继续往前走。

43 — 13 高港永安洲江岸 · 日外

主要人物：李淑芹、朱宝权。

李淑芹抬起手臂指了指前面：你看，那边好像有个石碑。

朱宝权顺着她手指的方向望去，不远处的江堤上立了一块长方形的石碑。

李淑芹：走，我们去看看。

两人手牵手来到石碑旁，只见石碑上雕刻了几个已经斑驳的黑字：228 新大明号客轮沉没水域。

朱宝权：这里以前沉了艘客轮？

李淑芹：想起来了，这个可能就是我小时候到江边来看打捞的那艘客轮了，我印象很深。当时这江堤上好多人围观，我跟着爹妈也来了。

朱宝权：那是什么时候的事？

李淑芹：大概有十几年了吧？我想想，今年我 23，记得我当年七八岁。大概是 1928 年或 1929 年春节期间吧，听我爹妈说这艘客轮从下游往上游开，被日本的一艘从高港往上海开的大货轮拦腰撞击，断成两节翻沉到江里，几百人遇难，打捞了好多尸体。那一段时间，成天成夜地有遇难者的家属在这里号啕大哭，烧纸吊香。

朱宝权：唉，看来，这日本人在中国犯的恶可是无处不在啊！

李淑芹：这块碑立得好，让后人永远记住日本人在中国所犯下的罪行。

朱宝权：可惜，这碑上没有刻下事情的原委。

李淑芹：现在就是刻了，也会被日本人毁了。

朱宝权：等抗战胜利了，我请人来刻。

两人继续沿着堤岸往前走。

忽然"哗啦"一阵击水之声传来。

两人连忙止步，循声望去，只见一条浅水的芦塘内泛起一层混浊的水浪。

朱宝权：那水塘里一定有条大鱼。

李淑芹：可能因为江水退潮，大鱼被困在里面了。

朱宝权：完全有可能，因为落潮，塘水流出，鱼就喜欢逆流而上，结果就被困在里面了。我们去捉吧？

李淑芹兴奋：好！

朱宝权牵着李淑芹的手，踏着草丛就往芦塘边上跑去。一到芦塘边，朱宝权就脱掉上衣和长裤，赤足踩着黄泥步入塘中。浅水塘里，鱼儿不时东跳西窜。

李淑芹：你小心点，别陷在里面。

朱宝权：不会的。这芦塘天天一潮来，一潮去，烂泥都被冲走了，陷不了。

朱宝权在浅水中忽然站住不动：脚下有东西。

第四十四集　反目成仇

屠杀共党落穷途，血脉难断放生路。

团座心虚畏罪逃，告密保长反被捕。

44—1　高港永安洲江滩·日外

主要人物：朱宝权、李淑芹。

朱宝权弯腰伸手从水下抓上来一只大螃蟹，喜笑颜开。

李淑芹一见欣喜不已：哇，这么大的螃蟹！快扔上来继续抓！

朱宝权：好。你看好了，别落到草丛里找不到了。

李淑芹：你扔吧。

朱宝权用力将螃蟹扔了上去。

螃蟹落在岸边草丛中，十足朝天，张牙舞爪。

李淑芹连忙奔了过去，一脚踩住，然后小心翼翼地抓在手上，得意扬扬：你看，抓住了！

朱宝权：用草茎绑好，别让它跑了。

李淑芹：好嘞！

朱宝权随后又扔上来几个大河蚌、几只螃蟹、几条小鱼大虾。

李淑芹在岸边不停地来回奔跑收拾，笑声琅琅。

芦塘里，一条大鱼从朱宝权腿边蹿过，朱宝权连忙在水中追逐捕捉，几个回合下来终于将大鱼摁住，拎在手上，一身泥巴，一脸自豪！

李淑芹在塘边欢呼雀跃。

44—2　高港胡庄乡宗林村·日·外内

主要人物：赵忠全

赵忠全带着马向东、魏风林等国民党士兵包围了一座宅院。

赵忠全一挥手，马向东、魏风林立即上前砸开大门，闯了进去。

“乒乒乓乓”一阵枪响，屋里、屋外双方对射。

几名士兵中枪倒地。

枪声很快停止，马向东、魏风林冲了进去。

屋内，几名持枪男女倒在血泊之中。

赵忠全一甩手：走，去下一个！

大街上，国民党士兵推搡押送着被五花大绑的几十名男女。

群众（甲）：怎么回事啊？

群众（乙）：听说都是共产党。

44—3 胡庄乡史家庄·日外

主要人物：几十名男女。

几十名男女被捆绑着排列在银杏树下。

一排国民党士兵举枪相对。

赵忠全挥起手臂：开枪！

“乒乒乓乓”一阵枪响，几十名男女全部倒毙。

44—4 连云港新四军1师师部·日内

主要人物：粟裕。

1师师部会议室，粟裕、周炎、钟期光、叶飞、张藩、陈玉生开会。

粟裕：国民党两淮税警总团陈泰运现在对我们新四军的立场发生了根本性的改变，由原来的积极配合抗日，转变成积极反共，不仅在我抗日根据地不断挑起矛盾、制造摩擦，并且趁日军“清乡”，我主力部队转移之际，趁火打劫、落井下石，在海安、姜堰、泰兴一带大肆袭击、进犯我联抗部队，抓捕、杀害我地方抗日民主政府人员两千多人。我联抗部队参谋长李华也因此不幸被捕，壮烈牺牲！现在陈泰运已成为我部心腹之患，长在我抗日根据地的一颗毒瘤，必须尽快切除！为此，我们制订了详细的讨伐计划：由叶飞副司令任总指挥，第三战区陈玉生司令任副总指挥，组织六个团的主力，在地方部队和游击队的配合下向陈泰运部发起全面进攻！力争将陈部一举全歼！具体作战部署是……

44—5 兴化县戴南镇·夜外·内·外

主要人物：李道南、朱宝权、赵忠全、陈泰运。

李道南、朱宝权率领部队向税警总团团部猛攻！

税警总团团部外面，枪声密集，爆炸连连，国民党士兵不断倒毙被炸飞。

团部内，陈泰运、赵忠全衣冠不整，团团乱转，狼狈不堪。

赵忠全： 团长，顶不住了，赶快转移吧！

陈泰运： 好，我们向姜堰溱潼转移！

赵忠全转身： 快，快，向溱潼转移！

陈泰运、赵忠全带着士兵冲出屋外，骑上马仓皇逃遁！

陈泰运、赵忠全一行人正奔跑在大马路上，突然，一阵密集的子弹射来，随同的士兵纷纷倒地。

陈泰运与赵忠全急忙策马飞奔，各奔东西。

44—6 泰州市民宅·夜内

主要人物： 赵忠明、陈秀文、赵忠全。

赵忠明与陈秀文正在床上熟睡，突然，客厅电话铃响起。

赵忠明醒来，拉亮电灯，起身走至客厅拿起电话： 喂，请问哪位？

对方（OS）： 赵副参谋长吗？

赵忠明： 是。

对方（OS）： 报告赵副参谋长，我是城区警备团的上校团长华连根，我们城北哨卡打来电话，说来了一位自称是你亲二哥的人找您，说有急事。

赵忠明惊愕： 啊？我二哥？他怎么来了？好，谢谢，我马上打电话过去！

赵忠明连忙搁下电话又摇了起来： 请接城北哨卡！喂，城北哨卡吗？我是赵忠明。

哨卡士兵（OS）： 是，哦，是赵副参谋长啊？

赵忠明： 我二哥在你们哨卡吗？

哨卡士兵（OS）： 是啊。

赵忠明： 请让我二哥接电话。

哨卡（OS）： 是！

赵忠全（OS）： 三弟，我是你二哥啊。

赵忠明： 二哥，这三更半夜的你怎么来泰州了？

赵忠全（OS）： 家里有急事，没办法。你现在住泰州哪里啊，我马上去找你！

赵忠明： 你叫哨兵接电话！

哨兵（OS）： 赵副参谋长，您请吩咐！

赵忠明： 请您马上派一个人将我二哥送到稻河街区草河巷66号来。

哨兵（OS）： 是！

赵忠明刚放下电话抬头一看，陈秀文盘着双臂站在眼前。

陈秀文阴沉着脸：怎么，你还让你二哥到这里来？

赵忠明：怎么，他是我亲二哥，这个时候来找我肯定有急事！

陈秀文：你知道他杀了多少我们的人吗？

赵忠明：他也是寄人篱下，不一定就是他杀的。

陈秀文：根据情报，他一直就积极反共！

赵忠明：也不是一直，黄桥会战时，他可站在我们这一边，这一点，我最清楚了。

陈秀文：陈泰运开始对我们不也友好吗？可现在呢？比日本人还心狠手辣！

赵忠明：这等他来了，我们了解了解情况再说，反正他还不知道我们的真实身份。

陈秀文：我估计他这三更半夜的来，肯定是被我们的人打得落花流水避难来了。

赵忠明：这有可能。这次1师集中优势兵力对陈泰运部发起重点清除，以绝后患！

陈秀文：我可要提醒你，在原则问题上你可别犯错误！

赵忠明：这我知道。如果他真的还那么顽固反共，我会坚持原则的。另外，他对日本人也是恨之入骨，积极抗日，他的命就差点儿死在日本人手上，所以，从这一点上，我们对他要谨慎行事，等弄清楚了再说。

陈秀文：我有预感，你会对他心慈手软。

外面响起敲门声。

赵忠明：他来了，注意你的情绪，别让他觉察到什么。

陈秀文：晓得了。

赵忠明开门出去。

闵启昌也到了院门口。

赵忠明：你去开门吧，我二哥来了。

闵启昌：哦。好。

闵启昌打开院门，赵忠全、哨兵一同进门。

哨兵敬礼：赵副参谋长，人给您送来了，我走了。

赵忠明：好，辛苦你了。谢谢！

赵忠全：三弟。

赵忠明：二哥。

闵启昌：赵台长，好久不见了！

赵忠全拍了拍闵启昌的肩膀：唉，一晃都四五年了。

闵启昌：是的。

赵忠全：我的马还在外面。

赵忠明：没事，交给他吧，我们先进屋。

赵忠明领着赵忠全进了屋。

陈秀文迎了上来：二哥好！

赵忠全：三更半夜的，打扰你们了！

陈秀文：没事。

赵忠全：唉，自从你们成家之后还是第二次见！

赵忠明：二哥还没吃饭吧？

赵忠全：还真的没吃饭，只顾赶路，你这一提还真的饿了。

赵忠明：秀文，你叫闵启昌赶紧去下碗面条，先给二哥充充饥。

陈秀文：好的。

陈秀文转身而去。

赵忠明：二哥，今天怎么回事，怎么这个时辰突然来了？

赵忠全沮丧：唉，别提了，你是我亲弟弟，我也不瞒你了。新四军这次集中优势兵力对我们税警总团发起大规模的进攻，我们伤亡惨重，老窝都被他们端了，我和陈团长都被打散了。没办法，只好先上你这里来躲一躲。

赵忠明：新四军为什么对你们发起攻击呢？你们不是友军吗？

赵忠全：什么友军，狗屁！在泰兴胡庄，他们假装有一个营反水，诱惑我们上钩，趁机伏击了我们，后来，又不断扩大根据地，不但抢我们的地盘，还发动老百姓搞起了什么“二五减租减息”，弄得我们的税收大量缩水，我们怨恨已久，所以不得不趁日本人发起“清乡”的有利时机进行反击，抓捕杀了他们一些人。于是他们怀恨在心，这次组织了优势兵力对我们进行报复。

赵忠明：那你现在想这么办呢？

赵忠全：反正是回不去了，我也不想回去了，我们夹在日本人和新四军中间，两头挨打，人马已损失殆尽，难以恢复元气，再说，陈泰运也已经有投靠你们的意向，我更不想回去了。

赵忠明：你和陈泰运一起投靠我们不是很好吗？

赵忠全：我是永远不可能投靠你们的，我说过，我们尽管是亲兄弟，但我们的志向不同。

赵忠明：那你考虑过投靠新四军吗？

赵忠全：那更不可能了。我说过，我不喜欢共产党，一国多党可以，但多党多军就乱了。如果不是共产党从中作乱，日本人在中国也不可能这么得心应手。尽管现在国共合作，建立了什么抗日统一战线，新四军尽管也属国民军系列，但一直就是共产党直接领导，与我们国军一直是面和心不和，矛盾重重，摩擦不断，况且，我杀过不少共产党的人，他们能饶过我？

赵忠明：哦。那你现在想怎么办呢？

赵忠全：我想去沈伦，那里是国统八区。

陈秀文坐一边默默听着，脸色凝重。

赵忠明：我希望你在去沈伦之前，到高港看看奶奶和父亲吧，你好几年没看望他们了。

赵忠全：好的。那明天我们一起去吧。

赵忠明：我们每个月都去好几次，昨天刚去过。每次去，他们都问起你。

闵启昌端着一碗面过来：面条好了，赵台长您吃吧。

赵忠明：二哥，你先吃吧，吃好了先到西房休息，有事明天再说吧。

44 — 7　泰州市民宅 · 日内

主要人物：赵忠明、陈秀文。

赵忠明、陈秀文一坐一站在客厅。

陈秀文：你二哥的情况都摸清楚了，你现在准备怎么处理他？

赵忠明沉思不语，掏出香烟抽了起来。

（FO1）：赵忠全与他少时同床共枕的画面。

（FO2）：赵忠全牵着他的手过独木桥的画面。

（FO3）：赵忠仁边说边从柜里拿出两把手枪交给他。

（FO4）：赵忠全在焦山与日军激烈枪战！

（FO5）：赵忠全在焦山江边与他相拥而泣，挥手告别。

陈秀文来回踱步：你倒是说话呀！我的意见对他这种双手沾满了我们共产党人鲜血的国民党顽固分子应该毫不留情地坚决铲除，以绝后患！

赵忠明深吸一口烟，吐出：等他从高港看望了奶奶和父亲回来再说吧。

陈秀文愤然坐在藤椅上，盘起双臂乜了赵忠明一眼不再作声。

44 — 8　泰州市民宅 · 日外

主要人物：赵忠明、赵忠全、陈秀文。

赵忠明、陈秀文将赵忠全送到院门外。闵启昌牵着马等候。

赵忠明递上证件：这是通行证，你收好！

赵忠全收下通行证放入口袋：谢谢二弟了，弟媳，这次给你们添麻烦了。

陈秀文：一家人，不用客气了。有机会你就过来。

赵忠明：吆。想起来了，秀芹，我柜子里还有两瓶“洋河大曲”，你去拿来给二哥带上，方便他到那边处处新朋友。

陈秀文犹豫了一下：好。

陈秀文返回院子。

赵忠明注视着陈秀文进了院子转头意味深长地看了赵忠全一眼：出了泰州城，你千万要小心！

赵忠全意会：知道了，谢谢弟弟提醒。

陈秀文拎着两瓶酒过来，递给了赵忠全：二哥，你拿好。

赵忠全将酒系在马鞍上，蹬上马：那我走了。

赵忠明、陈秀文、闵启昌挥手告别。

赵忠全策马而去。

44—9 泰州城外大马路上·日外

主要人物：赵忠全、王少云。

赵忠全在大马路上扬鞭疾驰。

马路前面出现一道伪军哨卡，赵忠全策马减速，慢慢走近哨卡。

六七名哨兵正在检查来往行人车辆。

赵忠全下马靠近。

身穿伪军少尉军服的王少云举手拦下赵忠全：请出示你的证件！

赵忠全掏出证件递了过去。

王少云拿着证件仔细查看：你去哪里？

赵忠全：去兴化。

四名哨兵闻声立即警觉起来。

王少云注视了他一眼突然手伸向腰间准备拔枪。

赵忠全见状迅疾挥拳打了过去。

王少云立即捂鼻倒地。

赵忠全趁机飞跃上马，飞奔而去。

几名哨兵连忙举枪“砰、砰、砰、砰”射击。

子弹从赵忠全身边飞过。

赵忠全边举枪回击，边疾驰如飞，很快消失得无影无踪。

王少云一脸鼻血，丧气地从地上爬了起来：这家伙是个老手，对付他还真不容易。

士兵：主要还是任务太紧急，时间太仓促，尤其是我们根本不认识他，怕杀错了人。

王少云：算了，今天算他命大。我们撤吧！他躲过了初一，躲不过十五。

44 — 10　泰州市和平救国第 1 集团军司令部 · 日内

主要人物：李长江、朱郁任、赵忠明、颜秀五。

总司令办公室，李长江坐在办公桌旁，朱郁任站在对面。

李长江：你以后与日本人打交道要小心。既不能什么都听，也不能什么都不听，把握好分寸很重要。

朱郁任：是，是。总司令提醒的是。

李长江：实话告诉你，日本人进攻南京城时，我负责战地救护，可以说，日本人真是惨无人道，无恶不作。我亲眼看到他们抢劫财物，强奸妇女，杀人如麻，禽兽不如。部队打散后，我本来化装成了老百姓，后来发现他们杀人根本不分军人平民，不分男女老幼，见人就杀！只好躲进了寺庙，化装成了和尚才逃了出来。所以我们与日本人打交道，一定要保持一定的距离。既不能太亲近，也不能太疏远。既要防备，又要利用。主要是利用，等待时机。

朱郁任：明白了，总司令。

李长江：你去吧。

朱郁任：好的。

朱郁任离开，赵忠明进来。

赵忠明：总司令，卑职从国内外报纸、杂志、电台收集整理好了一份世界战报!

李长江：哦，那你念给我听听。

赵忠明：先报告国外军事战况。珍珠港事件发生后，继美国之后，英国、荷兰、澳大利亚等二十多个国家纷纷先后公开对日宣战！至目前为止，美英同盟国与大日本帝国（以下简称帝国）已经发生了四次海陆空大战。

第一次是去年 4 月 18 日美对帝国东京首次实施的“杜立特”空袭。空袭前，美国航空母舰大黄蜂号进入太平洋海域，16 架舰载机远途奔袭，轰炸了东京的军事目标。不过，帝国损失不大。美国主要目的是对帝国偷袭珍珠港的报复，以提升美国民众的士气，同时也迫使帝国从印度洋调回强大的航母编队，以防卫帝国本土。

第二次是去年的 5 月 4 日至 8 日的珊瑚海之战。珊瑚海位于太平洋西南部海域，在澳大利亚和新几内亚以东，新喀里多尼亚和新赫布里底岛以西。南接连塔斯曼海，北接所罗门海，东临太平洋，西经托里斯海峡与阿拉弗拉海相通，是世界上最大的海。此战的战略目标是：帝国推进战线，扩大防御圈，控制澳大利亚，切断其与珍珠港的联系，预防英美将澳大利亚作为反攻的最大据点。此战是世界战争史上航母编队在远距离以舰载机形式首次双方战舰未碰面的海空大战。战况是：美国损失了一艘最大的航空母舰列克星敦号，一艘驱逐舰和战机 66 架；帝国损失一艘轻型航空母舰祥凤号和战机 77 架。帝国在战术上小胜，但没有达到战略目标。

第三次是中途岛战役。中途岛位于太平洋东西航线的中心位置，由于地处美国加州与日本的中途而得名，是美国在中太平洋地区重要的军事基地和交通枢纽，也是美军在夏威夷的门户和前哨阵地。帝国发起此战役的战略目的：一是防止美军从中途岛空袭帝国本土。二是打开夏威夷的大门，为进攻美国内地铺路。三是将美国太平洋舰队残余军舰吸引过来一举歼灭。为此，自去年 6 月 4 日起，帝国几乎倾巢出动投入了大半兵力发起了有史以来规模最大的进攻。双方经过四天的鏖战，帝国损失飞龙号、苍龙号、赤龙号、加贺号四艘航母，重型巡洋舰三艘，332 架战机，3057 人阵亡，其中飞行员 110 名。美国损失约克城号航母、哈曼号驱逐舰各一艘。战机 98 架，阵亡 307 人，其中飞行员 172 名。由于帝国损失惨重，6 月 7 日被迫撤离。此战役以帝国失败而告终。

第四次是瓜达尔卡纳尔岛战役，简称瓜岛战役。瓜岛位于南太平洋所罗门群岛的东南端，是帝国在南太平洋的重要军事基地，控制着南平洋的运输航线。为此，美英同盟国为了保护美国、澳大利亚和新西兰的运输航线，于去年 8 月 7 日向瓜岛帝国军事基地发动了大规模的进攻。至今年的 2 月 9 日止，帝国共损失军舰 24 艘，运输船 16 艘，战机 892 架，5 万多人伤亡，其中，飞行员 2362 人。帝国海军联合舰队总司令三本五十六为给南洋军打气，亲自飞往所罗门群岛北部，遭美国 16 架军机伏击，机毁人亡；同盟国损失军舰 24 艘，运输船 3 艘，战机 250 架，11700 多人伤亡。这是帝国军队继中途岛战役又一次惨败，因损失十分惨重，被迫撤离该岛。美同盟国随后夺取了所罗门群岛，控制了南太平洋的制海权，并就此开始了战略大反攻。

欧洲战场上，从去年的 7 月 17 日起，德国在希特勒元首的直接指挥下，出兵 200 多万兵力对苏联的南部城市斯大林格勒发动了发动了大规模的猛烈进攻，但遭到以朱可夫元帅为首的苏联 300 多万军民的顽强抵抗。至今年的 2 月 2 日止，德军经过长达半年的围攻，在伤亡 150 多万兵力的情况下，依然未能得手，只好被迫撤离。

现在双方主要兵力又都集中在列宁格勒，到目前为止已呈胶着状态。根据这次战争态势，最终可能还是以德军撤离而结束，因为，德军远离本土，由于后勤供给的因素，根本打不起长期消耗战。如果德军这次再次失败，那欧洲战场上的态势将会发生大逆转，美苏英等同盟国就会发动大反攻。

国内战况：长沙会战。自1939年9月14日帝国军队发动第一次长沙会战以来，1941年9月、12月又发起两次大规模进攻，至今年1月16日，第三次发起进攻。帝国军队共阵亡7.7万多人，受伤4万多人。重庆方面共伤亡9.3万多人。帝国军队没有达到战略目标。

鄂西会战。今年4月9日起，帝国军队为了解除重庆军队对武汉地区的威胁，并夺取停泊在宜昌江面上的中国船舶，在鄂西地区发起了局部进攻。重庆军队在空军和美国航空部队的支援下，以10个军的兵力对抗帝国5个师团的进攻，帝国军队在伤亡7千多人的情况下于6月10日从鄂西撤退。

苏中清乡。自去年我部配合帝国军队实行“清乡运动”以来，我和平军共伤亡5000多人，帝国军队也伤亡2000多人。这还不包括被新四军捕杀掉的我方地方官员。虽然我们也抓捕杀掉了一些新四军人员，但绝大多数都是地方通共分子，未能重创新四军的主力部队。南通地区修筑的一百多公里的篱笆封锁线也已经几乎全部被烧毁。清乡运动没有取得什么实际的成效。以上就是卑职收集整理的国内外战况的汇总报告。供总司令参考。

李长江：啊呀，你这份总结报告写得很详细，写得很好，也很重要。我们不仅要知道我们泰州这里的事，更要晓得天下的大事，否则我们就会成了睁眼瞎，在一些重要决策中就可能会犯错误。好，这报告先放我这里，我再好好看看。你去看看颜师长到了没有？到了就叫他进来。

赵忠明立正敬礼：是！

赵忠明退出，颜秀五随后进入。

颜秀五立正敬礼：报告总司令，颜秀五奉命报到！

李长江：我叫你来主要是为李明扬设在塘头镇军械所的事。我听说你们的人进了军械所了？

颜秀五：这个，我还不太清楚。

李长江：军械所可不是让你手下随便进去的地方。这不仅涉及生产安全问题，更涉及泄密问题。李明扬现在武器弹药十分缺乏，我们直接帮助他又很不方便，所以，他能自己搞些则更好。

颜秀五：司令，他自己搞我没什么意见，毕竟他曾是我们的总指挥。我担心会不会是新四军借他的名义搞的。

李长江愣了一下：这个，这个，这个就不要问得这么多了。他一直跟新四军来往密切就是为了关键时刻能得到他们的支援。上次日本人对泰州周边地区大扫荡，他就转移到了新四军的控制区江都北纪一段时间，得到了新四军的特别关照，既发粮又发饷。总之，塘头军械所你要保护好，不得让你手下无关的人随便进入，以免暴露，如果被日本人知道了，可就麻烦了。

颜秀五：是。我这就回去严令手下，不经我的允许绝不可踏进军械所一步。这次事件绝不会发生第二次。

李长江：另外，李明扬那边如果有什么需求尽量给予帮助，但要用绝对信得过的专人负责。这件只能你我知道，包括朱副司令你都别透露。之所以告诉你这些，因为我知道，你以前跟共产党关系也是较好，我相信你也明白，大哥那边可是我们与重庆方面和新四军方面保持联系的重要桥梁。

颜秀五：知道了。

李长江：从现在起，尽可能不要与新四军发生正面和大的冲突，如果日本人逼着出兵，应付应付就行。现在局势难料，日本人野心太大，战线拉得太长，在南洋战场上多次攻守失败，损失惨重，据说已经无力再次组织大规模的反攻。

颜秀五：是的。一个区区东瀛岛国，狂妄自大，就要跟一个国土面积大于他二十五倍、实力雄厚、军事强大的美国去拼，真是不自量力啊。我们是要给自己留一条后路，以防不测。

44 — 11　泰州扬泰宾馆 · 日内

主要人物：赵忠明、顾凤山。

扬泰宾馆，顾凤山身穿便服走近 303 轻轻叩门。

房间内，赵忠明从沙发上起身走近门边：哪位？

顾凤山：赵参谋，是我，顾凤山。

赵忠明打开门。

顾凤山进入：赵参谋，您有什么吩咐？

赵忠明：有件事我要问你，你必须如实告诉我。

顾凤山：有什么事赵参谋尽管问。

赵忠明：去年日本人抓到几十名新四军后，你私自收了人家的钱后将人全部放跑了？

顾凤山神情紧张：这，这，不是放跑，是收编了，这事您和南部、藤井司令官不是都知道吗？怎么啦，出什么事啦？

赵忠明：可有人向总司令举报，你是以收编为名，将人全部放跑了。现在，总司令马上要派人来查处。

顾凤山惊慌：啊？

赵忠明目光严厉：说实话，到底是怎么回事，现在告诉我你可能还有救，否则，谁也救不了你！

顾凤山大惊，哆嗦支吾起来：啊？这，这么严重？

赵忠明：你说呢？不严重我会特地约你来？这事一旦查实，可是杀头之罪，你有十个脑袋也保不住。

顾凤山：赵参谋，你听我说，是、是这么回事。人是放了，不过，我也是被逼无奈。因为新四军来信威胁要杀我和那个一直支持我们的维持会长陆伯英全家。陆会长为此来找我商量对策，于是给她出了个主意，让她花钱消灾，送1000大洋给蔡师长放人。

赵忠明：那她送1000块大洋给蔡师长了吗？

顾凤山：没有。她说，她拿不出这么多，只拿得出600。后来，我只好先答应替蔡师长收下了。

赵忠明：后来那钱送蔡师长没有？

顾凤山：没有。我自己留着了。

赵忠明长叹一口气：你如果当时送给蔡师长了，也许今天就不会出这事儿了。

顾凤山：六十个人呢，我是怕这点儿钱送过去蔡师长看不上眼反而会坏了事，所以没敢送，于是暗示这些人假投降。

赵忠明：以前，你贪污军饷，私自贩卖枪支弹药，总司令就要办你了，我也警告过你，但你本性难移，不但没收敛，反而胆子越来越大，连这个钱你也敢收，也敢私吞，现在娄子捅大了吧！我看你现在该怎么收场？

顾凤山神情沮丧：我、我……参谋长，您看现在我该怎么办，您一定要帮帮我，那600大洋我现在还没动，要么交给您，请您帮忙打点打点？

赵忠明：这次性质不一样，涉及新四军，不是钱能够摆平的。我还真的帮不了你。因为，你是我舅舅引荐过来的，考虑到这层关系，今天我才约你来，预先把消息透露给你，你还是自己想办法该怎么脱身吧，我走了。

赵忠明甩手关门而去。

顾凤山绝望地瘫倒在地。

44 — 12　泰兴徐桥伪军团部·夜内

主要人物：顾凤山、钱光仕。

团长办公室，顾凤山来回踱步，坐立不安，香烟一支接着一支抽，烟缸里积满了烟蒂。

顾凤山（VO）：连赵副参谋长都不敢收我的钱，看来这次真是用钱摆不平了，我该怎么办？坐以待毙吗？那我这些年出生入死好不容易搞了点钱，发了些财，岂不是白忙乎了？钱不是万能，可没钱却是万万不能。算了吧，这团长我也不想当了，整天头系在裤腰带上，说不准哪天说没就没了，捞再多的钱又有什么用呢？再说，现在我捞的钱也够我花一辈子了，知足常乐吧，三十六计，走为上计，走，还是一走了之，万事大吉。

顾凤山将未抽完的香烟掐灭在烟缸里：来人！

侍从官推门进入：到！

顾凤山：你马上叫钱副团长过来一下。

侍从官：是。

侍从官退出。

顾凤山立即走进内室，挪开木柜子，从墙洞里的两个小箱子里将所有的大洋和金银首饰装入手提箱内。然后，将木柜恢复原位，换上便衣，走出内室。

钱光仕走近门口：报告！

顾凤山：进来！

钱光仕推门而入：团长，您找我？

顾凤山：是的。我刚接到电话，母亲病危，必须马上回去。估计要在家待一段时间，我不在的这段时间里，团里的一切事务由你全权负责，一直等到我回来为止。

钱光仕：团长，你这就要走？

顾凤山：是的。母亲病危，刻不容缓，我现在归心似箭。

钱光仕：要不要带几个人跟着？

顾凤山：不要了。到处是新四军，目标不能太大了，我一个人反而安全。

钱光仕：那好吧。您放心去吧，团里的事就交给我了。祝您一路平安，也祝老人家尽快转危为安。

钱光仕帮助顾凤山拎着手提箱走出办公室。

侍从牵着马与钱光仕将顾凤山送至据点外。

顾凤山将手提箱系在马鞍上，回头留恋地看了看据点，蹬足上马。

钱光仕与侍从官挥手告别。

顾凤山摆了摆手，策马而去，消失在夜色之中。

44—13 泰兴县徐桥伪军团部·日内

主要人物：蔡鑫元、钱光仕、林志溪

团部会议室，蔡鑫元坐在会议桌当头，钱光仕、林志溪等军官端坐在四周。

蔡鑫元：由于顾凤山团长回家探亲一个多月至今未归，杳无音信，生死不明，3 团团长一职可不能长期空缺，为此师部决定撤销顾凤山 3 团团长职务，重新任命 3 团团长。

现宣布新任团长、副团长。

蔡鑫元手执任命书起立，众官跟随起立。

蔡鑫元：经师部研究决定，钱光仕为我和平建国第 1 集团军第 19 师第 6 团团长，奚志林为副团长，自宣布之日起，二位即刻就任，履行职责。

钱光仕、林志溪敬礼：是！

44 — 14　泰兴县徐桥伪军团部 · 日内

主要人物：钱光仕。

团部会议室，钱光仕端坐在会议桌当头，奚志林、仇少示、单绍留，戴德智、李万芳、张小兵、汤正明等军官端坐在会议桌四周。

钱光仕：根据目前我们 3 团的实际情况，经团部研究决定将所有营级军官重新调整，先宣布重新任命书。

钱光仕起立，众军官跟随起立。

钱光仕：现任命仇少示为 1 营营长，张小兵为副营长；单绍留为 2 营营长，汤正明为副营长；戴德智为 3 营营长，李万芳为副营长。自宣布之日起，诸位即刻到任，履行职责，不得有误！原 1 营、2 营营长、副营长同时调至团部另行任用！

众军官敬礼：是！

44 — 15　泰兴县徐桥伪军团部 · 日内

主要人物：钱光仕。

团长办公室电话铃响起，钱光仕拿起电话：喂，哪位？

蔡鑫元（OS）：我是蔡鑫元！

钱光仕立即起身：师座，卑职钱光仕，请指示！

蔡鑫元（OS）：刚才滕井司令打来电话，说刚得到情报，田河乡戴家集有新四军“农抗委”的人员在活动，要求我们立即前往抓捕！你马上派一个营前往。

钱光仕立正：是！

蔡鑫元（OS）：注意，声势要搞大点。

钱光仕：是，明白！

44—16 高港区田河乡戴家集·日外

主要人物：单绍留、张小兵。

封仁甫，40岁左右，伪保长，汉奸。

戴家集村头马路上，单绍留、张小兵率领二百多伪军大摇大摆地走了过来。

单绍留给张小兵使了个眼色。

张小兵立即拔出手枪对着旁边的树林“砰、砰”连开两枪。

单绍留大声：那树林里有埋伏！

霎时，枪声四起，群鸟惊飞。

村子里，七八个人持枪从屋子里奔了出来。

戴贵山（村党支部书记）：敌人从西边来了，快向东撤离。

戴贵山领着众人飞奔而去。

封仁甫带着几个人从院子里跑了出来，看看四周，村民纷纷跑进了屋子里关上门，却不见一个伪军。

封仁甫愤懑：他妈的，光打雷，不下雨，这是抓共党分子还是通风报信啊？

单绍留领着人马跑了过来，封仁甫立即迎了上去。

封仁甫：长官，你们是抓共党分子的吗？

单绍留：是！有没有看到共党分子从这跑过去？

封仁甫不满：没有。你们动静弄得这么大，他们恐怕早吓跑了。

单绍留一挥手：刚才我们发现共党分子朝这边跑的，走，先到他家搜查搜查。

封仁甫一脸尴尬，紧跟着单绍留进入院子：唉，唉，你们可不要搞错哦，我可是这里的保长，我家怎么会藏共党分子？

单绍留冷冷一笑：我可不知道你是不是什么保长不保长，就算你是保长，这年头挂羊头卖狗肉的人多着呢！

封仁甫：什么，挂羊头卖狗肉？我叫封仁甫，这方圆十里八村的人就是不认识我，也都晓得我的名字。

单绍留：我就没听说过。

封仁甫诧异地望了单绍留一眼：你们是哪个部队的？

单绍留：田河据点的。

封仁甫：田河据点的？刚来的吧？

单绍留：是啊，刚调任过来不久。

单绍留：难怪没听说过我，实话告诉你，我不仅是这里的保长，并且今天共党分子在这里活动的情报就是我向皇军报告的。藤井司令官和顾团长可都是我的朋友。

单绍留、张小兵交换了一下眼色，张小兵离开。

单绍留：什么，你报告的？这个我们可不知道是谁报告的，我们只知道听从上级的命令前来抓捕共党分子。不管什么人都要查，不管哪家都要搜！你别用藤井司令官和顾团长来压我，我们执行公务，秉公办事，谁也不怕。

封仁甫和家人、家丁一脸无奈：好，好，好，身正不怕影子歪，你们搜吧。

单绍留带着一帮伪军闯进封仁甫的屋子，屋里屋外，搜了个遍。

张小兵带着几个士兵进入房间开始翻箱倒柜。

封仁甫连忙上前阻拦：哎，哎，你们搜人怎么还翻起东西来了？

张小兵一把将他推开：什么都要搜查，请你配合一下。

封仁甫只得让到一边，沮丧着脸，哭笑不得。

张小兵翻出了一个红匣子。

封仁甫一见，连忙上前想抢回红匣子。

张小兵一闪躲过。

封仁甫愤懑：你们搜人，怎么能拿东西？

张小兵：我们要检查！请你将钥匙拿过来打开。

封仁甫“哼”了一声扭过头去置之不理。

张小兵拔出匕首将锁撬开，里面尽是大洋和金银珠宝。

张小兵趁机将衣袖里的一片折叠纸暗自丢入其中，送至单绍留面前。

单绍留从红匣子里拿出纸片慢慢展开细看。

封仁甫一脸诧异茫然。

单绍留：你叫封仁甫吗？

封仁甫：是，我就叫封仁甫。

单绍留：那就没错了。这里有一份你私通共党的信！

封仁甫惊愕：什么？我私通共党？怎么可能呢！我可帮助政府抓过不少共党分子，农抗会骨干，催缴每年的粮草税费，这些都是有据可查的。说我通共？那太滑稽了。

单绍留向封仁甫扬了扬纸页，声色俱厉：这就是新四军写给的致谢信：仁甫先生，十分感谢您这次对我们七区区长周赤民同志的大力帮助，使他及时脱离了伪军的搜捕，化险为夷。以后有何困难尽可直言，我们互相支持，共同努力，尽快将鬼子赶出中国。此致，敬礼！高港区抗日民主政府。1943年3月2日。怎么，这白纸黑字，还盖了红公章，证据确凿，你还想抵赖？来人，将他们通通抓起来！

张小兵与十几名士兵一拥而上，迅速将封仁甫的几个人五花大绑，摁在地上。

封仁甫气急败坏，声嘶力竭：我们对皇军和政府忠心耿耿，问心无愧。你们这是在故意栽赃陷害，抢我钱财，我要到皇军那里告你们！

单绍留一挥手：全部带走！

张小兵与士兵们将封仁甫的人连推带搡押了出去。

44—17 泰州日军司令部·日内

主要人物：南部襄吉、藤田章。

日军司令官办公室，南部襄吉与藤田章相互敬礼。

南部襄吉鞠躬（日语）：欢迎阁下前来泰州视察！请多多关照！

藤田章鞠躬（日语）：相互学习交流，共同为天皇效力！

南部襄吉（日语）：请坐！

藤田章（日语）：请！

两人先后落座。

南部襄吉（日语）：现在"清乡运动"已经进行了一年之久了，不知道扬州那边效果怎么样？

藤田章（日语）：有效果，但效果不是很理想。新四军十分狡猾，很难找到他们的主力部队。

南部襄吉（日语）：是的。我们泰州也是这样。新四军像河里的鱼似的，到处游荡，在一个地方很少超过三天。我们派下去侦察的人，刚发觉他们的行踪，他们就转移了。

藤田章（日语）：他们昼伏夜出，神出鬼没。还时不时地偷袭我们的据点，破坏我们的运输线，抢劫我们的军需物资，搞得我们防不胜防。

南部襄吉（日语）：不知道阁下现在是否有什么好的对策？

第四十五集 逢凶化吉

三面逢源遭嫉恨，鸿门宴上险丧生。

警卫舍命救明扬，水雷撞爆万吉轮。

45 — 1 泰州日军司令部 · 日内

主要人物：藤田章、南部襄吉。

藤田章（日语）：现在我们面临的主要问题还是情报工作很欠缺，情报网络没有能够建立起来。所以我们在军事行动方面很被动。新四军在这方面却比我们强许多，到处隐藏着他们的谍报人员，到处是他们的线人。

南部襄吉（日语）：这里是支那人的本土，他们建立情报网络很容易。

藤田章(日语)：我们应该充分利用支那人的懦弱性格，让他们为我们服务。

南部襄吉（日语）：支那人大多数是很懦弱，但他们也很狡猾，他们只是在充分利用我们，很难于我们一条心。比如，像李长江这个人，比狐狸还狡猾。

藤田章（日语）：李长江怎么啦，我看他不是对我们大日本帝国很忠心吗？

南部襄吉（日语）：那都是表面现象，其实，他就是个投机分子，用支那人的话讲叫“两面三刀、阳奉阴违”，名义上是皇协军，实际与我们同床异梦。他一边领着我们的军需物资，一边大骂我们是强盗土匪；一边领着我们的军饷，一边又与重庆政府和新四军勾三搭四，暗自往来。这样，他就能保证自己最安全、最安稳。

藤田章（日语）：怎么会这样？我们大日本帝国本来是想以华制华，现在却反而被他们利用了。我们不应该，也绝不能留用这样的小人。

南部襄吉（日语）：用不用可不是我们两个能说了算，他的集团军是由南京政府直接指挥，职务也是由南京政府任免。

藤田章（日语）：那想办法解除他的兵权。

南部襄吉（日语）：这可不容易。他的手下都是他精心挑选，跟随多年的亲信，别人很难驾驭。

藤田章（日语）：这李长江原来不也是李明扬跟随多年的亲信，最后不还是背叛了？

南部襄吉：可换一个人，也未必好到哪里去。这些支那人，大多数都是顺风倒的墙头草。关键是我们要取得战场上的绝对优势，他们才会俯首帖耳，唯命是从。可眼下从南洋战场上的局势来看，形势对我们越来越不利了。欧洲战场也不行，德军围攻斯大林格勒达半年之久，最后也没得手，不得不撤军。一旦苏军喘过气来，腾出手来，下一个要对付的可能就是我们了。这些支那人不可能看不清楚。

藤田章（日语）：可让这李长江这样继续下去，终究会养虎为患。

南部襄吉（日语）：我也想除掉他，但他有三万之众，很难下手，不知道阁下可有什么好办法没有？

藤田章（日语）：硬刀子肯定不行，必须想办法用软刀子。

南部襄吉（日语）：用什么软刀子呢？

藤田章（日语）：这个得制订一个万无一失的计划，待我回去想好了，再回禀阁下。

南部襄吉（日语）：那好，我等阁下的消息。

45—2　泰州和平建国第1集团军司令部·日内

主要人物：李长江、南部襄吉、朱郁任。

司令部办公室。

侍从官推门进入，向坐在办公桌里面椅子上的李长江立正敬礼：报告总司令，南部襄吉司令官来了。

李长江惊诧站起：他怎么突然来了！快，请他进来！

侍从官：是！

侍从官出去，领着南部襄吉进来。

李长江立即迎了上去。

南部襄吉敬礼：总司令，打扰了。

李长江回礼：不知司令官突来造访，有失远迎，快请坐！

南部襄吉弯腰示谢，落座。

李长江落座，侍从官奉上茶。

李长江：司令官有事只要打个电话吩咐就行，何须亲自前来？

南部襄吉：这件事我必须亲自前来，以示诚意。

李长江：请吩咐！

南部襄吉：扬州藤田章司令官近日要过四十岁生日，托我捎来了他的请帖，请总司令届时务必光临捧场。

南部襄吉起身双手奉上请帖。

李长江连忙起身双手接过。

南部襄吉：总司令，我还有其他军务在身，那就不打扰了。

李长江：不再坐会儿了？

南部襄吉躬身：抱歉，告辞了。

李长江将南部襄吉送至门外，转身回到沙发上打开请帖，看了看，搁在茶几上皱起了眉头，沉思片刻：来人！

侍从官进来：到！

李长江：马上叫朱副司令和赵副参谋长来一下。

侍从官：是！

侍从官离开，李长江背着手在办公室踱步起来。

朱郁任、赵忠明一同进来：总司令。

李长江：有件事想与你们商量商量。

朱郁任：总司令，请讲。

李长江：刚才南部襄吉司令官送来了一个扬州司令官藤田章的请帖，邀请我 5 月 24 日去参加他的四十岁生日宴会，我想与你们商量商量我是去还是不去？

朱郁任：卑职认为，按礼节，南部襄吉亲自来请，不去恐怕不行。如果不去，一是我们没给面子，有失礼仪，日本人会颜面尽失，心生怨恨。二是显得我们心中有鬼，畏惧他们。

赵忠明：总司令，卑职认为根本去不得。因为，根据卑职所得到的情报，日本人因为您没有对他们俯首帖耳，唯命是从，早就对您心怀不满了。卑职认为，这可能是日本人精心设计的一场“鸿门宴”，目的是“调虎离山”，有蓄意加害总司令的企图。

李长江：你们讲的都很有道理。不去，反而证明了我们心中有鬼，害怕他们，难道我们几万人马还怕他们几千人不成？那以后他们更不将我们放在眼里了。但是去了，这日本人心狠手辣，什么事都干得出来，我们不得不防。这样吧，命令颜秀五的 24 师秘密向扬州靠近，作好随时攻击扬州的准备。叫熊伟夫的特务团先行化装成老百姓秘密潜入淮扬大酒店四周。赵副参谋长陪同我一起去，另外，请赵副参谋长的舅舅汤先生跟随我的警卫连一起进入大酒店。我离开泰州后，军事指挥权由朱副司令全权负责！

朱郁任、赵忠明立正敬礼：是！

45—3 扬州淮扬大酒店·夜·外内

主要人物：李长江、赵忠明、藤田章、南部襄吉。

扬州淮扬大酒店外面街道上，灯火闪烁，车水马龙。

熊伟夫身穿小商贩的装束，扛着糖葫芦的草靶架子在酒店外面的街道上游走叫卖。四周都是擦皮鞋的、买香烟的，卖水果的，卖冷菜的，算命的摊贩。

汤承业坐在停在酒店院内的汽车上打盹。

酒店内，灯火辉煌。从大厅到走廊，一边是日军士兵，一边是伪军士兵，三步一哨，五步一岗。

豪华的餐厅内，音乐行云流水，舒缓妙曼。一群日本歌女在台上轻歌曼舞。长方形的餐桌上排满了美味佳肴。

李长江、赵忠明、藤田章、南部襄吉、徐鹏举等日伪军官端坐在桌子两边。

侍从上来给每一位斟满了酒。

南部襄吉端起酒杯站起：来，我们一起共同祝贺藤田章司令官生日快乐！

众官纷纷起身举杯：祝司令官生日快乐！

众官一饮而尽。

李长江、赵忠明举起酒杯放在嘴边轻轻碰了一下，没有沾酒。

侍从添上酒。

众官吃菜。

南部襄吉睨了他们一眼，移位到他们面前（华语）：李司令，这可是我们日本纯酿的清酒，味道十分可口，尝尝与中国的酒有什么不同？

李长江：好的，谢谢。

南部襄吉：如果总司令喜欢，我让人准备几瓶给您带回去经常尝尝。

李长江：谢谢司令官！

赵忠明警觉地不时地环视四周。

南部襄吉回到原位，举起酒杯走近藤田章（日语）：现在我代表大日本帝国第13军第7师团泰州混成独立旅团全体将士敬藤田章司令官一杯酒，祝司令官生日快乐！

藤田章起身举杯（日语）：谢谢！同乐！同乐！我们共同为天皇效力！

两人一饮而尽。

侍从添满酒。

众官吃菜。

众人开始逐个向藤田章敬酒。

南部襄吉睨了李长江一眼（华语）走近：李总司令，该您敬酒了。

李长江点点头，端起酒杯起身走近藤田章：我代表和平建国第1集团军全体官兵祝司令官阁下生日快乐！

南部襄吉注视着他。

李长江微微呡了一口酒，然后回位坐下夹了一筷子菜送入口中。

赵忠明注视着他。

李长江喝了一口茶，突然头一歪，身子向椅子下面瘫了下去。

众人惊愕，歌舞依旧。

赵忠明连忙起身上前蹲下扶着他的头高声：来人，快来人！

南部襄吉、藤田章冷笑旁视。

包厢门被撞开，数十名伪军持枪而入，将李长江架出包厢，搬进停在酒店门口的汽车。

熊伟夫与小商小贩立即拔出枪冲进酒店大院，围在小车四周。

赵忠明挥着手中的枪：注意警戒！

汤承业立即从医药箱里取出药丸，用水灌了下去。

赵忠明敏捷地跨上车，头伸出窗外：快，快，让开道，让开道！

熊伟夫与小商贩们立即让开了道。

伪军警卫们纷纷爬上卡车，在前面开道。

车队疾驶出酒店大门，尘土飞扬，消失在街市之中。

酒店餐厅内，宴会依旧，南部襄吉与藤田章碰杯相庆。

45 — 4　泰州医院·日内

主要人物：李长江、汤承业、赵忠明、朱郁任。

医院走廊戒备森严。

不时有穿白大褂的医生护士从病房里进进出出。

病房内，李长江躺在病床上不时地干咳着。

汤承业闭着眼睛给他把脉。

朱郁任、赵忠明围站在病床四周。

汤承业把好脉，睁开了眼睛。

朱郁任：汤先生，总司令现在怎么样？

汤承业：脉搏没有开始快了，正在逐渐好转。

赵忠明：总司令，您感觉怎么样？

李长江：除了咳嗽，头还疼得厉害。

朱郁任：那您好好休息休息，有汤先生在，应该没问题了。

李长江： 幸好早有防备，及时服了汤先生的药丸，否则，昨晚真的就撂在扬州了。谢谢您，汤先生！

汤承业： 不用谢，都是中国人，应该的。

45 — 5 泰州日军司令部 · 日内

主要人物： 朱郁任、南部襄吉。

司令官办公室。

朱郁任身穿便服站在南部襄吉的面前。

朱郁任： 目前李长江的身体已经基本正常了，就是记性明显衰退，走路也有点儿瘸。总之，性命是保住了。

南部襄吉： 他的命真大，按道理那毒药是剧毒，只要沾上一点点，一分钟之内便必死无疑。

朱郁任： 主要还是那汤先生的解药厉害，加上抢救及时。

南部襄吉： 那汤先生真是名高手，当年也救了我的命。我要提醒你，你可不能将这次失手的怨恨归咎于他身上。他只是一名医生，救死扶伤是他的天职。医生是不分政治的。

朱郁任： 知道。这样的医生不可多得，他的存在对谁都有益。

南部襄吉： 你明白就好。看来想削免李长江兵权的事，只有靠上面了，你还要等上一段时间。

朱郁任： 不着急，不着急。既然他这次没死掉，那就是天意了，一切顺其自然吧。

45 — 6 高港区泰和医药堂 · 日外

主要人物： 汤承业、李长江。

一排由军用摩托车、轿车、卡车组成的车队吹奏着欢乐的音乐行驶在高港大街上，人们纷纷驻足观望。

车队在泰和医药堂门口停下。车上跳下几十名伪军，警戒排列好，军乐队再次演奏起音乐。

两名士兵捧着一块紫红色的长牌匾下车。牌匾上写着： 中华神医，德艺双馨。

赵忠明搀扶着李长江从小轿车里下来。

汤承业从医药堂里慌忙迎了过来，躬身拱手： 啊呀，欢迎总司令大驾光临！

李长江躬身拱手：十分感谢汤老先生的救命之恩，请受卑职一拜！

李长江单膝跪地拜了一拜。

汤承业连忙扶起：啊呀，总司令，这礼节在下实在承受不起。

李长江：这礼节您是受之无愧！如果没有您在危急时刻的及时出手相救，卑职这条老命可早就驾鹤西去了。

汤承业：见义勇为是我们中华民族的美德，救死扶伤更是我们大夫的天职。所以，对总司令及时救助完全是应该的。快请进！

赵忠明：舅舅先请！

汤承业领着一行人捧着牌匾走了进去。

45 — 7　泰州和平建国第 1 集团军司令部 · 日内

主要人物：周佛海、李长江、朱郁任。

总司令办公室。

李长江、朱郁任肃立在周佛海面前。

周佛海手执文书宣读：鉴于和平建国第 1 集团军李长江将军身体原因，不宜继续但当集团军总司令一职之重任，经中华民国政府军事委员会研究决定，自即日起调任至中华民国政府军事参议院，就任副参议长，上将军衔。第 1 集团军总司令一职由原副总司令兼参谋长朱郁任接任。中华民国政府军事委员会。1943 年 7 月 25 日。

李长江、朱郁任立正敬礼：是！

45 — 8　泰州和平建国第 1 集团军司令部 · 日外

主要人物：李长江。

司令官大院门口，两排伪军仪仗队士兵持枪肃立。

李长江身穿便服微瘸着与两名随从走出大门。

朱郁任、赵忠明、颜秀五、蔡鑫元等数名军官跟随其后。

仪仗队军官：立正，敬礼！

仪仗队竖枪至胸前，立正敬礼。

李长江走至轿车门口，转身留恋地看了看整个司令部办公楼，一声长叹钻进车里。

朱郁任、赵忠明颜秀五、蔡鑫元等现场所有军官向轿车立正敬礼。

轿车鸣笛一声，缓缓驶出大院。

夕阳西下，波谲云诡。

45—9 海安县南莫镇青墩村·日·外内

主要人物：李明扬、野田。

商晨，25岁左右，长江下游挺进军警卫队长。

三艘日军汽艇，数十艘木船在河港中航行。

汽艇、船上满载日伪军。

汽艇驾驶室内，野田举着望远镜四下观察。

岸上一颗大树上，两名国民党哨兵看到驶来的船队，大惊失色，哨兵（甲）迅速滑到地面。

地面哨兵（乙）：怎么啦？

哨兵急切（甲）：快，快去报告，鬼子来了，一大队鬼子来了！

哨兵（乙）：有多少人？

哨兵（甲）：几十条船，起码有千把人。

哨兵（乙）：你在这里继续监视，我去报告！

哨兵（乙）言毕转身飞奔而去。

枪声四起，哨兵疾步如飞。

日军汽艇和船只纷纷靠岸。

野田挥舞着指挥刀，日伪军纷纷跳上岸。

岸上哨兵立即举枪射击。

河岸马路上正在巡逻的七八名国军士兵闻声立即持枪跑了过来。

双方立即互射起来。

国军士兵边打边退，不时有士兵中弹倒地。

哨兵飞奔到一处门口悬挂着“长江下游挺进军副总司令部”牌子的民院前，满脸长髯、身着长衫、项挂念珠的李明扬和陈泰运等数十名军官已经跑到院外。

数百名官兵急奔了过来。

哨兵（乙）气喘吁吁：总司令，副总司令，不、不好了，鬼子从东边偷袭来了！

李明扬：有多少人。

哨兵：千把人！

李明扬：大家不要慌，商队长、杨营长！

商晨、杨营长：到！

李明扬：鬼子来得太突然，调动支队已经来不及了。现在特务队、警卫营分两组，杨营长率警卫营立即到村口组织阻击，商队长跟我向西突围，沿运盐河回唐家甸。

杨营长敬礼：是！

杨营长一挥手：警卫营跟我来！

商晨一挥手：特务队跟我来！

警卫营的士兵跟着杨营长疾步而去。

李明扬：走！

商晨保护着李明扬疾步跑到运盐河边，拾级而下，登上篷船，五条篷船划桨迅速驶离。

村庄里密集的枪声、轰隆的爆炸声响成一片，浓烟四起。

篷船队在运盐河中疾驶，突然从汊河中驶出一条日军汽艇，后面紧跟着数条篷船。

商晨惊愕：不好！鬼子船队！

话音刚落，"乒乒乓乓"汽艇上射出一排子弹，从头顶上飞过。

商晨：保护好总司令，给我打，给我打！

两名警卫急忙将李明扬拖入船舱。

船上士兵开始还击。

双方架起机枪对扫。

汽艇上不时有日军士兵中弹落入水中。

汽艇上日军架起小钢炮发射！

炮弹不断在篷船附近爆炸，激起冲天水柱。

国军篷船被水浪掀得左右剧烈摇摆。

警卫护着李明扬趴在船舱中。

警卫连的两条篷船被掀翻，士兵们在水中挣扎。随后，两条船被炮弹击中，木片横飞，支离破碎。

李明扬：赶紧靠岸！

篷船上的士兵奋力划桨，将船划向岸边一处芦苇丛，警卫们拉着李明扬跳了上去。

商晨与几十名警卫搀扶着李明扬深一脚浅一脚穿过芦苇丛爬上了堤岸。

李明扬站在堤岸上向河中一望，河中数十名士兵正奋力游向两岸。

汽艇上的日军不断向水中的士兵射击。水花飞溅，数人被击中，沉入水中。

商晨：司令，快走，鬼子的船马上就会靠岸了，我们下堤向北走小路。

李明扬跟着商晨和警卫们仓促离开。

李明扬一行人在小路上快步行走。突然，身后响起一阵枪声，一队日伪军追击过来。

商晨高声：我负责阻击鬼子，你们带司令先走！

特务队立即分成两组，一组人阻击，一组人护佑着李明扬向前疾奔。

前面一条宽阔的长河横在了面前。两名警卫员迅速解开两腿上的绑带扣连在一起，形成一条长索带，然后打成一个索套，一头套在李明扬肩背上，一头套在自己身上，两人牵引着李明扬一起蹚入河中，向对岸游去。

十几人很快远离了岸边，日军站在岸上向水面射击。

河岸上，商晨与十几名士兵们不断向日军射击。

岸上日军立即分成两组，一组继续向河中继续射击，一组不时向商城还击。

两名警卫在水中奋力牵引着李明扬向对岸游去。

牵引索带的一名警卫突然中枪，水面泛起一片红色血水。

他使出最后的一点力气脱掉索带：快，我中弹了，司令交给你们了。

这名警卫嘴里吐着气泡慢慢沉了下去。

另一名警卫迅速游了过来，套上索带继续向前游去。

两名警卫将李明扬牵引至水岸边，三人躺在水草地上喘着粗气，李明扬紧贴身上的长衫滴着水珠，满脸长髯粘连在一起，他抹了一把满脸的水渍，连咳几下，深叹一口气，浑身瑟瑟发抖。其他警卫队员也陆陆续续爬上水岸。

警卫：司令，我们终于脱险了。

河对岸，特务队端起冲锋枪向日军一阵狂扫。

日军纷纷倒毙。

商晨率领着队员向前冲击。

岸上日军很快悉数被歼。

特务队员上前逐个检查躺在地上的日军尸体，拿走尸体上的武器弹药，不时地补上几枪。

商晨轻舒一口气，插好手枪，一挥手：走，过河！

45—10　高港永安洲伪军据点·日外·内·初春

主要人物：王玉兰、李淑芹。

一辆人力三轮车在据点门口停下，王玉兰跨下车，付了车费，与门哨打了声招呼，走了进去。

医务室，李淑芹刚给病人打好针，一见王玉兰进来，立即收拾好针筒：王医生请到这边来。

王玉兰跟随李淑芹进了寝室。

李淑芹关好门：王医生，那件事怎么样了？

王玉兰：已经联系好了。我通过洪主任，以我们诊所的名义采购的，不过，药品在上海，需要我们自己去取。

李淑芹：那你什么时候去取呢？天气开始渐暖，那边十分缺药，尤其缺消炎、消毒液。

王玉兰：我准备这一两天就去。不过，几箱药品，我一个人不行，得需要两个帮手。

李淑芹：这个没问题，我这就向上面汇报，听他们安排。你回去等我们的人联系你。

王玉兰：那你尽快联系。

李淑芹：行。

45—11 高港怀仁诊所·日内

主要人物：王玉兰、管半仙、贾师傅。

管半仙、贾师傅身穿便服走进诊所。

王玉兰从座位上站起：你们看病吗？

管半仙：洲上的李医生让我们来的，我姓管。

王玉兰领悟：噢，那里面请。

王玉兰领着他们进了里屋。

管半仙：介绍一下，我的同事贾师傅。

贾师傅与王医生握手：王医生，你好！

王玉兰：贾师傅好！这样吧，我准备后天乘高港到上海的客轮，你们的主要工作就是帮我搬运看护好药品，不能出现意外。

管半仙：这个李医生都跟我们交代了，放心，有我俩在，保证不会出问题。

王玉兰：那后天上午九点，你们到我这里集中，我们乘十点半的客轮走。

管半仙：行，就这么定了。

45—12 扬子江上万吉轮客轮·日·外内

主要人物：王玉兰、管半仙、贾师傅。

小女孩，8岁左右。

小偷，20岁左右。

字幕：1945年2月7日，中午。

扬子江泰兴县天星乡水域，一艘名为“万吉轮”号的客轮，鸣着低沉粗犷的笛声，拖着长长黑烟缓缓航行在淼淼波涛之中。

王玉兰、管半仙、贾师傅并排站在客舱外的走廊上眺望江面，江面上，白浪滔滔，烟波浩渺；蜿蜒绵长的江岸线上，沙滩密布，枯苇浩荡；天空，艳阳高照，蓝天白云；远处，群山隐约，叠嶂绵延。

突然，走廊前面一阵骚动，随后传出：“抓小偷！抓小偷”的叫喊声。

三人立即转身循声望去，一名黑衣男子急奔而来，后面几名男子紧追不放。

黑衣男子眨眼间跑至王玉兰跟前，王玉兰果断一伸秀腿，黑衣男猛然被绊，猝不及防，“啪”的一声趴倒在地。

几名男子追上，对着倒地小偷一阵拳打脚踢：让你偷，让你偷！

几名男子随后将小偷架起，脸上已头破血流。

小偷怨恨地瞪了王玉兰一眼。

王玉兰冷眼蔑视。

其中一男子：走，交给乘警处理！

几名男子将小偷架走。

贾师傅：这船上也有小偷？

管半仙：船上的小偷多着呢！几乎每次都有人被偷。

贾师傅：巴掌大的地方，他偷了东西能跑到哪儿去？

管半仙：他们只偷钱，或值钱的小东西。很少被现场捉住。今天他倒霉！不过，也就是挨打了几下，那抓他的几个人还不懂，交到乘警手上等于又放生了。

贾师傅：怎么警察不惩罚小偷？

管半仙：惩罚个屁，船一到岸，就会将小偷放了。不信，你留心看。

贾师傅：怎么会这样啊？

管半仙：警匪一家！你以为小偷偷来的钱全都自己上腰包？他们都与乘警分成的。

贾师傅直摇头：蛇鼠一窝啊，唉，这社会真是太乱了。看来一个人单独外出还真的不安全，尤其是女的。

管半仙：是的。王医生，你还是回客舱吧，江风较大，别受凉了。

王玉兰：没事，我体质好着呢。你知道我一直在想什么吗？

管半仙：想刚才的事？

王玉兰摇摇头：不是。刚才的事，我根本没放在心上。

管半仙：那是想镇江老家了吧？

王玉兰摇摇头：也不是。镇江我利用工作之便，经常回去。这么说吧，昨天我第一眼见到你，就感觉很面熟，就是一直想不起来在哪里见过你。刚才我终于想起来了。

管半仙：想起我是谁了？

王玉兰莞尔一笑：你衣帽一换，胡子一摘，起码年轻了十岁，所以，当时一下子没看出来。

管半仙：那不好意思，都是环境所迫，只有在真人面前才能露出真面目。

王玉兰：其实，我们每个人都有不宜公开的秘密，我的真实身份，连我的父母都一直瞒着，免得父母担心。

管半仙：我又何尝不是。我的父母至今都不知道我真正做什么。经常给他们钱，他们一直以为我做什么大生意呢。

一个衣服破旧，扎着两个小辫子的小女孩挎着小柳条篮走了过来：阿姨，要不要烤山芋？刚烤的，可香呢！

王玉兰低头一看，一个眉清目秀七八岁的小女孩正睁着两只水灵灵的大眼睛看着她。

王玉兰怜爱之色顿显：啊呦，小姑娘，听口音你也是镇江的？

小女孩：是的。

王玉兰：怎么你一个人的？你爸爸妈妈呢？

小女孩低头：爸爸、妈妈被鬼子的炮弹炸死了。

王玉兰：那现在一个人过？

小女孩：不是。跟奶奶一起过。

王玉兰：那爷爷呢？

小女孩：爷爷去年也得病死了。

王玉兰顿时眼睛红润，转过脸去平定了一下情绪：那这山芋多少钱一个？

小女孩：一文钱一个。

王玉兰从手包里掏出一块大洋：来，买六个。

小女孩摇了摇头：没钱找！

王玉兰：我没带铜钱哦，不用找了。

小女孩：那这烤山芋都给阿姨。

王玉兰：不用。我就要六个，余下的你继续卖吧。

小女孩犹豫：这个不好吧，六个山芋根本不值这么多钱。

王玉兰：没关系，是我自愿给你的。

小女孩连忙鞠躬：那谢谢阿姨！

小女孩掀开篮子上的白布：那阿姨您自己随便挑吧。

王玉兰随意拿了六个山芋，给了管半仙、贾师傅各两个。

小女孩再次鞠躬：谢谢阿姨了，我到那边去了。

王玉兰目送小女孩：唉，这么小就失去了父母，真可怜。有人说，幸福都是相似的，苦难各有不同。而我与这小女孩的苦难却很相似，很小的时候就失去了父母。

贾师傅：你也从小就失去父母了？

王玉兰：是的。现在算起来，父母已经离世整整 17 年了。爷爷奶奶说，我四五岁的时候，父母从上海乘一艘叫什么“新大明号”的客轮往高港，在航行到永安洲镇水域时，被一艘日本的大货轮拦腰撞击沉没，三百多人遇难，我父母也在其中。从此，我爷爷奶奶，每年的 2 月 28 日都要到父母遇难的地方，永安洲的鳗鱼沙来烧纸。现在他们年纪大了，我又在高港诊所，就由我来烧了。小时候我也卖过烤山芋，看到这小女孩我就不由想起了我小时候，感同身受。

贾师傅：都是这日本鬼子给害的，造成很多中国人都遭受了同样的苦难。

管半仙拿着山芋：过去事就让它过去吧，现在到了吃午饭的时辰了，来，趁热吃了。

管半仙拿起烤山芋啃了一口：您别说，这烤山芋就是比水煮的山芋好吃，既香又甜。

贾师傅：管先生，你在这里陪李医生，我马上到船四周和下面转转。

管半仙点点头：你去吧。

贾师傅吃好山芋，将皮扔到江中，拍了拍手离开。

贾师傅沿着走廊转了一圈，走廊、客舱到处是男男女女，老老少少。海阔天空地聊天，悠闲自得地进出。

贾师傅又沿着船梯拾级而下，来到底舱。刚到舱口，连忙捂着鼻孔：哎哟，怎么这么臭！

贾师傅隔着铁栅门向里看了看，底舱内，鸡、鸭、鹅装在大箩筐里，猪、牛、羊关在竹笼子里，满满一舱。

贾师傅连忙离开，回到贵宾客舱。

客舱内，王玉兰、管半仙正坐在床沿上喝着水，看到贾师傅皱着眉头进来。

管半仙：怎么啦，苦巴皱脸的？谁惹你啦？

贾师傅：这客轮怎么还装了满满一舱家禽家畜？臭得要死！

王玉兰：这都是小商小贩们做点小生意。

管半仙：你别小看这些，上海人的好日子全靠他们呢。

贾师傅：上海到现在我还没去过，都说十里洋场，花花世界。还真想去见识见识到底是个什么样子。

管半仙：我在上海待过几年呢，什么样子呢？这么跟你说吧，那里是个富人的极乐世界，达官贵人的天下。如果你是个有胆有识、不择手段的人，那里到处是发展的机会；如果你是个传统保守，循规蹈矩的人，到那里永远是个穷老百姓。

王玉兰：我劝你别羡慕上海的表面繁华，那富丽堂皇、灯红酒绿的背后，到处污秽不堪、鲜血淋漓。

管半仙：王医生说得是。上海这个地方玩的是资产阶级的游戏规则。你会玩资本游戏，那你就会如鱼得水。你不会玩，那你再勤劳肯干，也发达不了。

王玉兰：管先生只说对了一部分。真实的上海就是个鱼龙混杂，弱肉强食的地方，既引领时尚，又腐朽没落；是"富人的天堂，穷人的地狱"。那些遵道秉义的正宗民族企业，在那里举步维艰，难以容身，很难做大做强；而那些离经叛道的黑心资本家却大兴行业垄断，瓜分地盘，走私贩毒，制假售假，逼良为娼；尤其是臭名昭著的黑帮"三大亨"杜月笙、黄金荣、张啸林，他们势力强大，根深蒂固，横行霸道，无恶不作。所以，上海才有"东方魔都"之称。

贾师傅：这么个世界大都市，那政府怎么会容忍他们这个样子的呢？

管半仙：官匪一家，资本左右政治。

贾师傅：唉，我就是个剃头匠，都说上海很繁华，就不免有些好奇。你说的那些资本游戏，我可一窍不通，根本玩不了，身份也不允许，还是安分守己吧。这船什么时候到上海？

王玉兰：大概明天早上三四点钟。去的时候是顺水，回来是逆水，要多三个小时左右。

贾师傅：那我还是先睡一会儿吧。

王玉兰：我们都先躺一会儿，明天要起大早呢。

管半仙：是的。睡着了，会觉得很快就到了。

言毕，三人都连衣钻进了各自的被窝。

舱外江面上，两颗水雷随着江水漂荡，慢慢向客轮靠近。

突然，"砰、砰"两声剧烈爆炸，水柱冲天。客轮随即发生剧烈震动摇摆，走廊上的人被江水劈头盖脸浇了一身，透湿淋漓。

贵宾客舱里的王玉兰、管半仙、贾师傅全部跌倒在船板上。

客轮底舱被炸了两个大窟窿，江水快速涌入。篮笼开裂，禽飞兽跳。

客轮上下顿时惊叫迭起，人们惊慌失措，七倒八歪，踉跄奔跑，伏地不起。

王玉兰、管半仙、贾师傅急忙抓住床架爬了起来。

管半仙：不好，听这爆炸声，船可能是被炮弹击中了。快，快，快出去。

三人立即跑到舱外走廊。

一位身穿救生衣乘务员高喊：客轮触上水雷了，大家不要慌，赶紧寻找救生衣，救生圈！

乘务员喊完就匆匆离开。

王玉兰：赶紧到舱里找救生衣！

管半仙、贾师傅立即返回客舱。两人在柜台里，床上、床下四处翻找。王玉兰紧急四处寻视，发现了走廊壁的救生圈，立即上前拿下。

管半仙、贾师傅从客舱跑了出来。

管半仙：一个救生衣都没有找到，怎么办？

贾师傅：还能这么办，如果船下沉，只有跳江了。

王玉兰：我这里有个救生圈，你们拿去吧，我会水。

管半仙：不，不，我们都会水，你留着吧。就是这江水很冷！

客轮开始前翘后倾，各种包裹、物品滑落下来，一片狼藉。船廊上的人纷纷把住船栏，惊恐万状，有的号啕大哭，有的大声呼救，有的慌乱中开始跳入江中。

突然，那个卖烤山芋的小女孩惊叫着连同小柳篮、烤山芋从走廊上连滚带滑过来，刚到王玉兰脚下，双手正抓住栏杆、身套救生圈的王玉兰迅速腾出一只手，一把抓住。

小女孩惊恐不已，浑身颤抖。

王玉兰：别怕，有阿姨在！

王玉兰迅速将救生圈套在小女孩身上。

客轮继续倾斜下沉。

王玉兰：管先生，贾师傅，你们快跳江吧，船再下沉就来不及了。

管半仙：你怎么办？

王玉兰：我马上带小女孩一起跳！你们快跳！

管半仙：那好，我们先跳了，你也快点。

管半仙、贾师傅先后跳入江中。

船上的旅客也纷纷跳了下去。

突然，那位黑衣小偷从上面滑了过来，趁势抢走了小女孩身上的救生圈，翻越栏杆，准备跳江。

王玉兰眼疾手快，一把拖住男子。男子拼命挣扎，死死抓住救生圈不放。

王玉兰左手揪住男子，右手立即掏出手枪厉声：你这畜生！快放下，否则我一枪打死你！

男子满脸怨恨，被逼无奈，一松手，跳了下去。

王玉兰敏捷翻到栏杆外，招呼小女孩：快，孩子，小心点，快过来，我抱你一起跳！

小女孩手抓栏杆，小心翼翼地靠近。

王玉兰从栏外抱住小女孩的两手臂和救生圈一起跳了下去。

江水里，数百人在水中挣扎，无数只鸡、鸭、鹅、猪、牛、羊在水面扑腾、游荡。

不断有人慢慢沉溺下去。

王玉兰拉着小女孩和救生圈奋力向江岸游去。

客轮渐渐湮没，水面形成一个巨大的漩涡，离漩涡较近的人很快被吸了下去。

远处水面，各种物品随水流漂荡。小女孩趴在救生圈内，王玉兰拉着救生圈：别怕，用力划水，有阿姨保护你，马上就要到岸边了。

突然，那黑衣小偷奋力游到了王玉兰身边，一把死死抓住她就往水下拽。

王玉兰连忙松开救生圈，与男子搏斗起来。几个回合下来，两人都筋疲力尽，各自慢慢沉了下去。

小女孩在救生圈内撕心裂肺地呼号。

45 — 13　高港永安洲伪军据点 · 日内 · 外

主要人物：吉厚煌、李淑芹、小女孩。

办公室里电话铃声骤然响起，吉厚煌拿起电话：喂，我是吉厚煌。啊？什么？客轮翻了？是！

吉厚煌放下电话：来人，来人！

副官推门而入：连长，怎么啦？

吉厚煌往脖上挂上望远镜，边走边下令：快，通知救护队立即跟我去天星江面去救人，那边有艘客轮翻了。

副官：是。

吉厚煌一路小跑，很快登上港边的汽艇。

李淑芹挎上急救箱与队员们紧随而上。

吉厚煌：全体人员注意，立即穿上救生衣！

李淑芹和队员们立即穿上了救生衣。

汽艇启动，沿内港快速行驶，很快驶进长江。

汽艇在江面上劈风斩浪，呼啸飞驰，尾后雪浪滔滔。

汽艇里，李淑芹眉头紧锁：吉连长，知道不知道是开往哪里的客轮翻了？

吉厚煌：不知道。营长只是说，接到团部紧急救援命令，说是有一艘客轮在天星水域触碰到水雷被炸，几百人落水。至于是开往哪里的客轮，他们也不清楚。

李淑芹：王医生他们今天乘客轮去上海，会不会是那班客轮？

吉厚煌：他们是几点的？

李淑芹：上午十点半开船。

吉厚煌默不作声，举起望远镜。

李淑芹惴惴不安。

镜头里，江面上出现了不少漂浮物和几艘施救的木船、汽艇。

吉厚煌：立即减速，就这片水域了。

汽艇立即慢了下来。

吉厚煌：大家密切注意江面！

吉厚煌再次举起望远镜。

镜头里，一个救生圈在水面漂荡。

吉厚煌：注意，左前方 500 米有人！

汽艇慢慢向救生圈靠近。

救生圈内，小女孩向汽艇呼喊挥手。

一名队员将钩棒伸向小女孩，小女孩一把抓住。

队员拉到艇边，几个人立即合力抓住女孩衣服拖了上来。

小女孩头发透湿凌乱，缠绕粘贴在脖子上，脸色苍白，瑟瑟发抖，连连咳嗽。

李淑芹立即给她换上军大衣，抱在怀里边喂热水边安慰：宝贝，没事了，没事了。

吉厚煌再次举起望远镜。

镜头里，数头江豚在江水中忽上忽下，有一头好像托着一件物体。

吉厚煌：右前方 600 米有一群江猪子，慢慢靠近查看一下。

汽艇慢慢靠近江豚。

吉厚煌惊呼：江猪子背上有人！

李淑芹一听，立即放下小女孩走近舱口查看。

一头江豚驮着一具女尸游到舷边，其余江豚伴随。

李淑芹惊叫：是王医生！是王医生！快，快，快救！快救！

几名队员立即用钩棒将王医生的尸体拖了上来。

江豚群绕着汽艇转了几圈，跳跃而去。

第四十六集 百密一疏

误将假叟当夫婿，一句怨言谍生疑。

主仆遭羁敌严审，机智应对凶化吉。

46—1 高港永安洲江堤·日外·傍晚

主要人物：小女孩、李淑芹、管半仙、贾师傅。

扬子江畔，永安洲对岸，一轮如血夕阳凌空于绵延叠嶂群山之巅，霞光万丈，如注似泻，红透天际，云蒸霞蔚；圌山报恩塔掩映在金色斜晖之中，屹立高耸，蔚为大观。

江面上，霞光揉抚，粼粼熠熠，凄美流丽，如泣如诉。

江东堤岸，枯苇浩荡，芦花起伏。

一座双头坟墓前竖立一块墓碑，上书：陈盛文、王玉兰之墓。

小女孩点燃纸箔后，跪拜磕头。

李淑芹、管半仙、贾师傅，鞠躬拜谒，肃立敬礼！

46—2 泰州小上海百货商铺·泰州和平建国第1集团军司令部·日内

主要人物：赵忠明、陈秀文。

一位头戴礼帽，戴着一副老光镜，两腮两颌长髯羊须，身穿灰色马褂的老叟，躬着腰走进店铺。

陈秀文睥他一眼：今天有什么值得开心的事！你又来这一套干吗？你知道陈泰运已经投降日本人了吗？

老叟一愣，凝视着陈秀文。

陈秀文诧异（VO）：他不是忠明？

老叟沉默不语，在店铺随意转了一下转身出了门。

陈秀文跑到门外，见老叟已经走远，连忙回到店铺摇起了电话：请接和平军司令官副总参谋长办公室。

副总参谋办公室电话响起，赵忠明拿起电话：喂，请问哪位？

陈秀文：忠明，我是秀文，你赶快到店铺来一下，我有事。

赵忠明：什么事？

陈秀文：奶奶病重。

赵忠明：好，我马上就来。

陈秀文在店铺里坐立不安，来回走动。

一辆军用吉普在商铺门口停下，赵忠明匆匆跨进店里。

陈秀文立即迎了上来：刚才来个奇怪的老头子，与你以前逗我玩的装扮走路一模一样，我以为又是来你逗我玩了，于是埋怨了一句不该说的话。

赵忠明：你说什么了？

陈秀文：我说"今天有什么值得开心的事！你又来这一套干吗？你知道陈泰运已经投降日本人了吗？"

赵忠明：陈泰运是投降日本人了，这也没什么啊。

陈秀文：可那老头子反应却不正常，凝视了我好久，却什么话也不回应就走了。

赵忠明：他可能没听清也没听懂，陈泰运是谁他根本不知道！

陈秀文：奇怪就奇怪在这里。按常理，他如果不知道陈泰运这个人他会问"陈泰运是哪个啊？"可他什么话也不说，死死地盯了我一眼就走了。

赵忠明：他可能就是个老头，就出门随便逛逛，其他与他无关的事，他根本不关心。你也太敏感了吧。

陈秀文：我看没怎么简单，凭我的直觉，这个人绝非等闲之辈。

赵忠明：那你想怎么办？

陈秀文：我们应该有所准备，以防万一。

赵忠明：行，听你的。干我们这一行是得处处小心，有备无患。

46—3　泰州日本司令部·日内

主要人物：南部襄吉、朱郁任。

川岛芳子，40岁（1906—1948），日本特务。

司令官办公室。

南部襄吉与一身男装的川岛芳子坐在沙发上。

川岛芳子（日语）：刚才我在市内转了一圈，发现一个女人很可疑。

南部襄吉（日语）：这女人干什么的？

川岛芳子（日语）：应该是个商铺老板，开了一家叫"小上海百货商铺"。

南部襄吉（日语）：噢，这个商铺我知道，是和平军赵副总参谋长家开的，那女人是他夫人。怎么啦？

川岛芳子（日语）：凭直觉，那个女人不是共产党潜伏人员就是重庆的特工。

南部襄吉（日语）：你为什么这么认为？

川岛芳子（日语）：我当时化装成一个老头，到街上随意走走，看到这家百货商铺名字很有气势，有点好奇，就随意进去看看，谁知她把我当成老熟人了，问我知道不知道陈泰运已经投降日本人了。

南部襄吉（日语）：陈泰运是刚刚投靠我们了，怎么啦？

川岛芳子（日语）：陈泰运刚刚投靠我们，她怎么就知道了？

南部襄吉（日语）：他丈夫是副总参谋长，可能会告诉她的，这有什么奇怪的？

川岛芳子（日语）：问题是她那语气明显是对陈泰运很不满！他丈夫既然是和平军的副总参谋长，那就更不应该这样了。

南部襄吉（日语）：你这么一说，我突然想起那赵副总参谋长我一直感觉在哪里见过，只是一直回忆不起来。

川岛芳子（日语）：那阁下再好好想想。

南部襄吉起身踱步，苦思冥想，突然大悟（日语）：我想起来了，在镇江句容的天王寺，有个年轻人与我们激烈交过火，很像他！

川岛芳子（日语）：那赵副总参谋长是镇江人吗？

南襄相吉（日语）：这个我还不清楚，朱总司令马上就到，我正好问问他。

川岛芳子：如果他是镇江人，那就十有八九就是他了。

日军副官进入（日语）：司令官，朱司令到了。

南部襄吉：请他进来。

侍从官走出门口：朱司令请！

徐鹏举领着朱郁任进入。

朱郁任敬礼：司令官，您好！

南部襄吉回礼（汉语）：介绍一下，这位是大日本帝国特高课川岛芳子女士。

川岛芳子敬礼（汉语）：朱总司令好！

朱郁任回礼，疑惑地伸出手：你好！

川岛芳子握着朱郁任的手：朱总司令怎么啦？

朱郁任看了一下她秀长白嫩的手：刚才司令官介绍您是女士，我以为听错了。

南部襄吉笑道：你没听错，她这装束是职业习惯。

朱郁任：啊呀，这是女汉子、巾帼英雄的形象！

南部襄吉：总司令，请坐。

三人落座。

南部襄吉：你来了，正好有件事想问你。

朱郁任：司令官请讲。

南部襄吉：你们的副总参谋长是哪里人？

朱郁任：镇江人，怎么啦？

南部襄吉：我们现在怀疑你们的副总参谋长赵忠明可能是共党或重庆特工人员。

朱郁任惊愕：这不会吧。赵副总参谋长在泰州六七年了，不但一直忠于职守，而且很有才华，是个不可多得的人才。

南部襄吉摇摇头：你们可能都被他的表面现象蒙蔽了。中国有句古话：不识庐山真面目，只缘身在此山中。川岛小姐第一次到泰州偶尔去了一趟赵忠明夫人开的那个"小上海百货商铺"就敏锐地觉察到了她的问题。后来，在川岛小姐的提示下，我猛然想起几年前在镇江句容天王寺我们还交过火，只是当时距离较远，面目不是看得很清楚，只能看到个大体模样与赵忠明十分相像，加上他也是镇江人，所以，可以基本断定，他们就是同一个人。

朱郁任：司令官，恕鄙人直言，这人像人的多呢，可不能冤枉了我们的赵副总参谋长，那会影响我们的士气。

川岛芳子：不管怎么样，朱司令可先对他详细调查调查再说，以防万一。

朱郁任：既然这样，我回去后立即认真调查。如果让一个共党或重庆的特工混进我们部队的高层那绝对非同小可！

南部襄吉：今天请你来的第二件事就是有关李明扬。李长江的事我们已经处理好了，陈泰运部队也投靠了我们，现在就剩那李明扬至今还没有处理好，围剿了几次都没能成功。南京政府为此委托川岛女士代表南京政府出面劝降李明扬，据川岛女士的调查，你们姜堰自卫总队的总队长万羹尧与李明扬的关系密切，时有往来，所以，想通过这层关系看看能不能说服李明扬。

川岛芳子：据我们了解，他们是在帝国东京留学时认识的，李明扬就读于帝国大森浩然学社，万羹尧就读于帝国士官学校，后来成了好朋友。

朱郁任：哦，是这么回事。不过，恕我冒昧，我感觉这件事成功的可能性不大。想当初，李长江与李明扬有过生死之交，都以兄弟相称，那李明扬也没有听从李长江归顺南京政府，他能听仅为好友万羹尧的吗？

南部襄吉：这可不一定。正因为李明扬与李长江是生死之交的兄弟关系，他对李长江篡位背主的叛逆行为才更为不满，心怀怨恨！所以他不可能听任背叛他的原下级调遣。这事发生在谁身上，谁都会有逆反心理。现在不一样了，李长江已被削去了兵权，并调离了集团军，我们帝国皇军等于已经替他出了这口怨气，加上陈泰运的人马都已投降，他现在已经就剩一个教导队，一个特务大队和陈中柱的余部，总共不过三千人左右，独木难支，川岛女士代表南京政府与老朋友趁机一起去劝说劝说，正是时候，他可能就会改变心态，完全有可能成功。

朱郁任：唉，听司令官这么一说，感觉还真是很有道理。不过，我也是他原来的部下，如果他的队伍被我们收编了，他会不会感觉面子上过不去？

南部襄吉：我们是劝说他归顺南京政府，只要他同意归顺，至于他是想独立编制，还是重回第1集团军，由他做主。

朱郁任：那好。这样吧，我马上派人联系万羹尧。

南部襄吉起身躬首：拜托了。

朱郁任连忙起身：司令官客气了，我们都是为了一个共同的目标。

46—4 泰州小上海百货商铺·日外

主要人物：陈秀文、赵忠明。

一位身穿灰色长褂，头戴着礼帽，眼戴墨镜的男子走进商铺。

陈秀文：请问，您买什么？

男子：现在日本人已经怀疑赵副总参谋长了，朱司令马上就要亲自调查，请你们务必立即转移，否则后果难料。

陈秀文刚想问话，男子已经匆匆离开。

陈秀文立即摇起了电话：请接赵副总参谋长办公室。嗯，忠明吗？刚才高港来人说，奶奶病危，你赶紧到店铺来，我们一起去。

陈秀文放下电话，整理衣物放进了一只旅行箱。

门口汽车刹车声，陈秀文连忙放好旅行箱迎了出去。

赵忠明从吉普车上匆匆下来，疾步走进商铺。一辆军车也在不远处停下。

陈秀文：刚才突然来了个陌生男子，说日本人已经怀疑我们了，朱司令马上就要亲自调查我们，让我们立即转移。

赵忠明：他没说他是什么人？

陈秀文：那人只说了这几句就走了，其他什么也没说。

赵忠明沉思片刻：刚才我开车出门时，已经有军警的车尾随在后面了。

陈秀文：那我们怎么办？走，还是不走？

赵忠明：那陌生男子可能是暗中保护我们的人，也可能是朱郁任派人试探我们的，如果是试探我们的，我们也走不掉了，他们已经有所准备，一走那就坐实了他们的怀疑。

陈秀文：那怎么办？

赵忠明：昨天你告诉我那个老头子事之后，我将办公室里凡是有可能暴露的东西都处理掉了，家里的那些东西你都处理好了吗？

陈秀文：昨天就处理好了。可闵启昌怎么劝就是不肯转移，他说“已经跟我们这么久了，绝不在这个时候离开我们”。

赵忠明感叹一声：危境显忠义，患难见真情！那就尊重他吧。就按我们商量好的方案办，静观其变。你要冷静，不管遇到什么情况都不要乱了方寸！

陈秀文点点头。

46 — 5 泰州小上海百货商铺 · 日外 · 内

主要人物：陈秀文。

一辆军用卡车在商铺门口停下，从车上跳下数名武装军警冲进商铺内。

陈秀文被军警押上了车。

军用卡车扬尘而去。

46 — 6 泰州稻河街区草河巷 66 号来 · 日外 · 内

主要人物：闵启昌。

一辆军用卡车在青砖黛瓦的民宅院墙外停下。数名武装军警从车上跳下一脚踢开院门闯了进去。

闵启昌被押上了车，军车扬尘而去。

46 — 7 泰州建国和平第 1 集团军司令部 · 日内

主要人物：赵忠明、朱郁任、南部襄吉、川岛芳子。

两名持枪军警闯进赵忠明办公室：赵副总参谋长，朱总司令请你去一下！

赵忠明冷眼看了他们一眼：你们这阵势发生什么事了？

军警：我们也不知道，奉命行事，请吧！

赵忠明不慌不忙站起身来整了整衣帽：走吧。

两名军警押着赵忠明行走在走廊上，各科室的军官们纷纷从门口探出身来查看，窃窃私语。

两军警押着赵忠明行至总司令办公室门口：报告！

总司令办公室朱郁任（OS）：进来！

三人进入。

朱郁任、南部襄吉、川岛芳子站在办公室内。

赵忠明立正敬礼：总司令！司令官！

朱郁任面色冷峻：卸了他的武器！

两名军警立即上前收缴赵忠明身上的佩枪。

朱郁任：你们先出去。

两名军警：是！

两名军警转身离开。

朱郁任：赵副总参谋长，有人举报你是共党分子，现在要对你进行严格审查。

赵忠明：什么？有人举报我是共党分子？真是太荒谬了。我到这里已经快七年了，我是什么人总司令应该对我十分了解了。我不知道是谁举报的，出于什么目的，但我相信总司令一定能够查个水落石出，还我一个清白。

朱郁任：你到了泰州后的情况我还是比较了解的，但你到泰州之前，我还不了解。你先说说，你到泰州之前的情况。

赵忠明：我到泰州之前在镇江师范学校读书，由于战争学校解散了，一时不知道干什么，后来父母叫我到高港来跟在舅舅后面学医，在舅舅后面学了一年多后，李明扬得知我来高港了，就派夫人来找我，劝我到他的部队来，说部队十分需要像我这样有文化的人，并保证不会亏待我。至于李明扬为什么这么看好我，我想总司令应该也听说过了，他在镇江江南大酒店开军事会议时，遭飞机轰炸，当时我正好在对面的我大哥的怀仁诊所，去救过他的命。

南部襄吉：你舅舅叫什么名字？

赵忠明：回禀阁下，他叫汤承业。

南部襄吉：汤老先生是你舅舅？那他怎么没在我面前提起过你？

赵忠明：本来我跟在他后面学医学得好好的，他也十分看中我，真心实意想将他的全部医术传授给我，很希望我成为他的继承人，可我突然弃医从军他很不高兴，所以从不愿意在别人面前提我的事。

南部襄吉：那你什么时候来高港的？

赵忠明：1937年年底。

南部襄吉：是与你父母一起来高港的吗？

赵忠明：不是。我先来的。那时父母还在镇江。镇江还有许多房产，是他们一生的心血，他们舍不得离开。

南部襄吉：那你父母什么时候来高港的？

赵忠明：后来只有我奶奶和父亲以及我大嫂、二哥来了，具体什么时候来的我也记不得了，大概我来了快两年他们才来的。

南部襄吉：那他们后来怎么又来高港了？

赵忠明：那是因为我父亲有腰疼的老病，在镇江治了好久都没有治好，而我舅舅在高港是一个远近闻名的老中医，所以想让舅舅好好治治除掉病根。

南部襄吉：就这么简单？

赵忠明：当然还有其他一些原因。

南部襄吉：其他什么原因？

赵忠明：据我父亲说，他们为了躲避战火，从镇江移居到了句容的老家的爷爷奶奶那里。后来爷爷奶奶因为与同一个街上的朱家长期有矛盾，结怨很深，直到最后恶化到了你死我活的地步，结果造成双方都家破人亡。

南部襄吉：说说具体情况。

赵忠明：具体情况我也不怎么清楚，只有我二哥清楚。

南部襄吉：你二哥叫什么名字？

赵忠明：他叫赵忠全。

南部襄吉：他干什么的？现在在哪里？

赵忠明：他原来在李明扬手下，后来到了陈泰运的税警总团做参谋，现在我也不知道他去哪儿了。

朱郁任：你和赵忠全怎么从一个部队分开了？

赵忠明：后来他嫌弃李明扬的部队是个蒋介石的杂牌军，不仅武器装备很差，待遇也不高，觉得继续待在这里没有前途，后来就投奔了陈泰运。李长江接任总司令归顺南京政府后，曾委派我秘密去劝说他和陈泰运归顺，但我二哥在江阴海战、镇江焦山以及高港靴子圩与帝国军队多次血战过，并差一点儿丢了性命，对帝国有着刻骨仇恨，是个十分顽固的反日抗日分子，与陈泰运的情况相似，所以两个人我都没有说得通。

朱郁任：可据我们调查，你是与你父母一起来高港的，你怎么解释？

赵忠明：这不可能，你们的调查肯定有误。我从 1937 年年底就在我舅舅那里学医，从来没有离开过。这个，你们可以去问我舅舅。

南部襄吉：那你认识赵忠仁医生吗？

赵忠明：当然认识，他是我的亲大哥，我学医时，他的诊所就在我舅舅的对门，我经常去。可惜，他已经被新四军杀害了。我奶奶和父亲到现在还不知道。我们一直瞒着他们，怕他们接受不了。

南部襄吉脸色缓和：你所说的这些，我们还要进一步调查核实，等查明白了再说，这段时间还得委屈你一下。

赵忠明：没事。君子坦荡荡，小人长戚戚。

朱郁任点点头：来人！

两名军警进入。

朱郁任：先将赵副总参谋长带下去。

46—8　泰州和平建国第1集团军司令部·日内

主要人物：陈秀文、朱郁任、南部襄吉、川岛芳子。

陈秀文黑布蒙眼被两名军警押至司令部办公室。朱郁任、南部襄吉、川岛芳子坐在沙发上注视着眼前的陈秀文。

朱郁任：给她揭开黑布。

两名军警揭了黑布后退了出去。

陈秀文揉了揉眼睛，茫然看了看四周。

川岛芳子起身走近：赵夫人，还认得我吗？

陈秀文摇摇头：对不起，不认识。

川岛芳子得意一笑：实话告诉你吧，我就是昨天到过你商铺里的那个老头。

陈秀文：每天到我商铺买东西的人多了，我哪里记得这么多。不过，你这么一说，我好像还有点印象。

朱郁任走近：赵夫人，认识我吗？

陈秀文：不认识，但面熟。你们是什么人？竟然敢绑架我？知道我是谁吗？

朱郁任：我们是什么人并不重要，我就是想知道你究竟是谁？

陈秀文：我究竟是谁你们不打听打听就敢绑架我？我告诉你，我先生可是泰州和平军里面的副总参谋长，我劝你们赶紧放了我，否则，你们吃不了兜着走。

朱郁任：请再仔细看看我们是谁？

陈秀文蔑视：一见到你就很面熟，就是一下子想不起来了。不过，看你们一身军装，不是国民党就是新四军！或者经过化装了的土匪。以前就有人穿着你们这身衣服到我商铺里来敲诈勒索。我一提我先生，他们就被吓跑了，估计你也来敲诈过我。

朱郁任哈哈一笑：还有这事？

陈秀文：可不光这事儿，小偷、地痞、维持会、警察、什么人都来敲诈过。要不是抬出我丈夫的名字，我这商铺根本就没法开下去。

南部襄吉：好了。既然这样，那我们就直说了，这就是和平集团军朱总司令。

陈秀文惊愕：啊，您就是朱总司令？

朱郁任：怎么，不像？

陈秀文：您这么一说我还真想起来了，我们见过一面，好像是在江都的仙女庙。对，不错，就是在那里！这一晃都几年过去了。朱总司令，不好意思，都是我眼拙，有眼不识泰山！请您多多包涵。不过，朱总司令，今天您这是……？

朱郁任：一下子没认出我很正常，毕竟是好几年没遇到了，不过这没关系。今天请你来主要是要弄清楚你的真实身份，因为我们接到举报，说你的真实身份是共产党的特工！

陈秀文惊愕：什么，竟有人说我是共产党的特工？呵呵，我丈夫是和平军的高级军官，共产党不杀我就烧高香了还会要我？

南部襄吉：正因为你先生是和平军的高级军官，所以共产党才会拉拢和利用你，你才最有可能成为共产党的特工。

陈秀文：我可不是哪个党派，哪个组织随便就能拉拢得了的人，我丈夫已经是个有头有脸的人物了，我会珍惜我们现在所拥有的一切。如果有人想往我身上泼脏水，那请总司令一定要查个水落石出，还我一个清白。反正我是身正不怕影子歪。

朱郁任：那请赵夫人回答我几个问题。

陈秀文：总司令请随便问，只要我知道的一定全部如实告诉您。

朱郁任：你跟赵副总参谋长是怎么认识的？

陈秀文：我们都是镇江人，他家离我家不远，从小就认识，天天在一起玩。并且后来又同在镇江师范学校上学。

朱郁任：照你这么说，你们是青梅竹马了？

陈秀文：对，我们就是青梅竹马、两小无猜。

南部襄吉：你什么时候到高港的？

陈秀文：大概 1937 年年底。

南部襄吉：为什么要到高港来，你们几个人一起来的？

陈秀文：因为镇江经常受到飞机轰炸，为了躲避战火，赵忠明说他要到高港跟他舅舅学医，所以我就跟他一起来了。

南部襄吉：赵忠明在他舅舅那里学医时你在哪里？做什么？

陈秀文：我一个女孩子还能做什么，在一个小学里做教师。

南部襄吉：哪里的小学？叫什么名字？

陈秀文：永安洲的上桥小学。

南部襄吉：据我们调查，赵忠明曾经离开过他舅舅一段时间，你知道这段时间他去哪儿了？

陈秀文：他没有离开他舅舅那里啊，我每个星期天都到他舅舅那里玩，我最清楚不过了。后来，他到了泰州，为了我们见面方便，我才开了个“小上海百货商铺”。再后来，我们就结婚了，当时还请了李明扬和李长江喝了喜酒呢。

川岛芳子走近：我想问赵夫人几个问题。

陈秀文：请问吧。

川岛芳子：那天你把我当成你的什么人了？

陈秀文：把你当成我先生了。

川岛芳子：可你先生根本就没这么老！

陈秀文：当然没有。那时我们还没有结婚，有次他装扮成一个老头来逗我玩，与你那天的打扮一模一样，所以我误以为又是他来逗我玩的。

川岛芳子：真的这么巧？

陈秀文：就是这么巧，无巧不成书。

川岛芳子：那你怎么知道陈泰运投靠我们了？

陈秀文：是警备团的一个连长来我这里买烟说的，他说，陈泰运的部队前几天被皇军围剿损失惨重，已经投降了。泰州城里的驻军，会抽烟的都到我这里来买，我对他们也很优惠。

川岛芳子：你先生是和平军的副总参谋长，按道理，陈泰运投降了，你应该高兴才是，可你为什么好像对陈泰运很不满呢？

陈秀文：不是好像，就是对他很不满。想当初我先生冒着那么大的风险去劝说归顺，可他铁板一块，雷打不动，怎么劝也不听。现在倒好，反而主动投降了。害得我先生不仅在李总司令面前颜面扫地，还有那5000块大洋也打了水漂。

朱郁任：怎么？当时还花了那么多大洋？

陈秀文：不是花了那么多大洋，而是李长江当时向我丈夫承诺过，如果将他俩劝降成功，奖励我先生5000大洋呢。你看看，这5000千大洋要我开多少年的商铺才赚得到？

朱郁任抿嘴一笑：这倒也是。

陈秀文愤懑：总司令，你说这陈泰运是不是个属核桃的——搕噶吃的杲昃？

朱郁任哈哈一笑：他就是公鸡嫖马马——不兜儿圈不行。

南部襄吉：赵夫人所回答的问题我们还要进一步调查核实，所以暂时还得委屈几天，等我们核实清楚了你才能回去。

陈秀文：没问题，你们尽管去核实吧。我心中无愧天地宽。

朱郁任：来人！

两名军警进入。

朱郁任：先将陈赵夫人带去休息。

两军警将陈秀文带走。

朱郁任：司令官阁下，我看他俩都没有什么问题。

南部襄吉连连摇头：不，不，不，现在下结论还太早了。他们两个都读过不少的书，如果再经过特训，行思缜密，很难露出什么破绽。我们审讯的重点应该放在那个侍从身上。

46—9　泰州和平军刑讯室·夜内

主要人物：朱郁任、闵启昌、南部襄吉。

闵启昌双手被铐着由两名军警带进刑讯室。

朱郁任、南部襄吉坐在审讯桌旁，川岛芳子站在旁边。

朱郁任：闵启昌，知道为什么会抓你吗？

闵启昌：长官，我真不知道是怎么回事，我就一个佣人，从来没有做对不起主人的事，为什么要抓我？你们抓我主人知道吗？

朱郁任：这个并不重要。重要的是你要跟我说实话，免得你皮肉受苦。

闵启昌：你们想知道什么，只要我知道的，一定照实说。

朱郁任：我问你，你在赵副总参谋长家多久了？

闵启昌：时间太长了，具体我也没算过，大概七八年了吧。

朱郁任：你怎么认识赵副总参谋长的？

闵启昌：我们家一直租种的他家的地，从小就认识。

南部襄吉：你什么时候到高港的？

闵启昌：当时我和我们少爷一起来的。

南部襄吉：具体是什么时间？

闵启昌：大概1937年年底。

南部襄吉一拍桌子：你的胡说，据我们调查，你们1939年才到高港的。

闵启昌一抖索，惊恐不已：长官，我，我没胡说，就是1937年年底镇江被你们占领了，我随我们主人过了江。

南部襄吉：你的，还不说实话，来人，带出去用刑。

两名军警立即上前将闵启昌架了出去，绑在刑具上，两名刽子手上前挥起鞭子一阵猛抽。

闵启昌嘶心裂肺地痛苦号叫，身上立即皮开肉绽，鲜血淋漓。

南部襄吉走了过来，凶神恶煞：说不说实话？

闵启昌：我没说谎，说的就是实话啊。

南部襄吉一摆头：继续！

两名刽子手上前挥鞭又是一阵猛抽。

闵启昌痛苦不堪。

朱郁任：说实话吧，否则，还要皮肉受苦，甚至小命难保。

闵启昌连连求饶：别打了，饶了我吧，我实在受不了了，我说实话，我是是 1939 年过来的。

南部襄吉：几个人一起过来的？

闵启昌：与老太太、老爷他们一起过来的。

南部襄吉露出满意笑容：还有谁？

闵启昌：还有大少奶奶、二少爷和两个小孩。

南部襄吉：大少奶奶是谁，二少爷又是谁？

闵启昌：大少奶奶就是赵医生的夫人，二少爷就是我主人的二哥赵忠全。

南部襄吉：你还没说实话，继续！

两名刽子手拿着火红烙铁向闵启昌的腿上烫去。

闵启昌立即凄惨号叫，浑身抽搐，皮肉焦糊，青烟骤起。

站在一旁的川岛芳子不忍目睹，转过身去。

朱郁任捂着鼻子：快老实交代吧，再不老实就晚了。

闵启昌有气无力：我，我已经全是实话了。

南部襄吉：开始为什么不说实话？

闵启昌：开始因为我跟二少爷一起为了保护赵家的一家老小与司令官交过火。

朱郁任：你的二少爷是干什么的？

闵启昌：二少爷原来是国军里军官。

朱郁任：那与司令官交过火是怎么回事？

闵启昌：二少爷的部队原来驻守江阴要塞炮台，后来炮台失守，部队被打散了，二少爷就跑回老家了。

南部襄吉：交火时你们三少爷赵忠明在哪儿？

闵启昌：三少爷不在老家，他早就离家到高港跟他舅舅学医了。

朱郁任：还有什么没交代的吗？

闵启昌头一歪，昏迷过去。

朱郁任摆了摆手：好了。带下去！

两名刽子手将闵启昌拖了出去。

朱郁任：看来，阁下可能认错人了。会不会将赵忠全看成赵副总参谋长了？

他们两个人是亲兄弟，有可能很像。

南部襄吉：现在还不能完全排除赵忠明的嫌疑。我还要验证一下。

朱郁任：怎么验证？

南部襄吉：我自有办法。

46 — 10　泰州日军司令部 · 日内

主要人物：南部襄吉、汤承业。

日军副官领着汤承业走进司令官办公室。

南部襄吉立即起身相迎握手：汤老先生好！好久不见，请坐！

汤承业：谢谢司令官！

两人入座，副官奉上茶。

汤承业：我听说我外甥赵忠明出事了，所以特来拜见一下司令官，想了解一下到底发生了什么情况？

南部襄吉：是这样的，我们接到举报，说您的外甥是潜伏在和平集团军里的一名共党特工。所以，我们不得不立即采取相应的措施，暂时控制一下他的自由进行调查。

汤承业：那调查清楚了没有？

南部襄吉：作了初步调查，现在还不好下结论。

汤承业：那现在怀疑他有什么证据没有？

南部襄吉：证据当然有，只是还不是很充分，需要进一步核实。

汤承业：我的外甥我了解，他家境还不错，不缺钱用，应该不会去做脚踩两只船的事。是什么证据可以告诉我吗？

南部襄吉：这个还请您原谅，暂时不可对外透露。不过，我正想求询一下汤老先生。

汤承业：司令官客气了，有问题尽管问，我一定坦诚相告。

南部襄吉：请问，您外甥是什么时候跟在您身边学医的？

汤承业：啊呀，那可早了。大概是 1937 年年底吧。反正是在我这里过的年，具体什么时间，我也记不得了。

南部襄吉：当时几个人过来的。

汤承业：当时就两个人。

南部襄吉：还一个是谁？

汤承业：还一个就是他现在的媳妇啊。

南部襄吉：他学医期间离开一段时间没有？

汤承业：没有啊。当时他正在与现在的媳妇谈对象，两人关系亲密得很，哪儿也不去，就是偶尔到江边或者街上玩玩。后来我外甥去泰州跟了李明扬，将媳妇也一起带走了，以后的情况我就不清楚了。

南部襄吉：您一共有几个亲外甥啊？

汤承业伸出三个手指：一共三个啊。

南部襄吉：三个外甥哪个长得像您啊？

汤承业：三个都不像我。

南部襄吉：那他们都像谁呢？

汤承业：老大像他母亲，老二、老三像他父亲。怎么啦？

南部襄吉：没什么，我就随便问问。三个外甥哪个跟您更亲近一点？

汤承业：老大、老三与我接触多一点，所以更亲近一点。老二一直当兵接触少一点，自然就疏远了些。

南部襄吉：老二在哪里当兵？

汤承业：他原来在江阴要塞炮台当台长，后来他的部队被打散后逃回老家住了一段时间，再后来就将他奶奶、父亲带到高港让我帮助照顾，自己跑到泰州李明扬的部队去了，以后听说嫌李明扬的部队是个杂牌军又跑到陈泰运那里去了。

南部襄吉：那他现在呢？

汤承业：好几年都没见到他，现在不知道他又跑到哪里去了，是死是活也不清楚。

南部襄吉：您外甥赵忠明的事我会妥善处理的，不会为难他，请放心。

汤承业起身拱手：那先谢谢司令官了，希望不要冤枉他。

46 — 11　泰州日军司令部 · 日内

主要人物：南部襄吉、陈泰运。

陈泰运被日军副官领进司令官办公室。

南部襄吉端坐在办公桌旁的椅子上。

陈泰运立正敬礼：报告司令官！

南部襄吉微微一点头：叫你来想问你几个事。

陈泰运：只要卑职知道的一定如实禀告。

南部襄吉：你认识和平军副总参谋长赵忠明吗？

陈泰运：认识，只是见面不多，大概只见过两次。

南部襄吉：两次都是什么时候？

陈泰运：第一次是新四军跟韩德勤黄桥会战之前，他与新四军的纵队管司令和黄桥的朱将军送来陈毅的亲笔信，让我尽快将部队从海安转移到姜堰，以防受到韩德勤的挟持。

南部襄吉一听立即来了精神，注视着陈泰运：哦，还有这事！那第二次呢？

陈泰运：第二次是他受李长江的委托，来劝说我部归顺李长江。

南部襄吉叹了口气：那赵忠全你认识吗？

陈泰运：他我就更认识了，就是赵忠明的二哥，原来就在我手下做参谋。

南部襄吉：那你觉得他们兄弟两人长得很像吗？

陈泰运：很像。两人年龄差不多，不注意看还以为是一个人呢。第一次见到他，我还以为是双胞胎呢。

南部襄吉失望地靠在了椅子上。

46—12　泰州和平建国第1集团军司令部·日内

主要人物：赵忠明、朱郁任、南部襄吉。

赵忠明被两名军警带到办公室。

朱郁任、南部襄吉站在办公室。

赵忠明立正敬礼：总司令、司令官！

南部襄吉走近赵忠明：经过我们详细的调查，以及你夫人和你家佣人的口供，现在可以证明你就是潜伏在和平集团军里新四军高级特工人员。本来立即将你羁押起来，后来，你舅舅来找我了，请求我放你一马。考虑到你舅舅曾经救过我一命，所以，我给你一次机会，希望你好好珍惜，将你的问题都交代清楚，认罪悔过，我们可以既往不咎。

赵忠明：司令官阁下，我夫人和我家佣人不可能说什么的，因为我根本没做任何超出我职责范围的事。说我是新四军特工，那请出示一下你们所掌握的证据好吗，让我心服口服。

朱郁任：既然司令官这么说了，那肯定有充分的证据了。念我们同事多年，只要你将你联系的上下线说清楚了，我们也不会为难你的。

赵忠明：总司令，我哪有什么上下线，您叫我怎么说？

南部襄吉：可你夫人交代，你每次都是将军事情报透露给她，由她转送出去。

赵忠明：根本不可能，部队里的事我从来不跟她谈。

南部襄吉：你家的那个佣人也交代，你夫人也经常让他送情报。

赵忠明：那更不可能了，他就是一个纯粹的佣人而已。

南部襄吉：那我问你，你为新四军送过信吗？

赵忠明：为新四军送信？怎么可能呢，我从不与新四军有任何瓜葛，为他们送什么信？

南部襄吉：真的吗？

赵忠明：当然真的。如果我说谎了，您也别看在我舅舅的面子，任凭处置！

南部襄吉：那你有没有为新四军送信给陈泰运？

赵忠明：司令官说的是韩陈黄桥会战前的那件事？

南部襄吉：说说那是怎么回事？

赵忠明叹了一口气：这件事说来就复杂了。韩、陈、李之间的矛盾这个朱总司令十分清楚，我就不说了。就说为新四军给陈泰运送信的这件事吧。准确地说，不是我为新四军给陈泰运送信，而是新四军派了他们自己的人给陈泰运送信，我只是负责提供车辆，并保证新四军人员的安全。不过，这不是我个人的行为，而是受李明扬的派遣。因为我当时是警备团的团长，服从长官的命令是我的职责。朱总司令如果现在派我去做什么，我也是这样。

朱郁任欣慰地点点头。

第四十七集　先礼后兵

川岛芳子访明扬，招安未果曙空降。

唐甸东窗魃双影，身世浮沉野水荡。

47—1　泰州和平军刑讯室·日内

主要人物：陈秀文、朱郁任、南部襄吉、川岛芳子。

陈秀文双手被铐由军警押至刑讯室。

朱郁任、南部襄吉端坐在办公桌旁，川岛芳子站在旁边。

朱郁任：赵夫人，今天给你最后一次机会，希望你不要错过。

陈秀文淡定：生死有命，富贵在天。

南部襄吉：现在赵忠明已经将你们向新四军递送军事情报的事全部交代了。

川岛芳子注视着陈秀文表情。

陈秀文：他全部交代了，那司令官还问我干什么呢？

南部襄吉：他说，你们已经向新四军递送了多次军事情报，你们都是单线联系，每次都是他先将情报交给你，由你送出去。你说说你将情报都送给谁了？也就是你的下线是谁？

陈秀文：这个我无法回答你。

南部襄吉：为什么？

陈秀文：因为你所说的都是子虚乌有的事，我怎么回答？

南部襄吉：什么叫子虚乌有？你家的那个佣人也都招供了，与赵忠明所交代的基本一致，并且他也帮送过情报。

陈秀文：那他说了他的下线是谁了吗？

南部襄吉：当然交代了，现在我们已经将人抓获了。

陈秀文：那还问我干什么呢？

朱郁任：司令官是希望你悔过自新，因为，赵忠明求司令官保你一条命。

陈秀文：我什么错事也没有做，怎么悔过自新呢？

朱郁任：你真是不撞南墙不回头啊！你如果还这么固执，那谁也救不了你了。

陈秀文：只要你们不冤枉我，就是救我了。

南部襄吉：带出去，用刑！

两名军警立即将陈秀文架了出去，绑在了刑具上。

一名刽子手挥起鞭子就要抽。

川岛芳子：等一下！我要跟司令官说句话。

刽子手放下鞭子。

川岛芳子走近南部襄吉（日语）：别打了，我已经细致观察了她回答每一个问题时的面部表情，从专业角度上可以判断，她没有说谎，并且，目前他们三人的口供与那个汤老先生所陈述的情况都基本一致，也符合情理，那陈泰运也证明赵忠明与赵忠全年龄相仿，样子也很像，说明当初与阁下交火的是赵忠全，而不是赵忠明，现在完全可以排除他们所有的嫌疑了，放了吧，毕竟她是副总参谋长的夫人。

47—2　泰州和平建国第1集团军司令部·日内

主要人物：赵忠明、朱郁任。

赵忠明一身军服走至总司令门口：报告！

朱郁任坐在办公桌旁：进来！

赵忠明进入立正敬礼，双手递上一张纸：总司令，这是卑职的辞职信，请予恩准！

朱郁任接过信，看了一眼：还在生气呢，日本人不都向你道过歉了嘛，干吗还这么不依不饶的呢？

赵忠明：总司令，恕卑职直言，卑职供职这几年来尽管能力有限，但还算尽心尽责。可一家人却突然遭受如此羞辱，岂能不心灰意冷！尤其看到跟随我多年，老实本分的佣人浑身皮开肉绽，体无完肤，受尽酷刑摧残，非人折磨，更是心如刀绞，悔不当初。现在与夫人商量之后，决定还是回舅舅那里重操旧业。

朱郁任：确实，这次你们是遭受了很大的委屈，不管什么人都会心有怨气，这个可以理解，但同时也希望你充分理解我们的苦衷。现在国内的形势十分复杂，三大阵营的特工组织都绞尽脑汁地通过各种渠道和手段相互渗透，防不胜防，我们稍不注意就可能造成重要军事情报的泄露，给军事行动带来不可估量的损失，甚至是灭顶之灾。那蒋某人就曾经说过“宁可错杀一千，也绝不放过一个”。而我和南部司令官为了防止你被冤枉，所以才亲自调查。因为你毕竟是我们的副总参谋长，身份特殊，必须查个一清二楚，这样，不仅是对和平集团军负责，也是对你们负责。现在已经还了你们一个清白，我也安心了，也希望你们宽容大度，抛弃前嫌，继续履行好自己的职责，我们集团军十分需要你这样的人才。

赵忠明：谢谢总司令的抬举。不过，身为一位和平集团军的副总参谋长，连自己的家佣到现在还依然被羁押，别人会怎么看？

朱郁任：你那佣人因为自己交代曾参与你家老二袭击了南部司令官，造成他身受重伤，所以，现在没有释放他。

赵忠明：那还是很早以前的事。以前我们集团军里的许多官兵都与日本人交过火，如果都这么计较，是不是都应该将他们抓起来呢？

朱郁任：你说得也是。以前是以前，现在是现在。这样吧，我与南部司令官打个招呼，就看在他是你赵副总参谋长家多年的佣人，放他一马。你看怎么样？

赵忠明：既然总司令这么赏脸，卑职再不领情，那就真的不识抬举了。

朱郁任：那好，就这么说定了。我可以放你几天假，你们夫妻好好放松放松！

赵忠明立正敬礼：谢谢总司令！

47—3　泰州日军司令部·日内

主要人物：朱郁任、南部襄吉、川岛芳子。

万羹尧，40岁左右，姜堰伪自卫队队长。

日军侍从官领着朱郁任、万羹尧走进司令官办公室。

南部襄吉、川岛芳子从沙发上站了起来。

朱郁任敬礼：司令官，这是姜堰自卫总队队长万羹尧！

万羹尧立正敬礼：司令官好！

南部襄吉回礼：万队长，介绍一下，这位就是川岛女士！

川岛芳子立正、敬礼、躬身：请多关照！

万羹尧：司令官，我们已经跟李明扬联系上了，他同意与川岛女士见面。

南部襄吉：李明扬的部队现在驻扎在哪里？

万羹尧：这个我们也不知道，他都是派中间人带信给我们。

南部襄吉：那会面地点在哪里？

万羹尧：李明扬派人回信说，让川岛女士到姜堰自卫总队等候，他们会随时派人来接！

南部襄吉：你陪同一起去吗？

万羹尧：李明扬不同意我一起去。

南部襄吉：那怎么保证川岛女士的安全呢？

万羹尧：这个请司令官放心，我们中国自古就有个不成文的规矩，两军交战，不斩来使！川岛女士代表南京政府去谈判的，李明扬不可能伤害她。这一点我们也都说好了的。

南部襄吉：那好吧。川岛女士，你这就跟万队长去姜堰。

川岛芳子躬身：好的。那我就单刀赴会吧，我也早就习惯了。

朱郁任：祝川岛女士一路平安，马到成功！

47 — 4　姜堰伪自卫总队驻地 · 日内 · 外

主要人物：万羹尧、川岛芳子。

伪自卫总队办公室。

万羹尧和两名自卫队员与一身男装装束的川岛芳子站在屋内。

万羹尧：川岛女士，李明扬的人要求，您如果跟他们的人走，必须蒙上眼睛，这个您同意吗？

川岛芳子：这个没问题。

万羹尧一挥手，两名自卫队员上前给川岛芳子蒙上一条黑布。然后搀着她的手臂出了屋。

万羹尧与队员带着川岛芳子走了一段路，来到河边一个小码头。码头上停泊了一条篷船。

船上来两名便衣男子接过川岛芳子，对她上上下下检查了一遍之后，小心翼翼地搀着她的手臂上了船。

篷船缓缓离开码头。

47 — 5　泰东河面 · 日外

主要人物：川岛芳子。

男子（甲、乙），20岁左右，押解士兵。

篷船拐进一条狭长绵延的河流——泰东河缓缓划行。水面，水草丰腴，野凫游荡；两岸，芦苇葱葱，杂草丛生。船上的长条木椅上坐着双眼蒙着黑布的川岛芳子，两名便衣男子坐在对面。

川岛芳子开始坐立不安：先生，我眼睛很痒，很难受，我可以将蒙布拿下来揉一下吗？

男子（甲）：对不起，不可以。你就在蒙布外面揉一揉吧。

川岛芳子：还有多久可以到？

男子（乙）：到了，我们自然就会给你揭开。

川岛芳子：我想解手怎么办？

男子（甲）：对不起，这小船上女人解手不方便，你还是熬着吧，用不多久就到了。

川岛芳子：请问两位先生贵姓？

男子（乙）：对不起，不方便告诉你。

川岛芳子轻叹一口气，无聊地靠在长条木椅子上不再言语，静听着舱外船桨"哗啦、哗啦"的划水声。

47—6　泰州北郊唐家甸·日外

篷船驶入一条宽阔的河流——盐河，河中来来往往的运输船不时地从篷船边撑槁而过。河岸上，几队纤夫背拉着长长的绳索，打着号子，奋力牵引着几艘帆船艰难前行。

篷船缓缓驶入一处更为宽广的水域，碧波荡漾，烟波浩渺，大小船只，星罗棋布。水岸上坐落了一座大村庄。近岸的水域中，几道粗圆的一根根木桩，竖立排布，若隐若现在碧水之中。进入村庄的航道水平面下，拦着一扇木栅水门。

篷船慢慢靠近门栅。停泊在门栅旁边的一条小木船上，两名国军士兵打开锁在木柱上的铁链，用竹篙铁钩，拉开木栅，篷船驶入庄内河道，河道两岸当头，修建了两座碉堡，庄内河道纵横，小桥流水，篷船靠上一个小码头。

码头四周停泊着几条小木船，国军士兵来来往往、上上下下。篷船上，两名男子将川岛芳子带上码头，穿过麻石小巷，迈过石级孔桥，进入一处设有门岗，门口悬挂"泰州民国政府""长江下游挺进军总司令部"木牌的大院。两名国军哨兵持枪肃立两边。

47—7　泰州北郊唐家甸长江下游挺进军总司令部·日内

主要人物：川岛芳子、李明扬。

丁作彬，40岁左右，民国政府泰州县县长

两名男子守卫在茅房出口。

川岛芳子整了整衣衫，一走出茅房便又被重新蒙上黑布带进司令部办公室。

两名男子揭开了川岛芳子眼睛上的黑布，关上门守卫在门口。

川岛芳子睁开眼睛，眼前一片模糊，揉了几揉，坐到一张椅子上。

侍从官进来沏上茶：请喝茶！总司令马上就到。

川岛芳子：谢谢！

川岛芳子边喝茶边环视了一下四周。

屋子里，木梁黛瓦，青砖铺地。几张椅子，一张八仙桌，阳光从木窗里投射进来，窗明几净。

川岛芳子刚起身想靠近窗户，李明扬、丁作彬推门而入。

李明扬：川岛女士，你好！

川岛芳子连忙转身立正躬身：李总司令好！

两人握手。

李明扬：介绍一下，这是我们的丁县长！

川岛芳子立正躬身：丁县长好！

丁作彬伸出手：川岛女士好！

川岛芳子伸出手臂，手尖蜻蜓点水碰了一下。

李明扬：请坐！

三人落座。

李明扬：不好意思，由于众所周知的原因，今天委屈你了。

川岛芳子：没关系，可以理解。希望这次见面以后我们能够成为朋友，以诚相待，来往自由。

李明扬：我也希望如此啊，因为，据我了解，你虽然在日本长大，但却是不折不扣的中国人，你的中国名字叫“金碧辉”吧？我还是称呼你“金女士”好吗？这样顺口些。

川岛芳子：好的。看来，总司令对我还挺了解啊。

李明扬：你可是大名鼎鼎啊，不仅相貌出众，而且能力超群。可谓才貌双全、出类拔萃。

川岛芳子：总司令过奖了。

李明扬：说实话，正因为这样，所以，当万司令传信给我，说你想见我时，我还真的很乐意见一见，一睹芳容！今日一见果然是名不虚传！幸会！幸会！

川岛芳子：能够得到总司令如此赞赏，真是十分荣幸！

丁作彬：川岛女士可谓英姿飒爽！

川岛芳子：丁县长谬赞了。总司令的威名我也早有耳闻，内心也是崇敬之至，尤其是新任不久的南京国民政府陈公博主席更是倍加关心，所以，这次委派我来与总司令坦诚交流，为中日友好，和平建国，共同繁荣尽绵薄之力。

李明扬：我何尝不想中日和平友好，和平建国，共同繁荣。可你看看，自日本发动九·一八事件后，中日何曾和平过？日本现在已经侵占了大半个中国，杀害了无数的中国人，还怎么和平？

川岛芳子：这就是战争的残酷性，也正因为如此，你们国民党汪精卫先生为了中国老百姓免遭战争涂炭，审时度势，十分明智地与我们大日本帝国通力合作，共存共荣，让民众安居乐业，国家繁荣昌盛。

李明扬：金女士，恕老朽直言。日本人所谓的“共存共荣”其实就是个“狗皮膏药”，目的不是什么“共存共荣”，而是打着光鲜的旗号，掠夺我们的矿产资源，以发展壮大自身的经济、军事实力，好在世界称王称霸。再说了，自鸦片战争、甲午战争之后，日本人一直蔑称我们为“东亚病夫”，对中国虎视眈眈，想将中国变成他们的附庸国、殖民地加以奴役。如果我们中国人都像汪精卫、陈公博那样，中国人则永远是日本人眼中的“东亚病夫”。

川岛芳子：总司令，那请问，为什么你们中国会被我们日本人蔑称为“东亚病夫”呢？那还不是因为，中国尽管地大物博，但政治、经济、军事一直发展落后，鸦片战争、甲午战争的失败更令中国的国际地位一落千丈。而反观我们的日本帝国，自明治维新后，政治、经济，军事的发展突飞猛进，很快就一跃成为世界强国，这是有目共睹的。你们中国也有许多仁人志士为了振邦兴国，东渡我大日本帝国留学，学习治国理政经验，可结果呢，邯郸学步。戊戌变法以失败而告终。辛亥革命，民国推翻了清朝，不但没有使国家富强，民族兴旺，反而造成国家军阀割据，乱党烽起，各自为政，四分五裂；军阀混战，国乱家破，经济萧条，民不聊生。根本没有学到我们大日本帝国明治维新后的治国理政精华。现在大日本帝国出兵是帮助中国剿灭军阀，清除乱党，是为了统一中国，加强中央集权政治，建立新秩序，有何不可呢？中国古代秦国不也是通过军事手段打败了七国，统一了中华，才有了后来秦朝的强盛？翻开中国几千年的历史，历朝历代的兴衰更迭，无不是弱肉强食，优胜劣汰，从现在的中国局势来看，大乱必须大治，而大治必须依靠我们大日本的军事实力，治国方略，平定天下，祛病除疴。所以还望总司令高瞻远瞩，从国家民族的根本利益出发，与陈主席携手同心，共创大国伟业。

丁作彬赞赏地看了川岛芳子一眼，若有所思。

李明扬：金女士果然是侠行天下，卓尔不凡！言辞灼灼，惊世骇俗。不过，有两点鄙人不敢苟同。首先，你讲日本是为了中国的统一才发动战争的，那东北也应该归南京政府所辖，怎么又另立了一个满洲政府？其次，日本的明治维新是很成功，但他是通过日本内部自身革命而实现的，而不是靠外国列强的霸凌欺侮。外部的霸凌欺侮只是自身革命的动力，自我革命，自我改革创新才是成功的根本。非洲和南洋民众已经被欧洲的西班牙、葡萄牙、英、法、德等国家殖民统治了几百年，那里的经济兴旺发达了吗？民众的地位提高了吗？民众所应有的政治权利和经济利益得到充分尊重和保障了吗？

川岛芳子： 汪主席和陈主席的地位和权利都得到了我们大日本帝国的充分尊重和保障。如果李总司令愿意归顺南京政府，南京政府可封您为上将军衔，保障您部队的军需供应，并可享有独立编制。

李明扬： 李长江开始不也得到了日本人的充分尊重和保障了吗？现在呢？准确地讲，那不应该叫充分尊重，应该叫充分的利用。

川岛芳子： 那是因他对我们大日本帝国和南京政府不忠诚，不尽职，三心二意，口是心非所造成的。

李明扬： 什么叫忠诚？什么叫尽职？发表不同的看法，不俯首帖耳、唯命是从就叫不忠诚，不尽职？金女士，既然你今天辛辛苦苦来了，有几句内心话想跟你开诚布公地说说，不知你是否愿意听？

川岛芳子： 愿闻其详，洗耳恭听！

李明扬： 你开始所言的一些观点还是有一定的道理的。日本自明治维新之后政治、经济、军事确实领先了世界不少，令许多国家包括中国都望尘莫及。但随后军国主义思想的甚嚣尘上，致使日本狂妄自大，野心膨胀。不仅侵略了中国，并且同时与苏联、美国等这些大国、强国直接发起了战争。中国有句古话：好汉难敌四手，物极必反。而现在的战争形势的发展正逐步得到了验证。日军先是对苏联发起了“诺门坎”战役，伤亡六万多人，后来又在南洋发动了“中途岛”战役和“瓜岛”战役两大战役。这两场一攻一守的大战均以日军惨败而告终，日军伤亡七万多人，已经大伤元气，接下来的莱特湾海战，日本的海军主力被美国基本消灭，在日本的硫磺岛战役，日本再次惨败，现在美军正逐渐向日本的冲绳岛和本土逼近。与中国的战场一样，台儿庄大战、三次百团大战、三次长沙战役，日军同样遭受了重创，共伤亡 15 万多人，现在已被迫由当初的战略进攻转入了战略防御。我想用不了多久，日军就会彻底战败投降，希望金女士能够看清形势，早日悬崖勒马，改弦更张，为中国效力。你虽然是日本人收养，取的是日本人的名字，但归根结底你还是中国人，你和你父亲肃亲王善耆想借日本人的势力恢复大清王朝、满蒙独立的梦想是不可能实现的。历史的车轮只能滚滚向前，不可能倒退。

川岛芳子： 我不知道李总司令是从哪里获取的这些军事信息，就算你的这些信息是真实可靠的，那大日本帝国在中国战场上的实力依然相当强大。且不说中国的其他地方，就谈在中国的东北三省，我们的驻军依然达到上百万。所以，从实力而言，打败重庆军队和八路军、新四军只是时间问题。

李明扬：金女士可别太自信了。德国人当初也是这么自信，而现在呢？

在斯大林格勒、列宁格勒两次大战失败后，苏军发动了大规模的反攻，现在已经攻下了德国首都柏林，猖狂一时的纳粹军队5月7日已经宣布投降了。

川岛芳子：就算德军投降了，那与我们有什么关系呢？

李明扬：金女士，那关系可大了。德军一投降，那苏军就会腾出手来解决中国的东北问题。因为，驻中国东北的日军一直是苏联的威胁，可以说，日军在东北的好日子就快到头了。所以我请金女士回去后，能够幡然醒悟，立即悬崖勒马，多做一些有利于中华民族的事。

川岛芳子：谢谢李总司令的关心，既然话说到这个份子上，那我们的交流也就没有必要继续了。我也提醒一下总司令，还是先关心关心眼下泰州的局势吧，欧洲、南洋的形势对你们再有利，远水也救不了近火。所以，希望总司令对我刚才的建议给予慎重考虑。若有改变，请联系万总司令，我们等待你的回复。对不起，我要告辞了。

李明扬：那好吧。来人，送客！

47—8　泰州日军司令部·日内

主要人物：川岛芳子、南部襄吉。

川岛芳子气呼呼地走进司令官办公室。

南部襄吉（日语）：川岛女士，怎么啦？

川岛芳子（日语）：呵呵，我去劝降他，他倒好，反过来劝降起我来了。

南部襄吉（日语）：看来，李明扬还挺顽固，劝降是没有希望了。

川岛芳子（日语）：不过，我也有收获，尽管我被蒙上眼睛，但凭我的听觉就能感觉到，他们带我去的地方就是他们总部的驻地。

南部襄吉（日语）：凭什么判断的？

川岛芳子（日语）：从船上上岸后，我听到的多为男人的脚步声，并且还有巡逻队。关键是我还隐约听到了电台的发报声。

南部襄吉（日语）：吆西，你真不愧是搞特工的，灵敏性超强！

川岛芳子：我还可以根据我的记忆测算出他们驻地的方位。

南部襄吉（日语）：哦？你眼睛都被蒙住了，什么也看不见，怎么测算？

川岛芳子（日语）：我们特工都经过特殊的训练。计算时间每数两下为一秒；计算里程，每走两步为一米；小船的正常速度每小时为6公里左右，也就是60分钟航行6000米，就是一分钟100米左右，数120下100米左右，12下航行1米。确定方位，记住起步方向后，以左转右转判断。请司令官给我一张纸和一支笔。

南部襄吉立即拿给他纸和笔。

川岛芳子立即伏在办公桌上一边回忆，一边写了起来。

川岛芳子写好后起身（日语）：司令官，请在地图上按照我说的进行标记。

南部襄吉走近地图，拿起了笔。

川岛芳子（日语）：我从姜堰自卫总队出门右拐向西走了 356 步，也就是约 178 米。然后又右拐向北走了 214 步，也就是约 107 米，左拐上船。上船后我面向西，左边有划桨声，由此刻判断小船是由南向北航行。南部襄吉在地图上画线标记。

川岛芳子（日语）：我心数了 2520 下，也就是向北航行了 2100 米，即 21 公里。然后左拐，左拐就是向西，我数了 39081 下，也就是约 32568 米，即约 32568 公里。然后右拐向北，我数了 518 下，也就是约 432 米就上岸了。

南部襄吉在地图上画着线，最后画了个圈（日语）：终点就在距泰州城区向北 4 公里的唐家甸！真没想到，他离我们这么近。以前有情报反映，李长江归顺后，李明扬的指挥部转移到了唐家甸，为此我们派部队进去过，可没有发现任何蛛丝马迹。后来发现他和陈泰运在姜堰青墩。

川岛芳子（日语）：他们的主力被我们瓦解后，变成了游击队，只得像新四军那样，四处游荡，神出鬼没。他们可能是从姜堰那里转移过来的。中国军人常认为，越危险的地方越安全！

南部襄吉竖起大拇指（日语）：川岛女士，你真是个奇才，太了不起了，真是帝国的骄傲！

川岛芳子（日语）：司令官过奖了。我还有个想法。

南部襄吉（日语）：请讲！

川岛芳子（日语）：尽管没有说得动李明扬投降，但在场的还有个姓丁的县长，我们可以试试。

南部襄吉（日语）：哦？请说说什么情况。

川岛芳子（日语）：我注意到了他的眼神，他似乎很赞同我的观点。只是那种场合他不便多言。

南部襄吉（日语）：哦。

川岛芳子（日语）：我来再想办法跟他联系。

南部襄吉立正躬身（日语）：好。那就拜托了！

47—9　泰州北郊唐家甸盐河·日外·晴

主要人物：川岛芳子。

唐家甸宽广辽阔的盐河水面上，澈水如镜，阳光明媚。

一条篷船划行在盐河中央，一位头戴斗篷，花胡须的船夫划着双桨。

篷船由东向西划行，慢慢靠近唐家甸进村航道。

水栅门处的篷船上站起两名守护男子。

男子（甲）：干什么的？

花须船夫：想到村里收些粮食。

男子（乙）：不是本村的人不可以进去，你还是到其他地方去吧！

花须船夫：那好吧。

船夫即刻将船调头沿着河道向西航行。

船夫一边划船，一边注视着近岸水面下。

水面下，一根根暗桩上系连着细细的引线，十几米远就吊着一颗水雷，一直绵延向西，环绕了整个村庄。

47—10　泰州日军司令部·日内

主要人物：川岛芳子、南部襄吉。

司令官办公室，川岛芳子看着来回踱步的南部襄吉。

川岛芳子（日语）：司令官，根据我的初步侦察，唐家甸外围水域全部设有暗桩，并系有水雷，外面的船只很难靠近，进入村庄的唯一秘密航道设有专人把守，外人根本进不去。看来，唐家甸的布防还是比较严密。想联系丁县长必须先进村，进了村，对我来说就好办了。

南部襄吉（日语）：可以找个中间人先联系，约他出来。

川岛芳子（日语）：这个我也考虑过了，目前没有十分可靠的人。以前，李长江有专人跟他联系，但这个人我们现在不便找他，摸不清底细，弄不好反而会坏了事。

南部襄吉（日语）：实在不行，我们就强攻。

川岛芳子（日语）：我们现在对唐家甸里面的布防还一点儿不清楚，强攻不仅损失伤亡很大，而且，很难抓住李明扬。李明扬之所以敢将部队设在离泰州城这么近的唐家甸，就是因为唐家甸特殊的地形地貌。根据我的初步侦察，唐家甸易守难攻。四周数十里范围内，河滩密布，沟壑纵横。到处是高圩芦荡，地形复杂，没有当地人引导，船是进得去，出不来。

南部襄吉（日语）：那怎么办？唐家甸离泰州这么近，对我们是个很大的威胁，不解决掉，我们就不得安心。

川岛芳子（日语）：我初次来泰州，感觉泰州是个平原地区，没有山，只有水。就是不知道有没有佛塔？

南部襄吉（日语）：佛塔倒是有一个，在凤城河南山寺，叫文峰塔。

川岛芳子（日语）：这塔有多高？

南部襄吉（日语）：我去过，大约50多米。

川岛芳子（日语）：那就好。

南部襄吉（日语）：川岛女士，你问这个是什么意思？

川岛芳子（日语）：我想学中国三国时期的“孔明借东风！”

47—11　泰州凤城河北南山寺文峰塔·凌晨·外

主要人物：南部襄吉、川岛芳子。

泰州南山寺文峰塔顶层，灯火阑珊。

寺庙方丈、南部襄吉和紧衣束带、头戴盔帽、身背肩包的川岛芳子站在廊台上。身后肃立着几名卫兵。

远空，月西风清，辰星寥寥。

川岛芳子套上滑翔翼，蹬上方凳，一脚跨上横栏，回头（日语）：司令官，等我好消息！

南部襄吉挥挥手（日语）：祝你成功！

川岛芳子两脚一蹬，双翼展开，滑翔而去，很快消失在茫茫大际里。

47—12　泰州北郊唐家甸·凌晨外

主要人物：川岛芳子。

川岛芳子在盐河上空滑翔。

月下宽阔的盐河波光粼粼。

滑翔翼很快飞过盐河，在一块玉米地的上空滑翔了一圈，然后缓缓下降，落入玉米地中。

川岛芳子从腰间上拔出手电打开咬在嘴里，收包好滑翔翼，从肩包里取出衣服换上。将两个包裹藏好后，走向田边。

47—13　泰州北郊唐家甸·日外·中午

主要人物：丁作彬。

唐家甸的麻石村道上，村民、军人来来往往。

泰州县民国政府门口的公务人员时进时出。

政府右边的一条南北河道里，各式小船划来划去。

河道东岸的一条石凳上坐着一个粗衣花须老头晒着太阳，两眼却密切注视着政府门口的动静。

头发光亮，衣装笔挺的丁作彬走出了政府院大门，两名随从紧跟其后。

对岸的花须老头立即起身，快步向河道上的小桥走来。

丁作彬走过小桥，与花须老头擦肩而过。

花须老头尾随其后。

丁作彬拐入小巷后，进入了一个大院内。

花须老头从门前走过进入了一家小吃店。

47—14　泰州北郊唐家甸·夜内

主要人物：丁作彬、川岛芳子。

丁作彬进入堂厅内，脱去外装挂在衣架上，端着罩子灯走进了房间。

川岛芳子一身黑衣男装，神情自若坐在藤椅上：丁县长，你好！

丁作彬猛吃一惊，连退几步，定睛一看：川岛女士！

川岛芳子食指轻竖：嘘，小声点。

丁作彬压低音调：你、你怎么在，在这儿？

川岛芳子：今天特来拜访，想与你单独谈谈。

丁作彬轻舒一口气，坐在床沿上：您请讲……

47—15　泰州北郊唐家甸盐河·日早晨

天色渐亮，盐河上晨雾缭绕。突然，从河面上传出“突、突、突”汽艇的马达声。守卫在进村秘密航道口的两名船夫连忙从篷船舱里爬起，站在船头上向水面望去，只见河面上从东到西，一排排满载日军的汽艇、木船从晨雾中向村庄驶来。

两船夫大惊失色，慌忙撑篙划桨，驶离航道口。

村外枪声四起，几发炮弹在村中爆炸。

村民四处奔跑。

47—16 泰州北郊唐家甸长江下游挺进军总指挥部·日内

主要人物：商晨、李明扬、丁作彬。

商晨持枪疾步从院外跑进总司令办公室。办公室里已经站了好几个人。

李明扬：大家不要慌，我们外围防守设施严密，鬼子一下子进不来！商队长，命令部队坚守村庄的各个据点，鬼子一旦进入村内河道就给我狠狠地打！

商晨立正敬礼：是！

“请等一下！”商晨转身刚要离开，丁作彬进来。

商晨止步，众人目光立即转向丁。

丁作彬：总司令，我想提个建议。

李明扬：丁县长，您请讲！

丁作彬：这次鬼子有备而来，不仅集中了优势兵力，派来了上百只木船，还有好几艘汽艇。汽艇上有钢炮，随时可以发射炮弹，如果我们硬碰硬地这样打，势必给村庄和无辜村民带来毁灭性的灾难，因此我建议，我们一部分人守住村里各个军事要点，一部分人划船从村庄外围的河道上将鬼子向北吸引到缸庙的芦苇荡里，那里河滩密布，水道纵横，就像个迷魂阵，鬼子一旦进入，想出都出不来，而我们对那里却了如指掌，可将鬼子分割包围，逐一歼灭！

李明扬沉思片刻：嗯，这个主意不错，商队长，就这么办！立即执行！

商晨：是！

商晨立即转身离去。

丁作彬：总司令，为了预防万一，我建议我们司令部和县政府暂时撤离这里，从村内河道向华港镇转移。

李明扬：好。

47—17 泰州北郊唐家甸内河码头·日外

主要人物：李明扬、丁作彬。

李明扬、丁作彬带着几十个人来到村内小码头。

码头上停泊了三条小篷船。

工作人员背着电台和大小包裹登上小船。

丁作彬：总司令，你们先走一步，我回家收拾一下，随后就到！

李明扬：行，你快去快回。

丁作彬转身匆匆离去。

李明扬拾级而下，登上小船。

三条篷船划桨而去。

47 — 18 泰州华港镇下溪 · 日外

主要人物：李明扬、野田。

三条船沿着河道缓缓划行。

河道两边芦苇茂密，郁郁葱葱。河汊纵横交错，大小河塘随处可见。

三只篷船左拐右拐几次后进入一条较为宽阔的河道。

突然，从河道四周的汊河里驶出满载日军的三艘汽艇和数十条篷船。

霎时，枪声四起，双方激烈交火，李明扬三条船上的官兵不断中弹倒下。

日军船队团团包围了李明扬的篷船。

野田站在船头：李总司令出来吧，你逃不掉了。

一身长衫，满面长髯的李明扬从容地走出船舱，站在船头，蔑视着野田，摞了摞长须，长叹了一声：家衰多庸夫，国亡皆内奸！

47 — 19 泰州民宅 · 夜内

主要人物：赵忠明、陈秀文。

赵忠明垂头丧气走进宅院屋内，一屁股坐在藤椅上，叹了一口气。

陈秀文走了过来：怎么啦？

赵忠明：李明扬被日本人抓住了。

陈秀文：啊？李明扬被日本人抓了？怎么被抓住的？

赵忠明：那个日本大特务川岛芳子利用李明扬答应与她见面的机会，侦察到了李明扬的落脚地址唐家甸，然后买通了那里的泰州县县长丁作彬，双方合谋，里应外合，日本人在唐家甸外围佯攻，丁作彬以司令部必须暂时转移为由，将李明扬诱骗到了华港的下溪，李明扬浑然不知是敌人的阴谋诡计，结果中了日本人的埋伏，只好束手就擒。

陈秀文：那我们与他的联络点转移了没有？

赵忠明：转移了。一得到消息，我就通知闵启昌了。

陈秀文：李明扬这个人一向行事谨慎，性格多疑，很像三国里的曹操，可明知这川岛芳子是个日本大特务，为什么还要见她？他到底是怎么想的？

赵忠明：这谁知道。他有曹操的缺点，却没有曹操的优点，所以他一而再，再而三犯一些低级性错误。这也正验证了人们所说的那句话：细节决定成败，性格决定命运。也许正因为这女人的名气大，引起李明扬的好奇心，想看看这个女人到底是个什么人吧。

陈秀文：这真是“好奇害死猫”哦。不过，这么大的动静，你们这边怎么一点儿都没察觉？

赵忠明：日本人知道我们这里李明扬的耳目众多，怕走漏风声，严密封锁消息，连朱郁任都瞒着。再加上他们得知李明扬驻唐家甸的人马只有一个特务大队五六百人而已，所以，这次根本就没有动用我们的人马配合协助。

陈秀文：李明扬现在落在了日本人的手里，应该是凶多吉少了，那我们现在该怎么办？我们会不会有危险？

赵忠明：对李明扬我十分了解，他投降日本人的可能性很小。再说，我与他的联系本来也不多，与他的联络点已经撤离了，现在没有任何证据。那翻译官徐鹏举也是我的内线，一旦发生意外情况，他会第一时间通知我的，你也作好随时撤离的准备，另外，今天我一直在考虑有没有救出他的可能？思来想去，只有找一个人可能还有点希望。

陈秀文：找谁？

赵忠明：李长江！

第四十八集 家国同庆

力救难弟乞求主，一语中的脱魔窟。

日寇投降举国庆，歌舞彩舫溱潼湖。

48—1 泰州日军司令部·日内

主要人物：李明扬、南部襄吉。

李明扬双手被铐，由两名日军士兵押解进入司令官办公室。

南部襄吉连忙上前（日语）：赶紧解开，怎么能这么对待李将军？

两名士兵立即解开手铐。

南部襄吉立正恭首：对不起，李将军，委屈您了，来，请坐。

李明扬拍了拍长衫大褂走到沙发边，坦然而坐：司令官有话请讲。

南部襄吉：将李将军请来，一是久闻威名，敬仰已久，卑职想一睹将军风范，今日一见，青衫长髯，举步泰然，双目炯炯，不言自威，果然仙风道骨，气度不凡。二是想与将军坦诚交流，求同存异，为中日友好，和平相处，共存共荣。

李明扬：真没想到，司令官的中国话说得这么流畅。看来对中国文化研究挺透啊！

南部襄吉：家父以前一直是帝国驻长春领事馆领事，所以，跟随家父在中国长大，自然受到中国文化的熏陶。

李明扬：既然如此，恕鄙人直言不讳。

南部襄吉：李总司令有话请尽管说。

李明扬：那请问，阁下对帝国发动九一八事变，“卢沟桥事变”，大举进兵中国，犯我中华，吞我河山，屠我同胞，有何见解？

南部襄吉：帝国大举进兵中国是事实，但凡是有果必有因。根据 1905 年日俄签订的《朴茨茅斯和约》，南满铁路的经营权归帝国所有，可你们的东北军却在 1931 年 9 月 18 日私自炸毁了柳条湖路段，严重侵犯了帝国的利益，帝国军队不得不出兵占领沈阳。当初，我们帮助你们清政府赶走了俄国人，而现在你们却恩将仇报，所以讲错，也是你们有错在先，帝国只是反击而已。至于后来的七七事变也是你们阻止我们寻找失踪的士兵引起，由于你们的民国政府已经公开对日宣战，所以，战争才一发不可收拾，直至目前这种状况。

李明扬一声冷笑：其实，你我都心知肚明，那所谓的炸毁铁路和寻找失踪的士兵，只不过是你们精心策划的一个阴谋，自导自演的一场戏而已，目的就是为发动侵华战争找一个借口罢了。要说错，当时的昏庸无能的清政府确实犯了个愚蠢而致命的错误，不该心存“以日制俄”的幻想，他们完全忘记了“甲午战争”之痛，忘记了日俄皆为虎狼之国，结果驱虎不成，却引狼入室，后患无穷。

南部襄吉：既然李总司令这么洞若观火、明察秋毫，那一定听说过中国有这样一句名言“世事洞明皆学问，人情练达即文章”。根据目前中日战争的形势和李总司令现在的处境，应该听从我的真诚劝导，把握好机遇，与我们携手合作。正所谓“识时务者为俊杰”。

李明扬淡淡一笑：司令官真是见笑了。如果真如阁下所言，那鄙人今天就不会坐这里了。不过，鄙人却很识时务，在涉及民族尊严，民族气节的大是大非面前，不可能含混不清，是非不分，所以，直言相告，鄙人尽管不才，但不可能与你们合作，背负汉奸卖国贼的一世骂名，就像汪某人一样，到最后不得好死。

南部襄吉：人总归一死的，谁也不可能长生不老。一死就一了百了，什么英名，什么流芳，都是浮云。关键是要活好当下。再说了，成者雄，败者寇。历史都是由得胜者、成功者书写，我们以后到底谁是雄，谁是寇，就看最后谁是胜利者，谁成大业者。

李明扬：谁是胜利者，现在基本明朗了。我想，你应该知道了，你们帝国发动的太平洋战争现在已经完全失败，美英盟军已经反守为攻，目前已经打到了你们的冲绳岛，而你们的海军基本上丧失殆尽，可以说，大势已去。欧洲战场上，德国已经向俄国投降，下一步将会进攻东北，世界战争形势已经发生大逆转，你们的完全失败指日可待，所以，希望司令官阁下，审时度势，不要再做危害中国的事情，给自己留条后路。

南部襄吉尴尬：既然话已至此，那多言无益。最后谁胜谁败，我们都左右不了，我看还是听天由命吧。(日语) 来人!

两名日军士兵进入。

南部襄吉挥了挥手。

李明扬被带离。

丁作彬进入，望了望李明扬的背影：司令官，怎么样?

南部襄吉摇了摇头，叹了一口气。

丁作彬：那司令官想怎么处理他？

南部襄吉：先关押一段时间再说。

丁作彬：泰州，他的亲信众多，且不少与皇军貌合神离，所以将他关在这里不太安稳，建议异地羁押。

南部襄吉沉思片刻：你说得很有道理，那今天就将他押送至上海司令部吧。

48 — 2 南京官邸 · 夜外

主要人物：李长江、赵忠明。

一辆轿车在一处官邸大院前停下，随从立即从车上下来，打开车门，赵忠明从车上下来。

门口卫兵肃立敬礼，院门敞开，李长江从屋里迎了出来。

赵忠明立正敬礼：总司令好！

李长江：啊呀，赵副参谋长，好久不见，快，快，请进！

两人一起进入屋内。

48 — 3 南京陈公博官邸。夜外 · 内

主要人物：李长江、赵忠明。

陈公博，54 岁（1892—1946），南京伪国民政府主席。

官邸内外，岗哨林立，戒备森严。

豪华的堂厅内，陈公博端坐在条案下八仙桌旁的太师椅子上。

李长江、赵忠明分别坐在八仙桌前面两边的木椅上。

陈公博慢条斯理地喝了一口茶，掏出一根烟。

李长江连忙从椅子上起身，掏出打火机快步过去给他点上。

赵忠明正襟危坐。

李长江：主席，我与李明扬出生入死几十年，情同兄弟，我落魄的时候，他不仅不嫌弃，还让我做了泰州的副总司令，对我可以说是恩重如山。可在关键时刻，为了南京民国政府，为了和平建国，我还是带着他原来的大部分人马背叛了他，为此心中一直问心有愧，良心不安。现在他落了难，我不能再不闻不问、不管不顾了。所以这次才来恳求您高抬贵手，放他一马。再说，他现在已经树倒猢狲散，孤身一人，不可能再掀起什么大浪，就让他告老还乡，安度晚年吧。

陈公博抽了一口烟：你们也找过周佛海副委员长了吧，他已跟我提过这

件事，这事确实有点难办。李明扬是被日本人直接抓捕的，不在我们的人手上，为了防止我们的人轻易放了他，日本人才将他转移到了上海，羁押在日军司令部，况且，日本人曾两次劝降，他都不从。我不说，你们也知道，现在日本人在太平洋战场上吃了不少亏，欧洲战场上，德国也战败投降，希特勒开枪自杀，总体看来外部形势不容乐观。中国地大物博，战略空间辽阔，回旋余地充足，日本人也就将希望全部寄托在中国战场上，一直视为经济、军事的大本营。因此，对那些顽固的抗日分子，都不会心慈手软。

李长江：所以，想保住我兄弟一条命，唯主席出面不可。主席在日本人心中的地位可是举足轻重，只要主席开口，日本人是不会回绝的。还请主席看在我与李明扬这份兄弟感情上，法外开恩帮帮忙。主席若帮了这个忙，卑职一定感恩戴德，终生不忘！

言毕，李长江突然起身，双膝下跪，连磕三响：我兄弟的生死就握在主席的手心，我先代我兄弟磕求拜谢！

陈公博连忙起身扶起：李副参议长，快起来，你比我年长，这可使不得，你起来再说。

赵忠明也连忙上前扶起李长江：主席，卑职可以冒昧地说一句话吗？

陈公博：但说无妨。

赵忠明：那我就一家人不说两家话了。其实留着李明扬对我们也有利！

陈公博：哦？你说明白点。

赵忠明：现在留着他可防万一。因为，他能和重庆够到话。

陈公博若有所思（VO）：现在日本人大势已去，我多次秘密派人前往重庆欲与蒋介石沟通，可都吃了闭门羹。现在留着李明扬或许将来能为我所用。

陈公博想到这里微微点头：我看这样吧，李副参议长，就冲你这么看重兄弟感情的份上，我就帮一次忙吧。我马上就给岗村宁次总司令打个电话，你明天到军事委员会调查统计部开具提审手续。赵副参谋长，你辛苦一趟，到上海日军司令部将李明扬提回南京！

赵忠明立正敬礼：是！

李长江再次拱手：谢谢陈主席！

字幕：陈公博，继汪精卫之后南京伪国民政府主席，1945 年 8 月，在日本投降后出逃日本，不久被押解回国。1946 年 4 月 12 日，被江苏高等法院判处死刑，6 月 3 日被执行枪决，终年 54 岁。

48—4　上海日军司令部·日外

主要人物：赵忠明、李明扬。

日军司令部戒备森严。

赵忠明带着四名伪军士兵，将穿着青布长衫，长髯蓬发，戴着手铐脚镣的李明扬带出日军司令部大楼，坐上小轿车驶出大院。

48—5　南京李长江官邸·夜外

主要人物：李长江、李明扬。

一辆黑色轿车驶入官邸。

李长江迎候在门口。

随从下车打开车门。

赵忠明下车。

一身新装的，头发光亮，但依旧长髯花须的李明扬从车上下来。

李长江迎上，一把抱住李明扬，泪水涟涟。

字幕：李长江在全国解放后，因为中毒后遗症，身患疾病，一直受到身为全国政协委员、江苏省政协副主席李明扬的照料，1956 年在江西去世。终年 66 岁。李明扬为其料理后事。

48—6　日本广岛·日外·上午

字幕：1945 年 8 月 6 日上午 9 点 14 分。

三架轰炸机飞入日本广岛上空。

一颗原子弹从机舱落下，空中放射出强烈眩目的白色闪光，随即响起震耳欲聋的爆炸声，山崩地裂，紧接着卷起巨大的蘑菇云，竖起无数根火柱，地面上顿时一片火海，火浪铺天盖地，排山倒海，所向披靡。建筑物瞬间化为一片废墟。

48—7　日本长崎·日外·上午

字幕：1945 年 8 月 9 日上午 10 点 58 分。

六架轰炸机飞入日本长崎上空。

一颗原子弹从机舱落下，空中放射出强烈眩目的白色闪光，随即响起震耳欲聋的爆炸声，山崩地裂，紧接着卷起巨大的蘑菇云，竖起无数根火柱，地面上顿时一片火海，火浪铺天盖地，排山倒海，所向披靡，建筑物瞬间化为一片废墟。

48—8 日本东京·日内·中午

主要人物：日本昭和天皇，45岁（1901—1989）。

字幕，1945年8月15日。

日本昭和天皇宣读《终战诏书》：

朕深鉴于世界大势及帝国之现状，欲采取非常之措施，以收拾时局，兹告尔等臣民，朕已饬令帝国政府通告美、英、中、苏四国，愿接受《波次坦》联合公告。盖谋求帝国臣民之康宁，同享万邦共荣之乐，斯乃皇祖皇宗之遗范，亦为朕所拳拳服膺者。前者，帝国所以向美英两国宣战，实亦为希求帝国之自存与东亚之安定而出此，至如排斥他国主权，侵犯其领土，固非朕之本志。然自交战以来，已阅四载，虽陆海将兵勇敢善战，百官有司励精图治，一亿众庶之奉公，各尽所能，而战局并未好转，世界大势亦不利于我。加之，敌方最近使用残酷之炸弹，频杀无辜，残害所及，真未可逆料。如仍继续交战，则不仅导致我民族之灭亡，并将破坏人类之文明。如此，则朕将何以保全亿兆之赤子，陈谢于皇祖皇宗之神灵。此朕所以饬帝国政府接受联合公告者也。

朕对于始终与帝国同为东亚解放而努力之诸盟邦，不得不深表遗憾；念及帝国臣民之死于战阵、殉于职守、毙于非命者及其遗属，则五脏为之俱裂；至于负战伤、蒙战祸、损失家业者之生计，亦朕所深为轸念者也。今后帝国所受之苦难固非寻常，朕亦深知尔等臣民之衷情，然时运之所趋，朕欲忍其所难忍，堪其所难堪，以为万世开太平。

朕于兹得以维护国体，信倚尔等忠良臣民之赤诚，并常与尔等臣民同在。如情之所激，妄滋事端，或者同胞互相排挤，扰乱时局，因而迷误大道，失信义于世界，此朕所深戒。宜举国一致，子孙相传，确信神州之不灭，念任重而道远，倾全力于将来之建设，笃守道义，坚定志操，誓必发扬国体之精华，不致落后于世界之进化。尔等臣民其克体朕意。

昭和二十年八月十四日（1945年8月14日）

48—9 泰州西山寺和平建国第1集团军司令部·日内

主要人物：朱郁任。

副官，40岁左右。

副官立在朱郁任面前：司令，日本天皇已经正式宣布投降了，目前南京政府上下一片混乱，纷纷逃亡，据可靠消息，陈公博已经举家逃亡日本了。

朱郁任：怎么也想不到日本人说倒就倒了？真是让人难以置信！

副官：据说，美国人在日本广岛和长崎投放的可不是一般的炸弹，而是叫什么原子弹。威力相当强大，能覆盖方圆几百公里，被炸之处，寸草不生，无人生还。日本天皇怕东京也遭到这样的毁灭之灾，所以不顾军方强硬派的强烈反对宣读了《终战诏书》。

朱郁任：现在真是树倒猢狲散啊！

副官：据说，蒋某人马上就要派那陆军副总参谋长冷欣来接管南京了，我们现在该怎么办？

朱郁任来回踱步，挥了挥手：你先出去吧，让我想想。

副官怏怏离开。

朱郁任从柜子里拿出一瓶酒，"咕噜咕噜"一饮而尽，随后扔掉酒瓶，瘫坐在沙发上，不久身子一歪，倒在地上。

48 — 10　泰兴新街镇杨庙新四军独立团驻地 · 日内

主要人物：李道南。

室内，李道南、谢克西、张鹏举、杜干全、朱宝权、谢中光等坐在高低不等的凳子上开会。

李道南：现在日本鬼子已经宣布投降了，但蒋介石却命令所有的日伪军必须只向国民党的军队投降，将我们八路军和新四军排除在外，妄图独吞胜利果实。为了打碎蒋介石的如意算盘，我盐城新四军军部根据党中央的指示精神，命令我们各县的独立团从现在开始立即配合 1 师各部队及各县独立团受降清剿行动。包围盘踞在苏中各个县城和各个乡镇据点日伪军，对拒绝向我军投降的日伪军予以坚决消灭。

48 — 11　泰州市靖江县城 · 日外

主要人物：陈宗宝，35 岁左右、新四军靖江独立团团长。

字幕：1945 年 8 月 17 日

靖江县城城下，桥头，城门口、城墙边到处是战壕沙袋。

李道南、朱宝权与数千名新四军官兵蹲伏在战壕里。

陈宗宝（靖江独立团团长）手持扩音喇叭：城里的日伪军们，你们听清楚了。日本天皇已经公开宣布投降了，你们也已经被团团包围，劝你们立即放下武器，主动出来投降，早日悬崖勒马，回头是岸。我们新四军优待俘虏，如果你们继续顽抗下去，没有任何意义，只有死路一条。陶明德团长，你听好了，你父亲想与你喊话。

陈宗宝将扩音喇叭递给了一位老人。

老人接过扩音喇叭：德明啊，听爹一句劝，你别犯傻了，那南京的陈公博都逃走了，你还守在这里干嘛呢？新四军领导都跟我承诺了，只要你主动投降，接受他们的整编，他们一定会优待我们全家的。你如果还是这样不听劝，只会害了我们一家。快听爹一句话，投降吧，争取新四军的宽大处理！

城墙上竖起一面白旗。

48 — 12　姜堰马沟地段·夜外

主要人物：李道南、朱宝权。

阮朝兴，31 岁（1918—1945），新四军姜堰独立团团长。

字幕：1945 年 8 月 21 日。

数百名日伪军行走在马路上。

几艘汽艇航行在路旁的官河中。

伪军军官挥手：兄弟们这一带很不安全，大家快速通过，早到南通早安心。

话音刚落，枪声四起，火弹飞闪，马路上的日伪军纷纷倒毙。

日军立即奔至河坎上还击。

数十枚手榴弹甩向官河中航行的汽艇，激浪飞溅，几枚手榴弹在一艘汽艇上爆炸，日军士兵被气浪抛向空中又重重落入水中。

日军军官挥舞着军刀（日语）：快，调头，快调头，去泰州，去泰州！

数艘汽艇慌忙调头，开足马力向西逃去。

数十名新四军战士紧跟尾随射击投弹，手榴弹不断在汽艇尾部爆炸。

汽艇渐渐消失在夜幕之中。

岸上，李道南、朱宝权、阮朝兴（姜堰独立团团长）率队冲上马路，对负隅顽抗的日伪军射击。

伪军纷纷举手投降。

日军一个个被击毙。

阮朝兴：同志们，姜堰城已经是一座空城了，赶紧打扫战场，我们立即进驻。

48—13　泰州市兴化城·日外

主要人物：张藩、刘湘图。

字幕：1945 年 8 月 26 日。

前沿指挥所内张藩副总指挥放下望远镜：进攻！

一排排山炮接连发射，炮火连天，一发发炮弹不断击中城墙外阵地碉堡和城墙。爆炸声隆，城墙成片倒塌，碉堡土崩瓦解。

兴化城外宽阔的河面上，数百只舢板船满载新四军官兵驶向城墙外伪军阵地。

舢板船陆续靠岸，新四军纷纷跳上岸向前攻击。

城头上伪军士兵疯狂射击，新四军势如潮涌，前赴后继。

一发炮弹炸开了城门，新四军队伍蜂拥而入。

一队新四军打通民房墙壁爬上文峰塔，架起机枪居高临下向伪军扫射。

伪军士兵纷纷倒毙。

新四军官兵冲进伪军22师指挥部。

刘湘图举手投降

48—14 泰兴县黄桥镇·日外

主要人物：李道南、谢克西、张鹏举、朱宝权。

字幕：1945年8月29日。

李道南、谢克西、张鹏举站在一排，看着一队队伪军举着白旗从城门口走了出来。

朱宝权举着枪，带着战士将投降伪军押走。

48—15 日本东京湾·日/外·上午

主要人物：重光葵，59岁（1887—1957），日本外相。

麦克阿瑟，66岁（1880—1964），驻日盟军最高统帅。

字幕：1945年9月2日9点04分。

美国“密苏里”号巡洋舰上，官兵整齐列队在甲板上，日本外相重光葵在美、苏、中、加、奥、荷、新七国代表面前，首先在投降书上签字。美国麦克阿瑟司令官等七国代表随后在受降书上签字。

48—16 泰州伪军司令部·日内·外

主要人物：赵忠明。

泰州伪军司令部，赵忠明聚精会神地收听着收音机里播报的新闻。

播音员（OS）：今天是1945年9月2日，这是全世界反法西斯人民最值得永远铭记和纪念的日子。上午9点04分，在日本东京湾美国“密苏里”号巡洋舰上，日本外相重光葵代表日本政府在投降书上签了字。世界反法西斯同盟军总司令美国代表麦克阿瑟上将、美国少将乔纳森·温赖特，英国代表亚瑟·帕西瓦尔中将、布鲁斯·佛雷泽海上将，苏联代表德里西维昂柯·普尔卡耶夫陆军上将、中国代表徐永昌上将，加拿大代表摩尔·科斯格来夫上将，澳大利亚代表托马斯·布来梅上将，新西兰代表昂纳德·伊西德少将，荷兰代表康拉德·赫尔弗里奇上将分别在日本投降书上签字。签字仪式结束后，麦克阿瑟将军最后致辞：我们共同祝愿，世界从此恢复和平，愿上帝保佑和平永存！

日本在投降书上签字，标志着第二次世界大战彻底结束，标志着全世界反法西斯同盟取得的全面的胜利，正义终于战胜了邪恶！

赵忠明一听完，立即拍案而起，兴奋地挥着拳头在办公室连转了几圈：好！好！好！终于胜利了，胜利了。

他立即从柜子里取出纸、墨、笔，铺在办公桌是书写了一首词《满江红·龙鳄斗》：

鳄霸东瀛，骄横纵，气炎凶骜。天堑越，兴风掀浪，波谲澜渺。欺我卧龙多懦弱，锋镝盆口卓鹰鹞。肉啖食，狞齿蔑天骄，冲天哮！

搏恶霸，龙胤傲，腾飞起，长空啸。奉玉诏，壮志激烈云峤，骤雨厉风成利箭，电雷霹雳灼魔熚。天破晓，霞蔚缀东隅，金光道。

48—17　泰兴徐桥伪军团部·日/内

主要人物：钱光仕。

徐桥伪军团部，钱光仕、林志溪、仇少示、单绍留、季厚煌、戴德智、张小兵、汤正明、李淑芹聚集在会议室。

钱光仕：告诉大家一个振奋人心的好消息，9月2日本鬼子在投降书上签字了，我们已经取得抗日战争的全面胜利！

会议室立即一片欢腾，大家相互拥抱，热泪盈眶。

钱光仕挥动手臂压了压：来，来，来大家静一静，听我说，不过，上级要求我们保持低调，维持现状，暂时不要暴露我们的身份，待看时局的变化。下面跟国民党的斗争可能更加复杂，所以，我们要时刻保持清醒的头脑，听候上级的指示。大家听到了没有？

众人：听到了！

48—18　泰兴黄桥中学新四军独立团团部驻地·日外

主要人物：李道南、谢克西。

朱宝权、谢中光、杜干全与千名新四军官兵列队在操场上，李道南、谢克西、张鹏举站立在队伍前头。

李道南：同志们，现在向大家宣布一个振奋人心的好消息。自8月15日日本天皇已经通过电台向全世界宣读了《终战诏书》，无条件接受同盟军发布的《波次坦联合公告》后，日本内部立刻分化成投降派与顽固派，他们经过半个月的激烈争斗，最后投降派占得了上风，于9月2日在日本东京湾美国“密苏里”号巡洋舰上，正式签署了投降书。

全体队员热烈鼓掌。

谢克西：同志们，尽管日本已经签订了投降书，但由于蒋介石命令日伪军只向国民党的军队投降，所以，一部分日伪军仍然拒绝向我新四军投降，为此。我们已经消灭了一部分拒绝投降的日伪军，我们还应该一鼓作气，乘胜追击，与靖江独立团一起，配合苏中三分区陈玉生司令率四个团将顽固不化的泰兴伪19师蔡鑫元部坚决消灭！同志们，有没有信心？

朱宝权与战士们齐声：有！坚决完成任务！

48—19 泰兴城·徐桥伪军团部夜外·内

主要人物：蔡鑫元、钱光仕、陈玉生、朱宝权。

字幕：1945年9月11日。

数千名新四军队伍进入战壕。

伪19师指挥部内官兵惊恐不安，一片慌乱。

蔡鑫元手拿电话：6团钱团长吗？现在新四军准备围攻师部，我命令你团立即前来增援，从外围向新四军发起攻击，我们里外夹击，将新四军全部消灭！

钱光仕：报告师长，支援不了啊。

蔡鑫元：怎么啦？

钱光仕：我们团部也遭到新四军包围，我正准备向您求援呢！

蔡鑫元惊愕：什么，你们也被围了？

钱光仕：是的。不过请师长放心，我一定会坚持住的。

蔡鑫元气得扔下电话：他妈的，怎么一夜之间冒出这么多新四军？

泰兴城外战壕里李道南拿起扩音喇叭：泰兴城里的伪军官兵注意了，你们已经被重重包围，现命令你们立即投降，希望你们认清形势，不要作无谓的抵抗，否则你们绝没有好下场。

城墙伪军官：我们师长已经说了，请你们宽容三天，三天之后我们一定自动投降！

前沿指挥部。

陈玉生：蔡鑫元还给我耍这一套鬼把戏！还真把我陈玉生当土包子了，他这是想玩缓兵之计，等待国民党的援兵！嗯，命令部队立即攻城！

泰兴城东、南、西、北一排排炮弹飞向城墙，炮声隆隆。

城墙上四面开花。城墙上的士兵被炸得腾空而飞，重重落下，四分五裂。

几支新四军队伍冲入护城河中迅速搭起了浮桥。

李道南率领战士们踏桥而过。

伪军们纷纷溃逃，一路不时倒毙。

朱宝权头戴钢盔，一手执枪，一手挥刀，率领队伍踏着满街尸体，冲进伪军指挥部。

蔡鑫元举手投降。

48 — 20　泰兴城独立团驻地 · 日外

主要人物：李道南。

李道南、谢克西、张鹏举站在队伍前面。

朱宝权、谢中光、杜干全站立在每队前头。

李道南：同志们，泰兴城已经被我们攻克了，但我们的任务还没有最后完成。泰州、高港的日军现在已经被我们势如破竹的气势打服了，不想作无谓的抵抗，为此，南部襄吉派人联系了我们的陈司令，他们已经全部会集到龙窝据点，等待我们前往受降，根据陈司令的命令，全团立即开赴高港龙窝，受降日军！

李道南：全体注意，立正！向右转！出发！

48 — 21　高港龙窝 · 日外

主要人物：李道南、朱宝权、赵忠全、南部襄吉。

高港龙窝日军据点，两名日军哨兵持枪肃立在岗位。

李道南、朱宝权率领整齐的队伍来到据点岗亭外立队。

屋里的柳翻译官见状从里面走了出来。

李道南、朱宝权至哨兵面前。

李道南上前敬礼：我们是国民革命军第四军 1 师泰兴独立团，接到师部命令，前来接受你部投降，现命令南部襄吉司令官立即出来交接。

柳翻译官翻译。

哨兵转身进去。

忽然，身穿国军军服，佩戴上校军衔的赵忠全带着几十名士兵奔跑过来。

赵忠全：等一下！

李道南、朱宝权愣住。

朱宝权：你们是哪部分的？

赵忠全：我们是泰州第八战区的。我是第八战区上校团长赵忠全，受第八战区司令部派遣，前来高港受降日军。

朱宝权：你们第八战区的跑到第三战区来受降日军？这腿也伸得太长了吧？

赵忠全：这不是腿长腿短的问题，而是泰州第八战区接到了重庆的命令！我们是执行命令！泰州城也已经被我们接管了。

朱宝权：我们也是执行新四军军部的命令，就地受降日军！凡事都得有个先来后到，泰州城你们先到先接管，我们不去争，这里是我们先到，也应该我们先接管。请不要干扰，立即带你们的人离开！

赵忠全：新四军也得听从重庆的命令！请你们立即离开，不要影响国军的形象！

朱宝权：影响国军形象的正是你们自己。我们新四军一直在这里坚持抗战，而你们逃之夭夭，现在苦尽甘来，却跨地域前来抢夺胜利果实，名不正，言不顺。请你们立即离开，不然，别怪我们不客气了！

李道南一挥手，数百名新四军官兵立即将他们围住，举枪相对。

赵忠全环顾了一下四周，立即软了下来，一抱拳：那好吧，我们走！

赵忠全一挥手，带着人马灰溜溜地离开，边走边哼了一句：早晚还是我们的。

南部襄吉带着徐鹏举、藤井、柳翻译官和日军走出据点列队。

南部襄吉行至李道南、朱宝权面前立正敬礼，躬身交出指挥刀。

48—22 高港永安洲江堤·日外

主要人物：赵忠明、陈秀文。

江岸堤外坡，陈盛文、王玉兰的坟墓上摆满了鲜花。

陈盛文父母、赵忠明、陈秀文、朱宝权、李淑芹、管半仙、贾师傅胸前佩戴小白花肃立。

赵忠明：盛文，玉兰，今天我和秀文来告诉你们，日本鬼子投降了，我们抗战胜利了，你们的鲜血没有白流，那些杀害你的人都遭到应有的惩罚，你们可以安心了。

陈秀文：哥，嫂子，日本帝国主义已经被彻底打垮了，但国内敌对势力还没有完全被消灭，你们先在这里安息，等到中国共产党解放了全中国，我们一定将你们俩一起带回镇江，荣归故土。

48 — 23　泰州西仓桥下 · 日外

主要人物：王志芳。

一辆马篷车行至泰州西仓桥下停下。杨凤高、唐邦本从车上跳下，两人分别将披麻戴孝的陈中柱的儿子陈志（时龄 4 岁）、大女儿陈璞（时龄 10 岁）、二女儿陈琪(时龄 8 岁)从马车上接下来，王志芳拎着一个布袋也随后从车上跳下，领着他们走至陈中柱的墓前。王志芳倒出纸箔点燃，三个孩子立即跪拜。王志芳向墓碑三鞠躬。杨凤高、唐邦本也肃立向坟墓三鞠躬，退立一旁。

王志芳：退之，今天我带着你的两个女儿和儿子来告诉你，日本鬼子被我们彻底打败了，中国抗战取得了全面的胜利！你和你的官兵们的鲜血没有白流，我一定会将我们的孩子抚养教育成人，让他们永远铭记这段惨痛的历史，不忘国耻，奋发图强！

48 — 24　泰州民宅 · 夜内

主要人物：汤承业、赵忠明、陈秀文。

汤承业坐在沙发上，赵忠明、陈秀文站在一旁。

赵忠明：舅舅，上级是怎么说的？

汤承业：现在日本鬼子投降了，泰州的伪军已经被蒋介石政府收编，接下来国共两党两军的关系怎么相处肯定要坐下来谈判，这里面可能会十分复杂。所以上级要求你们和钱团长那边暂时不要轻举妄动，继续保持现状，静观其变。

赵忠明：知道了。

陈秀文：麻烦舅舅跟上级说说，看看以后能不能通过电台联系，我在茅山时培训过收发报知识，这样以后联系起来方便些。

汤承业：是的。以前由于种种原因，我们没有利用这个最便捷的联系方式，造成了许多不便，你们这个建议我会立即向上级汇报，争取尽快落实。

48 — 25　高港永安洲李家大院 · 夜内

主要人物：李有才、陆伯英、李淑芹、朱宝权。

八仙桌上摆满了一桌菜，几瓶老酒放在桌子上。

李有才、陆伯英、李淑芹、朱宝权坐在桌子边。

李有才打开了一瓶酒：这几瓶茅台酒我已经存放了七八年了，一直没舍得拿出来喝，今天真是太开心了，日本鬼子终于投降了，悬在头顶上的那把剑终于被拿掉了，压在心头的那块石头也落地了。今天我们都要吃饱喝足。

陆伯英：平时我也很少喝酒，今天我也特别高兴，就陪你们一起喝几杯。

李淑芹连忙起身拿过酒瓶：来，我给你们倒酒！

李有才：好、好、好。我们每个人都要喝，丫头今天也不例外。

李淑芹：好，好。今天难得这么高兴，我和宝权陪你们喝个够！

李淑芹随即将每人的杯子都斟满。

朱宝权举杯站起走至李有才、陆伯英面前：我先敬叔叔、娘娘一杯，祝二老身体健康长寿！心想事成，天天开心快乐！

李有才、陆伯英刚想起身，朱宝权立即阻拦：二老请坐下，我是小辈，你们不必起身，我先喝为敬！

朱宝权说完与他们碰了碰杯子一饮而尽。

李有才、陆伯英也随之一饮而尽。

陆伯英：来，宝权，丫头，快，吃菜！

四人举箸而食。

李淑芹举杯起身走到父母面前：抗战终于胜利了，非常感谢爹爹、妈妈几年来一直对我工作的大力支持，有了你们的支持我才更有信心，更有力量，更加努力！今天我在这里敬你们一杯，谢谢你们这些年对女儿的理解、宽容和呵护。

李有才、陆伯英眼眶噙泪。

陆伯英：有瓦丫头的这句话，我们就是为你们做牛做马都心甘情愿！

李淑芹与父母碰了碰杯子一饮而尽。

陆伯英、李有才也随之一饮而尽。

陆伯英抹了抹眼泪：今天真是太高兴了，让宝权见笑了。

朱宝权：不、不、不，没有、没有，我也深受感动。我们儿女都是父母的心头肉，哪个父母不希望自己孩子过得开心幸福，我的父母也一样。

陆伯英：那你和芹儿的事，你告诉你父母没有？

朱宝权：告诉了。我父母高兴得一夜都没有睡着觉。

众人开怀大笑。

陆伯英：那日子有没有定下来呢？

朱宝权：定了，就10月1日。我父母按风俗礼仪请媒人提亲过水礼。

陆伯英、李有才喜笑颜开。

48—26　泰兴黄桥中将府·日外·内

主要人物：朱宝权、李淑芹、朱履先、沈和生。

泰兴王家巷牌楼上红灯笼高高挂起，小巷里到处张灯结彩，人来人往，喜气洋洋。

一座红色八抬大花轿在一片唢呐鞭炮声中跟随媒婆徐徐而来。

大花轿进入王家巷，人们纷纷抛撒花瓣和彩绸。

媒婆笑声琅琅，边走边发红包。

花轿在中将府门口落轿，朱宝权一身彩色丝绸衣装来到花轿边将李淑芹搀扶下来，牵着手走进中将府大门。后面的男男女女、大人小孩欢笑着簇拥而进。

朱履先、沈和生一脸欢喜端坐在太师椅子上。

媒婆、朱宝武、朱宝洁、管家站在两边。

朱宝权、李淑芹跪拜。

李淑芹满脸绯红，羞涩：爹、妈！

朱履先、沈和生：哎，哎！

两人喜笑颜开递上红包。

48—27　姜堰溱湖·日外

主要人物：赵忠明、陈秀文。

十里溱湖，碧波浩荡。上百条篙船停泊排列在远处的湖边，五彩缤纷，竹篙如林。

数十只彩球飘浮在溱湖蔚蓝的天空中。彩球上飘悬着各色彩色条幅“热烈庆祝抗战胜利！”“向抗战英雄致敬！”“世界反法西斯战争万岁！”“铭记历史，莫忘国耻！”

看台上，人头攒动，身着便服的赵忠明、陈秀文肩并肩坐着。

陈秀文望着悬空飘逸的长条幅长吁一口气：14年了，终于将日本鬼子彻底打败了！

赵忠明：是啊，太不容易了。哎，你知道“日本鬼子”这个称呼的来历吗？

陈秀文：这还用说吗？不就是因为日本人像魔鬼一般凶恶呗！

赵忠明：你说得没错，但还不具体。这里面还有个典故。

陈秀文：这还有典故？什么典故？

赵忠明：这个称呼的由来与一次外交事件有关。甲午战争之前，在一次商洽中，清政府派了一个文官去谈。日本人中，也有一些精通中国文化的人，提出要跟中国人比比对联，看谁家的文化底蕴更深厚。日本人便用汉字在纸上写了个上联：“骑奇马，张长弓，琴瑟琵琶，八大王，并肩居头上，单戈独战。”意思是日本人骑着战马，拉着长弓，通晓琴棋书画，八个王踩着中国人肩膀上，一个打十个。有浓烈的凌辱之意。大清文官见状丝毫不退让，提笔便写出了下联：“倭委人，袭龙衣，魑魅魍魉，四小鬼，屈膝跪身旁，合手缉捕。”意思是说：日本人就像山公穿龙袍，以为披上了龙衣就能战无不胜，其实不过只是魑魅魍魉四个小鬼算了，跪爬在大清脚下，等着缉捕。从这时起，中国人称呼日本人不仅仅是“倭奴、狗奴、倭寇”了，而是增加了新的称谓——日本鬼子。

陈秀文：啊，还有这样的一个典故啊，今天又长见识了。

赵忠明：再问你一个，你知道这溱湖会船节的来历吗？

陈秀文摇了摇头：不知道。我只知道每年的端午节在湖南的汨罗江上为了纪念屈原有个龙舟节。

赵忠明：这姜堰溱湖的会船节也是为了纪念一位爱国民族英雄，他就是南宋抗金大将岳飞。相传岳飞率领岳家军曾在溱湖与金兵多次激战，后来当地老百姓每到清明节就撑船祭奠岳飞和无主孤坟的阵亡将士，久而久之演绎成了现在的会船节。鬼子占领泰州后，老百姓寝食难安，心情压抑，会船节就一直停办了，现在抗战终于胜利了，老百姓热情高涨，将本来每年清明节第二天举办的会船节，决定现在就隆重地举办一场，释放郁结，抒发激情，以示庆祝。

陈秀文：哦，原来是这样。

赵忠明：可惜，受降泰州的日伪被国民党抢了个先，现在蒋某人趁日军未被遣返之际，要求日军移部高邮，想利用他们对付新四军。我找了个借口对朱郁任说你怀孕了，要陪你找医生看看，保保胎，请了几天假，这才没随他们去。否则，真会失去这次难得的机遇。

陈秀文：告诉你一个好消息，我真的怀孕了。

赵忠明惊喜：真的啊？

陈秀文点点头。

赵忠明激动得一把搂住她：啊，这真是双喜临门，双喜临门！我们后继有人！后继有人了！

这时湖面上一声枪响，锣鼓喧天，第一艘贡船“满江红”领航而来。身穿彩衣的船员们齐声呐喊，篙起篙落，动作一致，湖面上激起万朵浪花。紧接着数十条篙船蛟龙般你追我赶，直冲向前。数百条龙船一字排开，首尾相连，形成一条长长的龙带，紧随其后。船上各式各样的龙头龙躯翻滚起舞，游弋在溱湖之上。

全剧终